W0288113

Operation Rainbow

Tom Clancy

Operation Rainbow

Aus dem Amerikanischen
von Nikolaus Gatter

WILHELM HEYNE VERLAG
MÜNCHEN

Titel der Originalausgabe:
RAINBOW SIX

Die Originalausgabe erschien bei G. P. Putnam's, New York

Umwelthinweis:
Dieses Buch wurde auf
chlor- und säurefreiem Papier gedruckt.

3. Auflage
Copyright © 1998 by Rubicon, Inc.
Copyright © 1999 der deutschen Ausgabe
by Wilhelm Heyne Verlag GmbH & Co. KG, München
Satz: Leingärtner, Nabburg
Druck und Bindung: Franz Spiegel Buch GmbH, Ulm
Printed in Germany

ISBN 3-453-15289-1

Für Alexandra Maria
Lux mea mundi

Wie kein Bund die Löwen und Menschenkinder befreundet,
auch nicht Wölfe und Lämmer in Eintracht je sich gesellen;
sondern bitterer Haß sie ewig trennt voneinander:
so gibt's nimmer für uns Vereinigung oder ein Bündnis.

Homer

PROLOG

VORBEREITUNGEN

John Clark hatte schon mehr Flüge hinter sich als mancher Berufspilot. Er kannte die Statistiken so gut wie jeder andere. Trotzdem mochte er sich nicht damit abfinden, den Atlantikflug in einer zweistrahligen Maschine anzutreten. Vier Triebwerke hielt er für richtig – falls eines schlappmachte, verlor man nur 25 Prozent der Antriebskraft, auf dieser United 777 dagegen die *Hälfte*. Daß seine Frau, eine der Töchter und ein Schwiegersohn dabei waren, machte ihn wohl ein wenig nervös. Nein, das stimmte nicht ganz. Angst hatte er keine, jedenfalls nicht vorm Fliegen, nur so ein schwaches, ungewisses – was wohl? Er vermochte es selbst nicht zu sagen. Neben ihm am Fensterplatz saß Sandy und blätterte in einem Krimi, den sie gestern zu lesen begonnen hatte, während er sich auf den *Economist* konzentrieren wollte und sich über das klamme Gefühl in der Magengrube wunderte. Schon hielt er nach Alarmzeichen in der Pilotenkanzel Ausschau. Aber dann rief er sich zur Ordnung. Da gab's nichts zu sehen; die Crew sollte ihn nicht für einen nervösen Fluggast mit Bordfieber halten. Statt dessen nahm er einen Schluck von seinem Weißwein, schüttelte den Kopf und vertiefte sich wieder in den Bericht über unsere schöne, neue, ach-so-friedliche Weltordnung.

Stimmte das denn nicht? Er verzog das Gesicht. Immerhin mußte er zugeben, daß die Weltlage entspannter war als jemals, seit er zurückdenken konnte. Kein nächtliches Auftauchen im U-Boot an der russischen Küste, um jemanden unbemerkt abzuholen, keine Spionageflüge nach Teheran, mit denen man sich bei Iranern unbeliebt machte, kein Schwimmen in nordvietnamesischen Schlammflüssen, um abgeschossene Fallschirmjäger rauszupauken. Eines Tages würde ihn Bob Holtzman noch überreden, seine Erlebnisse niederzuschreiben, bloß – wer würde ihm glauben? Die CIA erlaubte ihm gewiß erst auszupacken, wenn er auf dem Sterbebett lag. Und damit hatte er keine Eile, solange sein Enkel erst unterwegs war ... Verdammt, daran wollte er schon gar nicht denken. Patsy hatte sich gleich in der Hochzeitsnacht schwängern lassen, und Ding strahlte mehr noch als sie selbst vor Stolz. John warf einen Blick zurück in die Business Class – der Vorhang war noch nicht geschlossen. Da saßen sie und lauschten händchenhaltend der Stewardeß, die ihre Lektion über Flugsicherheit erteilte. *Sollte im Notfall eine Wasserlandung notwendig werden, holen Sie die Schwimmwesten unter dem Sitz hervor und blasen Sie sie auf, indem sie an der Strippe ziehen …* Das konnte er schon auswendig nachbeten. Die knallgelben Schwimmwesten machten es den Suchtrupps leichter, den Unfallort zu finden – für mehr waren sie doch nicht gut.

Erneut spähte Clark nach der Pilotenkanzel hin. Noch immer verspürte er dieses Prickeln im Nacken. Die Bordhelferin machte ihre Runde, sammelte sein Weinglas ein, während das Flugzeug auf das Rollfeld schwenkte. Zuletzt blieb sie bei Alistair stehen, auf der linken Seite des First-Class-Abteils. Der Engländer warf Clark einen sonderbaren Blick zu, als er seinen Sitz aufrecht stellte. Er auch? War da was? Beide galten ja nicht gerade als Angsthasen.

Alistair Stanley war Offizier im Special Air Service der Luftwaffe gewesen, bevor er auf Dauer zum Geheimdienst versetzt wurde. Seine Stellung war der von John nicht unähnlich. Sie mußten eingreifen, wenn sich die Kommandos vor Ort einen Ausrutscher geleistet hatten. Al und John hatten sich bei einem Einsatz in Rumänien kennengelernt, das war acht Jahre her, und er als Amerikaner freute sich, nun wieder regelmäßig mit ihm zu arbeiten, auch wenn er für den Spaß allmählich zu alt wurde. Verwaltung war nicht gerade das, was John beruflich vorschwebte, aber zugegeben, er war schließlich auch keine Zwanzig mehr – oder Dreißig – nicht mal mehr Vierzig! Ein bißchen zu alt, um durch Hinterhöfe zu rennen und über Mauern zu springen. Ganz ähnlich, aber vornehmer, hatte sich Ding vor kurzem ausgedrückt, als sie in Johns Büro in Langley saßen. An Respekt ließ er's auch sonst nicht fehlen – schließlich war John der künftige Großvater seines Erstgeborenen. Teufel auch, schimpfte Clark – daß er sich nichts vormachte, war doch auch schon was. Er fühlte sich wirklich alt – nein, *alt* war nicht ganz richtig, vielmehr älter geworden. Nicht zu vergessen, daß er als Respektsperson gelten mußte, seit sie ihn zum Direktor des neuen Dienstes ernannt hatten. Direktor. Eine höfliche Umschreibung für Frühpensionär. Aber wenn einen der Präsident selbst um einen Gefallen bittet, sagt man nicht »nein« – erst recht nicht, wenn man zufällig persönlich mit ihm befreundet ist.

Der Lärm der Triebwerke schwoll an, als der Flieger in Fahrt kam. Das übliche Gefühl, als werde man in den Sitz gedrückt, während der

Sportwagen bei Grün losrast, doch mit größerem Druck. Sandy, die kaum gewohnt war zu reisen, blickte nicht von ihrem Roman auf. Mußte ja maßlos spannend sein. Aber John las keine Krimis. Nie konnte er ausknobeln, wer nun der Täter war, und blöd kam er sich dabei vor, obwohl ihn sein Beruf mehr als einmal in echte Kriminalfälle verwickelt hatte. *Leinen los*, hörte er sich sagen, und dann spürte er, wie der Boden unter seinen Füßen nachgab. Steil hob der Flieger ab, schon waren sie in der Luft, während noch das Fahrwerk eingeholt wurde. Unmittelbar danach wurden ringsum die Sitze heruntergeklappt. Ein paar Stunden Schlaf konnten nicht schaden, bevor sie in London Heathrow waren. Aber allzu tief wollte John den Sitz nicht klappen. Erst noch mal etwas essen.

»Endlich unterwegs, Liebling«, murmelte Sandy und blickte auf.

»Hoffentlich gefällt's dir drüben!«

»Ich habe drei Kochbücher mit. Und wenn ich ausgelesen habe …«

John lächelte. »Wer war's denn?«

»Weiß noch nicht. Vermutlich die Gattin.«

»Klar. Scheidungsanwälte kommen teurer!«

Kopfschüttelnd kehrte Sandy zu ihrem Krimi zurück, während die Stewardessen mit dem Servierwagen anrückten. Clark legte den *Economist* weg und nahm sich die Sportzeitschrift. Es ärgerte ihn, das Ende der Football-Saison zu verpassen. Selbst wenn er im Einsatz war, gab er sich Mühe, auf dem aktuellen Stand zu bleiben. Die Bears waren wieder im Aufstieg, und in seiner Jugend, als der Bears-Papa George Halas und die Monsters of the Midway Triumphe feierten, hatte er selbst manchmal von einer Karriere als Profi-Footballer geträumt. In der Schulmannschaft war er als Linebacker nicht übel gewesen, und die Universität von Indiana hatte sich für ihn interessiert (auch für seine Schwimmkünste). Doch dann hatte er sich vom College-Studium verabschiedet und war zur Marine gegangen, wie schon sein Vater, bloß daß aus Clark ein SEAL wurde, kein Leichtmatrose auf einer Blechschale …

»Mr. Clark?« Die Stewardeß brachte die Tabletts. »Mrs. Clark?«

Dafür lohnte sich die Luxusklasse. Hier tat das Bordpersonal wenigstens so, als hätten sie einen Namen. Bei seinem riesigen Flugkilometer-Bonus war John automatisch aufgerückt; und von jetzt an würde er vorwiegend British Airways fliegen, die ausgezeichnet mit der englischen Regierung kooperierte.

Das Menü war nicht zu verachten, stellte er fest, wie immer auf Auslandsflügen, auch die Weinkarte … Trotzdem zog er vor, ein Mineralwasser zu bestellen. »Dankeschön.« Hmm... Murrend rutschte er auf dem Sitz vor, rollte sich die Ärmel hoch. Immer war ihm zu heiß, wenn er im Flugzeug saß.

Als nächstes meldete sich der Pilot, und die Filme auf ihren Minifernsehschirmen wurden kurz unterbrochen. Sie folgten der südlichen Route, um den Windvorteil auszunutzen. Auf diese Weise, erklärte Flugkapitän Will Garnet, konnten sie vierzig Minuten einsparen bis Heathrow. Daß er sein Gehalt damit aufbesserte, verschwieg er. Alle Fluglinien sparten am Benzin, und eine Dreiviertelstunde würde ihm einen goldenen Fleißpunkt ins Schulheft bringen – naja, vielleicht auch nur einen silbernen...

Das übliche Gefühl. Der Flieger kippte leicht ab und schoß hoch über Seal Isle City in New Jersey hinaus auf den Ozean, um erst 5000 Kilometer weiter wieder Land zu erreichen. In fünfeinhalb Stunden, vermutete John, irgendwo an der irischen Küste. Einen Teil dieser Zeit wollte er zumindest verschlafen. Gottseidank nervte der Pilot nicht mit dem üblichen Reiseführergequatsche – *unsere Flughöhe beträgt zwölftausendfünfhundert Meter, das wären bei einem Absturz über zwölf Kilometer freier Fall, ha ha, und...* Man begann, das Essen zu servieren, gleich kamen sie in der Touristenklasse an, blockierten den Korridor mit Servierwagen und rollenden Getränkebars.

Es fing auf der linken Seite an. Der Mann war überkorrekt gekleidet, hatte ein Jackett an, das Johns Argwohn weckte. Die meisten zogen es aus, sobald sie sich setzten, er aber – es war eine Browning-Automatik, mit schwarzglänzender Oberfläche, die auf Militär schließen ließ. Clark bemerkte es gleich, eine Sekunde später auch Alistair Stanley. Im nächsten Moment tauchten rechts zwei weitere Männer auf, gingen direkt an Clarks Sitz vorbei.

»Verdammter Mist!« hauchte er so leise, daß nur Sandy ihn hörte. Sie fuhr herum und sah es, doch bevor sie etwas sagen konnte, griff er nach ihrer Hand. Es genügte, um sie verstummen zu lassen. Trotzdem schrie die Dame von gegenüber auf – wenigstens fast. Die Frau vom Nebensitz hielt ihr den Mund zu und erstickte den Schrei halb. Ungläubig starrte die Stewardeß auf die beiden Männer vor sich. Das war doch seit Jahren nicht mehr vorgekommen. Wieso passierte es jetzt?

Clark stellte sich dieselbe Frage, und gleich darauf eine weitere: Wieso hatte er seine Dienstwaffe in der Reisetasche, über ihm in der Gepäckablage? Welchen Sinn macht es, dein Schießeisen mit ins Flugzeug zu nehmen, wenn du im entscheidenden Moment nicht drankommst, blöder Idiot? Ein hirnverbrannter Anfängerfehler! Ein Seitenblick genügte, um denselben Gesichtsausdruck bei Alistair festzustellen. Zwei der erfahrensten Profis im Geschäft, ihre Knarren kaum einen Meter weit weg, doch ebensogut hätten sie tief im Gepäckraum verstaut sein können...

»John...«

»Ruhe bewahren, Sandy«, gab ihr Mann zurück. Leichter gesagt als getan. Das wußte er selbst nur zu gut.

John straffte sich, hielt den Kopf bewegungslos, wandte sich aber vom Fenster ab und blickte nach vorn zur Pilotenkanzel. Er ließ die Augen schweifen. Drei waren es. Einer, der mutmaßliche Anführer, nahm eine Stewardeß mit nach vorn, wo sie ihm die Zwischentür aufschloß. John sah sie die Kanzel betreten und die Tür hinter sich verriegeln. Na schön, gleich würde Kapitän William Garnet merken, was gespielt wurde. Hoffen wir, daß er Profi ist, der in einer solchen Situation die Nerven behält. Der nichts anderes sagt als »ja, Sir« – »nein, Sir« – »drei Koffer voll, Sir«, wenn er in eine Revolvermündung schaut. Im Idealfall hatte er seine Ausbildung bei der Luftwaffe oder Marine absolviert und vermied es, Dummheiten zu machen und den gottverdammten Helden zu spielen. Seine Mission war es, das Flugzeug zu landen, irgendwo, denn es war viel schwerer, dreihundert Leute zu massakrieren, solange das Flugzeug noch mit blockiertem Fahrwerk auf dem Rollfeld stand.

Drei waren es, einer vorn in der Kanzel. Er mußte drinbleiben, um die Piloten in Schach zu halten und über Funk mit wem auch immer zu verhandeln und die Forderungen zu stellen. Zwei standen vorne, weitere in der ersten Klasse, von wo sie beide Abteile des Fliegers überwachen konnten.

»Meine Damen und Herren, hier spricht der Kapitän. Bitte bleiben Sie angeschnallt, solange das Warnlicht an ist. Wir haben Luftlöcher vor uns. Bewahren Sie die Ruhe, in wenigen Minuten melde ich mich wieder. Danke.«

Gut so, dachte John, und erwiderte einen Blick von Alistair. Der Kapitän hörte sich gelassen an, und die Kerle drehten nicht durch – noch nicht. Hinten ahnten die Passagiere vermutlich noch gar nichts von dem Geschehen. Auch gut. Menschen geraten schnell in Panik – nicht zwangsläufig, aber besser noch, wenn niemand auch nur mit einem Anlaß für Panik rechnete.

Drei. Nur drei? Womöglich noch ein Helfershelfer, als Passagier getarnt? Der mußte die Bombe im Griff haben, wenn's eine Bombe gab. Eine Bombe war so ziemlich das Schlimmste, das ihnen blühen konnte. Eine abgefeuerte Kugel konnte ein Loch in die Flugzeugwand reißen; dann ging es im Sturzflug abwärts, einige würden zur Kotztüte greifen, andere sich in die Hosen machen, aber davon starb man nicht. Die Explosion einer Bombe dagegen tötete vermutlich alle Insassen des Fliegers... Reine Glücksache, dachte Clark, aber wer's drauf ankommen läßt, riskiert sein Leben. Besser, der Flieger nahm Kurs auf das Ziel, wohin die drei hier wollten, und wo man in aller Ruhe verhandeln konnte. Bis dahin wußte man draußen, daß es drei ganz spezielle Passagiere an Bord gab. Wahrscheinlich ging es schon jetzt rund. Die Gangster hatten sich gewiß über Funk bei der Fluggesellschaft gemeldet und für die schlechte Nachricht des Tages gesorgt, und der Sicherheitschef von United – Clark kannte ihn, Peter Fleming, Ex-Assistent des Vizepräsidenten im FBI – würde seinen ehemaligen Arbeitgeber verständigen. Und wenn *dieser* Stein erst ins Rollen kam, waren CIA und Staatssicherheit, das FBI-Geiselrettungsteam in Quantico und Delta Force, Little Willie Byrons Eingreiftruppe in Fort Bragg, auch nicht weit. Pete würde ihnen die Passagierliste geben, drei Namen rot einkreisen. *Das* würde Willie ein bißchen nervös machen. Ob man in Langley und Foggy Bottom schon nach der undichten Stelle suchte? John verwarf den Gedanken. Sie waren ganz zufällig hier hereingeraten, vermutlich, auch wenn es die Leute in der Kommandozentrale von Langleys altem Hauptquartier ins Schwitzen brachte.

Allmählich wurde es Zeit, sich zu rühren. Clark drehte sich ganz langsam um zu Domingo »Ding« Chavez, der nur wenige Meter weiter saß. Als sie Blickkontakt aufnahmen, faßte er sich an die Nase, als ob es ihn juckte. Chavez tat es ihm gleich – und Ding hatte noch immer das Jackett an. Er war ans heiße Klima gewöhnt, dachte John, ihm war sogar in der Flugzeugkabine kalt. Gut so. Dann hatte er noch immer seine .45er-Beretta – hoffentlich. Allerdings trug er sie an der Seite, was im Sitzen und angeschnallt recht unbequem sein dürfte. Wenigstens wußte Chavez, was los war, und tat gut daran, sich nicht von der Stelle zu rühren. Wie mochte sich Ding fühlen mit seiner schwangeren Ehefrau auf dem Nebensitz? Clark schätzte Domingo, der auch unter Streß umsichtig und gelassen blieb, aber er war Südamerikaner und voller Temperament – selbst John Clark erkannte, bei aller Erfahrung,

Schwächen bei anderen nur, wenn sie ihm selbst nicht fremd waren. *Seine* Frau saß ebenfalls neben ihm, und Sandy hatte Angst, und Sandy sollte nicht um ihre Sicherheit bangen ... Das war es schließlich, wofür er sich als Ehemann verantwortlich fühlte ...

Einer der Halunken studierte die Passagierliste. Jetzt würde sich zeigen, ob es ein Sicherheitsleck gab. Doch wenn es sich so verhielt, war nichts zu machen. Noch nicht. Nicht, bevor er wußte, was los war. Manchmal mußte man einfach stumm dasitzen und abwarten, um ...

Der Kerl am Ende des linken Flügels setzte sich in Bewegung. Wenige Schritte nur, und er starrte auf die Frau am Fensterplatz neben Alistair hinunter.

»Wer sind Sie?« erkundigte er sich auf Spanisch.

Die Dame nannte einen Namen, den John nicht mitbekam – ein spanischer Name, doch nicht deutlich genug, um auf die Entfernung verständlich zu sein, vor allem, weil die Antwort sehr höflich ausfiel. Irgendwie kultiviert, dachte er. Diplomatengattin womöglich? Alistair lehnte sich zurück, starrte den Kerl mit der Waffe aus großen blauen Augen an und gab sich fast ein wenig zu viel Mühe, seine Angst zu verbergen.

Ein Schrei erscholl vom Heck des Flugzeugs. »Eine Pistole! Das ist doch eine Pistole!« ließ sich ein Mann vernehmen.

Mist, dachte John. Jetzt wußten alle Bescheid. Der Kerl vom rechten Flügel stieß die Tür zum Cockpit auf, um die Nachricht gleich weiterzugeben.

»Meine Damen und Herren, hier spricht Captain Garnet. Man, äh, hat mich aufgefordert, Ihnen mitzuteilen, daß wir den Kurs ändern müssen ... Wir haben einige – hm – Gäste an Bord, die nach Lajes auf den Azoren geflogen werden wollen. Sie möchten keine Gewalt anwenden, sagen sie, aber sie sind bewaffnet, und der Erste Pilot Renford und ich werden allen ihren Anweisungen Folge leisten. Ich möchte Sie bitten, ruhig sitzenzubleiben und die Nerven zu bewahren. Später melde ich mich wieder.« Gut zu wissen. Der hatte garantiert seine Ausbildnug beim Militär absolviert; die Stimme blieb kühl wie ein Frosthauch am Gletscher. Ausgezeichnet.

Lajes auf den Azoren, dachte Clark. Einst eine Basis der US-Marine. Noch immer in Betrieb? Wohl nur als Zwischenhalt für Langstreckenflüge – eben mal auftanken und gleich weiterfliegen, wohin auch immer. Wenigstens sprach der Typ vom linken Flügel Spanisch und konnte Spanisch verstehen. Aus dem Nahen Osten kamen sie schon mal nicht. Basken? Mit denen gab's immer noch Ärger in Spanien. Die Frau, wer mochte sie sein? Clark wandte den Kopf. Alle bewegten sich jetzt, und er fiel nicht weiter auf. Anfang fünfzig, sehr gepflegt. Der Vertreter der spanischen Regierung in Washington war ein Mann. War sie mit ihm verheiratet?

Der Mann ließ argwöhnische Blicke schweifen. »Wie heißen Sie?«

»Alistair Stanley«, lautete die Antwort. Leugnen war natürlich zwecklos. Sie waren ja nicht inkognito unterwegs. Von ihrer Agentur wußte man nichts, sie hatte noch gar nicht angefangen. Clark fluchte innerlich. »Ich bin Engländer«, setzte Alistair kläglich hinzu. »Mein Paß steckt noch in der...« Er langte nach oben, aber der Kerl schlug ihm den Arm weg.

Nicht übel, die Idee, auch wenn's nicht geklappt hatte. Er hätte die Reisetasche herunternehmen und den Paß vorzeigen können, dann lag ihm die Waffe direkt auf dem Schoß. Schade, daß ihm der Bewaffnete auch so glaubte. Mußte am Akzent liegen. Aber Alistair blieb auf der Hut. Noch wußten die drei Wölfe nicht, daß die gekidnappte Herde drei Schäferhunde barg. Große Schäferhunde.

Willie hing jetzt am Telefon. Bei Delta Force war eine erstklassige Bereitschaft rund um die Uhr verfügbar, die bestimmt schon den Befreiungsschlag durchspielte. Oberst Byron selbst war mit von der Partie. Little Willie war durch und durch Soldat. Er hatte den XO und einen Führungsstab, den er vom Einsatzort aus dirigierte. Die Maschinerie geriet in Bewegung; John und seine Freunde brauchten nur abzuwarten – vorausgesetzt, die Kerle drehten nicht durch.

Von links erklang noch mehr Spanisch. »Wo ist Ihr Mann?« wollte er wissen. Er wirkte wütend. Kein Wunder, dachte John. Botschafter sind ideale Opfer. Ihre Gattinnen erst recht. Sie sah ein paar Klassen besser aus als die Frau eines einfachen Diplomaten, und Washington war ein Vorzugsposten. Wurde meist von Aristokraten bekleidet, in Spanien war das noch üblich. Je höher der Rang des Opfers, desto leichter ließ sich die spanische Regierung erpressen.

Ziel verfehlt, war sein nächster Gedanke. Sie hatten ihn gewollt, nicht sie, und das stimmte sie unzufrieden. *Schlecht informiert, Jungs.* Clark musterte sie und bemerkte den Ärger. *Passiert selbst mir ab und zu.* Klar, dachte er, so ungefähr bei jedem zweiten Einsatz, wenn's gut lief. Die beiden, die er von seinem Platz aus sehen konnte, tuschelten miteinander – leise, aber die Körpersprache verriet alles. Es hatte sie kalt erwischt. Na schön, drei (oder mehr?) bewaffnete, stocksaure Terroristen an Bord eines zweistrahligen Fliegers, nachts über dem Atlantik. Hätte schlimmer kommen können, sagte sich John. Immerhin, sie könnten den Sprengstoff am Leib tragen, mit Strippe zum Selbstauslösen.

Auf Ende Zwanzig schätzte sie Clark. Alt genug, die Methoden zu kennen, aber noch zu grün hinter den Ohren, um ohne Anleitung von Erwachsenen auszukommen. Wenig praktische Erfahrung und noch kein Urteilsvermögen. Denken noch, sie wissen alles besser, halten sich für oberschlau. Dasselbe Problem mit dem Sterben. Guttrainierte Soldaten verstehen mehr davon als Terroristen. Die hier wollten ihren Triumph, was anderes zogen sie gar nicht in Betracht. Einzelgänger vielleicht. Mit dem Ausland legten sich baskische Separatisten normalerweise nicht an, oder? Jedenfalls nicht mit den USA, und dies hier war eine *amerikanische* Fluggesellschaft, eine rot markierte Grenze war damit überschritten. Einzelkämpfer? Vielleicht. Schlecht für uns.

In solchen Situationen will man wenigstens ansatzweise wissen, woran man ist. Auch beim Terrorismus gibt es Spielregeln, eine regelrechte Liturgie. Man durchläuft gewisse Stadien, bevor es zum Schlimmsten kommt; die Guten kriegen ihre Chance, mit den Halunken zu reden. Ein Unterhändler wird vorgelassen, nimmt erste Kontakte auf, um die Nebensachen zu klären – *also schön, laßt Kinder und ihre Mütter raus, okay? Kostet nicht viel, alles andere sähe in der Tagesschau nicht gut aus für euer Grüppchen, oder?* Man bringt sie als erstes dazu, ein bißchen nachzugeben. Dann die Alten – ihr wollt doch Opi und Omi nicht über den Haufen schießen, wie? Dann Lebensmittel, mit Valium versetzt vielleicht, währenddessen spickt das Späherteam der Abwehr das Flugzeug mit Wanzen und Miniaturkameras, die ihre Bilder an die Basis funken.

Idioten, dachte Clark. Hier stimmte das Drehbuch nicht. Das hier war fast so schlimm wie Geld durch Kindesraub zu erpressen. Der Teufel sollte Little Willie holen, wenn er nicht längst an der Pope-Luftwaffenbasis den Air-Force-Transporter bestiegen hatte. Wollten sie wirklich nach Lajes, kämen sie desto schneller ins Endspiel, und es stellte sich nur noch die Frage, wie schnell man den Anführer erledigt hatte, bevor die Kerle reagierten. Mit den Jungs und Mädels von Oberst Byron hatte Clark schon gearbeitet. Falls sie ins Flugzeug vordrangen, würden es wenigstens diese drei hier auf keinen Fall lebend verlassen. Wieviele sie von den Passagieren mitnahmen, war allerdings noch offen. Ein Flugzeug stürmen war nicht viel anders als ein Showdown auf dem Pausenhof, bloß enger und übervölkerter.

Sie redeten weiter da hinten, ohne sich viel darum zu scheren, was ringsum im Flugzeug vorging. Das war gewissermaßen logisch. Vorn in der Kanzel spielte die Musik. Trotzdem mußte man den Rest doch im Auge behalten. Man wußte ja nicht, wer an Bord war. Begleiter vom Sicherheitsdienst gab es zwar nicht mehr, aber auch Polizisten gingen mal auf Reisen, und manche waren bewaffnet… Naja, vielleicht nicht im internationalen Flugverkehr, aber in der Terrorismusbranche erreicht man nicht das Pensionsalter, wenn man nicht sehr gewieft ist. Amateure. Einzelkämpfer. Schlecht informiert. Enttäuscht und wütend. Es wurde immer schlimmer. Einer hatte schon die Hand zur Faust geballt und schüttelte sie, dem widrigen Schicksal trotzend, das sie an Bord gebracht hatte.

Ist ja großartig, dachte John erschöpft. Er rutschte im Sitz zurück, warf Ding einen weiteren Blick zu und kippte ganz sachte den Kopf von einer Seite zur anderen. Die Antwort war das Heben einer Braue. Domingo beherrschte, wenn es sein mußte, ein ausgezeichnetes Englisch.

Mit einem Mal schien sich ein Wetterumschwung anzubahnen, aber nicht zum Besseren. Nummer Zwo stürmte wieder ins Cockpit und blieb mehrere Minuten weg. Unterdessen beobachteten John und Alistair den Kerl, der links im Korridor lauerte. Nach zwei Minuten angestrengter Wachsamkeit fuhr er herum wie der Blitz und spähte nach achtern, reckte den Hals, wie um die Entfernung zu verkürzen, während sein Gesichtsausdruck autoritäres Gehabe und Unentschlossenheit widerspiegelte. Ebenso schnell machte er wieder kehrt, wandte sich backbord und streifte die Cockpittür mit wütenden Blicken.

Sie sind nur zu dritt, schloß John in diesem Augenblick, als Nummer Zwei gerade von der Pilotenkanzel zurückkam. Nummer Drei wirkte viel zu nervös. Alle drei vielleicht? fragte er sich. Überleg nochmal! befahl sich Clark. Verhielt es sich so, dann waren sie wirklich Amateure. Dreiecksgeschichten mochten im Kino amüsant sein, aber nicht bei einem Tempo von 500 Knoten, elftausend Meter über dem Atlantik. Wenn sie's bloß auf die leichte Schulter nahmen, den Piloten die Maschine erst einmal landen ließen, kämen sie vielleicht noch zu Verstand. Aber ganz so cool wirkten sie nicht, oder?

Anstatt seinen Posten im rechten Zwischengang zu beziehen, trat Nummer Zwei auf Nummer Drei zu. Was sie einander in heiserem Ton zuflüsterten, konnte Clark dem Kontext, wenn auch nicht dem Inhalt nach verstehen. Als Nummer Zwei auch noch zum Cockpit deutete, war klar, daß es nicht gut aussah – *und keiner weiß, was zu tun ist*, erkannte John. Fabelhaft. Mit drei waffenschwingenden Autonomen im Flugzeug. Allmählich durfte man sich Sorgen machen. Nicht, daß es Clark mit der Angst bekam, dafür hatte er schon zu oft in der Klemme gesteckt. Doch in allen anderen Fällen hatte er eine gewisse Kontrolle über das Geschehen, und wenn nicht, so doch über sein eigenes Tun und Lassen, konnte sich notfalls aus dem Staub machen – welch ein Trost das war, merkte er jetzt erst. Er schloß die Augen und holte tief Luft.

Nummer Zwei trottete wieder nach hinten und nahm Alistairs Sitznachbarin in Augenschein. Sekundenlang stand er da und musterte sie, dann glotzte er Alistair an, der seinen Blick pflichtschuldig erwiderte.

»Ja bitte?« erkundigte sich der Engländer schließlich mit höchst kultivierter Aussprache.

»Wer bist du?« wollte Nummer Zwei wissen.

»Das habe ich doch bereits Ihrem Freund gesagt, Mister. Alistair Stanley. Ich habe meinen Paß im Handgepäck, wenn Sie Ihn sehen möchten ...« Die Stimme war gerade zittrig genug, um einen Angsthasen zu simulieren, der sich noch zusammenreißt.

»Ja, zeig her!«

»Selbstverständlich, Sir.« Mit elegantem, sachten Schwung glitt der ehemalige SAS-Major aus seinem Sicherheitsgurt, stand auf, öffnete die Gepäckablage über dem Sitz und holte seine schwarze Reisetasche heraus. »Darf ich?« fragte er. Nummer Zwei nickte zur Antwort.

Alistair zog den Reißverschluß am Seitenfach auf und zog den Reisepaß hervor, händigte ihn aus und setzte sich, die Tasche mit zitternden Händen auf dem Schoß haltend.

John sah zu, wie Nummer Zwei den Paß studierte und dem Engländer zurück in den Schoß warf. Auf Spanisch schnauzte er die Dame in Vier-A an. Es hörte sich an wie: »Wo ist Ihr Mann?« Die Frau gab ebenso ruhig und beherrscht Antwort wie ein paar Minuten zuvor, und Nummer Zwei stapfte nach vorn, um sich erneut mit Nummer Drei auszutauschen. Alistair atmete durch und blickte sich im Passagierraum um, als wolle er sich absichern, und John kam in sein Blickfeld. Sie ließen sich nichts anmerken, aber John konnte sich denken, was in ihm vorging. Auch Al war angesichts dieser Situation unbehaglich zumute, und mehr noch, er hatte Nummer Zwei und Drei aus nächster Nähe erlebt, ihnen ins Auge gesehen. Das mußte John in seine Überlegungen einbeziehen. Alistair Stanley machte sich also ebenfalls Sorgen. Der Jüngere faßte sich an den Kopf, als wolle er den Scheitel ordnen, und klopfte mit dem Zeigefinger zweimal unmerklich an die eigene Schläfe. War alles noch schlimmer, als er befürchtet hatte?

Vorsichtig und außer Sichtweite von den beiden Kerlen streckte Clark die Hand aus und spreizte drei Finger. Al nickte einen halben Zentimeter und wandte sich sekundenlang ab, bis beide die Nachricht verarbeitet hatten. Demnach waren sie sich einig, daß es nur drei waren. John nickte ebenfalls ausdruckslos.

Wieviel besser wären sie mit cleveren Terroristen dran! Doch die Profis ließen sich auf derartige Abenteuer nicht mehr ein. Auf Dauer gesehen war das Risiko zu groß, wie die Israelis in Uganda und die Deutschen in Somalia bewiesen hatten. Man konnte sich nur sicher fühlen, solange die Maschine in der Luft war, und ewig konnte man nicht fliegen. Sobald man zur Landung ansetzte, fiel die gesamte Zivilisation über einen her, blitzschnell und mit der Gewalt eines Tornados. Das eigentliche Hindernis war, daß die wenigsten Leute vor ihrem dreißigsten Lebensjahr sterben möchten. Und wen das nicht schreckt, der nimmt eine Bombe mit. Kein Wunder also, daß sich die Cleveren anderswo engagierten. Als Feinde waren sie deshalb nicht harmloser, aber immerhin berechenbar. Sie töteten niemanden, um sich Mut zu machen, und gaben ihre Sache nicht vorzeitig verloren, weil sie bereits die ersten Schritte haarklein durchgeplant hatten.

Diese drei hier waren dümmer, als die Polizei erlaubt. Sie waren schlecht informiert, hatten keine Kundschafter vorgeschickt, die noch einmal alles abgecheckt und festgestellt hätten, daß ihr Opfer gar nicht in der Maschine saß, und jetzt, nach dem Fehlschlag ihrer Mission, standen sie mit leeren Händen da, mußten mit dem Erschossenwerden rechnen oder lebenslänglich Knast – für nichts und wieder nichts! Der einzige Trost – wenn man das so nennen durfte – in ihrer Lage war, daß sie ihre Haftstrafe in Amerika absitzen durften.

Die Aussicht, den Rest des Lebens hinter schwedischen Gardinen zu verbringen, war ebenso wenig reizvoll für sie, wie in ein oder zwei Tagen zu sterben – doch bald würden sie merken, daß es keinen dritten Ausweg gab. Daß ihnen nur noch die Waffen einen letzten Rest Macht sicherten, von dem sie letztlich nach Herzenslust Gebrauch machen konnten …

Und John Clark stand vor der Frage, ob er warten wollte, bis es dazu kam.

Nein. Er konnte nicht einfach dasitzen und abwarten, bis sie die Passagiere nacheinander abknallten.

Na schön. Er ließ noch zwei oder drei Minuten verstreichen, merkte sich, wie sie einander anblickten, während sie die Korridore links und rechts überwachten, und entwarf einen Plan. So simpel wie möglich: Das war, bei den Cleversten ebenso wie bei den Dümmsten, zumeist das Beste.

Es sollte weitere fünf Minuten dauern, bis Nummer Zwei wieder mit Nummer Drei plaudern wollte. Als es soweit war, drehte sich John halb um, blinzelte Chavez zu und strich sich mit einem Finger über die Oberlippe, wie um sich den nichtvorhandenen Schnurrbart zu streichen. Chavez legte den Kopf schräg, als wolle er sagen: *Bist du sicher?*, aber er hatte begriffen. Er löste den Sicherheitsgurt und faßte links hinter sich ins Jackett, um unter dem ängstlichen Blick seiner jungen Braut die Pistole hervorzuholen. Domingo berührte ihre rechte Hand, um sie zu beruhigen, deckte die Beretta im Schoß mit einer Serviette zu, setzte eine undurchdringliche Miene auf und überließ seinem Vorgesetzten den ersten Schritt.

»Du da!« rief Nummer Zwei von vorn herüber.

»Ja?« Clark blickte beflissen auf.

»Stillsitzen!« Der Mann sprach kein schlechtes Englisch. Jedenfalls hatten die Schulen Europas gute Sprachkurse.

»Äh – ich – hm – hab vorhin etwas getrunken, und müßte wohl mal ... Tja, äh ... Wie steht's denn damit? – *Por favor*«, setzte John gutmütig hinzu.

»Nein, du bleibst auf dem Platz.«

»Na hört mal, ihr wollt doch keinen abknallen, bloß weil er mal pinkeln muß? Ich weiß nicht, was Sie vorhaben, aber es ist echt dringend, wissen Sie! Okay? Bitte!«

Nummer Zwei und Nummer Drei tauschten einen Auch-das-noch-Blick, der ihren Amateurstatus endgültig unter Beweis stellte. Die Stewardessen saßen ganz vorn angeschnallt und wirkten völlig verstört, sagten aber nichts. John ließ nicht locker und machte Anstalten, sich zu erheben.

Mit wenigen Schritten eilte Nummer Zwei herbei, mit vorgehaltener Pistole, die er John ganz dicht vor die Brust preßte. Sandys Augen weiteten sich vor Schreck. Nie hatte sie erlebt, daß ihr Ehemann etwas tat, das sie auch nur im Geringsten gefährden konnte, und sie merkte, dies war nicht der, mit dem sie seit fünfundzwanzig Jahren verheiratet war – und wenn doch, mußte es jener andere Clark sein, einer, von dem sie zwar wußte, dem sie aber nie begegnet war.

»Paßt auf, ich geh nur mal ganz kurz aufs Klo zum Pinkeln und komme sofort wieder, okay? – Verdammt, wenn ihr zusehen wollt«, fuhr er fort, mit leicht belegter Stimme, als sei er beschwipst von dem halben Glas Wein vorhin, »geht in Ordnung, klar. Aber laßt mich doch nicht in die Hose machen, hm? Bitte!«

Daß sich das Blatt wendete, war Clarks Körpergröße zu verdanken; er war knapp unter einsneunzig, mit kräftigen, unter den aufgerollten Ärmeln sichtbaren Ellbogen. Nummer Zwei war vier Zentimeter kleiner und dreißig Pfund leichter, aber bewaffnet, und kleinwüchsigen Leuten macht es einen Heidenspaß, den Muskelprotz nach ihrer Pfeife tanzen zu lassen. Deshalb packte Nummer Zwei Johns linken Arm, stieß ihn herum und drängte ihn mit dem Pistolenlauf zum Waschraum auf der rechten Seite. John duckte sich und stolperte vorwärts, die Hände über dem Kopf.

»Ein Segen. *Gracias, amigo*, ja?« Clark öffnete die Tür. Dummkopf, der er war, ließ ihn Nummer Zwei auch noch abschließen. John erledigte, was ihm gestattet worden war, wusch sich seelenruhig die Hände und blickte flüchtig in den Spiegel.

Na, Snake, packst du's noch? fragte er sich für einen atemlosen Moment lang.

Gut, schau'n wir mal.

John schob den Riegel zurück und öffnete die Falttür mit einstudiert dankbarer, schafsdämlicher Miene.

»Öh – ähem, schönen Dank auch, Leute.«

»Hinsetzen und Maul halten.«

»Warten Sie, ich gebe Ihnen einen Kaffee aus, ja? Ich ...« John trat einen Schritt backbord, und Nummer Zwei war so töricht, ihm argwöhnisch zu folgen, bevor er Clarks Schulter packte und ihn zum Umdrehen zwang.

»*Buenas noches*«, murmelte Ding drei Meter weiter leise, hob die Pistole und zielte genau auf Nummer Zwei. Der Terrorist sah den blauen Stahl glänzen, der eine Waffe sein mußte, und ließ sich sekundenlang ablenken. John holte mit der Rechten aus, der Ellbogen knickte ein und traf mit dem Faustknöchel die rechte Schläfe. Der Schlag ließ ihn leblos zusammensacken.

»Wie hast du geladen?«

»Mit Unterdruck«, wisperte Ding zurück. »Wir sind doch in einem Flugzeug, Commander«, erinnerte er seinen Vorgesetzten.

»Bleib weg«, befahl John leise. Der andere nickte.

»Miguel!« rief Nummer Drei laut.

Clark begab sich zur linken Sitzreihe, nahm sich Zeit, um eine Tasse Kaffee am Automaten zu zapfen, einschließlich Untertasse und Löffel. Dann tauchte er wieder im Korridor auf und machte sich auf den Weg.

»Er hat mich gebeten, Ihnen einen mitzubringen. – Danke, daß Sie mir erlaubt haben, aufs Klo zu gehen«, versetzte John mit zittriger, ergebener Stimme. »Ein Kaffee gefällig, Sir?«

»Miguel!« brüllte Nummer Drei unbeirrt.

»Er ist nach hinten gegangen. Hier, ein Kaffee wird Ihnen guttun. Wahrscheinlich soll ich mich dann wieder hinsetzen, okay?« John näherte sich ein paar Schritte und blieb stehen. Hoffentlich reagierte dieser Amateur nach wie vor wie ein solcher.

Tatsächlich! Er kam ihm entgegen. John duckte sich und klirrte mit dem Kaffeegeschirr. Nummer Drei stand gerade vor ihm und hielt rechts nach seinem Spießgesellen Ausschau, als Clark Löffel und Untertasse fallen ließ und sich sofort danach bückte, weniger als einen Schritt hinter Alistairs Sitz. Nummer Drei bückte sich automatisch mit. Es sollte sein letzter Fehler für heute abend sein.

John griff sich die Pistole und drehte ihm gewaltsam den Arm herum, bis die Mündung auf die Brust des Terroristen zeigte. Sie wäre im nächsten Moment losgegangen, hätte Alistair ihm nicht seine Browning über den Nacken gezogen, knapp unter dem Schädelansatz. Nummer Drei glitt zu Boden wie ein nasser Sack.

»Konntest es wohl nicht abwarten, Nervensäge«, keuchte Stanley. »Glückwunsch für die bühnenreife Darbietung!« Dann wandte er sich um, deutete auf die am nächsten sitzende Stewardeß und schnipste mit den Fingern. Sie sprang aus dem Sitz und kam angerannt. »Schnüre, Seil, irgendwas, um sie zu fesseln, rasch!«

John hob die Pistole auf und leerte sofort das Magazin, legte auch den Sicherungshebel um und entfernte die verbleibende Kugel. Zwei Sekunden später hatte er die Knarre auseinandergenommen und die Einzelteile weggeworfen. Alistairs Reisegefährtin sah ihm, noch ganz benommen, aus großen braunen Augen dabei zu.

»Flugpolizei, Ma'am. Bitte Ruhe bewahren!« erklärte Clark.

Sekunden später tauchte Ding auf und schleppte Nummer Zwei mit sich. Die Stewardeß kehrte mit einer Rolle Draht zurück.

»Eingang überwachen, Ding!« befahl John

»Geht klar, Mr. C.« Die Beretta in beiden Händen, rückte Chavez vor und blieb neben der Cockpittür stehen. Am Boden schnürte Clark die beiden zu einem handlichen Bündel. Seine Hände hatten die Seemannsknoten von vor dreißig Jahren noch nicht verlernt. Äußerst merkwürdig, dachte er, als er sie so fest wie möglich zurrte. Mochten ihnen die Handgelenke blau anlaufen – sollte ihm doch egal sein!

»Einer wäre noch übrig«, keuchte Stanley.

»Du leistest unseren beiden Freunden Gesellschaft.«

»Nichts lieber als das. Paß aber auf – 'ne Menge empfindlicher Elektronik hier oben.«

»Wem sagst du das.«

John lief nach vorn, noch immer unbewaffnet. Sein Assistent stand mit hocherhobener Waffe da und ließ die Tür nicht aus den Augen.

»Wie hättest du's denn gern, Domingo?«

»Tja, mir wär ein Salatteller recht und das Kalbsschnitzel; auch die Weinkarte ist nicht übel. Kein guter Ort für eine Schießerei, John. Laden wir ihn lieber backbord ein.«

Strategisch war es sinnvoller. Nummer Eins würde sehen, was los war, und falls er feuerte, würde die Kugel im Flugzeug keinen Schaden anrichten. Wäre allerdings kein Spaß für die Passagiere in der ersten Reihe. John lief zurück und hob Tasse und Untertasse auf.

»Sie da!« Clark deutete auf die andere Stewardeß. »Melden Sie dem Piloten im Cockpit, er soll dem Kerl sagen, sein Freund Miguel will was von ihm. Dann bleiben Sie hier stehen. Wenn er kommt und wissen will, was los ist, zeigen Sie einfach zu mir herüber. Verstanden?«

Hübsch war sie, um die vierzig, und sie hatte Nerven wie Drahtseile. Sie tat, wie ihr geheißen, hob den Hörer der Gegensprechanlage ab und gab die Botschaft durch.

Sekunden später ging die Tür auf, und Nummer Eins steckte den Kopf herein. Zuerst konnte er nur die Stewardeß sehen. Sie zeigte auf John.

»Kaffee?«

Der Riesenkerl mit der winzigen Tasse in der Hand machte ihn nervös, und er trat einen Schritt näher. Seine Pistole zielte nach unten.

»Hallo«, meldete sich Ding von links und setzte ihm den Lauf an die Schläfe.

Er war noch immer verwirrt. Es traf ihn vollkommen unvorbereitet. Nummer Eins wußte nicht mehr weiter, doch die Hand mit der Waffe blieb reglos.

»Laß das Schießeisen fallen«, befahl Chavez.

»Tun Sie, was mein Freund sagt«, fügte John in perfektem Spanisch hinzu, »sonst knallt er Sie ab.«

Sein Blick wanderte unruhig durch die Reihen, aber seine Helfershelfer waren nirgends zu sehen. Verblüfft runzelte er die Stirn. Mit zwei Schritten war John bei ihm, langte nach der Waffe und entwand sie seinem kraftlosen Griff. Er steckte sie in den Gürtel und warf den Mann zu Boden. Er wurde durchsucht, während ihm Dings Pistole im Nacken saß. Hinten filzte Stanley die beiden anderen.

»Zwei Magazine – sonst nichts.« John winkte nach der ersten Stewardeß, die mit dem Draht kam.

»Idioten«, schimpfte Chavez auf Spanisch. Er blickte seinen Chef an. »Meinst du nicht, das war ein bißchen übereilt, John?«

»Nein.« Er erhob sich und betrat das Cockpit. »Kapitän?«

»Wer zum Teufel sind Sie?« Die Besatzung hatte noch nichts mitbekommen von dem, was sich hinten abspielte.

»Welcher Militärflughafen liegt uns am nächsten?«

»Gander. Eine Basis der Royal Canadian Air Force«, entgegnete der Copilot – hieß er nicht Renford? –, ohne zu zögern.

»Dann gehen wir da runter. Die Maschine steht wieder unter Ihrem Kommando, Käpt'n. Wir haben die drei aus dem Verkehr gezogen.«

»Wer sind Sie?« fragte Will Garnet erneut ziemlich ruppig, und offenbar noch immer unter Druck.

»Einer, der Ihnen aus der Patsche hilft«, gab John ungerührt zurück. Schnell klärte sich alles auf. Garnet war bei der Luftwaffe gewesen. »Kann ich Ihr Funkgerät benutzen, Sir?« Der Kapitän deutete auf den eingeklappten Sitz neben ihm und half ihm mit dem Kopfhörer.

»Hier ist United-Flug Neun-zwo-null«, gab Clark durch. »Mit wem spreche ich – over?«

»Special Agent Carney vom FBI. Wer sind Sie?«

»Rufen Sie den Chef an, Carney, und sagen Sie, Rainbow Six ist am Apparat. Wir haben alles im Griff. Verluste null. Sind jetzt nach Gander unterwegs, er soll uns die Berittenen schicken. Over.«

»Rainbow?«

»Ganz recht, Agent Carney. Ich wiederhole, die Situation ist unter Kontrolle. Wir haben drei Entführer verhaftet. Ich bleibe dran, falls der Chef mich sprechen will.«

»Jawohl, Sir«, tönte es ziemlich überrascht zurück.

Clark schlug die Augen nieder und sah, wie seine Hände ein wenig zitterten – jetzt, wo alles vorbei war. Das war ihm schon ein paarmal passiert. Das Flugzeug machte eine Wendung nach links, während der Pilot über Funk sprach, vielleicht mit dem Kontrollturm.

»Neun-zwo-null, Neun-zwo-null, Agent Carney meldet sich zurück.«

»Hier Rainbow, Carney.« Clark zögerte. »Ist diese Welle abhörsicher, Käpt'n?«

»Alles wird verschlüsselt, ja.«

John verfluchte sich innerlich, weil er die Funkdisziplin verletzt hatte. »Was ist jetzt, Carney?«

»Bleiben Sie dran. Der Chef kommt.« Es knackte einmal, dann rauschte es im Hörer. »John?« meldete sich eine neue Stimme.

»Ja, Dan.«

»Wer war's?«

»Drei Kerle. Sprechen spanisch und gingen ziemlich ahnungslos vor. Haben sie unschädlich gemacht.«

»Lebend?«

»Aber sicher«, bestätigte Clark. »Ich lasse die Maschine auf der RCAF-Basis Gander zwischenlanden. Erwarten Sie uns in ...«

»Neunzig Minuten«, warf der Copilot dazwischen.

»... in anderthalb Stunden dort«, beendete John den Satz. »Wenn Sie uns bitte die Berittenen schicken wollen, damit sie die Kerle abtransportieren. Und rufen Sie Andrews an. Wir brauchen einen Flieger nach London.«

Mehr brauchte er nicht zu erklären. Als harmlose Dienstreise dreier Beamter mit zwei Ehefrauen hatte es begonnen, und nun war ihre Tarnung aufgeflogen. Besser, sie mischten sich nicht länger unter die Leute, schon damit sich die Gesichter nicht einprägten. Einige würden ihnen wohl einen ausgeben wollen, aber das kam nicht in Frage. Damit wären alle Bemühungen, Operation Rainbow heimlich und rasch durchzuführen, vereitelt gewesen – von drei dämlichen Nachwuchs-Terroristen aus Spanien oder sonstwoher. Wer sie waren, würde die Königlich-kanadische berittene Polizei schon herausfinden, bevor sie dem amerikanischen FBI übergeben wurden.

»Na schön, John, dann woll'n wir mal. Ich rufe René an und gebe ihm Anweisungen. Braucht ihr sonst noch was?«

»Ja, bringt mir ein paar Stündchen Schlaf mit, ja?«

»Wird gemacht, Kumpel«, gab der FBI-Chef zurück und schnalzte mit der Zunge. Dann verstummte das Funkgerät. Clark streifte sich die Kopfhörer ab und hängte sie an den Haken zurück.

»Wer sind Sie denn nun, in drei Teufels Namen?« wollte der Flugkapitän wissen. Die Erklärung von vorhin stellte ihn wohl nicht zufrieden.

»Sir, meine Freunde und ich sind von der Flughafenpolizei und waren zufällig an Bord. Reicht das, Sir?«

»Muß wohl«, gab Garnet zurück. »Bin froh, daß Sie's geschafft haben. Der Typ hier drin war ein bißchen überkandidelt, wenn Sie verstehen, was ich meine. Hat uns eine Zeitlang ganz schön Angst eingejagt.«

Clark nickte und lächelte wissend. »Ja, mir auch.«

Es ging schon eine ganze Weile so. Die kalkblauen Lastwagen – insgesamt waren es vier – kreisten durch New York City, nahmen Obdachlose mit und brachten sie zu Ausnüchterungskliniken, die von der Firma betrieben wurden. Vor rund einem Jahr war über die diskreten, wohltätigen Helfer im Privatfernsehen berichtet worden. Der Firma brachte das einen Waschkorb voll dankbarer Zuschauerpost ein; dann war sie wieder in den Hintergrund des Interesses getreten. Jetzt ging es auf Mitternacht zu, und bei den einsetzenden Herbstfrösten waren die LKWs wieder unterwegs im Zentrum und in den Außenbezirken Manhattans, um die Obdachlosen einzusammeln. Nicht so, wie es die Polizei früher tat. Niemand wurde zum Einsteigen gezwungen. Die Ehrenamtlichen von der Firma fragten höflich, ob sie eine reinliche Unterkunft für die Nacht wünschten, kostenlos, versteht sich, und ohne die bei der Heilsarmee – mit der sie meist verwechselt wurden – üblichen religiösen Bekehrungsversuche. Wer das Angebot ablehnte, bekam wenigstens eine Schlafdecke: gebrauchte Decken wurden von Firmenangehörigen gespendet, die jetzt ihren Feierabend im Bett oder vor dem Fernseher verbrachten – die Mitwirkung an dieser Hilfsaktion war ebenfalls freiwillig. Aber wasserdicht und warm waren die Decken. Manche der Obdachlosen zogen es vor, draußen zu schlafen, hielten die Straße wohl für den Hort der Freiheit. Die überwiegende Mehrheit dachte anders. Selbst schwere Alkoholiker wollen mal unter die Dusche und in einem Bett schlafen. Im Moment waren zehn im Laderaum, und mehr konnten nicht mitgenommen werden. Man half ihnen hinein, setzte sie auf die Fläche und gurtete sie fest, aus Sicherheitsgründen.

Aber sie ahnten nicht, daß dies der *fünfte* Laster war, der in Manhattan patrouillierte. Obwohl sich schon bei Beginn der Fahrt herausstellte, daß es hier ein wenig anders zuging. Der Helfer drehte sich im Beifahrersitz um und reichte ein paar Flaschen Gallo nach hinten durch, billigen kalifonischen Rotwein, aber besseren, als sie gewohnt waren, zusätzlich mit Beruhigungsmittelchen angereichert.

Als sie am Ziel waren, schliefen alle fest oder waren wie gelähmt. Die sich noch bewegten, wurden von der Ladefläche gezerrt und in einen anderen Wagen gelegt, auf Feldbetten festgeschnallt, wo sie weiterschlafen durften. Der Rest mußte von jeweils zwei Männern herübergetragen und festgeschnallt werden. Wenn das erledigt war, mußte die Ladefläche gründlich gereinigt werden, mit heißem Dampf, um jeden Geruch und jede Spur im Innern zu tilgen. Der andere Wagen machte sich auf den Weg zum West Side Highway, nahm die Auffahrt zur George-Washington-Brücke und überquerte den Hudson. Von dort ging die Fahrt nach Norden, in die nordöstlichste Ecke von New Jersey, bis man wieder nach New York State gelangte.

Glücklicherweise war Oberst William Lytle Byron schon unterwegs in seiner KC-10-Militärmaschine, fast auf demselben Kurs wie die 777er-United, mit nur einer Stunde Rückstand. Auch er nahm nordwärts Kurs auf Gander. Auf der ehemaligen P-3-Basis mußten die Fluglotsen geweckt werden, um die Landung vorzubereiten, aber das war kein Beinbruch.

In der Ersten Klasse des Passagierflugzeugs lagen die Unglücksraben mit verbundenen Augen und angewinkelten Knien gefesselt am Boden, genau vor den Sitzen, die John, Ding und Alistair inzwischen eingenommen hatten. Man servierte Kaffee und hielt die übrigen Passagiere fern von diesem Teil des Fliegers.

»Mir gefällt es besser, wie die Äthiopier in solcher Lage verfahren«, bemerkte Stanley und schlürfte seinen Tee.

»Und was machen die?« fragte Chavez matt.

»Vor ein paar Jahren wurde mal versucht, eine Maschine unter ihrer Nationalflagge zu kidnappen. Zufällig waren ein paar Jungs vom Sicherheitsdienst an Bord, die Erpresser wurden überwältigt. Man setzte sie gefesselt in die Erste Klasse, legte überall Handtücher aus, um die Polster zu schonen, und schnitt ihnen an Ort und Stelle die Kehlen durch. Und rat mal, was ...«

»Schon kapiert«, winkte Ding ab. *Niemand* hatte je wieder gewagt, einen äthiopischen Flieger zu kidnappen. »Einfach, aber wirksam!«

»Genau.« Er setzte die Tasse ab. »Wollen hoffen, daß sowas nicht allzu oft vorkommt.«

Die drei Beamten blickten aus dem Fenster, wo blinkende Lichter die Landebahn andeuteten. Dann setzte das Fahrwerk der 777 auf. Von hinten vernahm man gedämpften Jubel und Applaus. Das Tempo wurde gedrosselt, dann steuerte die Maschine die Kasernengebäude an und blieb stehen. Vorn rechts öffnete sich die Luke, und eine Behelfstreppe rollte langsam heran.

John, Ding und Alistair lösten ihre Sicherheitsgurte und traten an die Tür, ohne die Entführer aus den Augen zu lassen. Der erste, der an Bord kam, war ein Offizier der kanadischen Luftwaffe, mit Pistolengürtel und Seil, sowie drei Zivilisten, bei denen es sich um Kriminalbeamte handeln mußte.

»Sind Sie Mr. Clark?« erkundigte sich der Offizier.

»Ganz recht.« John deutete auf die Gefesselten. »Da sind die drei – Tatverdächtigen, wie man wohl sagen muß.« Er grinste matt. Die Beamten nahmen sich ihrer an.

»Eine zweite Maschine ist unterwegs. Wird aber noch ein Stündchen dauern«, erklärte der kanadische Offizier.

»Danke!« Die drei holten ihre Reisetaschen, zwei von ihnen ihre Ehefrauen ab. Patsy war eingeschlafen und mußte geweckt werden. Sandy las noch immer ihr Buch. Zwei Minuten später spürten sie wieder festen Boden unter den Füßen und stiegen in einen Militärlastwagen. Sie waren kaum fort, als sich das Flugzeug wieder in Bewegung setzte und den nahegelegenen Zivilflughafen ansteuerte, wo sich die Passagiere die Beine vertreten durften, während die 777 aufgetankt und versorgt wurde.

»Wie kommen wir jetzt nach England?« fragte Ding, nachdem er seine Frau auf die Couch eines menschenleeren Warteraums gebettet hatte.

»Eure Luftwaffe schickt eine VC-20«, erklärte der Einsatzleiter. »Vertrauensleute sorgen dafür, daß euer Gepäck von Heathrow weitertransportiert wird. Und ein Oberst Byron wurde abgeordnet, um die Gefangenen in Empfang zu nehmen.«

»Hier sind ihre Schießeisen.« Stanley hatte die Einzelteile der auseinandergenommenen Pistolen in drei Kotztüten gesammelt. »Browning M-1935er. Militärgerät. Keinen Sprengstoff. Das waren blutige Anfänger, vermutlich Basken. Anscheinend waren sie hinter dem spanischen Gesandten in Washington her. Seine Ehefrau hatte den Platz neben mir gebucht. Señora Constanza de Monterosa – die Familie mit den Weingütern. Sie keltern die besten Clarets und Madeiras weit und breit. Wird sich noch herausstellen, ob es Einzeltäter waren, die auf eigene Faust handelten.«

»Und wer genau sind Sie?« wollte der Offizier wissen. Clark mischte sich ein.

»Das dürfen wir nicht beantworten. Werden die Entführer gleich ausgeliefert?«

»Ottawa will es so, wegen des Flugsicherheits-Abkommens. Hören Sie, ich muß der Presse auch was erzählen.«

»Sagen Sie, daß drei amerikanische Sonderermittler zufällig an Bord waren und die Idioten überwältigen konnten«, riet John.

»Tja, das käme der Wahrheit am nächsten«, nickte Chavez grinsend. »Das erste Mal, daß ich jemanden verhafte. Also sowas – hab ganz vergessen, ihnen ihre Rechte vorzulesen!« fügte er hinzu. Er war erschöpft genug, seinen eigenen Witz wahnsinnig komisch zu finden.

Daß sie vor Dreck starrten, war nicht zu übersehen. Für das Empfangskomitee war das nichts Neues. Auch nicht ihr bestialischer Gestank. Aber dafür war jetzt keine Zeit. Erst mußte das Lumpengesindel vom Wagen in das Anwesen geschafft werden, das mitten im Hügelland von New York State lag, fünfzehn Kilometer westlich von Binghampton. Im Waschraum spritzte man ihnen etwas ins Gesicht, die Sprühflasche erinnerte an Fensterreiniger, einmal für jeden der zehn, danach wurde die Hälfte von ihnen geimpft. Beide Gruppen mußten stählerne Armreifen mit der Numerierung 1 bis 10 anlegen. Die mit geraden Nummern bekamen eine Injektion. Die mit ungeraden Zahlen nicht. Als das vorbei war, brachte man die zehn Obdachlosen in Feldbetten, wo sie ihren Schnaps- und Drogenrausch ausschliefen. Der LKW, der sie hergebracht hatte, war längst über alle Berge, nach Illinois, wo er für andere Aufgaben gebraucht wurde. Der Fahrer ahnte gar nicht, was er tat. Er saß nur am Steuer.

1

HAUSMITTEILUNG

Die VC-208 war nicht ganz so luxuriös – der Imbiß bestand aus Sandwiches und einem billigen Rachenputzer –, doch die Sitze waren bequem genug, so daß sie den Flug verschliefen, bis die Maschine auf der britischen Airforce-Basis Northholt landete, einem Militärflughafen westlich von London. Während die USAF G-IV an die Rampe steuerte, warf John einen Blick auf die altmodischen Ziegelbaracken.

»Spitfire-Basis aus der Schlacht um London«, erläuterte Stanley und lehnte sich im Sitz zurück. »Wir lassen auch private Firmenjets hier landen.«

»Dann werden wir wohl noch öfter hier aus- und einfliegen«, gab Ding zurück, rieb sich die Augen und wünschte sich Kaffee. »Wieviel Uhr ist es?«

»Kurz nach acht, Ortszeit – wie die Eingeborenen hier sie messen, oder?«

»So ungefähr«, brummte Alistair schläfrig.

In diesem Moment begann es zu regnen, als wollte England sie mit landestypischem Wetter begrüßen. Vor ihnen lagen noch hundert Meter Fußweg zum Empfangsgebäude, wo ein britischer Offizier ihre Pässe stempelte und sie offiziell willkommen hieß, bevor er sich wieder seiner Zeitung und dem Frühstück zuwandte.

Draußen warteten drei Wagen, allesamt schwarze Mercedes-Limousinen, die sie aus der Kaserne brachten, dann nach Westen und schließlich südwärts nach Hereford. Ein Beweis mehr, daß er als harmloser Zivilbeamter herkam, dachte Clark, dessen Wagen vorausfuhr. Sonst hätten sie den Hubschrauber genommen. Doch England war nicht ganz fern von jeder Zivilisation. Sie hielten bei einem McDonald's-Imbiß am Straßenrand, um Egg McMuffins und Kaffee zu bestellen. Sandy runzelte die Stirn angesichts der Cholesterinmenge. Seit Monaten schon lag sie John in den Ohren deswegen. Dann fielen ihr die Ereignisse von gestern nacht ein.

»John?«

»Ja, mein Liebling?«

»Wer waren sie?«

»Die Kerle im Flieger meinst du?« Er blickte auf. »Weiß nicht genau. Baskische Separatisten vielleicht. Anscheinend waren sie hinter dem spanischen Botschafter her, aber sie haben eine Niete gezogen. Er war gar nicht an Bord, nur seine Frau.«

»Wollten sie das Flugzeug entführen?«

»Davon würd ich mal ausgehen, ja.«

»Ist das nicht schrecklich genug?«

John dachte nach und nickte. »Doch, es ist schrecklich. Aber wären sie Profis gewesen, hätte es schlimmer ausgehen können. Waren sie aber nicht.« Er grinste innerlich. *Die haben doch echt den falschen Flieger genommen, Mensch!* Doch darüber konnte er jetzt nicht lachen, nicht in Gegenwart seiner Frau, während der Wagen auf der falschen Straßenseite fuhr. Es kam ihm irgendwie grundfalsch vor, dieses Vertauschen der Fahrspur bei – na – 130 Stundenkilometer? Verdammt, gab es hier überhaupt ein Tempolimit?

»Und was geschieht jetzt mit ihnen?« bohrte Sandy nach.

»Was das internationale Recht für solche Fälle vorsieht. Die Kanadier schicken sie in die Staaten zurück, wo sie vor den Federal Court gestellt werden. Sie werden angeklagt, verurteilt und wegen Luftpiraterie eingelocht. Man zieht sie für eine geraume Weile aus dem Verkehr.« Und damit hatten sie noch Glück, was Clark nicht laut aussprach. Spanien wäre weit weniger nachsichtig mit ihnen.

»Es ist das erste Mal seit langer Zeit, daß so etwas passiert.«

»Stimmt.« Ihr Mann war der gleichen Meinung. Nur Dummköpfe versuchten noch, Flugzeuge zu entführen. Andererseits waren die Dummen noch keineswegs ausgestorben. Deshalb war er Nummer Six in einer Organisation namens Rainbow.

Es gibt eine gute und eine schlechte Nachricht, mit diesen Worten hatte er seine Hausmitteilung begonnen. Wie üblich war sie nicht in bürokratisches Kauderwelsch gekleidet; diesen Jargon hatte Clark nie recht erlernt, trotz seiner dreißig Dienstjahre bei der CIA.

Seit dem Ende der Sowjetunion und anderer Nationalstaaten, die eine gegen die USA und die westlichen Industrienationen gerichtete Politik verfolgten, ist das Risiko eines großen internationalen Konflikts so gering wie noch nie. Das ist eine Nachricht, wie sie besser nicht sein könnte.

Doch zugleich müssen wir uns der Tatsache stellen, daß sich noch immer zahlreiche kampferfahrene, gut ausgebildete Terrorkommandos weltweit frei bewegen. Einige von ihnen unterhalten nach wie vor Kontakte zu diversen Geheimdiensten. Hinzu kommt, daß manche Staaten, gerade weil sie die direkte Auseinandersetzung mit Amerika oder dem Westen scheuen, zur Erreichung weniger weitgesteckter politischer Ziele jederzeit auf verbliebene »freischaffende Söldner« unter den Terroristen zurückgreifen können.

Mit einiger Sicherheit wird sich dieses Problem noch verschärfen. In jüngster Vergangenheit haben die Großmächte den Terrorismus unter Kontrolle zu halten versucht – durch streng kontrollierten Zugang zu Waffen, Finanzierung, Ausbildung und das Unterhalten von Stützpunkten.

Mit einiger Wahrscheinlichkeit wird die gegenwärtige Weltlage das »Einvernehmen« der Großmächte ins Gegenteil verkehren. Unterstützung, Waffenlieferungen, Ausbildung und Stützpunkte werden nicht länger mit der – bislang von den Unterstützernationen geforderten – ideologischen Gefolgschaft, sondern mit zunehmenden terroristischen Aktivitäten vergolten.

Die naheliegendste Abwehr dieser – vermutlich – immer größeren Bedrohung dürfte in der Bildung einer neuen Antiterrorismus-Einheit liegen. Ich schlage den Codenamen Rainbow vor. Ferner bin ich dafür, daß die Organisation in Großbritannien angesiedelt wird. Argumente, die dafür sprechen:

- *die britische Regierung verfügt über und betreibt den Special Air Service, die weltweit beste – das heißt, erfahrenste – Eingreiftruppe;*
- *im internationalen Flugverkehr ist London die Stadt mit der verkehrsgünstigsten Lage; außerdem unterhält der SAS ausgezeichnete Verbindungen zu British Airways;*
- *die gesetzlichen Bestimmungen sind hier besonders günstig; beispielsweise sind Restriktionen für die Medienberichterstattung nach britischem Recht möglich, nach amerikanischem nicht;*
- *die langfristigen »besonderen Beziehungen« zwischen den Regierungen Amerikas und Großbritanniens.*

Aus all diesen Gründen wäre die im folgenden skizzierte Anti-Terror-Einheit aus Engländern, Amerikanern sowie ausgewählten NATO-Militärs zu bilden, die ihr Hauptquartier, mit weitestgehender Unterstützung der Geheimdienste, in …

Und er hatte sie überzeugt, dachte Clark und lächelte flüchtig. Sicher hatte ihm geholfen, daß Ed und Mary Pat Foley im Oval Office hinter ihm standen, neben General Mickey Moore und gewissen anderen Entscheidungsträgern. Der neue Dienst, Rainbow, war nicht nur geheim, sondern praktisch unsichtbar. In Amerika erfolgte die Finanzierung durch Gelder, die erst über das Innenministerium im Capitol, dann durch das Büro für Sonderaufgaben im Pentagon geschleust wurden, ohne daß Geheimdienststellen Wind davon bekamen. Höchstens hundert Leute in Washington wußten, daß Rainbow existierte. Weit weniger wären ihm lieber gewesen, aber er konnte mit dem Ergebnis schon zufrieden sein.

Die Befehlshierarchie war allerdings ganz schön kompliziert. Das war nicht zu vermeiden. Den britischen Einfluß würden sie kaum abschütteln können; England stellte über die Hälfte der Einsatzkräfte, und fast noch einmal so viele waren in der Aufklärung tätig. Immerhin stand Clark an der Spitze. Schon deshalb mußte man dem Gastland einige Konzessionen zubilligen. Alistair Stanley würde geschäftsführender Direktor sein – doch damit war John völlig einverstanden. Er kannte Stanley als beinharten Verhandlungsführer, und mehr noch, als raffinierten Einsatzleiter, der genau wußte, wann man seine Trümpfe zurückhält, aufdeckt oder ausspielt. Der einzige Schönheitsfehler war, daß er, Clark, jetzt als graue Eminenz galt – schlimmer noch, als Frühstücksdirektor. Er würde ein Büro leiten, mit zwei Sekretärinnen, anstatt mit den Hunden auf die Pirsch zu gehen. Zugegeben, früher oder später erwischte es jeden, oder?

Mist. Wenn er schon nicht mehr hinauskam, wollte er wenigstens mit den Jagdhunden spielen. Das *mußte* er auch. Den Kerls zeigen, daß er den Oberbefehl verdient hatte. Er würde *Oberst* sein, nicht General, entschied Clark. Er würde so viel wie möglich bei der Truppe sein, beim Exerzieren mittun, bei den Schießübungen, und ihnen die Strategie erklären.

Jetzt bin ich Hauptmann, überlegte Ding, der im Wagen hinten saß und sich an der Landschaft ringsum weidete. Er war immer nur für Zwischenstopps in Heathrow oder Gatwick gewesen und hatte England nie kennengelernt, das ihm grün erschien wie eine irische Ansichtskarte. Er würde eine Eingreiftruppe leiten, die John – Mr. C – direkt unterstellt war, und im Dienstgrad entsprach das wohl einem Hauptmann. Das war die beste Position bei der Armee: hoch genug angesiedelt, daß die Unteroffiziere einen respektierten, aber man galt nicht gleich als Kotzbrocken, nach dessen Pfeife alles tanzen muß. Er warf Patsy einen Blick zu, die neben ihm döste. Die Schwangerschaft machte ihr ganz schön zu schaffen, in unvorhersehbarer Weise. Mal sprudelte sie über vor Aktivität, dann wieder brütete sie dumpf vor sich hin. Immerhin trug sie einen kleinen Chavez im Bauch spazieren, und das machte alles wieder gut – mehr als gut. Ein Wunder. Fast so groß wie das Wunder, daß er jetzt wieder Soldat wurde, wozu man ihn ursprünglich ausgebildet hatte. Besser noch, so etwas wie freier Söldner. Schlecht war nur, daß er mehr als einem Staat diente, unter mehreren Fahnen zugleich. Aber das ging nun mal nicht anders. Er hatte sich freiwillig entschieden, bei Mr. C zu bleiben. Jemand mußte dem Chef zur Seite stehen.

Die Sache im Flugzeug hatte ihn einigermaßen verblüfft. Mr. C hatte das Schießeisen nicht parat – verdammt noch mal, dachte Ding, da hat man eine Sondererlaubnis, im Zivilflieger eine Waffe mitzuführen (so ungefähr das Schwierigste, was man sich wünschen kann), und verstaut sie im Handgepäck, wo man nicht drankommt? *Santa Maria!* – selbst John Clark war nicht mehr der Jüngste. Mußte der erste taktische Fehler sein, der ihm seit langem unterlaufen war, und dann versuchte er ihn zu bemänteln, indem er den Westernhelden beim Showdown spielt. Naja, das war ihm ja auch geglückt. Cool und gelassen. Aber überstürzt, wie Ding fand, geradezu unbedacht. Er drückte Patsy die Hand. Sie brauchte jetzt viel Schlaf. Der Kleine zehrte an ihren Kräften. Ding beugte sich vor und küßte ihr sacht die Wange, so behutsam, daß sie nicht wach wurde. Im Rückspiegel sah er den Blick des Fahrers und starrte ausdruckslos zurück. War der Typ eigentlich Fahrer oder gehörte er zur Truppe? Na, das würde er schon früh genug herausfinden.

Ding hätte nicht gedacht, daß die Sicherheitsvorkehrungen so streng waren. Fürs erste hatte man Rainbow in Hereford untergebracht, dem Hauptquartier des 22. Special-Air-Service-Regiments der britischen Armee. Die Vorkehrungen waren sogar strenger als auf den ersten Blick sichtbar, denn ein Mann mit Gewehr sieht immer aus wie ein Mann mit Gewehr. Von außen war der Unterschied zwischen Wach-und-Schließ-Gesellschaft und trainierter Anti-Terror-Einheit kaum auszumachen. Hier traf das letztere zu, stellte Ding bei näherer Betrachtung fest. Man konnte es an den Augen ablesen. Er nickte dem

Mann, der einen Blick durchs Seitenfenster warf, pflichtbewußt zu, und dieser nickte zurück, als er den Wagen durchwinkte. Die Kaserne sah aus wie jede andere; manche Verkehrszeichen waren ungewohnt, auch die Abkürzungen, aber vor den Gebäuden lagen kurzgeschnittene Rasenflächen; alles wirkte gepflegter als im Zivilgelände. Man brachte ihn ins Offiziersviertel zu einem bescheidenen, schmucken Bungalow, mit Parkplatz für einen Wagen, den Ding und Patsy noch gar nicht besaßen. Er sah zu, wie John ein paar Blocks weiter kutschiert wurde, zu einem stattlicheren Anwesen – naja, der Oberst wird besser untergebracht als der Hauptmann, dachte er, und die Miete hätte er sowieso nicht bestreiten können. Ding öffnete die Tür, stieg aus und schlenderte um den Wagen, zum Kofferraum. Dann kam der erste Schreck in der Morgenstunde.

»Major Chavez?« hörte er jemanden fragen.

»Äh – ja?« Ding fuhr herum. *Major?* wunderte er sich.

»Ich bin Korporal Weldon. Ihr Adjutant, Sir.« Der Korporal, eine bullige Gestalt, war einen ganzen Kopf größer als er. Jetzt trat er vor seinen Dienstherrn und hievte das Gepäck aus dem Kofferraum. Chavez blieb nicht viel übrig, als »Danke, Korporal« zu sagen.

»Folgen Sie mir bitte, Sir.« Patsy und Ding setzten sich in Bewegung.

Dreihundert Meter weiter erging es John und Sandy ähnlich, nur bestand ihr Personal aus einem Feldwebel und einem (weiblichen) Korporal, einer hübschen, englisch-blassen Blondine. Sandys erster Eindruck von der Küche war, daß hierzulande die Kühlschränke winzig waren, und daß ihr das Kochen einige Verrenkungen abnötigen würde. Übermüdet, wie sie nach der Flugreise war, begriff sie nicht sofort, daß dies die Domäne von Korporal Anne Fairway war. Das Haus war nicht ganz so groß wie daheim in Virginia, genügte aber ihren Ansprüchen vollauf.

»Wie weit von hier ist das Krankenhaus?«

»Rund sechs Kilometer, Madam.« Fairway ahnte noch nicht, daß Sandy Clark eine gutausgebildete ER-Schwester war und in der Klinik arbeiten würde.

John besichtigte sein Arbeitszimmer. Das eindrucksvollste Möbelstück war die Hausbar, gut sortiert mit Scotch- und Ginflaschen, wie er feststellte. Bestimmt ließen sich von irgendwoher ein paar gescheite Bourbons beschaffen. Der Computer stand bereit, hoffentlich mit Sichtschutz, damit man nicht hundert Meter weiter vom Auto aus lesen konnte, was er gerade eintippte. Doch dürfte es kein Leichtes sein, so nah heranzukommen. Die Wachtposten am Eingang hatten selbst ihn als Kenner beeindruckt. Während ihre beiden Adjutanten die Kleiderschränke einräumten, verschwand John unter der Dusche. Vor ihm lag ein langer Arbeitstag. Zwanzig Minuten später trat er in blauem Nadelstreifen, weißem Hemd und gestreifter Krawatte vor die Tür, wo schon ein Dienstwagen wartete, um ihn ins Hauptquartier zu bringen.

»Viel Spaß, Liebling!« Sandy gab ihm einen Abschiedskuß.

»Kannst du Gift drauf nehmen.«

»Guten Morgen, Sir!« grüßte der Fahrer. Clark schüttelte ihm die Hand und erfuhr, daß er Ivor Rogers hieß und Sergeant war. Die Ausbuchtung an seiner rechten Hüfte rührte wohl von der MP her. Die Briten nehmen's verdammt ernst mit der Sicherheit, dachte John. Andererseits war hier die Heimat des SAS, der bei Terroristen inner- und außerhalb des Königreiches gewiß nicht beliebt war. Und die echten, die gefährlichen Profis mußten ebenso vorsichtig sein wie gründlich. *Genau wie ich*, sagte sich John Clark.

»Wir müssen vorsichtig sein. Extrem vorsichtig, bei jedem neuen Schritt.« Das kam wohl nicht ganz überraschend für die meisten. Gut, daß sie Ahnung hatten von Sicherheitsvorkehrungen. Die meisten waren Wissenschaftler, und viele gingen mit lebensgefährlichen Substanzen um, Level-3 und Schlimmerem, und die Vorsicht war ihnen zur zweiten Natur geworden. Und das war schon mal nicht übel, dachte er. Außerdem hatten sie fast alle begriffen, welche Aufgabe vor ihnen lag. Schließlich ging es um Menschenleben. Einige jedoch hatten noch nicht begriffen, was ihre Pflicht war, und würden es nie begreifen. Aber damit mußte man rechnen, und diese waren es, die ihr Leben einbüßen würden. Das war bedauerlich, aber nicht zu ändern.

Damit hob er die Runde auf, später als gewöhnlich, und die Leute verließen den Konferenzsaal, gingen auf den Parkplatz hinaus, wo einige – er hielt sie für Idioten – ihre Fahrräder bestiegen, daheim ein paar Stunden schliefen und morgens wieder ins Büro radelten. Immerhin waren es die Apostel der Wahrheit, wenn auch nicht allzu praktisch veranlagt – und, verdammt, sie steuerten *Flugzeuge* auf Fernreisen, oder? Menschen mit unterschiedlichen Ansichten waren gut für die Bewegung. Alles hing davon ab, ob es gelang, die Bewegung zu stärken. Mit diesem Gedanken ging er zu seinem eigenen Wagen, sein praktischer kleiner Kombi, die Zivilversion des geliebten Militärjeeps. Er knipste das Radio an und lauschte den Klängen von Respighis *Pini di Roma*, und plötzlich merkte er, wie sehr er NPR und seine klassischen Musikprogramme vermißte. Naja, manches war eben nicht zu vermeiden.

Geduscht und glattrasiert, im Brooks-Brothers-Anzug und mit Armanikrawatte, die er sich zwei Tage vorher zugelegt hatte, verließ Clark seine Dienstwohnung und trat auf den Dienstwagen zu, dessen Fahrer ihm die Tür aufhielt. Statussymbole wurden in England ganz groß geschrieben. John fragte sich, wie rasch man sich wohl daran gewöhnte.

Sein Büro lag keine drei Kilometer weit in einem zweistöckigen Ziegelbau, an dem sich Bauarbeiter zu schaffen machten. Vor der Tür stand eine weitere Ordonnanz, die Pistole griffbereit im weißen Holster. Sie richtete sich kerzengerade auf und salutierte, als Clark auf zehn Schritt herankam.

»Guten Morgen – Sir!«

Überrascht wie er war, salutierte auch John, als begegneten sie sich auf dem Achterdeck eines Panzerkreuzers. »Morgen, Soldat«, gab John zurück und nahm sich vor, den Namen des Jungen in Erfahrung zu bringen. Den Türknauf fand er selbst. Drinnen fand er Stanley vor, der in einer Akte las und lächelnd aufblickte.

»Das Haus ist erst in einer Woche fertig, John. Ein Altbau, seit Jahren nicht mehr benutzt, und sie haben erst vor sechs Wochen angefangen. Komm mit, ich bring dich in dein Büro.«

Clark folgte Stanley in einen Korridor, an dessen Ende das Büro lag, das offenbar schon komplett renoviert war.

»Das Gebäude stammt aus dem Jahr 1947«, erklärte Alistair, als er die Zwischentür öffnete. Dort saßen die beiden Sekretärinnen, die John auf Ende dreißig schätzte. Ihr Lebenslauf war sicher noch strenger durchleuchtet worden als sein eigener. Sie hießen Alice Foorgate und Helen Montgomery. Als der Chef eintrat, standen sie auf und stellten sich selbst charmant lächelnd vor. Stanleys Direktorenzimmer lag neben Clarks Büro. Letzteres war mit einem mächtigen Schreibtisch, einem bequemen Sessel und dem gleichen Computer ausgestattet wie der, den John bei der CIA benutzte. Gewiß ebenso narrensicher und resistent gegen unbefugtes elektronisches Eindringen. Ganz rechts stand sogar eine Hausbar; zweifellos eine britische Eigenheit.

John holte tief Luft, bevor er im Drehsessel Platz nahm, und legte als erstes das Jackett ab. Im Anzug an einem Schreibtisch sitzen gehörte nicht zu seinen Lieblingsbeschäftigungen. So etwas wurde von »Schlipskragen« erledigt, und »Schlipskragen« waren John ein Greuel. Er bedeutete Alistair, im Sessel vor dem Schreibtisch Platz zu nehmen.

»Wie weit sind wir?«

»Zwei Gruppen sind bereits komplett. Die eine wird Chavez leiten. Die andere ist Peter Covington unterstellt, der soeben zum Major befördert wurde. Sein Vater war vor Jahren Oberst beim 22. Regiment und ging als Brigadegeneral in Rente. Der Junge ist großartig. In jedem Team zehn Mann, wie vereinbart. Auch den Technikerstab haben wir bald zusammen. Dafür haben wir einen Israeli verpflichtet, David Peled. Hat mich gewundert, daß sie ihn hergaben. Bei Mikroelektronik und Überwachungssystemen ist er unschlagbar ...«

»Und muß Avi ben Jakob allabendlich Bericht erstatten.«

Stanley lächelte. »Versteht sich von selbst.« Keiner der Offiziere machte sich die geringsten Illusionen über die Loyalität der buntgemischten Rainbow-Truppe. »David hat in den letzten zehn Jahren immer wieder mal für den SAS gearbeitet. Ein Genie, mit Kontakten zu jeder Elektronikfirma von San José bis Taiwan.«

»Und die Schützen?«

»Allererste Wahl, John. Besser als alle, mit denen ich je im Einsatz war.« Das wollte einiges heißen.

»Aufklärung?«

»Alles bestens. Der Chef dieser Abteilung ist Bill Tawney, seit dreißig Jahren ›Six‹. Ihm steht Dr. Paul Bellow zur Seite. Hat als Professor an der Temple University, Philadelphia, gelehrt, bevor euer FBI ihn anwarb. Ein Superhirn. Kennt sich überall in der Welt aus. Ihr habt ihn in der Moro-Affäre den Italienern ausgeliehen, aber eine argentinische Mission im kommenden Jahr hat er ausgeschlagen. Ein Mann mit Grundsätzen; wenigstens scheint es so. Er reist morgen an.«

In diesem Moment trat Mrs. Foorgate ein, mit einem Tablett in der Hand: Tee für Stanley, Kaffee für Clark. »Die Abteilungskonferenz beginnt in zehn Minuten, Sir«, mahnte sie.

»Danke, Alice.« *Sir*, wiederholte er für sich. Clark kam diese Anrede fremd vor. Wieder ein Zeichen, daß er zum »Schlipskragen« degeneriert war. Zum Teufel damit. Er wartete ab, bis die schwere, schalldicht gepolsterte Tür ins Schloß fiel, bevor er die nächste Frage stellte. »Was ist meine Stellung hier, Al?«

»Generalsrang – mindestens Brigadegeneral, vielleicht auch Zwei-Sterne. Ich bin anscheinend so was wie der Oberst. Stabschef, verstehst du?« Stanley nahm einen Schluck Tee. »Du weißt doch, daß es ohne Hierarchie nicht geht, John«, fuhr er versöhnlich fort.

»Weißt du, was ich wirklich bin, Al – oder wenigstens war?«

»Du warst führender Marineoffizier im Kapitänsrang, glaube ich, mit Navykreuz und Silbernem Stern am Bande«, zählte er aus dem Gedächtnis auf. »Bronzestern mit V-Kampfabzeichen dreimal hintereinander, plus drei Purple-Hearts-Orden. – Alles, bevor dich der Geheimdienst holte und dir sage und schreibe vier Geheimdienst-Sterne verlieh. Brigadegeneral ist das mindeste, was wir dir schuldig sind, Alter. Koga zu retten, und Daryei herauszuholen war schon eine reife Leistung. Sollte ich vergessen haben, es dir zu sagen? Wir wissen manches über dich und den jungen Chavez – der Bursche hat enorme Reserven, wenn er so gut ist, wie man sich erzählt. Und die braucht er natürlich auch. Denn seine Truppe besteht aus Spitzenleuten!«

»Hallo, Ding!« rief eine vertraute Stimme. Chavez blickte überrascht nach links.

»*Oso!* Altes Schlachtroß! Was zum Teufel hast du hier verloren?« Die Männer umarmten sich.

»Bei den Rangers wurde mir's langweilig. Da bin ich nach Bragg übergewechselt, um mit der Delta-Force auf Tour zu gehen. Schließlich kam das hier und ich ließ mich anwerben. – Und du bist Chef von Team-2?« wollte der First Sergeant Julio Vega wissen.

»Scheint so«, gab Ding zurück und schüttelte seinem Kumpel von damals die Hand. »Bist kein Gramm leichter geworden, Mann. Jesu Cristo, du *frißt* wohl die Hanteln, Oso?«

»Muß doch fit bleiben, Sir«, erwiderte der Mann, den hundert morgendliche Liegestütze nicht ins Schwitzen brachten. Seine Uniformbluse zierte das Verwundetenabzeichen der Infanteriebrigade und das silberne »Eiskrem-Hörnchen« eines kampferprobten Fallschirmjägers. »Siehst gut aus, Mann. Läufst auch immer noch täglich, wie?«

»Man will doch nicht das Wegrennen verlernen.«

»Claro!« Vega lachte. »Dann komm, ich stelle dir die Mannschaft vor. Wir sind eine dufte Truppe, Ding!«

Das Team-2 hatte ein eigenes Kasernengebäude, einen langgestreckten Ziegelbungalow mit Schreibtisch für jeden einzelnen Mann und einer gemeinsamen Sekretärin namens Katherine Moony. Sie war noch jung und hübsch genug, dachte Ding, um den Junggesellen in seiner Mannschaft den Kopf zu verdrehen. Team-2, das sich jetzt auf dem Exerzierplatz versammelte, bestand ausschließlich aus Unteroffizieren, vorwiegend älteren Semestern: vier Amerikaner, vier Engländer, ein Deutscher und ein Franzose. Mit einem Blick stellte er fest, daß sie alle fit wie Turnschuhe waren – derart, daß sich Ding schon Sorgen um seine eigene Kondition machen mußte. Schließlich war er ihr Befehlshaber, und das hieß, er hatte mindestens so gut oder noch besser zu sein als seine Truppe.

Sergeant Louis Loiselle war der erste. Klein von Gestalt und dunkelhaarig, war er von den französischen Parachutisten, seiner früheren Einheit, vor ein paar Jahren zum DGSE versetzt worden. Loiselle war ein Hansdampf, ein Libero für den Katastropheneinsatz, in allen Bereichen talentiert. Wie alle hier, war er Waffenexperte und – wie es in der Akte hieß – ein Meisterschütze mit Handfeuerwaffen. Sein freundliches, entspanntes Lächeln zeugte von gesundem Selbstvertrauen.

Feldwebel Dieter Weber neben ihm war ebenfalls Fallschirmjäger und hatte die Gebirgsjägerschulung der deutschen Bundeswehr absolviert, eine Ausbildung, die zu den körperlich härtesten aller Armeen der Welt gehört. Danach sah er auch aus. Sechzig Jahre früher hätte man, blond und hellhäutig wie er war, einen SS-Mann aus ihm gemacht. Sein Englisch war, wie Ding feststellte, besser als sein eigenes. Man hätte ihn für einen Amerikaner oder Engländer halten können. Weber war aus der GSG-9, die als Anti-Terror-Truppe dem deutschen Bundesgrenzschutz angehörte, zu Rainbow gewechselt.

»Wir haben schon viel von Ihnen gehört, Major!« ließ sich Weber vernehmen. Mit seinen 1 Meter 92 war er ein bißchen groß, dachte Ding, und gab ein leichtes Ziel ab. Sein Händeschütteln war typisch deutsch: einmal rasch zupacken, straff aufrichten und loslassen, mit kräftigem Druck. Interessant waren seine blauen Augen, die Ding von Beginn an eisig begutachteten. Normalerweise fand man sie hinter einem Zielfernrohr. Weber war einer der beiden Scharfschützen des Teams.

Der andere war Sergeant »First Class« Homer Johnston. Ein Bergführer aus Idaho, der sein erstes Wild mit neun Jahren erlegte. Er und

Weber standen in friedlichem Wettbewerb. Johnston wirkte in jeder Hinsicht durchschnittlich und war mit seinen Einsachtzig eher Schnelläufer als Schwergewicht. Er hatte in der 101. Air-Mobile in Fort Campbell, Kentucky, angefangen und sich in der Armee rasch hochgedient. »Freut mich, Sie kennenzulernen, Sir!« Wie Chavez' Freund Oso Vega war er früher bei den Green Berets und der Delta Force gewesen.

Die Schützen – nach Dings Vorstellungen diejenigen, die in Häusern eingesetzt wurden und die Drecksarbeit taten – waren Amerikaner und Briten. Steve Lincoln, Paddy Connolly, Scotty McTyler und Eddie Price kamen vom SAS. Sie hatten in Nordirland und anderswo schon einiges geleistet. Für Mike Pierce, Hank Patterson und George Tomlinson traf das nicht zu, weil die Delta Force der Amerikaner nicht über die Erfahrungen des SAS verfügte. Andererseits arbeiteten, wie Ding sehr wohl wußte, Delta, SAS, GSG-9 und all die anderen internationalen Eliteeinheiten so eng zusammen, daß sie sich ebensogut miteinander verschwägern konnten. In seinem Team wurde »Major« Chavez von allen anderen überragt, und das gab ihm die Erkenntnis, daß er trotz eigener Fronterfahrung den Respekt seiner Männer erst verdienen mußte – und zwar bald.

»Wer ist euer Hauptfeldwebel?«

»Ich bin's, Sir«, meldete sich Eddie Price. Er war mit einundvierzig der Älteste hier, und ehemals farbiger Sergeant im 22. Special Air Service Regiment gewesen, wo man ihn zum Hauptfeldwebel beförderte. Wie die anderen auf dem Sportplatz trug er Zivilkleidung, ohne Rangabzeichen.

»Na schön, Price. Habt ihr schon euer Morgentraining gemacht?«

»Nein, Major. Wir haben auf sie gewartet«, gab Hauptfeldwebel Price zurück. Sein Grinsen spiegelte zehn Prozent Höflichkeit und neunzig Prozent Provokation.

Chavez lächelte zurück. »Alles klar. Ich bin zwar noch etwas steif in den Gliedern von unserem Flug, aber ein paar Lockerungsübungen tun mir sicher gut. – Wo kann ich mich umziehen?« Hoffentlich reichten die täglichen Zwei-Kilometer-Sprints der letzten zwei Wochen aus, hoffte Ding – und er *war* noch leicht angeschlagen nach dem Flug.

»Folgen Sie mir, Sir.«

»Mein Name ist Clark, und ich soll hier wohl der Boß sein«, verkündete John vom Kopf des langen Konferenztischs. »Sie alle kennen unsere Mission, und Sie sind angeworben worden, um bei Rainbow mitzumachen. Noch Fragen?«

Das nahm ihnen den Wind aus den Segeln, dachte John. Gut so. Einige starrten ihn noch immer ausdruckslos an. Andere blickten auf ihre Notizblöcke.

»Okay. Um einige der vordringlichsten zu beantworten – unsere Einsatzdoktrin wird ein bißchen anders sein als bei den Organisationen, aus denen Sie kommen. Das wird sich auch in den Übungen niederschlagen, mit denen wir morgen beginnen. – Man erwartet von uns unmittelbare Einsatzbereitschaft«, warnte John. »Das heißt, das Telefon kann jeden Augenblick klingeln und wir müssen ran. Sind wir dazu imstande?«

»Nein«, entgegnete Alistair Stanley stellvertretend für den übrigen Führungsstab. »Das wäre unrealistisch, John. Wir werden, schätze ich, drei Wochen brauchen.«

»Das kann ich verstehen, doch die Welt da draußen ist nicht so gemütlich, wie wir sie gern hätten. Erledigt, was getan werden muß, und zwar rasch. Mit den Manövern fangen wir nächsten Montag an. Mit mir zu arbeiten ist kein Zuckerlecken, Leute. Ich bin an der Front gewesen, ich weiß, wie's da zugeht. Ich erwarte nicht, daß wir perfekt sind, aber ich erwarte, daß wir stets darauf hinarbeiten. Wenn wir eine Mission verpatzen, kann es Unschuldige das Leben kosten. Sowas kann vorkommen. Sie wissen es, und ich weiß es auch. *Aber*: Fehler werden wir nach Möglichkeit vermeiden, und wir werden aus jedem einzelnen die richtige Konsequenz ziehen. Terrorismusbekämpfung funktioniert wie natürliche Auslese. Die Dummen sind längst ausgestorben, und diejenigen, mit denen wir's da draußen zu tun kriegen, haben manche Lektion gelernt. Wir natürlich auch, und taktisch gesehen haben wir möglicherweise sogar einen gewissen Vorsprung. Aber wir müssen uns schwer ins Zeug legen, um ihn zu behalten. Wir müssen rennen, was das Zeug hält. – So weit, so gut«, fuhr er fort. »Aufklärung – wie weit sind wir damit?«

Bill Tawney war in Johns Alter, schätzte John. Braunes, schütter gewordenes Haar, im Mund eine kalte Tabakspfeife. Ein »Six« – das hieß, Chef im britischen Secret Intelligence Service –, ein Unsichtbarer im Außendienst war er gewesen, bevor er nach zehn Jahren Undercover-Arbeit hinter dem Eisernen Vorhang heimkehrte. »Unsere Verbindungstellen funktionieren. Wir haben gute persönliche Kontakte zu allen befreundeten Diensten hier und in den beteiligten Hauptstädten.«

»Wie gut sind sie?«

»Nicht übel«, gab Tawney zurück. John fragte sich, ob es am englischen Understatement lag. Eine seiner wichtigsten, aber heikelsten Aufgaben bestand darin, zu entschlüsseln, was jedes einzelne Mitglied des Stabes meinte, wenn er oder sie das Wort ergriff. Das wurde ihm durch die kulturellen und sprachlichen Differenzen nicht gerade leicht gemacht. Auf den ersten Blick wirkte Tawney wie ein echter Profi, der aus braunen Augen ruhig und geschäftsmäßig dreinblickte. Aus seiner Akte ging hervor, daß er in den letzten fünf Jahren dem SAS direkt unterstellt war. Angesichts der SAS-Erfolgsbilanz konnte er ihnen, wenn überhaupt, nicht allzuviele Falschmeldungen angedreht haben. Gut so.

»David?« fragte er als nächstes. David Peled, der Technik-Chef aus Israel, machte einen eher katholischen Eindruck, als entstamme er einem El-Greco-Wandbild. Ein Dominikanermönch des 15. Jahrhunderts: hochgewachsen und dürr, mit hohlen Wangen, dunklem, kurzgeschorenem Haar und eindringlichem Blick. Immerhin hatte er lang genug für Avi ben Jakob gearbeitet, den Clark gut genug, wenn auch nicht sehr gut kannte. Peled war hier in zweifacher Funktion; er sollte im Rainbow-Führungsstab mitwirken, um seinem Heimatdienst, dem Mossad, Verbündete und Ansehen zu verschaffen, und sich zugleich möglichst viel aneignen und das Gelernte seinem Chef weitergeben.

»Unsere Abteilung entwickelt sich zur Zufriedenheit.« David setzte die Teetasse ab. »Aber ich brauche drei bis fünf Wochen, bis wir alle Geräte und Anlagen beisammen haben.«

»Schneller«, versetzte Clark auf der Stelle.

David schüttelte den Kopf. »Unmöglich. Den größten Teil unserer Hardware können wir, wie bisher, vom Regal kaufen. Aber einiges muß maßgeschneidert sein. Die Bestellungen sind allesamt unterwegs«, versicherte er dem Chef, »mit höchster Prioritätsstufe, bei den üblichen Vertragsfirmen. TRW, IDI, Marconi – Sie wissen schon. Aber Wunder können die keine vollbringen, auch für uns nicht. Drei bis fünf Wochen brauchen wir mindestens – für einige unabdingbare Elemente.«

»SAS wäre bereit, uns mit dem Nötigsten auszuhelfen«, versicherte Stanley vom anderen Ende der Tafel.

»Für Trainingszwecke?« fragte Clark zurück und ärgerte sich, daß er die Lösung nicht schon gefunden hatte.

»Mag sein.«

Ding brach den Dauerlauf nach fünf Kilometern ab, für die sie gut zwanzig Minuten gebraucht hatten. Keine schlechte Zeit, dachte er leicht ermattet, doch dann drehte er sich um und sah seine zehn Männer so frisch wie in den Startlöchern. Einer oder zwei blinzelten ihren Nachbarn zu, als amüsierten sie sich über den Schlappschwanz, der ihr Befehlshaber sein sollte.

Verdammt.

Der Lauf hatte am Schießstand geendet, wo die Zielscheiben schon bereitstanden. Hier hatte Chavez seine eigene Wahl für das Team getroffen. Als langjähriger Beretta-Fan hatte er entschieden, daß seine Männer die neue 45er Beretta als persönliche Dienstwaffe benutzen sollten. Dazu die Heckler & Koch MP-10 Maschinenpistole, eine Variante der altehrwürdigen MP-5 mit dem Magazin für 10-Millimeter-Patronen von Smith & Wesson, die 1980 für das amerikanische FBI entwickelt worden war. Ohne ein Wort nahm Ding seine Beretta, setzte Ohrenschützer auf und ballerte auf die mannshohen Silhouetten in zehn Metern Entfernung. *Bitteschön*, dachte er, acht Schüsse im Kopf. Doch Dieter Weber stellte sich neben ihn und plazierte alle seine Schüsse in ein einziges Loch, das nur leicht ausfranste, Paddy Connolly tat es ihm gleich, nur daß sein Loch, weniger als zwei Millimeter daneben, nicht einmal ausfranste. Beide Einschußlöcher lagen genau zwischen den Augen des Pappkameraden, ohne die Augen selbst zu berühren. Wie die meisten Amerikaner hatte Chavez geglaubt, die Europäer hätten keinen Schimmer von Pistolen. Offenbar hatte das Training gut angeschlagen.

Als nächstes nahmen sie ihre Heckler & Kochs, mit deren hervorragenden Zielfernrohren jeder treffen konnte. Ding schritt die Feuerlinie ab und sah zu, wie seine Leute auf kopfgroße Stahlplatten zielten, die durch Druckluft hochgeschnellt und augenblicklich mit metallischem Plonk zurückgeschleudert wurden. Schließlich blieb Ding hinter First Sergeant Vega stehen, der sein Magazin leerte, bevor er sich umwandte.

»Hab ja gesagt, die sind gut, Ding!«

»Wie lange sind sie schon hier?«

»Och, 'ne Woche vielleicht. – Sonst sind wir acht Kilometer gelaufen, Sir«, setzte Julio grinsend hinzu. »Weißt du noch, wie wir im Sommercamp in Colorado waren?«

Noch wichtiger war, dachte Ding, daß sie trotz des Dauerlaufs, der sie auslaugen und den Streß des Kampfgeschehens simulieren sollte, noch zielsicher blieben. Aber diese Bastarde waren so ruhig wie gottverdammte Bronzefiguren. Als ehemaliger Kompanieführer in der 7. leichten Infanteriedivision war er einer der stärksten, sportlichsten und leistungsfähigsten Soldaten in US-Uniform gewesen. Gerade deshalb hatte ihn John Clark für einen Geheimdienstjob engagiert, und in *dieser* Funktion hatte er schwierige und strapaziöse Einsätze vor Ort durchgeführt. Daß sich Domingo Chavez auch nur der geringsten Schwäche bewußt gewesen wäre, lag sehr weit zurück. Aber jetzt meldete sich seine innere Stimme.

»Wer ist der Härteste?« fragte er Vega.

»Weber. Ich hatte schon Wunderdinge von der Gebirgsjäger-Schulung gehört. Mag alles stimmen, Mann. Dieter ist nicht ganz menschlich. Gut im Nahkampf, guter Schütze, verdammt gut mit dem Gewehr, und wenn er wollte, könnte er im Dauerlauf ein Reh fangen und mit bloßen Händen zerfleischen.« Wenn ein Absolvent der Ranger-Ausbildung und der Schulung für Spezialeinsätze in Fort Bragg einen Kämpfer »gut« nannte, bedeutete es mehr als Kneipengewäsch, dachte Chavez.

»Der Klügste?«

»Connolly. All die Jungs von SAS sind spitze. Wir Amis haben noch was nachzuholen. Aber das wird schon noch, in ein, zwei Wochen. Wie damals in Colorado.«

Chavez wurde nicht gern an damals erinnert. Zu viele Freunde waren in den Bergen Kolumbiens geblieben, bei einem Job, den ihre Regierung nie zugeben durfte. Das Ende des Trainings verriet ihm alles über sein Team. Falls einer das Ziel verfehlt hatte, war es ihm entgangen. Jeder feuerte exakt hundert Kugeln ab – die tägliche Ration für Männer, die fünfhundert in der Woche bei Schießübungen verbrauchten. Das würde sich bei einem behutsam gelenkten Training ändern, mit dem sie gleich morgen beginnen sollten.

»Okay«, schloß John. »Wir machen jeden Morgen um 8.15 Uhr eine routinemäßige Lagebesprechung, und eine förmlichere Konferenz Freitag nachmittag. Meine Tür steht Ihnen jederzeit offen, auch die meiner Privatwohnung. Wenn ihr mich braucht, Leute – ich habe sogar neben der Duschkabine einen Telefonanschluß. Jetzt will ich mal raus und mir die Schießübungen ansehen. Sonst noch was? Dann wär's das. Wir bleiben in Verbindung.« Alle standen auf und verließen den Saal. Stanley blieb stehen.

»Das klappt ja prima«, bemerkte er und schenkte sich noch eine Tasse Tee ein. »Vor allem für jemanden, der den bürokratischen Kram nicht gewohnt ist.«

»Man merkt's mir an, wie?« grinste Clark.

»Läßt sich alles lernen, John.«

»Hoffentlich.«

»Wann fängt hier das Morgentraining an?«

»Gegen viertel vor sieben. Willst du etwa mit den Burschen rennen und dich abrackern?«

»Wenigstens will ich's versuchen«, gab Clark zurück.

»Du bist zu alt, John. Manche von denen laufen Marathon in der Freizeit, und du bist näher bei sechzig als bei fünfzig!«

»Hör mal, Al. Ich kann nicht das Kommando führen, ohne einen Versuch zu wagen. Das weißt du so gut wie ich.«

»Wenn's sein muß«, seufzte Stanley.

Sie wurden spät wach, einer nach dem anderen, was eine gute Stunde dauerte. Die meisten blieben einfach liegen, andere schlurften ins Badezimmer, wo sie Aspirin und Tylenol gegen die Kopfschmerzen vorfanden, die sie alle verspürten. Ein paar von ihnen gingen duschen, ungefähr die Hälfte ließ es bleiben. Im Nebenzimmer stand ein Frühstücksbüffet, das ihre schönsten Erwartungen übertraf: Pfannen voller Rührei, Pfannkuchen, Schinken und Speck. Einige wußten sogar noch, wofür Servietten gut sind, wie sich bei der Kameraüberwachung herausstellte.

Ihren Wohltäter lernten sie erst nach dem Frühstück kennen. Er bot ihnen saubere Klamotten an, nachdem sie alles verputzt hatten.

»Wo sind wir hier?« fragte einer, dem die Beobachter die Nummer 4 gegeben hatten. Was sich hier abspielte, war jedenfalls nicht die Heilsarmee, wie er sie kannte.

»Meine Firma will eine Studie durchführen«, erklärte der Gastgeber hinter seinem stramm sitzenden Mundschutz. »Und Sie, meine Herren, nehmen daran teil. Sie werden eine Weile bei uns bleiben. Während dieser Zeit bekommen Sie saubere Betten, ordentliche Kleidung, vernünftiges Essen, medizinische Betreuung, *und*« – er zog einen Wandvorhang zurück – »dürfen trinken, soviel Sie wollen.« In einer Wandnische, die noch keiner der Gäste entdeckt hatte, waren drei Regale mit Wein, Bier und Schnaps von fast jeder handelsüblichen Sorte zu sehen, dazu Gläser, Sodawasser, Mixbecher und Eis.

»Soll das heißen, man läßt uns nicht weg?« erkundigte sich Nummer 7.

»Wir würden es vorziehen, wenn Sie bleiben«, gab der Gastgeber ausweichend zurück. Entschuldigend deutete er auf die Hausbar, und seine Augen strahlten über der Maske. »Kleiner Frühschoppen gefällig?«

Es stellte sich heraus, daß es für keinen von ihnen zu früh am Tag war, und daß Bourbon und Korn am reichlichsten weggingen. Die beigemischte Droge war nicht herauszuschmecken, und alle Gäste trotteten zurück in ihre Klinikbetten. Neben jedem war ein Fernsehgerät angebracht. Zwei weitere entschlossen sich, unter die Dusche zu gehen. Drei rasierten sich sogar, und als sie vom Waschraum zurückkamen, sahen sie richtig menschlich aus. Wenigstens vorläufig.

In der Überwachungszentrale am anderen Ende des Gebäudes steuerte Dr. Archer die verschiedenen Kameras aus, bis sie jeden »Gast« ins Visier nehmen konnte.

»Gehen allesamt auf dem Zahnfleisch«, bemerkte sie. »Ihr Kreislauf muß katastrophal sein.«

»Stimmt, Barb«, nickte Dr. Killgore. »Nummer 3 sieht besonders elend aus. Glauben Sie, wir könnten ihn etwas aufpäppeln, bevor ...?«

»Wir sollten's wenigstens versuchen«, überlegte die Ärztin. »Wir sollten die Testkriterien nicht zu weit dehnen, oder?«

»Wär auch schlecht für die Stimmung, wenn wir einen zu früh sterben lassen«, fuhr Killgore fort.

»Hat's der Mensch nicht weit gebracht«, zitierte Archer spöttisch.

»Nicht alle«, gab Killgore zurück. »Überrascht es Sie nicht, daß sie keine Frauen für die Gruppe gefunden haben?«

»Kein bißchen«, erwiderte die Feministin Dr. Archer, was den zynischeren Dr. Killgore belustigte. Aber es lohnte nicht, darüber Streit anzufangen. Er wandte sich von den Monitoren ab und nahm das Rundschreiben der Firmenleitung zur Hand. Ihre Gäste sollten behandelt werden wie – Gäste, gut verpflegt, sauber untergebracht und mit allen Getränken versorgt, die sie bei Fortdauer ihrer Körperfunktionen noch zu sich nehmen konnten. Den Epidemiologen beunruhigte es ein wenig, daß all ihre Testpersonen alkoholisierte Wracks waren. Der Vorteil lag auf der Hand: Niemand würde sie vermissen, nicht einmal jene, die man zur Not ihre Freunde nennen würde. Nur die wenigsten hatten Angehörige, die von ihrem Aufenthalt wußten. Selbst von denen wären nur die wenigsten überrascht gewesen, wenn sie dort nicht mehr auffindbar waren. Und kein Mensch, schätzte Killgore, würde die Behörden auf ihr Verschwinden hinweisen – und falls doch, würde sich die New York City Police darum kümmern? Wohl kaum.

Nein, ihre »Gäste« waren von der menschlichen Gesellschaft ausgestoßen. Nicht gewaltsam zwar, aber doch endgültig wie seinerzeit die Juden im Nazireich. Wofür Archer und Killgore durchaus Verständnis aufbrachten. Wie weit hatte es der Mensch denn gebracht? Diese Exemplare des gottähnlichen Zweibeiners taugten weniger als die Versuchstiere, deren Platz sie jetzt einnehmen sollten. Und den Umgang empfand Archer, die ein Herz für Kaninchen und sogar für Ratten hatte, als weniger angenehm. Killgore amüsierte das. Ihm waren sie bestenfalls gleichgültig, wenigstens betrachtete er sie nicht als Einzelwesen. Was zählte, war doch die Gattung insgesamt, sonst nichts. Und ihre sogenannten »Gäste« waren Untermenschen, ohne jeden Nutzen für die Gattung. Killgore hingegen schon. Archer auch, von ihren dümmlichen politisch-sexistischen Marotten abgesehen. Damit kehrte Killgore zu seinem Schreibtisch zurück und notierte ein paar Daten, erledigte den Papierkram. Morgen würden sie die medizinische Generaluntersuchung durchführen. Das dürfte mit Sicherheit ein Heidenspaß werden.

2

AUFSATTELN

Die ersten zwei Wochen waren ein vielversprechender Auftakt. Chavez lief jetzt mühelos seine acht Kilometer. Er absolvierte auch die erforderliche Anzahl Liegestütze mit seinen Männern und traf bei Schießübungen besser als die Hälfte von ihnen, wenn auch nicht annähernd so gut wie Connolly und der Amerikaner Hank Patterson. Denen mußten die Pistolen in die Wiege gelegt worden sein, dachte Ding, nachdem er dreihundert Kugeln am Tag verfeuert hatte, um mit ihnen gleichzuziehen. Vielleicht sollte er mal sein Schießeisen überholen lassen? Der hier stationierte SAS hatte einen Waffenmeister, der, wie man munkelte, so geschickt war, als hätte ihn Sam Colt selbst in die Lehre genommen. Wenn der Abzug ein wenig leichter und griffiger wäre, vielleicht. Aber das war im Grunde genommen bloß Firlefanz. Pistolen waren Sekundärwaffen. Mit ihren H&K 10er-MPs konnte jede Blindschleiche, schneller als man denken konnte, einer Zielperson auf fünfzig Meter drei Kugeln in den Kopf jagen. Es war fast beängstigend. Seine Truppe bestand aus den besten Soldaten, denen er je begegnet war. Und Ding selbst mußte am Schreibtisch sitzen und in den verhaßten Akten pinseln. Er schnaubte verächtlich. Gab es irgendwen auf der Welt, der *gern* in Akten wühlte?

Die gesamte Truppe verbrachte überraschend viel Zeit mit Lesen und am Schreibtisch. Hauptsächlich Fahndungsberichte: Welcher Terrorist sich gerade wo aufhielt, nach Erkenntnissen dieses Geheimdienstes oder jenes Polizeireviers oder irgendwelcher geldgieriger Denunzianten. Freilich waren die meisten Informationen überholt und fast wertlos; trotzdem studierten sie, was das Zeug hielt. In den meisten Akten lagen Fotos der überlebenden Terroristenführer. Carlos, der Schakal – er mußte jetzt Mitte fünfzig sein und saß in einem französischen Hochsicherheitstrakt. Hinter dem waren sie seinerzeit alle hergewesen. Die Fotos von ihm waren mit Computer bearbeitet, um seinem jetzigen Alter zu entsprechen. Sie wurden lebensechten Fotos aus Frankreich gegenübergestellt. Die Männer vertrieben sich die Zeit damit, sich Physiognomien der Täter einzuprägen. Wer weiß, in einer dunklen Nacht an unbekanntem Ort konnte ein Lichtblitz eines der Gesichter erleuchten – und im Handumdrehen mußte man entscheiden, ob man auf den fraglichen Kopf anlegte. Denn wenn man schon die Chance bekam, einen zweiten Carlos Iljitsch Ramirez unschädlich zu machen, wollte man sie sich nicht entgehen lassen. Denn dann, überlegte Ding, würde man in keiner Polizeikantine mehr seinen Drink zahlen müssen, so berühmt war man. Schade nur, daß sie mit dem Altpapier auf dem Schreibtisch gar nichts anfangen konnten. Wenn ihnen der nächste Carlos wirklich ins Netz ging, dann nur, weil irgendein Dorfbulle in Sao Paolo, Brasilien, oder Klein-Kleckersdorf oder sonstwo von dem oder jenem Informanten etwas gehört hatte und sich das Haus mal ansehen ging. Wenn dann der Groschen fiel bei all den Steckbriefen, mit denen Polizeireviere in aller Welt zugepflastert sind, kam es auf die Gerissenheit dieses speziellen Bullen an, ob er den Betreffenden an Ort und Stelle dingfest machen konnte. Oder ob er, wenn die Lage ein bißchen brenzlig wurde, seinem Vorgesetzten Bericht erstattete und der nach Verstärkung rief. Dann würde sich womöglich ein Einsatzkommando wie Dings Team-2 heimlich auf den Weg machen und den Bastard ausknipsen, notfalls im Angesicht von Weib und Kind, die bestimmt keine Ahnung hatten, was Daddy noch von früher alles auf dem Gewissen hatte – ein gefundenes Fressen für CNN und die Abendnachrichten…

Das hatte man von der vielen Schreibtischarbeit. Man fing an, seinen Tagträumen nachzuhängen. Chavez setzte sein Majorsgesicht auf, blickte auf die Uhr und erhob sich, übergab seinen Haufen Papier Miß Moony und wollte hinaus auf den Exerzierplatz. Er wollte schon fragen, ob alle soweit wären, aber das war überflüssig, denn der einzige, den er hätte fragen können, stand schon in der Tür. Unterwegs griff er nach Pistole und Gürtel. Als nächstes machte er Halt in der Garderobe, bloß daß hier keine Garderobe für ihn hing, sondern ein nachtschwarzer Kampfanzug, mit Panzerweste und allem.

Team-2 war schon da, die meisten schon ein paar Minuten früher fertig zum Manöver des Tages. Sie wirkten locker, entspannt und wechselten leise Scherzworte miteinander. Als alle eingekleidet waren, holten sie in der Waffenkammer ihre Maschinenpistolen. Einer nach dem anderen warf die Doppelschlinge über die Schulter, sah nach, ob das Magazin voll war, steckte es zurück, legte den Sicherungshebel vor und legte probehalber kurz an, denn jede Waffe war den spezifischen Eigenheiten des einzelnen Schützen angepaßt.

Die Manöver nahmen kein Ende, soweit sich das in zwei Wochen übersehen ließ. Es gab sechs grundsätzliche Abläufe, die in unterschiedlichster Umgebung durchgespielt wurden. Das meistgehaßte Szenario fand im Passagierraum eines Zivilfliegers statt. Gut daran war nur die selbstgewählte Beschränkung der Subjekte – hier konnten sie wenigstens nicht abhauen. Der Rest war widerlich. Massenhaft Zivilisten in der Schußlinie, erstklassige Deckung für den Feind, und falls einer wirklich die Bombe am Leib trug – was sie fast immer behaupteten –, brauchte er bloß die Nerven zu verlieren, die Strippe zu ziehen oder das Knöpfchen zu drücken, und die Insassen beguckten sich die Radieschen von unten. Glücklicherweise gab es nicht viele solche Selbstmordkommandos. Aber so weit durften es Ding und seine Kameraden gar nicht kommen lassen. Meist fürchteten Terroristen die Gefangennahme mehr als den Tod; deshalb mußte der Schuß schnell erfolgen und perfekt, und die Truppe mußte über das Flugzeug hereinbrechen wie ein Tornado im mitternächtlichen Kansas. Besonders wichtig war das Leuchtgas, um die Kerle erst einmal kampfunfähig zu machen, damit man auf unbewegliche Köpfe zielen konnte. Und mochte Gott verhüten, daß einer der Zivilisten, die man eigentlich retten wollte, plötzlich aufstand und ins Schußfeld geriet, das quer durch die Boeing oder den Airbus verlief.

»Team-2, alles klar?« fragte Chavez

»Jawohl, Sir!« antworteten sie im Chor.

Damit führte Ding sie hinaus und rannte die achthundert Meter zum Schützenhaus, im Sprint, nicht im raschen Dauerlauf des Trainingsalltags. Johnston und Weber waren schon vor Ort, an entgegengesetzten Ecken des Viereckbaus.

»Kommando an Gewehr Zwei-Zwei«, rief Ding in das Mikrofon, das am Helm angebracht war, »neue Meldungen?«

»Negativ, Zwei-Sechs. Nichts rührt sich«, meldete Weber.

»Gewehr Zwei-Eins?«

»Ich habe gesehen, wie sich ein Vorhang bewegt, Chef«, rief Johnston. »Mehr nicht. Das Meßgerät zeigt drinnen sechs Stimmen an, englisch. Sonst keine Vorkommnisse.«

»Roger«, gab Ding zurück. Der Rest der Truppe blieb hinter einem LKW auf der Lauer. Er warf einen letzten Blick auf den Gebäudeplan. Die Aktion war gut vorbereitet. Die Schützen kannten das Innere des Hauses so gut, daß sie es mit geschlossenen Augen stürmen konnten. Jetzt winkte Ding die Leute vorsichtig heran.

Paddy Connolly übernahm die Führung und rannte geduckt zur Tür. Er war kaum dort, als er seine H&K losließ, die von der Schlaufe herabbaumelte, während er die Zündschnur des Sprengstoffpäckchens zog, das an seiner Panzerweste hing. Er befestigte das Päckchen mit der Klebeseite am Türrahmen und drückte die Zünderkappe nach oben rechts. Sofort rannte er zehn Meter zurück und hielt den Auslöser in der linken Hand, während die Rechte nach der MP griff und den Lauf himmelwärts richtete.

Okay, dachte Ding. Wurde auch Zeit. »Los jetzt!« rief er seinen Leuten zu.

Als der erste von ihnen hinter dem LKW hervorkam, drückte Connolly auf den Auslöser; der Türrahmen fiel in sich zusammen und die Tür wurde nach innen gedrückt. Der erste Schütze, Feldwebel Mike Pierce, hechtete in Bruchteilen von Sekunden hinterher und verschwand in einer Qualmwolke, dicht gefolgt von Chavez.

Drinnen war alles dunkel. Nur durch den zerschmetterten Türrahmen fiel ein Lichtstreifen. Pierce spähte in den menschenleeren Saal; dann tastete er sich durch den Korridor ins Nebenzimmer. Hier lief Ding ihm voraus, als Kommandant, und da waren sie, vier Zielobjekte und vier Geiseln.

Chavez riß die MP-10 hoch und gab zwei schallgedämpfte Schüsse auf das linksstehende Zielobjekt ab. Er sah den Einschlag, direkt im Kopf, mitten zwischen die blaugemalten Augen, dann fuhr er herum und sah, daß Steve Lincoln seinen Mann ebenfalls erwischt hatte. Alles lief planmäßig. Einen Augenblick später gingen die Deckenlampen an. Insgesamt hatte alles, von der Explosion angefangen, sieben Sekunden gedauert. Acht Sekunden waren vorgesehen für die Übung. Ding sicherte seine Waffe.

»Du sollst verdammt sein, John«, neckte er den Rainbow-Befehlshaber.

Clark stand zwei Meter weiter und musterte grinsend die durchlöcherten Pappkameraden. Beide Löcher waren exakt so gesetzt, daß der sofortige Tod eintreten mußte. Auf Schutzkleidung hatte er verzichtet, ebenso Stanley, der sich im Hintergrund aufhielt. Doch in der Mitte erhoben sich Mrs. Foorgate und Mrs. Montgomery von der Sitzgruppe. Die Anwesenheit der Frauen überraschte Chavez, bis ihm einfiel, daß auch sie zur Operation Rainbow gehörten. Wollten sie unter Beweis stellen, wie gut sie mit den Männern mithalten konnten?

Immerhin, der Mut war bewundernswert, und ihre Einsatzbereitschaft auch.

»Sieben Sekunden. Das wird reichen, denke ich. Fünf wären besser«, bemerkte John, doch die Ausmaße des Gebäudes setzten der Geschwindigkeit Grenzen, mit der es besetzt werden konnte. Er schlenderte weiter und prüfte alle Ziele. Das von McTyler hatte nur ein Loch, doch die schiefen Ränder bewiesen, daß er beide Kugeln abgefeuert hatte wie am Schießstand. Jeder dieser Männer hätte einen Ehrenplatz in der 3. SOG verdient, und so gut wie er damals war, waren sie schon lange, dachte John Clark. Aber Schwamm drüber – die Trainingsmethoden hatten sich seit seiner Zeit in Vietnam verbessert. Er half Helen Montgomery auf die Füße. Sie war noch etwas zittrig, kein Wunder. Schließlich wurde sie für ihre Tätigkeit als Sekretärin bezahlt, nicht als Kugelfang.

»Alles in Ordnung?« fragte John.

»Danke der Nachfrage, es geht. Es *war* aber auch aufregend. Für mich das erste Mal, wissen Sie!«

»Für mich das dritte«, warf Alice Foorgate ein. »Aber aufregend ist es immer noch«, fügte sie lächelnd hinzu.

Für mich auch, dachte Clark. So sehr er Ding und seinen Leuten vertraute, in den Lauf einer leichten MP zu blicken, Mündungsfeuer blitzen zu sehen, ließ wohl niemanden völlig kalt. Und daß er keine kugelsichere Weste und keinen Helm trug, war geradezu tollkühn, wenn er sich auch damit beruhigte, daß er gute Sicht haben mußte, damit ihm kein Fehler entging. Ihm war allerdings auch nichts Wesentliches aufgefallen. Sie waren wirklich verdammt gut.

»Erstklassig«, meldete sich Stanley von der Bühne am anderen Ende. Er deutete auf einen der Männer. »Sie, äh ...«

»Patterson, Sir«, nickte der Sergeant. »Ich weiß, ich bin irgendwie gestrauchelt, als ich hereinkam.« Er wandte sich um und sah ein Stück Türrahmen, das vor dem Eingang zum Schießstand lag; beinahe wäre er kopfüber gestürzt.

»Haben sich aber schnell aufgerappelt, Sergeant Patterson. Und Ihre Zielkünste hat es in keiner Weise beeinträchtigt.«

»Nein, Sir«, räumte Hank Patterson ein, ohne zu lächeln.

Der Gruppenführer trat auf Clark zu und sicherte inzwischen seine Waffe.

»Kannst uns voll einsatzfähig schreiben, Mr. C«, strahlte Chavez selbstbewußt. »Und sag den Ganoven, daß sie sich vor uns hüten sollen. Wie hat Team-1 abgeschnitten?«

»Zweizehntel Sekunden schneller«, versetzte John und freute sich, dem schmalbrüstigen Team-2-Kommandanten einen kleinen Dämpfer zu verpassen. »Danke schön übrigens.«

»Wofür?«

»Daß du deinen Schwiegervater nicht umgelegt hast!« John klopfte ihm auf die Schulter und verließ den Schießstand.

»Okay, Leute«, wandte sich Ding an die Truppe, »laßt die Polizei hier aufräumen, schreiten wir zur Manöverkritik.« Nicht weniger als sechs Fernsehkameras hatten die Übung gefilmt. Stanley würde die Aufzeichnung Bild für Bild durchgehen. Danach waren ein paar Bierchen im Mannschaftskasino des 22. Regiments fällig. In England, hatte Ding in den vergangenen vierzehn Tagen gelernt, nahm man's mit dem Bier sehr ernst, und Scotty McTyler konnte mit Wurfpfeilen mindestens so gut umgehen wie Homer Johnston mit dem Gewehr. Es verstieß gewissermaßen gegen die Etikette, daß Ding, der Major wider Willen, mit den Männern einen heben ging, die samt und sonders Feldwebel waren. Daß er selbst nur ein bescheidener Stabssergeant und Kompanieführer gewesen war, bevor er zur CIA kam, minderte seine Bedenken ein wenig, und er unterhielt sie mit Anekdötchen von seinem früheren Leben bei den Ninjas – Geschichten, denen die anderen mit einer Mischung aus Respekt und Argwohn lauschten. Die 7. Infanteriedivision mochte gut gewesen sein, aber *so* gut nun auch wieder nicht. Das mußte selbst Domingo nach ein paar Gläsern Zielwasser zugeben.

»Also, Al, was hältst du von ihnen?« fragte John. Die Hausbar in seinem Büro stand offen; für Stanley gab es einen Malt Scotch, während Clark an seinem Wild Turkey nippte.

»Den Jungs?« Er zuckte die Achseln. »Technisch sind sie ganz schön auf Zack. Als Schützen und auch körperlich topfit. Auf Hindernisse und unerwartete Schwierigkeiten reagieren sie flexibel und – naja, sie haben uns nicht mit Querschlägern umgebracht, oder?«

»... aber?« fragte Clark mit verdutzter Miene.

»Aber man weiß es nicht, bevor der Ernstfall eintritt. Klar, sie sind gewiß nicht schlechter als der SAS, aber die besten von ihnen *kommen* vom SAS ...«

Pessimismus der Alten Welt, dachte John Clark. So war das bei Europäern eben. Die Zuversicht fehlte; viel lieber kümmern sie sich um das, was schiefgehen kann, statt um die Erfolgsaussichten.

»Chavez?«

»Ein Klassetyp«, gab Stanley zu. »Mindestens so gut wie Peter Covington.«

»Einverstanden«, nickte Clark, der trotzdem stolz auf seinen Schwiegersohn war. Covington war seit sieben Jahren in Hereford. Noch ein paar Monate, und Ding konnte gleichziehen. Er stand dicht davor. Es ging schon darum, wieviele Stunden Schlaf einer in der vorigen Nacht hatte, oder was der eine oder andere zum Frühstück nahm. Alles in allem hatte er die richtigen Leute, dachte John, die auf das richtige Ziel hin trainierten. Jetzt mußte er nur noch dafür sorgen, daß sie am Ball bleiben. Üben, üben, üben.

Keiner von ihnen ahnte, daß es längst begonnen hatte.

»Nun, Dmitrij?« fragte der Mann.

»Ja?« Dmitrij Arkadejewitsch Popov ließ den Wodka in seinem Glas kreisen.

»Wo und wie fangen wir an?« wollte der Mann wissen.

Daß sie sich kennengelernt hatten, war ein Wink des Schicksals gewesen. Davon waren beide überzeugt, wenn auch aus ganz unterschiedlichen Gründen. Es war in Paris gewesen, in einem Straßencafé, wo sie an benachbarten Tischen saßen. Der eine hatte den anderen als Russen erkannt und wollte eigentlich nur ein paar simple Fragen nach Geschäftschancen in Rußland stellen. Popov, abgewickelter ehemaliger KGB-Offizier, der in der kapitalistischen Welt Fuß fassen wollte, hatte schnell erkannt, daß er sich diesen Amerikaner warmhalten mußte, denn er schien eine Menge Geld zu haben. Frank und frei beantwortete er alle Fragen, und der Amerikaner konnte sich denken, wo er früher beschäftigt war. Seine Sprachkenntnisse – Popov beherrschte fließend Englisch, Französisch und Tschechisch – ließen ebenso darauf schließen wie die Tatsache, wie gut er sich in Washington, D. C., auskannte. Popov war eindeutig kein Diplomat, dafür äußerte er seine Ansichten gar zu unverblümt – eben deshalb hatte seine Laufbahn im Sowjet-KGB im Leutnantsrang geendet, obwohl er noch immer vom Generalsabzeichen träumte. Wie es zu gehen pflegt, kam eins zum anderen; Austausch von Visitenkarten, dann eine Reise nach Amerika

– in der Ersten Klasse der Air France –, als Sicherheitsberater, und ein paar weitere Begegnungen, die für den Russen plötzlich mehr Überraschungen bargen als für den Amerikaner. Popovs Sachkenntnis in Sicherheitsfragen, vor allem in Großstädten des Auslands, hatten den Amerikaner beeindruckt. Dann nahm das Gespräch eine unvorhergesehene Wendung.

»Woher wissen Sie denn das alles?« erkundigte sich der Amerikaner, als sie in dessen New Yorker Büro saßen.

Statt einer Antwort grinste Popov behaglich. Drei doppelte Wodka hatte er schon intus. »Ich kenne halt ein paar von diesen Leuten. Tun Sie doch nicht, als wüßten Sie nicht, was ich gemacht habe, bevor ich aus Rußland wegging!«

»Wirklich? Sie haben mit Terroristen gearbeitet?« hatte der andere überrascht gefragt, damals, und über den Sachverhalt nachgedacht.

Popov versuchte, den ideologischen Hintergrund zu erklären. »Vergessen Sie nicht, daß sie in unseren Augen keineswegs Terroristen waren. Unsere Brüder und Schwestern glaubten an den Weltfrieden und an den Marxismus-Leninismus, sie waren Kampfgefährten im Ringen um die Erlösung der Menschheit – und, um die Wahrheit zu sagen, nützliche Idioten, die für ein bißchen Unterstützung nur zu gern ihr Leben oder das der anderen opferten.«

»Wirklich?« Der Amerikaner schien noch immer verblüfft. »Ich dachte immer, sie hätten sich höhere Ziele gesteckt …«

»Haben sie auch«, versicherte Popov. »Aber Idealisten sind doch allesamt Idioten, finden Sie nicht?«

»Manche schon«, räumte sein Gastgeber ein und nickte.

»Sie glauben aufrichtig an die leeren Phrasen und Versprechungen. Verstehen Sie? Auch ich war Parteigenosse. Ich hatte meinen Text gelernt und wußte die richtigen Antworten, ging zu den Versammlungen, zahlte meinen Mitgliedsbeitrag. Ich tat mein Bestes, aber schließlich war ich auch beim KGB. Ich durfte ins Ausland reisen. Ich *kannte* das Leben im Westen. Natürlich reiste ich lieber in der Weltgeschichte herum, als am Dserschinskiplatz 2 meinen – hm – ›Geschäften‹ nachzugehen. Drüben gab's bessere Lebensmitel, schickere Kleider. Alles war schöner. – Anders als diese törichten Grünschnäbel wußte ich doch, was da abläuft«, schloß er und prostete dem Amerikaner mit dem Wodkaglas zu.

»Und wo sind diese Leute jetzt?«

»Untergetaucht«, gab Popov zur Antwort. »Die meisten sind untergetaucht. Manche sind angestellt – meist untergeordete Jobs, nehme ich an, obwohl die meisten ein Studium absolviert haben.«

»Man fragt sich ...« Der Mann verzog nachdenklich die Miene, so perfekt, daß sich Popov fragte, ob es einstudiert war oder aufrichtig.

»Was?«

»Ob man mit ihnen Kontakt aufnehmen kann?«

»Mit einiger Sicherheit ja, wenn es einen guten Grund gibt. Meine Kontakte ...« Er tippte sich an die Stirn. »Naja, solche Dinge vergißt man nicht so leicht.«

»Tja, wissen Sie, Dmitrij, manchmal hat man auch für scharfgemachte Bluthunde Verwendung. Könnte ja sein, daß ...« Er lächelte verschämt. »Sie wissen schon.«

In diesem Moment fühlte sich Popov wie im Kintopp. Konnte es denn wahr sein, daß US-Geschäftsleute tatsächlich Mordanschläge ausheckten, gegen die Konkurrenz und der Teufel weiß gegen wen sonst? Es kam ihm absurd vor. Aber vielleicht waren die Filme doch nicht so weltfremd ...

»Raus mit der Sprache«, fuhr der Amerikaner fort, »haben Sie wirklich mit diesen Leuten gearbeitet? Einsätze für sie geplant und so?«

»Geplant? Nein.« Der Russe schüttelte den Kopf. »Gelegentlich wirkte ich am Rande mit, im Auftrag meiner Regierung. Zumeist habe ich als eine Art Kurier gedient.« Es war ein undankbarer Job gewesen. Im wesentlichen mußte er diesen perversen Kindern spezielle Nachrichten übermitteln. Trotzdem, ihn faszinierte die Aufgabe, für die ihn seine Kenntnisse und die Fähigkeit qualifizierten, mit fast jedem über fast jedes Thema reden zu können. Diese Kontakte waren schließlich, besonders im Vorfeld von Aktionen, außerordentlich sensibel und gefährlich. Popov war ein Unsichtbarer, wie es im westlichen Jargon hieß, ein erstklassiger Spionageoffizier im Außendienst, der – soviel ihm bekannt war – nie von der westlichen Abwehr identifiziert werden konnte. Sonst hätte man ihn wohl kaum unbehelligt über den Kennedy-Flughafen in die USA einreisen lassen.

»Sie wüßten also einen Weg, wie man an diese Leute herankommt?«

»Ich denke schon.« Popov nickte.

»Bemerkenswert.« Der Amerikaner stand auf. »Wie wär's, wenn wir jetzt essen gingen?«

Beim Dinner wurde Popov zum Unternehmensberater der Firma

ernannt, mit einem Jahresgehalt von hunderttausend Dollar. Er fragte sich, worauf der Job hinauslaufen sollte – andererseits, war das wirklich wichtig? Hunderttausend sind ein rundes Sümmchen, selbst für einen Mann von erlesenem und teurem Geschmack wie er.

Zehn Monate später schmeckte ihm der Wodka noch immer. Zwei Eiswürfel schwammen im Glas. »Wo und wie ...?« murmelte Popov. Es amüsierte ihn, wo er jetzt war und was er machte. Das Leben war merkwürdig, führte einen auf die verschlungensten Pfade. Noch an diesem Nachmittag hatte er sich in Paris die Zeit vertrieben und auf einen Ex-»Kollegen« im DSGE gewartet. »Das ›Wann‹ ist demnach schon beschlossene Sache?«

»Sie kennen das Datum, Dmitrij.«

»Ich weiß, wen ich treffen und wen ich anrufen muß, um das Treffen zu arrangieren.«

»Sie machen das persönlich?« fragte der Amerikaner – ziemlich albern, fand Popov.

Er lachte gemütlich. »Aber ja, mein Freund, von Angesicht zu Angesicht. So etwas läßt sich nicht per Fax vereinbaren.«

»Ein Risiko ist es trotzdem.«

»Nur ein geringfügiges. Das Treffen findet an einem sicheren Ort statt. Niemand wird mich fotografieren. Das läuft nur über Codenamen und Losungswort, und natürlich über Geld.«

»Wieviel?«

Popov zuckte die Achseln. »Sagen wir fünfhunderttausend Dollar? In bar, versteht sich. US-Dollar, D-Mark, Schweizer Franken, je nachdem, was unsere – unsere Freunde bevorzugen«, fügte er zur Klarstellung hinzu.

Sein Gastgeber kritzelte ein paar Sätze hin und reichte ihm den Zettel. »Mehr brauchen Sie nicht, und Sie kriegen das Geld.« Und damit nahm alles seinen Lauf. Moral ist eine flexible Instanz, sie hängt vom kulturellen Umfeld ab, von den Erfahrungen und den Grundsätzen einzelner Männer und Frauen. In Dmitrijs Fall hatte die Kultur, der er entstammte, ein paar knappe, harte Regeln aufgestellt, seiner Erfahrung nach mußte die Chance genutzt werden, und den Lebensunterhalt zu verdienen, war sein wichtigster Grundsatz.

»Daß es gefährlich werden kann für mich, ist Ihnen klar, und mein Gehalt, Sie wissen schon ...«

»Ihr Gehalt hat sich gerade verdoppelt, Dmitrij.«

Er lächelte. »Großartig.« Das fing ja gut an. Nicht mal bei der Russenmafia wurde man derart schnell befördert.

Dreimal die Woche übten sie, sich an der Leine herunterzulassen, achtzehn Meter tief von einem Flachdach herab. Einmal die Woche vom Armeehelikopter wie im wirklichen Leben. Chavez mochte das nicht. Vor nichts hatte er sich so gern gedrückt beim Militärdienst wie um Luftlandemanöver – was ihn im Rückblick eigentlich wunderte. Die Rangerschulung hatte er mit dem E-4-Grad abgeschlossen, aber um Fort Benning war er irgendwie herumgekommen.

Noch stand er mit beiden Füßen auf den Kufen, während sich der Hubschrauber der Abseilstelle näherte. Seine Handschuhe umklammerten das Seil. Es war hundert Meter lang für den Fall, daß der Pilot sich vertan hatte. Piloten traute keiner über den Weg, obwohl von ihnen oft das nackte Überleben abhing. Und dieser hier schien sein Handwerk zu verstehen – eine Art Cowboy. Der letzte Teil der simulierten Notlandung fand über einer Lichtung zwischen den Bäumen statt, und die Wipfel streiften Dings Uniform – nur ganz sacht zwar, aber in seiner momentanen Position war ihm jede Berührung abscheulich. Dann hob sich die Pilotenkanzel des Helikopters in einem starken, dynamischen Bremsmanöver. Chavez straffte sich, und als die Kanzel wieder nach unten zeigte, stieß er sich von den Kufen ab und ließ sich fallen. Das Schwierigste war, das Abrutschen kurz vor dem Aufprall zu stoppen – und rasch genug unten anzukommen, um nicht als Zielscheibe in der Luft zu baumeln ... Das war's, er hatte wieder Boden unter den Füßen. Er warf das Seil ab, umklammerte die H & K mit beiden Händen und rannte zum Zielpunkt. Auch das vierzehnte Abseilmanöver war überstanden, sein drittes vom Hubschrauer aus.

Eines bereitete ihm uneingeschränktes Vergnügen. Es fiel ihm im Rennen ein – jetzt war er wieder mit Leib und Seele Soldat. Diesen Beruf hatte er einst freudig ergriffen, bloß die Verpflichtung bei der CIA hatte ihn daran gehindert, ihn auszuüben. Chavez machte sich gern die Finger schmutzig; er liebte den körperlichen Drill des Soldatenhandwerks, und am meisten genoß er, wenn er ihn mit anderen teilen konnte. Es war beschwerlich. Und es war gefährlich: Jedes Mitglied seines Kommandos hatte in den letzten Wochen eine leichte Verletzung davongetragen – außer Weber, der eine Haut von Stahl zu haben schien. Und früher oder später war laut Statistik auch Schlimmeres zu beklagen, vor allem Beinbrüche beim Abseilmanöver. Delta unterhielt in Fort Bragg kaum ein komplett einsatzbereites Team, wegen der vielen Manöverunfälle und -verletzungen. Doch hartes Training zahlt sich im Nahkampf aus; das Motto jeder bedeutenden Armee der Welt. Ein Blick zurück zu seinem getarnten Landeplatz belehrte Chavez, daß sein Team-2 inzwischen ebenfalls abgeseilt und unterwegs war. Auch Vega hatte es geschafft; bei dessen muskulösem Oberkörper sorgte sich Chavez immer um die Fußknöchel. Weber und Johnston rasten, jeder mit maßgeschneidertem Nachtsicht-Gewehr bepackt, zu ihrem vorgesehenen Hinterhalt. Über Helmkopfhörer zischten sie einander geheime Funksprüche zu, die nur von Teammitgliedern entschlüsselt werden konnten ... Ding wandte sich um und stellte befriedigt fest, daß alle ihre strategischen Positionen eingenommen hatten. Alles wartete auf sein Kommando ...

Die Nachrichtenzentrale lag auf der zweiten Etage des Gebäudes, dessen Umbau erst seit kurzem abgeschlossen war. Sie verfügte über die gewohnte Anzahl Telexmaschinen, die mit Agenturen in aller Welt verbunden waren, dazu Fernsehmonitore für CNN und Sky News sowie einige weitere Sender. Sie wurden von Beamten überwacht, die im britischen Sprachgebrauch »Minders« (»Wärter«) hießen und ihrerseits im Schichtwechsel von höheren Nachrichtenoffizieren beaufsichtigt wurden. Diesmal war ein US-Offizier von der National Security Agency dran, ein Major der Luftwaffe, dessen Äußeres trotz normaler Zivilkleidung die Nationalität ebenso verriet wie den Militärberuf.

Major Sam Bennett hatte sich an die Umgebung gewöhnt. Seine Frau und sein Sohn schimpften zwar über das lokale Fernsehprogramm, doch das Klima tat ihnen gut, und es gab mehrere gepflegte Golfplätze in der Nähe. Jeden Morgen joggte er seine fünf Kilometer, um den Eingeborenen begreiflich zu machen, daß er kein unfähiger Jammerlappen war, und er freute sich auf das Vogelschießen in ein paar Wochen. Ansonsten schob man hier eine ruhige Kugel. General Clark – so schienen sie ihn alle heimlich zu nennen – war als Vorgesetzter kein Unmensch. Er hatte gern, wenn alles rasch und sauber erledigt wurde, und das entsprach ganz Bennetts Vorstellungen. Er war auch kein Wüterich. Bennett hatte in seinen zwölf Dienstjahren schon einige von dieser Sorte erlebt. Und Bill Tawney, der Chef des britischen Abwehrteams, gehörte zu den sympathischsten Männern in Bennetts Bekanntschaft: still, nachdenklich und gescheit. Bennett hatte in den letzten Wochen ab und zu ein Glas Bier mit ihm getrunken, wenn sie im Mannschaftskasino von Hereford Erfahrungen austauschten.

Doch war ein solcher Dienst auf Dauer langweilig. Er hatte im Kontrollzentrum der NSA gearbeitet, einem großen, niedrigen Kellergeschoß mit standardisierten Pappwand-Büros, Mini-Bildschirmen und Computerdruckern, deren ständiges Summen und Knattern einen normalen Menschen verrückt machen konnte, der in schlaflosen Nächten das verdammte Weltgeschehen protokolliert. Wenigstens bestanden die Briten nicht auf Käfighaltung. So war es viel leichter, aufzustehen und umherzuschlendern. Die Crew war recht jung hier. Nur Tawney war über fünfzig, was Bennett auch recht war.

»Major!« rief jemand von einem der Telexgeräte. »Wir kriegen gerade eine Geiselnahme aus der Schweiz herein!«

»Quelle?« fragte Bennett, während er sich in Bewegung setzte.

»Agence France Presse. In einer Bank, ein Banküberfall«, berichtete der Korporal, als Bennett nähertrat, um über die Schulter mitzulesen – was ihm nicht gelang, weil er kein Französisch beherrschte. Der Korporal schon; er übersetzte prima vista. Bennett hob den Hörer ab und drückte einen Knopf.

»Mr. Tawney, aus Bern wird ein Vorfall gemeldet. Eine Bande – wieviele es sind, wissen wir nicht – hält die Zentrale der Berner Kommerzialbank besetzt. Sie haben mehrere Geiseln.«

»Sonst noch was, Major?«

»Im Moment nicht. Anscheinend ist die Polizei schon vor Ort.«

»Gut, Major Bennett. Fürs erste vielen Dank.« Tawney legte auf und öffnete eine Schreibtischschublade, aus der er ein Buch zog, in dem er blätterte. Ach ja, den kannte er. Dann rief er die britische Botschaft in Genf an. »Mr. Gordon, bitte«, gab er der Telefonvermittlung an.

»Gordon?« meldete sich Sekunden später eine Stimme.

»Hier ist Bill Tawney, Dennis.«

»Bill! Hast ja lange nichts mehr von dir hören lassen«, gab die Stimme freundlich zurück. »Was kann ich für dich tun?«

»Berner Kommerzialbank, Zentralgebäude. Anscheinend gibt es dort eine Geiselnahme. Ich möchte, daß du dich vor Ort über den aktuellen Stand informierst und mir berichtest.«

»Was geht das uns an, Bill?« erkundigte sich der Mann.

»Wir haben ein, äh – sagen wir, eine Verabredung mit der Schweizer Regierung. Wenn ihre Polizei die Situation nicht in den Griff kriegt, leisten wir technische Hilfestellung. Wer in der Botschaft unterhält Verbindungen zur Polizei?«

»Tony Armitage. War früher bei Scotland Yard. Spezialist für Wirtschaftskriminalität und dergleichen.«

»Nimm ihn mit«, wies ihn der Geheimdienstler an. »Und ruf mich sofort zurück, wenn du da warst.« Tawney gab seine Nummer durch.

»Einverstanden.« In Genf war an diesem Nachmittag sowieso nichts los. »Wird aber ein paar Stunden dauern.«

Und voraussichtlich zu nichts führen, wie sie beide wußten. »Ich warte solange. Danke, Dennis.« Damit verließ Tawney sein Büro, um im Obergeschoß die Fernsehnachrichten zu sehen.

Hinter dem Rainbow-Hauptquartier ragten vier hohe Satelliten-Empfangstürme auf, die auf alle um den Globus kreisenden Übertragungssatelliten eingestellt waren. Ein elektronisches Suchsystem fand im Handumdrehen heraus, welcher von ihnen das Signal der Schweizer Fernsehstationen ausstrahlte – wie in den meisten Ländern war es einfacher, über Satellit zu empfangen statt durch Kabelkanal. Bald schon kam die Übertragung des Regionalprogramms auf den Bildschirm. Im Augenblick war nur eine Liveschaltung dabei; sie zeigte die Fassade eines Bürogebäudes. Die Schweizer neigten dazu, ihre Banken wie städtische Festungen auszubauen, sie zugleich machtvoll und abweisend erscheinen zu lassen. Der Reporter sprach nicht die Zuschauer an, sondern mit der Redaktion. Ein Dolmetscher stand neben dem Gerät und übersetzte.

»Nein, ich habe keine Ahnung. Die Polizei hat noch nicht mit uns gesprochen«, leierte der Dolmetscher pflichtschuldig herunter. Dann kam eine neue Stimme auf Sendung. »Kameramann«, kommentierte der Übersetzer. »Es hört sich an wie der Kameramann – da ist etwas ...«

Gleichzeitig zoomte die Kamera einen Schatten heran, eine menschliche Gestalt, die etwas über dem Kopf trug, vielleicht eine Maske ...

»Was ist das für eine Waffe?« fragte Bennett.

»Tschechischer Karabiner, Modell 58«, antwortete Tawney, ohne zu zögern. »Scheint wenigstens so. Der Kameramann ist echt Klasse.«

»›Was hat er gesagt?‹ will das Abendstudio vom Reporter wissen«, fuhr der Übersetzer fort, der kaum Augen für die Bilder hatte. »›Weiß nicht, ich konnte ihn nicht verstehen bei all dem Lärm hier. Er hat irgendwas gebrüllt, aber ich hab's nicht verstanden.‹ Ach ja: ›Wieviele Leute?‹ – ›Nicht eindeutig geklärt, der Wachtmeister meint, es seien noch über zwanzig drin, Bankkunden und Angestellte. Draußen sind nur wir, ich und der Kameramann, und rund fünfzehn Gendarmen sehe ich von hier aus.‹ – Antwort aus dem Studio: ›Werden wohl noch mehr unterwegs sein, schätze ich.‹« – Damit wurde der Lautsprecher still. Die Kamera wandte sich ab, und das Geflimmer verriet ihnen, daß die Kamera versetzt wurde. Tatsächlich kam wenige Sekunden später das nächste Bild aus einem anderen Blickwinkel.

»Was gibt es, Bill?« Tawney und Bennett fuhren herum; hinter ihnen war Clark aufgetaucht. »Ich hatte etwas mit Ihnen zu besprechen, aber die Sekretärin meint, ihr hättet einen ersten Fall.«

»Möglicherweise, ja«, entgegnete der Nachrichtenchef. »Ich habe unseren Mann in Genf verständigt; zwei Kundschafter sind unterwegs, um die Lage zu peilen. Wir haben eine Vereinbarung mit dem Schweizern, falls sie uns anfordern. Geht das alles schon über den Sender, Bennett?«

Bennett schüttelte den Kopf. »Nein, Sir. Vorläufig halten sie alles unter der Decke.«

»Gut so.« Tawney dachte nach. »Welches Team hat Bereitschaftsdienst, John?«

»Team-2. Chavez und Price. Sie haben gerade eine kleine Übung hinter sich. Wann, glaubst du, schlagen wir Alarm?«

»Sofort, meinetwegen«, antwortete Bill, obwohl es vermutlich nichts war als ein fehlgeschlagener Bankraub. So etwas konnte vorkommen, selbst in der Schweiz, oder?

Clark zog ein Mini-Sprechfunkgerät aus der Tasche und knipste es an. »Chavez, Clark hier. Du und Price, kommt sofort in die Nachrichtenzentrale.«

»Schon unterwegs, Six« war die Antwort.

»Möchte wissen, was dahintersteckt«, bemerkte Ding zum Hauptfeldwebel. Eddie Price hatte sich in den letzten drei Wochen als tapferer Kamerad entpuppt: ein stiller, gelassener Mensch, der seine Erfahrungen in vielen Einsätzen gesammelt hatte.

»Werden's früh genug herausfinden«, brummte Price. Er wußte, daß Offiziere einen gern irgendwann löcherten. Auch der hier machte keine Ausnahme.

»Wie lange sind Sie schon dabei, Eddie?«

»Fast dreißig Jahre, Sir. Ich ließ mich schon als Junge rekrutieren, mit fünfzehn, wissen Sie! – Bei den Fallschirmjägern«, setzte er hinzu, nur um die nächste Frage zu vermeiden. »Zum SAS kam ich mit 24 Jahren, und bin dabei geblieben.«

»Bin jedenfalls froh, Sie hier zu haben, Hauptfeldwebel«, sagte Chavez, als sie in den Wagen stiegen und zum Hauptquartier fuhren.

»Danke, Sir!« Netter Kerl, dieser Chavez, dachte er, vielleicht sogar ein guter Kompanieführer, aber das mußte sich erst herausstellen. Er hätte da selbst ein paar Fragen auf dem Herzen, aber die ließ er wohl besser weg. Wäre wohl unschicklich, oder? Bei aller Erfahrung wußte Price nicht viel über die Gepflogenheiten bei den US-Streitkräften.

Du könntest längst im gehobenen Dienst sein, diesen Kommentar verkniff sich Ding. In Amerika hätte man diesen Kerl, und wenn er sich noch so sträubte, längst aus seiner Einheit gerissen und zur Offiziersschule verfrachtet, wahrscheinlich unterwegs noch den Graduiertenabschluß an irgendeinem College machen lassen. Andere Länder, andere Sitten. Auf diese Weise wußte Chavez jedenfalls einen verdammt guten Hauptfeldwebel hinter sich, der ihm gute Dienste leisten würde. Zehn Minuten später parkte er hinter dem Gebäude, und sie eilten befehlsgemäß in die Nachrichtenzentrale.

»He, Mr. C, was gibt's?«

»Es besteht die Chance, daß dein Team den ersten Einsatz bekommt, Domingo. Bern in der Schweiz. Bankraub mit Geiselnahme. Mehr wissen wir im Augenblick auch nicht.« Clark deutete auf die Monitore. Chavez und Price holten sich Drehstühle und rückten näher.

Als erster Praxistest kam ihnen der Vorfall gerade recht. Schon war die vorgeschriebene Routine eingeleitet. Im ersten Stock hatte man bereits Flüge von Gatwick in die Schweiz gebucht, auf nicht weniger als vier Maschinen. Zwei Helikopter hatte man nach Hereford abkommandiert, um die Männer mit ihrer Ausrüstung zum Flughafen zu bringen. British Airways war angewiesen, die versiegelte Fracht zu übernehmen – eine Zollkontrolle auf dem internationalen Flug hätte die Leute nur nervös gemacht. Wenn der Alarm nicht gestoppt wurde, würde sich Team-2 als Zivilisten ausstaffieren, mit Anzug und Krawatte. Clark fand das ein wenig übertrieben. Soldaten als Handelsvertreter zu kostümieren war nicht gerade die leichteste Übung.

»Momentan passiert nicht viel«, erklärte Tawney. »Kannst du mal die Kassette von vorhin abspielen, Sam?«

»Jawohl, Sir.« Major Bennett steckte sie ein und drückte den Abspielknopf der Fernbedienung.

»Tschechen-Karabiner 58«, tippte Price augenblicklich. »Keine Gesichter?«

Bennett zuckte die Achseln. »Nein. Mehr wissen wir noch nicht über die Subjekte.«

»Seltsame Waffe für Bankräuber«, bemerkte der Hauptfeldwebel. Chavez drehte sich um. Wieder so eine europäische Eigenheit, an die er sich gewöhnen mußte. Na schön, hier benutzten die Ganoven bei Überfällen keine Sturmgewehre.

»Kommt mir auch komisch vor«, meinte Tawney.

»Terroristenwaffe?« fragte Chavez seinen Hauptfeldwebel.

»Ja, Sir. Die Tschechische Volksarmee hat 'ne Menge davon weggegeben. Ziemlich kompakt, wie Sie sehen. Nur 65 Zentimenter lang, für sowjetische Sieben-Komma-Sechszwei/39er-Munition. Vollautomatik mit Einzelfeuer-Schalthebel. – Für einen Schweizer Banditen höchst bemerkenswert«, wiederholte Price nachdrücklich.

»Wieso?« fragte Chavez.

»Weil sie in der Schweiz viel bessere herstellen, für ihre allgemeine Volksbewaffung. Die Bürgerwehrsoldaten verstauen sie im Kleiderschrank. Sich da ein paar zusammenzuhamstern, sollte doch nicht allzu schwierig sein.«

Das Gebäude erzitterte unter dem Lärm der beiden Hubschrauber, die nahebei zur Landung ansetzten. Clark sah auf die Uhr und stellte fest, daß der Zeitplan eingehalten wurde.

»Was wissen wir über die Umgebung der Bank?« erkundigte sich Chavez.

»Daran arbeiten wir gerade, Meister«, gab Tawney zurück. »Wir haben nur das, was die Live-Kamera überträgt.«

Der Bildschirm zeigte eine gewöhnliche Fahrbahn, allerdings ohne Verkehr, weil die Polizei Kraftfahrzeuge und Busse umleiten ließ. Ansonsten gewöhnliche Fachwerkbauten am Rand einer typischen Einkaufsstraße. Chavez wandte sich Price zu, dessen Blick starr auf die Szenerie geheftet blieb. Jetzt empfingen sie zwei Bilder, denn ein anderer Schweizer Sender hatte ebenfalls ein Kamerateam zum Tatort geschickt, und beide Signale wurden vom Satellit abgefangen. Der

Übersetzer fuhr fort, die Kommentare der Reporter in den jeweiligen Situationen zu dolmetschen. Sie sagten nur wenig, die Hälfte davon war Smalltalk, der auch vom Redaktionsschreibtisch aus berichtet werden konnte. Manchmal fing eine der Kameras eine Bewegung hinterm Vorhang ein, aber das war's schon.

»Offensichtlich versucht die Polizei in Verbindung mit unseren Freunden zu treten«, bemerkte Price, dem plötzlich klar wurde, daß er mehr praktische Erfahrung auf diesem Gebiet hatte als jeder andere hier im Saal. »Man wird sie hinhalten wollen, auf Verhandlungen drängen, die übliche Taktik. In spätestens einer halben Stunde wissen wir, ob unser Einsatz gefragt ist oder nicht.«

»Wie bewerten Sie die Schweizer Polizei?« erkundigte sich Chavez bei Price.

»Eigentlich erstklassig, Sir. Aber was ernsthafte Geiselnehmer betrifft, sind sie nicht auf der Höhe.«

»Deswegen haben sie ja auch das Abkommen mit uns geschlossen«, warf Tawney dazwischen.

»Stimmt, Sir.« Price lehnte sich zurück, langte in die Tasche und holte seine Pfeife hervor. »Was dagegen, wenn ich ...?«

Clark schüttelte den Kopf. »Gesundheitsapostel sind nicht in der Nähe, Hauptfeldwebel. Was meinen Sie mit ›ernsthaften‹ Geiselnehmern?«

»Rücksichtslose Verbrecher. Terroristen.« Price zuckte die Achseln. »Typen, die dumm genug sind, mit ihrem Leben als Einsatz zu pokern. Solche, die Geiseln erschießen, um ihre Entschlossenheit unter Beweis zu stellen.« *Diejenigen, mit denen wir kurzen Prozeß machen*, brauchte Price nicht hinzuzufügen – das verstand sich von selbst.

Das Herumsitzen und Nichtstun ging ihnen ganz schön auf den Geist, wie John Clark merkte, besonders Bill Tawney. Aber ohne genauere Informationen konnte man keine sinnvolle Entscheidung treffen. Alle Blicke hefteten sich auf die Fernsehschirme, auf denen wenig zu erkennen war, und Clark vermißte sogar das leere Geschwafel, mit dem die Reporter sonst die peinlichen Pausen zu überbrücken pflegten. Einzig interessant war der Augenblick, als sie den Sprecher der Polizei interviewen wollten, der aber gar nichts preisgeben mochte – außer, daß sie versuchten, Kontakt mit den Kerlen aufzunehmen, bis jetzt ohne Erfolg. Das war mit Sicherheit gelogen, aber in Fällen wie diesen war zu erwarten, daß die Polizei der Presse etwas vorlügt.

Schließlich hatte jeder halbwegs kompetente Terrorist sein Fernsehgerät laufen und ließ es überwachen. Man kriegte eine Menge mit über Fernsehen. Würden Clark und sein Führungsstab es sich sonst anschauen?

Der Fahrplan ihres Vorgehens war simpel und kompliziert zugleich. Rainbow hatte eine Vereinbarung mit der Schweizer Regierung geschlossen. Wenn die Polizei vor Ort nicht mit einem Anschlag fertig wurde, überließen sie ihn der Kantonspolizei, die ihrerseits beschloß, ob die Zentralregierung eingeschaltet wurde oder nicht. Dort konnte auf Ministerebene entschieden werden, Rainbow anzufordern. Dieses Verfahren war schon Monate zuvor ausgehandelt worden, als man die Agentur unter Clarks Vorsitz eingerichtet hatte. Weitervermittelt wurde der »Hilferuf« durch das britische Außenministerium in Whitehall, am Ufer der Themse in London. John ächzte unter der Bürokratie, die das alles mit sich brachte, aber das war nun mal unvermeidlich, und er war froh, daß es nicht noch eine oder zwei weitere Instanzen waren, die eingeschaltet werden mußten. Einmal inoffiziell eingeschaltet, wurden ihnen wenigstens von seiten der Verwaltung keine Steine mehr in den Weg gelegt. Doch bevor der entscheidende Anruf kam, gaben die Schweizer keine Erkenntnisse weiter.

Nach einer weiteren Stunde Fernseh-Nachtwache verschwand Chavez, um sein Team zu alarmieren. Die Jungs nahmen es mit Fassung und machten ihre Ausrüstung reisefertig – nur das Allernotwendigste. Der Fernsehempfang wurde jetzt zu ihren eigenen Geräten weitergeschaltet, und die Männer machten es sich in Drehsesseln bequem, während ihr Kommandant in die Nachrichtenzentrale zurückkehrte. Die Hubschrauber standen unterdessen startbereit vor den Team-2-Unterkünften. Team-1 wurde ebenfalls in Alarmbereitschaft versetzt, falls der Transport von Team-2 nach Gatwick verunglückte. Dieser Ablauf war genauestens durchgeplant und bot keine Überraschungen – höchstens, wie John hoffte, für die Terroristen.

Auf dem Bildschirm waren Polizisten zu sehen, von denen manche im Einsatz waren, andere nur herumstanden und zuschauten. Sie mochten noch so gut ausgebildet sein; auf Situationen wie diese waren sie schwerlich vorbereitet. Die Schweiz rechnete zwar mit derartigen Zwischenfällen – das mußte inzwischen jeder Industriestaat –, doch die Polizei nahm sie nicht ernster als, sagen wir, die von Boulder, Colorado. Ein vergleichbarer Anschlag war in Bern niemals vorgekommen, und solange es nicht passierte, spielte es im taktischen Kalkül der örtlichen Polizeibehören keine Rolle. Das leuchtete Clark und den anderen völlig ein. Die deutsche Polizei, eine der bestorganisierten der Welt, hatte seinerzeit bei der Rettungsaktion für die Geiseln von Fürstenfeldbruck komplett versagt. Nicht, weil sie schlechte Gesetzeshüter waren, sondern weil es das erste Mal für sie war. Und das Ergebnis? Zahlreiche israelische Sportler kehrten von der Olympiade in München von 1972 nicht mehr nach Hause zurück. Die Terroristen hatten der Welt eine Lektion erteilt, aber hatte sie daraus gelernt? fragten sich Clark und sein Team.

Eine weitere halbe Stunde brachte die Liveschaltung nur wenig Neues. Dann lief ein Polizeioffizier über die geräumte Straße, der ein Handy in der Hand hielt. Anfangs wirkte seine Körpersprache souverän, doch dann änderte sie sich, und schließlich preßte er den Hörer so fest ans Ohr, als wollte er hineinkriechen. Er hob die freie Hand, begütigend, als stünde ihm sein Gesprächspartner gegenüber.

»Da stimmt was nicht«, bemerkte Dr. Paul Bellow, was niemanden überraschte, besonders Eddie Price nicht, der gespannt auf der Sesselkante saß und schweigend sein Pfeifchen schmauchte. Unterhandlungen mit Menschen wie denen, die jetzt über die Bank herrschten, waren eine Kunst für sich, und die mußte der Einsatzleiter – mochte sein Rang noch so hoch sein – erst lernen. Sieht so aus, dachte der Hauptfeldwebel, als ginge es einem oder mehreren Bankkunden an den Kragen.

»War das ein Schuß?« soufflierte der Dolmetscher, der seine Stimme einem der Reporter am Tatort lieh.

»Verdammte Scheiße«, fluchte Chavez leise. Die Situation eskalierte vor ihren Augen.

Kaum eine Minute später öffnete sich eine der Glasflügeltüren der Bank, und eine Zivilperson schleppte einen Leichnam auf den Bürgersteig. Er schien männlich zu sein, doch der Kopf, auf den die beiden Kameras aus unterschiedlichem Winkel jetzt zoomten, war nur noch eine blutige Masse. Der Zivilist trug den Toten bis hinaus und erstarrte, als er sie ablegte.

Geh nach rechts, soufflierte Chavez stumm, als könne ihn der andere hören, *sofort rechts, hörst du?* Irgendwie kam die Botschaft tatsächlich ans Ziel, denn der namenlose Mann im grauen Regenmantel stand sekundenlang reglos da, blickte zu Boden, und ging dann – verstohlen, wie es schien – eilig nach rechts ab.

»Jemand ruft aus dem Inneren der Bank«, übersetzte der Dolmetscher.

Doch was der Rufer in der Schalterhalle auch gerufen haben mochte, schien nicht das richtige zu sein. Der Zivilist verdrückte sich nach rechts, weg von den Doppelglasscheiben am Portal und unter die verspiegelten Fenster. Schon war er auf dem Bürgersteig, hinter sich eine drei Meter hohe Brandmauer aus Granit, und vom Gebäude aus nicht mehr zu erkennen.

»Gut gemacht, Junge«, freute sich Tawney. »Wollen sehen, ob die Polizei dich auch freischießen kann.«

Eine der Kameras schwenkte jetzt zu dem Einsatzleiter, der mit seinem Handy mitten auf der Straße lief und jetzt wild gestikulierend dem Zivilisten bedeutete, sich zu ducken. Ob tapfer oder tollkühn, war schwer zu entscheiden, jedenfalls schlenderte er langsam zurück zu den geparkten Überfallwagen – merkwürdigerweise fiel kein Schuß. Die Kamera richtete sich indessen wieder auf die entkommene Geisel. Polizisten waren seitlich am Bankgebäude vorgerückt, bedeuteten dem Mann, auf allen Vieren zu kriechen, unten zu bleiben, während sie stehen blieben. Die Uniformierten hielten ihre MPs im Anschlag. Ihre Haltung drückte Streß und Verzweiflung aus. Einer von ihnen sah nach der Leiche auf dem Bürgersteig, und die Zuschauer in Hereford konnten sich denken, wie ihm zumute war.

»Mr. Tawney, Anruf für Sie auf Leitung vier«, unterbrach sie der Lautsprecher. Der Geheimdienstler ging ans Telefon und drückte den blinkenden Knopf.

»Tawney? Ach ja, Dennis ...«

»Wer immer die Kerle sind, sie haben gerade einen umgebracht.«

»Wir haben's gesehen. Wir zapfen das Fernsehprogramm an.« War deshalb Gordons Reise nach Bern bloße Zeitverschwendung gewesen? »Hast du diesen Armitage mitgebracht?«

»Ja, Bill. Er ist gerade unterwegs, um mit der Einsatzleitung zu sprechen.«

»Großartig. Ich bleib dran, um gleich mit ihm zu sprechen.«

Wie aufs Stichwort kam jetzt ein zivil gekleideter Mann ins Bild, der sich dem Polizeioffizier näherte. Er sprach kurz mit ihm, zog einen Diplomatenausweis hervor und entfernte sich wieder, verschwand aus dem Blickfeld.

»Hier Tony Armitage. Wer ist dran?«

»Bill Tawney.«

»Tja, wenn Dennis Sie kennt, sind Sie wohl unser ›Six‹-Mann. Was kann ich für Sie tun, Sir?«

»Was hat Ihnen die Polizei erzählt?« Tawney schaltete den Lautsprecher ein.

»Er hat die Situation nicht mehr in Griff. Die Kantonspolizei sei schon verständigt.«

»Mr. C?« fragte Chavez vom Sessel her.

»Nehmt den Hubschrauber und macht euch auf den Weg, Ding. In Gatwick bleibt ihr und wartet weitere Instruktionen ab.«

»Verstanden. Team-2 ist unterwegs, Mr. C.«

Chavez lief die Treppe herab, gefolgt von Price. Sie sprangen in den Wagen, der sie in weniger als drei Minuten zu Team-2 brachte.

»Wenn Ihr vor der Glotze gesessen seid, Leute, wißt ihr ja, was los ist. Auf die Plätze! Wir fliegen nach Gatwick.« Sie waren fast aus der Tür, als es einem mutigen Schweizer Polizisten gelungen war, den Zivilisten in Sicherheit zu bringen. Der Bildschirm zeigte, wie sie ihn zu einem Überfallwagen brachten, der sofort losraste. Wieder teilte sich fast alles über die Körpersprache mit. Die versammelten Ordnungshüter, die bisher müßig in der Gegend herumgestanden waren, verschanzten sich jetzt nervös hinter der Deckung ihrer Fahrzeuge, fingerten an ihren Waffen herum und harrten der Dinge, die da kommen mochten.

»Gleich geht die Liveschaltung auf den Sender«, meldete Bennett. »Sky News übernimmt in ein paar Minuten.«

»Das hat bestimmt was zu bedeuten«, mutmaßte Clark. »Wo ist Stanley?«

»Der ist schon in Gatwick«, erklärte Tawney. Clark nickte. Stanley würde den Einsatz als Kommandant mit Team-2 gemeinsam durchführen. Auch Dr. Paul Bellow war fort. Stanley und Chavez brauchten ihn als Berater für die psychologische Taktik bei ihrer Befreiungsaktion. Jetzt konnte er nicht viel mehr tun als dasitzen, allenfalls Kaffee und ein zünftiges Abendbrot bestellen. Clark schob einen der Sessel heran und setzte sich vor den laufenden Fernseher.

3

WAFFEN UND GNOME

Der Helikopterflug dauerte exakt fünfundzwanzig Minuten und brachte Team-2 in den Passagierflugbereich. Zwei LKWs warteten bereits. Chavez ließ die Männer ihre Ausrüstung für den Weitertransport zum British-Airways-Terminal verladen. Dort überwachten zwei eigens abgestellte Polizisten, wie das Transportgut des Team-2-LKW als letztes im Flieger verstaut wurde, um bei Ankunft in Bern zuerst von Bord gebracht zu werden.

Doch vorerst galt es, das Startsignal abzuwarten. Chavez zerrte das Handy heraus, klappte es auf und tippte die Schnellwahl eins.

»Clark«, meldete sich die Stimme, sobald das verschlüsselte Rufsignal durchgedrungen war.

»Ding hier, John. Hat sich Whitehall inzwischen gemeldet?«

»Wir warten noch, Domingo. Der Anruf muß in Kürze kommen. Der Kanton hat den Fall nach oben weitergegeben. Das Justizministerium prüft den nächsten Schritt.«

»Dann mach den ehrwürdigen Herrschaften klar, daß diese Maschine hier in zwanzig Minuten abhebt. Die nächste geht erst in anderthalb Stunden, es sei denn, wir nähmen Swiss Air. Von denen startet eine in vierzig Minuten, die nächste in eineinviertel Stunden.«

»Verstehe. Aber wir müssen abwarten, Ding.«

Chavez fluchte auf Spanisch. Er hatte es geahnt. Er wußte, daß es ihm keinen Spaß machte. »Roger, Six. Team-2 hält in Gatwick die Stellung.«

»Geht klar, Team-2. Rainbow-Six, Ende!«

Chavez klappte das Handy zu und steckte es in die Brusttasche. »Alle mal herhören«, brüllte er seiner Truppe über den Lärm der Düsenmotoren zu. »Wir warten hier, bis der Marschbefehl kommt!« Die Männer nickten. Sie hatten es nicht weniger eilig als ihr Boß, aber was sollte man machen! Die britischen Teammitglieder waren solche Prozeduren gewöhnt und nahmen's leichter als die Amerikaner.

»Sag Whitehall, daß uns noch zwanzig Minuten bis zum Start bleiben, Bill. Danach wäre eine Stunde Verzögerung fällig.«

Tawney nickte und hängte sich ans Telefon, um seine Kontakte im

Außenministerium spielen zu lassen. Dann meldete er sich bei der britischen Botschaft in Genf, die bereits über das technische Hilfsangebot einer SAS-Einsatztruppe informiert war. Seltsam war, daß der Schweizer Außenminister bereits mehr wußte als der Mann, der das Angebot machte. Doch das Ja von dort kam bemerkenswert schnell – fünfzehn Minuten später.

»Sie sind einverstanden, John«, berichtete Tawney, den es selbst überraschte.

»Na schön.« Clark klappte sein eigenes Mobiltelefon auf und ließ Schnellwahl 2 anwählen.

»Chavez?« Die Stimme war im Hintergrunddröhnen kaum erkennbar.

»Wir haben grünes Licht«, erklärte Clark. »Ab mit euch!«

»Team-2 bestätigt den Marschbefehl. Team-2 ist unterwegs!«

»Das hört man gern. Viel Glück, Domingo!«

»Danke, Mr. C.«

Chavez wandte sich seinen Leuten zu und ruderte mit dem Arm in einer Vorwärts-Marsch-Geste, die in jeder Armee der Welt bekannt ist. Sie stürzten in ihren bereitgestellten LKW, der sie quer über den Flugsteig von Gatwick brachte. Vor der Verladerampe der Maschine blieb er stehen. Chavez winkte einen Wachmann heran, und Eddie Price sorgte dafür, daß die Spezialladung unbehelligt an Bord der Boeing 757 genommen wurde. Als das geschehen war, rückte der LKW noch 30 Meter vor zur Treppe, die in den Passagiertunnel führte. Team-2 sprang heraus und machte sich auf den Weg zur Maschine. Am anderen Ende hielt ein weiterer Polizist die Luke auf. Von dort gingen sie als ganz normale Passagiere über die Gangway und reichten ihre Flugscheine der Stewardeß, die sie zu ihren Plätzen in der Ersten Klasse führte.

Der letzte, der an Bord kam, war Special Agent Tim Noonan, das Technikergenie der Truppe, immerhin einstiger Quarterback in der Stanford-Footballmannschaft, bevor er zum FBI ging. Um in Übung zu bleiben, nahm er am Schießtraining der anderen teil. Mit einem Meter dreiundneunzig und 98 Kilo war er größer als die anderen Schützen, konnte sich aber sonst nicht mit ihnen messen, wie er selbst am besten wußte. Trotzdem traf er mit der Pistole und der MP-10 immer noch besser als der Durchschnitt und lernte allmählich dazu. Dr. Bellow nahm seinen Fensterplatz ein und zog ein Buch aus der Reisetasche, ein Standardwerk über Soziopathie eines Harvard-Professors, bei dem er vor ein paar Jahren studiert hatte. Die übrigen machten es sich bequem und blätterten in den ausliegenden Illustrierten. Chavez wunderte sich, daß seine Truppe so gelassen blieb, und schämte sich fast ein wenig, wie aufgeregt er war. Der Flugkapitän hieß sie willkommen, dann lenkte er die Boeing aus dem Flugsteig und auf das Rollfeld. Fünf Minuten später hob die Maschine ab. Team-2 war zum ersten Einsatz unterwegs.

»Sie sind unterwegs«, berichtete Tawney. »Die Fluglinie erwartet einen störungsfreien Flug und pünktliche Ankunft in – eineinviertel Stunden.«

»Großartig«, nickte Clark. Die Live-Berichterstattung im Fernsehen kam nicht vom Fleck. Beide Schweizer Sender brachten mittlerweile ständig aktualisierte Neuigkeiten, von Reportern am Tatort kommentiert. Das war ungefähr so interessant wie die Ziehung der Lottozahlen, obwohl die Polizei jetzt sogar Interviews gewährte: Nein, man wisse nicht, wer sich da drinnen verschanzt hat – doch, man habe mit ihnen gesprochen – jawohl, die Verhandlungen dauerten noch an. Nein, mehr ließe sich im Augenblick nicht sagen. Ja, man werde die Presse über alle neuen Entwicklungen auf dem Laufenden halten.

Zur Hölle damit, dachte John. Dasselbe Geschwafel kam auf Sky News, und bald würden CNN und Fox kurze Berichte in den Vorabendnachrichten bringen, natürlich auch über den ersten Toten und die geglückte Flucht dessen, der die Leiche herausgebracht hatte.

»Gräßlicher Auftrag«, seufzte Tawney über seinem Tee.

Clark nickte. »Wahrscheinlich sind sie alle so, Bill.«

»Können Sie laut sagen.«

Pete Covington trat ein, rückte einen Drehstuhl heran und setzte sich zu den beiden Älteren. Seine Miene wirkte ausdruckslos, obwohl er sicher stocksauer war, daß sein Team daheimblieb, dachte Clark. Aber die Bereitschaftsroutine war eisern festgeklopft und mußte es auch sein.

»Was geht Ihnen durch den Kopf, Peter?« fragte Clark.

»Die sind nicht gerade aufgeweckt, die Brüder. Den armen Kerl da haben sie schon früh am Nachmittag abgemurkst, stimmt's?«

»Und?« John war sich bewußt, daß er noch neu in diesem Geschäft war.

»Wenn man eine Geisel umbringt, überschreitet man eine dicke rote Linie, Sir. Und wer einmal drüben ist, kann nicht mehr so leicht dahinter zurück, oder?«

»Hätten sie das besser vermeiden sollen?«

»Denke schon. Damit macht man's der Gegenseite viel zu schwer, noch Konzessionen zu machen, und Konzessionen braucht man, um davonzukommen. Es sei denn, man weiß etwas, das die Gegenseite nicht weiß. Ist aber unwahrscheinlich in dieser Situation.«

»Vermutlich werden sie ein Fluchtfahrzeug verlangen... Hubschrauber?«

»Mag sein«, nickte Covington. »Zu einem Flughafen, wo ein Passagierflugzeug wartet, internationale Besatzung – aber *wohin*? Libyen womöglich. Aber wird Libyen sie reinlassen? Wo sonst könnten sie hin? Nach Rußland? Glaube kaum. Ins Bekaa-Tal im Libanon wär's möglich, aber Zivilflieger landen da nicht. Immerhin waren sie so schlau, sich von der Polizei abzuschirmen. Wetten, daß die Geisel, die sie rausgelassen haben, ihre Gesichter nicht kennt?« Covington schüttelte den Kopf.

»Amateure sind sie nicht«, wandte Clark ein. »Ihre Waffen lassen doch auf ein gewisses Maß an Ausbildung und Professionalität schließen.«

»Stimmt, Sir. Aber intelligent sind sie nicht. Ich wäre nicht mal überrascht zu hören, daß sie etwas Bargeld mitgehen lassen wie gewöhnliche Einbrecher. Trainierte Terroristen vielleicht, aber keine guten.«

Und was soll das sein, ein ›guter‹ Terrorist? fragte sich John. An diesen Fachausdruck mußte er sich wohl noch gewöhnen.

Der BA-Flug landete zwei Minuten früher als vorgesehen und glitt auf den Flugsteig. Ding hatte sich während des Flugs mit Dr. Bellow unterhalten. Die Psychologie dieser Branche war ihm ein Buch mit sieben Siegeln, hier hatte er allerhand nachzuholen – und zwar so rasch wie möglich. Dem Soldaten lag so etwas fern; die Psychologie des Kriegswesens wurde allenfalls von höherrangigen Offizieren besorgt, die sich überlegten, welche Manöver der Feind als nächstes durchführen würde. Dieser Kampf wurde jedoch auf Einheiten-Ebene ausgetragen. Alle neuen Aspekte der Auseinandersetzung mußten einbezogen werden. Ding löste den Sicherheitsgurt, noch bevor das Flugzeug zum

Halt kam. Letztlich endete doch alles auf dem kleinsten gemeinsamen Nenner: Stahl gegen Weichziel.

Chavez stand auf und reckte sich, dann lief er zum Ausgang und setzte sein Pokerface auf. Draußen im Passagiertunnel ging er zwischen zwei Zivilisten, die ihn mit Krawatte und Anzug wohl für einen Firmenmanager hielten. Als er in die Flughafenhalle kam, nahm er sich vor, in London einen schickeren Anzug zu kaufen, um die Tarnung, die er und seine Männer anlegen mußten, noch glaubwürdiger zu machen. Eine Art Chauffeur stand draußen und hielt eine Tafel hoch, die seinen Namen trug. Chavez ging direkt auf ihn zu.

»Warten Sie auf uns?«

»Ja, Sir. Wenn Sie bitte mitkommen wollen ...«

Team-2 folgte ihm durch namenlose Korridore, dann betraten sie einen Konferenzsaal mit zweitem Ausgang. Dort trat ihnen ein Polizist in Uniform entgegen; den buntbesternten Achselklappen nach zu schließen, gehörte er der Führungsriege an.

»Sie sind ...« begann er.

»Chavez.« Ding streckte ihm die Hand entgegen. »Domingo Chavez.«

»Spanier?« fragte der Bulle merklich überrascht.

»Amerikaner. Und Sie, Sir?«

»Roebling. Markus Roebling«, gab er zurück, als das Team im Konferenzsaal versammelt und die Tür geschlossen war. »Folgen Sie mir bitte.« Roebling schloß die Tür am anderen Saalende auf, die über eine Außentreppe ins Freie führte. Eine Minute später saßen sie in einem Kleinbus, der den Flughafenparkplatz verließ und in die Autobahn einbog. Ding warf einen Blick zurück und sah, wie der Lieferwagen hinter ihnen aufschloß, der zweifellos ihre Ausrüstung transportierte.

»Okay, was gibt es Neues?«

»Nichts seit dem Mord von heute nachmittag. Wir verhandeln über Telefon mit ihnen. Keine Namen, niemand konnte bisher identifiziert werden. Sie verlangen, herausgebracht und außer Landes geflogen zu werden, geben aber noch nicht preis, wohin sie wollen.«

»Was erzählt der Mann, der ihnen entwischt ist?«

»Es sind vier, und sie sprechen deutsch, als wäre es, wie er sagt, ihre Muttersprache: Redewendungen, Aussprache und so weiter. Ihre Waffen stammen aus der tschechischen Republik, und offenbar machen sie rücksichtslos Gebrauch davon.«

»Scheint so. Wie weit ist es? Können meine Männer irgendwo die Kleider wechseln?«

Roebling nickte. »Es ist alles vorbereitet, Major Chavez.«

»Danke, Sir.«

»Kann ich mit der befreiten Geisel sprechen?« erkundigte sich Dr. Bellow.

»Wir sind angewiesen, vorbehaltlos mit Ihnen zu kooperieren – in vernünftigem Rahmen, versteht sich.«

Chavez wunderte sich über die letzten, einschränkenden Worte. Was sie bedeuteten, würde sich wohl noch zeigen. Daß der Polizist nicht gerade begeistert war, Verstärkung von auswärts zu bekommen, um im eigenen Land Recht und Ordnung durchzusetzen, war durchaus verständlich. Sie galten nun mal als die legendären Wundermänner aus Dover, als die sie angepriesen wurden, damit mußte er sich abfinden. Es dämmerte Ding allmählich, daß die Glaubwürdigkeit von Operation Rainbow auf seinen Schultern lag. Es graute ihm vor der Peinlichkeit, sein Team, sein Vaterland und auch noch den eigenen Schwiegervater zu enttäuschen. Flüchtig musterte er die Truppe. Eddie Price, der wohl Gedanken lesen konnte, zeigte ihm stumm den hochgereckten Daumen. *Immerhin*, dachte Chavez, *wenigstens einer ist überzeugt, daß wir es schaffen können*. Vor Ort sah alles anders aus – das hatte er im Dschungel und in den Bergen Kolumbiens gelernt, und je näher man der Feuerlinie kam, desto größer die Überraschung. Im Nahkampf gab es keine Lichtschranke, die mitzählte, wer gefallen war, da floß echtes Blut. Wenigstens waren seine Leute erstklassig gedrillt und qualifiziert, und das traf ganz besonders auf Hauptfeldwebel Edward Price zu.

Ding blieb nur noch übrig, sie in die Schlacht zu führen.

Der Kleinbus parkte an einem Gymnasium hinter dem Bankgebäude und entließ Team-2 auf den Schulhof, der von einem Dutzend Uniformierter abgeriegelt war. Im Umkleideraum machten sich die Männer kampffertig und kehrten in die Turnhalle zurück, wo Roebling mit einer zusätzlichen Montur auf sie wartete: Pullover, schwarz wie ihr Kampfanzug, auf denen vorn und hinten POLIZEI stand. Die Buchstaben glitzerten golden statt im üblichen fluoreszierenden Gelb. Eine Schweizer Modefarbe? Chavez konnte gar nicht darüber lachen.

»Danke«, sagte er laut. Daß er seinen Gefühlen nicht Luft machte, sollte sich noch als nützlich erweisen. Anschließend kehrten sie in den

Kleinbus zurück und legten die letzte Strecke zurück. Er setzte sie an einer Ecke der Bank ab, wo sie weder von den Terroristen noch von Fernsehkameras entdeckt werden konnten. Die Scharfschützen Johnston und Weber wurden zu ihren vorbereiteten Stellungen geführt, von denen eine an der Rückfront des Bankhauses, die andere genau gegenüber vor dem Eingang lag. Beide richteten sich ein, klappten ihre Stative auf und nahmen das Objekt in Augenschein.

Ihre Gewehre waren so individuell wie die Schützen. Weber benutzte eine Walther WA2000 mit Winchester-Magnum-Patronen, Kaliber 300. Johnstons Waffe war maßgeschneidert; er konnte die nur wenig kleinere, aber schnellere 7mm-Magnumpatrone benutzen. Beide schätzten Entfernung und mögliche Zielpunkte ab, stellten die Visiere darauf ein und kauerten sich auf die mitgebrachten Schaumgummimatten. Zunächst galt es nur zu beobachten, Informationen zu sammeln und Bericht zu erstatten.

Dr. Bellow fühlte sich unbehaglich in seiner schwarzen Kluft mit kugelsicherer Weste und POLIZEI-Pullover, doch auf diese Weise konnte er wenigstens nicht von Medizinerkollegen erkannt werden, die zufällig den Fersehbericht verfolgten. Der ähnlich ausstaffierte Noonan stellte seinen Laptop auf, ein Apple-Powerbook, und musterte den Grundriß des Gebäudes, den er graphisch bearbeiten wollte. Die Ortspolizei hatte erstklassige Vorarbeit geleistet. Nach kaum dreißig Minuten hatte er Zugriff auf eine detaillierte elektronische Karte des Objekts. Sie enthielt wirklich alles – außer der Tresorkombination, wie er stillvernügt dachte. Dann montierte er das Übertragungskabel und fütterte drei weitere mitgebrachte Computer mit den Bilddateien.

Chavez, Price und Bellow trafen unterdessen mit dem Einsatzleiter am Tatort zusammen. Man begrüßte sich, schüttelte Hände. In seinen eigenen Fahndungscomputer legte Price die CD-ROM mit Bildern aller bekannten Terroristen ein, die je fotografiert worden waren.

Der Mann, der die Leiche nach draußen geschleppt hatte, war ein gewisser Hans Richter, ein Deutscher aus Bonn, der in der Schweiz eine Handelsfiliale seiner Firma betreute.

»Haben Sie die Gesichter gesehen?« wollte Price wissen.

»J-ja«, nickte der andere bebend. Es war kein guter Tag für Herrn Richter gewesen. Price rief die Datei der deutschen Terrorszene auf und zeigte ihm Gesichter auf dem Bildschirm.

»Ja, ja! Der da. Das ist ihr Anführer!«

»Sind Sie sicher?«

»Doch. Bestimmt.«

»Ernst Model, ehemals Rote-Armee-Fraktion, 1989 untergetaucht, Aufenthalt unbekannt«, las Price vor. »Bislang werden ihm vier Aktionen angelastet, drei endeten gewaltsam. 1987 kam es beinahe zur Festnahme in Hamburg, wo er zwei Polizisten tötete und entkam. Marxistisch geschult, zuletzt im Libanon vermutet. Augenzeugen dünn gesät – viel zu dünn, wie es scheint. Soll auf Entführungen spezialisiert sein. – Na prima!« Price blätterte weitere Fahndungsfotos auf.

»Der könnte dabei sein – vielleicht.«

»Erwin Guttenach, ebenfalls RAF, wurde zuletzt 1992 in Köln gesehen. Schwerer Bankraub, auch Kidnapping und Mord in der Akte – ach ja, er ist der Killer, der 1986 ein BMW-Vorstandsmitglied entführt und umgebracht hat. Lösegeld sackte er trotzdem ein – vier Millionen Mark. – Kriegt wohl den Hals nicht voll«, setzte Price hinzu.

Bellow las über seine Schulter mit und überlegte angestrengt. »Was hat er euch am Telefon gesagt?«

»Wir haben mitgeschnitten«, versetzte der Einsatzleiter.

»Ausgezeichnet! Aber ich brauche einen Dolmetscher.«

»Wir brauchen schnellstmöglich ein Täterprofil von Ernst Model, Doktor.« Chavez wandte sich um. »Noonan, können Sie uns Bilder aus dem Inneren der Bank besorgen?«

»Will sehen, was sich machen läßt«, nickte der Techniker.

»Roebling?« fragte Chavez dann.

»Ja bitte?«

»Sind die Reporter auf unserer Seite? Wir vermuten, daß die Subjekte drinnen das Fernsehprogramm verfolgen.«

»Sie werden mit uns zusammenarbeiten«, versprach der Schweizer zuversichtlich.

»Okay, Leute. An die Arbeit!« befahl Chavez. Noonan kehrte zurück zu seiner Zauberkiste. Bellow entfernte sich mit Herrn Richter und einem anderen Gendarmen, der ihm die Bandaufnahme übersetzen sollte. Chavez und Price blieben allein zurück.

»Hab ich was vergessen, Eddie?«

»Nein, Major«, gab Hauptfeldwebel Price zurück.

»Na schön. Erstens, mein Name ist Ding. Zweitens, Sie haben mehr Erfahrung als ich bei solchen Einsätzen. Wenn Sie etwas loswerden wollen, will ich es *gleich* hören, kapiert? Wir sind hier nicht in der Offiziersmesse. Ich brauche Ihren Rat, Eddie.«

»Sehr wohl, Sir – Ding.« Price lächelte gezwungen. »So weit, so gut. Die Kerle sind drin. Wir haben gutes Schußfeld. Wir müssen wissen, wie's drinnen aussieht und was dort vor sich geht – das ist Noonans Job, und er scheint was davon zu verstehen. Und wir müssen uns in den Gegner hineinversetzen, dafür ist Bellow zuständig, ein gewiefter Psychologe. Aber wie reagieren wir, wenn sie sich den Weg einfach freischießen?«

»Louis soll zwei Leuchtgranaten in den Vordereingang werfen, vier weitere drinnen, und wir stürmen mit Karacho das Gebäude.«

»Unsere Panzerwesten ...«

»Halten keine russischen Sieben-Komma-Sechs-Zwei ab, ich weiß.« Chavez nickte grimmig. »Daß es ein Kinderspiel wird, hat uns keiner weismachen wollen, Eddie. Wenn wir etwas mehr wissen, können wir einen Angriffsplan entwerfen.« Chavez klopfte ihm auf die Schulter. »Dann mal los, Eddie.«

»Ja, Sir.« Price verschwand und gesellte sich zum Team.

Daß die Schweizer Polizei eine schlagkräftige Anti-Terror-Einheit unterhielt, hätte Popov nicht gedacht. Er sah zu, wie ihr Befehlshaber dicht vor dem Eingang der Bank in Stellung ging, während einer, der vermutlich sein Stellvertreter war, um die Ecke bog, wo die anderen warteten. Sie hatten mit der geflüchteten Geisel geredet; jemand hatte den Mann weggeführt. Doch, die Schweizer Gendarmerie war gut ausgestattet und bewaffnet. Geschütze von Heckler & Koch, wie es schien. Das Übliche in solchen Fällen. Popov selbst hielt sich in der Menge der Schaulustigen auf. Sein erster Eindruck von Model und seinem verlorenen Drei-Mann-Haufen hatte sich bestätigt. Der Intelligenzquotient dieses Deutschen war wenig höher als die Zimmertemperatur. Sogar über Marxismus-Leninismus hatte er mit seinem Besucher diskutieren wollen, der Einfaltspinsel! Wäre der Einfaltspinsel wenigstens noch jung gewesen ... Aber Model mußte jetzt Mitte vierzig sein; mit jugendlichem Überschwang ließ sich seine ideologische Verblendung nicht mehr schönreden. Dabei war er durchaus pragmatisch. Ernst wollte erst das Geld sehen, satte 600 000 Dollar, möglichst in deutschen Banknoten. Popov grinste und dachte an den Unterschlupf. Kaum anzunehmen, daß Ernst ihn je wieder aufsuchte. Eine Geisel töten, und schon so früh – idiotisch, aber nicht unerwartet. Ernst gehörte zu den Fanatikern, die Entschlossenheit und Linientreue um jeden Preis demonstrierten – als käme es darauf heute noch an! Popov schnaubte und zündete sich eine Zigarre an. Dann lehnte er sich an die Fassade eines benachbartes Bankhauses, den Kragen hochgeschlagen, Hut tief ins Gesicht gedrückt – vor der abendlichen Kälte, gewiß, aber auch, um nicht aufzufallen. Man konnte nicht vorsichtig genug sein – das hatten Ernst Model und seine drei »Genossen« nicht begriffen.

Dr. Bellow analysierte unterdessen die mitgeschnittenen Telefonate und polizeibekannten Fakten über Ernst Johannes Model. Der Mann war ein Soziopath mit ausgeprägter Gewaltbereitschaft. Man verdächtigte ihn mehrerer Morde und einiger gemeinschaftlich verübter Attentate. Guttenachs Persönlichkeit war weniger intellektuell, doch ansonsten ganz ähnlich strukturiert; die beiden anderen unbekannt. Richter, der ihnen entkommen war, hatte – was Dr. Bellows These bestätigte – mitansehen müssen, wie Model das erste Opfer eigenhändig getötet hatte, durch Schuß in den Hinterkopf aus nächster Nähe. Anschließend hatte er Richter befohlen, die Leiche hinauszuschaffen. Beides war ein Fehler gewesen, der Gewaltakt und seine anschließende Demonstration vor den Augen der Polizei… Aus alledem ergab sich eine verhängnisvolle Motivlage. Bellow schaltete den Sprechfunk ein.

»Bellow an Chavez.«

»Ja, Doc. Hier Ding.«

»Die Analyse ist in groben Zügen fertig.«

»Großartig. Seid ihr alle auf Empfang, Leute?« Es folgte ein Stimmengewirr einander überschneidender Reaktionen. »Klar, Chef.«

»Na schön, Doc, schießen Sie los!«

»Das Wichtigste vorweg – dieser Anschlag folgt keinem wohldurchdachten Plan. Das ergibt sich aus dem Profil des mutmaßlichen Anführers Ernst Johannes Model: Nationalität deutsch, Alter 41, ehemals Angehöriger der Baader-Meinhof-Gruppe. In Zwangslagen oder bei Mißerfolgen neigt der Mann zu Jähzorn und unbeherrschten Gewaltausbrüchen. Wenn er androht, Geiseln zu töten, haben wir allen Grund zur Annahme, daß er nicht blufft. Sein momentaner Geisteszustand ist als äußerst, wiederhole, *äußerst* risikobereit einzuschätzen. Er weiß, daß sein Unternehmen bereits gescheitert ist. Er weiß ebenso, wie verschwindend gering die Chance ist, davonzukommen. Die Geiseln sind sein einziger Trumpf, den er rücksichtslos ausspielen wird. Mit dem Stockholm-Syndrom ist in dieser Situation *nicht* zu rechnen; dafür sind die soziopathischen Züge bei Model zu ausgeprägt. Auch Verhandlungen halte ich für wenig aussichtsreich. Mit an Sicherheit grenzender Wahrscheinlichkeit wird es noch im Laufe der Nacht oder morgen zu einem Befreiungsschlag kommen müssen.«

»Sonst noch was?« fragte Chavez.

»Im Moment nicht«, gab Dr. Bellow zurück. »Die weitere Entwicklung werde ich mit den hiesigen Einsatzkräften durchgehen.«

Noonan hatte einige Zeit darauf verwandt, die richtigen Instrumente zu wählen; jetzt schlich er geduckt an der Außenfassade des Bankhauses entlang, unterhalb der Fenster. Bei jedem einzelnen hielt er an und reckte langsam und vorsichtig den Hals, um nachzusehen, ob die Jalousien einen Blick ins Innere erlaubten. Die zweite Fensterscheibe war noch die günstigste; dort installierte Noonan ein winziges Kameraauge. Es handelte sich um eine Linse, ungefähr geformt wie ein Schlangenkopf, mit einem Durchmesser von wenigen Millimetern. Sie war mit Glasfaserkabel angeschlossen; die Kamera stand in ihrem schwarzen Koffer um die Ecke. Eine zweite Linse konnte er im unteren Drittel des Eingangs anbringen, bevor er sich wieder entfernte, mühsam auf allen vieren bis zu einer Stelle kriechend, wo er sich gefahrlos aufrichten durfte. Anschließend wanderte er rings um den gesamten Block, um dieselbe Prozedur an der Rückfront des Gebäudes zu wiederholen. Dort konnte er drei Kameraaugen plazieren, eine am Hintereingang, zwei an Fenstern, wo die Vorhänge ein winziges Stück kürzer waren, als sie sein sollten. Außerdem hinterließ er Richtmikrophone, um gegebenenfalls Stimmen oder Geräusche einzufangen. Die großen, verspiegelten Fenster dürften einen guten Resonanzboden abgeben, dachte er, allerdings wurden dadurch die Außengeräusche mitverstärkt und ebenfalls übertragen.

Während dieser Zeit unterhielten sich die Fernsehteams mit dem Einsatzleiter vor Ort, der immer wieder betonte, wie ernst man diese Terroristen nehmen müsse. Dr. Bellows hatte ihn ermuntert, in respektvollem Ton von ihnen zu sprechen. Mit einiger Sicherheit verfolgten sie die Sendung im Innern; ihr Selbstbewußtsein zu stärken, konnte dem Team im Augenblick nur nützlich sein. Überdies wurden sie dadurch von Tim Noonans Anpirschmanövern vor der Fassade abgelenkt.

»Das wär's«, erklärte der Techniker, als er wieder seinen Posten in einer Seitenstraße bezogen hatte. Die Überwachungskameras waren sämtlich installiert und liefen. Zu sehen gab es allerdings nicht viel. Die Miniaturlinsen übertrugen trotz optischer Verstärkung durch den Computer kein annähernd scharfes Bild. »Hier ist ein Bewaffneter – dort auch...« Sie hielten etwa zehn Meter Abstand von der Außenwand. Die übrigen Leute saßen erkennbar gut bewacht mitten in der Schalterhalle auf dem weißen Marmorboden. »Vier sind's, hat der Glückspilz gesagt, oder?«

»Genau.« Chavez nickte. »Aber wie viele Geiseln es sind, wußte er nicht, jedenfalls nicht genau.«

»Der da hinter den Kassenschaltern gehört jedenfalls zu den Gangstern, glaube ich... Hm, sieht fast aus, als durchsuchte er die Schubladen nach Bargeld. Und seh'n Sie mal, die prallgefüllte Tasche dort! Ob sie schon den Tresor besichtigt haben?«

Chavez wandte sich um. »Eddie?«

»Geldgier«, bestätigte Price. »Was sonst? Schließlich *ist* es ja eine Bank.«

»Gut.« Mit einem Mausklick wechselte Noonan die Ansicht. »Ich hab den Grundriß des Gebäudes gespeichert; hier ist der Lageplan.«

»Vergitterte Kassenschalter, Tresor, Toiletten...« Price tippte mit dem Zeigefinger auf den Bildschirm. »Hintertür. Auf den ersten Blick ganz simpel. Zugang zum Obergeschoß?«

»Hier«, erklärte Noonan und verschob den Mauszeiger. »Außerhalb der eigentlichen Bank, aber das Souterrain ist drüben für sie zugänglich. Treppe runter, ein getrennter Notausgang zur rückwärtigen Straße.«

»Deckenkonstruktion?« wollte Chavez wissen.

»Trägerverstärkte Betonplatte, vierzig Zentimeter dick. Da ist kein Durchkommen. Dasselbe mit Wänden und Fußboden. Solides, für die Ewigkeit gebautes Haus.« Ein Eindringen durch in Wände oder Decken zu sprengende Schlupflöcher war demnach ausgeschlossen.

»Wir können bloß vorn rein oder hinten und damit basta. Daraus folgt, daß der vierte dieser Brüder an der Hintertür steht.« Chavez drückte den Funkknopf. »Chavez an Gewehr Zwei-Zwei!«

»Weber, empfangsbereit!«

»Sind Fenster in der Rückfront, Dieter? Guckloch in der Tür, irgendwas in der Art?«

»Sieht nicht danach aus«, erwiderte der Schütze. »Eine schwere, offenbar undurchdringliche Stahltür, mehr ist nicht zu erkennen.« Er vertiefte sich erneut in sein Visier, doch die lackierte Oberfläche der Tür wies keine dunkle Stelle auf.

»Dann legen wir die Sprengladung an den Hintereingang, Eddie, und schicken drei Männer hinein. Sekunden später sprengen wir den Vordereingang, werfen Leuchtgranaten und rücken vor, wenn sie sich umdrehen. In Zweiergruppen, du und ich vorn rechts, Louis und George nach links.«

»Tragen sie Panzerwesten?« erkundigte sich Price.

»Richter hat nichts dergleichen bemerkt«, gab Noonan zurück. »Zu sehen ist hier auch nichts. Ihre Schädel können sie sowieso nicht panzern, oder?« Ein Schuß auf zehn Meter Entfernung mochte ausreichen, für die H & K kein Problem.

»Wohl kaum«, nickte Price »Wer führt das Team an der Rückfront?«

»Scotty, würde ich vorschlagen. Paddy kümmert sich um die Sprengung.« Connolly war, wie beide wußten, der kompetenteste Mann dafür. Chavez merkte sich fürs nächste Mal vor, daß er die Untergruppen besser vorher strukturierte. Bis jetzt hatte er alle Männer in ein und dasselbe Schubfach abgelegt. Das mußte sich ändern, sobald sie wieder in Hereford waren.

»Vega?«

»Oso leistet uns Deckung, aber ich fürchte, beim Sturm können wir ihn nicht brauchen.« Julio Vega war ihr Kanonier geworden, der für den Ernstfall ein schweres M-60 7,62-mm-Maschinengewehr mit Laser-Sichtgerät bediente. Dessen Einsatz war im Augenblick nicht vonnöten, und später auch nicht – es sei denn, der Befreiungsschlag mißglückte.

»Schicken Sie Scotty das Bild rüber, Noonan.«

»Mach ich.« Er bewegte den Mauszeiger und sandte dem Team die Datei in die diversen Computer.

»Jetzt fragt sich nur noch, wann wir loslegen.« Ding warf einen Blick auf die Armbanduhr. »Mal sehen, was der Doc dazu sagt.«

»Jawohl, Sir.«

Bellow war in der Zwischenzeit bei Herrn Richter geblieben. Drei Beruhigungsspritzen hatten ihn allmählich entspannt, und sogar sein Englisch wurde merklich besser. Bellow ging zum sechsten Mal alle Einzelheiten durch, als Chavez und Price auftauchten.

»Seine Augen sind blau, eisblau«, wiederholte Richter. »Wie Eis. Er ist kein Mensch wie die anderen. Man sollte ihn im Raubtierkäfig einsperren – zu den Bestien im Tiergarten!« Der Geschäftsmann erschauerte unwillkürlich.

»Welchen Dialekt spricht er?« wollte Price wissen.

»Gemischt. Ein bißchen norddeutsch, aber auch Bayerisch klingt durch. Die anderen sprechen alle mit bayerischem Akzent.«

»Das wird das Bundeskriminalamt interessieren«, bemerkte Price. Das BKA war das deutsche Gegenstück zum amerikanischen FBI. »Die Polizisten könnten doch mal die Gegend nach Autos mit deutschen Kennzeichen absuchen, mit M für München oder sonstwo aus Bayern? Vielleicht sitzt der Fahrer noch drin!«

»Gute Idee!« Chavez verschwand und eilte zu den Schweizern, deren Chef entsprechende Anweisungen über Sprechfunk gab. Könnte ein Reinfall sein, dachte Chavez, aber den Versuch war es wert. Irgendwie mußten die Kerle ja hergekommen sein. Noch etwas vorzumerken: das hatte künftig bei jedem Einsatz zu geschehen.

Dann stellte sich Roebling ein, der sein Handy mit sich trug. »Wird Zeit, daß wir wieder mit ihnen sprechen«, mahnte er.

»Tim«, orderte Chavez über Sprechfunk, »komm zum Treffpunkt.«

Kaum eine Minute später traf Noonan ein. Chavez zeigte auf Roeblings Handy. Noonan nahm es an sich, klappte das Gehäuse auf und brachte eine kleine grüne Platine an, von der ein dünner Draht herabhing. Dann zog er sein eigenes Handy aus der Brusttasche und reichte es Chavez. »Bitteschön. Damit können Sie alles mithören, was gesagt wird.«

»Hat sich drinnen was getan?«

»Sie laufen jetzt mehr auf und ab. Vielleicht ein wenig aufgeregt. Zwei von ihnen steckten vor ein paar Minuten die Köpfe zusammen. So wie sie gestikulierten, machten sie keinen besonders glücklichen Eindruck.«

»Verstehe. Sind unsere Jungs auf dem laufenden?«

»Wie steht's denn mit Lauschangriff?« mischte sich Roebling ein.

Der Techniker schüttelte den Kopf. »Zuviel Hintergrundlärm. Das Haus hat ein geräuschintensives Heizsystem – Heißwasserkörper mit Ölfeuerung, wie's scheint. Das donnert mir in die Fenstermikrophone. So kriegen wir nichts Sinnvolles zu hören, fürchte ich.«

»Schade. Halte uns auf dem laufenden, ja?«

»Klar.« Damit ging Noonan wieder auf Posten.

»Eddie?«

»Wir sollten das Gebäude vor dem Morgengrauen stürmen. Unser Freund sitzt jetzt bereits auf Kohlen.«

»Doc?« fragte Chavez.

»Mit einiger Wahrscheinlichkeit, ja«, nickte Bellow, der Price als einen Mann mit praktischer Erfahrung schätzte.

Chavez runzelte heftig die Stirn. Trotz intensiven Trainings war er nicht gerade begeistert von diesem Job. Das Bild aus dem Innenraum ging ihm nicht aus dem Kopf. Da saßen nun so an die zwanzig, dreißig Leute in der Gewalt von drei Kerlen, die ihnen Automatikwaffen entgegenhielten. Wenn auch nur einer der drei alle Hoffnung fahren ließ und seine Tschechen-MP losrattern ließ, würden nicht viele der Geiseln Frau und Kind wiedersehen. Er, Chavez, hatte den Befehl zu verantworten, und obwohl es nicht das erste Mal für ihn war, spürte er, welche Last auf seinem Gewissen lag. Hier durfte er um keinen Preis versagen.

»Chavez!« schreckte Bellow ihn aus seinen Gedanken.

»Ja, Doc?« Ding eilte ihm, gefolgt von Price, ein Stück entgegen.

»Model dreht durch. Wenn der Wagen, der ihn zu einem Hubschrauber-Landeplatz hier in der Nähe bringen soll, nicht in dreißig Minuten vorfährt, muß eine Geisel dran glauben. Danach ist alle fünfzehn Minuten eine weitere dran. Es wären noch genug da, meint er, um ein paar Stunden durchzuhalten. Außerdem liest er gerade eine Namensliste der wichtigsten Geiseln vor: Ein Chirurg und Professor an der medizinischen Fakultät, ein Polizeibeamter außer Dienst, ein Staranwalt... Jedenfalls ist es kein Witz, Ding. In dreißig Minuten. Das heißt, um halb neun fällt der erste Schuß.«

»Was hat die Polizei geantwortet?«

»Was ich ihnen geraten habe – wie bräuchten Zeit, alles zu arrangieren, daß er ein oder zwei Leute freilassen soll, um seinen guten Willen unter Beweis zu stellen. Aber das hat die Drohung mit 20.30 Uhr ausgelöst. Er ist ziemlich nervös.«

»Meint er das ernst?« hakte Chavez nach, nur um jeden Zweifel auszuschließen.

»Es hört sich jedenfalls danach an. Er verliert die Beherrschung, weil ihm die Sache aus der Hand gleitet. Inzwischen zeigt er kaum noch einen Funken Verstand. Daß er imstande wäre, jemanden umzubringen, steht außer Frage. Wie ein verwöhntes Balg, das an Heiligabend nichts unterm Christbaum findet, Ding. Nichts kann ihn jetzt noch bestärken oder aus der Patsche holen. Er fühlt sich einsam.«

»Na schön.« Ding ging auf Sprechfunk. Daß ihm der Typ diese Entscheidung abnahm, kam ihm sehr gelegen. »Hier Chavez, Leute. Alles in Stellung, ich wiederhole, in Stellung gehen!«

Für das, was jetzt abzusehen war, hatten sie trainiert. Ein Szenario sah vor, den Wagen zuzubilligen – für alle Geiseln war er sowieso zu klein –, und unterwegs konnte man die Subjekte mit gezielten Schüssen außer Gefecht setzen. Er hatte zwar die Scharfschützen, aber wenn sie die Terroristen in den Kopf trafen, hatten die Kugeln noch genug Durchschlagskraft, drei oder vier hinter ihnen sitzende Leute zu verletzen. MP oder Pistole waren nicht viel besser. Vier Ganoven waren einfach zuviel für diese Variante. Nein – er mußte sein Team hineinbringen, während die Geiseln noch am Boden hockten, unterhalb der Schußlinie. Die Kerle dachten nicht mal daran, Lebensmittel zu verlangen, die man hätte entsprechend impfen können. Oder sie waren raffiniert genug, um den Trick mit der Valium-Pizza zu durchschauen.

Es dauerte noch ein paar Minuten. Chavez und Price robbten von links zur Glastür. Auf der anderen Seite näherten sich Louis Loiselle und George Tomlinson. Am Türrahmen der Rückfront brachte Paddy Connolly eine doppelte Sprengladung an, befestigte den Zünder und trat beiseite. Scotty McTyre und Hank Patterson warteten in der Nähe.

»Hintertür-Team einsatzbereit, Chef«, gab Scotty über Sprechfunk durch.

»Roger. Vorderteam ebenfalls«, raunte Chavez ins Mikro.

»Hören Sie, Ding.« Noonans Stimme kam über die Meldeleitung. »Kamera eins zeigt einen Kerl mit Gewehr, der die Geiseln auf dem Fußboden umkreist. Wenn Sie mich fragen, ist das unser Freund Ernst. Ein anderer steht hinter ihm, und der Dritte ist rechts am zweiten Schalter beschäftigt. Moment mal, jetzt telefoniert er … Alles klar, er sagt den Bullen gerade, daß sie das erste Opfer ausgeguckt haben. Er nennt es gleich beim Namen. Wie nett von ihm«, schloß Noonan.

»Wir machen's genau wie im Training«, wies Ding seine Truppe an. »Bloß diesmal mit richtiger Munition. In Stellung!« Er blickte auf und sah, wie Loiselle und Tomlinson Blicke und Gesten austauschten. Louis sollte führen, George nachkommen. Chavez folgte ihrem Beispiel, überließ Price die Führung und blieb direkt hinter ihm.

»Er hat sich gerade eine der Geiseln geschnappt, Ding – am Telefon heißt es, sie knallen den Mediziner als ersten ab, Professor Mario Donatello. Ich hab's jetzt alles auf Kamera zwei, er bedeutet dem Mann, aufzustehen. – Es wird brenzlig, glaube ich«, setzte Noonan hinzu.

»Sind wir soweit? Hintertür, melden!«

»In Stellung«, bestätigte Connolly über Sprechfunk. Loiselle und Tomlinson konnte Chavez von seinem Posten aus sehen. Beide nickten kurz und faßten ihre MPs fester.

»Chavez an Team, bereit zur Attacke. In Stellung bleiben. In Stellung... Paddy, los!« befahl Ding laut.

Die Sekunde bis zur Explosion schien Stunden zu dauern; außerdem lag das massive Gebäude dazwischen. Trotzdem hörten sie es, ein lautes metallisches *Rrrums*, das die Straße erbeben ließ. Price und Loiselle bargen ihre Leuchtgranaten hinter der Messingverkleidung des Eingangs und zogen am Griff, sobald die erste Detonation erfolgt war. Im selben Augenblick barst die Glastür in tausend Scherben, die größtenteils in die marmorverkleidete Schalterhalle flogen, mitten in blendend weißem Licht und apokalyptischem Lärm. Price, der schon an der Schwelle stand, hechtete hinein und hielt sich links, Chavez lief hinterher.

Da stand Ernst Model und drückte die Mündung seiner Waffe in Dr. Donatellos Nacken. Er starrte nach hinten, wo die erste Ladung explodiert war, und plangemäß brachte ihn die zweite erst recht aus der Fassung mit Höllenlärm und unerträglichem Magnesiumblitz. Auch sein Gefangener reagierte. Er ließ sich auf der Stelle fallen, die Hände über dem Nacken, wodurch er den Befreiern das Schußfeld freigab. Price riß die MP-10 hoch, drückte den Abzug durch und jagte Ernst Model drei schnelle, tödliche Kugeln hintereinander mitten ins Gesicht.

Chavez, der hinter ihm stand, erspähte einen weiteren Bewaffneten, der sich ungläubig schüttelte, als traute er seinen Augen nicht. Er wandte sich ab, hielt aber noch immer die Waffe, und hier gab es kein Pardon. Chavez machte ihm mit zwei wohlgezielten Kopfschüssen den Garaus. In dem Getöse war die Gegenwehr gleich Null. Chavez riß die Waffe hoch und zielte nach rechts, wo der dritte Terrorist am Boden lang. Ein dunkler Blutstrom quoll an der Stelle hervor, wo zwei Sekunden zuvor noch sein Schädel gewesen war.

»Erledigt«, brüllte Chavez.

»Erledigt!« – »Erledigt!« stimmten die anderen ein. Loiselle rannte in den rückwärtigen Teil des Gebäudes. Auch Tomlinson machte sich auf. Bevor sie noch dort waren, tauchten die schwarzvermummten Gestalten von McTyler und Patterson auf; sofort richteten sie die Gewehrläufe nach oben. *»Erledigt!«*

Chavez schritt wachsam die linke Seite der Halle ab und kam zum Kassenschalter. Mit einem Satz war er hinter der Theke und spähte nach weiteren Entführern. Niemand. »Hier ist alles sauber. Sucht die Umgebung ab!«

Eine der Geiseln wollte aufstehen, wurde aber augenblicklich von George Tomlinson zurückgestoßen. Einer nach dem anderen wurden die Wartenden von Teammitgliedern gefilzt, andere standen mit vorgehaltener Waffe daneben – noch konnten schwarze Schafe unter ihnen sein. Inzwischen betraten auch Schweizer Polizisten die Bank. Man schob ihnen die durchsuchten Geiseln zu; Zivilpersonen, die noch unter Schock standen und nicht wußten, wie ihnen geschah. Sie waren noch betäubt von der Explosion oder durch herumfliegende Glassplitter verletzt; einige bluteten aus Nase und Ohren.

Loiselle und Tomlinson sammelten die von den Tätern fallengelassenen Gewehre ein und nahmen sie unter den Arm. Erst jetzt und auch nur allmählich konnten sie wieder durchatmen.

»Was war am Hintereingang los?« erkundigte sich Ding bei Pat Connolly.

»Sehen Sie selbst«, schlug der ehemalige SAS-Beamte vor und führte Ding an die Explosionsstelle, die an ein blutiges Schlachtfeld erinnerte. Wahrscheinlich hatte der Mann mit dem Kopf am Türrahmen gelehnt. Das konnte erklären, weshalb sein Kopf nirgends zu sehen war. Nur ein Teil der Schulter war gegen ein Geländer geschleudert; der dazugehörige Arm umklammerte noch immer das tschechische Gewehr. Die doppelte Sprengladung war wohl übertrieben gewesen, aber darüber mochte Ding jetzt nicht nachdenken. Eine Stahltür mit einbetoniertem Stahlrahmen war anders nicht zu knacken.

»Prima, Paddy. Gut gemacht!«

»Danke, Sir.« Das Grinsen eines Profis, der seine Kunst wahrlich beherrschte.

Auf den Straßen herrschte Jubel, als die Geiseln herauskamen. Die Terroristen, die er angeworben hatte, waren jetzt tote Einfaltspinsel, dachte Popov. Es überraschte ihn nicht. Das Schweizer Anti-Terror-Kommando hatte sich bewährt, kein Wunder bei der hiesigen Gendarmerie. Einer trat vor die Tür und zündete sich ein Pfeifchen an – typisch schweizerisch, dachte Popov. Vermutlich kletterte der Kerl in seinen Mußestunden im Gebirge umher. Ob er der Kommandant war? Eine Geisel kam ihm entgegen.

»Danke, tausend Dank!« wimmerte der Bankdirektor, zu Eddie Price gewandt.

»Bitte sehr, Herr Direktor!« gab der Engländer zurück, womit er mit seinen Deutschkenntnissen auch schon am Ende war. Er begleitete den Mann zum Sammelplatz, wo die Berner Polizei die Personalien der Geiseln aufnahm. Wahrscheinlich mußten sie bitter nötig aufs Klo, dachte er, als Chavez auftauchte.

»Wie haben wir uns geschlagen, Eddie?«

»Recht gut, würde ich meinen.« Ein Wölkchen Tabakqualm stieg auf. »Im Grunde unproblematisch. Das waren doch saubere Windbeutel, wie sie erst Geiseln genommen und dann noch die Bank ausgeraubt haben.« Er schüttelte den Kopf und sog an der Pfeife. Da war die IRA doch von anderem Holz geschnitzt als diese dämlichen Deutschen.

Ding fragte nicht, was ein ›Windbeutel‹ sein sollte, erst recht ein ›sauberer‹. Statt dessen zog er sein Handy hervor und drückte die Schnellwahl.

»Clark?«

»Chavez. Haben Sie's im Fernsehen verfolgt, Mr. C?«

»Ich bekomme den Mitschnitt gleich, Domingo.«

»Alle vier sind zur Strecke gebracht. Keine Geisel verloren, außer der einen, die sie heute Mittag abgeknallt haben. Im Team niemand verletzt. Was machen wir jetzt, Boß?«

»Heimfliegen und Bericht erstatten. Six – Ende!«

»Echt Klasse«, staunte Major Peter Covington. Reporter filmten, wie das Team in der folgenden halben Stunde die Instrumente abbaute und um die Ecke verschwand. »Mir scheint, Ihr Chavez versteht was von seinem Handwerk. Daß seine erste Probe keine von den schwersten war, macht nichts. Auf diese Weise schaffen wir Vertrauen!«

Sie betrachteten das Computerbild, das Noonan über Funktelefon in die Rechner geladen hatte. Covington hatte vorausgesagt, wie die Befreiungsaktion ablaufen mußte, und sich nicht geirrt.

»Und jetzt? Was machen Sie traditionsgemäß danach?« Auch John konnte endlich aufatmen. Daß ihre Aktion keine unnötigen Opfer gekostet hatte, erleichterte ihn ungemein.

»Ist doch klar – wir gehen einen heben mit ihnen, im Mannschaftskasino!« Covington war verblüfft, daß Clark nicht selbst darauf gekommen war.

Popov saß schon im Wagen und beeilte sich, die Innenstadt zu durchqueren, bevor die Berner Polizei mit ihren Einsatzwagen alles verstopfte. Links abbiegen – zweite Ampel rechts, dann quer über den Platz und – na bitte! Sogar ein Parkplatz für ihn war noch frei. Er stellte den Audi-Mietwagen am Straßenrand ab, direkt vor dem riskanten Unterschlupf, den sich Model ausgesucht hatte. Das Schloß aufzuknacken war ein Kinderspiel. Eine Treppe rauf und ganz nach hinten im Flur, wo das Schloß ebenfalls sofort nachgab.

»*Wer sind Sie?*« hörte er jemanden auf Deutsch fragen.

»Dmitrij«, gab Popov zurück und behielt eine Hand in der Manteltasche. »Haben Sie ferngesehen?«

»Ja – was ist schiefgegangen?« fragte der Deutsche sichtlich niedergeschlagen.

»Das spielt jetzt keine Rolle. Es wird Zeit, sich aus dem Staub zu machen, junger Freund.«

»Aber meine Kumpel ...«

»Sind tot, und Sie können ihnen nicht mehr helfen.« Er sah den Burschen im Halbdunkel stehen, keinen Tag älter als zwanzig und dem verblichenen Ernst Model treu ergeben. »Holen Sie Ihre Sachen. Wir müssen weg, und zwar schnell!« Drüben stand er, der schwarze Lederkoffer mit den Banknotenbündeln. Der Knabe – wie hieß er noch? Fabian soundso? – wandte ihm den Rücken zu, um seinen Parka vom Haken zu holen. Er sollte sich nie mehr umdrehen. Ein Schuß löste sich aus Popovs schallgedämpfter Pistole, dann ein zweiter – überflüssigerweise, auf drei Meter Entfernung. Er überzeugte sich, daß der Junge tot war, nahm den Koffer, klappte ihn zur Sicherheit noch einmal auf, um den Inhalt zu überprüfen. Dann verließ er das Haus, den Koffer in der Hand, überquerte die Straße und fuhr in sein Altstadthotel.

Mittags ging sein Flieger nach New York, und bis dahin mußte er noch ein Konto eröffnen, in einer Stadt, die sich besser dafür eignete als Bern.

Auf dem Heimflug blieben die Männer ziemlich still. Sie hatten den Lumpensammler nach England erwischt, der nicht in Gatwick, sondern in Heathrow landete. Chavez gönnte sich ein Glas Weißwein und saß wieder neben Dr. Bellow.

»Zufrieden mit uns, Doc?«

»Was meinen denn Sie, Mr. Chavez?« fragte Bellow zurück.

»Was mich betrifft, klingt der Streß allmählich ab. – Diesmal kein Händezittern«, stellte Ding fest, der sich selbst über seine ruhige Hand wunderte.

»Zittern ist völlig normal beim Abbau der Streßenergie. Der Körper kann noch nicht loslassen und in den Normalzustand zurückkehren. Kann man durch Training lindern. – Auch durch einen Drink«, bemerkte der Mediziner und nahm einen Schluck von seinem französischen Roten.

»Hätten wir irgendwas anders machen können?«

»Ich denke nein. Wären wir früher in den Fall eingestiegen, hätten wir möglicherweise die Tötung der ersten Geisel verhindern oder aufschieben können. Aber da steckt man nicht drin!« Bellow zuckte die Achseln. »Neugierig bin ich nur auf das Motiv der Terroristen.«

»Weshalb?«

»Weil sie sich wie Ideologen verhielten, aber ihre Forderungen waren unpolitisch. Soviel ich weiß, haben sie die Bank gleich mit ausgeraubt.«

»Stimmt.« Er und Loiselle hatten sich die Leinentasche angeschaut, die in der Schalterhalle stand. Sie war voller Banknoten gewesen, das Bündel war ein Viertelzentner schwer. Es kam Chavez zwar komisch vor, eine Geldsumme so zu beziffern, aber mehr wußte er auch nicht. Die Schweizer Ermittler würden es nachzählen. Ihre Ergebnisse würden Geheimdienstler unter Aufsicht von Bill Tawney analysieren. »Es waren also doch bloß Bankräuber – Ihrer Meinung nach?«

»Bin nicht sicher.« Bellow leerte sein Glas und hielt es der Stewardeß hin, um noch einen Wein zu bestellen. »Zur Zeit ergibt das alles noch keinen Sinn, aber das ist nicht ungewöhnlich in einem solchen Fall. Model war kein besonders herausragender Terrorist. Viel Getue und wenig dahinter. Miserabel geplant und miserabel ausgeführt.«

»Ein heimtückischer Bastard«, bemerkte Chavez.

»Ein Soziopath – mehr Krimineller als Terrorist. Diese gehen – nur die guten, meine ich – normalerweise besonnener vor.«

»Was in aller Welt ist ein ›guter‹ Terrorist?«

»Ein Geschäftsmann, dessen Geschäft das Töten von Menschen ist, um seine politischen Ziele durchzusetzen. Um höherer Zwecke willen, wenigstens nach ihrer Vorstellung. Sie haben einen Glauben, nicht wie Kinder in der Sonntagsschule an den Katechismus glauben, mehr wie vernünftige Erwachsene, die sich an Bibelworte halten. Der Vergleich hinkt, fürchte ich, aber einen besseren habe ich nicht zur Hand. – Der Tag war lang, Mr. Chavez«, schloß Dr. Bellow, während die Stewardeß Wein nachschenkte.

Ding blickte zur Uhr. »Sie mögen recht haben, Doc.« Und für's erste, dafür brauchte er keinen ärztlichen Rat von Bellow, konnte auch ihm eine Runde Schlaf nicht schaden. Chavez stellte den Sitz in Liegeposition und war zwei Minuten später eingenickt.

4

NACHBEREITUNG

Chavez und der größte Teil von Team-2 wurde erst bei der Landung des Fliegers in Heathrow wieder wach. Das Taxi zum Flugsteig ließ eine Ewigkeit auf sich warten, dort wurden sie von der Polizei abgeholt, die sie zum Hubschrauberstartplatz eskortierte. Unterwegs fiel Chavez am Terminal die Schlagzeile eines Boulevardblatts ins Auge, in der es hieß, die Schweizer Polizei habe einen Banküberfall mit Geiselnahme in Bern beendet. So unbefriedigend es sein mochte, wenn andere den Lorbeer ernten – für Operation Rainbow war es genau das Richtige. Voraussichtlich würde die Schweizer Bundesregierung ein wohlmeinendes Dankschreiben schicken, das unter »streng vertraulich« zu den Akten kam. Die beiden Militärhubschrauber landeten sicher in Hereford. Mehrere Jeeps brachten die Männer in ihre Unterkünfte. Es war jetzt nach elf Uhr nachts, und alle waren erschöpft nach einem Tag, der mit Manövern begonnen hatte und mit dem Streß eines echten Einsatzes endete.

Doch noch konnten sie nicht ausruhen. Beim Betreten ihres Quartiers stellte sich heraus, daß sämtliche Drehstühle im Halbkreis in der Turnhalle bereitstanden, daneben ein Videogerät mit Großbildschirm. Clark, Stanley und Covington erwarteten sie schon. Es war Zeit für die Einsatzkritik, auch »Nachbereitung« genannt.

»Okay, Leute«, räusperte sich Clark, sobald sie Platz genommen hatten. »Gute Arbeit. Die Bösewichter sind ausgemerzt, und von den Guten wurde während des Einsatzes niemand verletzt. Gut und schön. Trotzdem – was haben wir falsch gemacht?«

Paddy Connolly erhob sich als erster. »Ich hab zuviel Sprengstoff an der Hintertür verwendet. Wären Unschuldige dahinter festgehalten worden, hätte es sie mit erwischt«, gestand der Sergeant unverblümt. »Ich hielt den Türrahmen für stabiler, als er war.« Nach einer Pause zuckte er die Achseln. »Weiß nicht, was ich da künftig anders machen sollte.«

John dachte darüber nach. Connolly schien an übertriebener Ehrlichkeit zu leiden, in jedem Fall ein Zeichen von Zuverlässigkeit. Er nickte und ging darüber hinweg. »Ich auch nicht. Was gibt es noch?«

Als nächstes meldete sich Tomlinson zu Wort und blieb sitzen. »Wir müssen uns im Gebrauch der Leuchtgranaten besser üben, Sir. Hat mich ganz schön mitgenommen, als wir reingestürmt sind. Gut, daß Louis den ersten Schuß abgab. Wär mir vielleicht mißlungen.«

»Wie hat es sich drinnen ausgewirkt?«

»Bei den Tätern sehr günstig für uns«, erklärte Tomlinson. »Der, den ich erkennen konnte, war sichtlich außer Gefecht.«

»Hätten wir ihn lebend schnappen können?« mußte Clark notgedrungen nachhaken.

»Auf keinen Fall!« Sergeant Louis mischte sich ein. »Er hatte das Gewehr im Anschlag und zielte direkt auf die Geiseln.« Einem Terroristen die Waffe aus der Hand zu schießen, kam nicht in Frage. Man mußte immer befürchten, daß er mehr als einen Trumpf bereithielt, und die Ersatzwaffe war nicht selten eine Splittergranate. Loiselles drei Treffer in den Schädel des Mannes entsprachen voll und ganz der Rainbow-Strategie.

»Einverstanden. Wie kommen denn Sie mit den Blitzknallern klar, Louis? Sie standen doch viel näher dran als George.«

»Ach, wissen Sie«, grinste der Franzose, »ich bin verheiratet. Und werde öfter angekeift. – Aber im Ernst«, fuhr er fort, als sich das müde Gekicher legte, »ich hielt mir ein Ohr zu, das andere an die Schulter gepreßt, und kniff die Augen zusammen. – Außerdem hatte ich die Detonation ausgelöst«, setzte er hinzu. Anders als Tomlinson und die anderen konnte er absehen, wann Lärm und Blitz einsetzten – ein kleiner, aber nicht zu unterschätzender Vorteil.

»Sonst noch Schwierigkeiten beim Eindringen?« fragte John.

»Das Übliche«, bemerkte Price. »Jede Menge Glassplitter auf dem Boden, man kam nur schwer voran – sollten wir nicht unsere Stiefel weicher besohlen lassen? Dann könnten wir auch leiser auftreten.«

Clark nickte und sah, daß Stanley sich einen Vermerk machte.

»Beim Schießen, gab es da Probleme?«

»Nein.« Diesmal war es Chavez. »Drinnen war es hell, und wir brauchten keine Nachtsichtgeräte. Die Kerle standen wie die Pappkameraden bereit zum Abschuß. Das war kinderleicht.« Price und Loiselle nickten bekräftigend.

»Und die Gewehrschützen?« Clark wandte sich ihnen zu.

»Vom Hinterhalt aus war nichts Auffälliges zu sehen«, verneinte Johnston.

»Bei mir auch nicht«, setzte Weber hinzu. Er sprach Englisch wie ein Einheimischer.

»Sie haben Price als ersten hineingeschickt, Ding. Warum?« Es war Stanley, der diese Frage stellte.

»Eddie ist der bessere Schütze, und er hat mehr Erfahrung in der Praxis. Ihm traue ich mehr zu als mir selbst – vorerst«, fügte Chavez hinzu. »Der Einsatz schien mir insgesamt unproblematisch. Jeder hatte den Grundriß des Tatorts, der keine Komplikationen barg. Das Ziel ließ sich in drei Verantwortungsbereiche gliedern, von denen ich zwei übersehen konnte. Im dritten mußten wir mit nur einem Subjekt rechnen. Das war zwar reine Spekulation von mir, aber alle unsere Informationen sprachen dafür. Wir mußten auf die Entscheidung drängen, weil der Haupttäter, Model, im Begriff war, eine Geisel zu töten. Ich sah nicht ein, weshalb ich ihm das durchgehen lassen sollte«, führte Chavez aus.

»Sind alle einverstanden damit?« fragte John die versammelte Truppe.

»Mag sein, daß wir einmal in die Lage kommen, auch einen Geiselmord in Kauf zu nehmen«, wandte Dr. Bellow nüchtern ein. »Es wäre in jedem Fall die schlimmstmögliche Alternative, aber irgendwann kann dieser Fall eintreten.«

»Okay, Doc. Sonst noch was?«

»Wir müssen die Ermittlungen der Polizei weiterverfolgen, John. Waren sie Terroristen oder Bankräuber? Wir wissen es nicht. Das sollten wir aber, denke ich, herausfinden. Verhandlungen konnten wir in diesem Fall nicht führen. Das war vielleicht auch nicht nötig, doch in Zukunft gehört auch dies zu unseren Aufgaben. Dafür müssen weitere Übersetzer her. Meine Spachkenntnisse entsprechen leider nicht den Erfordernissen, und ich brauche Dolmetscher, die meine Sprache sprechen, mit der Materie vertraut sind und jede Nuance rüberbringen.« Clark sorgte dafür, daß Stanley auch dies notierte. Dann warf er einen Blick auf die Uhr.

»Okay. Die Videobänder gehen wir morgen früh durch. Für heute danke ich euch. Ihr habt eure Sache gut gemacht. Wegtreten!«

Team-2 verließ die Halle und trat nach draußen, wo nächtliche Nebel emporstiegen. Manche blickten sehnsüchtig in die Richtung, wo das Mannschaftskasino lag, doch niemand machte sich auf den Weg. Chavez begab sich nach Hause. Als er die Tür öffnete, saß Patsy vor dem Fernseher.

»Na, Schatz?« grüßte er seine Frau.

»Bist du heil geblieben?«

Chavez lächelte matt, hob die Hände und drehte sich um. »Nirgends Löcher und Kratzer.«

»Warst du das im Fernsehen – in der Schweiz, meine ich?«

»Du weißt, daß ich nicht darüber reden darf.«

»Hör mal, Ding, seit ich elf bin, wußte ich, womit mein Daddy seine Brötchen verdient«, stellte Dr. med. Patricia Chavez klar. »Du weißt ja – er ist Geheimdienstler wie du!«

Einen Grund, ihr etwas zu verschweigen, gab es nicht, oder? »Tja, Patsy, äh – das waren wir, ich und mein Team.«

»Und die anderen, die Ganoven meine ich – wer waren sie?«

»Terroristen vielleicht, oder Bankräuber. – Wird sich noch rausstellen«, seufzte Chavez und zog sich auf dem Weg ins Schlafzimmer das Hemd über den Kopf.

Patsy blieb hinter ihm. »Im Fernsehen hieß es, sie wären alle getötet worden.«

»Stimmt.« Er stieg aus der Hose, die er in den Kleiderschrank hängte. »Hatten keine Wahl. Als wir soweit waren, standen sie kurz davor, eine Geisel zu töten. Deshalb – *mußten* wir rein und es verhindern!«

»Ich weiß nicht recht, ob mir das behagt.«

Er blickte auf und sah seiner Frau ins Gesicht. »Aber *ich* weiß es. Mir behagt es kein bißchen. Erinnerst du dich an den Jungen, als du Ärztin im Praktikum warst und das Bein amputiert wurde? Hat dir das vielleicht behagt?«

»Nein. Ganz und gar nicht.« Ein Autounfall, das Bein des Fahrers war zerschmettert und konnte nicht gerettet werden.

»So ist das im Leben, Patsy. Nicht alles, was man macht, muß einem gefallen.« Damit ließ sich Chavez am Bettrand nieder und warf seine Socken in den offenen Wäschebeutel. *Geheimdienstler*, dachte er. *Eigentlich sollte ich jetzt meinen Wodka Martini nehmen, gerührt, nicht geschüttelt. Aber in den Filmen sieht man nie, wie der Held ins Bett fällt, um zu pennen, oder? Aber wer will schon bumsen, nachdem er jemanden getötet hat?* Er schnalzte mit der Zunge und legte sich rücklings auf die Tagesdecke. *Einer schon. Bond. Mr. James Bond.* Als er die Augen schloß, sah er das Bild der Schalterhalle wieder vor sich, die er mit erhobener MP-10 gestürmt hatte, bevor er diesen Kerl ins Visier nahm – Guttenach hatte er geheißen, oder? Ihm fiel ein, daß er die Identität nicht einmal nachgeprüft hatte. Sein Kopf war im Zielfernrohr aufgetaucht, und er hatte die Ladung abgefeuert, routinemäßig, wie man sich nach dem Urinieren den Reißverschluß zuzieht. Ebenso schnell und leise, mit dem Schalldämpfer auf der Mündung, und *zack*, egal, wie er heißt, er war tot. Er und seine drei Kumpanen hatten kaum eine Chance. Um die Wahrheit zu sagen, sie hatten gar keine.

Aber der Mann, der ein paar Stunden zuvor abgeknallt worden war, hatte der eine Chance gehabt? Irgendein harmloser Knabe, der zufällig in der Bank war, auf sein Konto was eingezahlt hatte oder um einen Kredit bettelte, oder bloß Kleingeld für den Friseur brauchte? *Spar dir dein Mitleid für den auf*, rief Ding sich zur Ordnung. Und der Chirurg, den Model drauf und dran war umzubringen, saß jetzt zuhause, bei Frau und Familie vielleicht, oder mit Schnaps abgefüllt oder Valium, weil er sein Schüttelzittern nicht los wird und daran denkt, einen Psychoklempner-Freund anzurufen, um sich gegen das Opfersyndrom behandeln zu lassen. Wahrscheinlich ging es ihm beschissen. Aber man mußte am Leben sein, um überhaupt was zu fühlen. Und das war immer noch besser, als daß Frau und Kinder im Wohnzimmer der Berner Villa im Grünen saßen und sich die Augen ausweinten, weil Daddy nicht mehr nach Hause kam.

Genau. Er hatte einem das Leben genommen, einem anderen eins wiedergegeben. Mit diesem Gedanken sah er das Bild erneut vor sich, erinnerte sich an die erste Kugel, die den Dreckskerl knapp hinterm Ohr traf. Da wußte er, daß er gleich tot war, schon bevor die zweite Kugel einschlug und die dritte, in einem Kreis von nur zwei Millimeter Durchmesser, die das Gehirn über zehn Meter weit spritzen ließen, bevor der Körper zusammenfiel wie ein nasser Sack. Und wie das Schießeisen des Kerls zu Boden fiel, mit der Mündung nach oben – gut, daß es nicht losging und noch irgendwen verletzte, und daß der Kopfschuß nicht die Finger am Abzug krampfen ließ, um noch einen Schuß vom Grabesrand abzufeuern – ein nie ganz auszuschließendes Risiko. Dennoch war er nicht zufrieden. Besser, sie lebend zu kriegen und ihnen alles abzuquetschen, was sie wußten, und weshalb sie diesen Irrsinn veranstalteten. Auf diese Weise lernte man manches, was beim nächsten Mal nützlich sein konnte, oder erfuhr sogar im Idealfall den Namen eines weiteren Subjekts, des Drahtziehers, den man nicht weniger gern mit Blei durchsiebt hätte.

Der Einsatz war nicht perfekt gelaufen, das mußte Chavez selbst zugeben, doch er hatte Leben retten sollen und er hatte eins gerettet. Und das mußte fürs erste reichen. Einen Augenblick später spürte er, wie sich seine Frau neben ihn legte. Er faßte nach ihrer Hand, und sie führte seine an ihren Bauch. Der kleine Chavez turnte also mal wieder. Das, meinte Ding, war doch einen Gutenachtkuß wert, und er wälzte sich zu ihr hinüber.

Auch Popov hatte sich zu Bett gelegt, nachdem er sich vor der Glotze vier steife Wodka genehmigt hatte; erst die Lokalnachrichten, anschließend die Lobeshymnen auf die Schweizer Gendarmerie. Die Identität der Bankräuber wurde noch immer nicht bekanntgegeben; irgendwie war Popov von der üblichen Berichterstattung enttäuscht, obwohl er bei näherer Überlegung nicht recht wußte, weshalb. Für seinen Auftraggeber hatte er sich als verläßlich bewährt – und überdies eine beträchtliche Geldsumme eingesackt. Noch ein paar solcher Aktionen, und er konnte in Rußland wie ein König leben, in manchen anderen Ländern immer noch wie ein Prinz, konnte sich allen Luxus leisten, um den er andere in seiner Funktion als Geheimagent des KGB stets beneidet hatte. Damals hatte er sich oft gefragt, wie sein Land sich überhaupt mit anderen Nationen messen konnte, die Milliarden für Luxus verschwendeten, zusätzlich zu den Milliarden, die für Rüstung bereitstanden, und beides von viel besserer Qualität? Weshalb sonst entsandte man ihn, die technischen Geheimnisse des Westens auszuspionieren? Denn das war ja seine Aufgabe gewesen in den letzten paar Jahren des Kalten Kriegs, von dem er längst gewußt hatte, wer ihn gewinnen und wer verlieren würde.

Doch klein Beigeben war seine Sache nicht. Für eine kleine Rente oder einen gewöhnlichen Job im Westen hätte er sein Land nicht ohne weiteres verraten. Freiheit? Die wurde ja im Westen angeblich als höchstes Gut verehrt. Aber was nutzte einem die Reisefreiheit, wenn man keinen vorzeigbaren fahrbaren Untersatz sein eigen nannte? Oder ein bequemes Hotel zum Übernachten? Oder Geld, das man brauchte, zum Essen und Trinken, um sein Leben zu genießen? Nein, auf seiner ersten Westreise damals, als »illegaler« Geheimagent ohne Diplomatenpaß in London, hatte er die Nobelkarossen bewundert und die bequemen Taxis, die man nahm, wenn der Fußweg zu beschwerlich wurde. Sein eigenes Fortbewegungsmittel war stets die U-Bahn gewesen, allgemein zugänglich, anonym und billig. Der Kapitalismus hatte nun mal den entscheidenden Vorteil, Menschen zu begünstigen, die geschäftlich Erfolg hatten oder die richtigen Eltern. Sie wurden mit Luxus, Bequemlichkeit und einem Lebensstil belohnt, den sich selbst die Zaren kaum vorstellen konnten. Und das war es, wonach Popov gierte und was ihm, damals wenigstens, unerreichbar schien. Ein teurer, schneller Wagen und ein schickes, geräumiges Apartment, mit guten Restaurants in der Nähe, kostspieliger Urlaub in Ländern mit sauberen Stränden und blauem Himmel, Frauen, die sich vom Geld verlocken ließen … Was bei Henry Ford geklappt hatte, konnte auch ihm gelingen. Aber was nutzte ihm die Macht, wenn er keinen Gebrauch von ihr machte?

Jetzt konnte Popov von sich sagen, daß er seinem Ziel näher gekommen war denn je. Er brauchte nur noch ein paar solcher Aufträge wie in Bern. Wenn sein Brötchengeber bereit war, soviel an Idioten zu verschwenden: Idioten ließen sich schnell um ihr Geld erleichtern, das war im Westen ja sprichwörtlich bekannt. Und zu denen gehörte Dmitrij Arkadejewitsch nicht. Befriedigt grinsend hob er die Fernbedienung und stellte den Fernseher ab. Morgen würde er sich wecken lassen, frühstücken, ein Bankkonto einrichten und anschließend das Taxi zum Swissair-Flug nach New York nehmen. Erste Klasse, versteht sich.

»Zufrieden, Al?« fragte Clark bei einem Glas Dunkelbier. Sie hatten sich mit ihren Getränken in die hinterste Ecke verzogen.

»Keine Einwände. Dieser Chavez hat meine Erwartungen nicht enttäuscht. Price die Führung des Einsatzes zu überlassen, war sehr gescheit von ihm. Läßt sich nicht vom Ehrgeiz leiten, das gefällt mir bei jungen Offizieren. Sein Zeitplan hat gestimmt; aus dem Grundriß des Gebäudes hat er die richtigen Schlüsse gezogen. Jeder Schuß ein Treffer. Wird's noch weit bringen, der Junge. Sein Team auch. Bin froh, daß der erste Einsatz draußen keine Komplikationen mit sich brachte. Dieser Model war ja auch nicht gerade eine Leuchte seines Fachs.«

»Unberechenbar und gewalttätig.«

Stanley nickte. »Stimmt schon. Das waren die deutschen Terroristen meistens. Über den hier wird das BKA drei Kreuze machen.«

»Was müssen wir verbessern?«

»Dr. Bellow hat recht. Wir brauchen mehr und bessere Übersetzer, wenn er die Verhandlungen führen soll. Gleich morgen kümmere ich mich darum. Century House wird uns brauchbare Leute vermitteln. Ach ja, und dieser Noonan ...«

»Eine echte Entdeckung. Als Ingenieur beim FBI gewesen, technischer Assistent in der Spezialeinheit für Geiselrettung. Zuverlässiger Special Agent. Schießen kann er auch, und er hat einige Nachforschungen durchgeführt«, führte Clark aus. »Kann uns noch gute Dienste leisten.«

»Diese videogestützte Überwachungsanlage war sehr beeindruckend. Ich habe mir die Bänder vorhin angeschaut. Alles in allem hat sich Team-2 erstklassig bewährt, John.« Stanley prostete ihm zu mit seinem Glas *John Courage*.

»Erfreulich, wenn alles klappt, Al.«

»Bis zum nächsten Mal.«

Er atmete tief durch. »Genau.« Größtenteils war der Lorbeer, wie Clark sehr wohl wußte, den Briten zu verdanken. Sie hatten nicht nur für die Logistik gesorgt, sondern auch den Einsatz bestritten – zu zwei Dritteln wenigstens. Louis Loiselle war von den Franzosen zu Recht als erstklassiger Mann empfohlen worden. Der Schmalhans konnte schießen wie David Crockett und ließ sich nicht aus der Ruhe bringen. Auch Frankreich hatte im Umgang mit Terroristen allerhand Erfahrung; einst hatte Clark an einer ihrer Operationen teilgenommen. Diese hier konnte als Erfolg verbucht werden. Rainbow hatte die erste Prüfung bestanden. Und Clark ebenso.

Die Cincinnatus-Gesellschaft besaß eine Villa an der Massachusetts Avenue. Sie wurde gelegentlich für halboffizielle Dinners benutzt, die das soziale Leben in Washington prägen: Gesellige Abende, bei denen sich die Mächtigen bei einem Drink und ein bißchen Smalltalk zwanglos begegnen und ihre Beziehungen spielen lassen können. Der neue Mann im Weißen Haus war dafür zwar nicht ganz so aufgeschlossen mit seinem, nun ja, leicht exzentrischen Regierungsstil, doch im Alleingang konnte keiner die Gepflogenheiten der Hauptstadt umkrempeln, und der Nachwuchs im Kongreß würde auch noch lernen, wie man in Washington klüngelte. Nicht anders als anderswo in Amerika. Was sich hier im ehemaligen Salon einer wohlhabenden und angesehenen Familie abspielte, war nur die Fortsetzung der Country-Club-Dinners, wo man die Spielregeln der politischen Klasse erlernt.

Zu den neuen Gesichtern gehörte auch Carol Brightling. Seit zehn Jahren geschieden, hatte sie nie wieder geheiratet, dafür aber nicht weniger als drei Doktortitel erworben: in Harvard, bei CalTech und an der Universität von Illinois, was Ost- und Westküste sowie drei wichtige Staaten abdeckte. Das war ein gewichtiger Vorteil in der Hauptstadt und sicherte ihr den Respekt, wenn nicht das Wohlwollen von sechs Senatoren nebst einer stattlichen Zahl von Kongreßabgeordneten. Das machte sich bei Abstimmungen ebenso bezahlt wie bei der Arbeit in den Ausschüssen.

»Schon das Neueste gehört?« fragte der Jungsenator aus Illinois bei einem Gläschen Weißwein.

»Wo brennt's denn?«

»In der Schweiz. Entweder Terroristen oder eine Bankraubgeschichte. Die Polizei vor Ort hat ganze Arbeit geleistet.«

Brightling winkte ab. »Kleine Jungs müssen immer Krieg spielen.«

»Wenigstens sorgen sie für einen tollen Fernsehabend.«

»Fußball wär doch auch nicht schlecht.« Brightling grinste.

»Stimmt auch wieder. – Sagen Sie mal – warum unterstützt der Präsident Sie eigentlich nicht bei der Treibhausklima-Initiative?« fragte der Senator, um sie aus der Reserve zu locken.

»Daß er mich *gar* nicht unterstützt, ist nicht wahr. Der Präsident glaubt vielmehr, noch ein paar wissenschaftliche Gutachten einholen zu müssen.«

»Sind Sie anderer Meinung?«

»Offen gestanden, ja. Wissenschaftlich ist alles längst geklärt. Die

Fakten und Zahlen sind von vorn bis hinten abgesichert. Aber der Präsident selbst ist noch nicht überzeugt und will keine die Industrie beschränkenden Maßnahmen ergreifen, bevor er seiner Sache nicht vollkommen sicher ist.« *Und ich werde ihn noch ein wenig bearbeiten müssen*, fügte sie im Stillen hinzu.

»Und damit geben Sie sich zufrieden?«

»Ich kann seinen Standpunkt verstehen«, versetzte die Staatssekretärin – was den Senator aus Lincolns Geburtsland verblüffte. Offenbar stand jeder im Weißen Haus kritiklos hinter diesem Präsidenten, dachte er. Die Ernennung von Carol Brightling hatte bundesweit für Überraschung gesorgt. Sie war in der Forschung hoch angesehen und vertrat eine ganz andere Umweltpolitik als der Präsident. Ein raffinierter Schachzug, möglicherweise eingefädelt von Chefberater Arnold van Damm, einem der unbestritten wichtigsten Ränkeschmiede in der Hauptstadt. Damit holte sich der Präsident einigen Rückhalt bei den Umweltschützern, die eine nicht zu unterschätzende Lobby in Washington bildeten.

»Stört es Sie gar nicht, daß der Präsident in Süd-Dakota unterwegs ist, um Wildgänsen nachzustellen?« fragte der Senator hämisch, als der Kellner sein Weinglas austauschte.

»Der *homo sapiens* ist nun mal ein Raubtier«, gab Brightling zurück und sah sich unter den Partygästen nach anderen Gesprächspartnern um.

»Nur die Männer, meinen Sie?«

Sie mußte lächeln. »Wir Frauen sind viel friedfertiger, wissen Sie!«

»Ach, ist das nicht Ihr Ex-Mann da drüben?« erkundigte sich der Senator und staunte, als sie das Gesicht verzog.

»Doch, doch.« Die Stimme blieb fest. Nur keine Gefühle zeigen, dachte sie, und blickte in die entgegengesetzte Richtung. Mehr brauchte sie nicht zu tun, wenn sie ihn erkannt hatte. Beide kannten ihre Spielregeln. Immer schön Abstand halten – zehn Meter ungefähr –, bloß kein längerer Blickkontakt, und schon gar kein Wortwechsel.

»Vor zwei Jahren hatte ich die Chance, mein Geld in die Horizon Corporation zu stecken. Könnte mich ohrfeigen, wenn ich heute daran denke.«

»Stimmt, John hat ein kleines Vermögen damit verdient.«

Und zwar nach ihrer Scheidung, weshalb sie keinen roten Heller davon kriegte. Der Senator merkte allmählich, daß es wohl nicht gerade charmant war, sie darauf anzusprechen. Er war neu in Washington und verstand sich noch nicht auf diplomatische Finessen.

»Geld scheffeln kann jeder, der sich wissenschaftlich so verbiegen läßt wie er«, fuhr Brightling fort.

»Sie sind dagegen?«

»Strikt dagegen. Eingriffe in die Genstruktur von Pflanzen und Tieren sind überflüssig. Die Natur entwickelt sich seit Millionen von Jahren aus sich selbst heraus. Ich glaube kaum, daß sie Nachhilfe von uns braucht.«

»Glauben Sie an Bereiche, die der Mensch nicht erforschen darf?« räusperte sich der Senator. Erschließung von Grundstücken war sein Beruf gewesen, Löcher in die Erde buddeln und Bauten hochziehen, die von der Natur nicht vorgesehen waren. Sein Interesse für Umweltfragen, dachte Brightling, entsprang seiner Liebe zur Hauptstadt und dem Wunsch, in der Politik und nahe der Macht zu bleiben. Man nannte es auch das Potomac-Fieber – eine Krankheit, gegen die niemand gefeit und die nahezu unheilbar war.

»Die Natur ist kompliziert und einfach zugleich, Senator Hawking. Das ist das Hauptproblem. Wenn wir ihre Grundlagen verändern, ist die Wirkung kaum abzuschätzen. Das Gesetz zur Folgenabschätzung ist ein Thema, für das sich der Kongreß nicht gerade begeistert, oder?«

»Wollen Sie damit sagen ...«

»Ich will sagen, daß unsere Bundesgesetze zum Umweltschutz eher diejenigen fördern, die Unheil stiften, als andere, die es wiedergutmachen wollen. Bei Eingriffen in die DNA-Struktur fällt es leichter, den genetischen Code zu verändern, als sich die Konsequenzen auszumalen, die das in hundert Jahren haben kann. Bei dieser Technologie kann man nicht vorsichtig genug sein. Diese schlichte Weisheit leuchtet anscheinend niemandem ein.«

Selbst der Senator kam nicht umhin, ihr in diesem Punkt recht zu geben. In einer Woche würde Brightling die Angelegenheit vor den Ausschuß bringen. Vermutlich war auch die Ehe von John und Carol Brightling daran gescheitert. Den Senator stimmte das traurig, tieftraurig; er empfahl sich, als seine Frau ihm zuwinkte.

»Diese Einstellung ist keineswegs neu!« Seinen Doktorhut in Molekularbiologie hatte John Brightling an der Universität Virginia geholt, wo er auch als Mediziner promovierte. »So hat schon vor ein paar hundert

Jahren Ned Ludd argumentiert. Er fürchtete, die industrielle Revolution würde die englische Baumwollindustrie ruinieren. Und er hatte recht damit! Die Wirtschaftsbasis wurde vollkommen umgekrempelt. Aber was dabei herauskam, war besser für den Verbraucher, und deshalb nennen wir es heute *Fortschritt*!« John Brightling war seines Zeichens Milliardär und fast der zweitreichste Mann im Land. Daß eine ganze Schar von Verehrern seinen Ausführungen lauschte, war kein Wunder.

»Aber die natürlichen Prozesse ...« wollte ein Zuhörerin einwenden.

»Die vollziehen sich alle Tage – eigentlich in jeder Sekunde. Genau das wollen wir ja in den Griff bekommen. Krebs zum Beispiel. Wollen Sie uns Knüppel zwischen die Beine werfen, Madam, wenn wir ein Mittel gegen Brustkrebs erfinden? Daran erkranken weltweit fünf Prozent der Bevölkerung! Krebs ist ein *genetischer* Schaden. Der Schlüssel zur Heilung liegt in den menschlichen Genen. Und meine Firma wird diesen Schlüssel finden, verlassen Sie sich drauf! Dasselbe mit dem Altwerden. Salks Forschungsteam in La Jolla hat das Todesgen schon vor über fünfzehn Jahren entdeckt. Könnten wir es ausschalten, wäre ewige Jugend kein Traum mehr. Unsterblichkeit, Madam, mit dem Körper einer Fünfundzwanzigjährigen – hört sich das nicht verlockend an?«

»Und was ist mit der Überbevölkerung?« versetzte die Kongreßabgeordnete schon etwas weniger forsch als vorhin. Das Argument war gar zu monströs, kam zu überraschend, um es von vornherein abzutun.

»Der Reihe nach. Die Erfindung des DDT trug dazu bei, Krankheitserreger in enormen Mengen zu beseitigen, und *das* hat wiederum die Weltbevölkerung anwachsen lassen, stimmt's? Gut und schön, wir müssen ein wenig enger zusammenrücken, aber wünschen Sie sich dafür vielleicht die Tsetse-Fliege zurück? Halten Sie Malaria für eine vernünftige Methode, die Bevölkerungsprobleme zu lösen? Oder möchten Sie wieder Kriege führen? Das hatten wir doch längst, und es hat die Raten gesenkt. Aber darüber sind wir doch längst hinaus! Hört mal, es ist gar nicht so schwer, die Bevölkerungsdichte zu regulieren. Man nennt das Geburtenkontrolle; fortgeschrittene Industrienationen praktizieren das längst, und die rückständigen würden auch damit anfangen, *wenn* sie gute Gründe dafür haben. – Es mag vielleicht eine oder zwei Generationen dauern«, schwadronierte John Brightling, »aber gibt es irgendwen hier, der keinen Spaß daran hätte, wieder fünfundzwanzig zu sein? Und zwar *mit* der Lebenserfahrung, die wir inzwischen haben. Mir jedenfalls kommt das verlockend vor!« fuhr er fort und strahlte. Mit schwindelerregenden Gehältern und Aktienbeteiligungen hatte seine Firma die größten Kapazitäten angeworben, um dieses spezielle Gen zu untersuchen. Die zu erwartenden Gewinne, wenn man es unter Kontrolle brächte, waren kaum abzuschätzen; das US-Patent verhieß siebzehn Jahre Gültigkeit! Was früher allenfalls in billigen Science-Fiction-Heftchen vorkam – der Menschheitstraum von der ewigen Jugend –, in der Medizin war er längst zum Stein der Weisen geworden.

»Glauben Sie wirklich, daß Sie es erreichen?« fragte eine andere Kongreßabgeordnete, die aus San Francisco kam. Frauen aus allen Schichten fühlten sich von diesem Mann geradezu magisch angezogen. Geld, Macht, gutes Aussehen und vollendete Manieren machten ihn unwiderstehlich.

John Brightling grinste honigsüß. »Fragen Sie in fünf Jahren wieder nach. Wir kennen das Gen. Wir müssen lernen, wie wir es ausschalten. Hier ist noch unbekanntes Terrain zu erkunden, und als Nebenprodukt werden wir eine Menge nützlicher Erkenntnisse gewinnen. Wir fühlen uns wie Magellan, als er in See stach. Wir wissen nicht, wohin wir steuern, aber uns allen ist klar, daß es die Welt verändern wird.« Daß Magellan von dieser Expedition nicht zurückkehrte, schien niemanden hier zu irritieren.

»Und – rentiert sich das auch?« fragte ein neugewählter Senator aus Wyoming.

»Sonst würde unsere Firma wohl nicht so glänzend dastehen, oder? Wir bezahlen Leute dafür, daß sie nützliche Arbeit tun. Ist unser Forschungsbereich etwa nicht rentabel?«

»*Wenn* Sie Erfolg haben, schon.« Von Haus aus war der Senator Mediziner. Als Hausarzt für Allgemeinmedizin kannte er sich einigermaßen aus, ohne die Grundlagenforschung überblicken zu können. Das Konzept, das Geschäftsziel der Horizon Company war mehr als atemberaubend, aber sollte er sich mit seinem Votum querstellen? Sie hatten allerhand Erfolg in der Krebstherapie, auch bei der Entwicklung synthetischer Antibiotika, und waren das führende Privatunternehmen im Humangenetik-Projekt, einem weltweiten Forschungsverbund, der die Entschlüsselung der Grundlagen menschlichen Lebens weltweit vorantrieb. John Brightling, der selbst ein Genie war, fiel es nicht schwer, Gleichgesinnte in seine Firma zu locken. Er hatte mehr Charisma als hundert Politiker zusammen, und anders als diese hatte er, wie der Senator selbst zugeben mußte, echte Starqualitäten. Es hatte »das Zeug dazu«, wie man bei Piloten zu sagen pflegte. Mit seinem telegenen Äußeren, dem gewinnenden Lächeln, der Kunst zuzuhören und mit seiner erstaunlichen Intelligenz war John Brightling der geborene Publikumsmagnet. Er verlieh allen in seiner Umgebung ein höheres Selbstwertgefühl, und dieser Bastard konnte einem auch noch etwas *beibringen*, seinen Lehren konnte jedermann folgen! Vor Laien sprach er allgemeinverständlich, mit Kennern seines Fachs, die ihm neidlos den Vorrang einräumten, tauschte er Argumente auf höchstem Niveau aus. Natürlich gab es Forscher, die ihm das Wasser reichen konnten: Pat Reily an der Harvard-Forschungsstelle beispielsweise, Aaron Bernstein an der Johns-Hopkins-Universität, Jacques Elisé im Louis-Pasteur-Institut. Vielleicht auch noch Paul Ging in der U. C. Berkeley. Aber damit hatte sich's auch. Brightling wäre ein hervorragender Klinikchef geworden, dachte der Senator-Hausarzt, aber er konnte sein Talent schwerlich an Patienten mit Grippe verschwenden.

Seine Ehe war so ungefähr das einzige in seinem Leben, womit er gescheitert war. Carol Brightling war ihm zwar gewachsen, aber eher auf politischem denn auf wissenschaftlichem Sektor. Vielleicht hatte ihr nicht geringes Selbstbewußtsein darunter gelitten, daß ihr Mann die größeren Geistesgaben mit sich brachte. In dieser Stadt war für beide kein Platz – der Mediziner aus Wyoming mußte schadenfroh grinsen. Sowas gab es ja nicht bloß im Kintopp, sondern oft genug im wirklichen Leben. Jetzt saß neben dem Erstgenannten eine berückend schöne Rothaarige, die ihm an den Lippen hing, während Carol allein gekommen war und auch allein wieder heimkehren würde in ihr Georgetown-Apartment. Tja, dachte der Senator-Hausarzt, so kann's gehen im Leben.

Unsterblichkeit. Verdammt, da würde auch er nochmal seine Chance kriegen, dachte der Mediziner und gesellte sich zu seiner Frau. Gleich würde man das Essen servieren.

Valium half. Es war natürlich kein Valium, wie Killgore wußte. Dieses Medikament galt gewissermaßen stellvertretend für zahlreiche mildere Beruhigungsmittel, und dieses hier war unter anderem Markennamen von SmithKline entwickelt worden, mit dem zusätzlichen Vorteil, daß es sich mit Alkohol besser vertrug. Obdachlose waren normalerweise wie Hofhunde, sie hingen an ihrem Revier und verteidigten es, doch diese hier verhielten sich erstaunlich ruhig. Große Mengen an gutem Schnaps hatten ihre Wirkung getan. Hochklassige Bourbons kamen am besten an, aus billigen Partygläsern mit Eis serviert, verschiedene Zusätze für diejenigen, die Whisky nicht gern pur tranken – das waren aber die wenigsten, wie Killgore überrascht feststellte.

Die ärztliche Musterung hatten sie überstanden. Gesundheitlich waren sie alle angeschlagen, auch wenn sie nach außen hin relativ kräftig wirkten. Doch innerlich litten sie an allen möglichen Wehwehchen, von simpler Diabetes bis zum Leberschaden. Einen hatte zweifellos der Prostatakrebs erwischt, seine Werte überstiegen sämtliche Toleranzschwellen – aber für diesen speziellen Test war das unwichtig. Ein anderer war HIV-positiv, aber Symptome waren noch nicht sichtbar, so daß es ebenfalls nicht zählte. Geholt hatte er es sich mutmaßlich durch Drogenmißbrauch, doch merkwürdigerweise war Schnaps alles, was er brauchte, um sich hier wohlzufühlen.

Killgore war nicht gern dabei; es beunruhigte sein Gewissen ein wenig, sie aus der Nähe zu betrachten. Aber schließlich waren sie *seine* Versuchsratten, von ihm wurde erwartet, sie im Auge zu behalten – wie jetzt, wo er hinter der Spiegelglaswand stand, seinen Papierkram erledigte und Bach-Sonaten vom tragbaren CD-Spieler lauschte. Drei von ihnen waren angeblich Vietnam-Veteranen. Sie hatten also eine Anzahl Asiaten abgeknallt – »Schlitzis«, wie sie sich bei der Befragung ausdrückten –, bevor sie auf die schiefe Bahn gerieten und als Stadtstreicher endeten. Na schön, *Wohnungslose* war der Modebegriff, den die Gesellschaft für sie bereithielt, was irgendwie würdiger klang als »Pennbruder« – Killgore erinnerte sich vage, diesen Begriff noch von seiner Mutter gehört zu haben. Als Mitmenschen zählten sie jedenfalls nicht gerade zur ersten Wahl. Und doch hatte das Projekt schon positiven Einfluß auf sie genommen. Inzwischen duschten sie regelmäßig, zogen saubere Kleider an und guckten fern. Einige fingen sogar an, Bücher zu lesen – daß ihnen Lektüre bereitgestellt wurde, und sei sie noch so billig, hatte Killgore anfangs für übertriebene, alberne Zeit- und Geldverschwendung erachtet. Doch immer noch tranken sie, und die Sauferei beschränkte ihren Tagesrhythmus auf vielleicht sechs Stunden bewußten Erlebens pro Tag. Auch Valium trug dazu bei, sie ruhigzustellen, und verhinderte Zank und Streit, den die Wärter sonst unterbinden müßten. Zwei von ihnen waren ständig nebenan in Bereitschaft, auch sie überwachten die Zehnergruppe. An der Zimmerdecke versteckte Mikrophone erlaubten, das zusammenhanglose Geschwafel mitzuhören. Einer aus der Gruppe hielt sich für einen Fachmann für Baseball und erzählte jedem von Mantle und Maris, der zuhören wollte. Die überwiegende Mehrheit redete von Sex, so daß sich Killgore schon fragte, ob sie wirklich das Hundefänger-Team entsenden sollten, um für das Experiment ein paar weibliche »Wohnungslose« aufzugreifen. Davon mußte er Barb Archer berichten. Schließlich würde sie wissen, ob das Geschlecht auf ihr Experiment irgendwelchen Einfluß hatte. Darauf *mußte* sie eingehen, oder? Und von schwesterlicher Solidarität keine Spur! Das war nicht einmal von dieser Emanzentussi, mit der er das Experiment durchführen sollte, zu erwarten. Dafür war sie ideologisch viel zu verbohrt. Killgore wandte sich um, als es an der Tür klopfte.

»Hallo, Doc!« Es war Benny, einer von den Wärtern.

»Na? Läuft alles gut?«

»Fast zum Einschlafen«, versetzte Benjamin Farmer. »Die Kinder benehmen sich jedenfalls nicht daneben.«

»Das will ich meinen.« Es war *so* einfach. Die meisten mußten geradezu angetrieben werden, das Zimmer zu verlassen und jeden Nachmittag ein bißchen im Hof zu spazieren. Schließlich mußten sie fit bleiben – beziehungsweise die körperliche Bewegung nachvollziehen, die sie an einem normalen Tag in Manhattan kriegten, wo sie sich von einer Pißecke in die nächste schleppten.

»Verdammt, Doc, ich kenne *niemanden*, der soviel wegsteckt wie die! Heute mußte ich einen ganzen Kasten Grand-Dad hinstellen, jetzt sind gerade noch zwei Flaschen übrig!«

»Ist das ihre Lieblingsmarke?« fragte Killgore. Das war ihm bisher gar nicht aufgefallen.

»Scheint so, Sir. Ich selbst bevorzuge Jack Daniel's – aber für mich reichen höchstens zwei Drinks am Abend, wenn die Football-Spiele übertragen werden und das Spiel gut ist. Nicht mal Mineralwasser würde ich so wegkippen wie unsere Kinder hochprozentigen Schnaps.« Der wachhabende Ex-Marine schnalzte mit der Zunge. Farmer war ein guter Mann. Versorgte manchmal verletzte Tiere in den Stallungen der Firma. Außerdem sprach er die Testobjekte immer als *Kinder* an. Das hatte sich bei den Aufpassern so eingebürgert und von da auf alle anderen übertragen. Killgore mußte grinsen. Irgendeinen Namen mußte man ihnen geben, und Versuchsratten klang nicht gerade respektvoll. Immerhin waren es dem Augenschein nach menschliche Wesen, was sie für den Test um so tauglicher machte. Er wandte sich um und sah, wie einer von ihnen – Nummer 6 – sich ein Glas hinter die Binde goß, an sein Bett zurückschlurfte und das TV-Programm verfolgte, bevor er wegdämmerte. Er fragte sich, von was die armen Schweine wohl träumen mochten. Manche träumten und redeten lautstark im Schlaf. Einen Psychiater konnte das vielleicht interessieren, oder einen Schlafforscher. Und *alle* schnarchten, und zwar so, daß es, wenn alle fest schliefen, sich da drinnen anhörte wie das Stampfen einer alten Dampflok.

Puff-puff, die Eisenbahn, dachte Killgore und vertiefte sich in die letzten Statistiken. Noch zehn Minuten, dann konnte er Feierabend machen. Es war zu spät, seine Kinder zu Bett zu bringen. Schade eigentlich. Naja – in Kürze würden sie erwachen, wenn der Tag anbrach, und eine neue Welt dazu, das war auch ein Glück für sie, egal wie hoch und wie schrecklich der Preis war, der dafür gezahlt wurde. Hm, dachte der Mediziner, ich könnte jetzt selber einen Drink vertragen.

»Die Zukunft war noch nie so golden wie jetzt!« erklärte John Brightling seinem Publikum. Zwei Gläser vom erlesenen kalifornischen Chardonnay konnten seiner Ausstrahlung nur guttun. »Die Biowissenschaften haben Grenzen überschritten, von denen wir fünfzehn Jahre zuvor nicht einmal wußten. Einhundert Jahre Grundlagenforschung kommen jetzt zum ersten Mal zur Geltung. Wir knüpfen an das Schaffen von Pasteur, Ehrlich, Salk, Sabin und vieler anderer an. Heute sehen wir weiter, weil wir auf den Schultern von Riesen stehen …«

John Brightling fuhr fort: »Es war ein steiler Anstieg, aber der Berggipfel ist in Sicht, und in den nächsten Jahren *werden* wir dorthin gelangen.«

»Ist er nicht rührend«, bemerkte Liz Murray zu ihrem Mann

»Sehr«, flüsterte FBI-Direktor Dan Murray zurück. »Und schlau obendrein. Jimmy Hicks meint, er sei weltweit der Meister seines Fachs.«

»Was macht er denn so?«

»Diese Firma, von der er vorhin sprach, glaube ich.«

»Dann sollte er sich einen Bart stehen lassen.«

Direktor Murray hätte sich dabei fast verschluckt, aber das Schrillen seines Handys rettete ihn. Diskret verließ er seinen Platz und trat in das weiträumige Marmorfoyer des Hauses. Nach dem Aufklappen des Geräts brauchte es fünfzehn Sekunden, bis das Entschlüsselungsmuster auf die Basisstelle eingestellt war, die ihn kontaktierte – es konnte sich nur um das FBI-Hauptquartier handeln.

»Murray?«

»Hier spricht Gordon Sinclair im Überwachungszentrum, Direktor. Die Schweizer haben inzwischen die Identität der anderen beiden ermittelt. Sie schicken die Fingerabdrücke dem BKA, damit sie dort überprüft werden.« Aber falls sie niemals abgenommen worden waren, konnte sich auch dies als Sackgasse erweisen. Es würde wohl noch etwas dauern, bis Models Spießgesellen identifiziert waren.

»Keine Verletzten beim Stürmen der Bank?«

»Nein, Sir. Die vier Gangster hat es erwischt. Alle Geiseln konnten befreit werden. Inzwischen müssen sie längst zu Hause sein. Ach ja, Tim Noonan war bei der Operation beteiligt, als Technik-Experte für eine der Einsatzgruppen.«

»Rainbow scheint seinen Zweck zu erfüllen, wie?«

»Diesmal schon, Direktor«, meinte Sinclair.

»Sorgt dafür, daß sie uns einen Bericht schicken, wie die Operation gelaufen ist.«

»Ja, Sir. Ich habe ihnen heute schon eine e-Mail geschickt deswegen.« Weniger als dreißig Leute im Büro wußten von Rainbow, obwohl manche sich offenbar wunderten. Besonders jene Mitglieder im Geiselrettungsteam, denen nicht entgangen war, daß Tim Noonan – Special Agent der dritten Generation – sang- und klanglos verschwunden war. »Und wie wird das Dinner?«

»Mir schmeckt's bei Wendy am besten. Noch mehr Grundnahrungsmittel. Sonst noch was?«

»Der OC-Fall in New Orleans wird bald abgeschlossen sein. Noch drei oder vier Tage, meint Billy Betz. Davon abgesehen ist nichts Wesentliches vorgefallen.«

»Danke, Gordy.« Murray drückte die Trenntaste und steckte das Handy wieder ein. Dann kehrte er ins Eßzimmer zurück, nachdem er sich umgeschaut und seinen beiden Leibwächtern zugewunken hatte. Eine halbe Minute später nahm er auf einem Sessel Platz, wo seine

Smith-und-Wesson-Automatikwaffe im Holster dumpf gegen die Lehne schlug.

»War es etwas Wichtiges?« wollte Liz wissen.

Er schüttelte den Kopf. »Reine Routine.«

Kurz nachdem Brightling seine Rede beendet und die Preismedaille in Empfang genommen hatte, war alles vorbei. Jetzt hielt der Genforscher wieder Hof, mit einer kleineren Gruppe seiner Jünger, bis er sich schließlich Richtung Ausgang entfernte. Draußen wartete sein Wagen. Er brauchte bloß fünf Minuten zum Hay-Adams-Hotel, das am Lafayette-Park lag, dem Weißen Haus direkt gegenüber. Im Obergeschoß bewohnte er eine Ecksuite, und das Hotelpersonal hatte ihm eine Flasche Weißwein der Hausmarke bereitgestellt, im Eiskübel auf dem Nachttisch, denn seine Bettgefährtin war gekommen. Eigentlich trist, dachte Dr. Dr. John Brightling, und hebelte den Korken heraus. So etwas würde ihm fehlen, wirklich fehlen. Aber sein Entschluß war gefaßt, schon lange zuvor – ohne zu wissen, ob das, was er ins Werk gesetzt hatte, auch zum Ziel führte. Jetzt war er überzeugt, daß es gelingen würde, und was er vermißte, war bedeutend weniger wert als das, was er zu erreichen trachtete. Und für einen Augenblick dachte er, als er Jessicas blasse Haut und ihre atemberaubende Figur betrachete, daß er etwas anderes zurückbekam, das auch nicht übel war.

Für Carol Brightling war es schwieriger. Trotz ihrer Tätigkeit fürs Weiße Haus steuerte sie ganz ohne Leibwächter ihren eigenen Wagen zur Wohnung hinter der Wisconsin Avenue in Georgetown. Wenigstens wurde sie an der Tür erwartet: von ihrem derzeit einzigen Gefährten, einem Kater namens Jiggs, der ihre Ankunft freudig schnurrend begrüßte und sich an ihren Hosenbeinen rieb, als sie die Tür schloß. Er folgte ihr ins Schlafzimmer, sah zu, wie sie sich auszog – nach Katzenart gleichgültig und neugierig zugleich, weil er wußte, was als nächstes kam. In ihrem kurzen Bademantel wanderte Carol Brightling in die Küche, öffnete den Vorratsschrank und holte einen Leckerbissen für Jiggs heraus, den sie gebückt mit der Hand fütterte. Aus dem Eisschrank holte sie sich einen Schluck Mineralwasser, mit dem sie zwei Aspirin hinunterspülte. Sie stand jetzt da, wo sie sein wollte, das wußte sie nur zu gut. Doch nach all den Jahren fiel es ihr immer noch so schwer wie zu Anfang. Endlich hatte sie den ersehnten Job – genaugenommen hatte es sie selbst am meisten überrascht, als es soweit war.

Jedenfalls bezog sie ein Büro im richtigen Haus und nahm Einfluß auf die Politik bei den Themen, die ihr wichtig waren. Wichtige Entscheidungen zu wichtigen Problemen – aber war es das wert?

Ja! dachte sie, und sie glaubte es wirklich, doch der Preis, den sie dafür zahlen mußte, war nicht gering. Sie bückte sich und hob Jiggs auf, hielt ihn im Arm wie ein Baby, das sie nie gehabt hatte, und trat ins Schlafzimmer, wo er der einzige Gast war wie sonst. Immerhin blieb ihr der Kater treu, treuer als alle Männer zusammen. Diese Lektion hatte sie gelernt. Sekunden später lag der Bademantel über dem Stuhl am Bett und sie in den Federn, während Jiggs auf der Decke zwischen ihren Beinen thronte. Ob sie wohl heute nacht früher Schlaf finden würde? Aber sie machte sich keine Hoffnungen, denn ihr ging ständig im Kopf herum, was in einem anderen Bett los war, nur wenige Kilometer entfernt.

5

VERZWEIGUNGEN

Das Morgentraining begann pünktlich um 6.30 Uhr und endete mit dem Acht-Kilometer-Lauf, für den exakt vierzig Minuten vorgesehen waren. Heute früh waren sie zwei Minuten früher am Ziel, und Chavez fragte sich, ob die erfolgreiche Mission ihm und seinem Team auf die Sprünge geholfen hatte. Und wenn es sich so verhielt, war das gut oder schlecht? Vier seiner Mitmenschen umgebracht zu haben, sollte einen nicht gerade beflügeln. Ein trüber Gedanke an einem trüben englischen Nebelmorgen.

Nach dem Dauerlauf schwitzten alle heftig und nahmen ihre heiße Dusche. Hygiene wurde in seiner Truppe ganz groß geschrieben, mehr noch als bei uniformierten Soldaten. Fast alle trugen das Haar länger als der Armeevorschrift entsprechend, damit sie unterwegs, mit Anzug und Krawatte, wie normale, wenn auch etwas liederliche Manager erschienen, die ihren Erste-Klasse-Flug auf Spesen machten. Dings Frisur war die kürzeste, denn bei der CIA hatte er sich den Soldatenschnitt aus seiner Sergeantenzeit nicht abgewöhnt. Er mußte es noch mindestens ein, zwei Monate nachwachsen lassen, um es den anderen anzugleichen. Pfeifend verließ er die Duschkabine. Als Befehlshaber beanspruchte er einen eigenen Waschraum und nahm sich Zeit, den eigenen Adam im Spiegel zu bewundern. Sein Körper war Domingos ganzer Stolz. Doch, das anstrengende Training der ersten Woche zahlte sich bereits aus. In der Rangerschule von Fort Benning war der Drill kaum härter gewesen, und da war er mit Vierundzwanzig gewesen, als schlichter E-4-Mann und einer der schmächtigsten seines Jahrgangs. Daß Patsy, langbeinig und hochgewachsen wie ihre Mama, ihn um anderthalb Zentimeter überragte, fuchste Ding ein wenig. Aber Patsy trug nur flache Sohlen, das wirkte für ihn respektabler, und ohnehin hätte sich niemand über ihn lustig gemacht. Er sah nicht aus wie jemand, mit dem man Streit anfängt – das hatte er mit dem Boß gemeinsam. Vor allem heute früh, dachte er beim Abfrottieren. Gestern noch hatte er einen Kerl umgelegt, so flott und beiläufig wie man sich den Reißverschluß zuzieht.

Daheim hatte Patsy schon den grünen Kittel an. Zur Zeit war sie schichtweise im Gynäkologie-OP eingeteilt und wirkte – wenn auch nur als Assistenzärztin – bei einer Kaiserschnitt-Operation mit, gleich heute früh im Ortskrankenhaus, wo sie ihr praktisches Jahr absolvierte. Als nächstes war sie für die Kinderklinik eingeteilt, worauf sie sich schon freute. Auf dem Tisch standen Eier mit Schinken bereit; irgendwie war das Eigelb in England heller, fand Chavez. Ob sie die Hühner hier anders fütterten?

»Du solltest gesünder frühstücken«, bemerkte Patsy wie gewohnt.

Domingo lachte und schlug die Morgenzeitung auf, den *Daily Telegraph*. »Hör mal, Schatz, mein Cholesterinspiegel ist normal, mein Blutdruck fünfzig zu sechs. Ich bin eine durchtrainierte Kampfmaschine, Frau Doktor!«

»Und was wird in zehn Jahren sein?« fragte Dr. med. Patricia Chavez.

»Bis dahin habe ich zehn Generaluntersuchungen hinter mir, und je nach den Ergebnissen ändere ich auch die Speisekarte«, erwiderte Domingo Chavez M. A. rer. pol. (Internationale Beziehungen) und butterte seinen Toast. Das Brot hierzulande war sagenhaft lecker, wie er seit sechs Wochen wußte. Was hatten die Leute nur immer gegen die englische Küche? »Schau dir bloß deinen Vater an, Patsy. Der alte Knabe ist immer noch topfit!« Obwohl er heute früh nicht mitgelaufen war. Naja, er war schon weit über fünfzig. Am Schießstand machte er noch immer eine gute Figur. Damit hatte sich John Respekt bei den

Einsatztruppen verschafft. Er war einer der besten Pistolenschützen weit und breit, und am Gewehr noch treffsicherer. Bis 400 Meter konnte er mit Weber und Johnston mühelos gleichziehen. Trotz des Anzugs, den er bei der Arbeit trug, war Rainbow Six niemand, mit dem man sich gern angelegt hätte.

Auf der Titelseite wurde über die gestrigen Ereignisse von Bern berichtet. Ding überflog den Artikel und stellte fest, daß die meisten Angaben stimmten. Bemerkenswert. Der *Telegraph*-Korrespondent mußte gute Informanten bei der Poizei haben – der er auch den Erfolg zuschrieb. Das war ganz okay so. Rainbow sollte im Hintergrund bleiben. Vom Verteidigungsminister kein Kommentar auf die Frage, ob der SAS nun die Schweizer Gendarmerie logistisch unterstützt habe oder nicht. Ein bißchen schwammig. Ein glattes »nein« hätte besser ausgesehen. Andererseits, wäre strikt dementiert worden, würde man ein »kein Kommentar« in anderen Fällen als »ja« interpretieren. Von daher gesehen mochte es sinnvoll sein. Diplomatische Finessen waren ein Gebiet, das er nicht beherrschte, jedenfalls nicht instinktiv. Die Medienfritzen jagten ihm mehr Angst ein als geladene Pistolen – im Umgang mit den letzteren war er trainiert. Er verzog das Gesicht, als ihm einfiel, daß die CIA eine PR-Abteilung unterhielt, Rainbow aber nicht. In diesem Geschäft rührte man wohl besser nicht die Werbetrommel. Patsy hatte inzwischen schon den Mantel an und wollte gehen. Ding eilte ihr nach, um den Abschiedskuß nicht zu versäumen, sah seine Frau noch zum Wagen gehen und hoffte, sie käme mit dem Linksverkehr besser zurecht als er. Ihn machte das verrückt, man mußte sich ununterbrochen konzentrieren. Noch verrückter war, daß die Gangschaltung in der Mitte lag, auf der falschen Seite, die Pedale aber wie in US-Wagen angeordnet. Es kam Chavez schizophren vor, linkshändig zu schalten und rechtsfüßig Gas zu geben! Am schlimmsten waren die Verkehrskreisel, die den Engländern anscheinend besser gefielen als normale Kreuzungen. Ding wollte ständig rechts abbiegen statt links. Wie idiotisch, wenn er deswegen einen tödlichen Unfall baute! Zehn Minuten später verließ auch Chavez in der Tagesuniform das Haus und lief zu Fuß ins Team-2-Quartier, zur zweiten Nachbereitung.

Popov steckte seinen Paß in die Jackentasche zurück. Angesichts eines ganzen Koffers voller Bargeld hatte der Schweizer Bankier nicht mit der Wimper gezuckt. Mit einer höchst bemerkenswerten Maschine wurden die Banknoten gezählt, als blätterten mechanische Finger ein Kartenspiel auf, selbst die Registriernummern wurden während des Zählvorgangs geprüft. Insgesamt dauerte es nicht mehr als eine Dreiviertelstunde, bis alles zur Zufriedenheit geregelt war. Die Geheimzahl des Kontos war seine alte KGB-Dienstnummer; im Paß steckte die Visitenkarte des Bankiers einschließlich Internet-Adresse für den Telebanking-Transfer. Man hatte sich auf Codewörter geeinigt und sie in die Kontodatei geschrieben. Auf den fehlgeschlagenen Banküberfall von gestern waren sie gar nicht erst zu sprechen gekommen. Popov nahm sich vor, die Berichte des *International Herald Tribune* zu lesen, den er am Flughafen bekam.

Er konnte einen amerikanischen Paß vorzeigen. Eine ständige Aufenthaltserlaubnis hatte die Firma für ihn arrangiert, und bald würde er die Staatsbürgerschaft erhalten – amüsant für ihn, denn er besaß noch seine GUS-Papiere und die beiden Identitäten aus seiner früheren Laufbahn, mit falschem Namen und passendem Foto, auf die er bei Bedarf jederzeit zurückgreifen konnte. Die steckten in seiner Reisebrieftasche, wohlverborgen in einem Geheimfach, das nur sehr aufmerksamen Zollbeamten auffallen würde, und auch nur, wenn ihnen im voraus bekannt war, daß mit dem einreisenden Fremden etwas nicht stimmte.

Zwei Stunden vor planmäßigem Abflug seiner Maschine brachte er seinen Mietwagen zurück, nahm den Bus zum internationalen Flughafen und begab sich in die Erste-Klasse-Lounge, um einen Kaffee und ein Croissant zu frühstücken.

Bill Henriksen war ein Nachrichtengeier, wie er im Buch stand. Wenn er wie immer mit den Hühnern wach wurde, schaltete er zuerst das CNN-Fernsehprogramm ein und wechselte nicht selten zu Fox News, während er seine allmorgendliche Gymnastik absolvierte, meist mit einer zusätzlichen Zeitung auf dem Heimtrainer. Der Vorfall in Bern kam, genau wie bei Fox, ganz groß auf der Titelseite der *New York Times* heraus; übrigens auch bei CNN, aber zu sehen war nicht viel. Fox hingegen brachte Bilder aus dem Schweizer Fernsehen, die ein wenig vom Sturm auf das Bankgebäude zeigten. Ein Kinderspiel, dachte Henriksen. Leuchtbomben am Vordereingang, die selbst die Kameraleute zusammenzucken und vorsichtig aus dem Getümmel rücken ließen, wie immer, wenn sie so nah dran waren; Schützen direkt dahinter, kein Laut von den schallgedämpften Kanonen, in fünf Minuten alles erledigt. Die Schweiz verfügte offenbar über eine guttrainierte Anti-Terror-Einheit. Das war eigentlich zu erwarten, auch wenn er zum erstenmal davon hörte. Minuten später glitt ein Typ ins Bild, der sich ein Pfeifchen ansteckte. Wer immer es war – vielleicht der Einsatzleiter –, er hatte keinen Stil, dachte Henriksen und sah nach dem Tachostand seines Heimtrainers. Die Mannschaft trug übliche Schutzkleidung, rabenschwarze Pullis mit Kevlar-Panzerhemden. Uniformierte Polizei holte, als alles vorbei war, die Geiseln heraus. Eine musterhafte, saubere Leistung, was dafür sprach, daß die Bankräuber (oder waren es Terroristen? Die Nachrichtensprecher drückten sich um die Frage herum, ob ein politisches Motiv dahintersteckte) keine besonders raffinierten Burschen waren. Warum sollten sie auch? Beim nächsten Mal mußten sie sich besser vorbereiten, wenn der Anschlag gelingen sollte. In ein paar Minuten würde garantiert jemand anrufen und ihn zum Kurzinterview bestellen. Nervtötend, aber das war nicht zu vermeiden.

Natürlich klingelte das Telefon, als er unter der Dusche war. Gut, daß er einen Apparat neben der Badezimmertür installiert hatte.

»Ja bitte?«

»Mr. Henriksen?«

»Wer ist denn dran?« Die Stimme kam ihm nicht bekannt vor.

»Bob Smith von Fox News, New York. Haben Sie schon die Berichte über den Zwischenfall in Bern gesehen?«

»Ja, übrigens eben erst auf Ihrem Sender!«

»Könnten Sie wohl vorbeikommen und uns einen kleinen Kommentar sprechen?«

»Um welche Zeit?« fragte Henriksen und wußte schon, daß die Prime Time gemeint war, und was er antworten würde.

»Kurz nach acht, wenn möglich.«

Er sah sogar nach der Uhr, eine eintrainierte, überflüssige Geste, die aber niemand sehen konnte. »Durchaus möglich. Wieviel Zeit bekomme ich?«

»Rund vier Minuten.«

»Gut, ich bin in einer Stunde bei Ihnen.«

»Danke, Sir. Ich sage am Empfang unten Bescheid.«

»Alles klar. Bis dann!« Der Junge mußte neu sein, dachte Henriksen. Offenbar wußte er nicht, wie regelmäßig er bei Fox auf dem Sender war. Sie hatten doch seinen Namen in der Kartei, und die Sicherheitsbeamten kannten ihn persönlich. Ein Täßchen Kaffee und ein Milchbrötchen, dann machte er sich auf den Weg über die George-Washington-Brücke nach Manhattan, in seinem 911er Porsche.

Dr. Carol Brightling erwachte, strich Jiggs übers Fell und schleppte sich schlaftrunken unter die Dusche. Zehn Minuten später trug sie nur ein Handtuch auf dem Kopf und holte die Morgenzeitung herein. Die Kaffeemaschine hatte ihr schon zwei Tassen Folger's Mountain-Grove zubereitet, und im Eisschrank stand die Plastikschüssel mit Melonenstückchen bereit. Als nächstes schaltete sie das Radio ein, wo das Morgenecho lief – erst die Nachrichten, dann dudelte der Apparat meist einfach weiter. Ihre Arbeit für das Weiße Haus bestand vorwiegend darin, Berichte zu lesen. Heute mußte sie allerdings mit diesem Betonkopf vom Energieministerium konferieren, der es noch immer für vordringlich hielt, neue Wasserstoffbomben zu bauen. Sie würde dem Präsidenten davon abraten, und der würde ihr Gutachten vermutlich ignorieren, ohne sich direkt darüber zu äußern.

Warum zum Teufel hatte er sie in die Regierung geholt? fragte sich Carol. Die Antwort war einfach und lag auf der Hand: Politik. Dieser Präsident hatte sich in den anderthalb Jahren, seit er im Amt war, aus Konflikten so weit wie möglich herausgehalten. Und sie hatte als Frau einen schweren Stand, während alle Insider männlich waren; die Presse hatte sich darüber mokiert und das Thema immer wieder aufgekocht, was nach altem Brauch auch funktionierte. Ihre Ernennung war folgerichtig, und sie hatte angenommen, mitsamt dem Büro in einem älteren Regierungsbau untergebracht zu werden anstatt im Weißen Haus selbst. Was die Politik in Washington betraf, so hatte sie manches abschreiben müssen, mehr als der Präsident zu lernen imstande war. Es war erstaunlich, wenn sie darüber nachdachte, obwohl dieser Präsident rasch lernte, wenn er auch – zumindest nach ihrer Erfahrung – nicht gut zuhören konnte.

Die Presse ließ ihm das durchgehen. Daraus entnahm sie, daß auf Medienvertreter kein Verlaß war. Da sie keine eigenen Standpunkte vertraten, nur Sprachrohr der öffentlichen Meinung waren, mußte sie sich selbst ins Gespräch bringen, hinter den Kulissen und mehr beiläufig zu verschiedenen Reportern. Ein paar von ihnen waren mit der

Umweltproblematik vertraut und begriffen wenigstens die Sprache, und die meisten schrieben auch in ihrem Sinne, aber nie ohne die windigen Argumente der anderen Seite anzuführen: *Mag ja sein, daß Ihre Position verdienstvoll ist, aber die Wissenschaft ist eben noch nicht weit genug, und die Computermodelle sagen* nicht *genug aus, um Gegenmaßnahmen zu ergreifen*, behauptete die andere Seite. Und deshalb war die öffentliche Meinung, zumindest nach den Umfragen, unentschlossen oder machte schon einen Rückzieher. Dieser Präsident war alles, nur kein Umweltfreund, aber man ließ es dem Kerl durchgehen, solange er Carol Brightling als politisches Trostpflästerchen benutzte – oder gar als *Deckmäntelchen*! Ihr graute bei dem Gedanken, und unter anderen Umständen hätte sie nicht damit leben können. Doch schon war sie wieder zur Stelle, dachte sie und zog sich das Kleid zu, bevor sie die Kostümjacke überstreifte, eine Beraterin aus dem innersten Kreis der US-Führung. *Immerhin* traf sie den Regierungschef mehrmals in der Woche, und er *las* ihre Gutachten und Empfehlungen. Sie hatte *Zugang* zu den wichtigsten Pressevertretern im Land, konnte – innerhalb vernünftiger Grenzen – ihre eigene Politik machen.

Und doch war sie es, die den Preis dafür zahlte. Immer war sie es, dachte Carol, und kraulte Jiggs hinterm Ohr, bevor sie aufbrach. Das Tier würde wieder allein bleiben tagsüber und seinen Katergeschäften nachgehen, vor allem auf der Fensterbank in der Sonne dösen, vielleicht sehnlichst darauf warten, daß sein Frauchen heimkehrte und ihm das Futter servierte. Nicht zum ersten Mal nahm sie sich vor, beim Tierfachhandel zu halten und Jiggs eine lebende Maus mitzubringen, als Spielzeug und Leckerbissen zugleich. Ein faszinierender Anblick, das Katz-und-Maus-Spiel, bei dem Jäger und Gejagte ihre jeweiligen Rollen einnahmen… So lief es nun mal auf der Welt, so war es seit unzähligen Jahrhunderten gewesen, bis auf die letzten zwei oder drei. Bis der Mensch anfing, in die Natur einzugreifen, dachte sie mit einem Blick auf das Straßenpflaster – immerhin noch echte Pflastersteine in diesem alten Georgetown-Viertel, mit eingelassenen Straßenbahnschienen, und Ziegelbauten ringsum, die den hier vor zweihundert Jahren blühenden Wald verdrängt hatten. Am anderen Ufer war's noch schlimmer, wo nur noch die Theodore-Roosevelt-Insel in unberührtem Zustand blieb, während Düsenmotoren drüber hinwegdröhnten. Minuten später war sie auf der Schnellstraße, dann fädelte sie sich in die Pennsylvania Avenue ein. Wie immer war sie noch vor dem Berufsverkehr unterwegs und legte die anderthalb Kilometer auf der breiten, geraden Avenue zurück, um ihren Parkplatz aufzusuchen. Eigentlich war er nicht reserviert, aber jeder Beamte hatte seinen eigenen, und ihrer lag vierzig Meter vom West-Eingang. Wie üblich mußte sie sich nicht der Hundekontrolle unterziehen. Der Secret Service benutzte belgische Malinois-Hunde, die deutschen Schäferhunden ähnlich waren mit ihrer Intelligenz und ihrer Spürnase für versteckte Autobomben. Ihr Dienstausweis verschaffte ihr Einlaß auf das Gelände, dann erklomm sie die Treppen zum Ministerium und betrat rechts ihr Büro. Eigentlich war es nur ein schmuckloses, viereckiges Großraum-Abteil, aber größer als die Arbeitsräume für Sekretärin und Assistentin. Auf dem Schreibtisch lag der *Early Bird*, ein Umlaufordner mit Zeitungsausschnitten der Inlandspresse, das Wichtigste für die hier Beschäftigten, dazu ihre persönlichen Nummern von *Science Weekly*, *Science*, und der heute erschienene *Scientific American*, dazu ein paar medizinische Fachzeitschriften. Die aktuellen Umweltpostillen würden zwei Tage später eintreffen. Sie hatte kaum Platz genommen, als ihre Sekretärin Margot Evans mit dem Geheimordner über die Atomwaffenpolitik hereinkam; sie mußte ihn noch durchgehen, um ihre vom Präsidenten abgelehnte Stellungnahme zu formulieren. Unangenehm war daran nur, daß sie sich Gedanken machen mußte über eine Empfehlung, die der Präsident gedankenlos verwarf. Aber sie durfte ihm keinen Vorwand liefern, nach einer angemessenen öffentlichen Bedenkzeit ihren Rücktritt durchzudrücken. Niemand würde in ihrer Position freiwillig den Abschied nehmen; aber die Lokalpresse hatte bereits die Meldungen in der Schublade und würde ihr Verständnis entgegenbringen. Konnte sie nicht noch einen Schritt weitergehen und die Schließung des Drecksreaktors von Hanford, Washington, fordern? Der einzige US-Reaktor vom selben Typ wie Tschernobyl – weniger ein Energieproduzent als dafür eingerichtet, atomwaffentaugliches Plutonium (Pu-239) zu produzieren, Stoff für das schlimmste Spielzeug, das sich kriegslüsterne *Männer* je ausgedacht hatten. Es gab schon wieder Störfälle in Hanford. Die Lecks im Kühlsystem waren rechtzeitig entdeckt worden, bevor die austretende Flüssigkeit das Grundwasser vergiftete. Der chemische Cocktail in diesen Tanks war hochgradig ätzend, *und* zugleich tödlich giftig, *und* radioaktiv – aber auch davor würde der Präsident Augen und Ohren verschließen.

Die Argumente gegen Hanford waren wissenschaftlich fundiert, selbst Red Lowell sorgte sich deshalb – aber *er* wollte ein *neues* Hanford bauen! Das würde selbst dieser Präsident nicht billigen.

Mit diesem Gedanken tröstete sich Dr. Brightling, als sie den Kaffee einschenkte und im *Early Bild* blätterte, bevor sie sich an ihr Gutachten für den Präsidenten setzte.

»Wer waren die Täter Ihrer Meinung nach, Mr. Henriksen?« wollte der Moderator wissen.

»Wir wissen nicht viel über Ernst Model, den mutmaßlichen Anführer. Model gehörte einst der Baader-Meinhof-Gruppe an, dem berüchtigten Terrorkommando, das Deutschland in den siebziger Jahren unsicher machte. Rund zehn Jahre war dieser Mann untergetaucht; es wäre von größtem Interesse für die Welt, zu erfahren, wo er sich verborgen hielt.«

»Haben Sie selbst eine Akte über Model angelegt, als Sie noch beim Geiselrettungsteam des FBI tätig waren?«

Er untermalte die knappe Antwort mit einem Lächeln. »Das versteht sich von selbst. Allerdings wird die Akte Model nunmehr archiviert...«

»War es also ein terroristischer Überfall – oder nur ein Bankraub?«

»Das läßt sich anhand der vorliegenden Berichte noch nicht abschließend feststellen, aber Geldgier als Motiv würde ich keineswegs ausschließen. Man vergißt allzuleicht, daß Terroristen ebenso für ihren Lebensunterhalt sorgen müssen wie wir alle! Für die Finanzierungskriminalität politisch motivierter Täter gibt es zahlreiche Beispiele. Nehmen wir nur die CSA hier in Amerika – Covenant, Sword and Arm of the Lord, wie sie sich selbst nennen. Die haben geradezu vom Bankraub gelebt. In Deutschland hat die RAF bei Entführungen Geld von den Opfern und Angehörigen erpreßt.«

»Für Sie waren das also ganz normale Kriminelle.«

Er nickte, und setzte ein undurchdringliches Gesicht auf. »Terrorismus ist ein Verbrechen. Das ist die Auffassung des FBI, die auch ich vertrete. Und die vier von gestern, die bei der Befreiungsaktion der Schweizer Polizei ums Leben gekommen sind, waren Kriminelle. Ihr Pech, daß sich die Schweiz offenbar eine erstklassige, professionell trainierte Anti-Terror-Einheit leisten kann.«

»Wie bewerten Sie diesen Einsatz?«

»Gut. Sehr gut sogar. Nach den Fernsehaufnahmen zu schließen, wurde kein Fehler gemacht. Alle Geiseln sind gerettet, die Verbrecher konnten rechtzeitig ausgeschaltet werden. Das ist bei einer Ausgangssituation wie dieser schon ein Volltreffer. Hätte man die Terroristen lebend gefaßt, wäre es ideal gewesen, aber das ist nicht immer möglich. In solchen Fällen hat die Unversehrtheit der Geiseln absoluten Vorrang.«

»Aber haben nicht auch Terroristen ein Recht auf...«

»Im Prinzip ja, natürlich. Sie können dieselben Rechte in Anspruch nehmen wie jeder andere Verbrecher. Das betonen wir auch bei den FBI-Schulungen immer wieder, und als Gesetzeshüter strebt man in erster Linie danach, sie zu verhaften, vor ein ordentliches Gericht zu stellen und zu verurteilen. Aber wir wollen doch nicht vergessen, daß Geiseln unschuldige Opfer sind, und ihr Leben nur auf dem Spiel steht, *weil* sie den Subjekten in die Hände fielen. Denen kann man also das Angebot machen, freiwillig aufzugeben – und wird sich immer bemühen, sie zu entwaffnen. Aber in der Mehrzahl der Fälle können wir uns diesen Luxus nicht leisten«, fuhr Henriksen fort. »Nach allem, was ich im Fernsehen erkennen konnte, verhielt sich die Schweizer Eingreiftruppe nicht anders als jene, die wir in Quantico ausgebildet haben. Der gezielte Todesschuß kann immer nur letztes Mittel sein – aber wenn notwendig, ist sein Einsatz geboten.«

»Wer entscheidet denn, ob es notwendig ist?«

»Der Befehlshaber vor Ort wird nach seiner Ausbildung, Erfahrung und Kenntnis diese Entscheidung treffen müssen.« *Und dann*, setzte Henriksen den Gedanken stillschweigend fort, *machen Klugscheißer wie du ihm in den nächsten sechs Wochen die Hölle heiß.*

»Ihr Unternehmen trainiert lokale Polizeikräfte in den Taktiken einer Eingreiftruppe, nicht wahr?«

»Richtig. Wir haben zahlreiche Veteranen von FBI, Geiselrettungsteam, Delta Force und anderen Spezialeinheiten bei uns, und diesen Einsatz in der Schweiz können wir als Musterbeispiel nehmen, wie man's machen soll«, erklärte Henriksen. Schließlich war sein Unternehmen weltweit vertreten und bildete auch ausländische Polizeikräfte aus. Den Schweizern ein wenig um den Bart zu gehen, tat ihm keinen Abbruch.

»Wir danken Ihnen für das Gespräch, Mr. Henriksen. Das war William Henrikson, Experte für internationalen Terrorismus und Geschäftsführer der Global Security, Inc., einer internationalen Beraterfirma für Sicherheitsfragen. Jetzt ist es acht Uhr und vierundzwanzig Minuten …« Im Studio behielt Henrikson seine einstudierte, gelassene Miene, bis das Warnlicht der nächstgelegenen Kamera erlosch. In seiner Firma würde man die Sendung bereits mitgeschnitten haben für ihr großes Pressearchiv. GSI war schon jetzt das bekannteste Unternehmen seiner Art, und ihr Werbe-Video enthielt Ausschnitte von zahlreichen Interviews. Der Redakteur brachte ihn aus der Kulisse in die Garderobe zurück, wo man ihn abschminkte, dann verließ er den Sender und trat auf den Parkplatz.

So weit, so gut, dachte er und überlegte, was als nächstes zu tun sei. Wer mochte die Schweizer trainiert haben? Er nahm sich vor, seine Beziehungen spielen zu lassen, um es herauszufinden. Wenn es eine Privatfirma war, dann hatten sie offenbar ernstzunehmende Konkurrenz bekommen. Aber vermutlich steckte die Schweizer Armee dahinter, womöglich eine als Polizei getarnte Militäreinheit – mit technischer Unterstützung der deutschen GSG-9 vielleicht. Ein paar Telefonanrufe würden das klären.

Popovs viermotoriger Airbus A-340 setzte zur Landung auf dem Kennedy-Flughafen an. Wieder einmal hatte sich die berühmte Schweizer Pünktlichkeit bewährt. Selbst das Polizeiteam von gestern abend war gewiß exakt nach einem Terminplan vorgegangen, feixte er innerlich. Sein Erster-Klasse-Sitz unweit der Tür ermöglichte ihm, als dritter Passagier auszusteigen, den Koffer abzuholen und rasch durch den Zoll zu kommen. Die USA gehörten nach seiner Erfahrung zu den für Ausländer am schwersten zugänglichen Ländern, obwohl er es mit seinem Minimalgepäck diesmal einfacher hatte als sonst. Die Zollbeamten waren so nett und winkten ihn gleich durch zum Taxistand, wo er für den üblichen exorbitanten Preis einen Pakistani fand, der ihn in die Stadt brachte. Ob die Taxifritzen ein Geheimabkommen mit dem Zoll geschlossen hatten? Andererseits reiste er auf Spesen – Quittung nicht vergessen! –, und außerdem hatte er heute früh erst dafür gesorgt, daß er sich solche Extravaganzen künftig leisten konnte. Er grinste, als sie ins Stadtinnere kamen; der Verkehr wurde nach Manhattan zu immer dichter.

Vor seinem Apartmenthaus hielt das Taxi. Auch die Wohnung kostete ihn keinen Pfennig; die Miete zahlte sein Arbeitgeber, der sie vermutlich absetzen konnte – allmählich lernte Popov das US-Steuersystem kennen. Es brauchte einige Zeit, Schmutzwäsche auszusortieren und die frischen Anzüge in den Kleiderschrank zu hängen, bevor er wieder nach unten ging und sich vom Portier ein Taxi rufen ließ. Die Firma lag nur eine Viertelstunde entfernt.

»Na, wie ist es gelaufen?« wollte der Chef wissen. Ein merkwürdiges Summen erfüllte das Büro, als Störsender gegen mögliche Abhörmaßnahmen der Konkurrenz. Industriespionage war ein Faktor, mit dem diese Firma ständig rechnete, und die Abwehrmaßnahmen waren mindestens so gut wie die des KGB damals. Früher hatte Popov geglaubt, nur die Regierung verfüge über solch fortgeschrittene Technologie; in Amerika traf das offenbar nicht zu.

»Im großen und ganzen wie erwartet. Sie gingen töricht vor – im Grunde sogar dilettantisch, aller Ausbildung zum Trotz, die wir ihnen in den achtziger Jahren angedeihen ließen. Ich erklärte ihnen, es stünde ihnen frei, die Bank auszurauben, als Tarnung für die Mission...«

»Welche denn?«

»Sich töten zu lassen«, gab Dmitrij Arkadejewitsch zurück. »Das entsprach doch, wie ich annehme, Ihrer Intention, Sir.« Bei diesen Worten lächelte der andere undefinierbar. Popov nahm sich vor, den Aktienwert jenes Bankhauses zu überprüfen. War der Hintergedanke gewesen, die Bank zu schädigen? Das kam ihm unwahrscheinlich vor, doch obwohl er nicht *unbedingt* wissen wollte, welchem Zweck sein Tun diente, war seine Neugier nun einmal geweckt. Dieser Mann behandelte ihn wie einen Söldner, und obwohl Popov genau wußte, daß er nichts anderes war seit seinem Ausscheiden aus dem Staatsdienst, kränkte es unterschwellig seinen Berufsstolz ein wenig. »Werden Sie solche Dienste noch öfter von mir verlangen?«

»Was ist aus dem Geld geworden?« erkundigte sich der Chef jetzt.

Eine zögerliche Antwort: »Ich bin sicher, die Schweiz wird Verwendung dafür haben.« Jedenfalls sein Privatbankier. »Sie haben gewiß nicht erwartet, daß ich es wieder einsammle?«

Der Boß schüttelte den Kopf. »Nein, eigentlich nicht. Außerdem war es eine belanglose Summe.«

Popov nickte verständnisvoll. *Belanglos?* Kein Agent in sowjetischen Diensten hatte je ein solches Honorar bekommen; der KGB verhielt sich traditionell knausrig gegen diejenigen, die von ihm abhängig waren, mochten ihre Informationen noch so wichtig sein. Und der

KGB wäre niemals so nachlässig mit einer so hohen Summe umgegangen. Jeder Rubel wurde haarklein nachgerechnet und quittiert, andernfalls hätten die Erbsenzähler am Dserschinskij-Platz No. 2 ein Donnerwetter über den Agenten ergehen lassen, der das Volksvermögen derart achtlos verschleuderte! Popov wunderte sich ohnehin, woher sein neuer Arbeitgeber die Barmittel nahm. Wenn man in Amerika auch nur die Kleinigkeit von *zehn*tausend Dollar abhob oder deponierte, mußte die Bank einen schriftlichen Vermerk machen. Damit wollte man Drogenhändlern das Leben schwermachen. Aber die konnten ihr Geld anderswo waschen. Gab es ähnliche Vorsichtsmaßnahmen in anderen Ländern? Popov wußte es nicht. In der Schweiz herrschte das Bankgeheimnis, soviel war klar. Aber Geld in solchen Mengen lagerte doch in keinem Tresor, nicht wahr? Irgendwie mußte sein Boß es beschafft haben, und zwar äußerst professionell. Ernst Model mochte Amateur gewesen sein, dieser Mann war es bestimmt nicht. Das mußte sich Popov hinter die Ohren schreiben, und zwar ganz groß.

Einen Augenblick lang herrschte Stile. Dann: »Doch, ja, ich möchte Sie für eine weitere Operation einsetzen.«

»Um was geht es denn?« erkundigte sich Popov und bekam sofort eine Antwort. »Aha.« Ein Nicken. Er hatte sogar das treffende Wort benutzt: Operation. Wie seltsam! Dmitrij fragte sich, ob er nicht besser beraten wäre, seinen Arbeitgeber zu durchleuchten, mehr über ihn herauszufinden. Immerhin setzte er sein Leben aufs Spiel – das traf zwar auch auf sein Gegenüber zu, aber auf den Chef hatte es Popov vorläufig nicht abgesehen. Ob es schwierig war? Wer einen Computer sein eigen nannte und ein Modem, konnte heutzutage allerhand erreichen ... Allerdings brauchte man etwas Zeit. Fürs erste, das wußte er, blieb ihm nur die eine Nacht in seiner Wohnung, bevor es wieder nach Übersee ging. Aber der Jetlag ließ ihn ohnehin nicht schlafen.

Wie Roboter sahen sie aus, dachte Chavez, und spähte um eine virtuelle Ecke. Die Geiseln natürlich auch. Doch in diesem Fall waren die Geiseln computergeschaffene Kinder, die Mädchen in rotweiß gestreiften Pyjamas oder auch Jogging-Anzügen – wer mochte das entscheiden? Es war vermutlich ein psychologischer Effekt, ins Bild gesetzt von denen, die sich das Programm SWAT 6.3.2 ausgedacht hatten. Irgendwelche kalifornischen Computerfreaks hatten es zuerst für Delta Force produziert, streng geheim und unter Aufsicht der Firma RAND.

Es war ein teures Vergnügen, vor allem wegen der Kluft, die er dabei trug: mindestens so schwer wie der schwarze Kampfanzug mit bleiernen Kugelfang-Einlagen. Aber hier war alles, bis zu den Handschuhen, mit Kupferdraht und Sensoren ausgepolstert, die dem Rechner – einem alten Cray-YMP – jede seiner Bewegungen übermittelten, und je nachdem die Bilder in seiner Taucherbrille wechseln ließen. Dr. Bellow kommentierte fortlaufend und spielte die Rolle des Dirigenten und Beraters in einer Person. Ding drehte sich um und sah Eddie Price hinter sich, Hank Patterson und Steve Lincoln in der anderen simulierten Ecke – Roboterfiguren mit großen Nummern, durch die er sie identifizieren konnte.

Chavez wedelte dreimal mit dem Arm auf und ab, verlangte nach der Leuchtgranate, dann spähte er erneut um die Ecke – an seinem Bildschirm sah Clark die schwarze Linie in der weißen Ecke auftauchen, dann tippte er die 7 auf der Tastatur – Halunke Nr. 4 richtete die Mündung auf die Kehle der Schulmädchen…

»Steve! Jetzt!« befahl Chavez.

Lincoln zog am Griff der Leuchtgranate. Eigentlich wurde sie nur vom Computer simuliert, doch der Explosionslärm und das grelle Magnesiumlicht waren heftig genug, um den Feind zu blenden und durch betäubenden Lärm zu desorientieren. Allein die Erschütterung des Ohrkanals verursachte Gleichgewichtsstörungen. Der Lärm dröhnte naturgetreu durch ihre Kopfhörer, während es vor der Brille grell aufblitzte, daß sie unwillkürlich zusammenzuckten.

Das Echo war kaum verhallt, als Chavez, mit erhobener Waffe auf den mutmaßlichen Anführer Terrorist Nr. 1 zielend, ins Zimmer sprang. Hier machte das Programm einen Fehler, dachte Chavez. Die Teammitglieder aus Europa schossen nicht wie die Amerikaner. Sie schoben ihre Heckler & Kochs nach vorn, bevor sie feuerten, während Chavez und seine Landsleute sie eng an die Schulter geklemmt hielten. Dings Schuß ging los, bevor er am Boden aufkam, was der Computer nicht immer als Treffer registrierte – zu Dings großem Ärger. Er verfehlte *nie* sein Ziel. Im Sturz abrollend, feuerte Ding ein zweites Mal und schwang die MP-10 herum. Sein Kopfhörer ließ die Waffe viel zu laut donnern: Schalldämpfer waren aus unerfindlichen Gründen im

SWAT-6.3.2-Programm nicht vorgesehen. Zu seiner Rechten hatten Steve Lincoln und Hank Patterson den Raum gestürmt und auf die sechs Kidnapper geschossen. Ihre kurzen, rhythmischen Schüsse knallten ihm ins Ohr, und die Drei-D-Brille zeigte ihm zu seiner Genugtuung, wie die Köpfe in rote Wolken aufgingen …

Aber Halunke Nr. 5 drückte den Abzug durch, nicht auf die Retter, sondern auf die Geiseln zielend, die zu Boden gingen, bevor ihn wenigstens drei Rainbow-Schützen auf einmal trafen …

»Erledigt!« brüllte Chavez, sprang auf und näherte sich den Trugbildern der toten Feinde. Einer war laut Computer noch immer am Leben, obwohl ihm das Blut aus dem Schädel schoß. Ding trat ihm die Waffe aus der Hand, dann rührte sich der Schatten von Nummer 4 nicht mehr.

»Erledigt!« – »Erledigt!« riefen sich die Teammitglieder zu.

»Übung beendet«, erklärte Clark über Kopfhörer. Ding und seine Leute zogen die Brillen ab und stellten verwundert fest, daß der Raum mindestens doppelt so groß war wie ein Basketball-Spielfeld und leer wie eine Schulturnhalle um Mitternacht. Sie brauchten eine Weile, sich zurechtzufinden. Die Simulation sah vor, daß sich die Terroristen in einer Schule verschanzten – offenbar einem Mädchengymnasium, um den psychologischen Effekt zu verstärken.

»Wieviele haben wir verloren?« fragte Chavez und richtete den Blick zur Decke.

»Sechs Tote, drei Verwundete, sagt der Computer.« Clark trat in die Halle.

»Was ist schiefgegangen?« Ding ahnte schon, was jetzt unweigerlich kam.

»Ich hab dich um die Ecke glotzen sehen, mein Junge«, gab Rainbow-Six zurück. »Damit waren die Kerle vorgewarnt.«

»Mist«, fluchte Chavez. »Wieder so ein Programmfehler. Im wirklichen Leben hätte ich das Spiegelobjektiv benutzt oder den Schutzhelm abgezogen, aber das erlaubt das Programm nicht. Die Leuchtgranaten hätten ihren Zweck erfüllt.«

»Mag sein«, brummte John. »Aber deine Bewertung reicht diesmal nur für B-minus.«

»Danke für die Blumen, Mr. C«, grollte der Team-2-Kommandant. »Als nächstes behauptest du noch, wir hätten danebengeschossen, wie?«

»Du schon, sagt das Gerät.«

»Gottverdammich, John! Das Programm simuliert keine echte Scharfschützen-Situation. Ich laß doch meine Leute nicht trainieren, so zu schießen, wie die Maschine will!«

»Reg dich ab, Domingo. Daß ihr schießen könnt, weiß ich. Dann kommt mal mit, sehen wir uns den Mitschnitt an!«

»Warum hast du diesen Eingang ausgesucht, Chavez?« wollte Stanley wissen, als alle Platz genommen hatten.

»Er ist breit genug, das Schußfeld ist besser …«

»Für *beide* Seiten«, bemerkte Stanley.

»So ist das nun mal auf dem Schlachtfeld«, versetzte Ding. »Kalkuliert man den Überraschungsfaktor und die Schnelligkeit ein, ist der Vorteil ganz auf unserer Seite. Meine Verstärkung deckt die Hintertür ab, aber die Lage des Schulgebäudes läßt nicht zu, daß sie am Befreiungsschlag teilnimmt. Noonan hat das Gebäude verwanzt. Wir hatten den Feind bestens ausgeforscht, und der Schlag sollte erfolgen, als sie alle in der Turnhalle …«

»Mit sechs entsicherten Knarren, und den Geiseln in ihrer Gewalt!«

»Besser, als wenn wir sie einzeln suchen müßten! Wer weiß, ob einer die Granate schmeißt und diese Barbiepuppen zu Klump sprengt! Nein, Sir. Ich hab mir genau überlegt, ob ich von hinten hineingehe oder einen Zangenangriff wage. Aber die Entfernung und der Zeitfaktor schienen dagegen zu sprechen. Soll das heißen, ich habe mich geirrt, Sir?«

»In diesem Fall schon.«

Scheiß der Hund drauf, dachte Chavez. »Na schön. Zeigen Sie mir, was Sie meinen.«

Es war mindestens so sehr eine Frage des persönlichen Stils als des Falsch-oder-richtig, und Alistair Stanley hatte, wie Ding wußte, ebensoviel Erfahrung auf dem Buckel wie alle anderen. Also setzte er sich brav hin und lauschte. Ding nahm aus den Augenwinkeln wahr, daß Clark dasselbe tat.

»Mir gefällt das nicht«, murmelte Noonan, als Stanley seine Darlegungen beendet hatte. »Einen Kracher am Türknauf zu montieren, wäre kinderleicht. Diese Dinger kosten höchstens zehn Dollar, und man kriegt sie in jedem Flughafenshop. Werden viel von Hotelgästen benutzt, die ihre Tür damit absichern gegen unwillkommene Eindringlinge. Wir hatten einen Fall im FBI, wo der Täter so ein Ding einsetzte – hätte uns fast den gesamten Einsatz vermasselt, wenn die Leuchtgranaten am Außenfenster den Lärm nicht übertönt hätten.«

»Und was, wenn Ihre Kameras nicht die Position aller Subjekte erfassen?«

»Haben sie aber, Sir!« widersprach Noonan. »Wir hatten Zeit genug, sie alle aufzufinden.« In Wahrheit war zu Übungszwecken die Zeit zehnfach verkürzt worden, aber das war bei Computersimulationen die Regel. »Das Computerzeugs ist prima, wenn man den Befreiungsschlag plant, aber bei anderen Sachen fällt es ein bißchen ab. Ich finde, wir haben unsere Sache gut gemacht.« Sein Schlußsatz ließ nach Dings Eindruck zugleich durchblicken, daß Noonan vollgültiges Mitglied von Team-2 sein wollte, nicht bloß der Technofreak. Tim hatte viel Zeit im Schießstand verbracht und war jetzt auf gleicher Höhe mit allen anderen. Schließlich war er unter Gus Werner beim Geiselrettungsteam des FBI gewesen. Er hatte Empfehlungen für die Hohe Schule. Werner war als Six für Operation Rainbow im Gespräch gewesen; Stanley allerdings auch.

»Okay«, meldete sich Clark zu Wort. »Dann laßt das Band laufen.«

Es brachte eine unangenehme Überraschung für alle. Terrorist Nummer 2 war, laut Computerprotokoll, beim Kopfschuß herumgewirbelt und hatte den Finger am Abzug seiner AK-74 verkrampft, wobei eine seiner Kugeln Chavez direkt in die Stirn traf. Chavez war mausetot, meldete der Cray-Rechner, weil die hypothetische Kugel unter dem Rand seines Schutzhelms einschlug und direkt ins Hirn drang. Der Schock, mit dem Chavez darauf reagierte, ging bemerkenswert tief. Das zufällige, nur aus der Logik des Programms abgeleitete Geschehnis war zugleich höchst real, denn solche Zufälle ereignen sich auch im wirklichen Leben. Da hatten sie lang und breit diskutiert, ob die Helme mit Plexiglasvisieren ausgestattet sein sollten, eine Kugel abfangen konnten oder auch nicht; letztlich wurde dagegen entschieden wegen der Sichtbehinderung beim Zielen ... Dies mußte eventuell noch einmal überdacht werden. Die Folgerung des Rechners war ganz einfach: Wenn es möglich war, *konnte* es passieren, und was passieren konnte, *geschah* dann auch früher oder später. Dann müßten sie zu einem von ihnen nach Hause und seiner Frau erklären, sie sei soeben Witwe geworden. Nur eines Zufalls, einer unglücklichen Verkettung der Umstände wegen. Angehörige davon zu unterrichten, war eine schauerliche Pflicht: Todesursache – Pech gehabt. Chavez erschauerte bei dieser Vorstellung. Wie würde Patsy es aufnehmen? Dann straffte er sich. Die Wahrscheinlichkeit war außerordentlich gering, mathematisch ungefähr so, wie beim Golfspielen vom Blitz erschlagen zu werden oder bei einem Flugzeugzusammenstoß umzukommen. Das Leben *war* ein Risiko, das sich nur durch den Tod vermeiden ließ. Oder so ähnlich. Er wandte sich zu Eddie Price um.

»Des Schicksals Würfel sind gnadenlos«, bemerkte der Hauptfeldwebel trocken. »Aber ich hab Ihren Mörder erwischt, Ding.«

»Danke, Eddie. Muntert mich ganz schön auf. Schießen wir nächstes Mal schneller?«

»Kopf hoch, Ding«, tröstete Stanley, der den Wortwechsel mit anhörte. »Hätte schlimmer kommen können. An einem Elektron in der Birne ist noch keiner gestorben.«

Und aus dem Training soll man was lernen, fügte Ding im Stillen hinzu. Aber welche Lektion war hier fällig? Daß man unversehens in die Scheiße gerät? Daran würde er noch eine ganze Weile knabbern, und jetzt war ohnehin Team-2 in Wartestellung, während Team-1 unter Pete Covington die Bereitschaft übernahm. Morgen würden sie noch ein bißchen schießen üben, um bei Bedarf ein wenig rascher zu feuern. Das Problem war nur, daß sie sich kaum verbessern konnten – jedenfalls nicht mehr viel –, und zu harter Druck konnte die inzwischen feingeschliffene Schneide wieder stumpf machen. Ding fühlte sich wie der Trainer einer erzstarken Footballmannschaft. Die Spieler waren erstklassig und arbeiteten hart an sich – bloß noch nicht hundertprozentig perfekt. Wieviel konnten sie durch härteren Drill noch erreichen? Oder rechneten sie nicht damit, daß die andere Seite alles auf Sieg setzte? Der erste Einsatz war zu leicht gewesen. Model und seine Bande hatten sich ja fast selbst zum Abschuß freigegeben. Beim nächsten Mal würde es nicht so einfach sein.

6

GLÄUBIGE JÜNGER

Die Luftbeständigkeit war das Hauptproblem. Die Basisorganismen hatten sich längst als wirkungsvoll erwiesen, bloß waren sie viel zu anfällig. Der Luft ausgesetzt, starben sie im Handumdrehen ab. Weshalb, wußten sie nicht genau; es konnte an der Temperatur liegen oder an der Feuchtigkeit, vielleicht auch am Sauerstoff (das lebenswichtige Element war auf molekularer Ebene ein Vernichter des Lebens). Die Unsicherheit darüber war quälend, bis ein Mitglied der Forschungsgruppe auf die Lösung kam. Genauer gesagt, man versuchte es mit genetischem Material aus dem Dickdarmkrebs, einer besonders widerstandsfähigen Kette, und das Ergebnis war verblüffend. Der neue Organismus war nur um ein Drittel eines Mikrons größer, jedoch bedeutend kräftiger. Den Nachweis lieferte der Monitor des Elektronenmikroskops. Die winzigen Stränge waren zehn Stunden der Zimmertemperatur und der Deckenbeleuchtung ausgesetzt worden, bevor sie wieder in die Petrischale kamen, und schon waren die Moleküle aktiv, wie die Laborantin feststellte, benutzten ihre eigene RNA, um sich im Fraß zu vermehren, teilten sich in Millionen kleinerer Zweige, die nur einen Zweck verfolgten: Gewebe zu vertilgen. In diesem Fall handelte es sich um Nierengewebe, aber die Leber war ebenso verletzlich. Die Laborantin hatte ihre medizinische Promotion in Yale absolviert; jetzt notierte sie die Werte in ihren Unterlagen. Und weil es ihr eigenes Projekt war, wollte sie dem Kind nun auch einen Namen geben. Gut, daß sie vor zwei Jahrzehnten Kurse in vergleichender Religionswissenschaft besucht hatte. So ein Name ließ sich ja nicht einfach aus dem Ärmel schütteln.

Shiva, dachte sie. Der vielseitigste und interessanteste aller Hindu-Götter, der Zerstörer und Erneuerer, dem das Gift zu Gebote steht zur Vernichtung der Menschheit und der unter anderem mit Kali vermählt war, der Todesgöttin selbst. Shiva. *Hervorragend!* Die Laborantin übertrug alles in die Tabelle, auch die Namensempfehlung. Es gab noch einen weiteren Test, eine technologische Hürde zu überspringen, bevor alles vollstreckt wurde. Vollstreckt, dachte sie, ein passendes Wort für das Projekt. Allerdings auf ziemlich ausgedehntem Niveau.

Als nächstes mußte sie eine Probe von Shiva nehmen und im rostfreien Stahlcontainer versiegeln, mit dem sie ihren Arbeitsplatz verließ, um ein anderes, im Flur zwanzig Meter weiter gelegenes Labor aufzusuchen.

»Hallo, Maggie!« grüßte der Laborleiter dort. »Hast du was für mich?«

»Tag, Steve.« Vorsichtig übergab sie ihr Allerheiligstes. »Das hier wär's dann.«

»Und – wie soll es heißen?« Steve nahm den Container in Empfang und stellte ihn auf die Ablage.

»Shiva, meine ich.«

»Klingt geheimnisvoll«, bemerkte Steve lächelnd.

»Ist es auch«, versprach Maggie. Steve, der beste Impfspezialist seiner Firma, war ebenfalls Dr. med. und Dr. phil.; beide Titel standen auf Diplomen der Duke-Universität. Für dieses Projekt war er aus der AIDS-Forschung geholt worden, wo er vielversprechende Arbeit geleistet hatte.

»Das Darmkrebs-Gen arbeitet also wie von Ihnen vorhergesagt?«

»Nach zehn Stunden in freier Wildbahn läßt die UV-Verträglichkeit nichts zu wünschen übrig. Wie es auf direkte Sonneneinstrahlung reagiert, ist allerdings noch fraglich.«

»Zwei Stunden reichen völlig aus«, erinnerte Steve. Und auch eine wäre vollauf genug, wie beide wußten. »Und das Zerstäubersystem?«

»Wir müssen's noch erproben«, räumte sie ein, »aber das macht uns keine Schwierigkeiten.« Beide wußten, daß es so war. Der Organismus würde auch den Weg durch die Ventile des Sprühsystems spielend überstehen. Ausprobieren ließ sich das in großen Umwelt-Simulationskammern. Ein Freiland-Versuch wäre zwar nach wie vor besser, aber wenn Shiva so robust war, wie Maggie anzunehmen schien, ging man ein solches Risiko besser nicht ein.

»So weit, so gut. Danke, Maggie.« Steve wandte sich dem Container zu und setzte ihn in einen der luftdichten Handschuh-Kästen, wo er für die Arbeit am Impfstoff gefahrlos aufgeschraubt werden konnte. Der Großteil ihrer Arbeit war getan. Die Grundstruktur des Wirkstoffs war schon bekannt, und die Regierung hatte nach der großen Panik vom letzten Jahr die Entwicklung des Serums durch ihre Firma subventioniert. Steve war weit und breit berühmt für seine profunden Kenntnisse über Herstellung, Isolierung und Vermehrung von Antikörpern, die das Immunsystem stützten. Persönlich fand er es schade, der AIDS-Forschung den Rücken gekehrt zu haben. Möglicherweise wäre Steve irgendwann auf eine Methode zur Erzeugung von Breitband-Antikörpern gestoßen, die dem unverwüstlichen Virus den Garaus gemacht hätten. Für zwanzig Prozent Beteiligung an der Lizenz, dachte er, für zusätzlichen wissenschaftlichen Lorbeer und den Beifall der Fachkollegen angesichts einer Entdeckung, die ihm in gut zehn Jahren den Weg nach Stockholm hätte ebnen können. Aber wer weiß, was in zehn Jahren wichtig war! Kein Mensch konnte das voraussehen, dachte der Forscher und warf einen Blick aus den Doppelglasfenstern seines Labors. Schöner Sonnenuntergang. Bald würden sich die Geschöpfe der Nacht herauswagen. Fledermäuse auf Insektenjagd. Eulen, die hinter Feldmäusen und Frettchen her waren. Katzen, die ihr Heim verließen, um ihren Hunger mit Beute zu stillen. Er besaß ein lichtstarkes Nachtglas, mit dem er gelegentlich die Wesen beobachtete, deren Tätigkeit sich von der seinen gar nicht so sehr unterschied. Doch vorerst kehrte er an den Arbeitsplatz zurück, zog die Computertastatur heran und tippte einen Bericht über sein neues Projekt. Viele benutzten Notebooks dafür, aber für dieses Projekt war ausschließlich der Rechner erlaubt, und alle Notizen wurden elektronisch verschlüsselt. Was gut genug war für Bill Gates, sollte auch ihm reichen. Die einfachsten Methoden sind nicht immer die besten. Und deshalb war er schließlich hier, als Teil des neuerdings sogenannten Shiva-Projekts.

Sie brauchten Leute, die bewaffnet waren, aber die liefen nicht in hellen Scharen herum – wenigstens die richtigen, die noch alle fünf Sinne beieinander hatten. Was ihnen die Arbeit erschwerte, waren Aktivitäten der Regierung mit ähnlicher, wenn auch abweichender Zielsetzung. Freilich hielt ihnen das auch die offensichtlich Übergeschnappten vom Hals.

»Verdammt schön hier draußen«, ließ sich Mark vernehmen.

Sein Gastgeber schüttelte den Kopf. »Auf der anderen Seite des Gipfels haben welche neu gebaut. Bei ruhigem Wetter sehe ich den Rauch aufsteigen.«

Mark konnte sich das Lachen nicht verbeißen. »Auf gute Nachbarschaft, was? Mit Ihnen, dem Einsiedler.«

Foster verzog einfältig das Gesicht. »Naja, wenigstens *sind* es fast zehn Kilometer von hier.«

»Aber eigentlich haben Sie recht. Man stelle sich vor, wie's hier aussah, bevor der weiße Mann herkam. Keine Straßen außer den Flußufern und Wildpfaden – das Jagen muß eine Lust gewesen sein!«

»Gut genug, daß man nicht so schwer schuften mußte für sein Essen, nehme ich an.« Foster deutete an die Wand über dem Kamin seiner Berghütte, wo die Jagdtrophäen hingen. Sie waren nicht alle ehrlich erworben, aber hier in den Bitterroot-Bergen von Montana gab es nicht allzuviel Polizei, und Foster lebte sehr zurückgezogen.

»Es ist unser Recht von Geburt an.«

»Sollte es sein«, nickte Foster. »Und wert, dafür zu kämpfen.«

»Bis aufs Messer?« Mark bewunderte die Trophäen. Besonders das riesige Grizzlybärfell vor dem Kamin – gewiß verboten wie die Sünde – machte großen Eindruck auf ihn.

Foster schenkte seinem Gast noch einen Bourbon ein. »Ich weiß nicht, wie's drüben im Osten ist, aber hier draußen heißt es: friß oder stirb. Und zwar andauernd. Einen Treffer zwischen zwei bewegliche Lichter, das hält einem den Gegner am besten vom Leib.«

»Dann muß man aber seine sterblichen Überreste loswerden«, wandte Mark ein und nippte an seinem Glas. Dieser Mensch kaufte nur billigen Whiskey. Wer weiß, ob er sich anständigen Schnaps leisten konnte.

Gelächter. »Schon mal was vom Motorpflug gehört? Wie wär's mit 'nem zünftigen Lagerfeuer?«

Manche im Staat glaubten, daß Foster einen Wildhüter auf dem Gewissen hatte. Kein Wunder, daß ihn die Ortspolizei ständig am Wickel hatte und die Verkehrsstreife ihm nicht das kleinste Kilometerchen über Tempolimit durchgehen ließ. Doch obwohl der Wagen gefunden wurde (siebzig Kilometer entfernt und völlig ausgebrannt) war die Leiche des vermißten Försters spurlos verschwunden, und dabei blieb's. Allzuviele Nachbarn wohnten hier nicht, die Zeugen gewesen sein konnten, trotz des Neubaus zehn Kilometer weiter. Mark nahm einen Schluck Bourbon und lehnte sich im Ledersessel zurück. »Muß herrlich sein, mit der Natur im Einklang zu leben, wie?«

»Erraten, Sir. Stimmt auffallend. Manchmal kann ich die alten Indianer verstehen, wissen Sie?«

»Kennen Sie welche?«

»Aber sicher. Charly Grayson, ein Nez Percé, arbeitet als Bergführer, von dem hab ich mein Pferd. Mach ich auch manchmal, um ein paar

Groschen zu verdienen. Hauptsächlich zur Pferdejagd im Hochland, mit Leuten, die's haben wollen. Und Elche gibt's ziemlich viele da oben.«

»Und Bären?«

»Mehr als genug«, gab Foster zurück. »Schwarzkragen hauptsächlich, auch ein paar Grizzlys.«

»Und womit jagen Sie? Pfeil und Bogen?«

Er schüttelte freimütig den Kopf. »Nein, Sir. Ich bewundere die Indianer, bin aber selbst keiner. Kommt drauf an, was ich jage, und in welcher Landschaft. Hauptsächlich 300er Winchester Mag, aber in Schluchten ein halbautomatisches Gewehr mit den alten Bleikugelpatronen.«

»Die Patronen von Hand geladen?«

»Natürlich. Ist doch viel persönlicher. Muß doch das Wild respektieren, verstehen Sie. Die Berggötter werden sonst böse.«

Mark sah, wie Foster bei diesem Satz schläfrig grinste. In jedem zivilisierten Mitbürger steckt der Steinzeitmensch, der wirklich noch an Berggötter glaubt. Das war bei ihm auch nicht anders, trotz seiner wissenschaftlichen Ausbildung.

»Und wovon leben Sie, Mark?«

»Molekular-Biochemie. Eigentlich bin ich Dr. phil.«

»Was heißt das?«

»Sagen wir, ich überlege, wie das Leben funktioniert. – Zum Beispiel, warum Bären so gut wittern«, setzte er nicht ganz aufrichtig hinzu. »Kann interessant sein, aber in Wirklichkeit komme ich gern an Orte wie diesen, um Leute zu treffen, die von Wildtieren mehr verstehen als ich. Leute wie Sie!« schloß Mark und prostete dem anderen zu. »Und was ist mit Ihnen?«

»Och, ich bin pensioniert. War freiberuflich tätig. Ob Sie's glauben oder nicht, als Geologe für eine Ölgesellschaft.«

»Und wo haben Sie gearbeitet?«

»Überall in der Welt. Ich hatte eine feine Nase dafür, und die Ölfirmen zahlten eine Menge dafür, daß ich das richtige finde, wissen Sie? – Aber ich mußte aufhören. Es kam so weit, daß – na, Sie fliegen doch auch eine Menge herum, wie?«

»Überall in der Welt«, bestätigte Mark und nickte.

»Der braune Schleier.«

»Bitte?«

»Hören Sie auf, den können Sie weltweit sehen. Ungefähr in 9000 Meter Höhe. Komplexe Kohlenwasserstoff-Verbindungen, vor allem von Passagierfliegern. Eines Tages flog ich gerade von Paris zurück – umgestiegen von Brunei, ich kam von der anderen Seite, weil ich in Europa Station machen und einen Freund treffen wollte. Jedenfalls saß ich da in so einer Scheiß-747, mitten über dem Scheißatlantik, noch vier Stunden fern der Heimat. Erste Klasse Fensterplatz saß ich und nahm meinen Drink, guckte aus dem Fenster, und da war er, der braune Schleier – das gottverdammte braune Sauzeug, und mir wurde klar, wie sehr ich mit dazu beitrage, die Atmosphäre vollends zu verdrecken. – Das war wohl«, fuhr Foster fort, »der Moment meiner – Bekehrung würden Sie's wohl nennen. Eine Woche später nahm ich meinen Abschied, verkaufte mein Aktienpaket, sackte eine halbe Million ein und kaufte das Grundstück hier. Und jetzt jage und fische ich, führe ein paar Wandergruppen im Herbst, lese viel, schrieb ein kleines Buch über das, was die Ölfirmen der Umwelt antun, und das wär's.«

Das Buch hatte Mark auf ihn aufmerksam gemacht. Die Sache mit dem braunen Schleier stand im läppisch geschriebenen Vorwort. Foster war ein gläubiger Jünger, aber kein Eiferer. Sein Haus hatte Strom und Telefonanschluß. Neben dem Schreibtisch stand ein High-end-Computer. Sogar Satelliten-TV, und der übliche Chevy-Lieferwagen mit Gewehrhalter im Rückfenster – und der dieselbetriebene Motorpflug. Er glaubte an das, was er vertrat, aber verbohrt war er nicht. Gut so, dachte Mark. Er brauchte nur ein bißchen plemplem zu sein. Und Foster war's. Den Wildhüter umzubringen, war der beste Beweis.

Foster erwiderte das mitleidige Glotzen. Typen wie den da hatte er während seiner Zeit bei Exxon bisweilen getroffen. Schlipskragen, aber nicht ganz verblödet – einer, der sich auch mal die Hände schmutzig macht. Molekular-Biochemie. Das Fach hatte es auf der Colorado-Bergakademie nicht geben, aber Foster war auf *Science News* abonniert und wußte Bescheid. Einer, der mit den Lebensgrundlagen herumspielt – und doch, merkwürdigerweise, was von Rotwild und Elchen versteht. Die Welt war nun mal kompliziert. Erst jetzt entdeckte der Besucher den Kunstharzklotz auf dem Teetisch. Mark nahm ihn in die Hand.

»Was ist das?«

Foster grinste über den Rand seines Glases hinweg. »Wie sieht's denn aus?«

»Entweder Pyrit, würde ich sagen, oder ...«

»Eisen ist es nicht. Ich kenne das Gestein hier, Sir.«

»Gold? Und woher?«

»Im Gebirgsbach gefunden, etwa dreihundert Meter von hier!«

»Als Nugget ein ganz schöner Brocken!«

»Fünfeinhalb Unzen. Rund zweitausend Dollar wert. Wissen Sie, hier auf der Ranch, an dieser Stelle, haben über hundert Jahre lang immer Leute gewohnt. Weiße. Und keiner hat sich je das Flußbett angeschaut. Eines Tages muß ich die Ader aufgraben, um zu sehen, ob sich der Abbau lohnt. Müßte eigentlich – das da am Boden des Klumpens ist Quarz. Quarz-Gold-Formationen sind im allgemeinen sehr ertragreich, weil damit das Zeug aus dem Erdkern heraufgeblubbert ist. – Und die Gegend hier ist ziemlich vulkanisch, mit heißen Quellen und so«, offenbarte er seinen Gast. »Wir kriegen sogar gelegentlich Erdbeben.«

»Sie behaupten also, Sie säßen auf ihrer eigenen Goldmine?«

Er lachte herzlich. »Genau. Ironie des Schicksals, wie? Bezahlt hab ich den gängigen Preis für Weideland, und nicht mal viel, wegen der vielen Unebenheiten. Der letzte, der hier Viehzucht betrieb, ärgerte sich, daß die Herde jedes Gramm Fett, das sie sich anfraß, beim Klettern im Hügelland wieder los wurde.«

»Wie ertragreich?«

Ein Achselzucken. »Keine Ahnung. Aber falls ich es einigen meiner Kameraden aus der Bergakademie zeige, würden sie wohl schon ihre zehn bis zwanzig Mille hinlegen, bloß um's herauszufinden. Wie schon gesagt, eine Quarzformation. Bei denen wird schon auf Verdacht investiert. Der Goldpreis ist zwar nach unten gerutscht, aber wenn's einigermaßen rein aus dem Boden kommt – naja, eine Stange Geld mehr wert als Kohle ist es schon, wissen Sie!«

»Aber warum wollen Sie nicht selbst ...«

»Weil ich's nicht brauch, und nicht gern zugucken möchte, wie man's rausholt. Ist doch noch schlimmer als Ölbohrung. Die kriegt man hinterher einigermaßen wieder in Ordnung. Nicht bei einer Goldmine. Die Folgeschäden hören nie auf. Das Arsen geht ins Grundwasser und braucht eine Ewigkeit, um sich abzubauen. Außerdem hab ich doch schon einen Stein in Kunstharz, und wenn ich Geld brauchen sollte, weiß ich, wo's liegt.«

»Wie oft sehen Sie nach dem Bach?«

»Wenn ich angeln gehe – sehen Sie die braune Forelle hier?« Er zeigte auf die große, präparierte an der Hüttenwand. »Alle paar Wochen fang ich so eine. Die Goldader liegt vermutlich noch gar nicht so lange offen, sonst hätten die Leute sie schon vor langer Zeit entdeckt. Ich müßte ihr nachgehen, feststellen, wo sie anfängt. Aber das hieße sich selbst auf die Probe stellen. – Was soll's?« schloß Foster.

»Haben Sie noch mehr davon?«

»Sicher.« Foster erhob sich und zog eine Schublade auf. Dann warf er einen Lederbeutel herüber. Mark fing ihn auf und staunte über das Gewicht, fast zehn Pfund. Er zog die Schnur auf und holte ein Nugget hervor. Groß wie ein halber Dollar, halb Gold, halb Quarz, und durch den fehlenden Schliff erst recht schön.

»Verheiratet?« wollte Foster wissen.

»Ja. Frau und zwei Kinder.«

»Behalten Sie es. Machen Sie einen Anhänger draus, als Geburtstagsgeschenk für Ihre Liebste, was Sie wollen.«

»Das kann ich nicht annehmen. Das allein ist ein paar Tausender wert!«

Foster winkte ab. »Scheiß drauf, nimmt doch bloß Platz in meinem Schreibtisch weg. Warum nicht jemanden glücklich machen damit? Außerdem, Sie haben die richtige Einstellung, Mark. Ihnen traue ich das zu.«

Bingo, dachte Mark, der hier war als Anwärter richtig. »Was würden Sie sagen, wenn ich behaupte, daß man was gegen den braunen Schleier unternehmen kann ...?«

Ein Blick wie ein Fragezeichen. »Meinen Sie eine Bakterienkultur, die ihn wegfrißt, oder sowas?«

Mark blickte auf. »Nicht ganz ...« Wieviel durfte er ihm jetzt schon sagen? Er mußte auf der Hut bleiben. Es war ihre erste Zusammenkunft.

»Das Flugzeug in die Hand zu kriegen ist Ihre Sache. Wo Sie damit landen, dabei können wir helfen«, versicherte Popov.

»Und wie?« wollten seine Gastgeber wissen.

»Der Trick besteht darin, aus dem Luftkontrollradar herauszukommen, wie Sie wissen, und so weit zu fliegen, daß man für Kampfflieger unerreichbar wird. Wenn Sie dann in einer unbedenklichen Gegend landen und die Mannschaft loswerden können, sobald Sie eintreffen, ist das Übermalen der Hoheitszeichen keine große Affäre. Die Maschine kann später zerstört werden, sogar demontiert, um Ersatzteile wie Motor und dergleichen zu verkaufen. Wenn ein paar Sicherungsnummern abgefeilt sind, verschwindet alles spurlos auf dem internationalen Schwarzmarkt«, erklärte Popov. »Das ist schon mehr als einmal vorgekommen, glauben Sie mir. Geheimdienste und Polizeistellen im Westen reden natürlich nicht gern davon.«

»Die Welt ist mit Radarsystemen vollgestopft!« widersprach der eine Gastgeber.

»Stimmt«, gab Popov zu. »Aber die Luftkontrolle sieht keine Flugzeuge. Sie sehen nur die Signale, die vom elektronischen Antwortgerät zurückgeworfen werden. Nur militärische Radargeräte erkennen das Flugzeug selbst, und welches afrikanische Land hätte eine funktionierende Luftabwehr? Das Risiko, aufgespürt zu werden, kann man auch mit Hilfe eines Störsenders verringern. Ihre Flucht dürfte kein Problem sein, *wenn* Sie einen internationalen Airport erreichen, mein Freund. – Und das«, mahnte er, »ist das Hauptproblem. Ihr Zielland können wir je nach ideologischer Ausrichtung oder nach finanziellen Gesichtspunkten auswählen. Sie haben die Wahl. Ich empfehle das erstere, aber das andere ist auch möglich«, schloß Popov. Afrika war zwar kein ruhiges Pflaster, was internationales Recht und Zuverlässigkeit von Vereinbarungen betraf, aber Flughäfen zum Auftanken und Versorgen von Düsenmaschinen gab es zu Hunderten.

»Wirklich schade um Ernst«, bemerkte der Gastgeber leise.

»Ernst war ein Idiot«, widersprach seine Freundin wütend. »Er hätte eine kleinere Bank überfallen können. Ausgerechnet mitten in Bern! Aber er mußte sich ja wichtig tun.« Petra Dortmund schnaubte verächtlich. Ihr Ruf eilt ihr voraus, dachte Popov, der sie erst heute kennengelernt hatte. Einst mochte sie hübsch gewesen sein, sogar schön, aber jetzt trug sie das einst blonde Haar schwarzgefärbt, und ihr mageres Gesicht wirkte hart, mit eingefallenen hohlen Wangen und dunklen Augenringen. Kein Gesicht, an das man sich gern erinnerte – weshalb es der europäischen Polizei auch nie gelungen war, sie zu schnappen, ebensowenig wie ihren langjährigen Lebensgefährten Hans Fürchtner.

Fürchtner war dagegen in die Breite gegangen mit rund dreißig Kilo Übergewicht. Sein dichtes Haar war schütter geworden oder abrasiert, ebenso der Bart. Jetzt wirkte er wie ein zufriedener, wohlgenährter

Bankier; äußerlich erinnerte nichts mehr an den fanatischen, überzeugten Kommunisten aus den siebziger und achtziger Jahren. Sie bewohnten eine Hütte in den Bergen südlich von München. Ihre wenigen Nachbarn hielten sie für Künstler – beide widmeten sich der Malerei, doch von diesem Hobby stand nichts in ihren Fahndungsakten. In kleineren Galerien wurde auch das eine oder andere Werk feilgeboten, wovon sie bestenfalls ihren Lebensunterhalt, nicht ihren Lebensstil bestreiten konnten.

Wahrscheinlich vermißten sie ihr geschütztes Leben in der ehemaligen DDR und CSSR, dachte Dmitrij Arkadejewitsch. Aus dem Flieger steigen und vom Wagen in bequeme, wenn auch nicht luxuriöse Wohnquartiere gebracht werden, in »speziellen« Intershops einkaufen, die der jeweiligen Partei-Elite vorbehalten waren, gelegentliche Besuche von seriösen, freundlichen Geheimdienstlern, die einen mit Infos für den nächsten Coup versehen... Fürchtner und Dortmund hatten bei mehreren Einsätzen mitgewirkt, einmal sogar bei der Entführung und Abschöpfung eines US-Sergeanten vom Atomraketenkommando. Mit dieser Mission hatte sie die sowjetische Abwehr GRU beauftragt. Man hatte viel aus dem Verhör gelernt, das meiste war noch immer aktuell, denn der Sergeant war Experte auf dem Gebiet des amerikanischen PAL-Abwehrsystems gewesen. Seine Leiche fand man später, eingeschneit in den bayrischen Alpen, wo er anscheinend verunglückt war. Diesen Sachverhalt erfuhr die GRU von Agentenberichten aus dem NATO-Hauptquartier.

»Was wollen Sie denn in Erfahrung bringen?« erkundigte sich Petra Dortmund.

»Elektronische Paßwörter, die Eingang in internationale Handelssysteme verschaffen.«

»Sie sind also ein gewöhnlicher Dieb geworden«, fragte Hans, während Petra gellend lachte.

»Ein recht ungewöhnlicher Dieb ist mein Auftraggeber. Wenn wir eine sozialistische, *fortschrittliche* Alternative zum Kapitalismus schaffen wollen, benötigen wir eine solide Finanzgrundlage – und eine gewisse Unsicherheit im kapitalistischen Nervensystem, nicht wahr?« Popov hielt einen Augenblick inne. »Sie wissen, wer ich bin. Und Sie wissen, wo ich früher beschäftigt war. Glauben Sie etwa, ich hätte das Vaterland der Werktätigen vergessen? Oder meinen Glauben verraten? Mein Vater hat bei Stalingrad und Kursk gekämpft. Er wußte, was das heißt: sich zurückziehen, Niederlagen hinnehmen – und doch nie aufgeben! Niemals!« rief Popov hitzig. »Weshalb, glauben Sie, riskiere ich wohl mein Leben? Die Konterrevolutionäre in Moskau dürften an meiner Mission wenig Gefallen finden – aber sie sind nicht die einzige politische Kraft in Mütterchen Rußland!«

»Tja, wenn das so ist«, lenkte Petra Dortmund ein. Ihre Miene wurde ernst. »Sie geben noch nicht alles verloren?«

»Wer hat denn behauptet, es gebe beim Siegeszug des Humanismus keine Rückschläge? Richtig ist, daß wir vom geraden Weg abgekommen sind. Ich hab die Korruption in der Führung selbst erlebt beim KGB. Das ist es, was uns zum Verhängnis geworden ist, nicht der Westen! Ich habe noch als Offizier gesehen, wie Breschnews Tochter den Winterpalast geplündert hat bei ihrem Hochzeitsempfang. Als wäre sie Großherzogin Anastasia höchstpersönlich! Unsere Funktion beim KGB war, vom Westen zu lernen, seine Ränke und Geheimnisse auszuforschen, aber unsere *Nomenklatura* hat nur die Korruption übernommen. Diese bittere Lektion haben wir gelernt, meine Freunde, in mehr als einer Hinsicht. Entweder ist man Kommunist oder nicht. Entweder ist man überzeugt oder nicht. Und man handelt im Einklang mit seiner Überzeugung, oder läßt es bleiben.«

»Sie verlangen, daß wir allerhand aufgeben«, gab Hans Fürchtner zu bedenken.

»Dafür erhalten Sie angemessenen Ersatz. Mein Auftraggeber ...«

»Und wer wäre das?« wollte Petra wissen.

»Das dürfen Sie nicht wissen«, gab Popov seelenruhig zurück. »Sie denken immer nur an *Ihr* Risiko. Was ist denn mit meinem? Was meinen Auftraggeber betrifft, dessen Identität dürfen Sie nicht kennen. Operative Sicherheit hat absoluten Vorrang. – Das sollten Sie doch am besten wissen«, erinnerte er. Sie nahmen den milden Rüffel erwartungsgemäß gutwillig auf. Diese beiden Narren waren gläubige Jünger, ebenso wie Ernst Model, wenn auch ein bißchen intelligenter und bedeutend tückischer. Das hatte der unglückselige Amerikaner erfahren müssen, der vermutlich schockiert in die immer noch lieblichblauen Augen Petra Dortmunds gestarrt hatte, als sie seine Knochen mit dem Hammer zerschmetterte.

»Nun gut, Josef Andrejewitsch«, erwiderte Hans – sie kannten Popov nur unter einem seiner vielen Decknamen, in diesem Fall J. A. Seroff. »Wann sollen wir Ihrer Meinung nach losschlagen?«

»So rasch wie möglich. Ich rufe Sie in einer Woche an und frage nach, ob Sie willens sind, die Mission zu übernehmen, und ...«

»Wir sind willens«, versicherte Petra. »Aber wir müssen uns erst darauf einrichten.«

»Dann erkundige ich mich in einer Woche nach Ihrem Zeitplan. Vier Tage werde ich brauchen, um meine Vorbereitungen zu treffen. Was uns zusätzlich Sorgen macht, sind die US-Flugzeugträger im Mittelmeer. Im westlichen Mittelmeerraum läßt sich die Mission nicht durchführen, weil man von dort den Flug per Radar verfolgen kann. Ein Scheitern unserer Mission dürfen wir nicht riskieren, meine Freunde.« Anschließend verhandelten sie über den Preis. Besonders hart wurde es nicht. Hans und Petra kannten Popov noch aus alten Zeiten und setzten persönliches Vertrauen in seine Redlichkeit.

Zehn Minuten später verabschiedete sich Popov händeschüttelnd und fuhr mit dem Mietwagen, diesmal einem BMW, südwärts zur österreichischen Grenze. Die Strecke war frei, die Landschaft ringsum bezaubernd, und Dmitrij Arkadejewitsch mußte sich einmal mehr über diese Leute wundern. Seine Argumente hatten nur in einem Punkt der Wahrheit entsprochen: daß sein Vater, ein Veteran der Schlachten von Stalingrad und Kursk, ihm viel von seiner Zeit als Panzerkommandant im Großen Vaterländischen Krieg erzählt hatte. Komisch, diese Deutschen. Aus seiner Zeit im Komitee für Staatssicherheit wußte er eins über sie: Wer auf dem Pferd des Kommandanten voranreitet, dem folgen sie blindlings ins Verderben. Es schien, als gierten die Deutschen geradezu nach einem, der sie anführt. Äußerst merkwürdig. Aber ihm konnte das nur nützlich sein, auch seinem Auftraggeber, und wenn sie noch nach einem *roten* Pferd verlangten – auch noch ein *totes* rotes Pferd, dachte Popov grinsend –, bitteschön, ihr Pech! Der Bankier, den sie entführen sollten, war der einzige Unschuldige, der hineingezogen wurde. Doch würden sie ihn wenigstens foltern wie den schwarzen amerikanischen Sergeanten. Popov glaubte nicht, daß Hans und Petra weit mit ihm kamen. Allerdings war er über die polizeilichen und militärischen Kapazitäten in Österreich längst nicht mehr so gut unterrichtet. Er mußte seine Informationen auffrischen – so oder so.

Alles gleicht sich aus. Team-1 war jetzt das Bereitschaftsteam, das sich umgehend nach Hereford auf den Weg machen würde, während Team-2 unter Chavez hintanstehen mußte. Aber letztere absolvierten dafür die schwierigsten Manöver, während jene, bis auf das normale Training und die Schießübungen, die Hände in den Schoß legten. Dahinter steckte die Sorge, ein Mitglied der Bereitschaft könne durch Trainingsunfall verletzt oder kampfunfähig werden, wodurch im Ernstfall das gesamte Team geschwächt war.

Zu Pete Covingtons Leuten gehörte auch der Werkmeister Miguel Chin. Als früheren US-Navy-SEAL hatte man ihn vom Sechsten SEAL-Team, das in Norfolk stationiert war, zur Operation Rainbow versetzt. Der Sohn einer Südamerikanerin und eines Chinesen war wie Chavez im Ostteil von Los Angeles aufgewachsen. Jetzt stand er vor dem Team-1-Quartier und steckte sich eine Zigarre an. Ding gesellte sich zu ihm.

»Mein Name ist Ding, Kamerad.«

»Mike.« Chin streckte ihm die Hand hin. Sein Gesicht war ausdruckslos; sein Händeschütteln erinnerte wie das von Oso Vega an einen Pumpenschwengel. Damit erwies sich der Experte für Waffen aller Art als kräftig genug, notfalls einem ausgewachsenen Mann den Kopf von den Schultern zu reißen.

»Ist aber gar nicht gesund«, bemerkte Chavez mit einem Blick auf die Zigarre.

»Irgendein Laster braucht man, Ding. Und wo aufgewachsen in L. A.?«

Ding sagte es ihm.

»Kein Witz? Verdammt, wir wohnten nur einen Kilometer weiter. Ihr wart das *Banditos*-Imperium!«

»Jetzt sag bloß nicht, du warst...«

Der Werkmeister nickte. »Bei den *Pescadores*, bis ich herausgewachsen war. Der Richter schlug vor, ich solle zum Bund statt in den Knast. Erst war ich bei den Marines, aber die wollten mich nicht. – Waschweiber sind das«, kommentierte Chin und spuckte einen Tabakkrümel von der Unterlippe. »Also ging ich nach Great Lakes, wo sie mich zum Werkmeister machten. Aber dann hörte ich von den SEALs. War kein schlechtes Leben dort. Und du warst bei der CIA, stimmt's?«

»Hab als Elfer-Desperado angefangen. Brachte mir eine Spritztour nach Südamerika ein, die im Schlamassel endete, aber bei dem Job lernte ich unseren Six kennen, der hat mich abgeworben. Sehn mich nicht zurück.«

»Die Agentur hat dich zur Uni geschickt?«

Chavez nickte. »George Mason, bis zum Magister. Internationale Beziehungen. – Und du?«

»Ja, merkt man wohl, wie? Psychologie, aber bloß Vordiplom. Old-Dominion-Akademie. Beim Doc unseres Teams, Bellow. Kluges Kerlchen ist das. Kann Gedanken lesen. Hab drei seiner Bücher auf dem Nachttisch.«

»Und wie schmeckt dir der Dienst bei Covington?«

»Prima. Der ist ja schon länger dabei. Hört gut zu. Nachdenklicher Bursche. Eine Spitzentruppe, aber ganz normal, nicht viel zu tun. Deine Aktion in der Bank fand ich übrigens Klasse, Chavez. Schnell und sauber.« Chin stieß den Rauch aus der Nase.

»Hört man gern.«

»Chavez!« In diesem Augenblick trat Peter Covington vor die Tür. »Willst mir wohl den besten Mann abspenstig machen, wie?«

»Wir stellen gerade fest, daß wir im selben Viertel großgeworden sind, Peter.«

»Echt wahr? Ist ja ein Grund zum Feiern!« gab der Team-1-Kommandant zurück.

»Harrys Fuß ist seit heute früh geschwollen«, berichtete Chin seinem Boß. »Nicht schlimm, er nimmt Aspirin dagegen. – Hat sich vor vierzehn Tagen die Knöchel verknackst, als er sich vom Hubschrauber abseilte«, fügte er zu Dings Information hinzu.

Verdammte Trainingsunfälle, dachten alle, ohne es auszusprechen. Das gehörte zu den Nachteilen ihres Jobs. Die Teilnehmer der Operation waren aus den unterschiedlichsten Gründen rekrutiert worden, nicht zuletzt wegen ihrer brutalen Ellbogennatur. Jeder der Männer glaubte, mit allen anderen im Wettstreit zu stehen, und alle zusammen schoben sie die Belastungsgrenze immer weiter hinaus. Das sorgte immer wieder für Kratzer und Schrammen; es war ein Wunder, daß noch keiner von ihnen ins Lazarett eingeliefert werden mußte. Das kam noch früh genug. Und diese Seite ihres Charakters würden sich die Rainbow-Männer ebensowenig abschleifen, wie sie aufs Atmen verzichten konnten; an Ehrgeiz standen sie Olympiasportlern in nichts nach. Entweder war man der Allerbeste oder gar nichts. Schon deshalb konnte jeder Einzelne seine vierhundert Meter in 50 bis 60 Sekunden laufen und das in Springerstiefeln statt in Turnschuhen. Theoretisch war das auch sinnvoll. In der Kampfsituation konnte eine halbe Sekunde über Leben und Tod entscheiden – schlimmer noch, nicht nur den eigenen, sondern den Tod von Unbeteiligten, Geiseln, jener Personengruppe, zu deren Schutz und Rettung man doch angetreten war. Covington und sein Team-1 hatten noch drei Tage Dienst vor sich, bis Chavez wieder an der Reihe war.

»Dir gefällt das SWAT-Programm nicht, hört man«, bemerkte Chin.

»Nicht besonders. Die Planungssituation läßt sich ja einigermaßen simulieren, der Befreiungsschlag selbst weniger.«

»Wir benutzen das seit Jahren«, widersprach Covington. »Im Vergleich mit früher ist viel nachgebessert worden!«

»Ich ziehe lebende Ziele und MILES-Ausrüstung vor«, gab Chavez zurück, womit das Trainingssystem des US-Militärs gemeint war, bei dem alle Soldaten Laserempfänger am Leib trugen.

»Das eignet sich mehr für Fernziele als beim Nahkampf«, beharrte Peter.

»Dafür haben wir's nie benutzt«, räumte Ding ein. »Aber in der Praxis ist es doch so: Wenn wir nah dran sind, haben wir schon verloren. Unsere Jungs schießen nicht so oft daneben!«

»Stimmt auch wieder.« Covington nickte. Im selben Augenblick hörten sie das Krachen von Gewehrfeuer. Rainbow-Gewehrschützen übten am Tausend-Meter-Stand und hatten gewettet, wer am genauesten trifft. Führend war gegenwärtig Homer Johnston, Dings Zwei-Einser-Schütze, der um das Drittel eines Zentimeters sicherer war als Sam Houston, Covingtons führender Mann am Gewehr. Auf fünfhundert Meter konnten beide zehn Kugeln hintereinander durch ein Fünf-Zentimeter-Loch jagen, das bedeutend kleiner war als der menschenähnliche Kunstkopf, den sie mit ihren Hohlkörperpatronen zum Platzen brachten. Bemerkenswert war, daß im Wochendurchschnitt alle Rainbow-Männer zwei Fahrkarten schossen, meist mit der Ausrede, sie seien am Schießstand über irgendwas gestolpert. Bloß die Gewehrschützen trafen *nie* daneben. Allerdings bestand ihre Aufgabe gar nicht darin, auf Distanz zu feuern, sie sollten vielmehr so nah wie möglich herankommen. Wichtiger war, daß sie eine zeitlich genau festgelegte Entscheidung trafen, vorrückten und die Täter unschädlich machten. Dabei vertrauten sie in erster Linie auf Dr. Paul Bellows Rat. So spannend es sich ausnahm, die tägliche Schießerei war rein technisch und operativ gesehen ein Klacks.

»Gibt's was Neues an der Nachrichtenfront?« erkundigte sich Covington.

»Ich wollte grad mal rüber, Peter. Glaub's aber nicht.« Beide Teamchefs mußten an dasselbe denken. Was immer die Bösewichter Europas aushecken mochten, auch sie hatten die Fernsehberichte vom Banküberfall in Bern verfolgt, und das sorgte wenigstens momentan für Ruhe.

»Dann mach's mal gut, Ding«, verabschiedete sich Covington, »ich muß die Nase noch ein wenig in die Akten stecken.« Auch Chin warf seine Zigarre in den Rauchereimer und kehrte ins Haus zurück.

Chavez setzte seinen Weg fort zur Zentrale und erwiderte den militärischen Gruß der Ordonnanz, als er eintrat. Über die komische Art der Briten, zu salutieren, konnte er sich gar nicht einkriegen. Drinnen saß Major Bennett an seinem Schreibtisch.

»Hallo, Sam.«

»Guten Morgen, Ding. Kaffee gefällig?« Der Luftwaffenoffizier deutete auf seine Kanne.

»Nein danke. Brennt's irgendwo?«

Er schüttelte den Kopf. »Ruhiger Tag heute. Selbst bei Verbrechern ist nichts los.«

Bennetts wichtigste Informationsquelle zum Terrorismus waren die Fernschreiber verschiedener europäischer Nachrichtenagenturen. Die Erfahrung lehrte, daß jemand, der sich für kriminelle Aktivitäten interessiert, von ihnen weit schneller informiert wurde als von Behörden, die ihre Meldungen über Sicherheitsfax durch die amerikanischen und britischen Botschaften Europas verbreiten ließen. Wenn sich hier nichts ergab, ging Bennett seine Computerliste bekannter Terroristen durch, blätterte in den Fotos und Fahndungsakten und rekapitulierte, was man von diesen Leuten wußte (im allgemeinen wenig), und wessen sie verdächtig waren (selten etwas Konkretes).

»Und was ist das da? Wer soll das sein?« Ding deutete auf den Bildschirm.

»Unser neues Spielzeug vom FBI. Eine Software, die Fahndungsfotos altern läßt. Sie heißt Petra Dortmund. Wir haben nur zwei Bilder von ihr, beide fast fünfzehn Jahre alt. Ich brauche sie nur entsprechend älter zu machen und die Haarfarbe zu verändern. Bei Frauen gibt's wenigstens keine Bärte.« Bennett schnalzte mit der Zunge. »Und normalerweise sind sie zu eitel, sich fett zu fressen wie unser Liebling Carlos. Hier zum Beispiel, achte mal auf die Augen!«

»Keine von der Sorte, die ich in der Kneipe abschleppen würde«, stellte Chavez fest.

»Die kriegst du sowieso nicht rum«, meldete sich Clark von hinten. »Wirkt sehr beeindruckend, Sam.«

»Ja, Sir. Hab ich erst heute früh installiert. Noonan hat mir's aus der Abteilung für Abwehrtechnik im Hauptquartier besorgt. Eine Erfindung, um Kidnapping-Opfer noch Jahre nach ihrem Verschwinden zu identifizieren. Hat sich als brauchbar erwiesen. Dann fiel jemandem ein, wenn's bei Kindern funktioniert, warum nicht auch bei Erwachsenen und Gaunern? Anfang des Jahres wurde einer der meistgesuchten Bankräuber damit erwischt. So jedenfalls sieht Fräulein Dortmund heute aus.«

»Wie heißt denn ihr Kompagnon?«

»Hans Fürchtner.« Bennett spielte mit der Computermaus, und dessen Foto tauchte auf. »Herrgott, dessen Foto stammt wohl noch aus der Schülerzeitung!« Dann überflog er den beigefügten Text. »Soso, trinkt gern Bier – na, legen wir noch fünfzehn Pfund zu.« Binnen Sekunden war das Foto wie verwandelt. »Schnurrbart... Bart...« Schon gab es vier verschiedene Bilder des Flüchtigen.

»Die beiden passen ja großartig zueinander«, brummte Chavez, der sich an die Fahndungsakte erinnerte. »Vorausgesetzt, sie sind noch ein Paar.« Er kam ins Grübeln. Dann erhob sich Chavez und stattete Dr. Bellows Büro einen Besuch ab.

»Hallo, Doc!«

Bellow blickte von seinem Computer auf. »Guten Morgen, Ding. Was kann ich für Sie tun?«

»Wir haben uns gerade die Fotos eines Terroristenpärchens angeschaut, Petra Dortmund und Hans Fürchtner. Da fiel mir etwas ein.«

»Nur zu«, versetzte Bellow.

»Muß man damit rechnen, daß Leute wie die zusammenbleiben?«

Bellow blinzelte ein wenig, dann lehnte er sich im Drehstuhl zurück. »Die Frage ist nicht dumm. Diese zwei... Damals hab ich das Gutachten für ihre Fahndungsakte verfaßt. Mutmaßlich sind sie noch ein Paar, ja. Sie vertreten dieselbe politische Ideologie, das schweißt zusammen. Ihre Glaubenssätze brachten sie anfangs zueinander. Als sie zur Tat geschritten sind, haben sie sich, in psychologischer Sicht, ewige Treue geschworen. Ich erinnere mich, daß sie unter anderem verdächtig sind, einen Soldaten entführt und getötet zu haben. Solche Gewaltakte sorgen für eine enge zwischenmenschliche Bindung.«

»Aber die meisten von ihnen sind doch, wie Sie sagen, Soziopathen?« wandte Ding ein. »Und Soziopathen neigen nicht dazu …«

»Sie haben meine Bücher gelesen?« Bellow mußte lächeln. »Haben Sie je davon gehört, daß zwei Menschen, die heiraten, eins werden?«

»Schon. Und?«

»In einem Fall wie diesem trifft das zu. Sie *sind* Soziopathen, aber die Ideologie verleiht ihrer Verirrung ein Ethos – *das* ist der entscheidende Faktor. Sie werden eins, indem sie ihre Weltanschauung teilen, und ihre soziopathischen Tendenzen miteinander verschmelzen. Bei diesen beiden würde ich von einer einigermaßen stabilen Ehe sprechen. – Würde mich nicht mal wundern, wenn sie tatsächlich getraut sind, wenn auch vielleicht nicht kirchlich«, setzte er stirnrunzelnd hinzu.

»Geordnete Verhältnisse. Kinder?«

Bellow nickte. »Gut möglich. Abtreibung ist in Deutschland erst seit kurzem freigegeben – wenigstens im Westen, glaube ich. Ob sie sich für ein Kind entscheiden? Schwer zu sagen. Ich werde darüber nachdenken.«

»Über diese Leute muß ich mehr wissen. Was sie denken, wie sie leben und so weiter.«

Bellow lächelte wieder, erhob sich vom Stuhl und trat vor den Bücherschrank. Er nahm eins seiner eigenen Bücher und warf es Chavez zu, der es aufschnappte. »Für den Anfang ist es nicht schlecht. Beruht auf einer Vorlesung, die ich an der FBI-Akademie hielt. Daraufhin ließ mich vor ein paar Jahren der SAS als Berater herkommen. Wahrscheinlich habe ich es dieser Studie zu verdanken, daß ich hier bin!«

»Danke, Doc.« Chavez klemmte sich das Buch unter den Arm und verließ das Büro. *Terror im Kopf: Was in Tätern vorgeht* lautete der Titel. Konnte nicht schaden, mehr davon zu wissen. Trotzdem war seiner Meinung nach das Beste, was im Kopf von Terroristen aufgehoben war, ein Zehn-Millimeter-Hohlmantelgeschoß.

Popov konnte ihnen keine Telefonnummer geben. Das wäre ein schwerer, unprofessioneller Mißgriff gewesen. Selbst ein Handy, dessen Eigentümer sorgfältig getarnt war, gab den Behörden etwas in die Hand, eine elektronische Spur, die verfolgt werden konnte. Für niemanden wäre das peinlicher gewesen als für ihn. Und so rief er alle paar Tage unter ihrer Nummer an. Nie wußten sie, woher, aber es gab Mittel und Wege, ein Ferngespräch durch zahlreiche Instrumente zu filtern.

»Ich habe das Geld. Seid ihr so weit?«

»Hans ist jetzt drüben, um alles auszubaldowern«, gab Petra zurück. »In achtundvierzig Stunden ist alles fertig. Und bei Ihnen?«

»Es kann sofort losgehen. Ich rufe in zwei Tagen wieder an«, erklärte er und legte auf. Er verließ die Telefonzelle am Charles-de-Gaulle-Flughafen und schlenderte zum Taxistand, den Diplomatenkoffer mit Hunderten gebündelter Banknoten in der Hand. D-Mark, was ihm Verdruß bereitet hatte. Dieselbe Summe in Euro wäre viel leichter zu bekommen als in den diversen Nationalwährungen.

7

FINANZIERUNG

In Europa ist es nicht üblich, Bankgeschäfte zuhause abzuwickeln. Bei Ostermann war das anders. Er bewohnte ein großes, ehemals gräfliches Schloß dreißig Kilometer hinter Wien. Erwin Ostermann liebte sein Schloß, und es tat seinem Ansehen in der Welt der Hochfinanz keinen Abbruch: sechstausend Quadratmeter auf drei Stockwerke verteilt, tausend Hektar Land, von dem ein Großteil an einem steilen Berghang lag, auf dem er seine eigene Skipiste anlegen ließ. Im Sommer erlaubte er den umwohnenden Bauern, dort Ziegen und Schafe zu weiden. Das hatten wohl schon die zum Landgut gehörenden Leibeigenen getan, um das Gras in vernünftiger Höhe zu halten. Heute war alles viel demokratischer: der neue »Herr Graf« konnte die ökologische Maßnahme sogar steuermindernd geltend machen, was unter der regierenden Sozialdemokratie auch bitter nötig war. Außerdem sah es schöner aus.

Sein privater Wagenpark bestand aus zwei Mercedeslimousinen sowie einem Porsche, mit dem er, wenn ihn der Leichtsinn überkam, ins nahegelegene Dorf kutschierte, um im hervorragenden Gasthof essen zu gehen. Er war ein stattlicher Mann von einem Meter sechsundachtzig, mit vollem grauem Haar und von schlanker, sportlicher Gestalt. Auf dem Rücken seiner Araberpferde machte er eine gute Figur, ebenso bei geschäftlichen Konferenzen in seinen Anzügen, die er aus Italien oder der Savile Row in London kommen ließ. Sein Büro auf der zweiten Etage war die geräumige ehemalige Bibliothek des

Erbauers und seiner acht Nachfolger gewesen. Heute war sie mit Computern vollgestellt, deren Monitore das Geschehen auf den internationalen Finanzmärkten zeigten.

Nach einem leichten Frühstück pflegte er nach oben ins Büro zu gehen, wo drei Mitarbeiter – zwei Frauen und ein Mann – ihn abwechselnd mit Kaffee, Knabberzeug und Informationen versorgten. Der Saal war groß und vornehm genug, um bis zu zwanzigköpfige Besuchergruppen zu empfangen. An walnußgetäfelten Wänden ragten Regale voller Bücher empor, die Ostermann mit dem Schloß erworben hatte, ohne je einen Blick hineinzuwerfen. Er las lieber den Börsenbericht als schöne Literatur, und in seltenen Mußestunden ließ er Hollywoodfilme in seiner privaten Vorführanlage im ehemaligen, eigens umgebauten Weinkeller laufen. Alles in allem war er ein Mann, der in angenehmer Umgebung ein sorgenfreies Privatleben führte. Wenn er sich an den Schreibtisch setzte, fand er jeden Tag die Liste der zu erwartenden Besucher vor. Diesmal drei Bankiers und zwei Finanzmakler, Berufskollegen gewissermaßen; mit jenen würde er über Kredite für ein neues Geschäft sprechen, an dem er beteiligt war, diese suchten seinen Rat zu aktuellen Markttendenzen. Es schmeichelte Ostermanns Selbstgefühl, wenn seine Meinung eingeholt wurde, und Gäste aller Art waren ihm willkommen.

Popov stieg aus dem Flugzeug und wanderte allein über die Gangway. Den Diplomatenkoffer mit Kombinationsschloß führte er mit sich, ohne das geringste Metallteilchen, damit ihn an der Kontrollstelle niemand aufforderte, ihn zu öffnen und das viele Bargeld im Inneren zu erklären. Flugreisen waren durch den Terrorismus ein Greuel geworden, fand der ehemalige KGB-Offizier. Wenn die Gepäckdurchleuchtung erst einmal technisch perfektioniert war und, beispielsweise, die mitgeführte Geldmenge abschätzen konnte, würden viele dunkle Geschäfte unterbunden, einschließlich seiner eigenen. Und im Zug langweilte er sich zu Tode!

Die Zusammenarbeit klappte vorzüglich. Hans war schon am vereinbarten Ort, blätterte im SPIEGEL und trug die braune Lederjacke, ihr Erkennungszeichen. Er blickte auf und sah, wie Dmitrij Arkadejewitsch mit dem schwarzen Koffer in der Linken neben anderen Geschäftsreisenden durch den Korridor kam. Fürchtner leerte die Kaffeetasse und heftete sich an seine Fersen, blieb zwanzig Meter hinter

Popov und bog schließlich links ab, so daß sie verschiedene Ausgänge und getrennte Wege zum Parkhaus nahmen. Popov ging das Risiko ein, sich nach links und rechts umzudrehen, sah Hans auf der ersten Auffahrt und beobachtete ihn beim Weitergehen. Verrat war der häufigste Grund, warum Leute wie er geschnappt wurden, und obwohl sie Dmitrij mochten und vertrauten, wurde man *immer* von solchen verraten, denen man traute. Das wissen verdeckt operierende Agenten in aller Welt. Zwar kannten sie Popovs guten Ruf, doch Gedanken lesen konnten sie nicht – was in diesem Fall nur gut war für Popov. Er erlaubte sich ein stilles Lächeln, als er das Parkhaus betrat, wandte sich links, blieb stehen, als hätte er sich verlaufen, und blickte sich nach offenkundigen Anzeichen um, ob man *ihn* verfolgte, seit er das Gepäck geholt hatte und seiner Wege gegangen war. Fürchtners Wagen, ein blauer VW-Golf, stand in einer abgelegenen Ecke auf der ersten Etage.

»Grüß Gott«, sagte er, als er auf dem Beifahrersitz Platz nahm.

»Guten Morgen, Mr. Popov«, gab Fürchtner auf Englisch zurück. Ein amerikanisch gefärbtes Englisch, fast ohne Akzent. Hatte er wohl aus dem Fernsehen, mutmaßte Dmitrij.

Der Russe stellte die Kombinationen im Schloß des Koffers ein, schob ihn dem anderen zu und ließ den Deckel aufschnappen. »Sie werden sehen, daß alles stimmt.«

»Ganz schöner Batzen«, bemerkte der andere.

»Eine stattliche Summe.« Popov nickte.

In diesem Augenblick glänzte Argwohn in Fürchtners Blick. Das überraschte den Russen zunächst, bis es ihm klar wurde. Der KGB hatte seine Agentenhonorare nie besonders freigebig verteilt, doch in diesem Diplomatenkoffer war genug Geld, um zwei Leuten über Jahre hinweg in jedem Land Afrikas ein beschauliches Leben zu sichern. Das wurde Hans erst jetzt klar, und so gern der Deutsche das Geld annehmen wollte, tief im Innersten schien er sich zu fragen, woher das Geld kam. Besser, wenn Dmitrij der Frage zuvorkam.

»Verstehe«, murmelte der Russe sanft. »Sie wissen ja, junger Freund, wieviele Genossen nach außen hin Kapitalisten werden mußten, um sich bei der gegenwärtigen Lage meines Landes durchzuschlagen. Doch wir sind noch immer die Speerspitze der Partei. Daran hat sich nichts geändert. Es ist Ironie des Schicksals, daß wir unsere Freunde jetzt besser für ihre Dienste entlohnen können. Es kommt uns heute billiger als die Nummernkonten, mit denen wir Sie früher versorgten, so abstrus es klingt. Jedenfalls haben Sie hier, im voraus und bar, die geforderte Summe.«

»Danke«, sagte Hans Fürchtner und starrte in die zehn Zentimeter hoch gestapelten Geldscheine. Dann wog er den Koffer in beiden Händen. »Ordentlich schwer!«

»Wohl wahr«, gab Dmitrij Arkadejewitsch zu, »aber es könnte schlimmer sein. – Und wenn ich Sie nun in Gold auszahlen würde?« scherzte er, um den Deutschen abzulenken. Dann beschloß er, seinen eigenen Coup zu landen. »Zu schwer, um ihn bei der Mission dabei zu haben?«

»Es *könnte* problematisch werden, Josef Andrejewitsch.«

»Ich könnte das Geld für Sie aufbewahren und Ihnen bringen, sobald Sie Vollzug melden. Das bleibt Ihnen überlassen. Empfehlen würde ich es nicht.«

»Warum?« fragte Hans.

»Ehrlich gesagt – weil es mich nervös macht, mit soviel Bargeld zu reisen. Immerhin sind wir im Westen! Wenn ich nun überfallen würde? – Schließlich bin ich für das Geld verantwortlich!« setzte er pathetisch hinzu.

Fürchtner fand das wohl wahnsinnig komisch. »Straßenraub – hier, in Österreich? Lieber Freund, die kapitalistischen Schäfchen werden streng überwacht!«

»Übrigens weiß ich ja nicht, wohin Sie sich wenden, und muß es auch nicht wissen – jedenfalls vorläufig.«

»Unser Endziel ist die Zentralafrikanische Republik. Wir haben einen Freund, der in den sechziger Jahren an der Patrice-Lumumba-Universität studiert hat. Er verkauft Waffen an Freiheitskämpfer. Eine Zeitlang können wir bei ihm wohnen, bis Petra und ich einen passenden Unterschlupf finden.«

Entweder waren sie tapfer oder tollkühn, in dieses Land zu gehen, dachte Popov. Noch vor kurzem hieß das Land »Zentralafrikanisches Kaiserreich« und wurde von einem »Kaiser Bokassa I.« regiert, einem ehemaligen Oberst der französischen Kolonialarmee, die einst das kleine, ärmliche Land besetzt hielt. Bokassas Weg an die Macht war mit Leichen gepflastert, nicht anders als bei vielen anderen afrikanischen Staatschefs, bevor er merkwürdigerweise eines natürlichen Todes starb – wenigstens hatte es so in den Zeitungen gestanden, aber man konnte nie wissen! Das Land, das er hinterließ, ein winziger Diamantenproduzent, war wirtschaftlich ein wenig besser dran als andere Länder auf dem Schwarzen Kontinent. Andererseits, wer wollte seine Hand ins Feuer legen, daß Hans und Petra je bis dorthin gelangten?

»Darüber entscheiden Sie, mein Freund«, erklärte Popov und tätschelte zärtlich den Diplomatenkoffer, der noch immer offen bei Hans auf dem Schoß lag.

Der Deutsche überlegte eine halbe Minute, nicht mehr. »Ich habe das Geld gesehen«, schloß er zum Entzücken seines Gesprächspartners. Fürchtner hob ein Tausender-Päckchen heraus und durchblätterte es wie ein Kartenspiel, bevor er es zurücklegte. Als nächstes notierte er etwas auf einem Stück Papier, das er in den Koffer legte. »Das ist der Name. Wir sind bei ihm ab – na, morgen nacht, denke ich. Auf Ihrer Seite ist alles bereit?«

»Der US-Flugzeugträger liegt im östlichen Mittelmeer. Libyen wird Ihre Maschine ungehindert durchlassen, aber keinen NATO-Kampfflieger, der Ihnen auf den Fersen sein könnte. Statt dessen werden Sie von der dortigen Luftwaffe gedeckt, die Sie infolge schlechter Witterung aus den Augen verlieren wird. Ich rate Ihnen, nicht mehr Gewalt anzuwenden als unbedingt nötig. Presse und diplomatischer Druck sind heute wirksamer als früher.«

»Diesen Punkt haben wir genauestens durchdacht«, versicherte Hans dem Russen.

Das verblüffte Popov. Aber noch mehr hätte es ihn überrascht, wenn sie je ein Flugzeug besteigen, geschweige denn bis nach Afrika kommen sollten. Problematisch an ›Aktionen‹ wie diesen war, daß selbst bei genauester Erwägung aller Umstände keine Kette stärker war als ihr schwächstes Glied, und *dessen* Stärke wurde oft von anderen beeinflußt, oder, was noch schlimmer war, vom Zufall. Hans und Petra folgten blindlings ihrer politischen Überzeugung. Wie die religiösen Fanatiker von einst, die sich jedem Gottesurteil aussetzten, bildeten sie sich ein, auch ihre ›Aktion‹ zu steuern, trotz beschränkter Mittel – und bei näherem Hinsehen war ihr einziges Mittel die Bereitschaft, Vernunft durch Gewalt, vage Aussichten durch Hoffnungen, Wissen durch Glauben zu ersetzen. Ihr Fanatismus ließ sie auf den Zufall vertrauen. Doch dieser tödlichste aller Feinde blieb nicht immer neutral, und jeder Profi würde zumindest versuchen, ihn so weit wie möglich auszuschalten.

Daher war ihr Glaube zugleich mit Blindheit geschlagen, zumindest mit Scheuklappen, daher waren diese beiden Deutschen unfähig, mit offenen Augen in die Welt zu sehen, welche über Leute wie sie, die sich nicht in sie fügen konnten, achtlos hinwegging. Für Popov brachte es vor allem den Vorteil, daß sie ihm bereitwillig das Geld anvertrauten. Dmitrij Arkadejewitsch selbst hatte sich ganz gut den veränderten Umständen angepaßt.

»Sind Sie sicher, mein junger Freund?«

»Ja, ich bin sicher.« Fürchtner klappte den Deckel zu, verstellte die Kombination und reichte Popov den Koffer. Der Russe übernahm die schwere Bürde mit angemessenem Ernst.

»Ich werde gut darauf aufpassen.« *Bis ich's meiner Bank in Bern gebe.* Dann reichte er dem anderen die Hand. »Viel Glück, und seien Sie um Himmels willen vorsichtig!«

»Danke. Wir werden alle Informationen liefern, die Sie brauchen.«

»Mein Arbeitgeber braucht sie dringend, Hans. Wir verlassen uns ganz auf Sie.« Dmitrij stieg aus dem Wagen und kehrte zum Terminal zurück, wo er ein Taxi ins Hotel nahm. Er fragte sich, wann Hans und Petra losschlagen würden. Heute schon? Waren sie *so* voreilig? Nein, dachte er, sie würden sagen, daß sie so *professionell* seien. Diese Einfaltspinsel.

First Sergeant Homer Johnston zog den Verschluß aus dem Gewehr und untersuchte die Patronenzuführung. Sie war etwas eingerußt von den zehn Schüssen, aber nicht sehr, und in der Ausbuchtung vor der Kammer konnte er keine Schäden durch Abrieb erkennen. Das war auch erst nach mindestens tausend Schuß zu erwarten, und bis dato hatte er nur 450 abgefeuert. Dennoch würde er in ein bis zwei Wochen ein Glasfaser-Kameraauge benutzen, um den Lauf nachzuprüfen, weil die 7mm-Remington-Magnum-Patrone beim Abfeuern doch erhebliche Temperaturen freisetzte. Die Hitze nutzte den Gewehrlauf schneller ab, als ihm lieb war. In ein paar Monaten mußte der Lauf erneuert werden, eine mühsame und ziemlich heikle Aufgabe, selbst für einen erfahrenen Waffenmeister wie ihn. Die Schwierigkeit bestand darin, den Lauf perfekt dem Visier anzupassen, wofür er mindestens fünfzig Schuß auf bekannte Fernziele einkalkulieren mußte, um sicherzugehen, daß die Kugel akkurat ihre vorgeschriebene Bahn flog. Aber das war noch Zukunftsmusik. Johnston besprühte das Tuch mit ein wenig Break-Free und zog es von vorn nach hinten durch den Lauf. Das Tuch kam ziemlich beschmutzt wieder heraus. Er nahm es vom Reinigungsstab, steckte ein neues an die Spitze und wiederholte diesen Vorgang mehrere Male, bis das Tuch vollkommen sauber herauskam. Mit einem letzten blitzsauberen Tuch wischte er nach. Break-Free hinterließ eine hauchdünne, kaum wahrnehmbare Silikonschicht auf dem Stahl, die gegen Rost schützte, ohne die Gleitfähigkeit des Laufs zu beeinträchtigen. Nach getaner Arbeit setzte er den Verschluß wieder ein, schloß ihn und erprobte den Abzug.

Er liebte das Schießeisen, dem er zu seinem eigenen Erstaunen noch keinen Namen gegeben hatte. Es war von denselben Technikern konstruiert, die Scharfschützen-Gewehre für den amerikanischen Secret Service entwickelten: 7mm-Remington-Magnum-Kaliber, mit Remington-angepaßtem Verschluß, begradigtem Hartlauf und einem 10x-Gold-Ring-Nachtvisier von Leupold, auf einen häßlichen Hartplastikkolben montiert – Holz wäre viel besser gewesen, aber Holz arbeitet, während Hartplastik tot ist, chemisch träge, unbeeinflußt von Feuchtigkeit und Verfall. Gerade erst hatte Johnston erneut bewiesen, daß sein Gewehr genau schießen konnte, drei Kugeln hintereinander in den Durchmesser eines Pennys auf hundert Meter. Eines Tages würde jemand Laserwaffen erfinden, dachte Johnston, welche die Treffsicherheit dieses handgefertigen Gewehrs noch in den Schatten stellten. Doch etwas anderes kam für ihn nicht in Frage. Auf eine Distanz von tausend Metern erzielte er drei Treffer hintereinander in den Durchmesser von zehn Zentimetern – doch das hing nicht allein vom Gewehr ab. Dafür mußte er günstigen Wind haben und gut zielen, die abweichende Bahn des Geschosses bei Seitenwind eventuell einkalkulieren. Es hieß auch, den Atem ebenso ruhig zu halten wie den Finger, der den fein eingestellten Stecher-Doppelabzug betätigte. Nachdem er alles gesäubert hatte, hob Johnston das Gewehr auf und trug es in die klimatisierte Waffenkammer, befestigte es und kehrte in den Arbeitsraum zurück. Die durchlöcherte Zielscheibe lag auf seinem Schreibtisch.

Homer Johnston hob sie auf. Drei Treffer auf 400 Meter, drei auf 500, zwei auf 700 und seine letzten beiden auf 900. Alle zehn lagen im innersten Kreis der Zielpappe; auf einem Weichziel wären sie unmittelbar tödlich gewesen. Er schoß nur mit Patronen, die er selbst gefüllt hatte: Sierra 175er-Hohlraum-Stahlmantel-Geschosse vor 63.5 IMR-4350-Pulver erschienen ihm als die beste Kombination, speziell für dieses Gewehr, damit wurde das Zielobjekt über tausend Meter Distanz in 1,7 Sekunden erreicht. Sergeant Johnston kam das furchtbar lang vor, besonders bei beweglichen Zielen, aber was sollte man machen? In diesem Moment legte sich ihm eine Hand auf die Schulter.

»Homer«, meldete sich eine vertraute Stimme.

»Ja, Dieter«, antwortete Johnston, ohne von der Zielscheibe aufzublicken. Überall ins Schwarze. Schade, daß die Jagdsaison vorbei war.

»Du hast heute besser geschossen als ich. Bei dir war der Wind günstiger.« Webers bevorzugte Ausrede. Für einen Europäer kannte er sich mit Waffen recht gut aus, das mußte Homer zugeben.

»Ich sag's ja, die Halbautomatik gleicht die Flugbahn nicht richtig aus.« Webers 900-Meter-Schüsse waren am Rand eingeschlagen. Sie hätten das Weichziel kampfunfähig gemacht, aber nicht getötet, obwohl sie als Treffer registriert wurden. Johnston war der beste Rainbow-Schütze, besser noch als Houston, wenn auch an guten Tagen nur um die Breite eines Schamhaars, wie Homer selbst zugeben mußte.

»Ich möchte meine zweite Patrone schneller abfeuern als du«, unterstrich Weber. Und das war das Ende vom Lied. Soldaten waren ihren Schußwaffen treu wie ihrer Religion. Der Deutsche traf besser mit seiner vergötterten Walther, aber diese Waffe hatte nicht die Zielgenauigkeit eines Bolzengewehrs und war außerdem viel langsamer. Beide Schützen hatten mehr als einmal bei einem Bierchen darüber diskutiert, doch keiner vermochte den anderen zu überzeugen.

Jetzt klopfte Weber an sein Holster. »Kleines Pistolenschießen gefällig, Homer?«

»Einverstanden.« Johnston stand auf. »Warum nicht?« Für seriöse Arbeit reichten Faustfeuerwaffen nicht aus, aber Spaß machte es trotzdem, und die Munition war umsonst. Bei Faustfeuerwaffen hatte ihn Weber um ein knappes Prozent übertroffen. Auf dem Weg zum Schießstand trafen sie Chavez, Price und die anderen, die mit ihren MP-10 ankamen. Im Vorübergehen scherzten sie miteinander. Offenbar hatten sie alle ihren Spaß gehabt am Schießstand.

»Ach was«, grunzte Weber. »Auf fünf Meter kann jeder treffen.«

»Morgen, Robert«, grüßte Homer den Platzwart. »Magst du uns ein paar Qs aufstellen?«

»Aber gern, Sergeant Johnston«, erwiderte David Woods und schnappte sich zwei der amerikanischen Pappkameraden – Q-Ziele genannt wegen des Buchstabens Q an der Stelle, wo das Herz war. Eine dritte stellte er für sich selbst auf. Der farbige Sergeant mit breitem Schnurrbart, der dem britischen Regiment der Militärpolizei angehörte, war verdammt gut auf der 9mm-Browning. Die beweglichen Ziele glitten in die Zehn-Meter-Bahn und wandten sich seitwärts, während die drei Sergeants ihre Schallschützer überstülpten. Woods war eigentlich Pistolentrainer, doch die erstklassige Ausbildung der Hereford-Männer machte ihn hier überflüssig. Deshalb feuerte er allein rund tausend Schuß Munition in der Woche ab, um sich selbst zu verbessern. Man wußte, daß er gern mit den Rainbow-Leuten übte, und forderte ihn zum freundschaftlichen Wettstreit heraus, wobei er sich zum Ärger der Schützen oft als ebenbürtig erwies. Woods war konservativ und hielt die Pistole in einer Hand, wie Weber auch, während Johnston die beidhändige Weaver-Stellung bevorzugte. Die Pappkameraden drehten sich unvermittelt um, und drei Handfeuerwaffen entluden sich in ihre Richtung.

Das Ambiente, in dem Erwin Ostermann wohnte, war prachtvoll. Hans Fürchtner konnte nicht umhin, es wieder und wieder zu bewundern. Natürlich paßte es zu diesem überheblichen Klassenfeind. Bei ihren Recherchen hatten sie keinen adligen Hintergrund des Schloßbesitzers feststellen können, doch hielt er sich vermutlich selbst für einen legitimen Erbgrafen. Noch, dachte Hans, als er in die Auffahrt bog, die ihn zwei Kilometer durch eine gepflegte Parklandschaft führte, mit manikürten Rasenflächen und Büschen von geometrischem Zuschnitt. Von den Gärtnern ließ sich niemand blicken. An der Auffahrt zum Palais bremste er und wendete seinen Mercedes-Mietwagen, als suchte er noch einen Parkplatz. Hinter dem Hauptgebäude wurde er den Sikorsky S-76-Hubschrauber gewahr, den sie nachher benutzen wollten und der auf seinem asphaltierten Landeplatz in der gelben Markierung stand. Fürchtner setzte die Fahrt rings um das Schloß fort und parkte schließlich fünfzig Meter vor dem Eingang.

»Bist du bereit, Petra?«

»Ja«, entgegnete sie knapp und atemlos. Sie waren schon jahrelang nicht mehr aktiv gewesen, und die Wirklichkeit nahm sich doch anders aus als die Strategie, an der sie eine Woche mit Grundrißplänen und Diagrammen gefeilt hatten. Es gab einige Unwägbarkeiten, beispielsweise wußten sie nicht, wieviel Personal im Haus beschäftigt war. Sie waren gerade zum Eingang unterwegs, als sich der Lieferwagen näherte und neben ihrem Wagen hielt. Die Türen zum Laderaum öffneten sich, und zwei Männer stiegen aus, in der Hand große braune

Kartons. Einer bedeutete Hans und Petra, die Treppe zum Eingang zu nehmen, und Hans drückte den Klingelknopf. Einen Augenblick später ging die Tür auf.

»Guten Tag«, grüßte Hans. »Herr Ostermann erwartet uns.«

»Ihr Name?«

»Bauer«, gab Fürchtner an. »Hans Bauer.«

»Wir bringen die Blumen«, erklärte einer der beiden anderen Männer.

»Treten Sie ein«, erklärte der Butler, oder was immer er war. »Ich sage Herrn Ostermann Bescheid.«

»Danke«, gab Fürchtner zurück und winkte Petra, ihm durch die reichgeschnitzte Tür zu folgen. Die Lieferanten kamen mit ihren Kartons hinterdrein. Der Butler schloß die Tür, dann wandte er sich dem Haustelefon zu. Den Hörer nahm er ab, drückte eine Taste und erstarrte.

»Bringen Sie uns doch gleich nach oben«, bat Petra. Eine Pistolenmündung zielte direkt auf ihn.

»Und was ist das?«

»Das«, erwiderte Petra behaglich lächelnd, »ist mein Terminkalender.« Die Waffe war eine Walther P-38 Automatik.

Der Butler schluckte hart, als er sah, wie die Lieferanten leichte Maschinenpistolen aus ihren Kartons holten und vor seinen Augen durchluden. Einer von ihnen öffnete die Tür und gestikulierte mit den Armen. Binnen Sekunden kamen zwei weitere, ähnlich bewaffnete Gesellen hinzu.

Fürchtner ignorierte die Neuankömmlinge und blickte sich um. Sie standen in einer geräumigen Eingangshalle. Gemälde schmückten die vier Meter hohen, holzgetäfelten Wände. Der Fußboden war heller, an den Rändern schwarzgemusterter Marmor, die Möbel im Empire-Stil. Wichtiger war, daß sich weit und breit keine Bediensteten zeigten, obwohl er von fern einen Staubsauber dröhnen hörte. Fürchtner zeigte zwei Männern den Weg nach rechts. Dort lag die Küche, wo mit Sicherheit Personal zu überwachen war.

»Wo hält sich Ostermann auf?« fragte Petra barsch.

»Er ist nicht hier, er …«

Sie hob die Pistole und richtete sie direkt auf sein Kinn. »Seine Wagen und der Hubschrauber stehen draußen. Raus mit der Sprache, wo ist er?«

»In der Bibliothek oben.«

»Na schön. Bring uns hin!« befahl sie. Der Butler sah ihr zum erstenmal in die Augen. Ihr Blick schüchterte ihn weit mehr ein als die Pistole in ihrer Hand. Er nickte und wandte sich der Haupttreppe zu.

Hier waren die Geländer vergoldet; Messingstangen hielten den roten, flauschigen Teppich auf den Stufen gerade, die sich in eleganter Rechtskurve ins Obergeschoß schwangen. Ostermann war ein wohlhabender Mann, ein Finanzmagnat, der sein Geld mit dem An- und Verkauf von Anteilen diverser Industriekonzerne verdiente, kein Unternehmer oder Eigentümer. Eher einer, der die Fäden zieht, dachte Petra Dortmund, eine Spinne im Netz, dessen Zentrum hier lag. Sie hatten es aus freien Stücken betreten; die Spinne konnte einiges von ihnen lernen über Netze und Fallen.

Weitere Gemälde hingen im Treppenhaus, größere, als sie je zustande gebracht hätte: Männergestalten, vielleicht jene, die dieses Bauwerk errichtet und bewohnt hatten, ein Monument der Gier und der Ausbeutung... Schon jetzt haßte sie seinen Besitzer, weil er auf so großem Fuß lebte und seinen Reichtum, den er auf Kosten der arbeitenden Volksmassen erworben hatte, so offen und verschwenderisch zur Schau stellte. Am oberen Treppenabsatz hing das riesige Ölporträt von seiner Exzellenz Kaiser Franz Josef, dem letzten seiner verrotteten Linie, der nur wenige Jahre vor den noch verhaßteren Romanoffs das Zeitliche gesegnet hatte. Der Butler, dieser Handlanger des Bonzen, wandte sich rechts und führte sie durch einen breiten Flur in eine weitere Halle ohne Türen. Drei Leute hielten sich hier auf, ein Mann und zwei Frauen, besser gekleidet als der Butler. Sie arbeiteten an Computern.

»D-das ist Herr Bauer«, verkündete der Butler mit zittriger Stimme. »Er wünscht Herrn Ostermann zu sprechen.«

»Haben Sie eine Verabredung?« fragte die Chefsekretärin.

»Sie bringen uns *sofort* hinein«, befahl Petra. Dann zeigte sie ihre Pistole, und die drei Leute im Vorzimmer unterbrachen ihre Arbeit. Blaß und mit offenen Mündern blickten sie zu den Eindringlingen empor.

Ostermanns Schloß war ein paar hundert Jahre alt, aber nicht ganz von gestern. Der männliche Sekretär hieß Gerhardt Dengler und war Assistent der Geschäftsführung. An der Unterkante seines Schreibtischs lag ein Alarmknopf. Den drückte er fest und lange, während er die Besucher ausdruckslos anstarrte. Die Leitung war mit der Alarmanlage unten im Schloß verbunden, und von dort mit der Zentrale der Gebäudesicherungsfirma. Deren Mitarbeiter reagierten auf den Summer und das Blinklicht und verständigten auf der Stelle die Staatspolizei. Eine Dame rief im Schloß an, um nachzuhören, was los war.

»Darf ich drangehen?« fragte Dengler die Frau, die er für die Bandenführerin hielt. Petra nickte, und er hob den Hörer ab.

»Büro Ostermann?«

»Hier spricht Traudl«, meldete sich die Angestellte der Gebäudesicherung.

»Guten Tag, Traudl. Hier Gerhardt«, gab der Assistent zurück. »Rufen Sie wegen der Pferde an?« Mit diesem Satz, einem vereinbarten Codewort, wurde ernsthafte Gefahr signalisiert.

»Ja. Wann ist es denn so weit mit dem Fohlen?« fragte sie, um den Mann am anderen Ende zu schützen, falls jemand mithörte.

»Ein paar Wochen braucht es noch. Wir rufen Sie an, wenn's so weit ist«, versetzte er gleichgültig und sah Petras Pistolenmündung vor sich.

»Freut mich, Gerhardt. Danke und auf Wiederhören!« Damit hängte sie auf und gab dem Wachdienst ein Zeichen.

»Es war wegen der Pferde«, erklärte er Petra. »Bei uns ist eine Stute trächtig, und ...«

»Maul halten!« herrschte ihn Petra an, während Hans vor der Doppeltür in Ostermanns Büro stehenblieb. So weit, so gut, dachte sie. Bisher war alles glatt gegangen. Ostermann saß da drin, hinter seiner Doppeltür, und ging in aller Ruhe seiner Tätigkeit nach, nicht ahnend, daß sie dem ein Ende machen würden. Wurde ja auch Zeit. Sie wandte sich dem Assistenten zu. »Ihr Name?«

»Dengler«, beeilte er sich zu sagen, »Gerhardt Dengler.«

»Begleiten Sie uns hinein, Herr Dengler«, befahl sie mit schriller Stimme.

Gerhardt erhob sich hinter seinem Schreibtisch und ging langsam auf die Tür zu, gesenkten Haupts und mit eckigen, roboterhaften Bewegungen, als hätte er Knie aus Eisen. Wie ein Mensch, der bedroht wird; Dortmund und Fürchtner kannten das. Der Sekretär drehte den Türknauf und öffnete.

Der Schreibtisch in Ostermanns Büro war riesig und vergoldet wie das gesamte Mobiliar hier und stand auf einem weichen, roten Wollteppich. Erwin Ostermann wandte ihnen den Rücken zu und studierte eine Bilanztabelle.

»Herr Ostermann?« ließ sich Dengler vernehmen.

»Ja, Gerhardt?« brummte der Angesprochene gleichmütig, und als keine Antwort kam, wandte er sich im Drehstuhl um...

»Was soll das?« entfuhr es ihm. Er riß die Augen weit auf, und noch weiter, als er die Schußwaffen sah. »Wer zum...?«

»Kommandanten der Roten Arbeiter-Fraktion«, gab Fürchtner zurück. »Betrachten Sie sich als Gefangenen.«

»Aber – wie...«

»Sie und wir machen zusammen einen kleinen Ausflug. Wenn Sie sich ruhig verhalten, geschieht Ihnen nichts. Wenn nicht, werden Sie mitsamt den anderen umgebracht. Ist das klar?« fragte Petra. Sie zielte mit der Pistole auf Denglers Schläfe, um ihren Worten Nachdruck zu verleihen.

Ostermann drehte den Kopf herum, nach rechts und links, als suchte er irgendwo Hilfe, die jedoch ausblieb. Dann kehrte sein Blick zu Hans und Petra zurück; seine Miene spiegelte Schrecken und Verständnislosigkeit. Das *konnte* doch nicht passiert sein. Nicht *ihm*, nicht *hier*, nicht in *seinem eigenen Büro*. Als nächstes wollte er nicht wahrhaben, was sich vor seinen Augen abspielte. Und dann, ganz am Schluß, kam die Angst. Es dauerte fünf oder sechs Sekunden und war jedesmal dasselbe. Petra Dortmund kannte diesen Anblick und hatte ganz vergessen, welche Genugtuung er bereitete. Ostermann ballte die Hand auf der ledernen Schreibunterlage zur Faust, dann entspannte er sich wieder, als er sich über seine völlige Ohnmacht klar wurde. Bald würde das Zittern anfangen, je nachdem, wieviel Mut er aufbrachte. Mit Gegenwehr brauchte Petra nicht zu rechnen. Er wirkte groß, selbst im Sitzen, schlank, fast königlich in seinem weißen Hemd mit gestärktem Kragen und gestreifter Krawatte. Der Anzug war sichtlich teuer gewesen, italienische Seide, wahrscheinlich maßgeschneidert. Unter dem Schreibtisch die handgefertigten Schuhe, täglich vom Diener geputzt. Hinter ihm sah sie Zahlenkolonnen über Bildschirme wandern – Herr Ostermann saß im Zentrum seines Spinnennetzes, noch vor einer knappen Minute war er guter Dinge gewesen, Herr seines Schicksals, unbesiegbar, hatte Geld rings um die Welt verschoben und sein Privatvermögen vermehrt. Damit war es vorbei, vielleicht für immer, obwohl ihm Petra dies erst in der allerletzten Sekunde offenbaren würde. Zu gern wollte sie sich am Ausdruck des Entsetzens und des Schocks in dieser vornehmen Miene weiden, bevor die Augen starr und blicklos wurden.

Sie hatte vergessen, wie gut ihr das tat, dieses reinste Vergnügen an der Macht, die sie in den Händen hielt. Wie hatte sie es so lange aushalten können, ohne davon zu kosten?

Der erste Streifenwagen, der am Tatort erschien, war nur fünf Kilometer entfernt gewesen, als der Funkspruch kam. Er wendete und raste zum Schloß, wo er drei Minuten später, fast unsichtbar, hinter einem Baum parkte.

»Ich sehe einen Mercedes und einen Lieferwagen«, teilte der Beamte der Zentrale mit. »Keine Bewegung. Im Moment ist nichts zu erkennen.«

»Ausgezeichnet«, gab der Hauptwachtmeister zurück. »Unternehmen Sie vorerst nichts und melden Sie sich, wenn sich etwas tut. Ich bin in ein paar Minuten da.«

»Verstanden. Ende.«

Der Hauptwachtmeister stellte das Mikrophon zurück. Er war bereits unterwegs, allein in seinem Audi. Er hatte Ostermann einmal kennengelernt, bei irgendeinem offiziellen Bankett in Wien. Nur Händeschütteln und ein paar Worte gewechselt. Aber er wußte, wie der Mann aussah, und kannte seinen Ruf als wohlhabender, verantwortungsvoller Mitbürger, der die Staatsoper finanziell unterstützte – und auch die Kinderklinik. Das war ja auch der Grund für jenes Bankett gewesen. Ostermann war Witwer, hatte seine Frau vor fünf Jahren verloren – Gebärmutterkrebs. Er lebte wie ein Angehöriger des Hochadels, kam aber aus kleinen Verhältnissen. War sein Vater nicht Ingenieur gewesen? Beziehungsweise Lokomotivführer bei der staatlichen Eisenbahn? Genau, so war es. Und einige dieser alten Adelsfamilien blickten auf den Emporkömmling herab; kein Wunder, daß er sich durch Wohltätigkeit und Opernbesuche Respekt verschaffen wollte. Trotz seines Luxus lebte er eigentlich bescheiden. Er liebte den Prunk nur, um andere zu unterhalten. Ein bescheidener, liebenswürdiger Mann, übrigens sehr intelligent, wie es hieß. Und jetzt waren Gangster in sein Haus eingedrungen, hatte der Sicherheitsdienst gemeldet. Hauptwachtmeister Willi Altmark nahm die letzte Kurve, und das

Schloß kam in Sicht. Oft hatte er es im Vorüberfahren betrachtet; jetzt mußte er sich an die Ausmaße erinnern. Das riesige Hauptgebäude – zwischen ihm und den ersten Bäumen lag eine breite Rasenfläche. Ungünstig – ein verdecktes Anpirschen war extrem schwierig. Er parkte dicht neben dem Streifenwagen und holte das Fernglas aus dem Handschuhfach.

»Gut, daß Sie da sind, Chef«, grüßte der Beamte.

»Irgendwas zu sehen?«

»Nichts rührt sich. Nicht einmal ein Vorhang.«

Hauptwachtmeister Altmark setzte das Fernglas an und ließ den Blick schweifen. Dann hob er das Funkmikrofon und befahl allen Kollegen unterwegs, sich möglichst unauffällig anzunähern, um die Gangster nicht vorzuwarnen. Schließlich empfing er einen Anruf seines Vorgesetzten, der sich nach seiner Einschätzung der Lage erkundigte.

»Mag sein, daß es ein Fall für's Militär ist«, gab Altmark zurück. »Im Augenblick wissen wir noch nichts. Ich kann einen PKW und einen Lieferwagen erkennen, sonst nichts. Kein Gärtner draußen. Niemand. Aber ich sehe nur auf zwei Mauern und nicht hinter das Hauptgebäude. Ich lasse es umstellen, sobald die Verstärkung eintrifft.«

»Einverstanden. – Aber sorgen Sie dafür, daß uns niemand sieht«, riet der Polizeichef überflüssigerweise.

»Versteht sich von selbst.«

Drinnen war Ostermann noch immer nicht aufgestanden. Er schloß für einen Moment die Augen und dankte Gott, daß Ursel mit dem Privatjet in London war, wo sie einkaufen und englische Freunde treffen wollte. Er wollte morgen nachkommen; jetzt stellte sich die Frage, ob er sie jemals wiedersehen würde. Zweimal war er von österreichischen und englischen Sicherheitsdiensten heimgesucht worden. Beide Vertreter hielten ihm Vorträge, wie gefährlich es war, seinen Reichtum so offen zu zeigen, während er mit einer bescheidenen Summe, für weniger als 500 000 Pfund im Jahr, sein Sicherheitsrisiko auf ein Minimum reduzieren konnte. Der Brite hatte erklärt, seine Leute seien Veteranen des SAS; die österreichische Firma rekrutierte aus Deutschland ehemalige Angehörige der GSG-9. Doch er hatte nicht eingesehen, wozu er waffenstarrende Soldaten brauchte, die müßig über das Gelände streunten oder unübersehbar herumlungerten wie – wie Leibwächter, sagte sich Ostermann. Als Aktienhändler und internationaler

Währungsspekulant war ihm schon manche Chance durch die Lappen gegangen, aber diese ...

»Wollen Sie Geld?«

»Nein. Wir wollen Ihren persönlichen Zugriff auf das internationale Börsennetzwerk«, erklärte Fürchtner. Hans war ein wenig überrascht, daß Ostermann ihn so verständnislos anglotzte.

»Was meinen Sie damit?«

»Die Codes und Paßwörter, mit denen Sie ins Börsennetz kommen.«

»Aber die sind doch längst bekannt. Jedermann kann sie sich verschaffen«, wandte Ostermann ein.

»Aber ja. Natürlich. Darum wohnt ja auch jeder so feudal wie Sie hier!« Petra feixte verächtlich.

»Herr Ostermann«, betonte Fürchtner geduldig. »Wir wissen, daß es ein spezielles Netzwerk für Leute wie Sie gibt, damit Sie die aktuellen Marktbewegungen ausnutzen und entsprechende Profite machen können. Halten Sie uns für Idioten?«

Die Angst, die dem Börsianer ins Gesicht geschrieben stand, amüsierte seine Besucher. Offenbar wußten sie schon, was sie nicht wissen sollten, und konnten ihn zwingen, mit den Informationen herauszurücken. Seine Gedanken waren ihm von der Stirn abzulesen.

Mein Gott, sie glauben, ich hätte Zugang zu etwas, das nicht existiert, nie werde ich sie vom Gegenteil überzeugen können ...

»Wir wissen, wie Sie und Ihresgleichen vorgehen«, versicherte Petra und bestärkte ihn in seiner Angst. »Ihr Kapitalisten versorgt euch gegenseitig mit Insidertips und manipuliert die sogenannten freien Märkte, wie es euch gefällt. Jetzt möchten wir auch ein paar Informationen. Die werden Sie uns geben. Wenn nicht, müssen Sie sterben, zusammen mit Ihren Lakaien.« Sie deutete mit der Pistole zum Vorzimmer.

»Verstehe.« Ostermanns Gesicht war jetzt weiß wie sein Oberhemd von Turnbull & Asser. Er spähte ins Vorzimmer. Gerhardt Dengler saß dort am Schreibtisch, die Hände auf der Tischplatte gefaltet. Gab es da nicht einen Alarmknopf? Ostermann erinnerte sich nicht, so fieberhaft suchte sein Gehirn die Katastrophe zu verarbeiten, die so brutal über ihn hereingebrochen war.

Erste Aufgabe der Polizei war die Überprüfung der Kennzeichen an den Fahrzeugen, die dicht beim Haus geparkt standen. Der PKW war, wie sich sofort ermitteln ließ, ein Mietwagen. Die Schilder am Lieferwagen waren seit zwei Tagen als gestohlen gemeldet. Ein Ermittlerteam wurde auf der Stelle in den Wagenverleih geschickt, um die Identität der Fahrer festzustellen. Ein weiterer Anruf bei einem von Ostermanns Geschäftspartnern war notwendig. Die Polizei mußte wissen, wieviel Haus- und Büropersonal sich im Gebäude aufhielt. Das konnte eine Stunde dauern, kalkulierte der Hauptwachtmeister. Inzwischen unterstanden drei weitere Streifenwagen seinem Kommando. Einer von ihnen machte einen großen Bogen um das Haus, damit die beiden Beamten sich zu Fuß von hinten anpirschen konnten. Zwanzig Minuten nach Ankunft hatte er den Tatort umstellt. Als erstes erfuhr er von einem Hubschrauber, den Ostermann hinter dem Haus abgestellt hatte. Es handelte sich um ein amerikanisches Sikorsky-Modell S-76 B, das zwei Piloten und maximal dreizehn Passagiere aufnehmen konnte. Damit kannte er die Höchstzahl der mutmaßlich fortzuschaffenden Täter und Geiseln. Der Hubschrauberlandeplatz lag zweihundert Meter hinter dem Hauptgebäude. Hier setzte Altmark an. Mit Sicherheit würden die Gangster den Hubschrauber als Fluchtfahrzeug benutzen wollen. Unglücklicherweise waren es noch dreihundert Meter vom Landeplatz bis zum Waldrand. Hier mußten ganz ausgezeichnete Scharfschützen eingesetzt werden, über die sein eilig zusammengestelltes Kommando allerdings nicht verfügte.

Bald nach der Entdeckung des Hubschraubers hatte einer seiner Leute die Pilotencrew ausfindig gemacht, einen daheim und einen am Flughafen Schwechat, wo er gerade mit dem österreichischen Vertreter des Herstellers über einige Umbauten verhandelte. Ein Glück, dachte Willi Altmark, vorläufig würde der Hubschrauber nirgendwohin fliegen. Doch die Tatsache, daß Erwin Ostermanns Haus überfallen worden war, war bis ins Ministerium des Inneren weitergemeldet worden. Und plötzlich erhielt der Einsatzleiter einen überraschenden Funkspruch vom obersten Leiter der Staatspolizei.

Sie hatten die Maschine gerade noch erwischt; präziser ausgedrückt, der Abflug brauchte ihretwegen nicht verzögert zu werden. Chavez legte den Sicherheitsgurt an, als die 737 in die Startbahn einschwenkte, und ging mit Eddie Price noch einmal die wenigen vorab gefaxten Unterlagen durch. Sie hoben gerade ab, als Price die Verbindung seines Laptop mit dem Funksystem des Fliegers zusammengeschaltet hatte.

Nach einer Weile bekam er das Diagramm mit der Überschrift *Schloß Ostermann* auf den Schirm.

»Und was für ein Typ ist der Besitzer?« wollte Chavez wissen.

»Kommt gleich herein, Sir«, gab Price zurück. »Anscheinend ein Finanzmakler, offenbar sehr reich. Mit dem Kanzler seines Landes befreundet. Das erklärt wohl, weshalb wir so rasch damit befaßt wurden.«

»Klar«, nickte Chavez. Er blickte zur Uhr. Nach Wien war es nicht mehr als eine Stunde. Ein solcher Zwischenfall, das konnte vorkommen. Aber zwei terroristische Anschläge so kurz nacheinander, ging das mit rechten Dingen zu? Nicht, daß man von festen Regeln und Gesetzmäßigkeiten ausgehen konnte, und selbst wenn, hätten diese Leute absichtlich dagegen verstoßen. Trotzdem... Doch jetzt war keine Zeit für Grübeleien. Chavez vertiefte sich statt dessen in das Material, das Price in seinen Laptop bekam, und überlegte, wie diese neue Situation angepackt werden mußte. Weiter hinten hatte sein Team ganze Sitzreihen in der Touristenklasse besetzt und schmökerte in Romanen. Über den bevorstehenden Job redeten sie nicht viel, schließlich waren sie, abgesehen von ihrem Reiseziel, noch nicht unterrichtet.

»Verdammt großer Umkreis, den wir da besetzen müssen«, bemerkte Price nach ein paar Minuten.

»Was wissen wir über die Gegenseite?« fragte Ding und merkte mit einem Mal, daß er allmählich in britischen Polizeijargon verfiel. *Gegenseite?* Früher hätte er *Halunken* gesagt.

»Nichts«, gab Eddie zurück. »Niemand identifiziert, nichts über ihre Nummernschilder.«

»Großartig«, murrte der Team-2-Kommandant und starrte noch immer in den Bildschirm.

Die Telefonleitung wurde angezapft. Dafür hatte Altmark von Anfang an gesorgt. Wer von außen anrief, bekam das Besetztzeichen zu hören, Telefonate von drinnen wurden in der Leitstelle mitgeschnitten – aber es gab keine, weshalb Hauptwachtmeister Altmark vermutete, daß die Gangster drinnen vollzählig waren und keiner Hilfe von außen bedurften. Genausogut konnte es bedeuten, daß sie Handys benutzten; diese abzuhören, fehlte ihm die Ausrüstung, obwohl der Lauschangriff auf Ostermanns drei Handynummern kein Problem war.

Die *Staatspolizei* hatte dreißig Beamte abgestellt und einen undurchlässigen Ring gezogen; ein Panzerwagen mit Vierradantrieb stand gut getarnt im Wäldchen und verstärkte ihn. Sie hatten einen Lieferwagen an der Einfahrt gestoppt, der die Eilpost brachte, doch sonst hatten keine Fahrzeuge versucht, auf das Grundstück zu kommen. Für jemanden in seiner Stellung führte Ostermann tatsächlich ein ruhiges, unauffälliges Leben. Der Hauptwachtmeister hätte mit einer ständigen Kolonne von Besucherautos gerechnet.

»Hans?«

»Ja, Petra?«

»Die Telefone klingeln nicht. Wir sind schon eine ganze Weile da, aber niemand ruft an.«

»Meine Geschäfte wickle ich vorwiegend per e-Mail ab«, versicherte Ostermann, dem die ungewöhnliche Funkstille ebenfalls aufgefallen war. Hatte Gerhardt die Polizei alarmiert? Und wenn es so war, wie würde es sich auswirken? Ostermann hatte schon oft darüber gescherzt, wie tödlich sein Beruf war, welche Gefahr jeder seiner Schritte barg, daß man ihm das letzte Hemd ausziehen würde, wenn er jemandem die Chance dazu bot ... Doch ihn zu ermorden, hatte noch niemand gedroht, und niemand hatte bisher eine geladene Waffe auf ihn oder seine Mitarbeiter gerichtet. Ostermann nutzte die verbleibenden Kräfte, sich vor Augen zu halten, daß er sich über diesen neuen, erschreckenden Aspekt seines Lebens nie ernsthaft Gedanken gemacht hatte. Das einzige Talent, das ihm momentan zustatten kam, war die Fähigkeit, in Gesichtern zu lesen und Gedanken zu erfassen, und obwohl er niemanden kannte, der auch nur entfernt diesen Menschen ähnlich war, sah er genug, was ihm mehr Angst denn je einjagte. Dieser Mann, und mehr noch die Frau an seiner Seite, waren drauf und dran, ihn ohne irgendwelche Gewissensbisse umzubringen, mit weniger Mitgefühl, als er zeigte, wenn er jemanden um Aktien im Wert von einer Million Dollar erleichterte. Wußten sie nicht, was sein Leben wert war? Wußten sie nicht, daß ...

Nein, machte sich Erwin Ostermann klar, das wußten sie nicht. Und wenn sie's wußten, war es ihnen völlig egal. Schlimmer noch, ihre Vorstellungen entsprachen nicht der Wahrheit, und er würde seine liebe Not haben, ihnen diese Illusionen zu nehmen.

Schließlich klingelte das Telefon doch noch. Die Frau bedeutete ihm dranzugehen.

»Ostermann hier«, meldete er sich, als er den Hörer abnahm. Sein Besucher griff nach dem Zweithörer.

»Herr Ostermann, ich bin Hauptwachtmeister Wilhelm Altmark von der *Staatspolizei.* Soviel ich weiß, haben Sie ungebetene Gäste.«

»Ganz recht, Hauptwachtmeister«, bestätigte Ostermann.

»Könnte ich bitte mit ihnen sprechen?« Ostermann starrte Hans Fürchtner ängstlich an.

»Sie haben sich Zeit gelassen, Altmark«, erklärte Hans. »Nun sagen Sie bloß, wie Sie's rausgefunden haben?«

»Ich frage Sie nicht nach Ihren Geheimnissen, wenn Sie mich nicht nach meinen fragen«, gab der Polizist kühl zurück. »Ich möchte gern wissen, wer Sie sind und was Sie mit Ihrer Tat bezwecken.«

»Ich bin Kommandant Wolfgang von der Roten Arbeiter-Fraktion.«

»Und was wollen Sie?«

»Wir möchten mehrere Freunde aus verschiedenen Gefängnissen befreien und zum Schwechat-Terminal hinausfliegen. Dort verlangen wir ein Flugzeug mit einer Reichweite von fünftausend Kilometern und eine internationale Pilotencrew. Unser Ziel geben wir erst bekannt, wenn wir das Flugzeug besteigen. Wenn wir bis Mitternacht keins kriegen, werden wir damit anfangen, einige unserer – unserer Gäste in *Schloß Ostermann* zu töten.«

»Ich verstehe. Haben Sie eine Liste der Gefangenen, die Sie befreien wollen?«

Hans legte eine Hand über den Hörer und streckte die andere aus. »Petra, die Liste.« Sie trat heran und reichte sie ihm. Niemand erwartete ernsthaft, daß über diesen Punkt Einigkeit erzielt wurde, aber das gehörte zu den Spielregeln, denen man gehorchen mußte. Unterwegs hatten sie beschlossen, daß sie eine der Geiseln töten mußten, vielleicht auch zwei, bis sie's zum Flughafen schafften. Gerhardt Dengler kam als erster dran, dachte Hans, anschließend eine der Sekretärinnen. Weder er noch Petra hätten die ersten Opfer aus dem Hauspersonal gewählt – das waren wenigstens echte Arbeiter, keine kapitalistischen Lakaien wie die im Büro. »Ich gebe jetzt die Namen durch, Altmark ...«

»Alles klar«, erklärte Price, »jetzt haben wir eine Liste derer, die wir unseren Freunden zuliebe aus dem Knast lassen sollen.« Er drehte den Laptop, damit Chavez den Bildschirm sehen konnte.

»Die üblichen Verdächtigen. Sagt uns das irgendwas, Eddie?«

Price schüttelte den Kopf. »Eher nicht. Diese Namen könnte jeder aus der Zeitung kennen.«

»Weshalb kriegen wir sie dann?«

»Dr. Bellow würde sagen, daß es sein muß, daß sie Solidarität mit ihren Genossen zeigen, obwohl sie samt und sonders Soziopathen sind, die einander schnurzegal sind!« Price zuckte die Achseln. »Beim Cricket gibt es Regeln. Beim Terrorismus genauso, und ...« In diesem Augenblick unterbrach der Flugkapitän den Meinungsaustausch und bat darum, sich anzuschnallen und die Tischchen hochzuklappen, weil die Ankunft kurz bevorstünde.

»Jetzt geht's aufs Ganze, Eddie.«

»Stimmt, Ding.«

»Ist das hier bloß der Solidaritätsscheiß?« Ding tippte auf den Bildschirm.

»Mit aller Wahrscheinlichkeit, ja.« Price unterbrach die Telefonverbindung seines Computers, speicherte die Dateien und klappte den Laptop zusammen. Zwölf Reihen weiter vorn machte Tim Noonan dasselbe. Die Team-2-Mitglieder setzten ihre geschäftsmäßigen Gesichter auf, während die British Airways 737 zur Landung in Wien ansetzte. Jemand hatte vorgesorgt; die Maschine brachte sie rasch zu ihrem Flugsteig, und durch das Fenster sah Chavez, daß der Gepäcklaster vor dem Terminal bereitstand, von Uniformierten bewacht.

Ihre Ankunft blieb nicht unbeobachtet. Einem Fluglotsen im Tower fiel sie auf, der schon vorher bemerkt hatte, wie ein Sabena-Flug, der vor dem englischen Flugzeug eingetroffen war, eine extra Warteschleife drehen mußte und daß ein hochrangiger Polizeivertreter im Tower anwesend war, der sich besonders für den British-Airways-Flug zu interessieren schien. Außerdem gab es einen zweiten, eigentlich ganz überflüssigen Gepäckwagen mit zwei Streifenwagen am A-4-Flugsteig. Was sollte das heißen? fragte er sich. Er brauchte nur auf Posten zu bleiben, um mehr zu erfahren. Schließlich hatte er sein Fernglas.

Die Stewardeß hatte keine besonderen Instruktionen erhalten, Team-2 schneller abzufertigen als alle anderen, doch sie hegte bereits den Verdacht, daß hier etwas nicht stimmte. Bei ihrer Ankunft waren sie nicht auf der Computerliste gewesen – und die Männer benahmen sich höflicher als normale Geschäftsreisende. Ihre Erscheinung war unauffällig, allerdings wirkten sie bemerkenswert sportlich. Alle waren im Pulk eingetroffen und hatten merkwürdig zielstrebig ihre Plätze angesteuert. Sie brauchte ja bloß ihren Job zu tun, doch als sich die Luke öffnete, wartete auf der Gangway ein Polizist in Uniform. Er lächelte nicht und redete kein Wort, als sie den bereits wartenden Passagieren den Weg freigab. Drei aus der ersten Klasse blieben vor der Maschine stehen, wechselten einige Worte mit dem Polizisten und verschwanden durch die Seitentür über die Personaltreppe, die direkt auf das Rollfeld führte. Als begeisterte Leserin von Krimis und Spionagethrillern konnte sie sich einen Blick nicht verkneifen, wer noch alles diesen Weg einschlug. Insgesamt waren es dreizehn, und diese Zahl entsprach den beim Start Zuspätgekommenen. Sie blickte in die Gesichter. Die meisten grinsten ihr zu. Gut sahen sie aus, diese wetterharten Burschen, die Selbstvertrauen ausstrahlten, jedoch auch ein wenig zugeknöpft und grimmig wirkten.

»*Au revoir, Madame*«, verabschiedete sich der letzte, der ihre Figur musterte und mit französischem Charme lächelte.

»Mensch, Louis«, stichelte einer mit amerikanischem Akzent auf dem Weg zur Seitentür, »du kannst es wohl auch nicht lassen?«

»Ist es ein Verbrechen, schönen Frauen nachzusehen?« fragte Loiselle zwinkernd.

»Glaube kaum«, sagte Sergeant Tomlinson. »Vielleicht erwischen wir sie beim Rückflug wieder.« Hübsch war sie, doch Tomlinson war Familienvater von vier Kindern. Da war man nicht mehr hinter allen Röcken her wie Louis Loiselle, dachte er. Oder gehört das zur französischen Lebensart? Unten versammelten sich die anderen; Noonan und Steve Lincoln überwachten das Entladen ihrer Ausrüstung.

Drei Minuten später war Team-2 auf zwei Kleinbusse verteilt, die von der Polizei über die Flughafenautobahn eskortiert wurden. Dem Fluglotsen, dessen Bruder Reporter bei einer Lokalzeitung war, blieb auch dies nicht verborgen. Und der Polizist im Tower verabschiedete sich mit mehr als einem *Danke* bei den Mitarbeitern.

Zwanzig Minuten später hielten die Kleinbusse vor der Haupteinfahrt zum Schloß, das Ostermann bewohnte. Chavez stieg aus und begrüßte den Einsatzleiter.

»Sir, ich bin Major Chavez. Das hier sind Dr. Bellow und Hauptfeldwebel Price.« Zu seiner Überraschung salutierte der andere, der sich als Hauptwachtmeister Wilhelm Altmark vorgestellt hatte. »Wie ist der aktuelle Stand unserer Informationen?«

»Wir wissen, daß mindestens zwei Subjekte drin sind, voraussichtlich mehr. Kennen Sie die Forderungen?«

»Flugzeug irgendwohin, hab ich gehört. Letzte Frist bis Mitternacht?«

»Richtig. Seit einer Stunde rührt sich nichts mehr.«

»Sonst noch was? Wie wollen sie zum Flughafen kommen?« fragte Ding.

»Herr Ostermann hat einen Privathubschrauber mit Landeplatz zweihundert Meter hinter dem Haus.«

»Wer soll den steuern?«

»Die Piloten haben wir schon geholt«, stellte Altmark klar. »Unsere Freunde haben zwar noch nichts verlauten lassen, aber der Hubschrauber scheint das naheliegende Transportmittel zu sein.«

»Wer führt die Verhandlungen?« erkundigte sich Dr. Bellow, der hinter Chavez stehengeblieben war.

»Bis jetzt ich«, gab Altmark zurück.

»Dann sollten wir uns unterhalten, Hauptwachtmeister.«

Chavez kehrte zum Kleinbus zurück, wo er sich mit den anderen Männern umkleiden konnte. Die Sonne sank bereits hinter den Horizont. Für den Nachteinsatz würden sie keine schwarzen, sondern grüngefleckte Pullover über dem Kampfanzug tragen. Die Waffen wurden zusammengesetzt und geladen, die Sicherungshebel vorgelegt. Zehn Minuten später standen die Männer kampfbereit am Waldrand, zückten die Ferngläser und nahmen das Objekt in Augenschein.

»Hier sind wir gefragt, Dieter«, bemerkte Homer Johnston.

»Hat 'ne Menge Fenster«, murmelte der deutsche Scharfschütze.

»Wo willst du uns hintun, Chef?« erkundigte sich Homer.

»Hier und drüben. Von beiden Seiten den Hubschrauber ins Kreuzfeuer nehmen. Zieht los, und wenn ihr in Stellung seid, meldet ihr euch per Funk. Ihr kennt ja die Routine.«

»Sobald sich etwas zeigt, melden wir's, Major.« Dieter Weber nickte. Beide Schützen nahmen die Gewehrkoffer unter den Arm und begaben sich dorthin, wo die Polizei ihre Streifenwagen postiert hatte.

»Haben wir Blueprints vom Haus?« wollte Chavez von Altmark wissen.

»Blueprints?« wunderte sich der österreichische Polizist.

»Grundriß. Einen Lageplan!« erläuterte Ding.

»Ach so! Ja, hier.« Altmark führte ihn zu seinem Wagen. Auf der Motorhaube lag eine auseinandergefaltete Karte. »Wie Sie sehen, gibt es sechsundvierzig Räumlichkeiten, Kellergeschosse nicht eingerechnet.«

»Um Himmels willen!« entfuhr es Chavez. »Mehr als ein Kellergeschoß?«

»Drei! Zwei unter dem Westflügel – Weinkeller und Lagerraum. Der Keller im Ostflügel wird nicht benutzt. Zugänge könnten verriegelt sein. Das Haupthaus hat kein Kellergewölbe. Das Schloß wurde im 18. Jahrhundert errichtet. Außenwände und einige tragende Wände im Innern sind massiv.«

»Das ist ja ’ne verdammte Festung«, fluchte Ding.

»Was glauben Sie, wozu Schlösser gut sind, Major!« grinste Altmark.

»Doc?«

Bellow wandte sich um. »Altmarks Bericht zufolge haben sie sich bisher sachlich-geschäftsmäßig aufgeführt. Keine hysterischen Drohungen. Für die Bereitstellung der Maschine haben sie Mitternacht als äußerste Frist gesetzt, danach wollen sie die ersten Geiseln töten. Hochdeutsch sprechen sie. Heißt das, sie stammen aus Deutschland, Hauptwachtmeister?«

Altmark nickte. »Genau. Österreicher sind es jedenfalls nicht. Wir haben nur von einem den Namen, Wolfgang – das ist bei uns ein Taufname, normalerweise kein Nachname. Unter diesem Namen oder Decknamen ist kein Terrorist zur Fahndung ausgeschrieben. Außerdem behauptet er, der Roten Arbeiter-Fraktion anzugehören, aber auch von einer solchen Gruppe ist uns nichts bekannt.«

»Uns auch nicht«, gab Chavez zurück. »Viel ist das nicht, Bellow, oder?«

»Genaugenommen nichts«, fuhr der Psychiater fort, »doch einige Schlüsse lassen sich daraus ziehen. Wir wissen, was sie wollen: diesen Coup lebend überstehen. Wir wissen, daß sie ernstzunehmende Verhandlungspartner sind. Wenn sie uns irgendwas androhen, werden sie’s gegebenenfalls durchführen. Bisher wurde niemand getötet, und auch das war äußerst umsichtig von ihnen. Und bis jetzt keine weiteren Forderungen. Das wird sich ändern, vielleicht bald …«

»Sind Sie sicher?« fragte Altmark. Auch ihn hatte es verwundert, daß die Erpresser nicht mehr zu fordern schienen.

»Nach Einbruch der Dunkelheit werden sie gesprächiger werden. Merken Sie, daß noch nirgends Licht brennt im Gebäude?«

»Stimmt. Und was soll das heißen?«

»Das heißt, daß sie die Nacht als natürlichen Verbündeten betrachten. Auch wegen der Frist. Wenn es dunkelt, ist Mitternacht nicht mehr weit.«

»Wir haben Vollmond«, wandte Price ein.

»Wohl wahr.« Mißmutig starrte Ding in den Himmel. »Haben Sie Flutlicht-Scheinwerfer, die wir benutzen können, Altmark?«

»Bei der Feuerwehr wird's das geben«, mutmaßte der Polizist.

»Könnten Sie eine entsprechende Anlage von dort beschaffen?«

»Warum nicht. Herr Doktor?«

»Ja?« Bellow blickt auf.

»Wenn wir bis Mitternacht nicht tun, was sie sagen, sterben die ersten Geiseln, hieß es. Glauben Sie, die werden ...?«

»Ja, Hauptwachtmeister. Wir müssen diese Drohung sehr ernst nehmen. Wie gesagt, diese Leute verhalten sich wie guttrainierte und disziplinierte Profis. Das können wir für unsere Zwecke nutzen.«

»Wie denn?« staunte Altmark. Ding antwortete für den Doc.

»Indem wir auf ihre Wünsche eingehen. Indem wir sie in Sicherheit wiegen. Sie sollen glauben, sie hätten alles im Griff – bis wir die Lage im Griff haben. Wir befriedigen ihren Ehrgeiz und schmeicheln ihrem Stolz, solange wir müssen. Und dann, später – machen wir Schluß damit. Wenn die Zeit reif ist.«

Das Personal im Schloß sorgte für die Verpflegung der Terroristen. Unter Fürchtners vorgehaltener Waffe wurden belegte Brote geschmiert und von zu Tode geängstigten Dienern serviert. Ostermann und seinen Leuten war der Appetit vergangen, nicht jedoch ihren Gästen.

Bis jetzt ging alles glatt, dachten Hans und Petra. Die wichtigste Geisel war in ihrer Hand, die Lakaien hielten sich auf derselben Etage auf, wo sie Ostermanns Privattoilette benutzen konnten. Auch Geiseln müssen mal aufs Klo, ihnen das zu verbieten, gab es keinen Grund. Alles andere hätte sie ihrer Menschenwürde beraubt und sie zur Verzweiflung gebracht. Das war wenig ratsam. Verzweifelte können allerhand Dummheiten anstellen, und Hans und Petra waren bemüht, jede ihrer Regungen zu kontrollieren.

Gerhardt Dengler saß im Besuchersessel, dem Schreibtisch seines Arbeitgebers gegenüber. Er wußte jetzt, daß er vorhin die Polizei alarmiert hatte, und zermarterte sich genau wie sein Chef das Hirn, ob er gut daran getan hatte. In zwei Jahren hätte er sich selbständig machen können, eventuell mit Ostermanns Unterstützung. Wie jeder, der sich als rechte Hand eines Unternehmers bewährt, hatte er manches von ihm gelernt. Das würde ihm helfen, auf eigenen Beinen zu stehen. Und trotzdem, was war er diesem Mann schuldig? Und wie sollte er sich in dieser Zwangslage verhalten? Dengler hatte es nicht weniger unvorbereitet getroffen, aber er war jünger und körperlich widerstandsfähiger als Ostermann.

Eine der Sekretärinnen weinte leise. Tränen liefen ihr über die Wangen, Tränen der Angst und der Wut darüber, daß ihr bisheriges behagliches Leben so abrupt gestört worden war. Waren diese Ganoven verrückt, daß sie bei ihren Mitmenschen eindrangen und sie mit dem Tode bedrohten? Und was konnte sie dagegen unternehmen? Die Antwort war einfach: nichts. Sie konnte Telefonanrufe durchstellen, Post in rauhen Mengen bearbeiten, Außenstände eintreiben – für all das hatte sie Talent und gehörte nicht zuletzt deshalb zu den wohl bestbezahlten Sekretärinnen im Land. Herr Ostermann ließ sich nicht lumpen, pflegte ein gutes Verhältnis zu seinen Angestellten. Sie und ihren Mann, einen Steinmetz, hatte er bei ihren Anlagegeschäften beraten; mit ein bißchen Glück waren sie in ein paar Jahren selbst reiche Leute. Sie war schon seit Jahren bei ihm, lange bevor seine erste Frau an Krebs gestorben war. Sie hatte miterlebt, wie er darunter litt, und ihm in seiner tiefsten Trauer nicht helfen können. Und ebenso selig war sie, als Ursel von Prinze in sein Leben trat und Herr Ostermann wieder lächeln konnte …

Und dafür mußten sie sich von diesem Lumpenpack anstarren lassen, als wären sie keine Menschen, dachte die Sekretärin. Von Kerlen, die Pistolen im Anschlag hielten wie im Kintopp – nur, daß Gerhardt und sie mitspielen mußten. Mal eben in die Küche, Bier und Kartoffelchips holen, war nicht drin. Sie mußten durchhalten, bis der Abspann kam, wenn sie ihn erlebten. Daher weinte sie in ihrer Ohnmacht, und Petra Dortmund verzog mißfällig das Gesicht.

Homer Johnston trug einen Tarnschleier, ein verschlungenes, den ganzen Körper einhüllendes Netz mit flatternden, aufgenähten Lumpen. Im Dunkeln ließ ihn das wie ein Busch oder ein Haufen Herbstlaub erscheinen – nichts sollte an einen bewaffneten Mann erinnern. Das Gewehr lag auf dem Stativ bereit, die Zielvorrichtung war schon ausgeklappt. Er hatte einen guten Platz östlich vom Hubschrauber gefunden; von hier aus konnte er die gesamte Strecke zwischen Landeplatz und Haus unter Beschuß nehmen. Sein lasergestütztes Visier registrierte 216 Meter Distanz von der Hintertür des Hauses und 147 Meter vom vorderen linken Einstieg des Hubschraubers. Er selbst verbarg sich auf einem trockenen Fleck in der Wiese. Die Schatten am Waldrand waren länger geworden und der Wind trug den Geruch nach Pferden heran, was ihn an seine Kindheit im amerikanischen Nordwesten erinnerte. Alles klar – er tippte auf sein Sprechfunkgerät.

»Gewehr Zwei-Eins an Führung.«

»Führung an Gewehr Zwei-Eins.«

»Stellung bezogen und feuerbereit. Bis jetzt keine Bewegung im Haus auszumachen.«

»Gewehr Zwei-Zwei in Stellung und feuerbereit«, meldete sich Sergeant Weber, der 265 Meter weiter lag. »Sehe ebenfalls keine Bewegung.« Johnston reckte vorsichtig den Hals nach Dieters Versteck. Sein deutscher Kamerad hatte eine gute Position gefunden.

»Achtung«, zischte es hinter ihm. Johnston fuhr herum und sah einen Polizisten nur unzulänglich geduckt näherkommen. »Hier«, keuchte der Mann, reichte ihm Fotos und verschwand wieder. Johnston musterte die Bilder. Großaufnahmen von den Geiseln – keine von den Ganoven. Immerhin wußte er jetzt, worauf er *nicht* zielen durfte. Er nahm das militärgrüne Fernglas zur Hand und ließ den Blick langsam über die Schloßfassade schweifen, von links nach rechts und wieder zurück. »Dieter?« meldete er sich über das Direktfunk-Mikrofon.

»Ja, Homer?«

»Hast du auch Fotos?«

»Ja. Kamen vorhin.«

»Drinnen brennt kein Licht ...«

»Stimmt. Ganz schön schlau, die Brüder.«

»Noch eine halbe Stunde, glaube ich, dann brauchen wir Nachtsichtgeräte.«

Johnston grunzte und tastete nach der Tasche, die neben dem Futteral seines 10000-Dollar-Gewehrs lag. Wieder suchte er das Gebäude ab, planmäßig und geduldig, wie auf der Pirsch nach Bergwild… Ein angenehmes Gefühl für einen, der zeitlebens gejagt hatte, den Vorgeschmack von Wildbret auf der Zunge, das am Lagerfeuer im Freien geröstet wurde…

Auf der anderen Seite des Gebäudes steckte sich Eddie Price die Pfeife an. Nicht so groß wie Kensington Palace, überlegte er, aber viel schöner. Der Vergleich irritierte ihn. Sie hatten schon während seiner Zeit beim SAS ausführlich besprochen, was passieren konnte, wenn Terroristen – damals beispielsweise die irische PIRA oder INLA – eine der Residenzen Ihrer Majestät überfiel? Oder gar Westminster Palace? Der SAS hatte fast alle in Frage kommenden Gebäude besichtigt, um den Grundriß zu prüfen, das Alarmsystem, die möglichen Probleme – besonders, nachdem 1980 ein Verrückter in den Buckingham Palace vorgedrungen war, bis in die Schlafgemächer der Queen! Noch immer überlief es ihn eiskalt, wenn er daran dachte.

Er riß sich zusammen und kehrte in die Wirklichkeit zurück. Jetzt mußte er sich um ›Schloß Ostermann‹ kümmern. Wieder und wieder blätterte er in den Lageplänen.

»Von innen ist es ein Labyrinth, Ding«, erklärte Price schließlich. »Grauenhaft.«

»Recht hast du. Überall Holzdielen, die bestimmt knarzen, jeder Erker bietet einen Hinterhalt, um uns in aller Ruhe abzuknallen. Wir bräuchten selbst einen Hubschrauber, um die Festung einzunehmen!« Wieder ein Thema, auf das er Clark ansprechen mußte. Operation Rainbow war noch zuwenig durchdacht. Alles hatte viel zu schnell gehen müssen. Nicht allein der Hubschrauber war es, den er vermißte, sondern eine gute Pilotencrew, die mehr als einen Flugzeugtyp steuern konnte – schon weil man vor Ort nie wissen konnte, welche Maschinen der Gegner benutzen würde. Chavez wandte sich um. »Doc?«

Bellow trat hinzu. »Ja, Ding?«

»Ich überlege schon, ob wir sie nicht einfach rauslassen, statt einzudringen. Dann erledigen wir sie auf dem Weg zum Hubschrauber.«

»Noch ein bißchen früh, oder?«

Chavez nickte. »Stimmt. Aber wir wollen keine Geisel verlieren, und um Mitternacht müssen wir, wie Sie vorhin meinten, ernsthaft damit rechnen.«

»Mit ein bißchen Glück könnten wir etwas Zeit schinden. Das Telefonat übernehme ich.«

»Verstehe, aber wenn wir zuschlagen, sollte es vollständig dunkel sein. Das heißt, noch im Laufe der Nacht. Die Typen zur Aufgabe zu überreden, erscheint aussichtslos, es sei denn, Sie glauben …?«

»Möglich ist es, aber unwahrscheinlich«, mußte Bellow einräumen. Nicht einmal für das Hinausschieben des Ultimatums hätte er seine Hand ins Feuer gelegt.

»Sollten wir einen Lauschangriff machen?«

Noonan meldete sich zu Wort. »Wär aber ein schwerer Brocken, Sir.«

»Ist es zu schaffen?«

»Ich könnte mich unbemerkt herantasten. Aber es sind über hundert Fenster, und wie zum Teufel soll ich in den zweiten und dritten Stock kommen? Es sei denn, ich lasse mich vom Hubschrauber aufs Dach hinunter …« Aber dann mußten die Fernsehreporter, die sich mit tödlicher Sicherheit einfinden würden, ihre Kameras abschalten und sich von der Aktion fernhalten. Das Risiko war zu groß, die Terroristen erst recht vorzuwarnen, wenn das Schloß gar nicht im Fernsehbericht auftauchte. Einen Hubschrauber, der zehn Meter über dem Dach flog, mußten sie ohnehin bemerken. Womöglich hatten die Besetzer schon jemanden aufs Dach geschickt, um Wache zu halten.

»Das wird kein Kinderspiel«, murmelte Chavez.

»Wenigstens ist es dunkel und kalt genug, daß die Infrarot-Sichtgeräte funktionieren«, suchte Noonan ihn zu trösten.

»Das ist es.« Chavez nahm das Funkmikrophon auf. »Team, hier Chavez. Geht auf Infrarot. Wiederhole, Infrarot einschalten.« Dann drehte er sich um. »Was ist mit den Handys?«

Noonan zuckte die Achseln. Inzwischen hatten sich vor dem Ostermann-Anwesen rund dreihundert Zivilisten angesammelt. Die Polizei hielt sie vom Grundstück fern, aber sie hatten Aussicht auf Schloß und Gärten. Wenn auch nur einer von denen ein Handy besaß und die im Inneren auch, brauchten sie sich nur anzurufen, und der Unbekannte konnte seinen Kumpels haarklein erzählen, was draußen vor sich ging. Auch die Wunder der modernen Kommunikationstechnologie hatten ihre Kehrseite. Es gab über fünfhundert Handy-Frequenzen; sie alle zu überwachen, fehlte es dem Rainbow-Team an Ausrüstung. Soviel man wußte, hatten sich Terroristen oder Bankräuber dieses Manko noch nicht zunutze gemacht, aber die hier konnten schlauer sein als alle bisher. Wieder starrte Chavez zum Schloß. Die Ratten mußten erst aus dem Loch, wenn er seine Arbeit tun wollte. Daraus ergab sich wiederum die Frage, wieviele es waren. Ohne Lauschangriff ließ sie sich nicht beantworten – und der war, nach allen diesen Überlegungen, ein zweifelhaftes Unterfangen.

»Über Handys und Sprechfunk außerhalb des Zielobjekts müssen wir uns zuhause noch einmal unterhalten, Tim. Hauptwachtmeister Altmark?«

»Ja, Major?«

»Haben wir Flutlicht?«

»Soeben eingetroffen, Sir. Drei Anlagen insgesamt.« Price und Chavez sahen bei der Installation zu. Die drei LKWs trugen Aufbauten auf dem Dach, mit denen sich notfalls ein kleines Fußballstadion ausleuchten ließ. Der Feuerwehr dienten sie bei Großfeuern. Die LKWs versorgten sie auch mit Strom. Chavez erklärte Altmark, wo sie postiert werden sollten, und kehrte zum Sammelplatz seines Teams zurück.

Die Infrarot-Sichtgeräte nutzten Temperaturunterschiede aus, um ein Bild sichtbar zu machen. Mit einbrechender Nacht war es rasch kühl geworden, auch die Steinmauern des Hauses erkalteten. Schon jetzt leuchteten die Fenster im Sichtgerät heller als die Wände, weil das Haus beheizt war; die altertümlichen Butzenscheiben in den vielen Haustüren waren trotz der schweren Vorhänge dahinter schlecht isoliert. Die erste Entdeckung machte Dieter Weber.

»Gewehr Zwei-Zwei an Führung. Thermisches Ziel im ersten Stock, viertes Fenster von der Westecke, späht durch den Vorhang nach draußen.«

»Prima! Das ist der in der Küche.« Es war die Stimme von Hank Patterson, der sich über den Grundriß beugte. »Wir haben unsere Nummer eins! Kannst du mehr sagen, Dieter?«

»Negativ – nur ein Schatten«, gab der deutsche Schütze zurück. »Nein, wartet. Hochgewachsen, vermutlich ein Mann.«

»Hier Pierce! Ich habe einen im ersten Stock. Ostseite, zweites Fenster von rechts.«

»Hauptwachtmeister?«

»Ja?«

»Könnten Sie wohl Ostermann im Büro anrufen? Wir wollen wissen, ob er noch dort ist. Wenn ja, müssen ein oder zwei Bewacher bei ihm sein.«

»Büro Ostermann«, meldete sich eine weibliche Stimme.

»Hauptwachtmeister Altmark hier. Mit wem spreche ich?«

»Kommandantin Gertrud von der Roten Arbeiter-Fraktion.«

»Verzeihen Sie, ich wollte Kommandant Wolfgang sprechen.«

»Augenblick.« Petra reichte den Hörer weiter.

»Hier ist Wolfgang.«

»Altmark hier. Wir haben längere Zeit nichts von Ihnen gehört.«

»Welche Neuigkeiten haben Sie für uns?«

»Keine Neuigkeiten, aber eine Bitte, Kommandant.«

»Was wollen Sie?«

»Ein Zeichen des guten Willens«, seufzte Altmark, während Bellow und sein Dolmetscher mithörten. »Lassen Sie doch wenigstens zwei Geiseln frei, vielleicht die Älteren vom Hauspersonal ...«

»Wofür? Damit Sie uns leichter identifizieren?«

»Führung? Lincoln hier. Ich sehe ein Zielobjekt. Nordwestliches Eckfenster, groß, mutmaßlich männlich.«

»Das macht drei plus zwei«, bemerkte Chavez, während Patterson diese Stelle im Grundriß mit einem selbstklebenden gelben Kreis markierte.

Die Frau, die den Hörer abgenommen hatte, war ebenfalls in der Leitung geblieben. »Warten Sie noch drei Stunden, dann schicken wir Ihnen eine Geisel – tot!« verkündete sie unheilvoll. »Sonst noch Fragen? Wir verlangen endlich den Piloten für Ostermanns Hubschrauber! Und bis Mitternacht hat am Flughafen die Maschine bereitzustehen. Andernfalls töten wir eine Geisel nach der anderen, um Ihnen Beine zu machen. In regelmäßigen Abständen. Kapiert?«

»Bitte. Wir respektieren, daß Sie es ernst meinen«, beschwor Altmark die Frau. »Wir suchen händeringend nach den Piloten und verhandeln gleichzeitig mit Air Austria über eine Linienmaschine. So etwas braucht Zeit, wissen Sie!«

»Leute wie Sie sagen das immer. Wir haben mitgeteilt, was *wir* fordern. Wenn Sie unsere Forderungen nicht erfüllen, klebt Blut an Ihren

Händen. – Ende der Durchsage!« schloß die weibliche Stimme und brach das Gespräch ab.

Hauptwachtmeister Altmark war, nach dem abrupten Ende des Telefonats, überrascht und unangenehm berührt von der Kaltschnäuzigkeit seiner Verhandlungsparter. Er sah sich nach Dr. Bellow um, während er den Hörer auflegte. »Was meinen Sie, Doktor?«

»Diese Frau ist gefährlich. Und beide sind gerissen. Sie haben den Anschlag gründlich geplant, und sie *werden* eine Geisel töten, um ihrer Forderung Nachdruck zu verleihen. Hundertprozentig!«

»Mann-und-Frau-Zweigespann«, erklärte Price über Sprechfunk. »Deutsche, Alter – Ende dreißig, Anfang vierzig, schätze ich. Vielleicht älter. – Meinen's verdammt ernst«, fügte er für Bill Tawney hinzu.

»Danke, Eddie. Bitte dranbleiben«, kam zur Antwort. Price hörte Noonan auf die Tasten tippen.

»Alles klar. Ich habe drei mögliche Gruppen zur Auswahl. Kriegen Sie gleich in den Laptop geladen.«

»Danke, Sir.« Price klappte den Laptop wieder auf. »Ding?«

»Ja?«

»Die Aufklärung schickt uns was.«

»Wir haben mindestens fünf Terroristen drin«, erklärte Patterson und fuhr mit dem Finger über die Karte. »Konnten sich in Windeseile umsehen. Je einer hier – hier und hier, und zwei im Obergeschoß. Sinnvolle Positionen. Vielleicht haben sie auch Sprechfunk. Das Haus ist zu groß, um sich sonst zu verständigen.«

Noonan hörte es und kehrte an seine Störsender-Ausrüstung zurück. Wenn die Brüder Sprechfunk benutzten, war ihre Frequenz wohlbekannt und entsprach den internationalen Abkommen – anders als der Militärfunk, den das Team benutzte. Eine computergesteuerte Sendersuche über mehrere Antennen, die für Quellen innerhalb des Hauses empfangsbereit waren, dauerte wenige Sekunden. Die Ergebnisse wurden zugleich dem Laptop übermittelt und in den Schloßgrundriß eingetragen. Drei Bandenchefs dürften es sein, dachte Noonan. Zwei waren zuwenig. Drei kam der tatsächlichen Zahl vermutlich näher, obwohl der Blumentransporter vor dem Haus weit mehr Personen herangeschafft haben konnte. Zwei plus drei, zwei plus vier, zwei plus fünf? Aber natürlich wollten alle weg, und so groß war der Fluchthubschrauber auch wieder nicht. Das hieß, die Gesamttäterzahl lag zwischen fünf und sieben. Solche Vermutungen reichten nicht aus, sollten nicht ausreichen – aber sie blieben darauf angewiesen. Viele Fragen blieben offen! Und wenn sie keinen Sprechfunk benutzten? Statt dessen Handys? Das Problem war, daß die Gegenseite das Tempo diktierte. Trotz ihrer Borniertheit und kriminellen Energie, die Noonan für Schwäche hielt, kontrollierten sie den Ablauf und bestimmten, wann und wie etwas passierte. Das Team konnte durch Lockmittel hier und da Einfluß nehmen – das was Dr. Bellows Aufgabe –, aber im Grunde genommen waren es die Schurken, die bis zum Mord gehen würden, und dieser Trumpf stach letztlich immer. Zehn Geiseln hatten sie da drin, Ostermann, die drei Mitarbeiter seiner Firma und sechs Hausangestellte. Alle hatten Heim und Familie, hingen an ihrem Leben; Team-2 hatte sich zur Aufgabe gemacht, sie zu retten. Aber zugleich verlieh es den Schurken nahezu unbeschränkte Macht. Damit mochte sich der FBI-Computerspezialist nur schwer abfinden. Nicht zum erstenmal wünschte er, selbst Scharfschütze zu sein, mitzumischen bei der Befreiungsaktion. Doch so gut er sich mit Waffen auskannte, die technische Seite ihrer Mission war ihm besser vertraut. Das war sein persönliches Fachgebiet, und er tat sein Bestes, wenn er bei seinen Leisten blieb. Auch wenn es ihm manchmal nicht reichte.

»Wie sind unsere Aussichten, Ding?«

»Nicht gerade rosig, Mr. C.« Chavez hielt wieder Ausschau nach dem Schloß. »Wir können uns dem Objekt auf offenem Gelände kaum unbemerkt nähern, weshalb wir auf Lauschangriff und taktische Aufklärung verzichten. Wir rechnen mit zwei professionellen, ernstzunehmenden Subjekten mit vielleicht drei Helfershelfern. Mein Vorschlag wäre, sie zum Hubschrauber gehen zu lassen und unterwegs einzugreifen. Scharfschützen sind in Stellung. Doch das wird keine leichte Übung, John, bei der Kopfzahl des Gegners.«

Clark warf einen Blick auf den Bildschirm in der Kommandozentrale. Er hielt ständige Verbindung mit Team-2, auch mit ihren Computerdiagrammen. Wie neulich war Peter Covington als Zaungast dabei. »Kommt einem vor wie eine verdammte Zwingburg«, hatte der britische Offizier gleich zu Anfang geschimpft. Auch ihm war aufgefallen, daß es bei Rainbow an Hubschrauberpiloten mangelte.

»Eins noch«, fuhr Chavez fort. »Noonan meint, wir bräuchten Störsender für Handyfreaks. Draußen lungern ein paar hundert Gaffer herum; wenn einer sein Quasselphon dabei hat, braucht er nur unseren Freunden drinnen zu erzählen, was wir vorhaben. Das wäre kaum zu verhindern, wenn wir nicht dazwischenfunken. Das wär 'ne wichtige Hilfe, Mr. C.«

»Werd's vormerken, Domingo.« Clark wechselte einen Blick mit David Peled, dem Ausrüstungsexperten.

»Das kann ich in ein paar Tagen beschaffen«, versprach Peled seinem Boss. Über die entsprechenden Geräte verfügten seine Leute beim Mossad, vielleicht auch ein paar US-Geheimdienste. Das würde David im Handumdrehen herausfinden. Für einen Ex-Polizisten war Noonan verdammt aufgeweckt.

»Alles klar, Ding. Ich geb dir unbeschränkte Vollmacht bei der Durchführung. Paß gut auf dich auf, Junge!«

»Danke, Papi«, lautete die ironische Antwort. »Team-2, Ende.« Chavez stellte ab und warf das Mikrophon in die Kiste zurück. »Price!« rief er.

»Ja, Sir?«

»Wir haben freie Hand«, erklärte der Befehlshaber seinem Stellvertreter.

»Großartig, Major Chavez. Was schlagen Sie vor, Sir?«

Ihre Aussichten mußten beschissen sein, überlegte Ding, wenn Price wieder damit anfing, ihn zu siezen.

»Schau'n wir mal, was für Trümpfe uns noch geblieben sind, Eddie.«

Klaus Rosenthal gehörte als Gärtnermeister zum Haus und war mit 71 Jahren unter Ostermanns Angestellten der älteste. Er wußte, daß seine Frau jetzt daheim war, mit einer Krankenpflegerin, die ihr die Medizin gab, und mit Sicherheit machte sie sich Sorgen um ihn. Sorgen, die ihr gefährlich werden konnten. Hilda Rosenthal war schwer herzkrank und seit drei Jahren bettlägerig. Die Krankenkasse sorgte dafür, daß es ihr an nichts fehlte, und Ostermann trug ebenfalls dazu bei, indem er ihnen einen seiner Freunde schickte, einen veritablen Professor vom Allgemeinen Krankenhaus in Wien. Dank seiner Therapie hatte sich Hildas Zustand ein wenig gebessert, aber die Angst, die sie jetzt auszustehen hatte, war bestimmt nicht gut für sie, und dieser Gedanke machte Klaus rasend. Er hielt sich mit beim Gesinde in der Küche auf.

Als sie kamen, wollte er gerade ein Glas Wasser trinken; wäre er draußen gewesen, hätte er Alarm geschlagen und den Chef vorgewarnt, der so rührend für seine Leute sorgte – und für Hilda! Doch als diese Schweinehunde pistolenschwingend die Küche stürmten, war das Glück nicht auf seiner Seite. Junge Leute, keine dreißig; der in seiner Nähe redete, als käme er aus Berlin oder Ostdeutschland, und war vor kurzem noch Skinhead gewesen, wie der Stoppelschnitt auf seinem nackten Schädel vermuten ließ. Ein Sprößling der ehemaligen DDR, einer dieser Neonazis, die sich seit dem Ende der Diktatur überall regten. Rosenthal hatte als Bub noch ihre Vorbilder gekannt, im Konzentrationslager, und obwohl er überlebt hatte, war das Grauen nie von ihm gewichen.

Rosenthal schloß die Augen. Die Alpträume wurde er nicht los, ebensowenig wie die fünfstellige, in den Unterarm tätowierte Nummer. Einmal im Monat wachte er schweißgebadet auf, wenn er die Bilder wieder vor sich sah, von Menschen, die vor Gebäuden Schlange standen, aus denen sie nicht lebend herauskommen würden ... Und in seinen Alpträumen scheuchte ihn immer wieder ein grausamer SS-Mann mit hinein, weil er eine Dusche bräuchte. *Bitte, nein*, wehrte er in seinen Träumen ab. *Hauptsturmführer Brandt braucht mich in der Schlosserwerkstatt*. Heute nicht, Jude, gab der junge SS-Mann ungerührt zurück, und grinste tückisch: *Komm jetzt mit, ins Brausebad...* Jedesmal folgte er ihm, was blieb ihm anderes übrig, bis zur Tür – und schreckte hoch, fröstelnd und im Bewußtsein, hätte er nicht rechtzeitig die Augen aufgerissen, dann wäre er, wie all diese Menschen in der Warteschlange, nie wieder aufgewacht...

Sie waren nicht verschwunden, diese Barbaren, nicht ausgestorben. Einer stand mit dem Maschinengewehr direkt neben ihm, betrachtete Rosenthal und die anderen in der Küche als *Opfer*, als willenlose Objekte. Die Kollegen kannten das nicht, sie waren keine Juden, doch Klaus Rosenthal wußte, was hier vorging – und welches Schicksal ihnen bestimmt war. Sein Alptraum war Wirklichkeit geworden, die Vergangenheit holte ihn ein, und auch Hilda würde ihr nicht entgehen, ihr Herz war zu schwach. Was sollte er machen? Damals, beim erstenmal, war er ein Waisenjunge gewesen, Lehrling bei einem Goldschmied. Er hatte gelernt, feinsten Schmuck herzustellen, ein Handwerk, das ihm das Leben retten sollte. Nie wieder konnte er es später ausüben, zuviel Schrecken haftete an der Erinnerung. Seinen Frieden fand er erst wieder, als er mit der Erde arbeitete, gesunde, blühende Pflanzen zog. Das war sein Talent, Ostermann hatte es erkannt und ihm die Lebensstellung hier im Schloß gegeben. Doch was scherte sein Talent diese Typen mit Stoppelkopf und Gewehr im Anschlag?

Die Scheinwerfer wurden unter Dings Aufsicht positioniert. Hauptwachtmeister Altmark begleitete ihn zu jedem LKW, und sie gaben den Fahrern genaue Anweisungen, wo sie parken sollten. Als alle bereitstanden, mit hochgezogenen Lichtmasten, kehrte Chavez zum Team zurück und entwarf seine Strategie. Es war jetzt kurz vor 23.00 Uhr. Merkwürdig, wie schnell die Zeit vergeht, wenn man mehr braucht.

Die Hubschrauberpiloten waren zugegen, saßen herum, tranken Kaffee und fragten sich als erprobte Flieger, was wohl auf sie zukam. Zufällig stellte sich heraus, daß einer von ihnen Eddie Price flüchtig ähnlich sah, was gut in Dings Pläne paßte.

Gegen 23.20 Uhr befahl er, die Lichter anzustellen. Mit einem Mal waren Fassade und Seiten des Anwesens in grellgelbes Licht getaucht, nicht jedoch das Hinterhaus, wo ein dreieckiger Schatten den Weg bis zum Hubschrauber und den Waldrand gegenüber verfinsterte.

»*Oso*, du gehst zu Dieter und bleibst in seiner Nähe«, befahl Chavez.

»Zu Befehl.« First Sergeant Vega schulterte seine M-60 und begab sich ins Unterholz.

Louis Loiselle und George Tomlinson übernahmen den schwierigsten Part. Sie trugen Tarnkleidung über der schwarzen »Ninja«-Kluft: Dunkle Linien vor hellgrünem Hintergrund bildeten zwanzig Zentimeter breite Vierecke, die mit dunkelgrünen Flecken gefüllt waren. Eine solche Tarnung ging auf die Luftwaffe des Zweiten Weltkriegs zurück, als sich herausstellte, daß nächtliche Dunkelheit ausreichte, um schwarzlackierte Kampfflugzeuge leichter zu entdecken, weil sie dunkler waren als der Nachthimmel. Die Kleidung hatte sich in der Theorie und in den Manövern bewährt; nun würde sich zeigen, was sie im Kampfeinsatz taugte. Das Flutlicht war ebenfalls hilfreich und schuf am Waldrand einen künstlich verdunkelten Schatten. In Hereford hatten sie das oft genug erprobt, doch niemals, wenn wirklich Menschenleben auf dem Spiel standen. Dessenungeachtet brachen Tomlinson und Loiselle aus entgegengesetzten Richtungen auf, immer im Schattendreieck bleibend. Zwanzig Minuten lang krochen sie auf allen vieren.

»Altmark, wir hören«, erklärte Hans Fürchtner um 23.45 Uhr. »Geht alles soweit klar, oder sollen wir in ein paar Minuten die erste Geisel töten?«

»Bitte nicht, Herr Wolfgang. Die Hubschraubercrew ist schon unterwegs, und wir arrangieren mit der Fluglinie die Bereitstellung und das Auftanken Ihrer Maschine. So etwas geht nicht ganz so rasch, wie Sie vielleicht glauben!«

»Wie rasch das geht, werden wir in fünfzehn Minuten wissen, Herr Altmark.« Die Leitung wurde unterbrochen.

Dafür brauchte Bellow keinen Dolmetscher. Der Tonfall sprach Bände. »Er ist zu allem entschlossen«, ließ der Psychiater Altmark und Chavez wissen. »Diese Frist ist zugleich die letzte.«

»Holt die Piloten«, befahl Ding sofort. Drei Minuten später rollte der vorgesehene Streifenwagen auf den Hubschrauber zu. Zwei Männer stiegen aus und kletterten in den Sikorsky, während sich der Wagen entfernte. Nach weiteren zwei Minuten kreisten die Rotorblätter. Jetzt betätigte Chavez die Kommandoleitung.

»Team, hier Kommandant. An die Gewehre, ich wiederhole, an die Gewehre!«

»Klappt ja bestens«, freute sich Fürchtner. Er konnte die Rotorblätter nur am Blinken von Licht und Schatten erkennen, aber das reichte. »Los geht's, Herr Ostermann. Aufstehen!«

Petra Dortmund scheuchte die wichtigeren Geiseln die Treppe hinunter. Eigentlich war sie fast enttäuscht, ihre Überlegenheit nicht unter Beweis stellen zu können, indem sie diesen Dengler einfach umbrachte. Doch das konnte noch kommen, wenn sie an Bord des Fliegers mit dem Verhör anfing – womöglich wußte Dengler alles, was Ostermann wußte. In diesem Fall wäre seine Liquidierung ein schwerer taktischer Fehler. Sie hob das Walkie-talkie und rief ihre Leute zusammen. Sie waren schon in der Diele versammelt, als sie ins Treppenhaus kam, einschließlich der sechs Geiseln aus der Küche. Nein, dachte sie an der Tür, besser würden sie eine Bedienstete töten. Das machte mehr Eindruck auf die Bullen draußen, um so mehr, wenn sie als Frau den Schuß abgab ...

»Seid ihr soweit?« fragte Petra, und ihre vier Genossen nickten. »Alles läuft streng nach Plan«, schärfte sie ihnen ein. Ideologisch waren diese Typen, obwohl im realen Sozialismus geboren und ausgebildet, ziemlich unterbelichtet. Drei von ihnen waren sogar bei der Volksarmee gewesen und politisch geschult. Immerhin wußten sie, was sie zu tun hatten, und hielten sich bis jetzt an ihre Befehle. Was wollte man mehr! Jetzt verließ das Gesinde die Küche.

Eine der Köchinnen war gehbehindert. Dem Stoppelkopf fiel sie damit auf die Nerven, wie Rosenthal merkte, als er beim Küchentisch stehenblieb. Sie würden sie bestimmt als erste drannehmen, sie umbringen, und wie in seinem Alptraum fühlte er sich *wie gelähmt*! Schlagartig wurde ihm das klar, und ein stechender Schmerz durchfuhr seine Stirn. Er zuckte zusammen und sah den Tisch vor sich – auf dem ein kleines Schälmesser lag. Er reckte den Hals, sah nach dem Terroristen, der Maria anglotzte, die Garköchin. Im selben Augenblick faßte er sich ein Herz und griff nach dem Messer, schob es in den rechten Ärmel. Vielleicht gewährte es ihm eine letzte Chance. Wenn es so war, das hatte sich Klaus Rosenthal geschworen, würde er sie zu nutzen wissen.

»Team-2, hier Kommandant«, ließ sich Chavez über Sprechfunk vernehmen. »Wir müssen sie erst herankommen lassen. Rückmeldung!« Er hörte zuerst das Doppelklicken von Louiselle und Tomlinson dicht beim Schloß, dann ihre Namen.

»Gewehr Zwei-Eins«, meldete sich Homer Johnston. Sein Visier war jetzt durch das Nachtsichtgerät verstärkt und zielte genau auf die Haupttür der Rückfront. Der Scharfschütze zwang sich, ruhig durchzuatmen.

»Gewehr Zwei-Zwei«, fiel Weber eine Sekunde später ein.

»Oso.« Das war Vega. Er fuhr mit der Zunge über die Lippen, als er die Waffe auf seiner Schulter ausrichtete. Sein Gesicht war bis zu den Augenhöhlen schwarz geschminkt.

»Connolly.«

»Lincoln.«

»McTyler.«

»Patterson.«

»Pierce.« Alle hatten auf der Wiese Stellung bezogen.

»Price«, meldete sich der Hauptfeldwebel vom linken Pilotensessel im Hubschrauber.

»Gewehr frei ist das Kommando. Es gelten die normalen Richtlinien für den Einsatz. – Bleibt auf der Hut, Leute!« fügte Chavez überflüssigerweise hinzu. Dem Befehlshaber fiel es in dieser Situation schwer, den Mund zu halten. Er hockte achtzig Meter vom Hubschrauber entfernt, ein Kinderspiel für seine MP-10, und hatte das Gebäude im Visier.

»Tür geht auf«, zischte Weber den Bruchteil einer Sekunde vor Johnston.

»Es rührt sich was«, bestätigte Gewehr Zwei-Eins.

»Altmark, hier Chavez. Fernsehen abschalten«, befahl Ding über die zweite Funkfrequenz.

»Verstanden«, gab der Hauptwachtmeister zurück. Er wandte sich um und gab einem TV-Redakteur das Zeichen. Die Kameras nahmen noch auf, waren aber nicht mehr auf Sendung, und das Filmmaterial galt ab sofort als Geheimmaterial. In der Flimmerkiste waren ab sofort nur noch der Moderator und seine Expertenrunde zu sehen.

»Tür ist jetzt auf«, berichtete Johnston aus dem Hinterhalt. »Eine Geisel wird sichtbar, offenbar ein Koch, und eine weibliche, dunkelhaarige Person. Bewaffnet.« Sergeant Johnston zwang sich zum Abwarten, nahm die Finger vom Doppelabzug seines Gewehrs. Er durfte nicht schießen ohne direkten Befehl von Ding, und dieser Befehl würde in der gegenwärtigen Situation nicht kommen. »Zweite Geisel in Sicht, der Kleine ist es« – gemeint war Dengler. Ostermann war der Große, und die beiden Sekretärinnen nannten sie Blondie und Brownie, der Haarfarbe wegen. Fotos vom Hauspersonal hatten sie nicht, demnach auch keine Spitznamen. Auf der Täterseite gab es nur »Subjekte«.

An der Tür hielten sie inne, stellte Johnston fest. Die Dame bekam offenbar Schiß, obwohl sie nicht wissen konnte, daß sie allen Grund dazu hatte. Rührt mich zutiefst, dachte er und nahm ihr Gesicht direkt ins Fadenkreuz, über zweihundert Meter hinweg – was für einen Gewehrschützen allenfalls drei Metern entsprach. »Komm schon, Süße«, keuchte er. »Wir haben eine Überraschung für dich und deine Freunde. – Dieter?« fragte er und drückte den Knopf.

»Bin am Ball, Homer«, gab Gewehr Zwei-Zwei zurück. »Die Visage kommt mir irgendwie bekannt vor … Der Name fällt mir nur nicht ein. Gewehr Zwei-Zwei an Kommandant.«

»Kommandant an Gewehr Zwei.«

»Das weibliche Subjekt haben wir erst kürzlich gesehen. Sie ist jetzt älter, aber ihr Gesicht … Baader-Meinhof, RAF, irgendwer aus dieser Ecke, glaube ich. Arbeitet mit einem Mann. Marxist, erfahrener Terrorist, Killer … Haben einen US-Soldaten auf dem Gewissen, glaube ich.« Große Neuigkeiten waren das nicht, aber wer seinen Feind kennt, hat ihn halb besiegt.

Price mischte sich ein, dem die computerisierte Bildbearbeitung vom Anfang der Woche wieder einfiel. »Petra Dortmund vielleicht?«

»*Genau!* Das ist sie. Ihr Lebensgefährte ist Hans Fürchtner«, gab Weber zurück. »Komm raus, Petra«, lockte er in deutscher Sprache. »Komm zu mir, Liebchen.«

Etwas irritierte sie. Es fiel ihr schwer, das Schloß einfach so zu verlassen und ins Freie zu treten, obwohl sie den Hubschrauber mit blinkenden Startlichtern und laufenden Rotorblättern bereitstehen sah. Sie tat einen Schritt nach vorn, aber ihre Füße wollten nicht recht und zögerten auf den steinernen Stufen. Sie verdrehte die blauen Augen im grellen Flutlicht, das die Bäume rings um das Schloß in gespenstisches Gelb tauchte, während der Weg zum Hubschrauber wie ein schwarzer Korridor wirkte. Er war es wohl auch, der ihr Unbehagen bereitete, wie ein Sinnbild des Todes. Dann schüttelte sie den Kopf und verwarf diesen Gedanken als dummen Aberglauben. Sie trieb ihre beiden Geiseln an und schob sie die sechs Stufen hinunter auf die Wiese und der wartenden Maschine entgegen.

»Sind Sie sicher, was die Identität angeht, Dieter?« wollte Chavez wissen.

»Durchaus, Sir. Kein Zweifel, es ist Petra Dortmund.«

Neben Chavez hockte Dr. Bellow und tippte den Namen in sein Suchsystem. »Alter 44, ehemals Baader-Meinhof, ideologisch fixiert und, wie ihr nachgesagt wird, zu allem fähig. Die Daten sind zehn Jahre alt. Anscheinend ist sie sich treu geblieben. Partner war ein Hans Fürchtner. Inzwischen sollten sie verheiratet sein, verliebt, was auch immer, sie passen gut zueinander. Es sind gnadenlose Killer, Ding!«

»Im Augenblick noch«, gab Chavez zurück und beobachtete die drei Gestalten auf der Wiese.

»Hat was in einer Hand, sieht nach Splittergranate aus«, gab Homer Johnston nach einer Pause durch. »In der linken Hand, wiederhole, in der Linken!«

»Bestätigt«, fiel Weber ein. »Kann die Handgranate sehen. Zünder ist drin. Wiederhole, Zünder ist drin.«

»Ist ja großartig«, knurrte Eddie Price über Sprechfunk. *Fürstenfeldbruck – wie in alten Zeiten*, dachte er, angeschnallt im Pilotensitz, der die Granate und das Scheusal aufnehmen sollte, das jederzeit den Ring ziehen konnte. »Price hier. Nur eine Granate?«

»Ich sehe nur eine«, erwiderte Johnston. »Keine ausgebeulten Taschen oder so, Eddie. Pistole in der rechten Hand, Granate links.«

»Kann ich bestätigen«, erklärte Weber.

»Sie ist Rechtshänderin«, teilte Bellow über Sprechfunk mit, nachdem er die bekannten Daten über Petra Dortmund durchforstet hatte. »Subjekt Dortmund ist rechtshändig.«

Deshalb hält sie die Pistole in dieser, die Granate in der anderen, überlegte Price. Das bedeutete auch, daß sie, wollte sie die Granate richtig werfen, in die andere Hand wechseln mußte. Wenigstens eine gute Nachricht, dachte er. Vielleicht hat sie schon lange nicht mehr mit dem Teufelszeug rumgespielt. Vielleicht fürchtet sie sich sogar vor Knallkörpern, fügte er im stillen hoffend hinzu. Manche trugen die Dinger nur mit sich, um optisch Eindruck zu schinden. Jetzt kam sie in sein Blickfeld, näherte sich dem Hubschrauber.

»Männliches Subjekt kommt in Sicht – Fürchtner«, meldete Johnston über Sprechfunk. »Hat den Großen bei sich – und Brownie auch, glaube ich.«

»Stimmt«, nickte Weber und starrte durch sein Zehnervisier. »Subjekt Fürchtner, Brownie und Großer sind in Sichtweite. Fürchtner scheint nur mit Pistole bewaffnet. Nimmt jetzt die ersten Stufen. Anderes Subjekt an der Tür, Maschinenpistole im Anschlag, zwei Geiseln im Gefolge.«

»Ganz schön raffiniert«, bemerkte Chavez. »Kommen in Einzelgrüppchen. Unser Freund zog erst los, als der Kleine schon halbwegs ... Mal sehen, ob die anderen das auch tun ...« Na schön, dachte Ding. Vier, vielleicht fünf Gruppen überqueren die Wiese. Gerissene Hunde, aber nicht gerissen genug – wollen's hoffen.

Als sie vor dem Hubschrauber standen, stieg Price aus und öffnete beide Seitentüren zum Zusteigen. Die Pistole hatte er schon in der Kartentasche an der rechten Tür beim Kopiloten verstaut. Er warf dem Piloten einen Blick zu.

»Ganz normal weitermachen. Wir haben alles im Griff!«

»Wenn Sie's sagen, Engländer«, gab der Pilot heiser zurück.

»Der Hubschrauber darf auf keinen Fall vom Boden abheben.

Haben Sie das verstanden?« Sie hatten das vorhin schon durchgesprochen, aber eine Wiederholung der Instruktionen war in solchen Situationen lebenswichtig.

»Jawohl. Wenn sie mich zwingen, rolle ich mich auf Ihre Seite und rufe Fehlzündung.«

Verdammt nett von dir, dachte Price. Er trug ein blaues Hemd mit einem aufgenähten Flügelpaar über der Brusttasche und ein Namensschild, das ihn als Tony auswies. Ein drahtloser Ohrknopf verband ihn mit dem Sprechfunk des Teams, und im Kragen steckte ein Mini-Mikrophon.

»Auch auf sechzig Meter Abstand keine besonders attraktive Mieze, was?« fragte er seine Teamgefährten.

»Streif dir durchs Haar, wenn du mich hörst«, bat Chavez von seiner Position aus. Sekunden später sah er, wie Price mit der Linken nervös eine Strähne aus der Stirn schob. »Alles klar, Eddie. Cool bleiben, Mann.«

»Bewaffnetes Subjekt mit drei Geiseln an der Tür«, rief Weber. »Nein! Achtung! Zwei bewaffnete Subjekte mit drei Geiseln. Unter ihnen Blondie. Ein alter Knabe und eine Frau mittleren Alters, beide in Bedienstetenkleidung.«

»Mindestens ein Helfershelfer«, keuchte Ding, und noch wurden mindestens drei Geiseln erwartet. »Der Hubschrauber kann unmöglich alle befördern ...« Was hatten sie mit den überzähligen vor? fragte er sich. Eiskalt umbringen?

»Ich sehe zwei weitere Bewaffnete und drei Geiseln hinten im Türrahmen stehen«, berichtete Johnston.

»Das wär's dann mit den Geiseln«, meldete sich Noonan. »Demnach sind's insgesamt sechs Subjekte. Wie sind sie bewaffnet, Gewehr-Eins?«

»Maschinenpistolen. Sehen aus wie Uzis, vielleicht tschechischer Nachbau. Jetzt rücken sie zur Tür vor.«

»Okay, ich hab sie.« Chavez hob sein Nachtglas. »Schützen, nehmt Subjekt Dortmund aufs Korn!«

»Im Visier.« Weber war als erster soweit. Johnston wirbelte herum und kam den Bruchteil einer Sekunde später, dann blieb er reglos liegen.

Auf nächtliche Bewegungen reagiert das menschliche Auge besonders empfindlich. Als Johnston sich im Uhrzeigersinn herumwälzte, um sein Zielfernrohr auf sie zu richten, glaubte Petra Dortmund, etwas bemerkt zu haben. Sie blieb stehen wie angewurzelt, ohne zu wissen, was sie innehalten ließ. Sie starrte direkt in Johnstons Richtung, doch sein Tarnschleier ließ ihn als konturloses Büschel erscheinen, ein Haufen Gras oder Laub oder Dreck, das ließ sich im grünen Halbdunkel des von den Tannen zurückgeworfenen Lichts nicht feststellen. Die Umrisse einer Person schienen es jedenfalls nicht, und der Gewehrlauf lag rund hundert Meter von ihr im Unterholz verborgen. Doch selbst jetzt noch starrte sie hin, ohne die Pistole zu heben, mit neugieriger, kaum irritiert wirkender Miene. Durch sein Nachtsichtgerät sah Sergeant Johnston mit dem offenen linken Auge ringsum am Boden die roten Signallampen des Hubschraubers blinken; sein rechtes konzentrierte sich auf das Fadenkreuz, das direkt auf Petra Dortmunds Stirn fixiert war. Sein Finger lag locker am Abzug, gerade so, daß er ihn spüren und jederzeit mit einer leichten Krümmung abdrücken konnte. Dieser Moment erstreckte sich über mehrere quälende Sekunden, während er zugleich ihre Hand an der Pistole überwachte. Wenn sie sich regte, dann …

Aber nichts passierte. Zu Johnstons Erleichterung setzte sie ihren Weg zum Hubschrauber fort, nicht ahnend, daß zwei Heckenschützen jede ihrer Bewegungen verfolgten. Der nächste, entscheidende Moment war das Besteigen der Kanzel. Entschied sie sich, rechts einzusteigen, verlor Johnston sie aus dem Fadenkreuz, und Webers Gewehr würde allein auf sie zielen. Auf der linken Seite würde Dieter sie an ihn verlieren. Sie schien noch zu zögern … Ja, jetzt machte sie kehrt und wandte sich nach links.

»Gewehr Zwei-Zwei verliert das Ziel«, berichtete Weber im selben Augenblick. »Kann momentan keinen Treffer landen.«

»Gewehr Zwei-Eins hält aufs Ziel«, versicherte Johnston. *Sei nicht so*, dachte er gleichzeitig fast laut. *Laß den Kleinen zuerst rein, Süße.*

Petra Dortmund erfüllte ihm genau diesen Wunsch, stieß Dengler vor sich in die linke Seitentür und wollte sich wohl selber in die Mitte setzen, vielleicht, um im Fall eines Angriffs von außen geschützter zu sein. Theoretisch nicht falsch, überlegte Homer Johnston, doch in diesem Fall genau daneben. *Pech gehabt, Miststück.*

Die gewohnte Bequemlichkeit der Hubschrauber-Ausstattung bot Gerhardt Dengler momentan keinen Trost. Er schnallte sich unter Petras vorgehaltener Waffe an und nahm sich vor, wie in solchen Fällen üblich, die Nerven zu behalten und tapfer zu sein. Dann blickte er nach vorn und verspürte neue Hoffnung. Der Pilot war derselbe wie sonst, nicht aber der Kopilot. Wer immer er war, er fingerte professionell am Funkgerät herum, aber er war's nicht, obwohl Kopfform und Haarfarbe ganz ähnlich waren und beide das bei Privatpiloten als Uniform-Ersatz beliebte weiße Hemd mit Schulterklappen trugen. Ihre Blicke trafen sich, und Dengler sah wie gelangweilt aus dem Fenster, um sich nicht zu verraten.

Guter Mann, dachte Eddie Price. Seine Pistole steckte in der Flugkartentasche links an der Tür, unter einem Bündel Papier verborgen, doch mit der linken Hand leicht zu erreichen. Wenn es soweit war, würde er nach ihr greifen, herumschnellen, zielen und abfeuern. Der Sprechfunkempfänger im linken Ohr sah aus wie ein Hörgerät, falls jemand ihn entdeckte, und hielt ihn auf dem laufenden, obwohl es nicht leicht war, die Durchsagen im Motorlärm und im Flattern der Rotorblätter zu verstehen. Jetzt zielte Petras Pistole auf ihn oder auf den Piloten, während sie auf- und abging.

»Gewehrschützen, seid ihr auf Zielpunkt?« fragte Chavez.

»Gewehr Zwei-Eins bestätigt: Ziel in Sicht!«

»Gewehr Zwei-Zwei, negativ. Mir ist etwas im Weg. Schlage vor, Subjekt Fürchtner aufs Korn zu nehmen.«

»Genehmigt, Zwei-Zwei. Fürchtner anvisieren. Gewehr Zwei-Eins, Dortmund gehört Ihnen!«

»Roger, Kommandant«, gab Johnston zurück. »Gewehr Zwei-Eins hat Subjekt Dortmund mitten im Fadenkreuz.« Der Sergeant maß erneut die Distanz mit Laser ab: 144 Meter. Auf diese Entfernung würde seine Kugel keine zwei Millimeter von der Bahn abweichen, und seine »Schlachtfeld«-Einstellung von 250 Metern im Sichtgerät war leicht übertrieben. Er stellte das Fadenkreuz auf die Stelle unterm linken Auge des Weichziels ein. Der Rest war Ballistik. Sein Gewehr verfügte über zielabhängigen doppelten Abzug. Den hinteren Abzug zu drücken, hieß, die für harte Ziele vorgesehene Durchschlagskraft zu reduzieren, und er fing schon an, sich auf ein Weichziel einzustellen. Der Hubschrauber durfte keinesfalls vom Erdboden abheben. Was noch wichtiger war, keines der Subjekte durfte die linke Seitentür hinter sich schließen. Seine 7mm-Kugel drang zwar durch das Plexiglasfenster in der Tür, doch die Kugel würde unvorhersehbar abgelenkt und womöglich daneben treffen und eine Geisel töten oder verwunden. Das durfte er nicht zulassen.

Chavez stand jetzt außerhalb des Geschehens und kommandierte, anstatt zu führen. So war es eingeübt, aber es schmeckte ihm nicht. Viel leichter war es, mit einer Knarre in der Hand mitzumischen, als mit der Fernbedienung dahinterzustehen und den Leuten zu sagen, was sie tun sollten. Aber er hatte keine Wahl. Na schön, dachte er. Nummer eins sitzt im Hubschrauber vor unserer Flinte. Zwei weitere Kerle waren unterwegs dorthin, vierzig Meter weiter überwacht von Mike Pierce und Steve Lincoln. Und die letzten beiden Subjekte waren noch im Haus, um die mußten sich Louis Loiselle und George Tomlinson im Gebüsch links und rechts kümmern. Ließen die Ganoven eine Stallwache zurück, bis die übrigen im Hubschrauber saßen? Höchst unwahrscheinlich, schloß Chavez, und in jedem Fall waren alle Geiseln bereits jetzt oder doch in Kürze draußen. Sie zu retten, war ihr Auftrag, nicht so sehr, die Täter auszuschalten. Noch immer galt sein Plan, den er allen Team-2-Mitgliedern eingeschärft hatte. Der Ausgang hing nur noch von der Anzahl der Subjekte ab.

Rosenthal konnte die Schützen gleich erkennen. Das war zu erwarten, obwohl niemand daran gedacht hatte. Er war der Gärtnermeister. Dies war seine Wiese, und die komischen Abfallhaufen rechts und links vom Hubschrauber gehörten hier nicht hin. Davon hätte er doch gewußt. Er kannte das aus Nachrichten und Fernsehfilmen. Bei einem terroristischen Überfall mußte die Polizei doch irgendwie reagieren. Bewaffnete Männer würden draußen warten, und da lagen zwei *Dinger* auf der Wiese, die heute früh noch nicht da waren. Sein Blick blieb bei Weber hängen, dann fixierte er ihn. Von dort kam Erlösung oder Tod. Niemand konnte wissen, wie es ausging, und diese Erkenntnis ließ seinen Magen zusammenklumpen wie ein festes, essigsaures Bällchen.

»Sie kommen«, verkündete George Tomlinson, als er zwei Beine in der Tür sah … Frauenbeine, gefolgt von zwei Männerbeinen, zwei weibliche Beinpaare, und ein weiterer Mann. »Ein Subjekt und zwei Geiseln draußen. Zwei weitere Geiseln unterwegs …«

Fürchtner war fast drin, wollte an der rechten Seite des Hubschraubers einsteigen, was Dieter Weber innerlich jauchzen ließ. Doch dann blieb er stehen, blickte ins Innere, wo Gerhardt Dengler saß, und beschloß, von der anderen Seite einzusteigen.

»Okay, Team: höchste Alarmbereitschaft!« Chavez gab sich Mühe, die vier Gruppen unter seinem Befehl miteinander zu koordinieren, ließ den Blick durch den Feldstecher über den Tatort schweifen. Sobald der letzte im Freien stand …

»Rein mit Ihnen, Gesicht nach hinten!« Fürchtner stieß Brownie auf den Passagiersitz.

»Ziel verloren! Gewehr Zwei-Zwei zielt nicht mehr auf Subjekt«, gab Weber ziemlich laut über Sprechfunk bekannt.

»Nächste Gruppe anvisieren«, befahl Chavez.

»Schon geschehen«, gab Weber zurück. »Ziele jetzt auf Subjekt in Gruppe drei!«

»Gewehr Zwei-Eins, aktuelle Lage?«

»Gewehr Zwei-Eins noch immer fest auf Subjekt Dortmund«, beeilte sich Homer Johnston zu melden.

»Hier ist alles bereit«, ließ sich Loiselle aus dem Gebüsch an der Hinterfront des Hauses vernehmen. »Die vierte Gruppe ist im Schußfeld!«

Chavez holte tief Luft. Jetzt waren sämtliche Ganoven im Freien. Wurde auch allmählich Zeit.

»Okay. Kommandant an Team: *Angriff, Angriff, Angriff!*«

Loiselle und Tomlinson waren schon startbereit und fast unsichtbar aufgesprungen, sieben Meter von den Subjekten entfernt, die in die andere Richtung blickten – nicht ahnend, was sich hinter ihnen abspielte. Die Soldaten fokussierten ihre Sichtgeräte auf die Täter, die mehrere Frauen mit sich schleppten oder vorwärtsdrängten. Daß sie ihre Opfer um Haupteslänge überragten, erleichterte vieles. Die MP-10-Gewehre waren auf drei Kugeln in Folge eingestellt, und beide Sergeanten feuerten im selben Moment. Es geschah zunächst völlig geräuschlos; die Waffenläufe mit integriertem Schalldämpfer ließen kaum ein Zischen laut werden, und die Entfernung machte einen Fehltreffer unwahrscheinlich. Zwei Schädel barsten auf der Stelle unter dem Einschlag länglicher Hohlmantelgeschosse, die leblosen Körper sackten fast schneller ins grüne Gras, als die Patronenhülsen aus dem Magazin flogen.

»George hier. Zwei Subjekte ausgeschaltet!« rief Tomlinson über Sprechfunk, während er zu den Geiseln rannte, die sich noch immer auf den Hubschrauber zubewegten.

Homer Johnston krümmte sich, als ein Schatten ins Visier kam. Es schien eine weibliche Gestalt zu sein, mit heller Seidenbluse, doch verdunkelte sie noch nicht sein Schußfeld, und das Fadenkreuz war noch immer auf knapp unter Petra Dortmunds linkes Auge zentriert. Sanft ließ sein rechter Zeigefinger den Abzug zurückschnappen, das Gewehr röhrte los und entsandte einen meterlangen Streifen Mündungsfeuer in die stille Nachtluft ...

Sie glaubte eben noch, zwei Lichtblitze beim Haus gesehen zu haben, aber sie hatte keine Gelegenheit mehr, darauf zu reagieren, als die Kugel direkt in die linke Augenhöhle traf, durch den härtesten Teil ihres Schädelknochens eindrang und mehrere Zentimeter zurücklegte. Dann löste sie sich in Hunderte explodierender Teilchen auf und verwandelte das Hirngewebe in eine breiige Masse, die sich ausdehnte und in einer rosaroten Wolke, die Gerhardt Dengler ins Gesicht spritzte, aus dem Hinterkopf austrat ...

Johnston riß am Bolzen und schwenkte den Gewehrlauf herum, auf der Suche nach einem neuen Ziel, nachdem das erste durch Treffer ausgeschaltet war.

Eddie Price sah den Blitz; schon beim *Angriffs*-Befehl eine halbe Sekunde zuvor hatten sich seine Hände selbständig gemacht und die Pistole aus der Kartentasche gezerrt. Er ließ sich rücklings aus dem offenen Schlag des Helikopters fallen und zielte einhändig auf Hans Fürchtner, feuerte einmal unter sein linkes Auge, das verwundert erstarrt schien und aus dem geborstenen Schädel flog. Ein zweiter Schuß folgte, zu hoch und nicht eben gut gezielt. Aber Fürchtner war bereits tot und zu Boden gestürzt; mit der Hand umklammerte er noch immer Erwin Ostermanns Ellbogen, als wollte er ihn hinunterziehen, bis die Finger erschlafften.

Blieben noch zwei. Steve Lincoln zielte bereits in kniender Haltung und hielt inne, als die Zielperson hinter dem Kopf eines Alten verschwand, der eine Arbeitsweste trug. »Verdammte Scheiße!« entfuhr es Lincoln.

Weber hatte bereits den anderen liquidiert, dessen Kopf unter dem Einschlag der Gewehrkugel wie eine überreife Melone zerplatzte.

Rosenthal kam die Explosion des Schädels vor wie eine Szene im Horrorfilm, aber der Stoppelkopf war noch immer da, riß die Augen weit auf, hatte die MP in der Hand – und niemand nahm den aufs Korn, der direkt neben ihm stand! Dann trafen sich ihre Blicke, Stoppelkopfs Miene war von Angst und Haß und Schock verzerrt. Innerlich gefror Rosenthal zur Salzsäule; ringsum schien die Zeit stillzustehen. Das Schälmesser rutschte wie von selbst aus seinem Ärmel und in die Hand; er holte weit aus und rammte es Stoppelkopf in die linke Hand. Stoppelkopf riß die Augen noch weiter auf, als der Alte beiseite hüpfte, und der Pistolenknauf rutschte ihm aus der Hand.

Damit war der Weg frei für Steve Lincoln, der eine zweite Dreier-Ladung abfeuerte, die gleichzeitig mit einer zweiten Kugel aus Webers Halbautomatik auftraf.

»Erledigt!« rief Price. »Hubschrauber frei!«

»Haus frei!« verkündete Tomlinson.

»Mitte frei«, meldete sich Lincoln als letzter.

Hinter dem Haus eilten Loiselle und Tomlinson zu ihren Schutzbefohlenen und zerrten sie von den Fenstern weg, für den Fall, daß ein überlebender Terrorist von drinnen auf sie anlegte.

Mike Pierce tat dasselbe, wobei ihm Steve Lincoln half und Deckung gab.

Für Eddie Price war es leichter. Er trat zuerst Fürchtner das Gewehr aus der leblosen Hand und hielt nach dem zerschmetterten Schädel des Subjekts Ausschau. Dann sprang er in den Hubschrauber und prüfte nach, ob auch Johnstons Schuß auf Anhieb gesessen hatte. Die rote Pfütze auf der hinteren Plexiglaskuppel reichte ihm, sich zu überzeugen: Petra Dortmund war längst hinüber. Behutsam entwand er ihrer starren linken Hand die Granate, prüfte kurz, ob der Zünder noch an Ort und Stelle war, und steckte sie ein. Zuletzt nahm er ihr die Pistole ab, sicherte sie und schleuderte sie beiseite.

»Herr im Himmel!« japste der Pilot, der sich umdrehte.

Gerhardt Dengler schien es erwischt zu haben; jedenfalls war sein Gesicht ebenfalls blutüberströmt, und er richtete die Augen blicklos wie Porzellanknöpfe gen Himmel. Price bekam einen kleinen Schreck bei seinem Anblick, dann sah er ein Blinzeln der Lider, obwohl der Mund offen stand und der Mann nicht mehr atmete. Price bückte sich und löste Denglers Sicherheitsgurt, dann überließ er den Mann Johnston, der ihn aus dem Flugzeug hievte. Einen Schritt schaffte der Kleine selbst, dann fiel er auf die Knie. Johnston goß seine Feldflasche über ihm aus, um ihm das Blut vom Gesicht zu spülen. Dann erst entlud er sein Gewehr und setzte es ab.

»Gut gemacht, Eddie!« wandte er sich an Price.

»Und du hast verdammt genau getroffen, Homer.«

Sergeant Johnston zuckte die Achseln. »Fürchtete schon, das Mädel käme mir in die Schußlinie. Eine Sekunde später, und alles wäre aus gewesen! Trotzdem fand ich das Klasse, Eddie, wie du aus dem Flugzeug kamst und ihn fertiggemacht hast, bevor ich Schuß Nummer zwei abgeben konnte!«

»Du hattest ihn im Visier?« wollte Price wissen, der jetzt seine Pistole sicherte und in den Halfter steckte.

»Zeitverschwendung. Bevor es soweit war, hattest du ihm schon das Hirn weggeblasen.«

Jetzt besetzte Polizei das Gelände, eine Kolonne von Krankenwagen mit Blaulicht fuhr auf. Hauptwachtmeister Altmark traf, von Chavez begleitet, am Hubschrauber ein. Trotz aller Berufserfahrung als Polizist ließ ihn das Blutbad im Hubschrauber stumm zurückschaudern.

»Schön ist das nie«, bemerkte Homer Johnston. Er hatte es sich schon angesehen. Gewehr und Kugel hatten ihr Werk getan wie vorprogrammiert.

Price schlenderte zur Gruppe in der Mitte und kramte in der Tasche nach seiner geschwungenen Holzpfeife, die er mit einem Streichholz entzündete – sein feststehendes Ritual nach erfolgreichem Abschluß der Mission.

Mike Pierce kümmerte sich um die Geiseln, die gegenwärtig im Gras hockten, bewacht von Steve Lincoln und seiner schußbereiten MP-10. Noch immer mußte man einen Hinterhalt befürchten. Doch dann stürmte ein Trupp österreichischer Polizisten aus der Tür und meldete, daß im Gebäude kein Terrorist mehr lauerte. Jetzt erst sicherte Steve das Gewehr und schulterte es. Lincoln wandte sich an den älteren Mann.

»Großartig war das«, lobte er.

»Was?« Klaus Rosenthal musterte ihn.

»Ihn mit dem Messer an der Hand zu verletzen. Gut gemacht!«

»Meine Güte«, rief Pierce und betrachtete die Leiche auf der Wiese. An der Linken troff noch immer Blut aus dem tiefen Einschnitt. »Das haben Sie getan, Sir?«

»J-ja« war alles, was Rosenthal herausbrachte, und selbst dazu mußte er dreimal tief Luft holen.

»Das war ganz tapfer, Sir. Gut für Sie!« Pierce schüttelte ihm die Hand. Viel hatte der alte Knabe nicht ausrichten können. Doch Widerstand bei einer Geisel kam selten genug vor, und es hatte ihn gewiß einige Überwindung gekostet.

»Amerikaner?«

»Psst!« Sergeant Pierce hielt einen Finger an die Lippen. »Bitte niemandem weitersagen, Sir.«

In diesem Augenblick trat Price hinzu, der sein Pfeifchen schmauchte. Zwischen Webers Scharfschützengewehr und dem MP-10-Einschlag von der anderen Seite war der Kopf des Subjekts buchstäblich zermalmt worden. »Schöne Sauerei«, bemerkte der Hauptfeldwebel.

»Steve hat ihn zur Strecke gebracht«, berichtete Price. »Ich hatte kein freies Schußfeld diesmal. – Großartiger Schuß, Steve«, setzte er hinzu.

»Danke, Mike«, gab Sergeant Lincoln zurück und sah sich im Gelände um. »Sechs – sind das alle?«

»Stimmt haargenau«, gab Eddie zurück und wandte sich zum Haus. »Bleibt auf Posten.«

»Beide waren leicht zu treffen«, kommentierte Tomlinson, der von uniformierten Österreichern umringt wurde.

»Große Kerle, die sich nicht verstecken konnten«, bestätigte Loiselle. Er sehnte sich nach was zu rauchen, obwohl er es sich seit zwei Jahren abgewöhnt hatte. Seine Geiseln wurden jetzt weggebracht, und übrig blieben nur die toten Terroristen im Gras.

Zwanzig Minuten später versammelte sich Team-2 wieder am Treffpunkt. Man zog Zivilkleidung an, verpackte Waffen und andere Ausrüstung transportfertig für die Rückfahrt zum Flughafen. Weiter weg liefen inzwischen wieder die Kameras unter gleißendem Flutlicht. Die Männer entspannten sich, der Streß wich angesichts des Erfolges. Price schmauchte seine Pfeife vor dem LKW zu Ende, dann klopfte er sie am Stiefelabsatz aus und verschwand im Laderaum.

8

BERICHTERSTATTUNG

Die Fernsehberichte liefen schon, bevor das Team in Heathrow wieder eintraf. Für deutliche Bilder waren glücklicherweise die Ausmaße des Anwesens viel zu groß, die Kameras vom eigentlichen Geschehen weit genug entfernt und zudem auf der anderen Schloßseite installiert gewesen; zu erkennen war nur ein einziges Teammitglied, das Pfeife rauchte. Anschließend faßte Hauptwachtmeister Wilhelm Altmark die Ereignisse vor den Reportern zusammen. Ein spezielles und daher streng geheimes Sonderkommando der Bundespolizei hatte den Zwischenfall in Ostermanns Schloß glücklich beendet und alle Geiseln befreit – nein, bedauerlicherweise konnten die Täter nicht lebend ergriffen werden. Die Berichte wurden von Bill Tawneys Leuten im ORF, in Sky News und den anderen das Thema behandelnden europäischen Nachrichtensendern mitgeschnitten. Zwar hatten Sky News ihr eigenes Reporterteam von England nach Wien entsandt, doch der einzige Unterschied zur lokalen Berichterstattung war der Blickwinkel. Selbst die verschiedenen Kommentare waren fast gleichlautend – speziell trainierte Eingreiftruppe der Polizei, mutmaßlich von österreichischen Militärs beraten; entschlossener Befreiungsschlag, ohne unschuldige Opfer zu gefährden. Was nicht gesagt wurde: Ein Punkt mehr für die gute Sache. Die Identität der Verbrecher wurde in den ersten Berichten nicht preisgegeben. Sie zu ermitteln, war Sache der Polizei, deren Fahndungsergebnisse Tawneys Agenten zusammen mit den Aussagen der Opfer übermittelt wurden.

Es war ein langer Tag für die Männer von Team-2 gewesen. Zurück in Hereford, zogen sie sich in ihre Unterkünfte zurück, um richtig auszuschlafen. Für den anderen Morgen hatte Chavez sie vom Training dispensiert. Es blieb nicht einmal Zeit für ein kleines Bierchen zur Feier des Tages im Mannschaftskasino – das bei ihrer Rückkehr sowieso längst Sperrstunde hatte.

Auf dem Rückflug war Chavez aufgefallen, daß trotz der Fitness seines Teams der Erschöpfungsgrad bemerkenswert hoch war – mehr als sonst bei gelegentlichen Nachtübungen. Dr. Bellow, den er danach fragte, hielt Streß für den wichtigsten Erschöpfungsfaktor. Gegen

Streß war keiner der Männer gefeit, egal, wie fit und sportlich sie waren. Das betraf wohl auch ihn selbst, denn kurz nach dieser Auskunft drehte er sich auf die andere Seite und döste ein, während sich Chavez ein Glas spanischen Rotwein genehmigte.

In Österreich selbst war es natürlich der Knüller des Tages. Popov bekam den ersten Livebericht in einem Gasthof mit, später sah er die Fortsetzung im Hotelzimmer an. Er schlürfte orangefarbenen Likör und starrte wachsam auf den Bildschirm. Antiterror-Einheiten sahen in aller Welt gleich aus, aber das war zu erwarten – schließlich wurden sie für ähnliche Einsätze gedrillt, nach ein und demselben internationalen Handbuch. Die Engländer hatten es, ausgehend vom Reglement ihres Special Air Service, entwickelt; die deutsche GSG-9 übernahm es ebenso wie die übrigen Länder Europas und schließlich die US-Einheiten: bis hin zu den schwarzen Klamotten, die Popov für übertrieben hielt. Doch da sie irgend etwas tragen mußten, war schwarz immerhin besser als weiß, oder? Weit mehr interessierte er sich für den schwarzledernen Diplomatenkoffer voller DM-Banknoten, der jetzt in seinem Zimmer stand und den er morgen nach Bern bringen wollte, in sein Bankdepot, bevor er nach New York zurückflog. Er wunderte sich, während er den Fernseher ausschaltete – zwei simple Jobs, und schon hatte er über eine Million Dollar auf dem geheimen, anonymen Sparkonto. Was seine Chefs von ihm verlangten, hatte er getreulich erfüllt, dafür wurde er gut bezahlt, und über die Spesen schienen sie sich nicht groß aufzuregen. Desto besser, wenn das Geld für eine gute Sache verwandt wurde, dachte der Russe.

»Gott sei Dank«, bemerkte George Winston. »Verdammt, ich kenne ihn sogar. Erwin ist ein feiner Kerl«, erklärte der Staatssekretär des Finanzministers, als sie das Weiße Haus verließen. Die Kabinettssitzung hatte wieder einmal bis in die Puppen gedauert.

»Wer hat die Befreiungsaktion geleitet?«

»Ach, das war – äh ...« Er fühlte sich ertappt. Eigentlich durfte er das nicht sagen und sollte es gar nicht wissen. »Was kam denn in den Nachrichten?«

»Polizei vor Ort. Eine Eingreiftruppe der Wiener Polizei, nehme ich an.«

»Allmählich wissen sie wohl, wie man so etwas macht«, murmelte der Staatssekretär und wandte sich in Begleitung seines Leibwächters dem Wagen zu.

»*Österreicher?* Wer sollte es denen beigebracht haben!«

»Jemand, der sich auskennt, nehme ich an«, gab Winston zurück und stieg ein.

»Und was steckt wirklich dahinter?« fragte Carol Brightling und wandte sich an die Staatssekretärin des Innenministeriums. Offenbar hatten das die Männer wieder mal unter sich abgemacht.

»Gar nichts, wirklich«, erwiderte die Kollegin und ließ sich vom Leibwächter zur Tür ihres eigenen Wagens bringen. »Aber nach dem, was im TV gezeigt wurde, haben sie gute Arbeit geleistet und alle gerettet. Bei meinen Besuchen in Österreich hat die Polizei nicht gerade einen überwältigenden Eindruck gemacht. Vielleicht irre ich mich. Aber George scheint mehr zu wissen, als er zugeben will.«

»Das kenn ich schon, Jean. Er gehört eben zum ›inneren‹ Kabinett«, spottete Dr. Brightling.

Wer im ›äußeren‹ Kabinett tätig war, konnte sich nur schwer damit abfinden. Strenggenommen war Carol Brightling natürlich gar kein Kabinettsmitglied. Sie saß auf einem Stuhl an der Wand statt am Kabinettstisch, und auch das nur, wenn das Thema der Besprechung wie heute ihren wissenschaftlichen Rat erforderte. Gute und schlechte Nachrichten – sie hatte genau zugehört und machte sich Notizen über alles, was vor sich ging in dem prachtvoll geschmückten Saal oberhalb des Rose Garden, wo der Präsident selbst die Tagesordnung und das Tempo bestimmte. Heute war ihm alles entglitten, dachte sie. Die Steuerpolitik nahm über eine Stunde in Anspruch, und zur Nutzung der Nationalwälder waren sie gar nicht erst gekommen – das war Sache des Innenministeriums und wurde auf die nächste Zusammenkunft in einer Woche verschoben.

Sie selbst hatte keinen Anspruch auf Personenschutz, nicht einmal auf ein Büro im Weißen Haus. Frühere wissenschaftliche Berater des Präsidenten waren im Westflügel untergebracht worden, sie selbst hatte ins alte Verwaltungsgebäude der Regierung ausweichen müssen. Es war ein größeres, bequemeres Büro mit einem Fenster – was es in den Erdgeschoßbüros des Weißen Hauses nicht gab. Doch obwohl das Verwaltungsgebäude als administrativer Bestandteil galt, fehlte es ihm doch an Prestige, und Prestige war das A und O im gesamten Arbeitsstab des Weißen Hauses. Das war selbst unter diesem Präsidenten nicht zu vermeiden, der sich immerhin einige Mühe gab, alle gleich zu behandeln, und sich um Statusquerelen nicht scherte. Deshalb klammerte sich Carol Brightling an ihr Vorrecht, das Mittagessen in der Kantine des Weißen Hauses einnehmen zu dürfen, zusammen mit den Großkopfeten der Regierung, und grollte insgeheim, weil der Präsident nur auf besondere Anforderung für sie zu sprechen war. Sie mußte erst sein Büro aufsuchen und den Termin mit der zuständigen Sekretärin abmachen, bevor er ihr gnädigst ein paar Minuten seiner überaus wertvollen Zeit schenkte. Als wären ihre Anliegen bloß Zeitverschwendung.

Ein Secret-Service-Agent öffnete ihr respektvoll nickend die Tür und lächelte, als sie das überraschend häßliche Gebäude betrat und sich nach rechts wandte. Wenigstens bot ihr Büro einen guten Ausblick aufs Weiße Haus. Ihre Besprechungsnotizen reichte sie unterwegs dem (männlichen, versteht sich) Sekretär, der sie abtippen würde, dann nahm sie am Schreibtisch Platz und fand einen neuen Aktenberg vor, den sie durcharbeiten mußte. In der Schublade entdeckte sie noch einige Pfefferminzbonbons, die sie beim Studium der Akten lutschen konnte. Doch dann griff sie kurzentschlossen nach der Fernbedienung und schaltete CNN auf ihrem Bürogerät ein, um sich über das Weltgeschehen zu informieren. Es war gerade Zeit für die Nachrichten, und der Aufmacher war diese Geiselnahme in Wien.

Mensch, was für ein Haus! war ihr erster Gedanke. Wie ein Königspalast. Welche Verschwendung für einen einzelnen, selbst für eine Großfamilie, ihn als Privatbehausung zu nutzen. Was hatte Winston noch von dem Eigentümer gesagt? Feiner Kerl? Gewiß. Feine Leute lebten gern auf großem Fuß, vergeudeten kostbare Ressourcen wie nichts. Noch so ein gottverdammter Plutokrat, Börsenhändler, Währungsspekulant, egal womit er seine Kohle verdiente, um sich dieses Anwesen leisten zu können. Und dann waren Terroristen in seine Privatsphäre eingedrungen. Nicht schwer zu erraten, weshalb sie gerade ihn ausgesucht hatten. Einen Schafhirten oder Bierfahrer hätten sie wohl kaum überfallen. Terroristen waren hinter den Wohlhabenden her, oder den mutmaßlichen Entscheidungsträgern, weil es politisch kaum Sinn machte, die kleinen Leute zu attackieren. Und offensichtlich ging es ihnen auch um Politik. Aber sie waren offenbar nicht schlau genug vorgegangen. Es war eine politische Tat, trotz alledem, und irgendein Zweck steckte bestimmt dahinter. Sie mußte grinsen, als der

Reporter den Befreiungsschlag der örtlichen Eingreiftruppe in höchsten Tönen pries – leider war nichts zu sehen, weil Kameras und Reporter der Polizei wohl nur im Weg gestanden hätten. Dann kamen die Geiseln, von der Polizei befreit und gerettet, in Wahrheit hatten sie nur ihre vorprogrammierte Lebenszeit zurückerhalten, denn schließlich müssen wir ja alle mal sterben, früher oder später. Gegen die Natur kam man nicht an ... obwohl man ihr nachhelfen konnte, nicht wahr? Der Reporter fuhr fort, es handle sich schon um den zweiten terroristischen Zwischenfall, der nach einer längeren Zeit der Ruhe in Europa vorgekommen sei, beide konnten durch beherztes Eingreifen der Polizei verhindert werden. Carol erinnerte sich an den Bankraub in Bern ... ebenfalls verpfuscht. Vielleicht absichtlich? Das ließ sich herausfinden, obwohl in diesem Fall ein Scheitern so nützlich war – nein, noch *weit nützlicher* als der Erfolg, falls es jemand von langer Hand plante. Sie mußte grinsen, als sie daran dachte. Klar. Es war nützlicher als der Erfolg, oder? Und damit fiel ihr Blick auf das Fax der Freunde der Erde, die ihre Direktnummer hatten und ihr gelegentlich mitteilten, was sie für wichtig hielten.

Sie lehnte sich im bequemen hohen Ledersessel zurück und las das Fax zweimal. Hervorragende Leute mit der richtigen Einstellung, bloß hörte niemand auf sie.

»Dr. Brightling?« Ihr Sekretär steckte den Kopf durch die Tür.

»Ja, Roy?«

»Wollen Sie noch immer, daß ich Ihnen die Faxe vorlege – beispielsweise das, was sie jetzt in der Hand halten?« fragte Roy Gibbon.

»Warum nicht?«

»Diese Leute sind doch nur transparentschwenkende Wirrköpfe.«

»Das stimmt nicht ganz. Einige ihrer Aktionen finde ich vollkommen berechtigt«, gab Carol zurück und warf das Fax in den Papierkorb. Ihre Idee würde sie bei der kommenden Konferenz einbringen.

»Fair von Ihnen, Doc!« Der Junge verschwand wieder im Vorzimmer.

Der nächste Fund in ihrem Aktenberg war ziemlich wichtig: ein Bericht über das Vorgehen beim Abschalten von Atomreaktoren und die anschließenden Sicherheitsmaßnahmen zur Versiegelung. Wie lange Umwelteinflüsse brauchten, um die Anlagen im Inneren korrodieren und verrotten zu lassen, welcher Schaden daraus für die Umwelt entstand. Ja, das war vordringlich, und glücklicherweise wurden im Anhang die entsprechenden Daten einzelner Reaktoren im ganzen

Land verglichen. Sie steckte sich ein weiteres Pfefferminz in den Mund und beugte sich vor, legte die Blätter ordentlich vor sich hin, um sie besser lesen zu können.

»Es scheint zu wirken«, erklärte Steve leise.

»Wie viele der Stränge sind unversehrt?« wollte Maggie wissen.

»So zwischen drei und zehn.«

»Und wie dick ist die Umhüllung?«

»Sechs Mikro. Kaum zu glauben; die Umhüllung ist weißgefärbt, so daß sie das Licht gut reflektiert, besonders UV-Strahlen, und im wäßrigen Sprühnebel ist nichts zu sehen.« Die einzelnen Kapseln waren mit bloßem Auge kaum zu erkennen, man benötigte schon ein Mikroskop. Besser noch, ihr Gewicht war so gering, daß sie Staubpartikeln gleich in der Luft schwebten. Man konnte sie einatmen, wie man Zigarettenqualm in der Kneipe abbekommt, ohne selbst zu rauchen. Einmal in den Körper eingedrungen, löste sich die Hülle auf und würde die Shiva-Stränge in die Lungen oder in den oberen Magen-Darm-Trakt entlassen, wo sie an die Arbeit gehen konnten.

»Wasserlöslich?« fragte Maggie.

»Mit der Zeit ja; schneller geht es, wenn biologische Aktivstoffe im Wasser enthalten sind, wie beispielsweise die Spuren von Salzsäure im Speichel. Für das Zeug könnten wir bei den Irakis Milliarden ernten, Mädel – oder bei jedem anderen, der bei biologischer Kriegführung in der Welt da draußen mitmischen will.«

Ihre Firma hatte die Technologie entwickelt; sie arbeitete mit Sondergenehmigung der Gesundheitsbehörde an einer Methode, Impfstoffe zu verabreichen, ohne die herkömmlichen Spritzen zu verwenden. Bislang erforderte Impfen mehr oder minder professionelle medizinische Vorkenntnisse. Die neue Technik machte sich Elektrophorese zunutze, um mit winzigen Mengen schützenden Gels noch kleinere schwebende Bioaktiv-Elemente zu umhüllen. Künftig würden Menschen Impfstoffe mit einem Getränk einnehmen, anstatt sich spritzen zu lassen. Falls jemals ein wirksamer AIDS-Impfstoff gefunden wurde, konnte er auf diese Weise in Afrika angewandt werden, wo es den meisten Ländern an Infrastruktur zur Seuchenprophylaxe fehlte. Steve führte soeben den Nachweis, daß auf dieselbe Weise, mit gleicher Treffsicherheit und Wirksamkeit, auch aktive Viren in den Organismus eingeschleust werden konnten.

»Wie können wir die Ergebnisse gegenchecken?« erkundigte sich Maggie.

»Affen. Sind wir im Labor für Versuche mit Affen eingerichtet?«

»Kein Problem«, versicherte sie. Es wäre ein wichtiger Schritt. Sie könnten es ein paar Affen verabreichen und prüfen, wie es sich in der Labor-Population verbreitete. Rhesus-Affen eigneten sich am besten. Ihr Blut war dem menschlichen Blut ähnlich.

Subjekt Vier kam erwartungsgemäß als erster dran. Er war dreiundfünfzig Jahre alt, und sein Leberschaden hätte ihm einen Platz ganz oben auf der Anwärterliste für Organempfänger der Universität sichern müssen. Die Haut war, selbst wenn es ihm ein wenig besser ging, gelblich überschattet, aber das hielt ihn nicht davon ab, den Schnaps schneller hinter die Binde zu gießen als jeder andere hier. Seinen Namen hatte er als Chester Soundso angegeben, wie sich Dr. John Killgore erinnerte. Auch Chesters Hirnfunktion war die niedrigste in der gesamten Gruppe. Andauernd hatte er vor der Glotze gesessen, redete kaum mit seinen Genossen, las keines der Cartoon-Bücher – an denen hatten die übrigen ihren Spaß, und Zeichentrickfilme waren der bei weitem populärste Zeitvertreib.

Sie schwebten im Siebten Himmel, mutmaßte John Killgore. Schnaps, soviel sie haben wollten, Schnellimbißfraß vom Feinsten, gutgeheizte Unterkünfte – und die meisten gewöhnten sich sogar daran, die Dusche zu benutzen. Von Zeit zu Zeit fragten einige, worum es eigentlich ging, doch ihre Neugier ließ sich durch die unbestimmten Pro-forma-Auskünfte der Ärzte und Wachhabenden rasch befriedigen.

Mit Chester mußte jetzt etwas geschehen. Killgore betrat den Schlafsaal und rief ihn beim Namen. Subjekt Vier erhob sich von seiner Liege und kam näher. Er fühlte sich sichtlich unwohl.

»Geht's uns nicht gut, Chester?« erkundigte sich Killgore hinter seiner Atemmaske.

»Irgendwas im Magen. Kann nichts bei mir behalten. Ständig is' mir übel«, gab Vier zurück.

»Am besten kommst du mit, und wir schau'n mal, was wir für dich tun können, ja?«

»Wenn Sie meinen, Doc!« Chester bekräftigte sein Einverständnis mit einem kräftigen Rülpser.

Vor der Tür setzten sie ihn in einen Rollstuhl. Es waren nur fünfzig Meter zu den Kliniksälen ihrer Abteilung. Zwei Pflegerinnen hievten Nummer Vier in ein Bett und schnallten ihn mit Klettverschluß an. Dann nahm eine von ihnen eine Blutprobe. Zehn Minuten später testete Killgore sie auf Shiva-Antikörper, und wie erwartet färbte sich die Probe blau. Subjekt Vier hatte kaum noch eine Woche zu leben; zwar war das weniger als die sechs bis zwölf Monate, die ihm bei seinem Alkoholkonsum noch geblieben wären, aber ganz so groß war die Verkürzung auch wieder nicht, oder? Killgore bereitete eine intravenöse Kanüle im Arm vor, und um Chester ruhigzustellen, hängte er den Morphiumtropf dran, bis er bewußtlos war und sogar ein wenig lächelte. Gut so. Nummer Vier würde bald hinüber sein; wenigstens durfte er friedlich einschlafen. Dr. Killgore legte größten Wert darauf, daß die Experimente störungsfrei verliefen.

Er blickte zur Uhr, als er in sein Büro, den Überwachungsraum, zurückkehrte. Überstunden war er schon gewohnt. Er schuftete fast wieder wie ein richtiger Arzt. Seit seinen Arbeitsjahren in der Klinik hatte er nicht mehr praktiziert, aber er hielt sich durch Fachzeitschriften auf dem laufenden und verstand sein Handwerk; seiner gegenwärtigen Patienten-Auslese würde der Unterschied sowieso nicht auffallen. Pech für dich, Chester, aber draußen hattest du's ja auch nicht gerade leicht, dachte John, der sich in seine Unterlagen vertiefte. Chesters frühe Reaktion auf das Virus war ein wenig beunruhigend – erst die Hälfte der vorgesehenen Frist war verstrichen –, aber das war auf die weitgehend reduzierte Leberfunktion zurückzuführen. Manche traf es eben schneller als andere. Unterschiede der Empfindlichkeit, des Immunsystems – jedenfalls war der Wirkungseintritt uneinheitlich. Die Wirkung selbst war nicht davon beeinträchtigt, obwohl es die Leute schneller alarmieren würde als erhofft. Man würde sich um die Impfstoffe reißen, die Steve Berg und sein Team gerade entwickelten. »A« würde weite Verbreitung finden, sobald es in die Produktion kam. »B« konnte man noch zurückhalten, falls es je gebrauchsfertig wurde. Mit »A« ließe sich jedermann versorgen, »B« konnte nur denen verabreicht werden, die mutmaßlich überleben würden, denen, die Bescheid wußten und ihr Überleben akzeptierten, die mit sich und den übrigen ins reine kamen.

Killgore schüttelte den Kopf. Soviel hatten sie noch zu tun, und wie so oft blieb ihnen viel zu wenig Zeit!

Unmittelbar nach der Rückkehr in den frühen Morgenstunden gingen Clark und Stanley die Befreiungsaktion durch, gemeinsam mit Peter Covington, der vom Morgentraining mit Team-1 noch ganz verschwitzt war. Chavez und seine Leute schliefen sich aus nach ihren Überstunden auf dem europäischen Festland.

»Taktisch gesehen war es eine gräßliche Situation«, erklärte Major Covington. »Und Chavez hat vollkommen recht. Wir brauchen Hubschraubercrews. Der gestrige Einsatz war wie geschaffen für das, was uns fehlte. Schon deshalb mußte Chavez sich mit diesem dürftigen Plan begnügen und hatte Glück, daß es klappte.«

»Er hätte das Militär um Hilfe bitten können«, gab Stanley zu bedenken.

»Wir sind uns doch einig, Sir, daß man keinen wichtigen taktischen Schritt mit einer Hubschraubercrew durchführen kann, die man nicht kennt und mit denen man noch nie gearbeitet hat«, widersprach Covington in höflichem Ton. »Wir müssen uns dieser Frage möglichst bald stellen.«

»Stimmt«, nickte Stanley und warf Clark einen Blick zu.

»Billig wird das zwar nicht, aber ich seh's ein«, gab Rainbow Six zu. Wie zum Teufel hatten sie diesen Bestandteil ihrer Ausrüstung übersehen können? fragte er sich. »Gut, dann überlegen wir erst einmal, welche Hubschrauber-Typen in Frage kommen, anschließend kümmern wir uns um geeignete Piloten, die sich damit auskennen.«

»Ideal wäre sicherlich ein Night Stalker«, erklärte Stanley, »aber wir müßten ihn überallhin mitnehmen können. Und das erfordert – was? mindestens eine A C-5 oder C-17-Transportmaschine in ständiger Bereitschaft.«

Clark nickte. Die Night-Stalker-Version des McDonnell Douglas AH-6 Loach war für die Eingreiftruppe 160 entwickelt worden; sie bildete mittlerweile das 160. Special Operations Aviations Regiment (SOAR) in Fort Campbell, Kentucky. Das war wohl die verrückteste, tollkühnste Fliegergang der Welt, die heimlich mit Pilotenkollegen in aller Welt kooperierte: Engländer und Israelis fanden am häufigsten Einlaß ins 160-Allerheiligste von Campbell. Es würde gar nicht so schwer fallen, Hubschrauber und Crews für Rainbow zu gewinnen. Das eigentliche Problem war der Fernflug-Transport an Einsatzorte, wo Hubschrauber gebraucht wurden. Ebenso leicht hätte man einen Elefanten auf dem Schulhof verstecken können. Mit einem Night Stalker verfügten sie zugleich über alle Arten von Beobachtungsinstrumenten; und dann diese lärmgedämpften Rotorblätter – *wie der Weihnachtsmann auf seinem verdammten Schlitten mit acht schlanken Rentierchen*, dachte Clark. Aber die Beschaffung – das würde nie klappen, trotz des Rückhalts, den er in Washington und London genoß.

»Okay. Ich beantrage in Washington, daß wir ein paar Piloten ins Team nehmen. Kriegen wir bei euch ein paar Maschinen zu Übungszwecken?«

»Ich denke schon«, gab Stanley zurück.

John blickte auf die Uhr. Er mußte bis 9 Uhr früh nach Washingtoner Zeit warten – wenn es hier in England 4 Uhr nachts war –, um sich an den CIA-Direktor, der die US-Finanzierung von Rainbow vermittelte, zu wenden. Über Ed Foleys Reaktion konnte er nur spekulieren. Mehr noch, er mußte ihn zum glühenden Befürworter des Plans machen. Aber das war nicht allzu schwer. Ed kannte Einsätze vor Ort; wer die Kohlen aus dem Feuer holen mußte, konnte bei ihm stets auf ein offenes Ohr rechnen. Und daß Clark einen größeren Erfolg vorweisen konnte, war ganz nützlich. Da ließ es sich viel leichter über Nachforderungen verhandeln, als wenn man etwas vermasselt hatte.

»Brechen wir an dieser Stelle ab und machen mit dem Team weiter!« Clark erhob sich und suchte sein Büro auf. Vor Helen Montgomery lag der übliche Papierstapel, diesmal sogar noch größer als gewöhnlich, denn er enthielt enthusiastische Telegramme und Dankschreiben aus Österreich. Das vom Justizminister war besonders blumig geraten.

Das Unangenehmste an seinem Job war der Verwaltungskram. Als Projektleiter von Rainbow mußte Clark ständig dahinter her sein, wann und wie das Geld hereinkam und ausgegeben wurde; beispielsweise mußte er sich Begründungen ausdenken für die gewaltigen Munitionsmengen, die seine Leute wöchentlich verschossen. Er gab sich Mühe, einen Großteil auf Alistair Stanleys und Mrs. Montgomerys Schultern abzuwälzen, doch bekam er noch immer den Löwenanteil auf den Schreibtisch. Als Regierungsbeamter hatte er natürlich allerhand Erfahrung; so hatte er bei der CIA über jeden einzelnen Außeneinsatz umständlich Bericht erstatten müssen, um die Paragraphenreiter zufriedenzustellen. Aber das ging noch weit darüber hinaus und brachte ihn selbst dazu, mehr Zeit am Schießstand zu verbringen. Die Übungen halfen ihm, Streß abzubauen, vor allem wenn er sich die Ebenbilder seiner bürokratischen Widersacher unter den Q-Zielen vorstellte, die er mit 45er-Geschossen durchsiebte. Ein Budget zu rechtfertigen, war für ihn allerdings eine neue, ungewohnte Aufgabe. War sein Projekt unwichtig, warum es dann überhaupt finanzieren – und war es wichtig, wieso regte man sich wegen der paar tausend Piepen für Munition auf? Aber das war nun mal die Erbsenzählerei von Leuten, die hinter Schreibtischen saßen und deren Welt zusammenbrach, wenn nicht jede Quittung paraphiert, abgezeichnet, gestempelt und korrekt abgeheftet wurde, egal, ob sie den anderen das Leben damit schwermachten. Deshalb mußte er, John Terence Clark, der mehr als drei Jahrzehnte im Außendienst der CIA verbracht hatte, in der Firma längst eine Legende, nunmehr hinter seinem teuren Schreibtisch hinter verschlossener Tür sitzen und Arbeiten erledigen, die jeder Buchhalter mit gesundem Selbstbewußtsein von sich gewiesen hätte – und anschließend einen echten Einsatz überwachen und bewerten, der weit interessanter und zweckgerechter abgelaufen war.

Aber vorläufig bereitete das Budget keine Kopfschmerzen. Weniger als fünfzig Beteiligte insgesamt, kaum drei Millionen Dollar Personalkosten, da alle nur Militärsold beanspruchen durften; die Unterbringungskosten hatte Rainbow durch die multinationale Finanzierung abdecken können. Eine Ungerechtigkeit war allerdings, daß die amerikanischen Soldaten besser entlohnt wurden als ihre europäischen Mitstreiter. Das ärgerte John ein wenig, aber er konnte nichts dagegen tun. Da für den Unterhalt gesorgt war – die Wohnverhältnisse in Hereford waren nicht luxuriös, aber bequem –, brauchte sich niemand zu beklagen. Die Moral der Truppe war exzellent. Er hatte nichts anderes erwartet. Sie waren eine Eliteeinheit, und das sorgte bereits für gute Stimmung, zumal sie fast jeden Tag gedrillt wurden – und echte Soldaten liebten den Drill nun mal fast so wie das, wofür man sie ausbildete.

Kleine Reibereien würde es natürlich geben. Team-2 war jetzt zweimal eingesetzt worden, Chavez' Männer konnten sich also ein wenig aufspielen. Das sorgte für Eifersucht in Peter Covingtons Team-1, das im Wettbewerb beim Training und am Schießstand vorn lag – zwar nur um ein Haar, aber Leute, die wie Athleten konkurrierten, strengten sich verdammt an, um den Bruchteil eines Prozentsatzes besser zu sein. Letztlich kam es höchstens darauf an, wer was wann vor der Übung gefrühstückt hatte oder wovon in der Nacht geträumt hatte. Dieser friedliche Wettstreit konnte für ihr Projekt nur gut sein. Und würde vor allem jenen schaden, gegen die man die Männer in den Kampf schickte.

Bill Tawney saß am Schreibtisch und beschäftigte sich mit den Informationen über das Terrorkommando der vergangenen Nacht. Die Österreicher hatten mit den Recherchen noch vor der Befreiungsaktion in Deutschland begonnen – im Bundeskriminalamt. Die Identität von Hans Fürchtner und Petra Dortmund wurde durch Fingerabdrücke bestätigt. Noch heute würden BKA-Fahnder den Fall übernehmen. Beispielsweise sollten sie ermitteln, wer den Wagen gemietet hatte, der für die Fahrt zum Ostermann-Anwesen benutzt worden war, und den Unterschlupf der Terroristen ausfindig machen – der vermutlich in Deutschland lag, wie Tawney glaubte. Die anderen vier Täter waren schwerer zu knacken. Fingerabdrücke hatte man bereits genommen und würde sie in Computerprogrammen vergleichen, die inzwischen überall verbreitet waren. Tawney hielt die Einschätzung der Österreicher für zutreffend, daß die vier Helfershelfer aus der ehemaligen DDR stammten, inzwischen eine Brutstätte für alle Arten von Wirrköpfen: bekehrte Kommunisten, die sich jetzt fröhlich als Nazis gebärdeten, unverbesserliche Anhänger des früheren politisch-wirtschaftlichen Systems, Schwerenöter ohne ideologischen Hintergrund, die der deutschen Polizei zu schaffen machten.

Aber hier handelte es sich um ein politisch motiviertes Verbrechen. Fürchtner und Dortmund waren, wie Bill wußte, zeitlebens gläubige Jünger des Kommunismus gewesen. Als Kinder mittelständisch-bürgerlicher Familien waren sie in Westdeutschland aufgewachsen und hatten sich, wie so viele Terroristen, aktiv für sozialistische Ziele eingesetzt oder das, was sie dafür hielten. Kein Wunder, daß sie das Haus eines hochrangigen Kapitalisten überfielen. Aber was wollten sie von ihm?

Tawney blätterte in den Fax-Mitteilungen, die aus Wien eingetroffen waren. Während seiner dreistündigen Befragung hatte Hans Ostermann der Polizei erklärt, sie hätten seine »speziellen Insider-Codes« beim Börsenhandel über Internet erfahren wollen. Gab es so etwas denn? Vermutlich nicht, aber Tawney wollte es genauer wissen. Er hob den Hörer ab und tippte die Nummer eines alten Freundes, Martin Cooper, ehemaliger »Six«-Mann, dessen Büro mittlerweile im häßlichen Lloyd's-Gebäude mitten im Londoner Bankenviertel lag.

»Cooper«, meldete sich die Stimme am anderen Ende.

»Bill Tawney hier, Martin. Wie geht es dir an diesem regennassen Morgen?«

»Gar nicht übel, Bill. Und bei dir? Was machst du eigentlich jetzt?«

»Ich fresse noch immer aus der Staatskrippe, Alter. Neuer Job, leider verschwiegen – geheim, fürchte ich ...«

»Und was kann ich für dich tun?«

»Eigentlich hab ich nur eine ganz blöde Frage. Gibt es irgendwelche Insider-Kanäle im internationalen Finanzhandel? Spezielle Codes und sowas?«

»Mensch, ich wünschte wirklich, es wär so. Würde uns den Job sehr erleichtern!« gab Martin Cooper zurück. Früher war er für den British Secret Intelligent Service in Mexico City und auf einigen kleineren Außenposten tätig gewesen. »Was meinst du denn speziell?«

»Ich bin selbst nicht sicher, aber die Frage kam gerade auf.«

»Sagen wir so: Leute auf einer gewissen Ebene pflegen gute persönliche Kontakte. Daher sind sie meist schneller über Börsenentwicklungen orientiert. Aber was du meinst, soll doch wohl anonym funktionieren, als eine Art Netzwerk, ein Markt für Insider sozusagen?«

»Stimmt, so ungefähr.«

»Wenn es so ist, hat *mir* und den Leuten, mit denen ich's zu tun habe, noch keiner das Geheimnis verraten, Alter. Eine internationale Verschwörung?« Cooper schnaubte verächtlich. »Meine Branche besteht fast nur aus Klatschtanten, glaub mir. Jeder ist mit jedem irgendwie im Geschäft.«

»Es existiert also nichts dergleichen?«

»Nicht daß ich wüßte, Bill. Mag sein, daß Außenstehende immer wieder daran glauben, aber wenn es das geben sollte, ist auch John F. Kennedy einer Verschwörung zum Opfer gefallen«, gab Cooper kichernd zurück.

»Hab ich mir schon so gedacht, Martin. Aber nachfragen kostet ja nichts. Herzlichen Dank, mein Lieber.«

»Sag mal, Bill, weißt du vielleicht, wer hinter dem Anschlag auf diesen Ostermann in Wien letzte Nacht steckt?«

»Leider nein. Ist das ein Bekannter von dir?«

»Mein Chef und er sind befreundet. Ich hab ihn mal kennengelernt. Netter Typ, und außerdem verdammt raffiniert.«

»Ich weiß kaum mehr als heute früh im Fernsehen kam.« Das war nicht ganz gelogen, und Martin würde es bestimmt verstehen, dachte Tawney.

»Hut ab vor denen, die ihn rausgeholt haben. Riecht ein bißchen nach SAS, finde ich.«

»Wirklich? Na, das wäre ja keine Überraschung, oder?«

»Nein. Freut mich, von dir zu hören, Bill. Wie wär's, wenn wir mal wieder zusammen essen?«

»Prima Idee. Ich ruf dich an, wenn ich das nächste Mal in London bin.«

»Tu das. Schönen Tag auch!«

Tawney legte den Hörer auf. Es schien, als habe Martin wieder Fuß gefaßt, nachdem sein »Six«-Posten der Stellenreduzierung nach dem Ende des Kalten Kriegs zum Opfer gefallen war. Eigentlich hatte er nichts anderes hören wollen, dachte Tawney. *Außenstehende mögen immer wieder so etwas glauben...* Das traf ins Schwarze. Fürchtner und Dortmund waren Kommunisten; der Marktwirtschaft und dem freien Spiel der Kräfte trauten sie sowieso nicht. Nach ihrer Weltanschauung konnte man nur zu Geld kommen, indem man das Volk hinterging, ausbeutete und sich mit seinesgleichen verbündete. Und was folgte daraus...?

Weshalb hatten sie Erwin Ostermann auf seinem Landsitz überfallen? Einen solchen Mann berauben zu wollen, war Unsinn. Der bewahrt sein Vermögen nicht in Bargeld oder Goldbarren auf. Er ging nur mit elektronischem, virtuellem Geld um, das in Datenbänken ruhte oder über Telefondrähte frei flottierte. Das ließ sich so leicht nicht abzapfen, oder?

Aber nein. Was ein Mann wie Ostermann zu bieten hatte, waren *Informationen*, die letzte Quelle der Macht, und sei sie noch so imaginär. Waren Dortmund und Fürchtner bereit, dafür zu töten? Es schien so. Aber gehörten diese Terroristen zu denen, die von solchen Informationen profitieren würden? Schwerlich. In diesem Fall hätten sie gewußt, daß es das, worauf sie Zugriff haben wollten, gar nicht gab.

Jemand hat sie beauftragt, fiel Tawney ein. Jemand hatte sie zu dem Anschlag überredet. Aber wer?

Und zu welchem Zweck? Eine Frage, die noch weiter führte und aus der sich möglicherweise die Antwort auf die erste Frage ergab.

Nochmal von vorn, befahl er sich. Angenommen, jemand hatte sie für die Tat angeheuert – wer mochte das gewesen sein? Gewiß jemand, der dem alten Terror-Netzwerk angehörte, der von ihnen wußte, den sie kannten und dem sie bis zu einem gewissen Grad vertrauten, immerhin so sehr, daß sie ihr Leben riskierten. Aber Fürchtner und Dortmund waren Kommunisten reinsten Wassers gewesen. Ihre Bekannten mußten derselben Ideologie anhängen, und sie hätten gewiß keinem vertraut, wären keinem Auftraggeber gefolgt, der ihre politische Einstellung nicht teilte. Und woher sollte diese hypothetische Person wissen, wo und wie sie Kontakt zu ihnen finden, ihr Vertrauen gewinnen, sie auf eine tödliche Mission entsenden konnte, auf die Jagd nach etwas, das in Wirklichkeit nicht existierte...?

Ein Führungsoffizier? fragte sich Tawney und durchforstete sein Gedächtnis fieberhaft nach Informationen. Jemand von gleicher politischer Couleur und Ideologie, der ihnen Befehle erteilen oder sie zumindest motivieren kann, sich in Gefahr zu begeben.

Er mußte sich kundig machen. Und seine Informanten bei SIS und Polizei mußten ihm jeden winzigen Schnipsel an Erkenntnissen aus der österreichisch-deutschen Fahndung besorgen. Als erstes wollte er Whitehall anrufen, damit ihm die Geiselverhöre vollständig übersetzt vorgelegt würden. Tawney hatte lange Jahre als Abwehrspezialist gedient, und irgendwie hatte er Witterung aufgenommen.

»Ding, dein Einsatzplan hat mir ganz und gar nicht gefallen«, erklärte Clark im großen Konferenzsaal.

»Mir auch nicht, Mr. C, aber ohne Hubschrauber hatte ich kaum eine andere Wahl, oder?« gab Chavez im Brustton seines gestiegenen Selbstwertgefühls zurück. »Aber das bereitet mir noch nicht mal die größten Sorgen.«

»Was dann?« wollte John wissen.

»Noonan hat uns darauf gebracht. Jedesmal, wenn wir irgendwo zugreifen, sind jede Menge Leute zugegen – Gaffer, Reporter, Kameraleute, alles. Stellt euch vor, einer von denen hat ein Handy, ruft bei den Geiselnehmern an und erzählt in aller Ruhe, was draußen vor sich geht ... Wär doch kinderleicht, oder? Wir stünden ganz schön auf dem Schlauch und könnten ein paar Geiseln abschreiben.«

»Das ließe sich verhindern«, erläuterte Tim Noonan auf Befragen. »Es hängt mit der Funktionsweise der Handys zusammen. Sie senden ein Signal aus, das dem Empfänger mitteilt, daß sie da sind und funktionieren. Auf diese Weise können sich Computersysteme einschalten und einen Anruf nachvollziehen. Na schön, dafür brauchen wir entsprechende Dekodiergeräte, vielleicht auch solche, die den Signalpfad blockieren – wir könnten sogar die Handys der Geiselnehmer anzapfen, Anrufen nachgehen und die Kundschafter draußen dingfest machen, vielleicht sogar Anrufe fingieren, klar? Aber dafür brauche ich die Software, am besten sofort!«

»David?« Clark wandte sich an David Peled, das israelische Technik-Genie.

»Möglich ist das. Ich vermute, diese Technologie gibt's schon bei der NASA und anderswo.«

»Und was ist mit Israel?« fragte Noonan geradezu.

»Tja, äh ... ja, wir haben sowas auch!«

»Besorgen Sie es«, befahl Clark. »Soll ich Avi persönlich bitten?«

»Es wäre eine große Hilfe.«

»Gern. Gebt mir Bezeichnungen und Details der Software. Ist es schwierig, die Programme bei uns verfügbar zu machen?«

»Nicht besonders schwer«, winkte Peled ab. »Das schafft Tim im Handumdrehen.«

Danke für das Vertrauensvotum, dachte Special Agent Tim Noonan, ohne zu lächeln.

»Zurück zum Einsatz«, räusperte sich Clark. »Ding, was sagst du dazu?«

Chavez beugte sich in seinem Sessel vor. Er brauchte sich nicht zu verteidigen, er verteidigte sein Team. »Hauptsächlich ging's mir darum, keine Geisel preiszugeben, John. Doc hatte uns informiert, daß wir die Täter ernst nehmen müssen, und wir hatten eine feste Frist vor Augen. Unsere Mission, wie ich sie verstehe, war also, *alle* Geiseln lebend rauszuholen. Als sich herausstellte, daß sie den Hubschrauber für den Transport brauchten, blieb uns nichts übrig, als ihn den Terroristen zu überlassen – mit einer kleinen Zugabe drin. Dieter und Homer waren großartig. Auch Eddie und die übrigen Schützen leisteten ganze Arbeit. Der Knackpunkt war, ob Louis und George rechtzeitig vors Haus kommen und womöglich den Rest der Bande ausschalten würden ... Mit ihrer Ninja-Tarnung waren sie praktisch unsichtbar«, fuhr Chavez fort und deutete auf Loiselle und Tomlinson. »Das war der gefährlichste Moment des Einsatzes. Wir hatten sie vom Licht abgeschirmt, und das Tarnzeug tat das Übrige. Hätten die Kerle Nachtsichtgeräte benutzt, wäre es riskant geworden. Aber die zusätzliche Reflexion von den Bäumen – das Flutlicht der Feuerwehr meine ich – hätte sie trotzdem behindert. Nachtsichtgeräte flackern ganz schön, wenn sie ins Gegenlicht gehalten werden. – Es war ein Pokerspiel«, gab Ding zu, »aber besser pokern, als vor unseren Augen eine Geisel niedermetzeln lassen, während wir auf den Tatort zurennen. Das war die Mission, Mr. C, und ich war der verantwortliche Befehlshaber. Ich erteilte das Kommando.« Daß sein Kommando mit Erfolg ausgeführt wurde, fügte er nicht hinzu.

»Verstehe. Ja, vorzüglich geschossen haben alle, und Loiselle und Tomlinson haben gut daran getan, sich zu tarnen«, bemerkte Alistair Stanley, der Clark gegenüber saß, »aber trotzdem...«

»Aber trotzdem brauchen wir für Fälle wie diesen Hubschrauber. Wie konnte das bei der Ausrüstung übersehen werden?« schimpfte Chavez.

»Mein Fehler, Domingo«, nickte Clark. »Noch heute kümmere ich mich darum.«

»Damit wir beim nächsten Mal nicht in Schwierigkeiten geraten, Mann.« Ding reckte sich in seinem Sessel. »Meine Truppen haben's geschafft, John. Der Plan war lausig, aber er hat funktioniert. – Bei weiteren Einsätzen will ich's besser strukturieren, wenn die Umstände danach sind«, räumte er ein. »Aber wenn mir der Doc sagt, die Kerle bringen kaltblütig einen um, ist entschlossenes Handeln gefragt, oder?«

»Kommt auf die Situation an.« Stanley zuckte die Schultern.

»Was soll *das* heißen, Al?« gab Chavez scharf zurück. »Wir brauchen bessere Richtlinien für die Einsätze. Ich möchte das schriftlich haben. Ab wann kann ich zulassen, daß eine Geisel draufgeht? Wird Alter oder Geschlecht der Geisel ins Kalkül einbezogen? Und wenn jemand einen Kindergarten besetzt hält oder einen Kreißsaal? Ihr könnt nicht erwarten, daß wir den menschlichen Faktor außer acht lassen. Okay, ich verstehe, daß nicht jede Möglichkeit im voraus erwogen werden kann, und als Befehlshaber vor Ort müssen Peter und ich die Entscheidungen treffen. Aber mein Schwachpunkt ist: Ich möchte, wenn irgend möglich, verhindern, daß einer Geisel etwas zustößt. Muß ich deshalb Risiken in Kauf nehmen – bitteschön, dann heißt das, eine Chance gegen eine Gewißheit einzutauschen, nicht wahr? Und in solchen Fällen wird man doch die Chance nutzen, oder etwa nicht?«

»Dr. Bellow«, fragte Clark, »wie zuverlässig war Ihre Einschätzung des Geisteszustands bei den Tätern?«

»Ganz eindeutig. Terroristen mit Erfahrung. Sie hatten diesen Anschlag genauestens geplant, und nach meiner Meinung war der Tod einer Geisel beschlossene Sache, um uns Beine zu machen«, erwiderte der Psychiater.

»Schon vorher? Oder erst bei Ablauf der Frist?«

»Beides«, stellte Bellow fest. »Es waren politische Soziopathen. Leuten von diesem Zuschnitt ist ein Menschenleben nicht viel wert. Nicht mehr als ein Poker-Chip, den man aufs Spielfeld wirft.«

»Was wäre passiert, wenn sie Loiselle oder Tomlinson gesehen hätten?«

»Sie hätten vermutlich eine Geisel getötet. Dann wäre die Lage für ein paar Minuten festgefahren gewesen.«

»Mein Alternativplan war, in diesem Fall das Haus von der Ostseite zu stürmen und uns so schnell wie möglich den Weg freizuschießen«, fuhr Chavez fort. »Am besten hätten wir uns aus dem Hubschrauber abgeseilt und wären wie der Teufel über sie hereingebrochen. – Auch das ist riskant«, gab er zu, »aber die Leute, mit denen wir's zu tun haben, sind ja auch nicht gerade vernunftbegabt, oder?«

Den führenden Teammitgliedern gefielen solche Diskussionen nicht besonders. Dabei kam immer nur eines heraus: Sie konnten noch so gut sein als Rainbow-Elitesoldaten – Halbgötter oder Supermänner waren sie nicht. Sie hatten zwei Einsätze hinter sich, beide ohne Opfer auf Seiten der Zivilisten; das stellte den Kommandanten zufrieden, erst recht, weil Team-2 unter widrigen Umständen einen Befreiungsschlag wie nach dem Bilderbuch durchgeführt hatte. Sie trainierten ihre Männer zu Supermännern, zu olympiareifen Kämpfern, perfekt gedrillt im Umgang mit Schußwaffen und Sprengstoff, und – was das wichtigste war – auf das rasche Töten des Feindes programmiert.

Die Team-2-Mitglieder am Konferenztisch blickten Clark ausdruckslos an und steckten die Kritik mit bemerkenswertem Gleichmut ein. Sie alle wußten, wie riskant und improvisiert der Einsatz von gestern nacht abgelaufen war. Aber sie hatten sich tapfer geschlagen und waren begreiflicherweise stolz darauf, das Schwierigste geschafft, die Geiseln gerettet zu haben. Nur Clark stellte die Umsicht ihres Kommandanten in Frage, und auch das mißfiel ihnen. Für die ehemaligen SAS-Mitglieder unter ihnen war die Antwort so schlicht wie ihr altes Regimentsmotto: Wer wagt, gewinnt. Sie hatten's gewagt und gewonnen. Und das Ergebnis sah gar nicht so schlecht aus: Alle gerettet, keinen verloren. Auch wenn First Sergeant Julio Vega der einzige Pechvogel im Team gewesen war. »Oso« schleppte das Maschinengewehr mit, dessen Einsatz noch auf sich warten ließ. Die Scharfschützen waren, was Vega nicht entging, glänzender Laune wie alle von der leichten Artillerie. Was fielen da seine kurzfristigen Tiefs ins Gewicht. Er war ja dabei gewesen, wenige Meter von Weber entfernt, bereit, sofort Deckung zu geben und zu feuern, wenn einer der Täter Glück gehabt und die Flucht ergriffen hätte. Mit seiner M-60 hätte er ihn in Stücke gefetzt – seine Feuerspritze gehörte zu den besten in dieser Kategorie. Standen Menschenleben auf dem Spiel, kannte er kein Pardon. Nur seine religiöse Seite meldete Bedenken an, wenn Vega so dachte, und war er allein, konnte man ihn bisweilen murren und murmeln hören.

»Was folgt für uns daraus?« beharrte Chavez. »Wie lauten unsere Richtlinien für den Einsatz, wenn eine Geisel mit einiger Sicherheit umkommen könnte?«

»Unser Auftrag ist es, die Geiseln zu retten, wenn irgend möglich«, erwiderte Clark nach einigem Nachdenken.

»Und der Befehlshaber entscheidet am Tatort, ob es praktikabel ist oder nicht?«

»Genau«, bestätigte Rainbow Six.

»Damit sind wir wieder da, wo wir angefangen haben, John«, unterstrich Ding. »Und das heißt, Peter und ich tragen die gesamte Verantwortung. Uns trifft die Kritik, wenn unsere Entscheidung irgendwem nicht paßt.« Er hielt einen Augenblick inne. »Ich begreife, welche Verantwortung der Befehl im Einsatz mit sich bringt, aber es wäre nett, wenn wir uns ein bißchen Rückhalt verschaffen könnten, versteht ihr? Früher oder später werden auch Fehler gemacht. Das wissen wir schon jetzt. Wir mögen es nicht, aber wir wissen es. Jedenfalls erkläre ich hier und jetzt, John, daß meine Mission darin besteht, das Leben Unschuldiger zu retten. Von diesem Gedanken aus gehe ich die Sache an.«

»Ich bin mit Chavez einer Meinung«, mischte sich Peter Covington ein. »Das ist unsere Verpflichtung.«

»Ich habe nie behauptet, anderer Meinung zu sein!« brauste Clark auf, den die Wut packte. Allerdings waren auch Situationen denkbar, in denen das Leben der Geisel nicht gerettet werden konnte – doch sich darauf vorzubereiten, war nicht nur verdammt schwierig, sondern praktisch unmöglich, denn die terroristischen Angriffe, mit denen sie es in der Praxis zu tun hatten, würden so unterschiedlich sein wie die Terroristen und ihre Tatorte selbst. Er *mußte* sein Vertrauen in Chavez und Covington setzen. Abgesehen davon konnte er nichts tun, als Szenarien zu entwickeln, in denen sie zum Nachdenken und Handeln gezwungen waren. Gebe Gott, daß solche Übungen die Routine vermittelten, die ihnen im Einsatz von Vorteil war. Als Agent der CIA hatte er es einfacher gehabt, dachte Clark. Damals lag die Initiative nur bei ihm. Er wählte nach Belieben Zeit und Ort seiner Aktionen. Rainbow war auf *Re*aktion angewiesen, konterkarierte jeweils die Initiative der Täter. Das war, genau genommen, der eigentliche Grund, weshalb seine Leute so hart trainieren mußten. Ihre Perfektion war der Ausgleich zur taktischen Ungewißheit. Zweimal war diese Rechnung aufgegangen. Aber würde das auch künftig ausreichen?

Zuallererst sollte, beschloß John, künftig jeweils ein erfahrenes Rainbow-Mitglied die Teams in den Einsatz begleiten, als Ratgeber, bei dem die Befehlshaber Rückhalt fanden. Daß ihnen jemand über die Schulter schaute, würde ihnen nicht in den Kram passen, aber das war nun mal so! Mit diesem Gedanken löste er die Versammlung auf und rief Al Stanley in sein Büro, dem er seine Idee vortrug.

»Mir soll's recht sein, John. Aber wer sollen diese Ratgeber sein?«

»Du und ich, für den Anfang.«

»Gut und schön. Hört sich sinnvoll an. Dann wissen wir wenigstens, weshalb wir uns dem Fitneß- und Schießtraining unterziehen. Aber Domingo und Peter werden sich bemuttert fühlen, oder?«

»Sie haben gelernt, Befehlen zu gehorchen – und sie werden uns um Rat bitten, wenn's brenzlig wird. Das würde jeder tun. Ich hab's jedenfalls getan, wenn sich die Gelegenheit ergab.« Was allerdings selten der Fall gewesen war, doch erinnerte sich John, daß er sich's mehr als einmal gewünscht hatte.

»Ich bin mit dem Vorschlag einverstanden, John«, erklärte Stanley. »Sollen wir es förmlich ins Reglement schreiben?«

Clark nickte. »Heute noch.«

9

LOCKVOGEL

»Ich kann's versuchen, John«, erklärte der CIA-Direktor. »Allerdings müßte ich vorher mit dem Pentagon darüber reden.«

»Möglichst heute noch, Ed. Wir brauchen das. Daß wir den Bedarf nicht früher angemeldet haben, liegt an mir. Ein schwerer Fehler!« gab Clark schuldbewußt zu.

»Kommt in den besten Familien vor«, gab Geheimdienstchef Foley zurück. »Ich werde ein bißchen herumtelefonieren und dich dann zurückrufen.« Damit legte er auf und überlegte einen Augenblick, blätterte in seinem Rolodex-Telefonverzeichnis und fand die Nummer von CINC-SNAKE, wie man die Position im Scherz nannte. Der Oberbefehlshaber beim Spezial-Einsatzkommando im MacDill-Luftwaffenstützpunkt war der Chef aller »Schlangenfresser«, wie die Spezialkommandos genannt wurden, aus denen Rainbow sein amerikanisches Personal rekrutiert hatte. Der Mann hinterm Schreibtisch, wo er sich nicht gerade wohlfühlte, war General Sam Wilson. Er hatte als einfacher Wehrpflichtiger begonnen, entschied sich für die Luftwaffen- und Ranger-Ausbildung und kam dann später zu den Special Forces. Von dort ging er an die North-Carolina-State-Universität, um sein Examen als Historiker zu machen, und kehrte als Leutnant zur Armee zurück, wo er rasch die Karriereleiter erklomm. Mittlerweile war er ein junggebliebener Dreiundfünfziger mit vier glitzernden Sternen auf den Schulterklappen, und befehligte jetzt ein Mehrzweck-Kommando. Mitglieder jeder Waffengattung gehörten dazu, die allesamt wußten, wie man am Lagerfeuer aus Schlangen eine wohlschmeckende Mahlzeit bereitet.

»Hallo, Ed«, grüßte der General, der den Anruf über sein Geheimtelefon empfing. »Was tut sich denn so in Langley?« Die Spezialkommandos waren ständig auf Tuchfühlung mit der CIA, übernahmen oft nachrichtendienstliche Aufgaben oder stellten Kräfte bereit, um eine Operation im Außendienst zu unterstützen.

»Von Rainbow kommt eine Anfrage«, erklärte der Direktor.

»Schon wieder? Die haben doch meine Einheiten bereits kräftig geplündert, oder?«

»Machen aber auch was draus. Gestern haben sie in Österreich ganze Arbeit geleistet.«

»Im Fernsehen sah's gut aus«, mußte Sam Wilson zugeben. »Kriege ich noch zusätzliche Informationen?« Womit er Auskünfte über die Täter meinte.

»Den gesamten Aktenberg, wenn er verfügbar ist, Sam«, versprach Foley.

»Na schön. Was braucht dein Schützling denn?«

»Piloten. Eine Hubschraubercrew.«

»Weißt du eigentlich, wie lange es braucht, diese Kerle auszubilden, Ed? Herrje, sie sind auch ganz schön teuer im Unterhalt!«

»Ist mir doch klar, Sam«, tröstete ihn die Stimme aus Langley. »Aber die Briten werden auch ganz schön rangenommen. Du kennst Clark. Er würde nicht fragen, wenn er's nicht bräuchte.«

Das mußte Wilson zugeben. Ja, er kannte John Clark, der einst eine fehlgeschlagene Mission gerettet hatte, und mit ihr eine ganze Kompanie Soldaten. Das war lange Jahre und schon mehrere Präsidenten her. Ein Ex-Navy-SEAL, wie die Firma meinte, mit einer soliden Ordenssammlung und jeder Menge guter Empfehlungen. Und seine Rainbow-Truppe konnte zwei ansehnliche Erfolge verbuchen.

»Na schön, Ed. Wie viele?«

»Einen richtig guten fürs erste.«

Das »Fürs erste« beunruhigte Wilson ein wenig. Aber... »Meinetwegen sofort. Ich rufe dich im Laufe des Tages zurück.«

»Danke, Sam.« Das war das Angenehme an Wilson, dachte Foley. Er fackelt nicht lang, und wenn er »sofort« sagt, meint er auch »sofort«.

Chester schaffte es nicht mal mehr so lange, wie Killgore geglaubt hatte. Seine Leberwerte sanken rapide – Vergleichbares war in der medizinischen Literatur unbekannt. Die Haut des Mannes wirkte jetzt schmutziggelb, sah aus wie eine blasse Zitrone und lag runzlig über der schlaffen Muskulatur. Auch die Atmung bereitete Sorgen, wegen der großen Dosis Morphium, die ihn bewußtlos oder wenigstens im Halbdämmern hielt. Killgore und Barbara Archer behandelten ihn so intensiv wie möglich, schon um zu wissen, ob es eine Medikation gegen Shiva gab, doch Chesters körperlicher Zustand war so ernst, daß keine Behandlung die vorgegebenen Gesundheitsstörungen *und* Shiva zugleich beeinflussen konnte.

»Noch zwei Tage«, stellte Killgore fest. »Vielleicht weniger.«

»Ich fürchte, Sie haben recht«, bestätigte Dr. Archer. Sie hatte alles mögliche versucht, um ihn aufzupäppeln – von konventionellen (nahezu wirkungslosen) Antibiotika über Interleukin-2, das manche in Fällen wie diesem für einen klinischen Durchbruch hielten. Natürlich war die moderne Medizin bei Virusinfektionen oft genug hilflos, doch glaubte man, die Stärkung des körpereigenen Immunsystems an einer Stelle könne einen Angriff anderswo abwehren helfen, und es gab außerdem viele effiziente neue Antibiotika auf dem Markt. Früher oder später würde jemand ein Wunderkräutlein gegen Viruserkrankungen finden. Aber noch war es längst nicht so weit. »Pottasche?« fragte sie, nachdem sie die Aussichten für den Patienten abgewogen und die Sinnlosigkeit weiterer Behandlung eingesehen hatte. Killgore nickte zustimmend.

»Vermutlich ja. Geben Sie ihm, was Sie wollen.« Killgore deutete auf den Medikamentenschrank in der Ecke.

Dr. Archer ging hin, wickelte eine 40-ccm-Einwegspritze aus der Plastikfolie und hielt die Nadel in ein Wasser-Pottasche-Gemisch. Dann füllte sie auf, indem sie den Kolben zurückzog. Sie kehrte ans Bett zurück und entleerte die Spritze in den Tropfbehälter, den sie danach kräftig drückte, um dem Patienten die tödliche Dosis schneller zu verabreichen. Es dauerte ein paar Sekunden, länger als eine direkte Injektion in eine größere Vene gebraucht hätte, aber Archer wollte die Versuchsperson nicht öfter berühren als unbedingt nötig, nicht einmal mit Handschuhen. Es war auch nicht wichtig. Chesters Atem unter der durchsichtigen Plastik-Sauerstoffmaske schien innezuhalten, setzte neu an, zögerte wieder und wurde sechs oder sieben Züge lang unregelmäßig und keuchend. Dann … hörte er auf. Die Brust fiel ein und hob sich nicht mehr. Seine Augen standen noch halb offen, wie die eines Mannes im Tiefschlaf oder unter Schock, blicklos in ihre Richtung gewandt. Jetzt schlossen sich die Lider für immer. Dr. Archer holte ihr Stethoskop hervor und lauschte an der Brust des Alkoholikers. Kein Geräusch mehr. Sie stand auf, zog das Stethoskop herunter und steckte es wieder ein.

Das wär's, Chester, dachte Killgore.

»Okay«, erklärte sie nüchtern. »Irgendwelche Symptome bei den anderen Patienten, außer den bekannten?«

»Noch keine. Die Antikörpertests sind allerdings positiv ausgefallen«, erwiderte Killgore. »Ich rechne mit einer Woche oder so, bevor wir erkennbare Symptome verzeichnen können.«

»Wir bräuchten Subjekte, die den Gesundheitstests standhalten«, erklärte Barbara Archer. »Diese Leute sind zu … zu krank, um als Brutstätte für Shiva zu dienen.«

»Das hieße ein Risiko eingehen!«

»Ist mir bekannt«, versicherte Archer. »Aber Sie wissen selbst nur zu gut, daß die Testpersonen nichts taugen.«

»Ja, aber die Risiken sind sehr ernst zu nehmen«, widersprach Killgore.

»Auch *das* ist mir bekannt«, gab Archer zurück.

»Okay, Barb. Melden Sie's an. Ich werde nicht im Wege stehen. Wollen Sie sich um Chester kümmern? Ich muß rasch zu Steve hinüber.«

»Schön.« Sie trat zur Wand, nahm den Telefonhörer ab und tippte drei Nummern auf der Tastatur, um die Entsorgungsleute zu rufen.

Killgore seinerseits begab sich in die Garderobe. In der Entseuchungskammer blieb er stehen, drückte den roten viereckigen Knopf und wartete, bis die Maschinerie ihn aus allen Richtungen mit dem Antiseptikum eingesprüht hatte, von dem sie wußten, daß es sofort wirkte und für den Shiva-Virus unmittelbar tödlich war. Dann betrat er die Umkleidekabine, wo er sich des blauen Plastikkittels entledigte, den er für weitere und intensivere Entseuchung in den Mülleimer warf – nötig war das nicht, aber die Mitarbeiter im Labor fühlten sich dann viel besser –, und grüne Chirurgenkleidung anlegte. Auf dem Weg nach draußen streifte er noch den weißen Laborkittel über. Als nächstes blieb er vor Steve Bergs Giftküche stehen. Weder er noch Barb Archer sprachen es laut aus, aber sie würden sich weit besser fühlen, wenn es endlich einen funktionierenden Impfschutz gegen Shiva gäbe.

»Na, John?« grüßte Berg, als sein Kollege eintrat.

»Morgen, Steve«, nickte Killgore zurück. »Wie sieht's denn mit dem Serum aus?«

»Wir testen gerade ›A‹ und ›B‹ im Vergleich.« Berg deutete auf die Affen hinter der Glaswand. »›A‹ hat die gelbe Armbinde. ›B‹ hat die blaue, und die Kontrollgruppe ist rot.«

Killgore warf einen neugierigen Blick in den Käfigraum. Es waren zwanzig in jeder Gruppe, insgesamt also sechzig Rhesusäffchen. Hübsche kleine Teufel. »Schade um sie«, stieß er unwillkürlich hervor.

»Mir tun sie auch leid, aber anders geht's nicht, mein Lieber!« Keiner der beiden Männer nannte einen Pelzmantel sein eigen.

»Wann werden die Resultate erwartet?«

»Fünf bis sieben Tage wird die ›A‹-Gruppe brauchen. Neun bis vierzehn die Kontrollgruppe. Und die ›B‹-Gruppe … naja, wir lassen natürlich die Hoffnung nicht sinken. Wie läuft's auf Ihrer Seite des Instituts?«

»Einen heute verloren.«

»So schnell?« wunderte sich Berg, den diese Mitteilung offensichtlich verstörte.

»Seine Leber war schon hinüber, als wir anfingen. Das haben wir nicht genügend bedacht. Es gibt Leute da draußen, die hochgradig empfindlich auf unseren kleinen Freund reagieren könnten.«

»Nun, wir haben vor zwei Jahren gelernt, wie man damit umgeht, erinnern Sie sich?«

»Ich weiß.« Eigentlich war damals die ganze Idee entstanden. Doch sie würden es besser machen als die Ausländer damals. »Wo liegt der Unterschied zwischen Menschen und unseren bepelzten Freunden hier?«

»Von denen hier habe ich keinen Luft und Sonne ausgesetzt, wissen Sie! Es ist ein Impftest, kein Infektionstest.«

»Daß Sie einen Freiluftversuch brauchen, sehe ich ein. Wie ich höre, haben Sie eine verbesserte Umhüllung erfunden!«

»Maggie wollte, daß ich mich darum kümmere. Okay, wir haben Affen zur Genüge. Ich könnte in zwei Tagen einen Freisetzungstest durchführen.«

»Mit und ohne Impfstoff?«

»Schon möglich«, nickte Berg.

Das hättest du längst arrangieren können, Idiot. Killgore verbiß sich diese Bemerkung vor seinem Kollegen. Berg war hochgebildet, aber sein Weitblick reichte nicht über die Grenzen seines Mikroskops hinaus. Nun ja, niemand war ohne Fehler, auch hier nicht.

»Es fällt mir nicht gerade leicht, jemanden ins Jenseits zu befördern, John«, erklärte Berg seinem Medizinerkollegen.

»Verstehe ich gut, Steve. Doch für jeden, der bei der Erprobung von Shiva draufgeht, retten wir im wirklichen Leben Tausende! Vergessen Sie das nicht. Und bei Ihnen sind die Versuchstiere schließlich gut aufgehoben«, fügte Killgore hinzu. Die Versuchstiere führten ein idyllisches Dasein, in bequemen Käfigen oder sogar in großen Gemeinschaftsräumen, wo es reichlich Futter gab und klares Wasser. Die Affen hatten viel Bewegungsfreiheit, künstliche Kletterbäume, eine

Lufttemperatur wie im heimischen Afrika und weit und breit keinen natürlichen Feind. Wie im Gefängnis bekamen die Todgeweihten die ihnen gesetzlich zustehende Henkersmahlzeit. Doch Gelehrte wie Steve Berg konnten sich nicht daran gewöhnen, so nützlich und unverzichtbar diese Versuche auch für das allgemeine Wohl waren. Killgore fragte sich, ob sein Freund nachts um seine süßen, großäugigen Kreaturen weinte. Für Chester hegte Berg gewiß kein vergleichbares Mitgefühl.

»Trotzdem«, gestand Berg, »es bereitet mir Gewissensbisse.«

»Sie sollten mal auf meiner Seite des Instituts arbeiten«, gab Killgore zu bedenken.

»Mag schon sein«, versetzte Berg kleinlaut.

Der Nachtflug war von Raleigh-Durham International in North Carolina, eine Stunde von Fort Bragg entfernt, gestartet. Die Boeing 757 flog im strömenden Regen an, und das Landemanöver dauerte fast länger als der Flug selbst; jedenfalls schien es den Passagieren so, als sie am US-Airways-Gate im Terminal 3 von Heathrow eintrafen.

Chavez und Clark waren gemeinsam erschienen, um ihn abzuholen. Sie trugen Zivilkleidung, und Domingo hielt ein Schild mit der Aufschrift MALLOY hoch. Der vierte Passagier in der Reihe trug die A-Klasse-Uniform der Marines, dazu Sam-Browne-Gürtel, Goldflügel und viereinhalb Bänderreihen auf der olivfarbenen Bluse. Seine blaugrauen Augen entdeckten das Schild, und seine Leinentasche halb hinter sich herschleifend kam er näher.

»Nett, daß Sie mich abholen«, bemerkte Oberstleutnant Daniel Malloy. »Wer seid Ihr?«

»John Clark.«

»Domingo Chavez.« Man schüttelte sich die Hände. »Ist das alles an Gepäck?« wollte Ding wissen.

»Mehr konnte ich nicht packen. Dann geht mal voraus!« versetzte Oberst Malloy.

»Soll ich mit anpacken?« fragte Chavez den Mann, der gut zwanzig Zentimeter größer war als er und vierzig Pfund schwerer wog.

»Schaff's schon«, versicherte Malloy. »Wo geht's lang?«

»Wir nehmen den Hubschrauber. Unser Wagen steht dort.« Clark hielt die Seitentür auf und ging treppab voraus, wo der Fahrer wartete. Er nahm Malloys Tasche, warf sie in den Kofferraum und kutschierte sie die anderthalb Kilometer zum Startplatz des britischen Puma-Armeehubschraubers.

Malloy blickte sich um. Zum Fliegen war es ein scheußlicher Tag; fünfhundert Meter Sichtweite, und der Nieselregen wurde gerade stärker, aber als Pilot ließ er sich nicht leicht einschüchtern. Sie bestiegen die Passagiersitze des Hubschraubers, während die Crew routinemäßig den Motor anließ und die Checkliste durchging, wie er selbst es zu tun pflegte. Während die Rotorblätter anliefen, nahmen sie Funkverkehr mit der Leitstelle auf, bis die Startgenehmigung erteilt wurde. Es dauerte einige Minuten. In Heathrow, wo die internationalen Flüge eintrafen und Geschäftsleute zu ihren Büros und Konferenzen brachten, war allerhand los. Endlich durfte der Puma abheben, kam rasch auf Flughöhe und nahm Kurs in eine unbestimmte Richtung, der Teufel wußte wohin. In diesem Moment nahm Malloy das Sprechfunk-Mikrophon zur Hand.

»Kann mir irgendwer sagen, was das ganze Theater hier soll?«

»Was hat man Ihnen denn mitgeteilt?«

»Unterwäsche für eine Woche einpacken«, gab Malloy augenzwinkernd zurück.

»Gibt einen hübschen kleinen Laden, keine drei Kilometer von der Basis.«

»Hereford?«

»Gut geraten«, gab Chavez zurück. »Schon mal dagewesen?«

»Schon oft. Hab die Kreuzung da unten von anderen Flügen wiedererkannt. Dann legt mal los!«

»Sie werden für uns arbeiten, vielleicht«, erklärte Clark.

»Und wer ist ›wir‹, Sir?«

»Wir nennen uns Rainbow, und es gibt uns nicht.«

»Wien?« fragte Malloy über Sprechfunk. Das Schmunzeln der beiden war Antwort genug. »Na schön. Das war ein bißchen zu heiß für die Bullen. Wer mischt denn mit bei eurem Team?«

»NATO«, erklärte John, »vor allem Engländer und Amerikaner, aber auch ein paar andere, sowie ein Israeli.«

»Und das wurde ohne Hubschrauber angeleiert?«

»Stimmt, ja. Ich hab's verbockt, okay?« scherzte Clark. »Ich bin neu im Oberkommando.«

»Was ist das da an Ihrem Unterarm, Clark? Welchen Rang bekleiden Sie?«

John krempelte den Jackenärmel auf und legte die rote Tätowierung frei. »Nachgemachter Zwei-Sterne-General. Ding hier ist nachgemachter Major.«

Der Marine warf einen flüchtigen Blick auf die Tätowierung. »Hab davon schon gehört, aber nie einen gesehen. Drittes Spezial-Einsatzkommando, oder? Ich kannte einen, der dabei war.«

»Und wen, wenn ich fragen darf?«

»Dutch Voort. Ist vor sechs Jahren als Vollzeit-Pilot ausgeschieden.«

»Dutch Voort! Herrje, den Namen hab ich schon ne ganze Weile nicht mehr gehört«, erwiderte Clark. »Mit dem bin ich einmal abgeschossen worden.«

»Sie und noch ein Haufen anderer. Kein schlechter Pilot, aber sein Fliegerglück war ziemlich schwankend.«

»Wie steht's denn mit Ihrem Glück, Oberst?« erkundigte sich Chavez.

»Exzellent, Junge, exzellent«, strahlte Malloy. »Sie dürfen mich übrigens Bear nennen.«

Das paßte zu ihrem Besucher, entschieden die beiden. Er war mit über einsneunzig ungefähr so groß wie Clark und kräftig gebaut, als wäre sein Freizeitspaß Hanteln stemmen und anschließend ein paar Bierchen verputzen. Chavez mußte an seinen Freund Julio Vega denken, ebenfalls begeisterter Gewichtheber. Verstohlen warf er einen Blick auf die Orden: zwei gleiche Spangen und den Silver Star. Das Schützenabzeichen ließ auf meisterliche Trefferkünste schließen; Marines schossen gern zum Zeitvertreib und stellten gern unter Beweis, daß sie ebenso treffsicher waren wie alle anderen. Malloy war sogar *Dekorierter Scharfschütze,* eine höhere Auszeichnung gab es nicht. Doch Vietnam-Orden fehlten, wie Clark bemerkte; dafür war er wohl zu spät geboren, woran Clark einmal mehr merkte, daß er nicht mehr der Jüngste war. Außerdem fiel ihm auf, daß Malloy in seinem Alter Oberstleutnant war, was jemand mit seinen Orden schon früher erreicht haben sollte. War Malloy bei der Beförderung zum Generalleutnant übergangen worden? Der Einsatz in Spezialkommandos hielt einen nicht selten davon ab, die Karriereleiter zu erklimmen. Ohne Förderung keine Beförderung – für Armeeangehörige war das kein Hindernis, wohl aber für Offiziere im Sondereinsatz.

»Ich habe in Such-und-Rettungstrupps angefangen, dann bin ich zu den Recon-Marines gegangen. Sie wissen schon, reinholen, rausholen. Man muß einen guten Griff haben, und den hab ich wohl.«

»Welche Hubschraubertypen sind Sie gewohnt?«

»H-60er, Hueys natürlich, und H-53er. Von denen haben Sie keinen hier, stimmt's?«

»Ich fürchte, nein«, entgegnete Chavez, sichtlich enttäuscht.

»Die 24. Spezialkommando-Schwadron der Royal Air Force in Mildenhall hat MH-60 K's und MH-53er. Ich bin im Umgang mit beiden geübt, falls wir sie kriegen. Gehören allerdings zum 1. Spezialkommando-Geschwader und sind, wenn ich noch richtig informiert bin, hier und in Deutschland stationiert.«

»Im Ernst?« fragte Clark.

»Im Ernst, Mr. Nachgemachter General. Den Geschwaderkommandanten kenne ich: Stanislas Dubrovnik, genannt Stan. Erstklassiger Hubschrauberpilot. Der ist schon mehr als ein Dutzendmal rechtzeitig gekommen, wenn Not am Mann war.«

»Werd ich mir merken. Was können Sie sonst noch fliegen?«

»Den Night Stalker, versteht sich, aber von denen gibt's nicht so viele. Hier ist meines Wissens keiner stationiert.« Der Puma machte einen Schwenk, kreiste ein paarmal und setzte auf dem Hereford-Feld zur Landung an. Malloy sah zu, wie der Pilot die Schalthebel bediente, und war zufrieden, wenigstens was die Start- und Landetechnik betraf. »Was den MH-47er Chinook betrifft, bin ich technisch nicht auf der Höhe; wir dürfen offiziell nur drei Typen fliegen. Strenggenommen bin ich auch auf Hueys nicht firm, aber ich wurde sozusagen in einem Huey geboren, wenn Sie wissen, was ich meine, General. Und mit 'nem MH-47 kann ich umgehen, wenn's sein muß.«

»Mein Name ist John, Mr. Bear«, erwiderte Clark breit grinsend. Profis erkannte er auf den ersten Blick.

»Ich heiße Ding. Früher war ich mal ein 11-Bravo, aber dann hat mich die Firma abgeworben. Und schuld daran war er«, verriet Chavez. »John und ich arbeiten schon eine Weile zusammen.«

»Dann habt ihr ja allerhand zu erzählen, vermute ich. Wundert mich eigentlich, daß ich keinen von euch früher getroffen habe. Ab und zu hab ich auch mal den einen oder anderen Unsichtbaren abgesetzt, wenn ihr versteht, was ich meine...«

»Ihr Päckchen haben Sie mitgebracht?« fragte Clark, womit er die Personalakte meinte.

Malloy klopfte auf die Reisetasche. »Ja, Sir, und der Lebenslauf ist ziemlich kreativ, wenn ich so sagen darf.« Jetzt berührten die Kufen des Hubschraubers den Boden. Der Chefpilot sprang heraus und riß die Gleitluke auf. Malloy nahm seine Tasche, stieg hinaus und ging auf den Rover zu, der neben dem Landeplatz parkte. Der Fahrer, ein Korporal, nahm Malloy die Tasche ab und verstaute sie hinten. Die britische Gastfreundschaft hatte nicht nachgelassen, wie Malloy feststellte. Er erwiderte den militärischen Gruß und stieg hinten ein. Wieder begann es zu regnen. Auch das Wetter in England enttäuschte den Oberstleutnant nicht. Scheußlicher Ort, um Hubschrauber zu fliegen, dachte er, aber nicht übel, wenn man nah dran sein will, ohne gesehen zu werden, und das konnte nicht schaden, oder? Statt in die Unterkünfte brachte ihn der Roverjeep zu etwas, das nach Hauptquartier aussah. Wer immer sie waren – sie schienen es eilig zu haben.

»Hübsches Büro, John«, erklärte er nach einem Blick ins Innere. »Offenbar sind Sie ein echter nachgemachter Zwei-Sterne-Typ.«

»Ich bin der Chef«, verriet Clark, »und das reicht mir. Nehmen Sie Platz. Kaffee?«

»Immer«, nickte Malloy und nahm kurz darauf die Tasse entgegen. »Danke!«

»Wieviele Flugstunden?« fragte Clark als nächstes.

»Insgesamt? 6742, als ich das letztemal nachgezählt habe, davon 3100 in Spezialkommandos. Ach ja, und rund fünfhundert Kampfeinsätze.«

»So viel?«

»Grenada, Libanon, Somalia, noch anderswo – und natürlich im Golfkrieg. Ich habe vier Schnellbootbesatzungen rausgefischt und lebend aus dem Spektakel geholt. – Einmal war es ein bißchen aufregend«, setzte Malloy hinzu, »aber jemand half mir in der Kommandozentrale, und wir sind nochmal davongekommen. Eigentlich ist der Job ziemlich langweilig, wenn man ihn beherrscht, wissen Sie!«

»Ich sollte Ihnen einen ausgeben, Bear«, lachte Clark. »Mit den SAR-Jungs muß man sich immer gut stellen.«

»Ein Freibier hab ich noch nie ausgeschlagen. Die Briten bei euch, sind die vom SAS?«

»Hauptsächlich. Für die schon geflogen?«

»Manöver, hier und drüben in Bragg. Als Truppe sind sie okay, können sich mit Force-Recons und meinen Kumpels in Bragg messen.« Das war ein wenig wohlwollend beurteilt, dachte Clark, obwohl sich die britischen Kollegen vermutlich bedanken würden, an irgendwem gemessen zu werden.

»Ding, laß uns Mr. Bear den letzten Außeneinsatz zeigen.«

»Claro, Mr. C.« Chavez entrollte die große Luftaufnahme von Ostermanns Schloß auf Clarks Konferenztisch und holte gerade zur Berichterstattung aus, als Stanley und Covington hinzukamen. –

»Verstehe«, brummte Malloy, als er geendet hatte. »Ihr hättet wirklich einen wie mich brauchen können, Jungs.« Er hielt einen Augenblick inne. »Abseilen wäre das Beste gewesen, drei oder vier vor dem Zimmer... direkt darüber... hier!« Er tippte auf die Abbildung. »Bequemes Flachdach, ein Kinderspiel.«

»Hab ich mir ungefähr auch so gedacht«, nickte Chavez. »Nicht so einfach wie mit Abseilen, aber vermutlich sicherer.«

»Es ist einfacher, wenn man weiß, was man tut. Ihr Jungs müßt natürlich lernen, leise auf die Füße zu fallen. Aber es macht sich besser, drei oder vier Leute im Haus zu haben, wenn man sie braucht. So gut wie euer Befreiungsschlag lief, müssen eure Leute hervorragende Schützen sein.«

»Einigermaßen«, gab Covington widerwillig zu, ohne mit der Wimper zu zucken.

Clark hatte kurz in Malloys Personalakte geblättert, während Chavez seine erfolgreiche Mission vorstellte. Verheiratet mit Frances Malloy, geborene Hutchins, zwei Töchter, zehn und acht Jahre. Ehefrau als Krankenschwester bei der Navy beschäftigt. Na, das war leicht zu regeln. In ihrer Klinik konnte Sandy noch Leute brauchen. Oberstleutnant Dan Malloy vom US-Marinekorps war offenbar ein gestandener Mann.

Malloy seinerseits war neugierig geworden. Wer immer diese Leute waren, sie hatten einiges in petto. Sein Marschbefehl nach England war direkt aus der CINC-SNAKE-Zentrale von »Big Sam« Wilson selbst gekommen, und diejenigen, die er bisher kennengelernt hatte, nahmen ihre Sache ernst. Der kleinere von ihnen, Chavez, wirkte einigermaßen kompetent, wie er ihm seinen Wiener Einsatz vorstellte; und der Luftaufnahme zufolge hatte er erstklassige Männer unter sich, vor allem die zwei, die sich angepirscht hatten, um hinter dem Haus die letzten Ganoven zu erledigen. Klar schien auch, daß es ein toller Coup war, wenn er klappte, aber wenn's danebenging, steckte man ganz schön in der Scheiße. Die gute Nachricht war, daß die Ganoven hinsichtlich ihrer Kampfkraft nicht ganz mithalten konnten. Sie waren nicht halb so gut trainiert wie seine Marines. Dieses Defizit glichen sie zwar durch Rücksichtslosigkeit aus, aber nicht ganz. Wie die meisten Militärs hielt Malloy Terroristen für feige Bestien, die man abknallen mußte, bevor sie schlimmeren Schaden anrichten konnten.

Chavez nahm ihn ins Quartier seines Teams mit, wo Malloy der Truppe vorgestellt wurde, Hände schüttelte und sich umsehen durfte. Ja, sie meinten es ernst mit ihm, ebenso wie Covingtons Team-1 im Nachbargebäude. Einigen war es direkt anzusehen – ihre lässige Intensität, mit der sie jeden abschätzten, der ihnen begegnete, und sofort wußten, ob es ein Feind war. Nicht, daß sie gern zuschlugen und töteten; es war bloß ihr Job, und der Job prägte auch ihre Wahrnehmung der Umwelt. Malloy erschien ihnen als potentieller Kamerad, dem sie Zutrauen und Respekt entgegenbrachten, weshalb sich der Marineflieger gleich wie zu Hause fühlte. Er war der Typ, der sie hinbringen würde, wo sie hin mußten – sicher, rasch und heimlich –, und sie ebenso wieder herausflog.

Die folgende Besichtigungstour des Trainingscamps war für einen, der selbst in der Branche geschult worden war, nur eine Formalität. Die üblichen Sporthallen, Flugzeug-Simulatoren, drei echte Eisenbahn-Abteilwagen und andere Objekte, die sie bei Manövern stürmen mußten; der Schießstand mit den hochklappenden Zielen (hier würde er wohl selbst ein wenig praktizieren müssen, dachte Malloy, um zu zeigen, daß er gut genug für sie war; jeder Teilnehmer eines Spezialkommandos mußte ein guter Schütze sein). Gegen Mittag kehrten sie in Clarks Chefbüro zurück.

»Na, Mr. Bear, was sagen Sie nun?« erkundigte sich Rainbow Six.

Malloy grinste, als er Platz nahm. »Ich sage, daß mir noch ganz rammdösig ist von dem Flug. Und daß Sie ein nettes Team hier haben. Und mich wollen Sie dabeihaben?«

Clark nickte. »Ich glaube schon. – Wollen sie morgen früh anfangen?«

»Und was fliegen?«

»Hab vorhin den Air-Force-Typen angerufen, von dem sie erzählten. Für's erste leihen sie uns einen MH-60, damit Sie ein Spielzeug haben.«

»Gehört sich auch unter Nachbarn.« Für Malloy hieß das, daß er würde zeigen müssen, was in ihm steckte. Doch diese Aussicht bereitete ihm kein Lampenfieber. »Was ist mit meiner Familie? Werde ich befristet abkommandiert oder was?«

»Nein, hier sind Sie auf Dauer stationiert. Wir holen sie rüber zu den üblichen Regierungskonditionen.«

»Klingt fair. Kriegen wir hier denn auch was zu tun?«

»Bis jetzt hatten wir zwei Außeneinsätze, in Bern und Wien. Wieviele Aufträge dieser Art auf uns warten, weiß ich nicht, aber das Trainingsprogramm ist ziemlich anspruchsvoll.«

»Soll mir recht sein, John.«

»Wollen Sie sich uns anschließen?«

Die Frage schien Malloy zu überraschen. »Ist das 'ne Freiwilligen-Truppe?«

Clark nickte. »Jeder hier *wollte* dabeisein.«

»Na, wenn das so ist – einverstanden«, strahlte Malloy. »Sie können mich anmustern.«

»Darf ich eine Frage stellen?« erkundigte sich Popov zur gleichen Zeit in New York.

»Bitte sehr«, ermunterte ihn der Chef, der sich schon denken konnte, was jetzt kam.

»Welchen Zweck verfolgt das alles?«

»Noch müssen Sie es nicht wissen, wirklich nicht«, lautete die ebenfalls zu erwartende Antwort.

Ein Kopfnicken signalisierte, daß Popov sich mit der Antwort zufriedengab. »Wie Sie meinen, Sir. Aber Sie geben eine Menge Geld aus, von dem ich nicht erkennen kann, wie es wieder hereinkommen soll.« Die Frage nach dem Ertrag brachte Popov absichtlich an, um zu sehen, wie sein Auftraggeber reagierte.

Die Reaktion war unübersehbar gelangweilt. »Geld spielt keine Rolle.«

Und obwohl auch diese Antwort vorauszusehen war, überraschte sie Popov. Während seines Berufslebens als sowjetischer KGB-Mann hatte er stets knausern müssen mit dem, was er Leuten zahlte, die ihr Leben und ihre Freiheit dafür riskierten. Meist erwarteten sie weit mehr, als sie je bekamen, weil Material und Informationen weit mehr wert waren, als die Regierung dafür hergeben wollte. Dieser Mann hatte schon mehr ausgegeben als Popov in über fünfzehn Jahren Außendienst – und das für nichts, für zwei grobe Fehlschläge. Und doch ließ er sich vor Dmitrij Arkadejewitsch keine Enttäuschung anmerken. Was zum Teufel steckte dahinter?

»Was ging in diesem Fall schief?« wollte der Chef wissen.

Popov zuckte die Schultern. »Die Leute waren besten Willens, aber sie haben wohl die taktischen Fähigkeiten der Polizei unterschätzt. Sie sind wirklich sehr raffiniert vorgegangen«, versicherte er seinem Auftraggeber. »Was mich nicht weiter überrascht. Heutzutage verfügt die Polizei in aller Welt über hochgradig ausgerüstete Anti-Terror-Einheiten.«

»War es die österreichische Polizei, die ...?«

»Jedenfalls hieß es so in der Presse. Ich bin dem nicht weiter nachgegangen. Sollte ich mich umhören?«

Ein Kopfschütteln. »Nein, war bloß persönliche Neugier.«

Es ist euch also gleichgültig, ob eine Aktion glückt oder fehlschlägt, dachte Popov. *Aber warum in aller Welt finanziert ihr sie dann?* Es kam ihm nicht logisch vor. Ganz und gar nicht – und eigentlich hätte es Popov irritieren sollen. Doch es kümmerte ihn wenig.

Soviel war klar: Sein Auftraggeber finanzierte Mord – zumindest versuchten Mord, im aktuellen Fall. Offenbar verfügte er über unbegrenzte Mittel und großen Einfluß, doch gerade solche Männer hatten mehr Angst vor Verlusten als vor dem Tod. Immer wieder kam der ehemalige KGB-Offizier auf dasselbe zurück: Worauf lief das alles hinaus? Weshalb arrangierte er diese Anschläge und ließ Popov – was tun? War es, um die verbleibenden internationalen Terrorristen auszurotten? Ergab *das* einen Sinn? Wurde Popov als Lockvogel eingesetzt, als *agent provocateur*, der sie aus dem Hinterhalt locken und den Anti-Terror-Kommandos aller Länder vor die Flinte treiben sollte? Dmitrij beschloß, ein paar Erkundigungen über seinen Arbeitgeber einzuziehen. Allzu schwer konnte das nicht sein; die New York Public Library lag keine zwei Kilometer von der Fifth Avenue entfernt.

»Was waren das denn für Menschen?«

»Wen meinen Sie?« fragte Popov überrascht.

»Dortmund und Fürchtner«, erklärte der Chef.

»Idioten. Sie glaubten noch fest an den Marxismus-Leninismus. Auf ihre Weise nicht dumm, technisch sogar einigermaßen gewieft, aber ihr politisches Urteilsvermögen war mehr als dürftig. Sie waren unfähig, in einer gewandelten Welt ihren Standpunkt zu wechseln. Das kann gefährlich sein. Sie haben nichts dazugelernt, und deshalb mußten sie sterben.« Einen freundlicheren Nachruf konnte ihnen Popov nicht widmen. Sie hatten die Werke von Karl Marx und Friedrich Engels und ihrer Nachfolger studiert – dieselben, deren Leitsätzen auch Popov zeitlebens gefolgt war. Doch schon als Schüler hatte sich Popov darüber hinweggesetzt, und seine Auslandserfahrung als KGB-Offizier hatte das Vertrauen in die akademischen Theorien des 19. Jahrhunderts dann noch mehr erschüttert. Bereits der erste Flug mit einer US-Passagiermaschine, als er dem freundlichen Geplauder auf den Nachbarsitzen lauschte, hatte ihn eines Besseren belehrt. Hans und Petra dagegen waren überzeugt gewesen, ihnen werde etwas vorenthalten, obwohl sie doch im kapitalistischen System, inmitten von Wohlstand und Konsumgütern, ihr Auskommen hätten finden können. Vielleicht waren sie gewissermaßen ein Spiegelbild seiner selbst, dachte Dmitrij Arkadejewitsch; ebenso unbefriedigt wie er, wollten sie eine bessere Welt. Aber nein, er wollte sie immer nur für sich, während die beiden ihr Paradies allen Menschen zugedacht hatten, die von guten Kommunisten beherrscht werden sollten. Und um diese Utopie zu erreichen, ließen sie bereitwillig Unschuldige über die Klinge springen, diese Narren. Seinem Arbeitgeber schien Popovs Kurzdarstellung ihres so schmählich beendeten Lebens zu genügen, denn er war schon einen Schritt weiter.

»Bleiben Sie ein paar Tage in der Stadt. Ich rufe Sie an, wenn ich Sie brauche!«

»Wie Sie meinen, Sir.« Popov stand auf, verließ das Büro und nahm den nächsten Lift zum Ausgang. Auf der Straße schlug er den Weg nach Süden ein, zur Bibliothek mit den Löwen am Eingang. Die kleine Recherche würde ihm einen klaren Kopf verschaffen, und er mußte noch viel nachdenken. »Wenn ich Sie brauche«, das verhieß möglicherweise einen neuen Einsatz, und zwar bald.

»Erwin? George hier. Wie geht's dir, mein Freund?«

»In dieser Woche ist viel passiert.« Ostermann war noch immer erschöpft. Sein Hausarzt hatte ihm Beruhigungsmittel verschrieben, die seiner Meinung nach nicht viel halfen. Noch immer quälte ihn die Erinnerung an den ausgestandenen Schrecken. Nur gut, daß Ursel gleich heimgekehrt war, sogar noch vor der Befreiungsaktion. Später dann – er war erst gegen vier Uhr früh ins Bett gekommen – hatte sie ihn in den Arm genommen, und er hatte hemmungslos geweint vor

Angst, nachdem er sich bis dahin zusammengerissen hatte. Immerhin war dieser Fürchtner wenige Meter von ihm verreckt. Blutspritzer und Hautfetzen hatten seinen Anzug verschmiert; sie gaben ihn gleich zur Reinigung. Dengler hatte es am schlimmsten getroffen, er war für mindestens eine Woche krankgeschrieben. Seinerseits hatte sich Ostermann vorgenommen, endlich den Sicherheitsberater aus England anzurufen; besonders nachdem er den britischen Akzent seiner Befreier gehört hatte.

»Du ahnst ja nicht, wie erleichtert ich war, daß du es überstanden hast, Erwin.«

»Danke, George«, entgegnete er dem Staatssekretär des US-Finanzministers. »Wahrscheinlich bist du jetzt froh über deine Leibwache, wie?«

»Darauf kannst du Gift nehmen. Diese Branche wird in nächster Zeit wohl einen gewaltigen Aufschwung erleben, nehme ich an.«

»Meinst du, ein Investmentgeschäft lohnt sich?« fragte Ostermann hilflos grinsend.

»*So* habe ich's nun auch nicht gemeint«, flachste Winston zurück. Es tat ganz gut, darüber lachen zu können.

»George?«

»Ja?«

»Das waren keine Österreicher, wie in Presse und Fernsehen gemeldet wurde. Man hat mich angewiesen, nicht darüber zu sprechen, aber du darfst es erfahren. Es waren Amerikaner und Engländer.«

»Weiß ich, Erwin. Ich weiß sogar, wer sie sind, aber ich darf auch nichts preisgeben.«

»Ich verdanke ihnen mein Leben. Wie kann ich mich erkenntlich zeigen?«

»Sie werden dafür bezahlt, mein Freund. Es ist schließlich ihr Job!«

»Mag sein, aber es war *mein* Leben, das sie gerettet haben, und das meiner Mitarbeiter. Ich bin ihnen etwas schuldig. Kann man denn gar nichts für sie tun?«

»Nicht, daß ich wüßte«, erwiderte George Winston.

»Könntest du das für mich herausfinden? Wenn du sie ›kennst‹, wie du sagst, müßte das möglich sein. Sie haben doch Kinder, oder nicht? Ich könnte ihre Ausbildung finanzieren, oder für einen Fonds spenden, nicht wahr?«

»Vermutlich nicht, Erwin, aber ich werde nachfragen«, erklärte der Staatssekretär und machte sich eine Notiz. Einigen Sicherheitsbeauftragten würde das gar nicht recht sein, aber irgendein Weg würde sich finden, und sei es über eine Anwaltskanzlei in Washington, um den Vorgang abzuschirmen. Es freute Winston, daß Erwin bereit dazu war. *Noblesse oblige* war noch immer kein leeres Geschwätz. »Und du meinst, du bist wirklich wieder wohlauf, alter Junge?«

»Dank ihnen, ja, George.«

»Toll. Freut mich zu hören. Also dann – bis zum nächsten Mal, wenn ich nach Europa komme!«

»Danke der Nachfrage, George. Und einen schönen Tag noch.«

»Dir auch, alter Junge. Tschüß!« Winston drückte einen Knopf auf seinem Telefon. Eigentlich konnte er sich gleich darum kümmern. »Mary, würdest du mich bitte mit Ed Foley beim CIA verbinden?«

10

GOLDGRÄBER

Popov hatte solche Recherchen seit Jahren nicht mehr angestellt, aber er kannte noch die Methoden. Über seinen Arbeitgeber war mehr geschrieben worden als über manche Politiker – das gehörte sich auch so, dachte Popov, kümmerte er sich doch um Probleme, die für sein Land sehr wichtig und interessant waren. Aber die Artikel standen hauptsächlich im Wirtschaftsteil und orientierten allenfalls über seinen Wohlstand und Einfluß im Geschäft. Hinsichtlich seines Privatlebens war nicht viel zu erfahren, außer, daß er geschieden war. Eigentlich schade, fand Popov; seine Ex-Frau schien, nach den Fotos und beigegebenen Informationen, nicht nur attraktiv zu sein, sondern auch gebildet. Intellektuell gleichrangige Partner hatten es eben schwerer. Nur wenige männliche Amerikaner hielten es mit klugen Frauen unter einem Dach aus. Peinlich genug für die Schwächlinge – und nur ein schwacher Mann würde sich davon irritieren lassen.

Aber nichts wies darauf hin, daß der Mann mit Terror oder Terrorismus zu tun hatte. Er war nie selbst Opfer eines Anschlags geworden, nicht einmal eines simplen Straßenraubs, wenn es nach der *New York Times* ging. Andererseits gerieten solche Themen nicht oft in die

Schlagzeilen. Vielleicht handelte es sich um einen Vorfall, der nie ans Licht der Öffentlichkeit gekommen war. Aber wenn er sein Leben so entscheidend beeinflußt hatte – wäre es doch irgendwie bekannt geworden, oder?

Vielleicht. Fast mit Sicherheit, dachte er. Doch *fast* war eine heikle Einschränkung für einen altgedienten Abwehroffizier. Schließlich war sein Auftraggeber Geschäftsmann. Ein Genie auf wissenschaftlichem Gebiet und als Unternehmer. Dahin tendierten seine Leidenschaften, wie es schien. Es gab viele Fotos des Mannes mit Frauen, eine gutaussehender als die andere, aber selten zweimal dieselbe, die ihn bei Wohltätigkeitsbällen oder anderen gesellschaftlichen Ereignissen begleiteten. Popov fühlte sich an hübsche Trophäen erinnert, die man erlegte und an die Wand hängte, wo noch Platz war, bis zur nächsten Jagdsaison. Wie war der Mann einzuschätzen, für den er arbeitete?

Popov mußte sich eingestehen, daß er ratlos war, was ihn zunehmend irritierte. Sein Leben lag jetzt in der Hand eines Mannes, dessen Motive er nicht begriff. Ohne sie zu kennen, konnte er die Gefahr nicht einschätzen, in die er sich bei seinen Einsätzen begab. Falls der Zweck anderen bekannt, sein Arbeitgeber entdeckt und verhaftet wurde, mußte er, Popov, ebenfalls mit strafrechtlicher Verfolgung rechnen.

Doch während der Ex-KGB-Mann die letzten Zeitschriftenjahrgänge an die Lesesaaltheke zurückbrachte, fiel ihm eine ganz einfache Lösung ein. Er mußte bloß immer einen gepackten Koffer und zwei falsche Pässe bereithalten. Beim kleinsten Anzeichen von Ärger würde er so rasch wie möglich den nächsten Flughafen aufsuchen und sich nach Europa zurückziehen. Wozu hatte er schließlich dort das Geld deponiert? Es reichte längst, um sich ein paar Jahre bequem durchs Leben zu schlagen, länger, wenn er einen guten Investmentberater fand. Von der Bildfläche zu verschwinden war nicht allzu schwer, dafür war er schließlich ausgebildet, sagte er sich und trat auf die Fifth Avenue hinaus. Man brauchte nur fünfzehn bis zwanzig Minuten Vorwarnzeit..., aber wie konnte er sichergehen, daß er sie bekommen würde?

Das Bundeskriminalamt hatte wieder einmal ganze Arbeit geleistet, stellte Bill Tawney fest. Alle sechs Terroristen waren innerhalb von achtundvierzig Stunden identifiziert worden, und während die ausführlichen Verhöre ihrer Lebenspartner, Nachbarn und Bekannten noch andauerten, wußte die Polizei schon genug, um es an die österreichischen Kollegen weiterzugeben. Von hier gelangte es an die britische Botschaft in Wien, von dort nach Hereford. Das Konvolut enthielt auch ein Foto sowie den Grundriß des Hauses, das Fürchtner und Dortmund bewohnt hatten. Einer von beiden war offenbar künstlerisch talentiert gewesen, wie Tawney bemerkte. Im Bericht stand, sie hätten ihre Gemälde über eine Galerie im Ort verkauft, natürlich mit Pseudonym signiert. Wahrscheinlich stiegen sie jetzt im Wert, dachte der Six-Mann und blätterte weiter. Einen Computer hatten sie auch besessen, aber dessen Dateien gaben nicht viel her. Einer der beiden, nach Meinung der deutschen Ermittler Fürchtner, schrieb langatmige politische Analysen, die im Anhang beigegeben, aber noch nicht übersetzt waren. Dr. Bellow würde sie vielleicht lesen wollen, dachte Tawney. Ansonsten gab es nicht viel Bemerkenswertes. Bücher, darunter viele zu politischen Themen, die meisten in der ehemaligen DDR gedruckt und verlegt. Fernseher, Stereoanlage, eine Schallplatten- und CD-Sammlung mit klassischer Musik. Bescheidener Mittelklassewagen, gut gepflegt, versichert bei einer Agentur im Ort, unter ihren Decknamen Siegfried und Hanna Kolb. Enge Bekannte hatten sie nicht in der Umgebung, waren meist unter sich geblieben, und nach außen hin schien alles in Ordnung – niemand wußte viel über sie zu sagen. Und doch, dachte Tawny, saßen sie da wie auf dem Sprung und lauerten … auf was?

Wer hatte sie aus ihrem Schlupfloch hervorgeholt? Die Deutschen fanden keine Erklärung dafür. Ein Nachbar berichtete, daß wenige Wochen vor dem Vorfall der Wagen eines Besuchers vor der Tür gestanden hätte. Doch woher er gekommen war und zu welchem Zweck, wußte niemand. Die Kennzeichen des Fahrzeugs hatte sich keiner notiert, auch nicht die Marke, obwohl im Verhörprotokoll stand, daß es sich um einen deutschen Wagen handelte, von weißer oder wenigstens heller Farbe. Was dieser Hinweis taugte, vermochte Tawney nicht einzuschätzen. Es konnte auch ein Kunsthändler gewesen sein, ein Versicherungsagent … oder die Person, die sie aus ihrem Versteck und zurück in ihr linksradikales Terroristendasein gelockt hatte.

Daß die ihm vorliegenden Informationen keine befriedigende Schlußfolgerung zuließen, war nichts Neues für den erprobtem Abwehroffizier, der er war. Er bat seine Sekretärin, für eine Übersetzung der Fürchtnerschen Artikelserie zu sorgen und sie ihm und Dr. Bellow zur Analyse vorzulegen – mehr konnte er im Augenblick nicht tun. Etwas hatte die deutschen Terroristen aus ihrem professionellen Winterschlaf aufgeschreckt, doch was, blieb ein Rätsel. Die Beamten des Bundeskriminalamts konnten zufällig über die Lösung stolpern, aber Tawney rechnete nicht damit. Fürchtner und Dortmund hatten es immerhin geschafft, sich ein ungestörtes Privatleben zu sichern, in einem Land, dessen Polizei ansonsten bei der Personenfahndung recht erfolgreich war. Jemand, der sie kannte und dem sie vertrauten, mußte sie überredet haben, wieder in Aktion zu treten. Wer immer es war, er wußte, wo er sie finden konnte – daraus folgte, daß es noch immer ein rudimentäres Terror-Netzwerk gab. Die Deutschen kamen zu demselben Schluß, und ihr vorläufiger Bericht empfahl, durch V-Leute oder bezahlte Informanten nähere Erkundigungen einzuziehen. Das konnte klappen oder auch nicht. Tawney hatte mehrere Jahre seines Lebens darauf verwendet, in die irischen Terrorgruppen einzudringen, und ein paar kleinere Erfolge erzielt. Weil sie so selten vorkamen, wurden sie damals hochgespielt. Doch seitdem hatte in der Welt des Terrorismus eine Art darwinscher Auslese stattgefunden. Die Dummen starben aus, und die Klügeren überlebten. Und nach fast dreißig Jahren ständiger Verfolgung durch immer raffiniertere Fahnder waren die verbliebenen Terroristen selbst raffiniert geworden. Und die besten von ihnen waren in der Moskauer Zentrale von KGB-Offizieren ausgebildet worden … War das eine mögliche Spur? fragte sich Tawney. Die neue russische Führung verhielt sich kooperativer … aber was den Terrorismus betraf, nicht unbedingt. Vielleicht war es ihnen peinlich, daß sie sich früher mit solchen Leuten eingelassen hatten … Vielleicht waren auch die Akten vernichtet, wie die Russen immer wieder behaupteten, bloß mochte Tawney daran nicht glauben. Geheimdienstagenten warfen nie etwas weg. Die Sowjets hatten die umfassendste Bürokratie der Welt errichtet, und Bürokraten waren *unfähig*, Akten zu vernichten. In jedem Fall hätte die Kooperation mit russischen Behörden in dieser Sache seine Kompetenz weit überschritten. Doch konnte er einen entsprechenden Antrag formulieren, vielleicht auch durch ein oder zwei Instanzen bringen, bevor irgendein Staatsbeamter im Foreign Office ihn abschmetterte. Dann hatte er wenigstens was zu tun, und die Leute im Century House, das nur wenige Häuser von Westminster entfernt am Themseufer lag, würden merken, daß er noch immer im Dienst war und keine Ruhe gab.

Tawney steckte alle Unterlagen, einschließlich seiner Notizen, in eine dicke Ledermappe, bevor er sich an den aussichtslosen Antrag setzte. Er konnte nur den Schluß ziehen, daß es noch immer ein Terror-Netzwerk gab und daß jemand aktiv geworden war, der sich in dieser widerwärtigen Domäne auskannte. Wer weiß, ob die Deutschen mehr herausfanden und ob diese Ergebnisse auch auf seinen Schreibtisch gelangten. Wenn ja, fragte sich Tawney, konnten John Clark und Alistair Stanley dann zum Gegenschlag ausholen? Nein, hier handelte es sich um eine polizeitypische Aufgabe, egal in welcher Stadt oder Nation. Größeres Geschütz aufzufahren war nicht nötig. So schwer war es auch wieder nicht, einen dicken Fisch zu angeln. Das hatten zuletzt die Franzosen mit Carlos unter Beweis gestellt.

Iljitsch Ramirez Sanchez war kein glücklicher Mensch, und die Zelle im Le-Sante-Gefängnis war nicht dazu angetan, ihn zu einem solchen zu machen. Einst war er der meistgefürchtete Terrorist der Welt gewesen und hatte so manchen mit bloßer Hand umgebracht, so beiläufig, wie man den Reißverschluß am Hosenlatz zuzieht. Jede Polizei und jeder Geheimdienst der Welt war ihm auf den Fersen gewesen, doch von seinen Schlupfwinkeln in Osteuropa aus hatte er ihnen allen eine Nase gedreht. Dort las er auch von den Spekulationen in den Medien, wer er wirklich wäre, für wen er arbeite, zusammen mit KGB-Berichten über das, was internationale Agenturen aufbieten wollten, um ihn zu schnappen ... bis der Eiserne Vorhang zerriß und er in Osteuropa nicht mehr sicher war. Schließlich landete er im Sudan, wo es brenzlig für ihn wurde. Einer kleinen Gesichtskorrektur wollte er sich unterziehen, war zu einem Arzt seines Vertrauens gegangen, der ihn operieren wollte und ihm eine Narkose gab ... Aufgewacht war er an Bord eines französischen Firmenjets, festgeschnallt an ein Streckbett, begleitet von einem Franzosen, der ihn mit *Bonjour, Monsieur le Chacal* und dem strahlenden Lächeln eines Jägers begrüßte, der mit einem Lassowurf die gefährlichste Raubkatze der Welt zur Strecke gebracht hatte. Als man ihn endlich vor Gericht stellte, war es wegen Mordes an einem feigen Informanten und zwei Spionen der französischen Abwehr im Jahre 1975. Er verteidigte sich mit Vehemenz, wobei die Anklage seinem übersteigerten Selbstwertgefühl nichts anhaben konnte. Unter anderem erklärte er sich zum »Berufsrevolutionär« gegenüber einer Nation, die ihrer Revolution eine Zweihundertjahrfeier gewidmet hatte und nicht die geringste Lust auf eine weitere zu haben schien.

Doch das Schlimmste, was ihm passieren konnte, war die Verurteilung als… gewöhnlicher Krimineller, als wären seine Taten nicht in erster Linie politisch motiviert gewesen. Mit aller Macht hatte er das verhindern wollen, aber der Staatsanwalt gab ihm keine Chance und verlas das Plädoyer voller Abscheu – schlimmer noch, er blieb nüchtern und sachlich in der Beweisführung und verkniff sich den Abscheu. Sanchez wahrte seine Würde, doch innerlich fühlte er sich wie ein Tier in der Falle und strengte sich an, keine Miene zu verziehen. Das Urteil überraschte niemanden mehr.

Das Gefängnis war bereits hundert Jahre alt gewesen, als er zur Welt kam, und grenzte an die Mauern eines mittelalterlichen Kerkers. Seine eigene Zelle hatte ein winziges Fenster, aber er war zu klein, um auch nur ans Gitter zu reichen. Trotzdem beobachtete ihn Tag und Nacht das Auge einer Kamera, die ihn wie ein exotisches Wesen in einem Spezialkäfig überwachte. Er war so allein, wie man nur sein konnte; jeder Kontakt zu seinen Mithäftlingen wurde unterbunden, nur einmal am Tag durfte er eine Stunde »Gymnastik« in einem öden Gefängnishof zwischen Betonmauern absolvieren. Wesentlich mehr war auch nicht zu erwarten für den Rest seiner Jahre, und das raubte Carlos nahezu allen Lebensmut. Das Schlimmste war die Langeweile. Gewiß, er hatte Bücher zum Lesen, aber würde er je wieder über die paar Quadratmeter seiner Zelle hinauskommen? Und das Schlimmste, die ganze Welt wußte, daß der Schakal für alle Ewigkeit gefangen saß. Man konnte ihn abhaken.

Abhaken? Einst hatte sein Name die ganze Welt in Angst und Schrecken versetzt. Das war bei weitem das Schmerzlichste.

Er nahm sich vor, seinen Anwalt zu kontaktieren. Diese Gespräche waren noch immer sein ungestörtes Privileg, und sein Anwalt kannte einige Namen und Telefonnummern.

»Gehen wir an den Start«, erklärte Malloy. Beide Turbomotoren erwachten zum Leben, und augenblicklich fingen die vier Rotorblätter zu kreisen an.

»Scheußlicher Tag«, bemerkte Leutnant Harrison über Sprechfunk.

»Schon lange hier?« wollte Malloy wissen.

»Erst ein paar Wochen, Sir.«

»Tja, mein Sohn ... Jetzt weißt du, warum die Briten die Luftschlacht um England gewonnen haben. Wer sonst könnte in dieser Milchsuppe fliegen!« Der Marinemann blickte sich um. Niemand sonst schien sich heute in die Lüfte zu wagen. Die Wolkendecke lag bei höchstens 300 Metern, und der Regen prasselte ziemlich heftig. Malloy überprüfte die Armatur, doch alle Zeiger standen im grünen Bereich.

»Wohl wahr, Oberst. Wieviele Stunden haben Sie im Night Hawk geflogen?«

»So um die siebenhundert. Der Pave Low bietet mehr Ausdauer, und der hier hüpft lieber. Werden wir nachher sehen, mein Junge.« Malloy zog am Steuerknüppel, und der Night Hawk hob ab, von der Dreißig-Knoten-Windbö ein wenig durchgeschüttelt. »Alles klar hinten bei euch?«

»Hab meine Kotztüte dabei«, gab Clark zurück, was Ding amüsierte. »Kennen Sie einen Kerl namens Paul Johns?«

»Oberst bei der Air Force, drüben in Eglin? Hat vor fünf Jahren den Dienst quittiert?«

»Den meine ich. Wie gut ist er?« fragte Clark, hauptsächlich, um mit Malloy warmzuwerden.

»Im Hubschrauber gibt's keinen Besseren, besonders im Pave Low. Er redet mit seiner Maschine, und sie hört auf ihn. Kennen sie ihn, Harrison?«

»Nur dem Namen nach, Sir«, gab der Copilot links im Nebensitz zurück.

»Ein Winzling, aber im Golf unschlagbar. Macht jetzt auf Unternehmensberater, und arbeitet nebenbei für Sikorsky. Treffen uns regelmäßig in Bragg. Na schön, Baby, dann zeig mal, was du kannst!« Malloy ließ den Hubschrauber einen engen Linksschwenk machen. »Nichts lenkt sich besser als ein 60er. Verdammt, ich liebe die Dinger. Also los! Was haben wir für eine Aufgabe, Clark?«

»Das Reihenhaus dort. Wir simulieren Absetzen mit der Leine.«

»Verdeckt oder Angriff?«

»Angriff«, präzisierte John.

»Das ist einfach. Besondere Stelle gefällig?«

»Südöstliche Ecke, wenn möglich.«

»Gut. Auf geht's.« Malloy steuerte links und vorwärts, ließ den Hubschrauber wie einen Lift im Eiltempo sinken und schoß dann auf das Reihenhaus zu, schnell wie ein Falke, der hinter einem Fasan her ist. Und wie ein Falke bremste er über der gewünschten Stelle und ging so rasch in die Schwebe über, daß der Kopilot fast aus dem Sitz sprang, um sich staunend umzublicken. »Wie ist das, Clark?«

»Nicht übel«, gab Rainbow Six zu.

Als nächstes gab Malloy Gas und hob ab, als wäre der Teufel hinter ihm her – und stand im nächsten Moment wieder genau über dem Dachfirst. »Ich kann das noch verbessern, wenn ich an eure Leute gewöhnt bin, wie schnell sie draußen sind und so. Aber ihr wißt ja, das Absetzen am langen Seil ist normalerweise besser!«

»Solange Sie sich nicht in der Höhe verschätzen und uns an die Wand klatschen lassen«, warnte Chavez. Bei dieser Bemerkung wandte der Pilot sich um und zog eine Grimasse.

»Das wollen wir doch lieber vermeiden, mein Sohn. Keiner beherrscht das Schaukelstuhl-Manöver besser als ich, Leute.«

»Es ist nicht einfach, richtig abzusetzen«, wandte Clark ein.

»Sehr wahr«, nickte Malloy grimmig. »Aber ich kann auch Klavier spielen!«

An Selbstvertrauen fehlte es dem Neuen offenbar nicht. Selbst der Leutnant im Nebensitz hielt ihn für leicht überkandidelt, aber er traute ihm einiges zu, besonders wenn er zusah, wie Malloy den Steuerknüppel handhabte und den Hubschrauber damit wie einen Lift dirigierte. Zwanzig Minuten später hatten sie wieder festen Boden unter den Füßen.

»So wird's gemacht, Leute«, erklärte Malloy, während die Rotoren langsam ausliefen. »Und wann fangen wir mit dem richtigen Training an?«

»Ist morgen früh genug?« fragte Clark.

»Mir recht, General. Nächste Frage, Sir: Üben wir auf dem Night Hawk, oder muß ich mich an was anderes gewöhnen?«

»Das wissen wir leider noch nicht«, räumte John ein.

»Es hat einen gewissen Einfluß, wissen Sie. Jeder Hubschrauber ist anders zu handhaben, und je nachdem muß ich meine Absetzmanöver gestalten«, erklärte Malloy. »Mit denen hier kann ich am besten umgehen. Fast ebensogut bin ich auf dem Huey, aber der macht eben sehr viel Lärm. Sich damit unbemerkt anzunähern ist fast unmöglich. Andere Typen – gut, an die müßte ich mich erst gewöhnen. Müßte vorher ein paar Stunden hantieren und rumkurven, bevor ich mich darin wohlfühle.« Nicht zu vergessen das Auswendiglernen der Armaturen, dachte Malloy. Seit den Brüdern Wright beklagen sich Piloten darüber, daß bei verschiedenen Flugzeugtypen Schalttafeln, Hebel und Steuerknüppel nie an derselben Stelle zu finden waren. »Wenn wir Leute absetzen, riskiere ich Menschenleben, ihres und meines, jedesmal vom Start weg. Dieses Risiko möchte ich so klein wie möglich halten. In sowas bin ich vorsichtig, verstehen Sie?«

»Werd mich drum kümmern«, versprach Clark.

»Freut mich«, nickte Malloy und verschwand im Umkleideraum.

Popov genehmigte sich ein reichhaltiges Abendessen beim Italiener, der nicht weit von seinem Apartmenthaus lag, genoß auf dem Rückweg durch die Stadt die frische Brise und paffte an seiner Montechristo-Zigarre. Er hatte noch allerhand vor. Die Videobänder der Nachrichtensendungen hatte er sich verschaffen können und wollte sich jetzt die Terroranschläge unter seiner Ägide noch einmal näher ansehen. In beiden Fällen sprachen die Reporter Deutsch – erst Schwyzerdütsch, dann Wienerisch; das Hochdeutsche beherrschte er wie seine Muttersprache. Er saß mit griffbereiter Fernbedienung im Sessel, spulte gelegentlich zurück, wenn etwas seine besondere Aufmerksamkeit erregte, und merkte sich jedes Detail. Die interessantesten Passagen waren natürlich die, in denen die Männer zu sehen waren, die jeweils so entschlossen durchgegriffen hatten. Leider war die Bildqualität miserabel. Fernsehschirme gaben hochwertiges Filmmaterial einfach nicht adäquat wieder, schon gar nicht, wenn bei schlechter Ausleuchtung und aus zweihundert Metern Entfernung gedreht wurde. Der erste Mitschnitt von dem Anschlag in Bern zeigte mehr als neunzig Sekunden lang Bilder von der Eingreiftruppe vor dem Befreiungsschlag – dieser Teil war damals im Fernsehen nicht ausgestrahlt worden, erst hinterher. Sie bewegten sich wie aufeinander abgestimmt, was den Russen irgendwie ans Ballett erinnerte, so merkwürdig stilisiert und graziös krochen die Männer in schwarzer Kluft von links und rechts heran, bis ein blendender Blitz die Explosion ankündigte und das Bild schwankte – Kameraleute reagieren oft nervös auf solchen Lärm. Vom Gewehrfeuer hörte man nichts; die Waffen waren demnach schallgedämpft – damit niemand erriet, woher geschossen wurde. Aber das war hier nicht weiter wichtig, weil die Terroristen längst tot waren, bevor sie aus dieser Information Nutzen ziehen konnten. Aber so gehörte es sich nun mal. Es war ein Handwerk, mit festen Abläufen wie beim Profisport, deren Spielregeln mit tödlicher Macht durchgesetzt wurden. Der Einsatz war binnen Sekunden vorüber, und die Truppe verließ das Gebäude, während die Berner Polizei das Chaos beseitigte. Die Männer in Schwarz verhielten sich unauffällig, wie disziplinierte Soldaten auf dem Schlachtfeld. Kein Posieren, kein triumphierendes Händeschütteln – nein, dafür waren sie zu gut trainiert. Nicht einmal für ein Zigarettchen ließen sie sich Zeit ... außer dem einen, der sich die Pfeife anzündete. Was folgte, war das übliche Blabla der Reporter über diese Eliteeinheit der Polizei, die alle Geiseln unversehrt hatte retten können, undsoweiter, undsoweiter. Popov erhob sich, um die Kassette auszuwechseln.

Über die Wiener Mission war im Fernsehen noch weniger zu sehen gewesen, schon wegen der Lage des Anwesens. Hübsches Schloß hatte der alte Knabe; hätte keine schlechte Datscha für den Zaren abgegeben. Hier hatte die Polizei erbarmungslos die Berichterstattung zensiert, was Popov für sehr umsichtig hielt, auch wenn es ihm wenig half. Der Mitschnitt zeigte mit schöner Regelmäßigkeit die Fassade des Landhauses, unterlegt mit monotonem Geschwafel des Fernsehkommentators, der endlos dieselben Phrasen drosch und seine Zuschauer wissen ließ, daß sich die Polizei sehr zugeknöpft verhielt. Die Bilder zeigten, wie sich Wagen näherten, offenbar war es die Ankunft der österreichischen Eingreiftruppe. Interessant, daß sie bei der Ankunft zivil gekleidet waren und erst jetzt in Kampfanzüge schlüpften ... hier wurde offenbar grün bevorzugt ... Dann merkte er, daß es grüne Überzüge auf regulärer schwarzer Kluft waren. Was mochte das bedeuten? Die Österreicher hatten zwei Scharfschützen mit Nachtsichtgeräten, die rasch wieder einstiegen und im Wagen hinters Schloß gebracht wurden. Der Befehlshaber der Truppe war kein Riese, stellte Popov fest, ähnlich wie der Mann in Bern. Man sah aus großer Entfernung, wie er sich über Papiere beugte – zweifellos Grundriß, Lageplan oder Luftaufnahme des Anwesens. Kurz vor Mitternacht waren sie spurlos verschwunden, und Popov sah nur noch das von riesigen Scheinwerfern erleuchtete Schloß vor sich, begleitet von weiteren idiotischen Spekulationen des überaus schlecht informierten TV-Journalisten ... Dann, kurz nach Mitternacht, hörte man das ferne *Plopp* eines Gewehrs, gefolgt von zwei weiteren *Plopps*. Die Kamera zeigte, wie Uniformierte wild durcheinandanderliefen. Zwanzig Polizisten, Maschinenpistolen im Anschlag, stürmten den Vordereingang. Wichtigtuerisch vermeldete der Reporter die plötzlich einsetzenden Aktivitäten, die auch der dümmste Fernsehzuschauer mit eigenen Augen sehen konnte, gefolgt von allgemeinem Tohuwabohu. Dann die freudige Nachricht, daß sämtliche Geiseln gerettet und die Täter auf der Strecke geblieben waren. Nach einer Weile tauchte auch das grünschwarz vermummte Team wieder auf. Wie in Bern ließen sie kein Triumphgefühl erkennen. Einer der Männer schien Pfeife zu rauchen, als er sich dem Lieferwagen näherte, wo er seine Waffen verstaute, während sich ein anderer mit einem Polizisten in Zivil unterhielt, womöglich Einsatzleiter Altmark selbst. Die zwei schienen sich zu kennen; wie in Bern war das Gespräch überraschend kurz, bevor die Eingreiftruppe verschwand. Und Popov kam erneut zu dem Schluß, daß beide Anti-Terror-Einheiten eindeutig nach demselben Strickmuster ausgebildet waren.

Spätere Presseberichte lobten das taktische Vorgehen des Spezialkommandos. Das war auch in Bern der Fall gewesen, doch es überraschte weder hier noch dort, denn auch die Reporter beider Länder konnten sich, was das Phrasendreschen anging, die Hände reichen. Auch die Statements der Polizei waren nahezu identisch. Irgendwer mußte beide Teams trainiert haben, ein und derselbe Geheimdienst vielleicht. Es mochte die GSG-9-Truppe sein, die ihre Kollegen in den Nachbarstaaten ausbildete – zwanzig Jahre zuvor hatte sie mit britischer Hilfe die Flugzeugentführung in Mogadischu erfolgreich beendet. Vor allem die Gründlichkeit des Trainings und die Kaltblütigkeit beim Töten hielt Popov für ausgesprochen deutsch. Sie benahmen sich vor und nach dem Befreiungsschlag wie Kampfmaschinen, tauchten gespenstisch auf, verschwanden wieder und hinterließen nichts als die Leichen der toten Terroristen. Die Deutschen wußten eben, worauf es ankam, und ihre gelehrigen Schüler auch. Popov, gebürtiger Russe und einstiger Sowjetmensch aus Überzeugung, war wenig angetan von der Nation, die so viele seiner Landsleute auf dem Gewissen hatte, aber seinen Respekt für ihre Disziplin konnte er ihnen nicht versagen, und die Toten waren kein großer Verlust für die Menschheit gewesen. Als er einst, in Diensten des KGB, Deutsche zu Terroristen ausgebildet hatte, schenkte er ihnen kaum Beachtung, ebensowenig wie seine Kollegen. Sie waren nicht mehr gewesen als nützliche Idioten, von denen schon Lenin gesprochen hatte, höchstens noch trainierte Kampfhunde, die er notfalls von der Leine ließ. Und ganz so nützlich waren sie nun auch wieder nicht. Daß man heute an allen Flughäfen der Welt, zum Ärger der Reisenden, mit Metalldetektoren durchsucht wurde, war so ziemlich das einzige, was sie bewirkt hatten. Den Israelis hatten sie das Leben schwergemacht, aber was bedeutete dieses Land schon auf der Weltbühne? Abgesehen davon: Wenn Staaten gezwungen sind, sich an widrige Verhältnisse anzupassen, geschieht es schneller, als man denkt. Inzwischen war die israelische Fluglinie El Al die sicherste und bestbewachte der Welt. Überall wußten die Polizisten mittlerweile, wen sie abhören oder unter die Lupe nehmen mußten. Und wenn alle Stricke rissen, gab es Anti-Terror-Einheiten wie diejenigen in Bern und Wien, die das Schlimmste verhinderten. Ausgebildet von Deutschen, töteten sie wie Deutsche. Jeder Terrorist, den er entsandte, um die Drecksarbeit zu tun, mußte mit dieser Gegenwehr rechnen. Bedauernswert, dachte Popov, während er den Fernseher auf das laufende Programm einstellte und das letzte Band zurückspulte. Er hatte nicht viel gelernt aus den Mitschnitten, aber er war ausgebildeter Geheimdienstler und wußte, was er zu tun hatte. Jetzt goß er sich einen Absolut-Wodka pur ein – er vermißte den hochprozentigeren Starka, den es nur in Rußland gab –, und entspannte sich bei einem Fernsehkrimi.

»Ja, General! Weiß ich doch!« brüllte Clark um 1 Uhr 05 nachts ins Telefon und fluchte aus ganzem Herzen über die Zeitverschiebung.

»Das geht schließlich auch von *meinem* Etat runter«, unterstrich General Wilson. Erst machen sie einem die Leute abspenstig, dachte CINC-SNAKE, dann klemmen sie sich die Ausrüstung unter den Arm, *und dann wollen sie auch noch Geld.*

»Ich könnte es bei Ed Foley probieren, Sir, aber Tatsache ist nun mal, daß wir das Ding für's Training brauchen ... Sie haben uns einen erstklassigen Mann geschickt«, fügte Clark hinzu in der Hoffnung, Wilsons berüchtigten Jähzorn zu dämpfen.

Es half nicht viel. »Daß er gut ist, war doch klar! Schließlich hat er ja bisher, verdammt noch mal, in erster Linie für *mich* gearbeitet!«

Auf seine alten Tage wird der Kerl ganz schön knickerig, sagte sich John. *Jetzt lobt er schon einen Marine-Mann – recht ungewöhnlich für einen Schlangenfresser von der Infanterie und ehemaligen Befehlshaber des XVIII. Luftwaffenkorps.*

»General – Sir, wir haben schon ein paar heikle Einsätze hinter uns, und mit allem schuldigen Respekt, meine Leute hatten beide Male Erfolg. Ich muß mich doch auch für meine Leute einsetzen, oder?«

Das erst schien Wilson ein wenig zu beruhigen. Schließlich waren sie beide Kommandanten, nahmen ihren Job ernst und hatten Truppen zu befehligen, die auf ihre Fürsprache angewiesen waren.

»Ich kann Sie ja verstehen, Clark. Wirklich. Aber aut Maschinen, die Sie mir wegnehmen, kann ich meine Leute schließlich nicht ausbilden!«

»Wie wär's denn, wenn wir ihn umschichtig nutzen?« schlug John vor, als Friedensangebot.

»Es hieße nach wie vor, einen perfekten Night Hawk abnutzen zu lassen!«

»Das Ganze wäre auch für Ihre Crews von Vorteil. Am Schluß kriegen Sie womöglich eine Hubschraubercrew der Spitzenklasse, die ihn nach Bragg bringt, um Ihre Leute einzuarbeiten – und die Trainingskosten für Ihre Einsätze wären gleich Null, Sir.« Das war doch ein fairer Handel, seiner Meinung nach.

Im MacDill-Luftwaffenstützpunkt überdachte Wilson das durchsichtige Manöver. Rainbow war bekanntlich eine kampferprobte Truppe. Dieser Clark hatte sie erst dem CIA aufgeschwatzt, dann dem Präsidenten selbst – klar, daß er sofort zwei Einsätze bekam, beide erfolgreich, auch wenn der zweite ein Vabanquespiel gewesen war. Aber Clark, so gerissen er war und so gut er seine Leute drillte, hatte trotzdem keine Ahnung von der Verwaltung einer modernen Militäreinheit, wo man die halbe Zeit mit Budgetfragen zubringen und den gottverdammten Erbsenzählern das Geld aus den Rippen leiern mußte. Und *das* verdroß Sam Wilson am meisten. Er war noch recht jung für einen Vier-Sterne-General: ein Berufssoldat, der das soldatische *Handwerk* liebte, von dem man durch den Befehlshaberrang, aller Fitness und Bereitschaft zum Trotz, größtenteils abgeschirmt wurde. Ärgerlich war auch, daß dieses Rainbow-Projekt darauf hinauslief, ihm die Arbeit wegzunehmen. Sein eigenes Spezialkommando wurde überall eingesetzt, wo es nottat, aber der internationale Zuschnitt von Rainbow deutete darauf hin, daß sie künftig auf gleichem Acker pflügen sollten. Und die politische Neutralität machte Rainbow hilfesuchenden Ländern erst recht schmackhaft. Mochte sein, daß ihm Clark ernsthaft Konkurrenz machen wollte, und das ging Wilson über die Hutschnur.

Andererseits blieb ihm in dieser Angelegenheit ja doch keine andere Wahl, oder?

»Meinetwegen, Clark. Sie dürfen den Flieger benutzen, *so lange* die Muttereinheit darauf verzichten kann, und *so lange* Ihre Nutzung unser Training und die Einsatzbereitschaft der Muttereinheit nicht beeinträchtigt!«

»Ja, Sir. Das versteht sich von selbst«, gab John Clark zurück.

»Und ich werde rüberkommen und mir Ihren Flohzirkus mal anschauen!« setzte Wilson hinzu.

»Es wäre mir eine Ehre, General.«

»Wird sich zeigen«, grollte Wilson und legte auf.

»Ein knallharter Betonkopf!« ächzte John.

»Unverwüstlich«, nickte Stanley. »Immerhin wildern wir aber auch auf seinem Terrain!«

»Das ist jetzt unser Terrain, Al.«

»Stimmt. Aber daß er darüber frohlockt, können wir wohl kaum verlangen!«

»Und er ist jünger und hitziger als ich, meinst du?«

»Ein paar Jahre jünger, und ich persönlich würde mich mit diesem Gentleman nicht gern im Dunkeln anlegen«, grinste Stanley. »Aber die Schlacht ist vorbei, John, und offenbar hast du gewonnen.«

Clark brachte ein Lächeln zustande und schnalzte mit der Zunge. »Recht hast du, Al. Aber leichter ist es, im Kugelhagel zu stehen und den Feind niederzumähen.«

»Mag sein.«

»Was macht Peters Team?«

»Sie üben Abseilen an der Leine.«

»Wollen wir uns das nicht anschauen?« schlug John vor und war froh, wieder mal vom Schreibtisch wegzukommen.

»Ich will hier raus«, erklärte er seinem Rechtsbeistand.

»Das kann ich gut verstehen, mein Lieber«, versicherte der Maître nach einem gründlichen Blick in die Runde. Nach französischem Recht waren, ebenso wie in den USA, Gespräche zwischen Anwalt und Klient sakrosankt; sie durften weder abgehört noch vor Gericht verwendet werden. Das galt hier in besonderer Weise, weil es der französische Geheimdienst DSGE gewesen war, der Iljitsch auf die Anklagebank gebracht hatte. Und der DSGE selbst war auf internationaler Ebene nicht gerade bekannt für legale Methoden und zivilisiertes Verhalten. Das hatten, zu ihrem Leidwesen, so unterschiedliche Gruppierungen wie Terrorkommandos und Greenpeace erfahren müssen.

Andere Leute unterhielten sich ebenfalls in diesem Saal, Richtmikrofone waren nirgends zu erkennen. Auf die von den Wärtern angebotenen Stühle hatten die beiden dankend verzichtet und sich statt dessen näher ans Fenster gesetzt unter dem Vorwand, sie bräuchten das Tageslicht. Natürlich konnte jeder Abschnitt im Sprechsaal verwanzt sein.

»Leider muß ich Ihnen mitteilen, daß die Umstände Ihrer Verurteilung einen Gnadenappell wenig aussichtsreich erscheinen lassen«, fuhr der Rechtsanwalt fort. Für seinen Klienten war das keine große Neuigkeit.

»Ist mir klar. Ich möchte, daß Sie jemanden für mich anrufen.«

»Wen denn?«

Der Schakal nannte ihm einen Namen und eine Telefonnummer. »Sagen Sie ihm, daß ich herauszukommen wünsche.«

»An einer kriminellen Handlung darf ich mich nicht beteiligen.«

»Ist mir ebenfalls klar«, bemerkte Sanchez kühl. »Sagen Sie ihm außerdem, daß sich die Belohnung sehen lassen kann.«

Es wurde vermutet, wenn es auch keine Beweise dafür gab, daß Iljitsch Ramirez Sanchez als freier Mann noch ein stattliches Sümmchen beiseite geschafft hatte, das ihm dank seiner Aktionen zugeflossen war. Das meiste rührte wohl noch vom Anschlag auf die OPEC-Minister in Österreich vor nahezu zwei Jahrzehnten her. Kein Wunder, daß er und sein Kommando so umsichtig gewesen waren, vor allem Prominente umzubringen, trotz der politischen Mißbilligung, die sie damit auf sich zogen – im Gegenteil, damit konnte er sich öffentlicher Aufmerksamkeit und sogar einigen Beifalls sicher sein. Geschäft ist Geschäft, selbst für Leute seines Schlages. Und *irgendwer* hatte ja auch sein Honorar bezahlt, dachte der Maître.

»Soll ich sonst noch was von Ihnen ausrichten?«

»Das wäre alles. Wenn die Antwort kommt, werden Sie mir gleich Bescheid sagen«, verlangte der Schakal. In seinen Augen glomm noch immer ein Feuer, heruntergebrannt und wie aus weiter Ferne, doch es reichte, seinen Gesprächspartner in den Bann zu ziehen und gefügig zu machen.

Seinerseits stellte sich der Anwalt nicht zum erstenmal die Frage, weshalb er sich dieses Klienten angenommen hatte. Er hatte schon bei manchen Prozessen gegen namhafte Linksradikale mitgemischt, bei denen sich seine altbewährte Kenntnis im Strafrecht auszahlte. Doch die Vorahnung der Lebensgefahr, in die er sich damit begab, ließ ihn nicht mehr los. Erst kürzlich hatte er drei Drogendealer von größerem Zuschnitt verteidigt; auch diesen Klienten paßte es nicht in den Kram, zwanzig Jahre und mehr hinter Gittern zuzubringen, und ihre Unzufriedenheit mit dem Urteil hatten sie ihm deutlich genug zu verstehen gegeben. Würden sie einen Killer auf ihn ansetzen? So etwas war schon vorgekommen, in Amerika und anderswo. Hierzulande kam einem der Gedanke abwegig vor, zudem hatte der Anwalt diesen Klienten von vornherein keine großen Hoffnungen gemacht und nur versprochen, sein Bestes zu tun. Bei Carlos, dem Schakal, war es ähnlich gewesen. Der Anwalt war erst nach der Verurteilung in den Fall eingetreten, um die Möglichkeiten einer Berufung auszuloten. Er hatte es versucht und war – erwartungsgemäß – gescheitert. Der französische Gerichtshof kannte wenig Mitgefühl mit einem, der mehrere Morde auf französischem Boden verübt hatte und sich dessen nachträglich auch noch rühmte. Jetzt hatte sich der Mann eines Besseren besonnen und war des Gefängnislebens überdrüssig. Der Anwalt würde seine Botschaft pflichtgemäß weitergeben, aber wurde er damit nicht selbst Handlanger eines Verbrechens?

»Ich werde tun, was Sie wünschen«, versprach er seinem Klienten.

»*Merci.*«

Es war ein wunderschöner Anblick, selbst im Dunkeln. Der Hubschrauber MH-60 K Night Hawk schwebte mit fünfzig Stundenkilometern ein, rund sechzig Meter über dem Erdboden, näherte sich dem Reihenhaus von Süden, gegen den Wind, unbeirrt und ruhig vorwärtsstrebend, durchaus nicht wie zur Vorbereitung eines taktischen Abseilmanövers. Doch unter dem Hubschrauber hing ein dunkles, fünfundvierzig Meter langes Nylonseil herab, kaum erkennbar selbst mit den besten Nachtsichtgeräten. Am Ende der Leine hingen Peter Covington, Mike Chin und ein weiteres Team-1-Mitglied. In ihren schwarzen Ninja-Kampfanzügen baumelten sie tief unter dem schwarzen Sikorsky. Der Hubschrauber flog sanft und gleichmäßig wie auf Schienen, bis die Kufen fast das Gebäude streiften. Dann zog der Pilot den Bug nach oben, beschleunigte die Motoren und bremste rasch ab. Unterhalb der Maschine schwangen die ans Seil geklammerten Männer nach vorn wie Kinder auf einer Schaukel und fielen dann, auf dem Gipfelpunkt, wieder zurück. Auf der gegenüberliegenden Seite erstarrten sie fast in der Luft, weil der Rückwärtsschwung fast gleichzog mit der verbleibenden Fahrtgeschwindigkeit des Hubschraubers, und dann standen sie auf dem Dach, so sicher und fest, als wären sie aus einer Luke geklettert. Sofort lösten Covington und seine Männer die Halterungen und ließen sich fallen. Das Abrollen geschah so geschmeidig, daß sie fast gar kein Geräusch verursachten. Kaum war das geschehen, als der Hubschrauber wieder geradezog und seinen Flug fortsetzte. Niemand am Boden hätte geahnt, daß die Maschine den Flug über das Gebäude auch nur den Bruchteil einer Sekunde unterbrochen hatte. Und nachts war sie selbst für Feldstecher mit hoher Lichtstärke fast unsichtbar.

»Verdammt gut ist er!« rief Al Stanley. »Keinen Laut hat man gehört.«

»Genau wie er versprochen hat«, stellte Clark fest.

Als hätte Malloy die Bemerkung vernommen, wandte sich der Pilot um und winkte den Männern am Boden mit hochgerecktem Daumen zu, während er für den Rest des Manövers das Gelände weiter umkreiste. Bei einem echten Einsatz war die Umkreisung nötig, um die Männer im Notfall wieder abzuholen, aber auch um die Menschen am Boden an die Gegenwart des Hubschraubers zu gewöhnen, bis er nur noch als Teil der Landschaft wahrgenommen wurde und unbemerkt im Nachthimmel verschwand. Es verblüffte immer wieder, daß der Trick funktionierte, aber es gehörte nun mal zur menschlichen Natur, das Außergewöhnliche nach einer Weile nicht mehr zu bestaunen. Wäre ein Panzer auf dem Parkplatz abgestellt, würde man ihn nach ein oder zwei Tagen auch nur noch für ein weiteres Fahrzeug halten.

Covingtons Schützentrio lief auf dem Dach entlang, dann verschwand es über eine Leiter ins Innere des Hauses und tauchte wenige Sekunden später am Eingang auf.

»Okay, Bear, hier spricht Six; Manöver beendet. Zurück in den Vogelbauer, Oberst. Ende!«

»Verstanden, Six. Bear fertig zur Landung. Ende und aus«, lautete die knappe Antwort. Der Night Hawk verließ die Umlaufbahn und steuerte den Hubschrauberlandeplatz an.

»Was hatten Sie für einen Eindruck?« erkundigte sich Stanley bei Major Covington.

»Unglaublich geschickt, der Mann. Als wenn man vom Zug auf den Bahnsteig tritt. Malloy versteht sein Handwerk. Werkmeister?«

»Setzen Sie ihn auf die Lohnliste, Sir«, bestätigte Werkmeister Chin. »Mit dem könnten wir Pferde stehlen!«

»Das Maschinchen ist nicht übel«, grinste Malloy, als er zwanzig Minuten später das Kasino betrat. Er trug noch den grünen Nomex-Fliegeranzug, hatte sich jedoch einen gelben Schal um den Hals geschlungen wie ein echter Pilot. Clark wunderte sich.

»Wieso tragen Sie das Halstuch?«

»Ach, das? Es ist mein A-10-Schal. Einer der Typen, die ich in Kuwait gerettet habe, schenkte ihn mir. Wahrscheinlich ein Glücksbringer. Seitdem trage ich das bei jedem Einsatz.«

»Wie schwierig ist dieses Absetzmanöver?« wollte Covington wissen.

»Das Timing muß stimmen, und man sollte die Windverhältnisse kennen. Wissen Sie, was mir bei der Vorbereitung hilft?«

»Schießen Sie los«, drängte Clark.

»Klavierspielen.« Malloy nahm einen Schluck Lagerbier und grinste. »Fragen Sie mich bloß nicht, wieso, aber wenn ich ein bißchen gespielt habe, fliege ich besser. Lockert mir vielleicht die Finger, wer weiß? Aber der Hubschrauber, den sie uns zur Verfügung stellen, ist Klasse. Alles bestens eingestellt. Das Bodenpersonal der Air Force... na, die muß ich noch alle besuchen und einen ausgeben. Jedenfalls wissen sie, wie man einen Hubschrauber startklar macht. Erstklassige Mechaniker.«

»Ein wahres Wort!« strahlte Leutnant Harrison. Er kam vom 1. Spezialkommando-Geschwader und war im Grunde genommen verantwortlich für den Hubschrauber, obwohl er jetzt froh war, wenn er bei einem Könner wie Malloy dazulernen durfte.

»Wenn der Vogel gut gewartet wird, dann ist die Helikopterschlacht halb gewonnen«, fuhr Malloy fort. »Dem da braucht man nur gut zuzureden, und er frißt dir aus der Hand.«

»Wie ein gutes Gewehr«, warf Chin dazwischen.

»Kannste laut sagen, Werkmeister!« verkündete Malloy und salutierte mit seinem Bierglas. »Na schön. Dann mal los mit dem Jägerlatein. Wie war'n denn eure ersten beiden Einsätze?«

»Bis auf einen alle rausgeholt.«

»Wer blieb auf der Strecke?«

»Das war in Bern. Die Geisel wurde umgebracht, bevor wir vor Ort waren.«

»Übereifrige Killer?«

»So ähnlich«, nickte Clark. »Sie waren nicht besonders helle, daß sie so früh über die Stränge schlugen. Erst dachte ich, es wären bloß Bankräuber, aber später stellte sich ein terroristischer Hintergrund heraus. Mag sein, daß sie bloß hinter dem Geld her waren. Dr. Bellow ist bis heute nicht sicher, um was es ihnen ging.«

»Sagen Sie, was Sie wollen – das sind doch bloß Ganoven, Mörder, egal, wofür sich das Gesindel hält«, gab Malloy zurück. »Ich habe Hubschrauberpiloten beim FBI ausgebildet und verbrachte ein paar Wochen in Quantico beim Geiselrettungsteam. Die haben mich über die psychologischen Aspekte aufgeklärt. Kann ganz interessant sein. Dr. Bellow – handelt es sich da um Paul Bellow, der drei Bücher darüber geschrieben hat?«

»Genau der.«

»Hat was auf dem Kasten.«

»Das will ich meinen, Oberst Malloy«, nickte Stanley und bestellte eine weitere Runde.

»Ausschlaggebend für das, was man von ihnen wissen muß, ist nur eins«, erklärte Malloy und besann sich wieder auf seine Stellung als Oberst des US-Marinekorps.

»Wie man sie abmurkst!« grinste Werkmeister Chin.

Die Turtle Inn Bar & Lounge war ein wohlbekannter Treffpunkt auf der Columbus Avenue zwischen 68th und 69th Street, der von Einheimischen und Fremden frequentiert wurde. Die Musik war laut, aber nicht zu laut, und der Gastraum war nicht allzu hell beleuchtet. Der Schnaps war ein bißchen teurer als üblich, aber den Aufschlag nahm man gern in Kauf für die Atmosphäre, die der Wirt für unbezahlbar hielt.

»Aha«, machte der Mann und nahm einen Schluck von seiner Rum-Cola. »Und Sie wohnen in der Gegend?«

»Neu eingezogen«, gab sie zurück und hob ihren eigenen Drink. »Ich suche einen Job.«

»Was haben Sie denn gelernt?«

»Sekretärin im Anwaltsbüro.«

Er lachte. »Da gibt's bestimmt was. Wir haben mehr Anwälte in der Stadt als Taxichauffeure! Wo kommen Sie her? Sie sagten es schon ...«

»Des Moines, Iowa. Schon mal dagewesen?«

»Nein. Bin von hier.« Der Mann log. Er war vor über dreißig Jahren in Los Angeles zur Welt gekommen. »Ich bin Rechnungsprüfer bei Peat Marwick.« Auch das war gelogen.

Aber in einer Single-Bar forschte niemand nach der Wahrheit. Das Mädel war höchstens dreiundzwanzig, eben aus der Sekretärinnenschule gekommen – mit braunen Augen, braunem Haar und fünfzehn Pfund zuviel auf der Taille. Wenn man Kleinwüchsige mochte, sah sie aber ganz appetitlich aus. Die drei Drinks, die sie schon intus hatte, um sich ein weltgewandtes Big-Apple-Flair zu geben, stiegen ihr allmählich zu Kopf.

»Schon mal hier gewesen?« wollte er wissen.

»Nein, das erste Mal. Und Sie?«

»Seit ein paar Monaten. Hier lernt man viele Leute kennen!« Wieder eine der Lügen, die einem in solchen Kneipen unversehens herausrutschen.

»Die Musik ist ein bißchen laut«, maulte sie.

»Aber anderswo ist es viel schlimmer. Wohnen Sie in der Nähe?«

»Drei Straßen weiter. Habe ein kleines Einzimmer-Apartment in Untermiete. Muß für den Besitzer aufpassen. Meine Sachen kommen in einer Woche.«

»Das heißt, Sie sind noch gar nicht richtig eingezogen?«

»Genau.«

»Tja, willkommen in New York, Miß ...«

»Anne Pretloe.«

»Kirk MacLean!« Sie schüttelten einander die Hände, und er hielt ihre ein klein wenig länger fest, damit sie seine Haut spüren konnte – ein wichtiger Faktor, um Vertrauen zu bilden, das er dringend benötigte. Wenige Minuten später tanzten sie, was hauptsächlich darauf hinauslief, anderen Gästen im Dunkeln auf die Füße zu treten. Er versprühte seinen ganzen Charme, und sie lächelte zu seinen Einsneunzig hoch. Unter anderen Umständen hätte er vielleicht mit ihr angebändelt, dachte Kirk. Aber nicht heute nacht.

Die Bar schloß nach zwei Uhr in der Frühe, und sie gingen zusammen fort. Nach den sieben Drinks, die von ein paar Erdnüssen und Salzbrezeln kaum neutralisiert wurden, war sie ziemlich beschwipst.

Er hatte seine drei Drinks so lange gestreckt wie möglich und eine Menge Erdnüsse gefuttert. »Am besten«, fragte er auf dem Bürgersteig, »fahre ich dich heim, okay?«

»Aber ich wohne doch nur drei Straßen weiter.«

»Es ist schon spät, Annie, und wir sind in New York. Verstanden? Du mußt noch lernen, wann man hier zu Fuß gehen kann und wann nicht. Komm jetzt«, schloß er, nahm sie bei der Hand und geleitete sie sanft um die Straßenecke. Sein BMW parkte nahe am Broadway. Galant hielt er ihr die Tür auf, warf sie hinter ihr zu und umrundete den Wagen, um sich hinters Steuer zu setzen.

»Du mußt es ja dicke haben«, bemerkte Anne Pretloe, die sich im Wagen umschaute.

»Tja, weißt du, 'ne Menge Leute wollen Steuern sparen, verstehst du?« Er ließ den Wagen an und fuhr auf die Kreuzung zu, eigentlich in die falsche Richtung, aber sie war schon zu benebelt, um das zu bemerken. Sofort bog er links in den Broadway und sah den blauen Lieferwagen an einer schattigen Stelle parken. Kurz vorher betätigte er die Lichthupe, bremste ab und ließ per Knopfdruck die Seitenfenster an Fahrer- und Beifahrerseite heruntergleiten.

»Mensch«, rief er, »den Typen kenn ich!«

»Häh?« ließ sich Anne Pretloe vernehmen, die sich schon wunderte, wo sie war und wohin die Reise ging. Doch wie dem auch sei, jetzt war es zu spät.

»Hallo, Kirk«, grüßte der Mann im Overall und ging zum Beifahrerfenster.

»Na, Kumpel?« versetzte MacLean und hob den Daumen.

Der Mann im Overall beugte sich vor und holte eine kleine Sprayflasche aus dem Ärmel. Dann drückte er auf das Plastikknöpfchen und spritzte Anne Pretloe den Äther direkt ins Gesicht. Sie riß vor Schreck und Überraschung die Augen weit auf, wandte sich für eine Sekunde Kirk zu, klappte den Mund auf und fiel in Ohnmacht.

»Paß bloß auf damit, Mensch. Sie hat ganz schön was getrunken.«

»Kein Problem.« Er riß die Seitentür des Lieferwagens auf, und ein weiterer Mann, der die Straße hinauf und hinunter spähte, erschien. Als kein Streifenwagen zu sehen war, faßte er mit an, hob die schlaffe Gestalt vom Beifahrersitz und schaffte Anne Pretloe in den Laderaum. Dort wurde sie neben eine andere junge Dame gebettet, die ein anderer Angestellter der Firma heute nacht aufgelesen hatte. Nach getaner

Arbeit fuhr MacLean los und ließ die Seitenfenster weit offen. Hoffentlich vertrieb der nächtliche Fahrtwind den ekelhaften Äthergestank. Er hielt sich rechts, kam auf den West Side Highway und überquerte nordwärts die George Washington Bridge. Na schön, jetzt hatte er zwei eingesammelt, und die übrigen müßten insgesamt sechs haben. Noch drei weitere, dann war dieser gefährlichste Teil ihrer Operation beendet.

11

INFRASTRUKTUR

Der Maître hatte wie versprochen angerufen und wurde erwartungsgemäß in ein Restaurant bestellt, wo ihm ein Mann von etwa vierzig Jahren beim Mittagessen ein paar simple Fragen stellte und noch vor dem Dessert wieder verschwand. Was immer daraus werden sollte, seine Beteiligung an der Angelegenheit war damit zu Ende. Er zahlte die Rechnung in bar und kehrte in sein Anwaltsbüro zurück, verzweifelt überlegend, was er wohl angerichtet, welche Lawine er wohl ausgelöst hatte. Auf beides gab es, wie er sich selbst eingestehen mußte, nur eine Antwort: Er wußte es nicht. Es fühlte sich an wie unter der Dusche nach einem schweißtreibenden, harten Arbeitstag – wenn auch nicht ganz so befriedigend; schließlich war er Anwalt und kannte sich aus mit den Wechselfällen des Lebens.

Sein Gesprächspartner hatte die Metro genommen, als er das Restaurant verließ, war aber dreimal umgestiegen, bevor er sich in die Linie setzte, die in die Nähe seiner Wohnung fuhr. Sie lag nicht weit von einem Park, der für die Nutten berühmt war, die überall dort herumlungerten und den im Wagen vorbeifahrenden Freiern ihre Dienste anboten. Wenn es einen Gradmesser des Kapitalismus gab, dann hier, dachte er, obwohl dieser Beruf älter war als das zur Zeit allgegenwärtig herrschende Wirtschaftssystem. Mit der Munterkeit von Serienkillern standen diese Frauen in ihren viel zu kurzen Kleidchen herum, die sie so rasch und zeitsparend wie möglich abstreifen konnten. Er wandte sich ab und betrat das Haus, wo mit ein bißchen Glück schon andere auf ihn warteten. Und das Glück war tatsächlich auf seiner Seite. Einer seiner Gäste hatte sogar Kaffee aufgesetzt.

»Das kann doch so nicht mehr weitergehen!« rief Carol Brightling aus, wohl wissend, daß es sehr wohl weiterging.

»Ganz Ihrer Meinung, Doc«, gab ihr Besucher zurück und nahm einen Schluck Kaffee. »Aber wie wollen Sie *ihm* das klarmachen?«

Die Landkarte hatten sie über dem Couchtisch ausgebreitet. Alaskas Tundra erstreckte sich über Tausende von Quadratkilometern im Osten der Prudhoe-Bay, und Geologen von British Petroleum und Atlantic Richfield – beide Firmen hatten den North Slope von Alaska weitgehend ausgebeutet, die Pipeline gebaut und dadurch die Exxon-Valdez-Katastrophe mitverschuldet – hatten bereits ihre Ansprüche geltend gemacht. Dieses Ölfeld, auch AAMP genannt, war doppelt so breit wie der North Slope. Der Bericht war vorläufig nur halboffiziell im Sinne der Industrie und erst eine Woche vorher ins Weiße Haus gelangt, zusammen mit zusätzlichem Material von der US-Bergbau-Aufsicht, einer Behörde, die sich mit ähnlichen Fragen befaßte, sowie einem geologischen Gutachten, wonach sich das Ölfeld über die kanadische Grenze im Osten ausdehnte. Wie weit es sich erstreckte, darüber konnte man nur spekulieren, weil die Kanadier mit der Erkundung des Geländes noch gar nicht begonnen hatten. Die Zusammenfassung des Berichts deutete die Möglichkeit an, daß dieses Ölfeld nur mit jenem in Saudi-Arabien verglichen werden konnte, wenn es auch weit schwieriger zu erschließen war – *abgesehen von der Tatsache*, wie es weiter hieß, *daß die Pipeline schon gebaut war und von dieser zu den neuen Bohrstellen nur einige hundert Kilometer überbrückt werden mußten.* Angesichts dieses Standortvorteils seien die zu erwartenden Umweltschäden, wie der Gutachter herablassend urteilte, minimal.

»Wenn man den verdammten Tankerunfall außer Betracht läßt«, bemerkte Dr. Brightling sarkastisch und stürzte ihren Morgenkaffee hinunter. Ganze Schwärme unschuldiger Wildvögel waren dabei umgekommen, Hunderte von Seeottern, und der jungfräuliche Strand war auf Tausende von Kilometern verseucht worden.

»Es wäre eine Katastrophe, wenn der Kongreß hier kein Machtwort spricht. Herrgott, Carol, die Karibus, die Vögel, all die Wildtiere. Es gibt Eisbären dort, auch Braunbären und Grizzlys in den Trockengebieten, und die Ökosphäre dieser Gegend ist so empfindlich wie der Organismus eines neugeborenen Babys. Wir *dürfen* nicht zulassen, daß sich die Ölgesellschaft daran vergreift!«

»Weiß ich doch, Kevin«, gab die Umweltberaterin des Präsidenten zurück und nickte mitfühlend.

»Der Schaden wäre *nie* wiedergutzumachen. Das ewige Eis ist die sensibelste Stelle auf der Erdoberfläche«, erklärte der Vorsitzende des Sierra-Clubs mit erneuerter, gesteigerter Leidenschaft. »Das sind wir uns und unseren Enkelkindern schuldig – dem *Planeten.* Der Antrag muß im Keim erstickt werden! Es ist mir egal, was es kostet, aber wir müssen sie abschmettern. Sie *müssen* den Präsidenten davon abbringen, auch nur den *Anschein* von Zustimmung zu diesem Projekt zu signalisieren. *Wir dürfen nicht zulassen, daß die Umwelt vergewaltigt wird.«*

»Lassen Sie uns die Sache vernünftig angehen, Kevin. Der Präsident wird vor allem den wirtschaftlichen Nutzen in Betracht ziehen. Öl aus eigener Produktion erspart uns die Ausgaben für den Kauf in anderen Ländern. Schlimmer noch, er schenkt den Ölfirmen Glauben, wenn sie behaupten, sie könnten das Öl ohne großen Schaden für die Umwelt fördern und transportieren und *unvermeidliche* Schäden minimalisieren.«

»Das ist Bockmist, Carol, und sie wissen es genau!« Kevin Mayflower übergoß die Ölgesellschaft mit allem Haß, zu dem er fähig war. »Ihre gottlose Pipeline ist eine blutende Wunde auf dem Antlitz Alaskas, eine häßliche, klaffende Stahlnarbe in der schönsten Landschaft unseres Erdenrunds, eine Kränkung der Natur – und wofür? Damit die Menschen weiter mit Motorfahrzeugen die Atmosphäre verpesten, nur weil sie zu faul sind, ihren Arbeitsplatz zu Fuß zu erreichen, auf Fahrrädern zu fahren oder Pferdewagen zu benutzen.« (Daß er selbst mit dem Flugzeug nach Washington gekommen war, um seine Petition einzureichen, anstatt eines seiner Appalousa-Pferde quer durch das Land zu jagen, und daß sein Mietwagen auf dem West Executive Drive geparkt stand, hatte Mayflower anscheinend vergessen.) Die Ölfirmen ruinieren, was immer sie anfassen, dachte er. Sie verdrecken es. Sie beschmuddeln die Erde, zapfen ihr ab, was sie für eine wertvolle Ressource halten, ob Öl oder Kohle, schlitzen die Landschaft auf oder bohren Löcher hinein, weil sie die Heiligkeit des Planeten mißachten, der doch allen gehört und vor Unheil bewahrt werden muß. Das Bewahren erforderte natürlich die richtige Einstellung, wofür sich der Sierra Club verantwortlich fühlte: der Menschheit beizubringen, wie wichtig die Erde war, wieviel Respekt und Schonung sie verdiente. Einzig gut war, daß es auch die Umweltberaterin begriffen hatte, daß sie im Weißen Haus *arbeitete* und das Ohr des Präsidenten finden konnte.

»Ich möchte, daß Sie gleich über die Straße gehen, Carol, direkt ins Oval Office, und ihm *sagen*, was Sache ist!«

»So einfach ist das nicht, Kevin.«

»Warum nicht, in drei Teufels Namen? So schwer kann er doch nicht von Begriff sein, oder?«

»Gelegentlich gehen unsere Ansichten auseinander, und die Ölgesellschaften vertreten ihre Standpunkte sehr geschickt. Sehen sie sich an, wie deren Vorschlag aussieht!« Sie tippte auf den Aktenordner, der vor ihnen lag. »Sie versprechen, für die ganze Aktion geradezustehen und nicht weniger als *eine Milliarde Dollar* Kaution bereitzustellen für den Fall, daß etwas schiefgeht. Mensch, Kevin, ins Aufsichtsgremium für ihr Umweltprogramm haben sie sogar den Sierra Club eingeladen!«

»Um sich da von ihren Strohmännern überstimmen zu lassen? Bevor ich mich von denen vereinnahmen lasse, nehme ich lieber den Strick!« knurrte Mayflower unversöhnlich. »Ich lasse nicht zu, daß mein Büro teilnimmt an dieser Vergewaltigung. Das ist mein letztes Wort!«

»Wenn Sie das laut sagen, werden Sie von den Ölfirmen als unverbesserlicher Radikaler verketzert – und die gesamte Umweltbewegung ins Abseits gedrängt. Das können wir uns nicht leisten, Kevin!«

»Ich kann's um's Verrecken nicht! Sie müssen endlich Rückgrat zeigen und für Ihre Meinung kämpfen, Carol. Hier ist der Punkt, wo wir gefordert sind. Wir lassen diese Umweltschweine schon in Prudhoe Bay fördern, aber damit ist es auch *genug!*«

»Wie denkt der übrige Vorstand Ihres Vereins darüber?« erkundigte sich Dr. Brightling.

»Die werden, verdammt noch mal, denken, was ich ihnen sage!«

»Nein, werden sie nicht, Kevin.« Carol lehnte sich zurück und rieb sich die Augen. Sie hatte gestern nacht den gesamten Bericht durchstudiert, und die traurige Wahrheit war, daß die Ölfirmen in Umweltfragen raffinierter vorgingen denn je. Natürlich ging es ausschließlich um's Geschäft, die *Exxon-Valdez*-Affaire hatte sie *Unsummen* gekostet, von der schlechten Presse ganz abgesehen. Drei Seiten des Gutachtens widmeten sich deshalb allein den verbesserten Sicherheitsvorkehrungen beim Transport. Jeder Tanker, der den riesigen Ölhafen in

Valdez verließ, wurde die gesamte Strecke bis in die offene See von Schleppern begleitet. Insgesamt waren zwanzig Umwelt-Meßschiffe in ständigem Einsatz, weitere konnten abgerufen werden. Die Navigationssysteme der Tanker waren inzwischen technisch auf höherem Standard als die der Atom-U-Boote; ihre Steuerleute mußten sich alle sechs Monate einem Test an Simulatoren unterziehen. Das ging alles wahnsinnig ins Geld, war aber billiger als ein erneuter ernsthafter Tankerunfall. Eine Serie von Werbefilmen verbreitete die frohe Botschaft auf den Bildschirmen, und zwar auch in Intellektuellensendern des Kabel- und Satellitenfernsehens, im Schulfunk und in Naturfilm-Programmen. Dort sponserten die Ölfirmen neue Dokumentationen über Flora und Fauna der arktischen Welt, die angeblich völlig unberührt war vom Rohstoffabbau – und doch sah man Bilder der Karibus und anderer Tierherden, deren Wildwechsel unter den Pipeline-Gerüsten verlief. Wenn es ihnen gelang, die Botschaft derart unters Volk zu bringen, dann auch unter die Vorstandsmitglieder des Sierra Clubs, dachte Carol.

Was sie nicht verrieten, und was sie ebensogut wußte wie Mayflower, war die Tatsache, daß ihr Öl zwar sicher aus dem Boden quoll, sicher durch die Monsterpipeline floß, sicher mit den neuen doppelwandigen Tankern eingeschifft und übers Meer gebracht wurde, aber *anschließend* erst recht zur Umweltzerstörung beitrug, als Abgase aus dem Auspuff der Laster und PKWs, als Immission aus den Kraftwerken. War das alles nur ein Witz, und gehörte zur Pointe auch Kevins Eifern gegen die Zerstörung der Polarwelt?

Für Otto Normalverbraucher, der ignorant wie eh und je vor dem Fernseher saß und Fußball sehen wollte, war das kein Thema, oder? Allein in den USA gab es über hundert Millionen Kraftfahrzeuge, eine weit größere Zahl in der ganzen Welt, und sie *alle* verschmutzten die Luft, das war der eigentliche Skandal. Wie konnte man sie daran hindern, langfristig den Planeten zu zerstören?

Mittel und Wege gab es immer, überlegte sie, aber welche?

»Ich werde mein Bestes tun, Kevin«, versprach sie. »Ich rate dem Präsidenten, den Antrag nicht zu unterstützen.«

Der Antrag trug die Nummer S-1768 und wurde von beiden Senatoren Alaskas eingebracht und mitgetragen, die schon längst auf der Lohnliste der Ölfirmen standen. Demnach sollte dem Innenminister der Auftrag erteilt werden, die Bohrrechte in der AAMP-Region öffentlich auszuschreiben. Die Gelder, um die es ging, waren enorm, sowohl für die Bundesregierung als auch für den Staat Alaska. Selbst die Stammesführer der Ureinwohner würden sich das noch gut überlegen. Mit dem Ölgeld wurde ihnen der Ankauf zahlreicher Schneefahrzeuge und Motorboote ermöglicht, mit denen sie Karibus jagen und erlegen, Polarwale fischen und töten konnten, was zu ihrem traditionellen kulturellen Erbe gehörte. Die Jagd war längst nicht mehr nötig in einer Zeit, da man sich im Supermarkt mit plastikverpacktem Fleisch aus den Fabriken Iowas versorgte, doch die Ureinwohner Nordamerikas hingen an ihren überkommenen Traditionen. Es war deprimierend, wie diese Menschen ihre gesamte Geschichte und sogar ihre eigenen Götter über den Haufen warfen, um die Technik, das Öl und seine Produkte für sakrosankt zu erklären. Die Senatoren würden die Stammesältesten mitbringen, um vor dem Kongreß den Antrag S-1768 zu befürworten, und man würde auf sie hören, denn wer lebte mehr in Harmonie mit der Natur als die Ureinwohner Alaskas? Wenn auch heutzutage mit Hilfe von Ski-Do-Schneemobilen, Johnson-Außenbordmotoren und Winchester-Jagdgewehren ... Sie seufzte über diesen ganzen Irrsinn.

»Wird er auf Sie hören?« erkundigte sich Mayflower, der wieder zur Sache kommen wollte. Selbst Umweltschützer mußten sich auf die Realpolitik einlassen.

»Wollen Sie eine ehrliche Antwort? Vermutlich nicht«, gestand Carol Brightling kleinlaut.

»Wissen Sie«, erklärte Kevin mit leiser Stimme, »manchmal habe ich Verständnis für John Wilkes Booth, den Mörder Lincolns.«

»Kevin, das will ich nicht gehört haben. Nicht hier. Nicht in diesen vier Wänden!«

»Verdammt, Carol, Sie begreifen doch, um was es mir geht. Und Sie wissen, daß ich recht habe. Wie zum Henker sollen wir den Planeten schützen, wenn die Idioten, die ihn regieren, sich einen *Scheißdreck* um seine Zukunft kümmern?«

»Was wollen Sie damit sagen? Daß der Mensch bloß ein Parasit ist, der die Erde und das Ökosystem ruiniert? Daß wir hier überflüssig sind?«

»Nicht wenige von uns sind es, das ist eine Tatsache.«

»Und wenn's so wäre – was wollen Sie machen?«

»Ich weiß es nicht«, gab Mayflower zu.

Einige von uns schon, dachte Carol Brightling, hob den Kopf und sah ihm wehmütig in die Augen. *Aber wärst du dazu imstande, Kevin?* Sie hielt ihn für stark genug, doch diese Entscheidung war ein heikler Schritt, selbst für gläubige Jünger wie Kevin Mayflower.

Die Bauarbeiten waren nahezu abgeschlossen, zu neunzig Prozent jedenfalls. Zwanzig Sektionen des Geländes waren bereits fertig, jeweils dreißig Quadratkilometer ebenes Land, leicht abfallend. Eine vierspurig asphaltierte Straße, über die noch immer die LKWs ein- und ausfuhren, führte nordwärts zur Interstate 70. Auf den letzten Kilometern des Zubringers fehlte der Mittelstreifen; dieses Stück war achtzig Zentimeter hoch betoniert. Hier könnten Flugzeuge landen, was dem Leiter des Bautrupps schon aufgefallen war, ziemlich große sogar. Die Straße führte in einen ebenso bruchfesten und massiven Parkplatz. Ihm war das gleich, nicht einmal wichtig genug, um in seinem Country Club in Salina davon zu erzählen.

Die Gebäude dagegen waren schlicht gehalten, aber vorzüglich mit Umwelt-Kontrollsystemen ausgestattet. Die waren so aufwendig, daß die Navy gut und gerne ihre Atom-U-Boote damit hätte ausrüsten können. All das hing mit der marktbeherrschenden Stellung des Unternehmens zusammen, wie ihm der Firmenchef bei der letzten Besichtigung erklärt hatte. Es gehörte zu ihrer Philosophie, allen anderen ein Stück voraus zu sein, außerdem erforderte ihre Arbeit die genaue Kontrolle über jedes winzigste Detail. Impfstoffe lassen sich nicht irgendwo in freier Wildbahn entwickeln. Doch die Arbeiterwohnungen und Verwaltungsbüros hatten die gleichen Vorkehrungen, und das fand der Bauleiter dann doch etwas merkwürdig, um die Wahrheit zu sagen. Für alle Gebäude wurden Keller ausgeschachtet – in einem Land, wo Tornados Verwüstungen anrichteten, sehr umsichtig, aber die wenigsten kümmerte das, sei es aus Schludrigkeit, sei es, weil der Boden hier schwer aufzugraben war; die berüchtigte Kansas-Hartplattenschicht eben, deren Oberfläche nur ein wenig angekratzt wurde, um Weizen zu säen. Auch das war übrigens merkwürdig: Der größte Teil des Geländes wurde als Ackerland genutzt. Der Winterweizen war bereits eingefahren, und ein paar Kilometer weiter lag ein Mustergut an der überbreiten zweispurigen Straße, mit den allermodernsten landwirtschaftlichen Geräten ausgerüstet; und das in einer Gegend, wo der Weizenanbau eher als hohe Kunst betrieben wurde.

Dreihundert Millionen Dollar flossen insgesamt in das Projekt. Die Gebäude waren riesig – fünf- bis sechstausend Leute hätte man bequem unterbringen können, dachte der Bauleiter. Im Verwaltungszentrum lagen Klassenräume für weiterführende Schulen. Das Gelände hatte sein eigenes Kraftwerk, dazu ein riesiges Ölsilo, dessen Tanks halb eingegraben waren, um den klimatischen Verhältnissen standzuhalten. Eine eigene Pipeline führte bis zu einem Einfüllstutzen an der I-70 bei Kanopolis. Trotz des Süßwassersees in der Nachbarschaft wurden nicht weniger als zehn artesische Brunnen gegraben, dreißig Meter tief bis hinunter zur Cherokee-Wasserader, die von Farmern in der Gegend zur Bewässerung der Felder genutzt wurde. Das Wasser hätte ausgereicht, um eine Kleinstadt zu versorgen. Doch die Firma zahlte gut, und er bekam seinen üblichen Prozentsatz der gesamten Kosten bei pünktlicher Übergabe; mit einem substantiellen Bonus, den er sich unbedingt verdienen wollte, wenn er früher fertig wurde. Bis jetzt hatte er fünfundzwanzig Monate gebraucht, und noch zwei lagen vor ihm. Er würde es schaffen, dachte der Bauleiter, er würde den Bonus einsacken – und anschließend seine Familie vierzehn Tage lang nach Disneyland mitnehmen, Urlaub machen, Golf auf den schönen Plätzen dort spielen, und nach zwei Jahren ohne Sonn- und Feiertag seine alte Form wiederfinden.

Doch der Bonus bedeutete auch, daß er für ein paar Jahre nicht mehr zu arbeiten brauchte. Er war auf Großprojekte spezialisiert, hatte schon zwei Wolkenkratzer in New York hochgezogen, eine Ölraffinerie in Delaware, einen Freizeitpark in Ohio und zwei riesige Siedlungsprojekte anderswo, was ihm den Ruf eintrug, termingerecht fertig zu werden und dabei noch unter den veranschlagten Budgets zu bleiben – für einen in seiner Branche keine schlechte Empfehlung. Der Bauleiter parkte seinen Cherokee-Jeep und überflog die Liste für diesen Nachmittag. Ach ja, der Fensterversiegelungstest in Komplex Eins. Mit dem Handy signalisierte er sein Kommen und fuhr los, über die Rollbahn, wie er die Stelle nannte, wo die Zufahrtsstraßen zusammentrafen. Seine Zeit als Ingenieur bei der Luftwaffe fiel ihm wieder ein. Drei Kilometer lang, und zwei Handspannen dick – tja, auf dieser Fläche hätte problemlos eine Boeing 747 aufsetzen können. Immerhin unterhielt der Konzern seine eigene kleine Flotte von Gulfstream-Firmenjets, warum sollten sie nicht hier landen anstatt auf dem provinziellen kleinen Flugplatz bei Ellsworth? Und wenn sie sich je einen Jumbo zulegten, bitteschön, den konnten sie gleich hier abstellen. Wenige Minuten später hielt er vor Komplex Eins. Dieses Gebäude *war* schon fertig, drei Wochen vor der Zeit, und das letzte, was noch fehlte, waren die Umwelttests. Na prima. Er betrat es durch die Drehschleuse – eine besonders schweres, robustes Portal, das unmittelbar hinter ihm verriegelt wurde.

»Da bin ich. Alles bereit, Gil?«

»Mittlerweile schon, Mr. Hollister.«

»Dann legen wir los«, ordnete Charlie Hollister an.

Gil Trains war verantwortlich für sämtliche Umwelt-Meßanlagen des Projekts. Er war früher bei der Navy gewesen, und als Pedant, der er war, betätigte er die Schalter an den Wänden persönlich. Kein Geräusch kündigte die Abschottung von der Außenwelt an, dafür waren die Anlagen zu weit weg, aber die Wirkung trat sofort ein. Hollister spürte es in den Ohren *klicken*, als ob er mit dem Wagen eine steile Bergstraße herabfahren würde, und mußte seinen Kiefer bewegen, um den Druck auszugleichen, was einen weiteren *Klick* mit sich brachte.

»Wie hält es sich?«

»So weit, so gut«, gab Trains zurück. »Null komma sieben fünf PSI-Überdruck, gleichbleibend.« Er ließ die Augen nicht von der Anzeige seiner Kontrolltafel. »Wissen Sie, wie wir das machen, Charlie?«

»Nee.« Der Bauleiter schüttelte den Kopf.

»Wie bei den Wasserdrucktests beim U-Boot. Es ist dieselbe Methode; da setzen wir eine Abteilung nach der anderen unter Überdruck.«

»Wirklich? Mich erinnert es eher an das, was ich in den Militärstützpunkten Europas mitgemacht habe.«

»Und das wäre?« wollte Gil wissen.

»Die Pilotenquartiere unter Druck setzen, um üble Gase rauszuhalten.«

»Ach wirklich? Na, es funktioniert wohl nach beiden Seiten. Jedenfalls hält sich der Druck.«

Das soll er auch gefälligst, dachte Hollister, *nach all dem Streß, den wir mit jedem einzelnen Fenster und seiner Vinyldichtung hatten.* Nicht, daß es allzu viele Fenster hier gab. Das war ihm besonders absurd erschienen. Die Aussicht war doch wunderschön, warum wurden die Mitarbeiter davon ausgeschlossen?

Das Gebäude war für volle 1,3 Atmosphären Überdruck ausgelegt. Man hatte ihm erklärt, daß dies zum Schutz vor Tornados diente, und das schien auch ganz sinnvoll zu sein, zusammen mit den erstklassig funktionierenden HVAC-Systemen, die zur Versiegelung gehörten. Doch andererseits konnte es Krankheiten verursachen. Innenräume mit übertrieben guter Abdichtung hielten auch die Grippeviren fest, weshalb sich Erkältungen ausbreiteten wie Waldbrände. Aber die Firma arbeitete eben mit Chemiezeugs und Impfmitteln und Pestiziden, vermutlich mußte man die Räume notgedrungen wie Labors für chemische Kampfstoffe isolieren, oder? Es war wohl sinnvoll, einerseits alles drin zu behalten – und andererseits alles draußen zu halten, nicht wahr? Zehn Minuten später wußten sie es genau. Die Instrumente in allen Gebäudeteilen hatten bestätigt, daß die Überdrucksysteme arbeiteten – auf Anhieb. Die Handwerker, die für den Einbau der Fenster verantwortlich waren, hatten ihre Extraprämie für fehlerfreie Arbeit verdient.

»Sieht gut aus, Gil. Ich muß noch mal hoch zur Funkleitzentrale.« Der Komplex verfügte außerdem über eine verschwenderische Sammlung von Satelliten-Empfangsanlagen.

»Nehmen Sie die Schleuse«, empfahl Trains.

»Wir sehen uns nachher«, erklärte der Bauleiter.

»Aber klar, Charlie.«

Schön war das nicht. Da hatten sie jetzt elf Personen, gesunde acht Frauen und drei Männer – nach Geschlechtern getrennt, versteht sich –, und elf waren schon eine mehr als geplant, aber nachdem man sie entführt hatte, konnte man sie schwerlich wieder zurückbringen. Die Kleider hatte man ihnen weggenommen – in einigen Fällen, während sie bewußtlos waren – und durch Jogginganzüge ersetzt, die ein wenig an Knastuniformen erinnerten, wenn auch aus feinerem Stoff gefertigt. Unterwäsche war nicht gestattet (Frauen in Gefangenschaft hatten schon ihre Büstenhalter benutzt, um sich zu erhängen, und das durfte hier nicht passieren). Pantoffeln statt Schuhe, und das Essen mit hohen Valiumdosen angereichert, was die Leute einigermaßen ruhigstellte, wenn auch nicht ganz. Es wäre nicht ratsam gewesen, sie allzusehr unter Drogen zu setzen, denn die Unterdrückung der Körperfunktionen konnte die Testergebnisse verfälschen, und das mußte ebenfalls vermieden werden.

»Was soll das alles hier?« verlangte eine Frau von Dr. Barbara Archer zu wissen.

»Es ist ein medizinischer Versuch«, erwiderte Barbara, während sie die Tabelle ausfüllte. »Sie haben eingewilligt, mitzumachen, nicht wahr? Wir zahlen gut dafür, und wenn es vorbei ist, können sie wieder nach Hause.«

»Wann soll das gewesen sein?«

»Letzte Woche«, log Dr. Archer.

»Ich kann mich nicht erinnern.«

»Es war aber so. Wir haben Ihre Unterschrift auf der Freiwilligkeitserklärung. Und wir kümmern uns doch auch um Sie, nicht wahr?«

»Mir ist die ganze Zeit so schummerig ...«

»Das ist ganz normal«, versicherte Dr. Archer. »Lassen Sie sich deswegen mal keine grauen Haare wachsen.«

Die Frau – Subjekt F 4 – war Sekretärin in einem Anwaltsbüro. Drei der weiblichen Subjekte hatten diesen Beruf, was Dr. Archer doch ein wenig beunruhigte. Wenn nun die Anwälte, für die sie arbeiteten, die Polizei verständigten?

Kündigungsschreiben waren bereits unterwegs, mit fachmännisch gefälschten Unterschriften und plausiblen Erklärungen für die vorgeschobenen Gründe im Brieftext. Das würde ihnen einen kleinen Aufschub geben. Die Entführung der Testpersonen selbst war in allen Fällen störungsfrei verlaufen, und hier würde schon niemand anfangen, zu plaudern.

Subjekt F 4 war nackt und saß bequem in einem Sessel, über dem ein Saunatuch lag. Recht attraktiv sah sie aus, auch wenn sie gut und gerne zehn Pfund abnehmen könnte, dachte Barbara Archer. Der Gesundheits-Check hatte nichts Ungewöhnliches ergeben. Blutdruck normal; leicht erhöhte Cholesterinwerte, aber kein Anlaß zur Sorge, sie wirkte wie eine ganz normale, gesunde sechsundzwanzigjährige Frau. Die Befragung nach der Krankengeschichte ergab nur Belanglosigkeiten. Jungfrau war sie natürlich nicht mehr, hatte zwölf Liebhaber verschlissen in den neun Jahren ihrer sexuell aktiven Zeit. Eine Abtreibung bei ihrem Gynäkologen war erfolgt, danach achtete sie darauf, Verhütungsmittel zu nehmen. Gegenwärtig hatte sie ein lockeres Verhältnis, aber der Betreffende war geschäftlich für ein paar Wochen verreist, außerdem argwöhnte sie, es gebe eine andere Frau in seinem Leben.

»Das wär's dann so weit, Mary.« Dr. Archer erhob sich und lächelte. »Danke für Ihre Kooperationsbereitschaft!«

»Darf ich mich jetzt wieder anziehen?«

»Sofort – zuvor möchten wir aber noch etwas von Ihnen. Bitte gehen Sie durch die grüne Tür dort. Dahinter ist unsere Sprühanlage. Sie werden es angenehm kühl finden. Kleidung finden Sie dann am anderen Ende.«

»Meinetwegen.« Subjekt F 4 erhob sich und tat, wie ihr geheißen. Im Inneren des versiegelten Raums war – eigentlich nichts. Sie stand einen Augenblick benebelt da und wunderte sich. Heiß war es, über dreißig Grad, dachte sie, doch dann versprühten unsichtbare Düsen in der Wand einen feinen Dunst … so etwas wie Nebel, der sie zehn Sekunden lang erfrischte und sich angenehm anfühlte. Dann hörte der Nebel auf, und die Tür am anderen Ende öffnete sich von selbst. Wie versprochen, war dort die Garderobe. Sie stieg in ihre grünen Pluderhosen, zog den Sweater an und trat in den Korridor hinaus. An der hintersten Tür winkte ihr ein Wachbeamter zu – sie blieben immer auf zehn Meter Abstand –, und sie betrat den Schlafsaal, wo das Essen schon bereitstand. Die Mahlzeiten waren ordentlich lecker hier, und hinterher war ihr immer nach einem Mittagsschläfchen.

»Fühlen wir uns nicht wohl, Pete?« fragte Dr. Killgore in einem anderen Trakt des Gebäudes.

»Muß wohl die Grippe sein. Mir ist so schlapp, und ich kann nichts bei mir behalten.« Nicht mal den Schnaps, dachte er, was einen Alkoholiker besonders nervte. Schnaps war das einzige, was er sonst mit Freuden konsumierte.

»Gut, sehen wir mal nach.« Killgore stand auf, legte sich die Maske um und streifte Plastikhandschuhe über für die Untersuchung. »Ich muß allerdings eine Blutprobe nehmen, okay?«

»Tun Sie, was Sie nicht lassen können.«

Killgore ging in der Tat sehr gründlich vor, verabreichte ihm den üblichen Piekser in den Ellbogen und füllte vier 5-ccm-Kanülen. Als nächstes prüfte er Petes Augen und Mundhöhle, dann klopfte er ihn ab, was keine Reaktion hervorrief, erst bei der Leber des Subjekts …

»Autsch! Das tut weh, Doktor!«

»Wirklich? Man merkt aber gar keinen Unterschied zu sonst, Pete.

Wie ist denn der Schmerz?« Er tastete nach der Leber, die sich wie bei vielen Alkoholikern wie ein weicher Ziegelstein anfühlte.

»Als wenn Sie mir ein Messer hineinrammen, Doktor. Als wäre alles wund!«

»Tut mir leid, Pete. Und wie ist es hier?« fragte der Mediziner, und tastete sich mit beiden Händen tiefer.

»Nicht so scharf, aber es drückt ein bißchen. Hab ich vielleicht was Falsches gegessen?«

»Könnte sein. Ich würde mir keine Gedanken machen deswegen«, versetzte Killgore gleichmütig. Der hier zeigte bereits Symptome, ein wenig früher als erwartet, doch mit kleineren Unregelmäßigkeiten mußte man rechnen. Pete gehörte noch zu den gesünderen Subjekten, auch wenn man Alkoholiker nie völlig fit nennen konnte. Also kam Pete als zweiter dran. *Pech für dich, Pete*, dachte Killgore. »Ich spritze Ihnen etwas, das den Schmerz dämpft.«

Der Arzt drehte sich um und zog eine Schublade im Wandschrank auf. Fünf Milligramm sollten genügen. Er füllte die Einwegspritze bis zur Markierung, dann wandte er sich dem Patienten zu und injizierte in die Vene am rechten Handrücken.

»Oooh«, seufzte Pete ein paar Sekunden später. »Oooh ... fühlt sich gut an. Geht mir schon viel besser, Doktor. Danke!« Die rotgeränderten Augen weiteten sich, dann erschlaffte er.

Heroin war ein hervorragendes Analgetikum, und das Beste daran: Der Empfänger bekam bereits in den ersten Sekunden einen Schub und verfiel anschließend für ein paar Stunden in stumpfsinniges Wohlbehagen. Pete würde es eine ganze Zeitlang prächtig gehen. Killgore half ihm auf, dann begleitete er ihn zurück in den Saal. Als nächstes nahm er die Blutproben mit ins Versuchslabor. In dreißig Minuten wußte er genau Bescheid. Der Antikörpertest fiel noch immer positiv aus, und unter dem Mikroskop zeigte sich, wogegen die Antikörper kämpften – wenn auch vergebens.

Erst zwei Jahre zuvor hatte jemand versucht, Amerika mit der natürlichen Version dieses Virus zu vergiften, den manche »Hirtenstab« nannten. Ein wenig abgewandelt zwar, in einem Gentechniklabor mit dem Krebs-DNA verknüpft, das den negativen RNA-Strang noch robuster machen sollte, aber das war, als wolle man dem Virus einen Regenmantel anziehen. Die Gentechniker hatten seine Latenzperiode verdreifacht, mehr kam dabei nicht heraus. Früher gab man dem Erreger höchstens vier bis zehn Tage, jetzt überlebte er fast einen Monat. Maggie verstand ihr Handwerk wirklich gut, und sie hatte auch gleich den richtigen Namen gefunden. Shiva war ein tückischer kleiner Bursche. Er hatte Chester auf dem Gewissen – naja, eigentlich hatte ihm die Pottasche den Rest gegeben, als er bereits todgeweiht war –, und jetzt würde er über Pete herfallen. Dem würde man keinen Gnadenstoß gewähren. Pete mußte weiterleben, bis ihn die Krankheit dahinraffte. Seine körperliche Kondition war beinahe normal, so daß sie sich anstrengen würden, um festzustellen, was gute Pflege und Behandlung gegen die Symptome des Ebola-Shiva-Virus ausrichten konnten. Wahrscheinlich nichts, aber das galt es nachzuweisen. Blieben neun weitere Primärsubjekte zum Testen, und elf weitere am anderen Ende des Instituts – sie waren für die eigentliche Versuchsserie da. Die waren kerngesund, wenigstens glaubte das die Firma. Man würde beides untersuchen: die Methode der Direktübertragung und die Eignung Shivas zur Seuchenverbreitung, anschließend die Effizienz der Impfstoffe, die Steve Berg vergangene Woche isoliert hatte.

Damit konnte Killgore für heute Feierabend machen. Er begab sich nach draußen. Die Abendluft war kühl, frostig und rein – wenigstens so rein, wie sie in diesem Teil der Welt sein konnte. Es gab Millionen und Abermillionen Kraftfahrzeuge in diesem Land, die ihre Kohlenmonoxyde in die Atmosphäre bliesen. Killgore fragte sich, wie es ihm in zwei oder drei Jahren ergehen mochte, wenn all das vorbei war. Im Licht der Bogenlampen vor dem Gebäude sah er Fledermäuse flattern. Eigentlich toll – Fledermäuse bekam man selten zu sehen. Vermutlich jagten sie Insekten, und er wünschte, sein Ohr könnte die Ultraschallsignale wahrnehmen, die sie wie Radar aussandten, um ihre Beute zu finden.

Auch Vögel waren dort oben unterwegs. Eulen vor allem, die großen Räuber der Nacht, die mit sanftem, leisem Flügelschlag in Scheunen rauschten, wo sie Mäuse fingen, vertilgten und verdauten, um die Knochen und Haare ihrer Opfer als kompakte Gewöllkugeln wieder zu erbrechen. Killgore fühlte sich den Raubvögeln weit mehr verbunden als den Beutetieren. Aber das war ganz in Ordnung so. Schließlich *war* er mit den Raubvögeln verwandt, diesen wilden, großartigen Killern, die gewissenlos töteten, weil Mutter Natur kein Gewissen kannte. Sie gab das Leben mit der einen Hand und nahm es mit der anderen. Dieser ewige Kreislauf des Lebens hatte die Erde zu dem gemacht, was sie war. Große Männer hatten immer wieder versucht, das zu ändern, doch andere Männer stellten die Funktion dieses Kreislaufs wieder her, rasch und gründlich, und er würde dabei sein. Daß er nicht mehr erleben würde, wie all die Schrunden auf dem Antlitz der Erde vernarbten, war schade, aber vermutlich wurde er alt genug, um wenigstens noch die wichtigsten Änderungen mitzubekommen. Bald wäre die Umweltverschmutzung beendet, von heute auf morgen. Tiere würden nicht länger gemästet und vergiftet. Der Himmel würde aufklaren, und das Land sich bald wieder mit Leben füllen, wie die Natur es verlangte, während er und seine Kollegen die großartige Wandlung beobachteten. Und war der Preis auch noch so hoch, der Gewinn lohnte es. Die Erde gehörte jenen, die imstande waren, sie zu akzeptieren und zu achten. Schließlich griff er auf ein bewährtes Regulierungsmittel der Natur zurück – wenn auch mit ein bißchen menschlicher Nachhilfe. Benutzten Menschen all ihre Fähigkeiten nur dazu, der Welt zu schaden, konnten andere Menschen sie auf ähnliche Weise wieder in Ordnung bringen. Chester und Pete hätten das wohl nicht verstanden – doch andererseits, was hatten sie überhaupt verstanden im Leben?

»Tausende Franzosen sind dabei«, gab Juan zu bedenken. »Und die Hälfte sind Kinder! Wenn wir unsere Genossen befreien wollen, brauchen wir ein starkes Druckmittel. Und dieses Druckmittel wäre stark genug!«

»Aber wohin gehen wir anschließend?«

»Das Bekaa-Tal steht uns immer noch offen, und von dort aus können wir überall hin. Ich habe gute Kontakte in Syrien, und es gibt auch noch andere Alternativen.«

»Der Flug dauert vier Stunden, und im Mittelmeerraum kreuzt ständig ein US-Flugzeugträger.«

»Eine Maschine voller Kinder werden sie nicht attackieren«, stellte Esteban fest. »Wahrscheinlich geben sie uns sogar eine Eskorte«, fügte er lächelnd hinzu.

»Zum Flughafen sind es nur zwölf Kilometer«, erinnerte André die übrigen, »auf tadelloser, mehrspuriger Autobahn.«

»Wir müssen auf jeden Fall die Aktion bis ins kleinste Detail vorbereiten. Esteban, du mußt dir einen Job dort verschaffen. Du auch, André. Wir müssen uns Plätze aussuchen, dann den Tag und die Stunde wählen.«

»Verstärkung wäre nötig! Mindestens zehn Mann.«

»Wird nicht einfach sein«, zweifelte Juan. »Wo sollen wir zehn verläßliche Männer finden?«

»*Sicarios* kann man anheuern. Stellen wir ihnen eine entsprechende Belohnung in Aussicht«, schlug Esteban vor.

»Sie müssen aber vertrauenswürdig sein«, erklärte René mit Nachdruck.

»Für uns sind sie vertrauenswürdig genug«, erklärte der Baske. »Ich weiß, wie man an sie rankommt.«

Sie alle trugen Bärte. Das war die einfachste Tarnung, die zu haben war, und obwohl die Polizeibehörden ihrer jeweiligen Länder Fahndungsfotos herausgeben hatten, waren sie auf diesen Bildern glattrasierte junge Männer. Ein zufälliger Passant hätte sie für Künstler gehalten, so wie sie aussahen und sich über den Tisch beugten, um flüstern zu können. Alle waren bescheiden, aber ordentlich gekleidet, wenn auch nicht teuer. Sie diskutieren wohl über Politik, dachte der Kellner an seiner Theke zehn Meter weiter, oder besprechen dunkle Geschäfte. Wenige Minuten später schüttelten sie sich die Hände und zogen in verschiedene Richtungen ab. Auf dem Tisch hatten sie Bargeld für ihre Zeche hinterlassen und, wie der Kellner feststellte, ein erbärmliches Trinkgeld. Künstler, dachte er. Das waren nach seiner Erfahrung notorische Geizkragen.

»Aber eine neue Umweltkatastrophe ist nur eine Frage der Zeit!« beharrte Carol Brightling.

»Hier geht's ums Geld, Carol«, erwiderte der Stabschef. »Es erspart unserem Haushalt Defizite von rund fünfzig Millionen Dollar, die wir gut gebrauchen können. Hinsichtlich der Umwelt kann ich Ihre Betroffenheit gut verstehen, doch der Präsident von Atlantic Richfield hat mir persönlich versichert, daß der Abbau der Vorkommen völlig sauber sein wird. In den letzten zwei Jahrzehnten haben sie in puncto Umweltschutz ganz schön dazugelernt, nicht nur technisch, sondern auch was die Selbstdarstellung in den Medien betrifft.«

»Sind Sie je dort oben gewesen?« erkundigte sich die Umweltberaterin.

»Ich? Nie.« Er schüttelte den Kopf. »Ich überfliege manchmal Alaska, aber mehr nicht.«

»Sie würden anders denken, wenn Sie die Landschaft dort kennenlernen könnten, glauben Sie mir!«

»In Ohio wird Kohle im Tagebau gefördert. Das hab ich mir angeschaut. Und ich habe mit eigenen Augen gesehen, wie anschließend die Gruben wieder geschlossen, begrünt und bewaldet wurden. Auf einer von den Tagebauzechen wird in zwei Jahren die Golfmeisterschaft stattfinden, in der Rasenlandschaft, die sie dort anpflanzen! Ist das nichts, Carol? Sie wissen jetzt, wie man hinterher aufräumt, und sie sehen ein, daß das ökologisch *und* politisch sinnvoll ist. Daher wird, so leid es mir tut, der Präsident seine Zustimmung zum Ölförderplan *nicht* zurücknehmen, Carol. Es ist wirtschaftlich gut für das Land!« *Und wer kümmert sich auch nur die Bohne um ein Land, das höchstens ein paar hundert Leute je besucht haben?* fügte er insgeheim hinzu.

»Ich möchte persönlich mit ihm darüber sprechen«, drängte die Umweltberaterin.

»Nein.« Der Stabschef schüttelte stur den Kopf. »Das wird nicht möglich sein. Nicht bei diesem Thema. Sie erreichen sowieso nichts, außer daß Sie den eigenen Ast absägen, und das wäre unklug, Carol!«

»Aber ich hab's *versprochen!«*

»Versprochen? Wem?«

»Dem Sierra Club.«

»Der Sierra Club gehört nicht zur Regierung, Carol. Ihre Rundbriefe kriegen wir auch. Ich hab sie gelesen! Bei Themen wie diesen äußern sie sich auch nicht anders als radikale Extremisten. ›Nein‹ sagen kann jeder, und das ist so ziemlich alles, was sie tun, seit Mayflower den Laden übernommen hat.«

»Kevin ist ein guter Kerl, und ausgesprochen intelligent.«

»Das müssen Sie mir erstmal beweisen, Carol«, schnaubte der Stabschef. »Er ist ein unbelehrbarer Maschinenstürmer!«

»Hören Sie schon auf, Arnie. Verglichen mit Ihnen ist jeder ein Extremist, merken Sie das nicht?«

»Der war es schon vorher. Der Sierra Club wird sich zugrunde richten, wenn er an dieser Galionsfigur festhält. Aber egal«, der Stabschef konsultierte seinen Terminkalender, »*ich* hab noch was anderes zu tun. Ihre Aufgabe in dieser Sache wäre es, der Regierung unter die Arme zu greifen, Dr. Brightling. Das heißt, *Sie* haben *persönlich* die Bohrgenehmigung für AAMP zu befürworten. Es gibt nur einen Standpunkt in diesen vier Wänden, und das ist der Standpunkt des Präsidenten. Diesen Preis zahlt man, wenn man als Berater tätig wird, Carol. Sie bekommen Einfluß auf politische Entscheidungen, aber ist die Entscheidung einmal getroffen, müssen Sie dahinterstehen, ob Sie wollen oder nicht. Sie werden also öffentlich verlautbaren, daß Sie die Ölförderung als gut für Amerika und gut für die Umwelt billigen. Habe ich mich klar genug ausgedrückt?«

»Nein, Arnie. Das werde ich nie tun!« widersprach Brightling heftig.

»Doch, Sie werden, Carol. Und zwar so überzeugend, daß die gemäßigteren Umweltgruppen die Logik dieser Entwicklung akzeptieren – das heißt, wenn Sie weiter bei uns arbeiten wollen.«

»Soll das eine Drohung sein?«

»Nein, Carol. Ich drohe Ihnen nicht. Ich erkläre Ihnen nur die geltenden Spielregeln. Weil Sie sich den Bedingungen ebenso anpassen müssen wie ich und jeder andere auch. Wenn Sie hier beschäftigt sind, müssen Sie loyal zum Präsidenten stehen. Wenn Sie nicht loyal sind, können Sie nicht länger dabeibleiben. Sie kannten diese Spielregeln, als Sie hier eingestiegen sind, und wußten, daß Sie sich daran zu halten hätten. Jetzt ist es an der Zeit, Sie auf Herz und Nieren zu prüfen. Werden Sie sich an die Spielregeln halten, Carol?«

Ihr Gesicht war rot geworden unter dem Make-up. Noch immer hatte sie nicht gelernt, ihren Zorn zu beherrschen, bemerkte der Stabschef, und das war schade. Man konnte es sich nicht leisten, nicht auf dieser Ebene der Verwaltung, über nebensächlichen Firlefanz in Harnisch zu geraten. Und hier handelte es sich um nebensächlichen Firlefanz. Wenn man auf einem Gebiet, das einem gehörte, etwas entdeckte, das mehrere Milliarden Tonnen Öl versprach, bohrte man eben ein Loch in den Boden zum Anzapfen. So einfach war das – daß die Ölgesellschaften versprochen hatten, eventuell entstehende Schäden anschließend wieder zu beheben, machte es noch einfacher. Daran würde sich auch nichts ändern – nicht, solange die Wähler Autos fuhren. »Nun, Carol?«

»Ja, Arnie. Ich kenne die Spielregeln und werde mich daran halten.«

»Gut. Noch heute Nachmittag bereiten Sie die Presseerklärung der nächsten Woche vor. Ich will sie noch heute absegnen. Das übliche Geschwafel, wissenschaftlicher Fortschritt, Sicherheitsmaßnahmen, Triumph der Ingenieurkunst und dergleichen. – Danke, daß Sie vorbeigekommen sind, Carol«, verabschiedete er sie.

Dr. Brightling stand einen Moment regungslos da, dann begab sie sich zur Tür. Dort zögerte sie, hätte am liebsten kehrtgemacht und Arnie erklärt, wohin er sich seine Presseerklärung stecken solle … doch sie setzte ihren Weg fort durch den Korridor des Westflügels, wandte sich nach Norden und lief die Treppe hinab auf die Straße. Zwei Secret-Service-Leute bemerkten ihren Gesichtsausdruck und fragten sich, welche Laus ihr wohl über die Leber gekrochen war heute früh – oder war ein Donnerwetter über sie hereingebrochen? Sie überquerte die Straße, ungewöhnlich steif, dann betrat sie das alte Regierungsgebäude. In ihrem Büro knipste sie den Gateway-Computer an und rief das Textprogramm auf, doch anstatt auf die Tastatur einzuhämmern hätte sie am liebsten den Bildschirm mit nackter Faust zertrümmert.

Herumkommandiert werden von einem *Mann!* Einem, der keine *Ahnung* von Naturwissenschaft hatte, dem die Umweltpolitik *völlig egal* war! Alles, was Arnie interessierte, war Politik, und Politik war verdammt nochmal das Sinnloseste überhaupt!

Doch dann beruhigte sie sich endlich, holte tief Luft und fing an, eine Verteidigung dessen zu skizzieren, was schließlich und endlich doch niemals geschehen würde. Oder doch?

Nein, schwor sie sich. Niemals würde es geschehen.

12

QUERSCHLÄGER

Der Freizeitpark war seinem berühmtesten Vorbild nachgebildet worden. Es hatte allerhand Mühe gekostet, ein Dutzend führende Manager abzuwerben; die großzügigen Gehaltszulagen sollten sich für die Investoren vom Persischen Golf auszahlen, deren fiskalische Erwartungen weit übertroffen worden waren und die sich darauf freuten, daß sich ihre Investition in den Park schon nach weniger als sechs Jahren rentierte statt in den veranschlagten achteinhalb.

Diese Investitionen waren beträchtlich, denn sie zielten nicht nur darauf ab, mit der amerikanischen Konkurrenz zu wetteifern, sondern sie in jeder Hinsicht zu übertreffen. *Ihre* Ritterburg war aus Stein erbaut, nicht bloß aus Fiberglas. Die Main Street bestand in Wirklichkeit aus drei Hauptstraßen, die jeweils verschiedene Wildwestthemen ansprachen. Eine Bimmelbahn, deren Wagen von zwei echten Dampfloks gezogen wurden, kurvte in Originalgröße durch die Attraktionen, und man munkelte schon, die Linie würde bis zum Flughafen verlängert, den die wohlwollenden spanischen Behörden dem Freizeitpark zuliebe ausbauen ließen. Das gehörte sich auch so, schuf der Park in der Region doch 28 000 Arbeitsplätze und zehntausend weitere Teilzeit- oder Saisonjobs. Vor allem lockten die Achterbahnen: Handwerkliche Bauart und Design stammten aus der Schweiz, und manche waren derart rasant, daß Kampfflieger während der Fahrt blaß wurden. Außerdem gab es eine Abteilung »Welt der Wissenschaft«, wo man in einer NASA-Kunstlandschaft die Mondlandung nachvollziehen, ein Riesen-Unterwasseraquarium durchqueren und Pavillons jedes größeren europäischen Industriezweigs besichtigen konnte. Besonders eindrucksvoll war der der Airbus-Gesellschaft; hier durften Kinder und Erwachsene an Flugsimulatoren üben.

Natürlich liefen kostümierte Märchenfiguren herum: Gnome, Trolle und alle mythischen Wesen der europäischen Überlieferung, auch römische Legionäre, die gegen Barbaren kämpften. Und in den Budenstraßen wurden Repliken von fast allem feilgeboten, was der Park zu bieten hatte.

Die klügste Entscheidung der Investoren war gewesen, das Ganze nicht in Frankreich, sondern in Spanien zu etablieren. Hier war das Klima zwar heißer, doch zugleich fast immer sonnig und trocken, weshalb man ganzjährig öffnen konnte. Von überall in Europa wurden Gäste eingeflogen, nahmen den Zug oder ließen sich im Bus in die großen, komfortablen Hotels kutschieren, die je nach Aufwand und Bequemlichkeit in drei Preisklassen eingeteilt waren – von Etablissements, deren Ausstattung César Ritz alle Ehre gemacht hätte, bis hin zu den schlichteren Massenunterkünften. Die Umgebung war für alle Ausflügler gleich warm und trocken; man konnte in einem der vielen, von weißen Sandstränden umgebenen Swimming-pools planschen oder auf einem der beiden Golfplätze spielen – drei weitere wurden gerade angelegt, von denen einer in die europäische Profi-Tour aufgenommen werden sollte.

Als durch und durch modernes Unternehmen verfügte der Freizeitpark über sechs dezentrale Kontrollstellen und eine Hauptverwaltung. Natürlich wurde jede einzelne Attraktion, jedes Karussel, jeder Imbißstand mit computergestützten Monitoren überwacht.

Mike Dennis führte die Oberaufsicht. Man hatte ihn aus Orlando geholt, und obwohl er den kollegialen Stil des dortigen Managements vermißte, war die Errichtung und Leitung von Worldpark die Herausforderung gewesen, auf die er zeitlebens gewartet hatte. Dennis war

Familienvater mit drei Kindern, aber das hier war sein eigentliches Baby, sagte er sich, wenn er vom Turmzimmer das Gewimmel überblickte. Sein Büro war die Schaltzentrale, errichtet in der Zitadelle einer einem mittelalterlichen Vorbild nachgebauten Ritterburg. Dem Herzog von Aquitanien hätte dieser Herrschersitz gefallen, aber er kämpfte ja auch bloß mit Lanzen und Schwertern, nicht mit Computern und Hubschraubern, und so reich er war, Geld in *solchen* Mengen konnte seine Schatzkammer nicht fassen. An guten Tagen flossen zehn *Millionen* Dollar in die Kassen von Worldpark, weit mehr noch durch Kreditkarten, und allabendlich brachte ein Panzerwagen, von Polizei eskortiert, die Einnahmen in die nächstgelegene Bank.

Wie sein Vorbild in Florida war Worldpark mehrstöckig angelegt. Unter den Hauptpromenaden lag eine unterirdische Ebene, wo der Service abgewickelt wurde, wo sich die Schauspieler ihrer Kostüme entledigten und ihr Mittagbrot aßen, und wo Nachschub und Personal für die Besucher unsichtbar von einem Ort zum anderen transportiert wurden. Dies alles zu organisieren, entsprach dem Bürgermeisteramt einer gar nicht mal so kleinen Gemeinde. Eigentlich waren die Anforderungen größer, denn Mike Dennis mußte dafür sorgen, daß alles reibungslos klappte und der Aufwand stets ein bißchen kleiner war als die »städtischen« Einkünfte. Daß er den Job glänzend meisterte, schlug sich in seinem stattlichen Honorar nieder, und in dem Eine-Million-Dollar-Bonus, der ihm erst vor fünf Wochen ausgezahlt worden war. Wenn es ihm jetzt noch gelang, seine Kinder an den hiesigen Schulbetrieb zu gewöhnen, war alles gut…

So abscheulich es war, der Anblick raubte einem den Atem. Es *war* eine Stadt, stellte André fest, ihre Errichtung hatte Milliarden gekostet. Seine Schulung in der »Worldpark-Akademie« hatte er bereits hinter sich, wo er die absurde Philosophie des Vergnügungsparks auswendig lernen mußte: Immer nur lächeln, der Kunde ist König und dergleichen. Glücklicherweise wurde er umstandslos dem Wachpersonal zugeordnet, der sogenannten Worldpark-*Policía*, was ihn zum Tragen eines hellblauen Hemds und einer Litze an der dunkelblauen Hose, einer Trillerpfeife und eines Walkie-talkie verdammte. Seinen Alltag verbrachte er zumeist damit, Leuten zu erklären, wo die Klos waren, denn Worldpark brauchte eine Schutzpolizei ungefähr so dringend wie ein Fisch das Fahrrad. Den Job hatte er gekriegt, weil er drei Sprachen fließend beherrschte: Französisch, Englisch und Spanisch. Das reichte für den Großteil der Besucher – »Gäste« im Jargon dieser neuen spanischen Stadt –, die alle irgendwann mal pinkeln mußten und offensichtlich, wenn die Notdurft sie drängte, zu blöde waren, den zahlreichen (bebilderten, nicht beschrifteten) Hinweisschildern zu folgen.

André traf Esteban an der üblichen Stelle, wo er heliumgefüllte Ballons anpries: Brot und Spiele, so urteilten sie über den Zirkus hier. Riesige Summen waren aufgewandt worden, um all das hochzuziehen – und wofür? Um den Kindern der Ärmsten und der arbeitenden Klasse ein paar kurze Stunden des Glücks zu schenken, bevor sie in ihre düsteren Mietskasernen zurückkehrten? Ihren Eltern den letzten Pfennig aus der Tasche zu ziehen, den sie hier doch nur verjuxen konnten? In Wahrheit ging es doch nur um eins: Arabischen Investoren, die ihre Ölgewinne in diese Traumstadt gesteckt hatten, noch mehr Geld zuzuschanzen. Atemberaubend mochte sie sein, aber eigentlich kotzte es André an, dieses Götzenbild der Entfremdung, dieser Opiumrausch für die Proletariermassen, die den Betrug nicht durchschauten. Nun, die revolutionäre Elite würde sie schon zur Einsicht bringen.

André schlenderte weiter, scheinbar ziellos, in Wahrheit jedoch einem genauen Plan folgend – seinem eigenen und dem der Parkverwaltung. Schließlich wurde er dafür bezahlt, sich umzusehen und Vorkehrungen zu treffen, auch wenn er zwischendurch lächeln und verzweifelten Eltern erklären mußte, wo ihre Sprößlinge sich erleichtern konnten.

»Damit wird's klappen«, freute sich Noonan, als er in die Dienstbesprechung kam.

»Was ist es denn?« wollte Clark wissen.

Noonan hielt eine Diskette hoch. »Hundert Zeilen Computercode, mehr nicht, dazu noch das Installationsprogramm. Die Handygeräte werden alle nach demselben Programm gesteuert. Wenn wir im Einsatz sind, brauche ich bloß das hier ins Laufwerk zu schieben und die Software abzurufen. Ohne die richtige Vorwahl – man muß die 777 eintippen – wird dann das Empfangsgerät mit Besetztzeichen reagieren. Künftig können wir ausschließen, daß Geiselnehmer nützliche Handy-Mitteilungen ihrer Spießgesellen von draußen empfangen und womöglich davonkommen.«

»Wieviele Sicherungskopien haben Sie gezogen?« fragte Stanley.

»Dreißig Stück«, entgegnete Noonan. »Wir können sie der Polizei vor Ort geben; die Gebrauchsanweisung habe ich in sechs Sprachen ausgedruckt.« *Nicht schlecht, wie?* hätte Noonan am liebsten hinzugefügt. Darangekommen war er über einen Kontaktmann bei der National Security Agency in Fort Meade, Maryland. Und er hatte knapp über eine Woche dafür gebraucht, mehr nicht. »Das Programm nennt sich Cellcop, und es funktioniert weltweit.«

»Gut gemacht, Tim!« Clark machte sich eine Notiz. »Zum nächsten Punkt: Wie steht's bei den Mannschaften?«

»Sam Houston laboriert an seinem verstauchten Knie«, berichtete Peter Covington. »Hat sich beim Absprung vom Hubschrauber verletzt. Er kann zwar noch mitmachen, wird aber einige Tage nicht laufen können.«

»Team-2 ist voll einsatzbereit, John«, meldete Chavez. »George Tomlinson laboriert noch an seiner Achillessehne, die Zerrung ist aber nicht so schlimm.«

Clark grunzte Zustimmung und machte eine weitere Notiz. Das Training war so beinhart, daß gelegentliche Verletzungen unvermeidlich schienen – und John erinnerte sich sehr wohl an das Sprichwort, wonach Drill bloß Kampf ohne Blutvergießen ist. Daß die Männer sich bei Manövern ebenso anstrengten wie im Einsatz, war grundsätzlich zu begrüßen; es sprach sowohl für die Moral der Truppe wie auch für ihre Professionalität, wenn die Leute ihre Verpflichtung für Rainbow so ernst nahmen. Da Sam Houston als Scharfschütze eingesetzt wurde, blieb er grundsätzlich zu 70 Prozent dienstfähig, und George Tomlinson nahm trotz gezerrter Achillessehne noch immer am Morgentraining teil und schwitzte sich das Fett von den Rippen wie jeder andere Elitesoldat auch.

»Aufklärung?« John wandte sich an Bill Tawney.

»Keine besonderen Vorkommnisse«, gab der Geheimdienstler vom Secret Intelligence Service bekannt. »Wir wissen, daß noch zahlreiche Terroristen frei herumlaufen, denen diverse polizeiliche Ermittler auf den Fersen sind, aber leicht ist das nicht, und ein vielversprechender Durchbruch zeichnet sich nicht ab. Andererseits...« Andererseits konnte man einen Fahndungserfolg nicht aus dem Kaffeesatz prophezeien. Das wußten alle, die hier am Tisch saßen. Noch am selben Abend konnte ein Terrorist vom Schlage eines Carlos zufällig die Vorfahrt mißachten und von irgendeinem Gesetzeshüter erkannt und geschnappt werden. Aber solche Zufälle ließen sich nicht vorprogrammieren. Noch waren über hundert bekannte Terroristen irgendwo in Europa untergetaucht, so wie es Ernst Model oder Hans Fürchtner auch gewesen waren. Die Anfängerlektion, wie man ein harmloses, gutgetarntes Leben führt, ohne Aufmerksamkeit zu erregen, hatten sie längst gelernt. Sie mußten schon größere oder kleinere Patzer begehen, um aufzufallen, und wer so leichtsinnig war, den hatte man längst eliminiert, oder er saß hinter Gittern.

»Wie steht's mit der Kooperation mit den regionalen Polizeivertretungen?« erkundigte sich Alistair Stanley.

»Wir sind ständig im Gespräch, und die Einsätze von Bern und Wien haben unseren Ruf gefestigt. Wenn irgendwo ein Anschlag stattfindet, können wir fast sicher sein, daß man uns heranzieht.«

John Clark ging zum nächsten Punkt über. »Mobilität?«

»Dafür bin ich ja wohl zuständig«, ließ sich Oberstleutnant Malloy vernehmen. »Die Beziehungen zum 1. Spezialkommando-Geschwader sind tadellos. Fürs erste überlassen sie mir den Night Hawk, und ich konnte genügend Flugstunden auf dem British Puma nachholen, um mich zu qualifizieren. Wenn es losgeht, bin ich bereit. Ich könnte uns Transporthilfe durch MC-130-Maschinen besorgen, falls ein längerfristiger Aufenthalt nötig wird. In operativer Hinsicht bin ich sehr zufrieden. Diese Truppe ist die beste, bei der ich je war, und wir arbeiten vorzüglich zusammen. Ein Sanitätsteam ist das einzige, was ich bei euch vermisse.«

»Wir haben darüber nachgedacht. Unser Truppenarzt ist Dr. Bellow, der sich in der Verletzungs-Prophylaxe auskennt – stimmt's, Doc?« fragte Chavez.

»Einigermaßen, wenn ich auch gewiß nicht so kompetent wie ein echter Sanitätsarzt bin. Außerdem können wir bei Einsätzen dieselbe Versorgung nutzen wie Polizei und Feuerwehr vor Ort.«

»In Fort Bragg war das besser geregelt«, kritisierte Malloy. »Klar, unsere Schützen haben alle Erste-Hilfe-Kurse besucht, aber ein vernünftig geschulter Mediziner in der Truppe ist ein Segen, wenn man ihn braucht. – Dr. Bellow hat auch nur zwei Hände«, gab der Pilot zu bedenken, »und kann nur an einem Ort zur Stelle sein.«

»Bei unseren sonstigen Einsätzen«, gab Stanley zur Antwort, »haben wir routinemäßig die nächstgelegene Klinik verständigt. Bisher hat das vorzüglich geklappt.«

»Mag sein, Leute. Aber nachher muß ich die Verletzten abtransportieren. Darin habe ich einige Erfahrung, und ich meine, hier wäre eine Versorgungslücke zu schließen. Ich empfehle, daß wir das ins Training aufnehmen. Wir sollten es regelmäßig üben.«

Keine schlechte Idee, dachte Clark. »Wird vorgemerkt, Malloy. Al, wir kümmern uns in den nächsten Tagen darum.«

»Einverstanden«, nickte Stanley.

»Verletzungen simulieren wird nicht ganz einfach«, erklärte Bellow. »Da gibt's einfach keinen vollgültigen Ersatz, und wir können unsere Leute nicht zur Schulung ins Lazarett schicken. Das nimmt zuviel Zeit in Anspruch, und die richtigen Verletzungen kriegen sie dort sowieso nicht zu sehen.«

»Das Problem kenne ich seit Jahren«, mischte sich Peter Covington ein. »Die Theorie kann man vermitteln, aber praktische Erfahrungen sind schwer zu ...«

»Klar, außer wir begeben uns mit Sack und Pack nach Detroit«, scherzte Chavez. »Hört mal, Leute, den Erste-Hilfe-Kram beherrschen wir, und Dr. Bellow *ist* Arzt. Für's Training bleibt so wenig Zeit, daß wir unsere eigentliche Mission nicht aus den Augen verlieren sollten. Wir fliegen hin und tun unseren Job, und das reduziert die Zahl der Verletzten erheblich, oder?« Außer bei den Ganoven, fügte er im stillen hinzu, aber was aus denen wurde, konnte ihm egal sein, 10-mm-Projektile im Kopf waren sowieso unheilbar, selbst im Walter-Reed-Armeehospital in Washington. »Manöver, bei denen wir Verletzte evakuieren, sind eine gute Idee. Darauf sollten wir uns konzentrieren. Erste-Hilfe-Übungen können auch nicht schaden. Mehr wäre unrealistisch. Ich weiß einfach nicht, woher wir die Zeit nehmen sollten!«

»Jemand anderer Meinung?« Clark wußte selbst nicht, woher.

»Chavez hat recht... aber man kann nie trainiert und parat genug sein«, stellte Malloy fest. »Bei Delta sind wir jedesmal mit einem kompletten Rettungsteam losgeflogen; trainierte Sanitäter, Experten für die Prophylaxe. Können wir uns hier vielleicht nicht leisten, aber in Fort Bragg geht's.«

Clark beendete die Diskussion. »Wir werden uns nach wie vor auf örtliche Hilfe verlassen müssen. Wir dürfen uns hier nicht allzusehr ausdehnen. Außerdem fehlen mir die Mittel.«

Und die waren das A und O in dieser Branche, dachte Malloy. Wenige Minuten später wurde die Runde aufgehoben und Feierabend gemacht. Dan Malloy hatte sich allmählich an die hiesigen Sitten gewöhnt, wo man den Arbeitstag im Kasino ausklingen ließ, wo das Bier gut und die Stimmung kameradschaftlich war. Kurze Zeit später genehmigte er sich ein Gläschen mit Chavez. Der kleine Draufgänger schien ganz gut beeinander zu sein.

»Wie du die Sache in Wien durchgezogen hast, war große Klasse, Ding.«

»Danke, Dan.« Chavez nahm einen Schluck. »Hatte aber keine andere Wahl, verstehst du? Manchmal mußt du einfach loslegen oder gar nicht.«

»Das ist wahr«, nickte der Marine.

»Du meinst also, wir wären medizinisch ein bißchen unterversorgt ...? Finde ich auch, aber bisher war das kein Problem!«

»Weil ihr Glück gehabt habt, mein Lieber!«

»Weiß ich doch. Mit Kamikaze-Tätern haben wir's auch noch nicht zu tun gekriegt.«

»Aber es gibt sie. Das sind die eigentlichen Soziopathen, denen ist völlig wurscht, was aus ihnen wird. Um die Wahrheit zu sagen, mir ist auch noch keiner begegnet, außer im Fernsehen. Da geht mir diese Ma'alot-Geschichte nicht aus dem Kopf. Das war vor zwanzig Jahren und ein paar zerquetschten in Israel. Die widerlichen Bastarde hatten Kinder umgebracht, bloß um zu zeigen, wozu sie fähig sind – und weißt du noch, was mit dem Töchterchen des Präsidenten war? Sie hatte verdammt Glück, daß der FBI-Mann auftauchte.«

»War ein guter Schuß, damals«, bestätigte Chavez. »Besser noch, gutes Timing. Ich hab nachgelesen, wie er das gemacht hat – auf die Kerle eingeredet und so, mit einer Engelsgeduld, abgewartet, bis seine Chance kam, und dann ohne Zögern zugegriffen.«

»In Bragg hat er einen Vortrag gehalten, aber an dem Abend war ich im Einsatz. Das Video hab ich mir angesehen. Die Jungs meinten, er schießt mindestens so gut wie alle anderen, aber sein größter Vorteil ist die Intelligenz.«

»Intelligenz zahlt sich aus.« Chavez leerte sein Bier. »Ich muß jetzt los, Abendessen machen.«

»Hör ich recht?«

»Meine Frau ist Ärztin. Kommt in einer Stunde nach Hause, deshalb bin ich dran mit Kochen.«

Der Pilot hob eine Braue. »Freut mich, daß du so gut gedrillt wirst, Chavez!«

»Trotzdem krieg ich noch immer einen hoch«, versicherte Chavez, bevor er sich auf den Heimweg machte.

An diesem Abend war André länger dageblieben. Worldpark schloß um 23 Uhr seine Pforten, doch die Läden blieben noch länger auf, weil man in einem so riesigen Gelände keine Chance versäumen durfte, den Besuchern ein paar Extragroschen für billige, wertlose Souvenirs abzuknöpfen, von Kindern mit gierigen Patschhändchen umklammert, die oft kaum aus den Augen gucken konnten vor Müdigkeit. Gleichgültig sah sich André das Treiben an, die Schlangen vor dem allerletzten Trip auf dem Autoscooter; erst wenn die letzten Wagen im Depot weggeschlossen waren, die Betreiber zum Abschied Winke-winke gemacht hatten, trotteten die Massen allmählich zum Ausgang, bei jeder Bude stehenbleibend, wo noch etwas verzehrt, gewonnen oder gekauft werden konnte. Und die Verkäuferinnen lächelten erschöpft und wehrlos, wie sie's bei der Schulung auf der Worldpark-Akademie gelernt hatten. Erst wenn endlich alle weg waren, die letzten Läden geschlossen, die Kassen geleert, wurde das Geld unter den Augen von André und seiner wachhabenden Kollegen in den Zählraum gebracht. Das gehörte eigentlich nicht mehr zu seinem Job, aber er ging einfach mit, folgte den drei Kollegen in eine Stichstraße und durch eine Holztür. Dann stiegen sie hinunter in die Kellerräume, durch Betonkorridore, wo tagsüber Elektromobile und Angestellte zu Fuß durcheinanderwuselten und die jetzt leer waren bis auf jene, die noch zur Garderobe hasteten, um ihre Straßenkleidung anzuziehen. Der Zählraum lag in der Zentrale, direkt unter dem Schloß. Dort wurde das Bargeld übergeben; jeder Behälter war mit dem Laden beschriftet, woher er kam. Die Münzen warf man in einen Trichter; eine Sortieranlage ordnete sie je nach Nationalität und Wert und zählte sie. Das Papiergeld war bereits von den Kassenmädchen gebündelt und sortiert worden und wurde jetzt ... gewogen. Als er es zum ersten Mal sah, wunderte er sich, doch die empfindliche Skala bestimmte tatsächlich die Geldmenge nach dem Gewicht. Bitteschön: 1,0615 Kilogramm Hundertmarkscheine; 2,6370 Kilogramm britische Fünfpfundnoten. Die jeweilige Summe wurde elektronisch angezeigt, und das Bündel zum Einpacken weitergeschoben. Hier war der Sicherheitsdienst bewaffnet, mit Astra-Pistolen, denn die Bareinnahmen betrugen zum Beispiel heute – wie auf der Tafel stolz aufleuchtete – 11.567.309, 35 in britischen Pfund. Geld, das im Umlauf war, beste Sorten in jeder Stückelung. Kaum konnten es die sechs großen Leinenkoffer fassen, die auf vierrädrigen Karren aus dem Untergrund in den Panzerwagen gebracht wurden. Die Polizei begleitete es zum Tresor der örtlichen Bank, wo eine Summe dieser Größe zu jeder Tages- und Nachtzeit willkommen war. Elf Millionen britische Pfund – allein in *bar* wurden hier im Jahr mehrere Milliarden umgesetzt, dachte André trübsinnig.

»Verzeihung«, wandte er sich an die Aufsicht, »habe ich eine Regel verletzt, weil ich mit reingekommen bin?«

Der Mann kicherte. »Aber nein. Jeder Mitarbeiter kommt irgendwann her und will sich das ansehen. Darum die Fenster.«

»Ist das nicht gefährlich?«

»Glaub ich kaum. Die Fenster sind dickes Panzerglas, verstehen Sie, und die Sicherheitsmaßnahmen im Zählraum sind sehr streng.«

»*Mon dieu*, soviel Geld auf einmal – wenn nun jemand versucht, es zu stehlen?«

»Der Geldtransporter ist gepanzert, dazu zwei Streifenwagen mit je vier Mann Besatzung, alle schwer bewaffnet.« Und das waren nicht die einzigen Beobachter, dachte André. Nicht ganz so dicht dran und eher im Verborgenen gab es noch andere, ebenfalls schwerbewaffnet. »Ursprünglich fürchteten wir, baskische Terrorgruppen könnten es auf das Geld abgesehen haben. Mit diesem Sümmchen könnten sie sich noch jahrelang halten. Aber diese Sorge erwies sich als übertrieben. Und raten Sie mal, wohin der ganze Zaster geht?«

»Warum bringen Sie es nicht im Hubschrauber weg?« fragte André.

Der Aufsichtsbeamte gähnte. »Zu teuer.«

»Und – was wird aus dem Geld?«

»Das meiste kommt wieder zurück zu uns! Da staunen Sie, was?«

»Ach so!« André überlegte einen Augenblick. »Klar, so soll's ja auch sein!«

Worldpark war vor allem ein Bargeschäft, weil die meisten Menschen noch immer vorzogen, in klingender Münze zu zahlen, obwohl es Scheckkarten gab – was der Parkverwaltung ebenso recht war – und obwohl die Feriengäste praktisch alles auf die Hotelrechnung schreiben lassen konnten – wie das ging, stand in der jeweiligen Sprache auf jedem Hotelschlüssel-Plastikkärtchen aufgedruckt.

»Ich schätze, wir benutzen jede Fünfpfundnote fünfzehnmal, bevor sie abgenutzt ist und zum Vernichten und Einwechseln nach London geschickt wird.«

»Verstehe«, nickte André. »Wir deponieren das Geld also nur und heben es wieder vom Konto ab, um den Gästen herausgeben zu können. Wieviel Kleingeld haben wir denn so in petto?«

»Zum Herausgeben?« Der andere zuckte die Schultern. »Das werden so zwei, drei Millionen sein – mindestens. In britischen Pfund gerechnet. Für die Buchhaltung ist schließlich der Computer zuständig!« Er deutete auf den Monitor.

»Ein seltsamer Ort«, murmelte André und meinte es ernst. Dann nickte er seinem Vorgesetzten zu und verschwand in Richtung Stechuhr und Umkleidekabine. Es war ein nützlicher Tag für ihn gewesen. Seine Routinegänge im Park hatten frühere Eindrücke bestätigt, und sein Plan zur Durchführung der Aktion war jetzt perfekt und mußte nur noch zur Ausführung kommen.

Vierzig Minuten später saß er in seinem Apartment, schlürfte einen Burgunder und dachte gründlich nach. Seit über einem Jahrzehnt war er bei Action Directe für Organisation und Logistik zuständig; rund elf Morde hatte er geplant und durchgeführt. Doch dieser Anschlag übertraf alle anderen und bildete wohl den Höhepunkt seiner Karriere. So etwas erforderte gründliche Überlegung. An der Wand hing ein Grundriß von Worldpark, den er genauestens studierte, von vorn bis hinten, Eingänge, Ausgänge, mögliche Zufahrtsstraßen für die Polizei, mögliche Blockaden. Wo sollte er sein eigenes Wachpersonal stationieren? Wohin wurden die Geiseln gebracht? Wo sollte er sie gefangen halten? Wie würden sie alle herauskommen? André ging den Plan wieder und wieder durch, klopfte ihn auf Schwachstellen ab, suchte nach Fehlern. Die spanische Polizei, die Beamten der Guardia Civil, würden gewaltsam durchgreifen wollen. Vor denen hatte er großen Respekt, trotz ihrer komischen Hüte. Seit mehr als einer Generation hatten sie die Basken bekämpft und daraus ihre Schlüsse gezogen. Zweifellos gab es bereits Katastrophenpläne, gemeinsam mit Worldpark entwickelt, denn dieses Ziel war allzu verlockend für Terr ... für progressive Kämpfer, korrigierte sich André. Er durfte die Polizei nicht auf die leichte Schulter nehmen. Zweimal hätten sie ihn fast getötet oder verhaftet in Frankreich, doch beide Male nur, weil er Fehler gemacht hatte. Diesmal mußte er Fehler vermeiden. Er würde sie ausschalten – durch die Wahl seiner Geiseln, indem er seine Entschlossenheit zeigte, sie als politische Manövriermasse zu benutzen, und indem er ebenso hart durchgriff wie die Guardia Civil selbst. Mit dieser Entschlossenheit konfrontiert, mußten sie klein beigeben. So autoritär sie sich zeigten, ihre Achillesferse war die gute alte bürgerliche Sentimentalität. Ihm selbst verlieh die Reinheit seiner Ziele eine Schlagkraft, die er benutzen wollte. Er *würde* sein Ziel erreichen, sonst gingen viele dabei drauf, mehr als die Regierungen von Spanien oder Frankreich verkraften konnten. Sein Plan war schon fast perfekt. Er hob den Hörer ab und wählte eine Auslandsnummer.

Früh am Abend kam Pete wieder zu ihm. Er war blaß geworden und schien noch mürrischer zu sein, sich aber auch noch elender zu fühlen, seiner gekrümmten Haltung nach zu schließen.

»Wie geht's uns denn jetzt?« fragte Dr. Killgore heiter.

»Der Magen tut mir echt weh, Doc. Hier unten«, stöhnte Pete und zeigte auf die Stelle.

»Das macht uns noch immer Probleme, hm? Paß auf, legen wir dich doch mal auf die Bank hier und machen eine gründliche Diagnose«, schlug der Arzt vor und legte Mundschutz und Handschuhe an. Der Gesundheits-Check war oberflächlich und im Grunde völlig überflüssig. Wie Chester vor ihm war Peter bereits todgeweiht, ohne es zu wissen. Das Heroin hatte ihm lediglich das Unwohlsein genommen, den Schmerz gelindert und ihn in ein chemisches Nirwana versetzt. Sorgfältig nahm Killgore eine weitere Blutprobe für die spätere mikroskopische Analyse.

»Mein Lieber, ich fürchte, das müssen wir durchstehen. Aber ich gebe dir noch eine Spritze zur Schmerzlinderung, einverstanden?«

»Gern, Doc. Die letzte hat mir gutgetan.«

Killgore füllte eine weitere Kanüle und injizierte das Heroin in dieselbe Vene wie zuvor. Wieder sah er, wie Pete die braunen Augen aufriß und sich entspannte. Der Schmerz ließ nach und wich einer Empfindungslosigkeit, die einen chirurgischen Eingriff möglich gemacht hätte, ohne daß der arme Kerl zusammengezuckt wäre.

»Wie geht's denn den anderen, Pete?«

»In Ordnung. Bloß Charlie schimpft über seinen Magen. Hat sich überfressen, glaub ich.«

»Wirklich? Dann sollte ich ihn wohl auch mal untersuchen.« *Morgen haben wir also Nummer drei hier*, dachte Killgore. Sie lagen genau im Zeitplan. Nach Chesters vorzeitigem Abgang reagierte die übrige Gruppe im vorgesehenen Rhythmus. Gut so.

Weitere Telefonate waren nötig. Gegen Morgen überquerten Reisende mit falschen Papieren, paarweise oder allein, in Mietwagen die französisch-spanische Grenze in südlicher Richtung. An den nur spärlich besetzten Übergängen winkte man sie durch, meist noch mit einem Willkommenslächeln. Verschiedene Reisebüros sorgten für die nötigen Reservierungen in den Worldpark-Hotels, in mittlerer Preisklasse, und alle waren an die Bimmelbahn angeschlossen, die ihre Gäste direkt ins Wunderland brachte.

Der Zubringer zum Park war breit und gut ausgebaut, seine Beschilderung in mehreren Fremdsprachen beschriftet für alle, die des Spanischen nicht mächtig waren. Einzig störend waren nur die Reisebusse, die mit 150 Stundenkilometern wie Ozeanriesen über die Autobahn schaukelten. An den Fenstern hingen Trauben von Kindern und reckten die Hälse, wenn sie den hinter ihnen fahrenden Autos zuwinkten. Versonnen grinsend winkten die Fahrer zurück und ließen die Busse bereitwillig überholen; die einheimischen Fahrer überschritten die Höchstgeschwindigkeit, als wäre es ihr gutes Recht. Die Touristen am Steuer der PKWs wollten lieber kein Risiko eingehen. Man ließ sich Zeit – viel Zeit. Unterwegs konnten sie ihr Vorhaben diskutieren.

Tomlinson hielt inne, faßte an sein linkes Bein und verzog das Gesicht. Chavez ließ die anderen vorauslaufen, um nach ihm zu sehen.

»Tut's immer noch weh?«

»Wie verrückt«, ächzte Sergeant Tomlinson.

»Dann schone dich ein bißchen, du Idiot! Mit der Achillessehne ist nicht zu spaßen.«

»Merke ich auch gerade, Ding.« Tomlinson fiel in einen langsamen Trott, noch immer das linke Bein schonend, nachdem er drei Kilometer damit gelaufen war. Sein Atem ging weit heftiger als sonst, aber Schmerz greift eben auch die Konstitution an.

»Warst du bei Doc Bellow?«

»Ja. Aber er sagt, da wäre nichts zu machen, außer abheilen lassen.«

»Dann laß es abheilen! Das ist ein dienstlicher Befehl, George. Kein Langlauf mehr, bis es nicht mehr so weh tut. Verstanden?«

»Jawohl, Sir«, nickte Sergeant Tomlinson. »Aber ich bin nach wie vor einsatzbereit, wenn ihr mich braucht.«

»Weiß ich doch, George. Bis nachher, am Schützenhaus!«

»Okay.« Tomlinson sah zu, wie sein Kommandant beschleunigte, um aufzuholen. Es kränkte ihn zutiefst, daß er selbst mit dem Team nicht mithalten konnte. Sonst pflegte er allen Kratzern zum Trotz weiterzumachen; bei Delta Force hatte er trotz zweier gebrochener Rippen am Training teilgenommen und war nicht mal zum Sanitäter gegangen, um bei den Kameraden nicht als zimperlich zu gelten. Doch während man kaputte Rippen nicht sah und leicht verschmerzen konnte, machte eine gezerrte Sehne das Laufen zur Hölle. Das Bein wollte nicht weiter, und er konnte nicht mal aufrecht stehen. Verdammt, dachte der Soldat, ich darf das Team nicht enttäuschen. Nie im Leben war er Zweitbester gewesen, nicht mal beim Baseball, wo er als Stopper in der Vereinsliga gespielt hatte. Doch heute mußte er den Rest des Weges im Schrittempo zurücklegen, wobei er immerhin versuchte, den militärischen 120-Schritt-pro-Minute-Marschtakt durchzuhalten. Aber selbst das tat so weh, daß er stehenblieb. Auch Team-1 lief heute diese Strecke und donnerte vorbei, selbst Sam Houston mit dem schlimmen Knie winkte ihm, dem Weiterhumpelnden, zu. Diese Einheit konnte stolz auf sich sein. Tomlinson war sechs Jahre lang Ausbilder für Spezialkommandos gewesen, bis man ihn von den Green Berets zur Delta Force versetzt hatte. Zugleich hatte er seinen Magister in Psychologie beinahe mit Eins gemacht – dieses Fach war für Spezialkommandos aus verschiedenen Gründen immer noch das interessanteste – und überlegte jetzt schon, wie er in England fertigstudieren konnte, wo das Universitätswesen anders strukturiert war. Hier galt es noch als ungewöhnlich, wenn ein aktiver Soldat ein Diplom vorweisen konnte. Doch bei Delta saßen sie oft herum und diskutierten über die Terroristen, mit denen sie es zu tun bekamen, und was in ihnen vorging. Wer sich in sie hineinversetzen konnte, war imstande, ihre nächsten Schritte vorauszusehen, ihre Schwächen – desto leichter konnte man sie ausschalten, was letztendlich sein Job war. Merkwürdig, daß er nie einen Sturmangriff mitgemacht hatte, bevor er herkam, und diese Erfahrung unterschied sich seltsamerweise nicht grundlegend vom Training. Man spielte dieselbe Routine durch wie in allen Manövern, seit er die Grundausbildung in Fort Knox absolviert hatte. Verdammt, das Wadenbein brannte wie Feuer, aber das war immer noch besser als der Schmerz beim Rennen. Der Doc hatte ihm prophezeit, daß es mindestens eine Woche, eher zwei brauchen würde, bis er wieder ganz auf dem Damm wäre. Alles nur, weil er nicht hingeschaut hatte und über den Bordstein gestolpert war wie ein Vollidiot. Houston hatte wenigstens eine gute Ausrede für sein Knie. Absprung vom Hubschrauber konnte gefährlich sein, da konnte jeder mal auf die Nase fallen oder, wie Sam, auf einem Felsen auftreffen, das mußte auch schweinemäßig wehgetan haben. Aber auch er gab ungern klein bei, sagte sich Tomlinson, während er zum Schützenhaus humpelte.

»Wir machen jetzt eine Live-Feuerübung«, verkündete Chavez den versammelten Männern. »Das Szenario sieht vier Täter vor und acht Geiseln. Die Ganoven haben ihre Handfeuerwaffen und Maschinenpistolen. Zwei der Geiseln sind Kinder, Mädchen im Alter von sieben und neun Jahren. Die übrigen Geiseln alles Frauen, darunter die Mütter. Der Täter hat einen Kindergarten überfallen, und es wird Zeit, das Gebäude zu entern. Noonan hat uns die Position der Täter so beschrieben ...« Chavez deutete zum Tafelbild. »Tim, wie zutreffend sind deine Informationen?«

»Sagen wir, siebzig Prozent, mehr nicht. Sie bewegen sich ab und zu ein wenig. Aber die Geiseln bleiben alle da in der Ecke.« Sein Zeigestock klopfte gegen die Tafel.

»Okay. Paddy, du hältst den Sprengstoff bereit. Im Doppelpack, wie üblich. Louis und George gehen als erste rein und decken die linke Seite. Eddi und ich besetzen gleich danach die Mitte. Scotty und Oso kommen als letzte nach rechts. Noch Fragen?«

Niemand stellte welche. Die Teammitglieder studierten das Tafelbild.

»Dann woll'n wir mal«, ermunterte Ding. Die Männer in ihren Ninja-Anzügen verließen den Saal.

»Was macht dein Bein, George?« erkundigte sich Loiselle bei Tomlinson.

»Müssen's abwarten, glaube ich. Aber die Hände tun's noch gut!« drohte der Sergeant und hob die MP-10.

»*Bien*«, nickte Loiselle. In letzter Zeit sah man die beiden öfters zusammen. Sie verstanden sich gut und bildeten in Kampfsituationen ein Zweiergespann, bei dem einer die Gedanken des anderen zu lesen schien. Und beide hatten das Talent, sich unsichtbar anzuschleichen. So etwas ließ sich nicht lernen; passionierte Jäger beherrschten es irgendwie, und die Besten übten es unaufhörlich.

Zwei Minuten später standen sie vor dem Schützenhaus, und Connolly heftete die Sprengkörper an die Tür. Dank der Wirklichkeitsnähe der Übungen wurde der Kasernenschreiner nicht arbeitslos, dachte Chavez. Es dauerte nur dreißig Sekunden, bevor sich Connolly zurückzog, winkte und den Daumen hochnahm als Zeichen, daß die Drähte der Zündbox angeschlossen waren.

»Team-2, hier Kommandant«, dröhnte es in den Sprechfunk-Hörern. »Alles bereithalten zum Sturm. Paddy – drei ... zwei ... eins ... Achtung!«

Clark zuckte wie immer zusammen, als der Sprengkörper mit KRAWUMMM losging. Obwohl selbst Sprengstoffexperte, wußte er, wie weit ihm Connolly überlegen war. Er hatte ein fast magisches Händchen für das Teufelszeug. Die Tür flog quer durch den Saal und rammte die gegenüberliegende Wand – schnell genug, um jeden plattzumachen, wenn auch nicht unbedingt tödlich, der gegebenenfalls im Weg stand. John bedeckte die Ohren mit beiden Händen und kniff die Augen zusammen, denn als nächstes würde die Leuchtgranate wie eine grelle Sonne aufgehen. Gerade rechtzeitig, als die Schützen hineinstürmten, konnte er wieder hinsehen.

Tomlinson ignorierte den pochenden Schmerz im Bein und folgte Loiselle mit vorgehaltener MP. Da traf sie der erste Schock, und sie merkten, daß diese Übung heikler war als erwartet. Links waren keine Geiseln und keine Feindobjekte zu sehen. Beide Männer hechteten an die Wand gegenüber und wandten sich nach rechts, um diese Seite zu decken.

Chavez und Price waren schon drin, spähten argwöhnisch in ihre Sektoren und fanden ebenfalls niemanden vor. Nicht anders erging es Vega und McTyler auf der rechten Seite des Saals. Dieser Einsatz brachte, was nicht selten vorkam, unvorhergesehene Überraschungen.

Weder Geiseln noch Täter. Blieb nur noch die Tür in den Nebenraum, die offen stand. »Paddy, Blitzknaller, sofort!« befahl er über Sprechfunk. Mit seinem neutral-weißen Panzerhemd und Panzerweste als Manöverbeobachter ausgewiesen, sah Clark von der Seite zu, wie Connolly hinter Vega und McTyler hereindrängte, die Leuchtgranaten griffbereit in der Hand. Sie flogen eine nach der anderen durch den

Saal, und wieder erzitterte das Gebäude unter der Detonation. Diesmal übernahmen Chavez und Price die Führung. Drinnen wartete Alistair Stanley in seiner weißen Nicht-Schießen-Tracht als Beobachter. Clark hörte das gedämpfte Böllern der Schüsse, gefolgt vom Triumphgeschrei: »Erledigt!« – »Erledigt!« – »Erledigt!«

Als er in den Nebenraum trat, sah Clark wie schon so oft Pappfiguren mit durchlöcherten Gesichtsscheiben. Ding und Eddie standen bei den Geiseln, deckten sie mit ihren Schutzanzügen und richteten die Läufe auf Pappfiguren – simulierte Körper, wie sie im wirklichen Leben längst zerschmettert und blutend auf dem Boden gelegen hätten.

»Exzellent«, lobte Stanley. »Gut improvisiert. Sie waren ein bißchen langsam, Tomlinson, aber jeder Schuß hat gesessen. Bei Ihnen auch, Vega.«

»Dann los, Leute. Schauen wir uns den Mitschnitt im Büro an!« forderte John auf und schüttelte mehrmals den Kopf. Ihm brummte der Schädel vom betäubenden Lärm der Blitzknaller. Noch ein paar solcher Übungen, und er mußte sich Ohrenschützer und dunkle Brille aufsetzen, wenn er nicht schwerhörig werden wollte. Aber er ahnte, wie wichtig es war, die tatsächlichen Bedingungen und Abläufe nachzuvollziehen. Als er den Saal verließ, faßte er Stanley beim Arm.

»Schnell genug, Al?«

»Doch!« Stanley nickte. »Die Blitzknaller geben uns, sagen wir, drei bis fünf Sekunden Vorsprung, und weitere fünfzehn Sekunden bleiben die Täter desorientiert. Chavez hat sich gut in die Situation gefunden. Die Geiseln wären wohl alle gerettet worden, John. Unsere Jungs stehen jetzt auf dem Gipfel ihrer Leistungskraft. Besser werden sie nicht mehr. Tomlinson ist mit seinem kranken Fuß kaum einen halben Schritt zurückgeblieben, wenn überhaupt. Und der kleine Franzose bewegt sich flink wie ein Wiesel. Selbst Vega wirkt trotz seiner Riesenkräfte kein bißchen träge. John, diese Jungs sind das beste Team, das ich je gesehen habe.«

»Einverstanden, aber trotzdem ...!«

»Trotzdem geben uns noch immer die Feinde das Tempo vor. Ja, ich weiß. Aber gnade ihnen Gott, wenn wir sie erwischen!«

13

FREIZEITSPASS

Popov gab sich noch immer Mühe, mehr über seinen Boß herauszufinden, doch nirgendwo erhielt er die gewünschten Auskünfte. Die vereinten Ressourcen der Bibliotheken von New York City und des Internet erschlossen ihm eine Fülle von Informationen, doch nichts davon enthielt auch nur den geringsten Hinweis darauf, wieso der Mann einen Ex-KGB'ler beauftragte, Terroristen ausfindig zu machen und zum Abschuß freizugeben. Es kam ihm so unwahrscheinlich vor, als hegte ein Kind finstere Mordpläne gegen seine liebenden Eltern. Nicht die moralische Seite der Angelegenheit irritierte ihn; Moral spielte bei geheimdienstlichen Aktionen keine Rolle. Während seiner Ausbildung an der KGB-Hochschule außerhalb Moskaus war davon nie die Rede gewesen, nur daß man ihm und seinen Kommilitonen stets eingetrichtert hatte, daß der Staat sich *nie* irrte. »Sie werden gelegentlich Aufträge erhalten, die sie persönlich verabscheuen«, hatte Oberst Romanov einmal gesagt. »Aber auch diese müssen erledigt werden, denn die Gründe, ob man sie Ihnen mitteilt oder nicht, sind allemal sakrosankt! Sie *haben* das Recht, in taktischer Hinsicht eine Operation zu hinterfragen – als Agent im Außendienst ist es im allgemeinen Ihre Sache, *wie* Sie den Auftrag umsetzen. Ihn zu verweigern, ist jedoch nicht gestattet.« Und das war sein letztes Wort darüber gewesen. Weder Popov noch irgendein anderer Kursteilnehmer wagte, etwas einzuwenden. Daß Aufträge als Befehl galten, verstand sich von selbst. Und so erfüllte Popov, der sich nun einmal für den Beruf entschieden hatte, die Aufträge …

… allerdings hatte er als Bediensteter der Sowjetunion immer den generellen Zweck seiner Einsätze begriffen, nämlich die Beschaffung wichtiger Informationen für sein Vaterland. Entweder brauchte der Staat Informationen für sich selbst, oder sie halfen bei Aktivitäten anderer Länder, die seinem Land von Nutzen waren. Selbst als er es mit Iljitsch Ramirez Sanchez zu tun bekam, hatte Popov geglaubt, dem Wohl seines Volkes zu dienen. Jetzt wußte er es freilich besser. Terroristen waren tollwütige Hunde, reißende Wölfe, die man jemandem nachts in den Garten wirft, um Verwirrung zu stiften. Jawohl: auch das konnte strategisch von Nutzen sein – jedenfalls glaubten das seine Vorgesetzten, die mittlerweile längst nicht mehr im Staatsdienst oder verstorben waren. Doch hatten die Einsätze wirklich jemanden genutzt? Und so effizient der KGB einst gewesen war – Popov hielt ihn nach wie vor für den besten Geheimdienst der Welt –, am Ende hatte er doch versagt. Die Partei, deren Schwert und Schild das Komitee für Staatssicherheit sein sollte, existierte nicht mehr. Das Schwert hatte die Feinde der Partei nicht erschlagen, das Schild hatte die tückischen Waffen des Westens nicht abgewehrt. Hatten demnach seine Vorgesetzten wirklich gewußt, was sie taten?

Vermutlich nicht, gestand Popov sich ein, und schon deshalb war vielleicht *jede* seiner Operationen mehr oder minder ein Reinfall gewesen. Diese Erkenntnis kam ihn bitter an. Doch die Ausbildung, die er genossen hatte, zahlte sich jetzt, ganz zu schweigen von den beiden Geldkoffern, die er schon früher beiseite geschafft hatte, mit stattlichen Honoraren aus. Aber *wofür*? Damit er den Polizeikräften Europas Terroristen vor die Flinte jagte? Einfacher, wenn auch nicht ganz so profitabel, hätte er sie durch entsprechende Hinweise auffliegen und verhaften lassen können. Dann wäre dieser kriminelle Abschaum hinter Gitter gebracht worden, wohin er gehörte, und das wäre doch zufriedenstellender gewesen. Der Tiger im Käfig, der ziellos hinter den Käfigstäben auf und ab wandert und auf seine täglichen fünf Kilo Pferdefleisch wartet, ist zweifellos ebenso hilflos und noch unterhaltsamer als einer, der ausgestopft im Raritätenkabinett steht. In gewisser Weise war er ein Judas, dachte Dmitrij Arkadejewitsch, aber zu welchem Golgatha sollte es führen?

Der Lohn war nicht zu verachten. Noch ein paar Einsätze wie die ersten beiden, dann konnte er das Geld und die falschen Papiere nehmen und spurlos von der Bildfläche verschwinden. Er würde unter Palmen liegen, sich exquisite Drinks servieren lassen und hübschen, leichtbekleideten Strandmiezen zuschauen – oder was sonst? Popov wußte selbst nicht recht, welches Rentnerdasein am zuträglichsten war, aber gewiß würde sich auch für ihn etwas finden. Vielleicht sollte er seine Talente nutzen, um mit Wertpapieren zu handeln wie ein echter Kapitalist, wobei sich sein Vermögen noch vermehren ließ. Das war es, dachte er, nippte an seinem Morgenkaffee und blickte aus dem Fenster, südwärts zur Wall Street. Aber für dieses Leben war er noch nicht reif, und bis es soweit war, beunruhigte ihn das Fehlen jedes greifbaren Zwecks seiner Operationen. Da er nichts wußte, konnte er auch die

Risiken nicht einschätzen. Trotz aller Erfahrung, Intelligenz und professionellem Training hatte er keine Ahnung, weshalb sein Arbeitgeber wollte, daß er die Tiger aus dem Käfig ließ und auf die Lichtung scheuchte, wo die Jäger lauerten. Bedauerlich, dachte Popov, daß er nicht einfach fragen konnte. Die Antwort wäre vielleicht amüsant gewesen.

Das Einchecken im Hotel geschah mit mechanischer Präzision. Die riesige Rezeption war mit Computern ausgerüstet, die in Windeseile die Personalien der Gäste aufnahmen, damit sie desto schneller zum Geldausgeben in den eigentlichen Park kamen. Juan nahm seine Zimmerschlüssel-Plastikkarte und nickte der hübschen Empfangsdame einen Gruß zu, bevor er seine Koffer aufnahm und auf sein Zimmer ging. Gut, daß es hier keine Metalldetektoren gab! Es war nur ein kurzer Weg, und die Aufzüge sehr geräumig, passend auch für Kinderwagen und Rollstühle. Fünf Minuten später stand er in seinem Zimmer und packte gerade aus, als es klopfte.

»Bonjour.« Es war René. Der Franzose trat ein und setzte sich gähnend aufs Bett. »Bist du schon so weit, mein Freund?« erkundigte er sich auf Spanisch.

»Si«, gab der Baske zurück. Nicht, daß er besonders spanisch aussah; sein Haar spielte eher ins rötliche Blond. Die Züge waren weich und sein Bart kurzgeschnitten. Er war nie von der spanischen Polizei verhaftet worden, intelligent und vorsichtig wie er war – und doch voller Leidenschaft für die Sache, der er mit zwei Autobomben-Attentaten und einem Mord aus dem Hinterhalt gedient hatte. Dies hier würde Juans kühnster Streich werden, dachte René; er wirkte tatendurstig, konzentriert, vielleicht etwas nervös, oder vielmehr angespannt wie eine Sprungfeder und bereit, seine Rolle zu spielen. Auch René hatte dergleichen schon hinter sich, gezielte Morde, zumeist in belebten Straßen. Er pflegte seinen Opfern direkt gegenüberzutreten, die schallgedämpfte Pistole abzufeuern und ganz normal weiterzugehen, was immer am besten war – auf diese Weise wurde man nicht identifiziert. Das Schießeisen bekam keiner zu sehen, und wer erinnert sich schon an einen Passanten, der über die Champs Élysées schlendert? So brauchte man nur die Kleider zu wechseln und das Fernsehen anzustellen, um die Berichte über seine Arbeit zu verfolgen. Mittlerweile war die Action Directe weitgehend, wenn auch nicht vollständig, von der fran-

zösischen Polizei zerschlagen worden. Die Gefangenen vertrauten auf ihre Genossen Nachfolger und hatten sie weder verraten noch angeschwärzt, trotz des großen Drucks und der Versprechungen ihrer uniformierten Landsleute. Wer weiß, ob am Ende dieser Aktion einige von ihnen wieder freikamen – obwohl das Hauptziel zunächst in der Befreiung des Genossen Carlos lag. Es würde nicht leicht sein, ihn aus Le Sante herauszuholen, dachte René. Er erhob sich und trat ans Fenster. Unten lag der Bahnhof; eine Lokomotive war bereits unter Dampf, um eine große Anzahl Kinder zum Park zu bringen. Darüber konnte freilich keine Regierung, und sei sie noch so kaltblütig, hinweggehen.

Zwei Häuser weiter stand Jean-Paul am Fenster, in dieselben Gedanken vertieft. Er war nicht verheiratet, hatte nie eine einigermaßen glückliche Beziehung gehabt. Jetzt, wo er 43 war, machte sich die Lücke bemerkbar, die das in sein Leben und seinen Charakter gerissen hatte; eine Abnormität, die er mit politischen Phrasen kompensierte, mit hehren Grundsätzen und der Vision einer strahlenden sozialistischen Zukunft für sein Land, für Europa und letztlich für die ganze Welt. Doch eine leise innere Skepsis verriet ihm, daß solche Ideen bloß Wunschträume waren, daß die Wirklichkeit, die vor ihm lag – drei Stockwerke tiefer, hundert Meter rechts, in den fernen Gesichtern der Kinder, die in den Zug kletterten –, daß diese Wirklichkeit..., aber nein, solche Gedanken waren Verrat an der Sache. Jean-Paul und die anderen *wußten*, daß sie auf der richtigen Seite standen. Jahrelang hatten sie darüber diskutiert und waren zu dem Schluß gekommen, daß sie die Fackel vorantragen mußten. Ihre Trauer und Wut, die so wenige nachvollziehen konnten... Eines Tages würde man sie verstehen, man würde sie feiern, weil sie den Weg in eine gerechtere Welt gebahnt hatten, als revolutionärer Vortrupp, der geschichtliche Kräfte und die Sehnsucht der Massen erkannte und durchsetzte... Und dann würde man nicht die Fehler der Russen wiederholen, jener übergroßen, törichten Nation voll rückständiger Bauern. Aus all diesen Gründen konnte er mit ruhigem Blick die Passagiere mustern, die zusammenrückten, als der Zug einlief, und sehen... Nein, sie waren nicht das Volk, selbst die Kinder nicht; die politischen Ziele mußten andere formulieren, Leute wie er, die begriffen hatten, welchen Gesetzmäßigkeiten die Geschichte folgt – oder folgen sollte. Folgen *würde*, wie er zuversichtlich korrigierte. Eines Tages auf jeden Fall.

Mike Dennis nahm sein Mittagessen im Freien ein, was er sich schon in Florida angewöhnt hatte. Was ihm an Worldpark gefiel; war die Tatsache, daß man dazu einen Drink bekam, in seinem Fall einen angenehmen spanischen Rotwein, den er aus dem Plastikbecher trank, während er zusah, wie die Menschen umherschlenderten. Wie immer hielt er dabei nach Schönheitsfehlern Ausschau. Er fand keine, die ihm aufgefallen wären. Die Wege waren sorgsam angelegt; bei der Planung hatte man Computerdesign benutzt.

Die Achterbahnen waren das, was die meisten Schaulustigen anzog, daher führten die Straßen an den spektakulärsten vorüber. Die großen teuren waren auch die besten. Seine eigenen Kinder hatten sich begeistert gezeigt. Besonders vom *Tauchbomber*, einer Looping-Fahrt, die selbst dem erfahrensten Segelflieger den Magen herumdrehte und das Unterste zuoberst kehrte; dicht gefolgt von der *Zeitmaschine*, einer Virtual-Reality-Fahrt mit 96 Teilnehmern alle sieben Minuten – eine Sekunde länger, und ältere Menschen konnten ernsthaft krank werden, das hatten Tests bewiesen. War man damit fertig, war es vielleicht Zeit für ein Eis oder was zu trinken, und schon standen konzessionierte Buden bereit, um die leiblichen Bedürfnisse zu stillen. Weiter hinten lag Pepe's, ein vorzügliches, auf katalanische Küche spezialisiertes Luxusrestaurant – allzu nah durften die Abfütterungsstellen nicht an den Achterbahnen liegen! Manche Attraktionen waren nicht gut miteinander vereinbar; dem *Tauchbomber* zuzusehen, steigerte nicht gerade den Appetit, bei den Erwachsenen erst recht nicht. Es war eine Wissenschaft und eine Kunst für sich, einen Themenpark wie diesen zu komponieren, und Mike Dennis gehörte zu den wenigen Zeitgenossen, die sie beherrschten. Das erklärte sein exorbitantes Gehalt und das stille Lächeln, mit dem er seinen Wein süffelte, während er *seine* Gäste bei ihrem Freizeitspaß beobachtete. Wenn man das Arbeit nennen wollte, war es der schönste Beruf der Welt. Selbst die Astronauten, die im Space Shuttle, konnten nicht so zufrieden mit sich sein – *er* durfte jeden Tag an sein Spielzeug, sie dagegen wären froh gewesen, zweimal im Jahr ins Weltall fliegen zu können.

Nach dem Essen erhob sich Dennis und kehrte in sein Büro an der Strada España zurück, die wie eine Radnabe im Halbkreis der Promenaden lag. Es war ein herrlicher Tag in Worldpark, klares Wetter, 21° Celsius, die Luft trocken und rein. Das Grün war grüner, wenn Spaniens Blüten blühten, aber sonst entsprach das Klima ganz dem in Kalifornien, und dazu paßte auch, daß die Mehrheit seiner Mitarbeiter spanisch sprach. Unterwegs traf er einen der Wachbeamten des Parks; *André* stand auf dem Namensschild, und auf der anderen Brusttasche seines Hemds vermeldete ein Sticker, daß er Spanisch, Französisch und Englisch beherrschte. Guter Mann, dachte Dennis, solche brauchten wir viel mehr hier.

Der Treffpunkt war lange zuvor vereinbart. Das Vorbild der Tauchbomber-Waggons war der deutsche Stuka, die Ju-87 mitsamt Eisernem Kreuz auf Flügeln und Tank, auch wenn man das Hakenkreuz vorsorglich bei der Heckflosse weggelassen hatte. Eigentlich mußte das doch die heiligsten patriotischen Gefühle der Spanier verletzen, dachte André. Erinnerte sich denn niemand mehr an Guernica, den ersten Exzeß der Nazibarbarei, dem Tausende spanischer Bürger zum Opfer fielen? War das historische Bewußtsein hierzulande derart schwach entwickelt? Offenbar ja. Kinder und Erwachsene in der Schlange faßten immer wieder das halblebensgroße Modell des Nazi-Kampffliegers an, der seinerzeit Soldaten und Zivilisten mit seiner »Trompeten-von-Jericho«-Sirene zu Tode erschreckt hatte. Eine Einspielung des Sirenenklangs gehörte ebenfalls zur Sturzfahrt und vermochte die Angstschreie der Teilnehmer oft nicht zu übertönen, gefolgt vom Luftdruckknall und der Wasserfontäne auf Bodenniveau. Von dort erklommen die Waggons, simulierte Flak-Geschosse durchquerend, den zweiten Gipfel, nachdem sie eine Bombe auf ein Schiff abgeladen hatten. War er der einzige Mensch in Europa, der diese Symbolik für widerwärtig und bestialisch hielt?

Anscheinend war es so. Manche rannten nach der Fahrt sofort los, um sich erneut in die Warteschlange einzureihen, außer denen, die noch unter Schwindelanfällen taumelten, Schweißausbrüche bekamen oder, wie er schon zweimal erlebt hatte, sich übergeben mußten. In solchen Fällen stand einer vom Reinigungsteam mit Mop und Wassereimer bereit; nicht der beliebteste Job in Worldpark. Für Notfälle lag die Erste-Hilfe-Station nicht allzu weit weg. André schüttelte den Kopf. Solchen Widerlingen geschah es ganz recht, wenn ihnen übel wurde nach dem freiwilligen Sturzflug in dem verhaßten Symbol des Faschismus.

Jean-Paul, René und Juan waren fast gleichzeitig am Eingang zur Zeitmaschine erschienen und schlürften alkoholfreie Drinks. Sie und die fünf anderen trugen als Erkennungszeichen Strohhüte, die man vorn am Eingang kaufen konnte. André nickte ihnen unmerklich zu und rieb sich wie vereinbart die Nase. René gesellte sich zu ihm.

»Wo finde ich die Herrentoilette?« erkundigte er sich auf Englisch.

»Folgen Sie den Hinweisschildern«, empfahl André. »Mein Dienst endet um 18 Uhr. Abendessen wie geplant?«

»Ja.«

»Sind alle bereit?«

»Jederzeit, mein Freund!«

»Dann sehen wir uns beim Abendessen«, nickte André und entfernte sich, setzte seine Patrouille fort, für die er bezahlt wurde, während die Genossen weiterliefen. Ob einige von ihnen sich die Zeit für eine Achterbahnfahrt nahmen? Morgen würde im Park noch mehr los sein als sonst, hatte man bei der Besprechung heute früh angedeutet. Am Karfreitag, wenn in diesem Teil Europas Bankfeiertag war, würden noch einmal Neuntausend und mehr die Hotels zum Wochenende füllen. Der Park war auf Massenbesuch eingerichtet, und seine Wachbeamtenkollegen hatten viele amüsante Anekdötchen auf Lager, was sich hier abspielte. Vor vier Monaten erst war eine Frau in der Station von Zwillingen entbunden worden, zwanzig Minuten nach einer Fahrt mit dem Tauchbomber, worauf ihr Mann überrascht und Dr. Weiler begeistert reagiert hatte – die Kinder bekamen auf der Stelle lebenslängliche Freikarten für Worldpark, was im Lokalfernsehen ganz groß rauskam. Der Leiter des Parks mußte ein PR-Genie sein. Vielleicht nannte sie eines der Kinder passenderweise Troll, schmunzelte André, als er einem Troll begegnete. Die Trolls waren kurzbeinige Wesen mit großen Kürbisköpfen – diese Kostüme wurden meist von kleinwüchsigen Frauen getragen, wie er erfuhr, als er seinen Job hier antrat. Man erkannte es an den dünnen Beinen, die in riesigen Schnabelschuhen steckten. Es gab sogar einen Wassertank in den Kopfmasken, um Speichel über die monströsen Lippen treten zu lassen. Und dort drüben sah er einen römischen Legionär, verwickelt in einen grotesken Zweikampf mit einem Germanen. Einer rannte jeweils dem anderen davon, was die umstehenden Zuschauer zu Beifallsstürmen hinriß. André machte kehrt und schlenderte über die »Deutsche Straße«, wo ihm bayerische Blasmusik entgegenschlug – wenn's nach ihm ginge, könnten sie auch das Horst-Wessel-Lied spielen. Das hätte besser zu der verdammten olivgrünen Stuka-Imitation gepaßt. Oder wie wäre es, wenn sie SS-Lederkluft tragen oder einige der Gäste zusammenschlagen würden? War das nicht auch Teil der europäischen Geschichte? *Verwünscht sei dieser Ort*, dachte André. Jeden, der sich noch einen winzigen Rest politischen Bewußtseins bewahrt hatte, mußte die Symbolik ankotzen. Doch die Volksmassen hatten kein Gedächtnis, kein Verständnis für ökonomische oder politische Zusammenhänge. Er war froh, daß sie gerade diesen Ort ausgesucht hatten, um ein Zeichen zu setzen. Vielleicht würde *das* die Dummköpfe zum Nachdenken bringen über die Verderbnis der Welt! André erlaubte sich ein Stirnrunzeln, für Worldpark ungewohnt an einem sonnigen Tag mitten im Trubel.

Da habt ihr's, sagte er sich, *das ist der Ort.* Die Kinder liebten ihn. Schon jetzt waren Unmengen hier, rannten durcheinander, zerrten an den Händen ihrer Eltern, in Shorts und Turnschuhen, manche mit Hüten, Heliumballons um die winzigen Handgelenke geknotet. Und da war ein Mädchen im Rollstuhl, das den speziellen Anstecker trug, mit dem sie jeder Standwart ins Karussel hievte, ohne daß sie in der Schlange warten mußte. Krank war sie, und die Eltern nach Kleidung und Gebaren offenbar Holländer. Vielleicht an Krebs erkrankt, hergeschickt von einer Wohlfahrtsorganisation nach dem Vorbild der amerikanischen Make-A-Wish-Stiftung, die Eltern unheilbar kranker Kinder den ersten und letzten Besuch bei den in Worldpark lizensierten Comicfiguren finanzierte. Wie hell die müden Augen aufleuchteten, die bald dem Tod ins Angesicht sehen mußten; wie rührend sich das Personal um sie kümmerte – als gebe es nichts Wichtigeres als den bourgeoisen, sentimentalen Schwachsinn, von dem dieser ganze Vergnügungspark lebte. Sei's drum – all das hatten sie ins Kalkül gezogen. Wenn es einen Ort gab, wo sie politisch ein Zeichen setzen konnten, der die Aufmerksamkeit der europäischen Öffentlichkeit und der ganzen Welt auf ihre Anliegen lenkte, dann war es dieser hier.

Ding hatte sein erstes Pint geleert. Eins würde er sich noch gönnen, mehr nicht. Es war ein ungeschriebenes Gesetz, das er selbst niemandem vorschrieb, aber nach allgemeiner Übereinkunft trank niemand aus dem Team mehr als zwei, wenn man – wie fast immer – auf Bereitschaft war. Außerdem waren zwei Pints englisches Bier ganz schön viel. Jedenfalls waren alle Mitglieder von Team-2 früh zum Essen daheim bei ihren Familien. *Alle* Soldaten waren verheiratet, hatten

Frau und mindestens ein Kind. Die Ehen wirkten sogar stabil. John wußte nicht, ob das ein wiederkehrendes Merkmal bei Spezialkommandos war, aber die zweibeinigen Raubtiere, die für ihn schwitzten, waren daheim sanfte Kater, was ihn verwunderte und amüsierte.

Sandy servierte den Hauptgang, zartes Roastbeef. John erhob sich und nahm das Tranchiermesser zur Hand, um seiner Pflicht als Hausherr zu genügen. Patsy warf einen Blick auf den Braten und mußte an Rinderwahnsinn denken, aber ihre Mutter hatte das Fleisch wohl lange genug in der Röhre gehabt. Außerdem mochte sie Roastbeef, Cholesterin hin oder her, und was das Zubereiten von Soßen betraf, war ihre Mutter Weltmeisterin.

»Wie läuft's denn in der Klinik?« fragte Sandy ihre medizinisch ausgebildete Tochter.

»Die Gynäkologie ist reine Routine. Einen einzigen schweren Fall hatten wir in den letzten paar Wochen. Ich hatte schon Hoffnungen in eine *placenta praevia* gesetzt, oder gar eine *placenta abrupta*, um zu sehen, ob wir damit fertigwerden, aber ...«

»Wünsch dir das besser nicht, Patsy. Sowas hab ich mal in der Bereitschaft erlebt. *Totale* Panik, und die Gynäkologen mußten sich ganz schön zusammenreißen, denn im Bruchteil einer Sekunde kann das Schlimmste passieren. Tote Mutter *und* totgeborenes Kind.«

»Ist das schon mal vorgekommen bei dir, Mom?«

»Nein, aber in Williamsburg wär's fast mal soweit gewesen. Erinnerst du dich an Dr. O'Connor?«

»Dieser hochgewachsene, magere Bursche?«

»Genau!« Sandy nickte. »Gottseidank war er als Stellvertreter eingeteilt. Der Chef vom Dienst hatte keine Ahnung, aber Jimmy kam hinzu und übernahm den Fall. Ich war fast sicher, daß wir die Frau verlieren würden.«

»Aber wenn du weißt, was du tun mußt ...«

»Selbst wenn du das immer wüßtest, wär's noch immer dramatisch. Gegen Routine ist nichts einzuwenden. – Ich habe lange genug Notdienst geschoben«, fuhr Sandy fort. »Eine ruhige Nacht, in der ich mit meiner Lektüre weiterkomme, ist mir lieber!«

»Die Stimme der Erfahrung!« bemerkte Clark, der das Fleisch vorlegte.

»Hört sich vernünftig an«, nickte Domingo Chavez und strich seiner Frau über den Arm. »Wie geht's denn unserem Kleinen?«

»Tritt mir ständig in die Weichteile«, gab Patsy zurück und führte die Hand ihres Ehemanns an ihren Bauch. Das wirkte immer – auch diesmal. Sein Blick veränderte sich, wenn er es selbst fühlte. Seit jeher gefühlvoll und voller Leidenschaft, schmolz Ding geradezu dahin, wenn er die Regungen im Mutterleib mitbekam.

»Mein Kleines«, murmelte er leise.

»Unseres!« grinste sie.

»Aber bitte keine bösen Überraschungen, wenn es so weit ist, ja?« beschwor Chavez sie. »Ich will, daß alles routinemäßig abläuft. Es ist schon aufregend genug. Hab keine Lust, in Ohnmacht zu fallen oder so.«

»Wirklich?« Patsy mußte lachen. »Du? In Ohnmacht? Mein *comandante*?«

»Man kann nie wissen, Schatz«, schmunzelte ihr Vater, der wieder Platz genommen hatte. »Ich habe schon allerhand starke Männer schwach werden sehen.«

»Aber nicht diesen, Mr. C«, widersprach Domingo mit hochgezogenen Brauen.

»Eigentlich seid ihr bloß die Feuerwehr«, ließ sich Sandy vernehmen. »Immer müßt ihr warten, bis irgendwas passiert.«

»Das ist wahr«, gab Domingo zu. »Und wenn das Feuer nie ausbricht, soll's uns recht sein!«

»Meinst du das ehrlich?« fragte Patsy.

»Ja, mein Schatz«, versicherte ihr Ehemann. »Draußen im Einsatz ist es kein Spaß. Bisher hatten wir Glück. Den Verlust einer Geisel müssen wir immerhin nicht beklagen.«

»Aber das wird sich ändern«, warnte Rainbow Six seinen Untergebenen.

»Nicht, wenn ich etwas dagegen unternehmen kann, John.«

»Sag mal, Ding«, setzte Patsy an und blickte von ihrem Teller auf. »Hast du je … ich meine – mußtest du schon mal …«

Sein Blick beantwortete ihre Frage. Laut sagte er nur: »Laß uns nicht davon reden.«

»Wir schnitzen uns keine Kerben in den Gewehrkolben, Pats«, belehrte John seine Tochter. »Das wäre schlechter Stil, weißt du?«

Chavez wechselte das Thema. »Noonan ist heute gekommen. Angeblich hat er ein neues Spielzeug.«

»Und was kostet es?« war das erste, was John einfiel.

»Nicht viel, sagt er. Fast gar nichts. Delta hat es gerade erst entwickelt.«

»Und wofür soll es gut sein?«

»Es macht Menschen ausfindig.«

»Häh? Ist das schon erprobt?«

»Ein kommerzielles Produkt. Nein, erprobt ist es noch nicht. Aber es ortet Menschen.«

»*Wie denn?*«

»Es erkennt den menschlichen Herzschlag auf fünfhundet Meter.«

»Wie bitte?« fragte Patsy. »Und wie soll das gehen?«

»Ich weiß nicht genau, aber Noonan behauptet, in Fort Bragg spielten sie schon verrückt – das heißt, sie sind *wirklich* aus dem Häuschen. Es nennt sich ›Lifeguard‹ oder so ähnlich. Jedenfalls hat er im Hauptquartier der Snake-Leute nachgefragt, ob wir eine CD-Rom zum Anschauen kriegen.«

»Wollen sehen«, brummte John und strich Butter auf sein Baguettebrötchen. »Schmeckt prima, das Brot, Sandy!«

»Ist aus der Bäckerei an der Millstone Road. Findet ihr das Brot hier drüben nicht köstlich?«

»Dabei schimpfen sie alle über die englische Küche«, wunderte sich John. »Ist doch Quatsch. Genau die Kost, mit der ich aufgewachsen bin!«

»All das rote Fleisch?« murrte Patsy.

»Mein Cholesterinspiegel liegt unter hundertfünfzig, Schatz«, erinnerte Ding. »Niedriger als deiner. Kommt wohl von dem vielen Training.«

»Warte, bis du älter wirst!« grollte John. Zum ersten Mal im Leben war sein Wert auf zweihundert geklettert, trotz Training und allem.

»Hab's nicht eilig damit«, lachte Ding. »Sandy, du bist weit und breit die beste Köchin.«

»Danke, Ding.«

»Wollen hoffen, daß die englischen Rinder uns nicht das Hirn erweichen«, grinste er. »Immerhin ist es nicht so schlimm wie der Ausstieg aus dem Night Hawk. George und Sam sind noch immer nicht ganz wiederhergestellt. Sollten wir nicht andere Handschuhe austeilen?«

»Es sind dieselben, die der SAS benutzt. Hab's nachgeprüft.«

»Weiß ich. Eddie und ich haben es vorvorgestern durchgesprochen. Er meint, wir müßten mit Trainingsunfällen rechnen. Nach Homer haben sie bei Delta jedes Jahr einen Mann verloren. Beim Training verunglückt!«

»Was?« Patsy fuhr hoch.

»Und Noonan meint, der FBI hätte mal einen verloren, der sich vom Huey abseilte. Die Hand rutschte ihm aus – hoppla.« Der Team-2-Kommandant zuckte die Schultern.

»Dem kann man nur mit noch mehr Training vorbeugen.« John spießte eine Kartoffel auf.

»Meine Leute haben jetzt ihr Limit erreicht. Ich muß schon überlegen, wie ich sie dort halte, ohne sie zu überfordern.«

»Das ist das Schwierigste, Domingo.«

»Vermute ja.« Chavez hatte seinen Teller geleert.

»Was meinst du mit Limit?« erkundigte sich Patsy.

»Damit meine ich, daß Team-2 schlank und rank und angriffslustig ist, mein Schatz. Wir waren es schon immer, aber daß wir jetzt noch über uns hinauswachsen, glaube ich kaum. Dasselbe gilt für Peters Bande. Abgesehen von den zwei Unfällen sehe ich nichts, was noch besser werden könnte – besonders, wo jetzt Malloy zu uns gehört. Herrje, kann der seinen Hubschrauber lenken!«

»Angriffslustig heißt, bereit zum Töten …?« zweifelte Patsy. Es fiel ihr als Ärztin, die Leben zu retten trachtete, nicht gerade leicht, mit einem Mann verheiratet zu sein, dessen Beruf oft genug das Gegenteil erforderte. Und Ding *hatte* bereits töten müssen, sonst wäre er nicht darauf aus gewesen, nicht mehr davon zu sprechen. Wie konnte er das tun und trotzdem Wachs in ihren Händen sein, sobald er das Baby fühlte? Es fiel ihr nicht leicht, das zu verstehen, so sehr sie ihren schmächtigen Mann mit der olivfarbenen Haut und dem blendend weißen Lächeln liebte.

»Nein, mein Liebling. Bereit, Menschen aus Lebensgefahr zu retten«, korrigierte er. »Das ist unser Job.«

»Aber woher wollen wir wissen, daß sie die Gefangenen freilassen?« erkundigte sich Esteban.

»Sie haben doch keine andere Wahl«, winkte Jean-Paul ab. Aus der Karaffe goß er sich noch ein Glas Wein ein.

»Ganz meine Meinung«, stellte André fest. »Welche Wahl sollten sie auch haben? Wir können ihnen vor aller Welt Schande bereiten. Und sie sind Feiglinge, wenn man an die bourgeoise Rührseligkeit denkt. Ihnen fehlt die Energie, mit der wir auftreten.«

»Das haben schon andere geglaubt und sich geirrt«, warnte Esteban, der zwar nicht den Advocatus diaboli spielen, aber Vorbehalte zur Sprache bringen wollte, die ihnen allen mehr oder minder zu schaffen machten. Und Esteban war seit jeher ein Zauderer gewesen.

»So etwas hat es noch nie gegeben. Die Guardia Civil mag effizient sein, aber auf diese Situation ist sie nicht vorbereitet. Sind doch bloß Polizisten«, schnaubte André. »Das langt doch wohl. Ich glaube nicht, daß sie auch nur einen von uns festnehmen. Oder was meint ihr?« Der Spott wurde mit beifälligem Grinsen quittiert. Es stimmte: Sie *waren* nur Polizisten, die Ladendieben hinterherliefen, keine fanatischen Freiheitskämpfer mit der richtigen Ausbildung, Bewaffung und Hingabe.

Esteban sträubte sich. »Natürlich nicht, Genossen. Aber ich rate euch, die Objektivität bei der Vorbereitung nicht zu vernachlässigen. Auch die Soldaten der Revolution dürfen sich nicht von der Begeisterung hinreißen lassen.« Alle merkten, daß er damit nur sein Unbehagen überspielte; die anderen empfanden es ebenso und mußten es desto energischer abstreiten.

»Wir werden Iljitsch rausboxen«, verkündete René. »Andernfalls verhängt Paris ein Todesurteil über einhundert Kinder. Das werden sie nicht wagen. Am Schluß lassen wir einige der Gören in den Libanon mitfliegen... Darüber sind wir uns doch einig, oder?« Er blickte in die Runde und sah neun Kameraden nicken. »*Bien.* Nur Kinder werden sich bei dieser Sache in die Hosen machen, nicht wir.« Einige lachten pflichtschuldigst, während sich der Kellner näherte. René bedeutete ihm, noch etwas zu trinken zu bringen. Die Auswahl hier war nicht übel, besseren Wein würden sie für lange Zeit nicht mehr bekommen. Denn dann mußten sie unter islamischen Regimen leben, ständig auf der Hut vor DGSE-Agenten, und hoffentlich mit mehr Erfolg als Carlos. Nun, ihre Identitäten würden nicht so schnell auffliegen; diese Lektion hatte sie Carlos' Schicksal gelehrt. An die Öffentlichkeit zu gehen, zahlt sich nicht aus. Er kratzte sich den Bart, der ihn juckte; dieses Jucken garantierte in den nächsten paar Jahren für seine persönliche Sicherheit. »Wieviele Besucher werden für morgen erwartet, André?«

»Thompson-CSF schickt sechshundert Mitarbeiter mit ihren Familien her; Betriebsausflug in einer ihrer Niederlassungen. Besser hätten wir's kaum treffen können«, berichtete der Wachbeamte. Thompson gehörte zu den größten französischen Rüstungskonzernen. Einige der

Manager dürften der französischen Regierung lieb und teuer sein, mithin auch ihre Kinder; und dann noch der politische Hintergrund – das Glück meinte es wirklich gut mit ihnen. »Sie werden gemeinsam in den Park marschieren, die Streckenführung ihrer Besichtigungstour liegt mir vor. Gegen Mittag kommen sie zum Lunch in die Ritterburg und sehen sich eine Revue an. In diesem Moment greifen wir an, Freunde.« Zuzüglich eines kleinen Extras, das sich André heute früh überlegt hatte.

»*D'accord?*« René sah sich fragend um. Die anderen signalisierten Einverständnis. Ihre Blicke waren jetzt zuversichtlicher; die Bedenken von vorhin waren ausgeräumt. Die Aktion stand unmittelbar bevor, den Entschluß dazu hatten sie längst gefaßt. Der Kellner kam mit zwei Karaffen Wein und schenkte nach. Man prostete sich zu, das letzte Mal für lange Zeit vielleicht, und der Alkohol spülte auch den letzten Vorbehalt hinweg.

»Ist es nicht sagenhaft?« Chavez sprang auf. »Sowas gibt's nur in Hollywood. Die Knarren halten sie in der Hand wie Kartoffelschälmesser, und dann treffen sie ein Eichhörnchen auf zwanzig Meter in die linke Backe! *Das* würd ich gern können, verdammt!«

»Mehr Übung, Domingo«, schlug John spöttisch vor. Der Schurke auf dem Fernsehschirm flog fast vier Meter rückwärts, als treffe ihn eine Panzerfaust und nicht bloß eine 9mm-Pistolenkugel. »Ich frage mich, wo man die kaufen kann.«

»Wir können sie uns sowieso nicht leisten, Erhabener Großbuchhalter!«

Bei diesem Spruch hätte John fast seinen letzten Schluck Bier verschüttet. Wenige Minuten später hörte der Film mit Happy end auf. Der Held kriegte das Mädchen. Die Bösen hatte es alle erwischt. Der Held kündigte in der Agentur seiner Eltern, empört über Dummheit und Korruption und wanderte sichtlich zufrieden mit seiner Arbeitslosigkeit in den Sonnenuntergang. Doch, das war Hollywood, dachte Clark. Und damit endete der gemütliche Abend auch schon; Ding und Patsy kehrten heim, John und Sandy legten sich schlafen.

Es war doch bloß eine große Filmkulisse, sagte sich André, als er den Park eine Stunde vor Öffnung der Tore betrat, vor denen sich jetzt schon die ersten neugierigen Besucher versammelten. Und alles so amerikanisch, obwohl sie sich alle Mühe gaben, den Park europagerecht zu gestalten. Die Idee, die dahinter steckte, stammte natürlich aus Amerika, von diesem Idioten Walt Disney, der mit seinen Mickymäusen und Kindermärchen das Proletariat ausplünderte. Religion war nicht länger Opium des Volks, sondern der Eskapismus, die Sehnsucht, dem nüchternen, grauen, verhaßten Alltag zu entfliehen, den die verbürgerlichte Masse nicht als das erkannte, was er war. Was trieb sie denn hierher? Die Kinder, die mit schrillen Stimmchen nach Trollen und anderen japanischen Cartoonfiguren verlangten, nach einer Berg-und-Talfahrt in dem widerlichen Stuka! Selbst manche Russen, die Millionen aus ihrer zusammenbrechenden Wirtschaft scheffelten, um sie hier aus dem Fenster zu werfen, selbst die *Russen* fuhren Stuka! Verwundert schüttelte André den Kopf. Von Kindern konnte man keine Vorbildung, kein Verständnis für die Obszönität dieses Spektakels erwarten, aber gewiß doch von ihren *Eltern!* Und trotzdem strömten sie herein.

»André?«

Der Parkwächter drehte sich um. Vor ihm stand Mike Dennis, geschäftsführender Direktor von Worldpark, und musterte ihn.

»Ja, Monsieur Dennis?«

»Ich heiße Mike, wissen Sie noch?« Der Geschäftsführer tippte auf sein Namensschildchen. Ach ja, es gehörte zu den Regeln hier im Park, daß sich alle mit Vornamen anredeten; gewiß eine den Amerikanern abgeschaute Gewohnheit.

»Ja, Mike. Entschuldigung.«

»Sind Sie wohlauf, André? Sie wirken so nervös?«

»Ich? Aber nein, äh ... *Mike*, mir geht's prima. Bloß zu lange gefeiert gestern abend.«

»Okay.« Dennis klopfte ihm auf die Schulter. »Heute wird viel los sein. Wie lange sind Sie jetzt bei uns?«

»Zwei Wochen.«

»Und? Gefällt's Ihnen hier?«

»Als Arbeitsplatz einmalig.«

»So soll's auch sein, André. Also dann – weitermachen!«

»Ja, Mike.« Er blickte seinem Boß nach, der sich in sein Büro in der Burg begab. *Verdammte Amerikaner*, immer wollten sie, daß alle ununterbrochen glücklich waren, andernfalls stimmte etwas nicht, und wenn etwas nicht stimmte, mußte es in Ordnung gebracht werden. Tatsächlich, etwas *stimmte* nicht, und noch heute würden sie Abhilfe schaffen. Aber das gefiel Mike dann vermutlich nicht so gut, oder?

Nur einen Kilometer weiter nahm Jean-Paul seine Waffen aus dem Koffer und packte sie in den Rucksack. Er hatte sich vom Zimmerservice das Frühstück bringen lassen, ein großes amerikanisches Frühstück mit allem Drum und Dran. Womöglich mußte es den ganzen Tag vorhalten und vielleicht noch einen weiteren. Für seine Uzi-Maschinenpistole verfügte er über zehn volle Magazine, sechs weitere blieben ihm für die 9mm-Pistole, dazu kamen noch drei Splitterhandgranaten und das Funkgerät. Schweres Gepäck, das er nur mit Mühe auf den Rücken nahm. Jean-Paul sah auf die Uhr und warf einen letzten Blick ins Zimmer. Die Toilettenartikel gehörten alle dem Hotel; er hatte sie sorgsam mit dem feuchten Handtuch abgewischt, um keine Fingerabdrücke zu hinterlassen, desgleichen Nachttischlampe und Schreibtisch und zum Schluß sein Frühstücksgeschirr und das Besteck. Wer weiß, ob die französische Polizei seine Fingerabdrücke hatte – wenn nicht, sollte er ihnen etwa das Anlegen einer neuen Akte erleichtern? Er trug eine lange Khakihose und ein kurzärmeliges Hemd, dazu den blöden weißen Strohhut, den er sich gestern besorgt hatte. Man würde ihn für einen weiteren Touristen halten, total harmlos. Schließlich wandte er sich zur Tür, nahm sich aber noch die Zeit, die Türklinke innen und außen zu polieren, bevor er zum Lift ging. Den Abwärts-Knopf drückte er mit dem Knöchel statt mit dem Finger. Kurz darauf war er unterwegs zur Bahnstation, wo seine Zimmerschlüssel-Karte als Ticket für den Worldpark-Verkehrsverbund akzeptiert wurde. Er nahm den Rucksack ab und saß gleich darauf im selben Abteil mit einem Deutschen, der ebenfalls Rucksack trug und mit Frau und Kind unterwegs war. Auch er setzte seinen Rucksack dumpf polternd ab, als er sich neben Jean-Paul setzte.

»Meine Videokamera«, erklärte der Mann, merkwürdigerweise in Englisch.

»Bei mir auch. Schwer zu tragen, das alles, nicht wahr?«

»Schon. Aber hinterher hat man doch mehr vom Urlaub, wenn man den Film sieht …!«

»Bestimmt«, nickte Jean-Paul. Die Lokomotive pfiff, und der Zug setzte sich stampfend in Bewegung. Der Franzose tastete nach dem Ticket in der Brusttasche. Drei Tage gewährte es ihm regulären Zugang zum Vergnügungspark. Aber für ihn war das eigentlich unnötig – und auch niemand im weiten Umkreis würde das in Anspruch nehmen können.

»Was soll denn der Scheiß?« knurrte John, als er das zuoberst liegende Fax gelesen hatte. »Ausbildungsfonds?« Und wer in Washington hatte da wieder nicht dichtgehalten? George Winston, der Finanz-Staatssekretär? Soll doch der Blitz einschlagen! »Alice?« rief er.

»Ja, Mr. Clark?« Mrs. Foorgate stand im Türrahmen. »Ich dachte mir schon, daß es Wirbel gibt deswegen. Anscheinend will sich Mr. Ostermann bei dem Team, das ihn gerettet hat, revanchieren.«

»Was sagt denn die Dienstvorschrift dazu?« war Johns nächste Frage.

»Keine Ahnung, Sir.«

»Und wie kriegen wir das raus?«

»Vielleicht durch einen Anwalt...«

»Gibt es hier einen Justitiar oder sowas?«

»Nicht daß ich wüßte. Und vermutlich bräuchte man einen für britisches *und* internationales Recht.«

»Ist ja super«, stöhnte Rainbow Six. »Richten Sie Alistair aus, daß er mal vorbeischauen soll.«

»Ja, Sir.«

14

SCHWERT DER LEGION

Der Betriebsausflug war bei Thompson-CSF seit Monaten geplant. Dreihundert schulpflichtige Kinder durften eine Woche früher in die Ferien. Aber der Besuch in Worldpark war auch von wirtschaftlichem Interesse, denn Thompson hatte die computergestützten Überwachungssysteme im Park installiert. Es gehörte zur Firmenpolitik des Rüstungsmulti, die Produktion auf den zivilen Bereich der Elektronik zu verlagern, und hier war die militärische Erfahrung nur nützlich. Die neuen Monitore, mit denen man in Worldpark alles kontrollieren konnte, was sich auf dem Gelände tat, waren ursprünglich bei der Ausstattung von NATO-Stützpunkten mit EDV-Programmen entwickelt worden, man konnte die Daten also durch Satellitentechnik übertragen anstatt durch Überlandleitungen, was mehrere Millionen Franc einsparte.

Thompson hatte die Systeme termin- und etatgerecht liefern können, und als Anerkennung für die pünktliche Vertragserfüllung hatte Worldpark mit der Firmenleitung vereinbart, dieses kleine Picknick für die Belegschaft zu arrangieren. Alle trugen rote T-Shirts mit Firmenlogo auf der Brust, einschließlich der Kinder. Momentan wanderten sie grüppchenweise zum Schloß, ins Zentrum des Parks, eskortiert von sechs Trollen, die in ihren verrückten Schnabelschuhen und mit ihren bepelzten Riesenköpfen neben ihnen hertanzten. Außerdem begleiteten römische Legionäre die Besuchergruppe. Zwei waren in Wolfsfelle mit der Aufschrift SIGNIFER gehüllt und trugen die Standarten; einer, auf dessen Löwenfell AQUILIFER stand, den goldenen Adler der Kohorte, das umkränzte Emblem der VI. LEGIO VICTRIX, wie ihre Vorgängerin unter Kaiser Tiberius im Jahre 20 n. Chr. in Spanien stationiert, heute im Worldpark. Die Parkangestellten, die der Legion angehörten, hatten kreative eigene Ideen entwickelt und marschierten freiwillig mit; ihre *spatha*-Schwerter aus spanischer Produktion steckten in der Scheide, die Schilde hielten sie in der Linken. Wie die stolze »Victrix« – die »siegreiche« Legion – vor zweitausend Jahren nahmen sie Aufstellung; ihre Vorfahren waren einst die erste und einzige Grenztruppe der römischen Kolonie auf der iberischen Halbinsel gewesen.

Das einzige, was der Belegschaft fehlte, war ein Flaggenträger, der eher bei den Japanern üblich zu sein schien. Nach den Begrüßungsfeiern durften die Thompson-Mitarbeiter eigene Wege gehen und ihre vier Tage hier als ganz normale Touristen verbringen.

Mike Dennis sah der Prozession auf seinen Monitoren im Büro zu, während er Briefe sortierte. Die römischen Soldaten, eines der Aushängeschilder seines Themenparks, waren aus irgendeinem Grund ein Riesenknüller geworden, so daß er erst kürzlich ihre Zahl von fünfzig auf über hundert erhöht und drei Zenturionen als Kommandanten eingestellt hatte. Man erkannte sie am Federschmuck ihrer Helme, im Gegensatz zum gewöhnlichen Helm des Fußsoldaten. Die Kostümierten mußten echte Schwertkämpfe absolvieren, und man munkelte, manche ihrer Schwerter seien scharfgeschliffen. Dennis hatte das nie nachgeprüft, und wenn es zutraf, mußte es aus Sicherheitsgründen unterbunden werden. Diente es allerdings der Arbeitsmoral, war es auch gut für den Park; er billigte seinen Leuten eine gewisse Selbstverantwortung in ihren jeweiligen Bereichen zu, ohne sich von der Zentrale aus in alles einzumischen. Mit einem Mausklick zoomte er die sich nähernde Besuchergruppe heran. Sie kamen rund zwanzig Minuten zu früh – na ja. Francisco de la Cruz führte die Begleittruppe an. Francisco war pensionierter Sergeant der spanischen Armee und bei den Fallschirmjägern gewesen. Derartige Aufmärsche waren sein ganzer Stolz, kein Wunder! Ein rüstiger alter Knabe, über fünfzig, mit muskulösen Armen und so starkem Bartwuchs – Schnurrbärte waren in Worldpark kein Problem, Bärte waren untersagt –, daß er sich zweimal täglich rasieren mußte. Die Kleinen reagierten etwas eingeschüchtert auf ihn, aber wenn Francisco sie auf den Arm nahm wie ein Bärenvater, waren sie augenblicklich beruhigt und spielten mit seinem Helmbusch aus rotem Pferdehaar. Seine kleine Abteilung war militärisch straff geführt, womit er sich das Wohlwollens seines Chefs verdient hatte.

Dennis nahm den Aktenordner aus der DRINGEND-Schublade. Vor den Thompson-Gästen mußte er eine Willkommensrede halten, anschließend spielte eine der parkeigenen Musikgruppen auf, und nach der Trollparade versammelte man sich zum Dinner im Burgrestaurant. Mit einem Blick auf die Uhr erhob er sich und trat in den Flur hinaus, der über einen Geheimgang in den Burghof führte. Die Architekten hatten hier vollkommen freie Hand gehabt, und das Geld der Ölgesellschaft war gut verwendet worden, auch wenn sich die Anlage nicht völlig authentisch darstellte: Feuerleitern, Sprinkleranlagen und Stahlträger statt aufeinandergetürmter, vermörtelter Steine.

»Mike?« rief eine Stimme. Der Geschäftsführer wandte sich um.

»Ja, Pete?«

»Telefon. Der Vorsitzende des Aufsichtsrats ...«

Der Geschäftsführer machte auf dem Absatz kehrt und eilte ins Büro zurück, die vorbereitete Rede noch immer in der Hand.

Francisco de la Cruz – von seinen Freunden nur Pancho genannt – war ein großer, stattlicher Fast-zwei-Meter-Mann, dessen säulenförmige Beine den Boden erzittern ließen, wenn er vorüberschritt, mit durchgedrückten Knien nach Art der alten Legionäre, wie es ihm ein Historiker erzählt hatte. Sein Eisenhelm drückte schwer aufs Haupt, und der Busch hüpfte beim Gehen auf und nieder. In der Linken hielt er den kantigen, schweren *scutum*, den Schild der Legionäre, der ihm fast vom Kinn bis zum Fußknöchel reichte, aus gebeiztem Holz gefertigt, doch mit massiver Eisendekoration in Form der Medusa und Metallkanten. Die Legionäre mußten tapfere Soldaten gewesen sein, wenn sie mit solcher Ausrüstung in die Schlacht zogen – fast sechzig Pfund schwer, rechnete man Gepäck und Kochgeschirr mit. Der Park hatte für alles gesorgt, und die Qualität der Schmiedearbeit war vermutlich besser als bei den alten Römern. Sechs junge Burschen marschierten in Formation hinter ihm und ahmten seinen schwerfälligen Tritt nach. De la Cruz war ganz in seinem Element. Seine eigenen Söhne waren längst beim Militär, traten in seine Fußstapfen wie diese jungen Franzosen heute. Für de la Cruz war die Welt in Ordnung.

Einige Meter weiter hatten sich Jean-Paul, René und Esteban eingefunden, der letztere mit einer ganzen Traube von Ballons am Handgelenk, aus der er vorhin schon einen verkauft hatte. Die übrigen trugen weiße Worldpark-Hüte und nahmen ihre verabredeten Plätze in der Menge ein. Keiner trug das rote Thompson-T-Shirt, obwohl auch das kein Problem gewesen wäre, statt dessen hatten sie dunkle, zum Strohhut passende Worldpark-Sweater an. Außer Esteban und André schleppten sich alle mit Rucksäcken ab wie so viele Besucher von Worldpark.

Wie sich herausstellte, hatten die Trolle die Besuchergruppe ein paar Minuten zu früh hergeführt. Die Erwachsenen scherzten miteinander, die Kinder kreischten und schwenkten die Arme; alle Gesichter strahlten vor Seligkeit – die sich bald in Entsetzen verwandeln würde, wenn sie sich hinter die Großen flüchten mußten. Zwei saßen im Rollstuhl – nein, die gehörten nicht zum Thompson-Betriebsausflug, wie Esteban feststellte. Sie trugen ihren Spezial-Anstecker, aber nicht das rote T-Shirt.

André nahm die kleinen Gäste ebenfalls in Augenschein. Das holländische Mädchen kannte er von gestern. Ein anderes im Rollstuhl, dessen Vater wie ein Engländer aussah, wurde über die Zugbrücke der Ritterburg und durch die Menge geschoben. Ja, beide würden nachher mit dabei sein. Desto besser, daß sie keine Französinnen waren, oder?

Dennis hatte sich am Schreibtisch niedergelassen. Der Anruf erforderte spezielle Informationen, die er nur am Computer abrufen konnte. Ja, die vierteljährlichen Einkünfte des Parks fielen 4,1 % höher aus als erwartet … Die anfangs flaue Saison hatte sich überraschend gut entwickelt … Die Witterung war günstig, erklärte Dennis, darauf hatte man keinen Einfluß, aber inzwischen lief es wieder prächtig, bis auf die Computerprobleme bei zwei Berg-und-Talbahnen. Zwei Softwarespezialisten waren gerade dabei, die Programme zu überarbeiten … Doch, das lief noch unter Garantieschutz des Herstellers, und die Firma war durchaus kooperativ – wollten wir ihnen auch geraten haben, nicht wahr? Schließlich nahmen sie an der Ausschreibung für die beiden Mega-Achterbahnen teil, deren Ausmaß alles übertraf, was die Welt je gesehen hatte, erklärte Dennis. Noch hatte der Vorstand die Entwürfe nicht abgesegnet, aber seine nächste Stippvisite in Spanien stand in zwei Wochen an. Man würde Fernsehfilme vorführen, die Konzeption und Gestaltung der neuen Attraktionen vorstellen, versprach Dennis, eigens für den amerikanischen Kabelkanal produziert, auch um die Amerikaner verstärkt anzusprechen und dem Disney-Imperium Kunden wegzunehmen. Der Saudi, der ursprünglich in Worldpark investiert hatte, weil seine Kinder gern auf Achterbahnen fuhren, die er nicht mal von weitem sehen wollte, war so begeistert von den neuen Attraktionen, daß er sich überraschen lassen wollte.

»Was ist denn jetzt los?« stieß Dennis in diesem Moment noch am Telefon hervor. Er hob den Kopf.

Der Lärm ließ alle zusammenzucken – dieses zitternde Stakkato aus Jean-Pauls Maschinenpistole, aus der das Mündungsfeuer leckte. Im Burghof drehten sich die Leute um und duckten sich instinktiv, als sie sahen, wie der bärtige Mann seine ratternde Waffe schwenkte. Als ahnungslose Zivilisten erstarrten sie sekundenlang vor Schreck, wirkten gar nicht so ängstlich, aber dann …

… dann erkannten sie, daß hier scharf geschossen wurde. Instinktiv warfen sie sich zur Seite, anstatt den Wahnsinnigen zu packen, während die anderen, die jetzt ihre Waffen aus den Rucksäcken holten ohne zu feuern, noch auf ein Signal zu warten schienen …

Pancho de la Cruz stand neben einem dieser Leute und erkannte auf den ersten Blick die häßlichen, vertrauten Umrisse einer israelischen Uzi-9mm-Maschinenpistole. Automatisch kalkulierte er Reichweite und Feuergeschwindigkeit, und was so ein Ding hier im Park anrichten konnte … Doch der Schock hielt nur sekundenlang an, dann schaltete sich die Routine seines jahrzehntelangen Dienstes in Uniform ein, und er setzte sich, zwei Meter hinter dem Bärtigen, in Bewegung …

Claude nahm die Bewegung aus den Augenwinkeln wahr und fuhr herum – vor ihm stand ein Mann im Römerkostüm, mit einer seltsamen Kopfbedeckung, und stürzte auf ihn zu …

Zenturio de la Cruz handelte aus Soldateninstinkt, der ihn aus der Ära der Antike ins Hier und Jetzt dieser Mittagsstunde zurückgeholt hatte. Mit der Rechten riß er das *spatha* aus der Scheide und hob es, streckte dem Mündungsfeuer der Uzi den Schild entgegen und holte weit mit dem Schwert aus. Dieses Schwert hatte ihm ein entfernter Cousin aus Toledo in der Freizeit hergestellt; es war aus laminiertem Stahl gefertigt wie das Schwert von El Cid, und mit der Schneide hätte man sich rasieren können. Plötzlich war er wieder Soldat, zum erstenmal in seiner ganzen Laufbahn stand ihm ein Bewaffneter direkt gegenüber, im Abstand von höchstens zwei Metern, und Kugelhagel oder nicht, er würde …

… Claude gab einen Feuerstoß ab, wie er es so oft geübt hatte, mitten in die gewaltigen Umrisse seines Gegners hinein, doch zwischen ihnen befand sich der drei Zentimeter dicke Eisenbeschlag des *scutums*, von dem die Geschosse als Querschläger zurückprallten und …

… de la Cruz spürte, wie die Geschoßgarbe auf seinen Schild prasselte, was aber nicht weiter schlimm war, und schwang sein Schwert von links nach rechts. Die scharfe Spitze der Klinge erwischte den *cabrón* am Oberarm und schlitzte ihn auf bis zum Saum des Hemdsärmels; zum ersten Mal im Leben hatte Zenturio Francisco de la Cruz in wildem Kampfeseifer Blut vergossen …

Claude spürte den brennenden Schmerz. Sein rechter Arm zuckte, die Finger zogen den Abzug durch. Der Kugelhagel traf neben dem Beschlag auf das Holz des näherrückenden Schilds. Drei Schüsse schlugen in de la Cruz' Unterschenkel, direkt unter dem Knie, durch die metallenen Beinschienen hindurch, einer zerschmetterte ihm den Knöchel, und mit einem Schmerzensschrei wich der Zenturio zurück, wobei der letzte, tödliche Schwerthieb die Kehle des Gegners nur um Haaresbreite verfehlte. Er befahl sich, weiterzustürmen, aber ein Bein versagte ihm den Dienst, und das andere knickte zusammen, so daß der Ex-Fallschirmjäger seitlich zu Boden glitt und nach vorn stürzte.

Mike Dennis rannte ans Fenster, statt länger auf den Bildschirm zu starren. Auch andere eilten an ihre Fenster; die Aufnahmen der verschiedenen Kameras wurden automatisch von einer Videoanlage irgendwo im Park mitgeschnitten. Was sein Verstand nicht wahrhaben wollte, sah er mit eigenen Augen, und obwohl es unmöglich schien – es war die Wahrheit. Eine Anzahl Bewaffneter kreiste die rotgekleidete Menschenmenge ein und trieb sie wie Hirtenhunde ins Innere des Burghofs.

»Tore schließen! Notfall! Tore *sofort* schließen!« brüllte Dennis dem Mann an der Schalttafel zu, und auf Knopfdruck wurden alle Eingänge verriegelt.

»Polizei verständigen!« lautete ein weiterer Befehl. Auch das geschah vorprogrammiert. Die Alarmanlage sandte der nächsten Polizeiwache einen Notruf; normalerweise signalisierte er Einbrüche, doch darauf kam es jetzt nicht an. Als nächstes hob Dennis den Hörer ab und tippte die Notrufnummer. Sie war für Raubüberfälle auf die Tageskasse vorgesehen, ein Verbrechen, bei dem man mit einer größeren Anzahl Täter rechnen mußte. Auch die parkeigenen Sicherungssysteme wurden davon ausgelöst und würden funktionieren wie vorprogrammiert. Alle Karussells und Achterbahnen blieben stehen, die Attraktionen wurden geschlossen, und in Kürze würden die Menschen über Lautsprecher aufgefordert, in ihre Hotels oder auf den Parkplatz zu gehen, weil der Park wegen eines unvorhergesehenen Notfalls geschlossen werden müsse... Der Lärm der Salven mußte doch weithin zu hören sein, dachte Dennis, und seine Gäste würden hoffentlich die richtigen Schlüsse ziehen.

Das war der unterhaltsamste Teil der Aktion, dachte André. Er setzte den übriggebliebenen weißen Hut von einem Genossen auf und griff nach der MP, die Jean-Paul ihm mitgebracht hatte. Ein paar Meter weiter schnitt sich Esteban die Ballons von der Hand, die wie ein bunter Schwarm Vögel gen Himmel stiegen, während er durchlud.

Die Kinder waren gar nicht so verschreckt wie die Eltern. Vielleicht glaubten sie, das kleine Spektakel gehöre zum Programm des Themenparks, obwohl ihnen der Lärm in den Ohren weh tat. Doch Angst steckt an, und bald würden die lieben Kleinen merken, wie die Erwachsenen die Beherrschung verloren. Eins nach dem anderen nahmen sie sich bei der Hand und blickten zu den Männern auf, die jetzt losliefen und die Betriebsgruppe umkreisten, mit etwas in den Händen, das nach – Maschinenpistolen aussah. Jungs kannten die Waffe von ihrem Kriegsspielzeug, wozu die hier aber eindeutig nicht gehörten.

René führte das Kommando. Er stürmte in den Eingang zum Burghof, während die neun anderen die Menge in Schach hielten. Sich umblickend sah er Touristen außerhalb der Einkreisung; innerhalb des Rings kauerten sich manche nieder und suchten Deckung. Einige fotografierten, andere zückten Videokameras, manche würden mit Weitwinkel auf ihre Gesichter zielen – aber dagegen war nichts zu machen.

»Zwei!« rief er. »Such unsere Gäste aus!«

»Zwei« war Jean-Paul; er näherte sich einem Grüppchen und packte roh eine französische Vierjährige beim Arm.

»Nein!« schrie ihre Mutter. Jean-Paul zielte direkt auf sie, und sie wich zurück, ließ aber ihr Kind nicht los.

»Meinetwegen«, knurrte Zwei und senkte den Gewehrlauf. »Soll ich sie abknallen?« Eine Sekunde später drückte er der Kleinen die Mündung ins hellbraune Haar. Die Mutter schrie auf, lauter als vorhin, aber sie ließ los.

»Da rüber mit dir!« herrschte Jean-Paul das Kind an und wies auf Juan. Das Mädchen gehorchte, ihre Mutter mit offenem Mund anstarrend, während der Bewaffnete weitere Kinder heraussuchte.

Dasselbe tat André auf der anderen Seite. Zuallererst suchte er nach der kleinen Holländerin – Anna, wie sie laut Namensschild am Anstecker hieß. Ohne ein Wort stieß er Annas Vater vom Rollstuhl weg und schob ihn in Richtung Burg.

»Sie ist doch krank!« protestierte der Vater in gebrochenem Englisch.

»Das sehe ich selbst«, gab André in derselben Sprache zurück und verschwand, um sich noch einen Behinderten zu holen. Die eigneten sich vorzüglich als Geiseln!

»Ihr verdammten Schweine!« kreischte dessen Mutter. Pech für sie, daß André ihr den MP-Lauf über die Stirn zog. Blutüberströmt und mit gebrochenem Nasenbein ging sie in die Knie.

»Mammi!« schrie der kleine Junge, als André seinen Rollstuhl einhändig über die Zugbrücke schob. Das Kind drehte sich um und sah nach seiner Mutter, die am Boden lag. Ein Parkangestellter, Straßenkehrer, bückte sich über sie, aber sie schrie nur noch lauter nach ihrem Son: *»Tommy!«*

Ihre Schreie gingen fast unter in der verzweifelten Unruhe der übrigen Eltern, die in den roten T-Shirts ihrer Firma lächerlich uniformiert wirkten. Die ganze Kinderschar wurde in den Burghof verschleppt; die übrigen standen da wie angewurzelt und zogen sich schließlich niedergeschlagen über die Strada España zurück.

»Verdammte Scheiße, sie kommen herein!« schimpfte Mike Dennis, der inzwischen Verbindung mit dem Revierleiter der Guardia Civil hatte.

»Hauen Sie ab«, riet ihm der Hauptmann auf der Stelle. »Wenn Sie noch irgendwo einen Ausweg wissen, nutzen Sie ihn jetzt. Sie und Ihre Leute müssen uns helfen! Los jetzt!«

»Himmel nochmal, ich trage doch die Verantwortung für diese Menschen ...«

»Ja, aber die tragen Sie draußen besser. *Abhauen!«* befahl der Hauptmann. *»Sofort!«*

Dennis warf den Hörer auf die Gabel und wandte sich dem diensthabenden Personal zu, das in der Zentrale versammelt war. »Folgen Sie mir bitte! Wir begeben uns in die Notverwaltung. Los!« rief er.

Die Ritterburg wirkte nach außen zwar alt und echt, war aber mit modernsten Aufzuganlagen und Feuerleitern ausgestattet. Im Mittelalter wäre man vielleicht verloren gewesen, dachte Dennis, doch hier kam man über eine Wendeltreppe direkt ins Kellergeschoß. Er trat vor die Brandschutztür, öffnete sie und winkte seinen Angestellten, durchzugehen. Hastig machten sie sich auf den Weg, die meisten waren froh, noch davonzukommen. Der letzte warf ihm die Schlüssel zu, und Dennis schloß hinter sich zu. Dann rannte er selbst über die stählerne Treppe vier Stockwerke hinunter. Eine Minute später war er auf der unterirdischen Ebene, über die Gäste und Angestellte gemeinsam mit Trollen, Legionären und Aufsehern in wilder Flucht das Weite suchten. Auch ein Häuflein Wachbeamter stand da, doch keiner von ihnen schwerer bewaffnet als mit einem Walkie-talkie. Es *gab* Gewehre im Zählraum, aber sie waren unter Verschluß, und nur wenige der Worldpark-Mitarbeiter waren im Umgang mit ihnen geschult. Dennis wollte auch gar nicht, daß hier geschossen wurde. Und im Augenblick hatte er anderes zu tun. Die Ersatzzentrale der Worldpark-Verwaltung lag außerhalb der Anlage am Ende der Unterkellerung. Er rannte seinem Büropersonal hinterher, dorthin, wo der Nordausgang auf den Parkplatz mündete. Sie brauchten etwa fünf Minunten, und als Dennis endlich ankam, sah er, daß jeder Posten seiner Ersatzverwaltung bereits doppelt bemannt war. Sein eigener Alternativ-Schreibtisch war noch frei, und die Telefonverbindung zur Guardia Civil stand bereits.

»Sind Sie in Sicherheit?« lautete die erste Frage des Hauptmanns.

»Fürs erste schon, glaube ich«, keuchte Dennis. Dann stellte er den Monitor ein, der sein Burgbüro überwachte.

»Hier entlang!« befahl André. Die Tür war zwar verriegelt, aber er trat einen Schritt zurück und feuerte auf das Schloß, das sich – anders als im Kintopp – unter dem Beschuß zerbeulte, aber nicht herausflog. Dann versuchte es René mit der Uzi und zerschmetterte die Hälfte der Tür, deren Rest jetzt in den Angeln schwankte. André führte sie nach oben; die Tür zur Verwaltungszentrale trat er ein – alles leer. Ein saftiger Fluch kommentierte diese Entdeckung.

»Ich kann sie sehen!« rief Dennis ins Telefon. »Ein Mann – zwei – sechs von ihnen mit Maschinenpistolen. Verdammt, sie haben Kinder bei sich!« Einer der Kerle trat jetzt vor die Überwachungskamera, hob seine MP, und das Bild erlosch.

»Wieviele Bewaffnete sind es?« wollte der Hauptmann wissen.

»Mindestens sechs, vielleicht zehn. Möglicherweise noch mehr. Sie haben Kinder als Geiseln genommen. Begreifen Sie das? Kinder sind bei ihnen!«

»Ich höre Sie gut, Señor. Wir werden sofort Gegenmaßnahmen ergreifen. Bleiben Sie auf jeden Fall in der Nähe des Telefons!«

»Klar.« Mit seiner Computermaus holte Dennis die anderen Kontrollbilder auf den Monitor, um zu sehen, was in seinem Park vorging. »Scheiße!« stieß er hervor; seine Panik von vorhin hatte sich in Empörung verwandelt. Dann rief er den Vorstand an, um Bericht zu erstatten. Und was zum Teufel sollten sie dem saudischen Prinzen erzählen, wenn er fragte, was los war? Ein Terroristenanschlag im *Vergnügungspark*?

Vom Revier aus rief Hauptmann Dario Gassman umgehend in Madrid an, um einen ersten Lagebericht durchzugeben. Er hatte einen Krisenplan entwickelt, dem seine Polizisten gerade folgten. Zehn Wagen und sechzehn Männer waren bereits auf der Schnellstraße unterwegs, aus verschiedenen Richtungen und Patrouillengebieten kommend, und erfuhren per Funk, worum es ging. Ihr erster Auftrag war es, einen Ring um das Gelände zu ziehen und niemanden hinein- oder herauszulassen, was sich bald als unmöglich erwies. In Madrid liefen bereits andere Vorbereitungen an, als Hauptmann Gassman in seinen Wagen stieg und zum Worldpark hinausfuhr. Selbst mit Blaulicht und Sirene brauchte er dreißig Minuten, konnte also während der Fahrt einigermaßen konzentriert nachdenken, trotz des Gejaules aus dem Lautsprecher. Sechzehn Männer waren zur Stelle oder unterwegs, aber gegenüber zehn Bewaffneten reichte das bei weitem nicht aus, nicht einmal, um den Worldpark einzukreisen. Wie viele würde er brauchen? Sollte er die Eingreiftruppe alarmieren, die vor ein paar Jahren im Rahmen der Guardia Civil gebildet worden war? Vermutlich war es das Beste. Welche Kriminelle würden sich um diese Tageszeit am Worldpark vergreifen? Für einen Raubüberfall war es besser, abends zu kommen, wenn die Tore geschlossen wurden. Darauf waren seine Männer eingestellt, denn *dann* stand das Geld bereit, gebündelt und für den Transport zur Bank in Leinentaschen verpackt, bewacht vom Parkpersonal und seinen eigenen Leuten ... Das war der wunde Punkt im Sicherheitssystem. Doch wer die Täter auch waren, sie hatten mittags zugeschlagen und Geiseln genommen, Kinder! Mit welchem Motiv? Waren es Einbrecher? Ganz gewöhnliche Kriminelle? Oder konnten es etwa Terroristen sein – die nahmen Geiseln ... Aber Kinder ... Baskische Freiheitskämpfer ... und was dann?

Doch schon glitten Gassman die Dinge aus der Hand. Der Direktor der Thompson-Niederlassung spielte auf dem Handy Klavier und rief die Firmenzentrale an; der Anruf wurde zum Aufsichtsratsvorsitzenden durchgestellt, der gerade in einem Straßencafé beim Mittagessen saß. Der Vorsitzende eilte sofort ins Büro, telefonierte mit dem Verteidigungsminister – und dann ging alles sehr schnell. Der Bericht des Thompson-Managers vom Tatort war knapp und erschreckend. Die abgetippte Mitschrift des Gesprächs wurde per Fax an den Premier- und den Außenminister übermittelt, und der letztere bat seinen spanischen Amtskollegen dringend um Bestätigung. Der Fall hatte längst die Ebene der Politik erreicht, als man im Verteidigungsministerium einen weiteren Anruf tätigte ...

»John Clark persönlich«, meldete sich Rainbow Six am Telefon. »Ja, Sir. Wo soll das genau sein ...? Ich verstehe. Wieviele sind es? Okay. Schicken Sie alle Informationen, derer Sie habhaft werden können, direkt hierher ... Nein, Sir. Wir können erst eingreifen, wenn der betroffene Staat uns anfordert. Danke, Herr Minister.« Clark legte auf und drückte einen Rufknopf. »Al, komm sofort rüber. Wir kriegen wieder einen neuen Auftrag!« Als nächstes bestellte er auch Bill Tawney, Bellow, Chavez und Peter Covington zu sich.

Der Thompson-Direktor war noch immer in Worldpark, wo er seine Leute an einem Imbißstand versammelte und durchzählen ließ; als ehemaliger Panzeroffizier der französischen Armee brachte er schnell Ordnung ins Chaos. Mitarbeiter, die ihre Familie noch vollzählig bei sich hatten, durften beiseite treten. Dann zählte er diejenigen, denen die Kinder weggenommen worden waren. Es stellte sich heraus, daß 32 Kinder vermißt wurden, dazu noch ein oder zwei Behinderte im Rollstuhl. Die Eltern waren verständlicherweise in heller Panik, doch es gelang ihm, sie einigermaßen zu beruhigen. Dann rief er erneut beim Vorsitzenden an und vervollständigte seinen ersten Lagebericht. Nachdem man ihm Papier beschafft hatte, wurde eine Liste mit Namens- und Altersangaben der Geiseln erstellt. Er selbst gab sich alle Mühe, die Fassung zu wahren, und dankte Gott, daß seine Kinder zu alt waren, um diese Reise mitzumachen. Anschließend führte er seine Mitarbeiter von der Burg weg und fragte, wo es Telefonzellen oder ein Faxgerät gab. Man führte sie allesamt durch eine hölzerne Schwingtür in ein gutgetarntes Service-Gebäude, und von dort auf die unterirdische Ebene. In der Notkommandozentrale trafen sie auf Mike Dennis, der immer noch die Mappe mit seiner Willkommensrede umklammert hielt und verzweifelt nachdachte, wer hinter dem Anschlag stecken könnte.

Im selben Augenblick, als das Fax mit den Namen der Geiseln durch das Gerät ratterte, traf auch Gassman ein. Eine knappe Minute später rief der französische Verteidigungsminister aus Paris zurück. Es stellte sich heraus, daß er und der Thompson-Direktor, Robert Gamelin, alte Bekannte waren. Oberst Gamelin war der Leiter des Entwicklungsteams gewesen, das vor ein paar Jahren beim LeClerc-Panzer das Feuerleitsystem verbessert hatte.

»Wieviele sind es?«

»Dreiunddreißig aus unserer Gruppe, Herr Minister, vielleicht noch ein paar mehr, aber die Terroristen scheinen die Kinder recht willkürlich herausgefischt zu haben. Es wäre ein Fall für die Legion«, setzte Direktor Gamelin nachdrücklich hinzu, womit er das Kommando für Spezialeinsätze der Fremdenlegion meinte.

»Ich will sehen, was sich machen läßt ...«

»Ich bin Hauptmann Gassman«, stellte sich in diesem Moment der Uniformierte mit dem merkwürdigen Dreispitz vor.

»Hol mich der Teufel, letztes Jahr war ich mit meiner Familie dort!« erklärte Peter Covington. »Um dieses Gelände zu besetzen, könnt ihr ein ganzes verdammtes Batallion nehmen. Es ist ein Alptraum – zahlreiche Gebäude, jede Menge Zwischenraum, mehrere Etagen. Ich glaube sogar, es gibt eine unterirdische Service-Ebene!«

»Haben wir Karten? Grundrisse?« erkundigte sich Clark bei Mrs. Foorgate.

»Ich versuche, welche zu beschaffen«, versprach die Sekretärin und verließ den Konferenzraum.

»Was wissen wir genau?« erkundigte sich Chavez.

»Nicht allzuviel. Die Franzosen sind ziemlich aus dem Häuschen. Sie haben von Spanien verlangt, daß sie uns reinlassen, und ...«

»Das hier ist gerade gekommen!« unterbrach Alice Foorgate, reichte ein Fax herein und verschwand wieder.

»Liste der Geiseln ... Mensch, das sind ja alles Kinder, im Alter von vier bis elf ... dreiunddreißig insgesamt! Heilige Scheiße«, stöhnte Clark, überflog das Blatt und reichte es Alistair Stanley weiter.

»Beide Teams, wenn wir abkommandiert werden«, erklärte der Schotte sofort.

»Stimmt.« Clark nickte. »Sieht ganz danach aus.« Dann schrillte das Telefon.

»Ein Anruf für Mr. Tawney«, meldete sich die Vermittlung.

»Tawney hier«, murmelte der Abwehrchef, als er den Hörer nahm. »Ja, Roger ...? Weiß ich schon, wir haben ein Fax von ... Ach, ich verstehe. Einverstanden. Laß mich hier noch was erledigen, Roger. Danke!« Tawney legte auf. »Die Spanier lassen durch die britische Botschaft in Madrid anfragen, ob wir sofort übernehmen können.«

»Dann woll'n wir mal, Leute.« John erhob sich. »An die Arbeit. Das ging ja ausnahmsweise recht schnell.«

Chavez und Covington verließen das Hauptquartier und begaben sich im Laufschritt zu ihren jeweiligen Teams. Dann klingelte es wieder bei Clark. »Ja?« fragte er in den Hörer und lauschte einige Minuten. »Gut, das reicht mir. Danke, Sir.«

»Wer war's denn, John?«

»Der Verteidigungsminister hat vom 1. Spezialkommando-Geschwader eine MC-130 angefordert. Wird uns zusammen mit Molloys Hubschrauber von dort hergebracht. Offenbar gibt es einen Militärflughafen dicht bei unserem Einsatzort, und Whitehall versucht, uns über ihn reinzuschleusen.« Das Beste daran war, daß der Hercules-Transporter sie direkt von Hereford abholen konnte. »Wie schnell sind wir startbereit?«

»In weniger als einer Stunde«, gab Stanley nach kurzer Überlegung zur Antwort.

»Gut so. Der Herky-Vogel wird in vierzig Minuten hier sein. Die Crew macht ihn gerade reisefertig.«

»Hört zu«, verkündete Chavez, als er den Mannschaftsraum betrat. »Wir haben einen Job. Rein in die Stiefel und los, Leute! Macht schon.«

Sie stürzten bereits in die Umkleidekammer, als Sergeant Patterson die naheliegende Frage stellte: »Team-1 ist doch auf Bereitschaft, Ding. Was soll's?«

»Sieht aus, als würden diesmal beide Teams gebraucht, Hank. Heute sind wir alle dabei!«

»Klasse!« Patterson rannte zu seinem Spind.

Die Ausrüstung stand routinemäßig gepackt bereit, und so waren sie schnellstens abmarschbereit. Der Lastwagen, der sie abtransportierte, war noch gar nicht eingetroffen, als die Plastikcontainer schon vor die Tür gerollt wurden.

Oberst Gamelin, der Thompson-Direktor, wußte früher Bescheid als Hauptmann Gassman. Der französische Verteidigungsminister hatte ihn direkt angerufen, um ihm mitzuteilen, daß die spanische Regierung ein Geiselrettungsteam angefordert habe. Das Eintreffen werde in einer bis zwei Stunden erwartet. Der Belegschaft gegenüber hatte Gamelin die Nachricht verschwiegen. Verdrossen rief der spanische Polizist daraufhin beim Innenministerium in Madrid an, um über das Geschehen informiert zu werden. Es stellte sich heraus, daß der Minister selbst eben erst vom Außenminister informiert worden war. Zusätzliche Polizeieinheiten seien unterwegs, die aber hinter der Abriegelung auf keinen Fall eingreifen dürften. Daß er übergangen worden war, führte bei Gassman zu anfänglicher Verwirrung, aber er hatte seine Vorschriften. Als dreißig Polizisten am Treffpunkt versammelt waren, ordnete er an, daß sich ein Drittel von ihnen vorsichtig auf das Gelände zubewegen und daß sich zwei Beamte in die unterirdische Ebene vortasten sollten; die Schußwaffen im Halfter und mit dem strengem Befehl, keinesfalls zu schießen. Das war leichter befohlen als befolgt.

Bis jetzt war alles gutgegangen, dachte René, und die Verwaltungszentrale war besser eingerichtet, als er gehofft hatte. Schnell hatte er begriffen, wie man die Computer bediente, um das gesamte Gelände zu überwachen, vom Parkplatz bis zu den Drängelgittern vor dem Eingang der Achterbahnen. Die Bilder waren schwarzweiß, und eine ausgewählte Stelle konnte nach Lust und Laune herangezoomt und scharfgestellt werden. Zwanzig Monitore hingen an den Wänden des Büros, jeder war über Computer mit mindestens fünf Übertragungskameras verbunden. Kein Mensch würde sich ohne sein Wissen der Burg nähern können. Exzellent.

Im Vorzimmer nebenan befahl André den Kindern, sich im Kreis auf den Boden zu setzen, bis auf die Behinderten, deren Rollstühle an die Wand geschoben wurden. Die Kinder starrten ihn aus großen Augen an und wirkten eingeschüchtert; momentan waren sie still, was ihm wohltat. Die Maschinenpistole hatte er abgelegt; noch wurde sie ja schließlich nicht gebraucht, oder?

»Ihr rührt euch nicht von der Stelle, verstanden?« befahl er in französischer Sprache, dann warf er einen Blick in die Zentrale nebenan. »Eins!« rief er.

»Ja, Neun?« antwortete René.

»Hier ist alles unter Kontrolle. Sollten wir jetzt anrufen?«

»Ja«, nickte Eins. Er nahm Platz und hob den Hörer ab, musterte die Schnellwahl-Knöpfe und fand einen, der ihm der richtige schien.

»Hallo?«

»Wer ist dran?«

»Mike Dennis. Ich bin der Geschäftsführer des Parks.«

»*Bien.* Ich bin Eins, und Ihr Park untersteht meinem Kommando.«

»Okay, Mr. Eins. Was wollen Sie?«

»Haben Sie Polizei bei sich?«

»Ja, die ist hier.«

»Lassen Sie mich mit dem Einsatzleiter sprechen.«

»Hauptmann?« David winkte ihn heran. Mit drei Schritten war Gassman bei seinem Schreibtisch.

»Ich bin Hauptmann Dario Gassman von der Guardia Civil.«

»Ich bin Eins. Ich führe das Kommando. Sie wissen, daß ich über dreißig Geiseln habe?«

»*Si*, ich bin darüber orientiert«, antwortete der Hauptmann und gab sich Mühe, seiner Stimme nichts anmerken zu lassen. Er wußte aus den

Lehrbüchern der Polizeiakademie, wie man mit Geiselnehmern spricht, und wünschte sich jetzt mehr praktische Erfahrung. »Wie lauten Ihre Forderungen?«

»Ich stelle keine Forderungen. Ich erteile Befehle, die Sie augenblicklich befolgen oder anderen weitergeben werden. Verstanden?«

»*Si, comprendo.*«

»Unsere Geiseln sind alle Franzosen. Sie werden eine Direktleitung zur französischen Botschaft in Madrid herstellen. Meine Befehle gehen dorthin. Vergessen Sie nicht, daß keine Ihrer Geiseln spanischer Staatsbürger ist! Diese Angelegenheit geht ausschließlich uns und die Franzosen an. Kapiert?«

»*Señor Eins*, ich bin für die Unversehrtheit dieser Kinder verantwortlich. Wir befinden uns auf spanischem Boden.«

»Wie dem auch sei«, winkte Eins ab, »Sie stellen die Verbindung her, sofort. Ich höre von Ihnen, wenn es so weit ist!«

»Aber ich muß doch meinen Vorgesetzen sagen, was Sie wollen! Sobald ich weitere Instruktionen habe, rufe ich sofort wieder an.«

»Beeilung«, herrschte René ihn an und legte auf.

Laut war es hier hinten. Die vier Allison-Motoren dröhnten, als die MC-130 auf der Startbahn beschleunigte. Dann hob das Flugzeug abrupt zu seinem Flug nach Spanien ab. Clark und Stanley saßen vorn in der Funkzentrale und hörten sich die Informationen an, mit denen sie wie immer nur unzusammenhängend und lückenhaft versorgt wurden. Ihr Funkpartner versprach ihnen Karten und Grundrisse, sobald sie da wären, aber es gab keine neuen Erkentnnisse über die Anzahl und die Identität der Täter. Daran werde noch gearbeitet, erklärte man ihnen. Gleich darauf erreichte sie ein Fax, das von Paris über das 1. Spezialkommando-Geschwader gekommen war, das es unmittelbar über Geheimfrequenz nach Hereford weitergeleitet hatte. Es war die Liste der Geiseln, die Clark schon kannte; diesmal nahm er sich die Zeit, sie genau zu studieren, und versuchte dabei, auch wenn das unsinnig war, sich die Gesichter der Kleinen vorzustellen. Dreiunddreißig Kinder, eingesperrt in die Ritterburg eines Vergnügungsparks, in der Gewalt bewaffneter Männer, mindestens sechs, vielleicht zehn oder auch mehr, das wurde noch immer recherchiert. Mist, dachte John. In seiner Branche konnte es nie schnell genug gehen, aber es ging auch nie schnell genug, selbst wenn man alles selber erledigte.

Hinten lösten die Männer die Sitzgurte und zogen sich ihre schwarze Lederkluft an. Sie redeten kaum miteinander, während die beiden Teamleiter nach vorn gingen, um sich zu informieren. Zehn Minuten später kamen sie wieder, um sich selbst umzukleiden. Chavez und Covington setzten ihre starren Mir-doch-wurscht-Mienen auf, als ginge sie das alles gar nichts an, einen Gesichtsausdruck, der allen Soldaten der Welt von ihren Vorgesetzten vertraut ist und der nichts Gutes verheißt. Kinder als Geiseln. Vermutlich über dreißig, vielleicht mehr, von einer unbekannten Anzahl Terroristen festgehalten, deren Nationalität und Motiv noch immer unklar war. Sie wußten praktisch nicht, wofür sie eingesetzt werden sollten, außer daß sie irgendwohin flogen, um irgendwas zu tun. Aber das würde sich noch finden, wenn sie einmal da waren. Die Männer nahmen wieder Platz, schnallten sich an und redeten wenig. Die meisten schlossen die Augen und taten, als ob sie schliefen, doch die meisten fanden keinen Schlaf, saßen mit offenen Augen da und suchten (und fanden zum Teil auch) eine friedliche Stunde der Entspannung, mitten im Röhren der Turbomotoren.

»Nennen Sie mir Ihren Faxanschluß«, verlangte Eins von dem französischen Botschafter in dessen Muttersprache.

»Sehr wohl«, gab jener zurück und gab ihm die Nummer durch.

»Wir schicken Ihnen jetzt eine Liste mit politischen Gefangenen, deren Freilassung wir fordern. Sie werden sofort aus dem Knast geholt und in einer Air-France-Linienmaschine hergeflogen. Dann werden meine Leute, unsere kleinen Gäste und ich die Maschine besteigen und zu einem Ziel fliegen, das ich dem Piloten nenne, wenn wir eingestiegen sind. Ich rate Ihnen, meinen Anweisungen umgehend zu folgen. Wir haben wenig Geduld, und wenn Sie nicht tun, was wir sagen, sehen wir uns gezwungen, einige unserer Geiseln umzubringen.«

»Ich werde Ihre Forderung nach Paris weiterleiten.«

»Ausgezeichnet. Und sagen Sie den Herren, daß wir sehr ungeduldig sind.«

»*Oui*, auch das«, versprach der Botschafter. Die Leitung wurde unterbrochen, und der Botschafter sah seinen Beraterstab an: seinen Stellvertreter, den Militärattaché und den Leiter der hiesigen DSGE-Agentur. Der Botschafter war Geschäftsmann, dem dieser Posten als kleine Gefälligkeit zugeschanzt worden war; die räumliche Nähe von

Paris und Madrid erforderte eigentlich keine altgedienten Mitglieder des diplomatischen Korps. »Und nun?«

»Wir werden uns die Liste ansehen«, meinte der DSGE-Mann. Eine Sekunde später summte das Faxgerät, und kurz darauf kam das gerollte Blatt heraus. Der Abwehroffizier überflog es kurz und reichte es weiter. »Sieht nicht gut aus«, verkündete er den anderen im Zimmer.

»Der Schakal?« fragte der Militärattaché ungläubig. »Die werden nie …«

»›Nie‹ – was heißt das schon, mein Freund«, erwiderte der Agent. »Offensichtlich verstehen diese Terroristen ihr Geschäft.«

»Was haben Sie denn über sie in Erfahrung gebracht?«

»Nichts. Kein Sterbenswörtchen.«

»Wie lang wird das dauern?« erkundigte sich Esteban bei René.

»Die gehen es in aller Ruhe an«, versicherte Eins. »Teils aus realen Gründen, teils absichtlich. Vergiß nicht, daß ihre Strategie darin besteht, den Vorgang künstlich auszudehnen, uns zu ermüden, hinzuhalten, unsere Entschlossenheit zu schwächen. Dagegen haben wir die Möglichkeit, den Prozeß durch das Töten einer Geisel zu beschleunigen. Aber das will gut überlegt sein. Wir haben diese Geiseln gewählt, weil sie uns psychologisch mehr Nachdruck verleihen, und müssen ihre Verwendung sorgfältig planen. Doch vor allem müssen wir das Tempo der Ereignisse bestimmen. Vorerst lassen wir ihnen Zeit – und festigen inzwischen unsere Position.« René stand auf und ging in die Ecke, um sich nach Claude zu erkundigen. An seinem Oberarm war eine häßliche Schnittwunde zu sehen, die ihm der verrückte Römer beigebracht hatte; das war das einzige, was schiefgegangen war. Er saß am Boden und preßte ein Tuch darauf, aber die Wunde blutete noch immer. Claude würde genäht werden müssen, um ordentlich versorgt zu sein. Das war bedauerlich, aber nicht weiter schlimm, außer für Claude, der heftige Schmerzen litt.

Hector Weiler war Arzt im Vergnügungspark, Allgemeinmediziner von der Universität Barcelona, der den größten Teil seiner Arbeitszeit damit verbrachte, Pflaster über aufgeschürfte Knie und Ellbogen zu kleben. Doch an seiner Wand hing auch ein Foto von Zwillingen, die er vor einiger Zeit entbunden hatte, nachdem ihre hochschwangere Mutter unbedingt mit dem Tauchbomber hatte rasen wollen. Dabei gab es genügend Warnschilder vor dem Eingang, in allen Sprachen. Auch dafür war der junge, sympathische Doktor kompetent, der sein Praktikum meist in der Notaufnahme von Krankenhäusern absolviert hatte. Deshalb war auch Francisco nicht sein erster Schußverletzter. Er hatte viel Glück gehabt. Mindestens sechs Schüsse hatte er abbekommen. Die ersten drei hatten zwar nur den rechten Oberarm verletzt, aber von der zweiten Salve war sein Wadenbein schwer in Mitleidenschaft gezogen worden. Die Wiederherstellung würde bei einem Mann seines Alters lange dauern, aber wenigstens war die Kugel noch oberhalb des Knöchels eingeschlagen. Ein paar Zentimeter weiter unten, und er hätte mindestens ein halbes Jahr in Gips gelegen.

»Ich hätte ihn umbringen können!« knurrte der nur örtlich betäubte Zenturio ein ums andere Mal. »Beinahe hätte ich ihm den Schädel gespalten, aber es ging daneben!«

»Beim ersten Mal nicht«, bemerkte Weiler. Das rotverkrustete Schwert lag jetzt auf dem *scutum* des Legionärs in einer Ecke des Behandlungszimmers.

»Erzählen Sie mehr von ihm«, bat Hauptmann Gassman.

»Vierzig. Anfang vierzig war er«, stieß de la Cruz hervor. »Ungefähr meine Größe, vielleicht zwölf Zentimeter kleiner. Braunes Haar, brauner Bart, graugefleckt. Dunkle Augen. Uzi-Maschinenpistole. – Weißer Hut«, berichtete der ehemalige Sergeant und biß die Zähne zusammen. Die Betäubungsmittel reichten nicht, den Schmerz ganz einzudämmen, aber er mußte doch alles weitergeben, was er gesehen hatte, und nahm die Unannehmlichkeit in Kauf, daß der Arzt währenddessen sein Bein schiente. »Da waren noch mehr. Vier habe ich gesehen, mindestens.«

»Wir glauben, es sind ungefähr zehn«, erklärte Gassman. »Sagte er irgendwas?«

De la Cruz schüttelte den Kopf. »Gehört habe ich nichts.«

»Was sind das nur für Leute?« fragte der Arzt, ohne von seiner Arbeit aufzublicken.

»Vermutlich Franzosen, aber sicher sind wir nicht«, entgegnete der Hauptmann der Guardia Civil.

Für Oberst Malloy war der Weg am weitesten. Erst mußte er den Kanal überqueren, dann Kurs auf Südsüdwest nehmen, bei gleichbleibender Fluggeschwindigkeit von 150 Knoten. Auf einem französischen

Militärflughafen bei Bordeaux würde er Zwischenhalt zum Auftanken machen, weil seinem Night Hawk die externen Benzintanks fehlten, die seinen Radius bedeutend erweitert hätten. Wie fast allen Hubschraubern fehlte dem Night Hawk ein Autopilot, weshalb Malloy und Leutnant Harrison die Maschine von Hand fliegen mußten. Das sorgte für steife Beine, weil Hubschrauber nicht gerade für ihre komfortablen Sitze bekannt sind, aber beide waren es gewöhnt und murrten nur selten, wenn sie alle zwanzig Minuten die Kontrolltafeln abschalteten. Drei Stunden brauchten sie noch bis an ihr Ziel. Hinter ihnen saß ihr Crewchef, Sergeant Jack Nance, der jetzt aus den Plexiglasfenstern blickte. Unter ihnen erstreckte sich die französische Küste; in 500 Metern Höhe überflogen sie einen Fischerhafen, der von Booten wimmelte.

»Der Aufbruch ging ziemlich hektisch vonstatten«, bemerkte Harrison über das Interkom.

»Tja. Bei Rainbow sitzt man wohl immer in den Startlöchern.«

»Wissen Sie eigentlich, was passiert ist?«

»Keine Ahnung, mein Junge.« Der Pilot schüttelte kurz den behelmten Kopf. »In Spanien war ich nicht mehr, seit ich auf der *Tarawa* eingesetzt war... 1985 war das, glaube ich. Da gab es ein vorzügliches Restaurant in Cadiz, wenn ich mich recht entsinne... Ob's das immer noch gibt?« Dann verfiel die Crew wieder in Schweigen, während der Hubschrauber unter kreisenden Rotorblättern seinen Weg fortsetzte und Malloy die digitalen Navigationsinstrumente alle paar Sekunden überprüfte.

»Immer weniger Neuigkeiten«, murrte Clark und warf einen Blick auf das letzte Fax. Die Informationen, die es enthielt, waren ihm schon bekannt und nur von einem hilfreichen Nachrichtendienstler übersichtlicher gegliedert worden. Er ließ Alistair Stanley darin schmökern und stand auf, um nach hinten zu gehen.

Da saßen sie, die Rainbow-Kämpfer, und wirkten fast alle, als schliefen sie. Vielleicht dösten sie auch nur, wie er damals, wenn er – lang war es her – mit dem 3. SOG unterwegs gewesen war. Man tat, als ob man schlief, schloß die Augen und ließ die Seele baumeln. Anspannung zehrte an den Kräften, wenn die Muskeln nicht beansprucht wurden. Dagegen konnte man sich nur durch Abschalten wappnen. Die Truppe war erfahren und professionell genug, um zu wissen, daß der Streß früh genug kommen würde, weshalb also ihn herbeisehnen? In diesem Augenblick merkte John Clark, der so lange Chef-SEAL bei der US-Navy gewesen war, wie sehr es ihn freute, solche Männer zu befehligen. Der Gedanke überraschte ihn selbst, während er dastand und ihnen beim Nichtstun zuschaute, denn etwas Besserem konnten sich Leute wie sie es waren in solchen Augenblicken nicht widmen. Sie hatten ihre Mission begriffen und würden sie Schritt für Schritt vollziehen. Jetzt waren sie zu einem Job unterwegs, über den man ihnen nichts mitgeteilt hatte, aber es mußte ernst sein, wenn beide Teams abkommandiert wurden. Und doch verhielten sie sich, als nähmen sie an einem bloßen Transportmanöver teil. Bessere Männer als diese hier würde man nicht finden können, ihre beiden Anführer Chavez und Covington hatten sie wirklich bis zur Rasiermesserschärfe trainiert.

Irgendwo da draußen lauerten die Terroristen, mit Kindern in ihrer Gewalt. Der Einsatz würde nicht leicht werden, und es war noch viel zu früh, um zu spekulieren, wie er ausgehen würde. John wußte nur zu gut, daß es hier, im lärmenden Herky-Vogel, angenehmer war als draußen im Vergnügungspark. In einer halben Stunde würden sie die Augen öffnen, sich schlaftrunken aufrappeln und die Container mit ihrem Handwerkszeug ausladen. Wenn er in ihre Gesichter sah, glaubte John Clark den Tod zu sehen, und dieser Tod stand hier und jetzt unter seinem Kommando.

Tim Noonan saß auf der Bank rechts vorn im Laderaum, mit David Peled neben sich, und spielte am Computer. Clark gesellte sich zu ihnen und fragte, was es gäbe.

»Die Nachrichten bringen noch nichts von dem Fall«, berichtete Noonan. »Ich frage mich, weshalb?«

»Das wird sich in Kürze ändern«, prophezeite Clark.

»Spätestens, wenn wir da sind«, meinte der Israeli. »Wer holt uns ab?«

»Spanisches Militär und die Nationalpolizei, wie es hieß. Wir haben Landeerlaubnis in ... fünfundzwanzig Minuten«, setzte er nach einem Blick auf die Uhr hinzu.

»Schaut mal, die Agence France Presse hat gerade eine Blitzmeldung abgesetzt!« rief Noonan und las sie durch, auf der Suche nach neuen Informationen. »Rund dreißig französische Kinder bei Geiselnahme durch unbekannte Terroristen bedroht ... nichts sonst, außer dem Schauplatz. Es wird kein Spaß, John«, bemerkte der ehemalige FBI-

Agent. »Dreißig Geiseln in enger Umgebung. Bei Geiselrettungsübungen haben uns solche Szenarien oft ins Schwitzen gebracht. Zehn Ganoven?« fragte er.

»Wenigstens wird es vermutet. Bestätigt ist es noch nicht.«

»Schmeckt mir ganz und gar nicht, Boß.« Noonan schüttelte sorgenvoll den Kopf. Er war wie einer der Schützen gekleidet, in schwarzer Kluft und Panzerweste, die Beretta im Halfter an der rechten Hüfte. Noch immer hielt er sich eher für einen Schützen als für einen Technofreak, und seine Trefferergebnisse bei den Übungen in Hereford konnten mit denen seiner Teamkameraden mithalten. Kinder sind in Gefahr, überlegte Clark, und ein gefährdetes Kind appelliert am stärksten an menschliche Emotionen. Verstärkt wurde das noch durch Noonans frühere Tätigkeit beim FBI, wo man Verbrechen an Kindern als das Niederträchtigste überhaupt betrachtet hatte. David Peled nahm es distanzierter, er saß in seinen Zivilkleidern da und starrte auf den Bildschirm seines Laptop wie ein Finanzbuchhalter, der Bilanzen studiert.

»John!« rief Stanley und schwenkte ein Fax, als er nach hinten kam. »Hier ist die Liste mit ihrer Forderung!«

»Wer soll freigepreßt werden? Kennen wir welche davon?«

»Iljitsch Ramirez Sanchez steht ganz oben auf der Liste.«

»Carlos?« Peled blickte auf. »Wer möchte diesen *schmock* in Freiheit sehen?«

»Jeder hat irgendeinen Freund.« Dr. Bellow setzte sich und überflog das Fax, bevor er es Clark reichte.

»Sagt uns das irgendwas, Doc?«

»Wieder haben wir's mit Ideologen zu tun, genau wie in Wien. Aber die hier haben genau festgelegte Ziele, und ihre ›politischen‹ Gefangenen… Zwei von ihnen kenne ich übrigens, aus der Action Directe, die übrigen sind mir unbekannt.«

»Ich hab sie.« Noonan hatte seine Datensammlung bekannter Terroristen aufgerufen und tippte nun die auf dem Fax aufgeführten Namen ein. »Sechs von der Action Directe, acht Basken, ein PFLP-Kämpfer, der in Frankreich inhaftiert ist. Lang ist die Liste nicht.«

»Aber genau durchdacht«, gab Bellow zu bedenken. »Sie wissen, wen sie wollen, und wenn sie Kinder als Geiseln nehmen, glauben sie fest an den Erfolg. Die Auswahl der Geiseln soll besonderen Druck auf die französische Regierung ausüben.« Das war keine überwältigend neue Erkenntnis, wie der Psychologe selbst wußte. »Die Frage ist, ob sich die Franzosen auf Verhandlungen einlassen?«

»In der Vergangenheit sind sie manche stille Deals eingegangen, wenn auch unter der Hand«, erinnerte Peled. »Das werden auch unsere Freunde wissen.«

»Kinder!« ächzte Clark.

»Ein Alptraumszenario«, nickte Noonan. »Wer bringt es schon übers Herz, ein Kind zu töten?«

»Wir werden mit ihnen reden müssen, dann wissen wir mehr«, brummte Dr. Bellow und warf einen Blick auf die Uhr. »Das nächstemal nehmen wir eine schnellere Maschine!«

»Immer mit der Ruhe, Doc.« Clark wußte, daß Bellow den schwersten Job von allen übernahm, wenn sie einmal gelandet waren. Er mußte ihre Gedanken lesen, die Beharrlichkeit der Terroristen einschätzen und ihre Reaktionen vorherbestimmen. Was dabei herauskommen würde, wußte er ebensowenig wie die anderen. Und wie das gesamte Team war auch er ein Sprinter in den Startlöchern, wollte aufspringen und losrennen und mußte doch auf das Zeichen warten. Doch anders als die übrigen war er kein Scharfschütze, konnte nicht auf die sich lösende Spannung hoffen, wenn sie in Aktion traten. Heimlich beneidete er die Soldaten darum. *Kinder*, dachte Paul Bellow. Wie sollte er mit Leuten, die er gar nicht kannte, um das Leben von Kindern feilschen? Wieviel Spielraum würden ihm die Regierungen Frankreichs und Spaniens geben? Er mußte Kompromisse anbieten, obwohl das meiste vom geistigen Zuschnitt der Terroristen abhing. Sie hatten absichtlich Kinder herausgesucht, französische noch dazu, um die Regierung in Paris zu erpressen ... und das war eine wohlüberlegte Tat ... Daraus mußte er den Schluß ziehen, daß sie jederzeit imstande waren, eins der Kinder zu töten, allen Tabus zum Trotz, die Menschen normalerweise davon abhielten. Paul Bellow hatte über Leute wie sie Bücher geschrieben und Vorlesungsreihen gehalten. Doch tief in seinem Innern fragte er sich, ob er überhaupt imstande war, sich in die Mentalität der Terroristen hineinzuversetzen, so stark unterschied sie sich von seinem vorwiegend rationalen Sinn für die Realität. Äußerstenfalls konnte er ihr Denken nachvollziehen, aber wirklich verstehen? Doch jetzt, mit Ohrenschützern gegen den Lärm der MC-130er-Motoren abgeschirmt, wollte er darüber lieber nicht sinnieren. Daher lehnte auch er sich zurück und schloß die Augen, zwang sich, an etwas anderes zu denken, und wehrte vorläufig den Streß ab, der in weniger als einer Stunde über ihn kommen würde.

Clark sah, was Bellow tat, und begriff, was es für ihn bedeutete. Für Clark selbst als Rainbow Six war das keine mögliche Option, denn er war letztlich verantwortlich für das Kommando. Statt dessen führte er sich Gesichter vor Augen, die er den Namen auf dem Fax zuordnen wollte. Welches von diesen Kindern würde die Eltern wiedersehen? Welches nicht? Die Verantwortung lastet auf Schultern, die längst nicht so kräftig waren, wie sie erschienen.

Kinder!

»Sie haben sich noch nicht gemeldet«, log Hauptmann Gassman am Telefon. Er selbst hatte die Initative ergriffen und bei den Entführern angerufen.

»Ich hatte Ihnen keine Frist gesetzt«, gab Eins zurück. »Aber ich gehe davon aus, daß Paris unseren guten Willen zu schätzen weiß. Falls nicht, bekommen sie bald unsere Entschlossenheit zu spüren. Machen Sie denen das klar!« Damit brach René das Gespräch ab und legte den Hörer auf.

Anrufen und in Verhandlungen treten ist notwendig, sagte sich Gassman. Das gehörte zu seinen Pflichten, wie er auf der Polizeiakademie und aus Büchern gelernt hatte. In Dialog treten und eine Beziehung zu den Verbrechern aufbauen, sogar Vertrauen bilden, das er zu seinem Vorteil ausnutzen konnte. Einige der Geiseln freibekommen gegen Lebensmittel oder andere Konzessionen, ihre Entschlossenheit schwächen mit dem Fernziel, die Geiselnahme ohne Blutvergießen zu beenden – auch bei den Tätern, versteht sich. Ein echter Gewinn für ihn wäre es, wenn er sie allesamt vor den Richter bringen könnte, wo sie schuldig gesprochen und langfristig hinter Gitter kommen würden, um dort zu verfaulen. Doch der erste Schritt war es, im Gespräch zu bleiben, worauf dieser »Eins« nicht die geringste Lust zu haben schien. Der Mann fühlte sich vollkommen als Herr der Lage. War er ja wohl auch, dachte der Polizeihauptmann. Mit den Kindern vor der Flinte ... Dann klingelte wieder das Telefon.

»Sie sind gelandet und entladen jetzt die Maschine.«

»Wie lange dauert es, bis sie hier sind?«

»Dreißig Minuten.«

»Eine halbe Stunde«, teilte Oberst Tomás Nuncio dem Rainbow-Chef mit, als der Bus sich in Bewegung setzte. Nuncio war mit dem Hubschrauber aus Madrid gekommen. Hinter ihm lud man das Gepäck vom Flugzeug in drei spanische Armeelaster, die in Kürze mit seinen Männern dieselbe Strecke nehmen würden.

»Und der Stand der Dinge?«

»Fünfunddreißig minderjährige Geiseln. Dreiunddreißig sind Franzosen ...«

»Die Liste kenne ich. Wer sind die anderen zwei?«

Nuncio schlug angeekelt die Augen nieder. »Es scheinen Behinderte zu sein, die im Rahmen eines Wohlfahrtsprogramms hergeschickt wurden... Dieses Programm, das in Amerika angeleiert wurde... Wie heißt es noch?«

»Make-A-Wish?« half John nach.

»Genau das meine ich. Ein Mädchen aus Holland und ein Junge aus England, beide in Rollstühlen, angeblich sehr krank. Keine Franzosen wie die anderen. Kommt mir sonderbar vor. Die übrigen sind Kinder von Werksangehörigen bei Thompson, der Rüstungsfirma. Der Direktor ist vor Ort und hat selbst bei der Zentrale angerufen, von da wurde die Nachricht an die französischen Regierung weitergegeben. Daher das rasche Eingreifen. Ich habe Anweisungen, Ihnen alle erdenkliche Hilfestellung zu leisten ...«

»Danke, Oberst. Wieviele Ihrer Leute sind jetzt am Tatort?«

»Achtunddreißig, die noch verstärkt werden sollen. Wir haben alles absperren lassen und kontrollieren den Verkehr.«

»Reporter, was ist mit denen?«

»Wir halten sie am Haupteingang zum Park auf. Ich werde den Schweinen keine Chance geben, sich an die Weltöffentlichkeit zu wenden«, fluchte Oberst Nuncio, ganz wie John es von der Guardia Civil erwartet hatte. Zwar trug auch dieser Hauptmann den merkwürdigen Dreispitz aus dem 19. Jahrhundert, aber die stechenden blauen Augen waren kalt und hart, als er seinen Streifenwagen über die Autobahn steuerte. Einem Schild nach waren es nur noch fünfzehn Kilometer bis Worldpark, und der Oberst gab Vollgas.

Julio Vega warf die letzte Team-2-Kiste an Bord des Fünftonners und zog sich an der Ladefläche hoch an Bord. Seine Teamkameraden waren schon hinten versammelt; nur Ding Chavez nahm, wie es bei Mannschaftsführern Brauch ist, den Nebensitz in der Fahrerkabine ein. Alle Augen waren jetzt geöffnet, die Leute saßen aufrecht da und reckten die Hälse, als wollten sie das umliegende Terrain sondieren, was für den Einsatz allerdings bedeutungslos war. Selbst Kommandos wie diese konnten sich wie Touristen verhalten.

»Oberst, mit welchen Überwachungssystemen sind wir konfrontiert?«

»Ich verstehe nicht ganz, was sie meinen!« Nuncio blickte ihn verwundert an.

»Der Park wird doch bestimmt durch Kameras überwacht? Wenn ja«, fuhr Clark fort, »dürfen wir nicht vor die Linsen kommen.«

»Ich rufe an und lasse das eruieren.«

»Und?« fragte Mike Dennis seinen Cheftechniker.

»Am rückwärtigen Eingang sind keine Kameras, bis man zum Angestelltenparkplatz kommt. Und die kann ich von hier aus abstellen.«

»Dann machen Sie das!« Über Gassmans Funkgerät gab Dennis Anweisungen, welchen Weg die eintreffenden Fahrzeuge nehmen sollten. Zugleich blickte er auf die Uhr. Die ersten Schüsse waren vor dreieinhalb Stunden gefallen. Es kam ihm wie eine Ewigkeit vor. Nachdem er den Weg erklärt hatte, ging er zur Thermoskanne mit Kaffee, den seine Sekretärin gebraut hatte, fand sie leer vor und fluchte.

Oberst Nuncio nahm eine Ausfahrt vor der eigentlichen, die in den Park führt, geriet auf eine zweispurige asphaltierte Nebenstrecke und drosselte das Tempo. Bald stießen sie auf einen Streifenwagen und wurden von seinen Insassen durchgewunken. Zwei Minuten später parkten sie vor einem Tunneleingang, dessen Stahltür halb offen stand. Nuncio öffnete sie, Clark kam hinterher, und sie betraten den Eingang.

»Ihr Spanisch ist ausgezeichnet, Señor Clark, aber ich kann Ihren Akzent nirgendwo unterbringen!«

»Indianapolis«, gab John zurück. Es war vermutlich der letzte heitere Moment heute. »Wie sprechen die Ganoven mit Ihnen?«

»In welcher Sprache, meinen Sie? Bis jetzt Englisch.«

Das war in der Tat die erste gute Nachricht heute. Bei all seiner Gelehrsamkeit ließen Dr. Bellows Sprachkenntnisse zu wünschen übrig, und er mußte die Verhandlungen übernehmen, sobald er eintraf.

Die Notverwaltung des Vergnügungsparks lag zwanzig Meter tiefer im Tunnel. Diese Tür wurde von einem Posten der Guardia Civil bewacht, der sie öffnete und vor Oberst Nuncio salutierte.

Ein Polizeioffizier kann auf sie zu. »Hallo, Oberst. Señor Clark? Mein Name ist Hauptmann Gassman.« Man schüttelte sich die Hände.

»Hallo. Mein Team ist in ein paar Minuten hier. Könnten Sie mich bitte auf den aktuellen Stand bringen?«

Gassman begleitete ihn zum Konferenztisch in der Mitte des Büros, vor dessen Wänden TV-Monitore und andere elektronische Geräte standen, deren Zweck nicht auf Anhieb klar war. Eine große Karte, die den Lageplan des Parks zeigte, wurde auseinandergefaltet.

»Die Kriminellen haben sich hier verschanzt«, erklärte Gassman und tippte auf die Burg in der Mitte des Parks. »Wir glauben, daß es zehn sind, und fünfunddreißig Geiseln, alle minderjährig. Ich selbst habe mehrmals mit den Entführern gesprochen. Die Kontaktperson ist männlich, vielleicht Franzose, und nennt sich ›Eins‹. Die Gespräche führten zu nichts, aber wir haben eine Liste ihrer Forderungen: Freilassung einer Reihe verurteilter Terroristen, die hauptsächlich in Frankreich einsitzen, einige aber auch in spanischen Gefängnissen.«

Clark nickte. Das alles wußte er schon, aber der Lageplan des Parks war neu. Als erstes untersuchte er die Blickrichtungen – was von welchem Punkt aus gesehen werden konnte und was nicht. »Wo sind sie genau? Haben Sie einen Grundriß der Burg?«

»Hier«, erklärte ein Ingenieur der Parkverwaltung und breitete den Grundriß vor ihnen aus. »Fenster sind da, da und dort. Treppenhäuser und Lift wie markiert.« Clark verglich die Angaben mit dem Lageplan. »Es gibt eine Feuerleiter zum Dach, das wären vierzig Meter über Straßenniveau. Aussicht ist überall gut, in alle Promenaden.«

»Wenn man einen Blick auf die Burg werfen will, von wo aus geht das am besten?«

»Ganz einfach – vom Tauchbomber aus, der erste Gipfel. Da sind Sie fast hundertfünfzig Meter hoch.«

Clark zog ungläubig die Brauen hoch.

»Größte Achterbahn der Welt, Sir!« bekräftigte der Ingenieur. »Die Leute kommen von überall her, um auf ihr zu fahren. Wenn Sie einen Aussichtspunkt brauchen, wäre das der geeignetste Ort.«

»Gut. Wie gelangt man von hier aus dorthin, ohne gesehen zu werden?«

»Durch die unterirdische Ebene, aber sie wird mit Kameras überwacht …« Er wanderte mit dem Finger über die Landkarte. »Da, da und da, und eine vierte hier. Besser wäre es, oben zu Fuß zu gehen, doch den Kameras auszuweichen wird nicht einfach sein.«

»Können wir sie nicht abschalten?«

»Die Schaltzentrale können wir von hier aus steuern, ja … und wenn nötig kann ich auch Leute hinschicken, die den Saft abdrehen.«

»Aber wenn wir das tun, werden unsere Burgbesetzer unwirsch reagieren«, gab John zu bedenken. »Das will genauestens überlegt sein, bevor wir etwas in dieser Richtung unternehmen.« Er wandte sich an Nuncio und Gassman: »Für den Augenblick möchte ich, daß sie nicht wissen, wer hergekommen ist und was wir hier tun. Ohne Not geben wir nichts preis, ist das klar?«

Beide Polizisten waren einverstanden, und John merkte, daß er sich ein wenig Respekt verschafft hatte. Stolz auf ihre Arbeit, wie Profis nun mal sind, waren sie doch erleichtert, ihn und sein Team vor Ort zu haben. Von ihm wollten sie, daß er die Lage in den Griff bekam und zugleich die Verantwortung übernahm. Hatte die Befreiungsaktion Erfolg, würden sie davon profitieren, aber wenn sie scheiterte, konnten sie ebensogut auf Distanz gehen und behaupten, es sei nicht ihr Fehler gewesen. Der bürokratische Geist war in allen Verwaltungsinstitutionen dieser Welt derselbe.

»Hallo, John!«

Clark fuhr herum. Es war Chavez, und Covington stand schon hinter ihm. Beide Teamleiter traten in ihren schwarzen Kampfanzügen ein und wirkten in diesen nüchternen Räumen wie Engel des Todes. Sie beugten sich über den Konferenztisch und studierten die Karten.

»Domingo, darf ich dir Oberst Nuncio und Hauptmann Gassman vorstellen.«

»Guten Tag«, grüßte Ding in seinem besten Los-Angeles-Spanisch und gab ihnen die Hand. Covington tat dasselbe, blieb aber beim Englischen.

»Schützenposten hier?« fragte Ding sofort und tippte auf den *Dive Bomber*. »Hab das Ding schon vom Parkplatz aus gesehen. Ganz schöne Achterbahn. Kriegen wir Homer unbeobachtet dorthin?«

»Das überlegen wir gerade.«

Noonan trat als nächster ein, den Rucksack voller elektronischer

Geräte. »Sieht ganz gut aus für unsere Zwecke«, kommentierte er nach einem Rundblick über die TV-Monitore.

»Leider haben unsere Freunde dieselbe Ausstattung!«

»O je«, seufzte Noonan. »Na schön. Als erstes möchte ich die Handy-Frequenzen unterbrechen.«

»Wie bitte?« fragte Nuncio. »Weshalb?«

»Für den Fall, daß die Kerle draußen einen Kumpel mit Handy haben, der ihnen sagt, was sich tut«, antwortete Clark für ihn.

»Verstehe. Kann ich dabei helfen?«

Noonan griff den Vorschlag auf. »Schicken Sie Ihre Leute zu jeder Einwählschaltstelle; die Betreiber sollen diese Disketten in den Computer stecken. Mit jeder kriegen sie eine gedruckte Gebrauchsanweisung.«

»Felipe!« rief Nuncio und schnipste mit den Fingern. Einen Moment später zog der Mann mit den Disketten ab und ließ sie allein.

»Wie tief unter dem Erdboden sind wir?« wollte Noonan als nächstes wissen.

»Nicht mehr als fünf Meter.«

»Trägerverstärkte Betondecke?«

»Stimmt«, nickte der Parkingenieur.

»Prima. John, unser Sprechfunk tut's hier.« Inzwischen kamen immer mehr Mitglieder von Team-1 und Team-2 in die Notverwaltung und versammelten sich rings um den Konferenztisch.

»Die Ganoven und Geiseln halten sich hier auf«, ließ John sie wissen und deutete auf einen Bildschirm.

»Wie viele?« fragte Eddie Price.

»Fünfunddreißig Geiseln, alle minderjährig, zwei in Rollstühlen. Die sind auch die einzigen Nichtfranzosen.«

»Wer hat bisher verhandelt?« erkundigte sich Dr. Bellow.

»Ich«, meldete sich Hauptmann Gassman. Bellow nahm ihn beiseite, und sie setzten sich in eine Ecke, um ungestört reden zu können.

»Als erstes müssen wir die Lage peilen«, schlug Chavez vor. »Homer muß auf die Achterbahn klettern ... am besten unbemerkt, aber wie?«

»Da sind ja Leute unterwegs im Park?« wunderte sich Johnston und wandte sich einem Bildschirm zu. »Wer ist das?«

»Parkangestellte«, erklärte Mike Dennis. »Wir schicken sie auf Patrouille, um sicherzugehen, daß alle unsere Gäste den Park verlassen haben.« Es war die übliche Schließungsroutine, wenn auch um Stunden vor der Zeit.

»Holen Sie mir eine Dienstmontur... aber das Gewehr muß ich irgendwie tarnen... Gibt es auch Handwerker unter Ihrem Personal?«

»Eine ganze Menge«, gab der Parkmanager zurück.

»Gut. Dann wird das meine Tarnung sein. Mit Werkzeugkasten und allem. Laufen die Achterbahnen noch?«

»Nein, die sind alle abgestellt.«

»Je mehr sich bewegt, desto mehr müssen sie überwachen«, erklärte Sergeant Johnston.

»Mir gefällt die Idee«, nickte Chavez und warf Clark einen Blick zu.

»Mir auch. Mr. Dennis, schalten Sie alle an, wenn das von hier aus geht, bitte.«

»Sie müssen einzeln vor Ort in Betrieb gesetzt werden. Von hier aus können wir sie stoppen, indem wir einfach den Strom abstellen, aber nicht in Bewegung setzen.«

»Dann schicken Sie Ihre Leute raus. Sergeant Johnston geht mit Ihrem Mitarbeiter zur Achterbahn. Dort beziehst du Posten, Homer. Deine Aufgabe wird es sein, Informationen zu sammeln und zu uns herüberzufunken. Nimm dein Gewehr mit und laß dich nicht blicken.«

»Wie hoch wird das sein?«

»Rund hundertfünfzig Meter über dem Erdboden.«

Der Scharfschütze holte einen Taschenrechner hervor und schaltete ihn ein. »Nicht übel. Und wo kann ich mich umziehen?«

»Hier entlang, bitte.« Der Ingenieur führte ihn aus der Tür und durch den Flur zu einer Angestelltengarderobe.

»Ein Hinterhalt auf der anderen Seite?« fragte Covington.

»Hier ist ein guter«, schlug Dennis vor. »Das Virtual-Reality-Gebäude. Zwar nicht annähernd so hoch, aber in direkter Linie zur Burgzinne.«

»Ich werde Houston dort postieren«, erklärte Covington. »Sein Bein macht ihm noch immer zu schaffen.«

»Okay. Zwei Scharfschützen-Kundschafter plus Videoüberwachung geben uns einen guten Einblick in die Burg«, schloß Clark.

»Ich brauche mehr Informationen, um das übrige für mein Team zu planen«, drängte Chavez. »Am besten einen Grundriß mit eingezeichneten Kameras. Auch für Peter.«

»Wann wird Malloy hier sein?« fragte Covington.

»In etwa einer Stunde. Er muß erstmal auftanken, wenn er landet. Und nach vier Stunden im Hubschrauber braucht er mindestens eine halbe Stunde, bis er sich erholt hat.«

»Was wissen wir über ihre Bewaffnung?«

»Nur Maschinenpistolen. Die haben wir auf Video.«

»Ich will sie sehen«, warf Noonan ein. »Am besten auf der Stelle!«

Jetzt geriet Bewegung in den Fall. Chavez und Covington erhielten ihre Lagepläne – dieselben, die an Gäste verkauft wurden; die Kameras zeichneten sie mit schwarzen Filzstiften aus dem Sekretariat ein. Ein Elektromobil – eigentlich ein Golftransporter – holte sie im Korridor ab und brachte sie nach außerhalb, dann auf einer ebenerdigen Straße in den Park zurück. Covington gab die Richtung nach der Karte an und ließ die Kameras weiträumig umfahren, während sie von hinten in Worldpark eindrangen.

Noonan ließ die drei Videobänder durchlaufen, die das Terrorkommando beim Überfall zeigten. »Zehn sind's, das stimmt, alle männlich, die meisten bärtig, und alle trugen weiße Strohhüte, als sie zum Angriff übergingen. Zwei sehen aus wie Parkangestellte. Haben Sie irgendwelche Akten über sie?«

»Wir werden sie suchen«, gab Dennis zurück.

»Fingerabdrücke genommen?« wollte Noonan wissen. Ein Kopfschütteln war die Antwort. »Was ist mit Bewerbungsfotos?«

»Wir lassen alle fotografieren, wenn sie ihre Dienstausweise kriegen.« Dennis zeigte seinen.

»Das ist doch schon was. Die schicken wir der französischen PDQ-Polizei.«

»Mark!« Dennis winkte seinem Personalchef.

»Wir hätten Uniformen mitnehmen sollen«, ließ sich Covington von hinten vernehmen.

»Tja – Eile mit Weile, Pete, oder?« Chavez blickte sich argwöhnisch um, bekam den Frittengeruch einer Imbißbude in die Nase und wurde hungrig. »Ein Besuch hier macht bestimmt Spaß, Mann.«

»Meinetwegen«, nickte Covington.

Die Burg wirkte solide und sehr realistisch mit ihren fünfzig Quadratmetern Grundfläche und den fast genauso hohen Mauern. Größtenteils handelte es sich um leeren, ummauerten Raum, hatten sie dem Lageplan entnommen, aber es gab Treppenhaus und Lift zum Flachdach, und früher oder später würden die Ganoven einen der ihren dort hinschicken, wenn sie noch alle Tassen im Schrank hatten. Um den sollten sich die Scharfschützen kümmern. Homer Johnston und Sam Houston würden kein schlechtes Schußfeld haben, vierhundert Meter von der einen Seite, kaum einundsechzig von der anderen.

»Wie groß kommen dir die Fenster vor?«

»Reichlich, Ding.«

»Ich glaube auch.« Und schon entwickelte sich in beiden Köpfen ein Plan. »Ich hoffe, Malloy ist nachher gut ausgeruht.«

Sergeant Homer Johnston trug jetzt die Parkmontur über dem Ninja-Kampfanzug und tauchte fünfzig Meter vor dem Tauchbomber aus einem Loch im Erdboden auf. Von nahem wirkte die Achterbahn noch bedrohlicher. Er näherte sich in Begleitung eines echten Parkangestellten, der diese Attraktion auch normalerweise betreute.

»Ich kann Sie nach oben bringen und den Waggon dort anhalten.«

»Großartig.« Zum Klettern erschien es einfach zu weit, obwohl es auch normale Leitern in die schwindelerregenden Höhen gab. Sie traten unters Vordach des Eingangs, ließen die Ticketkontrolle links liegen, und Johnston setzte sich in den Vordersitz rechts, die Werkzeugkiste mit dem Gewehr auf dem Nebensitz. »Los«, kommandierte er dem Betreuer. Der Weg auf den ersten Hügel war langsam und moderat – absichtlich, um die Fahrgäste anschließend erst recht zu ängstigen; Johnston lächelte müde. Die Gruppe von zehn Dreisitzern hielt genau auf dem höchsten Punkt. Johnston wand sich heraus, nahm die Werkzeugkiste mit und öffnete sie, um eine Gummimatte herauszuholen sowie eine Tarndecke, mit der er sich unsichtbar machen konnte. Er nahm sich Zeit und rollte die Matte aus – der Boden bestand aus perforiertem Stahl, und hier zu liegen würde auf Dauer unbequem werden. Über sich breitete er die Tarndecke; sie erinnerte an ein Fischernetz mit grünen, angenähten Plastikblättern, deren Zweck darin bestand, seine Silhouette zu verdecken. Dann setzte er das Gewehr aufs Stativ und nahm den grünen Feldstecher heraus. Sein Sprechfunk-Mikrophon baumelte vor seinen Lippen.

»Gewehr Zwei-Eins an Kommandant.«

»Six hier«, meldete sich Clark.

»Gewehr Zwei-Eins auf Posten, Six. Die Position ist gut. Von hier kann ich das gesamte Dach der Burg übersehen, die Außentreppen und die Lifttüren. Gute Sicht auch nach hinten. Kein übler Platz, Sir.«

»Gut. Halte uns auf dem laufenden!«

»Geht klar, Chef. Ende.« Sergeant Johnston stützte sich auf die Ellbogen und spähte durch sein 7x50-Glas ins Gelände. In der Sonne wurde es schnell heiß. Daran mußte er sich noch gewöhnen. Johnston überlegte einen Augenblick, dann langte er nach der Feldflasche. In diesem Augenblick machte der Waggon, mit dem er heraufgekommen war, einen Ruck nach vorn und sauste in die Tiefe. Er hörte die stahlverstärkten Räder in die Metallröhre donnern und fragte sich, wie es sein mochte, auf dieser Achterbahn dahinzurasen. Bestimmt ähnlich wie Sturzflüge, die er als ausgebildeter Luftwaffenbordschütze mitgemacht hatte, ohne dabei besondere Freude zu empfinden. Irgendwie war es netter, den Boden unter den Füßen zu spüren, und ein Gewehr konnte man auch nicht abfeuern, wenn man mit 130 Sachen durch den Äther schoß, wie? Er richtete den Feldstecher auf die Fensterhöhlen. Unten waren sie quadratisch, aber oben krümmten sie sich zu einem Spitzbogen zusammen, wie bei einem richtigen Schloß; die Scheiben durchsichtiges Glas, mit Bleifassungen gehalten. Hindurchzuschießen war möglicherweise schwierig, dachte er, obwohl ein Schuß aus diesem Winkel nicht schwerfiel... Nein. Wenn er einen Schuß abfeuerte, mußte es auf jemanden draußen sein. Das wäre besser. Er duckte sich hinter seinem Visier und schaltete den Laser-Entfernungsmesser ein, während die Mitte des Burghofs als angenommenes Ziel diente. Dann tippte er ein paar Zahlen in den Rechner, um die vertikale Ablenkung der Flugbahn zu berechnen, justierte den Zielpunkt und stellte das Visier um den exakten Wert höher ein. Die direkte Sichtlinie betrug dreihundertneunundachtzig Meter. Nett und nah genug dran, falls er schießen mußte.

»Ja, Herr Minister«, erwiderte Dr. Bellow. Er saß in einem bequemen Drehstuhl, der Mike Dennis gehörte, und starrte die Wand an. Dort hingen jetzt zwei vergrößerte Fotografien, die er studieren mußte. Es waren Unbekannte, denn Tim Noonan hatte die beiden Parkangestellten in seinem Computer nicht gefunden, und weder die französische noch die spanische Polizei hatten sie mit einem Namen oder einer Verbrecherkarriere verbinden können. Beide hatten Wohnungen in der Nähe gemietet, die jetzt gründlich durchsucht wurden; auch die Telefonverbindungen ließ man überprüfen, um zu wissen, wen sie kontaktiert hatten.

»Sie möchten diesen Schakal freipressen, stimmt's?« wollte der französische Justizminister wissen.

»Neben einigen anderen, aber um ihn geht es hauptsächlich, ja.«

»Meine Regierung wird mit diesen Scheusalen *nicht* verhandeln!« ereiferte sich der Minister.

»Ja, Sir. Kann ich gut verstehen. Gefangene freizulassen ist im allgemeinen keine Option. Aber jeder Anschlag ist anders, und ich möchte nur wissen, welchen Kompromiß Sie, wenn überhaupt, mir als Verhandlungsspielraum gewähren. Das könnte beispielsweise heißen, diesen Sanchez aus dem Knast zu holen und hierher zu bringen als … nun ja, als Lockvogel für die Täter, die wir umzingelt haben.«

»Soll das eine Empfehlung sein?« fragte der Minister.

»Ich bin mir nicht sicher. Ich habe noch nicht mit den Leuten gesprochen. Und bis es so weit ist, kann ich mir keinen Eindruck verschaffen, wozu sie fähig sind. Fürs erste muß ich davon ausgehen, daß wir es mit energischen, konsequenten Typen zu tun haben, die den Tod ihrer Geiseln in Kauf nehmen.«

»Auch Kinder?«

»Ja, Herr Minister. Diese Drohung sollten wir ernst nehmen«, mahnte Bellow. Einen Augenblick wurde es still in der Leitung, rund zehn Sekunden auf der Wanduhr, die der Doktor anstarrte.

»Ich muß darüber nachdenken. Nachher rufe ich zurück.«

»Danke, Sir.« Bellow warf Clark einen vielsagenden Blick zu.

»Und was heißt das?«

»Das heißt, sie wissen nicht, wie sie sich verhalten sollen. Und ich weiß es auch noch nicht. Hör zu, John, wir haben es hier mit einer unbekannten Größe zu tun. Wir wissen nichts über die Terroristen. Keine religiöse Motivation, scheint es, jedenfalls keine islamischen Fundamentalisten. Ich kann also weder Gott noch religiöse Gebote oder ethische Grundsätze gegen sie ausspielen. Falls sie verbohrte Marxisten sind, können wir ihnen alles zutrauen. Außerdem waren sie bisher nicht gerade kommunikativ. Wenn ich nicht mit ihnen reden kann, ist Hopfen und Malz verloren.«

»Wie sollen wir vorgehen?«

»Laß sie erstmal im Dunkeln sitzen.«

Clark wandte sich um. »Mr. Dennis?«

»Ja?«

»Können wir die Stromversorgung der Burg unterbrechen?«

»Natürlich«, antwortete der Ingenieur anstelle seines Chefs.

»Soll ich's wagen, Doc?« fragte John, und Bellow nickte. »Also gut. Dreht ihnen den Saft ab.«

»Mit Freuden.« Der Ingenieur saß an einem Computerterminal und rief mit ein paar Mausklicks das Stromversorgungs-Programm auf. Wenige Sekunden später hatte er die Burg vor sich und klickte eine Schaltfläche an, um die Hauptleitung zu unterbrechen.

»Mal sehen, wie lange sie das aushalten«, murmelte Bellow leise.

Es dauerte nur fünf Sekunden. Dennis' Telefon klingelte.

»Ja bitte?« meldete sich der Parkdirektor über die Freisprechanlage.

»Warum haben Sie das gemacht?«

»Wovon reden Sie?«

»Sie wissen genau, wovon ich rede. Die Lichter sind ausgegangen.«

Dr. Bellow beugte sich über das Mikrofon. »Dr. Bellow hier. Mit wem spreche ich?«

»Ich bin Eins. Worldpark steht unter meinem Kommando. Wer sind Sie?«

»Mein Name ist Paul Bellow, und man bittet mich, mit Ihnen zu sprechen.«

»Aha, Sie sind also der Verhandlungsführer. Großartig. Schalten Sie sofort den Strom wieder ein.«

»Bevor wir das machen«, entgegnete Bellow kalt, »möchte ich gern wissen, mit wem ich es zu tun habe. Sie wissen jetzt meinen Namen; Ihren kenne ich nicht.«

»Wie schon gesagt, ich bin Eins. Nennen Sie mich Eins«, entgegnete die Stimme gleichmütig, ohne erkennbare Erregung oder Wut.

»Okay, Mr. Eins, wenn Sie darauf bestehen. Ich heiße Paul.«

»Stellen Sie den Strom wieder an, Paul.«

»Und was bieten Sie mir dafür, Paul?«

»Ich biete Ihnen dafür, daß ich keins der Kinder umbringe – noch nicht«, fügte die Stimme drohend hinzu.

»Sie klingen nicht wie ein Barbar, Mr. Eins, und die Tötung eines Kindes ist ein Akt der Barbarei. Außerdem würde es Ihre Position erschweren, wenn Sie es recht bedenken.«

»Paul, ich habe bereits gesagt, was ich von Ihnen verlange. Tun Sie es, am besten sofort.« Damit war die Leitung tot.

»Verdammter Mist«, ächzte Bellow. »Er kennt das Drehbuch.«

»Schlimm?«

Bellow nickte. »Sehr schlimm. Er weiß, was wir versuchen werden – jedenfalls, was ich versuchen werde.«

»André?« rief René vom Schreibtisch her. »Such ein Kind aus.«

Er hatte schon längst die Wahl getroffen und deutete auf die kleine Holländerin im Rollstuhl, Anna, die noch immer ihren Eintritt-frei-Anstecker trug. René war einverstanden. Auf der anderen Seite war also ein Psychologe angereist. Der Name Paul Bellow sagte ihm nichts, vermutlich war er irgendein Seelenklempner, den die Spanier in die Verhandlungen schickten. Sein Job war es, ihre Entschlußkraft zu schwächen, sie letztendlich zur Aufgabe zu bewegen und dazu, sich freiwillig zu stellen. Mal sehen, wie weit er damit kam! René blickte auf die Uhr und beschloß, ihm zehn Minuten zu geben.

Malloy schaltete die Kontrolle herunter und steuerte den Landeplatz an, wo der Tanklastzug schon bereitstand. Fünf Soldaten warteten auf ihn, einer wies ihn mit dem orangefarbenen Schild ein. Wenige Sekunden später setzte der Night Hawk auf. Der Motorenlärm erstarb, und Malloy sah zu, wie die Rotorblätter langsamer wurden, während Sergeant Nance die Seitentür aufklappte und heraussprang.

»Darf sich die Crew mal die Beine vertreten?« fragte Leutnant Harrison durch das Interkom.

»Klar«, schnaubte Malloy und begab sich ebenfalls zum Ausstieg. Ein paar Meter weiter stand jemand, der wie ein Offizier aussah und seinen Gruß erwiderte, als er auf ihn zuging. Malloy hatte ein wichtiges Anliegen.

»Der entscheidende Punkt ist, ob wir nah genug herankommen«, bemerkte Covington.

»Verstehe.« Chavez nickte. Vorsichtig hatten sie die Rückseite der Burg angesteuert. Schon hörten sie, wie sich hinter ihnen der Tauchbomber in Bewegung setzte. Rings um die Burg lagen rund vierzig Meter Grünfläche, zweifellos vom Architekten eigens zur Verschönerung des Zentrums freigeschlagen. Ding und Peter ließen sich Zeit, das Gelände mit seinen künstlichen, von Stegen überbrückten Wasserstraßen eingehend zu rekognoszieren. Auch auf die Fenster der Verwaltungszentrale warfen sie einen Blick, hinter denen sich die Terroristen aufhielten. Von hier war die Sicht verdammt gut, und sie überlegten schon, ob das Gebäude über die Feuerleiter gestürmt werden könnte, unter dem Deckungsschutz ihrer Scharfschützen.

»Leicht werden sie es uns nicht machen«, mutmaßte Covington stirnrunzelnd.

»Wäre ja auch irgendwie nicht ihr Job, oder?«

»Wie weit seid ihr mit dem Rekognoszieren?« erkundigte sich Clark über verschlüsselten Sprechfunk.

»Fast fertig, Mr. C«, meldete Chavez. »Ist Malloy schon da?«

»Gerade gelandet.«

»Prima. Wir werden ihn brauchen, wenn wir reingehen.«

»Zwei Gruppen, oben und unten«, ergänzte Covington. »Aber wir sollten jemand haben, der uns sagt, was in dem Büro vorgeht.«

Der spanische Offizier, ein Major der Armee, war sofort einverstanden und winkte einige seiner Männer in den Hangar. Sie kamen, erhielten Befehle und verschwanden wieder. Anschließend begab sich auch Malloy in den Hangar; er mußte dringend aufs Klo. Sergant Nance war schon mit zwei Thermoskannen unterwegs, wie er feststellte. Guter Mann, dachte der Marine. Ein Kaffee kann in einer solchen Situation nie schaden.

»Diese Kamera ist hinüber. Sie haben sie zerschossen«, berichtete Dennis. »Wir haben eine Bandaufnahme, wie's passiert ist!«

»Zeigen Sie mir die«, bat Noonan.

Das Hauptbüro war nicht viel anders eingerichtet als dieses hier, wie Tim Noonan merkte, als er die rund fünfzig Sekunden des Videos ablaufen ließ. Die Kinder hatten sie in eine Ecke jenseits der Kamera verfrachtet. Vielleicht waren sie noch immer dort. Viel war es nicht, aber immerhin. »Sonst noch was? Gegensprechanlage auf der Burg, Mikrofone, irgendwas?«

Dennis schüttelte den Kopf. »Nein. Wir verständigen uns über Telefon.«

»Klar«, seufzte der FBI-Mann resigniert. »Dann muß ich mir eine Methode überlegen, wie ich sie trotzdem abhören kann.« In diesem Augenblick schrillte der Apparat, der vor Bellow bereitstand.

»Ja, Paul hier«, meldete sich der Doktor.

»Hallo, Paul. Eins hier. Das Licht funktioniert immer noch nicht. Ich hatte verlangt, daß Sie den Strom einschalten. Jetzt wiederhole ich den Befehl. Machen Sie das sofort!«

»Wir arbeiten dran. Die Polizisten kennen sich damit nicht aus...«

»Und da wäre niemand von der Parkverwaltung, der Ihnen hilft? Halten Sie mich nicht zum Narren, Paul. Ich sage es zum letzten Mal: Schalten Sie umgehend den Strom wieder ein.«

»Mr. Eins, wir geben uns alle Mühe. Bitte haben Sie etwas Geduld mit uns, ja?« Bellow brach der Schweiß aus, ganz plötzlich. Er wußte schon, warum. Hoffentlich irrte er sich.

»André«, hatte René versehentlich gerufen, noch bevor er den Hörer auflegte.

Noch immer in seiner Parkwächter-Uniform, ging der Terrorist in den Nebenraum. »Anna? Ich glaube, es wird Zeit, daß wir dich zu deiner Mami zurückbringen.«

»Ja?« fragte das Mädchen. Sie hatte porzellanblaue Augen und hellbraunes, fast blondes Haar, doch ihre Haut war von blasser Farbe wie zartes Pergament. Schade um sie. André trat hinter den Rollstuhl, nahm die Griffe in die Hand und schob ihn zur Tür. »Laß uns nach draußen gehen, *mon petit chou*«, murmelte er, als sie in den Flur kamen.

Der Aufzug draußen hatte ein Notaggregat. Selbst bei Stromausfall konnte man ihn benutzen. André schob den Rollstuhl hinein, legte den Stopphebel um und drückte auf Erdgeschoß. Langsam schlossen sich die Türen, und summend glitt die Kabine abwärts. Eine Minute später ging die Tür wieder auf. Die Burgfassade hatte einen breiten Durchbruch; über den Hof konnten Spaziergänger von einer Seite des Worldpark in die andere gelangen. Der Bogengang war mit Mosaiken verziert. Ein leichter, kühler Abendwind fächelte von Westen herein, als der Franzose Anna in den Hof brachte.

»Was soll das jetzt?« wunderte sich Noonan nach einem Blick auf den Monitor. »John, da kommen welche heraus!?«

»Kommandant, hier Gewehr Zwei-Eins. Ein Typ schiebt einen Rollstuhl, in dem ein Kind sitzt. Westseite der Burg.« John setzte das Fernglas ab und kauerte sich hinters Gewehr, nahm die Schläfe des Mannes ins Fadenkreuz und tastete leicht mit dem Finger über den Abzug. »Gewehr Zwei-Eins geht auf Ziel, direkt auf Subjekt. Auf Ziel jetzt!«

»Waffe sichern«, kam zur Antwort. »Ich wiederhole, Waffe sichern. Bestätigen.«

»Verstanden, Six. Waffe gesichert.« Sergeant Johnston nahm den Finger vom Abzug. Was ging hier vor?

»Mistkerl!« zischte Covington. Sie standen nur vierzig Meter weg. Er und Chavez hatten freie Sicht. Das kleine Mädchen sah krank aus und verängstigt dazu; in ihrem Rollstuhl war sie nach links gerutscht und versuchte aufzublicken, um den Mann zu sehen, der sie schob. Er war über vierzig, registrierten die Teamleiter, Schnurrbart, kein Vollbart, Größe, Gewicht und Körperbau durchschnittlich; seine dunklen Augen gaben nichts preis. Im menschenleeren Park war es ganz still geworden. Man hörte die Gummireifen im gepflasterten Hof rollen.

»Wo ist Mami?« fragte Anna auf Englisch, das sie in der Schule gelernt hatte.

»Du kriegst sie gleich zu sehen«, versprach Neun. Er stieß den Wagen in die Auffahrt zur Burg, die rings um eine Statue führte, eine sanfte Steigung beschrieb und sich dann im Uhrzeigersinn abwärts wand, bevor sie in eine Gartenterrasse auslief. Oben stellte er den Rollstuhl ab, mitten auf dem Weg, der glatt asphaltiert und etwa fünf Meter breit war.

André blickte sich um. Polizisten müßten hier sein, aber nichts bewegte sich, außer den Waggons der Tauchbomber; er brauchte gar nicht hinzuschauen, so vertraut war ihm das Fahrgeräusch. Wirklich schade um das Mädchen. Neun zog die Pistole aus dem Gürtel und …

«Zwei-Eins, er greift zur Pistole«, berichtete Homer Johnston atemlos. »Verdammt, gleich wird er …«

… der Schuß traf Anna in den Rücken, durchschlug ihr Herz. Ein Blutfleck malte sich auf der flachen Hemdbrust ab, und der Kopf des Mädchens sackte nach vorn. Sofort gab der Mann dem Rollstuhl einen Stoß; er sauste die sich windende Auffahrt hinunter, prallte hier und da von der Mauer ab und gelangte schließlich auf die Terrasse, wo er stehenblieb.

Covington zog die Beretta und hob sie. Es wäre kein einfacher Schuß, aber er hatte neun Patronen im Magazin, das reichte, um …

»Waffe sichern!« donnerte es in seinem Kopfhörer. »Waffen sichern! Nicht schießen!« befahl Clark.

»Scheiße!« keuchte Chavez dicht neben Peter Covington.

»Allerdings«, nickte der Engländer. Er steckte die Pistole ins Halfter zurück und sah zu, wie der Mann kehrtmachte und im Schutz des Burghofs verschwand.

»Ich bin auf Ziel. Gewehr Zwei-Eins ist auf Ziel!« ließ sich Johnston über Sprechfunk vernehmen.

»*Nicht* schießen. Hier Six, Waffe sichern, verdammt noch mal!«

»Scheiße!« schimpfte Clark in der Notverwaltung. Er schlug mit der Faust auf den Tisch. »Scheiße!« Dann klingelte das Telefon.

»Ja?« meldete sich Bellow, der neben dem Rainbow-Kommandanten saß.

»Sie waren gewarnt«, erklärte Eins. »Sorgen Sie für Strom, sonst ist das nächste Kind dran.«

15

WEISSE HÜTE

»Wir hätten nichts tun können, John. Nicht das geringste«, versicherte Bellow und sprach aus, wofür den anderen der Mut fehlte.

»Und was jetzt?« fragte Clark.

»Ich fürchte, wir müssen den Strom wieder einschalten.«

Als sie sich den TV-Monitoren zuwandten, rannten drei Männer auf das Kind zu. Zwei trugen den *tricornio* der Guardia Civil. Der dritte war Dr. Hector Weiler.

Chavez und Covington beobachteten dieselbe Szene aus nächster Nähe. Weiler trug seine Berufskleidung, einen weißen Laborkittel, blieb abrupt vor dem Kind stehen und berührte den noch warmen, aber erschlafften Leichnam. Auch aus fünfzig Metern Entfernung sah man die zusammengefallenen Schultern. Die Kugel war direkt durchs Herz gegangen. Der Doktor wechselte ein paar Worte mit den Polizisten, und einer von ihnen schob den Rollstuhl von der Terrasse, direkt an den beiden Rainbow-Kämpfern vorbei.

»Augenblick mal, Doc!« rief Chavez halblaut und trat auf den Weißkittel zu. Ding erinnerte sich plötzlich, daß seine Frau werdendes Leben im Leib trug, das sich vielleicht gerade jetzt rührte, während Sandy im Wohnzimmer vor dem Fernseher saß oder ein Buch las. Das kleine Mädchen sah ganz friedlich aus, als schliefe es fest, und er konnte nicht anders, er mußte ihr über das weiche Haar streichen. »Wie stand es um sie, Doc?«

»Sie war sehr krank, vielleicht tödlich. In meiner Praxis muß ihre Patientenakte liegen. Wenn die Kinder herkommen, gibt man mir gewöhnlich einen Zustandsbericht, falls eine Verschlechterung eintritt.« Der Arzt biß sich auf die Lippen und blickte auf. »Doch selbst wenn sie im Sterben lag, war sie noch nicht tot, noch nicht ganz ohne Hoffnung.« Weiler war der Sohn einer spanischen Mutter und eines deutschen Vaters, der im Zweiten Weltkrieg nach Spanien emigriert war. Er hatte hart arbeiten müssen, um sich das Medizinstudium zu finanzieren und Kinderarzt zu werden. Dieser Gewaltakt an einem unschuldigen Kind stellte alles in Frage. Jemand hatte seine gesamte Ausbildung, seine beruflichen Grundsätze verhöhnt. Wut hatte er nie gekannt, aber jetzt spürte er sie, stärker noch als Trauer und Entsetzen. »Werden Sie sie erwischen?«

Chavez musterte ihn. In seinen Augen standen keine Tränen. Das kam vielleicht noch, dachte er, die Hand noch immer auf dem Haar des Mädchens. Dünn war es und kurz; Chavez konnte nicht wissen, daß es nach ihrer letzten Chemotherapie erst langsam nachgewachsen war. Daß er ihren Tod hatte mitansehen müssen, ließ ihn fast verzweifeln. »*Si*«, versprach er dem Doktor. »Wir erwischen sie, und dann Gnade ihnen Gott! Peter?« Er winkte seinem Kollegen, und gemeinsam begleiteten sie die anderen in die Krankenstation. Langsam trotteten sie dorthin; es gab keinen Grund mehr zur Eile.

»Damit klappt's«, dachte Malloy und sah sich die noch feuchte Farbe an der Seitenwand des Night Hawk an. »POLICIA« stand jetzt dort. »Fertig, Harrison?«

»Ja, Sir. Sergeant Nance, wir müssen!«

»Jawohl.« Der Crewchef stieg ein, schloß den Sicherheitsgurt und sah zu, wie der Pilot den Start einleitete. »Backbord alles klar«, meldete er durch Interkom, nachdem er hinten nachgesehen hatte. »Heckrotor läuft, Oberst.«

»Dann wird's Zeit, daß wir abheben.« Malloy gab Gas, und der Night Hawk stieg gen Himmel. Dann tippte er den Sprechknopf an der Funkanlage. »Rainbow, hier Bear. Kommen.«

»Bear, hier Rainbow Six. Empfange Sie fünf zu fünf, kommen!«

»Bear ist unterwegs, Sir. In sieben Minuten da.«

»Verstanden. Über dem Gelände kreisen, bis neue Order kommt.«

»Verstanden, Sir. Ich sage Bescheid, wenn wir mit dem Kreisen anfangen. Ende!« Besonders eilig hatte er es nicht. Malloy zog die Maschine nach vorn, und sie flogen weiter in die Dämmerung. Die Sonne war schon fast untergegangen, und in der Ferne leuchteten die Lampen des Vergnügungsparks.

»Wer ist das?« wollte Chavez wissen.

»Francisco de la Cruz«, erwiderte der Patient. Sein Bein war bandagiert, und er litt offenbar große Schmerzen.

»Ach ja! Wir haben Sie auf dem Videoband gesehen!« rief Covington. Dann bemerkte er das Schwert und den Schild in der Ecke und nickte dem Mann im Sessel respektvoll zu. Peter hob die *spatha* und wog sie in der Hand. Im Nahkampf bestimmt hervorragend, kein Vergleich mit seiner MP-10 zwar, aber als Waffe sonst gewiß nicht zu verachten.

»Ein Kind? Sie haben eins der Kinder umgebracht?« fragte de la Cruz entgeistert.

Dr. Weiler stand an einem Aktenschrank. »Anna Groot, Alter zehneinhalb«, las er aus den Dokumenten vor, die man der Kleinen mitgegeben hatte. »Metastatischer Knochenkrebs, unheilbar ... noch sechs Wochen hat der Gutachter ihr gegeben. Knochenkrebs ist eine schlimme Sache.« Am Eingang hoben die beiden spanischen Polizisten den leblosen Körper aus dem Rollstuhl und betteten ihn sanft auf den Untersuchungstisch. Einer schien den Tränen nahe, zurückgedrängt nur durch die kalte Wut, die seine Hände zittern ließ.

»John muß es ganz schön mies gehen«, erklärte Chavez.

»Er hatte keine Wahl, Ding. Es war nicht der richtige Zeitpunkt, zuzuschlagen ...«

»Weiß ich doch, Peter! Aber wie zum Teufel wirst du es deiner Frau beibringen?« Er hielt inne. »Haben Sie vielleicht einen Kaffee für uns, Doc?«

»Da drüben.« Weiler deutete auf die Kaffeemaschine.

Chavez nahm die Glaskanne heraus und schenkte einen Styroporbecher voll. »Oben und unten, sie in die Zange nehmen?«

Covington nickte. »Wär das beste, glaub ich.«

Chavez leerte den Becher und warf ihn in den Mülleimer. »Na schön. An die Arbeit.« Ohne ein weiteres Wort verließen sie die Station, begaben sich in die unterirdische Ebene und von dort zur Notverwaltung.

»Gewehr Zwei-Eins, tut sich irgendwas?«

»Nein, Six. Nichts außer Schatten am Fenster. Auf dem Dach haben sie noch keinen postiert. Ist das nicht komisch?«

»Sie verlassen sich voll und ganz auf ihre Kameras«, dachte Noonan. Der Grundriß der Burg lag vor ihm. »Nehmen wir mal an, unsere Freunde sind hier drin … Aber da wären ein Dutzend weiterer Zimmer auf drei Etagen!«

»Hier Bear«, meldete sich eine Stimme über Sprechfunk. Noonan nahm den Hörer auf. »Ich bin in der Umlaufbahn. Was gibt's Neues, das ich wissen muß? Ende!«

»Bear, hier Six«, gab Clark zurück. »Die Subjekte halten sich alle in der Burg auf. Im zweiten Stock liegt die Verwaltungs- und Befehlszentrale. Wir nehmen an, daß alle jetzt dort drin sind. Wichtig ist noch, daß die Subjekte eine Geisel getötet haben. – Ein Kind«, fügte John hinzu.

Im Hubschrauber ließ Malloy keine Regung erkennen bei dieser Nachricht. »Verstanden. Okay, Six, wir kreisen weiter und beobachten. Denkt dran, daß wir unsere Ausrüstung an Bord haben.«

»Verstanden. Ende und aus!« Clark nahm die Hand von der Sprechtaste.

Die Männer verhielten sich still, blickten ernst vor sich hin, wie Chavez sah. Sie waren zu professionell, um ihre Gefühle offen zu zeigen; niemand spielte großspurig mit seiner Waffe, doch ihre Gesichter waren wie versteinert, und nur die Augen wanderten über die Lagepläne oder wechselten wieder zum Monitor. Homer Johnston mußte es schwer ankommen, dachte Ding. Er hatte das Arschloch genau vor der Flinte, als das Kind erschossen wurde. Homer hatte selbst Kinder, und er hätte das Subjekt im Handumdrehen ins Jenseits befördern können … Aber nein, das wäre unklug gewesen, und für private Eskapaden wurden sie nicht bezahlt. Ein improvisierter Anschlag hätte nur noch mehr Menschenleben gekostet. Dann klingelte das Telefon. Bellow ging dran und drückte die Lautsprechertaste.

»Ja?« murmelte der Doktor.

»Wir bedauern den Zwischenfall mit dem Mädchen, aber sie hatte ohnehin nicht mehr lange zu leben. Wann werden unsere Freunde freigelassen?«

»Paris hat uns noch nicht zurückgerufen«, gab Bellow wahrheitsgemäß zurück.

»Dann wird es, so leid es mir tut, bald einen weiteren Zwischenfall geben.«

»Hören Sie, Mr. Eins. Ich kann Paris nicht zum Handeln zwingen. Wir haben telefoniert, ich stehe in Verhandlungen mit Regierungsvertretern, und solche Entscheidungen brauchen Zeit. Regierungen sind schwerfällige Apparate, wie Sie wissen.«

»Dann muß ich nachhelfen. Geben Sie weiter: Wenn das Flugzeug, mit unseren Freunden an Bord, nicht in einer Stunde für uns startbereit ist, wird eine weitere Geisel sterben. Danach jede Stunde eine, bis die Forderungen erfüllt sind«, ließ sich die Stimme vernehmen, ohne jede Gefühlsregung.

»Das ist unvernünftig. Bedenken Sie, selbst wenn alle *jetzt* schon freigelassen wären, bräuchten sie mindestens zwei Stunden, um hier zu sein. Kein Flugzeug fliegt schneller, nur weil Sie es wünschen, oder?«

Es folgte eine nachdenkliche Pause. »Ja, ich muß Ihnen recht geben. Nun gut. Dann fangen wir eben in drei Stunden, von jetzt an gerechnet, mit den Geiselerschießungen an ... Nein, ich beginne den Countdown zur vollen Stunde. Das gibt Ihnen weitere zwölf Minuten. Wie Sie sehen, bin ich großzügig. Haben Sie verstanden?«

»Ja. Sie drohen damit, um 22 Uhr ein weiteres Kind umzubringen, und danach jede Stunde eins.«

»Genau. Sorgen Sie dafür, daß Paris Bescheid weiß.« Damit war die Leitung unterbrochen.

»Nun?« fragte Clark den Psychologen.

»Du kannst es dir selbst ausrechnen, John. Es liegt auf der Hand, daß sie's machen. Die erste haben sie getötet, um zu zeigen, wer der Herr im Haus ist. Sie wollen den Erfolg, und was er kostet, ist ihnen gleichgültig. Die Konzession, die er gerade gemacht hat, ist vielleicht die letzte, die wir bekommen.«

»Was ist das?« fragte Esteban. Er trat ans Fenster und sah hinaus. »Ein Hubschrauber?«

»Tatsächlich?« René folgte ihm. Die Fenster waren so klein, daß er den Basken beiseite drängen mußte. »Doch, die Polizei hat welche hier. Ziemlich große«, fügte er achselzuckend hinzu. »Überrascht mich nicht. Aber – José, steig doch mal aufs Dach mit dem Walkie-talkie und halte uns auf dem laufenden.«

Einer der anderen Basken nickte und eilte zur Feuerleiter. Der Lift hätte es auch getan, aber er wollte nicht von einem neuen Stromausfall überrascht werden.

»Kommandant, hier Gewehr Zwei-Eins«, meldete sich Johnston eine Minute später.

»Gewehr Zwei-Eins, hier Six!«

»Mir läuft ein Kerl auf dem Dach ins Visier. Einzelner Mann, bewaffnet wohl mit einer Uzi. Eine Art Handy hat er auch. Nur einer – zur Zeit ist niemand sonst zu sehen.«

»Verstanden, Gewehr Zwei-Eins.«

»Der Kerl, der das Kind auf dem Gewissen hat, ist es nicht.«

»Verstanden. Gut, danke!«

»Gewehr Drei hat ihn auch... er geht gerade in meine Richtung... läuft jetzt umher. Ja, er schaut über den Dachfirst nach unten.«

»John?« Major Covington räusperte sich.

»Ja, Peter?«

»Wir zeigen nicht genug Präsenz.«

»Was meinst du damit?«

»Gib ihnen etwas zu beobachten – Polizisten innerhalb der Absperrung zum Beispiel. Wenn sie niemanden auf Posten sehen, werden sie sich fragen, ob ihnen etwas Wichtiges entgeht.«

»Gute Idee«, meinte Noonan.

Clark war auch nicht abgeneigt. »Oberst?«

»Einverstanden«, nickte Nuncio. Er beugte sich über den Tisch. »Ich schlage vor, zwei Männer hier zu postieren ... zwei weitere hier ... auch hier, und hier.«

»Ja, Sir. Wenn Sie umgehend dafür sorgen wollten ...«

»René«, rief André vom Monitor her. Er winkte ihn heran. »Schau!«

Zwei Guardia-Polizisten bewegten sich langsam und immer wieder Deckung suchend auf die Strada España zu. Fünfzig Meter vor der Burg bezogen sie Posten. René nickte und nahm das Walkie-talkie zur Hand. »Drei!«

»Ja, Eins?«

»Polizei nähert sich der Burg. Im Auge behalten!«

»Mach ich, Eins«, versprach Esteban.

»Okay, sie benutzen Funk«, erklärte Noonan und ließ das Programm durchlaufen. »Walkie-talkies mit CB-Funk, handelsübliche, auf Kanal 16. Kinderleicht.«

»Keine Namen, nur Nummern?« fragte Chavez.

»Bisher ja. Unser Kontaktmann nennt sich Eins, und dieser Typ ist Drei. Was lernen wir daraus?«

»Funkspielchen«, winkte Dr. Bellow ab. »Wie aus dem Lehrbuch. Sie wollen ihre Identitäten verbergen, aber das ist auch aus dem Lehrbuch.« Die beiden Passierscheinfotos waren längst vergrößert und zur Identifizierung nach Frankreich geschickt worden, doch Polizei und Geheimdienste meldeten Fehlanzeige.

»Werden die Franzosen darauf eingehen?«

Ein Kopfschütteln. »Ich glaube kaum. Als ich vorhin dem Minister vom Tod der kleinen Holländerin erzählte, schnaubte er bloß, Carlos bliebe in der Kiste, egal was passiert. Er erwartet von uns, daß wir die Geiselnahme beenden – wenn nicht, dann habe sein Land ein eigenes Team, das sie hinschicken würden.«

»Wir müßten also einen Aktionsplan in petto haben und gegen 22 Uhr losschlagen.«

»Wenn ihr nicht zusehen wollt, wie eine weitere Geisel umgebracht wird, ja«, warnte Bellow. »Mir ist jede Chance genommen, ihre Reaktionen einzuschätzen, geschweige denn, zu steuern. Sie wissen, wie man's anstellen muß!«

»Profis?«

Bellow hob die Schultern. »Mag schon sein. Ihnen ist klar, was ich vorhabe, und damit sind sie mir immer einen Schritt voraus.«

»Einfluß auf ihr Verhalten zu nehmen, ist also unmöglich?« hakte Clark nach, der es genau wissen wollte.

»Ich kann's versuchen. Voraussichtlich klappt es nicht. Ideologen, die ein klares Ziel vor Augen haben – die lassen nicht mit sich spaßen. Sie haben keine ethischen Grundsätze, bei denen sie zu packen sind, keine Moral im herkömmlichen Sinn, nichts, was ich gegen sie verwenden könnte. Kein Gewissen.«

»Stimmt. Das haben wir, glaube ich, schon gemerkt. Sei's drum.«

John stand auf, straffte sich und wandte sich seinen beiden Teamleitern zu. »Zwei Stunden bleiben euch für die Planung, eine weitere, alles einzurichten. Um 22 Uhr schlagen wir los.«

»Wir müssen genauer in Erfahrung bringen, was bei denen los ist«, verlangte Covington.

»Noonan? Was läßt sich machen?«

Der FBI-Agent vertiefte sich wieder in den Grundriß und sah nach dem Monitor. »Ich muß mich umziehen«, sagte er plötzlich, ging hinüber zu seiner Ausrüstungskiste und holte den Grün-auf-Grün-Nachtanzug heraus. Der einzige Vorteil, den er bisher erkennen konnte, waren die Burgfenster, deren Anordnung zwei Mauerecken der Sicht entzog. Nur das Licht der Laternen störte, die davor standen. Noonan wandte sich an den Parkingeneur. »Können Sie diese beiden Lampen ausschalten?«

»Klar. Wann denn?«

»Wenn der Kerl auf dem Dach abgelenkt ist. – Und ich brauche jemanden, der mir Deckung gibt!« fügte Noonan hinzu.

»Das kann ich machen.« bot First Sergeant Vega an.

Die Kinder weinten. Vor zwei Stunden hatte es angefangen und wurde immer schlimmer. Sie verlangten zu essen – ein Wunsch, den Erwachsene nicht geäußert hätten, ihnen wäre der Appetit vor Angst vergangen, aber mit Kindern war das irgendwie anders. Außerdem mußten sie ziemlich oft aufs Klo. Glücklicherweise lagen direkt neben dem Verwaltungsbüro zwei Toiletten, und Renés Leute hinderten sie nicht, sie zu benutzen. Die Toiletten hatten keine Fenster oder Telefone, boten keine Fluchtwege oder dergleichen. Man mußte die Lage nicht verschärfen, indem man sie in die Hose machen ließ. Direkt hatte noch keines der Kinder das Wort an die Bewacher gerichtet, aber das Jammern und Klagen hörte nicht auf. Wohlerzogene Kinder waren es, sagte sich René spöttisch grinsend, sonst wäre alles noch viel schlimmer. Er blickte zur Wanduhr.

»Drei, hier spricht Eins!«

»Eins hier!« kam die Rückmeldung.

»Was gibt's zu sehen da oben?«

»Acht Bullen, vier Paare, die uns beobachten. Sonst unternehmen sie nichts. Bloß beobachten.«

»Gut.« Er setzte das Funkgerät ab.

»Nehmt das auf«, bat Noonan seinen Kollegen Peled. Er sah nach der Wanduhr. Die letzte Walkie-talkie-Unterhaltung der Terroristen war jetzt fünfzehn Minuten her. Er trug sein grüngetöntes Nachtkostüm, das er in Wien benutzt hatte. Seine Beretta, eine 45er-Automatik mit Schalldämpfer, steckte in einem speziellen großen Schulterhalter über der Panzerweste, und er trug einen Rucksack umgehängt. »Fertig für unseren kleinen Abendspaziergang, Vega?«

»Kannste annehmen«, gab Oso zurück und war froh, endlich auch mal bei einem Einsatz mittun zu können. So sehr es ihm behagte, für das schwere Maschinengewehr des Teams verantwortlich zu sein, fand sich doch kaum Verwendung dafür, fast nie, dachte er. Dabei war er der Kräftigste im Team, mit einer Brust wie ein halbes Bierfaß; in der Freizeit pumpte er am liebsten mit Hanteln. Vega folgte Noonan durch die Tür, und wenig später standen sie im Freien.

»Und die Leiter?« fragte der First Sergeant.

»Im Werkzeug- und Farbenschuppen, keine fünfzig Meter vor der Stelle, wo wir hinwollen. Hab mich erkundigt. Da finden wir alles, was wir brauchen.«

»Klasse!« brummte Oso.

Sie trödelten nicht und drückten sich rasch an den wenigen freien Stellen vorbei, wo Kameras angebracht waren. Kein Schild wies auf den Werkzeugschuppen hin, den sie schließlich aber doch noch fanden. Noonan zog die Tür auf und trat ein. Merkwürdigerweise war nicht abgeschlossen gewesen. Vega angelte eine Dreißig-Meter-Ausziehleiter von der Wandbefestigung. »Die müßte es tun.«

»Ja.« Sie verließen den Schuppen. Jetzt wurde es schwieriger, sich unerkannt im Gelände zu bewegen. »Noonan an Kommandant.«

»Six hier.«

»Geht jetzt an die Kameras, John.«

In der Notverwaltung winkte Clark den Ingenieur heran. Ganz ungefährlich war es nicht, aber sie hofften, damit durchzukommen. Die Burgzentrale hatte ebenso wie diese hier nur acht TV-Monitore, die mit vierzig Kameras verkabelt waren. Über den Steuerungscomputer rief man sie in automatischer Folge nacheinander auf oder wählte einzelne Kameras für den speziellen Gebrauch. Per Mausklick konnte man eine Kamera auch abschalten. Wenn die Terroristen, was man für wahrscheinlich hielt, die Automatik benutzten, würde ihnen kaum auffallen, daß eine Einstellung fehlte. An zwei Kameralinsen mußten sie vorbei, und der Ingenieur war vorbereitet, sie bei Bedarf kurzfristig aus dem Programm zu nehmen. Kaum war eine Hand im Blickwinkel von Kamera 23 aufgetaucht, als der Ingenieur sie auch schon abgeschaltet hatte.

»Alles klar. Kamera 23 ist aus, Noonan.«

»Wir beeilen uns«, versprach Noonan. Die erste Strecke war zwanzig Meter lang, und sie blieben hinter einer Imbißbude stehen. »Okay, wir sind jetzt am Popcornstand!«

Der Ingenieur stellte 23 wieder an, und schaltete 21 ab.

»Jetzt ist die 21 aus«, berichtete Clark. »Gewehr Zwei-Eins, an welcher Stelle steht der Kerl auf dem Dach?«

»Westseite. Zündet sich gerade eine Zigarette an«, meldete Sergeant Johnston. »Schaut nicht mehr über den Sims! Im Augenblick verhält er sich ruhig.«

»Noonan, ihr könnt weitergehen.«

»Sind unterwegs«, gab der FBI-Agent zurück. Auf den Steinplatten beschleunigten er und Vega die Schritte; die Weichgummisohlen an den Stiefeln dämpften ihr Auftreten. Neben der Burg lag ein trockener, rund zwei Meter breiter Graben und ein größeres Gebüsch. Vorsichtig kippten Noonan und Vega die Leiter und setzten sie hinter einem Busch an. Vega zog an der Leine, um das oberste Teil bis dicht unter ein Fenster hochzuschieben. Dann trat er zwischen Leiter und Gebäude, drückte die Zweige beiseite und zog die Leiter bis an die Steinmauer.

»Paß bloß auf, daß du nicht runterfällst, Tim«, flüsterte Oso.

»Bin doch nicht blöd.« Die ersten paar Meter beeilte sich Noonan, dann wurde er langsamer und schob sich stückweise nach oben. *Geduld*, sagte er sich. *Du hast ganz viel Zeit dafür*. Das war die Notlüge, mit der man sich in solchen Situationen beruhigte.

»Alles klar«, hörte Clark von Johnston. »Er steigt jetzt auf die Leiter. Der Typ auf dem Dach ist immer noch auf der anderen Seite. Steht glücklich und zufrieden da, der Idiot.«

»Bear, hier Six. Kommen«, funkte John, dem plötzlich noch etwas einfiel.

»Bear hier, Six.«

»Trudeln Sie doch ein bißchen an der Westseite herum. Das lenkt die Aufmerksamkeit auf Sie. Ende.«

»Verstanden. Ende.«

Malloy unterbrach den endlosen Zirkelflug, schwenkte aus und bewegte sich auf die Burg zu. Für einen Hubschrauber war der Night Hawk relativ leise, aber der Posten auf dem Dach drehte sich um und beobachtete ihn, wie der Oberst durch sein lichtstarkes Fernglas feststellte. Er näherte sich bis auf etwa zweihundert Meter, nicht weiter, da er sie ja nur ablenken, ihnen aber keine Angst einjagen wollte. Die Zigarette des Wachtpostens brannte hell im Sichtkreis des Feldstechers, bewegte sich an die Lippen, dann wieder fort, wieder zurück und blieb dort.

»Sag Hallo, Schätzchen«, witzelte Malloy über Interkom. »Mensch, wenn ich jetzt im Night Stalker wäre, könnte ich deinen Arsch ins Jenseits befördern …«

»Sie haben den Night Stalker geflogen? Wie ist die Maschine?«

»Wenn sie kochen könnte, würde ich sie verdammt noch mal heiraten, Junge. Der süßeste Hubschrauber, der je konstruiert wurde«, erklärte Malloy und blieb in Schwebestellung. »Six, hier Bear. Ich hab den Mistkerl abgelenkt.«

»Noonan, hier Six. Wir haben den Posten auf dem Dach eine Weile kaltgestellt. Er ist auf der entgegengesetzten Seite.«

Gut so, dachte Noonan. Er nahm seinen Kevlar-Helm ab und rückte vorsichtig zum Fenster vor. Wie bei den Burgen des Mittelalters war es aus unregelmäßigen Segmenten in Bleifassungen zusammengesetzt. Das Glas war nicht so glatt wie moderne Scheiben, aber durchsichtig. *Geht in Ordnung.* Er langte nach seinem Rucksack und zog ein optisches Glasfaserkabel mit demselben Kameraaufsatz wie das heraus, das er in Bern benutzt hatte.

»Noonan an Kommandant. Kriegt ihr das Bild?«

»Kommt an.« Das war die Stimme David Peleds. Das Bild war zwar verzerrt, aber daran konnte man sich gewöhnen. Es zeigte vier Erwachsene, doch was noch wichtiger war, in der Ecke saß eine Kinderschar auf dem Boden, nicht weit von zwei Türen mit Schildern – vermutlich Toiletten, fiel Peled ein. Nicht übel – da ließ sich etwas machen. »Es sieht gut aus, Timothy. Es sieht sehr gut aus.«

»Okay.« Noonan befestigte das winzige Übertragungsgerät mit Klebstreifen an der Wand und machte sich bereit zum Abstieg. Sein Herz raste schneller als nach der Fünfkilometerstrecke, die sie jeden Morgen liefen. Unten am Boden sanken er und Vega erst einmal gegen die Mauer.

Johnston sah, wie die Zigarette vom Dach herunterfiel; der Wachtposten hatte keine Lust mehr, den Hubschrauber zu beobachten.

»Unser Freund wandert jetzt wieder auf die Ostseite des Dachs. Noonan, er kommt in deine Richtung!«

Malloy hatte daran gedacht, durch geschickte Manöverflüge den Mann wieder neugierig zu machen, aber das war zu gewagt. Er ließ den Hubschrauber seitwärts schwenken und zog weiter seine Kreise, engere als vorher, den Blick starr auf das Dach der Burg geheftet. Viel konnte er nicht tun, höchstens seine Dienstpistole ziehen und abfeuern, aber auf die Entfernung hätte er nicht mal das Schloß getroffen. Und Leute abknallen war sowieso nicht seine Aufgabe, was Malloy eigentlich schade fand. Es gab Zeiten, wo ihm sehr danach war.

»Der Hubschrauber geht mir auf die Nerven«, gab die Stimme am Telefon durch.

»Bedauerlich«, erwiderte Dr. Bellow und fragte sich, wie der andere darauf reagieren mochte. »Aber die Polizei tut auch bloß ihre Arbeit.«

»Neuigkeiten aus Paris?«

»Leider nein, noch nicht. Aber wir hoffen, bald einen Anruf zu erhalten. Es ist ja noch Zeit.« Bellow sprach mit großem Nachdruck und hoffte, sein Gegenüber interpretierte es als Verzweiflung.

»Ebbe und Flut warten nicht, bis der Mensch kommt«, erklärte Eins und legte auf.

»Was soll das bedeuten?« fragte John.

»Es heißt, daß er sich an die Spielregel halten wird. Er hat auch nichts gegen die Polizisten, die er auf dem Monitor sieht. Daß er mit Gegenwehr rechnen muß, ist ihm klar.« Bellow nahm einen Schluck Kaffee. »Er ist sehr zuversichtlich. Den Ort, an dem er jetzt ist, hält er für bombensicher, und wenn er noch ein paar Kinder töten muß, auch gut – desto schneller kriegt er, was er will.«

»Kinder umbringen.« Clark schüttelte den Kopf. »Ich hätte nicht gedacht, daß … aber verdammt, ich sollte es besser wissen, wie?«

»Es ist ein starkes Tabu, vielleicht das nachhaltigste«, räumte Dr. Bellow ein. »Aber so wie sie die Kleine getötet haben … da gab's kein Zögern, er schoß wie auf ein Pappschild. – Ideologen«, fuhr der Psychologe nach einer Pause fort, »ordnen ihren Glaubensgrundsätzen alles andere unter. Das läßt sie rational erscheinen, aber nur innerhalb ihres Denksystems. Unser Freund Mr. Eins hat sich etwas vorgenommen, und an diesem Ziel wird er festhalten.«

Das Überwachungssystem taugte wirklich etwas, stellte der Ingenieur fest. Die am Burgfenster befestigte Linse maß nur zwei Millimeter an der breitesten Stelle und konnte, selbst wenn man sie bemerkte, leicht für einen Wassertropfen oder ein Luftbläschen im Glas gehalten werden. Die Qualität der Übertragung war nicht überwältigend, aber sie zeigte, wo sich die Kerle aufhielten, und je genauer man hinschaute, desto besser konnte man Details auf dem unterscheiden, was zuvor wie ein verwaschenes Schwarzweißfoto ausgesehen hatte. Er zählte jetzt sechs Erwachsene, und mit dem siebenten oben auf dem Dach gab es nur noch drei, deren Aufenthalt unbekannt war. Und zeigte das Bild wirklich alle Kinder? Bei ihnen fiel es schwerer, sie zu zählen. Ihre Hemden waren alle von gleicher Farbe, und das Rot zeigte sich bei der Schwarzweiß-Übertragung als diffuses Grau. Einen sah man noch im Rollstuhl, aber die übrigen waren zu unscharf, um sie einzeln wahrzunehmen.

»Er geht jetzt wieder nach Westen«, berichtete Johnston. »Jetzt ist er auf der Westseite.«

»Los«, zischte Noonan Vega zu.

»Und die Leiter?« Sie hatten sie eingefahren und seitlich hinter die Büsche gelegt.

»Laß sie liegen.« Noonan entfernte sich gebückt und hatte nach wenigen Sekunden die Imbißbude erreicht. »Noonan an Kommandant. Kümmert euch wieder um die Kameras, ja?«

»Ausgeschaltet«, hörte Clark vom Ingenieur.

»Kamera 21 ist aus. Macht, daß ihr weiterkommt, Tim.«

Noonan schlug Vega auf die Schulter und rannte dreißig Meter weiter. »Okay. Jetzt die 23 abschalten.«

»Geschehen«, erklärte der Ingenieur.

»Auf geht's!« befahl Clark.

Fünfzehn Sekunden später waren sie in Sicherheit. Noonan lehnte sich gegen eine Hauswand und holte tief Luft. »Danke, Julio.«

»Gern geschehen, Mann«, gab Julio zurück. »Hoffentlich funktioniert unser Kameraspion.«

»Bestimmt«, versprach der FBI-Mann, und damit kehrten sie in den unterirdischen Befehlsstand zurück.

»Die Fenster sprengen? Hat das Zweck, Paddy?« fragte Chavez, als sie dort waren.

Connolly sehnte sich nach einer Zigarette. Schon vor Jahren hatte er aufgehört – das tägliche Joggen fiel ihm zu schwer, wenn er rauchte –, doch manchmal schien ihm, als wäre es eine Möglichkeit, sich besser konzentrieren zu können. »Sechs Fenster ... drei oder vier Minuten für jedes ... Nein, ich glaube, das ist keine Alternative, Sir. Für zwei könnte ich geradestehen, aber nur, wenn die Zeit reicht.«

»Wie stabil sind die Fensterrahmen?« fragte Clark. »Dennis?«

»Metallrahmen, in Granitstein befestigt«, gab der Parkdirektor achselzuckend zurück.

»Moment!« Der Ingenieur blätterte ein Blatt das Burggrundrisses um, dann noch eins. »Hier sind zwei Oberlichter – nur mit Mörtel verputzt. Die könnte man wohl einfach eintreten, nehme ich an.«

Die bloße Annahme überzeugte Ding nicht recht, aber welche Scheibe hielt schon stand, wenn ein starker, zweihundert Pfund schwerer Mann sie mit dem Stiefelabsatz traktiert?

»Wie sieht's mit Leuchtgranaten aus, Paddy?«

»Wir könnten's versuchen«, gab Paddy zurück. »Das halten die Rahmen bestimmt nicht aus, Sir.«

»Meinetwegen.« Chavez beugte sich über die Lagepläne. »Sie kriegen Zeit genug, zwei Fenster zu sprengen – dieses hier und dieses.« Er tippte auf die eingezeichneten Stellen. »Bei den anderen vier nehmen wir Blitzknaller und schwingen uns eine Sekunde später herein. Eddie hier, ich hier, und Louis dort an der Ecke. Wie geht's mit deinem Bein, George?«

»Tut fast gar nicht mehr weh«, versetzte Sergeant Tomlinson, verzog aber das Gesicht. Er würde ein Fenster eintreten müssen, sich hineinschwingen, auf dem Betonboden landen, rasch auf die Füße kommen und schießen ... und das Leben der Kinder stand auf dem Spiel. Durfte er dieses Risiko eingehen? »Besser, ein anderer macht es, Ding.«

»Oso, glaubst du, das könntest du schaffen?«

»Aber klar doch!« strahlte Vega und bemühte sich, nicht zu grinsen. »Kannste Gift drauf nehmen, Ding!«

»Gut. Scottie hierhin, und Mike übernimmt diese zwei. Wie groß ist der genaue Abstand vom Dach?«

Das ließ sich den Grundrissen entnehmen. »Sechzehn Meter unterhalb des Dachfirsts. Rechnen Sie weitere siebzig Zentimeter dazu für die Zinnen.«

»Mit Steigseilen dürfte das kein Problem sein«, empfahl Eddie Price. Allmählich nahm der Schlachtplan Gestalt an. Ding und er hatten vor, sich zwischen die Kinder und ihre Bewacher zu werfen und sich den Weg dorthin freizuschießen. Vega, Loiselle, McTyler und Pierce erhielten den Auftrag, die in der Zentrale verschanzten Subjekte außer Gefecht zu setzen, ob final, würde sich entscheiden, wenn sie in das Büro eindrangen. Covingtons Team-1 stürmte unterdessen die Treppe vom Souterrain aus, um jeden zu erwischen, der sich verkrümeln wollte, und um Team-2 Deckung zu geben, falls der Angriff mißglücken sollte.

Wieder und wieder gingen Sergeant Major Price und Chavez die Lagepläne durch, maßen die Entfernungen ab, die zurückgelegt werden mußten, und veranschlagten, wieviel Zeit sie das kostete. Es erschien möglich, sogar wahrscheinlich, daß es gelang. Ding blickte auf und sah einen nach dem anderen an.

»Kommentare?«

Noonan sah nach dem Bild, das sein Glasfaserkabel aus der Burg übertrug. »Es scheint, als hielten sie sich vorwiegend an den Schalttafeln auf. Zwei Typen behalten die Kinder im Auge, ohne sich große Sorgen zu machen. Kein Wunder, sind ja bloß Kinder, von denen droht nicht die Gefahr, daß sie aufmucken wie Erwachsene. Aber denkt dran, es muß sich bloß ein einziger von den Schweinehunden umdrehen und sein Magazin leerschießen, Leute!«

»Stimmt.« Ding nickte. Es hatte keinen Zweck, die Augen davor zu verschließen. »Wir müssen so schnell wie möglich feuern. Können wir sie irgendwie ablenken?«

Bellow überlegte. »Wenn ich ihnen weismache, das Flugzeug sei gekommen … Aber das ist ein Wagnis. Sobald sie merken, daß wir sie belogen haben, lassen sie ihre Wut an den Geiseln aus. Andererseits, wenn sie glauben, es wird Zeit für sie, sich zum Abflug bereitzumachen, wird Mr. Eins vermutlich einen Vortrupp durch die unterirdischen Korridore schicken. Das ist der Ausgang, den sie mit größter Wahrscheinlichkeit nehmen weden. Dort könnten wir noch ein wenig mit den Überwachungskameras spielen und den einen oder anderen in Großaufnahme heranholen …«

»Und dann abknallen«, schloß Clark nüchtern. »Peter?«

»Wenn wir nur auf zwanzig Meter herankommen, ist es ein Klacks. Wir brauchen bloß die Lichter auszumachen, bevor wir zuschlagen. Dann wissen die Kerle nicht ein noch aus«, versicherte Covington.

»Im Treppenhaus ist eine Notbeleuchtung«, widersprach Mike Dennis. »Die geht automatisch an, wenn der Strom ausfällt – verdammt, zwei Notlampen sind auch in der Verwaltungszentrale.«

»Wo?« erkundigte sich Clark.

»Auf der linken – ich meine, der nordöstlichen Ecke und in der südwestlichen. Ganz normale Leuchten, wie Blaulichter, die vom Notaggregat betrieben werden.«

»Nachtsichtgeräte sind also nicht nötig, wenn wir reingehen. Trotzdem sollten wir die Beleuchtung abstellen, kurz bevor wir zuschlagen – schon, um sie zu abzulenken. Spricht irgendwas dagegen? Peter?« fragte Ding.

Major Covington schüttelte den Kopf. »So könnte es klappen.«

Clark hörte zu und hielt sich heraus, überließ das Pläneschmieden und Diskutieren seinen beiden wichtigsten Vertretern und kommentierte nur ganz selten, wenn etwas unklar schien, aber das hatte sich bisher erübrigt. Am liebsten hätte er selbst zur MP-10 gegriffen und die Burg mit den anderen gestürmt; heimlich verwünschte er, daß ihm das nicht mehr möglich war. Im sicheren Befehlsstand zu hocken, war lange nicht so befriedigend wie am Kampf teilzunehmen.

Dann wandte sich John an Oberst Nuncio. »Wir brauchen Notärzte in Bereitschaft, falls einer der Ganoven überlebt.«

»Draußen vor dem Park stehen Krankenwagen ...«

»Dr. Weiler ist ein ausgezeichneter Chirurg«, schlug Mike Dennis vor. »Er ist auf Notoperationen spezialisiert. Deshalb hatten wir ihn eingestellt, für den Fall, daß es hier mal ein Unglück gibt ...«

»Ausgezeichnet. Wenn es soweit ist, soll er sich bereithalten. Dr. Bellow, Sie werden Mr. Eins berichten, daß die Franzosen nachgeben und daß ihre Freunde bald hier sind ... Wann ungefähr?«

»Sagen wir, in zehn, zwanzig Minuten. Wenn sie damit einverstanden sind, ist das zwar ein Zugeständnis, aber es wird sie in Sicherheit wiegen ... sollte es jedenfalls.«

»Dann rufenSie jetzt an«, ordnete John Clark an.

»Ja?« meldete sich René.

»Sanchez wird in etwa zwanzig Minuten aus dem Le-Sante-Gefängnis geholt. Sechs von den anderen auch. Aber bei den letzten drei gibt es Probleme – weshalb, weiß ich auch nicht. Sie werden zum De-Gaulle-Flughafen gebracht und mit einem Airbus 340 der Air France hergeflogen. Wir glauben, daß sie um zwanzig vor elf hier sein können. Wäre das akzeptabel? Und wie sollen wir Sie mit den Geiseln zum Flughafen bringen?« fragte Bellow.

»Am besten mit dem Bus. Sie bringen einen Reisebus direkt vor das Schloß. Wir nehmen etwa zehn Kinder mit, der Rest kann hierbleiben als Zeichen guten Willens. Sagen Sie der Polizei, daß wir die Kinder so eskortieren, daß sie nicht die geringste Chance haben, zu entwischen. Und jeder Versuch, uns zu hintergehen, wird augenblicklich geahndet.«

»Wir wollen unbedingt vermeiden, daß noch mehr Kindern etwas zustößt«, versicherte Bellow.

»Wenn Sie tun, was ich Ihnen sage, wird das nicht nötig sein. – Aber merken Sie sich eins«, fuhr René ungerührt fort, »wenn Sie uns austricksen wollen, wird der Burghof mit ihrem Blut getränkt. Haben Sie das verstanden?«

»Jawohl, Mr. Eins. Ich verstehe«, gab der Psychologe zurück.

René legte den Hörer auf und erhob sich. »Freunde! Genossen! Iljitsch ist unterwegs. Die Franzosen haben unsere Forderung erfüllt ...«

»Er sieht aus, als hätte er im Lotto gewonnen«, murmelte Noonan, ohne den Blick vom Schwarzweiß-Monitor abzuwenden. Derjenige, der Mr. Eins sein mußte, stand jetzt auf und ging auf ein anderes Subjekt zu. Offenbar gratulierten sie sich mit Handschlag, aber so genau war das auf dem verwaschenen Bild nicht zu erkennen.

»Glaubt bloß nicht, daß sie sich jetzt hinlegen und ein Nickerchen machen«, warnte Bellow. »Sie werden jetzt wachsamer sein denn je!«

»Haben sie auch allen Grund zu«, versetzte Chavez. *Aber wenn wir unsere Sache gut machen*, dachte er im stillen, *wird ihnen das auch nichts mehr helfen.*

Malloy kehrte zum Flugplatz zurück, um aufzutanken, was ihn etwas über eine halbe Stunde kostete. Dort hörte er von dem Aktionsplan, der in einer Stunde in die Tat umgesetzt werden sollte. Im Heck des

Hubschraubers bereitete Sergeant Nance die Nylonseile vor, die genau 15 Meter lang waren, und verhakte sie in der Befestigung unter dem Boden der Maschine. Wie die Piloten hatte auch Nance eine Pistole im Halfter, obwohl er nicht glaubte, sie je benutzen zu müssen, und obwohl er nur ein mittelmäßiger Schütze war. Aber auf diese Weise fühlte er sich dem Team zugehörig, was ihm viel bedeutete. Er überwachte das Auftanken, schloß den Einfüllstutzen und meldete Oberst Malloy, daß sein Vogel wieder startklar sei.

Malloy startete den Motor und erhöhte die Drehzahl, bis der Night Hawk wieder aufstieg und geradeaus weiterflog, dem Worldpark entgegen. Dort eingetroffen, kreiste er nicht länger über dem Gelände. Statt dessen flog er alle paar Minuten direkt über die Burg, drehte in einiger Entfernung bei und ließ die Positionsscheinwerfer scheinbar zufällig über den Park gleiten – als sei dem Piloten die Umlaufbahn von vorhin zu langweilig geworden.

»Also los, Leute, auf geht's!« kommandierte Chavez. Die Teammitglieder, die unmittelbar an der Befreiungsaktion teilnahmen, eilten durch den unterirdischen Korridor und nach draußen, wo der spanische Armeelaster stand. Als sie alle auf der Ladefläche saßen, startete der Fahrer und zog eine große Schleife über den riesigen Parkplatz.

Dieter Weber bezog Posten direkt gegenüber der Stelle, wo Sergeant Johnston auf der Lauer lag, auf dem Dach eines Theatergebäudes, wo sonst Puppenspiele aufgeführt wurden. Es lag keine hundertzwanzig Meter von der Ostseite der Burg entfernt. Dort rollte er seine Schaumgummimatte aus, setzte das Gewehr aufs Stativ und richtete sein Zielfernrohr auf die Fenster in der Burgfassade.

»Gewehr Zwei-Zwei in Stellung!« meldete er Clark.

»Ausgezeichnet. – Wie schätzt du die Lage ein, Al?« fragte Clark, indem er zur Seite blickte.

Stanley verzog grimmig das Gesicht. »Beschissen – jede Menge Waffen, und die Kinder mittendrin.«

»Klar. Was sollen wir machen? Fällt dir was Besseres ein?«

Stanley schüttelte den Kopf. »Der Plan ist nicht schlecht. Wenn wir's draußen versuchen, geben wir ihnen zuviel Bewegungsfreiheit. In der Burg fühlen sie sich sicherer. Ach was, Peter und Ding haben das ganz gut ausgeheckt. Hundertprozentig verlassen können wir uns darauf nicht, aber das wäre wohl zuviel verlangt.«

»Stimmt«, nickte John. »Ich wäre auch gern dabei. Die Befehlshaberrolle geht ganz schön an die Nerven.«

Alistair Stanley schnaubte. »Meinst du, mir nicht?«

Plötzlich erlosch die Beleuchtung auf dem Parkplatz. Der LKW, ebenfalls ohne Licht, hielt neben einem Laternenmast. Chavez und das Team sprangen heraus. Zehn Sekunden später schwebte der Night Hawk ein und landete mit kreisenden Rotorblättern. Seitlich glitten die Luken auf, die Schützen kletterten an Bord und kauerten auf dem Boden nieder. Sergeant Nance schloß erst die eine, dann die andere Luke.

»Alle Mann an Bord, Oberst!«

Ohne ein Wort drehte Malloy auf und ließ den Hubschauber abheben – geschickt ausweichend, um den Laternenmast nicht zu rammen, was die ganze Aktion zunichte gemacht hätte. Er brauchte nur fünf Sekunden, bis er genügend Höhe gewonnen hatte, und lenkte dann die Maschine zum Parkgelände zurück.

»Positionslichter vorn und hinten abschalten«, befahl Malloy Leutnant Harrison.

»Sind abgeschaltet«, bestätigte der Kopilot.

»Seid ihr soweit?« Ding wandte sich nach hinten, wo die Männer saßen.

»Verdammt, ja! Heizen wir ihnen ein«, fluchte Mike Pierce heiser. *Feiges Mörderpack*, brauchte er nicht hinzuzufügen. Alle hier im Hubschrauber dachten es. Die MPs hatten sie eng um die Brust geschnallt. Drei der Männer zurrten noch die Spezialhandschuhe zum Abseilen fest, und die Anspannung in ihren grimmigen Mienen war unübersehbar.

»Wie weit ist es zum Flugzeug?« fragte Eins.

»Eine Stunde und zehn Minuten Wegstrecke entfernt«, gab Dr. Bellow an. »Und wann soll der Bus vorfahren?«

»Genau vierzig Minuten, bevor das Flugzeug landet. Es muß noch aufgetankt werden, bevor wir an Bord gehen!«

»Wo wollen Sie denn hin?« fragte Bellow pflichtgemäß.

»Das sagen wir dem Piloten, wenn wir drin sind.«

»Na schön. Der Bus ist schon unterwegs. Eine Viertelstunde braucht er, mehr nicht. Wo wollen Sie einsteigen?«

»Direkt vor der Burg. Hinter der Tauchbomber-Bahn.«

»Einverstanden. Ich sage dem Fahrer über Funk Bescheid.«

»*Merci.*« Damit legte er auf.

»Ganz schön schlau«, bemerkte Noonan. »Auf diese Weise haben sie den Bus ständig auf den Monitoren, und wir können kein Rettungsteam dahinter verstecken. Vermutlich wollen sie ihre Geiseln nach Bergsteigerart an Bord hieven.« *Knallharte Burschen*, fügte er im stillen hinzu.

»Bear, hier Six«, gab Clark über Sprechfunk durch.

»Hier Bear, Six. Kommen.«

»Kommando zum Einsatz in fünf Minuten.«

»Verstanden. In fünf Minuten schlagen wir los.«

Malloy wandte sich im Pilotensitz um. Chavez hatte den Funkspruch mitgehört und nickte. Jetzt hielt er eine Hand hoch, die Finger gespreizt.

»Rainbow, hier Six. Alles in Bereitschaft, wiederhole: Bereitschaft. Wir beginnen in fünf Minuten mit der Aktion.«

Während Peter Covington drei seiner Männer unterirdisch an die Stelle brachte, wo die Wendeltreppe zur Burg hinaufführte, unterbrach der Parkingenieur die Übertragung einzelner ausgewählter Kameras. Der Sprengmeister befestigte eine kleine Ladung an der Brandschutztür im Burgkeller und nickte seinem Chef zu.

»Team-1 ist bereit.«

»Gewehr Zwei-Eins ist bereit und auf Ziel«, meldete Johnston von der Achterbahn.

»Gewehr Zwei-Zwei ist bereit, aber derzeit nicht auf Ziel«, berichtete Weber.

Es knackste im Lautsprecher der Notverwaltung. »Drei, hier ist Eins«, erscholl es aus dem abgehörten Walkie-talkie.

»Ja, Eins?« meldete sich der Terrorist vom Dach.

»Ist alles ruhig draußen?«

»Soweit ich sehe, ja. Die Polente bleibt, wo sie ist. Der Hubschrauber kurvt hier auch noch rum, traut sich aber nicht ran.«

»Der Bus holt uns in einer Viertelstunde ab. Bleib aber auf der Hut!«

»Mach ich«, versprach Drei.

»Das wär's«, erklärte Noonan. »Es ist zeitlich genau abgestimmt. Mr. Eins ruft seine Nummer Drei ungefähr alle fünfzehn Minuten an. Nie mehr als achtzehn, nie unter zwölf. Deshalb sollten wir …«

»Klar, Mensch!« Clark schlug sich mit der Hand vor die Stirn. »Wir müssen schneller sein.«

»Legen wir sofort los!«

»Rainbow, hier Six. Jetzt Angriff und stürmen. Ich wiederhole, *Angriff jetzt*!«

An Bord des Night Hawk stürzte Sergeant Nance nach rechts und links und schob die Luken beiseite. Den Schützen wünschte er Glück mit hochgerecktem Daumen, alle hakten Nylonseile an die Befestigung ihrer Gürtelschnallen. Dann drehten sie sich nach innen, hielten sich am Griff fest und hingen rücklings aus der Luke, nur noch mit dem Fußballen das Trittbrett berührend.

»Sergeant Nance, ich gebe Leuchtsignal, wenn wir unten sind.«

»Verstanden, Sir«, gab der Crewchef zurück und kroch in die Mitte.

»André, du gehst raus und wartest auf der Terrasse«, befahl René. Augenblicklich setzte sich der Genosse in Bewegung, die Uzi schußbereit in der Hand.

»Jemand geht durch die Tür nach draußen!« rief Noonan.

»Rainbow, hier Six. Ein Subjekt verläßt soeben die Zentrale.«

Acht, dachte Chavez. *Acht Subjekte müssen wir unschädlich machen.* Die übrigen überlassen wir den Scharfschützen.

Die letzten zweihundert Meter sind die schwersten, dachte Malloy. Seine Hände klebten am Steuerknüppel, und so erfahren er war, dies war eben etwas anderes als ein Manöver. *Also los…* Er senkte den Bug und steuerte direkt auf das Dach zu. Ohne Positionslichter war der Hubschrauber nur eine Silhouette, die sich kaum vom Nachthimmel abhob – und was das beste war, das Geräusch der vier Rotorblätter war viel schwerer zu orten. Man konnte es nicht überhören, wußte aber nicht, aus welcher Richtung es kam, und ein paar Sekunden würden genügen.

»Gewehr Zwei-Eins in Anschlag.«

»Gewehr Zwei-Eins ist auf Ziel«, meldete Johnston. Sein Atem ging gleichmäßig, die Ellbogen waren leicht angewinkelt, so daß er nur mit den Gelenkknochen auf seiner Matte auflag, nicht mit den Unterarmmuskeln. Das Fadenkreuz heftete sich jetzt auf das linke Ohr des Wachtpostens. »Auf Ziel«, wiederholte er.

»Feuern«, kam es durch Kopfhörer.

Dann gute Nacht, Marie, wisperte eine innere Stimme. Er drückte weich den Abzug durch, und ein weißer Flammenstoß blitzte vor der Mündung auf. Der Blitz verdunkelte das Sichtgerät für einen Augenblick, dann hellte es sich wieder auf, rechtzeitig, um nachzusehen, ob er getroffen hatte. Am Hinterkopf des Wachtpostens stieg ein kleines Qualmwölkchen auf, dann fiel der Körper zu Boden wie eine Marionette mit durchgeschnittenen Fäden. Drinnen würde niemand den von Fensterglas und dicken Steinwänden gedämpften Schuß aus fast vierhundert Metern Entfernung gehört haben.

»Gewehr Zwei-Eins. Ziel getroffen. Ziel voll getroffen. Kopfschuß«, gab Johnston über Sprechfunk durch.

»Ein Meisterschuß«, keuchte Harrison durchs Interkom. Vom Hubschrauber aus hatte er den Kopfschuß beobachtet. Es kam ihm irreal vor, wie in einer Filmszene. Den Getöteten hatte er nur von weitem gesehen, in Umrissen, er war kein lebendes Wesen für ihn und würde es nicht mehr sein.

»Stimmt«, nickte Malloy und nahm die Drehzahl immer mehr zurück. »Sergeant Nance – *jetzt!*«

Im Heck half Nance den Männern beim Absprung. Der Hubschrauber schwebte noch immer, jetzt mit hochgerecktem Bug, während Malloy ein tadelloses Schaukelstuhl-Manöver einleitete.

Chavez stieß sich mit den Füßen ab und glitt am Seil hinunter. Nach weniger als zwei Sekunden von nicht-ganz-freiem Fall packte er fester zu, um das Gleiten zu verlangsamen, und landete weich mit den schwarzen, gummibesohlten Springerstiefeln auf dem Flachdach. Sofort wandte er sich um und sah, daß seine Männer ebenfalls losließen. Eddie Price rannte zur Leiche des Terroristen hinüber, berührte den zerschossenen Kopf und zeigte seinem Chef den hochgereckten Daumen.

»Six, hier Kommandant von Team-2. Auf dem Dach. Der Wachtposten ist hinüber«, meldete er über Sprechfunk. »Wir rücken jetzt vor.«

Chavez ruderte mit den Armen und winkte seine Leute zum Dachfirst. Der Night Hawk, der nur für wenige Sekunden abgebremst hatte, war schon wieder im Dunkel verschwunden.

Das Dach war von Zinnen umgeben, wie sie zu einer Ritterburg paßten: vertikale Steinquader, hinter denen die Bogenschützen Deckung suchen konnten. Für jeden der Männer war eine Zinne festgelegt. In Windeseile rollten sie die Kletterseile auf, die sie an den Hüften trugen, und knoteten sie an den Quadern fest. Dann traten sie in die Lücken und hoben, zum Zeichen, daß sie bereit waren, die Hand. Dieselbe Geste machte Chavez, bevor er sich vom Dach fallen ließ. Am Seil glitt er herunter bis zu einer Stelle einen Meter rechts vom Fenster; dort nahm er mit den Füßen Abstand von der Wand. Paddy Connolly hangelte sich an der anderen Seite hinunter, streckte den Arm aus, um den Sprengkörper am Sims zu befestigen, und versah ihn mit einem Fernzünder. Dann stieß er sich ab, schwang sich wie ein Dschungelheld an der Liane nach links und hinterließ auch hier am Fenster die tödliche Ladung. Andere Teammitglieder klammerten sich nur mit einer Hand ans Seil und hielten in der anderen die Leuchtgranate bereit.

»Zwei-Kommandant an Six – Licht aus!«

In der Notverwaltung griff der Ingenieur nach der Maus und klemmte per Computer die Burg von der Stromversorgung ab.

Vor der Fassade baumelnd, sahen die Team-2-Männer, wie es dunkel hinter den Fenstern wurde. Eine oder zwei Sekunden später flammte das Notlicht an der Wand auf, kaum viel mehr Licht spendend als die Innenbeleuchtung parkender Autos und für das Großraumbüro kaum ausreichend. Auch die Monitore, mit denen die Terroristen das Geschehen im Park überwachten, erloschen.

»*Merde!*« schimpfte René und tastete nach dem Telefonhörer. Wenn sie noch so ein Tänzchen mit ihm wagen wollten, nur zu! War da nicht eine Bewegung vor dem Fenster? Er erhob sich, um nachzusehen…

»Team-2, hier Kommando. Noch fünf Sekunden! Fünf… vier… drei…« bei »drei« hatten die Männer die Ringe an den Leuchtgranaten gezogen, sie am jeweils nächstgelegenen Fenstersims abgelegt und sich umgedreht. »… zwei… eins… *Feuer*!«

Sergeant Connolly drückte den Knopf der Fernzündung, und zwei Fenster wurden von der Gewalt der Explosion nach innen gedrückt. Den Bruchteil einer Sekunde später zerbarsten drei weitere Fenster mit ohrenbetäubendem Knall und in blendend weißer Glut. Glassplitter flogen meterweit nach innen und prasselten nur drei Meter von den Kindern entfernt an die Wand.

Neben Chavez warf Hauptfeldwebel Price eine weitere Leuchtgranate, die beim Aufprall am Boden sofort hochging. Chavez stieß sich von der Wand ab, schwang sich durch die Fensterhöhlung hinein, kam auf und riß die MP-10 mit beiden Händen hoch. Gleich darauf taumelte er rückwärts und verlor das Gleichgewicht, als Price ihn mit den Stiefeln am Arm traf. Sofort ließ sich Chavez abrollen, kam wieder auf die Füße und rannte zu den Kindern. Sie kreischten vor Angst und preßten bei dem Höllenlärm die Händchen vor Ohren und Augen. Aber das machte ihm augenblicklich die wenigsten Sorgen.

Price war sanfter gelandet, glitt beiseite und sah sich im Raum um. Da war er, der Bärtige, mit einer Uzi im Anschlag. Price hob seine MP-10 und gab aus drei Metern Entfernung einen Feuerstoß direkt in sein Gesicht ab. Die Geschoßeinschläge waren lauter als die schallgedämpften Schüsse selbst.

Oso hatte sein Oberlicht mit dem Stiefel eingetreten und plumpste direkt vor einen der Täter, zu beiderseitiger Überraschung – aber Vega war auf Überraschungen vorbereitet, der Terrorist nicht. Scheinbar aus dem Nichts kam Osos Faust angesegelt und schleuderte ihn zurück, noch bevor ihn die 10mm-Geschosse trafen.

René beugte sich noch immer übers Telefon, den Hörer in der Hand, die Pistole vor sich auf dem Schaltbrett. Doch bevor er sie zu fassen bekam, schoß ihm Pierce, der knapp zwei Meter hinter ihm stand, in die Schläfe.

Am anderen Ende warfen sich Chavez und Price zwischen den Kindern und ihren Bewachern in die Schußlinie. Ding kam kniend hoch, hob die Pistole und spähte nach einem Ziel. Ringsum das gedämpfte *Plopp*, *Plopp* aus den MP's seiner Männer. Schatten huschten durch das Halbdunkel des Büros. Loiselle lief zufällig einer der Terroristen über den Weg, nah genug, daß ihn die Mündung seiner Maschinenpistole berührte, bevor er feuerte: Blut spritzte durch den Raum.

Einer in der Ecke hob die Uzi, zog durch und feuerte über die Köpfe der Kinder hinweg, bevor ihn Chavez und Price erwischten, und dann auch noch McTyler, so daß von ihm nicht viel übrigblieb.

Ein weiterer riß die Tür auf und rannte hinaus, mitten hinein in den Kugelhagel eines Genossen, der schlecht gezielt hatte und dann selbst die Flucht ergriff. Er verschwand aus dem Getümmel, kam heil um die

Ecke, um noch eine – und blieb wie angewurzelt stehen, als er eine schwarze Gestalt im Treppenhaus sah.

Es war Peter Covington, der sein Team in die oberen Stockwerke führte. Covington hatte die Schritte gehört und schoß sofort, als das verblüffte Gesicht des Terroristen vor ihm auftauchte. Er feuerte und setzte den Weg nach oben fort; seine vier Männer liefen achtlos über den Toten hinweg.

Drei waren noch in der Zentrale. Zwei duckten sich hinter dem Schreibtisch, von denen einer die Uzi schwenkte und blind feuerte. Mike Pierce hechtete über die Tischplatte hinweg, drehte sich mitten in der Luft und schoß ihm dreimal seitlich in den Rücken. Dann landete Pierce und verpaßte ihm noch einen Treffer in den Hinterkopf. Der andere Mann unter dem Schreibtisch wurde von Paddy Connolly im Rücken erwischt. Nur einer stand noch mit ratternder MP da – nicht weniger als vier Teammitglieder knallten ihn aus verschiedenen Richtungen ab.

In diesem Augenblick öffnete sich die Tür, und Covington stürzte herein. Vega hob die Hand, durchquerte das Büro, trat allen Leichen die Waffen aus der Hand und rief nach fünfzehn Sekunden: *»Erledigt!«*

»Erledigt«, bestätigte Pierce.

André hatte es nach draußen geschafft. Mutterseelenallein lief er ins Freie, drehte sich um und blickte am Schloß hinauf, wo der Kampf tobte.

»Dieter!« rief Homer Johnston.

»Ja!«

»Kannst du ihm die Waffe aus der Hand schießen?«

Irgendwie konnte der Deutsche seine Gedanken lesen. Statt einer Antwort landete er einen beispiellosen Treffer auf Andrés Maschinenpistole, genau unter dem Sicherungshebel. Die 300er Winchester-Magnum-Patrone zerschmetterte das Metall, und die Pistole brach in zwei Teile. Von seinem Hinterhalt in vierhundert Metern Entfernung nahm Johnston den Terroristen ins Visier und feuerte seinen zweiten Schuß ab. Es war einer der schlechtesten Schüsse seiner Laufbahn. Eine halbe Sekunde später traf das 7mm-Geschoß den Terroristen fünfzehn Zentimeter unter dem Brustbein.

Zuerst kam es André wie ein mörderischer Schlag in die Magengrube vor. Das Projektil zerriß ihm Leber und Galle und trat über der linken

Niere aus dem Körper aus. Dem ersten Schock des Einschlags folgte überwältigender Schmerz. Im nächsten Moment verwehte sein Todesschrei über dem Vierzig-Hektar-Gelände von Worldpark.

»Schau dir das an«, stöhnte Chavez in der Burgzentrale. Seine Panzerweste wies zwei Kuhlen auf. Die Schüsse hätten ihn nicht getötet, aber sicherlich ernstlich verletzt. »DuPont sei Lob und Dank, wie?«

»Und Miller Time«, versetzte Vega mit breitem Grinsen.

»Kommandant, hier Chavez. Mission erfüllt. Die Kinder – o je, wir haben ein verletztes Kind hier. Sieht nach Streifschuß am Arm aus. Alle anderen sind wohlauf. Die Subjekte könnt ihr zur Leichenschau abholen, Mr. C. Und macht das Licht wieder an!«

Ding sah zu, wie sich Oso Vega herunterbeugte und ein kleines Mädchen auf den Arm nahm. »Hallo, *querida*. Jetzt suchen wir nach deiner *mamacita*, ja?«

»Rainbow«, jubelte Mike Pierce. *»Alle sollen wissen, daß ein neuer Sheriff in der Stadt ist, Leute!«*

»Recht hast du, Mike!« Eddie Price langte in die Hosentasche und holte seine Pfeife und ein Päckchen würzigen Cavendish-Tabaks hervor.

Aber es gab noch allerhand zu tun. Vega, Pierce und Loiselle sammelten die Waffen ein, sicherten sie und stapelten sie auf einer Ablage. McTyler und Connolly sahen in den Toiletten und Nebenräumen nach, ob sich noch irgendwo ein Terrorist versteckt hielt, fanden aber niemanden. Scotty winkte sie zur Tür.

»Dann wollen wir die Kinder herausbringen«, ordnete Ding an. »Peter, nimm sie in Empfang!«

Covingtons Team hatte die erste Etage durchsucht und Posten im Treppenhaus bezogen, je ein Mann auf jedem Absatz. Vega übernahm die Führung der Kinderschar und hielt die Fünfjährige links im Arm, während seine Rechte noch immer die MP-10 umklammerte. Kurz darauf waren sie verschwunden.

Chavez blieb noch einen Moment und betrachtete gemeinsam mit Eddie Price die Wände. Wo die Kinder gesessen hatten, zählten sie sieben Einschußlöcher, doch all diese Kugeln waren hoch oben in die Holzverschalung eingedrungen. »Schwein gehabt«, seufzte Chavez.

»Allerdings«, bestätigte Hauptfeldwebel Price. »Das war der, den wir zur Strecke gebracht haben, Ding. Er hat bloß gefeuert, ohne zu zielen – vermutlich sogar mehr in unsere Richtung als auf sie, glaube ich.«

»Gut gemacht, Eddie.«

»Das Kompliment geb ich gerne zurück!« nickte Price. Damit verließen auch sie das Büro; sollten sich die Polizeikollegen um das Einsammeln der Leichen kümmern!

»Kommandant, hier Bear, wie ist's gelaufen? Kommen!«

»Mission vollzogen, auf unserer Seite alles wohlauf. Gute Arbeit, Bear!« lobte Clark.

»Verstanden und danke, Sir. Bear tritt Rückflug an. Ende. – Ich muß mal pinkeln«, erklärte der Marine seinem Kopiloten, als er den Night Hawk Richtung Militärflughafen lenkte.

Homer Johnston kletterte über die Nottreppe von der Achterbahn herab, mit der Werkzeugkiste unterm Arm wäre er mehrmals fast gestolpert. Dann legte er die paar hundert Meter zur Burg im Laufschritt zurück. Der Arzt war schon da, trug einen weißen Kittel und sah sich den Mann an, den Johnston erwischt hatte.

»Wie geht's ihm?« fragte der Sergeant beim Eintreffen. Aber er sah es schon selbst. Mit den Händen umklammerte er den Bauch, aus dem unaufhörlich Blut quoll und sich in einer großen, merkwürdig schwarzen Pfütze auf dem Pflaster des Burghofs ausbreitete.

»Er wird nicht überleben«, murmelte Dr. Weiler. Höchstens wenn sie jetzt schon im Operationssal wären, hätte er eine kleine Chance, aber er blutete aus der zerfetzten Galle, und die Leber war vermutlich auch hin ... Nein, er hatte keine Chance, nicht einmal bei einer sofortigen Transplantation. Weiler konnte nichts für ihn tun, als Morphium zur Linderung der Schmerzen zu verabreichen. Im Arztkoffer suchte er nach einer Spritze.

»Der war es, der das kleine Mädchen erschossen hat«, teilte Johnston dem Doktor mit. »Ich glaube fast, ich habe ein wenig daneben getroffen«, fuhr er fort und blickte in die offenen Augen und das zur Grimasse verzerrte Gesicht des Sterbenden. Wäre er ein Pferd oder ein Elch gewesen, hätte Johnston ihm den Gnadenschuß in Kopf oder Nacken versetzt, aber bei Menschen war das nicht üblich. *Stirb ruhig langsam, du Schwein*, verkniff er sich zu sagen. Es enttäuschte Johnston ein wenig, daß der Doktor ihm ein Schmerzmittel gab, aber als Arzt hatte er seine Pflicht zu tun, so wie er vorhin die seine.

»Fast etwas zu flach geraten, dein Schuß«, wunderte sich Chavez, als er den letzten noch lebenden Terroristen ansah.

»Tut mir leid. Ich fürchte fast, ich hab den Abzug ein bißchen zu hart durchgedrückt.«

Chavez warf ihm einen vielsagenden Blick zu. »Schon okay. Dann pack dein Zeug zusammen.«

»Einen Moment noch.« Der Blick des Sterbenden wurde verschwommener, als das Morphium in die Adern schoß, aber die Hand umklammerte noch immer die klaffende Wunde, und die nasse Pfütze, in der er sich wälzte, war sein eigenes Blut. Endlich richtete er zum letzten Mal die Augen suchend auf Johnston.

»Adieu, Scheißkerl«, raunte der Scharfschütze leise. Zehn Sekunden später wandte er sich ab und kehrte zur Achterbahn zurück, wo er die Kiste mit dem Gewehr abgestellt hatte.

In der Erste-Hilfe-Station waren eine Menge vollgemachter Höschen zu entsorgen. Die Kinder saßen großäugig und starr vor Schreck nach diesem Alptraum da, den sie auf Jahre hinaus nicht vergessen würden. Die Rainbow-Kämpfer kümmerten sich rührend um sie. Einer bandagierte den Streifschuß, die einzige Verletzung, eigentlich nur ein Kratzer, bei einem kleinen Jungen.

Zenturio de la Cruz war noch immer da; er hatte sich geweigert, nach Hause zu gehen. Die schwarze Truppe streifte die Kampfanzüge ab und stapelte ihre Panzerwesten an der Wand. Auf ihren Uniformjacken erkannte er die Flügelabzeichen der Fallschirmjäger; es waren offenbar Amerikaner, Briten und Deutsche. Alle wirkten wie erschöpfte, aber zufriedenene Soldaten, die sich tapfer geschlagen haben.

»Wer seid ihr?« fragte er auf Spanisch.

»Tut mir leid, das darf ich nicht sagen«, schüttelte Chavez den Kopf. »Aber Sie habe ich auf dem Videoband gesehen – eine reife Leistung, Mann.«

»Und Sie haben es also geschafft, Mr. …, äh …«

»Chavez. Domingo Chavez.«

»Amerikaner?«

»*Si.*«

»Die Kinder, sind die heil wieder bei uns?«

»Nur einer ist leicht verletzt, da drüben.«

»Und die – Kriminellen?«

»Die werden das Gesetz nicht mehr brechen, *amigo*«, teilte er ihm halblaut mit. »Keiner von ihnen.«

»*Bueno*.« De la Cruz langte hoch und reichte ihm die Hand. »War's schwer?«

»Leicht ist es nie, aber wir trainieren für die schwersten Aufgaben, und meine Männer, wissen Sie …«

»Sie sehen auch danach aus«, nickte de la Cruz.

»Sie aber auch!« Chavez drehte sich um. »Hört mal, Leute. Hier ist der Typ, der mit dem Schwert gegen einen von denen angerückt ist.«

»Ach ja?« Mike Pierce war sofort bei ihnen. »Bei dem hab ich dann Ihr Werk vollendet, Mann. War nicht mehr viel mit ihm los!« Pierce umklammerte die Hand des Alten und schüttelte sie kräftig. Die anderen folgten seinem Beispiel.

»Ich muß – ich möchte …« De la Cruz rappelte sich auf und humpelte nach draußen. Fünf Minuten später kehrte er zurück, in Begleitung seines Chefs und John Clarks, und hielt etwas in der Hand.

»Was zum Teufel soll das sein?« wunderte sich Chavez.

»Der Adler der Legion, die Sechste Legio Victrix«, erläuterte der Zenturio und hielt das Feldzeichen hoch. »Die siegreiche Legion. *Señor* Dennis, *con permiso*?«

»Aber ja, Francisco.« Der Parkdirektor nickte ernst.

»Mit der Anerkennung meiner Legion, *Señor* Chavez. Halten Sie den Adler in Ehren.«

Ding nahm die Stange entgegen. Das verdammte Ding mußte zwanzig Pfund schwer sein, vergoldetes Messing – eine tolle Trophäe für ihr Mannschaftskasino in Hereford. »Das werden wir, mein Freund!« versprach er dem ehemaligen Sergeanten und schmunzelte John Clark zu.

Allmählich legte sich der Streß, und die übliche Euphorie und Erschöpfung stellten sich ein. Die Kämpfer sahen nach ihren Schützlingen, die noch immer stumm und todmüde dasaßen, aber bald ihren Eltern übergeben werden konnten. Draußen hörte man schon den Bus halten. Steve Lincoln öffnete und sah die Thompson-Mitarbeiter aussteigen. An der Tür winkte er den Kindern noch einmal, und ein vielstimmiger, fröhlicher Abschiedsgruß hallte ihm nach.

»Es wird Zeit für uns«, mahnte John. Auch er war neben de la Cruz getreten und schüttelte ihm die Hand, während die Truppe langsam die Krankenstation verließ.

Als er im Freien war, hatte Eddie Price noch sein eigenes Abschiedsritual zu vollziehen. Die Pfeife war endlich gestopft, ein Streichholz riß er an der Wand der Station an; dann entzündete er seinen geschwungenen Bruyère-Nasenwärmer und ließ dicke, königliche Rauchwolken aufsteigen. Eltern drängten hinein oder eilten, die Sprößlinge auf dem Arm, heraus; viele weinten, als sie ihre Kleinen an sich drücken durften.

Oberst Gamelin stand neben dem Bus und kam herüber. »Sie waren mal bei der Legion?« wollte er wissen.

Louis Loiselle drückte sich um die Antwort. »Gewissermaßen ja, *Monsieur*«, gab er auf Französisch zurück. Er blickte auf und sah eine Überwachungskamera, die direkt auf die Tür zielte, vielleicht um das Ereignis mitzuschneiden. Eltern strömten aus der Station heraus, viele schüttelten den Rainbow-Leuten noch einmal die Hände. Dann scheuchte Clark seine Männer auf den Rückweg, erst zur Burg, von dort in die unterirdische Ebene. Unterwegs salutierten die Beamten der Guardia Civil, und die Männer des Sonderkommandos erwiderten ihren Gruß.

16

ENTDECKUNGEN

Das erfolgreiche Ende der Worldpark-Besetzung war nicht für alle schon das Ende. Zum Beispiel für Oberst Tomás Nuncio, der als Einsatzleiter der Guardia Civil am Tatort blieb. Die Lokalpresse hielt ihn fälschlich für den Leiter der Befreiungsaktion und bestürmte ihn mit Fragen nach Details. Die Fernsehreporter gierten nach den Mitschnitten. Bisher hatte der Oberst die Presseleute erfolgreich am Eindringen in den Park gehindert, weshalb selbst seine Vorgesetzen über die Vorgänge nur lückenhaft unterrichtet waren. Desto leichter fiel es ihm jetzt, die Video-Bänder der Überwachungsanlage freizugeben, die er für harmlos hielt, weil ohnehin nicht viel zu sehen war. Der dramatischste Augenblick war das Abseilen der Schützen vom Hubschrauber aufs Burgdach und von dort vor die Fenster des Verwaltungszentrums. Auch da war nicht viel zu sehen, entschied Nuncio, hatte es doch nur fünf Sekunden gedauert, genauso lang, wie Paddy Conolly brauchte, um seine Sprengladungen am Fensterrahmen zu montieren, sich zu entfernen und den Zünder zu betätigen. Von der Schießerei im Innern war nichts mitgeschnitten; die Terroristen selbst hatten die Kameras im Innern der Burg zerschossen. Die Erschießung des Wachtpostens auf dem Dach war gefilmt worden, aber Nuncio hielt das Band zurück, so grauenhaft war die Kopfwunde anzusehen, und das galt auch für den Schuß auf den letzten Terroristen mit dem Namen André, der die kleine Holländerin auf dem Gewissen hatte. Auch diese Szene war auf Band und wurde aus demselben Grund nicht freigegeben. Den Rest durften die Medien ausschlachten. Schon weil die Kameras vom eigentlichen Tatort weitab lagen, war von den Befreiern kaum etwas zu erkennen – die Gesichter schon gar nicht, hatten sie sich doch fast nirgendwo oder nur in Parkwächter-Uniform blicken lassen; abgesehen von den Szenen nachher, als sie die geretteten Kinder in den Arm nahmen. Das, fand Nuncio, konnte nicht schaden, vor allem nicht dem Spezialkommando aus England, das neben dem Adler der VI. Worldpark-Legion nun auch noch die *tricornio*-Dreispitze der Guardia Civil als Souvenir ihrer erfolgreichen Mission nach Hause mitnahm.

Daher sicherten sich auch CNN, Sky News und andere interessierte Nachrichtensender diese Schwarzweiß-Bilder, die auf diese Weise um die ganze Welt gingen, unterlegt mit Berichten internationaler Reporter, die vor dem Worldpark-Eingangstor warten mußten. Lang und breit ließen sie sich über die Schlagkraft des vermeintlichen Guardia-Civil-Sonderkommandos aus, das von Madrid abkommandiert worden sei, um dieser grausigen Episode in einem der größten Freizeitparks der Welt ein Ende zu bereiten.

Es war gegen acht Uhr abends, als Dmitrij Arkadejewitsch Popov in seinem New Yorker Apartment saß, eine Zigarre rauchte und am Wodka nippte. Mit dem Videogerät zeichnete er die Berichte für die spätere Untersuchung auf. Die Befreiungsaktion war, das spürte er sofort, in allen Details geplant und professionell durchgeführt worden. Das Blitzlicht der Leuchtgranaten war zu grell und brachte keinerlei verwertbare Informationen, ebensowenig die nächtliche Heldenparade der Retter, ihr schwungvoller Marsch mit den geschulterten MPs und den Kindern im Arm. Daß sie begeistert waren, nach der erfolgreichen Durchführung ihrer Aktion, war kein Wunder. Die Kamera zeigte, wie sie ein Haus betraten, in dem sich ein Notarzt um einen Jungen kümmerte, der, wie es hieß, in letzter Sekunde leicht verletzt worden war. Später kamen die

Truppen wieder zum Vorschein, einer hatte an der Wand des Hauses gelehnt, ein Streichholz angezündet und sich vorgebeugt...

... um eine Tabakspfeife zu entzünden...

Popov sah zu, wie er das Pfeifchen anrauchte. Er wunderte sich selbst über seine Reaktion. Zweimal mußte er blinzeln und rutschte nach vorn an die Sesselkante. Die Kamera zeigte keine Nahaufnahme, aber der betreffende Soldat oder Polizist rauchte wirklich und wahrhaftig Pfeife, ließ alle paar Sekunden ein Wölkchen aufsteigen, während er mit seinen Kameraden redete. Sicher sprach er über den Einsatz, das war nichts Auffälliges, ein paar Worte zu wechseln darüber, wer was getan hatte, was nach Plan abgelaufen war und was nicht. Eine Szene, die in einem Klub oder Kasino hätte stattfinden können; trainierte Kämpfer redeten so miteinander – ob sie nun Soldaten oder Footballspieler oder Chirurgen waren –, wenn sie den Streß hinter sich hatten und es an der Zeit war, Schlußfolgerungen für künftige Fälle zu ziehen. Ein übliches Merkmal professioneller Arbeit, das Popov gut kannte. Kamerawechsel: ein amerikanischer Reporter kam ins Bild, der über die Befreiungsaktion schwadronierte, bis die nächste Werbepause kam, der – wie der Moderator ankündigte – ein politischer Hintergrundbericht aus Washington folgen würde. Popov schaltete ab, ließ das Video zurücklaufen und holte eine andere Kassette aus dem Regal. Auf der spulte er vor bis zum Ende des Zwischenfalls in Bern, den Sturm auf die Bank überspringend, bis zum Augenblick danach, als... ja, als ein Mann sich eine Pfeife ansteckte. Er erinnerte sich doch noch, wie er das auf der Straße beobachtet hatte!

Dann holte er das Band der Live-Berichterstattung aus Wien, und... tatsächlich, am Ende hatte ein Mann sein Pfeifchen geraucht. In allen drei Fällen war der Mann circa einsachtzig groß, machte dieselbe Geste mit dem Streichholz, hielt die Pfeife im selben Mundwinkel, gestikulierte im Gespräch mit einem anderen, wie es pfeiferauchende Männer gewohnt sind...

»... ah, *nitschewo*«, sagte sich der Geheimdienstler in seinem teuren Hochhausapartment. Er verbrachte eine weitere halbe Stunde, indem er Bänder vor- und zurückspulte, verglich und beobachtete. Die Kleidung war jedesmal dieselbe. Der Mann hatte die gleiche Körpersprache, dieselbe Waffe über der Schulter, in *allem* dasselbe. Und daraus konnte der Ex-KGB-Mann nur einen Schluß ziehen: Es war derselbe Mann in drei verschiedenen Ländern.

Aber der Mann war weder Schweizer, noch Österreicher, noch Spanier. Als nächstes strengte Popov sein Hirn an und suchte nach weiteren Fakten, die er den verfügbaren bildlichen Informationen entnehmen konnte. Andere Leute waren auf allen Bändern zu sehen. Der Pfeifenraucher wurde oft von einem Kollegen erwartet, der schmächtiger gebaut war und den der Pfeifenraucher mit freundlicher Ehrerbietung zu behandeln schien. Mal stand ein Typ in der Nähe, der groß und muskulös wirkte und der einmal – wenn er es denn war – ein schweres Maschinengewehr schleppte und im dritten Film ein Kind auf dem Arm hatte. Er hatte also zwei und vielleicht sogar drei Männer entdeckt, die in Bern, Wien und Nordspanien jedesmal aufgetaucht waren. Und jedesmal hatten Reporter das Verdienst der Rettung den örtlichen Polizeibehörden zugeschrieben – aber das konnte dann doch nicht zutreffen, oder? Wer waren denn diese allgegenwärtigen Kerle, die mit der Geschwindigkeit und Schlagkraft eines plötzlichen Gewitters eingriffen – in *drei* verschiedenen Ländern ... zweimal, um gegen Anschläge vorzugehen, die er selbst initiiert hatte, und einmal gegen einen, den Unbekannte verübten und bei dem, wie es hieß, der Schakal freigepreßt werden sollte. Diese Narren! Eher würden die Franzosen Napoleons Leichnam aus dem Invalidendom werfen als diesen Mann übergeben. Iljitsch Ramirez Sanchez, von seinem kommunistischen Vater auf Lenins Vornamen getauft. Popov schüttelte den Gedanken ab. Er hatte gerade eine Entdeckung gemacht, die viel wichtiger war. Irgendwo in Europa mußte es eine Anti-Terror-Einheit geben, die so freizügig operierte wie ein Handelsreisender im Flugzeug, der mal hier und mal da seine grenzüberschreitenden Geschäfte abwickelte. Sie kamen angerückt und übernahmen die Arbeit der Polizei ... und machten das ausgezeichnet, professionell ... und diese Aktion würde ihnen auch nicht schaden, oder? Ihr guter Ruf und die Akzeptanz der Länder, die ihre Hilfe benötigten, würden durch die Rettung der Kinder von Worldpark noch gesteigert ...

»*Nitschewo*«, flüsterte er. Heute abend hatte er viel dazugelernt, das durfte er mit einem weiteren Schlückchen Wodka feiern. Dieser Sache mußte er auf den Grund kommen. Aber wie? Zunächst würde er darüber nachdenken, eine Nacht darüber schlafen, und dann traute er seiner Intelligenz durchaus zu, mehr herauszufinden.

Sie waren schon wieder beinahe zu Hause. Die MC-130 hatte die Männer aufgenommen und brachte sie mitsamt ihrer in Container verpackten Ausrüstung zurück nach Hereford. Sie wirkten aufgekratzt und entspannt. Einige prahlten mit Anekdötchen. Andere berichteten Teammitgliedern, die außen vor geblieben waren, was sie in der Burg erlebt hatten. Clark bemerkte, daß Mike Pierce besonders angeregt mit seinem Nachbarn schwatzte. Er war jetzt der führende Rainbow-Killer. Homer Johnston unterhielt sich mit Weber – sie hatten sich miteinander abgestimmt, eine Art Übereinkunft getroffen. Weber hatte einen schönen, aber unglaublichen Treffer gelandet, als er die Uzi des Terroristen unbrauchbar machte und es Johnston ermöglichte, ihn ... aber klar, John war ganz sicher, daß er den Mörder des kleinen Mädchens nicht hatte töten wollen. Er hatte dem Scheißkerl *wehtun*, ihn mit diesem speziellen persönlichen Gruß zur Hölle schicken wollen. Das würde zur Folge haben, daß er ein ernstes Wort mit Sergeant Johnston darüber reden mußte. Es verstieß gegen die Grundsätze von Operation Rainbow. Es war unprofessionell. Den Kerl auszuschalten, hätte genügt. Alles weitere konnte man dem Jüngsten Gericht überlassen. Andererseits konnte gerade John ihn irgendwie verstehen. Er selbst hatte es mal mit einem ähnlichen kleinen Bastard namens Billy zu tun gehabt, dem er ein spezielles Verhör in einer Druckkammer angedeihen ließ, und obwohl er sich nur mit Ekel und Scham daran erinnerte, hielt er es damals für gerechtfertigt ... und schließlich hatte er ja die Information aus ihm herausgeholt, die er brauchte, nicht wahr? Doch trotzdem mußte er mit Homer reden, ihm einschärfen, daß so etwas nicht wieder vorkommen durfte. Und Homer würde auf ihn hören, das wußte John. Einmal hatte er dem inneren Schweinehund nachgegeben, aber einmal reichte auch normalerweise. Es mußte ihn schwer angekommen sein, hinter seinem Gewehr zu sitzen und mitanzusehen, wie ein Kind kaltblütig ermordet wurde, das Mittel der Vergeltung unmittelbar in der ruhigen, erfahrenen Hand. Ohne eingreifen zu dürfen. *Hättest* du *das über dich gebracht, John?* fragte sich Clark, ohne im gegenwärtigen erschöpften Zustand die Antwort zu wissen. Er spürte, wie die Räder der Maschine das Rollfeld von Hereford berührten und das Flugzeug aufheulend abbremste.

Seine Idee, sein Konzept für Rainbow schien sich zu bewähren. Drei Einsätze, dreimal Erfolg. Abgesehen vom Tod zweier Geiseln, eine vor dem Abkommandieren seines Teams nach Bern, eine weitere kurz nach ihrer Ankunft im Freizeitpark; beide waren weder durch Nachlässigkeit noch durch Fehler seiner Männer zu verantworten. Ihre Einsätze waren nahezu perfekt abgelaufen. Selbst seine Kumpel der 3. SOG, der Sonderkommando-Einheit in Vietnam, waren nicht so gut gewesen. Und *das* hatte er nie gewagt, auszusprechen oder auch nur zu denken. Es war ihm ganz plötzlich gekommen, und im ersten Schreck hätte er fast losheulen mögen, weil er die Ehre hatte, solch tapfere Männer zu befehligen, sie ins Getümmel zu schicken und sie zurückzubringen wie jetzt, lächelnd und siegreich, ihre Ausrüstung geschultert und auf die offene Luke des Herky-Vogels zumarschierend, hinter dem die LKWs warteten. Es waren seine Männer.

»Die Bar ist geöffnet!« rief Clark ihnen zu, als er festen Boden unter den Füßen hatte.

»Ein bißchen spät, John«, bemerkte Alistair.

»Wenn die Tür zum Kasino verschlossen ist, lassen wir Paddy eine Sprengladung anbringen«, beharrte Clark mit hinterhältigem Grinsen.

Stanley überlegte einen Moment und nickte. »Stimmt eigentlich, die Kumpels haben sich ein Bierchen oder zwei verdient.«

Sie trugen noch immer ihre Kampfanzüge, als sie das Kasino betraten, wo der Wirt tatsächlich noch am Tresen stand. Ein paar andere hielten sich dort auf, zumeist SAS-Leute, die ihren letzten Whisky austranken. Einige von ihnen applaudierten, als das Rainbow-Team hereinmarschiert kam. Allen wurde warm ums Herz. John trat als erster vor und bestellte eine Lokalrunde.

»Das Zeug schmeckt mir«, erklärte Mike später, als er sein Guinness bekam und unter der Schaumkrone wegtrank.

»Noch eins, Mike?«

»Klar!« Er nickte. »Der am Schreibtisch, der hatte noch das Telefon in der Hand. Peng – peng«, rühmte sich Pierce und berührte den Kopf mit zwei Fingern. »Dann noch einen, der hinter dem Schreibtisch wild um sich schoß. Ich sprang rüber und verpaßte ihm drei Kugeln in die Birne. Hingeknallt, abgerollt und noch drei in den Hinterkopf. Tschüß, mein Lieber! Dann noch einen, von dem mir Ding und Eddie ein Eckchen überließen. Eigentlich finde ich das gar nicht so schön an unserem Job. Ich glaubte, daß … aber, herrje, es war ein Supergefühl, diesen Scheißkerlen den Garaus zu machen. Kinder umzunieten, Mensch! Sauerei. Aber das kommt so schnell nicht wieder vor, Sir. Nich' mit dem neuen Sheriff in der Stadt!«

»Tja, gut gemacht, Marshall!« entgegnete John und hob das Glas zum Salut. Diesmal brauchte er sich keine grauen Haare wachsen zu lassen, dachte Clark und süffelte sein Dunkelbier. Er warf einen Blick in die Runde. In der Ecke sah er Weber und Johnston heiß diskutieren, der letztere legte dem Kollegen die Hand auf die Schulter und dankte ihm offenbar für den erstklassigen Schuß, der den Mörder entwaffnet hatte. Clark gesellte sich zu den beiden Sergeanten.

»Ich weiß, Chef«, erklärte Homer, ohne darauf angesprochen zu sein. »Nie wieder. Aber gottverdammt nochmal, es hat gutgetan.«

»Sie sagen es, Homer. Nie wieder, verstanden?«

»Ich weiß, Sir. Hab den Abzug zu stark durchgedrückt«, entschuldigte sich Johnston, um sich offiziell zu decken.

»Reden Sie keinen Schwachsinn«, bemerkte Rainbow Six. »Für diesmal laß ich es durchgehen – und Sie, Dieter, alle Achtung für den Treffer, aber ...«

»Nie wieder, Herr General. Ich weiß Bescheid, Sir«, gab der Deutsche kleinlaut zurück. »Homer, Junge, der Gesichtsausdruck, als du ihn erwischt hast ... Ach, das war ein Anblick für Götter, mein Lieber. Auch auf dem Dach hast du ganze Arbeit geleistet.«

»Das war ein Leichtes«, winkte Johnston bescheiden ab. »Er hat still gehalten. Peng. Was will man mehr, Kumpel?«

Clark klopfte beiden auf die Schultern und schlenderte zu Chavez und Price hinüber. »Mußtest du mir auf den Oberarm springen, Mensch?« beklagte sich Chavez im Scherz.

»Das nächstemal schwingst du dich gefälligst aufrecht durchs Fenster, nicht schräg!«

»Stimmt auch wieder.« Chavez nahm einen tiefen Schluck Guinness.

»Wie war's denn so?« erkundigte sich John.

»Abgesehen davon, daß ich zweimal getroffen wurde, nicht schlecht«, erwiderte Chavez. »Jedenfalls brauche ich eine neue Panzerweste.« Wenn sie angeschossen waren, galten kugelsichere Westen als ein für allemal verdorben. Diese würde man zur Untersuchung, wie sie sich bewährt hatte, dem Hersteller zurückschicken. »Welcher von denen war's, Eddie? Was meinst du?«

»Der letzte, glaube ich. Der noch eine Salve auf die Kinder abgefeuert hat.«

»Dann war's ja genau wie geplant. Schließlich wollten wir als Kugelfang dienen, und die Kugeln hier hätten viel Unheil anrichten können.

Ist ihm übel bekommen: Du, ich, Mike und Oso haben ihn fertiggemacht.«

»Wir beide haben's geschafft«, strahlte Price, als Julio herüberkam.

»Mensch, das war eine reife Leistung!« First Sergeant Vega war begeistert, daß er endlich mal bei einem Einsatz zum Zug gekommen war.

»Seit wann geben wir den Zielobjekten eins in die Fresse?« erkundigte sich Chavez.

Vega wirkte peinlich berührt. »Mir ist die Hand ausgerutscht, wie er so nah vor mir stand. Weißt du, ich hätte ihn vielleicht lebend schnappen können, aber – niemand hat mir entsprechende Anweisungen erteilt!«

»Geht schon in Ordnung, Vega. Das war in unserer Mission nicht drin – nicht, wenn das Zimmer voller Kinder ist.«

Vega nickte. »Jedenfalls hat's reibungslos geklappt, wie?«

»Irgendwelche Probleme am Oberlicht?« wollte Price wissen.

Vega schüttelte den Kopf. »Nö, einmal mit dem Absatz fest zugetreten, und es ging gleich aus dem Leim. Hab jemandem an der Schulter erwischt, als ich reinkam, machte aber nichts. War ziemlich außer Atem. Aber wißt ihr, mich hättet ihr zu den Kindern lassen sollen. Bin doch viel größer! Mehr Kugeln aufzufangen wär mir viel leichter gefallen.«

Chavez verschwieg, daß ihn Vegas Übereifer ein wenig behindert hatte. Aber eine Lektion würde er sich merken. Trotz seiner massigen Körpergröße bewegte sich Oso leichtfüßiger, als Ding je für möglich gehalten hätte. Mit seinen 225 Pfund wirkte er allerdings nicht gerade wie eine Gazelle.

»Erstklassige Aktion«, urteilte Bill Tawney, der sich zu der Gruppe gesellte.

»Gibt's was Neues?«

»Einen von ihnen können wir möglicherweise identifizieren, den Mörder des Mädchens. Die Franzosen haben das Foto einer Reihe von Informanten vorgelegt, und einer hält ihn für André Herr, gebürtiger Pariser, der einst mal als Verbindungsmann zur Action Directe fungiert haben soll. Konkretes weiß man nicht. Aber sie werden uns auf dem laufenden halten. Die gesamten Fotos und Fingerabdrücke werden aus Spanien nach Paris geschickt, und die Ermittlungen dauern an. Allerdings sind nicht alle Fotos für die Identifikation geeignet, wie man sagt.«

»Tja, einige Durchschüsse können den Gesichtsausdruck ganz schön verändern, Mann«, feixte Chavez. »Dagegen läßt sich allerdings nichts machen.«

»Wer hat denn den Anschlag geplant?« erkundigte sich Chavez.

Tawney zuckte die Schultern. »Momentan haben wir keine Ahnung. Die französische Polizei wird am Ball bleiben.«

»Wäre nett, wenn wir es auch erfahren. Seit wir hier sind, haben wir schon drei Geiselnahmen kurz nacheinander abgewendet. Ist das nicht ein bißchen viel?« Chavez wurde plötzlich todernst.

»Ganz recht«, räumte der Geheimdienstler ein. »Vor zehn oder fünfzehn Jahren war ähnlich viel los. Aber in den letzten Jahren ist es still geworden.« Wieder zuckte er die Schultern. »Könnte Zufall sein, vielleicht Trittbrettfahrer, aber ...«

»Trittbrettfahrer? Glaube ich nicht, Sir«, wandte Eddie Price ein. »Ambitionierte Terroristen zu ermutigen ist das letzte, was wir machen. Und was heute passiert ist, dürfte kaum zur Nachahmung reizen ...«

»Schon wahr«, sinnierte Ding. »Wie Mike Pierce schon sagte, ein neuer Sheriff ist in der Stadt, und daß mit dem nicht zu spaßen ist, wird sich rumsprechen. Selbst wenn die meisten denken, wir gehörten zur Polizei. Sollten wir nicht einen Schritt weiter gehen, Mr. C?«

»Die Öffentlichkeit informieren?« Clark schüttelte den Kopf. »Das hatten wir nie im Sinn, Domingo.«

»Ich weiß nicht – wenn wir die Kerle am Tatort zur Strecke bringen wollen, mag es richtig sein. Wenn wir aber wollen, daß die Ganoven es sich zweimal überlegen, oder daß ähnliche Aktionen künftig ganz unterbleiben, wäre das ganz was anderes. Daß ein neuer Sheriff in der Stadt ist, könnte ihnen den Schneid abkaufen und sie in Rente schicken. Nennen wir's Abschreckung, wie zwischen den Nationen. Ob sich das auch auf die Mentalität der Terroristen anwenden läßt? Doc Bellow müßte sich mal Gedanken darüber machen, John«, schloß Chavez.

Clark spürte, wie Chavez ihn wieder mal überraschte. Drei erstklassige Erfolge, über die im Fernsehen lang und breit berichtet wurde, würden die noch aktiven Terroristen in Europa und anderswo von dummen Gedanken abbringen können, oder? Darüber konnten sie wirklich mal mit Dr. Bellow reden. Aber für das Team war der Optimismus noch verfrüht ... vielleicht, dachte John und trank einen Schluck Bier. Sie fingen ja gerade erst an.

Es war ein langer Tag für die Rainbow-Truppe gewesen, und einer nach dem anderen setzte sein Glas ab, verließ die Kneipe, die offiziell schon längst hätte schließen müssen, und verdrückte sich, um nach Hause zu gehen. Wieder eine erfolgreiche Mission beendet. Doch schon war der nächste Tag angebrochen, und in wenigen Stunden würden sie wieder geweckt, um zu laufen, zu üben und das Routinetraining erneut aufzunehmen.

»Ach, der Herr wollte uns verlassen?« fragte der Gefängniswärter mit ätzendem Spott den einsitzenden Sanchez.

»Was wollen Sie damit sagen?« fragte der Schakal zurück.

»Einige Ihrer Kollegen haben sich gestern gar nicht schön benommen«, belehrte ihn der Gefängniswärter und warf ein Exemplar des *Figaro* durch den Schlitz in der Zellentür. »Aber die besehen sich jetzt die Radieschen von unten ...«

Das Foto auf der Titelseite war ein Standbild aus dem Worldpark-Video, von miserabler Qualität, aber es zeigte einen Soldaten, der ein Kind trug. Schon in der Schlagzeile war alles gesagt. Carlos überflog sie und setzte sich auf die Pritsche, um den Artikel ganz zu lesen – dann überkam ihn ein Gefühl schwärzester Verzweiflung, das er nicht für möglich gehalten hätte. Jemand hatte seiner Bitte Folge geleistet, das wurde ihm plötzlich klar, aber es hatte zu nichts geführt.

Leben trat erst dann in diesen steinernen Käfig, den er bewohnte, als die Sonne kurz durch das winzige Zellenfenster schien. Leben. Er würde noch lange leben, bei bester Gesundheit, und das war das Schlimmste von allem. Die Zeitungsseite zerknüllte er mit der Faust, als er die Lektüre beendet hatte. Hol der Teufel die spanischen Bullen. Hol der Teufel die Welt.

»Doch, die Nachrichten gestern abend habe ich gesehen«, meldete sich die Stimme aus dem Telefonhörer, während er sich rasierte.

»Wir sollten uns treffen, Sir«, schlug Popov vor. »Ich muß Ihnen etwas Wichtiges zeigen.« Es war kurz nach sieben Uhr in der Frühe.

Der Mann dachte darüber nach. Dieser Popov war ein gerissener Hund, der seine Aufträge erledigte, ohne Fragen zu stellen. Bisher ... Nun, schriftliche Unterlagen, denen man im Hinblick auf seinen Auftraggeber nachgehen konnte, gab es keine, jedenfalls nichts, was seine

Anwälte notfalls nicht regeln konnten. Aber auch dann verfügte er ja noch über Mittel und Wege, mit Popov fertigzuwerden.

»Einverstanden. Um Viertel nach acht bei mir.«

»Jawohl, Sir.« Damit legte der Russe auf.

Pete lag bereits im Todeskampf, wie Killgore feststellte. Es wurde Zeit, ihn fortzuschaffen. Das veranlaßte er auf der Stelle; zwei Pfleger rückten in klinischer Schutzkleidung an und verfrachteten den Saufbruder auf einem Rollbett in die Klinikabteilung des Instituts. Diese Abteilung war im Grunde nicht anders eingerichtet als die Räumlichkeiten, in denen die Straßenpenner getafelt und gesoffen hatten, während sie nichtsahnend auf das Einsetzen der Symptome warteten. Bei Pete waren sie inzwischen ganz zum Durchbruch gekommen; Schnaps und kleinere Mengen Morphium hielten die Schmerzen nicht länger in Schach. Die Pfleger hievten Pete auf ein Bett, neben dem ein sogenannter »Weihnachtsbaum« stand, ein Infusionsbaum mit computergesteuertem Tropfsystem zur Verabreichung von Medikamenten. Killgore zog den Schlauch herunter und führte die Nadel in Petes Vene ein. Dann programmierte er das Gerät, und Sekunden später, unter dem Einfluß eines größeren Drogenschubs, entspannte sich der Patient. Die Augen wurden schläfrig und die Glieder schlaff, während Shiva den Körper von innen heraus verzehrte. Ein weiterer intravenöser Katheter versorgte ihn mit Nährmitteln. Daneben erhielt er unterschiedlichste Heilmittel, deren Wirkung getestet werden sollte – womöglich ergab sich ein unverhoffter Einfluß auf Shiva! Solche Medikamente füllten ganze Wandschränke; sie reichten von Antibiotika – die gegen die Viruserkrankung nichts ausrichten konnten –, bis zu Interleukin-2 und einer neuen, eben erst entwickelten 3a-Variante, von der man sich einen Effekt erhoffte. Eigens auf Shiva zugeschnittene Antibiotika hatte man bei Tierversuchen gewonnen. Von all dem war nichts zu erwarten, was jedoch im Test nachgewiesen werden mußte, damit es beim Ausbruch der Seuche keine Überraschungen gab. Der Kontrollgruppe, die man aus den Kneipen von Manhattan gekidnappt hatte, wurde soeben die tatsächlich wirksame B-Impfung verabreicht, zusammen mit der bekannten A-Impfung, die freilich ganz anderen Zwecken diente. Die auf der anderen Seite des Hauses entwickelten Großorganismen sollten erst minimalisiert und einnahmegerecht gemacht werden …

Auch Subjekt F-4, Mary Bannister, klagte über leichte Magenbeschwerden. Nur ein Unwohlsein, das sie nicht weiter ernst nahm. So etwas konnte passieren, und es ging ihr gar nicht mal schlecht; man verabreichte ihr ein Mittel gegen Sodbrennen aus dem wohlsortierten Medizinschrank hinter der Theke. Abgesehen davon fühlte sie sich ganz behaglich und lächelte ihrem Spiegelbild zu; ihr gefiel, was sie da sah: eine junge, attraktive Frau im rosa Jogginganzug, mit glänzendem Haar. Beschwingt verließ sie das Zimmer. Chip fläzte im Lesezimmer auf der Couch und studierte mühsam eine Illustrierte; sie ging schnurstracks auf ihn zu und setzte sich neben ihn.

»Hallo, Chip!« grinste sie.

»Na, Mary?« Er lächelte zurück und faßte nach ihrer Hand.

»Ihrem Frühstück habe ich mehr Valium zugesetzt«, erklärte Barbara Archer im Überwachungszentrum und zoomte das Monitorbild heran, »und auch die andere Dosis verstärkt.« Mit der anderen Dosis war ein Enthemmungsmittel gemeint.

»Nett siehst du heute aus«, schwärmte Chip; das versteckte Mikrofon gab die Stimme nur undeutlich wieder.

»Danke!« Wieder ein Lächeln.

»Sie wirkt reichlich romantisch.«

»Kein Wunder«, versetzte Barbara kaltblütig. »Mit den Psychopharmaka, die sie intus hat, würde eine Nonne den Habit abwerfen und loslegen ...«

»Und was ist mit ihm?«

»Ach ja, stimmt – dem hätten wir Hormone geben sollen.« Dr. Archer schnalzte mit der Zunge.

Wie zum Gegenbeweis beugte sich Chip vor und küßte Mary auf die Lippen. Sie saßen allein im Lesezimmer.

»Wie sieht's denn mit ihren Blutwerten aus, Barb?«

»Vollgepumpt mit Antikörpern; trotzdem bildet sie schon kleine Freßzellen. In ein paar Tagen werden sich die Symptome einstellen.«

»Sauft, freßt und seid guter Dinge, Leute«, nickte Dr. Archers Kollege dem Bildschirm zu. »Nächste Woche seid ihr tot!«

»Schade drum«, ergänzte Dr. Archer achselzuckend. Sie brachte kaum mehr Mitleid auf, als sie einem toten Köter am Straßenrand schenken würde.

»Hübsche Figur«, sagte der Kollege, als die Pyjamajacke fiel. »Hab schon längere Zeit keine Pornovideos mehr gesehen, Barb.« Eine Kassette lief natürlich mit. Das Protokoll des Versuchs wurde äußerst streng eingehalten. Alles mußte mitgeschnitten werden, damit allen Forschern das gesamte Testprogramm verfügbar war. *Ansehnliche Titten*, dachte der Kollege und wohl auch Chip, kurz bevor er nach ihnen griff.

»Dabei war sie furchtbar schüchtern, als sie herkam. Die Tranquilizer leisten wirklich ganze Arbeit.« Wieder eine klinische Bemerkung. Von da an ging alles sehr schnell. Die Zuschauer im Kontrollraum tranken seelenruhig ihren Kaffee. Beruhigungsmittel oder nicht, die menschlichen Triebe verlangten ihr Recht, und nach kurzem Vorspiel fielen Chip und Mary übereinander her, mit dem üblichen Stöhnen und Schnaufen, allerdings war das Bild nicht ganz störungsfrei. Ein paar Minuten später lagen sie nebeneinander auf dem dicken weichen Teppich, küßten sich erschöpft und befriedigt. Mit der Hand strich er ihr über die Brüste, schloß die Augen, atmete tief und wälzte sich auf den Rücken.

»Tja, Barb, immerhin haben wir hier ein hübsches Ausflugsziel für Pärchen eingerichtet«, grinste der Mediziner. »Wie lange werden seine Blutwerte noch halten?«

»Drei oder vier Tage vermutlich, bis sich Antikörper zeigen.« Chip war nicht in der Dusche gewesen wie Mary.

»Und welche Impftests kriegt er?«

»Fünfmal die A-Variante. Drei Patienten haben wir noch, die nicht verseucht sind, die mit dem B-Kontrolltest.«

»Ach ja? Und wer darf am Leben bleiben?«

»M 2, M 3 und F 9«, erklärte Archer. »Sie haben die richtige Einstellung. Einer ist sogar Mitglied des Sierra-Clubs, ob Sie's glauben oder nicht! Die anderen halten sich gern in der Natur auf und eignen sich auch sonst für unser Vorhaben.«

»Politische Kriterien für wissenschaftliche Tests – wo soll *das* hinführen?« fragte der Mann spöttisch.

»Schließlich müssen wir mit ihnen auskommen, wenn wir sie schon überleben lassen«, gab Archer zu bedenken.

»Stimmt.« Der andere nickte. »Halten Sie die B-Version für verläßlich?«

»Aber ja. Ich rechne mit 97prozentiger Wirksamkeit – womöglich noch ein bißchen mehr«, fügte sie entschlossen hinzu.

»Aber nicht hundertprozentig?«

»Nein, dafür ist Shiva zu widerspenstig«, erklärte Archer. »Die Tierversuche waren noch ein wenig ungenau, zugegeben, aber die Resultate stimmen fast völlig mit den Computermodellen überein, auch hinsichtlich der Testfehler-Kriterien. Mit solchen Messungen kennt sich Steve sehr gut aus.«

»Berg ist ein kluger Kopf«, gab der andere zu. Dann drehte er sich im Sessel herum. »Wissen Sie, Barb, was wir hier machen, entspricht ja nicht so ganz den ethischen ...«

»Ich weiß«, unterbrach sie. »Aber wir alle wußten, was auf uns zukommt.«

»Schon«, nickte er. Daß er noch immer Vorbehalte hegte, ärgerte ihn selbst am allermeisten. Schließlich würde seine Familie am Leben bleiben, und er hing doch wie alle anderen an der Erde und ihren mannigfaltigen Geschöpfen. Dennoch, die beiden da auf dem Bildschirm waren immer noch *Menschen*, und eben erst hatte er ihr Liebesspiel belauscht wie ein Perverser. Klar, sie machten das nur, weil sie mit Drogen vollgepumpt waren, die sie als Pillen oder mit dem Essen zu sich nahmen, und dennoch, sie waren zum Tode verurteilt, und ...

»Lassen Sie's gut sein, ja?« mahnte Archer, die ihm die Gedanken von der Stirn ablesen konnte. »Ein wenig Liebe haben sie ja schließlich gefunden. Das ist schon mehr, als die überwältigende Menge der anderen erlebt hat, die ...«

»Denen muß ich aber nicht zuschauen.« Voyeurismus war nicht gerade sein Fall, und wenn andere wüßten, womit er in Stimmung kam, wäre ihm das auch nicht gerade recht gewesen.

»Nein, aber wir werden jedenfalls mitkriegen, wie es weitergeht. Bestimmt gibt es einen Aufruhr. Aber dann wird's zu spät sein, und wenn *sie* es herausfinden, werden sie ihre letzten Kräfte daran setzen, uns ausfindig zu machen. Und das ist es, was mir Sorgen bereitet!«

»Die Projekt-Enklave in Kansas ist ganz schön abgelegen, Barb«, versicherte der Mann. »Und die in Brasilien erst recht.« Er selbst würde bald dorthin übersiedeln. Der Regenwald hatte ihn schon immer fasziniert.

»Genug ist nie genug, lieber Gott«, sinnierte Barbara Archer.

»Aber die Welt ist kein Laboratorium, Frau Doktor, nicht wahr?« Und ging es bei Shiva nicht genau darum, verdammt noch mal? fragte er sich. Aber auch diesen Gedanken ließ er besser fallen. Den Namen Gottes wollte er nicht mit ihrem Unternehmen in Verbindung bringen, dazu war er nicht zynisch genug.

»Guten Morgen, Dmitrij.« Der Mann hatte sein Büro früher als vereinbart aufgesucht.

»Guten Morgen, Sir.« Der Geheimdienstler stand auf, als sein Auftraggeber das Vorzimmer betrat. Dies entsprach europäischer Sitte, seit den Zeiten der Monarchie, und hatte sich selbst im sozialistischen Staat noch hartnäckig gehalten, wo der Russe noch manches andere gelernt hatte, was ihm hier in New York zugute kam.

»Und? Was haben Sie mir mitgebracht?« fragte der Chef und schloß die Tür zum Büro auf, das sie gemeinsam betraten.

»Ich denke, es wird Sie interessieren«, erwiderte Popov. »Wie wichtig es ist, weiß ich nicht genau. Sie können das besser beurteilen.«

»Na schön. Schauen wir's uns mal an.« Er stellte den Kaffeeautomaten des Büros an, bevor er im Drehsessel Platz nahm.

Popov trat an die gegenüberliegende Wand und nahm die Verblendung von dem in die Holztäfelung eingelassenen Fernseher. Mit der Fernbedienung stellte er Großbildschirm und Videogerät an, dann legte er eine Videokassette ein.

»Der Fernsehbericht aus Bern«, erläuterte er seinem Arbeitgeber. Das Band lief nur dreißig Sekunden, bevor er es stoppte, die Kassette auswerfen ließ und eine andere einlegte. »Wien«, kündigte er an und drückte auf PLAY. Wieder eine Szene, die weniger als eine Minute währte. Auch diese Kassette wechselte er aus. »Gestern abend in diesem spanischen Vergnügungspark.« Diesmal dauerte der Ausschnitt knapp über eine Minute.

»Und?« fragte der Mann, als alles vorbei war.

»Was haben Sie gesehen, Sir?«

»Ein paar Leute rauchten Pfeife – wollen Sie etwa sagen, das ist ein und derselbe?«

»Genau. Bei allen drei Vorfällen war er zugegen, wenigstens scheint es so.«

»Fahren Sie fort«, forderte der Chef Popov auf.

»Das gleiche Kommando griff in allen drei Fällen ein und beendete die Geiselnahmen. Hochinteressant, finden Sie nicht?«

»Sollte ich?«

Popov holte tief Luft. Der Mann mochte ein Finanzgenie sein, auf anderen Gebieten stellte er eine geradezu haarsträubende Naivität zur Schau. »Dasselbe Team hat in *drei* unterschiedlichen Ländern operiert. Alle drei verfügen jeweils über eigene Polizeikräfte, die bereits im Einsatz waren. Von denen übernahm die Truppe jeweils die Fälle und löste sie erfolgreich. Mit anderen Worten, in letzter Zeit operiert in Europa eine international anerkannte Eingreiftruppe, besetzt mit hochrangigen Spezialisten – ich denke eher an Militärs als an Zivilkräfte. Das Vorhandensein einer solchen Einheit wurde in der Presse seit jeher geleugnet. Es handelt sich um eine streng geheime, sogenannte ›schwarze‹ Operation. Eine Art NATO-Kommando, könnte ich mir vorstellen. Aber das ist reine Spekulation. – Und daraus«, fuhr Popov fort, »ergeben sich für mich ein paar Fragen.«

»Nur zu!« nickte der Boß.

»Kannten Sie dieses Team bereits? Wußten Sie, daß es existiert?«

Ein Kopfschütteln. »Nein.« Dann wandte er sich um und schenkte Kaffee ein.

»Wäre es möglich, daß Sie Näheres darüber in Erfahrung bringen können?«

Achselzucken. »Vielleicht. Was ist daran so wichtig?«

»Die Antwort darauf hängt von einer weiteren Frage ab: Weshalb bezahlen Sie mich dafür, daß ich Terroristen zu Anschlägen überrede?«

»Das brauchen Sie nicht zu wissen, Dmitrij.«

»Doch, Sir. Das sollte ich sehr wohl wissen. Wenn mit einem professionellen Gegner gerechnet werden muß, kann ich keine Aktionen in die Wege leiten, ohne wenigstens das Fernziel zu kennen. Das ist unmöglich, Sir. Mehr noch, Sie haben bedeutende Gelder in die Anschläge gesteckt. Das muß doch einen Zweck haben. Und ich will ihn kennen.« Unausgesprochen steckte dahinter die Drohung, daß er das, was der Chef ihm verschwieg, früher oder später auf andere Weise erfahren würde.

Seinem Auftraggeber ging durch den Kopf, daß seine gesamte bürgerliche Existenz gewissermaßen in der Hand dieses russischen Ex-Spions lag. Vor einem Untersuchungsrichter konnte er alles, was er jetzt sagen würde, ungestraft leugnen, er konnte Popov sogar verschwinden lassen, was ihm aber nicht behagte – schließlich waren sie nicht im Kino. Und Popov mochte mit Verbündeten gesprochen oder ein schriftliches Geständnis hinterlegt haben.

Die Bankkonten, über die Popov die von ihm gezahlten Gelder bezogen hatte, waren sorgfältig abgeschirmt worden, und doch *konnte* es eine Spur geben, die ein kluger und gründlicher Ermittler auffinden würde, was dem Auftraggeber – wenn die Spur gründlich und umfassend zurückverfolgt wurde – einige Schwierigkeiten zu bereiten in der Lage wäre. Die elektronische Kontoführung brachte es mit sich, daß es Sicherungsdateien gab, daß Kontoauszüge automatisch datiert und mit Beträgen versehen waren. Wenn das ausreichte, eine Verbindung glaubhaft zu machen, wäre es mit größeren oder kleineren Peinlichkeiten für ihn verbunden. Schlimmer noch, er konnte sich das auf gar keinen Fall leisten, denn es würde ihn bei seinen größeren Transaktionen an Orten wie New York, Kansas und Brasilien behindern. Australien nicht zu vergessen, das eigentliche Ziel seines Strebens.

»Darüber muß ich noch ein wenig nachdenken, wenn Sie erlauben, Dmitrij.«

»Ja, Sir. Selbstverständlich. Ich möchte annehmen, daß der Erfolg meiner Aufträge davon abhängt, daß ich mehr weiß. Sie haben gewiß Menschen um sich, denen Sie vertrauen. Denen sollten Sie diese Videobänder zeigen und überprüfen lassen, welche Bedeutung sie dieser Tatsache zumessen.« Popov erhob sich. »Rufen Sie mich an, sobald Sie mich brauchen, Sir.«

»Danke für die Bänder.« Er wartete, bis sich die Tür hinter dem Russen schloß, dann wählte er aus dem Gedächtnis eine Nummer. Das Telefon klingelte viermal, dann kam ein Klick, und eine Stimme meldete sich in der Muschel: »Guten Tag, Sie haben bei Bill Henriksen angerufen. Tut mir leid, aber ich bin zur Zeit nicht erreichbar. Probieren Sie's doch unter meiner Büronummer ...«

»Verdammt«, schimpfte der Firmendirektor. Dann kam ihm eine Idee, er nahm die Fernbedienung zur Hand und ging die Fernsehprogramme durch: CBS, nein, NBC, nein ...

»Aber ein Kind töten – gibt es Schlimmeres?« hörte er den Moderator von *Good Morning, America* auf ABC sagen.

»Vor langer Zeit, Charlie, hat ein gewisser Lenin erklärt, der Zweck des Terrorismus sei, Angst und Schrecken zu verbreiten. Darin sehen sie ihre Aufgabe, und das tun sie. Noch immer ist die Lage in der Welt unsicher, vielleicht gefährdeter denn je, weil es keine Staaten mehr gibt, die den Terrorgruppen, die sie unterstützen, gewissermaßen Mäßigung auferlegen könnten. – Dieser Einfluß ist nun geschwunden«, fuhr Henriksen fort. »Angeblich wollte das Kommando den Schakal aus dem Gefängnis freipressen – ihren alten Freund Carlos. Zwar ist es ihnen mißlungen. Doch daß ein klassischer Terroranschlag mit Geiselnahme verübt wird, damit ein Gesinnungsgenosse in Freiheit kommt, erscheint mir bemerkenswert. Glücklicherweise war die Aktion, dank des entschlossenen Eingreifens der spanischen Polizei, ein Fehlschlag.«

»Wie bewerten Sie das Vorgehen der Polizei?«

»Sie hat sich glänzend bewährt. Alle trainieren nach denselben Regeln, versteht sich, und die besten von ihnen exerzieren gemeinsam in Fort Bragg oder im britischen Hereford und an anderen Orten, in Deutschland und Israel beispielsweise.«

»Aber eine Geisel wurde umgebracht.«

»Das läßt sich nie ganz ausschließen, Charlie«, räumte der Experte traurig ein. »Selbst auf zehn Meter Entfernung, mit geladener Waffe in der Hand, läßt sich manchmal nichts ausrichten, weil man sonst den Tod weiterer Geiseln heraufbeschwört. Gerade dieser Mord ist besonders abscheulich, und wir können uns nur mit dem Gedanken trösten, daß diejenigen, die ihn verübten, es nie wieder tun werden.«

»Ein Schlußwort, für das ich Ihnen dankbar bin, Bill Henriksen, Präsident von Global Security und unser Experte im Studio. Es ist acht Uhr und sechsundvierzig Minuten ...« Es folgte Werbung.

Im Schreibtisch bewahrte er Bills Handy-Nummer auf, mit der er sich in seine Mailbox einwählte. Vier Minuten später klingelte das Telefon.

»Ja, John? Worum geht's?« Über das Handy war Straßenlärm zu hören. Henriksen mußte jetzt vor dem ABC-Studio stehen, dem Westteil des Central Park gegenüber. Vermutlich war er unterwegs zu seinem Wagen.

»Bill, ich müßte dich in meinem Büro sprechen. So schnell wie möglich. Kannst du gleich kommen?«

»Klar. Bin gleich bei dir.«

Henriksen hatte einen Schlüssel für das Parkhaus und Zugang zu einem der reservierten Plätze. Keine achtzehn Minuten nach dem Telefonat betrat er das Büro.

»Was gibt's denn?«

»Hab dich heute im TV gesehen.«

»Für sowas werde ich ständig engagiert«, erklärte Henriksen. »Großartig haben die Jungs das hingekriegt, jedenfalls nach den Fernsehbildern zu schließen. Ich kriege noch den Rest der Aufnahmen.«

»Wirklich?«

»Wenn man gute Beziehungen hat ...! Das Video, das sie der Presse überließen, war ein bißchen gekürzt. Meine Leute kriegen die gesamten Aufnahmen von den Spaniern zur Analyse zugesandt; sie sind nicht als geheim eingestuft.«

»Dann guck dir mal das an.« John stellte vom Fernseher auf das Videogerät um und ließ die Aufnahmen von Worldpark laufen. Anschließend stand er auf und legte die Kassette von Wien ein. Dreißig Sekunden später zeigte er die Berner Ereignisse. »Was hältst du davon?«

»Dasselbe Team in allen drei Fällen?« wunderte sich Henriksen. »Klar, sieht ganz danach aus – aber wer zum Teufel sind sie?«

»Du weißt doch, wer Popov ist, oder?«

Bill nickte. »Klar, dieser KGB-Mensch, den du entdeckt hast. Ist er es, von dem du die Bänder hast?«

»Genau.« Er nickte. »Vor kaum einer Stunde war er bei mir und zeigte sie mir. Macht ihm scheinbar große Sorgen. Dir auch?«

Der ehemalige FBI-Mann verzog das Gesicht. »Weiß nicht. Erst müßte ich mehr darüber wissen.«

»Und – kannst du's herausfinden?«

Diesmal zuckte er die Schultern. »Ich kann Beziehungen spielen lassen, ein bißchen auf den Busch klopfen. Tatsache ist, wenn es eine echte ›schwarze‹ Eliteeinheit gibt, müßte ich eigentlich längst davon wissen. Schließlich umfassen meine Kontakte die gesamte Branche, oder? Und was ist mir dir?«

»Ich könnte hier und dort nachhören, in aller Stille. Könnte es als pure Neugier tarnen, beispielsweise.«

»Okay. Ich prüfe das. Was hat Popov dir sonst erzählt?«

»Er will wissen, warum ich ihn für solche Jobs engagiert habe.«

»Das alte Problem mit Spitzeln. Sie wollen immer alles wissen. Er denkt wohl, er wär dran, wenn er eine Aktion plant und einer von den Tätern überlebt. In den meisten Fällen singen sie wie die Kanarienvögel, wenn sie einmal in der Kiste sind, John. Das könnte ihn ganz schön in die Scheiße reiten. Unwahrscheinlich zwar, aber möglich wär's. Und Spitzel sind darauf trainiert, auf Nummer Sicher zu gehen.«

»Und was, wenn wir ihn verschwinden lassen?«

Bill zog wieder eine Grimasse. »Das erfordert sehr viel Umsicht, falls er bei einem Freund ein Päckchen deponiert hat. Wie schon gesagt, sie sind darauf trainiert. Diese Operation ist nicht ganz ungefährlich, John. Wir wußten das, als wir damit anfingen. Wie lange dauert es noch, bis die technischen ...?«

»Nicht mehr lang. Das Testprogramm verläuft einwandfrei. Noch gut einen Monat, dann wissen wir alles, was wir brauchen.«

»Dann muß ich nur noch den Vertrag für Sydney kriegen. Morgen fliege ich dorthin. Diesmal wird es glatt abgehen, glaub mir.«

»Mit wem arbeitest du zusammen?«

»Die Australier haben ihren eigenen SAS, etwas kleiner, wie man sagt ... Vorzüglich trainiert, aber die Ausrüstung ist nicht auf dem allerneuesten Stand. Damit möchte ich sie ködern. Ich habe, was sie brauchen, zum Selbstkostenpreis«, unterstrich Henriksen. »Laß das Band nochmal laufen, das aus Spanien, meine ich.«

John stand vom Schreibtisch auf, legte das Band ein und ließ es auf den Anfang des TV-Berichts zurückspulen. Man sah, wie sich die Befreier vom Hubschrauber abseilten.

»Mist, das hab ich übersehen«, schimpfte der Experte.

»Was?«

»Wir müßten das Band ein wenig bearbeiten, aber das hier sieht mir gar nicht nach Polizeihubschrauber aus. Es ist ein Sikorsky H-60.«

»Na und?«

»Naja, der Sechziger ist nie für Zivilgebrauch freigegeben worden. Siehst du, wie sie POLICIA an die Seite aufgemalt haben? Das ist kein Polizeihubschrauber, sondern eine Maschine für Spezialeinsätze. *Das* heißt, die US-Air Force ist dabei. Damit wissen wir auch, wo diese Leute stationiert sind ...«

»Wo?«

»England. Die Air Force unterhält spezielle Fliegerstützpunkte in Europa, teils in Deutschland, teils in Großbritannien. MH-60 K ist die Typenbezeichnung des Hubschraubers, glaube ich. Er eignet sich für Kampfeinsätze und Rettungsaktionen und soll Truppen an spezielle Orte zu Sondereinsätzen bringen. Dein Freund Popov hat recht, glaube ich. Es *existiert* eine Gruppe von Leuten, die sich mit solchen Sachen abgeben, und sie genießen zumindest amerikanische Unterstützung, vielleicht auch mehr. Bleibt nur die Frage, wo zum Teufel sie abrufbar sind ...«

»Ist das so wichtig?«

»Potentiell schon. Und wenn die Australier sie um Hilfe bitten bei dem Job, den ich kriegen will, John? Das könnte uns alles verderben!«

»Du klopfst auf deinen Busch, und ich auf meinen.«

»Einverstanden.«

17

IM BUSCH

Pete hatte jetzt sechs Freunde im Behandlungszentrum. Nur zwei der Versuchspersonen waren noch so gesund, daß sie sich im offenen Bereich aufhalten konnten, wo Zeichentrickfilme liefen und Whiskey bereitstand. Dr. Killgore nahm an, daß auch sie gegen Ende der Woche hier landen würden, so dicht war ihr Blut mit Shiva-Antikörpern angereichert. Merkwürdig, wie unterschiedlich die Krankheit jeden einzelnen packte, aber das hing vom jeweiligen Immunsystem ab. Deshalb bekamen manche Leute Krebs und andere blieben trotz Nikotinsucht und anderen selbstzerstörerischen Gewohnheiten davon verschont.

Abgesehen davon lief alles besser als erwartet. Vermutlich lag das am Morphium, das sie alle einigermaßen ruhigstellte. Daß es in niedriger Dosierung mit maximaler Sicherheit als Schmerzmittel dienen konnte, war eine relativ neue Entdeckung in der Medizin. Falls der Patient tatsächlich noch Schmerz empfand, konnte man ihm vorübergehend mehr geben. Mengen, die bei gesünderen Menschen zu Atembeschwerden führten, waren für Kranke vollkommen verträglich, was ihm die Arbeit sehr erleichterte. Die Patienten durften den Tropf im Notfall selbst regulieren, und so verhalfen sie sich zu seligem Vergessen, was wiederum das Pflegepersonal entlastete. Sie hängten die Beutel an den Infusionsständer, prüften nach, ob die Katheter richtig saßen, und vermieden es so weit wie möglich, die Patienten zu berühren. Später würden sie alle die B-Impfung erhalten, die sie aller Wahrscheinlichkeit nach vor Shiva bewahrte – mit einer Sicherheit, die Steve Berg bei 98 oder 99 Prozent ansetzte.

Übereinstimmend zeigte man wenig Mitleid mit den Patienten. Die Saufbrüder von der Straße zu holen, war ein guter Ansatz gewesen. Die nächste Gruppe von Versuchspersonen würde auf mehr Sympathie stoßen, aber in diesem Trakt des Gebäudes waren alle Mitarbeiter geschult. Das eigene Tun war abscheulich, aber es mußte sein.

»Weißt du, manchmal scheint es so, als hätten die Leute von Earth First doch recht«, erklärte Kevin Mayflower beim Mittagessen im Palm Restaurant.

»Wie meinen Sie das?« wollte Carol Brightling wissen.

Der Vorsitzende des Sierra-Clubs blickte in sein Weinglas. »Wir machen alles kaputt, was wir berühren. Die Küsten, das Wattenmeer, die Regenwälder – sehen Sie sich doch an, was die sogenannte Zivilisation daraus macht. Sicher, klar, manche Reservate werden geschont. Drei, vier Prozent vielleicht? Und was bringt das? Es ist ein Tropfen auf den heißen Stein, mehr nicht. Ansonsten vergiften und zerstören wir alles, einschließlich uns selbst. Das Ozonloch wird auch immer größer, wenn man nach der neuen NASA-Studie geht.«

»Klar, aber kennen Sie schon die neueste Idee, wie man es beheben will?«

»Beheben? Wie das denn?«

Sie zog die Stirn kraus. »Ganz einfach – man nehme ein paar Jumbo-Jets, pumpe sie mit Ozon voll, schicke sie nach Australien und setze in großer Höhe das Ozon frei, um das Loch zu flicken. Liegt mir gerade zur Begutachtung auf dem Schreibtisch!«

»Und?«

»Na, das wäre, als wollte man während der Halbzeitpause bei einem Fußballspiel live eine Abtreibung übertragen, mit automatischem Rücklauf und ausführlichem Kommentar. Es kann gar nicht klappen. Wir müssen auf die Selbstheilungskräfte der Natur vertrauen, die allerdings gar nicht mehr zum Zuge kommen.«

»Sonst noch gute Neuigkeiten?«

»Ach ja, die CO_2-Belastung der Luft. In Harvard sitzt ein Professor, der behauptet, wir sollten Stahlnetze im Indischen Ozean versenken und so das Wachstum des Phytoplankton anregen. Damit sei das CO_2-Problem fast über Nacht gelöst. Die Berechnungen sehen einigermaßen seriös aus. Aber all diese Besserwisser wollen den Planeten nach allen Regeln der Kunst reparieren, anstatt ihn in Ruhe zu lassen.«

»Und was meint der Präsident dazu?« erkundigte sich Mayflower.

»Er läßt mich die Angebote überprüfen und, wenn sie aussichtsreich erscheinen, Versuche durchführen, um die Projekte anschließend in die Tat umzusetzen. Dabei hat er selbst keine Ahnung, und hört mir auch kein bißchen zu.« Daß sie seine Anordnungen befolgen mußte, ob es ihr paßte oder nicht, fügte sie gar nicht erst hinzu.

»Und da kommt mir manchmal die Idee, unsere Earth-First-Freunde könnten recht haben, Carol. Vielleicht sind wir wirklich eine parasitäre Spezies, von der die Erde befreit werden muß, weil sie sonst womöglich diesen Planeten restlos ruiniert.«

»Sie denken dabei an Rachel Carson, nicht?« spottete sie. »Die den *Stummen Frühling* geschrieben hat?«

»Sie kennen doch die wissenschaftlichen Fakten so gut wie ich, vielleicht sogar noch besser. Wir verhalten uns wie – wie damals bei der Alvarez-Katastrophe, die das Aussterben der Dinosaurier bewirkt haben soll, bloß mit dem Unterschied, daß wir es bewußt und freiwillig tun. Wie lange hat es gebraucht, bis sich die Natur damals erholt hat?«

»Alvarez? Die Erde hat sich nie davon erholt«, widersprach Carol Brightling. »Es hat zur Vorherrschaft der Säugetiere geführt, wie Sie wissen. Die bis dato existierende ökologische Ordnung wurde nie wiederhergestellt. Etwas Neues entstand, und ein paar Millionen Jahre mußten vergehen, bevor es sich stabilisierte.« Das wäre ein Anblick gewesen, sinnierte sie. Einen solchen Vorgang mit eigenen Augen verfolgen zu können, wäre die Erfüllung eines Wissenschaftlerlebens gewesen. Nur daß es damals niemanden gegeben haben dürfte, der es hätte beobachten können. Im Gegensatz zu heute.

»In einiger Zeit werden wir die Anfänge zu spüren bekommen, nicht wahr? Wieviele Arten sterben allein dieses Jahr aus, und wenn das Ozonloch noch größer wird – mein Gott, Carol, weshalb begreift das keiner? *Kapieren* denn die Menschen nicht, was ihnen da widerfährt? *Kümmert* es sie denn nicht?«

»Nein, Kevin, sie wollen nicht verstehen und es kümmert sie auch nicht. Sehen Sie sich doch um!« Das Restaurant war voller exquisit gekleideter, dem Anschein nach prominenter Gäste, die wichtige Fragen diskutierten. Aber bestimmt ließ sich keiner von ihnen wegen der Umweltkrise, die wie ein Damoklesschwert über ihren Köpfen schwebte, graue Haare wachsen. War die Ozonschicht einmal dahin, würden sie einfach neue Sonnenschutzmittel benutzen. Aber was würde aus den anderen Geschöpfen der Erde, zum Beispiel den Vögeln, Eidechsen, denen diese Möglichkeit versagt blieb? Die Studien prophezeiten, die ungefilterte ultraviolette Einstrahlung werde ihnen das Augenlicht nehmen, und damit war ihr Aussterben besiegelt, weshalb die Ökosphäre weltweit bedroht war. »Glauben Sie, auch nur einer von diesen Leuten weiß davon – oder kümmert sich auch nur einen Dreck darum?«

»Vermutlich keiner.« Er nahm einen weiteren Schluck Weißwein. »Aber verdrängen muß der Mensch immer, oder?«

»Eigentlich komisch«, fuhr sie fort, »vor nicht allzu langer Zeit haben wir noch Kriege geführt, die viele Menschenleben gekostet haben. Und nun, wo praktisch überall Frieden einkehrt und die industrielle Produktion gewaltig ansteigt, wird die Bedrohung der Menschheit größer als durch konventionelle Kriege. Eine Ironie des Geschichte?«

»Und der modernen Medizin! Die Anopheles-Mücke hat viel dazu beigetragen, die Bevölkerungszahl zu drücken. Auch Washington war vor noch nicht allzu langer Zeit ein Malariasumpf; auswärtige Botschafter hatten einen riskanten Posten hier! Deshalb haben wir DDT erfunden. Um die Moskitos in Schach zu halten, reicht es, aber den Wanderfalken bedroht es nicht weniger. Wir schaffen es nie, etwas richtig zu tun. Niemals«, schloß Mayflower verbittert.

»Und was wäre, wenn ...« setzte sie geheimnisvoll an.

»Wenn was, Carol?«

»Wenn die Natur plötzlich zurückschlüge, etwas produzierte, was die Weltbevölkerung reduziert?«

»Sprechen Sie von der Gäa-Hypothese?« Er mußte grinsen. Dieser Vorstellung nach wäre die Erde selbst ein bewußter, sich selbst korrigierender Organismus, der die vielen ihn bevölkernden Gattungen selbst regulierte. »Selbst wenn das zuträfe – und im Grunde genommen hoffen wir das alle –, fürchte ich, daß wir Menschen schneller sind. Bevor uns Gäa in die Schranken weisen kann, ist das Zerstörungswerk getan. Nein, Carol, wir haben einen Selbstmordpakt geschlossen, und wir nehmen alles mit uns ins Grab. In ein-, zweihundert Jahren, wenn die Weltbevölkerung auf eine Million geschrumpft sein wird, wissen die Menschen, was sie falsch gemacht haben. Dann erfahren sie aus Büchern oder Videofilmen, welches Paradies sie einst bewohnten, und werden uns verfluchen. Und mit viel Glück, wenn sie sich je wieder aus dem Schlamm erheben sollten, werden sie vielleicht aus ihrem Schicksal lernen. Allerdings bezweifle ich das. Selbst wenn sie versuchen würden, ihre Lebensweise zu ändern, werden sie immer noch Kernkraftwerke bauen, damit ihre elektrischen Zahnbürsten funktionieren. Rachel Carson hatte recht. Eines Tages wird es den *Stummen Frühling* geben, aber dann ist es zu spät.« Er stocherte in seinem Salat und fragte sich, wie viele Schwermetalle in Tomaten und Lollo Rosso stecken mochten. Von der Chemie ganz zu schweigen. Um diese Zeit des Jahres wurde der Salat aus Mexiko importiert, und dort versprühten die

Bauern alles Mögliche auf den Feldern. Selbst das Waschen des Gemüses war keine Garantie dafür, nicht mit Giften in Berührung zu kommen. Da saß er und verzehrte sein teures Mittagessen und schadete sich selbst damit. Und er konnte nichts dagegen tun. Sein verzweifelter Blick sprach Bände.

Nun war es soweit; man konnte ihn endlich anwerben, dachte Carol Brightling. Mit ihm würden noch ein paar gute Leute kommen, und in Kansas oder Brasilien gab es noch Platz. Eine halbe Stunde später verabschiedete sie sich und kehrte ins Weiße Haus zurück, zur wöchentlichen Sitzung des Kabinetts.

»Hallo, Bill«, meldete sich Gus von seinem Büro im Hoover-Hochhaus. »Wie geht's, wie steht's?«

»Hast du heute früh ferngesehen?« wollte Henriksen wissen.

»Geht es um die Sache in Spanien?« fragte Werner zurück.

»Genau.«

»Klar hab ich das gesehen. Du warst auch in der Glotze, stimmt's?«

»Unser Experte im Studio.« Er schmunzelte. »Aber das ist ganz gut für's Geschäft, weißt du!«

»Kann ich mir denken. Und was ist damit?«

»Das waren keine Spanier, Gus. Ich weiß, wie die ausgebildet sind. So gehen die nicht vor, Mann. Also, raus mit der Sprache. Wer war's – Delta Force, SAS, HRT?«

Gus Werner kniff die Augen zusammen. Der stellvertretende FBI-Direktor hatte einst als Agent beim Geiselrettungsteam mitgearbeitet. Von dort wurde er weggelobt und zum Beauftragten für Spezialeinsätze bei der Atlanta-Kampfdivision ernannt. Und jetzt war er als Direktionsassistent für die neue Terrorismuseinheit zuständig. Bill Henriksen hatte einst für ihn gearbeitet, dann aber das Büro verlassen, um sich als Sicherheitsberater selbständig zu machen. Doch einmal FBI, immer FBI – und nun versuchte Bill, ihm Informationen zu entlocken.

»Darüber darf ich wirklich keine Auskunft geben, alter Knabe.«

»Ach so ist das!«

»So ist was? Egal, reden wir nicht darüber«, versetzte Werner steif.

»Geheimhaltung?«

Werner blieb auf der Hut. »Sowas Ähnliches.«

Sein Anrufer schnalzte mit der Zunge. »Das sagt ja schon alles, wie?«

»Nein, Bill, das sagt dir gar nichts. Und ich hab's auch nicht gesagt. Mensch, ich muß mich doch an meine Vorschriften halten, das weißt du nur zu gut!«

»Du warst immer offen und ehrlich mit mir«, gab Henriksen zu. »Na schön. Wer sie auch sind, sie stehen auf unserer Seite, und ich bin froh darüber. Der Befreiungsschlag war, nach den Fernsehbildern zu schließen, erstklassig durchgeführt.«

»Hab's mir auch angesehen.« Werner war im Besitz der kompletten Videobänder, die über ein verschlüsseltes Satellitensignal von der US-Botschaft in Madrid ins Nationale Sicherheitsamt übertragen und dort vom FBI mitgeschnitten worden waren. Er hatte es sich bereits angeschaut und erwartete noch am selben Nachmittag weitere Informationen.

»Aber sag ihnen eins, falls du mit ihnen sprechen kannst ...«

»Worauf willst du hinaus, Bill?« fragte Gus Werner, ohne sich etwas anmerken zu lassen.

»Wenn sie aussehen wollen wie Polizisten vor Ort, dürfen sie keinen Air-Force-Hubschrauber fliegen. Ich habe doch Augen im Kopf, Gus. Den Reportern fällt sowas nicht auf, aber wer vom Fach ist, wird das wohl kaum übersehen, wenn er einigermaßen intelligent ist, oder?«

Hoppla, dachte Werner. Ihm selbst mußte das vorhin irgendwie entgangen sein. Aber Bill war ein gerissener Hund, und er fragte sich, weshalb das in den Medien keine Beachtung fand.

»Meinst du wirklich?«

»Brauchst mich nicht für dumm zu verkaufen, Gus. Es war ein Sikorski, Modell 60. Mit denen haben wir gespielt, wenn wir in Fort Bragg die Manöver flogen, weißt du noch? Gefielen uns besser als die Hueys, auf denen wir ausgebildet waren, aber sie sind nicht zugelassen für den Zivilgebrauch. Deshalb verkauft man mir keinen«, erinnerte er seinen früheren Chef.

»Ich werde das weitergeben«, versprach Werner. »Sonst noch jemand, dem das aufgefallen ist?«

»Nicht daß ich wüßte, und auf ABC hab ich euch auch nicht verpfiffen heute früh.«

»Stimmt. Bin dir sehr verbunden!«

»Und – sagst du mir jetzt, was es mit dieser Truppe auf sich hat?«

»Tut mir leid, Mann, aber das geht nicht. Das läuft alles streng geheim, und um die Wahrheit zu sagen«, log Werner, »ich weiß nicht mal selber genau Bescheid.« Er konnte sich vorstellen, was der Mann am anderen Ende dachte – *Red keinen Schwachsinn*. Falls es eine spezielle Anti-Terror-Einheit gab, an der Amerika sich beteiligte, steckte auch der wichtigste Experte im FBI mit drin, soviel war klar. Selbst wenn er es nicht zugab, konnte Henriksen es sich ausmalen. Aber Vorschrift war nun mal Vorschrift, und einen privaten Sicherheitsdienst würde man als allerletzten in die Operation Rainbow einweihen. Bill kannte die Vorschriften ebenfalls.

»Klar, Gus. Glaub ich gern!« gab er spöttisch zur Antwort. »Trotzdem waren sie sehr bewundernswert, auch wenn Spanisch nicht ihre Muttersprache ist und sie eine US-Militärmaschine fliegen. Richte ihnen aus, daß sie sich künftig besser vorsehen sollen.«

»Mach ich bestimmt.« Werner notierte sich etwas.

»Ein Geheimprojekt«, seufzte Henriksen, nachdem er aufgelegt hatte. »Ich frage mich, woher sie die Kohle kriegen ...?« Wer immer sie waren, sie standen mit dem FBI in Beziehung, neben ihren DOD-Verbindungen. Und was noch? Ihr Stützpunkt, wo mochte der sein ...? Und wie bekam man das heraus? Ach ja, ganz einfach! Er brauchte nur zu recherchieren, wann die jeweiligen Anschläge begonnen hatten, und nachrechnen, wann die Jungs am Tatort erschienen. Dann ließ sich ihr Aktionsradius einigermaßen bestimmen. Flugzeuge machen bis zu 500 Knoten in der Stunde und legten in dieser Reisezeit eine Strecke zurück von ...

... *England muß es sein*, folgerte Henriksen. Das war der einzig sinnvolle Stützpunkt. Die Briten hatten die entsprechende Infrastruktur, und Geheimhaltung wurde in Hereford ganz groß geschrieben. Er selbst war dort gewesen und hatte unter Gus als Mitglied des FBI-Geiselrettungsteams mit dem SAS trainiert. Selbst wenn er es noch mit den Unterlagen aus Bern und Wien vergleichen mußte – seine Mitarbeiter analysierten sämtliche Anti-Terror-Einsätze weltweit, um den eigenen Standard zu verbessern. Weitere Informationen konnte er bei Vertrauensleuten in der Schweiz und in Österreich erfragen. Das dürfte nicht allzu schwierig sein. Ein Blick auf die Uhr sagte ihm, daß es besser wäre, gleich anzurufen, denn dort war es schon sechs Stunden später. Er durchblätterte sein Adressenverzeichnis und rief über seine Privatleitung an.

Eine ›schwarze‹ Gruppe, wie? fragte er sich. *Wollen mal sehen!*

Die Kabinettssitzung endete ungewöhnlich früh. Die Tagesordnungspunkte des Präsidenten waren schnell abgehakt, was es ihnen allen leichter machte. Nur zweimal war abgestimmt worden – wobei es sich eigentlich mehr um eine Umfrage handelte, denn der Präsident behielt sich die Entscheidung vor, wie er mehrfach betonte. Dann ging man auseinander, und Carol verließ mit den anderen das Gebäude.

»Hallo, George«, grüßte Dr. Brightling den Sekretär des Finanzministers.

»Na, Carol? Schmusen Sie noch immer mit Ihren Bäumen?« fragte er grinsend.

»Aber sicher«, lachte sie dem ignoranten Kotzbrocken ins Gesicht. »Heute früh den Fernsehbericht gesehen?«

»Welchen?«

»Über das, was in Spanien passiert ist...«

»Ach ja, klar. Worldpark. Und was soll damit sein?«

»Wer waren die vermummten Männer?«

»Carol, Sie sind nicht befugt, das zu wissen!«

»Ich will ja nicht deren Telefonnummern, George«, gab sie zurück und ließ zu, daß er ihr die Türe aufhielt. »Und ich *bin* befugt, wie Sie wissen!«

Das konnte selbst der Staatssekretär nicht leugnen. Als wissenschaftliche Beraterin hatte sie Zugang auf allen Geheimstufen, einschließlich Rüstungsprojekten, Nuklearwaffen und dergleichen. Und die Crème de la crème, den Bericht über Abhörmaßnahmen, bekam sie routinemäßig zu lesen. Wenn jemand befugt war, nachzufragen, dann war sie es. Er wünschte nur, sie hätte ihn nicht gefragt. Schon jetzt wußten viel zu viele Leute von der Operation Rainbow. Er seufzte.

»Wir haben das vor ein paar Monaten eingerichtet. Schwarze Operation, verstehen Sie! Ein multinationales Sonderkommando, operiert von irgendwo in England aus, vorwiegend Briten und Amerikaner, aber auch ein paar andere. Die Idee kam von einem der CIA-Leute, die der Präsident persönlich schätzt. Und bis jetzt haben sie ganze Arbeit geleistet, nicht wahr?«

»Die Kinder zu retten war jedenfalls eine Heldentat. Dafür bekommen sie hoffentlich nicht bloß 'nen warmen Händedruck...«

Er runzelte die Stirn. »Wie man's nimmt. Der Chef persönlich hat erst heute früh ein Grußwort hingeschickt.«

»Und wie heißt das Ganze?«

»Müssen Sie das wirklich wissen?« seufzte George.

»Den Namen, was liegt schon daran!«

»Stimmt auch wieder«, nickte der Staatssekretär. »Rainbow heißt die Gruppe. Wegen der multinationalen Struktur.«

»Wer immer das ist, gestern nacht haben sie Fleißpunkte gesammelt. Sie wissen ja, daß ich darüber eigentlich informiert werden müßte. Ich *könnte* mich auch mal nützlich machen«, betonte sie.

»Fragen Sie doch den Chef selbst.«

»Aber der ist gerade nicht so gut auf mich zu sprechen, oder?«

»Genau. Deshalb bleiben Sie gefälligst bei Ihrem Umweltkram. Wer, verdammt nochmal, hat kein Herz für grünes Gras und Singvögel? Aber die Amsel kann uns nicht vorpfeifen, wie wir das Land regieren, oder?«

»Ich arbeite an wichtigen Fragen der Umweltforschung, George«, entgegnete Carol Brightling.

»Sie sagen es, Frau Doktor. Aber wenn Sie sich weniger ereifern würden, hörten Ihnen die Leute besser zu. Das nur als kleiner Hinweis am Rande!« stichelte der Staatssekretär und klappte die Hecktür seines Wagens auf, um die zwei Straßenecken zum Ministerium nicht zu Fuß laufen zu müssen.

»Danke, George. Werd's mir zu Herzen nehmen«, versprach sie. Er winkte ihr noch, als sein Chauffeur die Parklücke verließ.

»Rainbow«, murmelte Carol Brightling vor sich hin, als sie über den West Executive Drive schlenderte. Was nutzte es, sich mehr in die Sache hineinzuhängen. Im Büro steckte sie die Plastikkarte in ihr STU-4-Sicherheitstelefon und wählte die Privatleitung des CIA-Direktors an.

»Hallo?« meldete sich eine heisere Männerstimme.

»Ed, hier spricht Carol Brightling.«

»Ich grüße Sie! Na, wie ist es gelaufen im Kabinett heute?«

»Glatt wie immer. Ich hätte da mal eine Frage...«

»Schießen Sie los, Carol!« bat der Geheimdienstchef.

»Es geht um Rainbow. In Spanien haben sie gestern hervorragende Arbeit geleistet!«

»Sie sind informiert?« erkundigte sich Ed mißtrauisch.

»Woher sollte ich sonst den Namen kennen? Ich habe einen Ihrer Leute kennengelernt, der das Ganze aufgezogen hat. Der Name fällt mir jetzt nicht ein – der, von dem der Präsident große Stücke hält...«

»John Clark meinen Sie. Er war mein Führungsoffizier, vor vielen Jahren. Ein grundsolider Bursche. Er war schon oft draußen und hat mehr Einsätze hinter sich als ich oder selbst Mary Pat. Aber wieso interessiert Sie das?«

»Es geht um das neue Sprechfunk-Verschlüsselungsprogramm, an dem die NSA herumbastelt. Sind die Jungs schon damit ausgestattet?«

»Weiß ich nicht«, gab der Direktor zu. »Ist das denn überhaupt schon einsatzbereit?«

»Einen Monat dauert es noch, höchstens. E-Systems wird der Hersteller sein, und ich finde, Sie sollten das direkt an Rainbow weitergeben. Schließlich sind die draußen an vorderster Front für uns tätig. Sie hätten es als erste verdient.«

Am anderen Ende nahm sich der CIA-Direktor vor, die Zusammenarbeit mit dem Nationalen Sicherheits-Amt zu verbessern. Er hatte ganz vergessen, daß sich Brightling im Chiffrierwesen auskannte und die »schwarze Karte« besaß, die ihr Zugang zum Allerheiligsten in Fort Meade gewährte.

»Keine schlechte Idee. Wen frage ich danach?«

»Am besten Admiral McConnell. Das Ganze ist seinem Kommando unterstellt. War ja auch nur ein freundlicher Hinweis. Da sich das Rainbow-Team bewährt hat, verdient es wohl auch die modernste Ausrüstung!«

»Einverstanden, ich sorge dafür. Danke, Carol.«

»Gern geschehen, Eddie. Und irgendwann dieser Tage unterrichten Sie mich über das gesamte Projekt, klar?«

»Kann ich machen. Ich schicke Ihnen einen Informanten, der Sie einweiht.«

»Wann immer Sie wollen. Also dann – tschüß!«

»Auf Wiederhören, Carol.« Damit war die Sicherheitsleitung tot. Carol mußte am Telefon grinsen. Ed würde ihr schon nicht auf die Schliche kommen, oder? Sie kannte den Namen, hatte das Team brav gelobt und sogar ihre Hilfe angeboten, wie es sich für eine loyale Beamtin gehört. Und jetzt wußte sie sogar den Namen des Teamchefs. John Clark, ehemals Eds eigener Führungsoffizier. Im Grunde war es kinderleicht, an Informationen zu kommen, wenn man den Leuten ein bißchen nach dem Mund redete. Dieser Sache würde sie nachgehen.

Einer seiner Leute hatte Berechnungen angestellt und die Transportzeiten ermittelt. Erwartungsgemäß ließen die Ergebnisse auf England schließen. Im zeitlichen Radius von Bern und Wien konnte nur London liegen oder ein Ort in der Nähe. Das war ja auch sinnvoll, überlegte Henriksen. British Airways flog überall hin und pflegte ausgezeichnete Kontakte zur Regierung. Wer immer die Truppe gebildet hatte, stationiert war sie in… in Hereford. Mit an Sicherheit grenzender Wahrscheinlichkeit. Vermutlich multinational. Das machte sie in den Ländern, wo sie operierte, akzeptabel. Amerikaner und Briten bildeten darin wohl die Mehrheit, dann gab es noch weitere Nationalitäten und Zugang zur US-Militärausrüstung wie dem Hubschrauber… Gus Werner wußte Bescheid. Hatte er womöglich ein paar FBI-Leute dahin abgeordnet? Gut möglich, dachte Bill Henriksen. Ihr Geiselrettungsteam war im Grunde genommen eine Polizeieinheit gewesen, aber da sie Anti-Terror-Einsätze durchführte, übten und arbeiteten sie mit ähnlichen Organisationen in aller Welt zusammen, auch solchen mit vorwiegend militärischem Charakter. Ihre Mission war also ungefähr die gleiche, das Personal nahezu austauschbar. Die FBI-Geiselretter konnten als eins der weltweit besten Eliteteams gelten, und jemand von denen war mit einiger Sicherheit auch in der neuen Truppe. Nun mußte er nur noch herausfinden, wer, aber das war für den Moment ein bißchen zu langwierig.

Im Augenblick zählte nur eins, daß ihr Anti-Terror-Auftrag eine potentielle Gefahr darstellte. Und wenn sie nun nach Melbourne abkommandiert wurden? Welchen Schaden würde das anrichten? Gut für sie war es nicht, besonders, wenn ein FBI-Mann dabei war. Er hatte fünfzehn Jahre für das Büro gearbeitet, und Henriksen machte sich keine Illusionen über seine Ex-Kollegen. Denen entging nichts, alles nahmen sie unter die Lupe, und was sie nicht durchschauten, fanden sie auf andere Weise heraus. War er bei seiner Strategie, weltweit neues Interesse für die terroristische Gefahr zu wecken, um den Job in Melbourne zu bekommen, unversehens einen Schritt zu weit gegangen? Mist, verdammter. Aber eines fahrlässigen Vergehens würde man ihn wohl nicht bezichtigen können, oder? Mit Zufällen mußte er in seinem Job immer rechnen. Ein Glück, daß er sich noch immer darauf verstand, Fakten zu sammeln und die richtigen Schlüsse zu ziehen. Er mußte noch mehr in Erfahrung bringen. Das Schlimmste war, daß ihm bis zur Abreise nach Australien noch wenig mehr als ein Tag blieb. Von dort aus konnte er keine Nachforschungen mehr anstellen. Heute abend würde er mit dem Chef essen gehen und ihm mitteilen, was er wußte. Der Ex-KGB-Mensch, den er angeheuert hatte, konnte sich ja auch noch mal umhören. Bis jetzt hatte er seine Sache verdammt gut gemacht. Ein Pfeifenraucher! Immer wieder wunderte sich Henriksen, wie die geringfügigsten Fehler letztlich doch alles ans Licht brachten. Man mußte bloß Augen und Ohren offenhalten.

»Das Interleukin zeigt keinerlei Wirkung«, bemerkte John Killgore und wandte den Blick vom Monitor ab. Das Elektronenmikroskop zeigte es klar und deutlich: Immer noch reproduzierten sich die Shiva-Ketten unaufhaltsam und verzehrten zugleich das Gewebe.

»Und nun?« fragte Dr. Archer.

»Das war die einzige Heilungschance, die ich befürchtete, Barb. So aufregend die Entdeckung des 3a-Stoffes ist, davon läßt sich Shiva nicht aufhalten. Wird einem ganz schön mulmig, wenn man sich das Virus so ansieht ...«

»Und die Versuchspersonen?«

»Ich war gerade bei ihnen. Pete ist fast hinüber, die übrigen auch. Shiva frißt sie von innen her auf. Alle haben starke innere Blutungen, und der Gewebeverfall ist irreparabel. Alles, was die Schulmedizin kennt, habe ich ausprobiert. In Hopkins, Harvard oder der Mayo-Klinik könnten die armen Schweine auch nicht besser behandelt werden als hier, und trotzdem werden sie sterben. Allerdings«, räumte er ein, »bei einigen ist das Immunsystem stark genug, Shiva abzuwehren, aber ihr Anteil ist verschwindend gering.«

»Wie gering?« fragte sie den Epidemiologen.

»Geringer als eins zu tausend. Eins zu zehntausend vielleicht. Selbst die Beulenpest des Mittelalters brachte nicht jeden um«, erinnerte er die Kollegin. Es war die tödlichste Seuche gewesen, die den Planeten je heimgesucht hatte; nur einer von tausend Bewohnern Europas überlebte sie. Manche Menschen verfügten über ein Immunsystem, das jeden Fremdkörper eliminierte – die Robusteren konnten hundert Jahre alt werden und mehr. Das ließ sich durch Rauchen oder Nichtrauchen, Knoblauch oder das tägliche Glas Wein nicht steuern, ganz zu schweigen von all dem anderen Schwachsinn, der in den Illustrierten als Geheimrezept für ewiges Leben ausgegeben wurde. Das hatte allein etwas mit der Genstruktur zu tun, mit sonst nichts. Bei den einen war sie besser, bei anderen schlechter. So einfach war das.

»Aber darüber brauchen wir uns keine Sorgen zu machen, oder?«

»Die Weltbevölkerung ist längst über fünf Milliarden hinaus. Das wäre dann vielleicht eine Million, und man muß noch einige abziehen. Im Endeffekt kommt man auf mehrere Hunderttausend, die nicht gut auf uns zu sprechen sein werden.«

»Und die werden über die ganze Welt verstreut sein«, ergänzte Barb. »Unorganisiert, ohne staatliche Lenkung oder wissenschaftliche Kenntnisse, die ihnen helfen, sich durchzuschlagen. Wie sollen sie sich verständigen, allein die achtzig, die in New York überleben? Und mit den vielen Leichen kommen andere Krankheiten auf sie zu. Das beste Immunsystem der Welt wird sie nicht davor schützen.«

»Wohl wahr«, nickte Killgore. Dann lächelte er. »Die menschliche Rasse wird sich jedenfalls durch uns veredeln.«

Dr. Archer erkannte die darin liegende Ironie. »Das will ich meinen. Steht Impfstoff-B inzwischen zur Verfügung, John?«

Er nickte. »Ja, und vor ein paar Stunden habe ich meine Injektion bekommen. Sind Sie auch so weit?«

»Und die A-Variante?«

»Im Eisfach, fertig zur Massenproduktion, sobald die Menschen danach verlangen. Wir können sie wöchentlich in Tausend-Liter-Tanks ausgeben, wenn's sein muß. – Genug, um den Planeten damit einzudecken«, setzte er hinzu. »Steve Berg und ich haben das gestern durchgespielt.«

»Könnte sonst noch irgendwo ...«

»Auf keinen Fall. Nicht einmal Merck kann so schnell nachziehen – und selbst wenn, müßten sie unsere Formel benutzen, oder?«

Das war ihre letzte Absicherung. Wenn der Plan, Shiva im globalen Maßstab zu versprühen, mißlang, konnte man der Menschheit Impfstoff-A verabreichen, den die Antigen-Laborforschung, eine Tochter der Horizon Corporation, zufällig bei Forschungen zugunsten der Gesundheit in der Dritten Welt entwickelt hatte. Dort lebten die meisten an hämorrhagischem Fieber Erkrankten. Ein Zufallsfund, wenngleich er schon in der Fachliteratur bekannt war. John Killgore und Steven Berg hatten beide ihre Studien über diese Krankheit publiziert, und sie erregten großes Aufsehen angesichts der Seuchen, die das verängstigte Amerika und die übrige Welt derzeit heimsuchten. Man wußte also bereits, daß Horizon-Antigen mit dieser Materie befaßt war, und deshalb würde man sich nicht wundern, wenn dort bereits Impfstoff vorrätig war. Auch war der Impfstoff bereits im Labor erprobt, wobei sich herausgestellt hatte, daß er von Antikörpern nur so wimmelte. Aber es waren die falschen Antikörper, und so würde die rettende Impfung das endgültige Verhängnis über jeden bringen, der sich ihr unterzog. Die Zeit von der Spritze bis zum Auftreten der ersten Symptome wurde mit sechs bis acht Wochen kalkuliert, und auch hier zählten nur jene Glücklichen mit dem bestausgestatteten Genpool zu den Überlebenden. Einhundert dieser Leute aus einer Million würden es schaffen. Vielleicht auch weniger. Mit Ebola-Shiva war nicht zu spaßen; seit drei Jahren wurde herumgeforscht, und es wunderte Killgore noch immer, *wie* einfach das Virus letztendlich herzustellen war. Aber das war eine Wissenschaft für sich. Die Genmanipulation steckte noch in den Kinderschuhen; die Folgen ließen sich kaum abschätzen. Traurig war daran nur, daß dieselben Leute eigentlich an einem neuen, verheißungsvollen Projekt arbeiten sollten – der künstlichen Verlängerung menschlichen Lebens –, wobei sie angeblich große Fortschritte erzielten. Nun gut – ein verlängertes Leben konnte nicht schaden, wenn man sich an die neue, durch Shiva heraufbeschworene Welt erst gewöhnen mußte.

Und die Erfindungen nahmen ja auch danach kein Ende. Viele auf der Auswahlliste der B-Empfänger waren Naturwissenschaftler. Manchen würde die Wahrheit nicht zusagen, wenn sie ans Licht kam, aber als Wissenschaftlern blieb ihnen keine andere Wahl, als ihre Arbeit zu tun.

Selbst in ihrem Projekt waren nicht alle einig. Manche Heißsporne behaupteten gar, es verstieße gegen die Logik ihrer Mission, auch Ärzte überleben zu lassen – weil die Medizin der Natur nicht ihren Lauf ließ. Killgore schnaubte verächtlich. Na prima, sollen diese Idioten ihre Kinder doch auf der grünen Wiese gebären, wenn sie den ganzen Morgen gepflügt haben oder zur Jagd gegangen sind. Desto schneller starben diese ideologisch verbohrten Sektierer aus. Er jedenfalls hatte sich vorgenommen, die Natur zu studieren und zu genießen; dazu brauchte er festes Schuhwerk und eine Windjacke, um nicht zu frieren. Er blieb doch ein gebildeter, erwachsener Mensch; wer wollte sich schon zum Menschenaffen zurückentwickeln? Ein Arbeitsheer würden sie auch immer brauchen. Bauern mußten für Nahrung sorgen, Viehherden halten – oder die Jäger machten Jagd auf Büffel, deren Fleisch gesünder und weniger cholesterinhaltig war. Bald würde es wieder viele Büffel geben, dachte er. Genährt vom wild wuchernden Weizen in den Great Plains, würden ihre Zahl wieder zunehmen, zumal noch ihre natürlichen Feinde so nachhaltig ausgerottet worden waren. Auch Haustiere konnten nachgezüchtet werden, aber der Büffel würde sie alle ausstechen, sein Verhalten war dem Leben in freier Wildbahn besser angepaßt. Killgore schwärmte davon, die Herden des Wilden Westens von einst wiederzusehen. Auch nach Afrika wollte er gern einmal reisen.

Aber das erforderte Flugzeuge und Piloten für das Projekt. Horizon verfügte schon über eine Flottille von G-V-Geschäftsjets, mit denen sich fast die ganze Welt bereisen ließ. Kleinere Gruppen mußten auch angewiesen werden, Flugplätze offen zu halten wie beispielsweise in Sambia. Er wollte das wilde, freie Afrika sehen. Zehn Jahre mochte das noch dauern, schätzte Killgore. Aber Probleme würde es nicht geben. AIDS bereitete dem Kontinent ein qualvolles Ende, und Shiva würde das noch beschleunigen, bis der Schwarze Kontinent wieder menschenleer war. Dann würde er hinüberfliegen und die Natur in all ihrer Pracht bewundern … oder gar einen Löwen schießen, als Bettvorleger für sein Heim in Kansas? Manche hier im Projekt würden verrückt spielen, wenn sie's erführen, aber was galt schon ein Löwe mehr oder weniger? Das Projekt rettete die Wüstentiere zu Hunderttausenden, vielleicht zu Millionen, und sie konnten als freie, stolze Jäger ihr Gebiet durchstreifen. Eine herrliche Neue Welt dämmerte herauf, wenn erst die Schmarotzer beseitigt waren, die alles beschmutzten und zerstörten.

Ein Summton erklang, und er sah nach der Schalttafel. »Ernie hier. M 5 scheint Herzstillstand zu haben«, kam es über Lautsprecher.

»Und was jetzt?« wollte Barbara Archer wissen.

Killgore stand auf. »Dafür sorgen, daß er wirklich tot ist.« Er bückte sich, schaltete eine Kamera auf den großen Monitor über dem Schreibtisch und verließ den Raum. »Sie können ja mal zuschauen!«

Zwei Minuten später erschien er wieder auf dem Fernsehschirm. Ein Pfleger war bei ihm, der aber nur tatenlos zusah, wie Killgore den Puls nahm und in die Augen leuchtete. Trotz seiner B-Impfung trug Killgore Handschuhe und eine Atemmaske. Dafür gab es gute Gründe. Schließlich stand er auf und schaltete die Infusion ab. Der Pfleger entfernte den Katheter und zog dem Toten ein Laken übers Gesicht. Killgore zeigte zur Tür, und die Bahre wurde hinausgerollt zur Verbrennungsanlage. Bei dieser Gelegenheit sah sich Killgore auch noch die anderen Versuchspersonen an und schien sogar mit einer zu sprechen, bevor er endgültig aus dem Blickfeld der Kamera verschwand.

»Hatte ich mir schon gedacht«, bemerkte er, als er ohne Schutzkleidung in den Kontrollraum zurückkehrte. »Ernies Herz war sowieso nicht das kräftigste, und Shiva schien ganz versessen darauf zu sein. Wendell, die M-2, ist als nächster dran. Vielleicht schon morgen. Die Leberfunktion ist nur noch minimal, und im Magen-Darm-Bereich zeigen sich heftige Blutungen.«

»Was ist mit der Kontrollgruppe?«

»Mary, F-4, wird in zwei Tagen ernsthafte Symptome zeigen.«

»Die Sprühmethode hat sich demnach bewährt?« erkundigte sich Dr. Archer.

»Ganz hervorragend sogar!« Killgore holte sich eine Tasse Kaffee vom Automaten, bevor er wieder Platz nahm. »Es funktioniert alles reibungslos, Barb. Und die Computermodelle übertreffen unsere kühnsten Träume! Sechs Monate nach der Initialzündung werden wir die Welt nicht wiedererkennen«, prophezeite er.

»Aber ich fürchte, diese sechs Monate werden sehr beschwerlich sein, John. Wenn jemand herausfindet, was hier vorgeht – dann wird es sein letzter bewußter Entschluß sein, uns wenn irgend möglich umzubringen.«

»Deshalb sind wir ja bewaffnet, Barb.«

»Sie nennen sich ›Rainbow‹«, konnte er den anderen mitteilen, nachdem er seinen besten Informanten abgeschöpft hatte. »Der Stützpunkt ist Großbritannien. Ein CIA-Agent namens John Clark hat die Organisation ins Leben gerufen, deren Boß er heute ist.«

»Hört sich glaubhaft an«, kommentierte Henriksen. »Eine multinationale Truppe, stimmt's?«

»Ich denke schon«, nickte John Brightling.

»Sinnvoll wäre es.« Dmitrij Popov spießte ein Salatblatt auf. »Etwas Ähnliches wie die NATO-Eingreiftruppe, in Hereford stationiert, stimmt's?«

»Korrekt«, bestätigte Henriksen. »War übrigens nicht von schlechten Eltern, wie Sie das herausgefunden haben!«

Popov zuckte die Achseln. »Im Grunde genommen war es simpel. Ich hätte nur früher Verdacht schöpfen müssen. Jetzt muß ich Sie aber fragen – was soll ich tun?«

»Erst müssen wir mehr in Erfahrung bringen«, bemerkte Henrikson mit einem Seitenblick auf seinen Chef. »Noch sehr viel mehr.«

»Und wie werden Sie vorgehen?« erkundigte sich Brightling.

»Das ist gar nicht so kompliziert«, versicherte Popov. »Wenn man einmal weiß, wo man mit der Suche anfangen soll, ist die halbe Arbeit schon getan. Und wer das weiß, braucht bloß hinzugehen und nachzusehen. Schließlich habe ich schon den Namen, nicht wahr?«

»Sie würden das übernehmen?« fragte John den Russen.

»Aber sicher.« *Wenn es bezahlt wird.* »Ganz ungefährlich ist es nicht, aber …«

»Mit welchen Gefahren rechnen Sie?«

»Früher habe ich in England gearbeitet. Es ist nicht ganz ausgeschlossen, daß sie ein Foto von mir haben, unter anderem Namen natürlich. Aber ich halte es nicht für wahrscheinlich.«

»Können Sie mit britischem Akzent sprechen?« wollte Henriksen wissen.

»Aber ja doch, mein Lieber«, gab Popov zurück. »Sie waren mal beim FBI?«

Der andere nickte. »Stimmt auffallend.«

»Dann wissen Sie ja, wie man's macht. Eine Woche brauche ich, nicht mehr.«

»Einverstanden«, antwortete Brightling. »Fliegen Sie gleich morgen hin.«

»Und die nötigen Papiere?« fiel Henriksen ein.

»Ich habe Reisedokumente in mehreren Ausfertigungen, Bargeld in allen Währungen, alles ist bereit«, versicherte der Geheimagent.

Nicht übel, einen Profi verpflichtet zu haben, dachte Henriksen. »Mein Flieger geht morgen sehr früh, und ich muß noch packen, Leute. Wir sehen uns dann nächste Woche!«

»Lassen Sie sich nicht vom Jet-Lag erwischen, Bill«, empfahl John.

Der Ex-FBI-Agent mußte lachen. »Dagegen gibt's doch Medikamente!«

18

EINBLICKE

Popov nahm den Frühflug in der Concorde. Mit diesem Flugzeugtyp war er noch nie geflogen; er fühlte sich in dieser Maschine beengt, obwohl die Sitze durchaus Beinfreiheit boten, als er seinen Sitz 4C einnahm. Unterdessen saß Bill Henriksen an einem anderen Terminal in der Ersten Klasse des amerikanischen DC-10-Fliegers nach Los Angeles.

William Henrikson – ehemals Mitglied des Geiselrettungsteams des FBI, dachte Dmitrij Arkadejewitsch Popov. Ausgewiesener Experte für Terrorbekämpfung, Vorsitzender einer internationalen Sicherheitsfirma, jetzt unterwegs nach Australien, um die Beraterverträge für die nächsten Olympischen Spiele unter Dach und Fach zu bringen... Wie paßte *das* zu den Aufträgen, die Popov von John Brightlings Horizon-Konzern erhalten hatte? Worin bestand denn nun seine Arbeit, beziehungsweise, welcher Idee diente er? Welcher Aufgabe? Daß er ein Spitzengehalt bezog, stand außer Frage. Über die Bezahlung hatten sie beim Abendessen gar nicht mehr gesprochen, denn man würde ihm geben, was er verlangte. Schon überlegte er, 250000 Dollar allein für diesen Job zu nehmen, auch wenn er, abgesehen vom Steuern eines Fahrzeugs im englischen Linksverkehr, noch einige Risiken mehr barg. 250000 Dollar? Warum nicht mehr, sagte sich Popov. Schienen sie doch gerade diese Mission besonders wichtig zu nehmen.

Wie paßte einer, der zu terroristischen Anschlägen animierte, und ein Experte für Antiterrorismus in ein und dieselbe Strategie? Weshalb hatten sie auf seine Entdeckung, daß es eine neue Anti-Terror-Einheit gab, so rasch reagiert? Es ließ sie offenbar nicht kalt – aber *warum?* Was zum Teufel hatten sie vor? Ungeduldig schüttelte er den Kopf. So gerissen er war, hier stand er vor einem Rätsel. Und er wollte es lösen, jetzt mehr denn je.

Wieder war es sein Nichtwissen, das ihm Sorgen bereitete. Sorgen? Ja, er fing an, nervös zu werden. Der KGB hatte niemanden ermutigt, besonders neugierig zu sein, aber wenn man intelligenten Leuten Aufträge erteilte, sie mit Aktionen betraute, gab es gewöhnlich eine gute Erklärung. Und seinerzeit hatte er zumindest gewußt, daß er den Interessen seines Landes diente. Was immer er ausspionierte, wen er auch rekrutierte, alles zielte darauf ab, das Vaterland der Werktätigen zu stärken und zu sichern. Und wenn all sein Bemühen vergebens war, hielt er dies nicht für seine Schuld. Der KGB hatte den Staat nicht verraten. Im Gegenteil, die Führung hatte den KGB im Stich gelassen. Einer der besten Geheimdienste der Welt war der KGB gewesen, und er würde zeitlebens stolz auf dessen Leistungen und seine eigenen sein.

Woran er jetzt beteiligt war, ahnte er nicht. Er sollte Informationen einholen, das war nicht schwer, doch wußte er noch nicht, warum. Was er gestern abend beim Essen gehört hatte, öffnete nur eine weitere Tür in diesem mysteriösen Labyrinth. Es erinnerte stark an Verschwörungstheorien à la Hollywood oder an einen Thriller, dessen Ausgang noch nicht feststand. Er würde das Geld nehmen und den Job erledigen, doch zum ersten Mal fühlte er sich nicht wohl. Gemischte Gefühle waren es, die er hegte, als der Flieger über die Rollbahn glitt und in die aufgehende Sonne flog, die zu diesem Zeitpunkt schon hoch über London Heathrow stand.

»Irgendwelche Fortschritte, Bill?«

Tawney lehnte sich im Sessel zurück. »Viel ist es nicht. Die Spanier haben zwei der Täter als baskische Separatisten identifiziert. Die Franzosen mutmaßen, sie hätten in Verbindung mit einer Person im Park gestanden. Aber das war's auch schon. Ich nehme an, wir könnten Näheres von Carlos erfahren, aber ich bezweifle, daß er sich kooperativ zeigt. Wer sagt denn, daß er die Typen überhaupt gekannt hat?«

»Stimmt.« Clark nahm sich einen Stuhl. »Ding soll anscheinend recht behalten. Ein Ereignis dieser Art war zu erwarten, aber drei in so kurzer Abfolge, seit wir hier sind, das erscheint aberwitzig. Halten Sie es für denkbar, daß jemand schlafende Hunde geweckt hat, Bill?«

»Unmöglich ist das nicht, aber wer sollte das tun, und *warum* sollte er's tun?« fragte Tawney.

»Nur nichts überstürzen. Bleiben wir zunächst mal beim ›wer‹. Wer wäre denn imstande dazu?«

»Jemand, der schon in den siebziger und achtziger Jahren in Verbindung mit ihnen stand. Jemand, der sich gut in der Bewegung auskannte und die Terroristen von außen ›beeinflußte‹, von außen kontrollierte. Das ließe auf einen KGB-Spion schließen. Wohlgemerkt müßte er sie kennen, Kontakt mit ihnen pflegen oder auch wiederbelebt haben.«

»Alle drei Gruppen waren stark ideologisch unterwandert ...«

»Deshalb muß der Kontaktmann ein früherer – oder gar aktiver? – KGBler sein. Er muß ihr Vertrauen genießen, mehr als das, eine Autorität sein, die sie respektieren und anerkennen.« Tawney schlürfte seinen Tee. »Das heißt, ein Abwehroffizier, vielleicht ein führender, für den sie damals schon gearbeitet haben, der ihnen irgendwo im Ostblock Ausbildung und Unterschlupf gewährte.«

»Ein Deutscher? Tscheche? Russe?«

»Russe«, erklärte Tawney bestimmt. »Vergessen Sie nicht, daß andere Ostblockstaaten solche Leute nur unter strenger Aufsicht des KGB aufnehmen durften. Diese Arrangements waren immer vorgeschoben, John. Der KGB arbeitete nur auf eigene Rechnung. ›Progressive Elemente‹, alles Quatsch! Man hat sie irgendwo bei Moskau ausgebildet und anschließend diskret in Privathäusern einquartiert, vor allem in Ostdeutschland. Wir haben eine Menge Material aus der alten Stasi-Zentrale bekommen, als die DDR zusammenbrach. Ein Kollege von mir im Century House arbeitet das gerade im Moment auf. Es braucht Zeit. Leider wurden diese Sachen nie auf Computer gespeichert, nicht mal gescheite Querverweise angelegt – aus Geldmangel.«

»Warum gehen wir dann nicht gleich zum KGB? Diesem Golowko habe ich mal die Hand geschüttelt, wissen Sie!«

Tawney fragte erstaunt: »Machen Sie Witze?!«

»Wären Ding und ich sonst so schnell mit russischer Deckung in den Iran gekommen? Glauben Sie denn, der CIA allein könnte solche Operationen in dieser Geschwindigkeit durchführen? Schön wär's, Bill. Das hat Golowko für uns eingefädelt; Ding und ich waren sogar bei ihm im Büro, bevor wir hinunterflogen.«

»Tja, wenn das so ist – einen Versuch ist es wert!«

»Dazu brauche ich allerdings eine Erlaubnis aus Langley.«

»Ob Sergej wirklich kooperiert?«

»Sicher bin ich nicht«, räumte John ein. »Höchstens für Geld. Aber bevor es soweit kommt, muß ich genau wissen, was wir wollen. Bloßes Herumstochern reicht nicht. Wir müssen gezielt vorgehen.«

»Wenn wir den Namen eines Spezialagenten wüßten, der mit ihnen Kontakt hatte, wäre viel gewonnen ... Bleibt natürlich das Problem, ob es der echte Name ist, wie?«

Clark nickte. »Vielleicht nicht. Wissen Sie, wir sollten mehr Mühe darauf verwenden, die Täter lebend zu kriegen.«

»Dazu gab es bisher noch keine Chance«, hob Tawney hervor.

Mag sein, dachte Clark. Und selbst wenn man einen der Terroristen gefangennähme, wer garantierte, daß er ihnen die Antwort geben konnte, die man aus ihm herausquetschen wollte? Aber irgendwo mußte man anfangen.

»In Bern war es ein Bankraub. In Wien versuchte Entführung, und nach allem, was Herr Ostermann sagt, waren die Täter hinter einem Hirngespinst her: private Insider-Computercodes, um in den internationalen Börsenhandel einzudringen. Der letzte Überfall erscheint dagegen wie eine Reprise aus den siebziger Jahren.«

»Bei zwei von dreien ging es um Geld«, nickte Clark. »Doch auch in diesen beiden Fällen waren die Täter politisch motiviert, stimmt's?«

»Stimmt.«

»Weshalb dann das Interesse für das Geld? Beim ersten Mal, zugegeben, war es eindeutig ein Überfall. Aber beim zweiten Mal waren die Täter geschickter – irgendwie raffiniert und dumm zugleich, denn sie wollten etwas, das es nicht gibt. Doch als Linksextremisten mußten sie das auch nicht unbedingt wissen, Bill. *Irgendwer* kann es ihnen doch eingeredet haben, oder? Auf eine solche Idee kommt man doch nicht von alleine?«

»Ganz meine Meinung. Ihre Annahme hat einiges für sich«, gab der Agent zurück. »Ist vielleicht sogar wahrscheinlich.«

»In diesem Fall hatten wir also zwei ideologisch motivierte Täter, ziemlich kompetente sogar, die aber einem Trugbild aufgesessen sind. Wirkt eigentlich wie ein schreiender Widerspruch, diese Kombination von operativer Raffinesse und objektiver Blödheit, finden Sie nicht?«

»Aber was ist mit Worldpark?«

Clark zuckte die Achseln. »Womöglich hat Carlos eine Information, die sie dringend brauchen. Vielleicht geht es um irgendein Versteck, oder Kontaktpersonen, oder um Telefonnummern, vielleicht auch nur um Bargeld – darüber können wir nur spekulieren.«

»Und es ist ziemlich unwahrscheinlich, daß wir ihn zur Zusammenarbeit bewegen.«

Clark schnaubte abfällig. »Sieht so aus.«

»Eins können wir tun, nämlich mit den Jungs der Abteilung ›Five‹ sprechen. Vielleicht hat unser russischer Schattenmann mal mit der PIRA gearbeitet. Ich will mich mal ein wenig umhören, John.«

»Einverstanden. Und ich bespreche mich mit Langley.« Clark stand auf, verließ das Zimmer und kehrte in sein Büro zurück. Noch immer zermarterte er sich das Gehirn, und es brauchte eine Weile, bis er sich wieder auf den Papierkram konzentrieren konnte.

Der Anfang verhieß nichts Gutes, und Popov hätte fast laut gelacht, als er in seinen Mietwagen einsteigen wollte und zuerst die falsche Tür öffnete. Aber er bemerkte den Irrtum schnell, und wenige Sekunden später – nachdem er das Gepäck in den Kofferraum geworfen hatte – saß er hinter dem Steuer. Dann öffnete er die Kartensammlung, die er am Flughafen-Zeitungsstand erworben hatte, und verließ Heathrow Terminal 4 über die Autobahn, die ihn nach Hereford brachte.

»Und wie funktioniert das, Tim?«

Noonan nahm die Hände weg, aber der Zeiger wies noch immer auf Chavez. »Eine Wahnsinnssache. Damit soll man elektromagnetische Felder aufspüren können, die vom menschlichen Herzen ausgesandt werden. Das ist ein unverwechselbares Niederfrequenzsignal... läßt sich von Gorillas und anderen Tieren nicht täuschen.«

Das neue Spielzeug sah aus wie eine Strahlenpistole aus den Science-Fiction-Filmen der fünfziger Jahre, mit winzigem Antennendraht vorn und einem Pistolengriff. Der Draht nahm die Peilung auf und richtete sich auf das Signal aus, das sie empfingen. Noonan entfernte sich von Chavez und Covington und trat vor die nackte Wand. Da mußte doch rechts eine Sekretärin sitzen... ja. Er richtete das Suchgerät auf sie. Während er ging, zeigte der Draht hartnäckig in diese Richtung.

»Sieht aus wie 'ne verdammte Wünschelrute«, meinte Peter, der sich nicht genug wundern konnte. »Als ob du nach Wasser suchst!«

»Sieht ein bißchen danach aus, wie? Kein Wunder, daß die Armee so ein Gerät wollte. Mit Hinterhalten ist damit nun ein für allemal Schluß. Angeblich entdeckt man damit Leute auch unterirdisch, hinter Bäumen und im Regen.«

Chavez überlegte ein wenig. Vor allem mußte er an seinen Einsatz in Kolumbien denken, der schon so viele Jahre zurücklag. An Treffpunkten im Grünen hatte er oft angestrengt gelauscht, ob irgendwo Heckenschützen lauerten, die ihrem Zehner-Kommando gefährlich werden konnten. Jetzt ersetzte so ein Instrument all seine Späherkünste. Bei der Verteidigung half es, die Kundschafter zu ersetzen, als

Offensivwaffe eingesetzt, konnte man damit den Feind früh genug ausmachen und nah genug heranlassen, um …

»Und wofür soll das gut sein? Was sagt der Hersteller denn dazu?«

»Das Gerät war entwickelt worden für Feuerwehrleute, die in brennenden Häusern nach Menschen suchen, um verschüttete Lawinenopfer aufzuspüren, für alles mögliche. Wochenlang haben sie in Fort Bragg damit herumexperimentiert. Die Delta-Jungs waren ganz aus dem Häuschen! Trotzdem ist es noch nicht ganz ausgereift; die Distanz ist nicht zu ermitteln, aber dafür muß ich bloß die Antenne verändern, um einen besseren Empfang zu haben, den Detektor mit GPS verbinden und triangelförmig ausrichten … Die maximale Entfernung, bei der es funktioniert, steht noch nicht fest. Es heißt, mit dem hier könne man Leute auf fünfhundert Meter ausmachen.«

»Teufel auch«, staunte Covington. Aber das Instrument sah noch immer aus wie ein teures Kriegsspielzeug für kleine Jungs.

»Und was nutzt *uns* das?« gab Chavez zu bedenken. »Eine Geisel vom Terroristen unterscheiden kann es nicht.«

»Man kann doch nie wissen, Ding! Jedenfalls sagt es uns genau, wo die Schurken *nicht* sind.« Den ganzen Tag hatte Noonan damit herumgespielt und allmählich ein Gefühl dafür bekommen, wie man es effektiv einsetzte. Seit seiner Kinderzeit hatte er nicht mehr solchen Spaß an einem technischen Gerät gehabt; von rechts wegen hätte es, neu und unverhofft wie es war, unter dem Weihnachtsbaum liegen müssen.

The Brown Stallion war der Name des Pubs in unmittelbarer Nachbarschaft zu seinem Motel. Hier, keinen halben Kilometer von der Haupteinfahrt bei Hereford entfernt, konnte er gut mit seinen Ermittlungen starten, und mit einem Bierchen erst recht. Popov bestellte sich ein großes Guinness und trank es in kleinen Schlucken, während er sich aufmerksam umschaute. Im Fernseher wurde ein Fußballmatch – ob live oder als Aufzeichnung, vermochte er im Augenblick nicht zu sagen – zwischen Manchester United und den Scotland Rangers übertragen. Es fesselte die Aufmerksamkeit der Kneipengäste und auch des Wirts. Popov sah auch zu, trank sein Bier und lauschte den angeregten Gesprächen ringsum. Geduld hatte er sich seit Jahren antrainiert, und er wußte aus Erfahrung, daß sie sich im Nachrichtengeschäft auszahlte, und erst recht in diesem Kulturkreis, wo die Leute allabendlich am Tresen mit ihren Freunden plauderten – und Popov hatte ein ausgesprochen feines Gehör.

Das Fußballspiel endete gerade mit 1:1, als Popov sein zweites Bier bestellte.

»Unentschieden, verdammt«, murrte der Mann auf dem Hocker neben ihm.

»Ist doch nur Sport, Tommy. Sieh dir die Typen da unten in der Kaserne an, die kennen kein Unentschieden, da ist jeder Schuß ein Treffer.«

»Und wie machen sich die Yankees im Team?«

»Das sind herzensgute Kerle, glaub mir. Sehr höflich. Bei einem mußte ich heute den Abfluß reparieren. Seine Frau ist riesig nett und wollte mir partout ein Trinkgeld verpassen. Komische Käuze sind diese Amis. Am liebsten würden sie einem jeden Scheißdreck bezahlen ...« Der Klempner leerte sein Pint Lagerbier und rief nach einem neuen.

»Haben Sie Ihre Werkstatt im Stützpunkt?« erkundigte sich Popov.

»Jawohl, seit zwölf Jahren, der Herr. Installationen und sowas.«

»Die SAS-Leute sind ganz große Klasse. Wie sie die IRA-Typen beim Arsch gekriegt haben«, ließ sich der Russe im breitesten Cockney vernehmen.

»Stimmt«, nickte der Klempner angeregt.

»Und jetzt sind ein paar Amis da stationiert?«

»Ja, ungefähr zehn, mitsamt Familien.« Er lachte. »Eine der Frauen hat mich neulich fast gerammt, weil sie auf der falschen Straßenseite fuhr. Wenn sie im Wagen sitzen, geht man ihnen besser aus dem Weg ...«

»Könnte sein, daß ich einen von ihnen kenne. Clark heißt er, glaube ich«, raunte Popov seinem Nachbarn in verschwörerischem Ton zu.

»Der? Das ist der Chef! Die Frau arbeitet in der Dorfklinik als Krankenschwester. Getroffen habe ich ihn noch nicht, aber er soll ziemlich streng sein. Muß er ja auch, als Befehlshaber. Das sind die grusligsten Typen, die man sich vorstellen kann. Im Dunkeln möchte ich ihnen nicht begegnen – höflich mögen sie sein, aber ein Blick von ihnen genügt mir. Immer rennen und laufen, Fitnesstraining und Schießübungen. Wenn sie zusammen auftreten, wirken sie wie ein Löwenrudel.«

»Waren sie das bei dem spanischen Attentat vom Wochenende?«

»Naja, eigentlich dürfen sie uns nichts sagen, wissen Sie! Aber« – der Mann blinzelte ihm zu – »am selben Tag habe ich einen Herkules-Hubschrauber auf dem Landestreifen stehen sehen. Und abends wurde noch ziemlich spät gefeiert im Kasino, hat mir Andy erzählt. Waren wohl sehr stolz auf sich. Klassetypen, wie sie mit den Schweinen kurzen Prozeß machten ...«

»Na klar. Welcher Sauhund vergreift sich auch an Kindern! – Dreckskerle«, spie Popov aus.

»Ganz meine Meinung. So einer müßte mir in die Finger kommen. Der Schreiner, mit dem ich manchmal arbeite, George Wilton, sieht sich zeitweise das Schießtraining an. Es kommt ihm immer vor wie im Film. Einfach gespenstisch, wie die treffen, sagt er.«

»War'n Sie bei der Armee?«

»Schon lange her. Habs bis zum Korporal gebracht, im Queen's-Regiment. So bin ich auch an den Job gekommen.« Er schlürfte sein Bier, während das Sportprogramm zum Kricket umschaltete, von dessen Regeln Popov nicht das geringste begriff. »Und Sie?«

»Nee, nie. Überlegt hab ich's mir mal, hab mich dann aber anders entschieden.«

»Kein schlechtes Leben, wirklich. Wenigstens für'n paar Jahre«, schloß der Klempner und langte nach der Schale mit den Erdnüssen.

Popov leerte sein Glas und zahlte die Rechnung. Für ihn war es ein gelungener Abend gewesen, und er wollte das Glück nicht auf die Probe stellen. Die Frau von John Clark war also Krankenschwester im Ort? Na, das ließ sich leicht überprüfen.

»Klar, Patsy. Das waren wir«, gestand Ding seiner Frau, als er die Morgenzeitung ein paar Stunden später zu sehen bekam. Die Presseberichte über Worldpark standen noch immer auf der Titelseite, waren aber bis unter den Knick in der Mitte gerutscht. Glücklicherweise schien kein Mensch in den Medien etwas von Rainbow zu ahnen. Die Reporter kauften den Polizeisprechern ab, daß die guttrainierte Guardia Civil den Befreiungsschlag geführt hatte.

»Ding, ich – weißt du, naja, ich ...«

»Klar, Mädel. Ich weiß schon, was jetzt kommt. Du bist Ärztin, und dein Job besteht darin, Leben zu bewahren. Meiner auch, erinnerst du dich? Sie hatten über dreißig Kinder in ihrer Gewalt, und hatten eins schon umgebracht... Das hab ich dir nicht erzählt. Ich stand keine dreißig Meter weit entfernt. Ich konnte das Mädchen sterben sehen, Pats. Es war das Furchtbarste, was mir je vorgekommen ist, und ich konnte nichts dagegen tun«, berichtete er düster. Solche

Alpträume wie der von heute nacht würden wohl noch ein paar Wochen andauern.

»Ach nein?« Sie fuhr herum. »Und warum nicht?«

»Wir griffen nicht ein – konnten es gar nicht, weil da noch eine ganze Schar Kinder drinnen saß, den Kerlen direkt vor der Flinte. So wollen diese Schweine ihre Entschlossenheit demonstrieren, nehme ich an. Eine Geisel abmurksen, damit wir sehen, wie skrupellos sie sind.« Ding hatte die Zeitung weggelegt und dachte nach. Er war mit bestimmten moralischen Grundsätzen aufgewachsen, lange bevor ihm die Armee der Vereinigten Staaten den Waffenkodex beibrachte: niemals, *nie* darf eine unschuldige Person Schaden nehmen. Dies zu beachten hieß, eine gewisse Grenze nicht zu überschreiten, um von anderen nicht als Mörder beschimpft zu werden, die nicht würdig waren, eine Uniform zu tragen oder einen militärischen Gruß zu empfangen. Doch diese Terroristen kehrten das Unterste zuoberst. Was stimmte bloß nicht mit ihnen? Inzwischen hatte er sämtliche Bücher von Paul Bellow gelesen, aber irgendwie noch immer nichts begriffen. Er war kein Dummkopf, hatte selbst studiert. Aber vielleicht mußte er sich diese Leute gar nicht näher ansehen als durch sein Zielfernrohr mit Fadenkreuz. Damit lernte man sie doch am besten kennen, oder?

»Was treibt sie nur dazu?«

»Ich weiß es beim besten Willen nicht, Mädel. Dr. Bellow meint, sie glauben so fest an ihre politische Überzeugung, daß sie ihre Menschlichkeit dafür aufgeben. Aber ich – ich kapier's nicht. So etwas könnte ich nicht. Klar, ich hab auch schon viele erledigt, aber nicht, weil es mir den richtigen Kick bringt, oder einer abstrakten Idee wegen. Es muß doch einen wichtigen Grund dafür geben, weshalb unsere Gesellschaft so etwas von mir erwartet; beispielsweise daß jemand ein Gesetz übertritt, das wir unbedingt befolgen müssen. Es ist nicht nett und macht auch keinen Spaß, aber es ist wichtig und jemand muß es tun. Dein Vater denkt auch so.«

»Du bist Daddy wirklich sehr ähnlich«, antwortete Patsy Chavez.

»Er ist ein guter Mann. Für mich hat er viel getan, und bei Einsätzen haben wir eine Menge zusammen erlebt. Er ist sehr klug – klüger vielleicht, als die beim CIA je kapiert haben. Das heißt, Mary Pat hat es kapiert. Die weiß Bescheid, auch wenn sie ein Cowgirl ist.«

»Wer? Mary wer?«

»Mary Patricia Foley. Sie ist Führungsoffizier, leitet die Außenposten der Firma. Großartige Frau, jetzt Mitte Vierzig, und sie versteht ihr Handwerk. Für uns Arbeitsbienen war sie die tollste Chefin, die man sich vorstellen konnte!«

»Bist du noch immer beim CIA angestellt, Ding?« wollte Patsy Chavez wissen.

»Auf dem Papier ja.« Ihr Ehemann nickte. »Keine Ahnung, wo ich in der Hierarchie der Verwaltung stecke, aber solange der Gehaltsscheck regelmäßig kommt« – er mußte grinsen – »mache ich mir darum keine Sorgen. Und wie läuft's bei dir in der Klinik?«

»Mama geht es gut. Sie ist jetzt Nachtschwester in der Pädiatrie, und ich wechsle auch dorthin nächste Woche.«

»Genug Babies entbunden?« fragte Ding.

»Nur noch eins dieses Jahr, Domingo.« Patsy klopfte auf ihren runden Bauch. »Bald muß ich mit den Geburtsvorbereitungskursen anfangen. Du wirst doch hoffentlich mit dabei sein?«

»Aber *natürlich* werde ich, Liebling!« versicherte er. »Das Kind kann doch nicht ohne meine Hilfe zur Welt kommen!«

»Bei mir war Daddy nicht dabei. Wahrscheinlich bekam er keinen Urlaub. Gemeinsame Kurse waren damals noch nicht üblich.«

»Wer setzt sich denn heute noch rauchend auf den Flur und liest Zeitung?« Chavez schüttelte den Kopf. »Die Zeiten ändern sich, was? Also, *ich* bin dabei, wenn nicht gerade wieder irgendein Terrorist durchdreht und wir abberufen werden. Der sollte sich im Fall des Falles besser vorsehen, denn dann gibt's richtig Zoff mit mir!«

»Ich weiß, daß ich mich auf dich verlassen kann.« Sie setzte sich neben ihn, und wie üblich nahm er ihre Hand und küßte sie. »Junge oder Mädchen?«

»Wir haben auf das Ultraschall-Bild verzichtet, weißt du noch? Wenn es ein Junge wird …«

»Soll er Agent werden, wie sein Vater und Großvater!« Ding zwinkerte ihr listig zu. »Wir werden zeitig mit Sprachunterricht anfangen.«

»Und wenn er einen anderen Beruf ergreifen will?«

»Wird er nicht«, winkte Domingo Chavez zutiefst überzeugt ab. »Er wird lernen, daß seine Vorfahren echte Kerle waren, und ihnen in nichts nachstehen wollen. Das ist so bei den Latinos, Schatz« – er küßte sie erneut – »da tritt man in die ehrwürdigen Fußstapfen seiner Ahnen!« Daß er es selbst so hielt, konnte er nicht behaupten; sein Vater war viel zu früh gestorben, um einen prägenden Eindruck auf ihn hinterlassen zu können. Sei's drum. Domingos Vater Esteban war LKW-Fahrer gewesen. Viel zu langweilig, dachte Domingo.

»Und was ist mit den Iren? Ich dachte, bei denen wär das auch üblich.«

»Allerdings«, grinste er. »Deshalb gibt's auch so viele Iren beim FBI.«

»Erinnerst du dich an Bill Henriksen?« wollte Augustus Werner von Dan Murray wissen.

»Der hat doch mal bei dir im Geiselrettungsteam gearbeitet? Leicht überkandidelt, der Typ, stimmt's?«

»Hat sich klaftertief in die Umweltgeschichte verrannt, Bäume umarmt und solches Zeug. Aber in Quantico hat er sich bewährt. Jetzt hat er mir einen wirklich guten Tip für Rainbow gegeben.«

»Tatsache?« Als das Codewort fiel, blickte der FBI-Direktor sofort auf und kniff die Augen zusammen.

»In Spanien haben sie einen Air-Force-Hubschrauber benutzt. Die Medien durften nichts filmen, aber auf Überwachungs-Videos findet sich eine Aufnahme davon. Bill meint, sie hätten sich nicht ausreichend getarnt. Und recht hat er damit!«

»Mag sein«, räumte der FBI-Direktor ein, »aber in der Praxis ...«

»Daß es praktische Erwägungen gibt, ist mir klar. Aber es *ist* ein Problem!«

»Andererseits denkt Clark sowieso schon daran, mit Rainbow an die Öffentlichkeit zu gehen. Einer seiner Leute hätte ihn darauf gebracht, heißt es. Wenn man den Terrorismus bekämpfen will, sollte man keinen Hehl daraus machen, daß ein neuer Sheriff in der Stadt ist. Er hat sich zwar noch nicht entschieden, eine entsprechende Empfehlung an die Agentur zu geben. Aber offenbar spielt er nach wie vor mit dem Gedanken.«

»Interessant«, sinnierte Gus Werner. »Jetzt begreife ich, worauf das hinausläuft, besonders nach drei gescheiterten Attentaten. Wäre ich eins dieser Scheusale, würde ich mich gut vorsehen, bevor ich mir noch einmal den Zorn Gottes aufs Haupt lade. Aber diese Kerle denken doch gar nicht wie stinknormale Zeitgenossen, oder?«

»Nicht hundertprozentig, aber Abschreckung bleibt Abschreckung. Was John darüber sagte, scheint mir bedenkenswert. Wir könnten an geeigneter Stelle durchsickern lassen, daß wir eine geheime multinationale Anti-Terror-Einheit betreiben.« Murray schwieg einen Moment.

»Und was soll die Firma dazu sagen, wenn sie darauf angesprochen wird?« wollte Werner wissen.

»Vielleicht streitet sie es ab«, räumte der Direktor ein. »Aber wie schon gesagt, Johns These geht mir nicht mehr aus dem Kopf.«

»Ich verstehe ja, was er meint, Dan. Wenn die Welt davon erfährt, werden sich manche Terroristen gut überlegen, was sie tun. Andererseits wird man kommen und uns löchern. Im Handumdrehen hast du die Reporter vor der Tür und die Leute auf der Titelseite von *USA Today*. Ich sehe schon die Berichte darüber, wenn sie mal einen Job vermasseln, von Leuten geschrieben, die selbst noch nicht mal ein Gewehr abstauben könnten.«

»In England könnte man einen inoffiziellen Hinweis geben«, fiel Murray ein. »Dann kommt es wenigstens nicht in die Lokalpresse.«

»Aber was ist, wenn es in der *Washington Post* erscheint? Meinst du, die liest kein Mensch?« feixte Werner. Er erinnerte sich noch gut an die Scherereien, in die das FBI und sein Geiselrettungsteam mit Waco und Ruby Ridge geriet, als er selbst Kommandant der Einheit war. Die Pressefritzen hatten in der Berichterstattung beide Vorfälle vollkommen verdreht – aber damit mußte man nun mal rechnen bei den Medien. »Wie viele Leute arbeiten für Rainbow?«

»Etwa einhundert... ziemlich viele, wahrscheinlich zu viele, um unsichtbar zu bleiben. Die Geheimhaltung ist zwar meines Wissens noch nicht durchbrochen worden, doch...«

»Wie Bill Henriksen sagt, wird jemand, der den Unterschied zwischen einem Huey und einem Night Hawk kennt, die Worldpark-Filme zumindest merkwürdig finden. Es ist leichter, einen Sack Flöhe zu hüten, als ein Geheimnis zu wahren, was meinst du?«

»Da kannst du Gift drauf nehmen, Gus. Egal – denk einfach mal darüber nach, okay?«

»Mach ich. Sonst noch was?«

»Ja, auch eine Frage von Clark – ob wir auch glauben, daß drei Terroranschläge seit der Rainbow-Gründung nicht ein bißchen viel sind? Könnte es sein, daß da jemand die Kerle absichtlich zu neuen Taten lockt? Und wenn ja, wer und warum?«

»Mein Gott, Dan, unsere beste Europa-Aufklärung kommt doch von *denen*, oder? Wie heißt nochmal der zuständige Geheimdienstler, der dabei ist...«

»Bill Tawney, der Chefanalytiker. Ein ›Six‹-Mann erster Güte übrigens. Ich kenne ihn aus der Zeit, als er vor ein paar Jahren legal als Attaché in London war. Er weiß aber nichts davon. Sie fragen sich schon, ob da irgendein alter KGB-Genosse herumreist, die Vampire aus dem Winterschlaf weckt und zum Blutsaugen schickt.«

Werner überlegte einen Augenblick, bevor er das Wort ergriff. »Wenn das so wäre, wird er ja nicht gerade vom Erfolg verwöhnt. Alle drei Aktionen hatten einen professionellen Anstrich, waren aber nicht gut genug, um zu gelingen. Menschenskind, Dan, du kennst doch den Drill bei uns. Wenn die Kerle auch nur mehr als eine Stunde an derselben Stelle bleiben, fallen wir über sie her und erledigen sie, sobald sie einen Fehler machen. Profiterroristen oder nicht, sie sind *nicht* so gut trainiert wie wir, haben nicht annähernd unsere Ausrüstung und fallen unserer Offensive früher oder später zum Opfer. Wir brauchen nur herauszubekommen, wo sie sich aufhalten, weißt du noch? Dann haben wir alle Trümpfe in der Hand.«

»Ja, und du hast auch schon ein paar von ihnen umgelegt, Gus. Und deshalb muß die Aufklärung besser werden, damit wir sie ausschalten können, bevor sie aus freien Stücken im Radarschirm aufkreuzen.«

Werner schüttelte den Kopf. »Aber die Aufklärung kann ich den Jungs nun wirklich nicht abnehmen. Sie sitzen doch viel näher an der Quelle als wir! Und ich wette, die schicken uns auch nicht alles, was sie kriegen.«

»Können sie nicht. Ist viel zu viel, um es über den Teich zu faxen.«

»Meinetwegen, aber immerhin gab es bereits drei schwere Zwischenfälle. Wir werden nie wissen, ob es bloß Zufall war oder Teil einer Strategie, bevor wir nicht einen dieser Terroristen kriegen, den wir verhören können. Aber lebend verhaftet haben Clarks Leute noch keinen, oder?«

»Nein«, nickte Murray grimmig. »Das gehört nicht zu ihren Grundsätzen.«

»Dann sag ihnen, wenn sie Fakten haben wollen, sollen sie uns jemanden schicken, der noch bei Sinnen ist und einen Mund hat zum Reden, wenn sich der Pulverdampf legt.« Werner wußte nur zu gut, daß das selbst unter den günstigsten Umständen nicht leicht war.

Einen lebenden Tiger nur unschädlich zu machen ist schwer, viel leichter ist es, ihn zu erlegen. Ebenso schwer läßt sich jemand schachmatt setzen, der mit geladener Maschinenpistole dasteht und willens ist, sie zu benutzen. Auch die Schützen im Geiselrettungsteam – die man darauf trainierte, die Täter lebend zu ergreifen und vor ein Bundesgericht zu bringen, um sie dann rechtmäßig zu verurteilen und in Marion, Illinois hinter Gitter zu bringen – hatten in dieser Beziehung nicht viel geleistet. Die Haager Konvention hatte ein Kriegsrecht geschaffen, das weit lockerer gehandhabt wurde als jeder Artikel der amerikanischen Verfassung. Kriegsgefangene darf man nicht töten; aber man mußte sie lebend zu fassen bekommen, um Gefangene zu machen, und dies betrachteten Armeen in aller Welt nicht gerade als ihr Hauptziel.

»Welche Empfehlungen wünscht unser Freund, Mr. Clark, sonst noch von uns?« fragte Werner.

»Vergiß nicht, daß er auf unserer Seite steht!«

»Er ist ein anständiger Kerl, ja. Als Rainbow aufgezogen wurde, haben wir uns ein paarmal getroffen, und ich habe ihm mit Tim Noonan einen meiner besten Special Agents überlassen. Ich gebe auch zu, daß er sein Bestes gibt, schon dreimal gegeben hat. Aber er gehört *nicht* zu uns, Dan. Er denkt einfach nicht wie ein Polizist. Aber wenn er bessere Aufklärung will, muß er sich genau das angewöhnen. Laß ihm das bitte ausrichten, ja?«

»Mach ich, Gus«, versprach Murray. Dann wandten sie sich anderen Themen zu.

»Was, bitte, sollen wir tun?« fragte Stanley. »Ihnen die verdammten Knarren aus der Hand schießen? Das kommt doch nur im Fernsehkrimi vor, John!«

»Weber hat genau das getan, weißt du noch?«

»Ja, und es verstieß gegen unsere Grundsätze. Sollen wir unsere Leute jetzt dazu ermutigen?« gab Alistair zurück.

»Komm schon, Al. Wenn wir mehr Erkenntnisse sammeln wollen, müssen wir einige von ihnen lebend schnappen, oder?«

»Sagen wir, *möglichst*, was selten genug der Fall sein wird, John. Ziemlich selten.«

»Weiß ich doch«, gab Rainbow Six zu. »Aber wie können wir unsere Jungs dazu kriegen, wenigstens mal darüber nachzudenken?«

»Möglich ist es, aber mehr als in aller Schnelle von Fall zu Fall zu entscheiden, werden sie nicht tun.«

»Wir brauchen die Informationen«, beharrte Clark.

»Mag sein, aber Tote und Verletzte unter den Unseren nehmen wir nicht in Kauf dafür!«

»Irgendwann muß man auch mal Kompromisse machen«, gab Rainbow Six zu bedenken. »Wolltest nicht auch du mehr über die Motive der Leute erfahren?«

»Natürlich, aber ...«

»Kein Aber. Wenn wir Informationen brauchen, müssen wir darüber nachdenken, wie wir drankommen«, drängte Clark.

»Aber wir sind keine Kriminalpolizei, John. Das gehört nicht zu unserem Aufgabenbereich.«

»Dann müssen wir den Aufgabenbereich ändern. Wenn es *möglich* ist, einen von ihnen lebend zu fassen, bemühen wir uns darum. Wenn nicht, können wir sie immer noch abknallen. Nimm bloß den Saukerl, den Homer in den Unterleib geschossen hat. Wir hätten ihn lebend haben können, Al. Unmittelbar hat er niemanden bedroht. Meinetwegen, er verdient es nicht besser, er stand bewaffnet im Freien, und wir sind aufs Töten trainiert. Johnston hat den Schuß übernommen und ihm ganz bewußt seinen eigenen Zuschnitt gegeben. Aber ebenso leicht hätte er ihm die Kniescheibe zerschmettern können. Dann hätten wir jetzt jemanden, mit dem wir sprechen können, vielleicht hätte er ausgepackt wie die meisten von denen! Und dann wüßten wir vielleicht manches, was uns ganz und gar nicht gefallen würde, wie?«

»Magst recht haben, John«, räumte Stanley ein. Mit Clark zu diskutieren war nicht leicht. Eigentlich war er mit dem Ruf eines CIA-Hardliners zu Rainbow gekommen, aber das war nicht die ganze Wahrheit, wie der Engländer jetzt merkte.

»Wir wissen einfach nicht genug, und wenn wir den Hintergrund nicht kennen, ist mir nicht wohl bei der Sache. Ich meine, Ding hat recht. Irgend jemand hat diese Kerle aufgehetzt. Wenn wir darüber mehr herausfinden, können wir den Anstifter vielleicht ausfindig machen und ihm die Polizei auf die Bude schicken, ein kleines Gespräch mit ihm führen. Dann hätten wir den einen oder anderen Anschlag vereitelt und gingen weniger Risiken ein.« Das eigentliche Ziel der Operation Rainbow war paradox: sich auf Einsätze vorbereiten, die im Idealfall überflüssig wurden. Als Feuerwehr zu dienen, ohne daß es im Dorf brennt.

»Einverstanden. Dann laß uns gleich morgen mit Peter und Domingo darüber sprechen, John. Die sollen es als erste wissen.«

»Dann bis morgen früh!« Clark erhob sich von seinem Schreibtisch. »Wie wär's mit einem Bier im Kasino?«

»Dmitrij Arkadejewitsch – lange nicht mehr gesehen!« strahlte der Mann.

»Vier Jahre«, nickte Popov. Sie saßen in einem Londoner Pub, nicht weit von der russischen Botschaft entfernt. Er hatte den Zug genommen und gehofft, dort einen seiner alten Kollegen wiederzutreffen, und tatsächlich war Iwan Petrowitsch Kirilenko noch immer hier beschäftigt. Iwan Petrowitsch war ein paar Jahre jünger als Popov und hatte einen kometenhaften Aufstieg hinter sich. Als fähiger Mann im Außendienst war er mit achtunddreißig Jahren zum Oberst ernannt worden. Jetzt war er möglichweise ...

»Bist du jetzt als *rezident* für London zuständig?«

»Darüber darf ich nicht sprechen, Dmitrij«, lächelte Kirilenko und nickte gleichzeitig. Er hatte es sehr rasch sehr weit gebracht im verkleinerten Geheimdienst der russischen Regierung und sammelte mit Sicherheit nach wie vor politische und andere Erkenntnisse, beziehungsweise ließ das von seinen Leuten erledigen. Rußland fürchtete die Erweiterung der NATO; das Schreckgespenst der alten Sowjetunion war drauf und dran, ostwärts bis an die russischen Grenzen vorzurücken. In Moskau waren manche besorgt (oder wurden dafür bezahlt, sich Sorgen zu machen), daß dahinter eine antirussische Strategie stecken könnte. Kirilenko wußte genau, wie unsinnig das war, Popov ebenso, aber auch er wurde für entsprechende Informationen gut bezahlt und als neuer *rezident* erledigte er pflichtschuldigst seinen Auftrag. »Und was machst *du* jetzt?«

»Das darf ich ich dir auch nicht sagen.« Was hätte er sonst antworten sollen? Es ließ alles offen, aber auf dem Hintergrund ihrer früheren Beschäftigung deutete er damit an, daß er noch immer mitmischte. Als was, brauchte Kirilenko nicht zu wissen, obwohl ihm mit Sicherheit bekannt war, daß Dmitrij Arkadejewitsch von der Organisation kaltgestellt worden war. Es hatte ihn überrascht. Popov genoß noch immer den Ruf eines erstklassigen Undercover-Agenten. »Ich lebe jetzt zwischen zwei Welten, Wanja. Ich arbeite für die Industrie, erledige aber auch Sonderaufträge«, ließ er durchblicken. Im Dienst einer Lüge war die Wahrheit oft die allerbeste Tarnung.

»Du kreuzt doch nicht zufällig hier auf«, stellte Kirilenko fest.

»Natürlich nicht. Ich wollte frühere Kollegen treffen.« Der Pub lag viel zu nahe an der Botschaft in Palace Green, Kensington, um als konspirativer Treffpunkt zu dienen, aber für informelle Gespräche in lockerer Atmosphäre eignete er sich ausgezeichnet. Außerdem hielt Kirilenko seinen Status als *rezident* vollkommen geheim. Um so mehr, wenn er hier erschien. Kein echter Undercover-Agent würde diesen Ort wählen, das wußte jeder. »Ich brauche deine Hilfe in einer bestimmten Angelegenheit.«

»Und die wäre?« Der Geheimdienstler nahm einen Schluck Bier.

»Wie komme ich an die Akte eines CIA-Beamten, den wir vermutlich kennen.«

»Name?«

»John Clark.«

»Warum?«

»Er ist jetzt, wie ich glaube, der Leiter einer ›schwarzen‹ Operation mit Stützpunkt hier in England. Im Gegenzug biete ich dir jede Information darüber, was ich über ihn weiß. Das Dossier ließe sich vielleicht ergänzen. Meine Informationen sind, glaube ich, nicht ohne Interesse«, schloß Popov gnädig. In diesem Kontext war das keine geringfügige Offerte.

»John Clark«, wiederholte Kirilenko. »Mal sehen, was ich für dich tun kann. Du hast meine Nummer?«

Popov ließ unauffällig ein kleines Blatt über die Theke gleiten. »Unter der bin ich zu erreichen. Hast du eine Visitenkarte?«

»Aber sicher.« Der Russe nahm das Blatt an sich, zog die Brieftasche heraus und überreichte ihm ein Kärtchen. *I. P. Kirilenko* stand darauf, *Dritter Sekretär, Russische Botschaft, London. 0181-567-9008*, mit *-9009* als Faxnummer. Popov steckte die Karte ein. »Dann woll'n wir mal wieder. Ich habe viel um die Ohren, Dmitrij. Hat mich gefreut, dich wiederzusehen!« Der *rezident* setzte sein Glas ab und verließ das Lokal.

»Hast du das Bild?« erkundigte sich der ›Five‹-Mann bei seinem Kollegen, als sie ein paar Sekunden hinter ihrem Überwachungsziel auf die Straße traten.

»Für die National Portrait Gallery reicht's nicht, aber...« Leider waren die Linsen versteckter Kameras zu klein, um ein wirklich gutes Foto zu schießen. Doch für die Identifizierung reichte es allemal, und er hatte elf Aufnahmen, die man im Computer aufhellen und nachbessern konnte. Das mußte reichen. Kirilenko hielt seine Tarnung wohl für perfekt. Daß Abteilung Five – einst auch MI-5 genannt, jetzt eigentlich offiziell Security Service – eigene Informanten in der russischen Botschaft unterhielt, konnte er nicht ahnen. Noch immer lief das Agentenspiel weltweit auf vollen Touren, ungeachtet der neuen Machtverhältnisse. Zwar hatten sie Kirilenko noch bei keiner kompromittierenden Tat erwischt, aber als *rezident* war er für geheimdienstliche Aktivitäten zuständig. Man blieb solchen Leuten ständig auf der Spur, wenn ihre Rolle bekannt wurde, und früher oder später hatte man etwas gegen sie in der Hand und schöpfte sie ab. Auch der Kerl, mit dem er sein Bier trank, behagte seinen Beobachtern nicht. Stammgast in der Kneipe war er nicht; die waren allgemein bekannt. Sie hatten jetzt ein paar Fotos von ihm, die man dem Archiv im neuen ›Five‹-Hauptquartier, Thames House, direkt am Ufer neben der Lambeth Bridge, einverleiben würde.

Popov zahlte und verschwand, wandte sich nach links und lief am Kensington Palace vorbei, um an der Bahnstation ein Taxi zu nehmen. Wenn ihm Kirilenko bloß etwas Brauchbares lieferte! Er würde sich schon mit ein paar Neuigkeiten revanchieren.

19

ERMITTLUNGEN

Drei der Saufbrüder waren am selben Tag verstorben, alle an inneren Blutungen im oberen Magen-Darm-Trakt. Dr. Killgore ging hin und untersuchte sie. Zwei waren etwa zur gleichen Zeit gestorben, der dritte fünf Stunden später; das Morphium hatte ihnen zum bewußtlosen Wegdämmern oder wenigstens zu einer barmherzig-schmerzfreien Lähmung verholfen. Damit waren noch fünf der ursprünglich zehn übriggeblieben; keiner von ihnen würde das nächste Wochenende erleben. Wunschgemäß hatte sich Shiva als tödliche Waffe erwiesen, und es schien, daß sie sich so problemlos weiterverbreitete, wie Maggie versprach. Endlich hatte auch das Aussetzen funktioniert. Diesen Nachweis sollte Mary Bannister erbringen, Versuchsperson F-4, die eben erst mit dem Einsetzen deutlicher Symptome in den Sterbetrakt verlegt worden war. Bis jetzt war das Shiva-Projekt ein voller Erfolg. Alles verlief im Rahmen der Testparameter und der experimentellen Annahmen.

»Tut es sehr weh?« fragte er seine längst zum Tode verurteilte Patientin.

»Krämpfe, ziemlich schwere«, gab sie zurück. »Wie Grippe, aber noch was anderes.«

»Ihre Temperatur ist ein wenig erhöht. Können Sie sich denken, wo Sie sich das geholt haben? Es soll ja ein neues Virus der Hongkong-Grippe geben, und mir sieht es ganz danach aus ...«

»Vielleicht auf der Arbeit – bevor ich herkam. Weiß nicht mehr. Wird doch schon werden, oder?« All die valiumgesättigte tägliche Kost vermochte ihr die Angst nicht völlig zu nehmen.

»Ich glaube schon«, lächelte Killgore unter seiner Atemmaske. »Diese Grippe kann zwar gefährlich werden, aber nur für Kinder und ältere Personen; zu beiden Gruppen gehören Sie nicht.«

»Nein, bestimmt nicht.« Jetzt lächelte auch sie, vom Arzt getröstet, der zu allen so freundlich war.

»Na schön. Wir werden Ihnen eine Infusion legen, damit Sie eine regelmäßige Zufuhr von Flüssigkeit bekommen. Und die Schmerzen bekämpfen wir mit einem kleinen Morphintropf, einverstanden?«

»Sie sind der Doktor«, gab Versuchsperson F-4 zurück.

»Stillhalten, bitte. Ich muß einmal pieksen, und es wird ganz kurz wehtun ... hier!« sagte er, als es schon fast vorbei war. »Geht's noch?«

»War nicht schlimm.«

»Okay.« Killgore tippte die Aktivierungs-Codenummer in den ›Weihnachtsbaum‹. Augenblicklich begann das Gerät mit der Morphiumzufuhr. Rund zehn Sekunden später trat das Mittel in den Blutkreislauf der Patientin ein.

»Aaaaah ja, ja«, seufzte sie mit geschlossenen Augen, als die Droge ihren Körper in Besitz nahm. Killgore hatte es nie selbst probiert, aber er vermutete eine ähnliche Erleichterung wie beim Orgasmus, wenn das Narkotikum seine Wirkung tat. Alle Muskelspannung wich mit einem Mal von ihr. Man konnte fast sehen, wie die Glieder schwer wurden, der Mund schläfrig einsackte. Eigentlich schade um sie, wirklich. Eine Schönheit war F-4 gerade nicht, aber auf ihre Weise recht hübsch.

Doch sie mochte noch so sexy sein, er gab ihr höchstens fünf bis sieben Tage zu leben, trotz aller Anstrengungen, die er und die Pfleger unternahmen. Am Infusionsständer hing eine kleine Flasche Interleukin-3a, erst vor kurzem von jenem kleinen Kreis von Pharmakologen bei Smith Kline für die Krebstherapie entwickelt. Vielversprechende Ergebnisse zeitigte auch seine Anwendung bei Viruserkrankungen, was die Fachmedizin kopfstehen ließ. Irgendwie stärkte es das menschliche Immunsystem, auch wenn Ursache und Wirkung noch längst nicht geklärt waren. Für Shiva-Opfer war es das naheliegendste Mittel, wenn sich die Krankheit erst einmal ausgebreitet hatte, und Killgore mußte sich vergewissern, daß es nichts half. Bei den Pennbrüdern wurde es vergeblich eingesetzt, nun galt es, die Wirkung auch bei weiblichen und männlichen Patienten mit ursprünglich gesunder Konstitution mit letzter Sicherheit auszuschließen. Schade um sie, deren Menschenantlitz mit dem Namen und der Nummer untrennbar verbunden blieb. Und um die vielen Millionen, eigentlich Milliarden ihrer Schicksalsgefährten. Aber bei ihnen fiel es ihm leichter. Ihre Gesichter sah er höchstens im Fernsehen, und das Fernsehen war nicht die Realität, oder? Sondern nur ein phosphoreszierender Bildschirm.

Die zugrundeliegende Idee war einfach: Eine Ratte war ein Schwein war ein Hund war ein Mensch – in diesem Fall eine Frau. Sie hatten Shiva ausgiebig bei Affen getestet, bei denen es mit tödlicher Sicherheit wirkte. Und er hatte fast jeden Test mitverfolgt, das Leiden der instinktgeleiteten Tiere nachgefühlt, das nicht geringer war als das, welches F-4 erlitt. Allerdings wurde bei den Affen kein Morphium gespritzt, was ihm sehr zu schaffen machte. Er haßte es, unschuldigen Wesen, mit denen er nicht reden und denen er nichts erklären konnte, Schmerzen zuzufügen. Und obwohl die Sache es grundsätzlich rechtfertigte (schließlich würden sie Millionen und Milliarden von Tieren vor dem Zugriff des Menschen bewahren), ein Tier leiden zu sehen war für ihn nur schwer erträglich. Auch seine Kollegen empfanden Mitleid mit den großen und kleinen Geschöpfen, die hilfloser waren als die Zweibeiner, deren Schicksal sie völlig kaltließ. Das galt wohl auch für F-4, obwohl man sie nie danach fragte. Warum sollten sie es sich auch künstlich schwer machen? Wieder blickte er auf die Frau herab. F-4 lag schon, von den Narkotika betäubt, im seligen Dämmerschlaf. Wenigstens litt sie, im Gegensatz zu den Versuchsaffen, keine Schmerzen. Das war doch immerhin barmherzig von ihnen, nicht wahr?

»Um welche ›schwarze‹ Operation handelt es sich?« fragte der Verwaltungsoffizier über die Sicherheitsleitung.

»Keine Ahnung, aber er ist ein seriöser Mann, wissen Sie noch? Oberst bei *Innostrannoje Uprawlenije*, wie Sie sich erinnern werden. Vierte Division, Kommissariat S.«

»Ach ja, den kenne ich. Er hielt sich lange in Finsterwalde und Karlsbad auf. Wurde damals mit all diesen Leuten kaltgestellt. Was macht er denn jetzt?«

»Ich weiß es nicht, aber er bietet uns neue Erkenntnisse über diesen Clark an, wenn wir ihm unsere Akte überlassen. Ich empfehle, daß wir darauf eingehen, Wassilij Borrissowitsch.«

»Clark ist für uns kein Unbekannter. Er hat persönlich bei Sergej Nikolajitsch vorgesprochen«, berichtete der Beamte dem *rezident,* »Ein führender Abwehrspezialist, vor allem in paramilitärischen Einsätzen, aber auch als Lehrer an der CIA-Akademie in Virginia tätig. Man sagt, er stünde Mary Patricia Foley und ihrem Ehemann nahe. Außerdem heißt es, der amerikanische Präsident höre auf ihn. Doch, seine gegenwärtigen Aktivitäten sind von Interesse für uns.«

Das Telefon, über das sie sich verständigten, war die russische Kopie eines amerikanischen STU-3. Diese Technologie war vor etwas mehr als drei Jahren durch ein Team beschafft worden, das für das Kommissariat T beim Ersten Chefkommissariat arbeitete. Eingebaute Mikrochips, die man peinlich genau nachgebaut hatte, zerhackten die eingehenden und ausgehenden Signale mit einer 128-Bit-Verschlüsselung, die sich alle sechzig Minuten änderte und bei einzelnen Benutzern weiter variierte, deren persönliche Codes auf der einzusteckenden Plastikkarte standen. Das STU-System hatte allen russischen Versuchen widerstanden, es zu knacken, selbst nach genauester Analyse der Hardware, und sie nahmen an, daß die Amerikaner ebensowenig an ihre Gespräche herankamen. Schließlich hatte Rußland seit Jahrhunderten die besten Mathematiker vorzuweisen, und selbst von denen hatten auch die Allerbesten nicht einmal das theoretische Modell gefunden, um die Verschlüsselung zu knacken.

Doch die Amerikaner hatten, durch die revolutionäre Anwendung der Quantentheorie auf die Kommunikationstechnologie, ein Entschlüsselungssystem erfunden, das nur eine winzige Anzahl Spezialisten im »Kommissariat-Z-Bereich« der Nationalen Sicherheits-Agentur handhaben konnten. Jetzt war es wieder an der Zeit. Für die Grobanalyse hatten sie die gewaltigsten Rechner der Welt zur Verfügung, die in den Kellerräumen des weitläufigen NSA-Hauptquartiers standen: einem bunkerähnlichen Labyrinth, dessen Decke mit nackten Stahlträgern versehen war, denn es war nur für diesen Zweck ausgehoben worden. Der wichtigste Computer, der Super-Connector von Thinking Machines, Inc. in Cambridge, Massachusetts, war aus der Konkursmasse des Herstellers übernommen worden. Ursprünglich für NSA-Zwecke gebaut, war die Maschine fast sechs Jahre lang kaum benutzt worden, denn niemand wußte sie sinnvoll zu programmieren. Erst durch die Anwendung der Quantentheorie wurde das anders, und jetzt summte das Monster fröhlich vor sich hin, während sich seine Betreiber schon besorgt fragten, wer ihnen wohl die nächste Generation dieser komplexen Maschine bauen würde.

Abhörsignale aller Art und von überall in der Welt trafen in Fort Meade ein, und eine der Quellen war das GCHQ, das englische General Communications-Hauptquartier in Cheltenham, der dem NSA befreundete Nachrichtendienst in England. Die Engländer wußten, welche Telefone in der russischen Botschaft zu wem gehörten – nicht mal die Nummern waren nach dem Ende der Sowjetunion ausgewechselt worden. Und diese hier gehörte zum Schreibtisch des *rezident*. Die Klangqualität war nicht gut genug, um einen Stimmabdruck zu nehmen, zumal die russische Version des STU-Systems die Signale schlechter digitalisierte als die amerikanische. Doch war das Programm einmal entschlüsselt, war alles gut verständlich. Das entschlüsselte Signal wurde über einen anderen Computer geleitet, der die russische Unterhaltung einigermaßen verläßlich ins Englische übersetzte. Da diesmal der Londoner *rezident* in Moskau angerufen hatte, wurde das Telefonat als erstes bearbeitet, geknackt, übersetzt und weniger als eine Stunde später ausgedruckt. Das fertige Protokoll wurde umgehend nach Cheltenham zurückgefaxt und in Fort Meade durch einen Nachrichtenoffizier verteilt, der Auszüge an jeweils am Inhalt interessierte Personen weitergab. In diesem besonderen Fall bekam es der CIA-Direktor gleich selbst auf den Tisch, und da es sich offensichtlich um die Identität eines Undercover-Agenten handelte, auch die stellvertretende Direktorin (operative Vorgänge), der sämtliche Außendienstler zugeordnet waren. Der Direktor selbst hatte viel zu tun, aber das machte nichts, denn die Letztgenannte war mit ihm verheiratet.

»Ed?« meldete sich die Stimme seiner Frau.

»Ja, Schatz?«

»Jemand versucht, John Clarks Identität drüben in England zu ermitteln.«

Ed Foley fragte erstaunt: »Wirklich? Und wer?«

»Ein Gespräch des Botschaftssekretärs in London mit seinem Verwaltungsoffizier in Moskau wurde von uns abgefangen. Das Protokoll müßte bei dir im Eingangskorb liegen, Eddie.«

»Verstehe.« Foley hob den Stapel heraus und durchblätterte ihn. »Hab's schon. Hm ... Der Kerl, der die Information braucht, Dmitrij Arkadejewitsch Popov, ehemaliger Oberst im – ein Terrorismus-Agent, wie? Ich dachte, die wären alle kaltgestellt? ... Okay, wurden sie auch, er wenigstens.«

»Tja, Eddie. Ein Terrorismus-Agent interessiert sich für Rainbow Six. Hochinteressant, oder?«

»Würde ich auch sagen. Geben wir das an John weiter?«

»Worauf du dich verlassen kannst, Süßer«, gab seine Stellvertreterin zurück.

»Was wissen wir über Popov?«

»Hab den Namen im Computer eingegeben – Fehlanzeige«, gab die Frau zurück. »Ich werde eine neue Datei anlegen. Vielleicht haben die Engländer was.«

»Soll ich Basil einmal anrufen?« fragte der Direktor.

»Erst mal sehen, was ich herausfinde.«

»Aber sieh zu, daß du John alles rüberfaxt!«

»Sobald ich das Deckblatt fertig habe«, versprach Mary Pat Foley.

»Heute abend ist das Hockeyspiel.« Die Washington Capitals standen in der Tabellenliga auf der Kippe, aber noch stand das Entscheidungsmatch mit den Flyers bevor.

»Hab's nicht vergessen. Bis später, mein Liebling!«

»Könntest du mal in mein Büro kommen, Bill?« bat John seinen Abwehroffizier vierzig Minuten später über seinen Büroapparat.

»Bin schon unterwegs, John.« Kurz darauf trat er ein. »Was gibt's Neues?«

»Schau dir das mal an, Junge.« Clark reichte ihm vier Seiten des Protokolls.

»Heiliger Bimbam!« pfiff Bill Tawney, als er auf Blatt zwei angelangt war. »Popov, Dmitrij Arkadejewitsch. Der Name sagt mir nichts – ach ja, wie ich sehe, wissen sie auch in Langley nichts von ihm. Wer soll sie auch alle kennen? Wollen wir Century House darauf ansprechen?«

»Da wir unsere Aktennotizen sowieso mit ihnen austauschen, kann das nicht schaden. Es scheint, als hätte Ding genau richtig getippt. Wollen wir wetten, daß dies der Gesuchte ist? Wer ist dein bester Freund beim Sicherheitsdienst?«

»Cyril Holt«, erklärte Tawney wie aus der Pistole geschossen. »Der Vizedirektor. Ich kenne Cyril noch aus meiner Zeit in der Rugbymannschaft. Er war ein Jahr später als ich dazugestoßen. Außerordentlicher Mann.«

»Willst du, daß er sich darum kümmert?«

»Richtig geraten, John.«

»Dann laß uns ihn gleich anrufen. Wenn wir an die Öffentlichkeit gehen, möchte ich, daß wir's aus freien Stücken tun und nicht, weil es die Russen ausplaudern.«

»Also kennen die deinen Namen?«

»Mehr als das. Ich habe den Vorsitzenden Golowko kennengelernt. Er war es, der mich und Ding letztes Jahr nach Teheran geschleust hat. Ich hab schon eine Reihe gemeinsamer Aktionen mit ihnen gemacht, Bill. Sie wissen alles von mir, einschließlich der Schwanzgröße ...«

Tawney zuckte nicht mit der Wimper. Er hatte sich an die amerikanische Redeweise gewöhnt und fand sie oft sehr amüsant. »Du weißt ja, John, daß wir uns nicht ganz auf die Information verlassen können.«

»Du bist so oft im Einsatz gewesen wie ich, Bill, vielleicht noch öfter. Wenn's dich dabei nicht in der Nase juckt, dann mußt du dich mal untersuchen lassen, hörst du?« Clark hielt einen Augenblick inne. »Da kennt also jemand meinen Namen und will den Russen erzählen, was ich zur Zeit mache. Er muß es ja wissen, Mann. Als Verbindungsmann hat er den Londoner *rezident* ausgesucht, nicht den in Caracas. Ein Terrorismus-Agent, vielleicht derjenige, der Namen und Telefonnummern kennt, und seit wir hier sind, gab es drei Zwischenfälle. Daß es viel zu viele sind in der kurzen Frist, darüber sind wir uns einig. Und plötzlich taucht dieser Typ auf und stellt Nachforschungen an. Das könnte uns doch ein *bißchen* neugierig machen, oder?«

»Mag sein, John. Ich rufe Cyril an.« Damit verließ Tawney das Büro.

»So ein Mist«, ächzte John, als die Tür wieder zu war. Aber das war nun mal so bei schwarzen Operationen. Früher oder später knipste irgend jemand das Licht an, und im allgemeinen war er dann jemand, den man nicht im selben Zimmer haben möchte. Wie zum Teufel war er an die Information gekommen? Sein Gesicht verfinsterte sich, und er schloß die Augen. Jeder, der ihn kannte, hätte schwören mögen, daß diese Miene nichts Gutes verhieß.

»Scheiß drauf«, schimpfte Direktor Murray im FBI-Hauptquartier.

»Tja, Dan, das wär's dann«, nickte Ed Foley in seinem Langley-Büro in der siebzehnten Etage. »Wie zum Teufel ist das durchgesickert?«

»Frag mich nicht, Mann. Hast du irgendwas über Popov, wovon ich nichts weiß?«

»Ich könnte die Nachrichten- und Terrorismusabteilung auf ihn ansetzen. Aber wir schicken euch sowieso alles ins Archiv. Was ist mit den Engländern?«

»Wie ich John kenne, hängt er längst bei ›Five‹ und ›Six‹ in der Leitung. Sein Geheimdienstler ist Bill Tawney, und Bill ist in jeder Hinsicht erstklassig. Kennst du ihn?«

»Kommt mir irgendwie bekannt vor, aber ich verbinde kein Gesicht mit dem Namen. Was denkt Basil von ihm?«

»Er hält ihn für einen der besten Analytiker. Übrigens war er bis vor ein paar Jahren sein wichtigster Undercover-Agent. Eine gute Spürnase«, ergänzte der CIA-Chef.

»Und wie schätzt du die Gefahr ein?«

»Weiß nicht. Die Russen kennen John ganz gut aus Tokyo und Teheran. Golowko hat ihn einmal persönlich vorgelassen. Hat mir damals sogar übers Telefon Komplimente gemacht, wie gut sich Clark und Chavez in Teheran geschlagen haben. Ich vermute, daß sie sich auf Anhieb verstanden haben, aber hier geht's um Geschäfte, da stellt man die Freundschaft zurück, wenn du verstehst, was ich meine.«

»Verstanden, Don Corleone. Und was soll ich dabei tun?«

»Irgendwo muß eine undichte Stelle sein. Vorläufig habe ich nicht die geringste Ahnung, wo sie sich befindet. Die einzigen, die über Rainbow gesprochen haben, waren Leute, die das Codewort kannten. Und die wissen alle, daß sie den Mund halten sollen.«

»Wohl wahr«, schnaubte Murray. Wer immer sich da verquatscht haben mochte, es mußte jemand sein, dem man vertraute und der einer langwierigen Überprüfung durch FBI-Beamte standgehalten hatte. Nur ein wohlbekannter und überprüfter Mitarbeiter konnte es gewesen sein; leider konnte das FBI jedoch noch nicht hellsehen oder Gedanken lesen.

Oder hatte sich jemand zufällig oder unbewußt verraten? Dann konnte man den Betreffenden noch so sehr verhören, er würde nicht einmal wissen, daß er des Verrats schuldig war. Geheimhaltung und Gegenspionage waren die schwierigsten Aufgaben überhaupt. Gut, daß es die Verschlüsselungsexperten bei der NSA gab, dachte er, denn das waren die verläßlichsten und produktivsten Geheimnisträger der US-Dienste.

»Wir kennen Kirilenko, Bill. Ein Zwei-Mann-Überwachungsteam ist ihm ständig auf den Fersen! Gestern abend erst haben sie ihn fotografiert, wie er in der Stammkneipe sein Bierchen mit einem Kumpel trank«, erklärte Cyril Holt seinem Six-Kollegen.

»Das könnte unser Mann sein«, erwiderte Tawney.

»Durchaus möglich. Ich müßte Ihre Abhörprotokolle mal sehen. Soll ich herüberkommen?«

»Würde mich freuen. Kommen Sie so schnell wie möglich!«

»Einverstanden. Zwei Stunden brauche ich noch, mein Freund. Ich hab noch eine Menge auf dem Schreibtisch abzuarbeiten.«

»Alles klar!«

Nur gut, daß sie bei diesem Telefonat vor Abhörmaßnahmen sicher waren. Das STU-4-Verschlüsselungssystem war zwar nicht perfekt, hätte aber höchstens mit der US-Technologie geknackt werden können. Und die Fernsprechleitungen, die man benutzte, waren computerisiert; schließlich gehörte das britische Telefonnetz nach wie vor größtenteils der Regierung. Mit Computern, die den Anschluß herstellten, konnten die Einwählknoten anonymisiert und Telefonate weitgehend gegen Anzapfen gesichert werden, es sei denn, es befanden sich eingebaute Wanzen im Gerät des Anrufers oder Empfängers. Was dieses Sicherheitsrisiko betraf, so verließ man sich auf Techniker, die monatlich alle Leitungen kontrollierten. Es sei denn, einer von ihnen war auch noch für andere Arbeitgeber tätig, dachte Tawney. Hundertprozentig konnte man sich nicht abschotten. Funkstille im Telefon würde zwar verhindern, daß man von unerwünschten Ohren belauscht wurde, doch zugleich würden auf Regierungsebene gar keine Informationen mehr ausgetauscht werden, was die gesamte Maschinerie ins Stocken brächte.

»Na los, sag's schon«, forderte Clark Chavez auf.

»Ganz einfach, Mr. C. Ich hab doch nicht die Ergebnisse der Lottozahlen prophezeit. Es war doch alles vorhersehbar ...«

»Mag sein, Domingo. Aber du hast es als erster ausgesprochen.«

Chavez nickte. »Stimmt. Aber was zum Teufel können wir dagegen tun? Wenn der deinen Namen kennt, John, wird er auch schon wissen oder bald erfahren, wo du steckst. Hier bei uns nämlich. Er braucht doch nur einen Kumpel bei der Telefongesellschaft, und schon kommt er uns auf die Schliche! Womöglich hat er ein Foto von dir oder eine Personenbeschreibung. Dann kriegt er deine Nummer heraus und wird dir an den Fersen kleben.«

»Das fände ich prima. Ich kenne mich aus mit Gegenspionage, und habe überall, wo ich bin, ein Handy. Wäre doch toll, wenn mir einer nachspioniert. Du und einige deiner Jungs kommen mit mir auf's Land, dort legt ihr euch auf die Lauer und nehmt das Arschloch fest. Und dann unterhalten wir uns mal ein bißchen mit ihm ...« Der andere grinste unsicher. John Clark wußte, wie man Informationen aus Leuten herausholt, allerdings entsprachen seine Techniken nicht gerade den Dienstvorschriften eines normalen Polizeireviers.

»Das glaube ich dir gern, John. Aber zur Zeit können wir nicht das Geringste tun, außer die Augen offenhalten und abwarten, ob wir von anderswo einen Tip kriegen!«

»Ich wurde noch nie so aufs Korn genommen. Schön ist das nicht gerade.«

»Wem sagst du das! Aber die Welt ist nun mal kein Paradies. Was sagt denn Bill Tawney dazu?«

»Einer aus der ›Five‹-Abteilung kommt heute noch zu ihm.«

»Das sind die Profis aus Dover. Laß sie nur machen«, riet Ding. Es war eine gute und die einzig sinnvolle Empfehlung, wie sie beide wußten, aber sie entsprach ganz und gar nicht Johns Gepflogenheiten. Er regelte solche Dinge lieber selbst und wartete nicht gern ab, bis andere für ihn einschritten. Wenn Mr. C eine Schwäche hatte, dann die, daß er Geduld nur aufbrachte, wenn er selbst an der Arbeit war, aber nicht, wenn er auf etwas warten mußte, das sich außerhalb seiner Einflußsphäre abspielte. Ganz ohne Fehler war eben niemand.

»Ja, ich weiß«, lautete die Antwort. »Wie geht es der Truppe?«

»Alle sind in Bestform, Mann. Die Stimmung war noch nie so gut. Seit dem Worldpark-Job sind sie erst recht Feuer und Flamme. Kommt mir vor, als könnten wir die Welt erobern, wenn wir die Jungs nur richtig einsetzen ...«

»Der Adler macht sich gut im Kasino, wie?«

»Da kannst du Gift drauf nehmen, Mr. C. Bloß die Sache mit dem kleinen Mädchen macht mir noch immer Alpträume... Solch ein Anblick ist schwer zu verkraften, selbst wenn sie sowieso gestorben wäre. Verstehst du? Aber wir haben die Schweine drangekriegt, und der gute Carlos sitzt noch immer im Käfig. Kann mir nicht vorstellen, daß noch irgendwer seinen Arsch für ihn riskiert.«

»Und das weiß er auch, wie man aus Frankreich hört.«

Chavez erhob sich. »Na schön. Ich muß wieder zurück. Halt mich auf dem laufenden, ja?«

»Verlaß dich drauf, Domingo«, versprach Rainbow Six.

»Und was machen Sie?« erkundigte sich der Klempner.

»Ich verkaufe Installationswerkzeug«, behauptete Popov. »Rohrzangen und so weiter. Direktverkauf für Groß- und Einzelhandel.«

»Ach ja! Und, was können Sie mir Nützliches empfehlen?«

»Rigid-Rohrzangen amerikanischer Machart. Sind die besten der Welt, mit Garantie auf Lebenszeit. Wenn eine bricht, ersetzen wir sie gratis, auch noch in zwanzig Jahren. Natürlich hab ich auch noch andere schöne Sachen, aber Rigid-Rohrzangen sind die besten.«

»Ehrlich? Gehört hab ich schon von ihnen, aber ausprobiert noch nie.«

»Der Feststellmechanismus ist ein bißchen haltbarer als beim englischen Stilson. Ansonsten ist die Ersatzgarantie der einzige wirkliche Vorteil. Wissen Sie, ich verkaufe die jetzt seit, na... vierzehn Jahren vielleicht. Und von den Tausenden, die ich verkauft habe, ist nur eine gebrochen!«

»Hm. Letztes Jahr ist mir eine Rohrzange durchgebrochen«, gestand der Klempner.

»Was Besonderes in der Kaserne zu reparieren gehabt?«

»Nö, eigentlich nicht. Klempnern ist Klempnern. Ein paar Sachen sind zwar veraltet – die Wasserspender zum Beispiel. Dafür Ersatzteile zu kriegen wird immer schwerer, und sie können sich einfach nicht durchringen, die Anlage zu erneuern. Sind die verdammten Bürokraten schuld. Tausende geben sie aus für die Patronen ihrer verdammten Knarren, aber neue Wasserspender zu kaufen, die jeden Tag benutzt werden? Nichts da.« Der Mann lachte schallend und nahm einen Schluck Bier.

»Was sind das denn für Typen?«

»Die vom SAS? Ganz nett eigentlich, sehr höflich. Machen mir und den Kollegen keine Schwierigkeiten.«

»Und was ist mit den Amerikanern?« fragte Popov. »Hab nie einen kennengelernt, aber man hört ja Sachen von denen, wie die so miteinander umgehen und so ...«

»Och, darüber kann ich nicht klagen. Naja, sie sind ja auch noch nicht so lange bei uns, aber die zwei oder drei, wo ich gewesen bin, waren wie unsere eigenen Jungs. Hab ich schon erwähnt, daß sie mit Trinkgeld um sich schmeißen wollten? Echte Yankees. Aber feine Kerle, trotz allem. Die meisten haben Kinder, und die Kleinen sind ganz süß. Lernen jetzt richtiges Fußballspielen, ein paar jedenfalls. Und was machen Sie in der Gegend?«

»Ich treffe mich mit Eisenwarenhändlern, die meine Marken in ihr Sortiment aufnehmen sollen. Auch auf dem Baumarkt hier.«

»Lee & Dopkins?« Der Klempner schüttelte den Kopf. »Das sind beide alte Knacker, die ändern sich nicht mehr. Sie sollten besser bei kleineren Läden nachfragen. Bei den großen wird's nichts, fürchte ich.«

»Und wie sieht's mit Ihrer Werkstatt aus? Kann ich *Ihnen* vielleicht was verkaufen?«

»Ich bin ziemlich knapp dran momentan – aber, meinetwegen, anschauen kostet nichts.«

»Wann soll ich vorbeikommen?«

»Wissen Sie, mit der Sicherheit nehmen sie's sehr genau dort ... So ohne weiteres werden Sie da nicht reingelassen. Natürlich kämen Sie mit mir zusammen rein, sagen wir – morgen in der Mittagspause?«

»Paßt mir ganz gut. Um welche Uhrzeit?«

»So gegen zwölf? Ich hol Sie hier ab.«

»Einverstanden«, strahlte Popov.

»Alles klar. Wir essen hier was zusammen, und dann nehme ich Sie im Wagen mit.«

»Um zwölf bin ich hier«, versprach Popov. »Mit meinen Werkzeugmustern.«

Cyril Holt war über fünfzig und wirkte matt und vornehm wie ein älterer britischer Staatsbeamter. Er trug einen maßgeschneiderten Anzug mit exquisiter Krawatte – ein feiner Stoff, wie Clark gleich erkannte, und nicht gerade billig. Sie stellten sich einander vor und nahmen in Johns Büro Platz.

»Ich vermute, wir haben da ein Problem«, begann Holt.

»Haben Sie das Protokoll schon gelesen?«

»Ja.« Holt nickte. »Eure NSA-Leute haben ganze Arbeit geleistet.« Daß auch seine Mitarbeiter daran beteiligt waren, indem sie das Telefonsignal des *rezident* entschlüsselten, überging er bescheiden.

»Erzählen Sie mir mehr von Kirilenko«, bat Clark.

»Kompetenter Mann. Er hat einen Stab von elf Agenten und vielleicht noch weiteren, inoffiziellen Helfern, die für Transporte und Logistik sorgen. Sie alle sind ›legal‹ hier, im diplomatischen Dienst. Natürlich sind auch Illegale als Informanten für ihn unterwegs. Zwei von ihnen kennen wir. Beide geben sich als Geschäftsleute aus und machen tatsächlich noch Geschäfte neben ihrer Spionagetätigkeit. Das haben wir schon vor einer ganzen Weile ausgekundschaftet. Wanja jedenfalls weiß immer, was er tut, ein fähiger Kerl. Seine Tarnung als dritter Botschaftssekretär ist perfekt; diplomatische Aufgaben erledigt er wie ein richtiger Diplomat, und er ist beliebt bei allen, mit denen er in Kontakt kommt. Er ist intelligent und gebildet, man trinkt gern mal ein Bierchen mit ihm. Merkwürdigerweise mag er Bier lieber als Wodka. In London gefällt es ihm. Verheiratet, zwei Kinder, keine schlechten Angewohnheiten, von denen wir wüßten. Seine Frau arbeitet nicht, wir haben bei ihr auch keinerlei Tarnung vorgefunden. Nach unseren Erkenntnissen ist sie eben Hausfrau und sonst nichts. Ebenfalls beliebt in der Diplomatengemeinde.« Holt reichte Fotos von beiden herum. »Und gestern«, fuhr er fort, »fand sich unser Freund zu einem Bier in seiner Stammkneipe ein. Der Pub liegt ein paar Straßen hinter der Botschaft in Kensington, nicht weit vom Palast; das Gebäude diente schon unter dem Zaren als russische Botschaft, ähnlich wie eure in Washington. Ein sehr gepflegter Pub also. Hier ist die ein wenig geschönte Aufnahme des Knaben, mit dem er sich dort traf.« Ein weiteres Foto machte die Runde.

Clark und Tawney hielten das Gesicht für ziemlich gewöhnlich. Der Mann hatte braune Haare und Augen und regelmäßige Gesichtszüge, und er war nicht auffälliger als ein rostiger Eimer im Hinterhof. Auf dem Foto trug er Anzug und Krawatte. Der Gesichtsausdruck war nichtssagend. Sie hätten über Fußball diskutieren können, das Wetter, oder darüber, wie sie jemanden umlegen, dessen Nase ihnen nicht paßt – man sah es ihnen nicht an.

»Vermutlich hat er kein Lieblingseckchen?«

»Nein, Kirilenko sitzt gewöhnlich an der Theke, ganz selten in einer Nische weiter hinten, und nie zweimal auf demselben Platz. Eine Wanze zu verstecken wäre natürlich das Beste gewesen«, bedauerte Holt, »aber technisch schwierig, zweitens hätte der Wirt gewußt, daß wir hinter jemandem her sind, und es ist fraglich, ob etwas Substantielles dabei herauskäme. Sein Englisch ist übrigens vorzüglich. Der Wirt schien zu glauben, er käme aus Nordengland.«

»Hat er gemerkt, daß Sie ihm folgen?« fragte Tawney und kam Clark zuvor.

Holt schüttelte den Kopf. »Schwer zu sagen, aber wir glauben es nicht. Die Überwachungsteams wechseln ständig, unter ihnen sind einige meiner besten Leute. Sie gehen regelmäßig in diesen Pub, auch wenn er nicht drinsitzt, falls er den Laden durch einen Kumpel gegencheckt. Die Bauten in der Umgebung erlauben uns, ihn problemlos mit der Kamera zu verfolgen. Ein paarmal haben wir gesehen, wie er Passanten streifte, aber Sie wissen ja, wie heikel das ist. Schließlich rempelt man immer mal jemanden auf der Straße an, das muß nicht jedesmal absichtlich geschehen. Besonders im Berufsverkehr, wenn die Straßen voll sind, können Sie ein Dutzend Kameras draufhalten und doch nicht sehen, ob er was ausgetauscht wird.«

Clark und Tawney nickten. Das Streifen von Passanten ist als Taktik bekannt, seit es Spione gibt. Man schlendert über den Bürgersteig und tut, als ob man jemandem ausweichen muß. Im Gedränge drückt man sich gegenseitig etwas in die Hand, oder läßt es in die Manteltasche fallen, und mit ein bißchen Übung merkt das keiner der Umstehenden. Um damit Erfolg zu haben, brauchte nur einer der beiden gut erkennbar zu sein; die berühmte Nelke im Knopfloch, die Krawattenfarbe oder die Art, wie man seine Zeitung hält, Sonnenbrille oder alle möglichen anderen Zeichen, die beiden Teilnehmern des Austauschs bekannt sind. Das war eine der simpelsten Methoden der Agententätigkeit, am leichtesten durchführbar, und machte der Gegenspionage das Leben schwer.

Doch wenn er Popov etwas ausgehändigt hatte, dann gab es ein Foto von dem Kerl. Vielleicht, mußte man einschränkend sagen. Daß der Kneipengast von gestern der Richtige war, ließ sich nicht mit Sicherheit feststellen. Vielleicht war Kirilenko flexibel genug, daß er in die Kneipe ging und mit wildfremden Menschen Gespräche führte, nur um die ›Five‹-Abteilung in die Irre zu führen. Damit sie ihr Personal und ihre

Zeit – beides auch beim Sicherheitsdienst nicht in unbegrenztem Ausmaß verfügbar – darauf verschwendeten, ergebnislosen Spuren nachzuforschen. Spionage und Gegenspionage waren nach wie vor eins der beliebtesten Spiele in der Hauptstadt, und selbst die Spieler ahnten nicht, wie hoch der Einsatz war.

»Werden Sie Ihre Überwachung Kirilenkos noch verstärken?« erkundigte sich Bill Tawney.

»Ja.« Holt nickte. »Aber denken Sie daran, daß wir es mit einem hochqualifizierten Agenten zu tun haben. Eine Garantie geben wir nicht!«

»Verlange ich auch gar nicht, Mr. Holt. Ich war selbst einmal im Außendienst, und die Stellvertretende Direktorin hat mir nie ihre schützende Hand entzogen«, erzählte Clark dem Besucher vom Sicherheitsdienst. »Sonst haben wir nichts über Popov?«

Er schüttelte traurig den Kopf. »In unseren Akten ist er nicht vertreten. Wir könnten ihn natürlich unter anderem Namen führen. Vielleicht hatte er Kontakt zu unseren PIRA-Freunden; das ist sogar sehr wahrscheinlich, wenn er ein Terrorexperte ist. Da gab es viele wechselseitige Kontakte. Wir haben Informanten bei der PIRA, und einigen werde ich das Foto vielleicht vorlegen. Unsere irischen Freunde betreiben inzwischen ihre eigene Gegenspionage, wie Sie wissen!«

»Ich habe nie direkt mit denen zu tun gehabt«, wandte John ein. »Wie gut sind sie?«

»Sehr gut«, versicherte Holt, und auch Bill Tawney nickte nachdenklich. »Hochentwickelte Methoden, erstklassig organisiert, ohne sich zu verzetteln. Manche von denen wollen unter allen Umständen den Frieden verhindern. Der gute Gerry Adams mag ein fähiger PR-Mann sein, aber wenn die Unruhen beigelegt sind und er die Wahl in ein höheres politisches Amt, mit der er offenbar rechnet, nicht schafft, wird seine Niederlage eher seinem Prestige abträglich sein als seiner Position. Doch eine Mehrheit scheint bereit zu sein, den Terror einzustellen, den Sieg zu erklären und auf Verständigung zu setzen. Das hat unserem Informanten-Anwerber ein bißchen geholfen. Andere bei der PIRA sind heute noch militanter, als sie es vor einem Jahrzehnt waren. Das macht uns ernsthaft Sorgen«, erklärte Holt.

»Die gleiche Geschichte wie im Bekaa-Tal«, nickte Clark. Was würde es helfen, wenn Satan sich mit Jesus einigt? Manche würden nie aufhören, die Sünder zu bekriegen, und wenn sie die schlimmsten Todsünden dabei begingen! Wo gehobelt wird, fallen Späne, nicht wahr? »Sie wollen einfach nicht klein beigeben.«

»Genau da liegt der Hund begraben. Und ich brauche Ihnen nicht zu versichern, daß diejenigen, auf die sie's ganz besonders abgesehen haben, hier nebenan sitzen! Der SAS steht ganz oben auf der Abschußliste der PIRA.«

Auch das war natürlich nichts Neues. Die Einheiten des britischen Special Air Service hatten oft genug Einsätze durchgeführt, um IRA-Mitglieder auszuschalten, die den doppelten Fehler machten, Anschläge zu verüben und nicht unerkannt zu bleiben. John hielt es für einen Fehler, wenn Soldaten für etwas einspringen sollten, was eigentlich zu den Aufgaben der Polizei gehörte. Andererseits mußte er zugeben, daß Rainbow gewissermaßen genau diese Mission erfüllte. Doch der SAS hatte sich manches geleistet, was man strenggenommen als vorsätzlichen Mord bezeichnen müßte. England, so sehr es in vielerlei Hinsicht Amerika ähnelte, war ein eigenes Land mit besonderen Gesetzen und manchmal ganz anderen Spielregeln. Kein Wunder, daß in Hereford Sicherheit groß geschrieben wurde, schon damit nicht eines Tages zehn oder mehr von den Ganoven hier eindrangen, die AK-47er auspackten und loslegten. Viele der hier stationierten SAS-Leute hatten Familie, und Terroristen halten sich bekanntlich nicht an die Haager Landkriegsordnung.

Die Entscheidung am Dserschinskij-Platz Nr. 2 war ungewöhnlich schnell getroffen worden. Der Kurier war bereits unterwegs. Kirilenko war überrascht, als die kodierte Nachricht kam. Der Kurier nahm die Aeroflot-Maschine nach Heathrow und hatte einen Diplomatenkoffer dabei, der nicht angetastet werden durfte, solange er im Besitz des Kuriers war. Es bestand die Möglichkeit, daß er geklaut werden sollte, um an den meist unverschlüsselten Inhalt zu kommen, aber das wußten Kuriere, und deshalb hielten sie sich an die strengen Vorschriften. Wenn man aufs Klo ging, mußte der Koffer mit. Und so brauchten sie an den Kontrollstellen nur die Diplomatenpässe zu zücken und in die wartenden Limousinen zu steigen, das Reisegepäck voller kostbarer Schätze: Geheimnisse, für die mancher ihrer Mitreisenden die eigene Großmutter verkauft hätte.

So war es auch hier. Der Kurier kam mit dem Abendflug vom Moskauer Scheremetjewo, wurde in London durch den Zoll gewunken und stieg in den Wagen, den ein Botschaftsangehöriger chauffierte. Nach einer vierzigminütigen Fahrt durch den Berufsverkehr erreichten sie Kensington und Kirilenkos Büro. Der Lederumschlag war mit Wachs versiegelt. Der *rezident* dankte dem Kurier für den Umschlag und die zwei anderen Päckchen und ging ans Werk. An diesem Abend mußte der Feierabenddrink ausfallen. Das ärgerte ihn nicht wenig, denn er liebte die Atmosphäre in seiner Stammkneipe. Vergleichbares gab es in Moskau nicht, auch nicht in anderen Ländern, wo er Dienst gemacht hatte. Und nun hielt er also das komplette Dossier über den führenden CIA-Außendienst-Agenten Clark, John T. in der Hand. Es umfaßte zwanzig engzeilige Seiten, dazu drei Fotos. Er nahm sich die Zeit, den ganzen Packen zu lesen. Sehr beeindruckend. Demzufolge hatte er bei seinem ersten und einzigen Treffen mit dem Vorsitzenden Golowko zugegeben, daß er Frau und Tochter des ehemaligen KGB-Chefs Gerassimow heimlich aus dem Land geschmuggelt hatte... in einem *U-Boot*? Dann stimmte die Darstellung in den westlichen Medien? Ihm kam das vor wie ein Hollywood-Streifen. Und später war er in Rumänien gewesen, um die Zeit, als Nicolae Ceausescu gestürzt wurde? Hatte in Kooperation mit der Vertretung in Tokyo den japanischen Premier gerettet und war, abermals mit russischer Hilfe, an der Eliminierung von Mahmoud Haji Daryaei beteiligt? »Es heißt, der Präsident der Vereinigten Staaten hört auf ihn«, hieß es in der Zusammenfassung – kein Wunder, dachte Kirilenko. Sergej Nikolajitsch Golowko selbst hatte die Analyse verfaßt. Hochgradig kompetenter Agent, unabhängiger Denker, gewohnt, bei seinen Operationen selbst die Initiative zu ergreifen, bekannt dafür, daß er kaum jemals einen Fehler machte... Trainingsoffizier der CIA-Akademie in Yorktown, Virginia, soll Edward und Mary Patricia Foley ausgebildet haben, damit also den Direktor der CIA und seine Stellvertreterin für operative Vorgänge. Ein erstklassiger Mann, dieser Clark, dachte Kirilenko, wenn er sogar Golowko beeindruckt hatte – das dürfte nur wenigen Russen gelingen.

Und jetzt hielt er sich also in England auf, in streng geheimer Mission, und Kirilenkos eigener Dienst wollte mehr darüber wissen, denn es war nicht leicht, bei solchen Leuten auf dem laufenden zu bleiben. Der *rezident* nahm den Papierstreifen aus der Brieftasche. Es sah nach einer Handy-Nummer aus. Von denen hatte er auch mehrere in der Schublade, die über fremde Namen liefen, das hielt die Abhörspezialisten auf Trab, kostete die Botschaft nichts und war vollkommen sicher.

Ein bekanntes Handy-Konto anzuzapfen war nicht schwer, doch ohne den elektronischen Code war es nur ein weiteres Signal in einer von Signalen überschwemmten Stadt.

Dmitrij Arkadejewitsch hatte das gleiche Handy. In jeder Stadt der Welt gab es Leute, die Handy-Codes knackten und sie illegal auf der Straße verkauften. London war da keine Ausnahme.

»Ja?« meldete sich eine ferne Stimme.

»Dmitrij, hier Wanja!«

»Ja?«

»Ich habe das gewünschte Päckchen. Bezahlt wird nach den Vereinbarungen, die wir getroffen haben.«

»Einverstanden«, versprach Popov. »Wann tauschen wir uns aus?«

Kirilenko schlug ihm Ort, Zeit und Methode vor.

»Alles klar.« Nach siebzig Sekunden war die Verbindung unterbrochen. Popov mochte kaltgestellt sein, aber die Funkdisziplin wußte er zu wahren.

20

KONTAKTAUFNAHME

Sie wußte, daß sie krank war, auch wenn sie nicht wußte, wie sehr. Aber Mary Bannister merkte, daß es ihr miserabel ging. Und allen Beruhigungsmitteln zum Trotz machte sie sich ernsthaft Sorgen. Nie war sie im Krankenhaus gewesen, außer einmal in der Notaufnahme wegen eines gezerrten Knöchels, und jetzt lag sie in einem Klinikbett mit einer Tropfinfusion neben sich, ein durchsichtiger Plastikschlauch war an ihrem rechten Arm angeschlossen. Schon der Anblick ängstigte sie, trotz der Drogen. Was man ihr wohl verabreichte? Dr. Killgore wollte ihr irgendwelche Flüssigkeiten geben, oder? Sie schüttelte den Kopf und versuchte, den Nebel aus ihrem Gedächtnis zu vertreiben. Könnte sie das nicht selbst herausfinden? Sie schwang ihre Beine rechts herab und stand auf, zitternd und elend, dann bückte sie sich und musterte die Flaschen am ›Weihnachtsbaum‹. Erst verschwamm ihr alles vor den Augen, und die Etiketten auf den Flaschen waren nur mit Ziffern beschriftet. Versuchsperson F-4 richtete sich wieder auf und versuchte, die Stirn zu runzeln, was ihr nicht ganz gelang. Dann blickte sie sich im Behandlungszimmer um. Auf der anderen Seite eines zwei Meter hohen Raumteilers stand ein weiteres Bett, das aber leer war. Ein Fernseher, momentan ausgeschaltet, hing von der Decke. Der Boden war gekachelt und fühlte sich kalt an unter ihren nackten Fußsohlen. Eine Holztür mit Klinke – eine ganz normale Krankenhaustür, aber das wußte sie nicht. Nirgends ein Telefon. Gab es denn in Krankenhäusern kein Telefon? War sie überhaupt im Krankenhaus? Es sah so aus und erschien ihr auch so, aber sie spürte, obwohl ihr Hirn langsamer arbeitete als sonst, daß etwas nicht stimmte, auch wenn sie nicht wußte, was. Als hätte sie zuviel getrunken. Abgesehen von der Krankheit war ihr unangenehm, daß sie ihrer Sinne nicht vollkommen mächtig war. Es wurde Zeit, daß sie etwas *unternahm*, aber was? Für kurze Zeit stand sie da und überlegte, dann umfaßte sie den Weihnachsbaum mit der rechten Hand und wanderte zur Tür. Gut, daß die Computersteuerung batteriebetrieben war und nicht an der Steckdose hing. Die Gummiräder glitten weich über die Kacheln.

Die Tür war unverschlossen, wie sich herausstellte. Sie öffnete und steckte den Kopf durch den Türrahmen. Im Korridor war niemand zu sehen. Sie schlurfte weiter, den Infusionsständer immer noch neben sich herschiebend. Nirgendwo war das Zimmer einer Stationsschwester zu sehen, aber das fiel ihr nicht besonders auf. Versuchsperson F-4 wandte sich nach rechts, schob jetzt den Infusionsständer vor sich her und suchte nach – nach was, wußte sie eigentlich nicht. Seufzend schob sie weitere Türen auf, sie waren nicht verschlossen, aber dahinter war alles dunkel. Überall stank es nach Desinfektionsmitteln, bis sie ans andere Ende kam. An dieser Tür hing ein Schild mit der Aufschrift T 9, und dahinter sah es anders aus. Keine Betten, aber ein Schreibtisch mit leuchtendem Computerbildschirm. Der Computer war also an. Sie trat ein und beugte sich über den Schreibtisch. IBM-kompatibel, mit denen konnte sie umgehen. Sogar ein Modem war angeschlossen, wie sie bemerkte. Dann konnte sie ja genausogut – was?

Es dauerte noch ein paar Minuten, bis der Entschluß reifte. Ihrem Vater eine e-Mail zu schicken war doch bestimmt nicht verboten, oder?

Fünfzehn Meter und einen Flur weiter hatte sich Ben Farmer einen Becher Kaffee besorgt. Nachdem er kurz mal auf der Toilette war, ließ er sich nun wieder im Drehstuhl nieder. Er nahm ein illustriertes Ökomagazin zur Hand und setzte seine Lektüre fort. Drei Uhr früh war es, und in seinem Gebäudetrakt war alles ruhig.

LIEBER DADDY, ICH WEISS NICHT, WO ICH BIN. MAN SAGT, ICH HÄTTE EIN FORMULAR UNTERSCHRIEBEN UND ERLAUBT, DASS SIE MEDIKAMENTE TESTEN, IRGENDEIN NEUES PRÄPARAT ODER SO, ABER JETZT GEHT ES MIR HUNDEELEND UND ICH WEISS NICHT WARUM. SIE HABEN MIR SO EINEN SCHLAUCH ANGEHÄNGT MIT LAUTER FLASCHEN, UND IMMER WENN ES IN MEINEN ARM TRÖPFELT, WIRD MIR ÜBEL…

Farmer las den Artikel über globale Erwärmung in aller Ruhe zu Ende; dann warf er einen Blick auf den Monitor. Die Einstellungen wechselten ab, in allen diesen Betten lagen kranke Patienten – bis auf eines. Was war das? fragte er sich, wartete, bis die Kamera wieder dort ankam, die Codenummer für das Zimmer mit dem leeren Bett hatte er vergessen. Es dauerte über eine Minute. Verdammte Scheiße, F-4 war es, die fehlte! Das war doch das Mädel, oder? Mary Soundso. Mist, wo konnte sie nur sein! Er faßte sich wieder und trat in den Korridor hinaus. Niemand zu sehen. Und niemand hatte den Gebäudetrakt verlassen. Die Türen zum anderen Bereich waren verriegelt und an die Alarmanlage angeschlossen. Wo zum Teufel waren die Ärzte? Die Bereitschaftsärztin war heute eine Frau namens Lani gewesen, die keiner leiden konnte, weil sie eine arrogante, hochnäsige Hexe war. Offenbar mochte auch Dr. Killgore sie nicht, denn sie bekam immer die Nachtschicht. Palatschek hieß sie mit Nachnamen. Farmer fragte sich flüchtig, woher sie wohl stammte, während er das Mikrofon der Sprechanlage hob.

»Dr. Palatschek, Dr. Palatschek, bitte sofort die Sicherheit kontaktieren«, rief er über das Lautsprechersystem. Es dauerte rund drei Minuten, bis sein Telefon schellte.

»Dr. Palatschek hier. Was ist los?«

»Versuchsperson F-4 muß wohl schlafwandeln. Auf dem Monitor ist sie nicht mehr zu sehen.«

»Bin schon unterwegs. Rufen Sie Dr. Killgore an.«

»Ja, Doktor.« Diese Nummer kannte Farmer auswendig.

»Ja bitte?« meldete sich die vertraute Stimme.

»Hier ist Ben Farmer, Sir. F-4 ist aus ihrem Zimmer verschwunden. Wir suchen gleich nach ihr!«

»Gut. Rufen Sie wieder an, wenn Sie sich wieder einfindet.« Damit war die Leitung tot. Killgore regte sich gar nicht groß auf. Ein bißchen herumwandern war nicht schlimm, und das Gebäude verlassen konnte niemand, ohne gesehen zu werden.

In London herrschte noch immer Berufsverkehr. Iwan Petrowitsch Kirilenko besaß ein Apartment nicht weit von der Botschaft entfernt, weshalb er zu Fuß ins Büro gehen konnte. Die Bürgersteige waren voller hektischer Passanten, die zur Arbeit eilten. Die Engländer sind ein höfliches Volk, doch Londoner pflegen rücksichtslos zu rennen. Genau um 8.20 Uhr kam er zur vereinbarten Straßenecke, ein konservatives Morgenblatt in der Linken – sein Exemplar des *Daily Telegraph* – und wartete auf das Umspringen der Ampel.

Die Übergabe wurde professionell durchgeführt. Keine Worte wurden gewechselt, nur ein doppelter Stupser am Ellbogen, bis er den Griff gelockert und den *Telegraph* gegen ein gleiches Exemplar ausgetauscht hatte. All das geschah unter der Gürtellinie, zufälligen Blicken anderer Passanten entzogen, und tief genug, um Kameraaugen auszuweichen, die womöglich das Geschehen an der belebten Kreuzung von den Dächern der Hochhäuser aus filmen könnten. Der *rezident* mußte sich ein Lächeln verkneifen. Der Einsatz vor Ort war doch das Schönste an seinem Beruf. Trotz des hohen Rangs, den er gegenwärtig einnahm, schätzte er den Spionagealltag, schon um sich zu beweisen, daß er mit den jungen Leuten, die jetzt unter ihm arbeiteten, allemal mithalten konnte. Ein paar Sekunden später wurde die Ampel grün, und ein Mann im Regenmantel löste sich von seiner Seite und entfernte sich in forschem Tempo, die Morgenzeitung unter dem Arm. – Die Botschaft lag nur ein paar Straßen weiter. Er durchquerte das Gittertor, betrat das Gebäude, kam an den Wachbeamten vorüber, treppauf in sein Büro im zweiten Stock, wo er den Mantel auf den Bügel hinter der Tür hängte, sich an den Schreibtisch setzte und die Zeitung aufschlug.

Dmitrij Arkadejewitsch hatte Wort gehalten. Zwei unlinierte Blätter waren mit handgeschriebenen Kommentaren versehen. John Clark hielt sich in Hereford auf, gar nicht weit weg von hier, als Befehlshaber einer neuen multinationalen Anti-Terror-Einheit, die unter dem Namen »Rainbow« operierte – zwanzig Männer, die man aus England, Amerika und vielleicht noch weiteren Staaten zusammengeholt hatte. Eine schwarze operative Gruppe, von der nur eine Handvoll hochrangiger Politiker wußte. Seine Frau arbeitete im Krankenhaus am Ort als Schwester. Sein Team war bei Anwohnern, soweit sie Zutritt zum SAS-Stützpunkt hatten, sehr geschätzt. Rainbow hatte bisher drei Einsätze hinter sich – in Bern, Wien und im Worldpark – wo man jedesmal gegen Terroristen – Kirilenko fiel auf, daß Popov den früheren Terminus ›progressive Elemente‹ mied – rasch, effizient und als Polizeieinheit des jeweiligen Landes getarnt vorgegangen war. Das Rainbow-Team erhielt seine Ausrüstung aus Amerika, die auch in Spanien eingesetzt worden war, wie sich aus den Fernsehberichten ergab. Popov schloß mit der Empfehlung, daß sich die Botschaft entsprechende Mitschnitte besorgen solle. Am besten durch den Militärattaché.

Ein insgesamt nützlicher, komprimierter und informativer Bericht, fand der *rezident*, und in jedem Fall den Handel wert, den sie an der Straßenecke besiegelt hatten.

»Ist heute was Besonderes vorgefallen?« fragte Cyril Holt den Leiter der Überwachung.

»Nein«, entgegnete der ›Five‹-Mann. »Er trug wie immer die Zeitung in der Linken, aber der Bürgersteig war vollkommen überlaufen. Wenn es einen Austausch gab, haben wir nichts davon mitbekommen. Immerhin haben wir's mit einem Profi zu tun«, gab der Chef des Überwachungskommandos zu bedenken. Der stellvertretende Direktor des Sicherheitsdienstes nickte stirnrunzelnd.

Popov hielt einen braunen, breitrandigen Hut im Schoß, als er im Zug saß, der ihn nach Hereford zurückbrachte. Nach außen hin las er in der Zeitung, in Wahrheit blätterte er in der engzeiligen Kopie des Berichts aus Moskau. Auf Kirilenko konnte er sich verlassen, wie Dmitrij Arkadejewitsch erfreut feststellte. Gehört sich ja auch für einen guten *rezident*. Und so saß er hier allein in der Ersten Klasse des Intercitys von Paddington Station nach Hereford, erfuhr Näheres über John Clark und war sehr beeindruckt. Sein ehemaliger Arbeitgeber in Moskau ließ ihm einige Aufmerksamkeit angedeihen. Drei Fotos gab es, eins war sogar ziemlich scharf, das offenbar im Büro des Geheimdienstchefs geschossen worden war. Sie hatten sich sogar bemüht, etwas über seine Familienverhältnisse herauszufinden. Zwei Töchter, eine noch im College in Amerika, die andere war inzwischen Ärztin und hatte einen gewissen Domingo Chavez geheiratet – *noch* ein CIA-Außendienstler! –, wie Popov las, jetzt Mitte Dreißig. Domingo Estebanowitsch, der offenbar mit dem älteren Agenten persönlich befreundet und ebenfalls bei Golowko gewesen war. Beide waren paramilitärische Offiziere... Hielt sich dieser Chavez auch in England auf? Ärztin, das ließ sich leicht überprüfen. Clark und sein jüngerer Partner wurden offiziell als erstklassige und erfahrene Geheimagenten eingestuft. Beide sprachen, als Absolventen der US-Sprachenschule in Monterey, Kalifornia, ein Russisch, das gewiß zu Recht als fließend und kultiviert bezeichnet wurde. Chavez hatte, wie es weiter hieß, ein Vorexamen und die Magisterprüfung in Politik abgelegt, Schwerpunkt Internationale Beziehungen, an der George-Mason-Universität außerhalb Washingtons, jeweils finanziert vom CIA. Und der jüngere von beiden hatte eine Ärztin geheiratet.

Zu ihren bekannten und bestätigten Außeneinsätzen gehörten die Rettung von Gerassimows Frau und Tochter vor zehn Jahren und mehrere weitere Aktionen, über die man nur unbestätigte Vermutungen anstellen konnte... Das Prädikat »erstklassig« paßte auf beide Agenten. Er selbst war seit zwanzig Jahren im Außendienst und wußte das einzuschätzen. In Langley mußte Clark eine ganz große Nummer sein, und Chavez war sein erklärter Schützling, der in die breiten, tiefen Fußstapfen seines... Schwiegervaters trat! Wenn *das* nicht interessant war!

Sie fanden sie schließlich in Zimmer 43, immer noch auf der Tastatur tippend, allerdings langsamer und mit vielen Fehlern. Ben Farmer öffnete leise die Tür und sah zuerst den Infusionsständer, dann den Rücken des Krankenhaus-Nachthemds.

»Ach, hier bist du!« rief der Wachbeamte nicht unfreundlich. »Gehst wohl ein bißchen spazieren, hm?«

»Ich wollte Daddy schreiben, wo ich bin«, erwiderte Mary Bannister.

»Ach so. Per e-Mail?«

»Ganz recht«, gab sie vergnügt zurück.

»Wie wär's denn, wenn wir dich jetzt in dein Zimmer zurückbringen? Willst du nicht ins Bett?«

»Ich glaube schon«, nickte sie erschöpft. Farmer half ihr auf die Füße und führte sie durch den Korridor, die Hand sacht um ihre Hüfte gelegt. Der Weg war kurz, dann öffnete er die Tür zum Sterbezimmer 4, bettete sie weich und zog die Decke hoch. Bevor er ging, schaltete er das Licht aus und traf Dr. Palatschek, die ihm im Flur entgegenkam.

»Könnte sein, daß es Probleme gibt, Doc.«

Lani Palatschek mochte es nicht, wenn man sie »Doc« nannte, aber sie verbiß sich jede Bemerkung. »Welche denn noch?«

»Ich fand sie im Computerraum. Angeblich hat sie ihrem Vater eine e-Mail geschickt.«

»Wie bitte?« Frau Doktor riß entsetzt die Augen auf, wie Farmer bemerkte.

»So sagte sie jedenfalls.«

Ach du Scheiße, durchfuhr es die Ärztin. »Ahnt sie denn was?«

»Wahrscheinlich nicht viel. Keiner von denen weiß, wo sie sind.« Und selbst der Blick aus dem Fenster half nichts. Ringsum erstreckten sich bewaldete Hügel, nicht einmal ein Parkplatz war in der Nähe, wo die Autonummern Rückschlüsse erlaubten. Dieser Teil des Projekts war zuvor sorgfältig geplant worden.

»Können wir den Brief, den sie geschickt hat, irgendwie zurückholen?«

»Wenn wir ihr Paßwort haben und den Server kennen, in den sie eingeloggt ist, vielleicht«, überlegte Farmer. Mit Computern kannte er sich gut aus, wie fast jeder Mitarbeiter des Projekts. »Ich könnte es versuchen, wenn wir sie wecken – sagen wir, in vier Stunden?«

»Oder könnte man den Server am Absenden hindern?«

Farmer schüttelte den Kopf. »Sehr unwahrscheinlich. Die wenigsten arbeiten so. Wir haben keine AOL-Software auf den Rechnern, nur Eudora, und wenn man den SOFORT-SENDEN-Befehl gibt, ist alles längst weg, Doc. Das geht sofort ins Internet, und wenn es einmal da ist, dann – oh, Mann.«

»Killgore wird Tobsuchtsanfälle kriegen!«

»Ja, Madam«, erwiderte der Ex-Marine. »Wir sollten den Zugang zu den Rechnern mit einem Paßwort verschlüsseln.« Daß er eine Weile nicht am Monitor gesessen hatte und alles seine Schuld war, verschwieg er. Aber hatte man ihn über diese undichte Stelle informiert? Und wieso wurden die Zimmer nicht ordnungsgemäß abgeschlossen, um Patienten fernzuhalten? Man könnte sie doch auch in ihren Krankenzimmern einschließen? Die Saufbrüder aus der ersten Versuchsreihe hatten sie nachlässig werden lassen. Von den Pennern hätte keiner den PC angerührt, ja überhaupt etwas unternommen; daß die jetzige Gruppe sich der Computer bedienen könnte, daran hatte niemand gedacht. Na, es hatte schlimmere Fehler gegeben als den. Die gute Nachricht war, daß kein Mensch wußte, wo sie waren, oder den Namen der Firma oder des Labors in Erfahrung bringen konnte. Was hatte F-4 ohne diese Informationen weitergeben können? Sicher nichts von Bedeutung, dachte Farmer. Aber in einem hatte Dr. Palatschek recht: Dr. John Killgore würde stocksauer sein.

Die englische Bauernvesper war ein nationales Kulturereignis: Es gab Brot, Käse, Salat, Strauchtomaten, eingelegtes Gemüse und etwas Fleisch – in diesem Fall Truthahn –, natürlich mit einem Bierchen dazu, damit's besser rutscht. Popov hatte das schon bei seiner ersten Englandreise genossen.

»Hallo, mein Lieber«, grüßte der Klempner, als er sich setzte. Sein Name war Edward Miles. Ein großer, breitschultriger Mensch mit Tätowierungen auf dem Unterarm – eine britische Modeerscheinung, besonders bei Männern in Uniform, dachte Popov. »Wie ich sehe, haben Sie schon ohne mich angefangen.«

»Haben Sie heute früh viel zu tun gehabt?«

»Das Übliche. Einen Durchlauferhitzer repariert in einem der Häuser, für einen Franzosen, der auch in dem neuen Team ist. Seine Frau sieht umwerfend gut aus!« berichtete Miles. »Von ihm sah ich nur das Foto. Sieht aus wie ein typischer Sergeant der französischen Armee.«

»Wirklich?« Popov biß in sein halbes belegtes Brötchen.

»Nachmittags muß ich nochmal hin, die Reparatur beenden. Dann ist noch ein Wasserspender zu reparieren, im Hauptquartier. Saudämlich ist das. Mindestens fünfzig Jahre alt sind die Dinger. Das kaputte Teil muß ich auch noch selbst zusammenflicken. Ersatzteile zu kriegen ist ein Ding der Unmöglichkeit. Der Hersteller ist seit einer Ewigkeit nicht mehr am Markt.« Miles' Teller war gekommen, und er langte kräftig zu, untersuchte die verschiedenen Wurstsorten und häufte sie auf das frischgebackene Brot.

»Regierungsstellen sind überall gleich«, erklärte Popov.

»Das können Sie laut sagen!« schimpfte Miles. »Und mein Helfer hat sich krankgemeldet. Wenn der krank ist, freß ich 'n Besen!«

»Vielleicht kann ich Ihnen mit meinen Werkzeugen helfen!« bot Popov an. Dann unterhielten sie sich noch über Sport, bis der Lunch beendet war. Sie standen auf und schlenderten zu Miles' Gefährt, einem kleinen, blauen Kastenwagen mit militärischem Nummernschild. Der Russe verstaute seinen Musterkoffer mit dem Werkzeug auf der Ladefläche. Der Klempner ließ den Motor an, bog auf die Straße hinaus und fuhr vor das Tor der Hereford-Kaserne. Der Wachhabende winkte ihn durch, ohne auch nur aufzublicken.

»Sehen Sie! Man muß die Idioten nur kennen, um reinzukommen«, lachte Miles, als sie die Sicherheitsperren hinter sich hatten, die einem Schild nach im ›schwarzen‹ Bereich waren, der niedrigsten Alarmstufe. »Aber die IRA-Typen rühren sich schon lange nicht mehr«, fuhr er fort, »und es wär auch keine gute Idee, hier Zoff zu machen – nicht gegen diese neuen Jungs. Das wäre, als wolle man einen Löwen in die Nase zwicken.«

»Kann gut sein. Alles, was ich vom SAS weiß, habe ich aus dem Fernsehen. Demnach sind sie ganz schön martialisch drauf!«

»Das stimmt, verdammich!« bestätigte Miles. »Man braucht sie sich bloß anzuschauen, schon wie sie gehen und so. Sie wissen, daß sie Löwen sind. Und diese neuen Typen sind ganz genauso, wenn nicht noch besser, wie man munkelt. Dreimal sind sie schon losgezogen, nach allem, was man hört, und jedesmal waren sie auch in der Glotze. Den Gangstern im Worldpark haben sie ganz schön die Hölle heiß gemacht, wie?«

Der Handwerkerbau im Stützpunkt war so typisch, daß er sich von vergleichbaren Einrichtungen in der ehemaligen Sowjetunion kaum unterschied. Die Farbe blätterte ab, der Parkplatz war verdreckt und voller Schlaglöcher. Die Doppeltüren an der Rückfront waren mit Schlössern verriegelt, die ein Kind mit einer Haarnadel öffnen könnte, dachte Popov. Miles parkte seinen Wagen und winkte Popov, ihm zu folgen. Drinnen sah es nicht anders aus als erwartet: ein billiger Schreibtisch für die Rechnungen, die der Klempner schrieb, ein ausgebeulter Drehsessel, bei dessen Sitzbezug die Füllung durch den aufgeplatzten Nylon quoll, und ein Hängebord mit Werkzeugen, von denen angesichts ihrer Abnutzung kaum eines weniger als fünf Jahre in Gebrauch sein mochte.

»Entscheiden Sie selbst, wenn was Neues angeschafft wird?« fragte Popov, um seiner Rolle gerecht zu werden.

»Ich muß einen Antrag ausfüllen, mit Begründung, und der geht dann an den Chef der Geräteverwaltung. Normalerweise ist der kein

Unmensch, und ich hab noch nie was beantragt, was ich nicht brauchte.« Miles nahm einen gelben Notizzettel vom Schreibtisch. »Noch heute soll der Wasserspender repariert werden. Coca-Cola ist denen wohl nicht gut genug?« murrte er laut. »Tja. Wollen Sie nicht mitkommen?«

»Warum nicht?« Popov stand auf und folgte ihm. Fünf Minuten später bereute er es. Draußen vor dem Eingang zum Hauptquartier stand ein bewaffneter Uniformierter – und plötzlich ging ihm ein Licht auf: Dies *mußte* das Rainbow-Hauptquartier sein! Drinnen würde er Clark höchstpersönlich antreffen.

Miles parkte den Kastenwagen, stieg aus und ging zum Heck. Er öffnete es und klappte seinen Werkzeugkasten auf.

»Dafür brauche eine kleinere Rohrzange«, bedeutete er Popov, der seinen Leinensack öffnete und eine brandneue zwölfzöllige Rigid-Rohrzange hervorzog.

»Ob die's tut?«

»Perfekt!« Miles schlug die Wagentür zu, und sie machten sich zu zweit auf den Weg. »Guten Tag, Korporal«, grüßte er den Soldaten am Eingang, der höflich zurücknickte, ohne etwas zu erwidern.

Popov seinerseits war mehr als überrascht. In Rußland wären die Sicherheitsvorkehrungen weit strenger gewesen. Doch dies war England, und die Wache kannte den Klempner offenbar gut. Im Handumdrehen waren sie drinnen. Er gab sich alle Mühe, sich möglichst unauffällig umzusehen, und unterdrückte die aufkeimende Nervosität. Im Flur machte sich Miles sofort an die Arbeit, schraubte das Vorderteil des Wasserspenders ab und spähte in die Röhren. Dann streckte er die Hand nach der kleinen Rohrzange aus, die Popov ihm reichte.

»Setzt gut an beim Drehen... aber sie ist brandneu, das war zu erwarten...« Er setzte an einem Zuflußventil an und gab der Zange eine kleinen Ruck. »Na, komm schon... jetzt!« Er schraubte das Ventil ab, baute das Rohr aus und warf einen Blick ins Innere. »Na, Mensch, *das* kann ich reparieren. Ist ja kein Wunder!« fügte er hinzu. Er hockte sich hin und kramte in seiner Werkzeugkiste. »Das Rohr ist vollkommen verstopft. Müssen Ablagerungen der letzten dreißig Jahre drin sein.« Er reichte ihm das Rohr.

Pflichtschuldigst spähte Popov hinein und sah, daß die Metallröhre tatsächlich voller Ablagerungen war. Der Klempner steckte einen langen, schmalen Schraubenzieher hinein und stocherte wie mit dem

Ladestock einer Kanone darin herum, bis er alles herausgekratzt hatte, dann drehte er das Rohr um und wiederholte den Vorgang von der anderen Seite.

»Bekommen wir jetzt wieder frisches Wasser für unseren Kaffee?« fragte jemand.

»Dauert nicht mehr lang, Sir«, gab Miles genervt zurück.

Popov blickte auf, und fast blieb ihm das Herz stehen. – Da stand er vor ihm: Clark, John Terence, wie der KGB ihn identifiziert hatte, und den er nach seiner eigenen Aussage eigentlich kennen sollte. Hochgewachsen, etwa Mitte fünfzig, schaute er den Handwerkern eine Weile zu. Er trug Anzug und Krawatte, was Popov seltsam vorkam. Er nickte ihm höflich zu, konzentrierte sich aber auf die Werkzeuge, die er Miles reichen mußte.

»So, das wär's, glaube ich«, bemerkte Miles und steckte das Ventil auf die Zuleitung. Dann nahm er Popov die Rohrzange ab und schraubte alles wieder fest. Im nächsten Moment erhob er sich und drehte am Plastikgriff. Das ausfließende Wasser war kalkig und trübe. »Wir müssen es fünf Minuten laufen lassen, Sir, bis alles aus dem Rohr gespült ist.«

»Ist in Ordnung«, gab der Amerikaner zurück und entfernte sich. »Schönen Dank!«

»Keine Ursache, Sir«, rief Miles dem Mann hinterher. »Das war der Chef hier, Mr. Clark.«

»Wirklich? Der ist aber höflich.«

»Ja, ein richtig netter Kerl.« Miles drehte den Griff zu und wieder auf. Der Strahl versiegte und schoß wieder trübe hervor, doch nach einer Weile klärte sich das Wasser vollends. »Erledigt«, brummte Miles. »Schöne Rohrzange.« Er reichte sie zurück. »Und was kostet sie?«

»Die hier können Sie behalten. Empfehlen Sie uns weiter!«

»Die Firma dankt, mein Lieber!« Grinsend verließ Miles den Flur und trat hinaus, vorbei am wachhabenden Korporal der britischen Militärpolizei.

Als nächstes durchquerten sie das Gelände. Popov fragte Miles, wo Clark wohnte. Miles tat ihm den Gefallen und machte einen kleinen Umweg über das Viertel, wo die führenden Offiziere wohnten.

»Kein schlechtes Haus, wie?«

»Sieht sehr geräumig aus.« Es war aus braunen Ziegeln, mit Schindeln auf dem Dach, im Grundriß etwa hundert Quadratmeter, und dahinter lag ein Garten.

»Da war ich auch schon mal drin«, erzählte Miles. »Als es kürzlich renoviert wurde. Ach, da ist ja die Dame des Hauses.«

Eine Frau in Schwesternkleidung verließ das Haus, ging zum Wagen und stieg ein. Popov blickte sich um und prägte sich die Umgebung ein.

»Sie haben eine Tochter, die im selben Krankenhaus wie sie als Ärztin beschäftigt ist«, berichtete Miles. »Doll, wie die Kinder einen überholen. Die ist wiederum mit einem der Soldaten hier verheiratet. Ganz nach der Mama geraten, groß, blond und hübsch – aber noch viel schnuckeliger, ehrlich!«

»Und wo wohnen die?«

»Och, da drüben, glaube ich.« Miles machte eine vage Geste in Richtung Westen. »Offiziershaus wie das hier, aber kleiner.«

»Und? Was haben Sie uns zu bieten?« fragte der Polizeibeauftragte des Ministeriums.

Bill Henriksen mochte die Australier gut leiden. Sie kamen wenigstens gleich zur Sache. Endlich saß er in Canberra, der Hauptstadt Australiens, mit dem einflußreichsten Bullen des Kontinents und einigen hochrangigen Militärs in Uniform zusammen.

»Als erstes sollen Sie erfahren, welchen Hintergrund ich habe.« Natürlich wußten sie längst von seiner Erfahrung beim FBI, und der gute Ruf seiner Firma war ihnen auch bekannt. »Sie wissen, daß ich lange beim FBI beschäftigt war, eine Zeitlang auch bei der Delta Force in Fort Bragg. Von dieser Zeit her pflege ich noch immer die besten persönlichen Beziehungen, die mir sehr nützlich und in mancher Hinsicht vielleicht besser als Ihre sind«, holte er aus und nahm ein bißchen Prahlerei in Kauf.

»Unser eigener SAS ist exzellent«, gab der Polizeichef zu bedenken.

»Weiß ich doch«, bestätigte Bill und nickte lächelnd. »Wir haben schon mehrmals zusammengearbeitet, als ich im Geiselrettungsteam war: zweimal in Perth, jeweils einmal in Quantico und Fort Bragg, als Brigadier Philip Stocker noch der Boß war. Übrigens, was treibt er denn jetzt so?«

»Wurde vor drei Jahren pensioniert«, antwortete der Polizeichef knapp.

»Phil kennt mich sehr gut. Ein ausgezeichneter Organisator, der beste, den ich kenne«, unterstrich Henriksen. »Aber lassen wir das. Was könnte ich einbringen? Ich arbeite mit allen großen Rüstungslieferanten zusammen. Ich kann Sie mit Heckler & Koch zusammenbringen, um die neue MP-10 zu beschaffen, die unsere Jungs mögen – sie wurde für das FBI entwickelt, weil uns die Neun-Millimeter damals nicht schlagkräftig genug erschien. Doch auch die neue Zehn-Millimeter-Patrone von Smith & Wesson kann sich sehen lassen – eine neue Welt für H&K-Waffen bahnt sich an. Doch Waffen kann Ihnen jeder besorgen. Ich bin auch mit E-Systems in Colins, Fredericks-Anders, Micro-Systems, Halliday, Inc. und allen anderen Elektronikfirmen im Geschäft. Ich weiß, was sich in den letzten Jahren bei der Kommunikations- und Überwachungstechnologie getan hat. In dieser Hinsicht ist Ihr SAS nicht ganz auf der Höhe, wenn mich meine Informationen nicht täuschen. Ich könnte da Nachhilfe geben und Ihnen einen guten Preis für die nötige Ausrüstung machen. Zudem sind meine Leute bereit, Sie in der neuen Technologie zu schulen. Meine Teams setzen sich aus ehemaligen Delta- und Geiselrettungsteam-Mitgliedern zusammen. Die meisten sind freigestellte Offiziere, darunter Dick Voss, der Regiments-Sergeant Major aus dem Ausbildungszentrum für Sondereinsätze in Fort Bragg. Er ist weltweit der Spitzenmann, und heute arbeitet er für mich.«

»Den habe ich kennengelernt«, bemerkte der australische SAS-Major. »Doch, der ist wirklich gut.«

»Was also kann ich für Sie tun?« fuhr Henriksen fort. »Sie wissen alle, daß in letzter Zeit die terroristische Aktivität in Europa wieder auflebt, und das ist eine Bedrohung, die wir bei den Olympischen Spielen sehr ernst nehmen müssen. In taktischen Fragen haben Ihre SAS-Leute keine Ratschläge von mir oder irgendwem sonst nötig. Aber meine Firma bringt sie bei der elektronischen Ausstattung im Kommunikations- und Überwachungsbereich auf den neuesten Stand. Die Ingenieure, die das, was unsere Leute benutzen, nach allen Regeln der Kunst anfertigen, kenne ich alle persönlich. Das sind genau die Geräte, die Sie haben wollen. Das weiß ich – denn wir brauchen sie auch. Ich besorge sie Ihnen und trainiere überdies Ihre Truppen im Umgang damit. Sie werden weltweit keine zweite Firma finden, die soviel Erfahrung hat wie wir.«

Statt einer Antwort breitete sich Stillschweigen aus. Dennoch glaubte Henriksen, die Gedanken seiner Gesprächspartner lesen zu können. Die Terroranschläge, von denen im Fernsehen berichtet worden war, machten sie hellhörig. Das konnte man nicht ignorieren. Wer in diesem Bereich arbeitete, mußte sich sein Leben lang fürchten und ständig auf der Suche nach Gefahren sein, ob sie nun eingebildet oder real waren. Die Olympischen Spiele hatten immensen Prestigewert für die beteiligten Nationen und waren daher auch das hochrangigste Ziel für Terroristen. Das hatte die deutsche Polizei 1972 in München schmerzlich zur Kenntnis nehmen müssen. In vielerlei Hinsicht hatte der palästinensische Überfall die terroristische Welle erst richtig losgetreten. Und als Ergebnis war die israelische Mannschaft, verglichen mit Sportlern aller anderen Nationen, immer die ein *bißchen* besser beschützte geblieben. Kein Wunder, daß einige der fähigsten Militärs mit den Ringern eingeschleust wurden, meist mit Zustimmung der Gastgeberländer. *Niemand* wollte, daß sich ein zweites München abspielte.

Die jüngsten Terroranschläge in Europa hatten das internationale Bewußtsein wieder geschärft, doch nirgends mehr als in Australien, einem in Sachen Verbrechen sehr sensiblen Land. Erst vor kurzem hatte ein Verrückter eine Menge Unschuldiger erschossen, darunter viele Kinder. Daraufhin hatte das Parlament beschlossen, landesweit den Waffenbesitz von Privatpersonen zu verbieten.

»Was wissen Sie denn von den Zwischenfällen in Europa?« wollte der australische SAS-Offizier wissen.

Henriksen setzte eine geheimnisvolle Miene auf. »Die meisten meiner Informationen sind, sagen wir, nicht für die Öffentlichkeit bestimmt, wenn Sie wissen, was ich meine!«

»Wir sind hier alle Geheimnisträger«, gab der Polizeichef zurück.

»Na schön, aber das Problem ist, daß *ich* eigentlich kein Geheimnisträger bin, wenn man's genau nimmt – aber, was soll's, bitteschön: Das Team, das die Befreiungsaktionen durchgeführt hat, heißt ›Rainbow‹. Eine schwarze operative Gruppe, die hauptsächlich von Engländern und Amerikanern gebildet wird, einige andere Nationen sind mit von der Partie. Ihre Basis befindet sich in Hereford, U. K. Ihr Befehlshaber ist ein Amerikaner vom CIA, namens John Clark. Ein seriöser Typ, und das trifft auch auf seine Männer zu. Ihre drei bekannten Aktionen verliefen erfolgreich. Die Amerikaner stellen die Ausrüstung – Hubschrauber und dergleichen –, und offenbar haben sie diplomatische Abkommen geschlossen, um in ganz Europa eingreifen zu können, wenn die betroffenen Länder sie einladen. Hat Ihre Regierung irgendjemandem davon erzählt?«

»Wir sind grob orientiert«, gab der Polizeichef zurück. »Was Sie sagen, scheint im einzelnen korrekt. Nur den Namen des Befehlshabers kannte ich nicht, um ehrlich zu sein. Können Sie uns mehr von ihm erzählen?«

»Getroffen habe ich den Mann nie. Ich kenne aber seinen guten Ruf. Er ist ein hochrangiger Außendienst-Offizier, der dem CIA-Direktor nahesteht, und soviel ich weiß, kennt er den US-Präsidenten persönlich. Ich möchte vermuten, daß er ein gewieftes Geheimdienstler-Team um sich hat; und seine Einsatztruppe hat ja auch schon gezeigt, was sie kann, nicht wahr?«

»Verdammt wahr«, nickte der Major. »Der Worldpark-Einsatz war das Beste, was ich je gesehen habe, fast besser noch als die Geschichte mit der iranischen Botschaft damals in London.«

»Sie hätten das mindestens ebensogut hingekriegt«, lobte Henriksen großzügig und meinte es auch. Der australische Special Air Service basierte auf dem englischen Vorbild, und wenn er auch nicht viel zu tun bekam, hatten ihn die gemeinsamen Manöver in seiner FBI-Zeit von den Fähigkeiten der Australier überzeugt. »Von welcher Schwadron kommen Sie, Major?«

»First Saber«, gab der junge Offizier zurück.

»Ich erinnere mich noch gut an Major Bob Fremont, der ...«

»Er ist heute unser General«, ließ ihn der Major wissen.

»Wirklich? Ich lebe wirklich hinterm Mond. Das ist ein erstklassiger Mann. Er und Gus Werner verstehen sich sehr gut.« Henriksen unterbrach sich. »Jedenfalls sehen Sie jetzt, was ich von meiner Seite mitbringe, meine Freunde. Meine Leute und ich wissen, wovon wir reden. Auf operativer und industrieller Seite haben wir sämtliche Kontakte, die wir brauchen. Außerdem steht uns die allerneueste Hardware zur Verfügung. Und wir können mit allem Drum und Dran in drei bis vier Tagen herunterkommen, sobald Sie ›ja‹ sagen.«

Es gab keine Fragen mehr. Der Polizeichef zeigte sich schwer beeindruckt, der SAS-Major fast noch mehr.

»Wir bedanken uns, daß Sie gekommen sind«, verabschiedete sich der Polizeichef, der schon aufgestanden war. Es war schwer, die Australier nicht zu mögen, und ihr Land war noch immer in fast unberührtem Zustand. In der Wüste gab es noch Kamele – die einzige Gegend außerhalb Nahost, wo sie sich wohlfühlten. Irgendwo hatte er gelesen, daß ausgerechnet Jefferson Davis versucht hatte, sie im amerikanischen

Südwesten zu züchten, damit aber gescheitert war. Vielleicht, weil die ursprüngliche Population zu gering war, um zu überleben. Ob das ein Unglück war oder nicht, wer wollte das entscheiden? Ein natürliches Vorkommen der Tiere war in beiden Ländern nicht gegeben, und der Natur ins Handwerk zu pfuschen, tat selten gut. Auf der anderen Seite waren auch Pferde und Mulis keine einheimischen Tiere, und Wildpferde hatten ihn schon immer fasziniert, solange sie von natürlichen Feinden in Schach gehalten werden.

Nein, unberührt war Australien nicht, überlegte er. Auch die Dingos, jene wilden Hunde des Outback, waren importiert worden, und sie hatten die Marsupialtiere ausgerottet oder verdrängt, die dorthin gehörten. Leichte Wehmut beschlich ihn bei diesem Gedanken. Selbst die wenigen Leute, die hier lebten, waren eine Gefahr für die Ökologie. Wieder ein Zeichen dafür, daß dem Menschen nirgends über den Weg getraut werden konnte. Schon deshalb mußte das Projekt auch hier angesiedelt werden.

Eine Schande, daß er nicht mehr Zeit hatte. Wie gern hätte er das Grand Barrier Reef gesehen. Obwohl begeisterter Taucher, war er noch nie mit Taucherausrüstung hergekommen, um die weithin schönste natürliche Umgebung selbst zu erkunden. Eines Tages vielleicht, in ein paar Jahren, dann würde es leichter sein, dachte Bill, als er seine Gastgeber auf der anderen Seite des Tisches musterte. Als lebenswerte Mitgeschöpfe konnte er sie ja nun nicht mehr betrachten, oder? Sie waren Konkurrenten, Rivalen beim Kampf um den Besitz des Planeten, doch anders als er selbst waren sie schlechte Verwalter ihres Paradieses. Vielleicht nicht alle. Vielleicht gab es hier mitfühlende Seelen wie ihn, doch unglücklicherweise war jetzt keine Zeit mehr, sie ausfindig zu machen, und so mußten sie mit den Feinden in einen Topf geworfen werden und mit ihnen den Preis für eine bessere Welt zahlen. Eigentlich schade.

Skip Bannister bekam es zum ersten Mal in seinem Leben mit der Angst zu tun. Anfangs hatte er nicht gewollt, daß seine Tochter nach New York geht. Es war ein weiter Weg von Gary, Indiana. In den Zeitungen stand zwar, das Verbrechen herrsche nicht mehr über die gräßliche Stadt am Hudson, aber sie war immer noch verflucht groß und anonym – besonders für alleinstehende Mädchen. Für ihn würde Mary immer ein kleines Mädchen bleiben, denn er erinnerte sich an sie als ein nasses, rosafarbenes, schreiendes Bündel, das ihm von der Mutter in den Arm gelegt wurde. Seine Frau war sechs Jahre später gestorben. Die Tochter war herangewachsen und bekam von ihm Puppenhäuser, zahlreiche Fahrräder, Kleider, eine Ausbildung. Schließlich aber hatte das Vögelchen zu seinem großen Mißvergnügen das Nest verlassen und war nach New York ausgeflogen – in die verhaßte, überfüllte Metropole voller finsterer Gestalten. Aber er hatte sich damit abgefunden, wie damals, als sie anfing, sich mit Jungs abzugeben. Er war nicht vollkommen durchgedreht, denn Mary hatte ihren eigenen Dickkopf wie alle Mädchen ihres Alters. Sie wollte auf und davon, ihr Glück machen, den Märchenprinzen treffen oder was sonst noch.

Doch dann war sie spurlos verschwunden, und Skip Bannister wußte sich keinen Rat. Er fing an, sich Sorgen zu machen, nachdem sie fünf lange Tage hintereinander nicht mehr angerufen hatte. Er versuchte vergeblich, sie in ihrem New Yorker Apartment telefonisch zu erreichen. Ob sie einen Freund hatte, oder Überstunden machte? Er hätte versucht, sie im Büro zu erreichen, aber sie hatte immer versäumt, ihm die Nummer der Anwaltskanzlei zu geben. Vielleicht hatte er sie als alleinerziehender Vater zu sehr verwöhnt.

Jetzt war sie verschwunden. Er hatte ihre Nummer zu jeder Tages- und Nachtzeit gewählt, und nach einer Woche fing er an, sich ernstlich Sorgen zu machen. Nach ein paar Tagen war die Angst so groß, daß er die Polizei informierte und eine Vermißtenmeldung machte. Das war ein sehr unangenehmes Erlebnis für ihn. Der Beamte, an den er endlich geraten war, stellte ihm alle möglichen Fragen über die bisherige Lebensführung seiner Tochter. Nach zwanzig Minuten hatte er ihm dann geduldig erklärt, daß junge Frauen sich öfters mal eine Zeitlang nicht melden, um dann nach einer Weile wieder unversehrt aufzutauchen. Und deshalb gab es nun irgendwo in New York eine Akte, oder einen Computereintrag, zu einer gewissen Bannister, Mary Eileen, vermißt, was die New Yorker Polizei aber nicht einmal für wichtig genug hielt, um einen Beamten ihr Apartment überprüfen zu lassen. Skip Bannister selbst hatte es tun müssen, war den ganzen Weg gefahren, nur um einen »Hauptmieter« anzutreffen, der ihn fragte, ob er die Sachen seiner Tochter vor die Tür stellen solle, da sie seit Wochen nicht mehr aufgekreuzt sei, und die Miete werde auch bald wieder fällig...

In diesem Augenblick wurde Skip – James Thomas – Bannister erst richtig nervös, und er suchte die nächste Polizeistation auf, um persönlich Anzeige zu erstatten und um Nachforschungen zu bitten. Er merkte sofort, daß er unerwünscht war, doch man versprach ihm, einen Vermißtenbericht anzulegen. Dann mußte er sich von einem Detective, der etwa Mitte Fünfzig war, genau das Gleiche anhören, was man ihm schon telefonisch mitgeteilt hatte: »Es sind doch erst ein paar Wochen, Mann … Nein, eine Tote oder Verunglückte, die mit der Beschreibung Ihrer Tochter übereinstimmt, wurde nicht aufgefunden. Höchstwahrscheinlich taucht sie kerngesund und putzmunter wieder auf, und in 99 Prozent der Fälle handelt es sich einfach um junge Frauen, die auch mal über die Stränge schlagen wollen …«

Nicht seine Mary, hatte James T. »Skip« Bannister dem auf diesem Ohr tauben Polizisten erklärt. »Das sagen sie alle, Sir«, war die Antwort, »und in neunundneunzig von hundert Fällen – eigentlich ist die Quote noch höher – geht es ganz harmlos aus. Tut mir leid, Sir, aber wir haben einfach nicht genug Personal, um jedem einzelnen Fall nachzugehen, aber so ist das nun mal. Warum gehen Sie nicht einfach nach Hause und warten, bis das Telefon läutet?«

Das hatte er dann auch getan, war den ganzen Weg zurück nach Gary gefahren, mit einer Mischung aus Angst und Wut. Bei seiner Ankunft fand er, endlich, sechs Meldungen auf dem Anrufbeantworter vor. Er hörte sie alle hintereinander ab, in der Hoffnung – aber nein, keine einzige stammte von seiner vermißten Tochter.

Wie die meisten Amerikaner besaß James Thomas Bannister einen Computer, und da er ihn nur aus einer Laune heraus gekauft hatte und selten benutzte, stellte er ihn heute nur an, um ins Internet zu gehen und seine e-Mails abzurufen. Und an diesem Morgen fand er endlich eine Mitteilung von seiner Tochter in der Inbox. Er bewegte den Mauszeiger, klickte den Brief an, der sofort auf seinen Monitor sprang, und geriet jetzt erst recht in Panik.

Sie wußte nicht, wo sie war? Medizinische Experimente? Und was ihn am meisten erschütterte, war der verwirrte Stil dieses Briefes mit seinen vielen abgebrochenen Sätzen. Mary war immer gut in Englisch gewesen. Ihre Schrift wurde stets als ordentlich und leicht zu lesen gelobt. Ihre Briefe waren freundlich, versteht sich, aber klar, knapp und leicht zu lesen. Der Text hier hätte von einer Drittklässlerin stammen können, dachte Skip Bannister; er war voller Tippfehler, und seine Tochter hatte die Sekretärinnenschule besucht und in diesem Fach eine Eins bekommen.

Was nun? Sein kleines Mädchen wurde vermißt... Und plötzlich sagte ihm eine innere Stimme, daß seine Tochter in tödlicher Gefahr war. Sein Magen preßte sich unter dem Brustbein zu einem Knoten zusammen. Das Herz schlug rasend. Der Schweiß brach ihm aus. Er schloß die Augen und überlegte angestrengt, was zu tun war. Dann nahm er den Hörer ab und das Telefonbuch zur Hand. Auf den ersten Seiten fand er die Liste mit den Notrufnummern. Schließlich wählte er eine.

»FBI hier«, meldete sich eine weibliche Stimme. »Was kann ich für Sie tun?«

21

SCHAUPLÄTZE

Der letzte von den Saufbrüdern hatte entgegen allen Erwartungen durchgehalten, was jedoch das unvermeidliche Ende nur hinauszögerte. Er hieß Henry und war ein Farbiger von sechsundvierzig Jahren, der allerdings zwanzig Jahre älter aussah. Kriegsveteran, erklärte er jedem, der es hören oder nicht hören wollte, und erschreckend durstig, was jedoch zur allgemeinen Verwunderung keinen größeren Leberschaden ausgelöst hatte. Und sein Immunsystem hatte sich beim Abwehren von Shiva tapfer geschlagen. Vielleicht war sein tradierter Genpool älter und kleiner, dachte Dr. Killgore, auch wenn ihm diese Vermutung nicht viel half. Seine Vorgeschichte wäre interessant gewesen, zum Beispiel, wie alt seine Eltern geworden waren, aber als er darüber nachdachte, war es längst zu spät. Und jetzt mußte er, angesichts der Analyse seiner Blutzellen, eigentlich längst hinüber sein. Die Leber hatte den Shiva-Ketten schließlich doch nicht standhalten können; die chemische Zusammensetzung seines Blutes lag inzwischen jenseits aller bekannten Werte. Um ihn war es wirklich schade. Der Mediziner, der Killgore im Grunde seines Herzens immer noch war, hätte das Überleben der Patienten vorgezogen. Hat wohl auch etwas mit sportlichem Ehrgeiz zu tun, dachte er, als er in den Sterbetrakt unterwegs war.

»Wie geht's uns denn heute, Henry?« fragte der Weißkittel, als er ins Zimmer kam.

»Beschissen, Doc, einfach beschissen. Als würden mir die Eingeweide von innen nach außen gestülpt.«

»Das können Sie fühlen?« Killgore war überrascht. Der Mann bekam doch schon fast zwölf Milligramm Morphium am Tag – für einen Gesunden wäre das eine tödliche Dosis gewesen, aber die ernsthaft Kranken konnten irgendwie weit größere Mengen der Droge vertragen.

»Und nicht zu knapp.« Henry verzog das Gesicht.

»Dann wollen wir doch mal sehen.« Der Weißkittel holte eine 50-ccm-Spritze hervor, zusammen mit einer Ampulle Dilaudil. Zwei bis vier Milligramm war eine starke Dosis für eine kräftige, gesunde Person; er entschied sich für vierzig Milligramm, um ganz sicher zu gehen. Henry hatte genug leiden müssen. Killgore füllte die Spritze, klopfte mit dem Fingernagel gegen den Plastikzylinder, um kleine Luftbläschen aufzulösen, und verabreichte ihm über den Infusionszugang schnell das Mittel.

»Ah«, konnte Henry noch seufzen, als der kribbelnde Strom von seinem Körper Besitz ergriff, doch ebenso schnell fiel sein Gesicht zusammen, wurden die Augen starr, die Pupillen weiteten sich in letzter Verzückung, mehr war ihm nicht beschieden. Zehn Sekunden später fühlte Killgore den Puls. Hier tat sich nichts mehr, und auch der rasselnde Atem hatte aufgehört. Nur um ganz sicherzugehen, zog Killgore das Stethoskop aus der Tasche und setzte es auf Henrys Brust an. Das Herz hatte aufgehört zu schlagen.

»Gut gekämpft, Partner«, nickte der Arzt dem Leichnam zu. Dann zog er die Infusionsnadel heraus, stellte das elektronische Versorgungssystem ab und zog eine Decke über das Gesicht. Damit war auch der letzte Penner verschieden. Die meisten hatte es schon im Frühstadium erwischt, nur Henry nicht. Der alte Bastard hatte sich bis zum Schluß gewehrt, allen Voraussagen zum Trotz. Hätten sie nicht wenigstens bei ihm einen der Impfstoffe anwenden können? – »B« wäre mit einiger Sicherheit angeschlagen, hätte ihn vielleicht retten können. Aber dann hätten sie einen gesunden Pennbruder durchfüttern müssen, und Menschen von diesem Kaliber zu retten gehörte nicht zu den Zielen des Projekts. Mal ehrlich, für wen war er denn schon nützlich? Killgore verließ das Sterbezimmer und winkte einem Wärter. In fünfzehn Minuten würde Henry als Asche im Wind treiben; seine Überreste würden Gras und Bäumen als Dünger dienen, wenn sie zu Boden sanken – das war noch so ziemlich das Beste, was ein Wesen wie er für die Natur tun konnte.

Es wurde Zeit, Mary einen Besuch abzustatten. Versuchsperson F-4 lag im Nachbarzimmer.

»Wie geht es Ihnen?« fragte er.

»Ganz gut«, murmelte sie träumerisch. Bei ihr schien jedes Unwohlsein vom Morphium weggeschwemmt zu werden.

»Sie wollten gestern nacht ein bißchen schlafwandeln, wie?« fragte Killgore und fühlte den Puls. Mit einem Wert von 92 war er noch immer relativ stark und regelmäßig. Aber sie hatte auch noch nicht mit wirklich ernsten Symptomen zu kämpfen, würde auch kaum so lange durchhalten wie Henry.

»Wollte Daddy sagen, daß es mir gut geht«, erklärte sie.

»Macht er sich denn Sorgen?«

»Hab nicht mit ihm gesprochen, seit ich hier bin, und ich hab gedacht...« Ihre Stimme erstarb, sie war wieder eingedöst.

»Verstehe. Gedacht hast du«, sprach Dr. Killgore den bewußtlosen Körper an, »wir müssen aufpassen, daß das nicht wieder vorkommt!« Er stellte die Programmierung des Versorgungsgeräts neu ein und erhöhte die Morphiumzufuhr um 50 Prozent. Das dürfte wohl für andauernde Bettruhe sorgen.

Zehn Minuten später war er draußen und lief nordwärts ... dorthin, wo Ben Farmers Lastwagen an der gewohnten Stelle parkte. Im Innern des Gebäudes stank es nach Vogelmist, kein Wunder, obwohl es eher wie ein Pferdestall eingerichtet war. Jede Box war so dicht verschlossen, daß kein Fingerbreit in den Verschlag paßte und kein Vogel hinauskam. Er lief an der Reihe der Türen entlang, bis er Farmer bei einem seiner Lieblinge antraf.

»Machen Sie mal wieder Überstunden?« fragte Killgore.

»Ein bißchen«, gab der Wachbeamte zu. »Nur ruhig, Festus!« Die Eule schlug wütend mit den Flügeln, dann erhob sie sich zwei Meter über Farmers behandschuhten Arm.

»Macht aber keinen freundlichen Eindruck«, bemerkte der Arzt.

»Mit Eulen ist nicht leicht umzugehen, und Festus kann tückisch werden«, erklärte der Ex-Marine, brachte die Eule in den Verschlag zurück und ließ sie dort. Dann glitt er durch die Tür. »Keine raffinierten Jäger, die Eulen. Unheimlich schwer abzurichten. Mit ihm würde ich's gar nicht erst versuchen.«

»Und wenn Sie ihn einfach freilassen?«

»Genau. Ende der Woche laß' ich ihn fliegen«, nickte Farmer. »Zwei Monate ist er jetzt hier, aber der Flügel ist gut verheilt. Jetzt kann er, glaube ich, auf eigene Faust losziehen und sich seine Mäuse suchen.«

»Wurde er nicht von einem Wagen angefahren?«

»Nein, das war Niccolo, die große Horneule. Festus ist, glaube ich, in eine Stromleitung geraten. Hat wohl nicht richtig hingeschaut. Seine Augen sind aber noch gut, aber auch Vögel lassen sich ablenken, wie Menschen auch. Den gebrochenen Flügel hatte ich geschient – recht fachmännisch sogar, wenn ich das so sagen darf.« Farmer grinste selbstzufrieden. »Besonders dankbar verhält sich Festus aber nicht …«

»Sie könnten Tierarzt werden, so gut wie Sie das hinkriegen! Waren Sie bei den Marines als Sanitäter tätig?«

»Nur Erste Hilfe. Die Marines werden von der Navy medizinisch versorgt, Doc.« Farmer zog den unförmigen Lederhandschuh aus und massierte die Finger, bevor er ihn wieder überstreifte. »Sind Sie wegen Mary hier?«

»Was ist da schiefgegangen?«

»Soll ich Ihnen die Wahrheit sagen? Ich war mal pinkeln, dann setzte ich mich hin und las ein bißchen, und als ich wieder aufblickte, war sie verschwunden. Sie war vielleicht zehn Minuten unterwegs, würde ich sagen, bevor ich Alarm schlug. Ich war doch vollkommen aus dem Häuschen, Doktor, das können Sie mir glauben!«

»Sie hat wohl keinen Schaden angerichtet, denke ich.«

»Ich werde den Computer in einen Raum stellen, den wir regelmäßig abschließen.« Sie wanderten am Rand der Scheune entlang und blieben stehen. »Hallo, Baron!« rief der Mann und öffnete eine weitere Tür. Im nächsten Moment sprang ein Wanderfalke auf den dargebotenen Lederarm. »Du bist mein Liebling, wirklich. Bald kommst du wieder raus, hm? Suchst dir selber was. Ein leckeres Kaninchen zum Beispiel …«

Diese Tiere hatten wahrlich etwas Majestätisches, dachte Killgore. Die Augen scharf und klar, machtvolle, elegante Bewegungen, umgeben von einer Aura der Macht. Und wenn diese Macht auch grausam war für ihre Beutetiere, entsprach es doch bloß dem Willen der Natur, mehr nicht. Raubvögel trugen dazu bei, das ökologische Gleichgewicht herzustellen, die Schwachen, Verkrüppelten und Dummen auszumerzen. Sie waren ein königlicher Anblick, wenn sie sich in die Höhe emporschwangen und auf die Welt herunterblickten, die zu ihren Füßen lag, und darüber entschieden, wer leben durfte und wer nicht. Fast so wie er und seine Laborkollegen, dachte Killgore, obwohl menschlichen Augen die Ungerührtheit des Blicks fehlte, die er bei diesen Tieren wahrnahm. Er lächelte Baron zu, der bald schon in die Freiheit entlassen würde, um in den Aufwinden hoch über Kansas zu kreisen ...

»Ob ich das wohl noch machen kann, wenn wir draußen im Projekt sind?« wollte Farmer wissen und setzte Baron auf seinen hölzernen Steg zurück.

»Was meinen Sie damit, Ben?«

»Tja, Doc ... Die Leute sagen, ich dürfte keine Vögel mehr halten, wenn wir einmal drüben sind, weil das stört oder so. Ich sorge verdammt gut für sie – Sie wissen schon, gefangene Raubvögel leben zwei- oder dreimal so lang wie in freier Wildbahn, und, klar, ich weiß schon, daß manche sich darüber aufregen. Aber, Teufel noch mal, wenn ...«

»Ist doch kein Grund, sich verrückt zu machen, Ben. Ich kann Sie verstehen mit Ihren Falken. Mir gefallen sie auch.«

»Das sind intelligente Raketen der Natur, Doc. Ist doch herrlich, wenn man ihnen bei der Arbeit zusieht. Und wenn sie sich verletzen, kann ich sie heilen.«

»Das machen Sie wirklich prima! Alle Tiere hier wirken kerngesund ...«

»So soll's auch sein. Ich füttere sie regelmäßig, fange lebende Mäuse für sie. Die meisten mögen ihre Mahlzeit noch warm, verstehen Sie!« Er kehrte zu seinem Arbeitstisch zurück und zog den Handschuh aus, den er an einen Haken hängte. »Das ist mein allmorgendlicher Zeitvertreib.«

»Na, ich werd mal heimgehen, Ben. Ich werde den Computerraum abschließen lassen. Und Sie sorgen dafür, daß die Versuchspersonen nicht mehr ausreißen!«

»Jawohl, Sir. Wie geht es Henry?«

»Henry hat ausgelitten.«

»Hätte nicht gedacht, daß er noch so lange lebt. Sind von den Saufbrüdern noch welche übrig?« Er sah, wie Killgore den Kopf schüttelte. »Na, Friede seiner Asche. Muß mal ein starker Typ gewesen sein.«

»Klar, Ben. Aber irgendwann erwischt es jeden.«

»Sicher, Doc. Eine Schande, daß wir ihn nicht den Bussards geben. Die müssen doch auch satt werden. Aber der Anblick wäre doch zu eklig für die meisten.« Er öffnete die Tür. »Dann bis heut abend, Doc!«

Killgore folgte ihm nach draußen und schaltete das Licht aus. Nein, leider durfte Ben Farmer die Vögel nicht behalten. Falknerei war wirklich ein Sport für Könige; man lernte dabei so viel über die Tiere, ihre Jagd, ihre Lebensgewohnheiten. Sie gehörten nun mal zum großen Schöpfungsplan dazu. Einzig problematisch an ihrem Projekt war, daß einige äußerst radikale Leute dabei waren, wie zum Beispiel jene, die Mediziner verabscheuten, weil sie in den Lauf der Natur eingriffen, indem sie Menschen von Krankheiten *heilten* und damit zur Überbevölkerung beitrugen. Klar, sicher doch! In ein- bis zweihundert Jahren würde Kansas wieder die Einwohnerzahl von heute erreichen. Aber würden alle in Kansas bleiben wollen? Nein, man würde sich aufmachen und ins Gebirge gehen, das Wattenmeer untersuchen, die Regenwälder, die afrikanischen Savannen; und dann käme man nach Kansas zurück, würde von seinen Erfahrungen berichten und die Eindrücke auf Videos vorführen. Darauf freute sich Killgore schon jetzt. Wie die meisten Projektteilnehmer ließ er auf seinem Kabel-TV hauptsächlich Naturfilme laufen. Es gab so *viel* zu lernen, so *viel* zu begreifen, wenn man wie er und die meisten seiner Mitstreiter die Natur in ihrer Ganzheit verstehen wollte. Eine große Aufgabe, gewiß, vielleicht war sie unrealistisch, doch wo er nicht weiterkam, würden seine Kinder das Studium fortsetzen. Oder seine Enkelkinder, die man von klein auf dazu erziehen würde, der Natur mit Liebe und Respekt zu begegnen. Sie würden die Welt als Feldforscher bereisen. Was würden wohl jene empfinden, die zum ersten Mal in die toten Städte kamen? Keine schlechte Idee, sie ganz bewußt dorthin zu entsenden, schon um sie zu lehren, was die Menschheit alles falsch gemacht hatte, damit sie deren Fehler nicht wiederholten. New York wäre das größte, das abschreckendste Beispiel von allen. Tausend Jahre würde es dauern, vielleicht sogar noch länger, bevor die Hochhäuser mangels Pflege und Renovierung einstürzten … Steintrümmer würden wohl nie vergehen, doch relativ bald schon, vielleicht in zehn Jahren, würden Wildtiere in den Central Park zurückkehren.

Den Aasgeiern würde es eine Zeitlang hervorragend gehen. Anfangs würde man die Leichen in würdiger Weise bestatten, doch nach ein paar Wochen, wenn die Infrastruktur zusammengebrochen wäre, blieben die Toten einfach in den Betten liegen. Und dann – die Ratten, natürlich. Das erste Jahr danach würde den Ratten gehören. Allerdings war die Population der Ratten immer mit dem Menschen verbunden. Als Parasiten lebten sie von Müll und den Überresten der Zivilisation. Ein Jahr lang dürften sie weltweit aus dem Vollen schöpfen, aber was sollte anschließend aus ihnen werden? Hunde und Katzen würden sich an ihnen gütlich tun, das Verhältnis konnte sich sogar wieder ausbalancieren, doch ohne die Milliarden Abfall produzierender Menschen wären auch sie in einem Zeitraum von fünf bis zehn Jahren zum Aussterben verurteilt. Das wäre eine interessante Studie für die Feldforschung. Wie rasch würden die Ratten zurückgehen, welche Entwicklung nähmen die Haustiere?

Zu viele Projektteilnehmer machten sich Sorgen um das Schicksal der großen Tiere. Sie hingen mit aller Liebe an Wölfen und Pumas, den stolzen, edlen Tieren, die von den Menschen so grausam verfolgt wurden, weil sie eine Gefahr für die Viehwirtschaft darstellten. Wenn Schluß war mit Fallen und Giftködern, würde es ihnen besser gehen. Aber was würde aus den kleineren Räubern werden? Ihr Schicksal schien niemanden zu bekümmern, aber gehörten nicht auch sie zum natürlichen Kreislauf? Aber wenn man diesen Gedanken weiterverfolgte, wie sollte man dann den Tod von Mary Bannister, Versuchsperson F-4, rechtfertigen? Sie war eine attraktive, intelligente und umgängliche junge Frau, nicht wie Chester oder Pete oder Henry, die auf den ersten Blick abstoßend wirkten... Doch auch sie gehörte zu denen, die kein Verständnis für die Natur zeigten, ihre Schönheit nicht wahrnahmen. Deshalb wurde sie nicht für überlebenswürdig befunden. Pech für sie. Pech für all die anderen Versuchspersonen, denn wenn ein Planet im Sterben lag und gerettet werden mußte, gab es kein Pardon. Die meisten Menschen hatten kaum mehr Einblick in das ökologische System als niedere Tierarten, die – ohne es zu wissen – diesem System angehörten. Allein der Mensch hatte die Chance, den Zusammenhang des Ganzen zu erfassen. Allein er trug die Verantwortung dafür, ihn zu bewahren. Und wenn notwendig, auch auf Kosten seiner eigenen Gattung. Alles hatte seinen Preis! Killgore hielt es für eine Ironie des Schicksals, daß durch den Fortschritt der Wissenschaft eine Selbstopferung von gigantischen Ausmaßen vollzogen wurde. Dieselbe Technologie, die den Fortbestand der Erde gefährdete, konnte umgekehrt zu ihrer Rettung dienen.

Das Projekt würde die Natur retten, und die Zahl derer, die daran beteiligt waren, belief sich auf weniger als eintausend. Hinzu kamen noch jene, die auserwählt waren, zu überleben. Die meisten würden nie verstehen, weshalb sie dazu gehörten – die Frauen, die Kinder und nahen Angehörigen der Projektteilnehmer, oder solche, die gewisse

Fertigkeiten mitbrachten: Flugpiloten, Handwerker, Landwirte, Funker und dergleichen. Eines Tages würden sie natürlich die Wahrheit erfahren, das ließ sich nicht vermeiden. Manche würden plaudern, andere zuhören – und wenn diese dann zwei und zwei zusammenzählten, würde sie das nackte Grauen packen. Aber dann war es längst zu spät, dagegen anzugehen. Das Unabwendbare des Geschehens war ein Segen. Aber ja, auch er würde manches vermissen – das Theater, die schicken Restaurants in New York beispielsweise, andererseits gab es gewiß einige erstklassige Köche im Projekt. Und sie würden wieder unbehandeltes Gemüse, gesunde Lebensmittel verwenden. Die Einrichtung in Kansas würde das nötige Getreide liefern, und natürlich gäbe es dort auch eine artgerechte Viehhaltung, bis eines Tages der Büffel wieder im Land verbreitet wäre.

Um Fleisch zu haben, würde sich das Projekt durch Jagd versorgen. Natürlich wurde das nicht von allen Teilnehmern gebilligt. Manche wollten gar keine Tiere mehr töten, aber die Klügeren und Besonneneren hielten daran fest. Der Mensch war von Natur aus Jäger *und* Werkzeugmacher, also waren auch Gewehre akzeptabel. Schießen war die schnellste und barmherzigste Methode, Wildtiere zu töten, und satt werden mußte der Mensch auch. Deshalb würden in ein paar Jahren Männer ihre Pferde satteln und davonreiten, um ein paar Büffel zu schießen, sie zu schlachten und als gesundes, fettarmes Fleisch nach Hause zu bringen. Hirsche und Rehe natürlich auch, ebenso Antilopen und Elche.

Zum Ausgleich würden die Farmer Getreide und Gemüse liefern. Alle würden sich gesund ernähren und mit der Natur in Eintracht leben – was war an Gewehren denn so viel anders als an Pfeil und Bogen? – und zugleich könnten sie in aller Ruhe die Umwelt erforschen.

Es war eine schöne Zukunft, die vor ihnen lag, auch wenn die ersten vier bis acht Monate fürchterlich werden würden. Alles, was das Fernsehen dann brächte, das Radio und die Zeitungen – solange es all das noch gab – wären Schreckensbilder. Dennoch war der Preis nicht zu hoch! Die Menschheit als eine diesen Planeten beherrschende Spezies mußte verschwinden und der Natur wieder Raum geben. Einsichtigen und verständigen Menschen reichte es, wahrzunehmen und zu lieben, was sie bereitstellte.

»Frau Dr. Chavez, bitte«, bat Popov die Telefonistin des Krankenhauses.

»Einen Augenblick.« Es dauerte siebzig Sekunden.

»Dr. Chavez?« meldete sich die weibliche Stimme.

»Oh Verzeihung, ich muß mich verwählt haben«, stammelte Popov und legte den Hörer wieder auf. Ausgezeichnet. Es stimmte also, daß Clarks Frau und seine Tochter in ein und derselben Klinik arbeiteten. Daraus folgte, daß Domingo Chavez ebenfalls drüben in Hereford stationiert war. Damit kannte er sowohl den Chef der Rainbow-Truppe als auch ein führendes Mitglied seines Stabes. Chavez nahm gewiß eine wichtige Funktion ein – vielleicht die des Abwehrchefs? Aber nein, dachte Popov, dafür war er noch zu jung. Das mußte ein Engländer machen, ein erfahrener Mitarbeiter von MI-6, jemand, der gute Beziehungen zu den kontinentalen Geheimdiensten unterhielt. Chavez hingegen war paramilitärischer Offizier, ebenso wie sein Mentor. Offenbar war dieser Chavez mit Leib und Seele Soldat, womöglich Befehlshaber einer Einheit? Das war zwar nur eine Vermutung, aber einiges sprach dafür. Ein Nachwuchsoffizier, nach den Unterlagen körperlich topfit – und zu jung, um allzu viel anderes zu machen. Doch, das ergab einen Sinn.

Popov hatte aus dem Handschuhfach von Miles' Wagen den Lageplan der Kaserne stibitzt und das Wohnhaus der Clarks darauf markiert. Von dort aus ließ sich die Fahrstrecke nachvollziehen, die seine Frau ins Krankenhaus zurücklegte, und ihre Schichten konnten ebenfalls leicht erfragt werden. Es war eine ertragreiche Woche für den Agenten gewesen, doch jetzt war es an der Zeit, sich zurückzuziehen. Er packte seine Sachen und stieg in den Mietwagen; an der Rezeption des Motels zahlte er die Rechnung. In London-Heathrow lag schon sein Ticket für den 747er-Rückflug nach New York, John F. Kennedy, bereit. Er hatte noch etwas Zeit und setzte sich in die First-Class-Lounge der British Airways, wo man wie immer Wein und Champagner gratis trinken konnte. Er schenkte sich ein, nahm auf einer der bequemen Ledergarnituren Platz und griff nach der Zeitung. Doch statt zu lesen, überdachte er die neuen Erkenntnisse und fragte sich, was sein Auftraggeber damit anfangen würde. Noch ließ sich das nicht absehen, doch Popovs Instinkt ließ ihn an einige geheime Telefonnummern denken, die ihm bekannt waren – mit irischer Vorwahl.

»Ja, hier Henriksen?« meldete er sich am Hoteltelefon.

»Bob Aukland am Apparat.« Das war, wie Bill wußte, der Polizeichef gewesen, der die Konferenz geleitet hatte. »Ich glaube, ich habe eine gute Nachricht für Sie!«

»Ach ja, Sir? Und die wäre?«

»Nennen Sie mich Bob, mein Lieber. Wir haben mit dem Minister gesprochen, und er ist einverstanden, daß Global Security den Zuschlag für die Sicherheitsmaßnahmen bei den Olympischen Spielen bekommt.«

»Danke, Sir!«

»Würden Sie dann morgen früh vorbeikommen und die Details mit mir regeln?«

»Sehr gern. Und wann soll ich mir das Gelände anschauen?«

»Ich fliege Sie selbst gegen nachmittag hin.«

»Ausgezeichnet, Bob. Sie werden nicht bereuen, auf mich gehört zu haben. Was ist mit Ihren SAS-Mitarbeitern?«

»Auch die kommen ins Stadion.«

»Großartig. Ich freue mich schon auf die Zusammenarbeit«, erklärte Henriksen.

»Sie würden sich am liebsten das neue Sprechfunksystem anschauen, von dem Sie erzählt haben.«

»E-Systems hat gerade mit der Produktion für unsere Delta-Truppen begonnen. Die Geräte wiegen nur 170 Gramm, haben 128-Bit-Echtzeitkodierung, UKW-Frequenz, Nebenwellen, Zerstörungssignal. Sehr verläßlich, die Dinger, und kaum anzuzapfen.«

»Was verschafft uns die Ehre, Ed?« fragte Clark.

»Du hast einen Schutzengel im Weißen Haus sitzen. Die ersten dreißig Geräte gehen an euch. Müßten in zwei Tagen eintreffen«, erklärte der CIA-Chef.

»Und wer soll das sein im Weißen Haus?«

»Carol Brightling. Wissenschaftliche Beraterin des Präsidenten. Sie hat auch mit dem Chiffrierwesen zu tun, und nach der Worldpark-Aktion rief sie mich an mit dem Vorschlag, euch den neuen Sprechfunk zu geben.«

»Sie kann eigentlich nichts über uns wissen, Ed«, erinnerte Clark. »Jedenfalls wüßte ich nicht, daß ihr Name auf der Liste der Geheimnisträger stand …«

»Irgendwer wird es ihr wohl gesteckt haben, John. Als sie anrief, kannte sie das Codewort, und sie ist praktisch auf *allen* Geheimhaltungsstufen orientiert, verdammt noch mal. Nuklearwaffen, das ganze Kommandosystem.«

»Der Präsident kann sie nicht leiden, wie man munkelt …«

»Stimmt, weiß ich. Weil sie eine radikale Regenwald-Retterin ist. Aber sie hat was auf dem Kasten, und euch die Geräte zu verschaffen war doch keine schlechte Idee, oder? Ich hab mit Sam Wilson gesprochen im Snake-Hauptquartier, und seine Leute waren ganz begeistert davon. Störsicher, verschlüsselt, digitale Empfangsqualität und federleicht.« Kein Wunder, dachte Foley, wo jedes Gerät satte siebentausend Dollar kostete, Entwicklungskosten inklusive. Er fragte sich, ob nicht auch seine Außendienstler etwas damit anfangen konnten, bei verdeckten Operationen zum Beispiel.

»In zwei Tagen, sagst du?«

»Genau. Der übliche Transport von Dover zur Air-Force-Basis Mildenhall, und von da mit dem Lastwagen, nehme ich an. Ach, noch etwas!«

»Ja?«

»Sag Noonan, daß sein Brief über den Personen-Aufspürer schon Wirkung zeigt. Die Firma wird ihm ein neues Spielzeug mitschicken, genauer gesagt vier Stück. Begradigte Antenne und eingebauter Distanz-Echolot. Wozu taugt das Ding überhaupt?«

»Ich habe es nur einmal gesehen. Anscheinend lokalisiert es Personen nach ihrer Herzschlag-Frequenz.«

»Ach nee – und wie funktioniert das?«

»Wenn ich das wüßte, Ed! Aber daß man jemanden durch die nackte Wand orten kann, hab ich mit eigenen Augen gesehen. Noonan ist ganz verrückt danach. Aber er meint, es könne noch optimiert werden.«

»Na, das hat sich DKL – so heißt die Firma – offenbar hinter die Ohren geschrieben. Vier Exemplare des neuen Prototyps kommen mit derselben Lieferung. Noonan soll sie testen und weitere Verbesserungsvorschläge machen.«

»Werd's ihm ausrichten.«

»Noch was von den Terroristen gehört, die ihr in Spanien erwischt habt?«

»Wir faxen es noch heute rüber. Inzwischen haben sie sechs von ihnen identifiziert. Hauptsächlich Basken, wie die Spanier meinen. Die

Franzosen haben weniger zu bieten, nur zwei Verdächtige – na, bei einem sind sie relativ sicher. Und wir haben noch immer keine Ahnung, wer die Typen aus der Versenkung geholt hat.«

»Die Russen«, mutmaßte Foley. »Ein kaltgestellter KGB-Mann, möchte ich wetten.«

»Könnte stimmen, wenn ich an den Kerl denke, der da in London aufgekreuzt ist... Wir glauben es zumindest. Aber die ›Five‹-Leute haben noch nichts Konkretes!«

»Wer bearbeitet das bei ›Five‹?«

»Holt heißt der Mann. Cyril Holt«, erwiderte Clark.

»Ach, der! Na klar, Cyril kenne ich. Ein vernünftiger Mann. Was der sagt, kannst du ihm unbesehen abnehmen.«

»Nett von dir, aber zur Zeit fällt mir das nicht schwer, denn er sagt nur, daß er keinen Schimmer hat. Hab schon mit dem Gedanken gespielt, bei Sergej Nikolajitsch persönlich anzufragen! Vielleicht leistet er mir nochmal Amtshilfe ...«

»Würde ich nicht tun, John. Das muß über meinen Tisch gehen, klar? Ich mag Sergej gut leiden, aber nicht in dieser Angelegenheit. Ist ja noch alles offen ...«

»Damit stehen wir wieder im Wald, Ed. Es paßt mir nicht, daß dieser Russe hinter mir herschnüffelt, meinen Namen und momentanen Job kennt.«

Foley mußte ihm zustimmen. Keinem Außendienstler gefiel es, auf dem Präsentierteller zu stehen, und Clark hatte allen Grund zur Sorge, da seine Familie mit ihm vor Ort stationiert war. Er hätte Sandy niemals mit zum Einsatz genommen, und sei es auch nur zur Beglaubigung einer Tarnexistenz. Noch hatte kein Agent seine Frau verloren, doch ein paar von ihnen hatten unangenehme Szenen erlebt, und außerdem entsprach es nicht der CIA-Politik. John hatte seit jeher als Unperson gelebt, als »Unsichtbarer«, den kaum jemand zu Gesicht bekam und den niemand wiedererkannt hätte, außer jenen, die auf seiner Seite standen. Diese Verschwiegenheit um seine Existenz würde er ebensowenig ablegen können wie seine Haut. Doch nun war seine Anonymität aufgehoben, und das schockierte ihn. Gut, die Russen kannten ihn, wußten vieles von ihm, und das hatte er selbst in Kauf genommen damals in Japan und im Iran. Er wußte, wie sich diese Aktionen langfristig auswirken würden.

»John, sie kennen dich längst. Selbst Golowko hat dich persönlich gesehen, und anscheinend interessierten sie sich schon immer für dich.«

»Weiß ich, Ed, aber – ach, Scheiße.«

»Ich kann dich verstehen, John. Aber du bist inzwischen ein paar Ränge höhergeklettert. Verhalte dich ruhig, erledige deinen Job, und laß uns ein bißchen auf den Busch klopfen, dann wissen wir bald Bescheid. Okay?«

»Glaube schon, Ed«, kam es resigniert zurück.

»Wenn ich irgendwas höre, melde ich mich sofort bei dir.«

»Aye-aye, Sir!« gab Clark mit navy-üblichem Gruß zurück, der lange Zeit sein Leben begleitet hatte. Jetzt sparte er ihn sich für Gespräche auf, die ihm absolut gegen den Strich gingen.

Der diensthabende Special-Agent-Vertreter des FBI-Ortsbüros in Gary, Indiana, war ein vornehmer farbiger Mann namens Chuck Ussery. Mit vierundvierzig Jahren erst kürzlich in dieses Amt gekommen, hatte er dem FBI seit siebzehn Jahren gedient. Zuvor war er Polizeibeamter in Chicago gewesen. Der Anruf war rasch zu ihm durchgestellt worden, und nachdem er eine Zeitlang zugehört hatte, bestellte er Skip Bannister augenblicklich zu sich. Fünfundzwanzig Minuten später trat er ein: ein untersetzter Mittfünfziger, dem offenbar die Angst im Nacken saß. Als erstes bot der Agent ihm einen Stuhl an und bestellte Kaffee, den Bannister jedoch ablehnte. Dann begann er mit der Befragung – zunächst eher allgemein, später immer mehr ins Detail gehend.

»Haben Sie die e-Mail ausgedruckt, von der Sie mir erzählten, Mr. Bannister?«

James Bannister zog ein Stück Papier aus der Jackentasche und schob es über den Schreibtisch.

Drei Absätze, wie Ussery feststellte, zusammenhanglos und voller orthographischer Fehler. Verwirrt. Sein erster Eindruck war …

»Sagen Sie, Mr. Bannister, haben Sie Grund zur Annahme, daß Ihre Tochter je etwas mit Drogen zu tun hatte?«

»Aber doch nicht Mary!« fuhr der Mann empört hoch. »Niemals! Na schön, sie trinkt mal gern einen über den Durst, Bier oder Wein, aber Drogen? Das würde meine Tochter nie tun.«

Ussery hob beschwichtigend die Hand. »Ich begreife sehr gut, was Sie meinen. Wir hatten schon öfter mit Entführungen zu tun, und …

»Glauben Sie, das Kind ist entführt worden?« Skip Bannister war entsetzt. Seine schlimmsten Befürchtungen schienen sich zu bestätigen. Das war für ihn viel schlimmer als die Unterstellung, seine Tochter wäre eine Fixerin.

»Nach diesem Brief zu schließen, müssen wir die Möglichkeit wohl in Betracht ziehen. Wir werden wegen Entführung ermitteln.« Ussery nahm den Telefonhörer ab. »Schicken Sie mir Pat O'Connor herein, ja?« bat er die Sekretärin.

Special Agent Patrick D. O'Connor war einer der Inspektoren im FBI-Büro von Gary: achtunddreißig Jahre alt, rothaarig, hellhäutig und strotzend vor Kraft. Er leitete die Abteilung Entführungen. »Was gibt's, Chuck?« fragte er beim Eintreten.

»Das hier ist Mr. James Bannister. Er vermißt seine Tochter, sechsundzwanzig Jahre alt und vor etwa einem Monat in New York verschwunden. Gestern hat er diese e-Mail bekommen.« Ussery reichte sie ihm.

O'Connor überflog das Blatt und nickte. »Okay, Chuck.«

»Ein Fall für dich, Pat. Du hast freie Hand!«

»Alles klar, Chuck. Mr. Bannister, würden Sie bitte mitkommen?«

»Pat ist für solche Sachen zuständig«, erläuterte Ussery. »Er wird die Ermittlungen aufnehmen und mir jeden Tag Bericht erstatten. Entführungen werden beim FBI als eines der schwersten Verbrechen behandelt, Mr. Bannister. Dieser Fall bekommt absolute Prioriät, bis wir ihn aufgeklärt haben. Zehn Männer, wird das reichen, Pat?«

»Für den Anfang schon. In New York brauche ich mehr«, gab der Inspektor zu bedenken. Dann wandte er sich an ihren Gast. »Wir alle haben Kinder, Sir. Wir können nachfühlen, wie es Ihnen geht. Wenn es einen Weg gibt, Ihre Tochter zu finden, werden wir sie finden. Jetzt muß ich Ihnen noch eine Menge Fragen stellen, damit wir loslegen können, okay?«

»Einverstanden.« Der Mann stand auf und folgte O'Connor in dessen Büroraum. Drei Stunden würde es mindestens dauern, bis er ihm und den anderen Agenten alles über seine Tochter und ihr Leben in New York erzählt hatte. Als erstes übergab er ihm ein neueres Foto von ihr. O'Connor sah die junge Frau genau an. Das Foto kam zuoberst in die Ermittlungsakte. O'Connor und seine Männer hatten seit mehreren Jahren keine Entführung mehr bearbeiten müssen. Es war ein Verbrechen, das vom FBI in den Vereinigten Staaten fast völlig zurückgedrängt worden war – jedenfalls, wenn es um Kindesraub mit Erpressung ging. Es gab keine ungelösten Fälle mehr – das FBI hatte alle Fälle aufgeklärt. Wie der Zorn Gottes brach es über die Gangster herein. Heutzutage fielen vor allem Kinder Entführungen zum Opfer. Dabei handelte es sich meist – von zerstrittenen Elternpaaren einmal abgesehen – um perverse Triebtäter, die sich der Kinder bedienten und sie anschließend häufig umbrachten. Auf nichts reagierte das FBI mit größerer Schlagkraft als darauf. Der Fall Bannister, wie man ihn bereits nannte, würde mit allen zur Verfügung stehenden Kräften in jedem davon betroffenen Büro vorangetrieben werden. Seinetwegen wurden sogar Ermittlungen gegen große Verbrechersyndikate zurückgestellt. Das gehörte sozusagen zum ethischen Selbstverständnis des FBI.

Vier Stunden nach Skip Bannisters Ankunft im FBI-Büro von Gary klopften zwei Agenten des zuständigen New Yorker Büros im Jacob-Javits-Hochhaus in Downtown beim Hauptmieter von Mary Bannisters Apartment an. Er gab ihnen den Schlüssel zu Marys Wohnung und zeigte ihnen, wo sie lag. Die beiden Agenten traten ein und begannen sofort mit der Durchsuchung: Notizen, Fotos, Briefe, alles, was ihnen weiterhelfen könnte. Sie waren schon eine Stunde bei der Arbeit, als ein Detective von der New Yorker Wache eintraf, die das FBI-Büro um Amtshilfe gebeten hatte. Es gab 30 000 Polizeibeamte in der Stadt, und bei einer Entführung konnte jeder von ihnen abkommandiert werden, um bei den Ermittlungen der Bundespolizei mitzuwirken.

»Haben Sie ein Foto von ihr?« fragte der Detective.

»Hier.« Der FBI-Mann reichte ihm das aus Gary gefaxte Bild.

»Wissen Sie, vor ein paar Wochen hat mich jemand in ähnlicher Sache aus Des Moines angerufen. Das Mädchen hieß … Pretloe, glaube ich. Genau, Anne Pretloe, Mitte Zwanzig, Anwaltssekretärin. Wohnte nicht weit von hier, nur ein paar Häuserblocks entfernt. Einfach verschwunden. Kam eines Morgens nicht zur Arbeit und ist nie wieder aufgetaucht. Ungefähr das gleiche Alter – und weiblich«, betonte der Detective. »Könnte da eine Verbindung sein?«

»Haben Sie die Liste der unbekannten Toten überprüft?« fragte der jüngere der FBI-Leute. Ihr erster Gedanke war der naheliegendste: Trieb ein Serienmörder in New York City sein Unwesen? Diese Sorte Verbrecher hatte es gewöhnlich auf junge Frauen zwischen achtzehn und dreißig Jahren abgesehen.

»Schon, aber nichts paßte zur Beschreibung der Pretloe, oder auch zu der hier.« Er gab das Foto zurück. »Dieser Fall wird uns noch viel Kopfzerbrechen bereiten, das sage ich euch. Irgendeinen Hinweis gefunden?«

»Noch nicht«, gab der Agent zurück. »Ihr Tagebuch ist nicht aufschlußreich. Keine Fotos von Männern. Nur Kleider, Kosmetika und was ein Mädchen in diesem Alter so braucht.«

»Fingerabdrücke?«

Der FBI-Mann nickte. »Das kommt als nächstes dran. Unsere Spurensicherung ist schon unterwegs.« Alle wußten jedoch, daß dies nur eine hauchdünne Chance war, nachdem das Apartment einen Monat leergestanden hatte. Die Fettspuren, aus denen Fingerabdrücke bestehen, lösten sich mit der Zeit auf, auch wenn hier dank Klimaanlage und verschlossener Türen und Fenster noch Hoffnung bestand.

»Es wird nicht leicht werden«, bemerkte der Detective als nächstes.

»Ist es doch nie!« versetzte der ältere FBI-Mann.

»Und was, wenn es mehr als zwei sind?« fragte der jüngere.

»Eine Menge Leute werden hier in der Stadt vermißt«, murmelte der Detective. »Aber ich werde mal den Computer anschmeißen!«

Versuchsperson F-5 war eine heiße Mieze, wie Killgore erkannte. Und Chip konnte sie auch gut leiden. Das war allerdings sein Pech, denn Chip Smitton hatte Shiva nicht über Injektion, Impftests oder die Dampfnebelkabine bekommen. Statt dessen sollte das Virus bei ihm ausschließlich über Geschlechtsverkehr übertragen werden – was auch geklappt hatte, denn sein Blut zeigte bereits Antikörperchen. Auch dieser Übertragungsweg funktionierte also einwandfrei und, besser noch, von Frau zu Mann, nicht nur von Mann zu Frau. Shiva bot alle Möglichkeiten, die sie sich bei der Entwicklung erträumt hatten.

Dr. Killgore fand es geschmacklos, den Versuchspersonen beim Liebesspiel zuzusehen. Es erregte ihn kein bißchen, den unfreiwilligen Voyeur zu spielen. Anne Pretloe, F-5, würde in zwei Tagen die Symptome zeigen, nach ihren Blutwerten zu schließen. Aber noch aß und trank sie und freute sich ihres Lebens, wie man auf dem Schwarz-Weiß-Monitor betrachten konnte. Die Tranquilizer senkten die Hemmschwelle aller Versuchsteilnehmer, vor allem in sexueller Hinsicht. Wie sie sich im wirklichen Leben verhielt, war schwer zu sagen, aber die üblichen Stellungen waren ihr wohlbekannt.

Merkwürdigerweise hatte Killgore in Tierversuchen nie auf solche Dinge geachtet. Ratten wurden saisonweise trächtig, und wenn es soweit war, war ja wohl auch zwischen männlichen und weiblichen Tieren der Geschlechtsverkehr fällig. Aber irgendwie hatte er nie etwas davon bemerkt. Er respektierte die Ratte als Lebensform, aber ihr Sexualverhalten interessierte ihn kein bißchen, während er hier, wie er selbst zugeben mußte, alle paar Sekunden den Blick zum Monitor schweifen ließ. Naja, Nummer F-5 war immerhin das hübscheste Balg in der Bande, und hätte er sie in einer Single-Kneipe getroffen, hätte er sie angesprochen, ihr ein Bier spendiert und – die Dinge ihren Lauf nehmen lassen. Aber nun schwebte auch über ihr das Verhängnis, nicht anders als über den weißen, eigens dafür gezüchteten Laborratten. Diese kleinen süßen knopfäugigen Kreaturen mit rosa Schnäuzchen wurden in aller Welt für diesen Zweck gebraucht, weil sie genetisch identisch waren und weltweit vergleichbare Testergebnisse lieferten. In der freien Natur hätten sie womöglich gar keine Überlebenschance. Schon die weiße Farbe wirkte sich fatal aus: Katzen und Hunde konnten sie schon von weitem erkennen, und das war in der Wildnis kein Vorteil. Außerdem waren sie sowieso Kunstwesen, die der Mensch geschaffen hatte, kein Teil des großen Schöpfungsplans und daher unwertes Leben. Schade nur, daß sie so süß aussahen, aber das war nur ein subjektiver Eindruck, kein ernstzunehmender objektiver Bewertungsmaßstab, und Killgore wußte zwischen beidem wohl zu unterscheiden. Süß war schließlich auch Anne Pretloe, Nummer F-5, und sein Mitgefühl für sie nur ein atavistischer, überkommener Triebrest, der einem Projektteilnehmer nicht gut anstand. Und doch gab ihm seine Reaktion zu denken, als er sah, wie Chip Smitton in Anne Pretloe eindrang. Hatten die Nazis mit ihren Opfern nicht das Gleiche getan, eine kleine Anzahl Gefangener reserviert für grausame, tödliche Menschenversuche, so wie man Crash-Test-Dummies in aufeinanderprallende Autos setzt? Und war *er* deshalb ein Nazi? Dummes Zeug, dachte Killgore. Sie benutzten F-5 und M-7 natürlich auch für Versuche, aber … Nein, die wurden schließlich nicht wegen ihrer Rasse oder ihres Glaubens oder ihrer Herkunft ausgewählt. Mit Politik hatte das nun wirklich gar nichts zu tun – naja, kam vielleicht drauf an, wie man den Begriff definierte, aber nicht in der Weise, wie *er* ihn definierte. Hier ging es schließlich um Wissenschaft. Das gesamte Projekt hatte mit naturwissenschaftlicher Forschung *und* liebevollem Bewahren der

Schöpfung zu tun. Die Teilnehmer kamen aus allen möglichen Bevölkerungskreisen, allerdings nicht so sehr aus religiösen, es sei denn, man wolle die Liebe zur Natur als Religion begreifen. Was ja gewissermaßen auch zutraf, sagte sich der Doktor. Doch. Durchaus.

Was sich da auf dem Fernsehmonitor abspielte, war ebenfalls ein natürlicher Vorgang – zumindest beinahe, immerhin war er von Psychopharmaka und Antidepressiva inspiriert –, doch das Verhalten der Beteiligten folgte Naturgesetzen. Sein Trieb war es, männlichen Samen möglichst weit zu verbreiten, und ihrer, ihn zu empfangen. Und sein eigener Trieb, folgerte Dr. Killgore, war der eines Raubtiers, das dem Vorgang interesselos folgte und nur noch auswählen mußte, welches Exemplar dieser Spezies überleben sollte und welches nicht.

Diese beiden würden sterben müssen, so attraktiv sie auch waren … ebenso wie die Laborratten, mit ihrem weichen, geschmeidigen Fell und den Knopfaugen und den zitternden Schnurrhaaren. All das würde es nicht mehr lange geben, oder? Das war zwar bedauerlich, doch angesichts der glänzenden, verlockenden Zukunft, die ihm bevorstand, durchaus zu verschmerzen.

22

GEGENMASSNAHMEN

»Von unserem russischen Freund gibt's also noch immer nichts Neues?« erkundigte sich Bill Tawney.

»Keine Silbe«, bestätigte Cyril Holt. »Die Bandaufnahmen zeigen Kirilenko jeden Tag auf demselben Weg zur Arbeit, und an vier von fünf Abenden läuft er immer um die gleiche Zeit durch die belebten Straßen in seine Kneipe, wo er alle möglichen Leute trifft. Doch braucht es bloß minimale Tarnung und ein bißchen handwerkliches Geschick, um uns auszutricksen – es sei denn, wir verstärken unsere Überwachung erheblich, und dann fällt es Iwan Petrowitsch auf. Er wäre vorgewarnt und würde sich nur noch mehr vorsehen. Dieses Risiko möchte ich lieber nicht eingehen.«

»Verständlich«, mußte Tawney trotz aller Enttäuschung zugeben. »Und aus anderer Quelle ergibt sich nichts?«

›Aus anderer Quelle‹ hieß im Klartext, ein vom Sicherheitsdienst als U-Boot eingeschleuster Mitarbeiter in der Russischen Botschaft. Mit an Sicherheit grenzender Wahrscheinlichkeit hatten sie jemanden dort, aber das würde Holt nicht am Telefon besprechen wollen, verschlüsselte Leitung hin oder her. Mit der Identifizierung von Quellen und ähnlichen Auskünften mußte man sich in der Branche vollkommen bedeckt halten. Informanten konnte es den Kopf kosten, wenn ihre Tarnung aufflog.

»Nein, Bill. Nichts. Wanja hat das Thema in seinen Telefonaten mit Moskau nicht mehr berührt. Auch seine Sicherheits-Faxleitung benutzt er seit einer Weile nicht mehr. Was immer aus der Angelegenheit geworden ist, wir haben nicht einmal ein bekanntes Gesicht, nur diesen Typen in der Kneipe. Das kann ebensogut reiner Zufall gewesen sein. Vor drei Monaten hat einer meiner Leute ein Gespräch mit Kirilenko an der Bar geführt, und sie redeten über Fußball – er ist ein echter Fan, kennt sich aus mit den aktuellen Ergebnissen und ließ nicht im mindesten seine Nationalität erkennen, so perfekt ist sein Englisch. Vielleicht ist auch an dem Kerl auf dem Foto nichts dran, eine harmlose Koinzidenz. Kirilenko ist ein echter Profi. Er macht keine Anfängerfehler. Jede Information, die sie dort ausgetauscht haben, wurde längst notiert und per Kurier abgeschickt.«

»Dann läuft also noch immer ein mutmaßlich kaltgestellter KGBler durch London, mit allen möglichen Informationen über unseren Mr. Clark in der Tasche, und heckt etwas aus, wovon wir nichts ahnen …«

»Stimmt, Bill«, bestätigte Holt. »Mir paßt das auch nicht, aber Sie treffen den Nagel auf den Kopf.«

»Und was haben Sie über die KGB-PIRA-Kontakte herausbekommen?«

»Dies und jenes … Ein Foto von jemand anderem, vor acht Jahren bei einem Treffen in Dublin geschossen. Berichte von weiteren Kontakten, mit Personenbeschreibungen; einige könnten auf unseren Kneipengast zutreffen, aber die Schilderung ist so vage, daß sie auf zwei Drittel der männlichen Bevölkerung passen könnte, und groß herumzeigen möchten wir unsere Geheimaufnahmen momentan nicht.«

Tawney brauchte er den Grund hierfür nicht zu erläutern. Es war nicht ausgeschlossen, daß einige von Holts Informanten als Doppelagenten auf beiden Seiten mitmischten. Ihnen die Fotos zu zeigen, hieß möglicherweise, den Mann zu warnen, daß er observiert wurde. Dann würde er noch vorsichtiger werden, sein Aussehen verändern, was ihre Ermittlungen unter dem Strich noch erschwerte. Dieses Spiel hatte viele Tücken, die Tawney kannte. Und wenn das alles ein bloßes Ablenkungsmanöver der Russen war? Ein Versuch, einen bekannten Geheimdienstler der anderen Seite aus der Reserve zu locken, um die eigenen Informationen auf den neuesten Stand zu bringen? Daran wäre *jeder* Geheimdienst interessiert gewesen. Das gehörte zum normalen Geschäftsalltag in ihrer Branche.

Letztendlich wußten sie nur, daß sie nichts wußten – und nicht einmal das, dachte Tawney. Sie ahnten nur, was sie nicht wußten, hatten aber keine Ahnung, was sie herausfinden sollten. Welche Bedeutung kam diesem winzigen Lichtblick an Information im gesamten Spektrum zu?

»Und wofür soll das gut sein?« fragte Henriksen scheinheilig.

»Ein Nebel-Kühlsystem. Haben wir von euch übernommen«, erklärte Aukland.

»So? Davon verstehe ich nichts«, erwiderte der Amerikaner.

»Einer unserer Ingenieure ist darauf gestoßen – in Arizona, glaube ich. Es versprüht sehr feinen Dunst. Die Wassertröpfchen absorbieren die Hitze und verdampfen in der Atmosphäre. Es hat mit geringerem Energieaufwand die gleiche Wirkung wie eine Klimaanlage!«

»Ach!« Bill Henriksen tat überrascht. »Und wie weit reicht das System?«

»Wir haben es nur in den Tunneln und auf den Tribünen installiert. Ursprünglich wollte der Architekt das gesamte Stadion damit klimatisieren, aber man hat sich dagegen entschieden, wegen der Kameras«, berichtete Aukland. »Es sieht ähnlich wie Nebel aus.«

»Das muß ich mir genauer anschauen.«

»Wieso?«

»Weil damit auch chemische oder biologische Kampfstoffe versprüht werden könnten, nicht wahr?«

Allein die Vorstellung versetzte dem Polizeichef einen argen Schock. »Naja … stimmt schon.«

»Na also. Meine Firma beschäftigt einen Experten für chemische Kampfstoffe, ehemals in der US-Army, mit Diplom vom Massachusetts Institute for Technology. Den laß ich die Anlage sofort gründlich durchchecken.«

»Gute Idee, Bill! Danke!« Aukland hätte sich ohrfeigen können, weil er nicht längst selbst darauf gekommen war. Aber dafür heuerte man ja Leute mit Sachverstand an, oder? Und dieser Yankee schien wirklich etwas von seinem Fach zu verstehen.

»Wird es hier immer so heiß?«

»Aber ja! Wir erwarten Temperaturen um die 90 Grad – Fahrenheit, versteht sich. Eigentlich sollen wir jetzt alles in Celsius ausdrücken, aber das lerne ich nie.«

»Ich auch nicht, ehrlich gestanden«, bemerkte Henriksen.

»Jedenfalls meinte der Architekt, es sei die billigste Lösung, um die Zuschauer zu erfrischen. Auch der Einbau ist relativ günstig. Das System speist sich über die Sprinkleranlage. Braucht gar nicht mal so viel Wasser, wie man meinen sollte. Wir haben das jetzt seit einem Jahr und testen es ab und zu. Eine US-Firma, der Name fällt mir gerade nicht ein.«

CoolSpray aus Phoenix, Arizona, dachte Henriksen. Die Pläne der Anlage bewahrte er in seiner Schreibtischschublade im Büro auf. Ihr kam eine Schlüsselrolle bei ihrem Projekt zu; sie war von Anfang an ein Geschenk des Himmels gewesen. Hier war der richtige Ort dafür, und der richtige Zeitpunkt rückte bald heran.

»Hört man was Neues aus England?«

»Wir ziehen Erkundigungen ein, haben aber noch keine Antwort bekommen. Offenbar wird alles strengstens geheimgehalten!«

Henriksen nickte. »Politiker. Die stehen einem überall im Weg!« Und mit ein bißchen Glück blieb es auch dabei …

»Stimmt!« nickte Aukland feixend.

Detective-Lieutenant Mario d'Allessandro startete den Computer und rief die Zentraldatenbank der New Yorker Polizei auf. Einen Mausklick nach dem anderen machte er sich auf die Suche, begann zunächst bei FRAUEN, Alter achtzehn bis dreißig. Sechsundvierzig Namen spuckte das Programm aus, die er für seine Datei abspeicherte. Fotos waren elektronisch noch nicht verfügbar; dafür würde er die Fahndungsakten bestellen müssen. Fürs erste stellte er zehn Namen aus den Stadtvierteln Queens und Boroughs zurück und ließ nur Meldungen von vermißten Mädchen aus Manhattan stehen. Damit kam er auf einundzwanzig. Dann sonderte er die farbigen Frauen aus. Falls es sich um einen Serientäter handelte, waren seine Opfer aller Wahrscheinlichkeit immer von gleicher Art. Der berüchtigtste von allen, Theodore Bunde, hatte es beispielsweise ausschließlich auf Frauen mit Mittelscheitel-Frisuren abgesehen. Bannister und Pretloe waren weiß, alleinstehend, einigermaßen attraktiv gewesen, einundzwanzig beziehungsweise vierundzwanzig Jahre alt und dunkelhaarig.

Als nächstes öffnete er die Datei der tot aufgefundenen Unbekannten, genauer gesagt der Mordopfer, die bisher nicht identifiziert worden waren. Alle diese Fälle waren ihm aus der laufenden Arbeit bekannt. Zwei paßten zu den Suchkriterien, doch beide waren weder mit Bannister noch mit Pretloe identisch. Fürs erste kam er damit nicht weiter. Das einzig Positive daran war, daß die beiden Vermißten noch nicht definitiv tot waren. Doch konnten ihre Leichen auch geschickt beseitigt worden sein. Die Jersey-Sümpfe waren nicht weit entfernt, und in dieser Gegend hatten sich Mörder seit der Jahrhundertwende ihrer Opfer leicht entledigt.

Dann druckte er die Liste vermißter Frauen aus, deren Fahndungsakten er und die beiden FBI-Kollegen unter die Lupe nehmen wollten, einschließlich der Fotos. Pretloe und Bannister hatten braunes Haar von ungefähr der gleichen Länge, vielleicht reichten diese Gemeinsamkeiten schon, um einen Serientäter zu reizen – aber nein, Bannister lebte ja noch, wie aus der e-Mail-Botschaft hervorging. Es sei denn, der Killer war ein perverses Ekel, dem es Spaß machte, die Angehörigen zu quälen. D'Allessandro war noch keinem persönlich begegnet, aber Serientäter waren Menschen, die eine krankhafte Störung zu allen möglichen Untaten trieb ... Wenn einer von ihnen New York unsicher machte, hatte er von heute an jedenfalls nicht bloß das FBI am Hals. Gut, daß es im Staat New York noch die Todesstrafe gab.

»Doch, gesehen habe ich ihn!« berichtete Popov seinem Boß.

»Wirklich?« staunte John Brightling. »Aus welcher Entfernung?«

»Ich war ihm ungefähr so nahe wie jetzt Ihnen, Sir«, prahlte der Russe. »Nicht absichtlich, aber es ergab sich so. Er ist ein kräftiger, hochgewachsener Mann. Seine Frau arbeitet als Krankenschwester in der Stadt; seine Tochter ist Ärztin und in derselben Klinik tätig. Sie ist mit einem aus seiner Mannschaft verheiratet und heißt Dr. Patricia Chavez. Ihr Mann, Domingo Chavez, ebenfalls CIA-Agent im Außendienst, gehört vermutlich als Teamkommandant zur Operation Rainbow. Clark war beteiligt, als Frau und Tochter des ehemaligen

KGB-Chefs aus Rußland geholt wurden. Sie erinnern sich vielleicht noch an die Presseberichte. Jedenfalls hat Clark diese Aktion durchgeführt. Außerdem war er in den Japan-Konflikt verwickelt und an der Tötung von Mahmoud Haji Daryaei im Iran beteiligt. Er und Chavez sind Männer mit großer Erfahrung und Offiziere von überragender Intelligenz. Sie zu unterschätzen könnte gefährlich werden«, schloß Popov.

»Gut und schön. Aber was folgt daraus für uns?«

»Daß Rainbow ist, was es zu sein schien – eine multinationale Anti-Terror-Einheit, die überall in Europa eingesetzt wird. Spanien ist immerhin NATO-Mitglied, Österreich und die Schweiz nicht, wie Sie wissen. Sicherlich können sie ihr Operationsgebiet jedoch noch auf andere Länder ausdehnen. Damit bilden sie einen ernsthaften Risikofaktor für jede terroristische Aktion! Mit dieser Truppe möchte ich nicht aneinandergeraten. Ihre Schlagkraft bei ›Kampf‹-Einsätzen haben wir schon im Fernsehen bewundern können; hinzu kommen exzellente Ausrüstung und nachrichtendienstliche Unterstützung. Das eine wäre ohne das andere nicht halb so gefährlich!«

»Okay. Wir wissen jetzt mehr von ihnen. Könnte es sein, daß sie auch über uns informiert sind?« fragte Dr. Brightling.

»Möglich, aber wenig wahrscheinlich«, überlegte Popov. »Wenn es so wäre, hätten Sie längst FBI-Leute hier, die Sie – und mich – wegen krimineller Machenschaften verhaften würden. Ich wurde aber weder verfolgt noch beobachtet – wenigstens meiner Einschätzung nach. Als langjähriger Spion weiß ich, worauf ich achten muß, aber es ist mir nichts Außergewöhnliches aufgefallen. Dennoch kann ich es nicht ausschließen, zumindest, wenn jemand außerordentlich professionell und vorsichtig zu Werk geht. Das wäre zwar kein Kinderspiel, weil ich in der Aufdeckung von Überwachungsmaßnahmen geschult bin – aber auch nicht völlig unmöglich.«

Sein Auftraggeber schien nervös zu werden, wie Popov bemerkte. Soeben hatte er zugegeben, daß er nicht perfekt war. Seine früheren Vorgesetzten im KGB hätten von vornherein damit gerechnet und es als unvermeidliches Risiko der Spionage in Kauf genommen. Andererseits mußten sich diese Leute auch keine Sorgen machen, verhaftet zu werden oder Milliardenwerte an persönlichem Vermögen aufs Spiel zu setzen.

»Welche Risiken sehen Sie in der Sache?«

»Sie meinen, welche Methoden gegen Sie verwendet werden könnten?« Der andere nickte. »Man würde beispielweise Ihr Telefon abhören, und ...«

»Mein Telefon ist verschlüsselt. Angeblich ist das System nicht zu knacken. Meine Berater in diesen Dingen sagen mir ...«

Popov unterbrach ihn mit erhobener Hand. »Glauben Sie im Ernst, Sir, daß Ihre Regierung die Herstellung von Kodiersystemen zuließe, die nicht geknackt werden können?« fragte er geduldig, als stünde er einem unverständigen Kind gegenüber. »Die Nationale Sicherheits-Agentur in Fort Meade hat einige ihrer intelligentesten Mathematiker und die leistungsstärksten Computer der Welt darauf angesetzt. Und daß sie hart daran arbeiten, sieht man schon an ihrem Parkplatz.«

»An ihrem Parkplatz? Wieso?«

»Wenn die Parkplätze um sieben Uhr abends noch voll besetzt sind, arbeitet man gerade an einer größeren Sache. In Ihrem Land ist nahezu jeder motorisiert, und Parkplätze sind in der Regel viel zu groß, um sie neugierigen Blicken zu entziehen. Ein Agent bekommt dadurch leicht Einblick in die Effektivität einer Regierungsbehörde!« – Und wer auf Draht ist, findet auch ein paar Namen und Adressen heraus und kann die Wagentypen und Nummernschilder zuordnen. Der KGB hatte den führenden Kopf der »Z«-Gruppe in der NSA – jener Leute, die damals Verschlüsselungssysteme knackten und neu entwarfen – längst identifiziert, schon vor über einem Jahrzehnt, und der erneuerte RVS machte mit einiger Sicherheit dasselbe. Popov schüttelte den Kopf. »Das heißt, auf handelsübliche Kodiersysteme ist kein Verlaß. Auch an der Verschlüsselung russischer Telefonate habe ich meine Zweifel. Ihre Leute sind geschickte Dechiffrierkünstler, und das schon seit über sechzig Jahren. Und sie sind mit den Engländern verbündet, die auf diesem Gebiet ebenfalls seit langem Experten sind. Hat Ihnen das noch niemand erzählt?«

»Tja, äh ... nein, aber man sagt mir, das System hier sei gesichert, weil es mit 128 Bit ...«

»Klar, das ist der STU-3-Standard. Dieses System war bei Ihrer Regierung rund zwanzig Jahre lang im Gebrauch. Inzwischen sind die meisten zu STU-4 übergegangen. Glauben Sie, solche Weiterentwicklungen werden nur gemacht, um Geld aus dem Fenster zu werfen? Oder könnte es dafür eine andere Erklärung geben, Dr. Brightling? Als ich für den KGB unterwegs war, haben wir nur Einmal-Blöcke benutzt. Das ist ein Geheimcode aus zufälligen Transpositionen, der nur einmal Verwendung findet. Daher kann man ihn nicht knacken, aber der Umgang damit ist sehr lästig. Eine einzige Botschaft zu senden kann Stunden dauern. Und leider eignet er sich fast gar nicht für verbalen Austausch. Ihre Regierung hat ein System, daß sich TAP-DANCE nennt, ganz ähnlich im Konzept, aber wir konnten es nie kopieren.«

»Wollen Sie damit sagen, man ist imstande, jeden meiner Anrufe abzuhören?«

Popov nickte. »Aber sicher. Was meinen Sie, warum ich alle wichtigen Unterredungen mit Ihnen persönlich führe?« Jetzt war er wirklich erschüttert, dachte Dmitrij Arkadejewitsch. Dieses Genie hatte wirklich keine Ahnung, wie der Hase läuft. »Wollen Sie mir jetzt nicht endlich verraten, weshalb ich diese Missionen durchführen sollte?«

»Ja, Herr Minister … ausgezeichnet … Danke!« Bob Aukland drückte die Aus-Taste und steckte das Handy in seine Westentasche. Dann wandte er sich wieder an Bill Henriksen. »Gute Nachrichten! Auch die Rainbow-Truppe wird uns in Sicherheitsfragen beraten.«

»Wirklich?« Bill ließ sich nichts anmerken. »Naja, wenn es keinen Schaden anrichtet …«

»Bißchen enttäuscht?« fragte der Polizist.

»Aber nein, wirklich nicht«, log Henriksen. »Ein paar von denen werde ich kennen, und bestimmt kennen sie mich auch.«

»Ihr Honorar bleibt dasselbe«, versprach der Australier. Sie stiegen wieder in den Wagen. Auf dem Rückweg hielten sie noch an einer Kneipe und tranken ein Bierchen, bevor er den Amerikaner zum Flughafen brachte.

Verdammter Mist, dachte Henriksen. Wieder war es das Gesetz des Zufalls, das ihm diesmal freilich ein Bein stellte. Anfangs hätte er vor Wut die Wände hochgehen mögen. Aber dann redete er sich ein, daß es eigentlich nichts ausmachte, so lange er keinen Fehler machte. Vielleicht war ihm diese Entwicklung sogar von Nutzen – versuchte er sich einzureden.

Er durfte Popov nicht zu viel verraten, dachte Brightling. Ansonsten setzte er großes Vertrauen in ihn – schließlich wußte Popov genug, um ihn in den Knast oder gar auf den elektrischen Stuhl zu bringen. Aber ihm das Endziel verraten? Das durfte er nicht riskieren. Er wußte nicht, welche Einstellung Popov zu dem Thema Umwelt und Natur hatte. Deshalb ließ sich seine Reaktion auf eine solche Offenbarung schwer einschätzen. Popov konnte ihm gefährlich werden, nicht anders als ein auf die Faust abgerichteter Raubvogel, der jedoch selbständig blieb, bereitwillig ein Frettchen oder Kaninchen tötete und jederzeit das Weite suchen und sein Leben in der Wildnis fortführen konnte … Nicht zum ersten Mal überlegte Brightling, ob er Bill Henriksen auf den potentiellen Störfaktor ansetzen sollte. Er würde schon wissen, was zu tun war. Ein ehemaliger FBI-Agent wußte, wie man in Mordfällen ermittelt, und gewiß auch, wie man Ermittler in die Irre führt, und schon wäre der Störfaktor beseitigt.

Dann ging Brightling die Trümpfe durch, die ihm blieben. Wie konnte er sie einsetzen, um seine Position und sein Projekt besser abzusichern? Sollte diese Operation Rainbow ihm Scherereien machen, konnte man dann direkt gegen sie vorgehen? Sie vielleicht zerstören oder besser ablenken, indem man ihre Kräfte an anderer Stelle band?

»Ich muß zuerst noch darüber nachdenken, Dmitrij«, erwiderte er schließlich.

Popov nickte ernüchtert. Was mochte seinem Auftraggeber in den fünfzehn Sekunden, die er für die Antwort brauchte, durch den Kopf gegangen sein?

Jetzt war er es, der sich erschüttert zeigte. Eben erst hatte er John Brightling von den Gefahren unterrichtet, die seine Tätigkeit als Drahtzieher terroristischer Aktionen mit sich brachte, vor allem aufgrund der ungeschützten Verständigung. Letzteres machte dem Mann besonders zu schaffen. Er hätte ihn früher warnen sollen, doch irgendwie war nie die Rede darauf gekommen, und Dmitrij Arkadejewitsch merkte jetzt, daß hier seinerseits ein schwerer Fehler vorlag. Naja, kein ganz so schlimmer Fehler. Die Sicherheitsvorkehrungen waren doch gar nicht so schlecht. Nur zwei Leute wußten, was wirklich vorging … andererseits, vielleicht war dieser Henriksen auch informiert. Aber Bill Henriksen war ein ehemaliger FBI-Mann, und wenn er sie ausspionierte, säßen sie alle längst hinter Gittern. Das FBI hätte alle Beweise für eine größere Hochverratsklage in der Hand und würde nicht zulassen, daß sie weitermachten, es sei denn, es gab eine Verschwörung auf höherer Ebene – aber das machte alles keinen Sinn. Nein, die Absicherung funktionierte tadellos. Denn die US-Regierung verfügte zweifellos über die technischen Mittel, Brightlings angeblich narrensichere Leitungen zu entschlüsseln. Im übrigen war ein richterlicher Beschluß nötig, um sie anzuzapfen, und für diesen brauchte man Beweise, und allein die Beweise hätten genügt, einige Leute auf dem elektrischen Stuhl zu rösten. Einschließlich mir, dachte Popov.

Was geht hier vor? fragte sich der Russe dennoch. Er hatte sich schon einiges zurechtgelegt und ahnte etwas. Was sein Arbeitgeber auch im Schilde führen mochte, es mußte schlimmer als Massenmord sein. Und *was* zum Teufel konnte *das* sein! Beängstigend war auch, daß Popov seinen Job in der Hoffnung begonnen hatte – eine Hoffnung, die sich schon erfüllt hatte –, steinreich zu werden. Inzwischen hatte er eine Million Dollar auf seinem Berner Bankkonto. Genug, um reumütig zu Mütterchen Rußland zurückzukehren und ein richtig sattes Leben zu führen … aber nicht genug für das, was er eigentlich wollte. Merkwürdig, wie der Glanz des magischen Wortes »Million« umgehend verblaßte, wenn man die erste beisammen hatte. Es war nichts als eine Ziffer, von der man noch einiges abziehen mußte für das, was man für sich ausgeben wollte. Eine Million US-Dollar waren nicht genug, um ein Haus, einen Wagen und ein Leben nach seinem Geschmack zu finanzieren und dann noch genug übrig zu haben – außer vielleicht in Rußland, wo er jedoch auf Dauer nicht mehr leben wollte. Und nun saß er mit jemandem zusammen, der wie er selbst eifrig bemüht war, keinen Fehler zu machen. Der eine wußte um die Hintergründe einer Aktion, die er nicht preisgeben wollte, der andere, wie man diese in die Wege leitet, wozu sein Auftraggeber ihn brauchte. Sie waren in eine interessante Sackgasse geraten.

Und so saßen sie sich noch ein, zwei Minuten schweigend gegenüber und brachten den Mut nicht auf, einander anzuvertrauen, was ihnen auf dem Herzen lag.

»Ich muß wirklich noch einmal darüber nachdenken. Einen Tag oder so. Einverstanden?«

»Gewiß.« Popov erhob sich, schüttelte ihm die Hand und verließ das Büro. Auf seinem Weg nach draußen versuchte er das Spiel, in das er verwickelt war, zu durchschauen. Er hatte bereits riesige Geldsummen beiseite geschafft, die sein Arbeitgeber für unwichtig hielt. Er war in eine Aktion verwickelt, deren Ziel ein Verbrechen wie Massenmord in den Schatten stellte. Das war ihm nicht ganz neu, fiel Popov plötzlich ein. Er hatte lange Jahre einer Nation gedient, die von ihren Gegnern als das »Reich des Bösen« tituliert wurde. Der Kalte Krieg war schlimmer als Massenmord gewesen. Aber Brightling befehligte keinen Nationalstaat, und wie unerschöpflich seine finanziellen Ressourcen auch sein mochten, im Vergleich zu einer modernen Volkswirtschaft waren sie minimal. Blieb nur die Frage – was zum Teufel wollte der Kerl erreichen? Und weshalb brauchte er dafür einen Dmitrij Arkadejewitsch Popov?

Henriksen bekam den Flug nach Los Angeles. Vor ihm lag ein angenehmer Teil der Reise; er hatte Zeit, seinen Gedanken nachzuhängen.

Der Plan für die Olympischen Spiele war perfekt. Das Einnebelungssystem war an seinem Platz, was dem Ziel des Projekts vollkommen entsprach. Einer seiner Leute würde es in Augenschein nehmen, den er dann am letzten Tag selbst ersetzen würde. Das Verabreichen war einfach. Doch jetzt würde auch diese Rainbow-Bande hier unten sein. Würden sie in seinen Plänen herumschnüffeln? Schwer zu sagen; schlimmstenfalls würde etwas Unvorhergesehenes dazwischenkommen. So etwas passierte immer wieder, wie er aus seiner Zeit beim FBI wußte. Urplötzlich taucht zum Beispiel ein Wachtmeister auf, ein Fußgänger oder eine Funkstreife patroulliert und setzen einem perfekt geplanten Bankraub ein Ende. Oder in der Phase nach der Tat: Ein zufällig dabeistehender Passant erinnert sich unerwartet genau, eine beiläufige Bemerkung eines Beteiligten zu einem Freund, und der betreffende Ermittler kommt dahinter und rollt den Fall vollständig auf. So einfach war das! Und im Zweifelsfall begünstigte der Zufall immer die andere Seite.

Deshalb mußte man alles tun, um den Zufall weitmöglichst auszuschalten. Dabei war alles so gut gelaufen. Der Aktionsplan war hieb- und stichfest – und zwar grundsätzlich und von Anfang an. John Brightling hatte ihn erdacht. Die Terroristen in Europa zu aktivieren, hatte weltweit das Augenmerk auf die terroristische Bedrohung gelenkt, und *das* gab seiner Firma die Chance, den Vertrag für die Überwachung der Olympischen Spiele zu bekommen. Doch dann war dieses verdammte Rainbow-Team aufgekreuzt und hatte drei größere Zwischenfälle in den Griff bekommen – der Teufel mochte wissen, wer den dritten ausgelöst hatte! Und zwar so vorbildlich, daß die Australier auf die Idee verfielen, *denen* die Aufsicht zu übertragen, wenigstens zum Teil. Und wenn sie herkamen, würden sie auch bleiben und alles begutachten. Dann würden sie auch die Spiele betreuen, und wenn ihnen die Idee mit den chemischen Kampfstoffen einleuchtete, würden sie das perfekte Verbreitungssystem besonders im Auge behalten und –

Wenn das Wörtchen »wenn« nicht wär, rief sich Henriksen zur Ordnung. Eine Menge »Wenns« waren dabei. Was mußte nicht alles schiefgehen, um ihr Projekt noch zu vereiteln! Bekam er die Rainbow-Leute zu Gesicht, würden sie sich vielleicht ablenken lassen. Das tröstete ihn ein wenig. Schließlich war ein Experte für Kampfstoffe bei ihm angestellt, und es war fraglich, ob sie einen hatten. Mit ein wenig List und Tücke würde sein Mann den Job unter ihren Augen erledigen, ohne daß sie etwas merkten. Darauf war er schließlich vorbereitet.

Ruhe bewahren, befahl er sich, als die Stewardeß mit den Drinks kam und ihm Wein nachschenkte. *Nicht nervös werden*. Aber er fand keine Ruhe. Seine Erfahrung als Fahnder sagte ihm, daß nichts dem Zufall überlassen bleiben durfte und sämtliche Konsequenzen einbezogen werden mußten. Wenn sein Mitarbeiter verhindert war, womöglich durch einen Unfall, konnte das gesamte Projekt plötzlich enthüllt werden. Und das war schlimmer als ein Scheitern. Das hieß, wenn er Glück hatte, lebenslange Haft, was er auf gar keinen Fall hinnehmen wollte. Nein – er stand aus mehr als einem Grund hinter dem Projekt. Seine Aufgabe bestand in erster Linie darin, die Welt vor der Zerstörung zu retten. Und in zweiter Linie wollte er dabei sein und genießen, was zu retten er angetreten war.

Schon deshalb waren Risiken jeder Art und jeden Umfangs nicht zu akzeptieren. Er mußte sie ausschalten, um jeden Preis. Dabei konnte ihm dieser Russe helfen, Popov. Was mochte er bei seiner Englandreise ausspioniert haben? Mit den richtigen Informationen versehen, konnte er sich einen Plan ausdenken, wie er mit der Rainbow-Bande auch direkt fertig wurde. Wäre doch auch ganz interessant. Er lehnte sich im Sitz zurück und wählte einen Film, den er oberflächlich verfolgte, um seine eigentlichen Überlegungen zu kaschieren. Zehn Minuten später war er fest entschlossen. Mit den richtigen Leuten und bei Ausnutzung aller Vorteile konnte es klappen.

In einem unscheinbaren Restaurant am Südrand von Manhattan nahm Popov ein einsames Abendessen zu sich. Hier speiste man angeblich gut, aber das Lokal sah so schmuddelig aus, als hausten nachts hier die

Ratten. Der Wodka war indessen hervorragend, und wie immer halfen ihm ein paar Drinks dabei, abstrakt zu denken.

Was wußte er überhaupt von John Brightling? Auf wissenschaftlichem Gebiet war der Mann ein Genie, und ebenso überzeugten seine geschäftlichen Finessen. Vor ein paar Jahren noch war er mit einer ebenso brillanten Person verheiratet gewesen, die jetzt als wissenschaftliche Beraterin beim Präsidenten arbeitete. Doch mit der Ehe ging es bergab, und jetzt hüpfte sein Arbeitgeber von einem Bett ins andere. Er war einer der gefragtesten Wissenschaftler in ganz Amerika, mit ansehnlichem finanziellem Background und regelmäßigen Erwähnungen in den Klatschspalten der Boulevardpresse, was wohl schon seiner Exgattin mißfallen hatte.

Gute Verbindungen pflegte er zu Politikern, die Zugang zu Geheimmaterial hatten. Operation Rainbow war eindeutig als »schwarz« klassifiziert, aber er hatte nur einen Tag gebraucht, um ihren Namen und den Namen ihres Kommandanten herauszufinden. Nur einen Tag, wenn sich Popov recht entsann. Das war nicht bloß erstaunlich. Es bestürzte ihn. Wie zum Teufel war ihm das gelungen?

Und er war an einer Aktion beteiligt, die auf etwas Schlimmeres als Massenmord abzielte. An dieser Stelle endeten Popovs Gedanken jedesmal in der Sackgasse. Es war, als liefe man durch eine belebte Straße, an deren Ende man vor eine Steinmauer lief. Was konnte ein Geschäftsmann aushecken, daß er das Risiko in Kauf nahm, seine Freiheit zu verlieren oder gar den eigenen Kopf? Ging es womöglich um Mord in noch größerem Ausmaß? Aber zu welchem Zweck? Um einen Krieg anzufangen womöglich – aber er war kein Staatschef und konnte doch schon deshalb niemandem den Krieg erklären. War Brightling ein Spitzel, der wichtige Informationen zur nationalen Sicherheit an einen Fremdstaat verriet? Aber was hatte er davon? Wer in aller Welt, und sei es die Regierung, konnte einen Milliardär bestechen? Ach was, Geld spielte keine Rolle. Was blieb dann noch?

Es gab eine klassische Abkürzung für die Gründe, die einen Menschen zum Landesverrat verleiten konnten: GIGS – Geld, Ideologie, Gewissen oder Selbstsucht. Geld war ausgeschlossen. Davon hatte Brightling mehr, als er ausgeben konnte. Ideologie war stets die beste Motivation für einen Landesverräter-Spion. Die meisten sind eher bereit, ihr Leben für Glaubenssätze zu riskieren als für Geld. Doch welcher Ideologie hing dieser Mann an? Popov wußte es nicht. Als nächstes kam das Gewissen. Gegen welche Verfehlungen wollte er vorgehen? Es gab doch kaum welche, oder? Als letztes die Selbstsucht. Zugegeben, Brightling hatte ein beträchtliches Ego, aber der Selbstsucht lag meist das Motiv zugrunde, sich an mächtigeren Personen oder Institutionen zu rächen, die einem übel mitgespielt hatten. Wer konnte den Milliardär John Brightling derart gekränkt haben, daß sein materieller Reichtum ihm keine ausreichende Linderung brachte? Popov winkte dem Kellner und bestellte noch einen Wodka. Er würde sich nachher ein Taxi bestellen.

Um Geld ging es nicht. Auch nicht um das liebe Ego. Blieben Ideologie und Gewissen. Welche Glaubenssätze, welche Irrlehren konnten einen Mann dazu bringen, Völkermord im großen Maßstab zu verüben? Was das erste betraf – Brightling war kein religiöser Fanatiker; und das letztgenannte – er zeigte keine Unzufriedenheit mit seinem Vaterland. Obwohl Geld und Selbstsucht als Motivationen wegfielen, schienen auch Ideologie und Gewissen nicht zuzutreffen, und Popov verwarf sie nur deshalb nicht, weil – ja warum wohl? fragte er sich selbst. Weil er nur vier mögliche Motivationen kannte, es sei denn, Brightling wäre komplett verrückt, und das war er offenbar nicht, oder?

Nein, entschied Popov. Sein Arbeitgeber litt nicht an einer Geisteskankheit. Er war bei jeder Aktion sehr umsichtig vorgegangen, und das, obwohl seine Ansichten, vor allem, was das Geld betraf, sich von Popovs grundlegend unterschieden – verdammt, er war so reich, daß der Unterschied in der Perspektive durchaus begreiflich war; für ihn war eine Million Dollar dasselbe wie für Dmitrij Arkadejewitsch das Kleingeld in der Hosentasche. War er womöglich ein Verrückter vom Kaliber eines... Staatschefs, ein neuer Saddam Hussein oder Adolf Hitler oder Josef Wissarionowitsch Stalin? Aber nein, er war kein Staatschef, hatte gar keine politischen Ambitionen, und nur solche Männer nährten diese Sorte Wahnsinn.

In seiner Karriere beim KGB hatte Popov mit allen möglichen Kuriositäten zu tun gehabt. Er hatte gegen den Klassenfeind operiert und war niemals erwischt worden, hatte keinen einzigen Auftrag verpatzt. Im Ergebnis durfte er sich wohl als einen gerissenen Hund betrachten. Schon deshalb war ihm die gegenwärtige Sackgasse unangenehm. Er besaß über eine Million Dollar auf einem Bankkonto in Bern. In Kürze stand ihm noch noch mehr Geld ins Haus. Er hatte zwei terroristische Aktionen angezettelt, deren Ziel erreicht war – oder doch nicht? Sein Arbeitgeber schien zufrieden, trotz der ungeheuren taktischen Rückschläge. Doch je mehr er herauszubekommen versuchte, desto weniger wußte er Bescheid, dachte Dmitrij Arkadejewitsch. Je mehr er sich in die Materie vertiefte, desto mehr entging ihm. Und je weniger er wußte, desto unzufriedener war er. Er hatte seinen Boß mehr als einmal gefragt, worauf seine Aktivitäten abzielten, aber Brightling ließ nichts durchblicken. Es mußte ein ganz großes Ding sein ... Aber was zum Teufel war es?

Sie hatten den Geburtsvorbereitungskurs gemeinsam absolviert. Ding machte sich anfangs lustig darüber, bis man ihn schließlich überzeugt hatte, wie notwendig die Atemübungen seien. So groß und kräftig Patsy wirkte, ein Athlet wie er, der Team-2 anführte, würde sie nicht werden. Sie mußte die richtige Bauchatmung üben, damit ihr Kind leichter auf die Welt kam. Deshalb hockten sie jetzt daheim auf dem Boden – Patsy mit gespreizten Beinen, Ding hinter ihr – schnauften und pusteten, als wollten sie die Kerzen einer Geburtstagstorte ausblasen.

»Tiefe, reinigende Atemzüge«, keuchte Domingo, der die fiktive Kontraktion mit der Uhr abstoppte. Dann faßte er nach ihrer Hand und beugte sich vor, um sie zu küssen. »Wie geht's uns denn, Patsy?« wollte er wissen.

»Ich bin bereit, Ding. Ich will nur, daß es endlich kommt und fertig.«

»Fürchtest du dich?«

»Wenn du's genau wissen willst«, gestand Patricia Chavez, »ich weiß, daß es wehtun wird, und wäre froh, wenn ich's so schnell wie möglich hinter mich kriege. Verstehst du das?«

»Klar.« Ding nickte. Das Warten auf etwas Unangenehmes, das einem noch bevorstand, war schlimmer, als wenn es dann eintrat – besonders bei körperlichem Schmerz. Er kannte das aus der Erfahrung, sie noch nicht. Vielleicht war deshalb die Geburt beim zweiten Kind leichter als beim ersten. Die Mütter wußten dann schon, was sie erwartete, und daß sie allen Leiden zum Trotz am Schluß ein Baby in den Armen hielten – und darum drehte sich's doch, auch bei Domingo. Er würde Vater werden! Ein Kind haben, das große Abenteuer der Menschheit beginnen, neues Leben großziehen, sein Bestes tun, manchmal Fehler machen und daraus lernen, und am Schluß der

Gesellschaft ein verantwortungsvolles neues Mitglied schenken. Das betrachtete er als seine Mannespflicht. Ein Gewehr tragen, seinen Job tun, war nicht weniger wichtig, immerhin gehörte er zu den Wächtern der Gesellschaft und verhütete Unrecht, beschützte die Unschuldigen, gehörte zu den Kräften, denen die Zivilisation ihre Existenz verdankt. Aber jetzt hatte er die Chance, der Zivilisation selbst voranzuhelfen, indem er ein Kind erziehen, ausbilden und auf den rechten Weg bringen durfte, notfalls auch um drei Uhr früh. Vielleicht würde sein Kind einst Agent oder Soldat sein wie er, oder noch etwas Besseres, Ärztin wie Patricia, im Dienst der Menschheit stehen und eine wichtige gesellschaftliche Aufgabe wahrnehmen? Diese Verantwortung war die größte, die ein Mensch auf sich nehmen konnte. Domingo freute sich schon darauf, sein Kind in die Arme zu nehmen, es zu knuddeln, schmutzige Windeln zu wechseln und den Hintern abzutupfen. Eine Wiege hatte er längst besorgt und die Wände im Kinderzimmer mit blauen und rosafarbenen Häschen neu tapeziert; und er hatte Spielzeug gekauft, um den Schreihals abzulenken. Er dachte an die Männer seines Teams. Eddie Price hatte einen Sohn von vierzehn Jahren, ein rebellischer, sturer Kerl – bestimmt war sein Vater nicht anders gewesen –, doch helle genug, um alles in Frage zu stellen und über kurz oder lang eigene Antworten zu finden, wie einst sein Vater auch. Der Knabe war schon jetzt ganz der künftige Soldat, dachte Ding, aber mit etwas Glück würde er zuerst die Schule abschließen und dann Offizier werden. Price hätte das auch tun sollen, am besten in Amerika. Hier war das System anders, deshalb war er ein erstklassiger Hauptfeldwebel geworden, auf den sich Ding mehr verlassen konnte als auf jeden anderen, der eigene Ideen entwickelte und jeden Befehl genauestens ausführte. Doch, Ding spürte jetzt schon, wie er sich freute, und noch immer hielt er Patsys Hand umklammert.

»Ein bißchen ängstlich?«

»Nicht ängstlich. Nur ein wenig nervös«, gab Patsy zu.

»Schatz, wenn es wirklich so schwer wäre – wie kommt es dann, daß täglich so viele Kinder geboren werden?«

»Typisch Mann«, gab Dr. Patricia Chavez zurück. »Du hast gut reden. Du mußt es ja nicht machen.«

»Ich bleibe bei dir und helfe!« versprach ihr Ehemann.

»Das will ich dir auch geraten haben!«

23
ÜBERWACHEN

Bei seiner Ankunft im Kennedy-Flughafen fühlte sich Henriksen wie gerädert, zerhackt und durch den Fleischwolf gedreht, aber das war nicht anders zu erwarten. In nicht viel mehr als einem Tag war er wahrhaftig um die halbe Welt gereist; seine innere Uhr spielte verrückt, und er litt unter gräßlichen Kopfschmerzen. Eine Woche oder mehr würde er zu allen möglichen und unmöglichen Zeiten hellwach oder übermüdet sein, aber was machte es, die richtigen Medikamente und ein paar Drinks konnten die fehlende Nachtruhe ersetzen. Am Ende der Gangway erwartete ihn schon ein Mitarbeiter, übernahm wortlos seine Reisetasche und begleitete ihn zur Gepäckabfertigung, wo sein Lederkoffer glücklicherweise schon als fünfter auf dem Förderband eintraf. Desto schneller konnten sie den Terminal verlassen und auf die Autobahn nach New York City einbiegen.

»Und – wie war's?«

»Den Vertrag haben wir in der Tasche«, erklärte er dem Mann, der nicht am Projekt teilnahm.

»Gut so!« strahlte der Mann, der nicht ahnte, wie schlecht es für ihn ausgehen würde.

Damit war ihr Gespräch beendet. Henriksen schnallte den Sicherheitsgurt um und lehnte sich zurück, um unterwegs ein bißchen zu dösen.

»Was ist dabei rausgekommen?« fragte der FBI-Mann.

»Bis jetzt nicht allzuviel«, erwiderte d'Allessandro. »Ich habe noch eine Vermißte, die in derselben Gegend wohnte, ähnlich aussieht, gleiches Alter und so weiter. Etwa zur gleichen Zeit verschwunden wie Ihre Miß Bannister. Anne Pretloe ist der Name, Sekretärin im Anwaltsbüro und wie vom Erdboden verschluckt.«

»Unbekannte Tote?« fragte der andere Bundespolizist.

»Keine, deren Beschreibung zutrifft. Wir müssen ernsthaft der Möglichkeit nachgehen, daß ein Serientäter die Gegend unsicher macht.«

»Aber wie hat sie dann die e-Mail-Nachricht übermitteln können?«

»Paßt sie denn zu anderen e-Mails, die Bannister ihrem Vater geschickt hat?« fragte der Detective vom New Yorker Revier.

»Nicht unbedingt«, gab der ältere FBI-Mann zu. »Sie wirkt, als ob sie jemand verfaßt hat, der unter Drogen steht, wenn ihr mich fragt!«

»Ganz meiner Meinung«, erklärte d'Allessandro. »Habt ihr noch mehr?«

»Hier.« Der Agent reichte ihm sechs Fax-Ausdrucke aus dem New Yorker Büro. Der Detective überflog sie. Alle waren grammatisch einwandfrei, sinnvoll und wiesen nirgends Schreibfehler auf.

»Und wenn sie's gar nicht war? Wenn jemand anderes die e-Mail geschickt hat?«

»Der Killer vielleicht?« fragte der jüngere FBI-Mann. Er überlegte einen Augenblick, und was er dachte, konnte man ihm von der Stirn ablesen. »Der müßte dann schon völlig pervers sein, Mario!«

»Serientäter sind schließlich keine Unschuldsknaben, nicht wahr?«

»Die Familie quälen? Ist sowas überhaupt schon mal vorgekommen?« wunderte sich der Ältere.

»Nicht daß ich wüßte, Tom, aber ein Sprichwort sagt ...«

»Laß den Quatsch«, unterbrach der ältere Agent, der Tom Sullivan hieß.

»Sollen wir einen Psychologen zu Rate ziehen?« erkundigte sich Frank Chatham, der jüngere Agent.

Sullivan nickte. »Ja, warum nicht. Ich werde Pat O'Connor mal anrufen. Als nächstes sollten wir eine Suchmeldung mit Mary Bannisters Foto drucken lassen und in der West Side austeilen lassen. Könnten Sie uns Amtshilfe dabei leisten, Mario?«

»Kein Problem«, nickte d'Allessandro. »Wenn es das ist, was ich vermute, will ich den Typen kriegen, bevor er einen Weltrekord aufstellt. Nicht in meiner Stadt, Jungs!« warnte der Detective.

»Sollen wir's noch einmal mit Interleukin versuchen?« fragte Barbara Archer.

»Meinetwegen«, nickte Killgore. »Die 3a-Variante soll das Immunsystem kräftigen, auch wenn niemand weiß, wie. Ich auch nicht. Aber wenn es wirkt, sollten wir es wissen.«

»Und die Lungenkomplikationen?« Eine der Nebenwirkungen von Interleukin war, daß es aus unbekannten Gründen das Lungengewebe angriff. Rauchern und anderen Menschen mit Atemproblemen konnte es gefährlich werden.

Wieder nickte Killgore. »Die sind auch nicht besser als bei Interleukin-2. Aber F-4 ist keine Raucherin, und ich will nur sicherstellen, daß 3a unserem Shiva-Virus nichts anhaben kann. Dieses Risiko dürfen wir nicht eingehen, Barb.«

»Einverstanden«, gab Dr. Archer zurück. Sie glaubte ebensowenig wie Killgore, daß die neue Interleukin-Version auch nur das geringste ausrichten konnte. Aber das mußte zuvor im Versuch getestet werden. »Und mit Interferon?«

»Die Franzosen wenden diese Mittel seit fünf Jahren bei hämorrhagischem Fieber an, ohne nennenswerte Resultate. Wir können es von mir aus dranhängen, aber es ist aussichtslos, Barb.«

»Bei F-4 können wir's doch trotzdem probieren«, schlug sie vor.

»Also schön.« Killgore notierte die zusätzliche Medikation und verließ den Beobachtungsraum. Wenige Minuten später tauchte er auf dem Monitor auf.

»Hallo, Mary. Wie geht's uns denn heute früh? Fühlen Sie sich etwas besser?«

»Kein bißchen.« Sie schüttelte den Kopf. »Der Magen tut noch immer sehr weh.«

»Ach, wirklich? Mal sehen, was wir dagegen tun können...« Der Fall schritt rapide voran. Killgore fragte sich, ob genetische Anomalien im unteren Verdauungstrakt vorlagen, eine Tendenz zu Erkrankungen im Darmbereich womöglich...? Wenn dem so war, würde sie dem Virus in Kürze erliegen. Auf dem Gerät neben ihrem Bett stellte er die Morphiumdosis höher. »Wir geben Ihnen einige neue Medikamente. Mit denen müßten Sie in zwei bis drei Tagen wieder wohlauf sein, okay?«

»Sind das die, wegen denen ich unterschrieben habe?« fragte F-4 matt.

»Genau«, erwiderte Killgore und hängte Interferon und Interleukin-3a an das Gestell. »Das wird Ihnen guttun, glauben Sie mir!« versprach er lächelnd. Ihm kam es noch immer komisch vor, mit seinen Versuchspersonen zu sprechen. Aber, wie er sich selbst jedesmal sagen mußte, eine Ratte war auch nichts anderes als ein Schwein oder ein Hund oder... ein Mädchen, in diesem Fall. Ganz so groß waren die Unterschiede auch wieder nicht, wenigstens anatomisch gesehen. Unter dem Einfluß des Morphiums erschlaffte ihr Körper, der Blick trübte sich. Ratten gab man keine Schmerz- oder Beruhigungsmittel gegen ihre Qual. Nicht aus böser Absicht, sondern weil es praktisch keine Möglichkeit gab, ihr Leiden zu lindern. Es hatte ihm nie behagt, zuzusehen, wie sich die glänzenden Knopfaugen vor Schmerz verdüsterten. Nur hier, in diesem Fall, zeugte der trübe Blick von einer Linderung.

Diese Neuigkeit war wirklich interessant, dachte Henriksen. Der Russe verstand etwas von seinem Handwerk. Und angesichts der neuen Informationen fiel ihm seine Idee, die er auf dem Heimflug von Australien hatte, wieder ein.

»Haben Sie Kontakte in Irland, Dmitrij?« wollte Bill wissen.

Popov nickte. »Mehrere sogar.«

Henriksen warf Dr. Brightling einen fragenden Blick zu. Der andere nickte. »Haben diese Leute nicht eine alte Rechnung mit dem SAS zu begleichen?«

»Sie haben es öfters schon diskutiert, halten es jedoch für undurchführbar. Es wäre, als wollten Sie einen Bankräuber in eine schwerbewachte Bank schicken – nein, der Vergleich stimmt nicht. Es wäre, als schickten Sie einen Bankräuber in die Regierungsdruckerei, wo Banknoten hergestellt werden. Die Abwehrsysteme dort sind zu raffiniert, um einen Anschlag zu verüben.«

»Aber sie bräuchten doch gar nicht nach Hereford hinein, oder?« überlegte Henriksen. »Wenn wir sie ins Freie locken und dann eine kleine Überraschung bereithalten ...«

Keine schlechte Idee, dachte Popov. Laut sagte er: »Trotzdem wäre es noch immer eine sehr gefährliche Mission.«

»Mag sein. Wie stark ist denn die IRA derzeit?«

Popov lehnte sich im Sessel zurück. »Schrecklich zerstritten ist sie. Es gibt mehrere miteinander verfeindete Fraktionen. Einige wollen den Waffenstillstand, andere möchten, daß der Kampf weitergeht. Teils aus persönlichen Gründen, teils aus ideologischen. Ideologisch insofern, als sie ernsthaft an ihr Ziel glauben, die britische Herrschaft über Nordirland zu brechen und die demokratisch gewählte Regierung in Dublin zu stürzen, um ein Regime ›fortschrittlicher Sozialisten‹ einzurichten. Ein viel zu ehrgeiziges Ziel für die heutige Welt, und doch halten sie stur daran fest. Das sind unverbesserliche Marxisten – eigentlich eher maoistisch als marxistisch orientiert, aber das kann uns für den Augenblick egal sein.«

»Und die persönlichen Gründe?« fragte Brightling.

»Revolutionär ist man nicht bloß aus Überzeugung. Das hat auch etwas mit ihrer Stellung in der Öffentlichkeit zu tun. Für viele Menschen ist der Revolutionär ein romantischer Charakter, ein Mensch, der an seine Zukunftsvision glaubt, für die er sein Leben riskiert. Deshalb genießen Revolutionäre hohes Ansehen. Wer solche Leute kennt, bringt ihnen oft Respekt entgegen. Diesen Status aufzugeben heißt, die Revolution zu verleugnen. Ehemalige Revolutionäre müssen ihren Lebensunterhalt verdienen, Taxifahrer werden oder andere Talente entfalten ...«

»Wie Sie damals, als der KGB Sie kaltgestellt hat?«

Popov konnte nicht umhin, die Frage zu bejahen. »In gewisser Weise schon. Als Außendienstler der Staatssicherheit war mein Status und meine Bedeutung nur mit wenigen Sowjetführern zu vergleichen, und dies zu verlieren bedeutete für mich damals mehr als nur den Verlust meines eher bescheidenen Einkommens. Für die irischen Marxisten sieht die Zukunft nicht weniger trostlos aus. Daher haben sie zwei gute Gründe, den Kampf fortzusetzen: ihre politischen Grundsätze und ihre Gier nach Anerkennung ...«

»Kennen Sie diese Leute?« fragte ihn Henriksen direkt.

»Manche von ihnen könnte ich vielleicht identifizieren. Auf der libanesischen Bekaa-Ebene habe ich einige kennengelernt, wo sie mit anderen ›progressiven Elementen‹ trainiert wurden. Und gelegentlich bin ich auch nach Irland gereist, um Nachrichten und Geld zu ihrer Unterstützung zu bringen. Durch ihre Aktionen war die britische Armee zu großen Teilen abgelenkt, der Kampf gegen einen wichtigen NATO-Feind war der Sowjetunion die großzügige Finanzspritze wert.« Popov hatte geendet und blickte seine beiden Gesprächspartner an. »Wie lautet Ihr Auftrag für sie?«

»Es ist weniger die Frage ›was‹ sie tun sollen, als vielmehr ›wie‹ sie es bewerkstelligen sollen«, erklärte Bill dem Russen. »Als ich noch beim FBI war, hieß es immer, in der IRA seien die besten Terroristen der Welt organisiert – fanatisch, gerissen und tückisch bis zum Gehtnichtmehr!«

»Diese Einschätzung teile ich. Sie waren hervorragend organisiert, ideologisch gefestigt und zu fast allem fähig, was ihnen Einfluß auf die Politik verschaffte.«

»Wie würden sie selbst die Aktion einschätzen?«

»Welche Aktion denn?« fragte Dmitrij, und Bill erläuterte sein Konzept in Grundzügen. Der Russe hörte aufmerksam zu und überlegte seine Antwort gut. »Es würde ihnen gefallen«, erwiderte er schließlich, »aber Risiko und Einsatz sind nicht gering zu veranschlagen.«

»Was werden sie voraussichtlich für ihre Mitwirkung verlangen?«

»Geld und Sachleistungen, darunter Waffen, Sprengstoff – alles, was sie zur Durchführung der Aktion brauchen. Die gegenwärtige Zersplitterung hat ihre gesamte Logistik lahmgelegt. Auf diese Weise versucht die Friedenspartei zweifellos, diejenigen zu beherrschen, die nach wie vor für Gewalt eintreten. Sie schränken die Verfügbarkeit der Waffen ein. Unbewaffnet kann man keine Aktionen durchführen und verliert darum auch an Prestige. Wenn Sie ihnen die nötigen operativen Mittel bereitstellen, werden Sie ein offenes Ohr finden.«

»Geld?«

»Mit Geld sichert man die Infrastruktur. Vermutlich hat man der Fraktion, mit der wir verhandeln müssen, die regelmäßigen finanziellen Zuwendungen entzogen.«

»Und wo kamen die her?« wollte Brightling wissen.

»Das sind Gelder aus Spielclubs, Bordellen – und dem, was Sie ›Schutzgeld-Erpressung‹ nennen, stimmt's?«

»Richtig.« Henriksen nickte. »So haben sie ihr Geld verdient. Diese Quellen werden heute möglicherweise von Friedensbefürwortern kontrolliert.«

»Und an wieviel haben Sie gedacht, Dmitrij?«

»Mehrere Millionen Dollar sind das Minimum, würde ich meinen.«

»Die müssen sehr sorgfältig gewaschen werden«, warnte Bill ihren gemeinsamen Boß. »Dabei kann ich behilflich sein.«

»Sagen wir, fünf Millionen ...?«

»Das müßte reichen«, erwiderte Popov nach kurzem Nachdenken. »Dazu kommt der psychologische Reiz, den Löwen so nahe bei seiner Höhle beim Schwanz zu packen. Aber versprechen kann ich nichts. Diese Leute treffen ihre Entscheidungen selbst, und zwar aus wohlerwogenen Gründen.«

»Wie rasch könnten Sie ein Treffen arrangieren?«

»Innerhalb von zwei Tagen, vielleicht auch dreien, sobald ich in Irland bin«, erklärte Popov.

»Dann besorgen Sie sich das Flugticket.«

»Einer von ihnen hat sich verquatscht, bevor sie in den Kampf gezogen sind«, berichtete Tawney. »Sein Name war René. Vor seiner Abreise nach Spanien hat er mit einer Freundin geplaudert. Gestern hat sie sich, in einem Anfall von Gewissensnöten, freiwillig gemeldet. Die Polizei ist noch dabei, sie zu verhören.«

»Und?« fragte Clark.

»Das Ziel ihrer Aktion war es, Carlos zu befreien. Aber daß sie von irgendwem beauftragt worden wären, hat er ihr gegenüber nicht erwähnt. Im Grunde hat er gar nicht viel durchblicken lassen, obwohl beim Verhör der Name eines seiner Spießgesellen genannt wurde, wie mein französischer Kollege meint. Diesem Hinweis gehen sie gerade nach. Offenbar hat er dieser Frau vertraut. Zur Polizei ist sie gegangen wegen der kleinen Holländerin. Deren Tod war in der Pariser Presse ein großer Aufmacher, das hat sie offenbar wachgerüttelt. Angeblich hat sie versucht, ihm das Vorhaben auszureden – ich bin nicht sicher, ob ich ihr das glaube –, und er soll behauptet haben, er wolle darüber nachdenken. Offenbar hielt er sich nicht daran, aber die Franzosen fragen sich jetzt, ob jemand anderes ausgestiegen sein könnte. – Die üblichen Verdächtigen werden vorgeladen, und bei einem kleinen Plauderstündchen könnte sich das eine oder andere ergeben«, schloß Tawney zuversichtlich.

»Ist das alles?« fragte Clark.

»Es ist eigentlich schon recht viel«, bemerkte Peter Covington. »Wenigstens mehr, als wir gestern wußten, und unsere französischen Freunde können neuen Spuren nachgehen.«

»Mag sein«, brummte Chavez. »Aber *warum* haben sie das gemacht? Wer hat den Anschlag initiiert?«

»Gibt es was Neues von den vorigen zwei Fällen?« erkundigte sich Clark.

»Nicht den kleinsten Hinweis.« Tawney zuckte die Achseln. »Die Deutschen haben auf jeden Busch geklopft, der sich ihnen anbot. Man hat Wagen gesehen, die beim Fürchtner-Dortmundschen Haus vorgefahren sind, aber sie war eine Künstlerin und hat vielleicht potentielle Bilderkäufer empfangen. Abgesehen davon kamen keine Personenbeschreibungen oder auch nur Nummernschild-Angaben dabei heraus. Diese Spur führt ins Leere, es sei denn, es taucht jemand zufällig im Polizeirevier auf und gibt sachdienliche Hinweise.«

»Und ihre Bekannten?« hakte Covington nach.

Tawny winkte resigniert ab. »Sind alle vom BKA interviewt worden, ohne greifbare Ergebnisse. Hans und Petra waren nicht besonders gesprächig. Dasselbe gilt für Model und Guttenach.«

»Da ist irgendwas im Busch«, bemerkte Chavez. »Ich spüre das.«

»Ganz meine Meinung«, nickte Covington. »Aber der Trick besteht darin, herauszufinden, was!«

Clark runzelte mißbilligend die Stirn. Das Denkmuster war ihm vertraut. Man brauchte Informationen über das, was einem bevorstand, doch zugleich wollte man auch unter allen Umständen verhindern, daß es überhaupt passierte. Alles Mögliche flog einem zu, wenn man fest damit rechnete. So verrückt es klang, es war ganz simpel – besonders, wenn man wußte, daß es etwas gab, und man dringend heranwollte. Die winzigste erhellende Information konnte dazu führen, daß Rainbow eine nationale Polizeiaktion entfesselte, alle und jeden verhaften und stundenlang auf kleinem Feuer rösten ließ, bis herauskam, was man wissen mußte. Darin waren die Franzosen und die Deutschen die Weltmeister – bei ihnen gab es die rechtlichen Beschränkungen nicht, die Amerikaner und Engländer ihrer Polizei auferlegten. Aber so durfte man die Sache nicht ansehen; das FBI konnte bei Verdächtigten das Unterste zuoberst kehren, auch wenn man überführte Straftäter mit Samthandschuhen anfaßte. Wenn Terroristen einmal gefaßt waren, pflegten sie nach einer Weile auszupacken – abgesehen vielleicht von den Iren, wie John sich erinnerte. Einige machten keinen Mucks beim Verhör; nicht mal ihre eigenen Namen erfuhr man von denen. Allerdings gab es auch bei soviel Zugeknöpftheit Mittel und Wege. Wenn sie nicht auf polizeilichen Druck reagierten, konnte man ihnen Angst machen – vor dem Urteil Gottes, vor Schmerzen. Das klappte dann meistens … Aber zuerst mußte man denjenigen haben, der reden sollte. Das war die größte Hürde.

Als Feldoffizier der CIA war er oft genug in abgelegene, unbequeme Gegenden geschickt worden und hatte miterlebt, daß ihre Aktion zurückgepfiffen oder – schlimmer noch – aufgeschoben wurde, weil eine entscheidende Information fehlte oder verlorengegangen war. Aus demselben Grund hatten bereits drei Männer und eine Frau sterben müssen, an vier verschiedenen Orten hinter dem Eisernen Vorhang. Vier Menschen, die er persönlich kannte, waren von ihrem jeweiligen Vaterland zum Tode verurteilt worden. Ihr Kampf gegen die Tyrannei war letztendlich siegreich ausgegangen, aber sie hatten es nicht mehr erlebt, konnten die Früchte ihrer Tapferkeit nicht mehr genießen. Für Clark war es eine Ehrenpflicht, sie nicht zu vergessen; schon deshalb haßte er alle, die über Informationen verfügten, die er gebraucht hätte, um sie zu retten – aber nicht rechtzeitig bekommen konnte. Und hier war es im Grunde genommen das gleiche. Irgend jemand hatte diese Raubtiere aus ihren Schlupfwinkeln gelockt, und diesen Jemand wollte er sich vorknöpfen. Ihn oder sie zu finden hieß, eine Fülle von Namen, Telefonnummern und Adressen einzusammeln, sie den Polizeirevieren weltweit zu übergeben, um dem Terrorismusproblem, das noch immer wie ein Damoklesschwert über Europa hing, ein für allemal einen Riegel vorzuschieben. Und das wäre ihm weit lieber gewesen, als seine Truppen mit geladener Waffe in einen Kampf mit ungewissem Ausgang zu schicken.

Popov packte seine Koffer. Darin war er inzwischen sehr geübt. Er hatte gelernt, seine Hemden so zu stapeln, daß er sie ohne Knitterfalten wieder herausnehmen konnte – als KGB-Offizier war ihm das nie gelungen. Allerdings waren die Hemden auch teurer als damals, weshalb er sie pfleglich behandelte. Die Koffer waren das einzige, was noch an seine frühere Tätigkeit erinnerte, denn sie verfügten über allerlei Geheimtaschen und Seitenfächer, in denen er »alternative« Reisedokumente aufbewahrte. Diese führte er mittlerweile ständig mit sich. Falls es Schwierigkeiten geben sollte, wollte er sich rechtzeitig aus dem Staub machen, ohne Spuren zu hinterlassen. Und seine drei ungenutzten Identitäten mußten dafür genügen. Im allerschlimmsten Fall konnte er noch immer sein Berner Konto auflösen und nach Rußland zurückkehren, obwohl er für die Zukunft andere Pläne hatte. Hoffentlich vernebelte seine Geldgier nicht seinen Verstand. Fünf Millionen Dollar. Gelänge es ihm, sie für sich beiseitezubringen, hätte er die nötigen Rücklagen, um für den Rest des Lebens bequem auszukommen, an praktisch jedem Ort seiner Wahl, besonders, wenn er sie klug investierte. Doch wie sollte er die IRA um ihren Lohn betrügen, der den Leuten zustand? Na, das würde sich schon noch finden. Er schloß die Augen und dachte über seine Geldgier nach. Beeinträchtigte sie tatsächlich sein taktisches Geschick, sein rationales Urteil? Es war nicht leicht, die eigenen Motive objektiv einzuschätzen. Und es war umso schwerer, wenn man ein freier Mann war und keiner aus dem Heer der Agenten im Komitee für Staatssicherheit, der jeden einzelnen

Dollar, jedes Pfund und jeden Rubel seiner Spesen am Dserschinskiplatz 2 abrechnen mußte, vor den humorlosesten Leuten in einer ausgesprochen humorlosen Behörde.

Seine Gedanken beunruhigten ihn. Er mußte tapfer nach vorn blicken, als langjähriger Profi umsichtig jeden einzelnen Schritt absichern, sonst fingen ihn feindliche Geheimdienste ab, oder gar die Leute, mit denen er zusammentreffen sollte. PIRA, der provisorische Flügel der Irischen Republikanischen Armee, war als Terrororganisation so skrupellos wie jede andere in der Welt. Ihre Mitglieder konnten fröhliche Kumpels sein, wenn man mit ihnen trank – und sie waren nicht weniger trinkfest als die Russen –, aber ihre Feinde innerhalb und außerhalb der Organisation töteten sie erbarmungslos. Doch auch sie konnten einem Irrtum aufsitzen. Darin waren sie berechenbar, und das war gut für Popov. Er wußte, wie man mit ihnen umgeht. In der Vergangenheit hatte er mehrmals Gelegenheit gehabt, es zu lernen, sowohl in Irland als auch im Bekaa-Tal. Sie würden ihm schon nicht anmerken, wie gern er das für sie bestimmte Geld selbst einsackte, oder?

Als alles fertig gepackt war, schleppte Popov seine Koffer zum Aufzug und brachte sie nach unten, wo der Portier des Apartmenthauses ein Taxi nach La Guardia für ihn besorgte. Er würde zuerst nach Boston fliegen, und von dort mit der Aer Lingus nach Dublin. Immerhin brachte ihm die Arbeit für Brightling einen riesigen Flugkilometerbonus ein, wenn auch auf zu vielen verschiedenen Linien, um sich wirklich auszuzahlen. Aber stets reiste er Erster Klasse, was beim KGB damals nicht drin gewesen war. Dmitrij Arkadejewitsch lächelte versonnen, als er auf der Rückbank des Taxis saß. Er brauchte doch nur ganz offen und ehrlich mit der PIRA zu verhandeln. Wenn sich die Chance ergab, ihnen das Geld abzuluchsen, würde er es tun. Aber eins wußte er schon jetzt – der Aktion würden sie auf der Stelle zustimmen. Eine solche Gelegenheit ergab sich so schnell nicht wieder, und am nötigen Elan fehlte es der PIRA nicht.

Special Agent Patrick O'Connor überflog die Neuigkeiten, die ihm aus New York gefaxt worden waren. *Zeit* war das Hauptproblem bei der Fahnung nach Entführern. Die Ermittler konnten gar nicht schnell genug sein. Am Schlimmsten war es bei Kidnapping, wenn das Leben eines Menschen davon abhing, ob man rechtzeitig die nötigen

Erkenntnisse gewann und richtig deutete, bevor der Entführer sein widerwärtiges Spiel beendete, die Geisel umbrachte und sich eine neue suchte. Eine neue? Durchaus möglich in diesem Fall, denn es hatte keinerlei Lösegeld-Forderungen gegeben. Wer immer Mary Bannister von der Straße weg mitgenommen hatte, wollte offenbar kein Geld für sie. Nein, er würde sie als Spielzeug benutzen, vielleicht zur Befriedigung seiner sexuellen Vorlieben, bis er sie satt hatte und voraussichtlich töten würde. Deshalb glaubte O'Connor, das Rennen schon vor sich zu sehen, als sei er bereits in den Startlöchern und müsse gegen eine Stoppuhr antreten, über die ein Unbekannter bestimmte. Er hatte eine Liste von Miß Bannisters Bekannten und Kollegen in der Hand, seine Mitarbeiterinnen und Mitarbeiter würden sie alle einzeln verhören in der Hoffnung, einen Namen oder eine Telefonnummer zu erfahren, die sie in ihrer Suche ein Stück voranbrachten. Aber das hatte vermutlich keinen Zweck. Die junge Frau war wie viele andere nach New York gezogen in der Hoffnung, ihr Glück zu machen. Und viele fanden ja auch, was sie suchten. Doch diese hier aus einem Vorort von Gary, Indiana, kam her, ohne zu wissen, wie man sich in Großstädten durchschlägt; ihr fehlte der Überlebensinstinkt, den man einfach in der Achtmillionenstadt brauchte.

Außerdem war sie womöglich schon tot, mußte O'Connor im stillen zugeben, umgebracht von irgendeinem Unhold, der sie von der Straße weg entführt hatte. Und ihm waren die Hände gebunden, solange der Verrückte nicht identifiziert, verhaftet und hinter Schloß und Riegel war. Dann war zwar die Umwelt sicher vor ihm, aber sein Opfer, dessen Name auf dem Aktendeckel auf O'Connors Schreibtisch stand, wurde davon auch nicht mehr lebendig. Das war nun mal sein Schicksal als Polizist – alle konnte man nicht retten. Aber man konnte versuchen, ihnen Gerechtigkeit zu verschaffen – und das war immerhin ein lohnendes Ziel, dachte der Agent, als er sich den Mantel anzog und den Heimweg antrat.

Chavez nahm einen Schluck Guinness und blickte sich im Kasino um. Der Adler der Legion hing gegenüber der Theke an der Wand, und schon jetzt standen Gäste andächtig davor und berührten das Holz. Drei aus seiner Team-2-Mannschaft saßen am Ecktisch, tranken ihr Bier und schwatzten über das eine oder andere mit Peter Covingtons Leuten. Der Fernseher lief: Billardmeisterschaft, sollte das ein nationales Ereignis sein? wunderte sich Chavez. Danach kamen Nachrichten und das Wetter.

Schon wieder ein Bericht von El Niño, stellte er wutschnaubend fest. Früher nannte man das einfach *Unwetter*, aber irgendein verdammter Ozeanograph hatte entdeckt, daß sich der Warm-Kalt-Strom an den Küsten Südamerikas alle paar Jahre veränderte, und hier und da wirkte sich das auf das weltweite Klima aus. Schon war die Sensationspresse darüber hergefallen, offenbar entzückt, endlich ein neues Etikett auf Vorgänge zu kleben, die doch kein Mensch durchschaute. Jetzt hieß es auf einmal, der gegenwärtige Einfluß des El-Niño-Effekts sei schuld an den Hitzewellen, die Australien bedrohten.

»Mr. C, du bist alt genug, um es noch zu wissen. Wie hat man das genannt, bevor dieser Schwachsinn aufgekommen ist?«

»Man nannte es gewöhnlich heißes, kaltes oder veränderliches Wetter, oder man sagte, daß es anderntags heiß, kalt, sonnig oder regnerisch sei, und danach kamen die Ergebnisse der Baseball-Liga.« Daß die Wetterberichte damals weniger verläßlich waren, fügte Clark nicht hinzu. »Wie geht es Patsy?«

»Es sind noch ein paar Wochen, John. Sie hält sich ziemlich tapfer, aber sie ärgert sich natürlich, daß die Taille flöten geht!« Er warf einen Blick auf die Uhr. »In einer halben Stunde wird sie heimkommen. Sie teilt sich die Schicht mit Sandy!«

»Und – schläft sie auch genug?«

»Das geht in Ordnung. Ein bißchen aufgekratzt ist sie, wenn sich der kleine *hombre* tummelt, aber sie kriegt allen Schlaf, den sie braucht. Nur die Ruhe, John. Ich kümmere mich um sie. Freust dich wohl schon darauf, Opa zu werden?«

Clark nippte an seinem dritten Bier. »Ein weiterer Meilenstein auf dem Weg in die Grube, nehme ich an.« Dann kicherte er. »Ja, Domingo, ich freue mich drauf.« *Ich werde den kleinen Bastard verwöhnen, daß die Schwarte kracht, und wenn er zu kreischen anfängt, kriegst du ihn postwendend zurück!* »Und du? Bereit, Vater zu werden?«

»Damit komme ich schon zurecht, John. Kann das denn so schwer sein? Du hast's schließlich auch geschafft!«

Clark ignorierte die kleine Stichelei. »In ein paar Wochen schicken wir ein Team nach Australien.«

»Und mit welchem Auftrag?« fragte Chavez.

»Die Australier machen sich Sorgen wegen der Olympischen Spiele, und nach unseren erfolgreichen Einsätzen wollen sie, daß sich ein paar unserer Fachleute zusammen mit ihrem SAS um die Sicherheit kümmern.«

»Bringen's diese Typen?«

Clark nickte. »Anscheinend ja. Aber es kann nichts schaden, anderer Leute Meinung einzuholen, oder?«

»Wer geht mit?«

»Ich bin noch unschlüssig. Sie haben schon eine Beraterfirma verpflichtet, Global Security, Inc., die ein früherer FBI-Mann betreibt. Noonan kennt ihn, Henriksen heißt er oder so ähnlich.«

»Hatten sie denn je terroristische Anschläge da unten?« fragte Domingo.

»Keine größeren, wenn ich mich recht entsinne. Aber man denkt an München 1972, da warst du wohl noch zu jung, oder?«

Chavez schüttelte den Kopf. »Das kenne ich nur aus Büchern. Die deutschen Bullen haben damals vollkommen versagt, heißt es.«

»Stimmt schon. Niemand hatte sie davor gewarnt, daß man solchen Typen begegnen kann. Jetzt sind wir alle schlauer, nicht wahr? Damals wurde die GSG-9 ins Leben gerufen, und die kann sich sehen lassen.«

»Wie bei der *Titanic*, hm? Heute gibt's Rettungsbote in Hülle und Fülle, weil der Kahn nicht genug davon hatte.«

John nickte zustimmend. »So läuft das nun mal. Manchmal will die Lektion erst gelernt sein, bevor man den Durchblick hat, mein Sohn.«

»Ja, aber wie kommt's, daß die Schurken nie dazulernen?« fragte Chavez und leerte sein zweites Glas an diesem Abend. »Wir haben ihnen einige harte Lektionen erteilt, oder? Aber sollen wir deshalb uns selbst auflösen? Wohl kaum, Mr. C. Sie sind noch immer da draußen, und sie denken nicht daran, sich auf's Altenteil zu begeben, John. Kein bißchen haben sie begriffen.«

»Tja, ich an ihrer Stelle hätte es mittlerweile begriffen. Vielleicht sind sie dümmer als wir. Frag Bellow danach!« schlug Clark vor.

»Will's probieren.«

Popov döste langsam ein. Der dunkle Ozean lag jetzt tief unter ihm, und sein Geist flog der Aer Lingus 747 weit voraus und rief sich Gesichter und Stimmen der Vergangenheit ins Gedächtnis. Waren seine Vertrauensleute inzwischen vom britischen Sicherheitsdienst angeworben worden, würden sie ihn identifizieren oder womöglich ausliefern? Wohl kaum. Damals waren sie leidenschaftliche Kämpfer für ihre Sache gewesen. Aber ganz sicher war man nie. Er selbst hatte mehr als genug dafür getan, solchen Leuten den Schneid abzukaufen, sie umzudrehen, zu Verrätern ihres Vaterlands zu machen, oft nur für einen geringen Lohn. Wieviel leichter war es, einen Ausländer und Atheisten wie ihn auszuliefern, der ihnen Gleiches angetan hatte? Und wenn seine Kontaktleute die Vergeblichkeit ihres Tuns eingesehen hatten? Daß sich Irland, allen Bestrebungen zum Trotz, nimmermehr zum Marxismus bekehren lassen würde? Es gab nur noch wenige kommunistische Staaten, obwohl noch immer Gelehrte in aller Welt den Worten und Ideen von Marx und Engels und selbst Lenins anhingen. Idioten. Und selbst die Dummköpfe, die behaupteten, der Kommunismus sei lediglich im falschen Land ausprobiert worden, Rußland sei einfach viel zu rückständig, um diese wundervolle Utopie zu verwirklichen, starben nicht aus.

Ihm rang diese Ansicht nicht mehr als ein ironisches Grinsen und ein Kopfschütteln ab. Einst war er ein Teil jener Organisation gewesen, die als Schwert und Schild der Partei galt. Er war auf die Akademie gegangen, hatte alle politischen Schulungen absolviert und alles nachgebetet, was seine Lehrer von ihm hören wollten. So hatte er sich Respekt und gute Noten verschafft; nur wenige aus dem Lehrkörper glaubten selbst an das Geschwafel, das sie von sich gaben, aber keiner hatte den Mut gefunden, die eigenen Gedanken auszusprechen. Es war erschütternd, wie lange sich eine Lüge hielt, und Popov erinnerte sich noch gut, wie es ihn selbst überraschte, als die rote Fahne vom Mast auf dem Spasskaja-Tor des Kreml heruntergeholt wurde. Nichts, so schien es, war langlebiger als eine verkehrte Idee.

24

GEWOHNHEITEN

Einer der Unterschiede zwischen Europa und Amerika war, daß die Länder der Alten Welt Fremde aufrichtig willkommen hießen, während die USA bei aller Gastfreundschaft Fremden das Betreten des Kontinents außerordentlich erschwerten. Die Iren dagegen errichteten keine Sperren, wie Popov bemerkte, als sein Paß gestempelt wurde und er sein Gepäck zu einer »Kontrolle« brachte, die so flüchtig verlief, daß der Inspektor hinterher wohl nicht einmal mehr wußte, ob der Reisende männlichen oder weiblichen Geschlechts war. Anschließend trat Dmitrij Arkadejewitsch nach draußen und winkte sich ein Taxi zum Hotel heran. Er hatte sich ein Einzelzimmer mit Blick auf eine große Ausfallstraße reserviert. Nach seiner Ankunft entkleidete er sich und legte sich noch ein paar Stunden hin; erst danach wollte er den ersten Anruf tätigen. Sein letzter Gedanke vor dem Einschlafen in der Morgensonne galt der Telefonnummer, die sich hoffentlich ebensowenig geändert hatte wie ihr Inhaber. Wenn es Schwierigkeiten gab, war er der Ortspolizei eine Erklärung schuldig, aber er hatte sich auch für diesen Notfall eine Geschichte zurechtgelegt. Keine Tarnung war perfekt, aber seine würde in diesem Fall ausreichen, einen Menschen zu schützen, der sich auf dem Gebiet der Republik Irland nichts hatte zuschulden kommen lassen.

»Fallschirmjäger, nicht zu knapp ...«, sang Vega auf den letzten anderthalb Kilometern, »... springen von dem Vogelsterz ab!«

Es überraschte Chavez, daß ein so bulliger Mann wie First Sergeant Vega beim Laufen nicht ins Schwitzen kam. Er war gut dreißig Pfund schwerer als jeder andere im Team-2. Auch sein Brustumfang war größer; er mußte sich seine Jogginghemden maßschneidern lassen. Doch trotz seiner gewaltigen Ausmaße hatten ihn seine Beine nie im Stich gelassen. Und deshalb war er beim Morgenlauf wie immer vorneweg ... Vier Minuten noch bis zur Ziellinie, auf die sie sich alle freuten, auch wenn es keiner zugeben wollte.

»Tempo – *runter!*« rief Vega, als er die gelbe Linie überquerte, und alle verlangsamten ihren Lauf zu den üblichen einhundertzwanzig Schritten pro Minute. »Links, links, links, und links und rechts und links und rechts!« Eine halbe Minute später kam: »Das Kommando – *halt!*« Und alle blieben stehen. Ein Keuchen von den zwei oder drei, die am Vorabend ein bißchen zu tief ins Glas geschaut hatten, mehr nicht.

Chavez nahm die Befehlsstellung vor den zwei Reihen ein. »Abtreten«, kommandierte er, und Team-2 marschierte geschlossen in die Halle, um zu duschen, nachdem sie für heute ihre Muskeln genug angestrengt und gedehnt hatten. Später würden sie während einer

Manöverübung noch einige Runden im Schützenhaus drehen. Allmählich wurde es langweilig, denn sie hatten mittlerweile so ziemlich alle denkbaren Situationen bei Geiselrettungsaktionen durchgespielt. Ihre Treffsicherheit war beinahe perfekt. Ihre physische Kondition war perfekt. Und die Stimmung der Männer war so gut, daß sie schon unruhig wurden. Sie konnten sich auf ihre Fähigkeiten verlassen, die sie bereits im Einsatz gezeigt hatten, wo sie mit richtigen Kugeln auf echte Ziele schossen. Selbst damals, als er bei der 7. Leichten Infanteriedivision diente, hatte er nicht soviel Vertrauen in seine Männer gesetzt. Inzwischen waren sie so weit, daß der britische, auf eine stolze Tradition zurückblickende SAS, der den Rainbow-Männern anfangs mit großer Skepsis begegnet war, sie in seinem Kasino willkommen hieß und zugab, daß selbst er noch etwas von ihnen lernen konnte. Und *das* wollte wirklich etwas heißen, denn der SAS galt weltweit als führend bei Sondereinsätzen.

Ein paar Minuten später trat Chavez geduscht und angekleidet in den Truppenraum. Dort saßen seine Männer an ihren Schreibtischen, studierten die Geheimdienstakten von Bill Tawneys Abteilung, verglichen Fahndungsfotos, von denen manche im Computer nachgebessert worden waren, um das aktuelle Alter zu berücksichtigen. Die Programme zeigten fast täglich bessere Ergebnisse. Ein Bild, aus einem bestimmten Blickwinkel aufgenommen, konnte gedreht werden, bis es als Porträt von vorn erschien. Und die Männer musterten jede Aufnahme so eindringlich wie die Fotos ihrer eigenen Kinder, nahmen alle Informationen über Aufenthaltsort und Identität der Gesuchten auf, über deren potentiellen Freundeskreis, oder was man sonst noch wußte. Für Chavez war das reine Zeitverschwendung, aber man konnte schließlich nicht den ganzen Tag rennen oder schießen, und sich die Gesichter einzuprägen war kein Fehler. Schließlich hatten sie Fürchtner und Dortmund auf diese Weise identifiziert, als sie noch auf dem Weg nach Wien waren.

Hauptfeldwebel Price brütete über dem Etatplan, den er Ding zur genaueren Analyse auf den Schreibtisch weiterreichen würde, damit sein Boß Ausgaben begründen und für die eine oder andere Idee weitere Ausbildungsmittel beantragen konnte. Tim Noonan beschäftigte sich mit den allerneuesten elektronischen Spielzeugen. Und Clark stand offenbar, jedenfalls schien es so, ständig im Finanzierungs-Wettbewerb mit dem CIA und anderen US-Behörden. Chavez spürte, daß sie sich nicht aufreiben lassen durften. Rainbow war von Anfang an gut abgesichert gewesen – der persönliche Einsatz des Präsidenten hatte nicht geschadet –, und die bisherigen Erfolge bescheinigten den Geldgebern Verläßlichkeit. In zwei Stunden würden sie ihre tägliche Ration von zweihundert Patronen und SMG-Munition aufbrauchen, danach kam die Simulationsübung ... wieder ein Tag voller Routineaktivitäten. »Routine« bedeutete für Ding oft »langweilig«, aber das war nicht zu ändern, und es war hier weit weniger langweilig als bei Außeneinsätzen bei der CIA, bei denen er meist stundenlang auf ein Treffen warten oder endlose Formulare für die Bürokraten in Langley ausfüllen mußte, die sich jeden Furz ausführlich schildern ließen, weil – na, weil das nun mal zu den Spielregeln gehörte. Regeln, die bestenfalls von Leuten vertreten wurden, die früher im Außendienst waren, aber eine Generation vor ihnen, und die immer noch glaubten, sie wären über alles orientiert. Schlimmstenfalls hatten die Leute keinerlei Ahnung und waren aus eben diesem Grund noch lästiger. Wie konnte eine Regierung, die täglich viele Milliarden zum Fenster hinauswarf, bei ein-, zweitausend Dollar derart knickerig sein? Daran würde sich wohl nie etwas ändern, dachte Chavez.

Oberst Malloy hatte mittlerweile sein eigenes Büro im Hauptquartier bezogen, nachdem er zum Divisionskommandeur bei Rainbow ernannt worden war. Als Stabsangehöriger im US-Marinekorps war er den Hierarchie-Blödsinn gewohnt und überlegte sich, ob er sich zum Zeitvertreib eine Darts-Zielscheibe an die Wand hängen sollte. »Arbeit« hieß für ihn, seinen Hubschrauber zu fliegen – den er eigentlich gar nicht hatte, wie ihm jetzt dämmerte, denn der, den man ihm zugeteilt hatte, wurde zur Zeit generalüberholt. Die bisherige Armatur wurde gegen eine modernere ausgewechselt, wodurch er besser steuern konnte; wie sich das genau auswirken würde, wußte er noch nicht, aber es könnte demnächst wichtig werden, besonders für die Zivilfirma, die das Armaturenbrett erfunden und hergestellt hatte.

Es hätte schlimmer kommen können. Seiner Frau und den Kindern gefiel es hier, und Malloy fühlte sich auch ganz wohl. Ein Job, der weniger gefährlich war und mehr Intelligenz erforderte. In der Pilotenkanzel eines Hubschraubers fühlte man sich mit der Ausrüstung für Sondereinsätze seines Lebens einigermaßen sicher. Stromführende Oberleitungen waren das einzige, wovor er sich in acht nehmen mußte, denn Rainbow operierte hauptsächlich in bewohnten Gebieten, und in den letzten zwanzig Jahren waren weltweit mehr Hubschrauber durch Verheddern in Stromleitungen abgestürzt als durch irgendwelche Fliegerabwehrkanonen. Sein MH-60 K hatte keine Kabelschneider, und er hatte sich deshalb schon beim Kommandanten der 24. Spezialkommando-Schwadron beschwert. Der hatte ihm unbeeindruckt sechs Fotokopien gleichlautender Hausmitteilungen zum gleichen Thema, die er an seine Vorgesetzten gerichtet hatte, zurückgefaxt. Überdies hatte er erklärt, sein Experte im Pentagon arbeite an einer Verbesserung der vorhandenen Maschinen, was – wie Malloy argwöhnte – einen Beratervertrag in Höhe von mindestens 300 000 Dollar implizierte, die irgendein Beltway-Bandit dafür erhielt, daß er so etwas schrieb wie *Prima Idee!*, eingewickelt in vierhundert Seiten verblödender Bürokratenprosa, die kein Mensch lesen, die aber für alle Zeiten in irgendein Archiv eingesargt würde. Die Verbesserung kostete insgesamt bloß dreitausend Dollar an Ersatzteilen und Arbeitsstunden, wobei die Arbeit von einem Sergeanten durchgeführt werden konnte, der sowieso bei der Luftwaffe festangestellt war – ob er nun für sein Geld etwas tat oder im Mannschaftsraum im *Playboy* schmökerte. Aber so waren nun mal die Spielregeln, und sie waren unumstößlich. Und wer weiß, in einem Jahr würde der Night Hawk vielleicht mit Kabelschneidern an den Rotorblättern ausgestattet sein.

Malloy verzog das Gesicht und sehnte sich nach seinen Dart-Pfeilen. Die Geheimdienstberichte brauchte er sich nicht anzuschauen. Die Gesichter bekannter oder verdächtiger Terroristen nutzten ihm nichts. Dieser Job blieb den Schützen überlassen; und ob Divisionskommandeur oder nicht, er war nicht mehr und nicht weniger als ihr Taxifahrer. Wie gesagt, es hätte schlimmer kommen können. Wenigstens konnte er seinen »Sack« tragen, wie er die Pilotenkleidung nannte. Und nach seiner Ernennung konnte er, wie manche meinten, Kommandant der VMH-1 werden und demnächst vielleicht den Präsidenten selbst durch die Lüfte kutschieren. Das wäre die langweiligste, aber karrierefördernste Lösung. Sein alter Freund Oberst Hank Goodman würde schon nicht gekränkt sein, nur weil er auf der Starliste erschienen war. Das kam selten genug bei Helikoptern vor, denn die Flugzeugträger-Manöver, an denen Hubschrauberpiloten vor allem teilnahmen, wurden von Piloten in speziell armierten Kampfbombern durchgeführt. Um die Zeit bis zum Mittagessen zu überbrücken, nahm Malloy sich das Handbuch des MH-60 K vor und lernte zusätzliche Informationen über die technischen Funktionen auswendig. Gleichzeitig rief er sich einige Daten über die Leistung der Maschine ins Gedächtnis, was normalerweise die Aufgabe eines Ingenieuroffiziers war – oder seines Crewleiters, Sergeant Jack Nance.

Das erste Treffen fand in den öffentlichen Grünanlagen statt. Popov hatte kurz vor Mittag sein Telefonbuch konsultiert und die Nummer eines gewissen Patrick X. Murphy angerufen.

»Hallo, Joseph Andrews hier. Ich möchte gern Mr. Yates finden«, hatte er in den Hörer geflüstert.

Am anderen Ende der Leitung war es erst einmal still, da der Mann fieberhaft nach dem Losungswort suchte. Es war schon lange her, doch nach einer Weile fiel es ihm wieder ein.

»Ach ja, Mr. Andrews. Wir haben schon lange nichts mehr von Ihnen gehört.«

»Ich bin heute früh erst in Dublin eingetroffen und freue mich, ihn wiederzusehen. Wann kann ich ihn treffen?«

»Wie wär's mit heute nachmittag?« Anschließend erhielt er die Instruktionen.

Hier saß er nun auf der vereinbarten Bank unfern einer Eiche, im Regenmantel und breitrandigen Hut, ein Exemplar der *Irish Times* in der rechten Hand. Die Wartezeit verkürzte er sich, indem er die Zeitung las. Was in der Welt vorgefallen war, unterschied sich nicht groß von den CNN-Nachrichten gestern abend in New York … Seit dem Niedergang der Sowjetunion hatte die internationale Politik an Interesse verloren, und er fragte sich, wie die Herausgeber großer Tageszeitungen darauf reagierten. Allerdings schlachteten die Völker in Ruanda und Burundi einander noch immer ab, und die Iren diskutierten bereits, ob sie Soldaten ihrer Armee als Friedenstruppe dorthin entsenden sollten. Ist das nicht merkwürdig? dachte Popov. Da schafften sie es nicht mal, Frieden im eigenen Land zu halten, und wollten anderswo dafür sorgen?

»Joe!« rief eine fröhliche Stimme irgendwo hinter ihm. Er blickte auf und erkannte den strahlend grinsenden Mann, der jetzt Mitte Vierzig war.

»Hallo, Patrick!« grüßte Popov zurück, stand auf und schüttelte ihm die Hand. »Wie lange ist das jetzt her!« Äußerst lange, denn er kannte seinen ›alten Kumpel‹ gar nicht, auch wenn sie sich jetzt umarmten, als seien sie die besten Freunde. Gemeinsam wanderten sie zur O'Connell Street, wo ein Wagen wartete. Popov und sein neuer Freund setzten sich auf die Rückbank, und der Fahrer fuhr sofort los, nicht besonders schnell und beim mehrmaligen zufälligen Abbiegen regelmäßig den Rückspiegel kontrollierend. »Patrick« im Heck sah sich nach Hubschraubern um. Diese PIRA-Soldaten wären wohl nicht so alt geworden, dachte Popov, wenn sie weniger vorsichtig vorgingen. Was ihn betraf, so lehnte er sich zurück und entspannte sich. Er hätte die Augen schließen können, wollte aber seine Gastgeber nicht allzusehr vor den Kopf stoßen. Statt dessen starrte er unverwandt geradeaus. Er war nicht zum ersten Mal in Dublin, doch außer ein paar größeren Monumenten erinnerte er sich kaum noch an die Stadt. Seine jetzigen Auftraggeber würden das kaum glauben wollen, von Geheimagenten wurde ein geschultes fotografisches Gedächtnis erwartet – mit Recht, aber auch das hatte seine Grenzen. Nach einer vierzigminütigen Odyssee erreichten sie ein Kaufhaus, in dessen Hinterhof sie einbogen. Dort parkten sie vor einer nackten Steinmauer und betraten das Gebäude durch den Lieferanteneingang.

»Josef Andrejewitsch«, grüßte eine ruhige Stimme im Dunkeln. Dann tauchte das Gesicht auf.

»Wir haben uns lange nicht gesehen, Sean!« Popov trat einen Schritt vor und streckte den Arm aus.

»Elf Jahre und sechs Monate, um genau zu sein.« Sean Grady nahm seine Hand und schüttelte sie herzlich.

»Eure Geheimhaltung funktioniert exzellent«, grinste Popov. »Ich habe keine Ahnung, wo wir sind!«

»Man kann nicht vorsichtig genug sein, Josef.« Grady winkte ihn heran. »Bitte hier entlang, ja?«

Grady führte ihn in ein kleines Hinterzimmer der Lagerhalle, das mit einem Tisch und ein paar Stühlen möbliert war. Tee wurde gerade aufgebrüht. Die Iren waren gastfreundlich wie eh und je; Dmitrij Arkadejewitsch zog den Mantel aus und warf ihn über einen Lehnsessel. Dann setzte er sich.

»Was können wir für Sie tun?« fragte Grady. Er näherte sich den Fünfzig, doch seine Augen strahlten noch jugendlich, wenn sein intensiver Blick auch nüchtern und leidenschaftslos wirkte.

»Bevor wir dazu kommen, wie steht's bei euch, Sean?«

»Könnte besser sein«, gab Grady zu. »Einige unserer Ex-Genossen in Ulster haben sich freiwillig der britischen Krone unterworfen. Leider teilen viele ihre Ansichten, aber wir arbeiten daran, die übrigen von einer realistischeren Sicht zu überzeugen.«

»Danke«, nickte Popov dem Unbekannten zu, der ihm eine Tasse Tee reichte. Er nahm einen Schluck, bevor er weitersprach. »Sie wissen, daß ich mich immer für Ihre Ziele stark gemacht habe, Sean. Schon damals im Libanon, als wir uns kennengelernt haben. Daß ihr noch fest zu eurer Überzeugung steht, wundert mich nicht. Schade nur, daß so viele von euch klein beigeben.«

»Der Krieg dauert schon lange, Josef, und ich fürchte, nicht alle können mit demselben Eifer kämpfen wie damals. Bedauerlich, aber nicht zu ändern!« Seine Stimme war kühl und emotionslos, die Miene eher nichtssagend. Er hätte einen guten Geheimagenten abgeben können, dachte der Russe, schon weil er kein Gefühl preisgab, nicht einmal Befriedigung über eine geglückte Aktion. Als sie sich das letztemal getroffen hatten, war er noch ein wenig leidenschaftlicher gewesen, da hatte er zwei britische SAS-Kommandos gefoltert und getötet, die kurzzeitig nicht aufgepaßt hatten. Sean Grady hatte zweimal das schwierigste Ziel erreicht – allerdings auf Kosten eines blutigen Rachefeldzugs der britischen Eliteeinheit gegen Gradys eigene PIRA-Zelle. Der SAS hatte nicht weniger als acht seiner engsten Vertrauten auf dem Gewissen. Vor sieben Jahren hatte er Grady selbst knapp verfehlt, weil sein Wagen schlappmachte, als er sich auf dem Weg zu einem konspirativen Treff befand – den der SAS auffliegen ließ, wobei drei führende PIRA-Offiziere umkamen. Der Sicherheitsdienst hatte gewiß schon Hunderttausende ausgegeben, um Grady ausfindig zu machen und bei einer Verhaftungsaktion zu erschießen. Wie alle Geheimaktionen konnte auch dieses Spiel für die Teilnehmer tödlich werden – besonders für die Revolutionäre. Und jetzt ließ ihn seine eigene Führung im Stich, jedenfalls nach Gradys Meinung. Dieser Mann würde nie Frieden mit den Engländern schließen. Dafür war er seinem Weltbild allzu fest verhaftet, auch wenn es längst verjährt und fragwürdig war. Josef Wissarionowitsch Stalin hätte ein ähnliches Gesicht aufgesetzt, den gleichen unnachgiebigen Eifer an den Tag gelegt und die gleiche Kompromißlosigkeit in strategischen Fragen.

»Es gibt ein neues Anti-Terror-Kommando, das in England operiert«, berichtete Dmitrij.

»Ach ja?« Grady wußte nichts davon und reagierte überrascht.

»Es nennt sich Rainbow, wurde von Briten und Amerikanern ins Leben gerufen. Sie waren es, die zuletzt im Worldpark, in Wien und Bern eingegriffen haben. In eurer Angelegenheit sind sie noch nicht aktiv geworden, aber das wird wohl über kurz oder lang geschehen.«

»Was wissen Sie von dieser Einheit?«

»Eine ganze Menge.« Popov übergab ihm ein getipptes Manuskript, das Grady studierte.

»Hereford«, murmelte Grady. »Wir haben schon Kundschafter dort gehabt. Aber diesen Stützpunkt anzugreifen dürfte nicht leicht sein.«

»Ich weiß, Sean. Aber es gibt Schwachstellen anderswo, und bei sorgfältiger Planung könnten wir der Operation Rainbow einen kräftigen Dämpfer versetzen. Frau und Tochter des Kommandanten, eines Amerikaners namens John Clark, arbeiten im nahegelegenen Gemeindekrankenhaus. Sie wären der Köder für die Aktion ...«

»Köder?« hakte Grady nach.

»Genau, Sean.« Dann begann Popov, den Aktionsplan zu schildern. Grady gab sich erwartungsgemäß unbeeindruckt, aber zwei seiner Leute begannen unruhig zu werden und Blicke zu wechseln, bis ihr Anführer zum Schluß das Wort ergriff.

»Sie verlangen, daß wir ein großes Wagnis eingehen, Oberst Seroff.«

Dmitrij nickte. »Ich weiß. Jetzt ist es an euch, zu entscheiden, ob ihr das Risiko eingehen wollt.« Popov brauchte den IRA-Führer nicht daran zu erinnern, daß er ihnen schon mehrmals aus der Patsche geholfen hatte. Ebensowenig mußte er betonen, daß diese Aktion, wenn sie Erfolg hatte, nicht nur Grady in der PIRA-Kommandozentrale ganz nach oben katapultieren, sondern auch den Friedensprozeß zwischen der britischen Regierung und dem ›offiziellen‹ Flügel der IRA nachhaltig beeinträchtigen würde. Wenn Grady den SAS und andere Eliteeinheiten auf ihrem eigenen Terrain zu demütigen vermochte, würde er berühmt werden wie kein anderer irischer Revolutionär seit 1920. Das war seine Achillesferse, dachte Popov. Der Fanatismus machte diese Leute zu Geiseln ihres Egos, ihrer Vision, nicht nur ihrer politischen Ziele, sondern auch ihres Charakters.

»So leid es mir tut, Josef Andrejewitsch, aber uns fehlen die Mittel, eine solche Aktion auch nur in Betracht zu ziehen.«

»Das verstehe ich gut. Was verlangen Sie, Sean?«

»Mehr als Sie mir bieten können.« Aus eigener Erfahrung, und aus Gesprächen mit Terroristen überall in der Welt, wußte Grady, wie knapp der KGB damals bei Kasse war. Doch nun sollte er eine weitere Überraschung erleben.

»Fünf Millionen US-Dollar, auf einem Schweizer Konto mit Losungswort«, bot Popov gleichmütig an, und jetzt ließ Grady doch eine Gefühlsregung erkennen. Er blinzelte und ließ ganz leicht die Unterlippe hängen, als wollte er widersprechen, bevor er sich zusammenriß und schwieg.

»Sechs«, warf Grady ein, nur um die Verhandlung selbst zu kontrollieren.

Popov war ganz zufrieden damit. »Also gut – wenn's sein muß, könnte ich auch sechs Millionen bieten. Wann muß das Geld da sein?«

»Wie schnell können Sie es beschaffen?«

»In einer Woche, glaube ich. Wie lange braucht ihr für die Vorbereitungen?«

Grady überlegte einen Augenblick. »Zwei Wochen.« Er kannte das Gelände rings um Hereford ganz gut. Daß er in früheren Jahren nicht imstande gewesen war, einen Angriff durchzuführen, hatte ihn daran gehindert, diesen Traum weiterzuverfolgen. Natürlich mußte er seine Informationen auffrischen. Er hatte bereits versucht, den SAS auszukundschaften, doch SAS-Leute redeten nicht viel über ihre Aktionen, auch hinterher nicht, nicht einmal unter ihresgleichen. Ein paar Fotos mit versteckter Kamera waren entstanden, die aber wenig hergaben. Was sie in Wahrheit brauchten – und damals nicht hatten –, waren entschlossene Mitstreiter, die ein immenses Risiko auf sich nahmen, und Geld, um sich die nötige Ausrüstung zu verschaffen. Jetzt hatten sie beides.

»Eine Frage noch«, ließ sich Grady vernehmen.

»Ja?«

»Wie gut sind Ihre Kontakte zu Drogenhändlern?« wollte Grady wissen.

Jetzt war Popov schockiert, auch wenn er sich nichts anmerken ließ. Wollte Grady Drogen verkaufen? Dann hätte sich das Ethos der PIRA-Kämpfer stark gewandelt. In ihrer Frühzeit hatten sich die Terroristen bei ihren irischen Mitbürgern dadurch profilieren wollen, daß sie Dealer kidnappten oder ihnen die Knie zerschossen. War es jetzt damit vorbei?

»Einige indirekte Beziehungen könnte ich eventuell spielen lassen. Was braucht ihr denn?«

»Kokain. In großen Mengen, so rein wie möglich.«

»Um es hier zu verkaufen?«

»Allerdings. Geld stinkt nicht, Josef«, unterstrich Grady. »Wir brauchen regelmäßige Einkünfte, um aktionsfähig zu bleiben.«

»Versprechen kann ich nichts, aber wir wollen sehen.«

»Gut. Sagen Sie mir Bescheid, wenn das Geld da ist. Sobald wir darüber verfügen, lasse ich Sie wissen, ob die Aktion durchführbar ist und ob wir sie durchführen können.«

»Waffen?«

»Sollte kein Problem sein«, versicherte Grady.

»Ich brauche eine Telefonnummer für den Rückruf.«

Grady nickte, nahm einen Notizblock vom Tisch und schrieb ihm die Nummer auf. Offenbar eine Handy-Nummer. Der Russe steckte den Zettel ein. »Das sollte fürs erste reichen. Einverstanden?«

»Doch, durchaus.« Popov erhob sich. Man begleitete Popov aus dem Gebäude und in den Wagen zurück. Dieses Treffen war ein guter Anfang, dachte Dmitrij auf dem Rückweg ins Hotel.

»Das ist ein Himmelfahrtskommando, Sean!« warnte Roddy Sands, der im Lagerhaus zurückgeblieben war.

»Nicht, wenn wir die Situation im Griff behalten«, gab Grady zurück. »Wenn wir die Mittel bekommen, können wir's schaffen. Wir müssen vorsichtig sein und schnell handeln. Aber unmöglich ist es nicht.« *Und wenn wir es schaffen*, fuhr Grady im stillen fort, *würde die Bewegung erfahren, wer den Interessen des irischen Volkes wahrhaft dient.* »Wir brauchen ungefähr fünfzehn Mann. Und die bekommen wir zusammen, Roddy.« Damit stand Grady auf und verließ das Hinterzimmer, durchquerte die Lagerhalle und verließ das Gebäude. Er sah sich kurz um und bestieg den Wagen, der ihn in seinen Unterschlupf zurückbrachte. Die Arbeit, die jetzt vor ihm lag, erledigte er mit Vorliebe allein.

Henriksen versammelte seinen Stab um sich. Zehn erfahrene Leute hatte er ausgewählt, allesamt vertraut mit dem Projekt. Der wichtigste von ihnen war Wilson Gearing, ehemals Oberstleutnant beim Chemiewaffenkorps der US-Army. Als gewiefter Experte für chemische

Kampfstoffe kam ihm die Rolle des »Brunnenvergifters« zu. Die übrigen wirkten als Berater der Polizeieinheiten mit, erklärten ihnen umständlich, was sie sowieso schon wußten – der guten alten Faustregel folgend, daß Experten grundsätzlich von auswärts kommen mußten. Der australische SAS würde sich höflich alles anhören und sich vielleicht auch das eine oder andere merken, besonders wenn seine Leute das Sprechfunksystem von E-Systems mitbringen und Dick Voss die Australier darauf trainieren würde. Die neuen Geräte für Elitekommandos und SWAT-Polizisten waren ein Geschenk des Himmels. Damit konnten seine Leute mit ihren Spezialpässen frei durch alle Kontrollstellen spazieren, sogar bis zu den Rennstrecken und Spielflächen des riesigen Stadions. Sie konnten sich die Olympiade aus nächster Nähe ansehen, für seine Leute ein besonderes Zusatzvergnügen, denn manche unter ihnen waren echte Sportfans und wollten sich diese letzten Spiele nicht entgehen lassen.

Es waren seine besten Leute, handverlesen, und das Reisebüro seiner Firma hatte bereits Flüge und Hotels gebucht – letztere in Abstimmung mit der australischen Polizei, die für den Zeitraum der Olympiade einen ganzen Block von Hotelsuiten in Stadionnähe angemietet hatte. Henriksen fragte sich, ob die Medien über seine Firma berichten würden. Normalerweise hätte er darauf gedrungen, schon um der Werbung willen, aber diesmal nicht. Schließlich würde seine Firma ja künftig keine Werbung mehr nötig haben.

Die Bauarbeiten an der Anlage waren abgeschlossen. Stolz musterte Hollister die Gebäude, Straßen und Parkplätze, auch den Behelfsflughafen, deren Errichtung er hier in Kansas beaufsichtigt hatte. Am Schluß hatte es wie üblich ein Hickhack wegen der letzten Kleinigkeiten gegeben, doch die Subunternehmer hatten auf seine Beanstandungen sofort reagiert, denn alle Verträge enthielten Pünktlichkeitsbonusse.

Der Firmenwagen hielt neben seinem Jeep mit Vierradantrieb, und Hollister blickte sich überrascht um. Der Typ, der da aus dem Fond kletterte, war der Boß selbst, John Brightling höchstpersönlich! Er war dem Vorstandsvorsitzenden des Unternehmens nie begegnet, obwohl er ihn dem Namen nach kannte und ihn ein- oder zweimal im Fernsehen gesehen hatte. Offenbar war er heute früh in einem seiner Firmenjets hergeflogen. Irgendwie enttäuschte es den Bauleiter, daß er nicht die Zufahrtsstraße als Landebahn benutzt hatte, die für seinen Gulfstream vollkommen ausgereicht hätte.

»Mr. Hollister, nehme ich an?«

»Jawohl, Sir.« Er nahm die dargebotene Rechte und schüttelte sie. »Heute ist alles fertig geworden, Sir!«

»Dann haben Sie Ihr Versprechen um zweieinhalb Wochen unterboten«, bemerkte Brightling.

»Nur weil das Wetter mitgespielt hat. Dafür kann ich mich nicht rühmen.«

Brightling lachte. »Dürfen Sie aber!«

»Das Umweltsystem war die schwierigste Nuß, die wir zu knacken hatten. Vorsichtsmaßnahmen von diesem Ausmaß habe ich noch nie gesehen. Wozu all der Aufwand, Dr. Brightling?«

»Weil einige von den Stöffchen, mit denen wir arbeiten, komplette Isolierung von der Außenwelt erfordern. Stufe vier, wie wir in unserer Branche sagen. Hochgefährliches Laborzeugs, mit dem wir ganz vorsichtig umgehen müssen, wie Sie sich denken können. Wir müssen uns an die Bundesgesetze halten.«

»Aber im gesamten Baukomplex?« wunderte sich Hollister. Ihm war, als hätte er ein U-Boot konstruiert oder eine Raumstation. Kein größeres Gebäude wurde normalerweise völlig luftdicht versiegelt. Dieses hier schon, weshalb er bei jedem einzelnen Bauelement Luftdrucktests durchführen mußte, was seine Fensterkonstrukteure fast zum Wahnsinn trieb.

»Wir wollten das nun mal so.«

»Ist ja auch Ihr Haus, Doc«, räumte Hollister ein. Allein diese Anforderung hatte das Projekt um fünf Millionen Dollar verteuert, Arbeitskosten, die hauptsächlich in den Fenstern steckten. So sehr ihnen die Detailarbeit auf die Nerven ging, für den Extrabonus nahmen es die Glaser gern in Kauf. Nicht einmal die alte Boeingwerft unten an der Straße nach Wichita hatte soviel Feinarbeit verlangt. »Aber Sie haben sich auch 'ne schöne Gegend ausgesucht.«

»Herrlich, nicht wahr?« Ringsum war das Land mit wogendem Weizen bedeckt. Von fern sah man landwirtschaftliche Geräte am Werk, die zum Düngen und Jäten der Felder eingesetzt wurden. Die Anlage verfügte sogar über eine eigene, komplett eingerichtete Bäckerei, um Brot zu backen. Womöglich aus dem Weizen, der hier angebaut wurde, dachte Hollister. Diese Frage hatte er sich noch nie gestellt. Die Farmen waren gleichzeitig mit den Grundstücken erworben worden, darunter auch Viehweiden für die Aufzucht von Rindern und weiteres Ackerland, auf dem Gemüse wuchs. Auf dem gesamten Komplex konnte man sich von eigenem Anbau ernähren. Vielleicht wollte man sich auch nur der Landschaft ringsum anpassen. In diesem Teil von Kansas gab es nur Farmen, und wenn auch die Stahl-und-Glas-Bauten der Anlage nicht gerade an Scheunen und Stallungen erinnerten, so milderte das umgebende Land den Stilbruch ein wenig ab. Von der Straße aus waren sie sowieso kaum zu erkennen. Nur einige wenige Landstraßen kamen näher heran, und die Kontrollstellen am Zaun wirkten niedrig und gedrungen wie Pillendöschen – tornadosicher, wie es im Bauplan hieß, und sie würden wahrlich jedes Unwetter überstehen.

»Ihren Bonus haben Sie sich redlich verdient. Das Geld dürfte morgen zum Geschäftsschluß auf Ihrem Konto sein!« versprach Dr. John Brightling.

»Soll mir recht sein, Sir.« Hollister griff in die Tasche und zog den Generalschlüssel heraus, der jede Tür in der gesamten Anlage öffnete. Die Schlüsselübergabe war ein kleines Ritual, das er sich am Ende eines Großprojekts nicht nehmen ließ. »Die Anlage gehört jetzt Ihnen, Sir.«

Brightling warf einen Blick auf den elektronischen Schlüssel und lächelte. Es war die letzte größere Hürde für sein Projekt gewesen. Hier wollte er nahezu sein gesamtes Volk ansiedeln. Eine ähnliche, aber kleinere Anlage in Brasilien war vor zwei Monaten fertiggestellt worden, doch dort kamen höchstens einhundert Personen unter. Hier hingegen konnten dreitausend Menschen wohnen – dicht aufeinander zwar, aber noch immer bequem, in den ersten Monaten jedenfalls, was vollkommen ausreichte. Nach einem halben Jahr würde er hier seine gesamte medizinische Forschung betreiben, mit den besten Kräften – von denen die meisten nichts von ihrem Projekt *ahnten*, aber trotzdem überleben sollten. Denn diese Forschungsarbeit tendierte in eine neue, unerwartete Richtung, die so vielversprechend war, daß er selbst nicht wußte, wie lange er hier leben würde. Noch fünfzig Jahre vielleicht? Oder hundert? Oder gar tausend? Wer vermochte das jetzt zu sagen?

Olympus würde er es nennen, entschied Brightling. Die Heimstatt der Götter, denn nichts Geringeres sollte daraus entstehen. Von diesem Ort aus ließ sich die Welt beobachten, erforschen, genießen, *würdigen*. Seinem Sprechfunkgerät würde er das Rufzeichen *Olympus-1* einprogrammieren. Von hier aus konnte er per Flugzeug in alle Welt gelangen, mit ausgewählten Begleitern, die Umwelt beobachten und die großen Zusammenhänge studieren. In den ersten zwanzig Jahren konnten sie wohl noch die Telekommunikations-Satelliten nutzen. Wer weiß, wie lange sie noch funktionierten – danach waren sie auf Funkverkehr angewiesen. Das war zwar ein wenig unbequem für die Zukunft, doch eigene Ersatzsatelliten hochzujagen dürfte ihre Möglichkeiten und Ressourcen überschreiten. Im übrigen hatten die Raketentransporter der Satelliten die Umwelt mehr verschmutzt als jede andere Erfindung der Menschheit!

Brightling fragte sich, wie lange sein Volk hier wohl ausharren würde. Einige konnten sich schon bald ausbreiten, womöglich über ganz Amerika, eigene Enklaven gründen und wenigstens in der ersten Zeit über Satellit von ihrem Ergehen berichten. Andere würden nach Afrika gehen – das begehrteste Ziel von allen. Wieder andere in Brasilien bleiben und die Regenwälder erkunden. Vielleicht gab es dort noch entlegene Stämme, die dem Shiva-Virus nicht ausgesetzt würden; an ihrem Beispiel konnte man lernen, wie der Urmensch im Einklang mit der unberührten Natur lebte. Man würde sie als das betrachten, was sie sind – eine Rasse, die es wert war, geschützt zu werden, und die viel zu rückständig war, um der Umwelt zu schaden. Ob auch ein paar afrikanische Stämme überleben würden? Seine Leute glaubten es nicht. Afrikanische Länder erlaubten ihren primitiven Kulturen den direkten Kontakt mit der Zivilisation, und die Städte waren der Haupt-Infektionsherd in allen Ländern der Erde, besonders, wenn Impfstoff-A zur Anwendung kam. Tausende von Litern würde man produzieren und der Menschheit spritzen, vorgeblich um Leben zu retten, doch in Wahrheit, um es zu beseitigen ... Nach und nach, versteht sich.

Sie waren ein großes Stück vorangekommen. Im Hauptquartier lagen die gefälschten Testprotokolle für Impfstoff-A fix und fertig in der Schublade. Angeblich hatte man ihn bei über eintausend Affen angewandt, die anschließend Shiva ausgesetzt wurden. Zwei wurden von den Symptomen ereilt, von denen nur einer im Verlauf des – nur auf dem Papier und im Computer stattfindenden – neunzehnmonatigen Versuchs starb. Die Lizenz für Versuche an Menschen hatten sie nicht beantragt, aber das war auch nicht notwendig. Wenn Shiva überall auf der Welt grassierte, würde Horizon Corporation bekanntgeben, daß man seit dem iranischen Angriff auf Amerika heimlich an Impfstoffen gegen das hämorrhagische Fieber gearbeitet hatte. Und angesichts einer globalen Krise und des Vorschlags, eine im Test bewährte Behandlungsmethode anzuwenden, blieb der Gesundheitsbehörde gar keine Wahl, als die Anwendung am Menschen zu gestatten. Nichtsahnend würde man ein Projekt absegnen, das darauf abzielte, die Menschheit auszurotten. Nein, korrigierte sich John Brightling, es ging darum, die gefährlichste Gattung des Planeten in die Schranken zu weisen. Dann erst konnte die Natur ihre Selbstheilungskräfte wiederfinden – ein Prozeß, den einige wenige menschliche Wesen lenken, wahrnehmen und nachvollziehen würden. In vielleicht tausend Jahren würde die Weltbevölkerung wieder ansteigen, auf eine runde Million vielleicht, aber das waren viel zu wenige, um der Schöpfung gefährlich zu werden. Vernünftig erzogen, zum Respekt vor der Natur angehalten, nicht zur Zerstörung ermuntert durch gewissenlose Umweltfrevler. Nicht das Ende der Menschheit war Ziel seines Projekts, sondern die Schaffung einer neuen, besseren, der Natur selbst gemäßen Welt. Und diese Welt würde seinen Namen für alle Zeit ehren: John Brightling, der Mann, der die Erde gerettet hat.

Brightling umklammerte den Schlüssel in seiner Hand und kehrte zum Wagen zurück. Der Chauffeur brachte ihn zum Haupteingang, wo er den Schlüssel benutzte. Das Tor war unverschlossen, wie er überrascht und ein wenig verstimmt feststellte. Aber schließlich gingen ja noch immer Leute ein und aus. Im Lift ließ er sich in den obersten Stock tragen, wo sein Wohn- und Arbeitsbereich lag. Diese Tür war abgesperrt, wie es sich gehörte, und als er sie aufschloß, überkam ihn der Gedanke, seinen Göttersitz auf dem Olymp einnehmen zu wollen. Nein, das stimmte nicht ganz. Wenn es einen Gott für ihn gab, war es die Natur selbst. Vor seinem Fenster erstreckten sich die Ebenen von Kansas, ihre wogenden Weizenfelder – wie schön das alles war! Fast rührte es ihn zu Tränen. Natur. Zu manchen ihrer Geschöpfe konnte sie grausam sein, denn das Individuum zählte nicht für sie. Das hatte die Menschheit noch immer nicht begriffen, allen Warnungen zum Trotz.

Sie würden lernen müssen, eine Lektion, wie sie die Natur selbst erteilte – in unerbittlicher Strenge.

Gegen Abend lieferte Pat O'Connor dem Chef seinen Tagesbericht ab. Ohne Mantel ließ er sich auf dem Stuhl vor Usserys Schreibtisch nieder, die vollgepackte Aktenmappe in der Hand.

»Fall Bannister«, begann Chuck Ussery. »Hat sich da schon irgendwas ergeben, Pat?«

»Nichts«, gab der mit Entführungen beauftragte Special Agent zurück. »Wir haben vierzehn Freundinnen aus der Umgegend von Gary verhört. Keine von ihnen wußte, was Mary in New York suchte. Nur sechs von ihnen hatten überhaupt schon davon gehört, daß sie weg war, und mit keiner hat sie über Jobs oder Männer geredet, wie es scheint. In dieser Richtung tut sich also nichts.«

»Und in New York?«

»Zwei Agenten arbeiten dort an dem Fall, Tom Sullivan und Frank Chatham. Sie bekommen Amtshilfe von einem Detective-Lieutenant der New Yorker Polizei namens d'Allessandro. Die Spurensicherung hat ihr Apartment durchkämmt, ergebnislos. Die vorhandenen Fingerabdrücke stammen alle von ihr. Nicht mal eine Putzfrau hatte sie. Ihre Nachbarn kannten sie vom Sehen, aber wirkliche Freunde hatte sie hier nicht, und von Beziehungen zu Männern wissen wir nichts. Die New Yorker wollen Suchmeldungen drucken und über die Polizei verteilen lassen. Der zuständige Beamte glaubt offenbar an einen Serientäter. Er hat einen ganz ähnlichen Fall zu bearbeiten, im selben Alter, ähnliches Aussehen, die gleiche Wohngegend. Wird etwa seit der gleichen Zeit vermißt ...«

»Was sagen die Polizeipsychologen dazu?« unterbrach Ussery.

O'Connor nickte. »Sie haben sich die Akten einmal angeschaut. Die Frage ist, ob das Opfer selbst die e-Mail abgeschickt hat oder ein Killer, der die Familie quälen oder erpressen will. Aufgrund der stilistischen Abweichungen von den Botschaften, die Mr. Bannister uns danach noch gebracht hat, nimmt man an, daß sie entweder von jemand anderem oder unter Drogen verfaßt worden ist. Aber Drogenmißbrauch ist bei der Frau eigentlich auszuschließen. Die e-Mail können wir auch nicht zurückverfolgen; sie kam aus einem anonymen Remailer-System. Das wird benutzt, um den Urheber der elektronischen Post zu verschleiern, wahrscheinlich um Pornos übers Internet zu verbreiten. Ich habe mit Eddie Morales in Baltimore gesprochen, unserem Computerspezialisten für die ›Unschuldigen Bildchen‹ ...« Das war der Deckname für eine laufende FBI-Ermittlung gegen die Vertreiber von Kinderpornografie. »Und Eddie meint, sie basteln noch ein wenig daran herum«, fuhr O'Connor fort. »Sie haben einen Hacker eingestellt, der glaubt, die Anonymisierung rückgängig machen zu können, aber er ist noch nicht so weit, und für den Staatsanwalt liegt das hart an der Grenze der Legalität. Deshalb zögert er, seine Zustimmung zu geben.«

»Scheiß drauf«, kommentierte Ussery diese juristische Spitzfindigkeit. Kinderporno war eins der meistgehätschelten Haßobjekte des Büros, und die ›Unschuldigen Bildchen‹ hatten sich mittlerweile zur landesweiten Fahndung ausgeweitet, die von der Baltimore-Gruppe geleitet wurde.

»Genau das hat Eddie auch gesagt, Chuck«, bestätigte O'Connor grinsend.

»Kurz und schlecht, wir haben noch nichts in der Hand?«

»Nichts Konkretes. Ein paar von Marys Freundinnen stehen noch auf der Verhörliste – fünf sind für morgen vorgeladen, aber wenn sich irgendwas rührt, dann bestimmt nur in New York. Irgend jemand muß sie dort doch gekannt haben! Irgendwer ist doch sicherlich mit ihr ausgegangen.«

Ussery runzelte die Stirn. O'Connors Ermittlungen waren tadellos gewesen, insgesamt zwölf Beamte arbeiteten an dem Fall. Derartige Entführungen klärten sich nicht von selbst auf. Wenn James Bannister anrief, was er jeden Tag tat, mußte er ihm wieder einmal mitteilen, daß sie noch immer im Dunkeln tappten, und um weitere Adressen von Bekannten seiner Tochter bitten, die er vielleicht noch anzugeben vergessen hatte.

25

SONNENAUFGANG

»Lange sind Sie aber nicht geblieben, Sir!« bemerkte der Beamte der Einwanderungsbehörde, der in Popovs Papieren blätterte.

»Kurzes Geschäftsessen«, erklärte der Russe im breitesten Amerikanisch. »Und demnächst bin ich wieder hier!« Er lächelte dem Kontrolleur zu.

»Dann auf bald, Sir!« Wieder einmal bekam er einen Stempel in seinen abgewetzten Paß, und danach durfte sich Popov in die First-Class-Lounge verkrümeln.

Grady würde anbeißen. Das wußte er schon jetzt. Diese Verlockung war zu groß für sein Ego, um sie auszuschlagen, und das gleiche galt für die vereinbarte Summe. Sechs Millionen war mehr, als die IRA je auf einmal gesehen hatte, selbst nicht in jenen seligen Zeiten, als Muhammar Al-Ghaddafi sie zu Beginn der achtziger Jahre auf seine Gehaltsliste gesetzt hatte. Die Finanzierung von Terrorkommandos war auch ein praktisches Problem. Die Russen hatten nach alter Sitte ein paar Waffen geliefert und, was der IRA noch wichtiger war, Terrain für Manöver zur Verfügung gestellt sowie Geheimmaterial gegen den britischen Sicherheitsdienst, doch Geld gab es nie genug. Der Sowjetunion hatte es immer an Devisen gefehlt, und was sie an harter Währung hatte, wurde zum Ankauf von Rüstungstechnologie verwendet. Außerdem stellte sich heraus, daß ein älteres Ehepaar, das Kurierdienste leisten und Geld an Sowjetagenten in den USA und Kanada auszahlen sollte, fast die ganze Zeit über dem FBI zuarbeitete! Popov schüttelte den Kopf. So raffiniert der KGB war, mit dem FBI konnte er sich nur schwer messen. Er verfügte über langjährige Erfahrungen bei Tarnmanövern, allerdings ließen diese Kuriere eine Menge heikler Operationen auffliegen, die von »Aktivisten« des KGB im Dienstbereich A geleitet wurden. Die Amerikaner waren klug genug, die Operationen nicht zu beeinträchtigen, sondern zu beobachten, um sich ein systematisches Bild vom Tun und Lassen des KGB zu machen und auf diese Weise in Erfahrung zu bringen, was die Russen noch *nicht* wußten.

Wieder schüttelte er den Kopf und verließ den Flugsteig. Und er war noch immer unerkannt, nicht wahr? Und wieder einmal fragte er sich: *Was* genau hatte er eigentlich vor? *Was* wollte Brightling von ihm? Und *weshalb* sollte die Rainbow-Truppe angegriffen werden?

Chavez beschloß, seine MP-10-Maschinenpistole heute links liegen zu lassen und sich auf seine .45er Beretta zu konzentrieren. Seit Wochen hatte er mit der Heckler & Koch nicht mehr danebengetroffen – »daneben« hieß in diesem Fall, daß er um weniger als zwei Zentimeter vom Idealziel abwich, das zwischen oder leicht über den Augen der Pappkameraden-Silhouette lag. Das H & K-Zielfernrohr war so clever konstruiert, daß man das Ziel nur ins Visier zu nehmen brauchte, um zu treffen. So einfach war das.

Doch mit Pistolen war es nicht ganz so einfach, hier fehlte ihm die Übung. Er zog die Waffe aus dem grünen Gore-Tex-Halfter, riß sie rasch hoch und beschrieb, die linke Hand gemeinsam mit der rechten den Knauf umklammernd, den rechten Fuß einen Schritt zurücknehmend, eine halbe Drehung – wie bei der Weaver-Stellung, die man ihm vor Jahren auf der Farm in Virginia Tidewater beigebracht hatte. Den Blick richtete er nach unten, vom Ziel weg, konzentrierte sich auf die Kimme, während er den Lauf in Augenhöhe hob, und als es soweit war, zog er gleichmäßig den rechten Zeigefinger durch.

Aber nicht gleichmäßig genug, wie sich zeigte. Der Schuß hätte dem Gegner zwar den Kiefer zerschmettert und vermutlich auch die Halsschlagader verletzt, wäre aber nicht sofort tödlich gewesen. Das traf nur auf den zweiten Schuß zu, der eine halbe Sekunde später folgte. Ding ärgerte sich über sich selbst. Er drückte den Sicherungshebel nach unten und steckte die Waffe wieder in den Halfter zurück. *Also nochmal.* Er schlug die Augen nieder, vom Ziel weg, blickte wieder auf. Da stand er, der Bösewicht, der sein Schießeisen auf den Kopf des Kindes richtete. Wie der Blitz fuhr die Beretta heraus, Kimme und Korn stimmten überein, Chavez drückte den Abzug – schon besser. Diesmal wäre der Schuß dem Bastard direkt ins linke Auge gegangen, und die zweite Kugel, wieder eine halbe Sekunde später, ergänzte das erste Einschußloch in der Mitte zwischen den Augen zu einer kleinen runden Acht.

»Hervorragender Doppeltreffer, Mr. Chavez!«

Ding fuhr herum. Hinter ihm tauchte Dave Woods auf, der Standwart.

»Aber der erste war zu tief«, murrte Ding. Daß er dem Bastard das halbe Gesicht weggeschossen hätte, reichte ihm nicht.

»Weniger Handgelenk, mehr Finger«, riet Woods. »Und lassen Sie mal sehen, wie Sie den Griff in den Händen halten.« Ding machte es vor. »Ach so, ich verstehe.« Seine Hände korrigierten Chavez' Griff. »Mit der Linken hier zufassen, Sir.«

Oh Scheiße, dachte Ding. So simpel war das? Nur zwei Finger weniger als drei Millimeter nach links, und die Pistole glitt ihm in die Hand, als wäre der Knauf eigens für ihn geschnitzt worden. Er versuchte es ein paarmal, steckte die Beretta wieder ein und übte erneut, schnell zu ziehen. Diesmal traf schon die erste Kugel genau zwischen die Augen des sieben Meter entfernten Pappkameraden, die zweite setzte er dicht daneben.

»Vorzüglich«, lobte Woods.

»Wie lange unterrichten Sie schon, Feldwebel?«

»Eine ganze Weile, Sir. Neun Jahre bin ich jetzt in Hereford.«

»Wie kommt es, daß Sie nie beim SAS waren?«

»Wegen meines Knies, Sir. Hab ich mir 1968 ruiniert, als ich von einer Warrior sprang. Ich kann nicht mehr als drei Kilometer laufen, dann wird es steif, verstehen Sie?« Sein roter Schnurrbart war zu zwei prächtigen Spitzen gezwirbelt, und die grauen Augen blitzten. Dieser Kerl hätte Doc Holliday noch etwas beibringen können. Komisch, daß er Chavez erst jetzt aufgefallen war. »Dann noch viel Spaß, Sir!« Und der Platzwart ging seiner Wege.

»Ja, verdammt«, ächzte Chavez für sich. Er übte noch viermal, schnell zu ziehen. *Mehr Finger, weniger Handgelenk, die linke Hand ein bißchen tiefer und lockerer... und bingo!* Binnen drei Minuten erschien ein Drei-Zentimeter-Loch an der Stelle, die den Gegner sofort gefechtsunfähig machte. Diese kleine Lektion würde er sich merken, nahm sich Ding vor.

Tim Noonan feuerte mit seiner eigenen Beretta im nächsten Schießstand. Er war jedoch langsamer als Chavez und nicht ganz so treffsicher wie die übrigen Teammitglieder. Dennoch durchbohrten *alle* seine Kugeln den Schädel des Gegners und landeten im Stammhirn, wo sie unmittelbar tödlich waren, weil hier sämtliche Nervenbahnen zusammenliefen. Endlich ging ihnen beiden die Munition aus. Chavez zog die Ohrenschützer ab und tippte Noonan auf die Schulter.

»Bin ein bißchen langsam heute«, bemerkte der Computerexperte stirnrunzelnd.

»Na und? Hauptsache, du hast ihn erwischt. Du warst im Geiselrettungsteam, oder irre ich mich?«

»Richtig, aber nicht als Schütze. Hab mich nur um die Technik gekümmert. Gut, ich bin regelmäßig zum Schießstand mitgegangen, aber für's Examen reichte es nicht. War nie so schnell, wie ich sein möchte. Vielleicht sind meine Nerven zu lahm«, grinste Noonan, als er die Pistole zum Reinigen zerlegte.

»Und wie macht sich der neue Personen-Aufspürer?«

»Reine Zauberei, anders kann ich das nicht nennen, Ding. Noch eine Woche, und ich bin mit der nachgebesserten Version vertraut. Mit seinem parabolischen Zusatz an der Antenne sieht das Ding aus wie eine *Star-Trek*-Laserkanone. Aber du findest jeden weit und breit, egal wo er sich versteckt!« Er polierte die Einzelteile und besprühte sie mit Break-Free, um sie gleichzeitig zu reinigen und zu ölen. »Dieser Woods ist ein toller Trainer, nicht wahr?«

»Tja, bei mir hat er gleich ’ne schlechte Angewohnheit entdeckt.« Ding nahm jetzt die Sprühflasche zur Hand und reinigte seine eigene Automatik.

Noonan zog ein Tuch durch den Lauf, prüfte ihn mit zugekniffenem Auge und setzte die Pistole wieder zusammen. »Weißt du, das Beste hier ist, daß wir weit und breit fast die einzigen Bewaffneten sind.«

»Zivilisten ist hierzulande das Waffentragen verboten, stimmt's?«

»Genau. Vor ein paar Jahren wurde das eingeschränkt. Ich bin sicher, daß die Gewaltverbrechen seitdem zurückgehen«, meinte Noonan. »In den zwanziger Jahren wurden die ersten Waffenkontrollgesetze erlassen, um die IRA zu überwachen. Hat ja auch prima geklappt, wie?«

»Trägst du das Ding ständig mit dir herum?«

»Warum denn nicht?« Noonan blickte überrascht auf. »Mensch, Ding, ich bin doch’n Bulle, vergiß das nicht! Ich fühl mich nackt ohne meinen kleinen Freund am Gürtel. Während ich in der Labordivision im Hauptquartier arbeitete, mit eigenem Parkplatz und allem, bin ich *nie* unbewaffnet durch Washington gerannt.«

»Und – hast du sie mal benutzt?«

Tim schüttelte den Kopf. »Nein. Das tun die wenigsten Agenten. Aber es gehört nun mal zur Mystik unseres Ordens!« Er wandte sich zu seinem Pappkameraden um. »Ein paar Techniken möchte man schließlich draufhaben, oder?«

»Stimmt schon. Das gilt für uns alle.« Der britischen Rechtslage wegen hatten sie eine Ausnahmegenehmigung erwirkt: Rainbow-Mitglieder durften immer Waffen tragen, mit der Begründung, daß Anti-Terror-Experten ständig im Dienst waren. Chavez machte wenig Gebrauch von diesem Recht, aber Noonan ließ es sich nicht nehmen. Chavez sah zu, wie er ein neues Magazin in die zusammengesetzte und gereinigte Handfeuerwaffe einsetzte, den Sicherungshebel betätigte und nach dem Sichern das Magazin herausspringen ließ, um eine weitere Patrone zu laden. Dann kehrte das Schießeisen in den Hüftholster zurück. Zwei weitere komplette Magazine steckten in der Patronentasche am Gürtel.

»Bis später, Tim.«

»Wir seh’n uns, Ding!«

Manche Menschen erinnern sich gut an Gesichter. Ein Talent, das Wirte zu nutzen verstehen, denn wer wird nicht gern Stammgast, wenn sich der Barkeeper an den Lieblingsdrink erinnert? Das traf auch auf den New Yorker Betreiber der Turtle Inn Bar and Lounge an der Columbus Avenue zu. Der Streifenpolizist schaute kurz nach Öffnung des Lokals gegen Mittag herein und rief: »He, Bob!«

»Na, Jeff? Kaffee wie immer?«

»Klar«, nickte der junge Beamte und sah zu, wie der Barkeeper ein paar Starbuck's-Kaffeebohnen aus der Dose schaufelte. Ausnahmsweise wurde in dieser Kneipe guter Kaffee serviert; das gehörte wohl zum Yuppiecharakter der Gegend. Einen Löffel Zucker und etwas Sahne, dann schob er die Tasse über den Tresen.

Jeff kontrollierte diese Gegend jetzt seit fast zwei Jahren, lange genug, um die meisten Geschäftsinhaber zu kennen, und die meisten kannten ihn und seine Gewohnheiten. Er war ein ehrlicher Bulle, doch eine Einladung zum Kaffee oder einen Imbiß lehnte er nicht ab, besonders nicht, wenn es Schmalzgebäck gab, für das er eine Schwäche hatte.

»Na? Was führt Sie her?« fragte Bob.

»Wir suchen ein vermißtes Mädchen«, gab Jeff zurück. »Kommt Ihnen das Gesicht bekannt vor?« Er übergab dem Wirt die gedruckte Suchmeldung.

»Ja, klar. Annie Soundso. Irgendwas Französisches wie Kendall-Jackson Reserve Chardonnay. War früher Stammkundin. Hab sie aber 'ne ganze Weile nicht gesehen.«

»Und was ist mit der hier?« Der Polizist reichte die zweite Suchmeldung nach. Bob musterte sie nur kurz.

»Mary ... Mary Bannister. Den Namen weiß ich noch, weil Bannister auf Englisch Geländer heißt, wissen sie! Auch schon lange nicht mehr hiergewesen ...«

Der Streifenpolizist konnte sein Glück nicht fassen. »Wissen Sie vielleicht mehr von denen?«

»Moment mal, wenn Sie sagen, die werden vermißt ... Entführung vielleicht?«

»Sieht ganz danach aus.« Der Polizist nahm einen Schluck von seinem Kaffee. »Der einen ist das FBI auf der Spur.« Er tippte auf das Bannister-Foto. »Die andere wurde uns als vermißt gemeldet.«

»Also, es ist wie verhext. Persönlich kenne ich sie nicht. Aber beide waren mehrmals in der Woche hier, bißchen tanzen und sich amüsieren, Sie verstehen? Alleinstehende Frauen eben, die auf Typen aus sind.«

»Na gut. Aber eins ist klar, in Kürze haben Sie hier den Laden voller Leute, die Sie nach ihnen ausfragen werden. Überlegen Sie also, ob Ihnen noch was einfällt, ja?« Der Polizist durfte die Möglichkeit nicht ausschließen, daß Bob etwas mit ihrem Verschwinden zu tun hatte. Aber bei Ermittlungen ergab sich immer wieder was Neues, und die Chance, gleich ins Schwarze zu treffen, war verdammt klein. Wie an vielen Kellnern in New York war auch an diesem ein Schauspieler verlorengegangen, was vielleicht auch sein gutes Gedächtnis erklärte.

»Klar, Jeff. Mach ich«, nickte er. »Verdammt, entführt oder was, hm? Kommt gar nicht mehr so oft vor, heißt es. Scheiße!«

»Im Leichenschauhaus tauchen immer wieder welche auf, Mann. Bis später!« Der Streifenpolizist trank aus und begab sich zur Tür. Ihm war, als hätte er sein Tagewerk schon hinter sich. Sobald er draußen war, zog er sein Funkgerät aus der Tasche und gab die überraschende Neuigkeit seinem Revier durch.

Gradys Gesicht war im ganzen Königreich bekannt, allerdings nicht mit rotem Bart und Brille. Hoffentlich war er damit bis zur Unkenntlichkeit verändert, damit ihn nicht zufällig ein wachsamer Streifenpolizist erkannte. Wenigstens war die Polizeipräsenz hier nicht so stark wie in London. Das Einfahrtstor zur Hereford-Kaserne war noch genau, wie er es in Erinnerung hatte, und von dort war es nicht weit bis zum Gemeindekrankenhaus, wo er die Zufahrten, Bürgersteige und Parkplätze inspizierte, die ganz nach Wunsch waren. Mit seiner Nikon verknipste er sechs Filmrollen, bevor er den Rückzug antrat. Der Plan, der vor seinem geistigen Auge bereits Gestalt annahm, war ganz simpel, wie alle guten Pläne. Die Straßen schienen ihn ebenso zu begünstigen wie das offene Gelände. Und wie immer würde das Überraschungsmoment seine stärkste Waffe sein. Das war auch nötig, denn der Anschlag sollte in unmittelbarer Nähe der besttrainierten und gefährlichsten Anti-Terror-Einheit von ganz Großbritannien geschehen. Vierzig Minuten brauchte er draußen, dreißig im Innern des Gebäudes, um den Plan umzusetzen. Zudem fünfzehn Männer – aber fünfzehn gute Männer bekam er schon noch zusammen. Für alles übrige sorgte das Geld, dachte Grady, als er im geparkten Wagen saß. Es konnte und es würde klappen. Die einzige Frage war, ob sie nachts oder bei Tageslicht angreifen sollten. Normalerweise gab Dunkelheit den besten Schutz. Aber inzwischen wußte er, daß Anti-Terror-Einheiten die Nacht bevorzugten, weil sie durch ihre Sichtgeräte ebensogut wie am Tag operieren konnten. Leute wie Grady waren dagegen selten auf Nachteinsätze eingerichtet. Erst vor kurzem hatten sie sich in Wien, Bern und in Spanien dadurch einen unschätzbaren Vorteil verschafft. Warum eigentlich nicht mittags? fragte er sich. Er würde das mit seinen Freunden besprechen. Grady startete den Wagen und machte sich auf den Weg nach Gatwick.

»Doch, ich habe nachgedacht, seit mir Jeff das Bild gezeigt hat«, erklärte der Barkeeper. Sein Name war Bob Johnson. Inzwischen hatte er sich für den Abend umgezogen: weißes Tuxedo-Hemd, Schärpe und Krawatte.

»Sie kennen diese Frau?«

»Ja.« Er nickte entschlossen. »Mary Bannister. Die andere ist Anne Pretloe. Sie waren Stammgäste hier. Wirkten ganz nett. Tanzten oder flirteten mit Männern. Hier ist abends allerhand los, besonders am Wochenende. Sie pflegten gegen acht zu kommen und verließen gegen elf, halb zwölf das Lokal.«

»Allein?«

»Wenn sie gingen? Meistens ja. Aber nicht immer. Annie hatte einen Kerl am Wickel, den sie offenbar mochte. Er heißt Hank. Den Nachnamen kenne ich nicht. Weiß, mit braunem Haar, braunen Augen, etwa meine Größe. Ein bißchen beleibt, aber nicht fett. Ich hielt ihn für einen Anwalt. Vielleicht kommt er heute abend her! Ist immer wieder mal da. Dann gab es noch einen … vielleicht beim letzten Mal, als sie da war? Aber wie zum Kuckuck hieß er noch …?« Johnson kniff die Augen zusammen. »Kurt oder Kirk oder so. Wenn ich so drüber nachdenke, hat auch Mary mal mit ihm getanzt, ein- oder zweimal. Ein Weißer, hochgewachsen, gutaussehend. Ich habe ihn eine Weile nicht gesehen. Mochte Soda mit Jim Beam. Anständiges Trinkgeld. Ein echter Jäger.«

»Wie bitte?« fragte Agent Sullivan.

»Schürzenjäger, meine ich. Solche Typen kommen doch nur wegen der Mädels her, verstehen Sie!«

Der Wirt war ein Geschenk des Himmels, dachten Sullivan und Chatham. »Aber Sie haben ihn eine Zeitlang nicht gesehen?«

»Diesen Kurt? Nein. Muß ein paar Wochen her sein, mindestens. Vielleicht mehr.«

»Ob Sie uns dabei helfen könnten, ein Bild von ihm zu entwerfen?«

»Am Computer, meinen Sie? Wie in der Zeitung?« fragte Johnson.

»Genau«, bestätigte Chatham.

»Versuchen könnte ich's. Einige der Mädels, die herkommen, kennen ihn auch. Ich glaube, Marissa hat er mal angesprochen. Sie kommt regelmäßig her, fast jeden Abend, immer so gegen sieben, halb acht.«

»Ich glaube, dann werden wir noch ein Weilchen bleiben«, murmelte Sullivan und sah auf die Armbanduhr.

Es war Mitternacht in der Royal-Air-Force-Basis Mildenhall. Malloy ließ den Night Hawk von der Rampe aufsteigen und flog in Richtung Hereford. Der Steuerknüppel fühlte sich fest an wie immer, und die neuen Armaturen funktionierten gut. Vor allem gab es eine neue Tankanzeige, die ihm mit Digitalziffern statt über eine Uhr mitteilte, wieviel Kraftstoff noch verfügbar war. Außerdem konnte man wahlweise Gallonen (wie in den USA üblich) und Liter einstellen. Keine schlechte Idee, fand Malloy. Die Nacht war relativ klar, was ungewöhnlich in diesem Teil der Welt war, aber der Mond schien nicht, und er hatte sich für die Nachtsicht-Helmbrille entschieden. Mit der sah er statt Dunkelheit ein grünliches Zwielicht, das zwar seine Sehschärfe von 20/20 auf etwa 20/40 herabsetzte, aber immer noch besser war als ein Blindflug in totaler Finsternis. Er hielt hundert Meter Flughöhe ein, um den gefürchteten Strommasten auszuweichen. Truppen mußte er nicht transportieren, im Heck saß Sergeant Nance, der seine Pistole umgeschnallt trug, um sich wenigstens ein bißchen kriegerisch zu fühlen. Angehörigen der Sondereinsatz-Truppen war es erlaubt, Waffen offen zu tragen, selbst denen, die vermutlich nie Gebrauch davon machten. Malloy behielt seine Beretta M9 lieber in der Reisetasche als im Schulterhalfter. Letzteren betrachtete er, zumindest für Marines, als eine übertriebene Wildwest-Manier.

»Hubschrauber neben uns über dem Krankenhaus-Landeplatz«, meldete Lieutenant Harrison, der ihn auf dem Weg in die Kaserne erspäht hatte. »Laufende Rotorblätter und Blinken.«

»Ich sehe ihn auch«, bestätigte Malloy. »Sonst nichts auf unserer Höhe«, fügte er hinzu und hielt Ausschau nach Blinklichtern von Flugzeugen, die in Heathrow und Luton aus- und einflogen. Man mußte sich vorsehen, wenn man überleben wollte. Sollte er je das

Kommando des Präsidenten-Helikopters VMH-1 auf der Anacostia Naval Air Station erhalten, würde ihn der Verkehr am Reagan-Flughafen in Washington zwingen, regelmäßig durch dichtbevölkerten Luftraum zu steuern. Obwohl er kommerzielle Passagierflieger-Piloten schätzte und respektierte, traute er ihnen doch weniger zu als seinen eigenen Manövrierfähigkeiten – und sie dachten auch nicht anders, wenn sie ihn und alle anderen in fleckiggrüner Uniform sahen. Um als Pilot seinen Lebensunterhalt zu verdienen, mußte man sich für den Besten halten, was in Malloys Fall natürlich zutraf, wie er selbst meinte. Und dieser Harrison war ein vielversprechender Pilot, falls er in Uniform blieb und nicht als Stauberater in Hinterposemuckel endete. Fünf Minuten später landete er, ließ die Turbomotoren auskühlen, und zwanzig Minuten später lag er im Bett.

»Er wird den Auftrag annehmen«, berichtete Popov. Sie saßen in einem Eck-Abteil, und die Hintergrundmusik des Restaurants schützte die Unterhaltung vor unliebsamen Zuhörern. »Er hat es noch nicht bestätigt, wird's aber sicher tun.«

»Was ist das für einer?« wollte Henriksen wissen.

»Sean Grady. Kennen Sie den Namen?«

»PIRA … hat meist in Londonderry gearbeitet, stimmt's?«

»Den größten Teil seiner Zeit, ja. Er hat drei SAS-Kämpfer geschnappt und … sich ihrer entledigt. Bei zwei getrennten Gelegenheiten. Der SAS war hinter ihm her, bei drei Aktionen. Einmal kamen sie ganz nahe an ihn heran und töteten rund zehn seiner engsten Vertrauten. Er hat daraufhin mit potentiellen Informanten in seiner Organisation kurzen Prozeß gemacht. Ziemlich skrupellos«, versicherte Popov seinen Auftraggebern.

»Das stimmt«, bestätigte Henriksen. »Ich weiß noch, was er den SAS-Burschen angetan hat. Gar nicht schön. Grady ist ein widerliches kleines Ekel. Hat er ausreichend Mitstreiter, die seine Aktion unterstützen?«

»Ich glaube schon«, gab Dmitrij Arkadejewitsch zurück. »Und mit dem Geld hält er uns noch hin. Fünf habe ich angeboten, er will sechs Millionen – und Drogen dazu.«

»Drogen?« Henriksen war ehrlich verblüfft.

»Ich dachte immer, die IRA ist gegen den Drogenhandel?« wandte Brightling ein.

»Die Welt hat sich gewandelt. Jahrelang hat die IRA Drogenhändler in ganz Irland zu eliminieren versucht – hauptsächlich durch Knieschüsse, um öffentliche Aufmerksamkeit zu erregen. Seinerzeit war das ein Teil seiner politischen und psychologischen Taktik; jetzt sucht Gary vermutlich nach einer ständigen Einnahmequelle für seine Gruppe«, erläuterte Dmitrij. Die moralischen Implikationen schienen niemanden hier am Tisch zu interessieren.

»Wir könnten diese Forderung vermutlich erfüllen«, erwiderte Brightling mit leichtem Abscheu. »Knieschüsse? Was soll das heißen?«

»Man nimmt eine Pistole«, schilderte Bill, »hält sie hinter die Kniebeuge und drückt ab. Die Kniescheibe wird in tausend Splitter geschossen. Sehr schmerzhaft, und man bleibt lebenslang Krüppel. So sind sie mit Verrätern und anderen verfahren, die ihnen nicht paßten. Die protestantischen Terroristen haben für den gleichen Zweck den Schlagbohrer bevorzugt. Anschließend spricht sich schnell herum, daß man sich besser nicht mehr mit den Tätern einläßt«, schloß Henriksen.

»Ekelhaft«, kommentierte der studierte Mediziner Brightling.

»Deshalb nennt man sie ja Terroristen.« Henriksen zuckte die Achseln. »Heutzutage würden sie ihre Gegner einfach töten. Grady ist für seine Skrupellosigkeit berüchtigt, nicht wahr?«

»Allerdings«, bestätigte Popov. »Ich zweifle nicht daran, daß er die Aktion übernimmt, Bill. Das Konzept und Ihr Vorschlag, wie man es durchführen sollte, gefallen ihm. Es schmeichelt seinem Ego.« Popov nippte an seinem Wein. »Schließlich möchte er die politische Führung in der IRA übernehmen, dafür muß er sich profilieren.«

»Irland, wie es leibt und lebt – das Land mit dem traurigsten Liebesleben und den glücklichsten Kriegen.«

»Wird es ihm gelingen?« fragte Brightling.

»Das Konzept ist raffiniert. Aber vergessen Sie nicht, daß für ihn der Erfolg darin besteht, die Primärziele auszuschalten, die beiden Frauen zu töten, ferner ein paar Soldaten aus der Einheit, die den Gegenschlag führt. Anschließend wird er gewiß flüchten und nach Irland zurückkehren wollen, wo er Unterschlupf findet. Eine solche Aktion zu überleben, bedeutet schon genug Erfolg, um sich anschließend politisch durchzusetzen. Ein großangelegter militärischer Kampf wäre vermessen, und Grady ist nicht verrückt«, setzte Dmitrij hinzu, ohne seiner Sache ganz sicher zu sein. Waren nicht alle Revolutionäre verrückt? Es fiel ihm schwer, zu verstehen, wie jemand sein Leben von einer vagen

Utopie bestimmen lassen konnte. Die erfolgreichen unter ihnen, Lenin, Mao, und vielleicht noch Gandhi, hatten ihre Visionen in diesem Jahrhundert durchsetzen können – aber trotz allem, wer von den dreien hatte wirklich langfristig Erfolg gehabt? Die Sowjetunion existierte nicht mehr, die Volksrepublik China würde sich bald den gleichen politisch-ökonomischen Zwängen beugen müssen, die den Untergang der UdSSR herbeiführten. Und in Indien herrschte noch immer wirtschaftliches Chaos, das irgendwie zum Dauerzustand geworden war. Nach diesem Muster drohten Irland mehr Gefahren von einem möglichen Sieg der IRA als von der Wirtschaftseinheit mit England. Kuba hatte wenigstens noch seine Tropensonne. Um ohne nennenswerte natürliche Ressourcen überleben zu können, brauchte Irland einen engen Verbündeten, und der naheliegendste war Großbritannien. Aber das waren Überlegungen, die bei diesem Essen keine Rolle spielten.

»Glauben Sie, er schlägt nach Guerillaart zu und verschwindet?« erkundigte sich Bill.

Dmitrij nickte. »Alles andere ergäbe keinen Sinn. Er hofft, lang genug zu leben, um das von uns angebotene Geld auch verwenden zu können. Vorausgesetzt, Sie erhöhen die Summe wie verlangt.«

»Eine Million mehr oder weniger spielt keine Rolle«, erklärte Henriksen und verbiß sich ein Grinsen.

Beide scheinen eine so große Summe banal zu finden, erkannte Popov und merkte wieder einmal zu seinem Schrecken, daß hier ein schrecklicher, monströser Plan ausgeheckt wurde – aber welcher?

»Wie möchten sie es haben? In bar?« fragte Brightling.

»Nein. Ich habe versprochen, daß es auf einem Schweizer Geheimkonto liegt. Das kann ich arrangieren.«

»Inzwischen habe ich genug Geld waschen können«, blinzelte Bill Henriksen seinem Auftraggeber zu. »Wir könnten das bis morgen arrangieren, wenn nötig.«

»Das heißt, ich müßte wieder in die Schweiz fliegen«, bemerkte Dmitrij säuerlich.

»Sind Sie die Fliegerei schon satt?«

»Ich bin schon sehr viel herumgekommen, Dr. Brightling«, seufzte Popov unverhohlen. Sollten sie ruhig sehen, wie ihm der Jetlag zu schaffen machte.

»Kann ich gut verstehen, Dmitrij«, tröstete Henriksen. »Die Australienreise war auch kein Zuckerschlecken für mich.«

»Wie war es für Sie, in Rußland aufzuwachsen?« wollte Brightling plötzlich wissen.

»Schlimmer als in Amerika, vermute ich. An den Schulen gab es mehr Gewalt. Keine echten Verbrechen«, setzte Popov hinzu, »aber Machtkämpfe unter den Jungen beispielsweise. Das Ringen um die Vorherrschaft. Die Lehrer drückten stets ein Auge zu.«

»Und wo haben Sie gelebt?«

»In Moskau. Schon mein Vater war Offizier bei der Staatssicherheit. Meine Ausbildung absolvierte ich an der Moskauer Staatlichen Universität.«

»In welchen Fächern?«

»Sprachen und Ökonomie.« Die Sprachen hatten sich besonders ausgezahlt. Letzteres war dagegen völlig sinnlos gewesen; die marxistische Theorie hatte sich wirtschaftlich nicht gerade bewährt.

»Sind Sie je aus der Stadt herausgekommen? Sie wissen schon, wie hierzulande die Pfadfinder. Ausflüge und so.«

Popov mußte grinsen und wunderte sich zugleich, worauf die Frage hinauslaufen sollte. »Eine meiner glücklichsten Erinnerungen in der Kindheit. Ich war bei den Jungen Pionieren. Im Sommer reisten wir auf ein staatliches Landgut und halfen dort einen Monat bei der Ernte. Wir lebten mit der Natur im Einklang, wie Sie in Amerika sagen.« Und dann, mit vierzehn, hatte er seine große Liebe kennengelernt, Jelena Iwanowna. Er fragte sich, wo sie jetzt wohl steckte. Für einen Moment packte ihn die Sehnsucht, wenn er an ihren Körper im Dunkeln zurückdachte, seine erste Eroberung ...

Brightling bemerkte, wie sein Gegenüber geistesabwesend lächelte und verstand es so, wie er es verstehen wollte. »Das hat Ihnen gefallen, stimmt's?«

Seine abgestandenen Liebesgeschichten wollten sie bestimmt nicht hören. »O ja. Ich habe mich immer gefragt, wie es wäre, dort draußen zu leben, mit der Sonne im Rücken, das Feld zu bestellen ... Mein Vater und ich wanderten weit in die Wälder hinaus, auf der Suche nach Pilzen.« Waldwanderungen waren bei den Sowjetmenschen in den sechziger Jahren ein beliebter Zeitvertreib. Anders als seine Mitbürger fuhren sie im Dienstwagen seines Vaters hinaus, aber als Junge mochte er die Wälder, fand es dort abenteuerlich und romantisch wie alle Jungen und genoß das Zusammensein mit seinem Vater.

»Gibt es eigentlich Jagdwild in den russischen Wäldern?« erkundigte sich Bill Henriksen.

»Man sieht alle möglichen Vögel, versteht sich, ab und zu auch mal einen Elch. Aber selten. Und Wölfe – die werden vom Hubschrauber aus von staatlichen Jägern gejagt. Man jagt sie. Wir Russen lieben die Wölfe nicht so wie Sie in Amerika. Es gibt viele Geschichten vom bösen Wolf, der die Kinder frißt und so weiter. Ammenmärchen zumeist, nehme ich an.«

Brightling nickte. »Das ist hier ähnlich. Dabei sind Wölfe eigentlich bloß große Hunde. Man kann sie als Schoßtiere halten, wenn man will. Einige tun es.«

»Wölfe sind sehr zutraulich«, fügte Bill hinzu. Er hatte sich oft einen als Haustier gewünscht, aber dafür brauchte man ein großes Grundstück. Vielleicht, wenn das Projekt begonnen hatte …

Worum, zum Teufel, ging es hier überhaupt? fragte sich Dmitrij, der das Spiel nach wie vor mitspielte. »Ich wollte immer mal auf einen Bären treffen, aber im Moskauer Umland gibt es keine mehr. Nur im Zoo sind welche zu sehen. Ich liebe Bären«, log er. In Wahrheit hatte er eine Heidenangst vor ihnen. Den russischen Kindern wurden meist gräßliche Legenden von wilden Bären erzählt, obwohl sie manchmal auch mit etwas Gutem in Zusammenhang gebracht wurden – anders als bei den Wolfsmärchen. Große Hunde? Wölfe *töteten* Menschen, die sich in der Tundra verliefen. Bauern und Bürger haßten die verdammten Räuber gleichermaßen und freuten sich, wenn die Jäger mit Hubschrauber und Maschinengewehren kamen, um sie aus den Verstecken zu treiben und abzuknallen.

»John und ich sind große Naturfreunde, wissen Sie!« strahlte Bill und winkte dem Kellner, noch eine Flasche zu öffnen. »Waren wir schon immer. Seit damals, bei den Pfadfindern – wohl was ganz Ähnliches wie eure Jungen Pioniere, nehme ich an.«

»Der sowjetische Staat ging mit der Natur sehr stiefmütterlich um. Unsere Umweltschäden sind noch weit schlimmer als eure hier. Amerikaner sind sogar nach Rußland gekommen, um die Schäden zu besichtigen und Vorschläge zu machen, wie man die Umweltverschmutzung reduzieren könnte …« Besonders am Kaspischen Meer, wo die meisten Störe im Dreck umkamen, bevor ihre Eier als Kaviar serviert, beziehungsweise wie seit jeher gegen harte Devisen ins Ausland verschoben werden konnten.

»Ja, das war kriminell«, versetzte Brightling nüchtern. »Aber das ist ein globales Problem. Die Menschen respektieren die Umwelt nicht so, wie sie es sollten!« Damit holte Brightling zu einem längeren Vortrag aus, dem Dmitrij höflich lauschte, bevor er wieder das Wort ergriff.

»In Amerika gibt es eine große Umweltbewegung, stimmt's?«

»Sie ist aber nicht so einflußreich, wie man sich wünschen würde«, wandte Bill ein. »Aber einigen von uns liegt die Natur sehr am Herzen.«

»Eine solche Bewegung könnte in Rußland sehr nützlich sein. Schade, daß so vieles sinnlos zerstört wurde«, sinnierte Popov und meinte es zum Teil ehrlich. Der Staat sollte die Rohstoffe schonen, schon um sie besser ausbeuten zu können. Der wilde Raubbau rührte daher, daß die lokalen politischen Größen keine Ahnung hatten. Andererseits war die UdSSR in allem, was sie unternahm, entsetzlich ineffizient geblieben – abgesehen von der Spionage, korrigierte sich Popov selbst. Amerika dagegen war immer vorneweg. Die Straßen waren viel sauberer als die in Rußland, selbst hier in New York, und nur eine Wegstunde von jeder größeren Stadt entfernt konnte man grüne Wälder und Wiesen, ertragreiche Ländereien bewundern. Doch was ihn im Moment mehr quälte, war die Frage, wie ein Gespräch über einen terroristischen Anschlag zu diesem Thema führen konnte? Hatte er das Gespräch unwissentlich darauf gelenkt? Nein, sein Auftraggeber hatte unversehens diese Richtung angesteuert – aber welche? Das übliche ökologische Geschwafel? Er nahm einen Schluck Wein und starrte seine Tischnachbarn an. »Wissen Sie, eigentlich hatte ich nie die Chance, mich in Amerika umzusehen. Dabei sehne ich mich schon nach den Nationalparks! Wie heißt noch der mit den Geysiren – Goldstone?«

»Yellowstone. Der liegt in Wyoming. Vielleicht die schönste Landschaft auf dem Kontinent«, erläuterte Henriksen dem Russen.

»Nein, das ist Yosemite!« widersprach Brightling. »In Kalifornien. Es ist das schönste Tal der Welt. Heute trampeln dort Touristen in gottverdammten Scharen herum, aber das wird sich bald ändern.«

»Im Yellowstone-Park ist es ähnlich, John. Und auch da wird sich etwas ändern – eines Tages«, schloß Bill Henriksen.

Was künftige Veränderungen betraf, waren sie offenbar ganz zuversichtlich. Aber die Nationalparks wurden doch von der Bundesregierung betrieben, und alle hatten Zugang, nicht wahr? Das war nur gerecht, denn immerhin finanzierte der Steuerzahler sie. Kein begrenzter Zugang nur für die Elite, sondern Gleichheit für alle. Was in den Sowjetschulen bloß abstrakt gelehrt wurde, galt hier als Lebensregel. Ein weiterer Grund, dachte Dmitrij, weshalb das eine Land untergegangen, das andere immer stärker geworden war.

»Was meinen Sie mit ›das wird sich ändern‹?« fragte Popov.

»Ach, dahinter steckt der Gedanke, den Einfluß der Bevölkerung auf die Umwelt zu reduzieren. Als Idee nicht schlecht. Aber bevor es so weit kommt, muß noch einiges passieren«, winkte Brightling ab.

»Stimmt, John – einiges schon!« Henriksen kicherte. Dann merkte er, daß sie schon genug offenbart hatten. »Wie werden wir erfahren, wann Grady losschlägt, Dmitrij?«

»Ich rufe ihn an. Er hat mir eine Handynummer gegeben, unter der ich ihn zu bestimmten Tageszeiten erreiche.«

»Sehr vertrauensselig, scheint mir.«

»Nur zu mir, Sir. Wir sind Freunde seit den achtziger Jahren, als er noch im Bekaa-Tal war. Außerdem ist es ein Mobiltelefon, vermutlich von jemand anderem und auch noch mit gefälschter Kreditkarte gekauft. Dem kommt man nicht so leicht auf die Spur, es sei denn mit hochentwickelten Gerätschaften. Amerika besitzt solche, England auch – andere Nationen kaum, jedenfalls nicht so viele.«

»Dann rufen Sie ihn an, wenn die Zeit reif ist. Aber denken Sie daran, daß es bald sein muß, nicht wahr, John?«

»Genau.« Dr. Brightling hatte einen Entschluß gefaßt. »Bill, du besorgst für morgen das Geld für den Transfer in die Schweiz. Und Sie, Dmitrij, werden das Bankkonto eröffnen.«

»Einverstanden, John«, gab Popov zurück, als der Dessertwagen angerollt kam.

Grady brachte die Aktion vollkommen aus dem Häuschen. In Dublin war es zwei Uhr früh. Die Fotos waren von einem Sympathisanten im Badezimmer entwickelt worden, sechs von ihnen vergrößert. Die Großaufnahmen hingen an der Wand. Die kleinen lagen auf den passenden Stellen einer Landkarte, die sie auf dem Arbeitstisch ausgebreitet hatten.

»Von hier werden sie kommen, direkt die Straße entlang. Es gibt nur einen Platz, wo sie parken können. Verstanden?«

»Alles klar«, nickte Rodney Sands und prüfte den Blickwinkel.

»Na schön, Rodney. Wenn wir so weit sind, wirst du ...« Grady entwickelte seinen Plan in aller Ausführlichkeit.

»Und wie verständigen wir uns?«

»Per Handy. Jede Gruppe bekommt eins, und wir funken uns mit Schnellwahl an, damit wir alle Informationen rasch und wirksam austauschen.«

»Waffen?« fragte Danny McCorley.

»Haben wir in Hülle und Fülle, Mann. Sie werden mit fünf Männern kommen, vielleicht sogar mit zehn, aber keinesfalls mehr. Sie haben nie mehr als zehn oder elf in den Einsatz geschickt, nicht mal in Spanien. Ihr habt sie doch selbst auf den Videobändern gezählt, oder? Fünfzehn von uns, zehn von denen, und das Überraschungsmoment arbeitet in beiden Phasen für uns.«

Die Barry-Zwillinge Peter und Sam runzelten anfangs skeptisch die Stirn ... könnte die Aktion wirklich handstreichartig durchgeführt werden ... und würde alles wie abgesprochen laufen? Doch, möglich war es durchaus.

»Was ist mit den Frauen?« wollte Timothy O'Neil wissen.

»Was soll mit ihnen sein?« fragte Grady zurück. »Sie sind unsere Primärziele.«

»Eine Schwangere, Sean ... das läßt uns politisch nicht gut aussehen ...«

»Es sind Amerikaner. Ihre Männer sind unsere eingeschworenen Feinde. Sie dienen nur als Lockvögel, um an die Männer heranzukommen. Wir brauchen sie nicht gleich zu töten, und wenn es die Umstände erlauben, lassen wir sie meinetwegen leben – als trauernde Witwen, Leute«, setzte Grady hinzu, um die Gewissensbisse des Jüngeren zu mildern. Timmy war kein Feigling, aber ihm haftete noch die alte bourgeoise Rührseligkeit an.

O'Neil gab sich geschlagen. Mit Grady kam man nicht gern überkreuz, außerdem war er sowieso der Kommandoführer. »Danach bringe ich die Gruppe ins Krankenhaus rein?«

Grady nickte. »Richtig. Roddy und ich bleiben draußen und geben Deckung.«

»Dann woll'n wir's versuchen, Sean«, nickte Tim, und entschied sich ein für allemal *für* diesen Anschlag.

26

FOLGERUNGEN

Problematisch bei solchen Befragungen war, daß man riskierte, den Gesuchten vorzuwarnen. Aber dagegen war kein Kraut gewachsen. Fast bis Mitternacht kreisten die Agenten Sullivan und Chatham um die Theke, fanden zwei Frauen, die Mary Bannister kannten, sowie eine, die mit Anne Pretloe befreundet war. Sie erfuhren den Namen eines Mannes, den man mit Mary tanzen gesehen hatte – ein Stammkunde, der an diesem Abend nicht kam, dessen Adresse jedoch über die Telefonnummer, die man ihnen gab, und die offenbar mehrere Frauen hier kannten, leicht zu ermitteln war. Gegen Mitternacht machten sie sich auf den Heimweg. Es war nervtötend, Stunden in einer belebten Bar zuzubringen und nichts als Cola zu trinken, selbst wenn sich dabei ein paar Hinweise ergaben. Aber das war ganz normal. Special Agent Sullivan ging in Gedanken noch einmal alles durch, als er einen 24-Stunden-Supermarkt betrat und sich etwas zum Abendessen holte, geistesabwesend vor den Regalen stehend und unwillkürlich dies und das herausgreifend – wie immer die spezielle Auswahl schmecken mochte.

»Guten Morgen, mein Schatz«, rief Ding und begann den Tag wie immer mit einem Kuß, bevor er sich aus dem Bett wälzte.

»Na, Ding!« Patsy wollte sich herumdrehen, aber das war nicht einfach, ebensowenig wie das ungewohnte Schlafen auf dem Rücken – mit dem Kind im Mutterleib kam sie sich wie eine spiegelverkehrte Schildkröte vor. Ihretwegen konnte es nicht schnell genug kommen, dachte Patricia Clark Chavez, obwohl ihr die Angst vor den Geburtsschmerzen noch immer zu schaffen machte. Sie fühlte, wie seine Hand über die gespannte Haut ihres ehemals flachen, festen Bäuchleins glitt.

»Wie geht's denn dem Baby?«

»Fühlt sich an, als ob's wach wäre«, gab sie versonnen lächelnd zurück und fragte sich, wie sie oder er wohl aussehen mochte. Ding war natürlich überzeugt, daß es ein Junge war. Wahrscheinlich war das sein Latino-Erbe, dachte sie. Als Ärztin wußte sie es besser. Was immer es war, es würde mit fast hundertprozentiger Wahrscheinlichkeit gesund zur Welt kommen. Das kleine Wesen in ihrem Innern war seit dem ersten »Blubbern« mit drei Monaten, wie sie es nannte, außerordentlich aktiv gewesen. »Jetzt geht's wieder los«, berichtete sie, als er oder sie sich in seinem oder ihrem Ozean aus Fruchtwasser umdrehte.

Domingo Chavez spürte die Bewegungen an seinen Handflächen und lächelte. Dann beugte er sich herab, um seine Frau erneut zu küssen, bevor er sich ins Badezimmer aufmachte. »Ich liebe dich, Pats«, hauchte er ihr unterwegs mit einem Luftkuß zu. Für ihn war die Welt wie immer in Ordnung. Unterwegs zum Bad warf er einen verstohlenen Blick ins Kinderzimmer, wo die farbigen Kaninchen an der Wand lustig dreinblickten und die Wiege schon bereitstand. Bald, tröstete er sich. Jeden Moment konnte es soweit sein, hatte die Gynäkologin gemeint, und hinzugefügt, daß die ersten Babys immer etwas auf sich warten lassen. Eine Viertelstunde später hatte er seinen Morgensweater an und trat nach draußen, mit nichts als ein, zwei Tassen Kaffee intus, denn er frühstückte nie vor dem Training. Mit dem Wagen fuhr er rasch zum Team-2-Gebäude vor, wo seine Truppe sich gerade versammelte.

»Hallo, Eddie!« Chavez grüßte Eddie im Vorübergehen.

»Guten Morgen, Major!« bellte der Hauptfeldwebel zurück. Fünf Minuten später hockten sie allesamt im Gras. An diesem Morgen leitete Feldwebel Mike Pierce, nach wie vor der führende Killer des Teams, die Übung. Strecken und Muskelübungen nahmen fünfzehn Minuten in Anspruch, dann ging es zum morgendlichen Langstreckenlauf.

»Fallschirmjäger springen in den Sand«, brüllte Pierce im militärischen Singsang, und augenblicklich stimmten alle übrigen im Chor ein:

»... und haben mehr Schiß als Verstand!«

Chavez, der die Ranger-Ausbildung in Fort Benning, aber keine Fallschirmjägerschulung mitgemacht hatte, billigte den traditionellen Sprechchor. Es wäre sinnvoller, dachte er, vom Hubschrauber aus ins Getümmel zu springen, als am Seil zu hängen und den Schweinen am Boden ein prächtiges Ziel abzugeben, ohne selbst zurückfeuern zu können. Schon die bloße Vorstellung jagte ihm Angst ein. Doch war er der einzige in der Team-2-Mannschaft, der noch nie abgesprungen war, weshalb er als »Weichei« und steifbeiniger Stoppelhopser galt und nicht zur gesalbten Elite mit dem silbernen Eishörnchen-Abzeichen am Revers zählte. Komisch, daß ihn seine Leute deshalb noch nicht aufgezogen hatten, dachte er, als er den ersten Kilometerpfosten auf der Strecke erreichte. Pierce war ein begnadeter Läufer und legte einen ordentlichen Schritt vor; vielleicht wollte er jemanden zum Wettrennen animieren. Aber niemand würde ihn herausfordern, soviel stand fest. Daheim bereitete sich Patsy jetzt auf ihre Arbeit in der Ambulanz vor. Ding mußte daran denken, daß sie sich im Augenblick in der Unfallmedizin kundig machen wollte, um Chirurgin zu werden. Komisch, daß sie bisher noch keine Spezialisierung als Fachärztin hatte. Bestimmt hatte sie das Zeug dazu, und ihre schmalen Hände qualifizierten sie erst recht für die Chirurgie. Ihre Geschicklichkeit trainierte sie oft mit Hilfe von Spielkarten, und in den letzten Wochen war sie zur Kartentrick-Expertin geworden, der selbst er nicht auf die Schliche kam. Ihre Feinmotorik war unglaublich, dachte Domingo stolz, als er den dritten Kilometerstein hinter sich ließ. Hier fingen die Muskeln an, sich bemerkbar zu machen; nach zwei Kilometern schienen die Beine zu denken, sie wären jetzt weit genug gelaufen und könnten in langsamen Trab verfallen. Wenigstens bei Ding war das der Fall. Zwei aus dem Team waren Marathonläufer, und soweit er es beurteilen konnte, wurden diese beiden, Loiselle und Weber (jeweils der Kleinste und der Größte im Team), *nie* müde. Besonders der Deutsche, Absolvent der Gebirgsjägerschulung in der Bundeswehr und Träger des Bergemeister-Abzeichens, war der Fitteste von allen, und Chavez hielt sich selbst schon für äußerst kräftig. Loiselle hingegen rannte wie ein Reh, mit graziler Eleganz und kaum sichtbarer Anstrengung.

Noch zehn Minuten, dachte Chavez, dann würden seine Beine protestieren, aber er würde sich nichts anmerken lassen und stattdessen eine ruhige, entschlossene Miene aufsetzen. Team-1 rannte auch, aber auf der gegenüberliegenden Bahn; glücklicherweise traten sie nicht gegeneinander an. Ihre Zeiten hielten sie jedesmal fest, doch ein direkter Wettbewerb hätte allen Rainbow-Soldaten eine destruktive Hetzjagd auferlegt, die nur zu Verletzungen führte. Von denen gab es auch so schon mehr als genug, obwohl Team-2 derzeit vollständig einsatzbereit war und alle Zerrungen und Schürfwunden abgeheilt waren.

»Kommando … im Trott marsch, marsch, und Ende!« rief Pierce endlich, als sie ihre Morgenrunde hinter sich hatten. Nach fünfzig Metern kamen sie zum Stehen.

»Alle herhören, Leute, guten Morgen! Ich hoffe, ihr genießt das Wachwerden und den neuen Tag, um die Welt vor den Schurken in Schutz zu nehmen!« Auch Pierce standen glänzende Schweißperlen im grinsenden Gesicht. »Major Chavez, übernehmen Sie!« Damit kehrte er zu seinem üblichen Platz in der Reihe zurück.

»Meine Herren, das war eine gute Anwärmübung für uns alle. Danke, Sergeant Pierce, daß Sie heute früh den Lauf angeführt haben. Alle Mann duschen und frühstücken. Rührt euch!« Bei diesem Befehl brachen die zwei Fünferreihen auf, und die Männer begaben sich in ihr Quartier, um sich den Schweiß abzuduschen. Manche massierten Arme und Beine, schleuderten und reckten sie zur Auflockerung. Endorphine strömten in ihre ausgelaugten Körper, sorgten für den sogenannten »Sprinterorgasmus«, wie ihn manche nannten. In ein paar Minuten würde sich ein herrliches Wohlbehagen verbreiten, in dem sie für den Rest des Vormittags schwelgten. Schon jetzt schwatzten sie fröhlich durcheinander, über dies und jenes fachsimpelnd oder auch nicht.

Das englische Frühstück unterschied sich gar nicht so sehr vom amerikanischen: mit Schinken und Eiern, Toast und Kaffee – einige zogen Frühstückstee vor – tankten sie Kraft für den Tag. Einige der Männer hielten Diät und kontrollierten ihre persönlichen Blutfettwerte. Inzwischen hatten alle ihre Tagesuniform an, die sie am Schreibtisch trugen. Heute würde Tim Noonan eine Vorlesung über Funkdisziplin halten. Die neuen Geräte von E-Systems machten solche Vorsichtsmaßnahmen eigentlich überflüssig, aber Noonan wollte sicherstellen, daß sie alles darüber wußten, auch wie die Kodierung vor sich ging. Damit konnten sich die Männer ungestört unterhalten, während eventuelle Mithörer nur elektrostatisches Rauschen hörten. Das war vorher auch nicht anders gewesen, doch die neuen tragbaren Geräte mit ihren Kopfhörern und schilfgrasdünnen Mikros, die vor dem Gesicht baumelten, waren technisch ein großer Fortschritt, hatte man Chavez versichert. Bill Tawney wollte sie anschließend über neueste Erkenntnisse der Abwehr und Aufklärung informieren, speziell hinsichtlich der drei vorangegangenen Einsätze. Danach kam die Vormittagsübung am Schießstand an die Reihe, doch heute nicht mit Echtfeuer auf bewegliche Ziele. Stattdessen würden sie das Herabklettern von Malloys Hubschrauber am langen Seil üben.

Ein anstrengender, wenn auch nur routinemäßiger Tag stand Rainbow bevor. Im stillen fügte Chavez noch »langweilig« hinzu, aber John gab sich alle Mühe, die Routine abwechslungsreich zu gestalten. Außerdem wiederholte man die Grundausbildung, weil sie, nun ja, grundlegend war für ihren Job. Es waren die eintrainierten Griffe und Kniffe, an die man sich hielt, wenn ein Kampfeinsatz ihrer Kontrolle entglitt und keine Zeit mehr blieb, groß nachzudenken. Deshalb konnten sich die Männer anpassen, wenn die Übungsvorgaben vom sonst üblichen Szenario abwichen, und jeder einzelne wußte – manchmal wortlos und wie durch Gedankenlesen –, was er und seine Partner zu tun hatten. Das war der Lohn für den sturen, monotonen Drill. Team-2 war ebenso wie Peter Covingtons Team-1 zu einem großen, lebendigen Organismus verschmolzen, dessen einzelne Glieder wie von selbst perfekt koordiniert zusammenwirkten. Wenn Chavez darüber nachdachte, kam es ihm oft unglaublich vor; alles ging so selbstverständlich wie das Ein- und Ausatmen. Allein wie Mike Pierce im Worldpark über den Tisch gehechtet war! Das gehörte nicht zur Trainingsroutine, aber er hatte impulsiv und perfekt reagiert. Schade war nur, daß der Täter nicht gleich ins Hirn, sondern erst in den Rücken getroffen wurde, auch wenn die Wunden sofort tödlich waren – bevor ein zweites Geschoß ihm den Kopf abriß. Und die anderen Teammitglieder vertrauten vollkommen darauf, daß Pierce seinen Bereich unter Deckung hielt, um sich, sobald jeder Widerstand ausgemerzt war, den anderen anzuschließen. Wie die Finger einer Hand, dachte Chavez, eine tödliche Faust bilden oder getrennte Aufgaben übernehmen können, weil alle Finger vom Verstand gelenkt werden. All das waren seine Männer. Und das war das Schönste daran.

An Waffen zu kommen war die leichteste Übung. Außenstehenden mochte das merkwürdig vorkommen – aber mit Gewehren gingen die Iren um wie Eichhörnchen mit Nüssen; stets wurden welche gehortet, und manchmal vergaß man sogar, wo zum Teufel sie versteckt waren! Eine Generation lang hatte man die IRA mit Waffen beliefert, und die IRA hatte sie hauptsächlich unterirdisch versteckt. Für später, wenn die Zeit gekommen wäre, daß die gesamte irische Nation sich, von Provos angeführt, gegen die englischen Eindringlinge erheben und sie für immer vom geheiligten Boden der grünen Insel vertreiben würde… Oder so ähnlich, dachte Grady. Mit eigener Hand hatte er über dreitausend Schießeisen vergraben, meist AKMS-Sturmgewehre russischer Bauart, wie hier auf dem Feld eines Bauernhofs in Tipperary County. Er hatte die Ladung vierzig Meter westlich der alten Eiche eingebuddelt, vom Haus aus gesehen hinter dem Hügel. Sie lagen zwei Meter tief, damit kein Traktor sie beschädigen oder zufällig freilegen konnte, aber noch immer flach genug, um mit dem Spaten innerhalb von zwei

Stunden dranzukommen. Etwa hundert von ihnen hatte ihnen 1984 eine mildtätige Seele überlassen, der er im Libanon begegnet war. Dazu die vorab geladenen Plastikmagazine, zwanzig pro Gewehr. Das alles war in mehreren Kisten vernagelt, Waffen und Munition in Ölpapier gewickelt, was er von den Russen gelernt hatte, um sie gegen Feuchtigkeit zu schützen. Die meisten Pakete waren noch wohlverschnürt, wie Grady feststellte, als er seine Auswahl traf. Zwanzig legte er beiseite, deren Papier er aufriß, um nach Rost oder Korrosionsspuren zu suchen und die Bolzen und Hebel zu überprüfen. Die Waffen sahen aus, als wären sie eben erst frisch aus der Fabrik bei Kazan gekommen. Die AKMS war eine verbesserte Version der AK-47, doch zusammenklappbar und dadurch leichter zu verbergen als die originalgroße militärische Schulterwaffe. Einfach im Gebrauch, zuverlässig und unauffällig – diese Eigenschaften qualifizierten sie bestens für sein Vorhaben. Fünfzehn Stück, für die er sich schließlich entschied, lud er in den Lastwagen, und dann wurde es Zeit, das Erdloch zu schließen. Drei Stunden später war der LKW unterwegs zu einer anderen Farm, diesmal an der Küste von Cork County gelegen – mit dem Eigentümer hatte Sean Grady ein Arrangement getroffen.

Schon vor sieben Uhr früh saßen Sullivan und Chatham wieder im Büro, nachdem sie sich durch den Berufsverkehr gekämpft und endlich auch einen Parkplatz gefunden hatten. Ihre erste Aufgabe bestand darin, ein computergestütztes Raster zu benutzen, um die Eigentümer der Telefonanschlüsse ausfindig zu machen. Das war schnell erledigt. Als nächstes mußten sie die drei Männer aufsuchen und verhören, die angeblich mit Mary Bannister und Anne Pretloe zusammengewesen waren. Möglicherweise war einer von ihnen der Serientäter oder Entführer. Wenn ersteres zutraf, würde er geschickt und mit krimineller Energie reagieren. Ein Serientäter glich einem Jäger auf Menschenpirsch; die Klügeren von ihnen verhielten sich merkwürdigerweise wie Soldaten. Sie mußten ihre Opfer erst auskundschaften, Gewohnheiten und Schwächen kennenlernen, dann spielten sie mit ihnen Katz und Maus, und wenn der Spaß vorbei war, töteten sie sie. Der Mordfall selbst, als Teilaspekt dieses Geschehens, war strenggenommen nicht Sache des FBI, die Entführung schon, wenn der Killer sein Opfer über die Staatsgrenze verschleppt hatte. Daß wenige hundert Meter von Manhattan entfernt eine Staatsgrenze verlief, berechtigte die Agenten, sich einzuschalten. Bei ihren Ermittlungen mußten sie sorgfältig vorgehen; Serientäter tarnten sich nach außen oft durch harmloses Auftreten, schon um Vertrauen einzuflößen. Gewiß galt er als netter, freundlicher, womöglich gutaussehender Zeitgenosse, vollkommen gutartig – bis zu dem Moment, wó es zu spät war und er sein Opfer in den Krallen hatte. Diese Sorte Verbrecher war – nach Überzeugung beider Agenten – die allerschlimmste.

Versuchsperson F-4 näherte sich mit Riesenschritten dem Ende. Weder Interferon noch Interleukin-3a hatte ihren Shiva-Ketten etwas anhaben können, die sich lustvoller denn je vermehrten und ihre Leber mit verdoppelter Energie angriffen, ebenso die Milz, die sich unter schweren inneren Blutungen zersetzte. Eigentlich merkwürdig, dachte Killgore. Am Anfang ließ sich Shiva Zeit, aber dann gab es kein Halten mehr; es fiel mit aller Gier über die Eingeweide der Testperson her. Mary Bannister dürfte noch fünf Tage leben, mehr nicht.

M-7, Chip Smitton, war ein wenig besser dran. Sein Immunsystem wehrte sich nach Kräften, doch Shiva ließ sich nicht kleinkriegen; bei ihm arbeitete das Virus langsamer, doch ebenso unausweichlich wie bei F-4.

Killgore hatte sich die Mühe gemacht und die detaillierten Krankengeschichten dieser Versuchsperson nachvollzogen. Bannisters Familie hatte eine Brustkrebs-Tradition – ihre Mutter und Großmutter hatte der Brustkrebs hingerafft, und sie wurde rascher als alle anderen von Shiva befallen. Gab es eine Korrelation zwischen erhöhtem Krebsrisiko und der Empfänglichkeit für Infektionen? Konnte das bedeuten, daß dem Krebs eine Störung des Immunsystems zugrunde lag, wie die medizinische Forschung längst vermutete? Das ergäbe Stoff für einen Artikel im *New England Journal of Medicine* – Publikationen wären seinem Gelehrtenruhm zuträglich, aber er würde keine Zeit dafür finden, und wenn er erschien, gab es sowieso kaum noch Leser. Aber man könnte in Kansas davon berichten, dort würden noch Mediziner praktizieren, die das Todesgen erforschen und eliminieren wollten. Die hervorragendsten Kapazitäten bei Horizon waren gar nicht Teil des Projekts, aber *sie* zu töten hieße, sich ins eigene Fleisch zu schneiden. Darum würden auch sie, wie so viele andere, vom Großmut der Projektleitung profitieren. Man würde weit mehr Menschen das Überleben gestatten als notwendig – schon der genetischen Vielfalt wegen, und kluge Köpfe, die das Projekt mit der Zeit schon begreifen und gutheißen würden, konnten sie immer brauchen. Sie hatten sowieso keine Wahl. Schließlich waren sie mit dem B-Impfstoff versehen, den Steve Berg zusammen mit der tödlichen A-Variante entwickelt hatte. Jedenfalls war seine Überlegung von wissenschaftlichem Wert, auch wenn sie den Versuchspersonen nichts mehr nutzte, die jetzt allen verfügbaren Raum im Behandlungstrakt einnahmen. Killgore sammelte seine Akten ein und begann seinen Rundgang mit einem Besuch bei F-4, Mary Bannister.

Allein die hohe Morphiumdosis machte ihr das Dahinvegetieren erträglich. Dieselbe Dosis konnte für eine gesunde Person lebensgefährlich sein und hätte auch den abgebrühtesten Drogenfixer entzückt.

»Na? Wie fühlen wir uns denn heute früh?« erkundigte sich der Doktor heiter.

»Schlapp ... schwach ... elend ...«, gab Mary Bannister zur Antwort.

»Und was machen die Schmerzen, Mary?«

»Ungefähr hier ... aber nicht schlimm ... im Magen vor allem.« Ihr Gesicht war wachsbleich infolge der Blutungen, und das Melanom im Gesicht war schon zu groß, um ihr noch einen Blick in den Spiegel zu gestatten – sie wäre vor sich selbst entsetzt zurückgewichen. Die Versuchspersonen sollten in Würde sterben. Das machte allen weniger Scherereien. Von ihnen getestete Tiere konnten ihnen keinen Ärger machen, und es gab keine gesicherten Daten über den medikamentösen Einfluß auf ihr Schmerzverhalten. Vielleicht war das mal eine Versuchsreihe in Kansas wert? Seinen Talenten käme es entgegen, dachte Killgore, als er die Morphiumdosis im Tropf von F-4 abermals nach oben korrigierte ... nur ein bißchen ... gerade genug, um sie ihrem Dämmerschlaf zu überlassen. Ihr konnte er die Gnade erweisen, die er den Rhesusäffchen verweigerte. Ob man Tierversuche in Kansas noch zulassen würde? Es gäbe einige Schwierigkeiten zu überwinden. Ohne den internationalen Luftfracht-Service war es nicht leicht, Tiere ins Labor zu bekommen, und dann blieb noch die ästhetische Frage. Die meisten Projektteilnehmer wären wohl strikt dagegen, und das aus guten Gründen. Aber wie, verdammt noch mal, sollte er Medikamente und Behandlungen entwickeln ohne ein Minimum an Tierversuchen? Es war eine Belastung für das Gewissen, überlegte Killgore, während er von einem Sterbezimmer ins nächste ging, aber umsonst war der wissenschaftliche Fortschritt nicht zu haben, und schließlich wurden doch wahrhaftig Millionen Tiere durch sie gerettet! Tausende hatten sie gebraucht, um Shiva zu entwickeln, und dagegen hatte auch niemand ernstlich protestiert. Er würde das Thema bei der Institutskonferenz zur Sprache bringen, beschloß Killgore, als er bei M-7 eintrat.

»Na, wie geht's uns denn heute, Chip?« fragte er mit aller Freundlichkeit.

Sie konnten alle der Vorsehung danken, daß sich die Garda in diesem Teil des Cork County selten blicken ließ. Hier kam es kaum zu Straftaten, weshalb sie keinen Grund zu verschärfter Aufmerksamkeit hatte. Die Einheiten der irischen Nationalpolizei waren nicht weniger schlagkräftig als ihre britischen Kollegen. Ihre Abwehr arbeitete bedauerlicherweise mit den ›Five‹-Spitzeln in London zusammen, doch keinem der Dienste war es je gelungen, Sean Grady aufzuspüren – jedenfalls nicht, nachdem er die V-Leute in seiner Zelle enttarnt und eliminiert hatte. Beide waren spurlos verschwunden, an die Lachse oder sonstige Fische verfüttert, falls denen Spitzelfleisch schmeckte. Grady erinnerte sich noch an ihren Gesichtsausdruck, als sie ihre Unschuld beteuerten, bis zu dem Augenblick, als sie ins Meer stürzten, fünfzehn Seemeilen vor der Küste, mit Eisengewichten an den Beinen. Ihre Unschuld? Wenn sein Verdacht nicht berechtigt gewesen wäre, wieso wurde danach seine Zelle nie wieder vom SAS behelligt, nachdem es drei ernsthafte, beinahe tödliche Attacken auf sie gegeben hatte? Mit Unschuldsschwüren sollte man ihm nicht mehr kommen.

Jetzt bevölkerten seine Leute die herrliche kleine Dorfkneipe The Foggy Dew, die nach einem beliebten Rebellenlied benannt war. Sie hatten mehrere Stunden Schießübungen auf der abgelegenen Küstenfarm hinter sich, die viel zu weit von der Zivilisation entfernt lag, als daß irgend jemand das Knattern der Automatikwaffen gehört und gedeutet haben könnte. Einige Magazine mußten geopfert werden, während seine Männer den Umgang mit den AKMS-Sturmgewehren probten, doch Schulterwaffen waren leicht zu bedienen, und diese wiederum leichter als die meisten anderen. Jetzt redeten sie über persönlichen Kram, wie gute Kumpels bei einem Bierchen oder zwei. Die meisten schauten sich die Übertragung des Fußballspiels an. Auch Grady blickte auf den Bildschirm, der an der Wand hing, doch in Wirklichkeit ging er wieder und wieder die bevorstehende Aktion durch, stellte sich den Tatort in allen Einzelheiten vor, fragte sich, wie rasch die Rainbow-

Truppe zur Stelle sein würde. Die Richtung, aus der sie kamen, lag auf der Hand. Für all das hatte er Vorsorge getroffen, und je mehr er an seinem Aktionsplan feilte, desto besser gefiel er ihm. Mag sein, daß ein paar seiner Leute dabei draufgingen, aber die Revolution war schließlich kein Spaziergang, und wenn er sich unter den Männern hier im Pub umschaute, wußte er, daß sie das Risiko ebenso bereitwillig in Kauf nahmen wie er.

Er warf einen Blick auf die Uhr, dann griff er in die Seitentasche und aktivierte sein Handy. Das tat er dreimal am Tag, ließ es aber aus Sicherheitsgründen nie länger als zehn Minuten an. Vorsicht war geboten. Nur weil er das wußte, und ein paarmal Glück gehabt hatte – wie er zugeben mußte –, hatte er in diesem Bürgerkrieg so lange überlebt. Zwei Minuten später piepste das Handy. Grady erhob sich und trat vor die Tür, um den Anruf entgegenzunehmen, den er längst erwartete.

»Ja bitte?«

»Sean, hier ist Joe.«

»Hallo, Joe!« freute sich Grady. »Wie ist das Wetter in der Schweiz?«

»Im Augenblick bin ich noch in New York«, erklärte Popov am anderen Ende. »Ich wollte Ihnen nur ausrichten, daß die Geschäfte, über die wir gesprochen haben, abgeschlossen sind. Die Finanzierung steht.«

»Ausgezeichnet, Joe. Und was ist mit der anderen Sache?«

»Die bringe ich dann persönlich mit. In zwei Tagen bin ich bei Ihnen. Ich werde im Firmenjet nach Shannon gebracht. Ankunft morgens gegen sechs Uhr dreißig.«

»Ich lasse Sie abholen«, versprach Grady.

»Freut mich, mein Lieber. Also, bis dann!«

»Wiederhören, Joe.«

»Bye, Sean.« Dann war es still in der Leitung. Grady schaltete das Gerät aus und steckte es wieder ein. Daß ihn jemand abgehört hatte, hielt er für unwahrscheinlich – ringsum erstreckte sich bis zum Horizont unbewohnte Landschaft, und außer seinem LKW war nirgends ein geparkter Wagen zu sehen. Und wenn jemand wüßte, wo er war, wäre man ihn und seine Männer längst holen gekommen, notfalls mit ganzen Heerscharen bewaffneter Soldaten und Polizisten. Selbst wenn ihn jemand anzapfte, hatte er nur einem unverfänglichen Wortwechsel unter Geschäftsleuten gelauscht, knapp und allgemein gehalten. Er kehrte in die Kneipe zurück.

»Wer war's denn, Sean?« wollte Roddy Sands wissen.

»Unser Joe«, erwiderte Grady. »Er hat besorgt, was wir haben wollten. Wir werden also baldmöglichst losschlagen, denke ich.«

»Auf Irland!« Roddy hob das Glas und leerte es in einem Zug.

Der Sicherheitsdienst, der früher MI (Military Intelligence)-5 genannt wurde, erfüllte schon seit mehr als einer Generation zwei vordringliche Aufgaben. Eine bestand darin, die Spionage der Sowjets gegen die britische Regierung aufzuklären – was leider viel Arbeit mit sich brachte, denn der KGB und seine Vorgänger hatten mehr als einmal die britische Abwehr durchbrochen. Einmal wäre es ihnen fast gelungen, ihren Agenten Kim Philby in den MI-5 einzuschleusen, was den Sowjets Einblick in alle geheimdienstlichen Aktivitäten der Engländer verschafft hätte. Im Rückblick flößte die Schlappe den Five-Leuten immer noch Angst und Schrecken ein. Die zweite Aufgabe war, die Irische Republikanische Armee und andere irische Terrorkommandos zu unterwandern, ihre Anführer möglichst zu identifizieren und auszuschalten; dieser Kleinkrieg folgte althergebrachten Mustern. Mal entsandte man die Polizei, um Verhaftungen durchzuführen, mal rückten SAS-Truppen aus, um offensiver gegen die Täter vorzugehen. Dieses zweigleisige Vorgehen hing damit zusammen, daß sich die englische Regierung nicht entscheiden konnte, ob sie das »Irenproblem« der allgemeinen Kriminalität zuordnen oder als Frage der nationalen Sicherheit behandeln sollten. Im Ergebnis trug aus Sicht des FBI die Unentschlossenheit nur dazu bei, daß sich die sogenannten »Unruhen« in Nordirland nunmehr fast über drei Jahrzehnte erstreckten.

In politischen Angelegenheiten waren die Five-Mitarbeiter jedoch nicht kompetent. Das war Sache der gewählten Volksvertreter. Die hörten freilich oft nicht einmal auf ihre geschulten Experten, die zeitlebens mit dieser Materie befaßt waren. Ohne Einfluß auf die Politik zu haben, mußten sie der traditionellen Linie folgen, Erkentnnisse sammeln und voluminöse Akten über bekannte und mutmaßliche IRA-Täter anlegen für den Fall, daß eine andere Regierungsbehörde einschreiten wollte.

In erster Linie rekrutierten sie Zuträger. Die eigenen Genossen anschwärzen war bei den Iren ein beliebter Zeitvertreib, den die Engländer seit jeher für ihre Zwecke nutzten. Immer wieder wurde spekuliert, woher das kam. Meist machte man die Konfession dafür verantwortlich. Die IRA betrachtete sich als Schutztruppe der katholischen Iren, doch diese Orientierung hatte ihren Preis. In den Herzen derer, die im Namen ihrer religiösen Überzeugung töteten, waren die ethischen Grundsätze und Lebensregeln des Katholizismus lebendig. Daher hatten sie immer wieder mit Schuldgefühlen zu kämpfen, die sie nicht für sich behalten konnten.

›Five‹ führte ein umfangreiches Dossier über Sean Grady, ebenso wie über andere IRA-Führer. In Gradys unmittelbaren Umkreis hatte man einst einen Informanten einschleusen können, der bedauerlicherweise verstummt, verschwunden, zweifellos ermordet worden war. Daß Grady schon früh mit den ›Knieschüssen‹ aufgehört hatte, war bekannt. Heute pflegte er undichte Stellen in der Geheimhaltung durch Mord zu schließen, ohne daß die Leichen je auftauchten. ›Five‹ unterhielt dreiundzwanzig Informanten in diversen PIRA-Einheiten. Vier waren Frauen, deren Moral unter dem irischen Durchschnitt lag; die übrigen neunzehn waren auf die eine oder andere Weise angeworbene Männer, auch wenn drei von ihnen nicht einmal wußten, daß der britische Geheimdienst Informationen durch sie bezog. Der Sicherheitsdienst tat sein Bestes, um sie zu schützen; wenn sie ausgedient hatten, holte man sie meist nach England, um ihnen für den Rest ihres Lebens eine neue, gesicherte Identität in Kanada zu verschaffen. Doch im allgemeinen galten sie als Trumpfkarten, die ›Five‹ so lange wie irgend möglich nutzte, denn die Mehrheit von ihnen hatte selbst gemordet oder Beihilfe geleistet, sie waren also Kriminelle und Verräter zugleich, deren Gewissen sich einfach zu spät gemeldet hatte, um bei ihren Führungsoffizieren großes Mitleid zu erwecken.

Grady war wie vom Erdboden verschluckt. Mehr ging aus seinem Dossier nicht hervor. Manche vermuteten gar, ein Konkurrent habe ihn beseitigt, doch entsprechende Hinweise konnten auch durch die PIRA-Führung selbst ausgestreut worden sein. Grady wurde sogar von den innerparteilichen Feinden respektiert, als leidenschaftlicher Kämpfer für die Sache und kluger Taktiker, der in Londonderry mehr Polizisten und Soldaten auf dem Gewissen hatte als viele andere. Auch der Sicherheitsdienst fahndete noch immer nach ihm wegen der drei SAS-Leute, die er gefangennehmen, foltern und ermorden ließ. Diese Leichen hatte man gefunden, und die Empörung innerhalb des SAS schwelte noch immer. Das 22. Special-Air-Service-Regiment würde so etwas nicht vergessen und niemals vergeben – töten, das schon, aber foltern nie.

Cyril Holt, zweiter Direktor des Sicherheitsdienstes, schloß gerade seinen Vierteljahresbericht über die dringendsten Fälle ab, als er bei Gradys Dossier innehielt. Irgendwie glitt er ihnen immer wieder durch die Finger. Wenn er tot war, hätte Holt doch davon gehört. Möglich war auch, daß er den Kampf aufgegeben und eingesehen hatte, daß der politische Flügel der IRA endlich Friedensverhandlungen aufnehmen mußte, was er durch Einstellen der Anschläge unterstützen wollte. Doch das mochten Holt und seine Leute nicht recht glauben. Dem Charakterprofil zufolge, das der Chef der Psychiatrieabteilung im Londoner Guy's Hospital erstellt hatte, würde er der letzte sein, der die Flinte ins Korn wirft und den Frieden mit den Besatzern herbeiwünscht.

Blieb als dritte Möglichkeit, daß er noch immer da draußen lauerte, in Ulster, oder in der Republik – wohl eher dort, denn die meisten Five-Informanten saßen im Norden. Holt musterte Gradys Fotos und die der rund zwanzig PIRA-Soldaten unter seinem Kommando, für die es jeweils Einzeldossiers gab. Keins der Bilder lohnte die Auffrischung durch den Computer. Er nahm an, daß der militante PIRA-Führer noch immer aktiv war; Anschläge plante, die klappten oder vereitelt wurden; und sich ansonsten in seiner Tarnexistenz ruhig verhielt. Was blieb Holt und seinen Leuten anderes übrig, als die Augen offenzuhalten? Er machte eine Aktennotiz, klappte den Deckel zu und schob das Dossier in die Ablage. Anderntags würden seine Notizen in den Five-Rechner eingespeist werden, dessen Datenbanken nach und nach die Aktenberge ersetzten. Holt mochte ihn nicht. Ihm war es lieber, die Akten in der Hand zu halten.

»Schon so bald?« fragte Popov.

»Warum nicht?« versetzte Brightling.

»Sie müssen es wissen, Sir. Und das Kokain?« fügte er mißmutig hinzu.

»Ist schon verpackt. Zehn Pfund in medizinisch reiner Zusammensetzung aus unserem eigenen Lager. Die Reisetasche nehmen Sie ins Flugzeug mit.«

Drogentransporte durchzuführen gefiel Popov ganz und gar nicht, und keineswegs, weil ihm plötzlich moralische Bedenken gekommen wären. Aber er fürchtete die Zollbeamten und ihre Hunde. Brightling sah, wie er die Stirn in Furchen legte, und mußte grinsen.

»Seien Sie unbesorgt, Dmitrij. Wenn es Probleme gibt, sagen Sie einfach, Sie bringen das Zeug zu unserer Filiale in Dublin! So steht es in den Begleitpapieren. Passen Sie nur auf, daß Sie möglichst keinen Gebrauch davon machen müssen. Es könnte sonst peinlich werden.«

»Wie Sie meinen.« Popov erlaubte sich, tief durchzuatmen. Diesmal flog er mit einem gecharterten Gulfstream-V-Firmenjet; die Drogen im normalen Reiseverkehr zu transportieren wäre denn doch zu gefährlich gewesen. Einreisende aus Amerika wurden in europäischen Staaten nur flüchtig kontrolliert; von Amerikanern erwartete man, daß sie ihre Dollars ausgaben und keinen Ärger machten. Doch Hunde wurden inzwischen überall eingesetzt, denn jedes Land der Welt hatte Probleme mit Drogensüchtigen.

»Heute abend noch?«

Brightling nickte und warf einen Blick auf die Uhr. »Die Maschine wird am Teeterboro-Flughafen bereitgestellt. Seien Sie gegen sechs dort.«

Popov verließ seinen Auftraggeber; ein Taxi brachte ihn in seine Wohnung zurück. Beim Packen dachte er über seine Mission nach. Brightling verletzte mit dieser Aktion die rudimentärsten Vorsichtsmaßregeln. Ihm einen Privatjet zur Verfügung zu stellen, der direkte Rückschlüsse auf seine Firma erlaubte, ebenso wie die Begleitpapiere des Kokains – und kein Versuch, die Verbindung zu Popov zu verschleiern! Vielleicht bedeutete es, daß Brightling seinem Agenten nicht mehr über den Weg traute, daß er eine Aussage fürchtete, falls man Popov verhaftete. Aber nein, dachte Dmitrij Arkadejewitsch. Brächte man ihm kein Vertrauen entgegen, würde die gesamte Aktion unterbleiben. Popov war stets der Mittelsmann zwischen Brightling und den Terroristen gewesen.

Dennoch traf er keine Sicherheitsvorkehrungen – scherte er sich denn nicht um seine persönliche Sicherheit? Wie konnte ihm das egal sein? Oder wollte Brightling ihn eliminieren? Denkbar war es, aber wenig wahrscheinlich. Brightling war skrupellos, aber nicht besonders raffiniert – oder vielleicht auch zu raffiniert. Er würde sich denken können, daß Popov detaillierte Aufzeichnungen an zuverlässiger Stelle deponiert hatte. Sein gewaltsamer Tod würde seine Mitwirkung am geplanten Massenmord schonungslos aufdecken. Diese Möglichkeit konnte der Russe also ausschließen.

Was war es dann?

Der Ex-Spion warf einen Blick in den Spiegel und sah ein ratloses Gesicht. Von Anfang an hatte er sich vom Geld verleiten lassen. Mittlerweile war er so etwas wie ein Söldner, motiviert vom persönlichen Gewinn – vom Geld, wenn man seine Motivierungs-Faustregel zugrunde legte. Und er arbeitete für einen Menschen, dem es aufs Geld nicht ankam. Selbst der CIA, seit jeher reich, mußte die Spesen seiner Agenten abrechnen. Der amerikanische Geheimdienst zahlte das Hundertfache im Vergleich zu seinem russischen Gegenstück. Aber selbst diese Ausgaben mußten begründet werden, weil die russischen Buchhalter ihre Agenten streng kontrollierten. Popovs eigene Recherchen hatten ergeben, daß die Horizon Corporation über unermeßliche Summen verfügte, aber vom unkontrollierten Ausgeben wurde man nicht reich. Reich wurde man im Kapitalismus durch kluge Voraussicht oder Raffinesse, aber nicht durch Dummheit. Summen zu verschleudern, die dem Etat von ganzen Regierungsbehörden entsprechen, war eine Dummheit.

Was steckte wirklich hinter dem Ganzen? fragte sich Dmitrij, entfernte sich vom Spiegel und fuhr mit dem Kofferpacken fort.

Was immer er vorhat – abgesehen von den künstlich herbeigeführten Terroranschlägen –, es wird bald geschehen.

Das erschien logisch. Im Verborgenen mußte man planen, solange es nicht anders ging. Irgendwann aber war es nicht mehr nötig. Dann brauchte man sich nicht mehr anzustrengen. Trotzdem war es ein Zeichen von Dilettantismus. Ein Dilettant, selbst ein so hervorragend begabter wie Brightling, wußte nicht, hatte es nicht aus eigener bitterer institutioneller Erfahrung gelernt, daß man *nie* die Zunftregeln außer acht ließ. Selbst *nach* einer erfolgreich durchgeführten Aktion deckte man die Karten nicht auf, denn auch dann noch konnte der Feind für das nächste Mal daraus lernen.

Und wenn es kein nächstes Mal gibt? fiel Dmitrij ganz spontan ein, während er seine Unterwäsche stapelte. *Ist das die letzte Aktion, die durchgeführt werden muß? – Nein*, korrigierte er sich selbst, *ist dies die letzte Aktion, die* ich *durchführe?*

Er ging alles noch einmal von vorn durch. Die Dimension der Anschläge war nach und nach gewachsen; jetzt hatte er nicht weniger als sechs Millionen Dollar im Gepäck, und dazu noch Kokain! Der Drogenschmuggel wurde erleichtert durch Dokumente, die einen Transfer von Narkotika von einer Filiale eines Konzerns zur anderen rechtfertigten. Damit waren sein Name und die Drogen mit Brightlings Firma verknüpft. Der falsche Paß mochte die Polizei eine Weile irreführen, wenn er sich verdächtig machte. Es sei denn, die Garda unterhielt direkte Verbindungen zu M-5, was Popov nicht für wahrscheinlich hielt. Ebensowenig glaubte er, daß der britische Sicherheitsdienst seinen Decknamen kannte oder auch nur ein mehr oder minder brauchbares Foto besaß. Außerdem hatte er schon vor Jahren die Frisur geändert.

Als Popov mit dem Packen fertig war, wußte er Bescheid. All das ergab nur einen Sinn, wenn dies seine letzte Aktion war. Danach würde Brightling den Laden dichtmachen. Für Popov hieß das, es war seine letzte Gelegenheit, abzusahnen. Mochten Grady und seine Mörderbande ein ebenso schäbiges Ende finden wie seine Spießgesellen in Bern und Wien – oder auch in Spanien, obwohl er damit nichts zu tun hatte. Die Nummer und das Losungswort für das Konto in der Schweiz waren ihm bekannt. Diese Summe reichte, um ihm einen sorgenfreien Lebensabend zu sichern. Wenn es den Rainbow-Leuten gelang, ihre Widersacher auch diesmal zu erledigen, konnte er für immer verschwinden. Mit diesem hoffnungsvollen Gedanken trat Popov nach draußen und winkte sich ein Taxi zum Teeterboro-Flughafen.

Zum Nachdenken blieb ihm noch die ganze Strecke über den Atlantik.

27

GEHEIMKURIERE

»Es ist reine Zeitverschwendung«, schimpfte Barbara Archer, als sie im Konferenzzimmer zusammensaßen. »F-4 ist tot, nur ihr Herz schlägt noch. Wir haben alles versucht. Shiva läßt sich nicht aufhalten. Durch nichts und wieder nichts!«

»Nur durch die Antikörper des B-Impfstoffs«, wandte Killgore ein.

»Das ist aber auch die einzige Ausnahme«, nickte Archer. »Alles andere hat versagt.«

Ringsum am Tisch stimmten ihr alle zu. Sie hatten es mit nahezu jeder bekannten Behandlungsmethode versucht, einschließlich denjenigen, über die man in den amerikanischen Virusfoschungszentren oder im Pasteur-Institut von Paris nur spekulierte. Sämtliche Mittel aus dem breiten Spektrum der Antibiotika waren ausprobiert worden, von Penizillin bis Keflex, sowie zwei neue synthetische Produkte von Merck und Horizon, die sich noch im Experimentierstadium befanden. Die Antibiotika dienten nur der Kontrolle, denn gegen Virusinfektionen waren sie ohnehin machtlos. Aber in ihrer Verzweiflung würden die Kranken alles versuchen, und wer weiß, ob es nicht doch noch eine Überraschung ergab.

Doch bei Shiva gab es keine Überraschung. Diese neue Version des Dengue-Virus war genetisch so verändert, daß es viel schlimmer wüten würde als das noch immer im Kongotal grassierende Ebola-Virus – mit hundertprozentiger Todesrate und hundertprozentiger Widerstandskraft gegen alle denkbaren Heilmittel. Denen, die von ihm gepackt wurden, war nicht mehr zu helfen. Schon beim ersten flächendeckenden Versprühen mußte es viele Menschen befallen, alle übrigen bekamen die Krankheit von der A-Impfung, die Steve Berg entwickelt hatte. Auf beiden Wegen würde Shiva wie ein sich allmählich zusammenbrauender Sturmwind die ganze Welt erobern. Nach einem halben Jahr würde man wohl die wenigen Überlebenden in drei Kategorien einteilen können. Erstens jene, die ihn gar nicht in ihren Körper aufnehmen würden. Ihre Zahl wäre schon deshalb gering zu veranschlagen, weil sämtliche Regierungen den A-Impfschutz anfordern würden; alle, die über Fernsehen verfügten, würden sich – schockiert von den Bildern der ersten Shiva-Patienten – freiwillig impfen lassen. Die zweite Gruppe bestünde aus den ganz wenigen, deren Immunsystem stark genug war, sie vor Shiva zu schützen. Noch hatten die Forscher keine solchen Individuen entdeckt, aber es mußte sie geben, diese Glücklichen, die mit der Zeit dem Zusammenbruch der Infrastrukturen in den Städten der Welt zum Opfer fallen würden. Meist würden sie verhungern, an den durch Verunreinigung und Leichengift weitverbreiteten Seuchen sterben oder in der allgemeinen Anarchie des Zusammenbruchs getötet werden.

Die dritte Gruppe wären die paar Tausend, die in Kansas angesiedelt wurden. Das Arche-Noah-Projekt, wie man es insgeheim nannte. Diese Gruppe setzte sich einerseits aus aktiven Projektteilnehmern – deren es nur ein paar hundert gab – und deren Familien zusammen, andererseits aus weiteren Wissenschaftlern, die durch Bergs B-Impfung geschützt waren. Die Anlage in Kansas war riesig und abgelegen und verfügte über ein ansehnliches Waffenlager, falls sich unwillkommene Besucher einstellten.

Sechs Monate nur. Siebenundzwanzig Wochen. Diese Übergangsfrist hatte der Computer errechnet. In einigen Regionen würde es schneller gehen als anderswo. Den Planspielen zufolge würde Afrika als letzter Kontinent zugrundegehen, weil dort aufgrund der schlechten Infrastruktur die A-Impfung viel später verbreitet würde. Als erstes wäre Europa dran mit seiner hochqualifizierten Medizin und den folgsamen Bürgern, die auf Anweisung von oben ihre Impfung in Empfang nehmen würden. Danach Amerika, und schließlich der Rest der Welt.

»Die Städte in aller Welt werden im Handumdrehen aussterben«, stellte Killgore fest und blickte aus dem Doppelglasfenster, vor dem sich das Grenzland von New York und New Jersey mit seinen sanften Hügeln und grünen Laubwäldern erstreckte. Die großen Farmen in den Ebenen von Kanada bis Texas waren ebenfalls dem Untergang geweiht; auf einigen mochte wohl noch jahrhundertelang der Weizen wild wuchern. Von ihren Enklaven im Yellowstone-Park oder den privaten Tiergärten aus würden Bisons das Land zurückerobern, und mit ihnen die Grizzlys und Wölfe, Kojoten und Präriehunde und die vielen Vogelarten. Wir rasch fand die Natur ins Gleichgewicht zurück, wenn sie ungestört blieb! Dem Computermodell zufolge brauchte es weniger als fünf Jahre, bis das Ökosystem von Grund auf erneuert war.

»Mag sein, Bob«, versetzte Barb Archer ungeduldig. »Aber noch sind wir nicht soweit. Was machen wir mit den Versuchspersonen?«

Killgore wußte schon, was sie vorschlagen würde. Klinische Pflege war ihr ein Greuel. »F-4 als erste?«

»Es wäre sinnloser Sauerstoffverbrauch, sie liegen zu lassen. Alle leiden unsägliche Schmerzen. Uns bringt das keine Erkenntnisse mehr – außer, daß Shiva tödlich ist, und das wissen wir schon! Hinzu kommt, daß wir in ein paar Wochen umsiedeln. Wozu sollen wir sie solange leben lassen? Wir nehmen sie doch wohl nicht mit, oder?«

»Vermutlich nicht«, meldete sich ein anderer Mediziner zu Wort.

»Ich bin's leid, mein Dasein als Pflegehelferin im Sterbehospiz zu fristen. Daher schlage ich vor, daß wir endlich tun, was wir sowieso tun müssen, und damit basta!«

»Ich bin auch dafür«, nickte ein anderer Forscher am Konferenztisch.

»Wer noch?« fragte Killgore und zählte die Handzeichen. »Gegenstimmen?« Nur zwei hoben die Hand. »Vorschlag angenommen. Na schön. Barbara und ich werden uns darum kümmern – heute noch, Barb?«

»Wozu noch warten!« seufzte Archer genervt.

»Kirk MacLean?« fragte Agent Sullivan.

»Der bin ich«, erwiderte der Mann im Türrahmen.

»FBI.« Sullivan zückte seinen Dienstausweis. »Wir hätten da ein paar Fragen.«

»Worum geht's denn?« Der übliche Schreck; das kannten die Agenten schon.

»Müssen wir das im Flur besprechen?« fragte Sullivan freundlich.

»Ach ja, natürlich. Kommen sie doch rein!« MacLean trat einen Schritt zurück, öffnete die Apartmenttür ganz und führte sie ins Wohnzimmer. Der Fernseher lief. Irgendein Film im Kabelsender, stellten die Agenten fest, der sich offenbar vor allem um Kung-Fu und Kanonen drehte.

»Mein Name ist Tom Sullivan, und das ist Frank Chatham. Zwei Frauen wurden als vermißt gemeldet«, begann der ältere Agent, nachdem sie Platz genommen hatten. »Da dachten wir, Sie können uns vielleicht weiterhelfen.«

»Gern – äh, glauben Sie, die sind entführt worden oder was?«

»Das ist nicht auszuschließen. Ihre Namen sind Anne Pretloe und Mary Bannister. Wir haben gehört, daß Sie eine von ihnen oder beide kennen sollen«, schob Chatham nach.

Sie sahen, wie MacLean die Augen schloß und dann ein paar Sekunden aus dem Fenster starrte. »Aus dem Turtle Inn vielleicht?«

»Sind Sie dort mit ihnen gewesen?«

»Hört mal, Mensch, ich treffe viele Mädchen, wissen Sie! Da ist ja immer was los, mit der duften Musik und so. Haben Sie Bilder?«

»Hier.« Chatham reichte ihm die Suchmeldungen.

»Ja klar, an Annie erinnere ich mich – ihren Nachnamen wußte ich nicht«, erklärte er. »Arbeitet bei 'nem Anwalt, stimmt's?«

»Korrekt«, bestätigte Sullivan. »Und wie gut kannten Sie sich?«

»Och, wir haben ein bißchen getanzt, geredet, ein bis zwei Drinks miteinander genommen, aber ausgegangen sind wir nie miteinander.«

»Haben Sie die Kneipe jemals zusammen verlassen, zum Spazierengehen oder so?«

»Kann sein, daß ich sie einmal nach Hause gebracht habe. Ihre Wohnung lag nur ein paar Straßen weiter, oder …? – Doch. Ja, so war es«, fiel ihm plötzlich ein, »den halben Block hinter der Columbus Avenue. Ich brachte sie nach Hause – aber nicht, was Sie denken, drinnen in ihrer Wohnung war ich nicht. Ich meine, es war nicht – wir sind nie – Sie wissen schon, was ich meine. Geschlafen habe ich nicht mit ihr!«

»Wissen Sie vielleicht, ob sie andere Freunde hatte?« erkundigte sich Chatham, der mitstenographierte.

»Doch ja, da war ein Typ, mit dem sie bekannt war, Jim Soundso. Buchhalter, glaube ich. Ob sie dick befreundet waren, keine Ahnung, aber wenn sich die beiden in der Bar trafen, haben sie immer einen zusammen gehoben. Die andere Frau, deren Gesicht kenne ich, aber nicht den Namen. Kann sein, daß wir mal gequatscht haben, aber ich erinnere mich nicht dran. Hört mal, das ist eine Single-Bar, da trifft man eine Menge Leute, manchmal kommt man ins Gespräch, aber meistens nicht!«

»Kennen Sie die Telefonnummern?«

»Von denen beiden nicht. Ich habe zwei von anderen Mädels, die ich dort kenne. Wollen Sie die wissen?« bot MacLean an.

»Kannten sie vielleicht Mary Bannister oder Anne Pretloe?« fragte Sullivan zurück.

»Kann sein. Mädels kommen untereinander schneller in Kontakt als Männer, ist ja klar. Das sind immer so Cliquen, wissen Sie! Halten zusammen, gucken sich um, wie die Jungs auch, sind aber irgendwie besser aufeinander eingespielt, versteh'n Sie?«

Sie stellten noch viele Fragen in der folgenden halben Stunde, manche wiederholten sich ein paarmal, was MacLean nichts auszumachen schien. Endlich baten sie darum, sich in seiner Wohnung umsehen zu dürfen. Eine rechtliche Handhabe gab es nicht dafür, aber merkwürdigerweise hatten selbst Schwerverbrecher oft nichts dagegen, und mehr als einer ließ die Beweise gegen ihn offen herumliegen. In diesem Fall interessierten sich die Agenten besonders für Zeitschriften oder Illustrierte über abweichende Sexpraktiken oder persönliche Fotos gleichen Inhalts. Doch als MacLean sie herumführte, fanden sie nur Tierbilder, Natur- und Ökozeitschriften – einige Postillen, die man als verfassungsfeindlich einstufen konnte – und jede Menge Bergsteigerausrüstung.

»Wandern Sie gern?« wollte Chatham wissen.

»Ja, drüben im Hinterland«, strahlte MacLean. »Das einzige, was mir fehlt, ist 'ne Freundin, die auch für die Natur schwärmt. Aber sowas findet man in der Stadt kaum.«

»Glaube nicht.« Sullivan gab ihm seine Karte. »Wenn Ihnen noch was einfällt, rufen Sie bitte sofort an. Meine Privatnummer steht auf der Rückseite. Danke für Ihre Hilfsbereitschaft.«

»Ich konnte Ihnen wohl kaum weiterhelfen«, bemerkte der Naturfreund.

»Jedes Mosaiksteinchen zählt, heißt es. Wir seh'n uns!« Sullivan tippte an seinen Hut.

MacLean schloß die Tür hinter ihnen und atmete tief durch. Wie zum Teufel waren sie auf ihn gestoßen? Er hatte sich gut auf ihre Fragen vorbereitet und die Antworten früh genug zurechtgelegt – aber das war schon eine ganze Weile her, wie ihm einfiel. Warum gerade jetzt? Waren die Bullen zu blöde, oder zu lahm oder was?

»Jede Menge heiße Luft«, murrte Chatham, als sie sich in den Wagen setzten.

»Vielleicht erzählen uns die Frauen, die er nannte, was Neues.«

»Ich glaube kaum. Mit der zweiten hab ich gestern erst an der Bar gesprochen.«

»Geh'n wir ruhig nochmal hin. Fragen wir sie, was sie von MacLean hält!« schlug Sullivan vor.

»Meinetwegen, Tom. Das kann ich allein machen. Hast du irgendwas gespürt bei dem Knaben? Ich nicht«, überlegte Chatham.

Sullivan schüttelte den Kopf. »Nein. Aber Gedankenlesen kann ich auch nicht.«

Chatham nickte. »Sehr wahr.«

Es war Zeit, und es noch länger hinauszuzögern brachte nichts. Barbara Archer schloß den Medikamentenschrank auf und nahm zehn Ampullen mit Pottasche-Salzlösung heraus. Sie steckte sie in die Tasche. Vor dem Sterbezimmer von F-4 zog sie die 50ccm-Spritze auf und öffnete dann die Tür.

»Ah!« Es war mehr ein unterdrücktes Stöhnen der Patientin, die im Bett lag und das Fernsehprogramm über sich ergehen ließ.

»Tag, Mary. Wie fühlen wir uns denn?« Wie komisch, fand Archer, daß Ärzte meistens fragen, wie es *uns* gehe. War das ein zufälliger sprachlicher Lapsus, oder bekam man das antrainiert in Pflegekursen, um so etwas wie Solidarität mit dem Patienten zu suggerieren – was hier ja wohl nicht der Fall war? Bei ihren ersten Praktika in der Uniklinik mußte sie streunende Hunde töten. Den Tieren gab man sieben Tage, und dann, wenn niemand sie abholte, wurden sie eingeschläfert – *abgespritzt*, wie sie heute sagen würde, hauptsächlich mit großen Dosen Phenobarbital. Die Injektionen kamen nach ihrer Erinnerung in die vordere linke Pfote, und der Hund schlief fünf Sekunden später einfach ein. Hinterher mußte sie immer weinen; es wurde immer Dienstagmittags gemacht, direkt vor dem Essen, und sie bekam dann keinen Bissen mehr herunter, manchmal nicht einmal zum Abendbrot, wenn sie einen besonders süßen Hund hatte töten müssen. Man legte die Tiere nebeneinander auf den stählernen Behandlungstisch, und ein anderer Mitarbeiter mußte sie festhalten, damit sie ruhig blieben. Sie redete immer beruhigend auf die Tiere ein, um ihnen die Angst zu nehmen und einen leichten Tod zu verschaffen. Jetzt biß sich Archer auf die Lippen und kam sich vor wie Adolf Eichmann – obwohl der sich ja kein Gewissen daraus gemacht hatte.

»... geht's beschissen«, murmelte Mary Bannister als Antwort.

»Dann wird Ihnen das jetzt helfen«, versprach Archer, holte die Spritze hervor und zog den Plastikschutz von der Nadel ab. Drei Schritte mußte sie um das Bett herumgehen, um nach den Arm von F-4 zu fassen und ihn festzuhalten, bevor sie an der Vene unter dem Ellbogen ansetzte. Ein letzter Blick in die Augen der Versuchsperson, und sie drückte die Nadel hinein.

Marys Augen weiteten sich. Die Pottaschelösung verbrannte die Adern beim Eintreten in den Kreislauf. Ihre rechte Hand flog zum linken Oberarm, und eine Sekunde später an den Brustkasten, während das Brennen schon ihr Herz erreichte. Die Pottasche ließ den Herzschlag augenblicklich verstummen. Die EKG-Anzeige neben dem Bett hatte bislang eine relativ gleichmäßige Welle gezeigt; jetzt zeigte sie kurzzeitig Zacken, fiel dann in eine gerade Linie zurück und löste den Alarmpiepser aus. Marys Augen blieben seltsamerweise offen; das Gehirn verfügte noch über ausreichend Sauerstoff, um auch nach dem Herzstillstand noch rund eine Minute aktiv zu bleiben. Der Schock war ihr anzusehen. F-4 konnte nicht sprechen, sich nicht wehren, denn ihr Atem erstarb ebenso rasch wie ihr Herz, aber sie sah Archer direkt in die Augen ... Fast wie jener Hund damals, dachte die Ärztin, obwohl die Hunde nie so anklagend dreingeblickt hatten wie diese Frau hier. Archer erwiderte den Blick ohne Scheu und, anders als bei den Tieren damals, ohne jede Gefühlsregung. Es dauerte keine volle Minute, bis F-4 die Augen brachen, dann war sie tot. Eine weniger. Noch neun weitere, bevor Dr. Archer Feierabend machen und heimfahren konnte. Hoffentlich hatte es mit der Videoaufnahme geklappt. Sie wollte einen Naturfilm über die Wölfe im Yellowstone-Park nicht verpassen, aber das verdammte Gerät zu programmieren raubte ihr jedesmal den letzten Nerv.

Dreißig Minuten später waren die Leichen in Plastik eingeschweißt und wurden auf Bahren zum Krematorium gerollt. Der Ofen war ein Spezialmodell für medizinische Zwecke, mit dem überflüssiges biologisches Material wie Föten oder amputierte Glieder beseitigt wurde. Die Naturgas-Feuerung erreichte extrem hohe Temperaturen, die selbst Zahnfüllungen vernichtete und alles in feinste Aschewölkchen verwandelte, die der Wind in die Atmosphäre trug und aufs Meer hinaustrieb. Die Sterbezimmer wurden gründlich gereinigt, um jeden verbliebenen Hauch von Shiva zu beseitigen, und ab morgen würde es keine aktiven, alles Organische zerfressenden Virusketten mehr geben. Für die Projektteilnehmer war es ein Segen, dachte Archer auf dem Heimweg. Shiva war ein nützliches Werkzeug für ihr Endziel, doch so tückisch, daß sie dem Virus keine Träne nachweinten.

Fünf Stunden Schlaf hatte Popov auf dem Interkontinentalflug gefunden; der Steward rüttelte ihn zwanzig Minuten vor der Landung in Shannon wach. Der ehemalige Küstenflughafen, wo einst die Boeing-Clipper von Pan American gelandet waren, bevor sie Southampton ansteuerten – und wo der Irish Coffee als Wecktrunk für die Passagiere erfunden worden war –, lag im Westen Irlands inmitten von Äckern und grünen Feuchtgebieten, die im Morgenlicht aufglänzten. Popov machte sich in der Toilette ein wenig frisch und nahm seinen Platz wieder ein. Bald setzte der Flieger sanft auf und rollte fast bis zum Reiseterminal aus. Dort standen einige andere Firmenjets am Flugsteig, die der von Horizon Corporation eigens für ihn gecharterten G-V-Maschine ähnelten. Ein Mann in Uniform näherte sich und erklomm die Gangway. Der Pilot winkte ihn nach hinten durch.

»Willkommen in Shannon, Sir«, grüßte der Mann von der Einwanderungsbehörde. »Darf ich bitte Ihre Papiere sehen?«

»Hier.« Popov reichte sie ihm.

Der Bürokrat blätterte im Paß. »Ach, Sie waren kürzlich erst hier. Was ist der Zweck Ihrer Reise, wenn ich fragen darf?«

»Geschäftlich. Pharmazeutische Produkte«, fügte der Russe hinzu, falls der Zollmensch seinen Koffer öffnen wollte.

»Hm«, machte der Mann und ließ nicht das geringste Interesse erkennen. Er stempelte den Paß und händigte ihn wieder aus. »Irgendwas zu verzollen?«

»Nein, eigentlich nicht.«

»Sehr wohl. Ich wünsche Ihnen einen angenehmen Aufenthalt, Sir!« Das Lächeln war so mechanisch wie seine Bewegungen, als er das Flugzeug verließ und in den Jeep seiner Behörde kletterte.

Popov seufzte nicht vor Erleichterung, sondern brummte überrascht. Die ganze Aufregung war umsonst gewesen! Und überhaupt, wer charterte schon ein 100 000-Dollar-Flugzeug, um Drogen zu schmuggeln? Der Kapitalismus gab ihm immer wieder Rätsel auf. Wer genug Geld hatte, wie ein Fürst zu reisen, *konnte* scheinbar gar nicht anders als gesetzestreu sein. Wie merkwürdig! Er zog seinen Mantel über und verließ das Flugzeug. Unten wartete ein schwarzschimmernder Jaguar; sein Gepäck wurde bereits in den Kofferraum geladen.

»Mr. Seroff?« fragte der Fahrer, der ihm den Wagenschlag aufhielt. Hier draußen auf dem Rollfeld war es laut genug, daß niemand sie hören konnte.

»Ganz recht. Geht's jetzt zu Sean?«

»Ja, Sir.«

Popov nickte und nahm hinten Platz. Kurz darauf verließen sie unbehelligt das Flughafengelände. Die irischen Landstraßen waren nicht anders als die britischen, und auch hier herrschte Linksverkehr. Bei allem Haß auf die Engländer schienen die Iren an deren Fahrgewohnheiten unbedingt festhalten zu wollen.

Die Fahrt dauerte nur eine halbe Stunde und endete an einem ziemlich abgelegenen Bauernhof. Zwei weitere Wagen standen hier und ein LKW; ein bewaffneter Mann am Tor hielt Wache. Popov erkannte ihn. Es war Roddy Sands, der Zauderer in der Gruppe.

Dmitrij stand auf und musterte ihn, ohne ihm die Hand zu schütteln. Dann nahm er den schwarzen Koffer mit dem Kokain aus dem Wagen und brachte ihn ins Haus.

»Guten Morgen, Josef«, grüßte Grady, der ihm entgegenkam. »Wie war Ihr Flug?«

»Ganz behaglich.« Er hob die Brauen und übergab ihm den Koffer. »Hier bringe ich Ihnen das Gewünschte, Sean.«

Der Ton in seiner Stimme war unmißverständlich. Grady warf ihm einen Blick zu; fast schien er sich ein wenig zu schämen. »Mir gefällt das auch nicht, aber wir brauchen Geld, damit der Kampf weitergeht, und dies ist nur ein Mittel, um es zu beschaffen.« Die zehn Pfund Kokain konnten unterschiedliche Preise erzielen. Horizon Corporation hatten sie beim Ankauf auf einem Markt, zu dem ausschließlich Pharmafirmen Zugang hatten, kaum 25 000 Dollar gekostet. Verdünnt und im Straßenhandel konnte der Stoff leicht das Fünfhundertfache erzielen. Ein weiterer Aspekt des kapitalistischen Wirtschaftslebens, dachte Popov, und spielte vor sich selbst herunter, daß er den Kurier gespielt hatte. Dann gab er Grady ein Stück Papier.

»Dies ist die Geheimnummer und das Losungswort für Ihr Sicherheitskonto in der Schweiz. Als zusätzliche Vorsichtsmaßnahme wurde verabredet, daß nur montags und mittwochs abgehoben werden kann. Der Kontostand beträgt sechs Millionen Dollar in amerikanischer Währung; die Höhe können Sie jederzeit überprüfen«, erklärte Popov.

»Mit Ihnen macht es jedesmal Freude, ins Geschäft zu kommen, Joe«, nickte Grady und erlaubte sich ausnahmsweise ein Lächeln. Er hatte zeitlebens nie mehr als höchstens ein Zehntel dieser Summe besessen, obwohl er jetzt seit über zwanzig Jahren der revolutionären Bewegung angehörte. Aber Idealisten waren meist keine guten Geschäftsleute, dachte Dmitrij Arkadejewitsch.

»Wann geht es los?«

»So bald wie möglich. Wir haben das Terrain sondiert, und der Aktionsplan ist ein wahres Kunstwerk geworden, Josef Andrejewitsch. Wir kriegen sie dran, mein Freund«, versprach Grady, »diesmal machen wir sie wirklich platt!«

»Ich müßte allerdings erfahren, wann genau. Auch für mich gibt es einige Vorbereitungen zu treffen«, erklärte Popov.

Das schmeckte ihm nicht ganz, wie Dmitrij merkte. Hier ging es um Fragen der Geheimhaltung. Ein Außenseiter verlangte zu wissen, was nur dem innersten Kreis bekannt sein durfte. Einige Sekunden ruhte Gradys gefühlloser Blick auf ihm. Doch der Ire gab schließlich nach. Wenn er erst nachgeprüft hatte, ob das Geld wirklich an Ort und Stelle war, kehrte sein Vertrauen in den Ex-KGBler zurück – die Ablieferung von zehn Pfund reinen Kokains sprach bereits deutlich für ihn. Es sei denn, die Garda würde ihn noch am selben Nachmittag festnehmen. Aber zu den Verrätern gehörte dieser Popov nicht, oder?

»Übermorgen. Die Operation beginnt pünktlich um ein Uhr nachmittags.«

»So bald schon?«

Es freute Grady, daß ihn der Russe unterschätzt hatte. »Warum noch lange warten? Wir haben alles, was wir brauchen – jetzt, wo auch die Kasse stimmt.«

»Sie sagen es, Sean. Brauchen Sie sonst noch etwas?«

»Nein.«

»Dann werde ich mich, mit Ihrer Erlaubnis, auf den Rückweg machen.«

Diesmal schüttelten sie die Hände. »Daniel fährt Sie. Nach Dublin?«

»Richtig. Meine Maschine startet von dort.«

»Sagen Sie ihm Bescheid, er setzt Sie ab, wo Sie möchten.«

»Danke, Sean – und viel Glück! Wir könnten uns anschließend wieder treffen.«

»Wär mir ein Vergnügen.«

Popov nahm ihn noch einmal in Augenschein – es war das letzte Mal, mit Sicherheit, allen Beteuerungen zum Trotz. Grady wirkte lebhafter als gewöhnlich, seine Augen glänzten. Er sehnte sich nach dem revolutionären Anschlag, der ihn auf den Gipfelpunkt seiner Karriere katapultieren würde. Da war eine Grausamkeit zu spüren, die Popov nie zuvor aufgefallen war. Wie Fürchtner und Dortmund war auch dieser Mann hier eher Raubtier als Mensch. Er mochte noch so viel Erfahrung im Umgang mit Terroristen haben, daran würde sich Popov nie gewöhnen. Man erwartete von ihm, daß er Gedanken las, aber hier nahm er nur völlige Leere wahr, nichts als die Abwesenheit von menschlichen Regungen. Sie waren allesamt durch die Phrasen einer Ideologie ersetzt worden, die ihn – wohin führen würde? Wußte Grady es selbst? Vielleicht nicht. Er dünkte sich auf dem besten Weg in eine leuchtende Zukunft – das war eins der beliebtesten Schlagwörter der KPdSU gewesen. Doch der verlockende Horizont war viel weiter entfernt, als er dachte, und sein blendender Schein überstrahlte die unmittelbar vor ihm liegenden Fallgruben. Und falls Grady wirklich je sein Ziel erreichen würde, wäre er als Herrscher eines Volkes eine Fehlbesetzung, nicht viel anders als Stalin, Mao und all die anderen. So weit entfernt vom gesunden Menschenverstand, daß er schon wieder exotisch wirkte: ein Wesen, für das Leben und Tod nichts zutiefst Menschliches waren, sondern nur Mittel zum Zweck, um eine Utopie durchzusetzen. Von allem, was Karl Marx hinterlassen hatte, war diese Verirrung die schlimmste. Sean Grady hatte die ihm innewohnende Menschlichkeit, sein ganzes Gefühlsleben, durch ein Zukunftsmodell ersetzt, das mit mathematischer Präzision errechnete, wie es sein sollte. Und er war dieser Vision viel zu sehr verfallen, um noch den Tatsachen ins Gesicht zu sehen, die zeigten, daß sie bereits gescheitert war. Er jagte nur noch einer Schimäre nach, war selbst ein Gespenst geworden ohne festen Halt, ohne Berührung mit der Wirklichkeit, das willenlos der eigenen Vernichtung entgegenging – auch wenn er noch so viele andere vorher tötete. Und jetzt hatte ihn der Jagdinstinkt wieder gepackt, die Augen glänzten. Seine ideologische Brille ließ keinen Durchblick auf die Wirklichkeit zu – die selbst in Rußland zu ihrem Recht kam, nach siebzig Jahren, in denen die gleiche Schimäre geherrscht hatte. Glänzende Augen eines blinden Meisters. Wie seltsam, dachte der Russe, und wandte sich zum Gehen.

»Jetzt bist du wieder an der Reihe, Peter«, rief Chavez seinem Team-1-Kollegen zu. In den nächsten Wochen hatte Team-1 Bereitschaftsdienst, während Team-2 nur als Ersatzmannschaft im Hintergrund blieb und wieder intensiver trainierte.

»Du sagst es, Ding«, gab Covington zurück. »Allerdings tut sich weltweit rein gar nichts.«

Die aktuellen Informationen, die sie aus diversen Geheimdiensten bezogen, wirkten einigermaßen tröstlich. V-Leute hatten mit namhaften oder mutmaßlichen Terroristen gesprochen – meist mit letzteren, weil die aktiven zumeist hinter Gittern saßen. Diese berichteten, daß der Worldpark-Zwischenfall für viele eine kalte Dusche gewesen war. Erst recht, nachdem in Frankreich eine Namensliste der in Spanien getöteten Terroristen publik geworden war. Einer von ihnen war, wie sich herausstellte, ein prominentes ehemaliges Mitglied der Action Directe gewesen. Er hatte sechs Morde auf dem Gewissen und genoß ein gewisses Ansehen als perfekter Organisator. Sein plötzlicher Tod, und mehr noch das Scheitern des Anschlags, löste große Unruhe in der Gemeinde aus. Das Ansehen der spanischen Polizei, auf die der Rainbow gebührende Ruhm fiel, war erheblich gewachsen; zum Mißvergnügen der baskischen Separatisten, die – spanischen Quellen zufolge – durch den Verlust einiger ihrer führenden Mitglieder ziemlich geschwächt waren.

Wenn das stimmte, hatte Rainbow nach Bill Tawneys Analyse tatsächlich den Effekt, den man sich bei der Gründung erhofft hatte. Es konnte auch bedeuten, daß sie zu immer weniger Einsätzen entsandt werden mußten, um potentielle Täter abzuschrecken.

Doch immer noch war ungeklärt, weshalb drei terroristische Anschläge in so kurzer Zeit erfolgt waren – oder wer sie, wenn ihre Vermutung zutraf, ausgeheckt hatte. Die britischen Geheimdienstler hielten es für Zufall und betonten, daß die Tatorte in der Schweiz, in Österreich und in Spanien zu weit auseinanderlagen, als daß unterschiedliche Terrorkommandos ihre Aktivitäten koordiniert haben könnten. Die ersten zwei vielleicht, aber nicht alle drei. Man schlug vor, zu den Geheimdiensten des Ostblocks Kontakt aufzunehmen, um herauszufinden, was aus ehemaligen Mitarbeitern geworden war. Es mochte sich sogar lohnen, entsprechende Auskünfte zum derzeit gängigen Preis zu erwerben, der allerdings ziemlich hoch war, weil sonst die Abwehroffiziere ihren Lebensstandard in der postkommunistischen Welt nicht mehr halten konnten. Doch das kam immer noch billiger als ein neuer Anschlag, der Menschenleben kosten konnte. Tawney hatte grünes Licht gegeben, als er John Clark den Bericht weiterreichte, und dieser hatte noch einmal Rücksprache mit Langley genommen, nur um sich eine erneute Abfuhr zu holen. Eine Woche lang schmollte Rainbow Six mit den Betonköpfen beim CIA. Tawney überlegte schon, ob er die Londoner Zentrale bitten sollte, ›Six‹ abzuwerben, doch ohne Empfehlung des CIA war das Bemühen vergeblich.

Andererseits schien Rainbow den Durchbruch geschafft zu haben. Selbst Clark mußte das zugeben, obwohl er noch immer schimpfte, daß er als »Frühstücksdirektor« hinterm Schreibtisch das Nachsehen hatte, während er jüngere Männer ins Abenteuer schickte. Über die Verwaltungsaufgaben der Zentrale hatte sich John Clark zeitlebens nur lustig gemacht. Jetzt, wo er sie selbst erledigte, begriff er deren Notwendigkeit ein wenig besser. Befehlshaber zu sein war verdienstvoll. Aber es machte niemandem Spaß, der draußen im Feld hockte, dem Kugelhagel auswich und sich im Kampf bewähren wollte. Daß er selbst wußte, wie das war, und es demzufolge anderen beibringen konnte, war seine

Lieblingsidee; erst fünf Jahre zuvor hatte er die Rolle des Lehrers akzeptiert. Das Leben war eine Mausefalle, dachte Clark, und selbst das Entrinnen aus ihr machte keinen Spaß. So streifte er allmorgendlich seinen Mantel über und haderte mit seinem Schicksal wie jeder Mann in seinem Alter auf der ganzen Welt. Wo war seine Jugend nur hin? Hatte er sie im Galopp verloren?

Popov erreichte den Flughafen von Dublin noch vor dem Mittag. Dort besorgte er sich ein Ticket für die stündlich startende britische Linienmaschine nach Gatwick. Schon fing er an, den Firmenjet zu vermissen. Es war viel angenehmer, fern vom Gedrängel der Abfertigungshallen zu reisen. Privat flog man in der G-V ebensogut wie im Jumbojet; aber so viel Geld, daß er sich einen solchen Vogel leisten konnte, würde er doch nie besitzen. Er mußte sich mit der ersten Klasse zufriedengeben, dachte der Russe und trank einen Schluck Wein, während die 737 an Höhe gewann. Jetzt brauchte er wieder ein wenig Ruhe zum Nachdenken, und die angenehm klimatisierte First-Class-Kabine verhalf ihm dazu.

Wollte er, daß Grady Erfolg hatte? Genauer gesagt, wollte sein Auftraggeber, daß Grady es schaffte? In Bern und Wien hatte es nicht so geschienen, aber hier ging es doch um etwas anderes? Vielleicht war Henriksen dieser Meinung; jedenfalls hatte Popov während der Diskussion diesen Eindruck gewonnen. Gab es Differenzen zwischen ihm und Brightling? Und wenn ja, worin lagen sie begründet?

Henriksen gehörte zum FBI. Das erklärte alles. Wie Popov konnte er es nur schwer ertragen, wenn ein Plan fehlschlug. Wollte er die Rainbow-Truppe wirklich so schädigen, daß sie nicht imstande war – imstande war zu was? Ihn bei einer ganz anderen Aktion zu stören?

Wieder rannte Popov vor die berühmte Steinmauer und schlug mit dem Schädel dagegen. Er hatte zwei Anschläge in die Wege geleitet, die nichts anderes bewirkt hatten, als die Weltöffentlichkeit an die Bedrohung durch den Terrorismus zu erinnern. Henriksen unterhielt eine internationale Beraterfirma auf diesem Gebiet; das gesteigerte Bewußtsein für Gefahrenpotentiale verhalf ihm zu Aufträgen. Doch auf den ersten Blick war das eine ziemlich teure und allzu beschwerliche Art und Weise, Werbung zu betreiben. Gewiß war das, was er mit solchen Aufträgen verdiente, weit weniger als die Summen, die Popov bereits ausgegeben, geschweige denn eingesackt hatte. Und wieder mußte er sich ins Gedächtnis rufen, daß John Brightling und die Horizon Corporation das Geld bereitstellten – vermutlich Brightling persönlich –, und *nicht* Henriksens Global Security, Inc. Beide Firmen teilten zwar die Ziele, nicht jedoch ihre Finanzierung.

Deshalb, dachte Popov über seinem weißen Chablis, steckt Brightling hinter der gesamten Angelegenheit, während Henriksen nur ein Zuträger ist, der ihm mit Rat und Tat zur Seite steht.

Aber, ein Ziel bestand darin, Henriksen den Beratervertrag für die Olympischen Spiele zu verschaffen, die in wenigen Wochen begannen. Das wiederum war *sowohl* Brightling *als auch* Henriksen sehr wichtig. Offenbar tat Henriksen etwas, das für Brightling von größter Bedeutung war. Zweifellos half er ihm bei der Verwirklichung eines Plans, worin immer der bestehen mochte.

Doch was führten Brightling und seine Firma im Schilde? Horizon Corporation und ihre zahlreichen internationalen Filialen waren im Bereich der medizinischen Forschung tätig. Die Firma stellte Medikamente her und gab alljährlich Unsummen aus für neue Patente. Sie war der weltweit größte Forschungsbetrieb; in ihren Laboren waren Nobelpreisträger beschäftigt, und wie er aus seiner Internet-Recherche wußte, arbeiteten sie im neuen, vielversprechenden Bereich der Gentechnologie. Wieder schüttelte Popov den Kopf. Was hatte die Herstellung gentechnisch veränderter Heilmittel mit Terrorismus zu tun?

Er erinnerte sich an den biochemischen Angriff auf die USA, der erst wenige Monate zurücklag. Rund fünftausend Menschen waren ihm zum Opfer gefallen; der Wunsch der Amerikaner und ihres Präsidenten nach Vergeltung war nur allzu verständlich. Dem Dossier nach, das man Popov überlassen hatte, kam dem Chef der Rainbow-Truppe, Clark, und seinem Schwiegersohn Chavez eine verschwiegene, aber entscheidende Rolle bei der Beendigung des blutigen Krieges zu.

Popov jagte allein das Wort ›Bio-Krieg‹ einen Schauer nach dem anderen über den Rücken. Bei dieser Auseinandersetzung hatte das Schlimmste verhindert werden können; zumal Amerika mit gewohnter Härte und Schnelligkeit auf den Schlachtfeldern von Saudi-Arabien reagiert hatte. Heute würde keine Nation mehr wagen, einen Angriff auf die USA in Erwägung zu ziehen. Ihre Armee wurde respektiert und wegen ihrer tödlichen Schlagkraft auch gefürchtet.

Popov trank den Wein aus und ließ das leere Glas in der Hand kreisen, während er in der Ferne den grünen Küstenstreifen Englands entdeckte. Bio-Krieg. Ein Begriff, der einen vor Ekel und Widerwillen zurückschaudern ließ. Horizon Corporation steckte mitten in entscheidenden, für die Medizin unabdingbaren Versuchen. Kein Wunder, daß Brightlings Geschäfte auch der biologischen Kriegsführung dienten – aber mit welchem möglichen Ziel? Es war eine *Privatfirma*, kein Staat! Man verfolgte auch keine eigenen außenpolitischen Ziele. Ebensowenig kam ein kriegerisches Engagement in Frage. Firmen führten keine Kriege, außer vielleicht gegen die Konkurrenz. Doch wenn sie bloß hinter wohlgehüteten Firmengeheimnissen her waren, wozu dann all das Blutvergießen? Das war doch Unsinn. Wieder einmal mußte sich Popov eingestehen, daß er – bildlich gesprochen – vor einer Mauer stand, an der er sich ebensogut den Schädel einschlagen konnte.

»Alle herhören«, rief Sergeant Major Dick Voss. »Erstens ist die Klangqualität der Digitalgeräte so gut, daß ihr die Stimmen erkennen könnt wie bei einem normalen Gespräch im Wohnzimmer. Zweitens sind die Frequenzen so ausgelegt, daß bei zwei verschiedenen Teams vor Ort man eins im linken Ohr hört und das andere im rechten – damit der Kommandant nicht völlig konfus wird«, erläuterte er zur Belustigung der australischen Offiziere. »Das hat den Vorteil, daß man die Aktion besser im Griff hat und die gesamte Mannschaft über das Vorgehen informiert ist. Je besser ihr orientiert seid, desto effektiver der Einsatz. Die Lautstärke reguliert man hier ...« Er zeigte ihnen den Drehknopf am Mikrofonausgang.

»Wir groß ist die Reichweite?« wollte ein älterer Offizier wissen.

»Bis zu fünfzehntausend Meter, und ein bißchen weiter, soweit Sichtverbindung besteht. Danach fällt sie etwas ab. Die Akkus sind wiederaufladbar, und jedes Set enthält zwei Notbatterien. Die Akkus in der Halterung reichen ungefähr für sechs Monate, aber wir empfehlen, sie jede Woche aufzuladen. Das Ladegerät ist immer dabei und mit einem Universalstecker ausgestattet. Paßt in die Buchse hier an der Wand oder überall sonst. Ihr müßt ein bißchen dran herumdrehen, bis ihr das richtige Steckerprofil findet – hier ...« Er demonstrierte es. Die meisten im Saal warfen einen flüchtigen Blick auf das Steckerteil. »Na schön. Dann stellen wir das Gerät mal an und probieren es gemeinsam aus. Der Ein-Aus-Schalter befindet sich hier unten ...«

»Fünfzehn Kilometer weit?« staunte Malloy.

»Genau«, erklärte Noonan geduldig. »So kannst du gleich mithören, was sich am Boden abspielt, und brauchst nicht auf den Lagebericht zu warten. Es paßt in deinen Fliegerhelm und dürfte nicht in euren Interkom-Verkehr funken. Die schmale Antenne kannst du hier anschließen, und der Kontrollknopf wird durch den Ärmel zur Hand geführt, damit du ein- und ausschalten kannst. Es gibt auch die Nur-Empfangen-Einstellung. Das ist die dritte Schalterposition.«

»Super«, freute sich Sergeant Nance. »Da weiß man wenigstens, was ihr da unten treibt!«

»Verdammt richtig. Und wenn ihr Stoppelhopser evakuiert werden müßt, bin ich schon auf halbem Wege, bevor ihr um Hilfe schreit. – Mir gefällt's«, lobte Oberst Malloy. »Ich glaube, das behalten wir, Tim.«

»Das Gerät ist noch immer in der Erprobungsphase. E-Systems meinte, es gebe noch ein paar Haken im System, die aber noch keiner außer ihnen entdeckt hat. Das Kodiersystem ist mit 128-Bit-Echtzeit auf dem neuesten Stand, wird von der Rechnereinheit gleich synchronisiert, aber nach einer Funktionshierarchie, das heißt, wenn ein Gerät versagt, übernimmt das nächste die Verschlüsselung. Die Jungs und Mädels in Fort Meade könnten es möglicherweise knacken, aber erst zwölf Stunden nach der Benutzung.«

»Und in Flugzeugen? Gibt's da keine Interferenzen, mit den Bordcomputern zum Beispiel?« fragte Lieutenant Harrison.

»Nicht daß ich wüßte. In Fort Bragg hat man es in den Night Hawks und Stalkers getestet und keine Störungen entdeckt.«

»Das probieren wir erstmal selbst aus«, wandte Malloy ein. Aus Erfahrung traute er keiner Elektronik über den Weg – und außerdem war es ein prima Vorwand, um eine Extratour in seinem Night Hawk zu fliegen. »Sergeant Nance, mach den Vogel startklar!«

»Worauf Sie sich verlassen können, Oberst!« Der Sergeant stand auf und verschwand.

»Du bleibst hier, Tim. Wir probieren es drinnen und draußen und prüfen gleichzeitig die Reichweite.«

Eine halbe Stunde später kreiste der Hubschrauber über Hereford.

»Wie hört sich das an, Noonan?«

»Laut und klar, Bear!«

»Na schön, wir sind jetzt – oh, elf Klicks weit oben, und du hörst dich an wie Rush Limbaugh auf der anderen Straßenseite. Dieser Digitalfunk ist wirklich 'ne Wucht, Mann!«

»Richtig.« Noonan setzte sich in den Wagen und stellte fest, daß die Metallkarosserie den Empfang nicht im mindesten dämpfte. Es zeigte sich auch, daß der Funkverkehr auch noch über eine Distanz von achtzehn Kilometern einwandfrei arbeitete; keine schlechte Leistung für die Zwei-Zentimeter-Batterie und eine Antenne von der Größe eines Zahnstochers. »Damit wird das Aussteigen am langen Seil viel einfacher, Bear.«

»Wie darf ich das verstehen, Noonan?«

»Na, die Jungs am Seil können dir freihändig sagen, ob du noch ein bißchen zu hoch bist oder sie schon über den Boden schleifst.«

»Sag mal, Noonan«, donnerte es zornig zurück, »wofür, glaubst du, hab ich meinen Höhenmesser?«

»Hast ja recht, Bear«, lachte der FBI-Mann.

28

BEI HELLEM TAGESLICHT

Das Geld machte alles einfacher. Statt die benötigten LKWs zu stehlen, konnten sie einfach einen Scheck auf ein Konto ausstellen, das ein Strohmann, der sich natürlich verkleidet hatte, unter falschem Namen eröffnet hatte. Es waren große schwedische Volvo-Speditionslaster, mit Vollkarosserie oder Leinwandbezug über der Ladefläche, die mit Logos von nichtexistenten Firmen bemalt waren.

Die LKWs wurden auf kommerziellen Fähren übers Meer nach Liverpool eingeschifft; mit Kühlschrankkartons beladen kamen sie ohne Beanstandung durch den britischen Zoll. Von dort mußten sie nur noch unter Beachtung der Höchstgeschwindigkeit über die Autobahn fahren. Sie durchquerten im Konvoi das West County und gelangten kurz vor Einbruch der Dunkelheit nach Hereford. Dort parkten sie an einem verabredeten Rastplatz. Die Fahrer kletterten aus den Kabinen und suchten die nächstgelegene Fernfahrerkneipe auf.

Sean Grady und Roddy Sands waren noch am selben Tag mit dem Flugzeug gekommen. Mit gefälschten Papieren, die diesen Test schon unzählige Male bestanden hatten, passierten sie unbehelligt die Kontrollen in Gatwick und stellten wieder einmal zu ihrer Zufriedenheit fest, daß britische Grenzbeamte ebenso dämlich wie blind und taub waren. Beide besorgten sich unter Vorlage falscher Kreditkarten je einen Mietwagen und fuhren westlich nach Hereford, der vorgezeichneten Route folgend. Sie kamen kurz nach den Fernfahrern in demselben Pub an.

»Irgendwelche Probleme unterwegs?« fragte der Kommandant die Barry-Zwillinge.

»Nichts, Gary«, erwiderte Sam, und Pete nickte zustimmend. Wie immer gaben sich die Mitglieder seines Kommandos ungemein kaltblütig, trotz des Lampenfiebers, das sich vor jedem derartigen Anschlag einstellte. Bald waren alle eingetroffen, und zwei Gruppen, eine aus sieben, die andere aus acht Personen bestehend, machten es sich an den Tischen bequem, tranken ihr Guinness und schwatzten leise, ohne daß ihre Anwesenheit irgend jemandem aufgefallen wäre.

»Die funktionieren ausgezeichnet«, ließ Malloy Noonan bei einem Bierchen im Kasino wissen. »E-Systems heißt die Firma?«

»Machen erstklassige Ausrüstung. Deren Hardware hatten wir häufig im Geiselrettungsteam.«

Der Marine nickte. »Genau. Beim Spezial-Einsatzkommando war es dasselbe. Aber mir gefällt das Zeug mit den Kabeln und Drähten besser.«

»Tja, mag sein, Oberst, aber mit zwei Blechdosen am Draht kann man vom Hubschrauber aus schlecht telefonieren, oder?«

»So rückständig bin ich nun auch wieder nicht, Tim!« Aber der Witz reichte für ein Grinsen. »Und Nachhilfe bei einem Abseilmanöver hab ich nun wirklich nicht nötig!«

»Darin bist du verdammt gut.« Noonan nahm einen Schluck Bier. »Wie lange fliegst du schon im Hubschrauber?«

»Seit zwanzig Jahren – nächsten Oktober werden es einundzwanzig. Weißt du, mit diesen Dingern kann man wenigstens noch richtig fliegen. Verdammt, bei den neuen Düsenjägern bestimmen die Computer, wie du zu fliegen hast. Ich spiel ganz gern mal auf Computern, surf im Internet und so. Aber der Teufel soll mich holen, wenn die Dinger für mich fliegen sollen!« Das war alles bloß Prahlerei, dachte Noonan. Früher oder später würde der Fortschritt auch in der Hubschraubertechnik einziehen; die Piloten würden vielleicht anfangs zögern, aber dann doch einwilligen, weil es sein mußte. Und im Ergebnis würden sie ihre Vögel sicherer und effizienter steuern. »Ich warte noch auf einen Brief meines Kommandanten«, fügte Malloy hinzu.

»Ach ja? Wieso?«

»Ich hab mich als CO für den VMH-1 beworben.«

»Du willst den Präsidenten durch die Gegend fliegen?«

Malloy nickte. »Momentan hat Hank Goodman den Job, aber er hat 'ne Beförderung gekriegt und wird woandershin versetzt. Und irgendwer hat scheinbar gehört, daß ich mit dem Steuerknüppel umgehen kann.«

»Das ist richtig«, bestätigte Noonan.

»Ist natürlich viel langweiliger, immer nur geradeaus fliegen und auf selber Höhe; keine Kapriolen mehr«, räumte der Marine ein und gab sich angewidert. Im VMH-1 zu fliegen, war für jeden Kapitän eine Ehre, und das Kommando zu erhalten hieß, daß sein Korps viel von seinen Fähigkeiten hielt. »In vierzehn Tagen sollte ich Bescheid wissen. Wär nett, ein paar Redskins-Spiele wieder persönlich zu sehen.«

»Was ist morgen dran?«

»Vor dem Mittagessen machen wir eine Niedrigflug-Absetzübung. Nachmittags Schreibtischkram. Ich muß eine ganze Tonne Akten pinseln für die Air Force. Immerhin gehört ihnen der verdammte Vogel, und sie sind so nett, ihn zu versorgen, und geben mir eine gescheite Flugcrew. Ich wette, sowas kriegen Flugkapitäne auf Linienmaschinen auch nicht aufgebrummt.« Diese Glückspilze brauchten bloß zu fliegen, obwohl ihre Fliegerei ungefähr so aufregend war wie Trockenschwimmen.

Chavez hatte sich noch immer nicht an den englischen Humor gewöhnt, weshalb ihn die Comedy-Serie des Lokalsenders meistens langweilte. Allerdings hatte er auch Kabelanschluß, und so konnte er auf seinem Lieblingssender historische Reportagen und Filme ansehen.

»Nur eins, Ding!« mahnte Patsy. Jetzt, wo sie kurz vor der Niederkunft stand, wollte sie ihren Ehemann lieber nüchtern um sich haben, und das hieß, daß er nur ein Bier und nicht mehr trinken durfte.

»Ja, Liebling.« Frauen hatten irgendwie das Talent, die Männer herumzukommandieren, dachte Domingo, blickte in das fast leere Glas und kämpfte die Lust auf ein zweites nieder. Es war herrlich, sein Bier im Kasino zu trinken und mit seinen Kumpels in lockerer, behaglicher Atmosphäre zu fachsimpeln, von Mann zu Mann. Doch in nächster Zeit würde er sich freiwillig keine fünfzig Meter von seiner Frau entfernen, und sie konnte seinen Bereitschafts-Piepser anwählen, wenn er unterwegs war. Das Baby hatte sich in die Geburtslage gedreht, was immer das heißen mochte; er wußte schon, daß es jeden Augenblick so weit sein konnte, auch wenn er das »gedreht« nicht deuten konnte. Jetzt jedenfalls hieß es, daß es für ihn nur ein Bier am Abend gab, obwohl er mit dreien noch stocknüchtern war ... vielleicht sogar mit vier ...

So saßen sie in ihren weichen Sesseln nebeneinander. Ding wollte gleichzeitig fernsehen und Geheimdienstberichte studieren. Anscheinend war Ding der einzige, der dazu fähig war, wie seine Frau verwundert und genervt feststellte, die ein medizinisches Fachblatt las und Anmerkungen auf den breiten Rand des Glanzpapiers kritzelte.

Bei Clarks zu Hause sah es nicht viel anders aus, nur daß hier eine Filmkassette im Videorecorder steckte und vor sich hin dudelte.

»Gibt's was Neues im Büro?« fragte Sandy.

Im Büro, dachte John unwillig. Früher hatte sie ihn gefragt, wenn er vom Außendienst zurückkehrte: »Bist du okay?« Und immer war ein besorgter Unterton in ihrer Stimme gewesen, weil er ihr niemals – jedenfalls fast nie – von seinen Einsätzen erzählte. Jetzt bestätigte sie ihm nur einmal mehr, daß er ein Federfuchser geworden war. *Danke, Schatz*, dachte er. Laut sagte er: »Nö, eigentlich nicht. Und wie läuft's in der Klinik?«

»Ein Verkehrsunfall gleich nach dem Mittagessen. Aber nichts Ernstes.«

»Und – wie macht sich Patsy?«

»Sie wird einmal eine großartige Ärztin sein, wenn sie lernt, locker zu bleiben. Ich bin jetzt seit über zwanzig Jahren in der Unfallstation, weißt du! Sie versteht viel mehr als ich von der Anatomie, bloß muß sie die Praxis besser kennenlernen. Aber insgesamt schlägt sie sich sehr tapfer!«

»Glaubst du manchmal, du hättest deinen Doktor machen sollen?« fragte ihr Ehemann.

»Das Zeug dazu hatte ich, nehme ich an – aber damals hatten wir keine Gelegenheit dazu!«

»Wie geht's denn dem Baby?«

Sandy mußte grinsen. »Sie ist genauso ungeduldig wie ich. Man gerät an einen Punkt, wo man einfach nur will, daß es endlich kommt und basta.«

»Macht sie sich Sorgen?«

»Nein. Dr. Reynolds redet ihr gut zu, und Patsy geht es hervorragend. Ich bin mir nur nicht sicher, ob ich schon das Zeug zur Großmutter habe!« fügte Sandy lachend hinzu.

»Ich kann dich verstehen, Baby! Es kann also jeden Moment kommen, hm?«

»Das Baby hat sich gestern gedreht. Anscheinend will es nicht mehr warten!«

John dachte über Domingo nach. Er bestand darauf, daß es ein Junge werden *mußte*, so schön wie sein Vater – und zweisprachig, *jefe*, wie er immer mit seinem Latino-Grinsen hinzufügte. Mit seinem Schwiegersohn hätte er es schlimmer treffen können. Ding war ein kluger Kopf, hatte die schnellste Auffassungsgabe, die ihm je begegnet war. Vom jungen Stabsfeldwebel und leichten 11-Bravo-Infanterist der US-Army hatte er sich zum respektablen Außendienstler der CIA gemausert, mit Magisterabschluß an der George-Mason-Universität... Und jetzt überlegte er zuweilen, noch zwei Jahre dranzuhängen und seinen Ph.D. zu machen. Vielleicht sogar in Oxford, wie Ding Anfang der Woche meinte, wenn er das mit den Urlaubszeiten geregelt kriegte. Wenn das kein Knüller war – ein Chicano aus dem Ostviertel von L.A. mit einem Doktorhut aus Oxford! Eines Tages konnte er noch Abteilungsdirektor werden, und dann wäre er *wirklich* unerträglich, feixte John im stillen, während er sein Guinness schlürfte und sich wieder auf den Film konzentrierte.

Popov nahm sich vor, die Augen offenzuhalten. Er war wieder in London, hatte ein Zimmer in einem Mittelklassehotel gefunden, das sich auf mehrere zusammenhängende und frisch renovierte Reihenhäuser verteilte. Dieser Anschlag war eine Novität, er wollte ihn aus nächster Nähe beobachten. Sie hatten einen wohldurchdachten Plan, ursprünglich ein Vorschlag von Bill Henriksen, den Grady mit Begeisterung aufgenommen und zu einem taktischen Plan ausgearbeitet hatte. Wenn sie ihn zu Ende bringen und rechtzeitig abhauen könnten, wäre er perfekt. In jedem Fall wollte Dmitrij möglichst nahe am Geschehen sein.

Desto früher wüßte er, wann er die Bank anrufen und das Geld seinem eigenen Konto einverleiben durfte, und dann … würde er verschwinden, wann immer er wollte. Die Idee, daß es mindetens *zwei* Leute sein mußten, die Zugang zum Konto hatten, war Grady gar nicht gekommen. Sean war gewiß eine treue Seele, dachte Popov, so merkwürdig sich das anhörte. Er hatte den Auftrag seines ehemaligen KGB-Freundes bereitwillig angenommen, und obwohl er ihn zwei Prüfungen unterzog – mit dem Geld und dem Kokain –, stand er jetzt, wo Popov ihm beides übergeben hatte, zu seinem Wort und führte den Anschlag aus. Das war bemerkenswert, wenn Popov es recht bedachte. Er würde sich in den gemieteten Jaguar setzen und zum Ort des Geschehens hinfahren. Es dürfte nicht allzu schwer sein, auch nicht sonderlich gefährlich, wenn er sich ruhig verhielt. Mit diesem Gedanken kippte er seinen letzten Stolitschnaja an diesem Abend und knipste das Licht aus.

Sie wachten ungefähr gleichzeitig auf an diesem Morgen – Domingo und Patricia in ihrem Haus, John und Sandra in einem anderen. Gegen halb sechs, als der Wecker schellte, schlugen sie die Augen auf und durchliefen die Routine, mit der sie den Tag zu beginnen pflegten. Die Ehefrauen mußten für die Sieben-bis-drei-Uhr-Schicht gegen viertel vor sieben in der Ambulanz sein, weshalb in beiden Häusern die Damen als erste ins Bad gingen, während die Männer Wasser in den Kaffeemaschinen aufsetzten, die Morgenzeitung hereinholten und im Radio die BBC-Morgennachrichten hörten. Zwanzig Minuten später tauschten sie die Zeitungen gegen eine Morgendusche, und kurz darauf setzten sich beide Paare zum Frühstück. In Domingos Fall erforderte das nicht mehr als eine zweite Tasse Kaffee, da er nach dem Langlauf mit seinen Männern zu frühstücken pflegte. Bei den Clarks experimentierte Sandy mit gegrillten Tomaten, einer Delikatesse des Landes, die sie gerade zubereiten lernte, auch wenn ihr Gatte sie unter Berufung auf die Grundsatzartikel der amerikanischen Verfassung ablehnte. Gegen 6.20 Uhr wurde es Zeit für die Frauen, sich in die jeweilige Dienstkluft zu werfen; das gleiche galt für die Männer, und wenig später verließen alle ihre Häuser, um ihren Arbeitstag zu beginnen.

Clark trainierte nicht mehr mit den Männern. Er war, wie er sich endlich eingestand, viel zu alt, um noch das gesamte Programm zu absolvieren; aber er tauchte ab und zu auf dem Sportplatz auf und machte ungefähr die gleichen Übungen. Sehr viel anders als in seiner Zeit als SEAL war es nicht, allerdings ließ er das ausdauernde Schwimmen bleiben; zwar gab es hier einen Swimming-pool, doch der war für seinen Geschmack nicht groß genug. Statt dessen rannte er seine fünf Kilometer. Die Teams liefen jetzt zwölf – und, wie er zugeben mußte, viel schneller als er. Für einen Mann in den besten Jahren war John Clark in exzellenter körperlicher Verfassung, aber es fiel ihm jeden Tag schwerer, sie zu halten, und der nächste Meilenstein auf dem persönlichen Weg ins Grab trug die Altersangabe sechzig. Es kam ihm seltsam vor, daß er nicht mehr der junge Springinsfeld war wie damals, als er Sandy heiratete. Ihm war, als hätte ihm jemand das Beste gestohlen und er hätte nichts davon gemerkt. Eines Tages hatte er sich umgeschaut und festgestellt, daß er ganz anders war, als er es sich vorgestellt hatte. Keine angenehme Überraschung, sagte er sich, als er die fünf Kilometer hinter sich hatte, keuchend, mit schmerzenden Füßen und dem Bedürfnis nach einer zweiten Morgendusche.

Auf dem Weg ins Hauptquartier traf er Alistair Stanley, der ebenfalls zum Frühsport aufbrach. Al war fünf Jahre jünger als er und machte sich vermutlich noch Illusionen über seine Jugendlichkeit. Gute Freunde waren sie geworden mit der Zeit. Stanley stellte bei der Analyse von Geheimdienstinformationen großen Scharfsinn unter Beweis und war in seiner britischen, besonnenen Art ein Meisterspion. John verglich ihn oft mit einer Spinne im Netz; nach außen machte er nicht viel her, wenn man ihm nicht gerade in die Augen schaute, und selbst dann fiel es manchen nicht auf – er sah gut aus, etwas verwegen, hatte noch immer blondes Haar und ein breites Lächeln. Wie John hatte er in vielen Einsätzen getötet, und es bereitete auch ihm keine Alpträume. Eigentlich hatte Alistair noch mehr Talent zum Befehlshaber als er selbst, wie Clark insgeheim zugeben mußte. Beide Männer standen, als wären sie noch immer Anfang Zwanzig, in heimlicher Konkurrenz zueinander, und freiwillig hätten sie sich gegenseitig nicht mit Lobsprüchen überhäuft.

Nach seiner Dusche ging Clark ins Büro, setzte sich an den Schreibtisch und ging zunächst die Post durch. All den Papierkram haßte er, weil er soviel Zeit in Anspruch nahm und er sein ganzes Gehirnschmalz auf sinnlose Budgetfragen verschwenden mußte. Rechts in der Schublade bewahrte er seine .45er Beretta auf, wie zum Beweis, daß er kein popeliger Zivilbeamter war, doch heute fand sich keine Gelegenheit, seine kriegerischen Künste am Schießstand zu erproben, die ihn zum Rainbow-Kommandanten gemacht hatten – eine Position, die ihn jene Künste mit grausamer Ironie verlernen ließ. Mrs. Foorgate kam kurz nach acht, warf einen Blick ins Büro ihres Chefs und entdeckte die gewohnte Falte auf der Stirn, die immer dort erschien, wenn er Verwaltungsarbeit erledigte. Ganz anders war es beim Studium von Geheimakten oder Einsatzberichten, die ihn wenigstens an bessere Zeiten erinnerten. Sie setzte Kaffee in der Maschine auf, hörte seinen unartikulierten Guten-Morgen-Gruß und wandte sich ihrem eigenen Schreibtisch zu. Als erstes sah sie im Sicherheits-Faxgerät nach, ob etwas Dringendes gekommen war, das sofort zum Chef sollte. Heute war nichts los. Ein neuer Tag dämmerte über Hereford.

Auch Grady und seine Leute waren keine Langschläfer. Sie nahmen ihr Frühstück ein: Tee, Eier, Schinken und Toast, denn das irische Frühstück unterschied sich kaum vom englischen. Eigentlich waren die Lebensgewohnheiten beider Länder gar nicht so unterschiedlich, was Gradys Männern allerdings kaum auffiel. Für sie zählten die politischen, gesellschaftlichen Unterschiede, und sie profitierten allenfalls davon, daß beide Länder sehr gastfreundlich waren. Die Bürger beider Länder lächelten einander zu, wenn sie sich trafen, arbeiteten hart in ihren jeweiligen Berufen, sahen meist dasselbe Fernsehprogramm, lasen dieselben Sportnachrichten und begeisterten sich mit großem Nationalstolz für ein und dieselben Sportarten. Und sie tranken entsprechend viel Bier in Pubs, die hier wie dort gleich aussahen, bis hin zu den bemalten Gasthausschildern, an denen man sie erkannte.

Was sie unterschied, war vor allem das religiöse Bekenntnis und der Akzent – der Ausländern gar nicht so andersartig, den Iren und Engländern selbst aber jeweils wie eine Fremdsprache vorkam. Ein feines Ohr für Differenzen zu haben gehörte ebenfalls zum Selbstverständnis, auch wenn sie allmählich durch die weltweit gleichartigen Fernsehprogramme eingeebnet wurden. Ein Zeitreisender, der über ein halbes Jahrhundert hinweg urplötzlich hier eingetroffen wäre, hätte sich über die vielen Amerikanismen gewundert, die sich in die Alltagssprache eingeschlichen hatten, aber dieser Prozeß vollzog sich so langsam, daß er denjenigen, die ihn durchlebt hatten, kaum auffiel. Die Situation erinnerte an Länder, die revolutionäre Umbrüche durchmachten. Außenseitern kamen die Neuerungen geringfügig vor, doch jene, die für Veränderungen eintraten, nahmen sie sehr wichtig. Deshalb nutzten Gradys Leute die Ähnlichkeiten des englischen mit dem irischen Alltag nur als Tarnung, die ihrer Aktion zugute kam, nicht als Einladung zu Verständigung und Brüderlichkeit. Leute, mit denen sie unter anderen Umständen ein Bier getrunken oder über ein spannendes Fußballspiel diskutiert hätten, kamen ihnen fremder vor als Marsmenschen und konnten umstandslos getötet werden. Sie waren Objekte, keine »Kumpel«, und so verrückt sich diese Auffassung aus neutraler Sicht ausnahm, ihnen war sie so wohlvertraut wie das Atmen der klaren, frischen Morgenluft, als sie die LKWs und Personenkraftwagen bestiegen und sich auf den langersehnten Anschlag vorbereiteten.

Um 10.30 Uhr vormittags begaben sich Chavez und sein Team ins Schützenhaus, um das Schießen in geschlossener Umgebung zu üben. Dave Woods wartete schon und hatte die Munitionskisten für jeden einzelnen bereitgestellt. Wie tags zuvor entschied sich Chavez für seine Pistole anstatt für die relativ einfach zu handhabende MP-10, mit der jeder, der zwei gesunde Augen und einen funktionierenden Zeigefinger hatte, problemlos schießen konnte. Deshalb gab er seine 10mm-Patronen zurück und tauschte sie gegen zwei Kisten .45er ACP Premium-Munition amerikanischer Bundesproduktion, Marke »Hydra-Schock«, mit einem Hohlmantel, in dem man Drinks hätte mixen können – jedenfalls schien es auf den ersten Blick so.

Team-2 hatte gerade begonnen, als Oberst Malloy und seine Flugcrew, Lieutenant Harrison und Sergeant Nance, hereinspaziert kamen. Sie trugen Berettas M-9, die Standardwaffe der US-Armeeangehörigen, die mit 9mm-Vollmantelgeschossen feuerten – den Anforderungen der Haager Konvention entsprechend. Zwar hatten die Amerikaner den internationalen Vertrag über Kriegsrecht, der vorschrieb, was auf dem Schlachtfeld erlaubt war und was nicht, nie unterzeichnet, aber auch Amerika hielt sich an gewisse Regeln. Die Angehörigen der Elitetruppe Rainbow benutzten abweichende, wirksamere Munition, weil sie prinzipiell *nicht* auf dem Schlachtfeld kämpften, sondern Kriminellen das Handwerk legten, denen nicht das gleiche militärische Ethos zugestanden wurde wie einem wohlorganisierten und uniformierten Feind. Wer sich diese Erklärung einmal gründlich durchdachte, konnte sie nur für leicht übergeschnappt halten, doch logische, leicht verstehbare Grundsätze reichten nicht aus, der Welt zu erklären, weshalb sie nicht mit den vorgeschriebenen Kugeln schossen. Im Fall der Rainbow-Kämpfer waren es über hundert Kugeln am Tag. Malloy und seine Crew verschossen vielleicht fünfzig die Woche, aber sie wurden ja auch nicht als Schützen eingesetzt, und ihre Teilnahme hier war mehr ein Höflichkeitsbesuch. Zufällig war Malloy allerdings ein exzellenter Schütze, obwohl er die Pistole einhändig abfeuerte, wie man es früher bei der US-Armee lernte. Harrison und Nance gingen in die modernere Weaver-Stellung: Beine gespreizt, die Waffe mit beiden Händen umklammernd. Malloy vermißte auch die .45er, die in seiner Jugend gebräuchlich war, doch hatten die Amerikaner sich zum kleineren Format durchgerungen, um die NATO-Länder zufriedenzustellen, auch wenn es viel kleinere Schußwunden bei denen hinterließ, die man töten wollte.

Das Mädchen hieß Fiona. Sie stand kurz vor ihrem fünften Geburtstag und war im Kindergarten von der Schaukel gefallen. Das Holzbrett hatte ihr die Haut aufgeschürft, aber man füchtete auch, daß der linke Unterarm gebrochen war. Sandy Clark hielt das Ärmchen gestreckt, während sie das heulende Kind tröstete. Sehr langsam und sehr vorsichtig ertastete sie die Verletzung, aber das Geschrei wurde nicht lauter. Hier war es also nicht gebrochen … naja, ganz leicht angeknackst vielleicht, aber möglicherweise nicht einmal das.

»Wir sollten sie röntgen«, empfahl Patsy und gab der Kleinen einen Lutscher. Das klappte in England so gut wie in Amerika. Die Tränen versiegten auf der Stelle, als sie mit der Hand des gesunden Arms die Plastikfolie aufriß und den Lutscher zwischen die blassen Lippen steckte. Sandy nahm feuchte Gaze und reinigte die Schürfwunden. Genäht werden mußte nichts, Gott sei Dank, nur ein paar häßliche Kratzer, die sie antiseptisch behandelte und mit zwei großen Pflastern versah.

Hier war viel weniger los in der Ambulanz, als sie es aus Amerika kannte. Das lag vor allem daran, daß sie auf dem Land waren, wo kaum größere Unfälle vorkamen. Letzte Woche war ein Bauer eingeliefert worden, der sich den Arm an seiner Forke aufgerissen hatte, aber da hatten Sandy und Patsy gerade ihre Freischicht. Außerdem gab es weniger Verkehrsunfälle als in vergleichbaren Gebieten der USA, weil die Briten trotz ihrer engen Straßen und weniger strengen Tempolimits offenbar vorsichtiger fuhren als die Amerikaner. Alles in allem ging es in ihren Jobs hierzulande viel ruhiger zu. Nach amerikanischen Standards war das Krankenhaus – zu ihrer Überraschung – personell überbesetzt, was die Anforderungen an jeden einzelnen auf ein vernünftiges Maß herunterschraubte. Wenige Minuten später studierte Patsy die Röntgenaufnahme und stellte fest, daß Fionas Unterarmknochen heilgeblieben war. Eine halbe Stunde später kehrte sie in die Ambulanz zurück, wo alle schon Mittag machten. Patsy setzte sich schwerfällig hinter ihren Schreibtisch und blätterte in der neuesten Ausgabe des *Lancet*, während ihre Mutter hinter der Empfangstheke stand und mit einer Kollegin plauderte. Beide lechzten geradezu nach mehr Arbeit – nicht, daß sie den Leuten wünschten, krank zu werden, aber Sandy Clark erzählte ihrer britischen Freundin gerade, daß sie noch keine einzige Schußwunde behandelt hatte, seit sie in England war. Im Krankenhaus ihrer Heimatstadt Williamsburg, Virginia, kam das beinahe täglich vor, was ihre Kollegin kopfschüttelnd zur Kenntnis nahm, doch für eine amerikanische Notschwester war das der ganz normale Alltag.

Man konnte Hereford nicht als ein verschlafenes Kuhdorf bezeichnen, aber das Verkehrsaufkommen ließ den Ort auch nicht gerade als hektische Metropole erscheinen. Grady hielt sich in seinem Mietwagen äußerst links und folgte den LKWs, die das Objekt beinahe im Schritttempo ansteuerten, weil er ursprünglich mehr Verkehr und daher eine längere Anfahrtszeit einkalkuliert hatte. Er hätte auf die Schnellspur ausweichen und überholen können. Aber dann mußte auch ihre Aktion früher als 13.00 Uhr starten, und wenn ein Plan einmal ausgearbeitet war, pflegte er sich fast sklavisch daran zu halten. Ein taktischer Vorteil war, daß auf diese Weise jedermann wußte, was zu geschehen hatte und wann. Bei Unregelmäßigkeiten konnten sie sich über ihre Handys verständigen, von denen jeder seiner Männer eines mit Schnellwahltaste mitführte. Grady bildete sich ein, die Geräte seien fast so leistungsstark wie die, mit denen Soldaten herumliefen.

Endlich tauchte das Krankenhaus vor ihnen auf. Es lag am Fuß eines flachen Hanges. Der Parkplatz wirkte nicht gerade überfüllt. Vielleicht waren nur wenige Patienten dort, oder die Besucher machten Mittagspause, um den Besuch bei ihren kranken Angehörigen später fortzusetzen.

Dmitrij lenkte den Mietwagen an den Rand der Durchfahrtstraße und hielt. Bis zum Krankenhaus war es noch ein halber Kilometer, und vom Hügel aus konnte er das Gebäude überblicken, die Vorderfront und den Seiteneingang für die Notaufnahme. Er stellte den Motor ab, nachdem er die Fenster elektrisch heruntergelassen hatte, und harrte der Dinge, die da kommen sollten. Auf dem Rücksitz befand sich ein einfaches Fernglas, das er am Flughafenkiosk erworben hatte und das er jetzt aus dem Etui nahm. Neben ihm lag ein Handy griffbereit für den Notfall. Er sah zu, wie drei große Speditionslaster vorfuhren und in unmittelbarer Nähe des Krankenhauses hielten, an einer Stelle, wo Vorderfront und Seiteneingang ebensogut erkennbar waren wie von hier aus.

Erst jetzt kam Popov ein verrückter Einfall. Und wenn er Clark in Hereford anrief und vorwarnte? *Er*, Popov, hatte kein Interesse daran, daß diese Leute den Nachmittag überlebten, oder? Wenn die Aktion fehlschlug, gehörten die fünf Millionen Dollar und ein paar zerquetschten ihm, und *damit* konnte er sich dann problemlos aus dem Staub machen. Auf den karibischen Inseln gefiel es ihm; er kannte sie von Reiseprospekten. Es gab dort einige Annehmlichkeiten der Zivilisation – eine Polizei, die nicht korrupt war, Restaurants und Kneipen, gastfreundliche Einwohner –, ein Leben in Ruhe und Frieden, nicht allzuweit entfernt von den USA, wohin er gelegentlich fliegen und seine Investitionen tätigen würde, um sein Vermögen zu vermehren...

Aber – nein. Immerhin war es nicht ganz auszuschließen, daß Grady ungeschoren davonkam, und diesen fanatischen, tückischen Iren wollte er nicht auf den Fersen haben. Da war es besser, die Nerven zu behalten und sich nicht einzumischen. So blieb er im Wagen sitzen, das Fernglas auf dem Schoß, und lauschte klassischer Musik, die eines der staatlichen BBC-Rundfunkprogramme spielte.

Grady kletterte aus seinem Jaguar. Er öffnete den Kofferraum, zog sein Päckchen heraus und steckte den Wagenschlüssel ein. Timothy O'Neil stieg ebenfalls aus dem kleinen Lieferwagen, den er gemietet hatte, und blieb stehen, bis die anderen fünf sich zu ihm gesellten. Nach ein paar Minuten waren sie vollzählig versammelt. Ein paar hundert Meter weiter fing Gradys Mobiltelefon an zu klingeln.

»Ja?«

»Wir sind jetzt soweit, Sean.«

»Dann los. Wir bleiben hier auf Posten. Viel Gück, Genosse!«

»Einverstanden. Aktion beginnt!«

O'Neil trug die braune Uniform eines Paketboten. Er trat vor den Seiteneingang der Klinik und trug einen großen Pappkarton, gefolgt von vier Männern in Zivil, die ähnlich große Kartons von anderer Farbe trugen.

Popov blickte mürrisch in den Rückspiegel. Ein Streifenwagen hielt hinter ihm. Gleich darauf stieg ein Polizist aus und kam an seine Fahrerseite.

»Stimmt was nicht, Sir?« wollte der Polizist wissen.

»Alles in Ordnung, ich hab schon die Mietwagenfirma angerufen, wissen Sie, und sie schicken jemanden her.«

»Haben Sie 'n Motorschaden?« fragte der Polizist.

»Weiß nicht. Ich hörte so ein komisches Geräusch und hielt es für besser, zu bremsen und hier anzuhalten. Macht aber nichts«, versicherte der Russe, »die Firma schickt mir einen Mechaniker.«

»Gut. Schönen Tag noch.« Der Polizist richtete sich auf, reckte sich, und es schien, als habe er sich eher mal die Beine vertreten als bei einer Autopanne helfen wollen. Er hätte sich auch eine bessere Zeit aussuchen können, dachte Popov.

»Was kann ich für Sie tun?« fragte der Mann hinter der Theke.

»Eine Paketlieferung für Dr. Chavez und Schwester...« er warf einen Blick auf die Etikettierung des Pakets »... Clark. Haben sie heute nachmittag Dienst?« fragte Timmy O'Neil.

»Ich geh sie holen«, bot der Mann an und verschwand im Arbeitsbereich.

Der IRA-Kämpfer faßte unter den losen Deckel des Pakets, bereit, die Kiste jederzeit aufzureißen. Dann nickte er den vier Männern zu, die sich höflich hinter ihm angestellt hatten. O'Neil faßte sich an die Nase, und einer von ihnen – er hieß Jimmy Carr – trat durch die Hintertür nach draußen. Dort parkte ein Streifenwagen, ein Range Rover mit orangefarbenen Streifen auf der Karrosserie. Der Polizist saß am Steuer und mampfte ein Sandwich. Er hatte sich ein angenehmes Plätzchen für seine Brotzeit ausgesucht und mußte nur die Zeit totschlagen, weil nichts los war. Er sah die Männer am Tresen der Notaufnahme stehen, mit Schachteln in der Hand, die er für Blumenkartons hielt. Sieben andere folgten ihnen mit ähnlichen Schachteln. Immerhin war es ein

Krankenhaus, und normalerweise brachte man den Patienten Blumen mit... aber trotzdem... der Mann mit dem großen weißen Karton starrte neugierig seinen Streifenwagen an, was oft vorkam, und der Polizist blickte auf, eigentlich nur aus Neugier, obwohl sich in ihm ein erster Verdacht regte.

»Ich bin Dr. Chavez«, grüßte Patsy beim Näherkommen. Sie war fast so groß wie er selbst, stellte O'Neil fest, und unter dem gestärkten weißen Arztkittel sichtlich hochschwanger. »Haben Sie etwas für mich?«

»Ja, Frau Doktor. Ein Päckchen.« Hinter ihr tauchte eine andere Dame auf, und die Familienähnlichkeit war verblüffend. Sie mußten Mutter und Tochter sein... jetzt war schnelles Handeln angesagt.

O'Neil riß den Karton auf, ließ ihn fallen und entnahm ihm mit einem Griff das AKMS-Gewehr. Es sah nach dem Lauf und verpaßte die entgeisterten Mienen der beiden Frauen, die wie angewurzelt vor ihm stehenblieben. Seine rechte Hand zog eins der Magazine heraus und schob es in die Waffe. Dann wechselte er die Hand und legte den Bolzen an der Sicherung um. All das hatte keine zwei Sekunden gedauert.

Patsy und Sandy waren erstarrt wie viele Menschen, die plötzlich in die Mündung eines Gewehrs starren. Kreidebleich und mit weit aufgerissenen Augen standen sie da. Links von ihnen schrie jemand auf. Hinter dem Paketboten traten drei Leute mit identischen Waffen vor und zielten auf die Empfangstheke. Auf einmal war es vorbei mit dem grauen Alltag in der Notaufnahme.

Draußen klappte auch Carr den Deckel seines Kartons auf und nahm grinsend den Streifenwagen ins Visier.

Dieser stand mit laufendem Motor zwanzig Meter weit entfernt. Der Polizist beschloß, einer plötzlichen Eingebung folgend, Hilfe zu holen. Mit der Linken tastete er nach dem Schalthebel und legte den Rückwärtsgang ein, gleichzeitig trat er aufs Gas, und der Wagen machte heulend einen Satz zurück.

Carr reagierte augenblicklich. Mit hochgerissenem, entsichertem Gewehr zielte er und zerschmetterte die Windschutzscheibe des Wagens mit fünfzehn Kugeln. Die Folgen waren fatal: Der anfangs in gerader Linie zurücksetzende Range Rover geriet ins Schlingern, brach nach rechts aus und rammte die Mauer. Weiter kam er nicht mehr, und der Motor starb ab. Carr lief hin und stellte mit einem Blick fest, daß es einen Polizisten weniger gab auf der Welt – für den irischen Terroristen war das kein großer Verlust.

»Was geht da vor?« Es war der hilfsbereite Streifenpolizist, nicht Popov, der die rhetorische Frage stellte – rhetorisch, weil das unverwechselbare Geratter einer Automatikwaffe nichts Gutes ahnen ließ. Der Polizist wandte sich um, sah den Wagen seines Kollegen – ein Doppelgänger seines eigenen – mit aufheulendem Motor rückwärts setzen und plötzlich stoppen. Dann ging ein Bewaffneter hin, warf einen Blick hinein und verschwand wieder. »Hol's der Teufel!«

Dmitrij Arkadejewitsch blieb ruhig sitzen und sah im Rückspiegel seinen ungebetenen Freund und Helfer zum Wagen rennen und das Funkmikrophon hervorzerren. Was der Polizist an die Zentrale durchgab, war nicht zu hören, aber andererseits brauchte er es auch nicht zu wissen.

»Wir haben sie, Sean«, meldete O'Neil über Handy. Grady bestätigte die Information, drückte die Aus-Taste und dann die Schnellwahl zu Peter Barrys Mobiltelefon.

»Ja?«

»Timothy ist soweit. Wir haben die Lage offenbar unter Kontrolle.«

»Okay.« Damit war auch dieser Anruf beendet. Aber Sean tippte noch eine weitere Rufnummer ein.

»Hallo? Hier Patrick Casey. Wir haben das Hereford-Gemeindekrankenhaus besetzt und Geiseln in unserer Gewalt: Dr. Chavez, Schwester Clark sowie zahlreiche weitere Pfleger. Die Patienten nicht zu vergessen. Wir lassen die Geiseln frei, sobald unsere Forderungen erfüllt sind. Werden sie nicht erfüllt, sind wir gezwungen, die Geiseln nacheinander zu töten, bis Sie Ihren Irrtum einsehen. Wir fordern die Freilassung sämtlicher politischer Häftlinge, die in den Gefängnissen von Albany und Parkhurst auf der Isle of Wight einsitzen. Wenn die Freilassung erfolgt ist, wovon wir uns im Fernsehen überzeugen werden, verlassen wir die Gegend. Haben Sie verstanden?«

»Ich verstehe«, gab der diensthabende Sergeant zurück. Gar nichts hatte er verstanden, aber der Anruf war mitgeschnitten worden, und er würde die Informationen weitergeben an Leute, die mehr davon verstehen.

Carr betrat das Gebäude durch die Notaufnahme; die Barry-Zwillinge, Peter und Sam, kamen durch den Haupteingang in die Halle. Carrs Gewehrschüsse waren laut und deutlich zu hören gewesen. Die meisten hatten sich nach dem Lärm umgedreht, und als sie nichts erkennen konnten, wieder ihrer Arbeit zugewandt. Der Sicherheitsbeamte der Klinik, ein Mann von fünfundfünfzig Jahren, der eine polizeiähnliche Uniform trug, eilte jedoch zum Eingang des Krankenhausbereichs, wo ihm die Zwillinge mit Gewehren in der Hand den Weg verstellten. »Was geht hier vor ...?« brachte der pensionierte Polizist noch heraus, die übliche Formel eines alarmierten Wachbeamten, bevor ihn ein Stoß mit der Gewehrmündung zwang, den Mund zu halten und die Arme zu heben. Sam packte ihn beim Kragen und schob ihn in die Halle zurück. Dort starrten die Anwesenden ungläubig auf die Waffen der Angreifer. Einige kreischten auf. Nur wenige konnten sich zur Tür retten und schafften es auch nach draußen, ohne daß auf sie geschossen wurde, denn die Gebrüder Barry hatten bereits alle Hände voll zu tun.

Der Funkspruch des Streifenpolizisten am Straßenrand löste heftigere Reaktionen aus als Gradys Anruf, vor allem, als man erfuhr, daß ein Kollege vermutlich in seinem Wagen erschossen worden war. Die erste Reaktion des Polizeichefs war, alle Streifenwagen zum Krankenhaus zu beordern. Doch nur die Hälfte von seinen Leuten waren mit Schußwaffen ausgerüstet, meist Smith & Wesson-Revolver, die noch dazu gegen Maschinenpistolen, von deren Gebrauch die Rede war, nicht viel ausrichten konnten. Der Tod des Polizisten bestätigte sich, als aus seinem Streifenwagen trotz zahlreicher Aufforderungen über Polizeifunk keine Antwort kam.

Jedes Polizeirevier der Welt hat bestimmte vorgegebene Einsatzpläne für die unterschiedlichsten Katastrophenfälle. Dieser hier war in einer Akte abgeheftet mit der Aufschrift »Terrorismus«, und der Polizeichef zog sie hervor, obwohl er den Inhalt auswendig kannte. Aber er wollte nichts falsch machen. Über eine Notrufnummer erreichte er das Home Office in London und berichtete seinen Vorgesetzten das wenige, was er bis jetzt wußte. Dann fügte er noch hinzu, daß er sich wieder melden wolle, sobald die Lage klarer sei.

In der Zentrale des Home Office, unweit vom Buckingham Palace, arbeiteten jene Behörden, die für fast jeden Lebensbereich auf den britischen Inseln zuständig waren. Dazu gehörte auch die Innere Sicherheit, und auch hier gab es natürlich einen Einsatzplan, der vom Regal genommen wurde. Doch in diesem Ordner lag ein neues Blatt mit einer neuen Notrufnummer.

»Vier-zwei-drei-drei«, meldete sich Alice Foorgate, als sie den Hörer abnahm. Es handelte sich um die Direktleitung, die Anrufen von höchster Stelle vorbehalten war.

»Mr. Clark, bitte.«

»Einen Augenblick!«

»Mr. Clark – ein Anruf auf der Doppel-drei!« rief sie durch den Lautsprecher.

»Hier spricht John Clark.« Rainbow Six hielt den Hörer ans Ohr.

»Frederick Callaway, vom Home Office. Wir haben vermutlich einen Ernstfall«, erklärte der Zivilbeamte.

»Und wo?«

»Gleich hinter Ihrem Stützpunkt, fürchte ich, im Hereford-Krankenhaus. Der Anrufer hat sich als ein gewisser Patrick Casey gemeldet. Das ist ein Codename, mit dem die PIRA sich zu ihren Aktionen bekennt.«

»Das Krankenhaus in Hereford?« John überlief es heiß und kalt.

»Genau.«

»Bleiben Sie dran. Ich hole meinen Kollegen in die Leitung.« John drückte die Sprechtaste. »Alice! Sofort Alistair mit uns verbinden!«

»Ja, John?«

»Mr. Callaway, Sie sprechen jetzt mit Alistair Stanley, dem stellvertretenden Kommandanten. Bitte wiederholen Sie ihre Meldung!«

Das tat er. Dann fügte der Beamte hinzu: »Der Anrufer hat zwei Geiseln namentlich genannt, eine Schwester Clark und eine Doktorin Chavez!«

»Oh mein Gott«, stöhnte John.

»Ich lasse Peters Team ausrücken«, versprach Stanley.

»Einverstanden. Sonst noch was, Mr. Callaway?«

»Mehr wissen wir im Augenblick nicht. Der Polizeichef am Ort versucht zur Zeit, die Lage zu sondieren.«

»Okay. Danke. Sie können mich unter dieser Nummer erreichen, wenn sich was Neues ergibt.« Clark warf den Hörer in die Gabel. »Verdammte Scheiße«, murmelte er leise vor sich hin.

Seine Gedanken rasten fieberhaft durcheinander. Wer zum Teufel konnte Rainbow so genau ausspionieren? Ausgerechnet Sandy und Patricia, das konnte kein Zufall sein. Das war ein direkter Angriff auf ihn und seine Leute – und sie benutzten seine Frau und seine Tochter als Schutzschild. Sein nächster Gedanke war, den Befehl an Alistair Stanley abzugeben, und dann – daß die beiden Frauen in Lebensgefahr schwebten und er hilflos war ...

»In drei Teufels Namen!« fluchte Major Peter Covington in die Sprechmuschel. »Jawohl, Sir. Wir sind schon unterwegs!« Er stand auf und betrat den Mannschaftsraum. »Alle herhören. Ein Einsatz für uns. Aufstellung nehmen zum sofortigen Abmarsch!«

Die Mitglieder von Team-1 erhoben sich und stürzten zu ihren Spinden. Es schien keine Übung zu sein, alle gehorchten mit der üblichen Präzision. Werkmeister Mike Chin war als erster marschbereit. Er gesellte sich zum Chef, der eben die Schutzkleidung anlegte.

»Was gibt's, Mann?«

»Die PIRA ist im Gemeindekrankenhaus. Sie halten die Frauen von Clark und Ding fest!«

»Soll das ein Witz sein?« Chin blinzelte.

»Du hast schon richtig gehört, Mike!«

»Ach du Scheiße! Dann mal los.« Chin kehrte in den Mannschaftsraum zurück. »Beeilt euch, Leute, es ist keine gottverfluchte Übung!«

Malloy war eben erst beim Hubschrauber angekommen. Sergeant Nance saß schon drin und zog rotbewimpelte Sicherheitsstecker aus ihren Anschlüssen, die er dem Piloten hinhielt.

»Sieht nach einem Einsatz aus, Lieutenant. Sind wir startklar?«

»Sofort«, bestätigte Harrison. Währenddessen nahm Sergeant Nance hinten Platz und gurtete sich an, bevor er einen Blick zurück warf und die Heckflosse des Night Hawk kontrollierte.

»Hinterer Rotor läuft, Oberst.«

Malloy bestätigte die Information und sah nach den Anzeigetafeln. Allmählich wurde der Motor warm. Dann meldete er sich erstmals über den neuen Sprechfunk. »Kommando, hier Bear, wir heben gleich ab. Wo wollt ihr uns haben? Kommen!«

»Bear, hier Five.« Zu Malloys Überraschung war es Stanleys Stimme. »Abheben und um das Gemeindekrankenhaus kreisen. Dort ist der Tatort!«

»Bitte wiederholen, Five! Kommen!«

»Bear, das Krankenhaus wurde überfallen. Sie halten Mrs. Clark und Mrs. Chavez als Geiseln fest. Beide wurden namentlich genannt. Der Befehl lautet: Losfliegen und das Krankenhaus umkreisen!«

»Verstanden. Befehl bestätigt. Bear startet!« Mit der Linken zog er den Steuerknüppel und ließ den Sikorsky emporsteigen.

»Habe ich richtig gehört, Oberst?« wollte Harrison wissen.

»Glaub schon. Ganz schöne Scheiße«, gab der Marine zurück. Da will wohl einer den Tiger am Schwanz ziehen, dachte Malloy. Unter sich sah er, wie zwei LKWs aus dem Kasernentor rasten und die gleiche Richtung einschlugen wie er. Vermutlich Covington und sein Team-1, dachte er. Nach kurzer Überlegung brachte er den Night Hawk auf achthundert Meter Höhe, rief das Luftraum-Kontrollzentrum an, um seinen Flug zu melden, und bekam einen Transportcode, mit dem er sich einweisen ließ.

Inzwischen blockierten vier Streifenwagen den Eingangsbereich der Klinik; sonst tat sich nichts, wie Popov durch sein Fernglas beobachtete. Die Polizisten standen vor ihren Wagen und hielten Ausschau; zwei von ihnen hatten Pistolen in der Hand, die allerdings zu Boden wiesen und nirgendwohin zielten.

In einem der LKWs gab Covington den aktuellen Stand der Dinge bekannt. Im anderen übernahm Chin dieselbe Aufgabe. Die Männer ließen sich ihr Entsetzen mehr anmerken als sonst. Bisher hatten sie sich und ihre Familien für mehr oder minder immun gegen derartige Verbrechen gehalten, weil sie *niemanden* für dumm genug gehalten hätten, sich so weit vorzuwagen. Wer traute sich schon in die Höhle des Löwen? Jedenfalls keiner, der noch den nächsten Sonnenuntergang erleben wollte. Das war so fest in ihrem Denken verankert, daß sie den Angriff auf die Gattin des Rainbow-Befehlshabers wie einen Schlag ins Gesicht empfanden, eine Tat von unfaßbarer Arroganz – und Chavez' Ehefrau erwartete zu allem Unglück ein Baby! Sie allein repräsentierte bereits zwei unschuldige Seelen, die beide dem Mann am nächsten standen, der jeden Morgen mit ihnen lief und trainierte, und mit dem sie abends gelegentlich ein Bier tranken, ein Kamerad, einer aus ihrer Truppe. Sie stellten ihre Sprechfunkgeräte an und lehnten sich zurück, streichelten ihre Waffen und ließen ihre Gedanken schweifen, wenn auch nicht allzu weit.

»Al, diese Operation mußt du leiten«, hatte John verkündet, als er vor dem Schreibtisch stand und gerade gehen wollte. Dr. Bellow stand ebenfalls im Büro des Kommandanten, neben ihm Bill Tawney.

»Ich verstehe dich, John. Du weißt doch, daß Peter und sein Team unschlagbar sind.«

Er atmete tief durch. »Ja.« Mehr wußte er in diesem Moment nicht zu sagen.

Stanley wandte sich den anderen zu. »Was kannst du uns bis jetzt sagen, Bill?«

»Sie haben das richtige Codewort benutzt. ›Patrick Casey‹ ist der Presse nicht bekannt. Dieser Name wird benutzt, um uns wissen zu lassen, daß der Anschlag nicht fingiert ist – wie so oft bei Bombendrohungen und dergleichen. Paul?«

»Deine Frau und deine Tochter herauszupicken soll uns unmittelbar provozieren. Sie teilen uns dadurch mit, daß sie Rainbow kennen, daß sie wissen, wer wir sind, und natürlich auch, wer *du* bist, John. Sie lassen keinen Zweifel an ihrer Professionalität und ihrem festen Willen, die Sache bis zum Schluß durchzuziehen.« Der Psychologe schüttelte den Kopf. »Doch wenn sie tatsächlich von der PIRA kommen, heißt das, sie sind katholisch. Damit kann ich arbeiten. Laßt mich mit rausgehen und Kontakt mit ihnen aufnehmen, ja?«

Tim Noonan saß schon in seinem Privatwagen, die Ausrüstung transportierte er im Heck. Seine Aufgabe war einfach. Es gab nur zwei Verteilerstationen für Mobiltelefone im Raum Hereford; bei beiden war er schon gewesen, als er mit seiner Abschirm-Software experimentierte. Er fuhr zuerst zur entlegeneren. Es war eine der typischen Stationen, mit einem reichbestückten Antennenturm innerhalb der Umzäunung, neben dem ein kastenförmiger Anhänger stand, hierzulande Caravan genannt, wie er sich erinnerte. Ein Wagen parkte direkt davor. Noonan hielt dicht neben ihm und sprang heraus, ohne seinen Wagen abzuschließen. Zehn Sekunden später zog er die Seitentür des Caravans auf.

»Was gibt's?« fragte der Ingenieur im Innern.

»Ich komme von Hereford. Wir sperren die Frequenz für Mobiltelefons ab.«

»Wer sagt das?«

»Ich sag das!« Noonan drehte sich um, so daß der Mann sein Pistolenholster an der Hüfte zu Gesicht bekam. »Rufen Sie an. Ihr Boß kennt mich und weiß, was ich mache.« Ohne ein weiteres Wort zu verlieren, trat Noonan vor das Schaltbrett und legte den Zentralhebel um. Damit war der Sendebetrieb des Antennenturms eingestellt. Dann setzte er sich vor die Computeranlage und steckte die Diskette hinein, die er in der Brusttasche seines Hemds mitführte. Zwei Mausklicks und vierzig Sekunden später war das System neu konfiguriert. Jetzt konnten sich nur noch Nummern mit der Vorwahl 777 einwählen.

Der Ingenieur wußte nicht, wie ihm geschah, war aber vernünftig genug, mit einem Bewaffneten keinen Streit anzufangen.

»Ist jemand in der zweiten Station – am anderen Ende der Stadt?« fragte Noonan.

»Nein, ich müßte dort sein, wenn's ein Problem gibt. Aber sonst keiner.«

»Schlüssel.« Noonan hielt die Hand auf.

»Das kann ich doch nicht machen, Mensch! Ich bin nicht befugt, zu ...«

»Rufen Sie jetzt Ihren Boß an«, schlug der FBI-Agent vor und reichte ihm den Hörer des normalen Kabeltelefons.

Covington sprang aus dem Fahrerhäuschen, als sie nicht weit von den dort abgestellten Speditionslastern hielten. Die Polizei hatte das Gelände eingekreist und vor Gaffern abgesperrt. Er begab sich zu einem Uniformierten, der hier den Einsatz zu leiten schien.

»Jetzt kommen sie«, gab Sean Grady über Mobiltelefon zu Timmy O'Neil durch. »Das war ja klar, und sie haben rasch reagiert. – Ein Anblick für Götter!« setzte er hinzu. »Wie sieht's bei euch drinnen aus?«

»Zuviel Volk hier, um alles in den Griff zu kriegen, Sean. Die Zwillinge sind in der Haupthalle unten, Jimmy ist bei mir, und Daniel patrouilliert im oberen Stockwerk.«

»Was machen die Geiseln?«

»Die beiden Frauen meinst du? Die sitzen auf dem Boden. Die jüngere ist hochschwanger, Sean. Dem Aussehen nach könnte sie heute niederkommen.«

»Mach was dagegen, Junge«, riet Grady grinsend. Alles lief streng nach Plan. Und die Uhr blieb nicht stehen. Die verdammten Soldaten hatten ihre Laster keine zwanzig Meter von seinen geparkt. Besser hätte es kaum kommen können ...

Houstons Vorname war eigentlich gar nicht Sam – seine Mutter hatte ihn, nach einem Lieblingsonkel, auf den Namen Mortimer getauft. Das geläufige Kürzel war ihm vor rund zehn Jahren verliehen worden, während der Grundausbildung in Fort Jackson, South Carolina, und er hatte sich daran gewöhnt. Sein Scharfschützen-Gewehr lag noch immer im kastenförmigen Etui, das es vor Erschütterungen bewahrte, und er suchte nach einer guten Schützenstellung. Von diesem Platz aus war die Aussicht nicht schlecht, dachte der Sergeant. Er war zu allem bereit, was dieser Tag bringen würde. Das Schießeisen war ein baugleicher Doppelgänger zu dem, welches sein Freund Homer Johnston benutzte, und seine Treffsicherheit war mindestens ebensogut – wenn nicht besser, wie er jedem, der ihn danach fragte, umgehend versicherte. Das gleiche galt für Eins-Zwei, Fred Franklin, den First-Class-Sergeant und ehemaligen Schützen-Ausbilder bei der militärischen Schulungseinheit in Fort Benning, der mit seinem riesigen MacMillan .50er Repetiergewehr auf anderthalb Kilometer ins Schwarze traf.

»Was hältst du davon, Sam?«

»Mir gefällt's hier, Freddy! Willst du nicht rüber ins Gebüsch hinter dem Hubschrauber-Landeplatz?«

»Keine schlechte Idee. Bis später!« Frank hievte sich das Etui über die Schulter und trottete davon.

»Diese Leute machen mir ganz schön Bammel«, gestand Roddy Sands über Telefon.

»Weiß ich. Aber einer von ihnen ist nah genug, um ihn gleich umzulegen, Roddy! Den wirst du übernehmen, ja?«

»Einverstanden«, meldete Sands aus dem Innern des Laderaums im riesigen Volvo-LKW zurück.

Noonan, der schließlich die Schlüssel für die andere Schaltstation bekommen hatte, war schon unterwegs dorthin. Er würde ungefähr zwanzig Minuten brauchen – nein, eher mehr, denn jetzt staute sich schon der erste Berufsverkehr auf der Bundesstraße. Und obwohl er seine Knarre an der Hüfte trug und sogar einen Polizeiausweis besaß, fehlten ihm doch Sirene und Blaulicht. Daß er sie je brauchen würde, war ihm nie in den Sinn gekommen. Wie zum Teufel konnte er das vergessen? Schließlich war er doch ein Bulle, oder etwa nicht? Er fuhr auf den Seitenstreifen, stellte die Warnblinkanlage an und klemmte den Ellbogen auf die Hupe, während er an den stehenden Wagen entlangraste.

Chavez ließ sich äußerlich nichts anmerken. »Okay«, murmelte er schließlich mit trockenem Mund. »Was wird dagegen unternommen?«

»Team-1 ist jetzt vor Ort, sollte es zumindest sein. Al leitet die Operation. Wir sind nur Zuschauer.«

»Wir sollen nicht rüberfahren?«

Clark zögerte, was nicht häufig vorkam. Das Beste, was er tun konnte, sagte er sich im stillen, war abwarten, im Büro bleiben und die Hände in den Schoß legen. Drüben würde er sich nur abquälen, ohne eingreifen zu können. Sein Entschluß, Stanley den Gegenschlag führen zu lassen, war korrekt gewesen. Daß er Fehler machte, weil er sich von persönlichen Emotionen leiten ließ, mußte von vornherein ausgeschlossen werden. Hier ging es nicht nur um seine Frau und seine Tochter; weitere Menschenleben standen auf dem Spiel, und Stanley war ein Profi, der auch ohne seinen Rat das Richtige tun würde. Andererseits, hier herumzuhocken und alles am Radio oder über Funk zu verfolgen, war noch schlimmer. Daher ging er an den Schreibtisch, nahm die .45er Beretta heraus und steckte sie in den Gürtel an der rechten Hüfte. Auch Chavez hatte seine Pistole mit, wie er feststellte.

»Laß uns gehen.«

»Moment noch!« Chavez hob den Hörer von Clarks Bürotelefon ab und rief im Team-2-Quartier an.

»Hauptfeldwebel Price«, meldete sich die Stimme seines Stellvertreters.

»Eddie, hier ist Ding. John und ich fahren rüber. Ich übergebe dir das Kommando von Team-2.«

»Ja, Sir. Verstanden. Major Covington und seine Leute sind genauso gut wie wir, Sir. Team-2 ist vollzählig angetreten und im Notfall einsatzbereit.«

»Alles klar. Mein Sprechfunkgerät nehme ich mit.«

»Viel Glück, Sir!«

»Danke, Eddie.« Chavez legte auf. »Dann woll'n wir mal, John.«

Für diese Fahrt nahm Clark seinen Chauffeur in Anspruch. Sie gerieten in den gleichen Stau, der auch Noonan aufgehalten hatte, und wählten denselben Ausweg: mit Dauerhupe und Warnblinkanlage rasten sie auf dem Seitenstreifen weiter. Eine Strecke, für die sie normalerweise zehn Minuten brauchten, kam ihnen plötzlich doppelt so lang vor.

»Wer ist dort?«

»Hier spricht Polizeichef Ferguis Macleash«, meldete sich der Bulle am anderen Ende. »Und Sie sind ...?«

»Patrick Casey tut's für den Augenblick«, gab Grady trocken zurück. »Haben Sie schon Rücksprache mit dem Home Office genommen?«

»Jawohl, Mr. Casey, haben wir.« Macleash warf Stanley und Bellow einen Blick zu, die mit ihm am Kommandoposten standen, rund 700 Meter vom Krankenhaus entfernt, und über Lautsprecher mithörten.

»Wann werden Sie unsere Forderungen erfüllen und die Gefangenen freilassen?«

»Die zuständigen Mitarbeiter des Ministeriums sind im Moment zu Tisch, Mr. Casey. Die Beamten, mit denen ich gesprochen habe, versuchen zur Zeit, sie ausfindig zu machen. Mit den Entscheidungsträgern konnte ich mich noch nicht verständigen.«

»Ich schlage vor, daß Sie in London auf rasche Entschlüsse drängen. Viel Geduld haben wir nicht!«

Macleash riskierte einen neuen Versuch. »Ich brauche zumindest Ihre Versicherung, daß niemand verletzt ist.«

»Außer Ihrem Polizisten niemand. Noch sind keine Verletzten zu beklagen! Das wird sich jedoch ändern, falls Sie gegen uns vorgehen. Und erst recht, wenn Sie und Ihre Freunde in London unsere Forderung auf die lange Bank schieben. Haben Sie verstanden?«

»Ja. Ich verstehe. Aber wenn eine der Geiseln Schaden nimmt, wird sich die Lage grundlegend verändern, Mr. Casey. Es würde meine Möglichkeiten erheblich einschränken, zu Ihren Gunsten zu verhandeln, wenn Sie diese Grenze überschreiten.«

»Das ist Ihr Problem, nicht meins«, kam es kalt zurück. »Ich habe über hundert Leute in meiner Gewalt, einschließlich Frau und Tochter Ihres wichtigsten Anti-Terror-Kommandanten. Sie werden die ersten sein, die unter Ihrer Hinhaltetaktik zu leiden haben. Ab sofort bleiben Ihnen noch eine Stunde und achtundfünfzig Minuten – danach müssen sämtliche politischen Gefangenen der Haftanstalten Albany und Parkhurst auf freiem Fuß sein. Folgen Sie meinem Rat und handeln Sie auf der Stelle!« Damit legte der Anrufer auf.

»Er versucht, den starken Mann zu spielen«, analysierte Dr. Bellow. »Der Stimme nach wird er Mitte Vierzig sein, und er hat bestätigt, daß sie wissen, wer Mrs. Clark und Dr. Chavez sind. Wir haben es mit einem außergewöhnlich gut informierten Profi-Terroristen zu tun. Woher kann er sein Wissen haben?«

Bill Tawney blickte stirnrunzelnd auf. »Keine Ahnung, Doc. Wir hatten zwar Hinweise, daß jemand versucht hat, uns auszukundschaften, aber das hier ist sehr beunruhigend.«

»Das nächste Mal, wenn er anruft, werde ich mit ihm reden«, versprach Bellow. »Dann versuche ich, ihn ein wenig milder zu stimmen.«

»Peter, hier Stanley!« meldete sich Rainbow Five über den Teamsprechfunk.

»Hier Covington.«

»Wie weit seid ihr bis jetzt?«

»Ich habe beide Scharfschützen abkommandiert, um das Gelände zu überwachen und Erkenntnisse zu sammeln; der Rest der Leute bleibt vorläufig bei mir. Ich warte noch auf den Grundriß und genauere Angaben, wie viele Geiseln und wie viele Terroristen da drin sind.« Seine Stimme stockte, bevor Covington fortfuhr. »Ich schlage vor, daß wir Team-2 hinzuziehen. Das Gebäude ist zu groß, um es mit acht Leuten abzudecken, falls wir es stürmen!«

Stanley nickte. »Recht haben Sie, Peter. Ich rufe die Jungs an!«

»Wie sieht's mit der Tankfüllung aus?« fragte Malloy und blickte zur Klinik hinunter, die sie umkreisten.

»Für rund dreieinhalb Stunden reicht's noch, Oberst!« erwiderte Lieutenant Harrison.

Malloy wandte sich um und warf einen Blick in den Laderaum. Sergeant Nance hatte die Seile hervorgeholt und hakte sie in die Halterung am Boden der Maschine fest. Als das getan war, setzte er sich in den Springersitz zwischen und hinter dem Sitz des Piloten beziehungsweise Kopiloten. Seine Pistole steckte sichtbar im Schulterhalfter, und wie alle anderen lauschte er dem Sprechfunkverkehr.

»Wir werden wohl noch eine Weile hierbleiben müssen«, mutmaßte der Marine.

»Sir, wir müssen überlegen, ob …«

»Mir würde das ganz und gar nicht gefallen, Lieutenant. Abgesehen davon wird von uns nicht erwartet, daß wir uns Gedanken machen.« Diese Antwort war genauso sinnlos, und jeder an Bord des Night Hawk wußte es. Man konnte ebensogut die Welt anhalten wollen, wie einem Mann in dieser Lage das Denken verbieten. Malloy sah sich das Klinikgelände an, überlegte sich die Winkel, in denen er die Männer am langen Seil oder an der Reißleine runterlassen würde.

Der Panoramablick aus der Fliegerperspektive war durchaus nützlich. Malloy konnte alles genau verfolgen. Überall parkten Kraftfahrzeuge, und ein paar Laster standen neben dem Krankenhaus. Die Streifenwagen erkannte man an ihrem blitzenden Blaulicht, und der Verkehr war fast zum Erliegen gekommen. Plötzlich tauchte ein Übertragungswagen vom Fernsehen auf und installierte sich einen halben Kilometer vor dem Krankenhaus. Auf der Hügelkuppe trafen weitere Fahrzeuge ein. Vielleicht Schaulustige, dachte der Marine. So etwas kam immer wieder vor; es erinnerte ihn an die Geier, die in Twenty-Nine Palms um die Leichen kreisten. Widerlich und ekelhaft, aber zutiefst menschlich.

Popov fuhr herum, als sich der weiße Fernseh-Übertragungswagen näherte und keine zehn Meter hinter seinem gemieteten Jaguar stehenblieb. Auf dem Dach war eine Satellitenanlage montiert, und der Motor lief noch, als die ersten Techniker ausstiegen. Einer von ihnen kletterte über eine seitliche Leiter aufs Dach und richtete die Schüssel aus. Ein anderer stellte eine Minikamera auf; dann tauchte ein weiterer auf, offenbar der Reporter, mit Anzug und Krawatte. Er wechselte ein paar Worte mit seinen Kollegen, dann wandte er sich ab und starrte den Hügel hinunter, wo das Krankenhaus lag. Popov ließen sie in Ruhe, und er ignorierte sie.

Endlich, seufzte Noonan im stillen und bog von der Landstraße ab. Er stellte den Wagen vor der anderen Schaltstation ab, stieg aus und suchte nach den Schlüsseln, die ihm der Ingenieur gegeben hatte. Drei Minuten später lud er die Abschirm-Software auch hier in den Computer. Dann setzte er sein integriertes Sprechfunkgerät auf.

»Noonan an Stanley, kommen!«

»Hier Stanley!«

»Al, ich habe den anderen Sender abgeschnitten. Jetzt dürfte in der ganzen Stadt kein Mobiltelefon mehr funktionieren.«

»Ausgezeichnet, Tim. Komm jetzt her!«

»Verstanden. Bin schon unterwegs!«

Der FBI-Agent rückte den Kopfbügel zurecht, bis das Miniaturmikrofon direkt vor den Lippen saß, und drückte den Ohrhörer fester, während er in den Wagen stieg und den Motor anließ. *Dann woll'n wir mal sehen, ihr Schweine*, dachte er auf dem Rückweg zum Krankenhaus, *ob eure Handys jetzt noch funktionieren!*

Wie immer in Katastrophensituationen konnte niemand, auch Popov nicht, die Entwicklung voraussehen. Mindestens fünfzehn Streifenwagen standen in einer Reihe neben den beiden Armeefahrzeugen aus der Hereford-Kaserne. Im Fernglas waren keine Gesichter zu erkennen, aber er wollte auch nur eines von nahem sehen: das des Befehlshabers der Eingreiftruppe, der irgendwo seinen Kommandoposten beziehen würde, mehr oder weniger sichtbar im Freien – vorausgesetzt, er war überhaupt da, dachte der Ex-KGB-Mann.

Zwei Männer mit schmalen Koffern, vermutlich Gewehretuis, hatten sich von den Lastwagen mit NATO-grünem Tarnanstrich entfernt und waren spurlos verschwunden, obwohl... doch, Popov fand den einen ganz hinten, als winzigen dunklen Fleck im Straßenbild. Schlaues Kerlchen. Er war vermutlich Scharfschütze und benutzte sein Zielgerät, um in die Fenster zu spähen und Informationen zu sammeln, die er anschließend dem Befehlshaber durchgab. Ein weiterer würde anderswo lauern, den Popov aber nirgends entdeckte.

»Gewehr Eins-Zwei an Kommandant«, meldete sich Fred Franklin.

»Eins-Zwei, hier Kommandant«, gab Covington zurück.

»In Stellung, Sir, mit guter Sicht, aber hinter den Fenstern auf Erdgeschoßhöhe rührt sich keiner. Im dritten Stock bewegt sich ein Vorhang, als ob Leute nach draußen sehen, sonst nichts.«

»Verstanden. Danke. Überwachung fortsetzen!«

»Verstanden. Wird gemacht. Gewehr Eins-Zwei, aus!« Wenige Sekunden später berichtete Houston Ähnliches. Beide Männer hatten ihre Gewehre aufgestellt und ihre Stellungen durch die Tarnnetze verborgen.

»Endlich!« rief Covington. Ein Polizeiauto war eingetroffen und hatte die Lagepläne des Krankenhauses mitgebracht. Covingtons Erleichterung wurde im selben Moment gedämpft, als er die ersten Blätter ausfaltete. Es gab Hunderte von kleinen Zimmern, die meisten lagen auf den oberen Stockwerken. Überall konnte sich einer der Bewaffneten verstecken, die sie rausholen mußten. Schlimmer noch, in allen Zimmern lagen Zivilisten, kranke Menschen, für die schon eine Leuchtgranate lebensgefährlich werden konnte. Jetzt, wo er den ersehnten Überblick hatte, erkannte er das ganze Ausmaß der Schwierigkeiten dieser Mission.

»Sean?«

Grady drehte sich um. »Ja, Roddy?«

»Da sind sie.« Sands deutete mit dem Finger. Die schwarzvermummten Soldaten standen hinter den Armeelastern, nur wenige Meter von den LKWs entfernt, mit denen die Iren hergekommen waren.

»Ich zähle nur sechs, Kumpel«, murmelte Grady. »Wir hatten auf mindestens zehn gehofft!«

»Du bist ja unersättlich, Sean. Freuen würde ich mich nicht auf die!«

Grady dachte einen Augenblick nach und blickte zur Uhr. Er hatte fünfundvierzig bis sechzig Minuten für die gesamte Aktion veranschlagt. Jede Minute mehr würde dem Gegner zuviel Zeit geben, sich zu organisieren. Noch zehn Minuten bis zur untersten Grenze. Bis jetzt war alles nach Plan gelaufen. Der Verkehr auf den Straßen war blockiert, doch nur die Zufahrten zum Krankenhaus, nicht nach auswärts. Im Umkreis von fünfzig Metern standen drei große LKWs, der Lieferwagen und zwei PKWs zur Verfügung. Doch der schwierigste Teil stand ihnen noch bevor, auch wenn alle seine Leute wußten, was zu tun war. Roddy hatte recht. Es wurde allmählich Zeit, loszuschlagen und anschließend das Weite zu suchen. Grady nickte seinem Untergebenen zu, zog das Handy aus der Tasche und drückte die Schnellwahltaste zu Timothy O'Neil.

Aber das Mobiltelefon blieb stumm. Er preßte den Hörer ans Ohr, doch alles, was er hörte, war ein hektisches Besetztzeichen, dem er entnahm, daß der Anruf nicht durchkam. Genervt drückte er die Aus-Taste und wählte erneut … mit demselben Ergebnis.

»Was zum …« entfuhr es ihm, als das Gerät zum dritten Mal versagte. »Roddy, gib mir dein Handy!«

Sands hielt es ihm hin, und Grady entriß es seinen Händen. Sie waren alle von gleicher Bauart, die Schnellwahlen waren identisch programmiert. Er drückte die gleiche Taste und hörte wieder nur das Besetztzeichen. Eher verwirrt als wütend, fühlte Grady ein Unbehagen in der Magengrube. Er hatte mit vielem gerechnet, aber damit nicht. Für diese Aktion war es unabdingbar, daß alle drei Gruppen koordiniert losschlugen. Alle wußten, was sie zu tun hatten, aber nicht hundertprozentig, wann, denn er sollte ihnen Bescheid sagen, wenn es soweit war.

»So ein Mist«, fluchte Grady, und Roddy Sands fuhr verblüfft herum. Als nächstes versuchte Grady, den Telefondienst anzuwählen, aber auch hier kam nur das Besetztzeichen. »Die Scheißtelefone tun's nicht mehr!«

»Er hat schon 'ne Weile nichts mehr von sich hören lassen!« bemerkte Bellow.

»Seine Telefonnummer hat er uns nicht gegeben.«

»Versuchen Sie diese!« Tawney übergab ihm eine handschriftliche Liste der Krankenhausapparate. Bellow wählte die Telefonzentrale auf seinem Mobiltelefon an, mit der 777er-Nummer am Anfang. Er ließ es eine halbe Minute klingeln, bevor jemand abnahm.

»Ja?« Es war eine irisch klingende Stimme, aber diesmal eine andere.

»Ich möchte mit Mr. Casey sprechen«, bat der Psychologe und schaltete den Lautsprecher ein.

»Äh … der ist im Moment nicht hier!«

»Könnten Sie ihn bitte an den Apparat holen? Ich muß ihm eine wichtige Mitteilung machen!«

»Warten Sie«, kam es zurück.

Bellow schaltete die Sprechmuschel mit der Stummtaste aus. »Andere Stimme!« bedeutete er den anderen. »Nicht derselbe Typ. Wo soll Casey denn sein?«

»Irgendwo im Gebäude, vermute ich«, murmelte Stanley, doch die Antwort stellte ihn nicht zufrieden, und in den nächsten paar Minuten meldete sich auch die fremde Stimme nicht wieder.

Zwei verschiedenen Polizeikontrollen mußte Noonan umständlich erklären, wer er war, doch endlich kam das Krankenhaus in Sichtweite. Er kündigte sein Eintreffen über Funk an und meldete Covington, er sei in fünf Minuten da. Doch dann erfuhr er, daß die Lage noch unverändert war.

Clark und Chavez stiegen rund dreißig Meter hinter den grünen Armeelastern aus, mit denen Team-1 an den Tatort gebracht worden war. Team-2 war jetzt ebenfalls unterwegs, in einem weiteren NATO-grünen britischen Armeelaster, der unter Polizeischutz eskortiert wurde, um durch den Stau zu gelangen. Chavez hielt während der Fahrt ein Verbrecheralbum mit gesuchten PIRA-Terroristen auf dem Schoß, das er rasch noch vom Schreibtisch der Aufklärung stibitzt hatte. Am schwersten fiel ihm, das Händezittern zu vermeiden – ob nun vor Wut oder aus Angst, hätte er nicht sagen können. Und er brauchte alle Routine, die er sich je antrainiert hatte, um bei der Sache zu bleiben und sich nicht um seine Frau und seine Schwiegermutter zu sorgen ... und um sein ungeborenes Kind. Wenn er sich die Visagen auf den Steckbriefen ansah, zwang er sich zur Ruhe, denn das waren wahrscheinlich die Männer, die er suchen und töten wollte. Doch die grüne Rasenfläche rings um das Krankenhaus erinnerte ihn nur einmal mehr an die Gefahr, in der sie schwebten. In Zeiten wie diesen galt es als Zeichen männlicher Kraft, alle Gefühle wegzustecken und sich seelenruhig zu geben. Doch Chavez mußte noch dazulernen. Beispielsweise, daß es viel einfacher war, für sich alleine tapfer zu sein, als mit der Gefahr fertigzuwerden, in der ein Angehöriger schwebte. Hier war sein ganzer Mannesmut keinen Pfifferling wert, und es blieb einem nichts als ... nichts. Er war zum Zuschauen verdammt, mußte untätig einen grausigen Wettlauf mit der Zeit beobachten, an dessen Ziel der Tod der geliebten Menschen stehen konnte. Was blieb ihm anderes übrig, als der Entschlossenheit und Erfahrung von Covingtons Team-1 zu vertrauen! In der Tiefe seines Herzens wußte er, daß Peter und seine Jungs genauso auf Draht waren wie er selbst und sein Team. Wenn Rettung überhaupt möglich war, konnte sie nur von dort kommen, und sie würden es bestimmt schaffen – aber das war lange nicht das gleiche, als wenn man selbst dabei war, alles veranlaßte und sich persönlich um das richtige Vorgehen kümmerte. Irgendwann im Laufe des Abends, redete Chavez sich gut zu, würde er seine Frau wieder in den Armen halten – oder sie und ihr ungeborenes Baby würden ihm für immer genommen werden! Seine Fäuste umklammerten die Computerausdrucke der Steckbriefe, zerknitterten die Ränder, und sein ganzer Trost war das Gewicht der Pistole, die im Hüftholster am Hosenbund steckte. Es war ein vertrautes Gefühl, aber eines, das jetzt – wie ihm der Verstand sagte – völlig nutzlos war und vermutlich auch bleiben würde.

»Und wie soll ich Sie nennen?« erkundigte sich Dr. Bellow, als sich am anderen Ende der Leitung wieder etwas regte.

»Nennen Sie mich Timothy.«

»Einverstanden«, gab der Doktor freundlich zurück. »Ich heiße Paul.«

»Sie sind Amerikaner«, bemerkte O'Neil.

»Das stimmt. Genau wie die Geiseln, die Sie festhalten, Dr. Chavez und Mrs. Clark.«

»So?«

»Dabei dachte ich, Ihre Feinde wären die Engländer, nicht wir Amerikaner. Sie wissen doch, daß die beiden Damen Mutter und Tochter sind, nicht wahr?« Er mußte es wissen, dachte Bellow, schon deshalb durfte er diese Information preisgeben.

»Ja«, kam es undeutlich zurück.

»Wußten Sie schon, daß die beiden katholisch sind, genau wie Sie?«

»Nein.«

»Das sind sie aber«, versicherte Bellow. »Sie können sie ruhig fragen. Mrs. Clarks Mädchenname ist O'Toole, um genau zu sein. Sie stammt aus einer irisch-katholischen Einwandererfamilie. Wieso sollte sie euer Feind sein, Timothy?!«

»Sie ist doch – ihr Mann – ich meine ...«

»Auch ihr Mann ist irisch-katholischer Amerikaner, und soviel ich weiß, hat er nie etwas gegen Sie oder Ihr Volk oder Ihre Organisation unternommen. Deshalb begreife ich nicht ganz, weshalb Sie das Leben seiner Frau und seiner Tochter bedrohen.«

»Der Mann ist Chef dieses Rainbow-Haufens, der Freiheitskämpfer im Auftrag der britischen Regierung tötet!«

»Das stimmt nicht ganz. Rainbow ist in Wirklichkeit eine Einrichtung der NATO. Das letzte Mal, als wir ausgerückt sind, mußten wir dreißig Kinder retten. Ich war selbst dabei. Die Leute, die sie gefangen hielten, haben ein Mädchen erschossen, eine kleine Holländerin mit Namen Anna. Sie ist im Rollstuhl gestorben, Timothy. Sie hatte Krebs, aber diese Menschen wollten ihr selbst die letzte Lebenszeit nicht lassen. Ein junger Mann hat sie in den Rücken geschossen und damit umgebracht. Sie haben es vielleicht im Fernsehen verfolgen können. So etwas bringt kein Mensch fertig, der noch an Gott glaubt. Ein guter Katholik würde das nicht tun, ein kleines wehrloses Rollstuhlkind abzuknallen. Und Dr. Chavez trägt ein Kind unter dem Herzen. Ich bin sicher, daß Sie es gemerkt haben. Wenn ihr etwas zustößt, was wird aus dem Kind? Das wäre dann nicht bloß ein Mord, Timothy. Sie würden auch das werdende Leben zerstören. Wir wissen doch, was die katholische Kirche von Abtreibung hält. Auch Sie wissen das. Und die Regierung der Republik Irland weiß es auch. Timothy, ich bitte Sie, sich Ihre Drohung gut zu überlegen. Es sind Menschen aus Fleisch und Blut, deren Leben in Ihrer Hand liegt, keine abstrakten Ideen. Auch das Baby im Leib von Dr. Chavez ist ein kleiner Mensch. Ich hatte Sie gebeten, nach Mr. Casey zu suchen. Ich muß ihm etwas mitteilen. Haben Sie ihn inzwischen gefunden?« fragte der Psychologe.

»Ich – äh, nein, er kann jetzt nicht ans Telefon.«

»Ach so. Ich muß jetzt aufhören. Wenn ich diese Nummer wähle, kommen Sie dann wieder an den Apparat?«

»Ja.«

»Gut. Ich rufe zurück, sobald ich etwas Neues höre. Auf Wiederhören!« Bellow drückte die Aus-Taste. »Gute Nachrichten. Anderer Anführer, jünger, seiner Sache nicht ganz so sicher. Bei ihm habe ich ein Druckmittel. Er ist *wirklich* katholisch, oder hält sich zumindest dafür. Das heißt, er hat ein Gewissen, moralische Grundsätze ... Damit läßt sich zumindest arbeiten«, schloß er nüchtern, aber optimistisch.

»Aber wo steckt der andere?« fragte Stanley. »Es sei denn ...«

»Hm?« machte Tawney.

»Es sei denn, er ist gar nicht im Gebäude!«

»Pardon?« fragte Bellow.

»Es sei denn, das Arschloch ist überhaupt nicht im Krankenhaus! Er hat *uns* vorhin angerufen, aber schon seit geraumer Zeit nichts mehr von sich hören lassen. Müßte er nicht längst nachhaken?«

Bellow nickte. »Das wäre zu erwarten, angesichts der Frist.«

»Aber Noonan hat den Mobilfunk-Telefonverkehr unterbunden«, betonte Stanley. Er schaltete auf Sprechfunk. »Hier Kommandant. Seht euch um, ob irgendwo da draußen jemand ein Handy benutzt! Es könnte sein, daß wir es mit zwei Tätergruppen zu tun haben. Bestätigen!«

»Kommandant, hier Covington, verstanden!«

»Himmeldonnerwetternochmal«, fluchte Malloy in seinem kreisenden Hubschrauber.

»Sollen wir etwas niedriger gehen?«

Der Marine schüttelte den Kopf. »Nein, hier oben werden sie uns noch nicht einmal bemerkt haben. Bleiben wir noch eine Weile in Deckung!«

»Was zum Teufel...?« ächzte Chavez und starrte seinen Schwiegervater an.

»Drinnen – und draußen?« spekulierte John.

Grady war nahe dran, die Beherrschung zu verlieren. Er hatte insgesamt siebenmal probiert, mit seinem Handy zu telefonieren, und immer wieder das zum Wahnsinn treibende Besetztzeichen vernommen. Da hatte er eine taktisch perfekte Ausgangssituation und konnte nicht losschlagen, weil er die Truppenteile nicht zu koordinieren vermochte. Und diese Rainbow-Kerle standen kaum hundert Meter von den Volvo-Speditionslastern entfernt zusammen. Aber das konnte nicht mehr lange dauern. Die Polizei würde mit Sicherheit das Gelände durchkämmen. Es waren jetzt rund hundertfünfzig, vielleicht zweihundert Uniformierte in einem Abstand von dreihundert Metern rings um das Krankenhaus postiert. Das Ziel war ganz nahe. Grady hatte den Feind vor der Flinte.

Noonan überquerte den Hügel und steuerte die Stelle an, wo sich sein Team versammelt hatte. Ihm war schleierhaft, was er hier tun konnte. Richtmikrofone und Kameras am Gebäude anzubringen wäre normalerweise die nächste Aufgabe gewesen. Aber bei hellem Tageslicht? Sich unbemerkt anzupirschen war ein Ding der Unmöglichkeit. Zumindest hatte er sein erstes Ziel erreicht und dem Gegner die Kommunikationswege abgeschnitten. Dabei wußte er nicht mal, ob sie Handys benutzten. Er bremste ab, als er näherkam, und sah Peter Covington, der auf seine schwarzvermummten Schützen einredete.

Chavez und Clark beobachteten das Geschehen von weitem. Wenige Meter hinter Clarks Dienstwagen waren sie stehengeblieben.

»Die Einkreisung müßte viel besser geschlossen werden«, schimpfte Ding. Woher kamen all diese Fahrzeuge? Möglicherweise waren das

Leute, die zufällig in der Gegend waren, als die Schießerei losging. Und natürlich wieder ein gottverdammter Ü-Wagen, mit aufgestellter Satellitenschüssel, vor dem ein gutgekleideter Mensch stand und offenbar von einer Minikamera gefilmt wurde. Das Schicksal seiner Familie, dachte Chavez angewidert, war zum Fernsehvergnügen einer Nation geworden.

Grady mußte sich entscheiden, und zwar auf der Stelle. Wenn er sein Ziel erreichen und anschließend noch die Flucht ergreifen wollte, mußte es jetzt geschehen. Sein Karton mit dem Gewehr lehnte aufrecht an der Seitentür des Mietwagens. Er hob es auf und schlenderte zum Volvo-Speditionslaster, der am weitesten entfernt stand.

»Sean«, rief eine Stimme aus dem Laderaum, »die Scheiß-Telefone tun's nicht!«

»Weiß ich. In fünf Minuten geht's los. Achtet auf die anderen und macht, was wir besprochen haben!«

»Okay, Sean.« Und wie zur Bestätigung konnte Grady hören, wie im Innern die Waffen entsichert wurden, als er zum nächsten Laster kam und dort dieselbe Parole ausgab. Dann zum dritten. Drei Männer verbargen sich in jedem Laderaum. In die Leinenbezüge waren Schlitze geschnitten, die an Schießscharten einer Burgmauer erinnerten. Die Insassen ließen sie leicht auseinanderklaffen und beobachteten die Soldaten, die in ungefährt hundert Metern Entfernung zusammenstanden. Grady kehrte zum Jaguar zurück. Als er dort war, blickte er auf die Uhr. Dann nickte er Roddy Sands aufmunternd zu.

In diesem Moment rollte der Armeelaster von Team-2 den Hügel herab. Noonans Wagen fuhr direkt vor ihm.

Popov hatte das ganze Gelände im Blickfeld seines Fernglases. Ein dritter Militärlastwagen tauchte auf. Er musterte ihn genauer und sah Männer im Laderaum sitzen – Verstärkung für die bereits vor dem Krankenhaus versammelten Soldaten. Weitab von den anderen stehend entdeckte er John Clark. Wenn seine Frau als Geisel bedroht war, konnte es durchaus sinnvoll sein, den Oberbefehl für diese Aktion zu delegieren, überlegte er. Es mußte also noch einen Stellvertreter in seiner Truppe geben. John Clark sah sehr angespannt aus.

»Verzeihen Sie!« Popov fuhr herum und sah einen Reporter und einen Kameramann hinter sich. Leise fluchend schloß er die Augen.

»Ja?«

»Würden Sie freundlicherweise unseren Zuschauern Ihre Eindrücke schildern? Zuerst sagen Sie uns bitte Ihren Namen, und dann erzählen Sie doch mal, wie Sie hier reingeraten sind ...«

»Tja, äh – mein Name – mein Name ist Jack Smith«, stammelte Popov im mühsam angelernten Londoner Akzent. »Eigentlich wollte ich einen Ausflug machen – Vögel beobachten, verstehen Sie? Und den Tag in freier Natur genießen, und dann – plötzlich ...«

»Mr. Smith, wissen Sie eigentlich, was dort unten vor sich geht?«

»Nein, aber ich sah die viele Polizei, und ...« Er nahm das Fernglas nicht von den Augen, damit sie sein Gesicht nicht filmen konnten. *Nitschewo!* In dieser Sekunde tauchte Sean Grady auf, der neben Roddy Sands stehenblieb. Wäre er gläubig gewesen, hätte er seine Seele Gott befohlen, als er sah, was die beiden taten, wohl wissend, was im nächsten Augenblick geschehen würde.

Grady bückte sich und öffnete das Päckchen, aus dem er das AKMS-Sturmgewehr zog. Er ließ das Magazin einrasten, zog den Spannhebel zurück, richtete sich in einer geschmeidigen Bewegung auf und riß die Waffe in Schulterhöhe. Eine Sekunde später zielte er und feuerte in die Gruppe der schwarzvermummten Soldaten. Und fast im gleichen Moment taten seine Männer in den LKWs dasselbe.

Es kam ohne Vorwarnung über sie. Kugeln trafen den Armeelaster, hinter dem sie sich gut geschützt glaubten, doch bevor die Männer von Team-1 auch nur reagieren konnten, schlugen die Kugeln in ihr Fleisch. Vier Männer fielen in den ersten zwei Sekunden. Die übrigen waren schon zur Seite gesprungen und hatten sich fallengelassen, während sie verzweifelt nach dem Feind Ausschau hielten.

Noonan sah, wie sie zusammensackten, und brauchte eine Schrecksekunde oder zwei, um zu verstehen, was hier vorging. Dann brüllte er ins Funkmikrofon: »Achtung! Achtung! Team-2 wird von hinten beschossen!« Zugleich hielt er verzweifelt Ausschau, woher das Feuer eigentlich kam – dort mußten sie sitzen, in dem großen Speditonslaster. Der FBI-Agent trat aufs Gas und raste auf ihn zu, mit der Rechten nach der Pistole tastend.

Werkmeister Mike Chin lag mit je einer Kugel in beiden Oberschenkeln am Boden. Daß es ihn unvorbereitet getroffen hatte, machte den Schmerz noch schlimmer. Er war überrascht worden, und der Schmerz lähmte ihn sekundenlang, bevor die Routine einsetzte und er in Deckung zu kriechen versuchte. »Chin hier, Chin getroffen!« krächzte er ins Mikro, wälzte sich herum und sah zu seinem Entsetzen einen Team-1-Kollegen, dem das Blut aus dem Schädel spritzte.

Sergeant Houston fuhr von seinem Visier hoch und drehte den Kopf herum, als die Automatikwaffen unerwartet losratterten. *Was zum Teufel war hier los?* Dann entdeckte er einen Gewehrlauf, der an einem der Speditionslaster seitlich aus der Plane ragte, riß sein Gewehr herum, hob es vom Boden ab und nahm die Ladefläche ins Visier.

Roddy Sands sah, wie sich etwas bewegte. Der Heckenschütze lag noch an der Stelle, die er sich gemerkt hatte, doch in seinem Tarnzeug war er schwer auszumachen. Durch die Bewegung gab er sich zu erkennen, und die Distanz belief sich höchstens auf fünfzig Meter. Er hielt niedrig und links, drückte den Abzug durch und feuerte auf den schattenhaften Umriß am Abhang, eine Kugel nach der anderen, dann duckte er sich wieder und lud durch, um weiterzuschießen.

Houston konnte einen Schuß abfeuern, der aber von der Bahn abwich, als die Kugel seine rechte Schulter durchbohrte. Sie durchschlug sein Panzerhemd, das zwar Pistolenschüsse abhalten konnte, aber kein Gewehrfeuer. Weder Tapferkeit noch Muskelkraft konnten die gebrochenen Knochen zum Gehorsam zwingen. Die Verletzung ließ ihn zusammenbrechen, und eine Sekunde später wußte Houston, daß er am rechten Arm kein Glied mehr regen würde. Instinktiv warf er sich nach links und tastete mit der Linken nach der Dienstpistole, während er über Funk durchgab, daß auch er getroffen war.

Für Fred Franklin war es leichter. Da er zu weit von der Schußlinie der Terroristen entfernt war, konnte er sich unter dem Tarnzeug verbergen. Er brauchte ein paar Sekunden, um zu begreifen, was passiert war; dann hörte er das Stöhnen und Schreien im Kopfhörer und wußte, daß einige Teammitglieder schwerverletzt waren. Er ließ das Sichtgerät über das Gelände schweifen und sah einen Gewehrlauf seitlich aus dem

Speditionswagen ragen. Franklin legte den Sicherungshebel um, faßte das Ziel ins Auge und feuerte sein erstes Geschoß vom Kaliber .50 in diesem Kampf ab. Der Knall erschütterte die Stille ringsum. Das große MacMillan-Scharfschützenrepetiergewehr schoß mit den gleichen Patronen wie das schwere MG Kaliber .50 und konnte pro Sekunde zwei Unzen Blei ausspucken, die für achthundert Meter weniger als das Drittel einer Sekunde benötigten. Das Projektil hinterließ ein zentimetergroßes Loch in der Plane. Ob dahinter jemand getroffen wurde, ließ sich von hier aus schwer sagen. Er schwenkte nach links, auf der Suche nach einem weiteren Ziel. Im benachbarten großen LKW entdeckte er die gleichen Schlitze in der Plane, aber nichts Erkennbares dahinter. Dann riß er das Gewehr noch weiter nach links zu einem PKW – und da, ein Typ hob sein Gewehr und feuerte in Sams Richtung. First-Class-Sergeant Fred Franklin repetierte und nahm ihn ins Visier.

Roddy Sands war sicher, daß er den Feind angeschossen hatte, und wollte ihn jetzt ganz erledigen. Zu seiner Linken war Sean wieder in den Wagen gestiegen und startete, um den Rückzug anzutreten, der in weniger als zwei Sekunden beginnen mußte.

Grady hörte, wie der Motor ansprang, und wandte sich seinem engsten Vertrauten zu. Er hatte sich gerade umgedreht, als die Kugel einschlug, mitten in Sands Schädelbasis. Das riesige Projektil zerfetzte den Kopf, und bei aller Erfahrung als Terrorist hatte Grady nie dergleichen aus der Nähe gesehen. Team-1 hatte damit seinen ersten Gegner des Tages zur Strecke gebracht.

Noonan brachte den Wagen nur wenige Zentimeter vor dem dritten LKW zum Stehen. Geduckt ließ er sich aus der Fahrertür fallen und hörte das deutliche, an Kalaschnikows erinnernde Rattern der Maschinenpistolen. Das mußte der Gegner sein, und sie waren ganz nahe. Er hielt die Beretta mit beiden Händen umklammert, blickte zum Heck des Wagens und fragte sich, wie – ja! An der hinteren Tür war ein Fußsteig befestigt. Er kletterte hinauf, fand die Stelle, wo die Leinwandplane festgezurrt war. Die Pistole zwängte er in den Gürtel und zog sein K-Bar-Kampfmesser, mit dem er die Verschnürung durchtrennte und eine Ecke freilegte. Dann hob er die Plane, spähte hinunter und sah drei Männer, die sich nach links wandten und mit ihren Waffen nach draußen zielten. Okay. Sie anzusprechen oder ihnen etwas zuzurufen, kam ihm gar nicht in den Sinn. Statt dessen beugte er sich herab, hielt mit einer Hand die Leinwand hoch und zielte mit der Rechten. Der erste Schuß löste sich, als er den Abzugsfinger durchzog, und dem Nächststehenden wurde der Kopf abgerissen, während er zusammensackte. Die anderen waren zu sehr vom MP-Lärm abgelenkt, um den Schuß zu hören. Sofort umklammerte Noonan den Pistolengriff fester und sandte dem zweiten Mann eine zweite Kugel in den Kopf. Der Dritte merkte, wie sein Nachbar fiel, und blickte nach oben. Seine braunen Augen weiteten sich, er sprang zur Seite, riß sein Gewehr hoch, war aber nicht schnell genug. Noonan feuerte ihm zweimal in die Brust, dann hob er den Lauf ein wenig und schoß ihm noch einmal in die Nasenwurzel. Noonan vergewisserte sich, daß sich die drei nicht mehr rührten, dann hüpfte er vom Dach des LKWs und lief zum nächsten. Er blieb kurz stehen und lud ein neues Magazin nach, während er mit einem Mal tief im Innern spürte, daß Timothy Noonan automatisch reagiert hatte, fast ohne bewußte Entscheidungen zu treffen.

Grady trat das Gaspedal durch und drückte auf die Hupe, während er losraste. Das war das Signal für die anderen, sich aus dem Staub zu machen, und galt auch für die Männer im Innern des Krankenhauses, die er mit seinem Handy nicht mehr kontaktieren konnte.

»Herr im Himmel«, stöhnte O'Neil, als die ersten Kugeln pfiffen. »Warum zum Teufel hat er nicht ...«

»Zu spät, sich darum zu kümmern«, winkte Sam Barry ab, riß seinen Bruder mit und hechtete zur Tür. Da stand Jimmy Carr schon bereit, und der Letzte aus ihrem Kommando gesellte sich zehn Sekunden später dazu, als er die Tür zur Feuertreppe aufriß.

»Wird Zeit, sich zu verabschieden, Jungs!« rief O'Neil ihnen zu. Er warf den beiden wichtigsten Geiseln einen Blick zu und überlegte noch, ob er sie mitnehmen sollte, doch die schwangere Frau würde sie nur aufhalten, und es waren noch dreißig Meter zum Lieferwagen. Irgendwas war schiefgegangen, dachte er, obwohl er nicht wußte, was, und sie konnten jetzt nur noch ihre Haut retten.

Der dritte Militärlaster hielt wenige Meter hinter Noonans Privatwagen. Eddie Price sprang als erster hinaus, die MP-10 im Anschlag, dann bückte er sich und sah sich um, woher der Lärm kam. Was immer hier ablief, alles ging viel zu schnell und planlos vonstatten. Auf solche

Situationen war er als Infanterist vorbereitet worden, aber das war zwanzig Jahre her. Jetzt gehörte er einem Eingreifkommando an und müßte eigentlich jeden Schritt kennen, bevor er ihn tat. Mike Pierce ließ sich neben ihn fallen.

»Was in aller Welt geht hier vor, Eddie?«

Erst jetzt sah er Noonan vom Speditionslaster herunterspringen, der das leere Magazin aus der Pistole warf. Der FBI-Agent erkannte sie und winkte sie zu sich.

»Wir sollten ihm folgen«, brummte Price. Louis Loiselle tauchte neben Pierce auf, und beide liefen los. Paddy Conolly holte sie ein, während er in seiner Patronentasche nach der Leuchtgranate fingerte.

O'Neil und die vier anderen verließen das Gebäude durch den Notausgang und schafften es bis zu ihrem Lieferwagen, ohne daß jemand sie sehen oder aufhalten konnte. Er hatte die Schlüssel stecken lassen, und noch bevor die anderen die Türen zuklappen konnten, setzte sich das Gefährt in Bewegung.

»Achtung! Achtung!« meldete Franklin über Sprechfunk. »Mehrere Täter verlassen in einem braunen Lieferwagen den Tatort!« Dann schwenkte er das Gewehr herum, zielte auf den linken vorderen Reifen und drückte ab.

Die schwere Munition zerfetzte die Reifendecke wie ein Stück Zeitungspapier und durchschlug Karosserie und Motorblock des Sechszylinders. Ein Zylinder wurde voll getroffen, was den Kolben augenblicklich blockierte und den Motor zum Stillstand brachte. Der antriebslose Wagen schlingerte hilflos, wäre fast zur Seite gekippt, fiel dann auf die Räder zurück und blieb stehen.

O'Neil fluchte derb und bemühte sich auf der Stelle, den Motor wieder zu starten – ohne den geringsten Erfolg. Der Anlasser konnte die blockierte Kurbelwelle nicht in Bewegung setzen. O'Neil wußte nicht, weshalb, aber der Motor war tot. Sie waren mitten im Gefecht steckengeblieben.

Franklin sah die Wirkung seines Treffers nicht ohne Genugtuung und legte eine neue Patrone ein. Diesmal zielte er auf den Kopf des Fahrers. Er stellte das Visier scharf und drückte ab, doch im selben Moment warf der Mann den Kopf beiseite, und die Kugel ging daneben. Das war Fred Franklin noch nie passiert. Verwundert hielt er einen Augenblick inne, dann lud er durch.

O'Neil spritzten Glassplitter ins Gesicht. Die Kugel hatte ihn um Millimeter verfehlt, aber der Schock warf ihn vom Fahrersitz in den Laderaum des Lieferwagens. Dort blieb er wie gelähmt liegen, ohne zu wissen, was er tun sollte.

Homer Johnston und Dieter Weber hatten die Gewehre noch im Tragekoffer, und da es nicht so aussah, als ob sie noch zum Einsatz kommen würden, stürzten sie sich nur mit Pistolen bewaffnet ins Getümmel. Hinter sich sahen sie Eddie Price, der ein Loch in die Leinwandplane des zweiten Speditionslasters schnitt. Paddy Conolly zog den Ring einer Leuchtgranate und warf sie hinein. Zwei Sekunden später wehte die Explosion die Plane komplett von der Ladefläche. Pierce und Loiselle sprangen hinauf, die Waffen schußbereit in der Hand, aber die Männer waren viel zu geschockt, um zu reagieren. Pierce lief hinüber und entwaffnete sie, warf die Gewehre vom Wagen herunter und kniete sich über sie.

In jedem der LKWs war einer der Bewaffneten zugleich der Fahrer gewesen. Im vordersten der drei nahm ein Mann namens Paul Murphy diese Funktion wahr, er hatte von Anfang an Sean Gradys Jaguar im Auge behalten. Als er sah, daß der Chef losfuhr, ließ er das Gewehr fallen und lief nach vorn zum Fahrersitz, um den Diesel zu starten. Beim Aufblicken sah er jemanden, der das Hemd von Robby Sands trug – nur daß es ein Rumpf ohne Kopf war. Was war geschehen? Sean streckte den rechten Arm aus dem Fenster, kreisförmig winkend, als Zeichen für den LKW-Fahrer, ihm zu folgen und Deckung zu geben. Murphy legte den ersten Gang ein und trat aufs Gaspedal. Links sah er, wie der braune Lieferwagen von Tim O'Neil mitten auf dem Klinikparkplatz plötzlich stoppte. Im ersten Schreck wollte er hinüberlenken und seine Genossen auflesen, aber das Wendemanöver wäre zu schwierig gewesen, und Sean winkte noch immer. Er mußte seinem Anführer folgen. Im Heck hob einer die Plane, das AKMS-Gewehr im Anschlag, und hielt Ausschau nach den anderen Lastwagen, die sich jedoch nicht rührten, statt dessen fielen Männer in schwarzer Kluft über sie her …

Sergeant Scotty McTyler riß die MP-10 auf Schulterhöhe und zielte. Einen dreischüssigen Treffer landete er in einem Gesicht, das weit entfernt unter der Plane hervorlugte, und er stellte befriedigt fest, wie Blut spritzte, bevor der LKW entschwand.

»Kommandant, hier McTyler, ein LKW mit Tätern an Bord verläßt den Tatort!« McTyler sandte noch ein paar Schüsse hinterher, doch ohne sichtbare Wirkung, dann sah er sich nach anderen Zielen um.

Popov hatte noch nie eine Schlacht verfolgt, doch was er jetzt sah, war nichts anderes. Menschen rannten anscheinend ziellos hin und her. Mindestens drei der schwarzgekleideten Männer lagen in der Nähe des LKWs, von dessen Ladefläche die ersten Schüsse abgegeben wurden. Die anderen setzten sich in Bewegung, offenbar den Jaguar verfolgend, der seinem eigenen vollkommen glich, und dem vordersten LKW, der jetzt ebenfalls den Parkplatz verließ. Keine drei Meter von Popov entfernt quasselte der Reporter hektisch in sein Mikrofon, während der Kameramann voll auf die Geschehnisse am Fuß des Hügels hielt. Popov war sicher, daß es in allen Wohnzimmern Englands ein aufregender Anblick war. Zugleich ahnte er, daß es Zeit wurde, sich zurückzuziehen.

Der Russe stieg in den Wagen, ließ den Motor an und fuhr davon, den Reporter hinter sich mit Kies bespritzend.

»Ich hab sie! Bear hat sie erwischt«, funkte Malloy, zog am Steuerknüppel und senkte den Hubschrauber auf etwa 300 Meter. Die Adleraugen des Piloten hefteten sich auf die beiden Fahrzeuge. »Führt in eurem Chaos da unten keiner mehr das Kommando?« fragte der Marine seine Kollegen.

»Willst du nicht antworten, Mr. C?« fragte Ding.

»Bear, hier Six. Ich übernehme das Kommando.« Clark und Chavez rannten zu Clarks Dienstwagen zurück. Beide sprangen hinein, und ohne groß zu fragen fuhr der Fahrer sofort los. Er gehörte als Korporal der Militärpolizei der britischen Armee an, war kein Mitglied bei Rainbow, wo es ihm nie recht gefallen hatte. Aber heute war das anders.

Ein Wettrennen sollte es nicht werden. Der Volvo-Motor des LKWs war leistungsstark, aber gegen den V-8-Jaguar, der hinter ihm herraste, kam er nicht an.

Paul Murphy warf einen Blick in den Rückspiegel und war plötzlich verwirrt. Hinter ihm holte ein schwarzer Jaguar rasch auf, der ganz ähnlich aussah wie der von – er spähte nach vorn – doch, Sean war noch da, direkt vor ihm. Aber wer war der andere? Er wandte sich um, wollte seinen Leuten eine Warnung zurufen, doch dann stellte er fest, daß einer von ihnen am Boden lag, offenbar tot, denn ein Blutstrom bildete häßliche Rinnsale auf dem Eisenboden der Ladefläche. Der Jaguar fuhr immer noch hinter ihm.

»Hier Price! Wo seid ihr alle? Was ist mit den Tätern?«

»Price, hier Gewehr Eins-Zwei. Einer oder mehrere der Terroristen sind noch im braunen Lieferwagen vor dem Eingang, glaube ich. Den Motor habe ich außer Gefecht gesetzt. Die fliehen nirgendwo mehr hin, Eddie.«

»Okay.« Eddie blickte sich um. Er würde die Lage schon in den Griff kriegen, oder es wenigstens versuchen. Ihm war, als hätte ihn ein Tornado geweckt, und er müsse jetzt seine zerstörte Farm besichtigen und nachvollziehen, wie sich die Katastrophe abgespielt hatte. Ein tiefer Atemzug, dann übernahm er das Kommando. »Connolly und Lincoln, ihr geht nach rechts. Tomlinson und Vega, den Hügel herunter nach links! Patterson, du kommst mit mir. McTyler und Pierce bleiben bei den Gefangenen. Weber und Johnston kümmern sich um Team-1 und sehen nach den Verwundeten. *Los!*« befahl er zum Schluß.

»Price, hier Chavez«, kam es durch den Hörer.

»Ja, Ding.«

»Wie sieht es aus bei euch?«

»Zwei oder drei Gefangene, ein Lieferwagen mit einer unbekannten Anzahl von Tätern. Weiß der Geier, was sonst noch. Wir versuchen es herauszufinden. Ende!«

»Nur den Mut nicht verlieren, Chavez«, mahnte Clark, der links vorn im Jaguar saß.

»Kann dich verdammt gut hören, Mann!« knurrte Chavez zurück.

»Korporal – Mole, stimmt's?«

»Jawohl, Sir«, gab der Fahrer zurück, ohne den Blick auch nur einen Millimeter von der Fahrbahn abzuwenden.

»Okay, Korporal. Lassen Sie uns rechts überholen. Wir versuchen, das rechte Vorderrad zu treffen, ohne den Scheiß-LKW zu rammen.«

»Sehr wohl, Sir!« war die kaltblütige Antwort. »Dann mal los.«

Der Jaguar machte einen Satz nach vorn. Binnen zwanzig Sekunden hatten sie den Volvo-Diesel überholt. Der Fahrer beschleunigte auf 110 Stundenkilometer, als sie sich aus den Seitenfenstern lehnten.

Hundert Meter weiter vorn saß Sean Grady am Steuer, teils wütend, teils noch immer unter Schock. Was zum Teufel war schiefgegangen? Die ersten Garben aus den Automatikwaffen seiner Leute hatten doch gewiß einen Großteil der schwarzvermummten Feinde niedergemäht. Aber was war danach geschehen? Da hatte er sich einen erstklassigen Plan ausgedacht, und seine Leute hatten ihn anfangs minutiös ausgeführt – doch dann streikten die gottverdammten Telefone! Was war denn mit denen los? Sie hatten alles ruiniert. Aber jetzt schien er die Lage wieder in den Griff zu kriegen. Noch zehn Minuten bis zum Einkaufscenter, wo er den Wagen stehenlassen und zu Fuß in der Menge verschwinden würde. Auf einem anderen Parkplatz stand ein weiterer Mietwagen, mit dem er nach Liverpool zur Fähre nach Irland fahren wollte. Er kam heil aus der Sache heraus, und auch die Genossen im Laster hinter ihm. Er warf einen Blick in den Rückspiegel. Aber was zum Teufel war das?

Korporal Mole machte seine Sache gut. Er hatte sie erst links an den Laster heranmanövriert, dann abgebremst, und war schließlich nach rechts herübergezogen. Der Fahrer reagierte vollkommen überrascht.

Vom Rücksitz aus konnte Chavez das Gesicht des Kerls erkennen. Blaß und rothaarig, ein echter irischer Paddy, dachte Domingo, streckte die Pistole hinaus und zielte auf das rechte Vorderrad.

»Jetzt!« rief John vom Vordersitz. In diesem Augenblick machte ihr Fahrer eine Wendung nach links. Dann hörte er die Schüsse.

Chavez und Clark feuerten beide mehrere Schüsse ab, und die Entfernung war nur kurz bis zu den Reifen des LKWs. Ihre Kugeln trafen alle ins Profil, und die fast zentimetergroßen Löcher ließen den Reifen bald platt werden. Kaum hatte der Jaguar wieder beschleunigt, als der Lastwagen rechts ausbrach. Der Fahrer gab sich Mühe, zu bremsen und gegenzusteuern, doch diese instinktive Reaktion machte alles noch schlimmer. Der Volvo kippte leicht nach rechts, bremste ungleichmäßig, das Vorderrad grub sich tief in den Schlamm des Straßengrabens. Dadurch wurde der Körper des Fahrers durch die Windschutzscheibe geschleudert, und der Anhänger löste sich von der Kabine.

Korporal Mole zuckte zusammen, als er im Rückspiegel sah, daß der Anhänger hinter ihm herkam, und obwohl er nicht näherkam, scherte er links aus, um einen Auffahrunfall zu vermeiden. Er schaltete herunter und bremste ab, während der Volvo-Anhänger wie ein Spielzeug an ihm vorüberrollte und zugleich in seine Einzelteile zerfiel.

»Jesu Cristo«, keuchte Ding, als er sich umdrehte und den sich überschlagenden LKW sah.

»Anhalten!« befahl Clark.

Mole bremste nicht nur, sondern fuhr noch ein paar Meter im Rückwärtsgang, bis sie wenige Meter vor dem Wrack stehenblieben. Chavez sprang als erster hinaus, die Pistole in beiden Händen, und näherte sich vorsichtig dem Fahrzeug. »Bear, hier Chavez. Hörst du mich?«

»Bear in Bereitschaft«, kam zur Antwort.

»Sieh zu, daß du den PKW erwischst, ja? Der Laster ist hinüber, Mann.«

»Verstanden! Bear nimmt die Verfolgung auf.«

»Oberst?« meldete sich Sergeant Nance über Bordfunk-Interkom.

»Ja?«

»Haben Sie mitgekriegt, wie die das gemacht haben?«

»Ja – glauben Sie, das schaffen Sie auch?« wollte Malloy wissen.

»Meine Pistole ist geladen, Sir.«

»Tja, dann wird's wohl Zeit für einen Luft-Boden-Angriff, Leute!« Der Marine hantierte am Steuerknüppel und senkte den Night Hawk auf etwa dreißig Meter Höhe. Er hielt sich ein gutes Stück hinter dem Wagen und blieb aus der Sonne. Auf diese Weise würde der Mistkerl kaum merken, daß ein Hubschrauber hinter ihm her war.

»Straßenschild!« rief Harrison und zog am Knüppel, um über den Rand der Hinweistafel hinwegzusetzen, die den nächsten Abzweig der Schnellstraße ankündigte.

»Okay, Harrison. Du achtest auf die Strecke, ich kümmere mich um den Wagen. Reiß das Ruder herum, wenn's sein muß!«

»Verstanden, Oberst.«

»Also los, Sergeant Nance. Packen wir's an!« Malloy prüfte den Tachometer; er flog jetzt mit 160 Stundenkilometern die äußere rechte Spur entlang. Der Typ im Jaguar trat verzweifelt das Gaspedal durch, doch der Night-Hawk-Motor hatte viel größere Kraftreserven. Es erinnerte ein wenig an das Fliegen in Formation mit anderen Maschinen, bloß daß Malloy es noch nie mit einem PKW versucht hatte. Er schloß bis auf etwa dreißig Meter auf. »Rechts halten, Sergeant!«

»Jawohl, Sir.« Nance riß die Luke auf und kniete auf dem Aluminiumboden nieder, die 9mm-Beretta in beiden Händen haltend. »Fertig, Oberst! Jetzt drauf!«

Grady biß sich auf die Lippen, als der LKW im Rückspiegel verschwunden war, doch ansonsten war die Straße hinter ihm und vor ihm leer, und in fünf Minuten wäre er in Sicherheit. Er erlaubte sich ein kurzes Durchatmen, spreizte die Finger am Lenkrad und dankte dem Himmel für die erstklassige Konstruktion und Straßenlage des Sportwagens. Doch plötzlich glaubte er, aus den Augenwinkeln etwas Schwarzes wahrzunehmen, das sich von links näherte. Um sich zu vergewissern, drehte er sich zentimeterweise um – was, in drei Teufels Namen…

»Ziel in Sicht!« brüllte Nance und richtete den Lauf in Höhe des linken hinteren Seitenfensters auf den Fahrer. Er wartete noch ab, ließ den Hubschrauber noch ein paar Meter an den Wagen herangondeln.

Den linken Arm aufs Knie gestützt, zog Nance den Abzug zurück und schoß. Die Waffe zuckte ihm in der Hand. Er hielt tiefer und feuerte noch ein paarmal. Das war völlig anders als am Schießstand; so sehr er sich bemühte, den Lauf ruhig zu halten, schwankte er doch hin und her. Nach dem vierten Schuß sackte der Fahrer des Wagens nach rechts.

Ringsum zersplitterte das Glas. Grady reagierte nicht sofort. Er hätte auf die Bremse treten und den Hubschrauber an sich vorbeirasen lassen können, doch mit einem Angriff aus der Luft hatte er nicht gerechnet. Statt dessen wollte er beschleunigen, doch viel war nicht mehr herauszuholen aus dem Jaguar. Dann explodierte ein brennender Schmerz in seiner Schulter. Er verriß die rechte Hand mitsamt dem Lenkrad, wodurch der Wagen in dieselbe Richtung ausscherte und direkt in die stählerne Leitplanke raste.

Als er mindestens einen Treffer gesehen hatte, zog Malloy den Steuerknüppel. Binnen Sekunden war der Night Hawk wieder auf hundert Metern Höhe. Als der Marine rechts hinunter sah, hatte sich das qualmende Wrack quer zur Spur in der Leitplanke verkeilt.

»Sollen wir nicht runtergehen und ihn einsammeln?« fragte der Kopilot.

»Darauf kannst du Gift nehmen, mein Sohn!« gab Malloy zurück, tastete nach seiner Kartentasche und bekam seine Beretta zu fassen. Harrison setzte zur Landung an, und der Hubschrauber kam rund zehn Meter vor dem Wagen zum Stehen. Malloy löste den Sicherheitsgurt und wandte sich zum Aussteigen. Nance war der erste, der von der Luke sprang und unter den Rotorblättern geduckt zur rechten Seite hinüberrannte. Malloy war zwei Schritte hinter ihm.

»Vorsicht, Sergeant!« brüllte Malloy, verlangsamte den Lauf und erreichte das Fahrzeug von links. Von der Windschutzscheibe waren nur noch ein paar gezackte Scherben am Rahmen übrig. Drinnen befand sich der Mann, der noch zu atmen schien, aber sonst hilflos war hinter seinem aufgeblähten Airbag. Das Seitenfenster war ebenfalls zerschossen. Nance öffnete die Tür. Es stellte sich heraus, daß der Fahrer nicht einmal angeschnallt war. Und hinten auf dem Rücksitz entdeckte Malloy ein Gewehr russischer Bauart. Der Marine zog es heraus und sicherte es, bevor er zur anderen Seite des Wagens kam.

»Ach du heilige Scheiße!« seufzte Nance voll Verwunderung. »Der lebt ja noch!« Wie hatte er es bloß geschafft, dachte der Sergeant, den Dreckskerl auf vier Meter Abstand nicht umzulegen?

Vor dem Krankenhaus hockte Timothy O'Neil noch immer im Lieferwagen und wußte nicht, wie ihm geschah. Den Motorschaden konnte er sich mittlerweile erklären; in der linken Seitentür war ein Loch, groß wie eine Kinderfaust, und der Teufel wußte, weshalb das Geschoß seinen Hinterkopf verfehlt hatte. Der erste der Volvo-Speditionslaster und Sean Gradys Jaguar waren nirgends mehr zu sehen. Hatte Sean ihn und die Männer im Stich gelassen? Alles war viel zu schnell gegangen und ohne Vorwarnung. Weshalb hatte ihn Sean nicht mehr angerufen, bevor er loslegte? War sein ausgeklügelter Plan in die Hose gegangen? Doch die Antwort auf all diese Fragen bedrängte ihn weniger als die Tatsache, daß er in einem Autowrack saß, mitten auf dem Parkplatz, umringt von Feinden. Dieses Problem mußte er zuerst angehen.

»Mein Gott«, stöhnte Weber, als er die Verwundeten sah. Ein Team-1-Mitglied war mit Sicherheit tot; eine Kugel steckte ihm in der Schläfe. Vier andere waren getroffen, drei davon in die Brust. Weber kannte sich mit Erster Hilfe aus, aber er verstand nicht genug von Medizin, um zu wissen, welcher seiner Kameraden am dringendsten fachmännische Hilfe brauchte. Einer von ihnen war Alistair Stanley.

»Weber hier! Schickt uns die Ambulanz, sofort!« rief er über Sprechfunk. »Rainbow Five hat's erwischt!«

»Ach du Scheiße.« Homer Johnston war neben ihm stehengeblieben. »Du hast nicht übertrieben, Mann. Kommando, hier Gewehr Zwei-Eins, wir brauchen Notärzte, und wir brauchen sie verdammt schnell, kapiert?!«

Price hatte alles gehört. Er war jetzt zehn Meter hinter dem Lieferwagen, mit Sergeant Hank Patterson neben sich, und wollte sich unbemerkt heranpirschen. Zur Linken sah er den enormen Brustkorb von Julio Vega, der mit Tomlinson zusammenstand. Ganz rechts war Steve Lincoln zu erkennen. Paddy Conolly gesellte sich zu ihm.

»Team-2, hier Price. Einige Täter sind noch im Lieferwagen. Ob auch noch im Innern des Gebäudes, ist unbekannt. Vega und Tomlinson, geht rein und schaut nach. Aber seht euch bloß vor!«

»Vega hier. Verstanden, Eddie. Sind schon unterwegs!«

Vega machte kehrt und begab sich zum Krankenhaus, begleitet von Tomlinson; die anderen vier behielten den tückischen kleinen Lieferwagen im Auge. Die beiden Sergeants schlichen sich Schritt für Schritt zum Vordereingang, spähten um die Ecke in die Fenster und bemerkten nur eine kleine Gruppe verstörter Patienten. First Sergeant Vega tippte mit dem Zeigefinger auf den eigenen Brustkorb und deutete nach innen. Tomlinson nickte. Jetzt eilte Vega rasch in die Eingangshalle und blickte sich nach allen Seiten um. Zwei Leute kreischten auf, als wieder ein Bewaffneter eindrang, der weit bedrohlicher aussah als die Terroristen vorhin. Er hob die linke Hand.

»Ruhig, Leute. Wir sind auf eurer Seite. Weiß einer von euch, ob die Kerle noch irgendwo stecken?« Daraufhin wurde die Verwirrung noch größer, doch zwei der Leute deuteten in den hinteren Teil des Gebäudes, wo die Notaufnahme lag, was logisch erschien. Vega rückte zur Doppeltür vor, die dorthin führte, und rief über Sprechfunk: »Lobby ist sauber, George. Komm rein!« Dann: »Kommando, hier Vega.«

»Vega, hier Price.«

»Der Krankenhaus-Eingangsbereich ist frei. Sind vielleicht zwanzig Zivilisten hier, um die ihr euch kümmern solltet. Okay?«

»Ich habe keinen, den ich reinschicken kann, Julio. Hier draußen haben wir alle Hände voll zu tun. Weber berichtet von schweren Verletzungen.«

»Hier Franklin, bitte melden. Ich kann auch reingehen, wenn ihr mich dort braucht.«

»Franklin, Price hier. Von Westen reingehen. Ich wiederhole, von Westen!«

»Franklin nach Westen unterwegs«, gab der Scharfschütze zurück. »Gehe jetzt rein!«

»Aus ist's mit der Rebellenkarriere«, grinste Nance, als sie den bewußtlosen Terroristen in den Night Hawk hievten.

»Und zwar endgültig, wenn er Linkshänder ist. Am besten zurück ins Krankenhaus mit ihm.« Malloy schnallte sich an und flog los. Binnen einer Minute waren sie wieder in der Luft und auf dem Rückweg in die Stadt. Hinten fesselte Nance den Gefangenen mit einem Seil.

Chavez sah sich das Blutbad an. Der Fahrer, der aus der Führerkabine geschleudert worden war, war hinüber. Augen und Mund standen weit offen, ein Blutschwall ergoß sich aus der Kehle. Der Mann, den es hinten herausgeschleudert hatte, war schon vorher tot gewesen; sein Gesicht wies zwei Einschußlöcher auf. Ein Dritter lag auf der nackten Ladefläche, mit zwei gebrochenen Beinen und gräßlichen Schürfwunden im Gesicht, das trotz seiner Bewußtlosigkeit von Schmerz verzerrt war.

»Bear, hier Six«, gab Clark durch.

»Hier Bear, kommen!«

»Kannst du uns abholen? Wir haben ein verletztes Subjekt hier. Wir müssen zurück, schon um zu wissen, was bei den anderen los ist!«

»Bin in einer Minute da. Zu eurer Information, wir haben schon einen Verwundeten an Bord.«

»Verstanden, Bear. Ende.« Chavez wandte sich um. Von Westen schwirrte der Night Hawk heran, machte einen Schwenk und kam direkt auf sie zu.

Chavez und Mole zerrten den Bewußtlosen auf den Schotter. Seine umgekehrt abgeknickten Schenkel waren ein schauderhafter Anblick, aber als Terrorist konnte er nicht viel Mitleid erwarten.

»Zurück ins Krankenhaus?« fragte einer der Männer O'Neil.

»Dann sitzen wir doch in der Falle!« wandte Sam Barry ein.

»Verdammt, wir sitzen hier auch in der Falle!« brüllte Jimmy Carr. »Wir müssen hier raus! Und zwar sofort!«

O'Neil sah das ein. »Na schön, ist ja gut. Ich mache die Tür auf, und ihr rennt, so rasch ihr könnt, zum Eingang. Seid ihr soweit?« Die anderen nickten und umklammerten ihre Gewehre. »Jetzt!« keuchte er, und riß die Gleittür auf.

»Mist!« fluchte Price in einiger Entfernung. »Die Terroristen kehren in die Klinik zurück. Fünf habe ich gezählt!«

»Fünf bestätigt«, meldete eine andere Stimme im Sprechfunk.

Vega und Tomlinson waren unterwegs in die Ambulanz, nahe genug dran, um die Leute zu erkennen, nicht aber die Doppelglastür, die ins Freie führte. Statt dessen hörten sie wieder Schreie. Vega nahm den Kevlar-Helm ab und spähte um die Ecke. Ach du Schreck, dachte er, als er einen der Typen mit seiner AKMS sah. Dieser sah sich im Innern des Gebäudes um – und hinter ihm war eine halbe Portion zu sehen, die nach draußen spähte. Julio wäre fast aus der Haut gefahren, als sich eine Hand auf seine Schulter legte. Er fuhr herum und sah Franklin vor sich, ohne seinen Monsterstutzen, nur mit der Beretta in der Hand.

»Hab gerade gehört, da sind fünf Jungs drinnen?«

»So wurde es durchgegeben«, bestätigte Vega. Er winkte Sergeant Tomlinson zur anderen Seite des Flurs. »Du bleibst bei mir, Fred.«

»Verstanden, Julio. Hättest jetzt wohl gern deine M-60 dabei?«

»Leck mich am Arsch, Mann.« So gut die deutsche MP-10 auch war, in seinen Pranken fühlte sie sich an wie Plastikspielzeug.

Vega riskierte einen weiteren Blick und erkannte Dings Frau. Sie stand jetzt und blickte hinüber zu ihren Bewachern. Ihr weißer Arztkittel bauschte sich über dem gewölbten Leib. Er und Chavez kannten sich jetzt fast zehn Jahre. Ihr durfte nichts zustoßen. Er drückte sich um die Ecke und versuchte, ihr ein Zeichen zu geben.

Dr. Patsy Clark Chavez nahm die Bewegung aus den Augenwinkeln wahr und drehte sich um. Hinter ihr stand ein Soldat in Schwarz, der ihr zuwinkte und sie um die Ecke locken wollte. Ihr schien das eine gute Idee zu sein. Langsam und mit versteinerter Miene wich sie seitwärts nach rechts.

»Du da, stehenbleiben!« herrschte Jimmy Carr sie an. Dann kam er auf sie zu, ohne zu bemerken, daß von links Sergeant George Tomlinsons Kopf und Gewehrlauf um die Ecke lugten. Vega winkte noch immer wie verrückt, und Patsy setzte ihren Weg fort. Carr lief los, hob das Gewehr – und kaum war er in seinem Gesichtsfeld, als Tomlinson ihn schon aufs Korn nahm. Er sah, wie der Kerl auf Dings Frau zielte, drückte den Abzug weich durch und feuerte einen Drei-Kugel-Schuß ab.

Die Stille danach war vielleicht schlimmer als der lauteste Lärm. Patsy fuhr herum und sah gerade noch den Kopf des Terroristen bersten. Sein Körper fiel im Lauf vornüber, und das Klappern des Gewehrs, das den leblosen Händen entglitt und auf den Fliesen landete, dröhnte geradezu in den Ohren.

»Hier herüber!« brüllte Vega. Sie duckte sich und tat, wie ihr geheißen, indem sie in die rechte Ecke des Korridors rannte.

Julio packte sie beim Arm und wirbelte sie herum, so daß sie stolperte und auf dem Hintern über den Fliesenboden rutschte. Sergeant Franklin hob sie auf und rannte mit ihr den Flur entlang, wobei er sie wie ein großes Spielzeug trug. Im Eingangsbereich des Krankenhauses lief ihm der Wachbeamte des Krankenhauses über den Weg, ihm vertraute er sie an und eilte zurück.

»Franklin an Kommando. Dr. Chavez ist in Sicherheit. Hält sich in der Halle auf. Schickt ein paar Leute her, aber schnell! Schafft die verdammten Zivilisten hier raus, kapiert?«

»Price an Team. Wo seid ihr alle? Wo sind die Subjekte?!«

»Price, hier Vega. Wir sind vier Tätern auf den Fersen. Den fünften hat George gerade abgeknipst. Sie halten sich beim Personal in der Ambulanz auf. Mrs. Clark könnte noch drin sein. Wir hören Lärm, Patienten sind auch dabei. Fluchtweg ist abgeschnitten. Tomlinson und Franklin sind bei mir; Fred hat nur die Pistole. Unbekannte Menge Geiseln, doch soweit ich weiß, sind's noch vier Terroristen. Ende!«

»Ich muß sofort da runter«, erklärte Dr. Bellow. Er zitterte noch immer; vier Kollegen aus der Truppe waren dicht hinter ihm niedergeschossen worden. Alistair Stanley lag mit einer Kugel in der Brust am Boden, und mindestens ein Rainbow-Mitglied war tot, drei weitere verletzt, einer unter ihnen sehr schwer.

»Da geht's lang!« Price deutete auf die Vorderfront des Krankenhausgebäudes. Ein Team-1-Mitglied löste sich aus der Gruppe und lief gleichfalls dorthin. Es war Geoff Bates, einer von Covingtons SAS-Schützen, bewaffnet und in voller Montur, doch er hatte heute noch keinen einzigen Schuß abgeben können. Er und Bellow mußten sich beeilen.

Irgendwie war Carr krepiert, ohne daß es einer bemerkt hatte. O'Neil drehte sich um und sah, wie dessen Blut in dickem Strahl über den Fliesenboden quoll. Alles wurde nur noch schlimmer. Da hatte er vier Bewaffnete bei sich und konnte nicht einmal um die Ecke sehen, wo mit Sicherheit ein größeres SAS-Kommando lauerte. Und nirgends ein Ausweg! Acht weitere Leute waren hier versammelt, die er als Geiseln nehmen konnte, doch das Risiko war ungeheuer groß. *Gib auf*, flüsterte ihm eine innere Stimme zu, doch sein Instinkt wehrte sich dagegen. Er hatte Waffen, der Feind stand vor ihm, sein Auftrag war, ihn zu töten. Und wenn er schon sterben mußte, dann würde er eben, verdammt noch mal, für die Sache Irlands sterben, der er sein Leben geweiht und für die er sich schon tausendmal zu sterben vorgenommen hatte! Jetzt war es soweit, der Tod war ganz nah, keine abstrakte Idee mehr, über die man nachts beim Einschlafen nachdachte oder bei einem Bierchen im Pub, wenn man mit Freunden über den Verlust anständiger Genossen sprach – das übliche Tapferkeits-Geprahle, wenn keine Tapferkeit vonnöten war. Letztlich lief alles darauf hinaus. Hier war die tödliche Gefahr, und jetzt konnte er beweisen, ob Tapferkeit nur ein hohles Wort für ihn war oder ein Gefühl im Bauch. Tief im Innersten wollte er dieser ganzen Scheißwelt beweisen, daß er ein Mann war, der zu seinem Wort und seinen Überzeugungen stand... Doch zugleich sehnte er sich danach, nach Irland zu entkommen, anstatt noch heute, in einem britischen Krankenhaus, sein Ende zu finden.

Sandy Clark beobachtete ihn aus zehn Metern Entfernung. Ein gutaussehender junger Mann, und gewiß war er tapfer – bei seinen Verbrechen, wie ihr Verstand ergänzte. Sie erinnerte sich, wie John ihr mehr als einmal von der Tapferkeit erzählt hatte, die viel häufiger war als Feigheit, und zwar aus Scham. Schließlich begab sich niemand allein in Gefahr, sondern immer zusammen mit mehreren, und vor denen wollte man nicht als Schwächling gelten. Deshalb wurden die größten Grausamkeiten oft aus Angst vor der Feigheit begangen – die man im Fall des Erfolgs später als Heldentaten feierte. Damals kam ihr das zynisch vor, obwohl ihr Mann eigentlich kein Zyniker war... Entsprach seine Theorie womöglich der Wahrheit?

In diesem Fall handelte es sich um einen Mann Anfang Dreißig, der ein Gewehr im Anschlag hielt und dreinblickte, als hätte er niemanden mehr auf der Welt.

Sandy wußte jetzt, daß ihre Tochter vermutlich in Sicherheit war, zusammen mit ihrem Enkelkind. Der Tote war ihr noch hinterhergerannt, doch nun lag er auf dem Boden der Ambulanz in seinem Blut. Patsy war also heil davongekommen! Das war die beste Neuigkeit des Tages, und sie schloß die Augen und murmelte ein Dankgebet.

»Hallo, Doc!« grüßte Vega.

»Wo sind sie?«

Vega streckte den Arm aus. »Um die Ecke dort. Vier, nehmen wir an. George hat einen in die ewigen Jagdgründe geschickt.«

»Schon mit ihnen gesprochen?«

Julio schüttelte den Kopf. »Nein.«

»Gut so.« Bellow holte tief Luft. »Hier ist Paul«, rief er laut. »Ist Timothy bei euch?«

»Ja«, tönte es zurück.

»Sind Sie okay – nicht verletzt oder so, meine ich?« fragte der Psychiater.

O'Neil wischte sich mit dem Ärmel das Blut vom Gesicht. Beim Platzen der Windschutzscheibe im Lieferwagen hatte er sich kleinere Schnittwunden zugezogen. »Wir sind alle wohlauf.«

»Na schön. Gut. Äh – Timothy? Wir wollen einmal über Ihre gegenwärtige Lage reden, einverstanden?«

»Ich kenne meine Lage besser als Sie!« gab O'Neil mit brüchiger Stimme zurück.

Draußen hatte sich die Lage allmählich wieder einigermaßen normalisiert. Ambulanzwagen tauchten am Tatort auf, Notärzte und Krankenpfleger der britischen Armee waren eingetroffen. Zuerst wurden die Verwundeten zur Sanitätsstation in Hereford gebracht, wo die Chirurgen bereits alle Vorbereitungen getroffen hatten. Hinzu kamen SAS-Soldaten, dreißig an der Zahl, zur Verstärkung der Rainbow-Kameraden. Die beiden Gefangenen wurden ebenfalls zur Behandlung ins Militärhospital gebracht.

»Sie kommen hier nicht mehr lebend heraus, Tim. Ich vermute mal, das wissen Sie so gut wie ich«, mahnte Bellow mit aller Sanftheit, die er aufbieten konnte.

»Wenn Sie mich nicht gehen lassen, kann ich noch immer die Geiseln umbringen!« konterte O'Neil.

»Wohl wahr, das könnten Sie tun, aber dann könnten wir kommen und versuchen, Sie daran zu hindern. Aber in beiden Fällen kämen Sie nicht davon. Und was könnten Sie schon erreichen, indem Sie Leute ermorden, Tim?«

»Die Freiheit der irischen Nation!«

»Steht die nicht schon längst vor der Tür?« fragte Bellow gutmütig. »Es gibt doch schon ein Friedensabkommen, Tim. Und dann, Tim, welche Nation wollte denn ihre Freiheit auf der Ermordung unschuldiger Menschen gründen? Was werden Ihre Landsleute sagen, wenn Sie die Geiseln niederschießen?«

»Wir sind Freiheitskämpfer!«

»Schön und gut, meinetwegen seid ihr Soldaten der Revolution«, räumte der Doktor ein. »Aber Soldaten – echte Soldaten – begehen keine kaltblütigen Morde. Und wehrlose Menschen erschießen *ist* Mord. Das ist Ihnen doch klar, Tim. Die Zivilisten, die Sie da in Ihrer Gewalt haben, sind die vielleicht bewaffnet? Oder uniformiert?«

»Na und? Sie sind Feinde meines Vaterlands!«

»Was macht sie zu Ihren Feinden, Tim? Daß sie anderswo geboren sind? Hat von denen auch nur einer versucht, Ihnen ein Leid anzutun? Haben sie Ihrem Vaterland ein Leid getan? Sie können sie gerne fragen!« schlug er vor. »Nur zu!«

O'Neil schüttelte den Kopf. Die wollten ihn doch bloß zum Aufgeben überreden. Das kannte man doch. Er blickte sich nach seinen Kameraden um. Keiner von ihnen konnte den anderen in die Augen schauen. Jeder hier wußte, daß sie in der Falle saßen, obwohl es keiner laut aussprechen wollte.

»Wir verlangen, daß uns ein Bus bereitgestellt wird!«

»Wo wollen Sie denn jetzt noch hinfahren?« fragte der Doktor.

»Bringt uns den Scheißbus!« kreischte O'Neil.

»Okay. Ich kann mit den Leuten hier darüber reden«, bemerkte Bellow versöhnlich. »Aber man wird mich fragen, wohin Sie fahren wollen, damit die Straße geräumt wird.« Jetzt war alles nur noch eine Frage der Zeit. Tim – es wäre nützlich, zu wissen, ob er soviel Vertrauen aufbrachte, seinen richtigen Namen zu sagen, aber Bellow war sich einigermaßen sicher, daß er tatsächlich so hieß –, Tim sprach nicht mehr vom Töten. Er hatte nicht mal richtig damit gedroht, noch keine Frist gesetzt und ihnen keine Leiche vor die Füße geworfen. Er war kein Killer, wenigstens kein kaltblütiger Mörder. Er hielt sich für einen Soldaten, und das unterschied ihn von einem Verbrecher. Bei einem Terroristen war das ein ganz wesentlicher Unterschied. Den Tod fürchtete er nicht, aber er hatte Angst davor, zu scheitern oder als Mörder von Unschuldigen in die Geschichte einzugehen. Soldaten zu töten war eins. Ganz normale Frauen und Kinder abzuknallen etwas ganz anderes. Es war das alte Lied des Terrorismus – der verletzlichste Teil einer Person ist das Selbstwertgefühl. Wer sich Sorgen macht, was andere von ihm denken – mit solchen Leuten konnte man arbeiten. Es war alles eine Zeitfrage. Diese Leute unterschieden sich wohltuend von echten Fanatikern – sie ließen sich nämlich beschwatzen. »Ach, Tim?«

»Ja?«

»Könnten Sie wohl etwas für mich tun?«

»Was denn?«

»Darf ich mir Gewißheit verschaffen, daß es den Geiseln gutgeht? Ich bräuchte das, damit auch mein Chef zufrieden ist. Darf ich um die Ecke kommen und nachsehen?«

O'Neil zögerte.

»Seien Sie nicht so, Tim. Sie vergeben sich nichts dabei, und ich habe etwas zum Weitermelden, okay? Ich bin Arzt. Ich trage keine Waffe oder sowas. Von mir haben Sie nichts zu befürchten!« Zu sagen, daß sie nichts zu befürchten hätten, und somit zugleich zu suggerieren, daß sie sich unnötig fürchteten, war immer ein nützlicher Kniff. Die Pause, während der Tim zögerte, bestätigte ihm, daß sie sich wirklich fürchteten – und daß Tim vernünftig blieb. Das war für den Rainbow-Psychologen ein Lichtblick.

»Nein! Mach das nicht, Tim!« drängte Peter Barry. »Gib ihm bloß nicht nach.«

»Aber wie sollen wir je hier rauskommen und den Bus kriegen, wenn wir gar nicht kooperieren?« O'Neil sah sich nach den anderen um. Sam Barry nickte. Auch Dan McCorley stimmte zu.

»Einverstanden«, rief O'Neil. »Sie dürfen kurz herkommen.«

»Danke!« rief Bellow zurück. Er warf Vega einen Blick zu, dem ranghöchsten anwesenden Offizier.

»Passen Sie bloß auf sich auf, Doc!« wisperte der First Sergeant. Sich unbewaffnet in die Hand bewaffneter Halunken zu begeben hielt er für tollkühn. Dem Doc hätte er soviel Mumm gar nicht zugetraut.

»Aber klar doch«, versicherte ihm Paul Bellow. Er holte tief Luft und lief die paar Meter in den Flur hinein, dann um die Ecke, und verschwand aus dem Blickfeld der Rainbow-Kämpfer.

Bellow kam es immer sonderbar, ja fast lachhaft vor, wenn zwischen Sicherheit und Lebensgefahr nur eine Distanz von ein paar Schritten und ein Blick um die Ecke lagen. Trotzdem sah er der Begegnung mit echtem Interesse entgegen. Viel zu selten hatte er einen Kriminellen unter solchen Umständen kennengelernt. Daß sie bewaffnet waren und er nicht, war nur gut. Sie brauchten das angenehme Gefühl, die Lage im Griff zu haben, zum Ausgleich dafür, daß sie in Wahrheit trotz waffenstarrender Überlegenheit in einer Falle saßen, aus der es kein Entrinnen mehr gab.

»Sie sind ja verletzt!« bemerkte Bellow, als er Tim ins Gesicht sah.

»Nicht der Rede wert. Nur ein paar Kratzer.«

»Möchten Sie sich nicht behandeln lassen?«

»Lohnt nicht«, beharrte Tim O'Neil.

»Na schön. Sie müssen's ja wissen.« Bellow sah sich um und zählte vier Terroristen, alle mit den gleichen Gewehren bewaffnet – AKMS, wenn er sich recht entsann. Erst dann zählte er heimlich die Geiseln. Sandy Clark erkannte er wieder. Außer ihr waren es noch sieben, dem Aussehen nach völlig eingeschüchtert, aber das war zu erwarten. »Also, was genau verlangen Sie?«

»Wir wollen einen Bus haben, und zwar so schnell wie möglich«, wiederholte O'Neil.

»Gut. Das kann ich für Sie herausholen. Aber es wird einige Zeit dauern, bis alles organisiert ist, und wir möchten eine Gegenleistung.«

»Und die wäre?«

»Ein paar Geiseln müssen Sie schon freilassen«, gab der Psychologe zurück.

»Nein. Wir haben doch nur acht!«

»Überlegen Sie mal, Tim. Den Leuten, zu denen ich gehen muß, um zu verhandeln – damit Sie den gewünschten Bus kriegen, versteht sich! – muß ich auch etwas anbieten. Weshalb sollten die mir sonst etwas für Sie geben?« fragte Bellow seelenruhig. »So läuft das nun mal in diesem Geschäft, Tim. Es gibt Spielregeln. Damit sage ich Ihnen doch nichts Neues, Mensch! Sie geben etwas her von dem, was Sie haben, und kriegen dafür, was Sie brauchen.«

»Und?«

»Und ein Zeichen guten Willens wäre, wenn Sie mir ein paar Geiseln mitgeben – Frauen und Kinder zuerst, normalerweise. Es sieht ja auch nach außen besser aus, oder?« Bellow sah sich noch einmal um. Vier Frauen, vier Männer. Gut wäre es, wenn Sandy Clark aus der Schußlinie käme.

»Und was dann?«

»Dann mache ich meinen Vorgesetzten klar, daß Sie einen Bus brauchen und daß Sie sich kooperativ gezeigt haben. Ich muß Sie ja vor denen vertreten, oder?«

»Ach nee«, höhnte einer der Terroristen. »Dann sind Sie wohl auf unserer Seite?« Bellow sah auf und merkte, daß er ein Zwilling war – sein Bruder stand nur wenige Meter hinter ihm. Zwillingsbrüder, und beide Terroristen! Wenn das nicht hochinteressant war!

»Nein, so würde ich es nicht ausdrücken wollen. Hören Sie, ich zweifle nicht an Ihrer Intelligenz. Sie wissen selber, in welcher Zwickmühle Sie sind. Aber wenn Sie etwas haben wollen, müssen Sie dafür auch was tun. So sind die Spielregeln, ich habe sie nicht erfunden. Ich bin bereit, Ihnen als Unterhändler zu dienen. Das heißt, ich vertrete Sie vor meinen Vorgesetzten und meine Vorgesetzten vor Ihnen. Wenn Sie noch ein wenig Bedenkzeit brauchen, bitteschön, ich warte nebenan. Aber je schneller Sie sich entscheiden, desto eher kann ich in Ihrer Sache tätig werden. Am besten denkt ihr noch mal gründlich darüber nach, Leute.«

»Besorgen Sie uns vor allem den Bus!« warnte Timothy.

»Als Gegenleistung wofür?« hakte Paul nach.

»Zwei Frauen.« O'Neil reckte den Hals. »Die dort und die!«

»Könnte ich sie gleich mitnehmen?« Erleichtert stellte Bellow fest, daß Timothy tatsächlich auf Sandy Clark gezeigt hatte.

»Ja, aber nur, wenn Sie uns den gottverdammten Bus holen!«

»Ich werde mein Bestes tun«, versprach Bellow und bedeutete den beiden Frauen, ihm um die Ecke zu folgen.

»Gut, daß Sie wiederkommen, Doc«, pfiff Vega leise durch die Zähne. »He, fabelhaft!« setzte er hinzu, als er die beiden Frauen hinter Bellow auftauchen sah. »Tagchen, Mrs. Clark. Ich bin Julio Vega.«

»Mama!« Patsy Chavez hielt es nicht länger in ihrer Deckung aus; sie lief nach vorn und fiel ihrer Mutter um den Hals. Dann begleiteten ein paar der frisch eingetroffenen SAS-Soldaten alle drei Frauen hinaus.

»Vega an Kommando«, gab Julio durch.

»Price an Vega. Kommen!«

»Sagt Six, seine Frau und seine Tochter sind frei.«

John war längst wieder im Transporter unterwegs zum Militärhospital, um bei der Operation dabeizusein. Domingo Chavez saß neben ihm. Beide hatten den Funkspruch gehört, und beide bekamen sekundenlang vor Erleichterung weiche Knie. Doch immer noch schwebten sechs Geiseln in Lebensgefahr.

»Gut gemacht. Hier Clark. Was passiert jetzt?«

Im Krankenhaus überließ Vega sein Funkgerät Dr. Bellow.

»John? Hier Paul.«

»Ja, Doc. Was macht ihr als nächstes?«

»Gib mir ein paar Stunden Zeit, und ich kann sie dir auf dem Tablett servieren, John. Daß sie in der Falle sitzen, wissen sie. Sie müssen nur noch überredet werden. Vier sind es insgesamt noch, alle Mitte Dreißig und bewaffnet. Sechs Geiseln sind noch bei ihnen. Aber ich habe mit dem Anführer gesprochen, und der Knabe läßt sich bearbeiten, John.«

»Na schön, Doc. Wir sind in zehn Minuten wieder da. Was verlangen sie?«

»Das übliche«, antwortete Bellow. »Einen Bus als Fluchtfahrzeug.«

John überlegte. Sollte man sie aus dem Haus locken und von den Scharfschützen erledigen lassen? Vier Treffer, ein Kinderspiel. »Geben wir nach?«

»Noch nicht. Wir lassen sie noch ein bißchen schmoren.«

»Gut, Doc. Das müssen Sie entscheiden. Wenn ich bei Ihnen bin, informieren Sie mich weiter. Wir seh'n uns dann! Ende!«

»Alles klar.« Bellow reichte First Sergeant Vega den Kopfhörer zurück. Der Soldat hatte inzwischen einen Grundriß vom Erdgeschoß an die Wand geheftet.

»Die Geiseln sind hier versammelt.« Bellow zeigte die Stelle. »Subjekte stehen hier – und hier. Zwei sind übrigens Zwillinge, alle Mitteleuropäer in den Dreißigern. Und sie sind mit der klappbaren Version der AK-47 bewaffnet.«

Vega nickte. »Tja, wenn wir stürmen sollen …«

»Wird nicht nötig sein, vermute ich wenigstens. Ihr Anführer ist kein Mörder, will jedenfalls keiner sein.«

»Wie Sie meinen, Doc«, bemerkte Vega zweifelnd. Notfalls konnten sie eine Handvoll Leuchtgranaten rüberschmeißen und gleich hinterherspringen, um die vier Halunken umzunieten … Allerdings auf die Gefahr hin, eine Geisel zu verlieren, was unter allen Umständen vermieden werden mußte. Julio hatte gar nicht gewußt, wozu der Hirnklempner alles fähig war. Der spazierte einfach zu den bewaffneten Kerlen hin und plauderte ein wenig mit ihnen – und schwatzte ihnen mir nichts, dir nichts Mrs. Clark ab. Hol's der Teufel! Die sechs SAS-Leute, in schwarzer Kluft vermummt wie seine eigenen Männer, waren bereit, notfalls die Puppen tanzen zu lassen. Paddy Conolly wartete draußen vor dem Haus, die Zauberkiste voller Knallkörper. Sie hatten die Geiselnehmer isoliert und die Lage ganz gut im Griff. Zum ersten Mal seit Stunden erlaubte sich Vega, sich ein bißchen zu entspannen.

»Tja, hallo Sean!« grüßte Bill Tawney, der sein Gesicht im Hereford-Militärkrankenhaus wiedererkannte. »Haben wir ein Wehwehchen, hm?«

Grady würde operiert werden müssen. Es stellte sich heraus, daß ihm ein 9-Millimeter-Geschoß in der Schulter steckte; eine höchst schmerzhafte Verletzung trotz der Medikamente, die man ihm vor zehn Minuten gegeben hatte. Er drehte den Kopf zur Seite, und er sah einen Engländer mit Krawatte. Natürlich hielt Grady ihn für einen Polizisten und schwieg sich aus.

»Heute hast du dir den falschen Sandkasten ausgesucht zum Spielen, mein Junge!« erklärte Tawney zuvorkommend. »Zu deiner Information, du bist im Militärkrankenhaus von Hereford. Wir sprechen uns später noch, Sean!« Fürs erste würde sich der Unfallchirurg um ihn kümmern und die gebrochene Schulter verarzten. Tawney sah zu, wie die Lazarettschwester ihn für die bevorstehende Operation narkotisierte. Dann begab er sich in ein anderes Krankenzimmer, um mit einem von denen zu reden, die sie aus dem LKW-Wrack geborgen hatten.

Allmählich begann die Sache Spaß zu machen, dachte der ›Six‹-Mann. Die Schnellstraße war wegen der beiden verunglückten Fahrzeuge gesperrt, und es waren ausreichend Polizisten unterwegs, dazu SAS- und Rainbow-Kämpfer, um die Gegend mit ihren schwarzen Uniformen zu verfinstern. In Kürze wurde ein großer Elefantenauftrieb von ›Five‹- und ›Six‹-Leuten erwartet, die sich aus London herbequemten und sich allesamt für entscheidungsbefugt hielten. Das Durcheinander war abzusehen, denn über den Status der Rainbow-Einheit gab es zwar eine schriftliche Abmachung zwischen der US-Regierung und den Engländern, doch war diese natürlich nicht im Hinblick auf die jetzige Situation geschlossen worden. Sie garantierte dem CIA-Stationschef in London ebenfalls ein Weisungsrecht, und anscheinend würde Tawney die Aufgabe zufallen, als Dompteur in diesen besonderen Zirkusring zu steigen.

Seine gute Laune erhielt einen Dämpfer, als Tawney einfiel, daß zwei Rainbow-Kämpfer auf der Strecke geblieben waren und vier verwundet hier in diesem Lazarett lagen. Menschen, die er flüchtig kannte, deren Gesichter ihm vertraut waren, und die er nie wiedersehen würde. Nur gut, daß Sean Grady, einer der radikalsten PIRA-Terroristen, heute seine wohl lebenslängliche Laufbahn im Gewahrsam Ihrer Majestät antrat. Und er brachte einen ganzen Sack neuer Erkenntnisse mit, die Tawney ihm schon nach und nach aus der Nase ziehen würde.

»Wo bleibt denn jetzt der Bus?!«

«Tim, ich habe mit meinen Vorgesetzten geredet, und sie wollen darüber nachdenken.«

»Was gibt's denn da noch groß nachzudenken?« begehrte O'Neil auf.

»Das wissen Sie nur zu gut, Tim. Wir haben es mit der Regierung zu tun, und Bürokraten wie die werden nichts unternehmen, ohne sich nach allen Seiten hin abzusichern.«

»Ich habe sechs Geiseln hier, Paul, und kann jederzeit ...«

»Können Sie. Weiß ich. Andererseits können Sie auch wieder nicht, oder? Wenn Sie *das* tun, Timothy, werden die Soldaten umgehend das Gebäude stürmen, und das wäre das Ende vom Lied. Dann gehen Sie als Schlächter unschuldiger kranker Menschen in die Geschichte ein. Wollen Sie, daß es soweit kommt? Wollen Sie das wirklich, Tim?« Bellow schwieg einen Augenblick. Dann fuhr er fort: »Was ist denn mit euren Familien? Wie zum Teufel wollt ihr das vor eurem politischen Flügel verantworten? Diese Leute zu töten wäre auch vor der öffentlichen Meinung nicht zu verantworten. Ihr seid doch keine fundamentalistischen Islamisten, oder? Seid ihr nicht Christen? Und von Christen heißt es, daß sie nicht zu solchen Mitteln greifen. Wie dem auch sei, als Druckmittel mag Ihre Drohung vielleicht nützlich sein, aber ein Mittel, um hier herauszukommen, ist sie nicht. Das werden Sie einsehen, Tim. Die Folge wäre nur, daß Sie getötet werden und Ihr politisches Anliegen schwersten Schaden nimmt. Sean Grady wurde inzwischen gefangengenommen«, fügte er nicht ohne Berechnung hinzu.

»Wie bitte?!« Diese Neuigkeit schien Timothy zu erschüttern.

»Er wurde auf der Flucht überwältigt. Er hat dabei auch einen Schuß abbekommen, aber er wird's überleben. Sie sind gerade dabei, ihn zu verarzten.«

Es war, als hätte er in einen großen Ballon gestochen, stellte der Psychologe fest. Sein Widersacher mußte erst einmal Luft ablassen. So mußte man's machen, mal hier ein bißchen kneten und mal da. Nicht zu schnell, damit ihn seine Verzweiflung nicht zur Gewalttätigkeit trieb. Aber wenn man sie Schritt für Schritt bearbeitete, dann fraßen sie einem aus der Hand. Bellow hatte ein Buch über Verhandlungspraxis bei Geiselnahmen verfaßt. Zunächst mußte man die Situation räumlich unter Kontrolle bringen. Das hieß, die Betreffenden einzuschließen. Als nächstes galt es, den Informationsfluß unter Kontrolle zu bringen. Anschließend konnte man den Täter mit Informationen versehen, aber Häppchen für Häppchen, so feinfühlig, als stünde man als Dirigent vor dem Orchester der Royal Albert Hall. Und zum Schluß konnte man sie dann in die Tasche stecken.

»Sie werden uns Sean ausliefern! Er kommt mit uns in den Bus!«

»Bleiben Sie vernünftig, Timothy. Ihr Freund liegt gerade auf dem Operationstisch, und das wird ein paar Stunden dauern! Selbst wenn Sie versuchen wollten, ihn jetzt zu transportieren, würde er es vermutlich kaum überleben. Wollen Sie noch einen Toten in Kauf nehmen, Tim? Ich kann Ihren Wunsch ja verstehen, aber es ist unmöglich. Daraus wird nichts. So leid es mir tut, aber niemand kann was dafür!«

Sein Anführer ein Gefangener? dachte Tim O'Neil. Sean hatte es erwischt? Merkwürdigerweise kam ihm das schlimmer vor als seine eigene Lage. Wenn er hinter Gitter käme, würde Sean ihn unter allen Umständen rauspauken, aber wenn Sean selbst auf der Isle of Wight säße, dann ... War denn alles verloren? Aber ...

»Woher soll ich wissen, ob Sie die Wahrheit sagen?«

»In einer solchen Situation kann ich gar nicht lügen, Tim. Ich wär doch verrückt! Lügen macht doch alles noch komplizierter, und wenn Sie mich bei einer Lüge ertappen, würden Sie mir gar nicht mehr über den Weg trauen. Damit wäre keinem geholfen – Ihnen nicht, mir nicht, und meinen Vorgesetzten auch nicht, oder?« Wieder sprach er mit ruhiger, besonnener Stimme und appellierte an die Vernunft seines Gegenübers.

»Und Sie wollen Arzt sein?«

»Das stimmt«, nickte Dr. Bellow.

»Wo praktizieren Sie denn?«

»Zur Zeit vor allem hier. Aber meinen Doktor in Medizin habe ich in Harvard gemacht. Ich habe an verschiedenen Orten gearbeitet und halte auch Vorlesungen.«

»Aber Ihr eigentlicher Job ist, Leute wie mich zum Aufgeben zu überreden, stimmt's?« Angesichts des Unvermeidlichen stieg Wut in O'Neil hoch.

Bellow schüttelte den Kopf. »Nein, ich trage in meinem Job dazu bei, Menschenleben zu retten. Ich bin Arzt, Tim. Ich darf niemanden töten und auch nicht anderen Beihilfe zur Tötung von Menschen leisten. Vor langer Zeit habe ich einen Eid darauf geschworen. Ihr habt Gewehre. Die Leute auf der anderen Seite des Korridors haben Gewehre. Ich möchte nicht, daß einer von euch umkommt. Wir haben heute schon genug Tote zu beklagen, nicht wahr? Genießen Sie es vielleicht, wenn Menschen umkommen, Tim?«

»Wieso – nein, verdammt noch mal, natürlich nicht! Wer ist so pervers ...«

»Es gibt schon einige, die so sind, Tim.« Bellow entschloß sich, Tims Selbstbild ein wenig aufzupäppeln. »In der Wissenschaft bezeichnet man diese Personen als Soziopathen. Ich glaube nicht, daß Sie dazugehören. Sie sind Soldat. Sie kämpfen für Ihre Überzeugungen. Das trifft auch auf die Leute hier hinter mir zu.« Bellow deutete in die Richtung, wo das Rainbow-Team bereitstand. »Sie respektieren euch als Gegner, und ich hoffe, daß auch ihr sie respektiert. Soldaten sind keine Killer. Ein gewöhnlicher Verbrecher bringt Leute um, das schon, aber ein Soldat ist kein Meuchelmörder.« Abgesehen davon, daß es der Wahrheit entsprach – dieser Gedanke konnte sein Gegenüber nachdenklich stimmen, umso mehr, als Terroristen immer eine Neigung zu romantischen Illusionen haben. Es verletzte ihren Stolz, als gewöhnliche Kriminelle zu gelten. Behutsam ihr Selbstgefühl zu stärken, hieß zugleich, ihnen den Weg in die extremste Konsequenz zu verbauen. Wenn sie Soldaten sein wollten und keine verantwortungslosen Killer, mußten sie sich auch wie Soldaten benehmen.

»Doktor Bellow?« meldete sich eine Stimme hinter der Ecke. »Anruf für Sie, Sir!«

»Darf ich drangehen, Tim?« Immer um Erlaubnis für den nächsten Schritt fragen. Ihnen die Illusion geben, sie wären es, die alles bestimmen.

»Meinetwegen.« O'Neil gab ihm ein Zeichen, und Bellow entfernte sich in den Korridor, wo die Soldaten standen.

John Clark war bei ihnen. Gemeinsam liefen sie die fünfzig Meter in den Haupttrakt des Krankenhauses.

»Danke, daß Sie meine Frau und die andere Schwester rausgeholt haben, Paul.«

Bellow zuckte die Achseln. »Wir hatten Glück. All das hat ihn ein bißchen überfordert, und besonders intelligent ist er nicht. Sie wollen einen Bus haben.«

»Weiß ich schon«, erinnerte Clark ihn. »Sollen wir ihn bereitstellen?«

»Das wird nicht nötig sein, John. Es ist ein Pokerspiel, und ich habe einen Royal Flush an der Hand. Wenn nicht noch irgendein Unglück geschieht, müßten wir bald soweit sein.«

»Noonan ist draußen und hat ein Mikrofon ans Fenster montiert. Den letzten Teil konnten wir mithören. Sehr beeindruckend, Doktor.«

»Danke.« Bellow rieb sich die Stirn. Seine Anspannung war echt, aber er durfte sie nur hier zeigen. Vor Timothy drüben mußte er Nerven wie Stahl haben, um als freundlicher und überlegener Lehrer aufzutreten. »Wie sieht's mit den übrigen Gefangenen aus?«

»Nichts Neues. Dieser Grady wird gerade operiert, und es heißt, es wird mehrere Stunden dauern. Der andere ist noch immer bewußtlos, und wir kennen weder den Namen noch hat er Papiere dabei.«

»Grady war der Anführer?«

»Wahrscheinlich ja. Die Abwehr hat uns das so dargestellt.«

»Das heißt, wir werden von ihm eine Menge erfahren. Sagen Sie mir Bescheid, damit ich dabei bin, wenn er aus der Narkose erwacht«, bat Paul den Six-Kommandanten.

»Erst müssen Sie hier fertigwerden.«

»Ich weiß. Und jetzt muß ich zurück.« Clark klopfte ihm auf die Schulter, bevor Bellow zu den Terroristen und ihren Geiseln zurückkehrte.

»Und?« fragte Timothy.

»Sie sind noch zu keiner Entscheidung gelangt, was den Bus betrifft. – Tut mir leid!« fügte Bellow in niedergeschlagenem Tonfall hinzu. »Ich dachte, ich hätte sie überzeugt, aber sie kriegen einfach den Arsch nicht hoch, diese Bürokraten!«

»Dann sagen Sie ihnen, wenn der Bus nicht bald hier ist, werde ich ...«

»Nein, das werden Sie nicht, Tim. Sie wissen es, und ich weiß es. Und *die* wissen's auch.«

»Warum sollten sie dann noch den Bus schicken?« Timothy war kleinlaut geworden und stand kurz davor, die Beherrschung zu verlieren.

»Weil *ich* ihnen klargemacht habe, daß Sie's ernst meinen, und daß sie Ihre Drohung nicht auf die leichte Schulter nehmen dürfen. Wenn sie nicht glauben wollen, daß Sie's tun, müssen sie dran erinnert werden, daß Sie's tun könnten, denn wenn was passiert, stehen sie schlecht da vor ihren Vorgesetzten.« Timothy schüttelte den Kopf angesichts dieser krausen Logik; jetzt wirkte er eher verstört als wütend. »Mir können Sie glauben«, fuhr Bellow fort, »ich habe sowas schon öfters gemacht und weiß, wie der Hase läuft. Es ist einfacher, mit Soldaten zu verhandeln, als mit gottverdammten Bürokraten. Leute wie Sie wissen wenigstens, was sie wollen. Diese Typen dagegen drücken sich vor jeder Entscheidung. Ihnen ist es egal, ob Leute dabei draufgehen; alles was sie interessiert, ist die Sorge, was anderntags die Zeitungen über sie schreiben.«

Dann geschah ein kleines Wunder. Tim langte in die Hosentasche und holte sich eine Zigarette heraus. Ein untrügliches Anzeichen, daß er Streß bekam und versuchen mußte, sich zusammenzureißen.

»Das ist schlecht für deine Gesundheit«, murmelte Clark, der die Szene auf dem Bildschirm verfolgte. Der Plan war fix und fertig. Conolly hatte Zündschnüre an die Fenster gelegt, um einen Zugang zu sprengen und gleichzeitig die Terroristen abzulenken. Vega, Tomlinson und Bates von Team-1 würden gleichzeitig Leuchtgranaten werfen und den Raum stürmen, um die Kerle durch gezielte Schüsse auszuschalten. Der einzige Nachteil war wie jedesmal, daß einer von ihnen, als letzte bewußte Tat gewissermaßen, noch die Geiseln niederschießen oder sie zufällig treffen konnte, was nicht weniger tödlich wäre. Nach Clarks Eindruck hatte Bellow gute Arbeit geleistet. Wenn diese Subjekte noch einen Funken Verstand besaßen, würden sie wissen, daß es für sie besser wäre, aufzugeben. Aber John war klar, daß er selbst nie in die Lage gekommen war, sich überlegen zu müssen, ob er den Rest seines Lebens im Knast zubringen wollte, und das war gewiß keine angenehme Vorstellung. Jetzt stand ihm ein Übermaß militärisch geschulter Kräfte zur Verfügung. Die vorhin eingetroffenen SAS-Typen hatten sich seinem taktischen Kommando unterstellt, obwohl auch ihr eigener Oberst gekommen war, der nun als Zaungast das Geschehen vom Eingangsbereich des Krankenhauses aus verfolgte.

»Es war ein harter Tag für uns alle, Tim, nicht wahr?« erkundigte sich der Psychologe.

»Könnte besser gelaufen sein«, gab Timothy O'Neil zu.

»Sie wissen ja, wie er enden wird, oder?« lockte Bellow, als hätte er einen besonders schmackhaften Köder, um eine Bachforelle einzufangen. Würde der andere anbeißen?

»Ja, Doktor, ich weiß.« Timothy zögerte. »Ich habe heute noch keinen einzigen Schuß abgefeuert. Ich habe niemanden getötet. Jimmy schon«, setzte er hinzu und wies auf die Leiche am Boden, »aber von uns hier sonst keiner.«

Volltreffer! dachte Bellow. »Das wird sich auszahlen, Tim. Um die Wahrheit zu sagen, es zählt viel. Sie wissen ja, daß der Krieg bald vorbei ist. In Kürze wird man sich einigen, und wenn der Frieden kommt, wird es für die meisten Kämpfer eine Amnestie geben. Es gibt also noch Hoffnung. Für Sie und für euch anderen auch«, wandte sich Paul an die übrigen drei, die aufmerksam zugehört hatten ... und inzwischen ebenso unschlüssig waren wie ihr Anführer. Sie wußten inzwischen alle, daß sie verloren hatten. Umringt von Feinden, ihr Anführer verhaftet – so blieben ihnen nur noch Tod oder Gefangenschaft als letzte Alternativen. Auf eine Flucht durften sie nicht mehr hoffen. Und der Versuch, die Geiseln in einen Bus zu schaffen, würde nur eine andere und noch gräßlichere Variante ihres Todes herbeiführen.

»Tim?«

»Ja?« Er stieß eine Rauchwolke aus und blickte auf.

»Wenn Sie Ihre Waffe hier auf dem Boden ablegen, verspreche ich Ihnen, daß Ihnen nichts zustoßen wird.«

»Um dann ins Gefängnis zu gehen?« Enttäuschung und Wut klangen aus der Gegenfrage.

»Aus dem Gefängnis kommt man eines Tages wieder heraus, Timothy. Wenn aber geschossen wird, gibt es kein Zurück mehr. Herrgott nochmal, ich bin Arzt«, erinnerte Bellow den Jungen. »Ich kann es nicht ertragen, wenn Menschen sterben müssen.«

Timothy O'Neil blickte sich nach seinen Genossen um. Alle hatten die Augen niedergeschlagen. Selbst die Barry-Brüder ließen keinen Trotz mehr erkennen.

»Leute, wenn ihr heute keinen verletzt habt, dann werdet ihr, so Gott will, zwar in den Knast wandern, aber irgendwann wieder herauskommen, sobald die Amnestie gewährt ist«, ermunterte Bellow die anderen. »Im anderen Fall sterbt ihr einen sinnlosen Tod. Ihr würdet auf keinen Fall für das Vaterland sterben. Denn man verehrt keinen als Helden, der unschuldige Zivilpersonen abgeknallt hat«, mahnte er. Immer wiederholen, dachte Bellow. Einprägen, bis es sitzt. »Soldaten töten einander im Krieg. Aber sie bringen keine unschuldigen Zivilisten um. Entweder ihr sterbt für nichts und wieder nichts – oder ihr könnt leben und eines Tages wieder frei sein. Die Entscheidung liegt ganz bei euch, Leute. Ihr habt die Gewehre. Aber bis zum Bus würdet ihr es nicht schaffen. Sie würden euch niemals entkommen lassen. Ja, ihr habt hier sechs Personen, die ihr töten könnt. Aber wohin brächte euch das, wenn nicht geradewegs in die Hölle? Mach Schluß damit, Timothy«, drängte er.

Die Entscheidung fiel Tim O'Neil nicht leicht. Die Vorstellung, mit gewöhnlichen Kriminellen hinter Knastmauern zu sitzen, seine Angehörigen nur noch zu sehen, wenn sie ihn wie ein Tier im Käfig besuchten, ließ ihn erschauern … Aber er hatte mit dieser Möglichkeit seit Jahren rechnen müssen, und obwohl ihm das Bild vom Heldentod im Kugelhagel, mit der Waffe in der Hand auf die Volksfeinde schießend, lieber war, wußte er, daß der amerikanische Arzt die Wahrheit gesagt hatte. Sechs englische Zivilisten abzuknallen brachte keinen Heldenruhm. Keine Lieder würden über ihn gedichtet und gesungen werden, keine Gläser auf sein Andenken gehoben in den Pubs von Ulster… Was ihm blieb, war, ruhmlos zu sterben, und das Leben, ob hinter Gittern oder nicht, war diesem Tod vorzuziehen.

Timothy Dennis O'Neil wandte sich seinen PIRA-Genossen zu und sah den gleichen Ausdruck in ihren Mienen, den er selbst zeigte. Ohne sich abzusprechen, nickten sie. O'Neil sicherte sein Gewehr und setzte es am Boden ab. Die anderen taten es ihm nach.

Bellow wanderte hinüber, um ihnen die Hand zu schütteln.

»Six an Vega«, befahl Clark, der die Szene auf dem kleinen Schwarz-Weiß-Monitor verfolgte, »geht jetzt rüber!«

Julio Vega war mit einem Satz um die Ecke, die MP-10 mit beiden Händen hochziehend. Da standen sie mit dem Doc zusammen. Tomlinson und Bates stießen sie nicht allzu roh an die Wand. Ersterer hielt das Gewehr im Anschlag, während der andere die Gefangenen abklopfte. Sekunden später kamen zwei uniformierte Polizisten mit Handschellen und lasen ihnen – zur Verwunderung der Soldaten – ihre Rechte vor. Und so einfach und still ging der Kampf dieses Tages zu Ende.

29

ATEMPAUSE

Für Dr. Bellow war der Tag noch nicht zu Ende. Gerade mal ein Glas Wasser konnte er trinken, um die trockene Kehle zu befeuchten, dann bestieg er schon den grünbemalten britischen Armeelaster, der ihn nach Hereford bringen sollte. Für diejenigen, die zurückblieben, war auch noch nicht alles gelaufen.

»Hallo, Schatz!« seufzte Ding. Endlich hatte er seine Frau vor dem Krankenhaus wiedergefunden, umringt von einer SAS-Leibwache.

Patsy rannte ihm die zehn Treppenstufen entgegen und umarmte ihn so heftig, wie ihr schwangerer Bauch es zuließ.

»Alles in Ordnung?«

Sie nickte, mit Tränen in den Augen. »Und du?«

»Mir geht's gut. Es war hier ziemlich aufregend vorhin – und ein paar unserer Leute mußten dran glauben. Aber jetzt ist alles unter Kontrolle.«

»Einer von ihnen – jemand hat ihn erschossen, und ...«

»Ich weiß. Er zielte mit dem Gewehr auf dich, damit hatte er sein eigenes Todesurteil unterschrieben.« Chavez merkte sich vor, Sergeant Tomlinson als Dank für seinen erstklassigen Schuß ein Bier auszugeben. Eigentlich war er ihm weit mehr schuldig. Doch in der Kriegergemeinschaft war das die Währung, mit der Schulden beglichen wurden. Doch fürs erste wollte er seine Patsy im Arm halten und an nichts anderes denken. Tränen traten ihm in die Augen. Ding schluckte sie hinunter. Tränen widersprachen seinem Selbstbild als harter Mann. Er fragte sich, wie seine Frau diesen Tag verkraften würde. Sie war Ärztin, vom Töten verstand sie nichts, und doch hatte sie das Töten aus nächster Nähe gesehen. Diese Schweine von der IRA, dachte er. Sie waren in *sein* Leben eingedrungen, hatten Zivilisten angegriffen und einige seiner besten Kumpel getötet. Aber irgend jemand mußte sie mit Informationen versorgt haben. Irgendwo gab es eine undichte Stelle, die ihnen übelwollte. Das herauszufinden hatte jetzt absoluten Vorrang.

»Wie geht's unserem Kleinen?« fragte Chavez seine Frau.

»Fühlt sich gut an, Ding. Wirklich. Da drin ist alles in Ordnung«, versicherte ihm Patsy.

»Na schön, Schatz. Ich hab noch viel zu tun. Du mußt nach Hause!« Er deutete auf einen der SAS-Männer und winkte ihn heran. »Bringen Sie bitte meine Frau in die Kaserne zurück, okay?«

»Jawohl, Sir«, erwiderte der Sergeant. Gemeinsam schlenderten sie zum Parkplatz. Dort stand auch Sandy Clark, neben John, und auch sie umarmten und drückten sich. Das Vernünftigste war wohl, die beiden Frauen ins Haus der Clarks zu bringen. Kurze Zeit später wurden Mutter und Tochter unter dem Schutz einer Polizeieskorte nach Hause gefahren.

»Wohin jetzt, Mr. C?« fragte Chavez.

»Unsere irischen Freunde sind schon im Militärkrankenhaus. Paul hat sich auch dorthin auf den Weg gemacht. Er will Grady – den Anführer – verhören, wenn er aus der Narkose erwacht. Ich glaube, wir sollten dabei sein.«

»Einverstanden, John. Dann mal los!«

Popov war schon fast in London und hörte Radionachrichten. Irgendein Pressesprecher, der zuviel wußte und den Mund nicht halten konnte, mußte die Medien informiert haben. Dann kam die Meldung, der Anführer des IRA-Kommandos sei lebend gefangen worden, und Dmitrij lief es eiskalt den Rücken runter. Wenn sie Grady hatten, den Mann, der ihn kannte, wußten sie alles – seinen Decknamen, den Geldtransfer, und überhaupt viel zu viel. Das war noch kein Grund zur Panik, aber er mußte rasch handeln.

Popov warf einen Blick auf die Uhr. Die Banken hatten noch nicht geschlossen. Er nahm sein Handy und rief in Bern an. Innerhalb von einer Minute hatte er den zuständigen Bankangestellten dran, dem er die Kontonummer durchsagte. Am anderen Ende wurde sie im Computer aufgerufen. Popov gab Losungswort und Transfernummer durch und ordnete an, das Konto aufzulösen und die Summe auf seins zu überweisen. Der Mann in Bern fand es nicht im mindesten bedauerlich, wenn soviel Geld anderswohin floß; sein Haus hatte noch jede Menge solch großer Depots. Der Russe war jetzt um fünf Millionen reicher, doch würden seine Gegner bald über Decknamen und Personenbeschreibung verfügen. Er mußte so schnell wie möglich außer Landes. Popov nahm die Ausfahrt Heathrow und fuhr bis Terminal 4. Zehn Minuten später hatte er den Mietwagen bei der dortigen Filiale abgegeben und sich das letzte Erste-Klasse-Ticket auf einem British-Airways-Flug nach Chicago verschafft. Er mußte laufen, um die Maschine noch zu bekommen, aber er schaffte es gerade noch an Bord, wo ihn die bildhübsche Stewardeß zu seinem Platz führte. Kurz darauf startete die 747er zu ihrem Atlantikflug.

»Das ging ja alles ziemlich durcheinander«, bemerkte John Brightling und stellte seinen Büro-Fernseher leiser. Die Ereignisse von Hereford waren auf allen Sendern die Hauptnachricht des Tages.

»Sie hatten eben Pech«, gab Henriksen zurück. »Die Terrorkommandos sind hervorragend und nutzen jede Schwäche des Gegners. Ach, was soll's – vier oder fünf hat's immerhin erwischt. Niemand ist bisher gegen eine solche Streitmacht angetreten.«

Brightling wußte, daß Bill die Aktion mit gemischten Gefühlen verfolgte. Er konnte seine Sympathie für die Leute nicht verhehlen, die anzugreifen er mitgeholfen hatte. »Kann es für uns brenzlig werden?«

»Wenn sie den Anführer lebend haben, werden sie ihn natürlich ausquetschen. Aber die IRA-Leute singen nicht. Soviel ich weiß, singen sie *nie*. Und die einzige Spur, die zu uns herüberführt, wäre Dmitrij, und der ist ein Profi. Wie ich den kenne, dürfte er längst Leine gezogen haben und sitzt wahrscheinlich schon im Flugzeug außer Landes. Er hat jede Menge falscher Papiere, Kreditkarten, Personalausweise. Also ist er wohl in Sicherheit, John. Der KGB wußte seine Leute für den Ernstfall zu trainieren, glaub mir!«

»Wenn sie ihn anzapfen – wird er reden?« fragte Brightling.

»Das wäre ein Risiko. Ja, es mag sein, daß er dann auspackt«, mußte Henriksen zugeben. »Im Fall seiner Rückkehr werd ich ihm klarmachen, was ihm blüht, wenn ...«

»Wäre es eine gute Idee, ihn ... hm ... aus dem Verkehr zu ziehen?«

Der Gedanke war dem Chef peinlich, merkte Henriksen, und er setzte zu einer vorsichtigen, aber ehrlichen Antwort an. »Im Grunde genommen ja. Aber auch das wäre nicht ganz unbedenklich, John. Der hat bestimmt irgendwo ein Postfach ...« Als Brightling verständnislos die Brauen hob, erläuterte er: »Man sichert sich ab gegen das Risiko, umgebracht zu werden, indem man alles aufschreibt und an sicherem Ort hinterlegt. Wenn man sich dann nicht jeden Monat dort meldet, wird das Postfach geleert, will sagen, die Informationen nach einem vorbestimmten Plan an die Leute verteilt. Für so etwas hat man einen Anwalt. *Diese* Gefahr dürfen wir nicht unterschätzen, oder? Tot oder lebendig, er kann uns in jedem Fall schaden. Und in diesem Fall wäre ein Toter bedrohlicher, finde ich.« Henriksen hielt einen Augenblick inne. »Nein – wir brauchen ihn lebend, und unter unserer Kontrolle, John.«

»Einverstanden. Bitte kümmere dich um ihn, Bill.« Brightling lehnte sich in seinem Sessel zurück. Sie waren schon zu nah dran, um unnötige Risiken einzugehen. Mit dem Russen konnten sie noch fertigwerden, ihn ruhigstellen. Wer weiß, vielleicht rettete es ihm sogar das Leben – wenn er es recht bedachte, *würde* er doch überleben, oder? Hoffentlich wußte Popov das zu schätzen. Die Rainbow-Truppe war jetzt außer Gefecht gesetzt, oder zumindest schwer angeschlagen. Popov hatte seine beiden Missionen erfüllt – der Weltöffentlichkeit die terroristische Bedrohung bewußt zu machen, wodurch Global Security den Vertrag für die Olympiade in Sydney bekam, und dem neuen Anti-Terror-Kommando einzuheizen, hoffentlich stark genug, um es lahmzulegen. Damit waren die Vorbereitungen getroffen, und die Umsetzung ihres Projekts konnte beginnen.

Sie waren so kurz davor, dachte Brightling. Daß er nervös war, schien ihm in einem Moment wie diesem normal zu sein. Je weiter man von seinem Ziel entfernt war, desto weniger besiegbar fühlte man sich. Aber irgendwann war man nah dran, und die Angst vor dem Scheitern wuchs ins Unermeßliche. Doch ihr Plan war perfekt. Sie brauchten ihn nur noch auszuführen.

Sean Grady kam kurz nach acht Uhr abends aus dem OP, nachdem man dreieinhalb Stunden an ihm herumgeschnippelt hatte. Der zuständige Chirurg hatte ganze Arbeit geleistet, wie Bellow gleich sah. Die Schulterhälfte war mit einer fest verankerten Kobalt-Stahl-Nadel fixiert worden, die groß genug war, um einen Metalldetektor ausschlagen zu lassen, sollte Grady je wieder einen Flughafen betreten – was sehr unwahrscheinlich war. Er hatte Glück gehabt, daß sein Kugelgelenk durch die beiden eingedrungenen Kugeln nicht zerschmettert worden und der Arm nicht für immer gelähmt war. Die Sekundärschäden waren minimal. Der Militärarzt war der Meinung, er werde bald vollständig wiederhergestellt sein und die lebenslängliche Haftstrafe, die ihn erwartete, bei bester Gesundheit absitzen können.

Die Operation war natürlich unter Vollnarkose vorgenommen worden, mit Salpeteroxyd wie in US-Krankenhäusern üblich, kombiniert mit der anhaltenden Wirkung von Barbituraten, die man zu Beginn der Betäubung anwandte. Bellow saß neben dem Patienten in der Intensivstation. Er beobachtete die Monitore, mit denen die Körperfunktionen überwacht wurden, und wartete auf das Erwachen des Patienten. Das würde nicht von jetzt auf gleich geschehen, sondern womöglich ein längerer Prozeß sein.

Polizeiwachen in Zivil und Uniform hatten bereits Posten bezogen. Auch Clark und Chavez waren hier, hinter dem Krankenbett, und beäugten den Kerl, der so tollkühn gewesen war, sich an ihren Männern zu vergreifen – und an ihren Frauen, wie Bellow innerlich hinzufügte. Besonders Chavez' Augen waren hart, dunkel und kalt geworden, obwohl er äußerlich sanft wie immer wirkte. Inzwischen kannte er die Rainbow-Befehlshaber recht gut. Sie waren echte Profis, und besonders Clark und Chavez waren Menschen, die lange im Untergrund gelebt und manches auf dem Kerbholz hatten, von dem der Doktor nichts wußte und nichts wissen wollte. Doch Bellow wußte, daß beide gewissenhafte, ordnungsliebende Männer waren, die nicht anders als Polizisten für das Recht eintraten. Wenn sie gelegentlich selbst Gesetze übertraten, dann nur, um ihnen Geltung zu verschaffen. Nicht anders als die Terroristen waren auch sie Idealisten und unterschieden sich von jenen nur durch die Sache, die sie verfochten. Ihr Lebenszweck war es, die Gesellschaft zu schützen. Grady hingegen wollte Unruhe stiften. Und dieser Unterschied in der Mission machte sie zu Feinden – so einfach war das. Die beiden mochten zu Recht voller Haß auf den Schlafenden sein, aber nie würden sie ihm jetzt noch körperliche Gewalt antun. Seine Bestrafung war nun einmal Sache der bürgerlichen Gesellschaft, die Grady mit solcher Vehemenz attackierte, und deren Regeln darauf abzielten, Menschenleben zu schützen, wenn auch nicht immer wirkungsvoll.

»Er kann jeden Moment aufwachen«, erklärte Bellow. Gradys Lebensgeister regten sich wieder. Der Körper zuckte ein wenig, während das Bewußtsein des Patienten allmählich zurückkehrte. Jetzt wandte sich der Kopf langsam nach links, nach rechts, und in Kürze …

Die Augenlider begannen zu flattern. Bellow warf noch einen Blick auf die Liste der Identifizierten und hoffte, daß ihm die Polizei und die Jungs von der ›Five‹-Abteilung brauchbare Daten überlassen hatten.

»Sean?« rief er leise. »Sean, bist du wach?«

Die Lippen bewegten sich kaum. »W-wer …?«

»Ich bin's. Jimmy Carr, Sean. Bist du wieder bei uns, Sean?«

»Wo … wo – bin ich?« krächzte die Stimme.

»Uniklinik Dublin, Sean. Dr. McCaskey hat gerade dein Schulterblatt eingerenkt. Du bist auf der Intensivstation. Alles wird wieder gut, Junge. Aber, mein Gott, dich herzuschaffen war eine Schweinearbeit, kannst du mir glauben! Tut sie dir noch weh, die Schulter, Sean?«

»Nee, tut … tut nich weh, Jimmy. D-die anderen … wie viele …«

»Von uns, meinst du? Zehn! Zehn haben es geschafft, Sean. Die sitzen schon sicher im Unterschlupf, Mann.«

»Gut.« Die Augen wurden aufgeschlagen und sahen jemanden mit weißer Arzthaube und Schutzmaske stehen, aber der Blick war unstet, das Bild blieb verschwommen. Das Zimmer … ja, es war ein Krankenhaus … ein Tropf an der Seite … oben an der Decke rechteckige Kacheln in Metallfassung … fluoreszierendes grünes Licht. Seine Kehle war trocken und wund vom Schlauch, den man eingeführt hatte, aber das machte ihm nichts. Er wähnte sich noch in einer Traumwelt, ringsum kam ihm alles unwirklich vor. Er schwebte in einem rosafarbenen, undurchdringlichen Nebel. Wenigstens war Jimmy Carr an seiner Seite.

»Roddy ... wo ist Roddy?«

»Roddy hat's erwischt, Sean«, erwiderte Bellow. »Tut mir leid. Für ihn kam alles zu spät.«

»Oh verdammt«, keuchte Grady. »Nicht Roddy ...«

»Sean, wir brauchen Informationen, aber rasch!«

»W-was ... Informationen ...«

»Der Typ, der uns die Infos gegeben hat, wir müssen doch Kontakt aufnehmen, aber wir wissen nicht, wie wir an ihn rankommen.«

»Josef, meinst du?«

Volltreffer, dachte Paul Bellow. »Genau, Sean. Wir müssen Josef kontaktieren, wegen ...«

»... dem Geld? Das hab ich in meiner Brieftasche, Junge.«

Oha, dachte Clark und wandte sich um. Bill Tawney hatte Gradys Habseligkeiten auf einem fahrbaren Tablett vor sich liegen. In der Brieftasche fanden sich zweihundertzehn Britische Pfund, hundertsiebzig Irische Pfund und einige Papierstreifen. Auf einem gelben Klebzettel standen zwei Nummern, jeweils sechsstellig, ohne weitere Angaben. Ein Nummernkonto in der Schweiz oder anderswo? fragte sich der Agent.

»Wie kommen wir da ran, Sean? Wir brauchen Nachschub, mein Lieber, möglichst bald ...«

»Schweizer Kommerzialbank in Bern ... anrufen ... Kontonummer und Geheimzahl in ... in meiner Brieftasche ...«

»Gut. Danke, Sean! Und dieser Josef ... wie war noch sein Nachname? Können wir ihn anrufen? Bitte, Sean. Wir müssen rasch handeln, Sean.« Bellows gefälschter irischer Akzent hätte keinen Betrunkenen täuschen können, aber kein Schnaps konnte jemanden so benommen machen, wie es Grady noch immer war.

»W-weiß nicht ... Er ruft uns an, immer ... Josef Andrejewitsch ruft mich über Robert an ... durch das Netzwerk ... gab mir nie seine Kontaktnummer ...«

»Sein Nachname, Sean, wie war der, den hast du mir nie gesagt!«

»Seroff. Josef Andrejewitsch Seroff ... aus Rußland ... KGB-Typ ... Bekaa-Tal, muß so zwanzig Jahre her sein ...«

»Aber über Rainbow hat er uns gute Tips gegeben, oder?«

»W-wieviele haben wir ... wie viele?«

»Zehn, Sean. Zehn konnten wir umlegen, bevor wir weg mußten, aber auf der Flucht im Jaguar wurdest du angeschossen, weißt du noch? Aber wir haben's ihnen gezeigt, Sean, ein für allemal gezeigt haben wir's ihnen!« versicherte Bellow.

»Gut ... sehr gut ... gezeigt ... alle getötet ... alle ...« flüsterte Grady aus dem Halbdämmer.

»Noch nicht ganz, du Arsch«, murmelte Chavez leise im Hintergrund.

»Und die zwei Frauen? Jimmy, haben wir ...«

»Aber ja, Sean. Die hab ich eigenhändig niedergeknallt. Aber nochmal zu dem Russen, Sean, ich muß mehr von ihm wissen.«

»Josef? Guter Mann ... KGB, hat das Geld und die Drogen gebracht ... Geld in rauhen Mengen ... sechs Millionen ... sechs! Und das Kokain«, fügte Grady hinzu. Eine Minikamera auf dem Stativ neben dem Bett nahm alles auf. »Hat's uns zum Shannon gebracht. Weißt du doch ... in dem kleinen Flieger, das Geld ... den Stoff aus Amerika ... glaub ich wenigstens, aus Amerika ... muß doch sein ... wo er jetzt amerikanisch redet wie ein Fernsehsprecher ... verrückt ... dabei ist er Russe, Jimmy ...«

»Josef Andrejewitsch Seroff?«

Die Gestalt unter der Bettdecke schien zu nicken. »So machen sie das mit den Namen, Jimmy. Josef, Sohn des Andrew ...«

»Sieht man ihm den Russen an, Sean?«

»Wie ich sieht er aus ... groß ... braune Haare und Augen ... rundes Gesicht ... spricht viele Sprachen ... Bekaa-Tal, guter Mann ... das war 1968 ... uns oft geholfen ...«

Clark wandte sich flüsternd an Tawney. »Wie kommen wir voran, Bill?«

»Tja, vor Gericht läßt sich das alles nicht verwerten, aber ...«

»Scheiß auf's Gericht, Bill! Hilft *uns* das weiter? Paßt das zu den übrigen Informationen?«

»Der Name Seroff ist mir unbekannt. Wir werden in den Dateien nachsuchen. Die Nummern können wir nachprüfen, woraus sich die eine oder andere Spur ergeben kann, aber« – er blickte zur Uhr – »das muß bis morgen warten.«

Clark nickte. »Eine infame Verhörmethode ist das!«

»Das stimmt. Hab ich nie zuvor erlebt.«

In diesem Augenblick schlug Grady die Augen erstmals richtig auf. Andere Männer umstanden sein Bett, und er runzelte verwundert die Stirn. »Wer seid ihr denn?« murmelte er schläfrig und glaubte, noch zu träumen.

»Mein Name ist Clark. John Clark, Sean.«

Für Sekunden klappte ihm der Mund auf. »Aber, dann sind Sie ...«

»Richtig geraten, mein Freund. Genau der bin ich. Danke für alles, was du ausgepackt hast! Wir haben euch allesamt erwischt, Sean. Alle fünfzehn sind tot oder gefangen. Ich hoffe, es gefällt dir in England, Junge. Du wirst noch lange bei uns bleiben. Sehr lange. Na? Willst du jetzt nicht lieber noch ein Nickerchen halten?« fragte er mit sarkastischem Großmut. *Ich hab schon Bessere als dich abgemurkst, du Drecksau*, fügte er im stillen hinzu, doch seine Miene blieb regungslos und ließ keinerlei Abscheu erkennen.

Dr. Bellow steckte seinen Kassettenrekorder und die Notizen ein. Es klappte fast immer. Im Dämmerzustand nach der Vollnarkose ließ sich auch der klügste Kopf allerlei suggerieren. Deshalb ließen sich Geheimnisträger nie operieren, ohne einen Aufpasser aus ihren Diensten in der Nähe zu haben. In diesem Fall hatte er die rund zehn Minuten ausgenutzt, um den Mann gründlich auszufragen, und einiges zutage gefördert. Vor Gericht war solches Beweismaterial keinen Pfifferling wert, aber die Rainbow-Kämpfer waren ja auch keine polizeilichen Fahnder.

»Malloy hat ihn erwischt, stimmt's?« erkundigte sich Clark auf dem Weg zur Tür.

»Eigentlich war es Sergeant Nance«, korrigierte Chavez.

»Wir werden ihm einen ausgeben müssen«, bemerkte Rainbow Six. »Das hat er sich redlich verdient, Domingo. Immerhin wissen wir jetzt den Namen. Ein russischer Name!«

»Der taugt nicht viel. Wird ein Deckname sein.«

»Meinst du?«

»Klar, John, erkennst du das nicht? Seroff – ehemaliger KGB-Vorsitzender, in den fünfziger Jahren, glaube ich. Wurde wegen irgendwelcher Verfehlungen in die Wüste geschickt.«

Clark nickte. Es war bestimmt nicht der Name, der im Paß des Russen stand, und das war schade. Aber ein Name war es, und man konnte ihm nachgehen. Sie verließen das Militärhospital; der Abend war kühl und frisch. Johns Wagen wartete schon, und Korporal Mole sah sehr zufrieden aus. Für diesen Tag war eine hübsche Auszeichnung fällig, vielleicht sogar ein Dankschreiben seines amerikanischen Pseudo-Generals. John und Ding stiegen ein, und der Wagen brachte sie zum Gefängnis der Kaserne, wo die übrigen Terroristen vorläufig einsitzen mußten, weil das Ortsgefängnis nicht ausbruchssicher war. Drinnen führte man sie in einen Verhörraum, wo Timothy O'Neil, mit Handschellen an den Stuhl gefesselt, sie bereits erwartete.

»Hallo«, nickte John knapp, »mein Name ist Clark, und das hier ist Domingo Chavez.«

Der Gefangene starrte sie ausdruckslos an.

»Man hat euch hergeschickt, um unsere Ehefrauen zu töten«, fuhr John fort. O'Neil zuckte mit keiner Wimper. »Dabei habt ihr ganz schön Scheiße gebaut. Mit fünfzehn seid ihr gekommen, übrig sind noch sechs. Den Rest könnt ihr von der Straße abkratzen. Daß man sich als Ire schämen muß für Arschlöcher wie euch, weißt du. Menschenskind, ihr habt nicht mal das Zeug zu *richtigen* Kriminellen! Übrigens trage ich den Namen Clark nur im Dienst. Vorher nannte ich mich Kelly, und meine Frau heißt mit Mädchennamen O'Toole. Ihr Dreckskerle von der IRA wolltet also eine irisch-katholische Amerikanerin ermorden, hm? Das wird nicht gut in deinem Lebenslauf aussehen, du Stinktier!«

»Und irischen Kindern Rauschgift andrehen, nicht zu vergessen, mit all dem Koks, den euch der Russe gebracht hat ...« fügte Chavez hinzu.

»Drogen? Wir handeln nicht mit ...«

»Aber ja doch, Kleiner. Sean Grady hat uns gerade alles erzählt. Gesungen wie ein Scheiß-Kanarienvogel hat er. Wir haben die Geheimnummer des Schweizer Kontos, und dieses Russenschwein ...«

»Seroff«, warf Chavez fürsorglich dazwischen, »Josef Andrejewitsch Seroff, Seans alter Kumpel aus dem Bekaa-Tal.«

»Ich werde nichts mehr sagen.« Das war schon mehr, als O'Neil hatte äußern wollen. Sean Grady hatte ausgepackt. War das möglich? Doch nicht Sean – aber woher sonst kannten sie all die Hintergründe? Geriet denn die Welt aus den Fugen?

»Sag mal, Freundchen«, fuhr Ding fort, »das war *meine* Frau, die du abmurksen wolltest. Und sie trägt *mein* Baby im Bauch. Glaubst du vielleicht, ich ließe dich noch länger frei herumlaufen? John, sag mal – kommt dieses Schwein je wieder aus dem Knast?«

»So bald jedenfalls nicht mehr, Domingo.«

»Dann laß mich dir etwas erklären, Timmy. Wo ich herkomme – wenn man da mit der Dame eines anderen anbandelt, kostet es seinen Preis. Und der Preis ist nicht niedrig. Ich weiß nicht, wie die Iren das halten. Aber bei meinen Leuten vergreift man sich nie – *niemals* – an den Kindern eines Mannes. Das käme einen noch teurer, du mieser Schlappschwanz. Schlappschwanz?« Chavez runzelte die Stirn. »Ach was, das können wir ändern, John. Diese kleine Pißnelke hier braucht überhaupt keinen Schwanz mehr, glaube ich.« Aus der Lederscheide an seinem Gürtel zog er das bei den Marines gebräuchliche K-Bar-Kampfmesser. Die Klinge war nachtschwarz, bis auf die glitzernde, rasiermesserscharfe Schneide.

»Die Idee find ich nicht ganz so gut, Ding«, wandte Clark zögernd ein.

»Warum nicht? Mir kommt sie ganz angemessen vor, Mann.« Chavez erhob sich und ging zu O'Neils Stuhl hinüber. Er senkte die messerbewehrte Faust zur Sitzfläche. »Gar keine große Affäre, Mann. Brauchst bloß einmal zu zucken, dann bist du reif für die Geschlechtsumwandlung. Ich bin zwar nicht der Onkel Doktor, aber den ersten Teil der Prozedur kann ich erledigen!« Er bückte sich und kam O'Neils Gesicht ganz nah. »Weißt du, Mann, Arschlöcher wie du sollten *nie*, *niemals* mit der Frau eines Latinos anbandeln. Hast du mich verstanden?«

Timothy hatte für heute schon genug hinter sich. Jetzt mußte er diesem spanischen Typen in die Augen sehen, hörte seinen Akzent und wußte, daß er kein Engländer war, auch kein Amerikaner von der Art, wie er sie kannte.

»Ich hab das schon öfter gemacht, Mann. Normalerweise töte ich mit der Schußwaffe, aber einen oder zwei von euch Schweinen habe ich schon mit dem Messer zerfleischt. Ich seh's gern, wenn sie zucken – aber dich bringe ich nicht um, keine Angst, mein Sohn. Aber ich mache ein Mädchen aus dir!« Das Messer fuhr spielerisch zwischen die Schenkel des Gefesselten.

»Schluß jetzt damit, Domingo!« befahl Clark.

»Scheiß drauf, John. Das war *meine* Frau, der er wehtun wollte, Mann! Deshalb werd ich ihn solange behandeln, bis er kleinen Mädchen nichts mehr tun kann. Was hältst du davon?« Chavez hatte sich wieder dem Mann auf dem Stuhl zugewandt. »Ich schau dir in die

Augen, bis alles abgeschnitten ist, Timmy. Ich will dein Gesicht sehen, wenn du ein Mädchen wirst!«

O'Neil mußte blinzeln und weiter in diese schwarzen Latino-Augen starren. Ihm war, als konnte er den Haß darin lesen, die leidenschaftliche, kalte Wut – doch schlimmer noch war, daß er ihn verstehen konnte. Er und seine Kumpel hatten die Schwangere kidnappen wollen, vielleicht töten, eine Schande war das – und weil er sich schämte, erschien ihm der Drang nach Vergeltung nur gerecht.

»S-so war's nicht«, japste O'Neil. »Wir – wir haben doch nicht ...«

»Zum Vergewaltigen seid ihr gar nicht gekommen, meinst du? Na, spielt das denn jetzt noch eine so große Rolle?« bemerkte Chavez.

»Nein, nein! Nicht vergewaltigen – niemand, keiner aus unserem Kommando hätte das jemals – wir sind keine ...«

»Du bist stinkender Abschaum, Timmy. Aber ein Fickfrosch bist du nicht. Jedenfalls nicht mehr lange. Damit ist's in Zukunft aus und vorbei ...« Das Messer glitt ein wenig höher. »Es wird ein Heidenspaß werden, John. Wie bei dem Kerl vor zwei Jahren in Libyen, weißt du noch?«

»Mensch, Ding, hör auf – ich hab noch jetzt Alpträume davon«, murmelte Clark und schlug die Augen nieder. »Ich sag's noch einmal, Ding. Schluß jetzt!«

»Scheiß drauf, John.« Mit der freien Hand tastete Chavez nach O'Neils Gürtel, öffnete die Schnalle und löste den obersten Hosenknopf. Dann faßte er hinein. »Ach, schade. So viel ist da gar nicht abzuschneiden. Der Kleine hat noch gar keinen richtigen Steifen ...«

»O'Neil, wenn Sie uns etwas mitzuteilen haben, sagen Sie's besser gleich. Ich kann den Jungen nicht länger zurückhalten. So habe ich ihn schon einmal erlebt, und ...«

»Genug gequasselt, John. Ist doch sowieso Quatsch. Grady hat doch ausgepackt. Was kann der Idiot hier noch wissen? Ich hobel das bißchen ab, was an ihm dran ist. Hörst du draußen die Wachhunde bellen? Die haben immer Lust auf Frischfleisch, auch wenn's nur für den hohlen Zahn reicht ...«

»Domingo, wir sind zivilisierte Menschen und dürfen nicht ...«

»*Zivilisiert?* Am Arsch, John! Der Kerl da wollte meine Frau umbringen und mein Baby!«

O'Neil riß die Augen weit auf. »Nein, wirklich nicht! Wir hatten nicht vor ...«

»Ach nee, Stinker«, höhnte Chavez. »Und die Scheißknarren hattet ihr wohl dabei, weil ihr sie von eurem Charme überzeugen wolltet? Du Frauen-Killer. Und Baby-Killer dazu.« Chavez spie ihm ins Gesicht.

»Ich habe niemanden getötet, nicht einen Schuß abgegeben heute...«

»Ist ja großartig. Unfähig und feige bist du auch noch. Findest du, als unfähiger Feigling hast du ein Recht auf deinen Schwanz?«

»Wer ist der russische Informant?« fragte Clark.

»Seans Freund, Seroff. Er hat das Geld und die Drogen...«

»*Drogen?* Hörst du, John, Drogenheinis sind die auch noch!«

»Wo ist das Geld?« bohrte John nach.

»Schweizer Bank, Nummernkonto. Josef hat es eingerichtet, sechs Millionen Dollar – und – und Sean hat ihn gebeten, uns zehn Kilo Kokain mitzubringen, das wir verkaufen wollten. Wir brauchten das Geld, für weitere Aktionen...«

»Wo ist der Stoff jetzt?« wollte Clark als nächstes wissen.

»Auf der Farm – an der Küste...« O'Neil stammelte eine Lagebeschreibung und den Namen der Stadt, die Chavez in seinem versteckten Kassettenrecorder mitschnitt.

»Dieser Seroff, wie sieht der aus?« O'Neil lieferte eine Personenbeschreibung.

Chavez lehnte sich zurück und schluckte, wenigstens äußerlich, seine Wut herunter. Dann grinste er sogar. »Alles klar, John, reden wir mit den anderen. Danke, Timmy. Darfst deinen Schrumpelschwanz behalten.«

Es war spät am Nachmittag, als sie über die Provinz Quebec flogen. Der Sonnenglanz spiegelte sich in hundert Seen, von denen manche noch immer eisbedeckt waren. Popov hatte als einziger Passagier der ersten Klasse während des ganzen Flugs kein Auge zugetan. Wieder und wieder durchdachte er die Sachlage. Hatten die Engländer Grady gefangennehmen können, würden sie seinen wichtigsten Decknamen wissen, der auch in seinen Reisedokumenten stand. Die würde er heute noch vernichten müssen. Außerdem bekamen sie eine Personenbeschreibung; allerdings hatte er kaum auffallende physische Kennzeichen. Grady kannte außerdem die Nummer des Schweizer Kontos, das Dmitrij eröffnet hatte, doch war das Geld bereits auf ein anderes überwiesen, über das man ihn nicht aufspüren konnte. Theoretisch war es denkbar, daß der Gegner den Informationen nachging, die Grady lieferte – darüber gab sich Popov keinen Illusionen hin. Oder sie würden sich sogar Fingerabdrücke holen... doch das war eher unwahrscheinlich, denn weder verfügte der westliche Geheimdienst über seine Vergleichsproben, noch kannte man ihn dort. Sonst hätte man ihn schon lange vorher festgenommen.

Was blieb also übrig? Ein Name, der bald verschwinden würde, eine Beschreibung, die auf Millionen anderer Männer seines Alters paßte, und ein aufgelöstes Bankkonto. Im Grunde viel zu wenig. Er mußte allerdings bald herausfinden, wie Gelder in dieser Höhe in der Schweiz überwiesen wurden, und ob auch dieser Vorgang vom Bankgeheimnis gedeckt war, das seine Anonymität sicherte. Zum Glück war das zweite Konto auch nur eine trübe Quelle. Er hatte es durch einen Anwalt einrichten lassen, der ihn nicht verraten konnte, da er ihn nur vom Telefon her kannte. Es gab also keine Verbindung zwischen Gradys Informationen und seinem jetzigen Aufenthaltsort, und das war gut so. Allerdings mußte er sich genau überlegen, ob er die 5,7 Millionen Dollar auf dem zweiten Konto *jemals* anbrechen wollte, aber da gäbe es auch Mittel und Wege. Vielleicht durch einen anderen Anwalt, beispielsweise in Liechtenstein, wo das Bankgeheimnis noch strenger gehütet wurde als in der Schweiz? Das war zu erwägen. Ein auf europäisches Finanzrecht spezialisierter US-Anwalt konnte ihm die notwendigen Auskünfte geben, ebenfalls völlig anonym.

Du bist in Sicherheit, Dmitrij Arkadejewitsch, redete sich Popov ein. Reich und in Sicherheit, aber nur, wenn er keine weiteren Risiken mehr einging. Mit seiner Agententätigkeit für John Brightling war es vorbei. Wenn er erst in O'Hare war, würde er den nächsten Flieger nach New York nehmen, in seine Wohnung zurückkehren, Brightling Bericht erstatten und sich nach einem narrensicheren Fluchtweg umsehen. Würde Brightling ihn aufhalten?

Eigentlich mußte er es tun. Er und Henriksen waren die einzigen auf der Welt, die den Firmenchef mit dem geplanten Massenmord in Verbindung bringen konnten. Mag sein, daß er sich Popovs gewaltsam entledigen wollte. Aber Henriksen würde ihn davon abbringen, denn auch er war ein Profi und kannte die Spielregeln. Popov hatte ein Tagebuch geführt und dieses an einem sicheren Ort hinterlegt: im Tresor einer Anwaltskanzlei in New York, mit genauesten Instruktionen. Von dort drohte also ebenfalls keine Gefahr, solange seine »Freunde« die Spielregeln beachteten – an die er, Popov, sie vorsorglich erinnern würde.

Warum sollte er überhaupt nach New York zurückkehren? Er konnte doch jetzt schon untertauchen? Die Versuchung war groß, aber... Nein. Er mußte Brightling und Henriksen vorwarnen, daß sie ihn von nun an in Ruhe lassen sollten. Weshalb das auch in ihrem eigenen Interesse war, würde er ihnen schon erklären. Übrigens pflegte Brightling außerordentlich gute Kontakte zur US-Regierung, und die Informationen über ihn konnten Popov zum eigenen Schutz dienen. Man konnte nicht vorsichtig genug sein.

Nach all diesen Überlegungen entspannte sich Popov schließlich. Noch neunzig Minuten bis Chicago. Unter ihm lag ein riesiger Kontinent, weiträumig genug, um unterzutauchen, und jetzt hatte er ausreichend Geld. Das war die Sache wert.

»Okay. Was hat uns das alles gebracht?« fragte John bei der Lagebesprechung mit den führenden Befehlshabern.

»Den Namen. Josef Seroff. In unserer Londoner Datenbank befindet er sich nicht«, erklärte Cyril Holt vom Sicherheitsdienst. »Und beim CIA?«

Clark schüttelte den Kopf. »Wir haben zwei Personen dieses Namens registriert. Einer ist tot. Der andere ist Mitte Sechzig und lebt als Pensionär in Moskau. Was ist mit der Beschreibung?«

»Sie paßt wenigstens zu dem hier!« Holt schob ein Foto über den Konferenztisch.

»Kenne ich das nicht schon?«

»Das ist das Foto von dem Mann, mit dem sich Iwan Kirilenko vor ein paar Wochen in London getroffen hat. Es paßt ins übrige Puzzle, John. Wir glauben, daß er am Versuch, eure Organisation auszukundschaften, beteiligt war. Anschließend ist er dann bei Grady aufgetaucht – das klingt schlüssig, denke ich.«

»Und wie kriegen wir mehr heraus?«

»Wir *könnten* die Russen fragen – ebenso wie der CIA unterhalten auch wir gute Verbindungen zu Sergej Golowko, und vielleicht hilft er uns sogar. Ich werde mich nach Kräften dafür einsetzen«, versprach Holt.

»Was wissen wir noch?«

»Diese Nummern«, warf Bill Tawney ein. »Eine ist möglicherweise eine Geheimzahl für ein Bankkonto, die andere vielleicht die Zugangsnummer für Transaktionen. Wir werden die Polizeikollegen in der Schweiz darauf ansetzen. Natürlich erfahren wir nur etwas, wenn das Geld nicht gewaschen wurde, versteht sich. Und wenn das Konto noch besteht, woran ich nicht zweifle.«

»Die Waffen«, erklärte der anwesende Polizeichef, »sind, nach den alten Seriennummern zu schließen, sowjetischen Ursprungs, aus der Fabrik in Kazan. Sie sind schon über zehn Jahre alt, doch abgefeuert wurde keine vorher. Was die Drogensache angeht, habe ich den Tip an Dennis Maguire, den Chef der Garda weitergegeben. Die Sache kommt morgen in die Fernsehnachrichten. Bei der Durchsuchung fanden sich zehn Pfund reines Kokain – ›rein‹ nach dem Maßstab der medizinischen Qualität. Solches Zeug kommt sonst höchstens aus dem Pharmalabor! – Im Straßenhandel muß das Millionen wert sein«, fuhr der Polizeichef fort. »Und sowas liegt in einem halbverfallenen Bauernhaus an der irischen Westküste herum.«

»Drei der sechs Gefangenen sind identifiziert«, berichtete Holt. »Einer konnte seiner Verletzungen wegen noch nicht mit uns sprechen. Ach ja, sie haben Handys benutzt, um sich zu verständigen. Sehr umsichtig von diesem Noonan, frühzeitig die Verteilerstationen zu sperren. Sonst hätte es wer weiß wie viele Menschenleben kosten können!«

Am anderen Ende des Konferenztisches nickte Chavez. Es schauderte ihn schon bei der bloßen Vorstellung. Hätten sie sich absprechen können …! Herrje, es wäre ein schwarzer Tag für Rainbow geworden; und es war ohnehin schon schlimm genug. Bald würden sie vor Gräbern stehen. Die Männer würden ihre Gardeuniformen anlegen und Aufstellung nehmen und Salut feuern … und dann mußten sie Ersatz finden für die Gefallenen. Mike Chin lag drüben im Militärhospital, das Bein in Gips, da sein Schenkel gebrochen war. Team-1 war für mindestens einen Monat kampfunfähig, auch wenn sie sich tapfer gewehrt hatten. Noonan hatte sich große Meriten erworben, als er drei Terroristen mit der Pistole niederstreckte; auch Franklin, der einen von ihnen mit seinem großen .50er-MacMillan Repetiergewehr praktisch geköpft hatte, um anschließend den kleinen braunen Lieferwagen lahmzulegen und damit fünf Terroristen am Entkommen zu hindern. Chavez blickte sich noch kopfschüttelnd in der Runde um, als sich sein Bereitschaftspiepser meldete. Auf der Anzeigefläche erschien seine Privatnummer. Er stand auf, trat vor das Wandtelefon und rief zurück.

»Ja, Liebling?«

»Ding, du mußt sofort kommen«, erklärte Patsy seelenruhig. Dings Herz tat einen Sprung. »Es geht los!«

»Schon unterwegs, Schatz!« Ding warf den Hörer auf die Gabel. »John, ich muß heim. Patsy liegt in den Wehen!«

»Nur Mut, Domingo.« Clark konnte sich ein Lächeln nicht verkneifen. »Gib meiner Kleinen einen Kuß von mir.«

»Wird gemacht, Mr. C!« Schon war Chavez draußen.

»Wenigstens etwas Gutes steht uns heute noch bevor.« John rieb sich erschöpft die Stirn. Allmählich fand er es gar nicht mehr schlimm, Großvater zu werden. Kameraden zu verlieren war viel schlimmer. Ganz konnte er es noch nicht fassen – seine Männer! Zwei waren tot. Mehrere schwer verletzt. Und das in seiner Truppe.

»Zur Sache«, sagte er laut. »Was ist mit der undichten Stelle? Man hat uns einen Hinterhalt gelegt und zugeschlagen. Wie können wir das künftig verhindern?«

»Ed, hier Carol!« meldete sich die Beraterin des Präsidenten.

»Hallo, Dr. Brightling. Was kann ich für Sie tun?«

»Was zum Teufel ist da passiert in England? Waren das wirklich unsere Leute – Operation Rainbow, meine ich?«

»Ja, Carol. Leider!«

»Wie konnte das geschehen? Der Fernsehbericht war nicht ganz klar, und ...«

»Zwei Tote, etwa vier verwundet«, gab der CIA-Direktor zurück. »Neun Terroristen sind tot, sechs gefangen, auch der Anführer.«

»Die Funkgeräte, die wir ihnen besorgt haben – waren sie nützlich?«

»Weiß nicht. Wir haben noch keinen Einsatzbericht. Aber was ihnen am meisten auf den Nägeln brennt, kann ich Ihnen sagen.«

»Was denn, Ed?«

»Wer da geplaudert hat. Sie kannten Johns Namen, seine Frau und seine Tochter hatten sie identifiziert und wußten, wo sie arbeiteten. Ihre Kundschafter waren bestens informiert. Darüber kann sich John gar nicht beruhigen.«

»Und die Angehörigen? Sind sie wohlauf?«

»Gott sei Dank ja. Keine Zivilisten verletzt. Mensch, Carol, ich *kenne* Sandy und Patricia persönlich! Das wird noch ein Nachspiel haben, glauben Sie mir!«

»Kann ich irgendwie behilflich sein?«

»Weiß ich noch nicht. Aber daß Sie's anbieten, freut mich.«

»Gut. Tja, ich wollte eigentlich nur wissen, ob die Geräte gut arbeiten. Den Ingenieuren bei E-Systems hatte ich Beine gemacht, daß sie frühzeitig welche rausrücken, weil sie wichtig sind für unsere Jungs. Hoffentlich hilft's was!«

»Werd sie danach fragen, Carol«, versprach der Geheimdienstchef.

»Sie wissen ja, wo Sie mich erreichen.«

»Danke für den Anruf!«

30

DURCHBLICK

Es war alles so, wie er es erwartet hatte, und großartiger – ohne daß er gewußt hätte, was ihn erwartete –, und am Ende hielt Domingo Chavez seinen Sohn in den Armen.

»Na, siehst du wohl!« jubilierte er angesichts des neuen Menschenkinds, das beschützt, großgezogen und irgendwann in die Welt geschickt werden mußte. Sekunden dehnten sich in die Länge wie Wochen, aber dann mußte er das Neugeborene seiner Frau zurückgeben.

Patsys Gesicht war noch immer schweißgebadet, und die fünfstündigen Wehen hatten ihr sehr zugesetzt. Doch wie es zu gehen pflegt, schon jetzt war aller Schmerz vergessen. Sie war am Ziel, konnte ihr Kind im Schoß halten. Ein winziges, rosafarbenes, nacktes und schreiendes Wonnepaket – das Schreien legte sich allerdings an der Mutterbrust, wo John Conor Chavez das erste Frühstück seines Lebens bekam. Doch Patsy war erschöpft, und in Kürze würde eine Schwester das Baby in den Kindersaal bringen. Ding küßte seine Frau und ging neben ihrem Rollbett her, das man in ihr Zimmer zurückschob. Sein Wagen brachte ihn in die Hereford-Kaserne zurück, und dort in die Dienstwohnung von Rainbow Six.

»Ja bitte?« John war es, der öffnete.

Chavez reichte ihm wortlos eine Zigarre mit blauem Ring. »John Conor Chavez, sieben Pfund und vierhundertfünfzig Gramm. Patsy geht's prima, sie läßt den Opa grüßen!« verkündete Ding breit grinsend. Die Hauptarbeit hatte schließlich Patsy getan.

Es gibt Augenblicke im Leben, in denen selbst die Stärksten weinen, und dieser gehörte dazu. Die beiden fielen sich in die Arme. »Tja«, seufzte John nach einer Minute und tastete in der Bademanteltasche nach einem Taschentuch, mit dem er sich die Augen rieb. »Und wem sieht er ähnlich?«

»Winston Churchill!« gab Domingo lachend zurück. »Mensch, John, ich habe glatt vergessen, nachzuschauen. Aber John Conor Chavez klingt als Name verwirrend genug, oder? Der kleine Bastard schleppt schon jetzt schwer am Ruhm seiner Ahnen. Wir fangen mit Karate an. Eine Knarre kriegt er erst mit fünf... oder vielleicht doch besser sechs«, korrigierte sich Ding.

»Golf und Baseball sind kindgerechter, Domingo. Aber es ist dein Sohn. Komm doch rein!«

»Und?« Sandy tauchte in der Diele auf, und Chavez mußte seinen Bericht wiederholen, während sein Chef die kubanische Zigarre ansteckte. Er haßte die Raucherei selbst, und Sandy als Krankenschwester war die letzte, ihm dieses kleine Laster nachzusehen, aber bei einem Anlaß wie diesem drückten sie beide ein Auge zu. Mrs. Clark umarmte Ding und drückte ihn fest. »John Conor heißt er?«

»Wußtest du das schon?« John Terence Clark war sehr überrascht.

Sandy nickte. »Patsy hat's mir letzte Woche verraten.«

»Das sollte doch ein Geheimnis bleiben!« protestierte der frischgebackene Vater.

»Nicht vor ihrer *Mutter*, Ding!« stellte Sandy fest. »Willst du frühstücken?«

Ding blickte auf die Armbanduhr. Es war kurz nach vier Uhr früh – nicht zu früh, entschieden sie, um den Tag anzufangen.

»Weißt du, John, so eine Erfahrung geht ziemlich tief«, erklärte Chavez. Sein Schwiegervater bewunderte Domingos Fähigkeit, sich in der Unterhaltung sprachlich dem jeweiligen Gesprächspartner anzupassen. Am Vorabend, beim Verhör der PIRA-Gefangenen, hatte er den ungehobelten Straßenrowdy aus Los Angeles hervorgekehrt, was sich im spanischen Akzent und in übertriebenen Kraftausdrücken äußerte. Nur in den nachdenklicheren Phasen merkte man, daß er ein Universitätsstudium absolviert hatte und akzentfrei sprach. »Ich bin Papa geworden. Und ich habe einen Sohn!« Es folgte ein breites, zufriedenes, irgendwie auch fassungsloses Grinsen. »Echt super!«

»Das größte Abenteuer der Menschheit, Domingo«, nickte John, während seine Frau gewürfelten Speck in die Pfanne warf. Dann schenkte er Kaffee ein.

»Häh?«

»Eine ganzheitliche Persönlichkeit zu schaffen. Das ist das Abenteuer, Sonnyboy, und wenn du das nicht schaffst, was bist du dann wert?«

»Also, ihr beiden habt's gut hingekriegt!«

»Danke, Domingo«, meldete sich Sandy vom Herd her. »Aber es war auch ein schönes Stück Arbeit.«

»Für sie mehr als für mich«, gab John zu. »Ich war immer viel unterwegs, als Spion im Außendienst. Dreimal hab ich Weihnachten verpaßt deswegen, verdammt! – Das vergibt man sich nie«, setzte er erklärend hinzu. »Der Heilige Abend bricht an, und wer nicht kommt, bist du!«

»Und wo warst du?«

»Zweimal in Rußland, einmal Iran – jedesmal, um Informanten von uns rauszupauken. Bei zweien hat's geklappt, einer kam mir abhanden. Der eine hat's nicht geschafft, er ist tot. Bei Staatsverrätern kennen die Russen kein Pardon. Vier Monate später mußte das arme Schwein ins Gras beißen. – Kein schönes Weihnachten war das!« schloß Clark und erinnerte sich, wie düster es damals war, als KGB-Häscher den Mann aufspürten, keine fünfzig Meter von der Stelle entfernt, wo er auf ihn gewartet hatte. Seinen Anblick würde er nie vergessen, die nackte Verzweiflung stand ihm ins Gesicht geschrieben. Er mußte sich umdrehen, um selbst nicht erwischt zu werden, und entkam durch den geheimen Tunnel, den er für zwei freigeschlagen hatte, wohl wissend, daß er nichts mehr für den Mann tun konnte. Trotzdem war ihm hundeelend zumute gewesen. Und am Schluß mußte er Ed Foley beichten, was ihm zugestoßen war – nur um später zu erfahren, daß der Agent verraten und verkauft worden war von einem KGB-Spitzel hier im Hauptquartier des CIA! Und solch ein Lump durfte weiterleben – wenn auch im Bundesgefängnis, in einer Zelle mit Kabelfernsehen und Zentralheizung.

»Das ist lange her, John«, tröstete Chavez ihn, der seinen Blick richtig deutete. In vergleichbare Einsätze waren sie zu zweit geschickt worden, doch das Clark-Chavez-Doppelpack hatte nie versagt, auch wenn einige ihrer Missionen hart an der Grenze zum Himmelfahrtskommando gewesen waren. »Und weißt du, was das Komischste daran ist?«

»Was denn?« fragte John und fragte sich, ob Chavez ein ähnliches Gefühl wie er hatte.

»Ich weiß jetzt, daß auch ich sterben muß. Irgendwann einmal, meine ich. Mein Sprößling wird mich überleben, und wenn nicht, hab ich was falsch gemacht. Soweit darf ich's gar nicht kommen lassen, oder? Für John Conor trage ich Verantwortung. Wenn er aus den Kinderschuhen herauswächst, werde ich alt sein, und wenn er in meinem Alter ist, bin ich bald siebzig. Verdammt noch mal, ich *wollte* nie alt werden, kapierst du?«

Clark schnalzte mit der Zunge. »Glaubst du, ich? Mach dich nicht verrückt, Kleiner. Heute bin ich ein verd ...«, beinahe hätte er ein häßliches Wort gesagt, was Sandy hier zu Hause allerdings nicht durchgehen ließ ..., »ein Großvater. Das habe ich mir auch nicht vorgenommen, Junge!«

»So schlimm ist das gar nicht, John«, bemerkte Sandy und schlug Eier auf, die sie in die Pfanne gleiten ließ. »Wir werden ihn verwöhnen, und denen die Drecksarbeit überlassen. Was meinst du?«

Bei ihren Kindern war es allerdings anders gelaufen, jedenfalls von Johns Elternhaus her. Seine Mutter war schon vor langer Zeit einem Krebsleiden erlegen und sein Vater einem Herzanfall, als er Kinder aus einem brennenden Haus retten wollte. Das war in den späten sechziger Jahren gewesen, in Indianapolis. John fragte sich, ob sie im Himmel saßen und wußten, daß aus ihrem Sohn ein Mann geworden war, schließlich sogar ein alter Mann und Großvater. Wie sollte man es ihnen mitteilen? An der Wiege eines Neugeborenen über Sterblichkeit und Jenseits nachzudenken, war wohl verzeihlich. Die Frage nach dem Auf und Ab des Lebens – was würde aus John Conor Chavez werden? Ein armer Mann oder ein reicher? Edelmann, Bettelmann, Anwalt, Dieb, Doktor oder Indianerhäuptling? Das war nun Patsy und Domingo vorbehalten, und er mußte ihnen zutrauen, daß sie ihre Aufgabe meistern würden, woran er nicht zweifelte. Er kannte seine Tochter, und Ding fast ebensogut. Als er den Jungen zum ersten Mal sah, damals in den Bergen Colorados, hatte er auf Anhieb gewußt, was in ihm steckte. Und der Junge war herangewachsen, aufgeblüht wie eine

Blume in einer besonders stachligen Wüste. Domingo Chavez war so etwas wie eine jüngere Version seiner selbst, ein Mann von Ehre und Tapferkeit, und schon deshalb ein würdiger Vater, wie er sich als würdiger Ehemann seiner Tochter erwiesen hatte. John kam das Auf und Ab des Lebens nicht aus dem Sinn, als er seinen Kaffee schlürfte und die Zigarre paffte. Und wenn dies auch ein weiterer Meilenstein auf dem Weg in die Grube war – bitteschön, warum nicht! Er führte ein interessantes Leben, was er tat, diente den anderen, auch Domingo ließ es nicht kalt, und sie durften hoffen, dem kleinen John Conor dereinst keine Schande zu machen. Und was soll's überhaupt, dachte John – noch war sein Leben nicht vorüber, oder?

Dem Weiterflug nach New York stellten sich mehr Hürden entgegen als erwartet. Alle Maschinen waren ausgebucht, doch endlich schaffte es Popov, hinten in einer alten United 727 noch einen Platz in der Holzklasse zu kriegen. Die Enge dort gefiel ihm gar nicht, aber es war ja auch nur ein kurzer Trip. In La Guardia suchte er, unterwegs zum Taxistand, nach seinen Reisedokumenten, die ihn über den Atlantik gebracht hatten. Sie hatten ihm gute Dienste geleistet. Als er wieder in der kühlen Nachtluft stand, warf er sie in einen Mülleimer, bevor er sich ein Taxi winkte. Er war total erschöpft. Den ganzen Transatlantikflug über hatte er wachgelegen und fühlte sich nun – wie sagte man noch im Westen? – ausgepumpt. Schon deshalb wollte er einen Schlußstrich unter die Agententätigkeit ziehen.

Dreißig Minuten später – Popov war bereits unterwegs in Downtown – zog die Putzkolonne einer Reinigungsfirma ihre Kreise rings um den United-Airlines-Terminal, um die Mülleimer zu leeren. Eine anstrengende, monotone Arbeit für die Puertoricaner, die von der Entsorgungsfirma hierhergeschickt wurden. Einer nach dem anderen mußten die Deckel angehoben werden, dann wurde hineingefaßt, die schwere Plastiktüte herausgehievt und in den vierrädrigen Container geworfen, dessen Inhalt später von Lastwagen auf die Kippe von Staten Island transportiert wurde. Den Männern wurden oft die Arme lahm dabei, und gegen die Langeweile führten sie Transistorradios mit sich.

Ein Eimer, keine dreißig Meter vom Taxistand, saß nicht richtig in der Halterung. Als der Reinigungsmann den Sack heraushob, verfing er sich an der Metallkante und riß auf, wobei der Inhalt sich über den Boden ergoß. Es war zum Kotzen, brummte der Arbeiter, der sich jetzt bücken und mit der behandschuhten Hand die Reste der Zivilisation einsammeln mußte. Er war fast fertig damit, als er den ziegelroten Pappdeckel sah, der offenbar zu einem britischen Paß gehörte. So etwas warf man doch nicht einfach weg? Er blätterte darin und fand zwei Kreditkarten, mit demselben Namen versehen wie der Paß. Seroff, las er, ein ungewöhnlicher Name. Das ganze Bündel steckte er in die Brusttasche seiner Dienstkleidung. So etwas mußte er ins Fundbüro bringen. Es war nicht das erste Mal, daß er Wertsachen in seinem Müll fand. Einmal hatte er sogar eine komplett geladene 9mm-Pistole entdeckt!

Um diese Zeit saß Popov in seinem Apartment und war zu müde, um auch nur die Koffer auszupacken. Statt dessen zupfte er sich achtlos die Klamotten vom Leib und brach auf dem Bett zusammen, ohne seinen geliebten Wodka, der ihm sonst beim Einschlafen half. Reflexhaft tastete er nach der TV-Fernbedienung und kriegte noch einen Kurzbericht über Hereford zu sehen. Das Fernsehen war – *govno*, dachte er, verdammte Scheiße! Der Übertragungswagen, dessen Reporter an ihn herangetreten war und ihn interviewt hatte! Sie hatten das Interview nicht gebracht, aber da stand er selbst, im Profil zu sehen, wenige Meter weiter, während der Reporter über die aktuelle Lage berichtete. Für Popov ein Grund mehr, die Augen zu schließen – und er hatte nicht mehr die Energie, den Aus-Knopf zu drücken, als er auch schon eingenickt war, bei laufendem Fernseher, während sich in seinen Träumen die Berichte wiederholten und ihn die ganze Nacht beunruhigten.

Paß, Kreditkarten und einige andere Dokumente von scheinbarem Wert kamen noch nach Büroschluß zur Fundsachenstelle der Entsorgungsfirma in Staten Island. Der Müllmann hatte sie auf dem richtigen Schreibtisch deponiert, bevor er seine Karte stempelte und sich zum gewohnten späten Abendbrot zurück nach Queens begab.

Tom Sullivan hatte Überstunden gemacht und stand jetzt in der Kneipe, die von FBI-Leuten frequentiert wurde, nicht weit vom Jacob-Javits-Bundesgebäude in Manhattan. Sein Partner Frank Chatham war mitgekommen, und beide Agenten hatten sich einen Tisch gesucht, wo sie sich ihr San-Adams-Bier schmecken ließen.

»Hat sich bei dir irgendwas Neues ergeben?« fragte Sullivan. Er hatte den ganzen Tag im Gericht verbracht, um in einem Betrugsfall auszusagen, war aber wegen Verzögerungen im Prozeß gar nicht mehr in den Zeugenstand gerufen worden.

»Mit zwei Mädchen habe ich heute gesprochen. Sie kennen Kirk MacLean, aber keine von beiden ist je mit ihm gegangen«, erwiderte Chatham. »Sieht mal wieder nach einer neuen Sackgasse aus. Dabei *war* er doch ganz kooperativ, oder?«

»Sind irgendwelche anderen Namen in Verbindung mit den Vermißten aufgetaucht?«

Chatham schüttelte den Kopf. »Kein einziger. Beide sagten, daß sie gesehen hätten, wie er mit der Vermißten redete und einmal mit ihr wegging. Dasselbe hat er uns auch erzählt. Aber besonders aufgefallen ist ihnen nichts. Die übliche Szenerie einer Single-Bar. Keinerlei Widersprüche mit dem, was er sagt. Übrigens kann diesen MacLean niemand besonders leiden. Es heißt, er spricht die Mädels an, stellt blöde Fragen und verschwindet wieder.«

»Was denn für Fragen?«

»Die üblichen – Name, Adresse, wo sie arbeiten, Familienhintergrund. Dasselbe, was wir fragen, Tom.«

»Die beiden Mädchen, mit denen du heute geredet hast«, begann Sullivan nachdenklich, »wo kamen die her?«

»Die eine ist New Yorkerin, die andere wohnt am anderen Ufer in Jersey.«

»Bannister und Pretloe kommen von auswärts«, betonte Sullivan.

»Klar, weiß ich. Na und?«

»Nehmen wir an, er ist der Serientäter – wär's da nicht leichter, Opfer auszusuchen, die keine Familienangehörigen in der Nähe haben?«

»Du meinst, er sortiert sie vorher aus …? Ist das nicht an den Haaren herbeigezogen, Tom?«

»Vielleicht – aber gegen wen hätten wir sonst was in der Hand?« Die Antwort war einfach – gegen kaum jemanden. Der gedruckte Fahndungsaufruf der New Yorker Polizei hatte fünfzehn Leute veranlaßt, sich zu melden und die Gesichter zu identifizieren; verwertbare Informationen hatten sich nicht ergeben. »Zugegeben, MacLean hat sich kooperativ verhalten. Aber wenn er Mädchen anspricht, diejenigen übergeht, die in der Nähe aufgewachsen sind und Familie haben, und *dann* unser Opfer nach Hause bringt, dann sind das verdammt nochmal mehr Verdachtsmomente als gegen jeden anderen!«

»Nochmal auf den Busch klopfen?«

Sullivan nickte. »Nichts dagegen!« Es war eine ganz normale Kontrolle. Als potentieller Frauenkiller wollte Kirk MacLean keinem der beiden Agenten einleuchten – aber wie sie auf der FBI-Akademie in Quantico, Virginia, gelernt hatten, war Harmlosigkeit die beste Tarnung für Kriminalität. Außerdem wußten sie, daß durch ödeste Ermittlungsroutine weit mehr ungeklärte Fälle gelöst werden als durch die plötzlichen Wunder, die in Kriminalromanen immer wieder geschehen. Die Wirklichkeit sah anders aus. Polizeiarbeit bestand aus der langweiligen, geisttötenden Wiederholung immergleicher Prozeduren, und wer sich nicht ins Bockshorn jagen ließ, hatte gewonnen. Normalerweise.

Es war ein seltsamer Morgen in Hereford. Einerseits steckte das, was am Tag zuvor passiert war, den Team-2-Männern noch ganz schön in den Knochen. Das war nun mal so, wenn eine Einheit den Verlust von Kameraden zu beklagen hatte. Andererseits war der Chef in der Nacht Vater geworden, und was Besseres konnte einem Mann nicht passieren. Zum Morgentraining erschien ein ziemlich angeschlagener Team-2-Anführer, der kein Auge zugetan hatte, und schüttelte jedem einzelnen seiner Leute die Hand. Alle bedankten sich mit einem knappen, wortkargen Glückwunsch oder einem wissenden Lächeln, denn viele von ihnen hatten bereits Kinder, selbst manche, die jünger waren als er. Das Morgentraining wurde in Anbetracht seiner schlappen Kondition abgekürzt, und nach dem Laufen schlug Eddie Price vor, Chavez sollte doch besser nach Hause fahren und ein bißchen Schlaf nachholen, da er im gegenwärtigen Zustand doch nichts ausrichten könne. Chavez folgte dem Rat, ratzte traumlos bis in den Nachmittag hinein und erwachte mit dröhnenden Kopfschmerzen.

Ebenso erging es Dmitrij Popov. Es schien ihm nicht fair, da er am Tag zuvor nicht einmal viel getrunken hatte. Das war wohl die Rache seines Körpers für all den Reisestreß, den er ihm nach einem langen und aufregenden Tag westlich von London zugemutet hatte. Er wachte bei laufenden CNN-Nachrichten im Schlafzimmer auf, stapfte ins Bad, wo er sich frisch machte und ein paar Aspirin zu sich nahm, von dort in die Küche zur Kaffeemaschine. Zwei Stunden später war er geduscht und rasiert, hatte ausgepackt und die Kleider zur Reinigung gebracht, die er in Europa mithatte. Die Knitterfalten würden schon wieder ausgebügelt, dachte er. Dann war es Zeit, ein Taxi in die Stadtmitte zu nehmen.

In Staten Island wurden die Fundsachen von einer Sekretärin bearbeitet, der man diese Pflicht zusätzlich aufgebrummt hatte und die sich ihr höchst ungern widmete. Das Zeug, was man ihr auf den Schreibtisch legte, stank oft zehn Meilen gegen den Wind, daß es ihr die Kehle zuschnürte. Auch heute keine Ausnahme. Hatten diese Leute Nerven, ihren Krimskrams in eklige Mülleimer zu stopfen, statt in – ja, wohin? Sie hatte eigentlich nie darüber nachgedacht. Statt sie in der Tasche zu behalten? Der ziegelrote Paß roch jedenfalls nach Aschenbecher und Bierresten. Joseph A. Seroff. Das Foto zeigte einen Mann um die Fünfzig, dachte sie, der so bemerkenswert originell aussah wie ein Hamburger von McDonald's. Aber es war ein Paß, in dem zwei gültige Kreditkarten steckten, und er mußte doch irgendwem gehören! Sie nahm das Adreßverzeichnis aus dem Regal und rief das britische Konsulat in Manhattan an, machte der Telefonistin umständlich klar, worum es ging, und bekam nach einer Weile den Leiter der Paß- und Visaabteilung an die Strippe. Sie ahnte wohl gar nicht, daß Visaabteilungen in aller Welt seit jeher der halboffizielle Job für Geheimdienst-Angehörige sind. Nach kurzem Gespräch brachte ein Müllfahrer, der sowieso nach Manhattan fahren mußte, den Umschlag zum Konsulat, wo die Türwache erst das zuständige Büro anrufen mußte. Eine Sekretärin kam dann herunter und holte den Umschlag ab, um ihn auf den Schreibtisch ihres Chefs Peter Williams zu legen.

Williams war tatsächlich ein begabter Spion – ein junger Mann, der seinen allerersten Außeneinsatz in einem fremden Land absolvierte. Damit er nichts falsch machte, hatte man ihm wie üblich einen sicheren, bequemen Job verschafft, in einer größeren Stadt des NATO-Verbündeten, und gab ihm ein paar V-Leute zu betreuen, allesamt im diplomatischen Dienst bei den Vereinten Nationen. Von denen sammelte er Informationen ein, die er meist auch bekam, aus untergeordneten diplomatischen Kreisen, und gab sie nach Whitehall weiter, zur näheren Begutachtung und Bewertung durch die Unterstaatssekretäre im Außenministerium.

Der muffige Paß aus der Mülltonne war ein ungewöhnlicher Fund. Freilich war es sein Job, solche Fälle zu bearbeiten, wobei er Leuten, denen irgendwie die Papiere in New York abhanden kamen – was nicht gerade selten passierte –, Ersatzausweise ausstellen mußte. Für die Betroffenen selbst war das immer ein unangenehmer Vorgang. Williams hatte in der Regel die Kennziffern ihrer Dokumente nach London zu faxen, um die Eigentümer zweifelsfrei zu identifizieren. Von dort wurde bei ihnen daheim angerufen, in der Hoffnung, daß ein Familienmitglied oder ein Bediensteter wußte, ob sich der Inhaber des Passes tatsächlich in New York aufhielt. Das konnte ganz schön lange dauern.

Doch diesmal bekam er schon eine knappe halbe Stunde nach seiner Anfrage einen Rückruf aus Whitehall.

»Peter?«

»Ja, Burt?«

»Der Paß von diesem Joseph Seroff – da fällt uns gerade was Merkwürdiges auf.«

»Was denn?«

»Die Adresse, die wir von dem Typen haben, ist die Leichenhalle, und die Telefonnummer gehört zur Friedhofsverwaltung. Und von einem Joseph Seroff, ob tot oder lebendig, haben sie noch nie gehört.«

»Ach nee? Ein falscher Paß?« Williams hob ihn von seiner Schreibtischunterlage auf. Wenn der gefälscht war, hatte jemand ausgezeichnete Arbeit geleistet. Widerfuhr ihm zur Abwechslung doch mal was Interessantes in seinem Beruf?

»Nicht ganz. Der Computer hat Namen und Paß und Paßnummer ganz normal gespeichert. Nur daß dieser Seroff nicht wohnen kann, wo er zu wohnen behauptet. Wahrscheinlich hat er falsche Angaben gemacht. Aus den Akten geht hervor, daß er eingebürgerter Brite ist. Sollen wir der Sache trotzdem nachgehen?«

Williams überlegte einen Moment. Falsche Papiere hatte er schon oft gesehen, und sogar selbst gelernt, wie man sie anfertigte – das war Teil der Schulung auf der SIS-Akademie. Tja, warum nicht? Womöglich war er einem unvorsichtigen Agenten auf der Spur? »Ich bitte darum, Burt. Kannst du das für mich machen?«

»Ich ruf dich morgen wieder an«, versprach der Foreign-Office-Beamte.

Peter Williams schaltete den Computer ein und sandte eine e-Mail nach London, ganz normale Routine für einen jungen, noch am

Anfang seiner Karriere stehenden Abwehroffizier auf seinem ersten Auslandsjob. New York unterschied sich gar nicht besonders von London: hohe Lebenshaltungskosten, die Stadt unpersönlich, dafür großartige Kulturaktivitäten. Nur fehlten den Leuten hier die traditionell guten Manieren der Bürger seiner Heimatstadt.

Seroff, dachte er. Ein russischer Name. Solche Leute gab es überall, eine ganze Menge auch in London. Und noch mehr in New York City, wo die meisten Taxifahrer aus Mütterchen Rußland kamen, direkt mit dem Einwandererboot oder mit dem Flugzeug, und weder die englische Sprache beherrschten noch den Stadtplan von New York. Verlorener englischer Paß. Russischer Name.

Fünftausendfünfhundert Kilometer weiter östlich wurde der Name »Seroff« ins SIS-Register der Computerzentrale eingegeben. Die Datenbank hatte schon vier mögliche Treffer ausgespuckt, ohne daß etwas Brauchbares dabei war. Doch die Suchmaske wies zahlreiche Varianten und Zusatzfunktionen auf, die allesamt durchprobiert wurden. Der Name »Seroff« reichte nicht aus, er wurde beispielsweise auch in der Schreibung »Serof« und »Serow« aufgerufen. Und als die e-Mail aus New York kam, reagierte der Computer sofort und beförderte sie direkt auf den Tisch des Chefs. Der wußte, daß Joseph die englische Version von Josef, Josip oder Yussuf war, und da die Altersangaben des Paßinhabers und die Personenbeschreibung mit dem im Computer Gesuchten übereinstimmten, reichte er den gesamten Vorgang an diejenigen weiter, die gestern nach einem Joseph Andrejewitsch Seroff gefragt hatten.

Binnen kurzem landete die Nachricht als e-Mail auf Bill Tawneys Dienstterminal. Gar nicht mal so unnütz, wie man immer behauptet, die Computer, dachte Tawney, als er die Nachricht ausdrucken ließ. New York. Nicht uninteressant. Er rief die Nummer des Konsulats an. Peter Williams war am Apparat.

»Tja, außerdem sind noch zwei Kreditkarten drin, eine Mastercard und eine von Visa, beide Platin...« – was bekanntlich einen relativ hohen Kreditrahmen verbürgte.

»Ausgezeichnet. Schicken Sie mir möglichst umgehend eine Fotokopie des Ausweises sowie die Kreditkartennummern über die Sicherheits-Faxleitung.« Tawney gab die verschlüsselte Rufnummer durch.

»Jawohl, Sir. Ich kümmere mich gleich darum«, erwiderte Williams eifrig und fragte sich, was das alles sollte. Und wer zum Teufel war der Kollege und Namensvetter William Tawney? Wer auch immer, offenbar arbeitete er nachts durch, denn in England war es schon fünf Stunden später als in New York, und Peter Williams überlegte schon, wo er heute zu Abend essen sollte.

»John?«

»Ja, Bill?« seufzte Clark übernächtigt und blickte von seinem Schreibtisch auf. Er hatte gerade an seinen Enkel gedacht. Ob er ihn heute noch zu Gesicht bekam?

»Unser Freund Seroff ist aufgetaucht!« meldete der Geheimdienstler atemlos. Das konnte den Befehlshaber nicht kaltlassen. John Clark kniff die Augen zusammen.

»Ach ja? Wo denn?«

»In New York. Ein britischer Paß wurde in einem Mülleimer am Flughafen La Guardia entdeckt, zusammen mit zwei Kreditkarten. – Und dann stellte sich heraus«, fuhr er fort, »daß Paß und Kreditkarten auf den Namen eines gewissen Joseph A. Seroff ausgestellt sind!«

»Schau doch mal bei den Kreditgebern nach, ob ...«

»Ich lasse gerade euren Attaché der US-Botschaft in London darum bitten, uns Einsicht in die Kontoführung zu verschaffen. Entsprechende Informationen werden in der nächsten Stunde erwartet. Könnte ein Durchbruch sein für uns«, fügte Tawney optimistisch hinzu.

»Und wer kümmert sich in den USA darum?«

»Gus Werner, Direktionsassistent bei der FBI-Terrorismuseinheit. Kennst du ihn?«

»Persönlich nicht, aber gehört habe ich von ihm.«

»Ich kenne Gus ganz gut. Hat ganz schön was auf dem Kasten!«

Das FBI unterhielt gute Beziehungen zu den meisten Unternehmen, da bildeten Visa und Mastercard keine Ausnahme. Ein Agent rief von seinem Schreibtisch im Hoover Building aus in den Zentralen an und gab den Sicherheitschefs beider Kreditkartenfirmen die Nummern durch. Sie waren selbst ehemalige FBI-Kollegen; das Büro vermittelte gern altgediente Agenten auf solche Posten, die ein weitverbreitetes, bewährtes Netzwerk bildeten. Beide befragten ihre Computer und übermittelten Werner die gewünschten Informationen über das Konto – Name, Adresse, Kreditwürdigkeit und was das wichtigste war: jüngste Abbuchungen. So ließ sich auch der British-Airways-Flug von Heathrow in London nach O'Hare in Chicago nachvollziehen. Entsprechende Kontoauszüge wurden ans FBI auf den Schreibtisch von James Washington gefaxt.

»Und – was rausgekriegt?« fragte Gus Werner den jungen Agenten, der in sein Büro kam.

»Er ist gestern noch spät von London nach Chicago geflogen, hat dann noch einen Flug von Chicago nach New York genommen – so ziemlich den letzten, ganz hinten in der Maschine. Direkt danach muß er seinen Paß weggeschmissen haben. Hier, bitte!« Der Agent reichte ihm die Buchungen und die Informationen der Fluggesellschaft. Werner blätterte in den Ausdrucken.

»Echt wahr«, murmelte der ehemalige Chef des Geiselrettungsteams. »Sieht aus, als hätten wir ins Schwarze getroffen, Johnny!«

»Jawohl, Sir!« Der aufstrebende junge Mann war erst kürzlich aus der Oklahoma-City-Division ins Hauptquartier versetzt worden. »Aber eins bleibt ein Rätsel – wie er diesmal nach Europa gekommen ist. Alles andere ist dokumentiert; auch ein Flug von Dublin nach London, aber nicht der Hinweg nach Irland«, erklärte Special Agent James Washington seinem Boß.

»Vielleicht hat er American Express?« fragte sich Werner. »Rufen Sie dort mal an und fragen Sie nach!« befahl er.

»Werd's probieren«, nickte der junge Mann.

»Wem muß ich das hier weitergeben?« fragte Werner. Washington tippte in der Fax-Anfrage auf die Absenderzeile mit der Nummer.

»Ach, das ist ja toll. Den kenne ich. Danke, Jimmy!« Werner hob den Hörer ab und wählte die Auslandsnummer. »Mr. Tawney, bitte!« bat er die Telefonistin. »Hier ist Gus Werner vom FBI-Hauptquartier.«

»Hallo, Gus! das war ja prompte Arbeit, Mann!« rief Tawney, der schon im Regenmantel dastand und Feierabend machen wollte.

»Die Wunder des Computerzeitalters, Bill. Bei diesem Seroff haben wir wohl einen Volltreffer gelandet. Gestern ist er von Heathrow nach Chicago geflogen. Die Maschine startete etwa drei Stunden nach dem Gemetzel bei euch in Hereford. Wir haben Mietwagen, Hotelrechnung und den Anschlußflug von Chicago nach New York City. Hatte es offenbar eilig, der Knabe ...«

»Und die Adresse?«

»Das wär vom Glück zuviel verlangt. Postfach in Lower Manhattan«, teilte der Direktionsassistent seinem Kollegen mit. »Wie findest du das, Bill?«

»Ganz heiße Sache, Gus. Sean Grady hat uns den Namen verraten, und einer der anderen Gefangenen bestätigte ihn. Kurz vor dem Attentat muß dieser Seroff eine enorme Summe und zehn Pfund Kokain überbracht haben. Wir fangen gerade erst an, bei den Schweizern zu ermitteln, wohin das Geld geflossen ist. Und nun stellt sich heraus, daß der Kerl von Amerika aus operiert. Hochinteressant!«

»Echt wahr. Wenn irgend möglich, sollten wir ihn aufstöbern«, überlegte Werner laut. Den Beginn von Ermittlungen rechtfertigten die bisherigen Funde allemal. Die US-Gesetze gegen Terrorismus waren drakonisch und reichten, ebenso wie die Drogenfahndung, über die Staatsgrenzen hinaus.

»Wollen Sie's versuchen?« fragte Tawney.

»Darauf können Sie Gift nehmen, Bill«, gab Werner entschlossen zurück. »Ich werde mich selbst um den Fall kümmern. Die Jagd auf Mr. Seroff ist eröffnet!«

»Hervorragend. Danke, Gus!«

Werner befragte seinen Computer nach einem verfügbaren Paßwort. Diesen Fall würde man vordringlich und streng geheim behandeln, und der Codename war ... nein, der lieber nicht. Er ließ die Maschine einen anderen wählen. Gut. PRÄFEKT, das konnte er sich merken, aus seiner Zeit im Jesuitenkolleg von St. Louis.

»Mr. Werner?« meldete sich die Sekretärin. »Mr. Henriksen auf Apparat drei!«

»Tag, Bill!« Werner nahm den Telefonhörer auf.

»Ein süßer Fratz, nicht wahr?« strahlte Chavez.

John Conor Chavez lag in seinem Plastik-Tragkörbchen und schlief im Augenblick selig. Um Verwechslungen zu vermeiden, war ein Namenskärtchen auf der Vorderseite angebracht, auch dem bewaffneten Polizisten in der Kinderstation zuliebe. Ein anderer stand im unteren Stockwerk, wo die Wochenbetten waren; ein SAS-Dreierteam –

schwerer zu identifizieren, weil ihnen der militärische Haarschnitt fehlte – patrouillierte vor dem Krankenhaus. Die nachträgliche Vorsicht-ist-die-Mutter-der-Porzellankiste-Mentalität war ärgerlich, aber Chavez war den Männern dankbar, die seine Frau und sein Kind beschützten.

»Die meisten sind so«, meinte John Clark und erinnerte sich an Patsy und Maggie bei ihrer Geburt – fast kam es ihm vor, als wär's erst gestern gewesen. Den Glücksmoment, als er sie zum ersten Mal, in Krankenhausdecken gewickelt, im Arm halten durfte, würde er nie im Leben vergessen. Und jetzt sonnte er sich erneut in dieser Seligkeit; er konnte nachfühlen, was in Domingo vorging, wie stolz er war und vielleicht auch ein wenig eingeschüchtert von der Verantwortung, die seine neue Vaterrolle mit sich brachte. Aber so war nun mal der Lauf der Welt. *Kommt ganz nach der Mutter*, wie es ihm schien, also nach *seiner* Seite der Familie, was er für sehr gut hielt. Andererseits fragte sich John, ob der kleine Stammhalter wohl spanisch träumte, und ob er Spanisch lernen würde, wenn er älter war? Was war denn so schlimm an der zweisprachigen Erziehung? Plötzlich wurde er durch den Bereitschaftspiepser unterbrochen. Murrend zog John ihn aus dem Gürtel. Es war Bill Tawneys Nummer; er zog das Handy aus der Hosentasche und wählte dessen Nummer. Fünf Sekunden später nahm das synchronisierte Entschlüsselungssystem die Arbeit auf.

»Ja, Bill?«

»Gute Neuigkeiten, John. Euer FBI heftet sich diesem Seroff an die Fersen. Vor einer halben Stunde habe ich mit Gus Werner darüber gesprochen. Es stellt sich heraus, daß er gestern von Heathrow nach Chicago und weiter nach New York geflogen ist. Die Kosten wurden bei seiner Kreditfirma abgebucht. Das FBI will die Ermittlungen mit aller Kraft vorantreiben.«

Der darauffolgende Schritt war die Überprüfung der Führerscheine, wo die Spur allerdings im Sande verlief. Aus dieser Richtung war kein Foto des Subjekts zu erwarten. Die in Albany damit beauftragten FBI-Männer reagierten enttäuscht, doch nicht besonders überrascht. Schließlich würde man anderntags die Angestellten der Filiale interviewen, die das Postfach unterhielt.

»Sie haben sich ganz schön beeilt, Dmitrij«, bemerkte Brightling.

»Es war das Beste, was ich machen konnte«, gab Popov zurück. »Die Mission war ein Fehlschlag. Die Rainbow-Soldaten sind einfach zu stark, um sie auf diese Weise anzugreifen. Trotzdem, Seans Leute haben sich tapfer geschlagen. Auch die Planung war vorzüglich, aber dieser Gegner war ihnen haushoch überlegen.«

»Immerhin wird ihnen der Anschlag ein Denkzettel sein«, bemerkte sein Auftraggeber.

»Vielleicht schon«, räumte Popov ein. In diesem Augenblick kam Henriksen ins Büro.

»Schlechte Nachrichten für Sie«, verkündete er.

»Und welche?«

»Sie haben jemanden auf Ihre Spur gelenkt, Dmitrij.«

»Ach ja? Und wie soll das geschehen sein?« fragte der Russe mit selbstzufriedener Ironie in der Stimme.

»Ganz sicher bin ich nicht, aber sie verdächtigen einen Russen als Anstifter, und das FBI hat den Fall übernommen. Möglicherweise wissen sie sogar, daß Sie hier sind!«

»Unmöglich«, widersprach Popov. »Obwohl... gut, ja, sie haben Grady, und der hat vielleicht ausgepackt... Er wußte ja, daß ich aus Amerika kam, oder konnte es sich zumindest denken. Und er weiß den Decknamen, den ich benutzt habe. Aber diese Identität habe ich aufgegeben, die entsprechenden Papiere vernichtet.«

»Mag ja sein, aber vorhin erst rief ich bei Gus Werner an und fragte ihn nach dem Hereford-Vorfall aus – ob er nicht etwas wisse, was für mich interessant sei? Er hatte gerade eine neue Akte angelegt, um einen Russen ausfindig zu machen, der mutmaßlich in den USA lebt und Kontakte zur PIRA unterhält. Das heißt, sie überprüfen zumindest die Passagierlisten. Das FBI sollten Sie nicht unterschätzen, mein Freund!« warnte Henriksen.

»Fiele mir gar nicht ein«, winkte Popov ab, dem nicht mehr ganz wohl in seiner Haut war. Ganz so leicht war es aber auch wieder nicht, jeden Transatlantikflug durchzuchecken, selbst im Computerzeitalter. Übrigens hatte er sich vorgenommen, daß er sich als nächstes Pseudonyme wie Jones, Smith, Brown oder Johnson zulegen würde, statt sich nach dem in Ungnade gefallenen KGB-Vorsitzenden der fünfziger Jahre zu nennen. Die Seroff-Identität war sein ganz persönlicher Spaß gewesen, vielleicht kein guter, wie sich jetzt herausstellte. Ein guter

Name wäre Joseph Andrew Brown; da brauchte er sich nicht groß umzugewöhnen, dachte Dmitrij Arkadejewitsch Popov.

»Gefährdet uns das irgendwie?« wollte Brightling wissen.

»Nur, wenn sie unseren Freund hier finden«, gab Henriksen zurück.

Brightling nickte und überlegte kurz. »Sagen Sie, Dmitrij – sind Sie je in Kansas gewesen?«

»Tag, Mr. MacLean«, grüßte Tom Sullivan.

»Ach ja, hallo! Sie wollen wohl noch ein bißchen plaudern mit mir?!«

»Wenn's Ihnen nichts ausmacht«, gab Frank Chatham zurück.

»Kommen Sie doch rein«, ermunterte ihn MacLean, der die Tür öffnete, in den Wohnzimmerbereich zurückkehrte und sich vornahm, nicht die Nerven zu verlieren. Er setzte sich und stellte den Fernseher leiser. »Was möchten Sie denn noch hören?«

»Gibt's noch jemanden, der Ihrer Erinnerung nach Mary Bannister nahegestanden ist?« Die beiden Agenten sahen, wie MacLean die Stirn kraus zog und den Kopf schüttelte.

»Niemand, den ich mit Namen kenne. Sie wissen ja, es ist eine Single-Bar. Da kommen alle möglichen Leute hin und quasseln miteinander, freunden sich an und so weiter.« Er strengte sichtlich sein Gedächtnis an. »Ein Typ vielleicht ... aber den Namen weiß ich nicht mehr ... hochgewachsen, etwa so alt wie ich, rötliches Haar, muskulös, Schwerarbeiter oder so ... aber den Namen kenne ich nicht, tut mir leid. Mary tanzte mit ihm und nahm ein paar Drinks, glaube ich. Außerdem ist es in der Kneipe viel zu dunkel und bevölkert.«

»Aber Sie haben sie nur einmal nach Hause gebracht?«

»Fürchte ja. Wir quatschten miteinander und tauschten Witze aus, aber richtig geschnackelt hat es nicht. Mehr als ein netter Bekannter war ich auch nicht für sie. Ich bin ja auch, sagen wir, nie richtig an sie rangekommen, wenn Sie wissen, was ich meine. So weit ließ sie's nicht kommen. Echt nicht. Klar, nach Hause gebracht hab ich sie schon. Aber reingelassen hat sie mich nicht. Auch kein Gutenachtkuß. Bloß Händeschütteln und tschüß!« Er merkte, daß Chatham sich etwas aufschrieb. War es das, was er ihnen beim letzten Mal erzählt hatte? Er glaubte, ja, aber mit zwei Bullen im Wohnzimmer fiel es ihm schwer, sich zu konzentrieren. Das Schlimmste war, daß er sich *wirklich* kaum an das Mädel erinnerte. Er hatte sie ausgeguckt und in den LKW verfrachtet, und damit hatte es sich. Er hatte keine Ahnung, wohin man sie brachte, obwohl er annahm, daß sie längst tot war. MacLean wußte über diesen Teil des Projekts Bescheid, *deshalb* war er zum Kidnapper geworden und Spießgeselle von Mördern, was er diesen beiden FBI-Typen nicht gerade auf die Nase binden wollte. In New York war die Todesstrafe wieder eingeführt worden, und wenn er nicht irrte, fiel das Ganze auch noch unter Bundesrecht. Unbewußt leckte er sich über die Lippen und rieb die Hände an der Hose trocken, als er sich im Sessel zurücklehnte. Dann stand er auf und trat in die Kochnische. »Kann ich euch irgendwas anbieten?«

»Nein danke, aber erzählen Sie doch weiter!« bat Sullivan. Er hatte gerade etwas bemerkt, was ihm beim ersten Verhör nicht aufgefallen war. Anspannung. War es die gewöhnliche Nervosität, mit der manche Leute auf Fragen von FBI-Leuten reagierten, oder hatte dieser Junge etwas zu verbergen? Sie sahen zu, wie MacLean sich einen Drink einschenkte und wiederkam.

»Wie würden Sie Mary Bannister beschreiben?« fragte Sullivan.

»Hübsch, aber nicht umwerfend. Nett und freundlich – ich meine, liebenswert, mit Sinn für Humor, immer zu einem Scherz aufgelegt. Ein Landkind, das zum ersten Mal in die Metropole kommt – schließlich ist sie auch nur ein Mädel, verstehen Sie?!«

»Und trotzdem soll ihr niemand nähergekommen sein?«

»Nicht, daß ich wüßte. Aber so gut kannte ich sie auch wieder nicht. Was sagen denn die anderen von ihr?«

»Tja, einige Gäste der Kneipe meinen, Sie beide hätten immer viel zusammengesteckt…«

»Mag ja sein, meinetwegen, aber *so* eng nun auch wieder nicht! Ich meine, wir sind doch nie irgendwohin gegangen. Und nicht mal geküßt hab ich sie…« Er fing an, sich zu wiederholen, während er an seinem Bourbon mit Eiswasser nippte. »Hätte ich ja gern«, fügte er hinzu, »aber da wurde nichts draus!«

»Aber wem in der Bar *sind* Sie denn nahegestanden?« wollte Chatham wissen.

»Moment mal, die Frage ist aber ziemlich intim«, protestierte Kirk.

»Sie wissen schon, wie ich's meine. Wir müssen uns hineinversetzen, ein Gefühl für den Laden bekommen – sowas in der Art.«

»Also, Beziehungsklatsch verbreiten will ich auf keinen Fall!«

»Kann's Ihnen nicht verdenken«, bemerkte Sullivan mit feinem Lächeln, »aber das ist doch recht ungewöhnlich für eine Single-Bar.«

»Klar, manche Kerle prahlen mit ihren Eroberungen, aber das ist unter meiner Würde!«

»Und dann ist Mary Bannister plötzlich verschwunden, und Sie haben gar nichts davon gemerkt?«

»Gemerkt schon, aber nicht viel drüber nachgedacht. Das ist ein sehr lockerer Haufen, verstehen Sie? Ein ständiges Kommen und Gehen, manche sieht man eben nie wieder. Geradezu wie vom Erdboden verschluckt...«

»Haben Sie mal telefoniert mit ihr?«

MacLean hob die Brauen. »Nein, ich kann mich nicht erinnern, ob sie mir je ihre Nummer gegeben hat. Wahrscheinlich stand sie im Telefonbuch, aber nein, angerufen hab ich sie nie.«

»Einfach nur nach Hause gebracht? Ein einziges Mal?«

»Genau. Nur an dem einen Abend«, bekräftigte MacLean, nahm noch einen großen Schluck Whisky und verwünschte die beiden Eindringlinge mit ihren inquisitorischen Fragen. Ahnten sie etwas? Was konnten sie überhaupt wissen? Wieso waren sie zurückgekommen? Wenigstens hatte er hier in seinem Apartment keinerlei Beweise, daß er auch nur *eine* Frau aus dem Turtle Inn kannte. Naja, ein paar Telefonnummern, aber nichts Greifbares, nicht einmal eine einzelne Socke von den Mädels, die ab und zu hier übernachteten. »Hattet ihr euch nicht umgeschaut, als ihr das erste Mal hier wart?« bohrte MacLean nach.

»Das war nichts Besonderes. Darum bitten wir immer. Reine Routine«, erklärte Sullivan dem Verdächtigen. »In ein paar Minuten treffen wir noch jemand anderen, ein paar Straßen weiter. Danke, daß Sie uns so bereitwillig Auskunft geben. Haben Sie noch meine Karte?«

»Ja, in der Küche. Am Schwarzen Brett.«

»Gut so. Hören Sie, dieser Fall ist nicht leicht zu knacken für uns. Bitte denken Sie noch einmal gründlich nach, und wenn Ihnen etwas einfällt – *irgend* etwas – rufen Sie mich an, ja?«

»Klar. Mach ich.« MacLean stand auf und begleitete sie zur Tür. Dann kehrte er ins Wohnzimmer zurück und goß sich einen zweiten Whisky ein.

»Er wirkt nervös«, stellte Chatham fest, als sie auf der Straße standen.

»Will mir auch so scheinen. Haben wir genug, um seinen Hintergrund ein bißchen zu durchleuchten?«

»Kein Problem«, erwiderte Chatham.

»Gleich morgen früh«, empfahl der ältere Agent.

Es war sein zweiter Abflug von Teeterboro Airport in New Jersey, auf der anderen Seite des Manhattan-River, aber diesmal mit einer anderen Maschine, auf deren Tragfläche HORIZON CORP. gemalt war. Dmitrij war der Überzeugung, von jedem Ort der Vereinigten Staaten fliehen zu können, und daß Henriksen ihren gemeinsamen Auftraggeber von drastischeren Schritten abhalten würde. Teils unternahm er die Reise, weil ihm unbehaglich war, hauptsächlich jedoch aus Neugier, und in dieser gemischten Stimmung nahm er seinen Platz an der linken Seite ein und sah zu, wie der Motor angelassen und der Jet auf die Startbahn gelenkt wurde. Sogar eine Stewardeß gab es. Sie sah bezaubernd aus und servierte ihm einen finnischen Wodka, den er sich zu Gemüte führte, während sich der Gulfstream V in Bewegung setzte. Kansas, Land der Weizenfelder und der Tornados, lag weniger als drei Flugstunden entfernt.

»Mr. Henriksen?«

»Ja. Wer ist dran?«

»Kirk MacLean.«

»Stimmt was nicht?« fragte Henriksen. Der Tonfall des Anrufers ließ ihn aufmerken.

31

BEWEGUNG

Die Landschaft war in schwärzeste Nacht getaucht, als Popov dem Flugzeug entstieg. Auf dem Rollfeld wartete bereits ein großes Militärfahrzeug auf ihn. Dann bemerkte er die Mittelstreifen auf dem Asphalt und fragte sich, ob sie auf der Notlandebahn des Flughafens oder irgendeiner abgelegenen Landstraße aufgesetzt hatten. Aber nein, in der Ferne war ein teils beleuchteter großer Gebäudekomplex zu erkennen. Neugieriger denn je stieg Dmitrij in den Jeep und ließ sich dorthin fahren. Allmählich gewöhnte er sich an die Dunkelheit. Das umliegende Land war vorwiegend flach, nur sehr sanfte Abhänge waren zu sehen. Hinter ihm war ein Tankwagen an den Firmenjet herangefahren, wahrscheinlich, um ihn startklar für die Rückreise nach New Jersey zu machen. Die Dinger waren ziemlich teuer, und Brightling und seine Leute brauchten ihn bestimmt zurück. Popov konnte nicht ahnen, daß Horizon Corporation über eine ansehnliche Flotte verfügte, erst kürzlich waren drei weitere im Hangar bei Savannah, Georgia bereitgestellt worden. Er war noch immer benommen von den zurückliegenden Flügen, wie er beim Eintreten in das Gebäude fand. Ein uniformierter Wachbeamter brachte ihn zum Lift und dann zu seiner Unterkunft im vierten Stock, die an ein mittelprächtiges Hotelzimmer erinnerte, mit Kochnische und einem Kühlschrank. Es gab Fernsehen und Videogeräte, doch alle Bänder im Schrank nebenan waren – Naturfilme, wie er mit einem Blick feststellte. Löwen, Bären, der Elch, springende Lachse. Kein Krimi, keine einzige politische Dokumentation. Die Zeitschriften auf dem Nachttisch waren ähnlich orientiert. Wie merkwürdig! Aber es gab eine wohlsortierte Hausbar, in der er Absolut-Wodka entdeckte, der ihm fast so gut schmeckte wie seine russische Lieblingsmarke. Er genehmigte sich gleich einen Drink und schaltete den Fernsehsender CNN ein.

Dmitrij hielt Henriksen für übervorsichtig. Was konnte das FBI schon gegen ihn in der Hand haben? Seinen Decknamen? Von dem aus konnten sie vielleicht weiterforschen, aber – was finden? Seine Kreditkarten vielleicht, mit sehr viel Glück, und dann hatten sie seine Reisedaten, aber nichts von alledem hätte der gerichtlichen Prüfung standgehalten. Es sei denn, Sean Grady identifizierte ihn eindeutig als den Zulieferer von Geld und Informationen. Ansonsten war er vollkommen sicher, und auf Gradys Unlust, mit den Engländern zu kooperieren, konnte sich Grady verlassen. Es ging also nur darum, eine Zeitlang in Deckung zu gehen und sein Schäfchen ins Trockene zu bringen – ein Sprichwort, das Popov besonders gefiel. Die Millionen, die er auf dem neuen Konto in der Schweiz deponiert hatte, *konnten* möglicherweise auffallen, aber da gab es Mittel und Wege, vor Gericht zu gehen. Anwälte waren eine nützliche Einrichtung, die er zu schätzen wußte. Die Zusammenarbeit mit ihnen war effektiver als alle KBG-Agentenringe zusammen.

Wenn ihm überhaupt eine Gefahr drohte, ging sie von seinem Auftraggeber aus, der die Spielregeln vielleicht nicht kannte – aber selbst wenn, würde ihm Henriksen nachhelfen. Dmitrij konnte sich unbesorgt zurücklehnen und seinen Wodka trinken. Morgen würde er sich umschauen, und je nachdem, wie zuvorkommend man ihn behandelte, wußte er, ob – aber nein, das ließ sich auch leichter nachprüfen. Er hob den Telefonhörer ab, tippte die 9 für Auswärtsgespräche und wählte seine New Yorker Nummer. Der Anruf kam glatt durch. Er ließ das Telefon viermal klingeln, dann setzte der Anrufbeantworter ein. Er konnte also ungestört nach draußen telefonieren. Noch war er in Sicherheit, aber er begriff bis jetzt noch nicht, was der schwerreiche Geschäftsmann im Schilde führte seit ihrer ersten Besprechung in Frankreich, als er mit dem Ex-Spion ins Gespräch kam und sich Anekdötchen aus guten alten KGB-Zeiten erzählen ließ. Jetzt saß er hier in Kansas, USA, trank Wodka und sah fern, mit über sechs Millionen US-Dollar auf geheimen Schweizer Konten. Ein Ziel hatte er erreicht. Das nächste Problem, das sich stellte, mußte auch noch gelöst werden. Worauf lief das alles hinaus, zum Teufel? Würde er es hier draußen erfahren? Hoffentlich ja.

Sämtliche Flüge waren komplett ausgebucht, und alle waren unterwegs zum Flughafen Kingsford Smith bei Sydney. Eine Maschine nach der anderen glitt auf die Landebahn, die wie ein Finger in die Botany Bay hineinragte. Dort waren Jahrhunderte zuvor Sträflinge und ähnliches Gesindel von England her auf hölzernen Windjammern eingetroffen, um den fünften Kontinent zu zivilisieren. Es war ihnen bemerkenswert gut gelungen, wie heute selbst jene zugeben mußten, die sie damals ausgestoßen hatten. Manche der Einreisenden waren junge, kraftstrotzende Athleten, der ganze Stolz ihrer Vaterländer, die sie mit ihren Landesfarben auf der Kleidung entsandt hatten. Doch die meisten waren Touristen mit Pauschalpaketen – Flug, Hotel und Eintrittskarten –, die sie für teures Geld von Reisebüros gekauft oder von Politikern ihrer Heimatländer als Werbegeschenk erhalten hatten. Viele trugen Miniaturflaggen. Die wenigen Geschäftsreisenden mußten sich anhören, welch enthusiastische Hoffnungen auf olympisches Gold für ihre Heimat ihre Mitreisenden hegten; dabei sollte das Weltereignis erst in ein paar Tagen beginnen.

Bei der Ankunft wurden die Athleten wie Staatsgäste empfangen und zu Bussen begleitet. Unter Polizeischutz wurden sie über den Highway 64 in die Stadt und von dort ins Olympische Dorf gebracht, das die australische Regierung als luxuriöse Unterkunft für sie errichtet hatte. Daneben ragte das großartige Stadion empor, dessen Anblick den Athleten mulmig werden ließ – würden sie hier Ruhm, Ehre und Medaillen ernten?

»Was halten Sie davon, Oberst?«

»Dies ist ein Wunderwerk moderner Baukunst, soviel steht fest«, erwiderte Obert a. D. Wilson Gearing, ehemals US-Army-Chemiewaffenkorps, »aber wird es hier im Sommer nicht furchtbar heiß?«

»Das hängt wieder mal mit El Niño zusammen. Die Golfströme vor der südamerikanischen Küste haben wieder die Richtung gewechselt, und das geht hierzulande mit ungewöhnlich heißen Temperaturen einher. Wir erwarten fünfunddreißig Grad Celsius und mehr – nach der Fahrenheit-Skala um die neunzig – während der gesamten Spiele.«

»Dann will ich hoffen, daß euer Nebelklimasystem funktioniert. Wenn nicht, ist mit zahlreichen Herzinfarkten zu rechnen, mein Lieber!«

»Es funktioniert einwandfrei«, versicherte der australische Polizeichef. »Wir haben es gründlich erprobt!«

»Kann ich mir das jetzt einmal ansehen? Bill Henriksen will, daß ich überprüfe, ob es gegebenenfalls von Terroristen als Verteilersystem für chemische Kampfstoffe benutzt werden kann.«

»Bitte sehr. Hier entlang!« Fünf Minuten später standen sie in der Zentrale. Die Wasserpumpe war in einer eigenen, abschließbaren Naßzelle untergebracht. Der Polizist hatte natürlich den Schlüssel und nahm den Oberst mit hinein.

»Ach, hier erst wird das Wasser mit Chlor gereinigt?« fragte Gearing und tat überrascht. Das Wasser kam doch schließlich aus der normalen Wasserversorgung von Sydney, oder etwa nicht?

»Genau. Schließlich wollen wir nicht irgendwelche Keime zusammen mit dem Wasser versprühen ...«

»Gott bewahre!« Oberst Gearing nickte und musterte den Plastikbehälter mit Chlor, der vor der eigentlichen Pumpe über dem Verteilerstutzen hing. Hier wurde das Wasser gefiltert, bevor es sich in nebligen Dunst verwandelte, der über allen Korridoren und Tribünen der Arena hing. Man würde das System zuvor mit ungechlortem Wasser spülen müssen, um die Viren effektiv zu verbreiten, aber das ließ sich im Handumdrehen bewerkstelligen. Der falsche Chlorbehälter in seinem Hotelzimmer war ein exakter Nachbau von diesem hier, doch enthielten dessen Filter ein Teufelszeug in Kapseln, das sich Shiva nannte. Hinter Gearings ausdrucksloser Stirn arbeitete es fieberhaft. Er war zeitlebens Experte für chemische Kriegführung gewesen, hatte im Edgewood-Arsenal von Maryland und im Dugway-Testgelände von Utah gearbeitet – hier allerdings ging es in Wirklichkeit nicht um Chemie. Es war ein Bio-Krieg, wenn man so wollte. Die biologische Kriegführung war eine benachbarte Disziplin, der er sich seit etwa zwanzig Dienstjahren ebenfalls widmete. »Steht eine Wache an der Tür?«

»Nein, aber wir haben eine Alarmanlage installiert, und es braucht ein paar Minuten, um das System zu manipulieren. Bis dahin ist unsere Eingreiftruppe hier.«

»Wie stark ist die?« fragte der pensionierte Oberst.

»Zwanzig vom SAS, dazu zwanzig Polizeikonstabler, die rund um die Uhr im Dienst sind, zwanzig weitere SAS-Männer patrouillieren in Zweiergruppen durch das Stadion. In der Zentrale sind sie mit automatischen Waffen ausgerüstet; die Streifen haben Pistolen und Sprechfunk. Verstärkung in Truppenstärke mit leichten Panzerfahrzeugen und schweren Waffen steht einen Kilometer weiter in Bereitschaft. Abgesehen davon haben wir ein Infanteriebataillon in zwanzig Kilometern Entfernung, das mit Hubschraubern und anderen Hilfsmitteln ausgerüstet ist.«

»Das dürfte reichen«, lobte Oberst Gearing. »Und wie lautet der Alarmcode für diese Einrichtung hier?«

Sie zögerten nicht eine Sekunde. Schließlich war er ehemaliger Stabsangehöriger der Armee und führendes Mitglied im Beraterteam, das eigens für die Olympischen Spiele angeheuert worden war. »Eins-Eins-Drei-Drei-Sechs-Sechs«, gab der Polizeichef an. Wil Gearing notierte sich die Zahl, dann tippte er die Nummer in die Tastatur der Anlage, die den Alarm steuerte. Den Chlorbehälter konnte er in aller Schnelle austauschen. Dieses System war für raschen Service ausgelegt und würde hervorragend arbeiten, genau wie das Modell, das er und seine Leute in Kansas ausprobiert hatten, um daran zu üben. Den Austauschvorgang hatten sie schließlich auf vierzehn Sekunden reduziert. Und wenn sie zwanzig Sekunden nicht überschritten, würde kein Mensch merken, daß irgendwas mit dem Kühlsystem nicht stimmte, denn der unverminderte Wasserdruck würde für pausenlosen Sprühnebel sorgen.

Zum ersten Mal hatte Gearing den Ort gesehen, wo er das alles ins Werk setzen würde, und das jagte ihm dann doch eine Gänsehaut über den Rücken. Planspiele waren das eine, die tatsächlichen Gegebenheiten vor Ort ganz etwas anderes. Von hier aus sollte sich die Seuche weltweit ausbreiten, welche die Menschheit in einem Ausmaß dahinraffte, das sich zahlenmäßig nicht mehr erfassen ließ, und der am Ende nur eine kleine Elite entging. Den Planeten würde sie retten – um einen schrecklichen Preis, zugegeben, aber er war dieser Mission seit vielen Jahren verpflichtet. Zu welchen Freveln an der Natur der Mensch fähig war, hatte er selbst erlebt. Als junger Leutnant war er im Dugway-Testgelände dabeigewesen, als ein später weithin bekanntgewordener Unfall mit GB passierte, einem lähmenden Nervengift, das zu weit hinauswehte und ein paar hundert Schafe qualvoll verrecken ließ. An Neurotoxinen zu sterben war kein schöner Tod, auch nicht bei Schafen. Und die Wildtiere, die auf ähnliche Weise umkamen, von den Insekten bis zur Antilope, waren in den Nachrichten nicht einmal erwähnt worden. Daß seiner eigenen Institution, der Armee der Vereinigten Staaten, solche Pannen unterliefen mit solchen Folgen, hatte ihn zutiefst erschüttert. Was er später erfuhr, war noch schlimmer gewesen. Die Binärsäuren, an denen er seit Jahren arbeitete, um »sichere« Gifte für den Einsatz auf dem Schlachtfeld zu entwickeln ... und das Verrückteste daran war, all das hatte in Deutschland begonnen, in den zwanziger und dreißiger Jahren. Die meisten Chemikalien, die der Schädlingsbekämpfung dienten, waren simple Nervengifte, die das rudimentäre Nervensystem von Käfern und Ameisen zerstörten. Doch die deutschen Chemiker waren auf einige der tödlichsten Substanzen gestoßen, deren Formel je entschlüsselt worden war. Daher hatte seine Laufbahn ihn zum größten Teil in enge Fühlung mit den Geheimdiensten gebracht; beispielsweise bei der Analyse von Nachrichten über Chemiewaffen-Produktionsanlagen in Ländern, die besser nicht im Besitz solcher Stoffe sein sollten.

Doch das Problem chemischer Kampfmittel war seit jeher der Einsatz – wie man sie gleichmäßig über dem Schlachtfeld verbreitete, um feindliche Soldaten effizient zu töten. Daß dieselben Gifte auch die Zivilbevölkerung trafen und gegebenenfalls ausrotteten, war das schmutzige Geheimnis aller Armeen und Regierungen, die sie einsetzen wollten. Und keinen Gedanken verschwendeten sie daran, daß auch unschuldige Tiere in riesiger Zahl betroffen waren. Schlimmer noch, die genetischen Folgen konnten katastrophal sein, denn schon kleinste Mengen von Nervengas drangen in die DNA-Struktur der Opfer ein und verursachten Mutationen, die mindestens eine Generation anhielten. Gearing hatte sich mit diesen Fragen zeitlebens beschäftigt, und vermutlich hatte es ihn gegen das Entsetzen abgehärtet, mit dem man auf massenhaftes Sterben reagiert.

Doch hier ging es nicht ganz um dasselbe. Hier würden keine umweltzerstörenden Chemiegifte eingesetzt, sondern mikroskopisch kleine Viruspartikel. Jeder, der in den kühlenden Nebel auf den Tribünen kam, würde sie einatmen, und wenn sich diese Substanz im Organismus verbreitete, würden die Shiva-Ketten den Rest erledigen... langsam, aber sicher... Erst mußten sie heimkehren und ihre Landsleute mit Shiva infizieren, und vier bis sechs Wochen nach Beendigung der Olympiade von Sydney würde die Seuche weltweit verbreitet sein. Eine globale Massenpanik konnte nicht ausbleiben. Schließlich würde Horizon Corporation ankündigen, daß sie über einen experimentellen A-Impfstoff verfügten, der sich an Nagetieren und Primaten bewährt hatte und daher unschädlich für den Menschen war. Natürlich mußte man diesen Impfstoff massenhaft produzieren und weltweit austeilen; doch vier bis sechs Wochen nach der Injektion zeigten dann auch diese Menschen Shiva-Symptome, und mit etwas Glück war die Welt bis dahin bis auf einen minimalen Prozentsatz entvölkert. Unruhen würden ausbrechen, bei denen auch diejenigen umkamen, denen die Natur ein unverwüstliches Immunsystem verliehen hatte. Ein halbes Jahr brauchte es, mehr nicht, dann saßen die letzten Menschen gut organisiert und bestens versorgt in Kansas und Brasilien und würden im folgenden Jahr das Erbe einer Welt antreten, die nach und nach in den Naturzustand zurückkehrte. Das war kein sinnloser Unfall wie in Dugway. Es handelte sich vielmehr um die wohlüberlegte Tat eines Mannes, den sein Beruf immer wieder gezwungen hatte, Massenmord taktisch zu planen, der aber immer nur unschuldige Tiere umgebracht hatte... Er riß sich aus seinen Gedanken und sah sich nach seinem Gastgeber um.

»Was verheißt denn der langfristige Wetterbericht?«

»Hitze und Trockenheit, mein Lieber. Hoffentlich bleiben unsere Athleten fit. Sie können es brauchen!«

»Na, dann wird dieses Nebelkühlsystem ein wahrer Segen sein«, bemerkte Gearing. »Aber wir müssen dafür sorgen, daß kein Unbefugter drankommt. Mit Ihrer Erlaubnis werde ich meine Leute anweisen, ein Auge darauf zu haben.«

»Prima«, sagte der Polizeichef und nickte. Dieser Amerikaner spielte geradezu verrückt wegen der Klimaanlage. Andererseits war er Spezialist für Gaskrieg – vielleicht war das der Grund.

Popov hatte am Abend zuvor die Jalousien nicht geschlossen, weshalb ihn der Sonnenaufgang ziemlich abrupt weckte. Er schlug die Augen auf und kniff sie gleich wieder zu, als die gleißende Sonne über den Ebenen von Kansas emporkletterte. Im Badezimmer war ein Medizinschränkchen, das Tylenol und Aspirin enthielt, und Pulver für die Kaffeemaschine in der Küchenzeile war vorhanden. Doch der Eisschrank war praktisch leer, weshalb er sein Zimmer auf der Suche nach etwas Eßbarem verließ. Bald fand er eine Cafeteria – eine riesige, die fast völlig leer war bis auf einige wenige Gäste in der Nähe des Buffets. Dorthin begab er sich, nahm sich einen Frühstücksteller und setzte sich allein an einen Tisch, die anderen Anwesenden in der hallenähnlichen Kantine flüchtig musternd. Größtenteils waren sie Mitte Dreißig und Vierzig, wirkten wie Angestellte, manche trugen weiße Laborkittel.

»Mr. Popov?« erkundigte sich eine Stimme hinter ihm.

Dmitrij fuhr herum. »Ja bitte?«

»Ich bin David Dawson, Chef der Sicherheitskontrolle. Hier ist ein kleiner Ausweis für Sie« – er reichte ihm ein weißes Plastikschild, das auch an seinem eigenen Hemd hing – »und ich soll Ihnen heute das Gelände zeigen. Willkommen in Kansas.«

»Danke.« Popov heftete sich das Schild an. Sogar ein Foto von ihm war darauf, wie der Russe bemerkte.

»Wenn Sie das bitte immer tragen wollen, damit man weiß, daß Sie hierher gehören«, erläuterte Dawson freundlich.

»Ich verstehe.« Offenbar war der Zugang auf wenige Menschen beschränkt, und es gab eine Abteilung für Sicherheitskontrolle. Wie interessant!

»Hatten Sie einen angenehmen Flug gestern abend?«

»Angenehm und ohne Zwischenfälle«, erwiderte Popov, der seinen zweiten Kaffee heute früh trank. »Wozu dient denn diese Einrichtung hier?«

»Horizon hat es als Versuchsterrain eingerichtet. Was die Firma macht, wissen Sie doch, oder?«

»Ja.« Popov nickte. »Pharmazeutische und biologische Forschungen, bei denen sie weltweit führend ist.«

»Diese Anlage ist gewissermaßen ihre Forschungs- und Entwicklungsabteilung im Großmaßstab. Sie wurde erst vor kurzem fertiggestellt und füllt sich nur langsam. Aber in Kürze wird hier der Hauptsitz der Firma sein.«

»Warum um Himmels willen hier, mitten in der Einöde?« wunderte sich Popov und blickte sich in der leeren Cafeteria um.

»Einmal, weil es zentral gelegen ist; von hier aus kann man in weniger als drei Stunden fast überall im Land sein. Außerdem ist niemand in der Nähe, der uns stört. Es ist auch ein Sicherheitsfaktor. Horizon stellt vieles her, was strenge Vorkehrungen nötig macht, verstehen Sie?«

»Industriespionage?«

Dawson nickte. »Völlig richtig. Davor hüten wir uns am meisten.«

»Kann ich mich hier frei bewegen? Mir die Gegend ansehen und so?«

»Ich werde Sie selbst herumfahren. Mr. Henriksen hat mich angewiesen, Ihnen den Aufenthalt hier so angenehm wie möglich zu machen. Jetzt frühstücken Sie erstmal. Ich habe auch noch einiges zu erledigen. In einer Viertelstunde schaue ich wieder herein.«

»Gut. Ich danke Ihnen.« Popov blickte ihm nach, wie er die Halle verließ. Es war ganz nützlich, sich umzusehen. Ein merkwürdig nüchternes Klima herrschte hier, fast wie bei einer staatlichen Sicherheitsbehörde – wie bei einer *russischen Fabrik*, dachte Popov. Das Gebäude hatte keine Seele, keinen Stil, nichts Charakteristisches, das er identifizieren konnte. Selbst der KGB hätte doch ein Lenin-Porträt in die Kantine gehängt, um den nackten weißen Wänden ein *menschliches* Antlitz zu geben. In einer Wand waren farbige Glasfenster eingelassen, vor denen er Weizenfelder und eine Straße zu erkennen glaubte. Popov fühlte sich an ein Schiff auf hoher See erinnert; aber sonst war es anders als alles, was er je erlebt hatte. Der ehemalige KGB-Funktionär machte sich über sein Frühstück her, mit wachsam lauernden Instinkten, in der Hoffnung, so schnell wie möglich mehr in Erfahrung zu bringen.

»Domingo, ich möchte, daß du das übernimmst«, erklärte John.

»Erbarmen, John. Es ist wahnsinnig weit weg, und ich bin gerade erst Vater geworden«, wandte Chavez ein.

»Tut mir leid, Junge. Aber Covington fällt aus. Auch Chin liegt verletzt im Krankenhaus. Ich gebe dir vier Leute mit. Es wird ein ruhiger

Job, Ding. Die australischen Kollegen verstehen was von ihrem Handwerk, aber sie haben uns längst gefragt, ob wir uns das einmal anschauen wollen. Und du hast dich in deinen Einsätzen so gut bewährt, daß ich dir das anvertrauen kann. Einverstanden?«

»Wann geht mein Flug?«

»Heute nacht, mit der 747 ab Heathrow.« Clark gab ihm den Umschlag mit dem Ticket.

»Ist ja großartig«, knurrte Chavez.

»Immerhin warst du doch bei der Geburt dabei, Paps!«

»Ich weiß es zu schätzen. Und was ist, wenn anderswo was losbricht, während wir weg sind?« Chavez rang mühsam nach einem Vorwand.

»Dann kratzen wir ein Team zusammen. Meinst du etwa, nach dem Schlag würden sie uns so schnell wieder auf der Nase rumtanzen? Nachdem wir die IRA-Stinker eingelocht haben? – Glaub ich nicht«, schloß Clark.

»Und was ist mit diesem Russen namens Seroff?«

»Das FBI sitzt ihm im Nacken und fahndet in New York nach ihm. Sie haben einen ganzen Pulk Agenten auf seine Fährte gesetzt.«

Einer von ihnen war Tom Sullivan. Er sprach gerade bei der Post vor. Das Fach 1453 in dieser Filiale gehörte diesem mysteriösen Mr. Seroff. Seit mindestens neun Tagen hatte niemand mehr die Sendungen abgeholt, nach den Poststempeln zu schließen, und außer ein paar Drucksachen war nur die Visa-Rechnung gekommen. Keiner der Schalterbeamten wußte, wie der Mieter des Postfachs 1453 aussah. Einer glaubte sich zu erinnern, daß er sowieso nur höchst selten kam, um etwas abzuholen. Man hatte Sullivan die Adresse gegeben, zu der die Box gehörte, doch als er sich dorthin begab, war es eine Pizzabäckerei wenige Straßen weiter, und die offenbar eigens für diesen Zweck erfundene Telefonnummer erwies sich als Blindgänger.

»Wenn der kein Spion ist, freß ich'n Besen«, murmelte Sullivan und überlegte, weshalb sich die Abwehr nicht um den Fall kümmerte.

»Jedenfalls schlägt er Haken wie einer«, nickte Chatham grimmig. Und damit war ihr Auftrag beendet. Es gab keinen Hinweis auf ein Verbrechen, das sich der Mann hatte zuschulden kommen lassen, und nicht genug Personal, um das Postfach rund um die Uhr zu überwachen.

Die Sicherheitsvorkehrungen waren enorm, dachte Popov, als er wieder in einem der Militärtransporter saß, die Dawson als »Brummis« bezeichnete. Für Sicherheit sorgte zuallererst ein Verteidigungsring mit ausreichender Manövertiefe. Die hatten sie – bis zur Grenze des Grundstücks legten sie rund zehn Kilometer zurück.

»Früher lagen hier mehrere Bauernhöfe mit dazugehörigem Land, aber Horizon hat sie alle vor ein paar Jahren aufgekauft und mit dem Bau des Forschungszentrums begonnen. Es brauchte eine Weile, aber inzwischen ist alles fertig.«

»Und Sie bauen immer noch Weizen an?«

»Natürlich. Die Einrichtung selbst kann soviel Areal gar nicht brauchen, und das übrige lassen wir möglichst so, wie es war. Teufel, wir ernten genug Weizen, daß wir sämtliche Mitarbeiter hier damit versorgen können, haben eigene Kornspeicher und alles.« Mit dem Daumen zeigte er dabei Richtung Norden.

Popov sah sich dorthin um und erspähte in einiger Entfernung massive Betonsilos. Immer wieder staunte er in Amerika über die Weite des Landes, und hier war alles so flach, den russischen Steppen nicht unähnlich. Die wenigen Anhöhen und Senken schienen das komplette Fehlen eines echten Hügels ringsum nur noch stärker zu betonen. Der Brummi fuhr nordwärts, überquerte später eine Bahnschiene, die offensichtlich zu den Silos führte – Kornspeicher hatte Dawson sie genannt. Aber warum? Weiter nördlich mußte die Autobahn liegen, aber er konnte nicht einmal den Verkehr ausmachen.

»Dies ist die Nordgrenze«, erklärte Dawson, als sie in eine Gegend kamen, wo nichts mehr angebaut wurde.

»Und was ist das?«

»Ach, das ist eine unserer Antilopenherden.« Dawson lenkte das Steuer sachte herum, damit sie näher herankamen. Der Brummi holperte über den grasbewachsenen Erdboden.

»Hübsche Tiere sind das.«

»Hübsch und vor allem sehr schnell. Wir nennen sie auch Rennziegen. Eigentlich sind es gar keine richtigen Antilopen; genetisch stehen sie der Ziege näher. Die Kleinen laufen bis zu 65 verdammte Kilometer in der Stunde, und das, ohne müde zu werden! Und ihre Sehschärfe ist verblüffend.«

»Wahrscheinlich schwer zu jagen. Sind Sie Jäger?«

»Die schon – ich nicht. Ich bin Veganer.«

»Was bitte?«

»Vegetarier. Ich esse kein Fleisch oder sonstige tierische Produkte«, verkündete Dawson mit einigem Stolz. Selbst sein Gürtel war aus Leinwand geflochten, nicht aus Leder.

»Und weshalb, David?« fragte Popov. So einer war ihm noch nie über den Weg gelaufen.

»Aufgrund einer Entscheidung, die ich irgendwann getroffen habe. Ich billige das Töten von Tieren nicht, ob nun zur Ernährung oder aus anderen Gründen.« Er wendete den Wagen wieder. »Nicht jeder ist meiner Meinung, nicht einmal hier im Projekt, aber ich bin nicht der einzige, der so denkt. Wir sollten die Natur nicht ausbeuten, sondern respektieren.«

»Dann würden Sie auch Ihrer Frau keinen Pelzmantel schenken?« fragte Popov mit feinem Lächeln. Er hatte schon von solchen Fanatikern gehört.

»Ich denke nicht daran!« lachte Dawson.

»Gejagt habe ich noch nie«, erklärte Popov und fragte sich, welche Antwort er darauf bekam. »Ich sah den Sinn nicht ein, und in Rußland ist das Wild sowieso schon fast ausgestorben.«

»Das habe ich auch gehört. Es ist traurig. – Aber eines Tages kommen sie zurück«, prophezeite Dawson.

»Aber wie denn? Bei uns sind Staatsjäger unterwegs, die sie zur Strecke bringen.« Diese Institution gab es auch noch nach dem Ende der kommunistischen Herrschaft.

Dawson machte ein geheimnisvolles Gesicht. Diesen Ausdruck hatte Popov schon oft bei KGB-Leuten gesehen. Der Mann wußte etwas, das er noch nicht preisgeben wollte, obwohl es ihm furchtbar wichtig war. »Ach, da bin ich zuversichtlich«, stammelte er. »Die Natur findet Mittel und Wege, glauben Sie mir!«

Der Ausflug dauerte anderthalb Stunden, und am Ende war Popov sehr beeindruckt von der gewaltigen Ausdehnung dieser Anlage. Die Zufahrtsstraße zum Wohnturm *war* ein Flughafen, wie sich herausstellte, mitsamt der nötigen elektronischen Ausstattung, Positionslichtern und einem Ampelsystem, mit dem Autos während der Landemanöver von der Bahn abgehalten wurden. Er fragte Dawson danach.

»Doch, das kann man erkennen, oder? Man kann G-Jets herein- und auch wieder rauslotsen. Angeblich könnten auch echte Linienflugzeuge mittlerer Größe hier landen, aber gesehen habe ich das noch nicht.«

»Dr. Brightling hat eine Menge Geld investiert, um diese Einrichtung zu bauen.«

»Das hat er«, nickte Dawson. »Aber das ist die Sache wert, glauben Sie mir!« Über einen Schnellweg näherte er sich dem Laboratorium und parkte dort.

Popov folgte, ohne Fragen zu stellen. Nie hätte er gedacht, daß ein amerikanisches Großunternehmen über solche Ressourcen verfügte. Dies hätte ein Regierungsbunker sein können, mit all dem Land ringsum und der kleinstadt-ähnlichen Ansammlung von Gebäuden. Allein der Wohnturm, in dem er die Nacht verbracht hatte, konnte mehrere tausend Menschen beherbergen. Und *wieso* errichtete man so etwas mitten in der Steppe? Außer natürlich aus Sicherheitsgründen – denn Polizeireviere, Nachrichtenagenturen und größere Fernsehstationen waren auch nicht in der Nähe. Was die Abschottung betraf, hätte die Einrichtung ebensogut auf dem Mond liegen können.

Das Laboratorium war ebenfalls überdimensioniert, wie Dmitrij sofort feststellte, aber anders als das andere schien es derzeit in Gebrauch zu sein. Drinnen war eine Empfangstheke besetzt, und der Portier kannte David Dawson. Unbehelligt kamen die beiden Männer zum Lift und fuhren in den vierten Stock. Zur Rechten lag ein größeres Büro, das sie betraten.

»Hallo, Doc!« grüßte Dawson. »Darf ich Ihnen Dmitrij vorstellen. Dr. Brightling hat ihn uns gestern nacht geschickt. – Er wird eine Weile bei uns bleiben«, fügte der Sicherheitschef hinzu.

»Das Fax habe ich bekommen.« Der Arzt im weißen Kittel stand auf und hielt Popov die Hand hin. »Seien Sie gegrüßt! Ich bin John Killgore. Folgen Sie mir bitte.« Durch eine Zwischentür gelangten sie in einen Untersuchungsraum; Dawson war respektvoll draußen geblieben. Killgore wies Popov an, sich bis zur Unterwäsche zu entkleiden, und ließ ihm eine Generaluntersuchung angedeihen, nahm den Blutdruck, prüfte Augen und Ohren und Reflexe, kniff ihn in den Bauch, um sicherzugehen, daß keine unnatürliche Vergrößerung der Leber vorlag. Popov ließ das alles widerspruchslos über sich ergehen, ein wenig verwirrt. Wie die meisten Menschen begegnete er Ärzten mit einer gewissen Ehrfurcht. Zum Schluß holte Killgore aus einem Medikamentenkoffer eine Ampulle hervor und füllte eine Einwegspritze damit.

»Was ist das?« fragte Dmitrij Arkadejewitsch.

»Nur zur Stärkung«, sagte der Arzt lächelnd und setzte die Ampulle an.

Popov nahm sie auf und musterte das Etikett, das mit »B-2100 11 21-00« beziffert war. Sonst stand nichts darauf. Dann zuckte er zusammen, als ihm die Nadel in den Oberarm fuhr. Spritzen bekam er gar nicht gern.

»So, das wär's dann. Alles in Ordnung«, lobte Killgore. »Morgen erfahren Sie Ihre Ergebnisse, vor allem die Blutwerte.« Damit bedeutete er dem Russen, sich anzuziehen, und reichte ihm die Kleider vom Haken. Wie schade, dachte Killgore, daß er nicht mit Dankbarkeit rechnen konnte, wenn er diesen Patienten überleben ließ.

»Es ist, als ob er gar nicht existiert«, berichtete Special Agent Sullivan seinem Chef. »Vielleicht kommt jemand anders, um seine Post abzuholen, aber in den letzten neun oder zehn Tagen nicht.«

»Und was machen wir jetzt?«

»Wenn Sie wollen, können wir eine Kamera und einen Bewegungssensor im Postfach installieren, wie die FCI-Spezialisten, wenn sie tote Briefkästen überwachen. Möglich wäre es, allerdings ziemlich teuer, und wir müßten zwei Leute abstellen, die in der Nähe bleiben, falls der Alarm losgeht. Ist denn der Fall so wichtig?«

»Inzwischen ja«, erklärte der stellvertretende New-York-Beauftragte des FBI seinem Untergebenen. »Gus Werner selbst hat die Ermittlungen begonnen und hält sich persönlich über den Fortgang auf dem laufenden. Dann sprecht mal mit den Kollegen vom FCI und laßt euch Amtshilfe geben bei der Überwachung des Postfachs.«

Sullivan nickte und verbarg seine Überraschung. »Gut, machen wir.«

»Nächster Punkt – was ist mit dem Fall Bannister?«

»Damit kommen wir momentan keinen Schritt weiter. Am nächsten dran schienen wir zu sein, als wir diesen Kirk MacLean zum zweiten Mal aufsuchten. Er wirkte ein bißchen hektisch. Mag sein, daß er nur Lampenfieber hatte, aber es kann auch was anderes sein. Wir haben nichts gegen ihn in der Hand und wissen nur, daß er mit der Vermißten in dieser Kneipe getrunken und geredet hat. Über seinen Hintergrund haben wir uns informiert. Viel ist da nicht zu berichten. Hat einen einträglichen Job in der Horizon Corporation; von Beruf ist er Biochemiker, hat sein Examen an der Universität von Delaware gemacht, mit Magister, und will in Columbia promovieren. Gehört verschiedenen Bürgeriniativen an, darunter Earth First und dem Sierra-Club, und bezieht ihre Zeitschriften. Sein Hobby ist Gebirgswandern. Zweiundzwanzig Riesen hat er auf der Bank und zahlt seine Rechnungen pünktlich. Die Nachbarn schildern ihn als ruhigen, zurückgezogen lebenden Jungen, der nicht allzuviele Freunde hat im Viertel. Eine Partnerin ist nicht bekannt. Mary Bannister will er nur beiläufig gesehen und einmal nach Hause gebracht haben, ohne daß es zu intimeren Kontakten kam. Mehr ist ihm nicht zu entlocken.«

»Sonst noch was?« fragte der stellvertretende Beauftragte.

»Die gedruckten Flugblätter der New Yorker Polizei haben noch keine Ergebnisse gebracht. Allzuviel verspreche ich mir davon nicht.«

»Und wie wollen Sie weiter vorgehen?«

Sullivan zuckte die Achseln. »In ein paar Tagen wollen wir MacLean noch einmal auf den Zahn fühlen. Wie schon gesagt, er wirkt ein bißchen verdruckst, aber nicht genug, ihn überwachen zu lassen.«

»Ich habe mit Leutnant d'Allessandro darüber gesprochen. Er meint, in diesem Teil der Stadt könnte ein Serientäter unterwegs sein.«

»Mag sein. Auch ein anderes Mädchen wird vermißt, Anne Pretloe, aber bei der tappen wir ebenfalls im Dunkeln. Nirgends ein konkreter Anhaltspunkt. Wir bleiben am Ball«, versprach Sullivan. »Wer immer da sein Unwesen treibt, wird früher oder später einen Fehler machen.« Doch bis es soweit war, würden vielleicht weitere junge Frauen in diesem Bermuda-Dreieck verschwinden, und selbst die vereinten Kräfte von Polizei und FBI konnten es nicht verhindern. »Einen solchen Fall habe ich noch nie bearbeitet.«

»Ich schon«, warf der Beauftragte ein. »Den Green-River-Schlächter von Seattle. Da haben wir eine Tonne Akten produziert und das Schwein doch nie erwischt. Irgendwann hörten die Morde einfach auf. Vielleicht haben sie ihn wegen Raubüberfall oder Ladendiebstahl drangekriegt, und er sitzt jetzt in einem Gefängnis in Washington State und wartet auf Amnestie, damit er weitere Nutten abschlachten kann. Wir haben ein detailliertes Profil der Persönlichkeit dieses Täters, wissen aber nicht, wer die Persönlichkeit ist. Das sind die wahren Kopfnüsse in unserem Beruf!«

Kirk MacLean saß zu diesem Zeitpunkt gerade in einer der vielen hundert New Yorker Delikatessen-Imbißbuden beim Mittagessen, löffelte seinen Eiersalat und trank ein Eiskrem-Soda.

»Und dann?« fragte Henriksen.

»Dann kamen sie und wollten nochmal mit mir reden, stellten mir wieder und wieder dieselben blöden Fragen. Als erwarteten sie, daß ich mich in Widersprüche verwickle.«

»War das der Fall?« fragte der ehemalige FBI-Mann.

»Nein. Ich habe nur eine einzige Story durchgekaut, und die hatte ich mir längst vorher zurechtgelegt. Woher haben Sie gewußt, wie die mich löchern würden?« wollte MacLean wissen.

»Früher war ich selbst beim FBI. Ich habe Fälle bearbeitet und weiß, wie die Agenten vorgehen. Man darf sie nicht unterschätzen. Ganz plötzlich erscheinen sie – aber nein, wenn *die* auf der Bildfläche erscheinen, sehen sie sich bei Ihnen um, und dann geben sie keine Ruhe mehr, bis sie etwas finden«, erklärte Henriksen, um den Jungen noch einmal zu warnen.

»Und was machen sie jetzt?« fragte MacLean. »Die Mädels, meine ich.«

»Das brauchen Sie nicht zu wissen, Kirk. Vergessen Sie das nicht. Besser, Sie wissen nichts davon.«

»Okay.« Mürrisch gab MacLean klein bei. »Und was jetzt?«

»Die kommen wieder. Wahrscheinlich versuchen sie, Ihren Hintergrund auszuleuchten.«

»Und was soll das heißen?«

»Tja, die reden mit Ihren Nachbarn, Kollegen, lassen sich Kreditauskunft geben, prüfen, welchen Wagen Sie fahren, ob Sie viele Knöllchen kriegen, Vorstrafen haben, immer mit dem Argwohn, Sie könnten was auf dem Kerbholz haben.«

»Aber bei mir werden sie wirklich nichts finden!«

»Weiß ich.« Henriksen hatte ihn bereits selbst in gleicher Weise geprüft. Jemanden mit krimineller Vergangenheit zugunsten des Projekts krumme Dinger drehen zu lassen, wäre der reine Wahnsinn. Das einzige, was gegen MacLean vorlag, war seine Mitgliedschaft bei Earth First, die vom Büro nahezu als terroristische, zumindest aber als radikale Umweltgruppe eingestuft wurde. Doch alles, was MacLean mit denen zu schaffen hatte, war das Zeitschriftenabo. Sie hatten auch viele gute Ideen, und im Projekt wurde erwogen, einigen aus der Gruppe

B-Serum zu verabreichen. Leider waren gar zu viele von denen der Ansicht, man hätte schon viel für den Umweltschutz getan, wenn man lange Nägel in die Bäume schlug, damit die Motorsägen dran kaputtgingen. Durch solche Aktionen wurden nur Arbeiter in den Sägemühlen verletzt, was den Volkszorn entfachte, ohne daß man sinnvolle Alternativen aufzeigte. Es war dasselbe wie bei den Terroristen. Deren Aktionen standen immer in grellem Widerspruch zu ihren moralischen Ansprüchen, wie Henriksen seit Jahren wußte. Sie waren einfach nicht klug genug, eine Infrastruktur zu entwickeln, die der Realisierung ihrer Absichten zugute kam. Dazu mußte man in die Wirtschaft gehen, sich ihre Strukturen zunutze machten – doch das war ein Feld, auf dem die meisten Ökos nicht konkurrieren konnten. Ideologie reichte eben nicht. Man brauchte auch Verstand und Anpassungsfähigkeit. Zur Elite zählte eben nur, wer es verdiente. Kirk MacLean war auch nicht würdig genug, aber er gehörte nun mal zum Bodenpersonal. Und jetzt regte er sich auf, weil das FBI ihm nachstellte. Eigentlich brauchte er nur bei seiner Story zu bleiben. Doch wer so aufgeregt war, konnte leicht einen Fehler machen. Das mußte auf jeden Fall verhindert werden.

»Packen Sie am besten Ihre Sachen. Wir fliegen Sie heute zum Projekt hinaus.« Was soll's, es ging ja sowieso bald los. Sehr bald sogar.

»Toll!« freute sich MacLean und futterte seinen Eiersalat. Wie er feststellte, hatte sich Henriksen Pastrami bestellt. Veganer war er nicht gerade. Würde sich vielleicht noch ändern …

Kunstwerke schmückten schließlich doch noch einige der nackten Wände. Danach kam Popov die Einrichtung wenigstens nicht mehr ganz so seelenlos vor. Es handelte sich um gemalte Landschaften – Bergmassive, Wälder und Tiere. Einige der Bilder waren nicht schlecht, doch das meiste ziemlich platt, wie die röhrenden Hirsche, die man in den Zimmern billiger Motels vorfand. Der Russe fand es merkwürdig, daß man sich diese monströse Anlage mitten in der Einöde soviel kosten ließ und sich bei der künstlerischen Ausstattung mit drittklassigem Kitsch begnügte. Über Geschmack ließ sich nicht streiten, und Brightling war Technokrat und in den feineren Aspekten des menschlichen Daseins ziemlich ungebildet. In früheren Zeiten wäre er Druide geworden, dachte Dmitrij, ein bärtiger Eiferer mit langem weißem Bart, der Bäumen und Tieren huldigte und seinen Göttern auf Steinaltären Jungfrauen opferte. Popov hätte mit den Jungfrauen Besseres anzufangen gewußt. In seinem Auftraggeber mischten sich auf merkwürdige Weise Fortschritt und Rückständigkeit – und in seiner Firma auch. Der Sicherheitschef war »Veganer«, der keine tierischen Produkte benutzte und kein Fleisch aß. Was für ein Mumpitz! Horizon war der weltweite Marktführer in mehreren neuen Bio-Technologien, und in der Konzernspitze wimmelte es von Spinnern und Sonderlingen. Wahrscheinlich war das eine amerikanische Krankheit. In einem Land mit solchen Ressourcen mußten Brillanz und Überspanntheit nahe beieinander wohnen. Brightling selbst war das beste Beispiel dafür. Er war ein Genie, aber er hatte Popov angeheuert, terroristische Attentate zu provozieren …

… und dann hatte er Popov hierhergeschickt. Dmitrij Arkadejewitsch ließ es sich beim Abendessen durch den Kopf gehen. *Warum hier?* Was war so besonders an dieser Filiale?

Jetzt begriff er auch, weshalb Brightling so lässig die Milliönchen abschrieb, die er den Terroristen überbringen sollte. Horizon Corporation hatte hier mehr für die Pflasterung der Zufahrtsstraßen ausgegeben als alles, was Popov an Koffern beiseite geschafft und auf sein Berner Privatkonto eingezahlt hatte. An diesem Ort hier war ihnen mehr gelegen. Das merkte man an jedem Detail, bis hin zu Drehtüren, die keine Luft nach außen dringen ließen – jeder Durchgang, den er sah, war gewissermaßen ein Luftventil, weshalb er sich vorkam wie in einer Weltraumstation. Kein schimmliger Dollar war gespart worden, um diese Einrichtung perfekt zu machen. Doch perfekt – für was?

Popov schüttelte den Kopf und nippte an seinem Tee. Die Qualität der Verpflegung war hervorragend. Die Qualität war *in allem* exzellent, von den geradezu absurd kitschigen Ölbildern einmal abgesehen. Demnach hatte man hier nicht die kleinste Nachlässigkeit geduldet. Brightling war kein Mann der Kompromisse, nicht wahr? Daraus zog Dmitrij Arkadejewitsch den Schluß, daß hier *alles* bewußt entschieden worden war, und alles in ein Schema paßte. Aus diesem mußte der Zweck des Ganzen und das Ziel des Mannes, der es ins Leben gerufen hatte, doch eigentlich hervorgehen! Er mußte sich selbst eingestehen, daß ihm der Tagesausflug imponiert hatte. Und die medizinische Untersuchung? Wozu sollte *die* auf einmal gut sein? Der Doktor hatte ihm eine Spritze verpaßt. Zur »Stärkung«, wie es hieß. Aber wofür? Gegen was?

Von außen erschien diese Gralsburg der Technik nur als Agrarbetrieb: noch weiter draußen lebten schon die wilden Tiere, denen sein Chauffeur offenbar huldigte.

Er mußte an Druiden denken. In seiner Zeit als Agent in London hatte er sich Zeit genommen und viel über englische Geschichte und Kultur gelesen, den Touristen gespielt, war nach Stonehenge und anderswohin gereist, um die Einwohner besser zu verstehen. Letztlich aber lief alles darauf hinaus: Geschichte bleibt Geschichte, und die lief nicht nach logischen Gesetzen ab, auch nicht in der Sowjetunion, wo sie stets unter ideologischen Gesichtspunkten aufgefaßt wurde, die Marx und Engels gelehrt hatten.

Druiden waren Heiden gewesen, ihre Kultur beruhte auf göttlichen Wesen, die in Bäumen und Felsenhainen wohnten, und denen Menschenopfer dargebracht wurden. Das waren zweifellos Maßnahmen, die der Priesterkaste vorbehalten waren, um ihre Herrschaft über die Bauern auszuüben ... und über den Adel auch, wozu Religionen ja tendieren. Angesichts der großen Rätsel des Lebens boten sie ihnen ein wenig Hoffnung, ein paar Gewißheiten – was passierte mit uns nach dem Tod, warum gab es Regen, Vollmond, Überschwemmungen, wie war die Welt entstanden? – und erhielten als Gegengabe ihren Anteil an irdischer Macht, der darin bestand, allen ihre Lebensform aufzuzwingen. Vielleicht war es die einzige Chance für Menschen von großer Begabung und niedriger Herkunft, sich wenigstens einen Anteil an der Autorität von Schwertträger-Eliten zu sichern. Letztlich ging es immer um Macht – irdische Macht. Und wie die Mitglieder des Zentralkomitees der KPdSU hatte die Priesterschaft der Druiden vermutlich an alles geglaubt, was sie predigte, wie auch an das, was sie durchsetzte – schon weil sie es mußte. Schließlich war es die Quelle ihrer Macht, die sie nicht verlieren wollten.

Doch diese Leute waren keine primitiven Stämme, oder? Hauptsächlich waren es Wissenschaftler, einige unter ihnen hochrangige, weltweit anerkannte Kapazitäten ihres Fachs. Horizon Corporation war schon immer eine Kaderschmiede der Genies gewesen. Wie sonst hätte Brightling soviel Geld scheffeln können?

Popov runzelte die Stirn, als er sein benutztes Geschirr aufs Tablett stapelte, das er in den Servierwagen zurückstellte. Diese Cafeteria unterschied sich in nichts von der im KGB-Hauptquartier am Dserschinskij-Platz Nr. 2 in Moskau. Gute Verpflegung und Anonymität.

Zufrieden und satt begab er sich auf sein Zimmer und wußte noch immer nicht, was sein Leben in den letzten paar Monaten so radikal verändert hatte. Druiden? Wie konnten sich Männer der Wissenschaft so aufspielen? Veganer? Wie konnte jemand, der noch gesund und bei Verstand war, *kein* Fleisch mögen? Was war so besonders an den graubraunen Antilopen, die hier in den Außenbezirken des Grundstücks grasten? Und der Beauftragte für Sicherheitskontrolle, gewiß ein höchst vertrauenswürdiger Mann, von dem man sich einiges erwartete – er lebte zugleich als Müsli-Vegetarier in einem Land, wo Beefsteaks in einem Ausmaß produziert und verbraucht wurden, von dem andere Länder nur träumen konnten…

Wie zum Teufel reimte sich das alles zusammen? fragte sich Popov zum hundertsten Male, als er das Fernsehen einschaltete. »Zur Stärkung« – gegen was? Weshalb überhaupt diese langwierige Untersuchung? Je tiefer er bohrte, je mehr er dazulernte, desto verwirrender und rätselhafter erschien es ihm.

Doch was immer dahinter steckte, es mußte die Investitionen aufwiegen, die Brightling und seine Firma hineingesteckt hatten – und die waren gewaltig! Mit welchem Ziel auch immer, John Brightling schreckte nicht davor zurück, den Tod unbekannter und ihm mit Sicherheit gleichgültiger Menschen in Kauf zu nehmen. Aber welches Unternehmenskonzept mochte dahinter stecken?

Popov mußte wieder einmal einsehen, daß er nicht die geringste Ahnung hatte. Wäre er noch gezwungen, seinen KGB-Vorgesetzten Bericht über dieses Abenteuer zu erstatten, hätten sie ihn wohl für leicht verrückt erklärt. Doch zugleich hätten sie ihm aufgetragen, den Fall weiterzuverfolgen, bis sich eine sinnvolle Erklärung abzeichnete. Und da er KGB-geschult war und nicht aus seiner Haut konnte, blieb ihm nichts anderes übrig, als solange nach der Wahrheit zu forschen, bis er das Zeitliche segnete.

Wenigstens konnte sich Chavez mit den bequemen Erste-Klasse-Sitzen trösten. Dieser Flug war einer der längsten seines Lebens – ungefähr der längstmögliche überhaupt, denn das Ziel lag etwa 17000 Kilometer weit weg, und der Erdumfang belief sich auf über 40000 Kilometer. Die British-Airways-Maschine würde gegen 22.15 Uhr starten, elfeinviertel Stunden nach Bangkok fliegen und nach über anderthalb Stunden Aufenthalt den Flug nach Sydney fortsetzen, der noch acht Stunden und fünfzig Minuten dauerte. Bis dahin, glaubte Ding, war er voraussichtlich entnervt genug, die Pistole zu ziehen und ein Blutbad in der Pilotenkanzel anzurichten. Und all das – plus Trennung von Weib und Neugeborenem – nur, weil die Australier während der Wettkämpfe jemanden zum Händchenhalten brauchten. Er würde um 17.20 Uhr eintreffen – und dank den Wechselfällen der Datumsgrenze und der internationalen Kalenderregeln *zwei* Tage seines kostbaren Lebens allein für die Hinreise geopfert haben. Bis dahin war seine innere Uhr durcheinander wie das Rührei von heute früh. Aber da war nichts zu machen, und wenigstens hatte British Airways das Rauchen verboten – diejenigen, die nikotinsüchtig waren, brachte es wohl an den Rand des Nervenzusammenbruchs, aber das war nicht sein Problem. Vier Bücher hatte er mitgenommen und sechs Illustrierte, um sich die Zeit zu vertreiben, dazu einen privaten Mini-Fernseher für Spielfilme – jedenfalls wollte er das Beste draus machen. Die Stewardessen schlossen jetzt die Luke, die Motoren starteten, und der Kapitän hieß sie über Lautsprecher willkommen in der Blechkiste, die sie einen Tag lang – oder, je nach Blickwinkel, zwei – beherbergen würde.

32

BLUTWERTE

»War das eine gute Idee?« fragte Brightling.

»Ich denke schon. Kirk war sowieso schon auf der Reiseliste. Seine Kollegen sind vorgewarnt und werden allen, die nach ihm fragen, von einer Geschäftsreise ins Ausland erzählen«, erklärte Henriksen.

»Und wenn die FBI-Agenten später wiederkommen?«

»Dann ist er nicht in der Stadt, und sie müssen eben abwarten«, antwortete Henriksen. »Derartige Ermittlungen dauern oft Monate an, aber soweit wird es gar nicht mehr kommen, nicht wahr?«

Brightling nickte. »Wohl kaum. Wie benimmt sich Dmitrij da draußen?«

»Dave Dawson meint, er fühlt sich pudelwohl. Stellt einen Haufen touristischer Fragen, aber mehr nicht. Johnny Killgore hat ihn gründlich untersucht und ihm schon das B-Serum verpaßt.«

»Hoffen wir, daß er gerne überlebt. Nach allem, was er erzählt hat, sind ihm unsere Ziele nicht ganz fremd.«

»Da wär ich mir nicht so sicher. Aber vorläufig hat er keine Ahnung, was vorgeht, und wenn er's herausfindet, ist es sowieso zu spät. Wil Gearing ist schon vor Ort und meint, alles läuft nach Plan, John. Drei Wochen noch, dann ist alles gelaufen. Es wird also Zeit, unsere Leute nach Kansas zu bringen.«

»Zu schade. Das Ewige-Jugend-Projekt macht momentan große Fortschritte.«

»Ach ja?«

»Es ist natürlich immer problematisch, den Durchbruch zu prophezeien, aber die Ergebnisse in sämtlichen Teilbereichen sehen ziemlich interessant aus, Bill.«

»Soll das heißen, wir hätten ewig leben können ...?« fragte Henriksen mit trockenem Grinsen. Seit er sich mit Brightling und der Horizon Corporation zusammengetan hatte, war es ihm stets schwergefallen, an solche Ammenmärchen zu glauben. Die Firma hatte tatsächlich einige medizinische Wunder vollbracht, aber das war ihm einfach zu hoch.

»Ich kann mir Schlimmeres vorstellen. Jedenfalls bekommt die gesamte Forschungsgruppe den B-Schuß«, betonte Brightling.

»Dann nimm sie doch alle mit raus und laß sie in Kansas arbeiten, um Nägel mit Köpfen zu machen«, schlug Bill vor. »Und was wird aus dem Rest der Firma?«

Brightling mochte es nicht, danach gefragt zu werden; es war ihm unangenehm, daß es mehr als der Hälfte der Horizon-Belegschaft nicht anders ergehen würde als dem Rest der Menschheit – bestenfalls wurden sie ihrem Sterben überlassen, schlimmstens mit der A-Behandlung zum Tode verurteilt. Rudimentäre Reste von Moral waren auch bei Dr. phil. Dr. med. John Brightling noch vorhanden, zum Teil aus Verantwortungsgefühl für seine Mitarbeiter heraus – auch deshalb war Dmitrij Popovs Blutkreislauf in Kansas mit B-Antikörpern angereichert worden. Selbst dem Großen Boß persönlich war nicht hundertprozentig wohl bei der Sache, dachte Henriksen. So wirkte sich die Stimme des Gewissens aus – hatte nicht Shakespeare darüber geschrieben?

»Es ist schon beschlossene Sache«, erklärte Brightling, als sich seine Verunsicherung legte. Diejenigen, die am Projekt teilnahmen und deren wissenschaftliche Kenntnisse in der künftigen Welt von Nutzen waren, wurden geschont. Buchhalter, Sekretärinnen oder Anwälte bekamen im großen und ganzen keine Überlebenschance. Daß er rund fünftausend Menschen in die Arche nahm – so viele, wie die Einrichtungen in Kansas und Brasilien zu fassen vermochten –, war schon reichlich genug, zumal nur ein geringer Prozentsatz von ihnen überhaupt in das Projekt eingeweiht war. Er glaubte ernstlich, den Planeten nur retten zu können, wenn er diesen mörderisch hohen Preis bezahlte. Diese Zukunft war die Mühen wert; heimlich allerdings hoffte er, die Übergangsperiode durchzustehen, ohne sich in seiner Gewissensnot, die ihn mit Sicherheit quälen würde, das Leben zu nehmen.

Für Henriksen war es leichter. Was die Menschen der Welt angetan hatten, war ein Verbrechen. Wer so etwas tat, förderte oder zu verhindern unterließ, gehörte mit zu den Kriminellen. Ihnen Einhalt zu gebieten, war von jeher sein Job. Anders ging's nicht. Und schließlich würde es die Unschuldigen nicht treffen, ebensowenig wie die Natur selbst. In jedem Fall standen die Männer mitsamt ihrer tödlichen Fracht schon bereit. Wil Gearing war zuversichtlich, daß alles nach Plan ablief. Mit Hilfe Popovs und der von ihm veranlaßten Aktionen hatte sich Global Security raffiniert in die Sicherheitsaufsicht der Sydney-Olympiade eingeklinkt. Das Projekt war jetzt nicht mehr aufzuhalten und damit basta; in einem Jahr, von jetzt an gerechnet, war die Welt nicht mehr wiederzuerkennen. Henriksen hatte nur die einzige Sorge, wieviele die Seuche überleben würden. Dieses Problem hatten die Wissenschaftler des Projekts schier endlos diskutiert. Die meisten dürften natürlich dem Hunger oder anderen Todesursachen erliegen, und nur wenige waren imstande, sich auszurechnen, weshalb die Projektteilnehmer ebenfalls überlebten, und einen Vergeltungsschlag gegen sie zu planen. Den meisten natürlich Überlebenden würde man anbieten, unter die Fittiche des Projekts zu kommen; die klügeren würden diesen Schutz akzeptieren. Und der Rest – was soll's? Henriksen hatte auch die Sicherheitsvorkehrungen in Kansas organisiert. Leichte und schwere Waffen hatten sie dort zuhauf, mit denen ein Aufstand shiva-verseuchter Farmer leicht niederzuknüppeln war.

Die wahrscheinlichste Begleiterscheinung der Seuche war der rapide Verfall der Staaten. Selbst das Militär würde sich auflösen, aber in Kansas lag die Einrichtung weit entfernt von der nächsten Militärbasis, und die Soldaten aus Fort Riley würden zuerst in die Städte entsandt, um dort für Ordnung zu sorgen, bevor sie selbst den Symptomen erlagen. Militärärzte würden sie behandeln – mit welchem Erfolg, war abzusehen –, und wenn schließlich die allgemeine Auflösung eintrat, war es viel zu spät für die Soldaten, gegen sie anzugehen. Eine aufregende Zeit stand ihnen ins Haus, doch sie würde rasch vorübergehen, und solange sich die Menschen in der Kansas-Einrichtung ruhig verhielten, brauchten sie mit einem organisierten Angriff von dieser Seite nicht zu rechnen. Eigentlich brauchten sie der Welt bloß vorzumachen, daß auch dort die Einwohner starben; vielleicht ein paar Gräber ausbuddeln und vor laufender Kamera Plastiksäcke beerdigen – oder besser noch, auf den Scheiterhaufen legen –, dann würden die Leute diesen neuen Brennpunkt der Seuche schon freiwillig meiden. Darauf waren sie seit Jahren vorbereitet. Das Projekt konnte nicht scheitern. Es durfte nicht. Wer würde sonst die Ökosphäre retten?

Die Cafeteria hatte italienische Woche, und Popov war froh, daß die Köche hier keine »Veganer« waren. Die Lasagne war mit Lagen aus echtem Hackfleisch gefüllt. Als er mit seinem Tablett und einem Glas Chianti in den Saal trat, erspähte er Dr. Killgore, der allein an seinem Tisch saß. Popov beschloß, sich zu ihm zu gesellen.

»Ach, hallo – Mr. Popov!«

»Mahlzeit, Doktor. Wie steht es denn mit meinen Blutwerten?«

»Alles bestens. Ihr Cholesterinspiegel ist leicht erhöht, und der Anteil weißer und roter Blutkörperchen nicht ganz ausgeglichen, aber kein Grund zur Besorgnis. Ein bißchen Sport könnte Ihnen guttun. Ihr PSA-Wert sieht recht gut aus …«

»Was für ein Wert?«

»Prostata-Spezifische Antikörper; ein Indikator für das Prostata-Krebsrisiko. Alle Männer sollten sich daraufhin untersuchen lassen, wenn sie die Fünfzig erreichen. Ihr Wert ist einwandfrei. Ich wollte Ihnen gestern schon Bescheid geben, aber ich stecke über beide Ohren in Arbeit. Tut mir leid – aber da nichts Wichtiges vorlag, war kein Handlungsbedarf gegeben. Keine Nachricht ist manchmal die beste Nachricht, Mr. Popov!«

»Nennen Sie mich Dmitrij«, bot der Russe an und streckte ihm die Hand hin.

»John«, erwiderte der Doktor, nahm und schüttelte sie. »Bei Ihnen soviel wie Iwan, glaube ich.«

»Und wie ich sehe, sind Sie kein Veganer«, bemerkte Dmitrij Arkadejewitsch und wies auf Killgores Teller.

»Ach, das? Ich? Nein, Dmitrij, zu denen gehöre ich nicht. Homo sapiens ist eine fleischfressende Spezies. Unsere Zähne sind nicht die von Pflanzenfressern; der Zahnschmelz ist nicht stark genug. Die Veganer sind eine politische Bewegung. Einige von denen tragen nicht mal Lederschuhe, weil Leder ein Tierprodukt ist.« Wie zur Widerlegung der Vegetarier verschlang Killgore ein halbes Fleischbällchen. »Ich bin sogar leidenschaftlicher Jäger!«

»Ach ja? Wo gehen Sie denn dieser Leidenschaft nach?«

»Nicht auf dem Projektgelände, versteht sich. Da haben wir eine strenge Hausordnung. Doch nach einiger Zeit werde ich wohl auf die Pirsch gehen können – Wild, Elche, Büffel und Vögel, was das Herz begehrt!« Killgore warf einen Blick aus den riesigen Fenstern.

»Büffel? Sind die nicht längst ausgestorben?« Popov hatte irgendwann einmal davon gehört oder gelesen.

»Nicht ganz. Vor hundert Jahren war es fast einmal so weit, aber im Yellowstone-Nationalpark und in privaten Tiergehegen haben genug überlebt, um sich fortzupflanzen. Einige haben sie sogar schon mit Rindern gekreuzt; das Fleisch ist sehr delikat. Büffelgulasch können Sie in manchen Läden hier in der Gegend kaufen!«

»Ein Büffel läßt sich mit einer Kuh ein?« wunderte sich Popov.

»Sicher doch! Die Tiere stehen sich zumindest genetisch sehr nahe, und Kreuzungen sind verhältnismäßig leicht zu bewerkstelligen. Das einzige Problem dabei ist«, erklärte Killgore spöttisch grinsend, »ein Zuchtbulle reagiert eher scheu auf die Bisonkuh und hat Schwierigkeiten, seine Pflicht zu tun wie sonst. Das kann man beheben, indem man sie von klein auf zusammen aufwachsen läßt, so daß der Bulle an die Bisons gewöhnt ist, wenn er geschlechtsreif wird.«

»Und was ist mit Pferden? Ich hätte erwartet, an einem Ort wie diesem Pferde zu finden!«

»Wir haben welche; meistens Quarterpferde und dergleichen, auch einige Appalousas. Das Pferdegehege liegt im Südwesten des Geländes. Reiten Sie, Dmitrij?«

»Nein, aber ich habe viele Westernfilme gesehen. Als Dawson mich umherfuhr, erwartete ich mehr oder weniger, Rinderherden zu sehen und Cowboys mit Revolvern am Gürtel.«

Killgore wollte sich ausschütten vor Lachen. »Ich vermute, Sie sind ein Großstadtkind. Bei mir war's früher auch nicht anders, aber mit der Zeit habe ich mich hier draußen immer wohler gefühlt, besonders zu Pferde. Möchten Sie's nicht mal versuchen?«

»Auf einem Pferd hab ich nie gesessen«, gab Popov zu bedenken, aber die Einladung war verlockend. Der Doktor war ein liebenswürdiger Mensch, vielleicht konnte man ihm trauen. Jedenfalls würde er bei ihm Informationen bekommen können, dachte Dmitrij Arkadejewitsch.

»Wir haben ein schönes Quarterpferd hier – Buttermilk heißt sie, wie gefällt Ihnen das?« Killgore hielt inne. »Verdammt gute Luft hier draußen.«

»Sind Sie noch nicht lange hier?«

»Letzte Woche eingetroffen. Vorher war ich im Binghamton-Laboratorium, nordwestlich von New York City«, erklärte er.

»Und auf welchem Gebiet forschen Sie?«

»Auf medizinischem. Als Epidemiologe, um genau zu sein. Ich wurde als Experte für Krankheiten eingestellt, die ganze Bevölkerungen dahinraffen. Aber ich mache auch klinische Experimente und gehöre zu den praktischen Ärzten hier. Wie die Hausärzte in guter alter Zeit. Ich weiß ein bißchen von allem, aber auf ein bestimmtes Gebiet spezialisiert bin ich nicht – außer in der Epidemiologie, und da ist man mehr Buchhalter als Arzt, verstehen Sie!«

»Eine meiner Schwestern ist Ärztin«, umwarb Popov den Mediziner.

»Wirklich? Wo denn?«

»In Moskau. Sie ist Kinderärztin. An der Moskauer Staatlichen Universität hat sie in den siebziger Jahren ihr Diplom gemacht. Ihr Name ist Maria Arkadejewna. Ich heiße Dmitrij Arkadejewitsch. Unser Vater war ein Arkadij, verstehen Sie!«

»War er auch Doktor?«

Popov schüttelte den Kopf. »Nein, er war Spion – wie ich. Abwehroffizier bei der Staatssicherheit.« Popov ließ das absichtlich fallen, um Killgores Reaktion zu testen. Hier brauchte er wohl kein Geheimnis daraus zu machen, dachte er – und nützlich war es obendrein. Wer etwas gibt, bekommt auch was ...

»Sie waren im KGB? Ohne Quatsch?« fragte der Doktor beeindruckt.

»Ja. Aber mit dem großen innenpolitischen Wandel ging die Bedeutung des KGB zurück, und ich wurde, wie sagt man, in den Ruhestand geschickt?«

»Was haben Sie denn beim KGB gemacht? Oder dürfen Sie das nicht sagen?«

Es war fast, als hätte er eingestanden, Athlet zu sein oder Fernsehstar, dachte Popov. »Ich war Nachrichtendienstler. Ich mußte Informationen beschaffen und habe Informanten geführt, die für den KGB von Interesse waren.«

»Was meinen Sie damit?«

»Also, man traf bestimmte Leute in bestimmten Gruppen und diskutierte ... Fragen von gegenseitigem Interesse!« erwiderte er vorsichtig.

»Was denn zum Beispiel?«

»Darüber möchte ich nicht ins Detail gehen. Dr. Brightling weiß Bescheid! Deshalb hat er mich dann ja auch eingestellt.«

»Aber Sie sind jetzt Teilnehmer des Projekts, oder nicht?«

»Ich weiß nicht genau, was das heißen soll. John hat mich hergeschickt, sagte aber nicht, weshalb.«

»Ach so, verstehe. Nun, Sie werden eine Weile bei uns bleiben, Dmitrij.« Das war dem Doktor von Anfang an klar gewesen, nach dem Fax, das ihn aus New York erreicht hatte. Dieser Popov *nahm* jetzt am Projekt teil, ob er wollte oder nicht. Schließlich hatte er schon seinen B-Schuß bekommen.

Der Russe bemühte sich, das Gespräch wieder in Gang zu bringen. »Das Wort ›Projekt‹ habe ich jetzt schon öfter gehört. Was ist denn das für ein Projekt? Was genau tun Sie hier?«

Zum ersten Mal schien es Killgore unbehaglich zu werden. »John wird Sie, glaube ich, früh genug informieren, wenn er herkommt, Dmitrij. – Wie schmeckt Ihnen denn das Essen hier?«

»Ganz vorzüglich, für eine Großküche«, gab Popov zurück und fragte sich, welches Minenfeld er vorhin betreten hatte. Ganz nah dran war er gewesen, und sein Instinkt sagte ihm, daß das Wichtigste ihm entging. Er hatte eine direkte Frage gestellt, obwohl man annahm, daß er Bescheid wußte, und das Fehlen der entsprechenden Kenntnisse hatte Killgore irritiert.

»Doch, wir haben einige erstklassige Köche eingestellt.« Killgore brach das letzte Stück Brot. »Haben Sie vielleicht Lust auf einen kleinen Ausritt?«

»Recht gern, wenn Sie Zeit haben!«

»Treffen wir uns morgen früh, sagen wir gegen sieben, und wir erkunden zusammen die Umgebung.« Damit verabschiedete sich Killgore und war verschwunden. Was führte bloß den Russen hierher? Wen John Brightling persönlich rekrutierte, der war in der Regel nicht unwichtig für das Projekt – aber verhielt es sich so, dann müßte er doch längst über alles informiert sein, oder? Sollte er irgendwen deshalb fragen? Aber wen?

Sie klopften an die Tür und ahnten schon, daß niemand öffnen würde. Sullivan und Chatham warteten ein paar Minuten – vielleicht war der Typ ja gerade auf dem Klo oder unter der Dusche –, dann probierten sie es nochmal. Keine Antwort. Dann nahmen sie den Lift ins Erdgeschoß, erwischten den Pförtner und zeigten ihre Ausweise.

»Haben Sie eine Ahnung, wo MacLean steckt?«

»Der ist heute sehr früh weggegangen, mit Rucksack und zwei Koffern. Als wollte er verreisen, aber wohin, weiß ich auch nicht!«

»Taxi zum Flughafen?« wollte Chatham wissen.

Der Pförtner schüttelte den Kopf. »Nein, ein Wagen hat ihn abgeholt, und er ist nach Westen gefahren.« Er zeigte in die Richtung, für den Fall, daß sie sich nicht orientieren konnten.

»Hat er irgendwas wegen der Post gesagt?«

Wieder ein Kopfschütteln. »Nein.«

»Vielen Dank«, sagte Sullivan und machte sich zu ihrem Dienstwagen auf. »Geschäftsreise? Ferien?«

»Morgen rufen wir bei ihm im Büro an. Dann wird sich's rausstellen, oder, Tom?«

»Ich fürchte nein«, gab Sullivan trübsinnig zurück. »Fahren wir mal in die Bar und zeigen unsere Fotos anderen Leuten.«

»Einverstanden.« Besonders glücklich war Chatham nicht darüber. Wie hatte er sich mal wieder auf einen ruhigen Fernsehabend gefreut – das war schon schlimm genug. Doch das Übelste war, daß sie in diesem Fall momentan keinen Millimeter vorankamen.

Clark erwachte von einem Geräusch, und es dauerte eine Sekunde, bis ihm einfiel, daß Patsy vorübergehend bei ihnen eingezogen war, um nicht so allein zu sein, und weil sie die Hilfe ihrer Mutter bei dem kleinen JC – wie sie ihn nannten – brauchen konnte. Diesmal beschloß er, ebenfalls aufzustehen, obwohl es noch früh am Tag war. Sandy war schon wach; ihre mütterlichen Instinkte hatten sich beim Schrei des Babys gemeldet. John kam gerade noch rechtzeitig, um seine Frau zu sehen, die der Tochter ihren frisch gewickelten Enkel reichte, während Patsy mit schläfrigem Blick in der Ecke saß und das Nachthemd öffnete, um ihm die Brust zu geben. Ein bißchen peinlich war es John schon, der sich seiner Frau zuwandte, die ebenfalls im Negligé war und die Szene lächelnd betrachtete.

Ein süßes Kerlchen, dachte Clark und riskierte doch einen Blick. JCs Lippen stülpten sich über den dargebotenen Nippel, und er begann, rhythmisch zu saugen – wohl der einzige Instinkt, mit dem Babys zur Welt kommen, diese Mutter-Kind-Bindung, die kein Mann in diesem Stadium der Entwicklung zu ersetzen vermochte. Welch kostbares Gut war das menschliche Leben! Wenige Monate zuvor war John Conor Chavez noch ein Embryo gewesen – ob ein lebendes Individuum, das hing von der Einstellung ab, und daß man über Abtreibung geteilter Meinung sein konnte, wußte John Clark selbst nur zu gut. Er hatte bereits getötet in seinem Leben, nicht regelmäßig, aber auch nicht so selten, wie ihm lieb gewesen wäre. Er pflegte sich dann immer einzureden, daß die Menschen, denen er das Leben nahm, ihr Schicksal verdient hatten, entweder ihrer verbrecherischen Handlungen oder ihrer Verbindungen zu Verbrechern wegen. In solchen Zeiten hatte er stets als Instrument seiner Regierung gehandelt – eigentlich hätte er die Selbstvorwürfe auf den Schultern seiner Vorgesetzten abladen können. Doch jetzt, wenn er JC zusah, mußte er daran denken, daß jedes Leben, das er genommen hatte, irgendwann angefangen hatte wie dieses – hilflos, vollkommen abhängig von der Fürsorge der Mutter – und erst spät zur Manneskraft heranwuchs, die es zum Bösen oder zum Guten wenden konnte. Wie kam es denn dazu? Was verleitete einen Menschen auf die schiefe Bahn? Freier Wille? Schicksal? Glück oder Unglück? Was hatte ihn selbst dazu bestimmt, für das Gute einzutreten – und war sein Leben wirklich und wahrhaftig immer dem Guten geweiht? Wieder eine dieser verdammt kniffligen Fragen, die einem zu nachtschlafender Zeit im Kopf herumgingen. Wenigstens konnte er sich zugute halten, daß er nie im Leben einem Kind wehgetan hatte, so gewaltsam er oft vorgegangen war. Das würde er nie übers Herz bringen. Nein, er hatte Menschen verletzt, die vorher anderen wehgetan hatten, oder zumindest die bedroht, die ihrerseits davon abgehalten werden mußten, seinen Schutzbefohlenen etwas anzutun. Die hatten auch ihre Rechte, die wollte er vor Gewalttätigkeiten jener anderen bewahren, und damit mußte er sich abfinden.

Er trat einen Schritt auf das Paar zu, bückte sich, um die winzigen Babyfüße zu streicheln, aber es kam keine Reaktion. JC hatte in diesem Moment seine eigene Prioritätenliste, auf der regelmäßige Mahlzeiten ganz oben standen und die Zufuhr von Antikörpern, die er mit der Milch einsog und die ihn vor Infektionen schützten. Bald war er imstande, Erwachsene wiederzuerkennen, und sein Knetgummigesicht würde strahlend lächeln, dann würde er aufrecht sitzen, krabbeln, schließlich gehen und so in die Welt der Menschen eintreten. Ding würde ein guter Vater sein, an ihm hatte sein Enkel ein gutes Vorbild, das wußte Clark – besonders wenn Patsy dabei half, widerborstige oder ruppige Tendenzen des Vaters auszugleichen. Clark mußte selbst lächeln, als er ins Bett zurückkehrte – wo mochte Chavez der Ältere in diesem Augenblick sein? – und die Arbeit den Frauen des Hauses überließ.

Stunden später war es erneut die Dämmerung, die Popov in seinem motel-ähnlichen Schlafraum weckte. Er nahm wieder seine Morgenroutine auf, stellte den Kaffeeautomaten an und ging ins Bad, um sich zu duschen und zu rasieren und zehn Minuten später wieder aufzutauchen, um CNN einzuschalten. Die Hauptnachricht gehörte den Olympischen Spielen – so langweilig war die Welt geworden. Wenn er an seine ersten Einsätze in London zurückdachte, als er im Hotelzimmer die Berichte und Kommentare über den Ost-West-Konflikt verfolgt hatte, über Truppenmanöver und wachsenden Argwohn zwischen den politischen Lagern, die sich in seiner Jugend die Welt aufgeteilt hatten! Besonders strategische Zusammenhänge waren von den Journalisten im Print- und Medienbereich so oft fehlinterpretiert worden: Mittelstreckenwaffen und MIRVs, wie das Gleichgewicht der Kräfte durch taktische Nuklearwaffen ins Wanken kam – doch das war längst Geschichte, mußte Popov erkennen. Für ihn war es, als wären Landmarken verschwunden, als hätte die Welt ihre ursprüngliche Gestalt über Nacht verändert, die ihm so unverrückbar schien, und wäre jetzt verrückter, als er sich je vorstellen konnte. Der Atomkrieg, vor dem sich alle gefürchtet hatten, einschließlich seiner Nation und ihren Geheimdiensten, war mittlerweile so wahrscheinlich geworden wie ein vom Schicksal gesandter apokalyptischer Meteoreinschlag.

Es wurde Zeit, sich neu zu orientieren. Popov zog sich an und eilte in die Cafeteria, wo er wie verabredet Killgore beim Frühstück antraf.

»Guten Morgen, John«, grüßte der Russe und setzte sich dem Epidemiologen gegenüber.

»Morgen, Dmitrij. Bereit für unseren kleinen Ausritt?«

»Ich denke schon. Das Tier ist harmlos, sagen Sie?«

»Würde es sonst von allen Buttermilk genannt? Das Quarterpferd ist eine achtjährige Stute – die wird Ihnen schon nicht wehtun!«

»Quarterpferd? Was soll das eigentlich bedeuten?«

»Es heißt, daß sie nur eine Viertelmeile galoppieren können; aber wußten Sie, daß eines der umsatzstärksten Pferderennen der Welt genau über diese Entfernung geht, in Texas? Ich hab vergessen, wie es sich nennt, aber das Preisgeld ist enorm. – Wieder eine jener Instutionen, denen wir noch lange nachtrauern werden«, fuhr Killgore fort und strich Butter auf eine Scheibe Toast.

»Wie bitte?« fragte Popov.

»Hmpf? Ach, nicht so wichtig, Dmitrij.« Und das stimmte auch. Pferde würden zum größten Teil überleben, in die Wildnis zurückkehren und beweisen müssen, ob sie es nach Jahrtausenden enger Gemeinschaft mit den Menschen aus eigenen Kräften schafften. Er vertraute auf ihre Instinkte, die ihrer DNA genetisch eingeschrieben waren und sie retten würde. Und eines Tages würden Projektteilnehmer oder ihre Nachkommen sie einfangen, zähmen und mit ihnen davonreiten, um die Natur und ihre Wunder zu bestaunen. Ihre Arbeitstiere – Quarterpferde und Appalousas – würden sich ohnehin bewähren. Bei Vollblütern war er sich nicht ganz sicher, da sie sich einem einzigen Talent überangepaßt hatten – so schnell im Kreis zu laufen, wie ihr Körperbau erlaubte. Aber das war nun mal Pech; Darwins Gesetze waren unerbittlich und auf ihre Weise doch fair. Killgore beendete sein Frühstück und erhob sich. »Wollen wir?«

»Ja, John.« Gemeinsam traten sie durch die Ventiltür ins Freie hinaus. Vor dem Gebäude hatte Killgore seinen eigenen Brummi stehen, und sie fuhren südwärts in den hellen, frischen Morgen hinaus. Zehn Minuten später standen sie vor den Stallungen. Er holte einen Sattel aus der Scheune und trat vor einen Verschlag, über dessen Holzrahmen das Schild BUTTERMILK hing. Er öffnete, legte der Stute rasch Zaumzeug an und reichte Popov die Zügel.

»Gehen Sie doch mal ein Stück mit ihr nach draußen. Sie ist ein sehr verständiges Tier, Dmitrij, und wird Sie weder treten noch beißen.«

»Wenn Sie meinen, John«, gab der Russe beklommen zurück. Er trug Halbschuhe, keine Reitstiefel, und fragte sich, ob das von Nachteil war. Das Pferd blickte ihn aus großen braunen Augen an und ließ keine feindselige Regung erkennen; wenn überhaupt, dachte es wohl über dieses neue Menschenkind nach, das es jetzt auf die Weide führte. Dmitrij wanderte zum großen Scheunentor, und das Tier folgte ihm friedlich in die klare Morgenluft. Ein paar Minuten später tauchte auch Killgore auf, rittlings auf seinem Pferd, das nach einem Wallach aussah.

»Wissen Sie, wie man aufsitzt?« fragte der Arzt.

Popov glaubte, genug Westernfilme gesehen zu haben. Mit dem linken Fuß trat er in den Steigbügel und zog sich hoch, schwang das rechte Bein über die Kruppe und ertastete den zweiten Steigbügel.

»Gut so! Und jetzt die Zügel so halten wie ich und mit der Zunge schnalzen!« Killgore machte es ihm vor. Popov führte alles aus, was ihm gezeigt wurde, und die Stute, die es willig über sich ergehen ließ, lief ein paar Schritte. Wahrscheinlich reagierte auch er selbst instinktiv, dachte Popov; offenbar verhielt er sich nicht völlig falsch, und das ohne jede Anleitung! War das nicht seltsam?

»Auf geht's«, rief der Doktor aufmunternd. »So soll es auch sein, oder? Ein schöner Morgen und auf dem Rücken eines Pferds eine neue Welt erobern!«

»Allerdings ohne den Colt«, bemerkte Dmitrij feixend.

Killgore stimmte in das Gelächter ein. »Indianer oder sonstige Bösewichter werden uns schon nicht auflauern, mein Lieber. Kommen Sie!« Mit den Füßen stieß Killgore sein Reittier sanft in die Seiten, um den Trab zu beschleunigen, und Buttermilk lief ebenfalls schneller. Popov paßte sich, so gut es ging, Buttermilks Rhythmus an und ließ sich mit ihm treiben.

Ein wunderbares Gefühl, dachte er; jetzt begriff er das Ethos all der kitschigen Westernfilme, die er gesehen hatte. Das Reiten *war* ein Urerlebnis des Mannes, und jetzt fehlte ihm eigentlich nur noch ein gescheiter Cowboyhut und der sechsschüssige Colt. Er tastete in seinem Jackett nach der Sonnenbrille, ließ seinen Blick über die sanft gewellten Ebenen schweifen und freute sich, ganz in dieser Landschaft aufzugehen.

»John, ich bin Ihnen zu Dank verpflichtet«, erklärte er aufrichtig. »So etwas Schönes habe ich noch nie erlebt. Es ist wundervoll.«

»Das ist die Schönheit der Natur, mein Lieber. – Auf, auf, Mystic«, rief er seinem Pferd zu, das jetzt ein wenig Tempo zulegte, während sich der Doktor umdrehte, um zu sehen, ob Popov auch jetzt noch Schritt halten konnte.

Jetzt war es nicht mehr so einfach, die eigenen Bewegungen mit dem Schaukeln zu koordinieren, aber nach einer Weile gelang es ihm besser, und er konnte aufholen.

»So also haben die ersten Amerikaner den Westen besiedelt ...?«

Killgore nickte. »Genau. Einst wimmelte es hier von Büffeln, drei oder vier große Herden, so weit das Auge reichte ...«

»Und was ist aus ihnen geworden?«

»Jäger haben sie ausgerottet, in einem Zeitraum von kaum einem Jahrzehnt war es vorbei. Oft mit ganz simplen Schrotgewehren wurden sie getötet, der Felle wegen, um Bettvorleger daraus zu machen, oder um sich das Fleisch zu holen – manche nur, um die Zungen rauszuschneiden!« Sinnlos abgeschlachtet, nicht anders, als Hitler mit den Juden verfuhr, dachte Killgore kopfschüttelnd. »Eines der größten Verbrechen, das Amerika je begangen hat, Dmitrij. Sie mußten sterben, weil sie dem Fortschritt im Weg waren. Aber sie werden wiederkehren«, fügte er hinzu und fragte sich, wie lange es wohl dauern mochte. Fünfzig Jahre? Dann hatte er die Chance, es noch selbst zu erleben. Oder ein ganzes Jahrhundert? Man würde natürlich auch Wölfe und Ödland-Grizzlys wieder freilassen, doch Raubtiere waren scheu und vermehrten sich langsamer als ihre Beutetiere. Er hätte für sein Leben gern die Prärie im Naturzustand gesehen, wie viele andere Teilnehmer des Projekts, und manche von ihnen wollten in Tipis leben wie einst die Indianer. Doch das, fand Killgore, war wiederum das andere Extrem – politische Marotten, die den gesunden Menschenverstand trübten.

»Hallo, John!« rief jemand, der hundert Meter hinter ihnen aufgetaucht war. Beide wandten sich um und sahen, wie eine Gestalt ihnen hinterhergaloppierte. In einer Minute würden sie das Gesicht erkennen.

»Kirk! Seit wann bist du denn hier?«

»Gestern abend eingeflogen worden«, antwortete MacLean. Er brachte seinen Gaul zum Stehen und schüttelte Killgore die Hand. »Und Sie?«

»Letzte Woche, mit der Binghamton-Gruppe. Wir hatten die Operation beendet und hielten es für besser, Leine zu ziehen.«

»Und sind denn alle ...?« fragte MacLean in bangem Ton, der Popov plötzlich aufmerken ließ. Was war mit allen?

»Ausnahmslos«, gab Killgore nüchtern zurück.

»Der Zyklus konnte verifiziert werden?« fragte MacLean und schien wieder vergessen zu haben, was ihn beunruhigt haben mochte.

»Fast genau wie vorausgesehen. Bei den, äh – letzten mußten wir etwas nachhelfen.«

»Ach so.« Sekundenlang schlug MacLean die Augen nieder und hatte flüchtig Mitleid mit den Frauen, die er beschafft hatte. Aber das ging rasch vorüber. »Und jetzt ist es soweit?«

»Ja, Kirk. Die Olympiade wird morgen eröffnet, und dann ...«

»Dann kann's richtig losgehen.«

»Hallo«, meldete sich Popov einen Augenblick später. Killgore schien ganz vergessen zu haben, daß er da war.

»Ach, entschuldigen Sie, Dmitrij. Kirk MacLean, darf ich vorstellen? Das ist Dmitrij Popov. John hat ihn vor ein paar Tagen hergeschickt.«

»Morgen, Dmitrij.« Man schüttelte sich die Hand. »Russe?« wollte MacLean wissen.

Er nickte. »Ja. Dr. Brightling hat mich selbst eingestellt. Und Sie?«

»Ich bin im Projekt nur ein kleines Rädchen«, gestand MacLean.

»Kirk ist Biochemiker und Umweltspezialist«, erklärte Killgore. »Außerdem hat er soviel Charme, daß er auch noch – hm – eine andere kleine Aufgabe übernommen hat«, stichelte er gutmütig. »Aber das ist Schnee von gestern. Wie kommt's, daß Sie schon jetzt bei uns sind?«

»Erinnern Sie sich an Mary Bannister?«

»Ja, was ist mit ihr?«

»Das FBI stellte Nachforschungen an, ob ich sie kenne. Schließlich hab ich mir bei Henriksen Rat geholt, und er beschloß, mich etwas früher zu entsenden. Ich nehme an, sie ist ...«

Killgore nickte geschäftsmäßig. »Vergangene Woche.«

»Das heißt, A hat sich als wirksam erwiesen?«

»Durchaus. Und B ebenso.«

»Wie gut. Meinen B-Schuß habe ich schon bekommen.«

Popov mußte an die Injektion denken, die Killgore ihm verpaßt hatte. Auf dem Etikett hatte ein großes B gestanden, oder? Und was war mit dem FBI gewesen? Die beiden redeten ganz offen miteinander, aber für ihn klang es wie eine Fremdsprache – nein, das nicht, aber ein Fachjargon mit internen Begriffen und Kürzeln, wie sie Ingenieure und Naturwissenschaftler benutzten oder auch Geheimdienstler. Zu Popovs langjähriger Diensterfahrung gehörte, sich alles zu merken, was in seiner Gegenwart besprochen wurde, auch wenn es seinen Horizont überstieg. Daher nahm er, wenn auch mit leichtem Stirnrunzeln, alles begierig auf.

Killgore ließ sein Pferd wieder voraustraben. »Das erste Mal hier draußen, Kirk?«

»Bin seit Monaten nicht mehr geritten! Ich hatte mich sogar bei einem Bekannten in New York City angemeldet, fand aber dann doch keine Zeit, rauszufahren. Werd einen schönen Muskelkater haben morgen ...« Der Bio-Ingenieur lachte.

»Kann Ihnen nur guttun, rät der Hausarzt!« Killgore stimmte in das Gelächter ein. Unten in Binghamton hatte er auch ein Pferd gehabt; hoffentlich würde ihm die Familie, die es pflegte, rechtzeitig die Freiheit geben, wenn für Stormy der Moment eintrat, sich das Futter selbst suchen zu müssen ... Andererseits war Stormy ein Wallach und biologisch für die gesamte übrige Umwelt irrelevant, ein nutzloser Grasfresser mehr. Schade um ihn, dachte der Mediziner, er war ein edles Reittier gewesen.

MacLean richtete sich in den Steigbügeln auf und ließ die Blicke schweifen. Wenn er sich umdrehte, sah er die Projektbauten, aber links und rechts war kaum etwas anderes zu erkennen als sanft gewelltes Präriegras. Irgendwann würden sie all die Scheunen und Bauernhöfe niederbrennen, die ihnen die freie Sicht versperrten.

»Schau mal, John«, rief er und deutete nach links, wo er etwas entdeckt zu haben schien.

»Was ist das?« fragte Popov.

»Präriehunde«, erwiderte Killgore und ließ das Pferd in langsamen Trab fallen. »Wilde Nagetiere, die Löcher buddeln und unterirdische Höhlensysteme bauen. Man nennt sie Präriehund-Städte. Wenn ein Pferd versehentlich hineintritt, gibt es ein Unglück. Aber wenn man langsamer reitet, umgehen sie die Löcher.«

»Nagetiere? Warum läßt man zu, daß sie sich verbreiten? Sie könnten doch bekämpft werden, vergiftet? Wenn sich die Pferde verletzen, dann ...«

»Aber sie sind doch auch ein Teil der Natur, Dmitrij, oder? Sie *gehören* hierher, mehr jedenfalls als wir«, belehrte MacLean den Russen.

»Aber ein Pferd ist doch ...« *Teuer*, hatte Dmitrij fortsetzen wollen, aber der Doktor schnitt ihm das Wort ab.

»Eigentlich *kein* Teil der Natur, ich weiß«, beendete Killgore den Satz. »Ich mag Pferde, glauben Sie mir. Aber strenggenommen gehören sie auch nicht hierher.«

»Adler und andere Raubvögel werden sich vermehren und die Präriehunde in ihre Schranken weisen«, versprach MacLean. »Kein Hühnerfarmer wird sie mehr jagen. Mir gefällt der Anblick, wenn sie auf Beutezug sind ...«

»Und mir erst! Die taktischen Sprengkörper der Natur«, bekräftigte Killgore. »Es war seit jeher der Sport der Könige, Falken abzurichten, die auf die Faust zurückkehren. In ein paar Jahren möchte ich das selbst mal probieren. Sturmfalken haben mich schon immer fasziniert ...«

Sie glauben fest daran, daß sich diese Gegend in ein paar Jahren grundlegend wandelt, dachte Popov. *Aber wie soll das vor sich gehen?*

»Schildern Sie mir doch mal«, begann der Russe, »wie es hier in fünf Jahren aussieht!«

»Schon viel, viel besser!« In Killgores Stimme schwang Begeisterung mit. »Einige Büffel werden hoffentlich wieder da sein. Womöglich müssen wir sie bereits von unserem Weizen fernhalten!«

»Sie mit den Brummis zurücktreiben?« fragte MacLean.

»Oder mit Hubschraubern!« überlegte der Mediziner. »Ein paar haben wir hier, um die Entwicklung der Herden zu studieren. Mark Holtz will sogar nach Yellowstone raus, ein paar einfangen und herbringen lassen, um hier Herden zu bilden. Kennen Sie Mark?«

MacLean schüttelte den Kopf. »Nein.«

»Was ökologische Planung angeht, ist er ein Visionär, allerdings ohne der Natur ins Handwerk zu pfuschen. Nur hier und da ein bißchen nachhelfen ...«

»Und was wird aus den Hunden?« erkundigte sich Kirk, der um die hochgezüchteten Rassetiere bangte, die von einem Tag auf den anderen der freien Wildbahn ausgesetzt waren – wo sie Räuber und Wildtöter werden mußten.

»Das werden wir abwarten müssen.« Killgore runzelte die Stirn. »Die meisten sind kaum kräftig genug, um größere Tiere anzufallen, ein großer Teil ist kastriert und wird sich sowieso nicht fortpflanzen. Vielleicht müssen wir einzelne abschießen. Wäre gar nicht so schwierig.«

»Das wird vielen nicht passen. Sie kennen ja die Theorie, wonach der Mensch nur beobachten soll und nicht eingreifen. Ich gebe mich damit nicht zufrieden. Wenn wir die Umwelt in solchem Ausmaß zerstören konnten, sollten wir auch in der Lage sein, sie wieder in Ordnung zu bringen, wenigstens in einzelnen Aspekten.«

»Ganz meine Meinung. Darüber wird es wohl Abstimmungen geben. Verdammt, ich will wieder auf die Jagd gehen, und darüber lasse ich notfalls *auch* abstimmen!« drohte Killgore und verzog angewidert das Gesicht.

»Ehrlich? Und was war mit Jim Bridger? Was hat der schon groß verbrochen, außer ein paar Biberfallen aufzustellen!«

»Veganer sind nun mal Extremisten, Kirk. Wer nicht für sie ist, den betrachten sie als Feind!«

»Ach, die können mich mal. Erklären Sie denen doch, herrgottnochmal, daß wir nicht als Pflanzenfresser geschaffen sind. Das ist wissenschaftlich erwiesen!« Die Präriehunde-Stadt war nur eine kleinere Ansiedlung gewesen, wie sich zeigte, nachdem sie die letzten Erdlöcher hinter sich ließen.

»Und was werden Ihre Nachbarn zu alledem sagen?« fragte Popov mit arglosem Grinsen. Wovon, in drei Teufels Namen, *redeten* diese Leute überhaupt?

»Welche Nachbarn?« Killgore zog ein verblüfftes Gesicht.

Welche Nachbarn? Dabei war es gar nicht das, was Popov verwunderte; es war die Gegenfrage selbst, die rhetorisch gemeint schien. Doch dann wechselte der Doktor unvermittelt das Thema. »Ein herrlicher Morgen für einen Ausritt, nicht wahr?«

Welche Nachbarn? fragte sich Popov noch immer. Keine zehn Kilometer entfernt sah man schon die Dächer von Farmhäusern und größeren Bauten von der Morgensonne überglänzt. *Was meinte er mit seiner Gegenfrage?* Da schwärmten sie von einer grandiosen Zukunft, in der sich überall Wildtiere ausbreiteten, doch von den Menschen war nicht die Rede. Wollte man all die Nachbargrundstücke dazukaufen und zu einem Reservat arrondieren? Aber ganz so unermeßlich konnte das Vermögen von Horizon Corporation auch wieder nicht sein, oder doch? Dies war keine menschenleere Wildnis, sondern immerhin bewohntes und bebautes Ackerland. Die nächstgelegene Farm warf genug ab, um den Eigentümern ein sorgloses Leben zu bescheren. Was wurde aus denen? Würden sie sich ohne weiteres vertreiben lassen? Und abermals konnte Popov die Frage nicht beantworten, die ihn seit Wochen quälte.

Was in aller Welt hatten sie vor?

33

BEGINN DER SPIELE

Chavez hatte seine liebe Not, nicht von der Gangway zu stürzen, und wunderte sich nicht wenig, wie frisch und munter die Besatzung beim Abschied war. Naja, die hatten ja auch mehr Übung und kamen gewiß besser mit dem Jetlag zurecht als er. Wie alle anderen Passagiere ringsum fuhr auch er sich mit der Zunge über die Lippen, um den sauren Geschmack loszuwerden. Geblendet kniff er die Augen zusammen, als er durch die Luke trat – so eilig wie einer, der aus dem Hochsicherheitstrakt in die Freiheit entlassen wird. Fernreisen im Passagierdampfer schnitten dagegen vielleicht doch gar nicht so schlecht ab?

»Major Chavez?« hörte er eine Stimme mit australisch gefärbtem Akzent fragen.

»Ja bitte?« brachte Chavez mühsam heraus und musterte den Mann, der ihn in Zivilkleidung erwartet hatte.

»Tag, ich bin Oberstleutnant Frank Wilkerson vom australischen Special Air Service.« Er streckte die Hand aus.

»Hallo!« Chavez bekam die Hand zu fassen und schüttelte sie. »Und das sind meine Leute: Sergeanten Johnston, Pierce, Tomlinson und Special Agent Tim Noonan vom FBI, der uns technische Hilfestellung leistet.« Weiteres Händeschütteln in alle Richtungen folgte.

»Willkommen in Australien, meine Herren. Wenn Sie so freundlich wären, uns zu folgen ...« Der Oberst winkte, und sie machten sich auf den Weg.

Eine geschlagene Viertelstunde brauchten sie, um ihre Ausrüstung zusammen zu haben, unter anderem ein halbes Dutzend militärisch versiegelter Plastikcontainer, die in einen Kleinbus umgeladen wurden. Zehn Minuten später verließen sie das Flughafengelände und gelangten auf die nach Sydney führende Autobahn 64.

»Und – hatten Sie einen guten Flug?« erkundigte sich Oberst Wilkerson, der sich im Fahrersitz nach ihnen umdrehte.

»Vor allem lang war er«, versetzte Chavez und warf einen Blick nach draußen. Die Sonne ging auf – es war kurz nach 6.00 Uhr früh –, und die frisch eingereisten Rainbow-Kämpfer spürten, wie ihre innere Uhr verrückt spielte. Hoffentlich halfen ihnen nachher eine Dusche und ein paar Tassen Kaffee.

»Eine scheußliche Strapaze, die Strecke von London her«, erklärte der Oberst mitfühlend.

»Das will ich meinen«, erwiderte Chavez.

»Wann werden die Spiele eröffnet?« wollte Mike Pierce wissen.

»Morgen«, gab Wilkerson zurück. »Die meisten Sportler sind schon in ihren Unterkünften, die Sicherheitskommandos sind fit und voll besetzt. Unserer Aufklärung zufolge scheint sich nichts zu rühren; die Überwachung des Flughafens ergab keine besonderen Vorkommnisse. Fotos und Personenbeschreibungen aller bekannten internationalen Terroristen liegen uns vor. Viele sind's ja nicht mehr – das haben wir auch Ihnen zu verdanken!« fügte der SAS-Oberst anerkennend hinzu.

»Tja, äh – man tut, was man kann, Oberst«, bemerkte George Tomlinson, der sich die Stirn rieb.

»Die Kerle, die euch direkt angegriffen haben, waren von der IRA, oder?«

»Doch«, bestätigte Chavez. »Von einer Splittergruppe, aber sehr gut informiert. Irgendwer muß ihnen brandheiße Tips gegeben haben. Von den Geiseln kannten sie Namen und Beruf – auch meine Frau und meine Schwiegermutter waren dabei, und ...«

»Also, *das* hab ich nicht gewußt«, gestand der Australier und machte große Augen.

»Schön war das nicht. Zwei von uns wurden ermordet, vier verwundet, darunter Peter Covington. – Als Befehlshaber von Team-1 ist er mein Gegenpart«, erläuterte Ding. »Wie schon gesagt, es war kein Spaß. Am Schluß war's Tim hier, der alles gerettet hat«, fuhr er fort und deutete auf Noonan.

»Und wie?« fragte Wilkerson den FBI-Mann, der rot angelaufen war.

»Ach, wir verfügen über ein Computerprogramm, mit dem Handy-Gesprächsverkehr unterbunden werden kann. Und da stellte sich raus, daß sich die Kerle tatsächlich über Mobiltelefon miteinander abstimmen wollten«, erklärte der Agent. »Als wir dazwischenfunkten, wurde ihre Planung empfindlich gestört. Dann sind Ding und die übrigen nachgekommen und machten kurzen Prozeß mit ihnen. Wir haben einen unheimlichen Dusel gehabt, Oberst!«

»Sie sind also vom FBI. Gus Werner kennen Sie wohl, nehme ich an?«

»Aber ja. Gus und ich haben schon viel zusammen gemacht. Er ist der neue Direktionsassistent für Terrorismus – eine neue Abteilung, die beim Büro eingerichtet wurde. Sie waren in Quantico, nehme ich an?«

»Erst vor ein paar Monaten, wenn ich ehrlich bin, zu Manövern mit eurem Geiselrettungs-Team und Byrons Delta-Truppe. Das sind erstklassige Männer, allesamt.« Der Fahrer bog von der Interstate-Autobahn ab und nahm eine Ausfahrt, die anscheinend mitten nach Sydney hineinführte. Der Verkehr war spärlich. Es war noch zu früh, selbst für sehr aktive Morgenmenschen, und nur Milchmänner und Zeitungsjungen waren unterwegs. Der Kleinbus bremste vor einem Luxushotel, dessen Empfangspersonal selbst zu dieser nachtschlafenden Zeit schon arbeitete.

»Mit denen haben wir einen Generalvertrag«, erklärte Wilkerson. »Die Leute von Global Security sind auch hier.«

»Wer?« fragte Ding.

»Global Security. Wir haben einen Beratervertrag mit ihnen geschlossen. Sie kennen vielleicht noch ihren Chef, Noonan – Bill Henriksen?«

»Bill, der Baumfreund?« Noonan stieß ein unterdrücktes Kichern hervor. »Na klar kenne ich den!«

»Baumfreund?«

»Bill war vor ein paar Jahren führend im Geiselrettungs-Team, Oberst. Ein kompetenter Mann, aber einer von diesen überkandidelten Umweltschützern«, erklärte Noonan. »Umarmt Bäume, rettet Krötenwanderwege, steht ratlos vor dem Ozonloch – die ganze Palette.«

»Wußte ich gar nicht. Die Ozonschicht macht uns auch Sorgen hier unten, wissen Sie! Man muß sich am Strand und überall mit Sunblocker einschmieren. Könnte in ein paar Jahren ernst werden, wie manche sagen.«

»Kann schon sein«, nickte Tim und gähnte. »Surfen geh ich sowieso nicht.«

Die Tür wurde von einem Hotelangestellten aufgehalten, und die Männer stolperten hinein. Der Oberst mußte vorher angerufen haben, dachte Ding später, als sie im Handumdrehen auf ihre Zimmer geführt wurden – hübsch eingerichtet –, wo sie sich frischmachen konnten und duschen, um anschließend ein großes Frühstück mit *jeder* Menge Kaffee zu sich zu nehmen. So gräßlich der Jetlag war, am besten vertrieb man ihn, indem man sich irgendwie durch den ersten Tag schleppte, um nachts wenigstens einigermaßen durchzuschlafen und nach vierundzwanzig Stunden wieder ins Lot zu kommen. So hieß es in der Theorie, dachte Ding, als er sich vor dem Badezimmerspiegel frottierte und feststellte, daß er genauso aussah, wie er sich fühlte – wie verschluckt und wieder ausgespien. Bald darauf betrat er in lässiger Freizeitkleidung den Frühstücksraum.

»Wissen Sie, Oberst, wenn jemand ein Mittelchen gegen den Jetlag erfände, müßte er jede Menge Kohle damit machen.«

»Glaub ich gern. Ich hab das selbst schon öfter mitgemacht, Major.«

»Sie dürfen mich Ding nennen. Mein Vorname lautet Domingo, aber alle nennen mich Ding.«

»Und was haben Sie gemacht?« fragte Wilkerson.

»Als Infanterist begann ich, kam dann zum CIA und mache jetzt Rainbow. Von dieser Pseudobeförderung zum Major mag ich nichts hören. Ich bin Befehlshaber des Team-2 bei Rainbow, und das reicht mir.«

»Ihr Jungs hattet viel zu tun in letzter Zeit.«

»Das können Sie mir glauben, Oberst.« Chavez nickte eifrig, als ihm der Kellner ein Kännchen Kaffee brachte. Ding fragte sich, ob es hier Armeebohnen gab, eine Sorte, die dreimal soviel Koffein wie normaler Kaffee enthält. Die wären ihm jetzt gerade recht. Und ein bißchen Frühsport… Zusätzlich zur allgemeinen Ermattung rebellierte sein Körper dagegen, daß er in der 747 einen ganzen Tag völlig bewegungslos verbracht hatte. Die verdammte Maschine war groß genug gewesen, um ein paar Sprünge zu wagen, aber irgendwie hatten die Konstrukteure die Rennstrecke vergessen. Außerdem beschlich ihn Mitleid mit den armen Schweinen, die in der Touristenklasse gar keinen Platz zum Herumhüpfen hatten. Wenigstens ging es schnell. Ein Schiffstransport hätte einen ganzen Monat gebraucht – bei palastähnlichem Komfort, Auslauf und Sportgeräten zur Genüge und guter Verpflegung. Das Leben war eine Aneinanderreihung verpaßter Gelegenheiten!

»Sie waren beim Worldpark-Einsatz dabei?«

»Na klar!« Ding nickte. »Mein Team hat diese Burg gestürmt. Ich war keine dreißig Meter weit weg, als dieser Bastard das kleine Mädchen umgebracht hat. Das war nicht gerade ein Vergnügen, Oberst.«

»Sagen Sie Frank zu mir.«

»Danke. Tja, Frank, es war eine Sauerei. Aber wir haben den Kerl erwischt – beziehungsweise, Homer Johnston hat ihn erwischt, einer unserer Scharfschützen.«

»Nach den Fernsehberichten zu schließen, war das freilich nicht gerade ein Meisterschuß.«

»Homer wollte ein Exempel statuieren«, erklärte Chavez mit gehobener Braue. »Es wird aber nicht wieder vorkommen.«

Wilson begriff sofort, was er meinte. »Ach so! Ja, dann ... Haben Sie selbst Kinder, Ding?«

»Bin vor ein paar Tagen Vater geworden. Ein Sohn.«

»Gratuliere! Darauf sollten wir anstoßen. Gehen wir heute abend ein Bier trinken?«

»Ein Bier, Frank, und Sie müssen mich in der Schubkarre zurück ins Hotel bringen!« Ding gähnte lautstark und schämte sich gleichzeitig, wie mies er körperlich drauf war. »Aber mal im Ernst. Warum wolltet ihr uns unbedingt dabeihaben? Wie man hört, seid ihr doch selbst erstklassige Jungs!«

»Doppelt genäht hält besser, Ding. Meine Leute *sind* gut in Form, aber nicht gerade verwöhnt mit Erfahrungen in der Praxis. Und wir könnten eine neue Ausrüstung brauchen. Die neuen Sprechfunkgeräte, die E-Systems herstellen und die Global Security für uns besorgt hat, sind ein Wunder der Technik! Habt ihr uns auch ein paar Zaubertricks mitgebracht?«

»Noonan hat etwas, das euch umhauen wird, Frank. Ich konnte es selbst kaum glauben, als ich's sah. Aber hier unten, fürchte ich, wird man nicht viel damit anfangen können. Dafür sind einfach zuviele Leute auf einem Fleck versammelt. Aber Sie werden auf Ihre Kosten kommen, das kann ich versprechen!«

»Was ist es denn?«

»Tim nennt es den ›Tricorder‹. Sie kennen vielleicht das Instrument, das Dr. Spock die ganze Zeit in *Star Trek* benutzt. Man kann damit Leute orten wie Flugzeuge mit Radar.«

»Und wie funktioniert das?«

»Wird er euch erklären. Irgendwas mit einem elektrischen Feld rund um das menschliche Herz.«

»Davon hab ich ja noch nie gehört!«

»Ist auch ganz neu«, beschwichtigte Chavez. »Kleine Firma in den Staaten, DKL heißt sie, glaube ich. Das kleine Ding funktioniert wie durch Magie. Little Willie in Fort Bragg ist ganz begeistert davon.«

»Oberst Byron?«

»Ja, genau der. Und Sie sagen, Sie hätten kürzlich mit ihm zu tun gehabt?«

»Aber ja! Prächtiger Kerl!«

Chavez mußte feixen, als er das hörte. »Auf Rainbow ist er ganz und gar nicht gut zu sprechen. Wir haben ihm einige seiner besten Leute abspenstig gemacht.«

»Bei euch kriegen sie wenigstens was zu tun!«

»Stimmt auch wieder.« Chavez trank in großen Schlucken seinen Kaffee. Dann erschien das übrige Team, in ebenso legerem Outfit wie ihr Chef. Beschwingt durchquerten sie den Frühstücksraum, erspähten ihren Chef und kamen herüber.

In Kansas war es jetzt ungefähr vier. Der Morgenritt hatte Popov an delikater Stelle wund werden lassen. Besonders die Hüften protestierten gegen die Anstrengung in aller Herrgottsfrühe, und seine Oberschenkel waren in ungewöhnlichem Winkel gespreizt. Ansonsten hatte er den Ausflug in bester Erinnerung.

Zu tun hatte er hier nichts. Popov war keinem Arbeitsteam zugeteilt, und als es Zeit fürs Mittagessen war, fiel ihm nichts mehr ein, was er hier in honoriger Weise erkunden konnte. Damit blieb nur das Fernsehen zur Unterhaltung, aber er sah normalerweise nicht viel fern. Als intelligenter Mensch fühlte er sich rasch unterfordert, und Langeweile konnte er auf den Tod nicht ausstehen. CNN wiederholte ständig dieselben Stories über die Olympischen Spiele, und obwohl er sich gern schon einmal internationale Wettkämpfe ansah, hatten sie noch gar nicht angefangen. So tigerte er durch die Korridore des Hotels, starrte aus der großen Fensterfront hinaus in die Landschaft. Er nahm sich vor, morgen noch einmal auszureiten; wenigstens brachte es ihn hinaus in die Umgebung. Nach einer Stunde ziellosen Umherstreunens kehrte er in die Cafeteria zurück.

»Hallo, Dmitrij!« grüßte Kirk MacLean, der gerade vor ihm in der Schlange stand. MacLean war auch kein Veganer, wie sich zeigte. Auf seinem Teller lag ein großes Stück Schinkenbraten. Popov erlaubte sich eine Bemerkung darüber.

»Wie schon gesagt heute früh, als Vegetarier sind wir nicht vorgesehen«, betonte MacLean mit einem Grinsen.

»Woher wollen Sie das so genau wissen?«

»Hauptsächlich wegen der Zähne«, gab MacLean zurück. »Pflanzenfresser kauen Gras und Wurzeln, in dieser Kost sind Ballaststoffe und Schmutzteilchen enthalten. Das nutzt die Zähne ab wie Sandpapier. Deshalb brauchen sie breite Zähne mit viel Schmelz, damit sie nicht nach ein paar Jahren keine Zähne mehr haben. Der Zahnschmelz beim Menschen ist viel dünner als beispielsweise der beim Gebiß einer Kuh. Daher haben wir uns entweder angepaßt und waschen zuvor den Schmutz ab, oder unsere Proteinversorgung sollte von vornherein aus dem Fleischgenuß kommen. Ich glaube nicht, daß wir uns so schnell an den Wasserkran in der Küche gewöhnt haben, wissen Sie!« Kirk grinste spöttisch. Die beiden Männer setzten sich an denselben Tisch. »Was machen Sie für John?« fragte er, nachdem sie Platz genommen hatten.

»Dr. Brightling, meinen Sie?«

»Genau. Sie sagten, Sie seien ihm direkt unterstellt.«

»Früher war ich beim KGB.« Ob das auch auf ihn Eindruck machte?

»Ach so, dann spionieren Sie für uns?« Mac Lean schnitt sein Bratenstück klein.

Popov schüttelte den Kopf. »Nicht ganz. Ich habe Kontakte zu Leuten hergestellt, für die sich Dr. Brightling interessierte, und bat sie außerdem, in seinem Auftrag gewisse Funktionen wahrzunehmen.«

»Ach ja? Wofür denn?« fragte MacLean.

»Ich weiß nicht recht, ob ich das sagen darf.«

»Geheimsache, wie? Davon gibt's hier 'ne ganze Menge. Wurden Sie schon vollständig über das Projekt informiert?«

»Nicht richtig. Wahrscheinlich gehöre ich dazu, aber man hat mir noch nicht genau mitgeteilt, worum es eigentlich geht. Wissen Sie es?«

»Aber sicher. Ich bin ja fast von Anfang an dabei. Es ist ein ganz großes Ding, mein Lieber! Einige Aspekte sind nicht sehr schön, aber« – ein eiskalter Blick trat in seine Augen – »man kann kein Omelett backen, ohne die Eier zu zerschlagen, nicht wahr?«

Das hat doch schon Lenin gesagt, erinnerte sich Popov. In den zwanziger Jahren, als man ihn nach der destruktiven Gewalt fragte, die im Namen der Revolution verübt wurde. Die Antwort wurde sprichwörtlich, ganz besonders beim KGB, wenn gelegentlich jemand Einwände gegen besonders grausame Aufträge erhob – wie solche, die beispielsweise Popov erledigte, in Zusammenarbeit mit Terroristen, die besonders inhuman verfuhren … wie kürzlich erst, von ihm aufgestachelt. Aber welches Omelett wurde hier gebacken, bei dessen Zubereitung der junge Mann half?

»Wir werden die Welt ändern, Dmitrij«, verhieß MacLean.

»In welcher Hinsicht?«

»Warten Sie ab. Sie werden schon sehen. Wissen Sie noch, wie's heute früh beim Ausreiten war?«

»Ja! Es hat großen Spaß gemacht.«

»Stellen Sie sich vor, die ganze Welt wäre so …« Mehr wollte MacLean lieber nicht andeuten.

»Aber wie soll denn das vor sich gehen … Wo sollen denn die Farmer hin?« fragte Popov, der nicht den geringsten Schimmer hatte.

»Stellen Sie sich die einfach als die Eier vor«, erwiderte MacLean mit einem Grinsen, das Popovs Blut gefrieren ließ, obwohl er noch immer nicht begriff, wieso. Sein Verstand schaffte den Sprung nicht, so sehr er sich das wünschte. Er fühlte sich wieder wie damals als Spion im Außendienst, der versuchte, die Pläne des Feindes auf einem wichtigen Gebiet zu erkunden, der zwar schon die eine oder andere, vielleicht sogar viele wichtige Informationen besaß, aber noch nicht genug, um den Überblick zu bekommen. Doch was ihn wirklich ängstigte, war die Tatsache, daß diese Leute vom menschlichen Leben sprachen wie einst die Nazis in Deutschland: *Es sind doch nur Juden*. Plötzlich hörte er Lärm und blickte auf, als ein Flugzeug auf der Zufahrtsstraße aufsetzte. Dahinter standen in einiger Entfernung mehrere Fahrzeuge an der Straße oder Landebahn bereit, die zum Gebäude fahren würden. Es waren auch wieder mehr Gäste in der Cafeteria anwesend, wie er feststellte, fast doppelt so viele wie am Vortag. Die Horizon Corporation sollte ja hierher verlagert werden. Warum eigentlich? War das ein Teil des Projekts? Bestand es nur darin, diese teure Forschungseinrichtung zu besetzen? Die Teile des Puzzles lagen vor ihm, doch wie das alles zusammenpaßte, war Popov noch immer ein Rätsel.

»Hallo, Dmitrij!« rief Killgore, der sich zu ihnen gesellte. »Noch ein bißchen wundgesessen, hm?«

»Das schon«, gab Popov zu, »aber ich bedaure es nicht. Können wir das nicht noch einmal wiederholen?«

»Warum nicht? Für mich ist das der tägliche Frühsport hier. Wollen Sie mitmachen?«

»Aber gern! Vielen Dank, sehr freundlich von Ihnen!«

»Punkt sieben Uhr hier, mein Freund«, schlug Killgore lächelnd vor. »Sie auch, Kirk?«

»Auf jeden Fall. Morgen muß ich los und mir neue Stiefel kaufen. Gibt's hier irgendwo einen Laden für Campingbedarf und Wanderkleidung?«

»Eine halbe Stunde von hier ist eine Rüstkammer der US-Kavallerie. Immer ostwärts halten und dann die zweite Ausfahrt«, riet Dr. Killgore.

»Super. Da werd ich mich eindecken, bevor die Neuankömmlinge alle Klamottenläden plündern!«

»Klingt vernünftig.« Killgore überlegte einen Moment, dann wandte er sich an Dmitrij. »Sagen Sie mal, wie ist es denn so, als Spion zu arbeiten?«

»Oft ziemlich frustrierend«, erwiderte Popov aus vollem Herzen.

»Mensch, ist das ein Prachtbau!« rief Ding. Das Stadion war überwältigend. Es konnte gut und gern hunderttausend Zuschauer fassen. Aber heiß würde es hier sein, verdammt heiß wie in einem riesigen Steinbruch. Auf der Tribüne gab es natürlich jede Menge lizensierte Imbißbuden, und bestimmt gingen auch fliegende Händler mit Eis und kühlen Getränken durch die Reihen. Und gleich hinter der Arena lagen alle möglichen Kneipen für diejenigen, die ein kühles Helles bevorzugten. Der üppige Rasen in der Mitte war zur Zeit fast leer, ein paar Gartenarbeiter beschnitten unter Anleitung des Platzwarts das Gras an den Rändern. Hier würden die meisten Bodensportarten absolviert. Die ovale Sandbahn war mit Start- und Ziellinien und Hürden in unterschiedlichen Entfernungen versehen, für Sprints aller Art und für Hindernisrennen. Am anderen Ende waren eine gewaltige Anzeigetafel und natürlich die Großleinwand errichtet, auf der man Sofort-Wiederholungen der wichtigsten Ereignisse als Film zeigte. Ding selbst war schon fast ein wenig aufgeregt. Er hatte noch nie einem olympischen

Sportereignis beigewohnt, und schließlich war er selbst Athlet genug, um die Hingabe und Leidenschaft nachzuvollziehen, die hier walteten. Eigentlich verrückt, daß seine Männer, die hart trainierten, niemals das Niveau jener Sportler erreichen würden, die – nach Dings Eindruck noch als halbe Kinder – morgen hier einmarschierten. Selbst die Schützen würden bei der entsprechenden Disziplin wohl nicht einmal Bronze holen. Als Generalisten trainierten seine Männer alle möglichen Fertigkeiten, während die Olympioniken extrem spezialisiert waren und nur eine einzige Sportart bis zur Perfektion beherrschten. Was sie machten, war für das reale Leben ungefähr so wichtig wie ein Baseballspiel – auch wenn es einen herrlichen Anblick bot.

»Doch, wir haben eine Menge Geld hineingesteckt, um es so hinzukriegen.« Frank Wilkerson war sichtlich stolz.

»Wo hält sich eure Eingreiftruppe auf?« wollte Chavez wissen. Sein Gast wandte sich um. »Hier entlang«, winkte er.

»Hey, fühlt sich gut an!« Chavez trat in den feinen Sprühnebel.

»Das ist unsere Klimatisierung. Die tatsächliche Temperatur wird um fast zwölf Grad gesenkt. Während der Wettkämpfe werden viele unserer Leute herkommen, um sich abzukühlen, und wie Sie sehen, haben wir Fernsehmonitore installiert, damit sie immer auf dem laufenden sind.«

»Sehr praktisch, Frank. Und was ist mit den Sportlern?«

»Die haben ähnliche Einrichtungen in ihren Zugangstunnels, und auch der Haupttunnel, durch den sie einmarschieren, wird befeuchtet. Auf dem Feld selbst müssen sie leider schwitzen.«

»Gott sei den Marathonläufern gnädig«, rief Chavez.

»Allerdings.« Wilkerson wischte sich die Stirn. »Da draußen werden Notarztteams an verschiedenen Stellen der Bahn postiert. Die langfristige Wettervorhersage stellt uns klares und trockenes Wetter in Aussicht. Doch im gesamten Bereich der Arena sind zahlreiche Erste-Hilfe-Stellen verteilt. Das Velodrom kann auch noch als Zuflucht dienen, wenn unbedingt nötig.«

»Isostar«, fiel Chavez nach kurzer Überlegung ein.

»Was?«

»Das ist so ein Sportgetränk, Sprudelwasser mit massenweise Elektrolyten, das dem Hitzschlag vorbeugt.«

»Ach so, etwas ähnliches haben wir hier auch. Und Salztabletten natürlich, eimerweise!«

Ein paar Minuten später befanden sie sich in der Kommandozentrale der Eingreiftruppe. Chavez lernte die australischen SAS-Truppen kennen, die in angenehm luftbefeuchteter Umgebung hockten, mit Mini-Fernsehern bei der Hand, auf denen sie die Spiele selbst verfolgen würden – und großen Monitoren, auf denen die kritischen Stadionbereiche erschienen. Wilkerson stellte ihn überall vor, die meisten der Männer erhoben sich, begrüßten ihn mit Handschlag und mit der offenherzigen Freundlichkeit, die anscheinend alle Australier an den Tag legten. Seine Sergeanten hatten sich schon mit den Aussies angefreundet, gegenseitiger Respekt und gegenseitige Bewunderung bestimmten die Atmosphäre. Kampferprobte Männer sind sich in aller Welt gleich und fühlen sich als internationale Bruderschaft.

Die Einrichtung bevölkerte sich zunehmend mehr. Am ersten Tag hatte Popov den vierten Stock allein bewohnt, doch jetzt nicht mehr. Mindestens sechs der benachbarten Zimmer waren belegt, und draußen füllte sich allmählich der Parkplatz mit PKWs, die erst heute eingetroffen waren. Er nahm an, daß die Anreise von New York zwei oder drei Tage in Anspruch nahm – aber wo blieben die Umzugswagen? Oder wollten sich die Leute hier nur vorübergehend aufhalten? Das Gebäude bot für ein Gästehaus allen Komfort, doch als ständige Heimstatt kam es wohl nicht in Frage. Jene, die kleine Kinder mitbrachten, würden es mit ihren Sprößlingen auf so engem Raum kaum aushalten. Er sah ein junges Paar, das mit einem anderen redete, und bekam im Vorübergehen Gesprächsfetzen mit. Alle waren völlig aus dem Häuschen über die Wildtiere, die sie bei der Herfahrt gesichtet hatten. Rehwild und ähnliche Tierarten mochten ja ganz hübsch sein, dachte Popov wohlwollend, waren aber doch kein Thema, das einen vernünftigen Menschen derart entzücken konnte. Waren das die hochrangigen Wissenschaftler, die der Horizon Corporation weltweites Ansehen bescherten? Sie redeten wie Junge Pioniere, die das erste Mal aus Moskau herauskommen und sich nicht genug wundern können über den Anblick einer Staatsfarm. Da war es doch besser, die großen Opernhäuser in Wien oder Paris zu besuchen, dachte der Ex-KGBler, als er sein Zimmer betrat. Andererseits waren diese Leute Naturfreunde. Vielleicht sollte er sich stärker auf ihr Hobby einlassen? Waren da nicht Videobänder in seinem Zimmer?... Doch, er fand sie sofort und steckte eins in den Recorder, bevor er die Starttaste drückte und den Fernseher anstellte.

Aha. Es ging um die Zerstörung der Ozonschicht, die den Westlern große Sorge zu bereiten schien. Popov fühlte sich beinahe ebenso betroffen, als die ersten Pinguine der Antarktis, die unter dem Ozonloch lebten, an Sonnenbrand starben. Doch er sah sich die Sache trotzdem an. Es stellte sich heraus, daß eine Umweltgruppe namens Earth First das Video gedreht hatte, und die Botschaft war nicht weniger borniert als alles, was die UdSSR an Propagandafilmen herstellen und verbreiten ließ. Die Leute regten sich in der Tat fürchterlich auf und forderten die Einstellung eines Großteils der Chemieproduktion – und wie sollten Klimaanlagen ohne diese Industrie funktionieren? Sollte man die Kühlschränke abschaffen, um ein paar Pinguine vor der ultravioletten Einstrahlung zu retten? Was für ein Unsinn!

Der Film dauerte laut Armbanduhr zweiundfünfzig Minuten. Er nahm den nächsten aus der Hülle, der sich – von derselben Gruppe produziert – mit Staudämmen befaßte. Es fing damit an, daß »Umweltverbrecher« angeprangert wurden, die den Hoover-Damm am Colodaro befürwortet und gebaut hatten. Aber das war doch ein *Wasserkraftwerk*, oder? Brauchten diese Fanatiker keinen Strom? Dachten sie, der käme von selbst aus der Steckdose? Wasserkraftwerke gehörten zu den saubersten überhaupt, und dieses Video hätte gar nicht erst in Hollywood produziert werden können ohne den Strom vom Colorado. Wer war diese Gruppe – und warum lagen ihre Propagandafilme hier im Hotel aus? fragte sich Popov. Druiden – wieder fiel ihm dieses Wort ein. Jungfrauen opfern, den Bäumen huldigen: Verhielt es sich so, dann war er an einen merkwürdigen Ort gelangt, wuchsen doch nur wenige kostbare Bäume auf den weizenbedeckten Ebenen von West-Kansas.

Druiden? Naturfreunde? Er ließ das Band zurücklaufen und kramte im Zeitschriftenständer, bis er eine Publikation dieser Earth-First-Initiative fand.

Was sollte dieser Name bedeuten? Die Erde zuerst – aber vor wem anderen? Die Artikel schrien Zeter und Mordio über diverse Schändungen des Planeten. Naja, das Verminen von Landstreifen war häßlich genug, wie er zugeben mußte. Dieser Planet könnte ein so schöner, lebenswerter Ort sein. Er selbst freute sich wie jeder andere am Anblick grüner Wälder – und mindestens ebenso an den purpurnen Felsklippen im Hochgebirge jenseits der Baumgrenze. Wenn es einen Gott gab, war Er ein genialer Künstler gewesen, aber … was war das?

Die Menschheit, hieß es in einem zweiten Bericht, sei ein schmarotzendes Ungeziefer auf der Oberfläche des Planeten, das ihn nur zerstörte, statt zu ihn zu pflegen. Schon zahlreiche Tier- und Pflanzenarten habe der Mensch dahingerafft, und damit sein Recht aufs Dasein verwirkt. Er vertiefte sich in die Polemik und las sie bis zum Ende.

Popov hielt das für puren Aberwitz. Rief denn eine Gazelle, die vom Löwen attackiert wurde, Polizei und Justiz zu Hilfe, um ihr Recht auf Leben einzuklagen? Protestierte der Lachs, der stromaufwärts unterwegs war, gegen die Kiefer des Bären, der ihn aus dem Wasser fischte und als schmackhafte Mahlzeit vertilgte? War eine Kuh dem Menschen rechtlich gleichgestellt? In wessen Augen?

In der Sowjetunion hatte es zu den unverrückbaren Glaubenssätzen gehört, daß Amerikaner zwar reich und weltgewandt, doch auch verrückt, kulturlos und unberechenbar seien. Geldgierig wie sie waren, beuteten sie ihre Mitmenschen für ihre eigenen egoistischen Zwecke aus. Die Verlogenheit dieser Propaganda hatte er schon bei seinen früheren Auslandseinsätzen eingesehen, doch zugleich miterlebt, wie die Amerikaner auch von Westeuropäern als leicht überkandidelt eingeschätzt wurden. Wenn diese First-Earth-Gruppe repräsentativ für ihr Land genannt werden konnte, hatten sie vermutlich recht. Aber auch in Großbritannien lebten Hitzköpfe, welche die Pelzmäntel ihrer Mitmenschen mit Sprühlack ruinierten. Auch der Nerz hätte ein Recht zu leben, behaupteten sie. Der Nerz? Das war doch ein nur begrenzt vorkommendes Nagetier, ein rattenähnlicher Höhlenbewohner mit weichem, hochwertigem Fell. Dieser Nager sollte Grundrechte haben? Nach welcher Verfassung denn?

Noch heute früh hatten seine neuen Freunde den Vorschlag lauthals verworfen, die – wie hießen sie noch? – Präriehunde zu bekämpfen, auch solche Höhlenbewohner, bei deren Löchern sich die Pferde die Beine brachen. Und was hatten sie ihm entgegengehalten? Diese Tiere *gehörten* hierher, die Pferde und die Menschen eigentlich nicht... Soviel Enthusiasmus für eine *Ratte*? Die edlen Tiere, die Falken und Bären, das Rehwild und diese Antilopen mit ihrem sonderbaren Aussehen waren anmutig, aber *Ratten*? Ähnliche Gespräche hatte er mit Brightling und Henriksen geführt, die ebenso vernarrt waren in alles, was da draußen kreuchte und fleuchte. Er fragte sich, wie sie über Moskitos dachten oder Killerameisen.

War dieses Druidengeschwätz der Schlüssel zu seinem Problem? Popov dachte darüber nach und stellte fest, daß er einer Schulung bedurfte – und sei es nur, um herauszufinden, daß er sich dem Unternehmen eines Verrückten angeschlossen hatte. Oder war er nicht verrückt… sondern nur ein Massenmörder? Diese Alternative schien im Augenblick keinen rechten Trost zu bieten.

»Und wie war der Flug?«

»Wie soll er gewesen sein, wenn man einen ganzen verdammten Tag in einer 747 gefangen ist!« grollte Ding in den Hörer.

»Immerhin hattest du Erste Klasse«, hielt Clark dagegen.

»Großartig. Das nächste Mal hast du selbst das Vergnügen, John. Wie geht's Patsy und JC?« fragte Chavez, der endlich zur Hauptsache kommen wollte.

»Denen geht's bestens. Großvati zu sein ist gar nicht so übel.« Clark hätte ungerührt feststellen können, daß er noch keine einzige Windel gewechselt hatte. Sandy widmete sich ihren ammenhaften Baby-im-Haus-Pflichten mit solchem Eifer, daß sie ihrem Mann kaum erlaubte, den Kleinen auch nur mal im Arm zu halten. Wahrscheinlich war es weiblicher Instinkt, der sie die Brut wie eine Löwin gegen jedes minder kompetente Eindringen von außen verteidigen ließ. »Er ist ein ganz süßer Fratz geworden, Domingo. Hast du gut hingekriegt!«

»Och, danke für die Blumen, Daddy!« tönte es ironisch aus 16000 Telefonkilometern Entfernung zurück. »Und Patsy?«

»Ihr geht's auch gut, aber sie kriegt kein Auge mehr zu. JC schläft momentan nur etwa drei Stunden an einem Stück. Aber das wird sich ändern, wenn du wiederkommst. Möchtest du mal mit ihr sprechen?«

»Was denkst denn du, Mr. C?«

»Na schön, bleib dran. – Patsy!« rief er. »Domingo für dich.«

»Hallo, Schatz«, meldete sich Chavez aus seinem Hotelzimmer.

»Wie fühlst du dich, Ding? Verlief der Flug ungestört?«

»Eine Ewigkeit hat's gedauert, sonst nichts.« Daß er fürchterlich gelitten hatte, verschwieg er lieber; wer gesteht schon gern eine Schwäche vor der eigenen Gattin ein? »Sie sind nett zu uns hier, aber es ist furchtbar heiß. Ich hatte ganz vergessen, was Hochsommer ist.«

»Bist du bei der Eröffnung morgen dabei?«

»Ist doch klar, Pat, wenn uns die Aussies schon Passierscheine geben! Wie macht sich JC?«

»Hervorragend«, war die unvermeidliche Antwort. »Er ist *so* schön! Und schreit gar nicht viel. Es ist einfach wundervoll, ihn um sich zu haben – verstehst du das?«

»Und – schläfst du einigermaßen, Liebling?«

»Ach, hier und da mal ein paar Stunden. Nicht so schlimm. Im Wochenbett war es viel schlimmer!«

»Laß dir von Schwiegermutter helfen, ja?«

»Sie tut schon so viel«, versicherte Patsy ihrem Ehemann.

»Tja, dann alles Gute – ich müßte nochmal mit deinem Papa sprechen, geschäftlich. Hab dich lieb, Schätzchen!«

»Ich dich auch, Domingo.«

»Als Schwiegersohn bist du schwer in Ordnung, Domingo«, meldete sich Sekunden später die männliche Stimme wieder. »Habe Patricia nie soviel lächeln sehen wie in letzter Zeit, und ich glaube, das ist dein Werk!«

»Danke, Paps«, erwiderte Chavez und sah auf die Armbanduhr, die noch nach britischer Zeit eingestellt war. Der Zeiger stand auf kurz nach sieben Uhr früh, während es in Sydney vier Uhr am heißesten Nachmittag war.

»Und wie läufts bei euch da unten?«

»Nicht schlecht«, berichtete Chavez. »Unser Kontaktmann ist ein untersetzter Oberst namens Frank Wilkerson. Solider Landser. Seine Truppe ist nicht zu verachten, gut in Form, offenherzig und riesig nett zu uns. Ihre Beziehungen zur Polizei könnten besser nicht sein. Ihre Einsatzpläne kommen mir gut durchdacht vor. Kurz und gut, John – eigentlich brauchen sie uns hier nicht mehr, als sie ein paar zusätzliche Känguruhs brauchen über die hinaus, die ich heute früh tief unter uns im Outback herumspringen sah.«

»Mach dir nichts draus und genieß die Spiele!« Clark hatte gut spotten, dachte Chavez; immerhin bekamen er und seine Leute kostenlosen Urlaub im Wert von zehn Riesen und auch noch freien Eintritt, da konnten sie sich schwerlich beklagen.

»Wir vergeuden hier bloß unsere Zeit, John!« beschwor Chavez seinen Boß.

»Aber man kann nie wissen, Domingo, nicht wahr?«

»Mag schon sein«, mußte Chavez zugeben. Sie hatten schon seit einigen Monaten unter Beweis gestellt, daß man nie wissen konnte.

»Deinen Leuten geht's gut?«

»Wir werden sehr nett behandelt. Nobel-Unterkunft, von der man das Stadion zu Fuß erreichen kann, obwohl es auch Dienstwagen gibt. Wahrscheinlich sind wir Touristen, die dafür auch noch bezahlt werden, wie?«

»Der Gentleman genießt – und schweigt.«

»Und was macht Peter?«

»Der kehrt allmählich wieder zu den Lebendigen zurück. Aber für mindestens einen Monat ist er außer Gefecht, eher sechs Wochen. Die Ärzte geben sich alle Mühe. Chins Beine sind das Schlimmste. Er wird zweieinhalb Monate brauchen, bevor der Gips runterkommt.«

»Wird ihn schön anöden.«

»Das kannst du laut sagen!«

»Unsere Gefangenen sind dagegen putzmunter, nehme ich an!«

»Die Polizei nimmt sie gerade in die Mangel«, gab Clark zu bedenken. »Wir wissen wieder etwas mehr über diesen Russen, aber nichts wirklich Brauchbares. Die irischen Bullen untersuchen das Kokain, um den Hersteller aufzuspüren – es hat medizinische Qualität und stammt aus einem echten Pharmabetrieb. Zehn Pfund reinstes Koks! Im Straßenhandel soviel wert wie ein Linienflugzeug. Die Garda fürchtet schon einen neuen Trend der IRA-Splittergruppen, sich im Nebenberuf als Dealer zu betätigen. Aber das soll nicht unser Problem sein.«

»Dieser Russe – Seroff hieß er, oder? Hat er ihnen die Informationen über uns besorgt?«

»Das steht jetzt zweifelsfrei fest, Domingo, aber woher er sie hat, wissen wir nicht, und unsere irischen Gäste geben uns nichts, was wir nicht schon hätten – vermutlich wissen sie selbst nicht mehr. Grady ist gar nicht mehr redselig. Und sein Rechtsanwalt behauptet, wir hätten ihn auf der Intensivstation gefoltert...«

»Dabei ging's uns doch nur darum, die Beweislage zu verbessern...«

»Ganz meine Meinung, Ding«, feixte John. Gut, daß sie die Erkenntnisse nicht vor Gericht verwerten mußten. Es existierten sogar Filmaufnahmen von Grady, wie er im Mietwagen den Tatort verließ, gedreht von dem damals in Hereford aufgetauchten BBC-Kamerateam. Sean Grady würde zu einer Haftstrafe verurteilt werden, die in England den Zusatz »nach Gutdünken der Queen« trug und soviel wie lebenslänglich plus ein paar Zerquetschte betrug, wenn der EU-Vertrag nicht dazwischenkam. Timothy O'Neil und diejenigen, die sich gemeinsam mit ihm ergeben hatten, würden *vielleicht* wieder rauskommen, wenn sie über sechzig waren, hatte ihm Bill Tawney erst gestern versichert. »Sonst noch was?«

»Nein. Hier sieht es gut aus. Morgen früh um dieselbe Zeit erstatte ich wieder Bericht.«

»Einverstanden, Domingo.«

»Gib Patsy einen Kuß von mir!«

»Ich kann sie auch fest drücken, wenn du magst!«

»Bloß nicht, Opilein«, stichelte Ding und grinste.

»Tschüß dann!« Und die Satellitenverbindung verstummte.

»Gar nicht so schlecht, sich gerade jetzt zu absentieren, Boß«, bemerkte Mike Pierce, der ein paar Meter weiter saß. »Die ersten zwei Wochen sind ein ganz schöner Schlauch. Auf diese Weise wird der Kleine, wenn du wiederkommst, vier bis fünf Stunden durchschlafen. Vielleicht auch mehr, wenn du Glück hast!« prophezeite der Vater von drei Söhnen.

»Kannst du hier irgendeine Sicherheitslücke erkennen, Mike?«

»Wie du schon zu Six gesagt hast, die Aussies haben alles im Griff. Kommen mir wie gute Kämpfer vor. Daß wir hier rumhängen, ist reine Zeitverschwendung, aber was soll's, immerhin kriegen wir was von der Olympiade mit!«

»Wollen's hoffen. Sonst noch Fragen?«

»Was schleppen wir mit?«

»Pistolen werden reichen, und legere Kleidung. Mit eurem Passierschein dürfte das kein Problem sein. Wir teilen uns in Zweiergruppen – du gehst mit mir, Homer mit George. Der Sprechfunk muß natürlich auch mit, aber sonst nichts.«

»Ja, Sir. Scheint mir ausreichend. Was macht dein Jetlag?«

»Und wie fühlst du dich, Mike?«

»Wie in einem Sack verschnürt und mit dem Basenballschläger bearbeitet.« Pierce grinste. »Aber morgen wird's wohl besser sein. Schöne Scheiße, daß es einem nichts hilft, sich heute tagsüber auf's Ohr zu legen. Übrigens, morgen können wir mit den Aussies trainieren und auf der olympischen Sandbahn rennen. Was hältst du davon, Chef?«

»Gute Idee!«

»Wär doch 'ne Wucht, einen dieser abgewichsten Sportler zu treffen und zu sehen, wie schnell sie mit Seitengewehr und Panzerweste sind!« Bei voller Bewaffnung brauchte Pierce für die Meile mindestens viereinhalb Minuten, unter die magische Vier-Minuten-Grenze war er selbst in Turnhose und Rennschuhen nie gekommen. Louis Loiselle behauptete, sie einmal unterschritten zu haben, und Chavez glaubte ihm. Der gertenschlanke Franzose hatte genau das richtige Format für einen Wettsprinter; Pierce war dafür zu bullig und breitschultrig; eher Wohnmobil als Sportflitzer.

»Bleib auf der Hut, Mike. Wir müssen sie alle vor den Bösewichten schützen. Wenn wir das schaffen, wissen wir, wer die Besten sind!« bemerkte Chavez im Jetlag-Dämmer.

»Alles klar, Sir.« Das würde sich Pierce hinter die Ohren schreiben.

Popov war ohne ersichtlichen Grund hochgeschreckt, und – siehe da, ein neuer Gulfstream war gelandet. Er stellte sich vor, daß jetzt die wirklichen Anführer dieser Projektgeschichte eintrafen. Die Angestellten, die mit Frau und Familie kamen, fuhren mit dem eigenen PKW oder nahmen Charterflüge. Der Firmenjet stand da zwischen den Lichtern, die Treppe wurde herangerollt, die Passagiere liefen hinunter in die bereitgestellten Wagen, die sie zum Wohnturm brachten. Popov fragte sich, wer sie waren, doch Gesichter waren auf diese Entfernung nicht zu erkennen. Vermutlich würde er sie morgen in der Cafeteria kennenlernen. Dmitrij Arkadejewitsch trank im Bad einen Schluck Wasser und ging wieder ins Bett. Die Anlage füllte sich rasch, doch wußte er noch immer nicht, weshalb.

Oberst Wilson Gearing wohnte im selben Hotel, ein paar Stockwerke über der Rainbow-Truppe. Seine großen Koffer standen auf der Ablage; die Kleider hatte er in den Schrank gehängt. Zimmermädchen und andere Angestellte, die sich um sein Zimmer kümmerten, hatten nichts angerührt, nur den Schrank kurz geöffnet, die Betten gemacht und das Badezimmer gründlich geputzt. In die Koffer hatten sie nicht geschaut; Gearing hatte Fäden ausgelegt, die noch unversehrt waren – sonst hätten sie einen Plastikkanister mit der Aufschrift »Chlor« entdeckt. Er glich äußerlich genau dem in der Befeuchtungsanlage des Stadions, war sogar von derselben Firma gekauft, gründlich ausgespült und mit den Viruskapseln gefüllt worden. Er hatte auch die für den Austausch benötigten Werkzeuge mitgebracht und in Kansas stundenlang geübt, wo eine identische Anlage stand. Er schloß die Augen und sah sich, wie er wieder und wieder dieselben Handgriffe probte und die

Abschaltzeit für die Klimaanlage immer weiter reduzierte. Der Inhalt des Behälters ging ihm nicht aus dem Kopf. Nie hatte man soviel potentiellen Tod auf so kleinem Raum konzentriert, weit mehr als in einer Atombombe steckte – denn anders als diese konnte sich hier die Bedrohung selbsttätig ausbreiten, statt mit einer Detonation zu verpuffen. Durch die Sprühnebelanlage würde es nur dreißig Minuten dauern, bis sich die Viruskapseln vollständig in das Kühlsystem entladen hatten. Computermodelle und mechanische Tests hatten bewiesen, daß das Virus durch die Leitungen überallhin gelangen und mit dem Nebel verbreitet würde, unsichtbar in den angenehmen, erfrischenden Wassertröpfchen verborgen. Durch die Nase nahm man die Kapseln auf. Dann wurden sie ins Blut transportiert, wo sie sich auflösten, um Shiva freizusetzen. Das künstliche Virus würde bei Sportlern und Zuschauern in den Kreislauf eindringen, Leber und Nieren angreifen, die empfindlichsten Organe, und dort seinen langsamen Prozeß der Zellbildung beginnen. Dieser Vorgang war im Binghamton-Labor an »normalen« Versuchspersonen ausgiebig getestet worden. Danach war es nur noch eine Frage von Wochen, bis Shiva sich ausreichend vervielfacht hatte und ans Werk ging. Bis dahin hatte man Shiva durch Körperkontakt und Küsse, durch Husten oder Niesen an seine Mitmenschen verteilt. Auch das war im Binghamton-Labor erprobt worden. In etwa vier Wochen würden sich die Befallenen leicht erkrankt fühlen. Einige würden den Hausarzt aufsuchen, der sie als Grippeopfer diagnostizieren und anweisen würde, Aspirin zu nehmen, viel Flüssigkeit zu trinken und sich ins Bett zu legen. Das würden sie tun, und sich für einen Tag oder zwei besser fühlen – ein Arztbesuch besserte gewöhnlich das Befinden. Aber es ging ihnen nicht besser. Früher oder später setzten die inneren Blutungen ein, die Shiva unweigerlich mit sich brachte. Etwa fünf Wochen nach Infizierung würde irgendein Arzt bei der Untersuchung zu seinem Entsetzen feststellen, daß das gefürchtete Ebola-Virus wieder da war. Ein gewiefter Epidemiologe konnte wohl nachträglich die Olympiade von Sydney als Seuchenherd identifizieren, doch bis dahin waren Zehntausende schon gestorben. Es war eine hervorragende Chance, Shiva zu verbreiten, auf die vor Jahren schon führende Projektteilnehmer verfallen waren – noch vor dem versuchten Bakterienangriff des Iran auf Amerika, der damals scheiterte, weil das Virus nicht der richtige und die Verbreitungstechnik allzu planlos war. Dagegen war hier der Plan von geradezu künstlerischer

Vollendung. Jede Nation der Welt entsandte Sportler und Schiedsrichter zu den Olympischen Spielen, und alle würden im Stadion den Tröpfchennebel genießen, hier und da stehenbleiben, tief einatmen und sich am kühlen Naß erfrischen. Dann kehrten sie heim, nach Nordamerika oder Argentinien, nach Rußland oder Ruanda, um Shiva auszusäen und eine Massenpanik zu ernten.

Dann wurde es Zeit für Phase Zwei. Horizon Corporation würde den A-Impfstoff herstellen und verbreiten, in Tausend-Liter-Tanks, und auf dem Luftweg in aller Herren Länder schicken, wo das Mediziner- und Pflegepersonal der jeweiligen Gesundheitsdienste jeden greifbaren Bürger unbesehen impfte. Phase Zwei würde vollenden, was mit einer Massenpanik begann – die das logische Ende der Phase Eins markierte. Vier oder sechs Wochen nach der Injektion würden sich die A-Empfänger erstmals unwohl fühlen. Drei Wochen von heute gerechnet, dachte Gearing, dann sechs Wochen, plus zwei, plus weitere sechs und noch zwei. Insgesamt neunzehn Wochen, nicht einmal ein halbes Jahr, nicht einmal die volle Baseballsaison würden über neunundneunzig Prozent der Weltbevölkerung noch erleben. Und der Planet war gerettet. Kein Abschlachten von Schafen durch Nervengas mehr. Keine Ausrottung ganzer Arten durch die Gedankenlosigkeit eines Zweibeiners. Das Ozonloch würde sich von selbst wieder schließen. Die Natur würde blühen und gedeihen. Und er würde all das mit eigenen Augen sehen, auskosten und annehmen können, gemeinsam mit seinen Freunden und Kollegen vom Projekt. Sie würden den Planeten retten und ihre Kinder im Respekt vor der Natur erziehen, in der Liebe, im Genuß. Und die Welt würde wieder grün und schön.

Dabei hegte er durchaus nicht ganz widerspruchslose Gefühle. Wenn er aus dem Fenster sah und die Spaziergänger in den Straßen Sydneys erblickte, bereitete es ihm Unbehagen, was mit ihnen unweigerlich geschehen würde. Doch er hatte schon größeres Elend gesehen. Die Schafe in Dugway. Die Menschenaffen und Schweine und andere Versuchstiere im Edgewood-Arsenal. Auch sie hatten Schmerzen erlitten. Auch sie hatten ein Recht, zu leben, und diese selbstverständlichen Tatsachen wurden von den Menschen ignoriert. Hierzulande kam kein Shampoo auf den Markt, wenn es nicht zuvor Laborkaninchen in die Augen gespritzt worden war, die man stocksteif in winzigen Käfigen hielt und die ihr Martyrium wortlos und ohne erkennbare Reaktion ertrugen. Die meisten ihrer Quälgeister verstanden nichts von Tieren und kümmerten sich ebenso wenig darum, aus was die Hamburger im McDonald's ihres Stadtviertels bestanden. Aus reiner Gedankenlosigkeit trugen sie dazu bei, die Erde zu zerstören, weil es ihnen egal war und sie das Wichtigste nicht einmal erkennen konnten, wenn man sie mit der Nase darauf stieß ... sie mußten sterben. Sie waren eine Spezies, die ihr eigenes Todesurteil unterschrieben hatte. Mochte der Wind ihre Gebeine davontragen! Sie dachten nicht wie er, überlegte Gearing. Und wie ein Tier das andere ersetzt, würden er und die Seinen dieses Pack ersetzen. Er war schließlich nichts anderes als natürliche Selektion.

Der Jetlag war allmählich geschwunden, wie Chavez feststellte. Das Morgentraining war ihnen gut bekommen; Euphorie und Schweiß brachen aus, besonders nach dem Lauf auf der olympischen Bahn. Er und Mike Pierce hatten sich extra Mühe gegeben; ohne die Zeit zu stoppen, waren sie so schnell drauflos gerast, wie sie konnten. Beim Aufblicken zu den menschenleeren Tribünen hatten sie sich den Beifall der Menge vorgestellt und die Sprechchöre, als wären sie selbst die Helden des Tages. Dann gingen sie duschen und klopften sich grinsend auf die Schultern, kleideten sich wieder an, steckten sich ihre Pistolen unters Hemd, Funksprechgeräte in die Tasche und Passierscheine ans Revers.

Einige Stunden später ertönten die Fanfaren, als die erste Mannschaft, die Griechen, unter klingendem Spiel aus dem Tunnel traten. Unter tosendem Applaus der Zuschauer erklärte ein Sprecher die Olympiade von Sydney für eröffnet. Als Sicherheitsbeauftragter nahm sich Chavez vor, die Menge im Auge zu behalten, doch ohne einen konkreten Anlaß fiel es ihm schwer, und er ließ sich immer wieder vom Geschehen auf dem Platz ablenken. Die jungen Athleten marschierten fast so schneidig wie Soldaten, als sie ihren Flaggen und Funktionären auf der Bahn folgten. Für sie mußte es, dachte Ding, ein unvergeßliches Erlebnis sein, vor den anderen Nationen der Welt das eigene Vaterland repräsentieren zu dürfen. Über Monate und Jahre hinweg hatten sie trainiert, um dieser Ehre würdig zu sein, Beifall einzuheimsen und sich berechtigte Hoffnung auf olympisches Gold zu machen. Solch öffentliche Ehrung wurde niemandem zuteil, der beim CIA tätig war, erst recht nicht einem Teamchef bei Operation Rainbow. Hier ging es nur um den Sport, das reine, zweckfreie Kräftemessen. Jede Sportart war von Bedeutung, wenn sie nur ernsthaft betrieben und von den Zuschauern ernstgenommen wurde, und manche hatten ja geradezu militärischen Charakter. Wettlauf – war nicht die wichtigste Kriegskunst die Schnelligkeit, um in die Schlacht zu stürmen oder ihr zu entrinnen? Speerwerfen – den Feind zielsicher mit der Lanze treffen. Diskuswerfen – eine taktische Waffe mit Fernwirkung schleudern. Hürdenlauf – eine Mauer überspringen und in die feindlichen Schanzen eindringen. Weitsprung – den Graben überqueren, den der Feind zu seiner Verteidigung angelegt hatte. All diese Disziplinen entstammten dem Soldatenhandwerk der Antike, und die modernen Spiele hatten noch Gewehr- und Pistolenschießen hinzugenommen. Der moderne Fünfkampf beruhte auf Fertigkeiten, die ein Meldegänger in den Armeen des späten 19. Jahrhundert vorweisen mußte: Reiten, Laufen, sich den Weg zum Ziel freischießen, um dem Heerführer rechtzeitig zu berichten, was er wissen mußte, wenn er die Truppen wirkungsvoll einsetzen wollte.

Diese Männer und Frauen waren Krieger von besonderer Art. Was sie erringen wollten, war der Ruhm für sich selbst und für die Fahne, unter der sie angetreten waren. Den Gegner ohne Blutvergießen zu überwinden, war der reinste aller Siege auf dem Feld der Ehre. Das, dachte Chavez, war ein würdiges Ziel für alle. Allerdings fühlte er sich zu alt und zu verbraucht, um hier noch mitzuhalten. Er tastete nach der Beretta unter seinem Hemd. Dies, und die Fähigkeit, damit umzugehen, machte ihn fit genug, um die Sportler gegen jeden in Schutz zu nehmen, der ihnen ans Leder wollte. Das mußte reichen, selbst für einen Domingo Chavez.

»Sagenhaft, Boß«, staunte Pierce, als er die Griechen an sich vorbeiziehen sah.

»Wirklich, Mike. Ein unvergeßliches Erlebnis!«

34

DIE SPIELE GEHEN WEITER

Wie es im Leben zu gehen pflegt, stellte sich nach einiger Zeit die Routine ein. Chavez und sein Team verbrachten den größten Teil des Tages bei Oberst Wilkersons Leuten, hauptsächlich in der Kommandozentrale, wo sie die Spiele im Fernsehen verfolgten, begaben sich aber auch zu den Schauplätzen selbst – angeblich, um einmal nach dem Rechten zu sehen, in Wahrheit, um den Sportereignissen aus nächster Nähe beizuwohnen. Mit ihren überall gültigen Passierscheinen konnten sie oft direkt neben den Schiedrichtern stehen. Die Aussies waren leidenschaftliche Sportfans, wie Ding feststellte, und unerhört gastfreundlich. In seinen freien Stunden hatte er sich ganz in der Nähe eine Kneipe ausgeguckt, wo das Bier schmeckte und die Atmosphäre zum Verweilen einlud. Wenn er sich als Amerikaner vorstellte, gaben ihm die »Kumpels« nicht selten ein Bier aus und fragten ihm Löcher in den Bauch, während im Fernseher an der Wand die Sportübertragung lief. Der allgegenwärtige Zigarettenqualm war so ziemlich das einzige, was ihm gegen den Strich ging; hier in Australien war das Laster offenbar noch nicht geächtet wie anderswo; doch perfekt war es nirgends.

Jeden Morgen trainierten er und seine Männer mit Wilkersons Team und stellten fest, daß es bei *diesen* olympischen Disziplinen nur minimale Unterschiede zwischen australischen und britisch-amerikanischen Eliteeinheiten gab. Eines Morgens begaben sie sich zu den Schießständen, wo sie sich olympische Sportpistolen ausborgten – .22er-Kaliber-Automatikwaffen, die wie Spielzeug wirkten, verglichen mit den von Rainbow-Kämpfern normalerweise mitgeschleppten .45ern. Aber sie mußten feststellen, daß Zielscheiben und Punktsystem äußerst kompliziert und mit dem Kampfschießen im Alltag kaum vergleichbar waren. Trotz aller Routine und praktischen Erfahrung hätte sich Chavez mit viel Glück gerade mal mit den Olympiaschützen der Mannschaft von Mali messen können, keinesfalls aber mit Amerikanern oder Russen. Deren Sportler konnten bei den computergesteuerten, frontal oder seitlich defilierenden Zielsilhouetten eine geradezu übermenschliche Trefferquote vorweisen. Doch solche Pappkameraden schossen nicht zurück, konnte Chavez sich sagen, und *das* war immerhin ein Unterschied. Außerdem wurde der Erfolg bei seinen Schießkünsten daran gemessen, ob er einen Gegner aus Fleisch und Blut tötete, nicht ob er ein millimetergroßes Pünktchen auf der schwarzen Zielscheibe traf. Auch das war ein Unterschied, wie Ding und Mike und ihre australischen Kollegen feststellten. Was sie vermochten, würde niemals olympische Disziplin sein, es sei denn, man ließe die Gladiatorenspiele des alten Rom wiedererstehen, womit nicht zu rechnen war. Ihr Beruf hatte sowieso nichts mit Sport zu tun, oder? Es war ja schließlich kein Massenspektakel der modernen, zivilisierten

Welt. Chavez träumte seit jeher davon, einmal die Schaukämpfe in den Amphitheatern des alten Rom zu sehen – aber das hätte er niemals laut zugegeben, sonst hätten man ihn wohl für einen barbarischen Primitivling gehalten! *Heil Cäsar – die Todgeweihten grüßen dich!* Mit den Boxweltmeisterschaften ließ sich das wohl nicht vergleichen. Jedenfalls freute sich ›Major‹ Domingo Chavez, daß er bei der Olympiade freien Eintritt genoß, ebenso wie die Sergeants Mike Pierce, Homer Johnston und George Tomlinson sowie Special Agent Tim Noonan, die meist in »Zivil« antraten, um die Anonymität zu wahren.

Dasselbe traf, wenn auch in weiter Ferne, auf Dmitrij Popov zu, der in seinem Zimmer blieb und sich die Olympiade im Fernsehen anschaute. Die Spiele lenkten ihn ein wenig ab von den Fragen, die ihm durch den Kopf schwirrten. Er freute sich an den beachtlichen Leistungen des russischen Teams, zu dem er natürlich hielt, aber auch die Australier machten als Gastgeber keine schlechte Figur, vor allem beim Schwimmen, was ihr Nationalsport zu sein schien. Hauptproblem waren die immensen Zeitunterschiede. Nur zu nachtschlafender Zeit bekam Popov in Kansas die Wettkämpfe live zu sehen, weshalb er sich morgens schwer übernächtigt und mit Ringen unter den Augen zu MacLean und Killgore gesellte. Doch die Ausflüge zu Pferd waren sein angenehmster Zeitvertreib geworden. Buttermilk erkannte ihn jetzt schon von weitem und begrüßte den Russen mit freundlichem Wiehern, was dieser jedesmal mit einem Mitbringsel belohnte, Zuckerstückchen vom Frühstücksbuffet beispielsweise, oder heute ein Apfel. Die Stute verschlang ihn rasch aus seiner hingestreckten Hand, bevor er sie am Zügel nahm und in die Koppel hinausführte.

»Morgen, Dmitrij!« rief MacLean.

»Guten Morgen, Kirk«, antwortete der Russe erfreut. Wenige Minuten später ritten sie los, schneller als bei seinem ersten Ausritt, diesmal zu einem der großen Weizenfelder am Südrand des Grundstücks.

»Erzählen Sie doch mal von Ihrem Abenteuerleben als Geheimagent«, forderte ihn Killgore auf, als die Stallungen schon einen Kilometer hinter ihnen lagen.

»Wir nannten uns eigentlich bescheidener: nämlich Nachrichtendienst«, korrigierte Popov ihn. »Im Grunde genommen ist diese Arbeit höchst langweilig. Die meiste Zeit heißt es, auf ein Treffen zu warten oder Berichte zu schreiben und Formulare für die vorgesetzte Behörde auszufüllen – die *rezidentura.* Gefahrvolle Situationen gibt es zwar auch, aber hauptsächlich riskiert man, verhaftet zu werden. Schießereien oder Verfolgungsjagden sind in dieser zivilisierten Branche kaum noch üblich. Abwehroffiziere, die in Gefangenschaft kommen, werden nach kurzer Haftzeit sowieso ausgetauscht. Mir ist das allerdings nie passiert; ich habe eine sehr gute Ausbildung genossen.« Und Glück gehabt, was er freilich nicht hinzufügte.

»Also nichts mit James Bond – erschossen haben Sie noch niemanden. Oder doch?« wollte Kirk MacLean wissen.

»Um Himmels Willen, nein!« wehrte Popov lachend ab. »Das erledigen andere. Wenn es sein muß, hat man seine Untergebenen dafür. Aber es kommt selten genug vor.«

»Wie selten?«

»Heutzutage fast gar nicht, glaube ich. Beim KGB bestand unsere Haupttätigkeit darin, Informationen zu beschaffen und nach oben, an die Regierung weiterzugeben. Darin war unsere Tätigkeit den Aufgaben der Korrespondenten Ihrer Associated Press vergleichbar. Und die meisten derartigen Informationen stammten aus allgemein zugänglichen Quellen – Tageszeitungen, Illustrierten, Fernsehen. Ihr CNN ist der wohl beste, meistbenutzte Nachrichtenlieferant der Welt!«

»Aber hinter welchen Nachrichten waren *Sie* her?«

»Diplomatische oder politische Hintergrundinformationen. Da ging es oft darum, die Zielsetzungen unserer Gegner rechtzeitig zu erkennen. Auch um technische Details – wie schnell ein bestimmtes Flugzeug ist, wie weit ein Artilleriegeschütz schießt, und so weiter. Aber die waren nie meine Spezialität, verstehen Sie? Ich war eher das, was man einen Kontaktmann nennt. Ich traf mit unterschiedlichsten Leuten zusammen und übergab ihnen Botschaften oder brachte die Antworten in die Zentrale zurück.«

»Was für Leuten?«

Popov überlegte, wie er die Frage beantworten sollte, dann entschloß er sich zur Aufrichtigkeit: »Terroristen zumeist; so werden sie wohl bei Ihnen genannt.«

»Ach ja? Welche denn zum Beispiel?«

»Hauptsächlich Europäer, aber einige kamen auch aus Nahost. Meine Sprachkenntnisse sind nicht schlecht, ich kann mich mit Menschen aus den entlegensten Ecken der Welt verständigen.«

»War das schwierig?« erkundigte sich Killgore.

»Eigentlich nicht. Wir hatten ähnliche politische Überzeugungen, und mein Land versorgte sie mit Waffen, Ausbildung, Zugang zu diversen Einrichtungen im Ostblock. Als Außendienstler war ich viel unterwegs, und manchmal konnte ich ihnen Ziele für Anschläge nennen, als Gegenleistung für unsere Unterstützung, wissen Sie!«

Jetzt wurde MacLean neugierig. »Haben Sie Terroristen dafür bezahlt, daß ...?«

»Doch, aber seltener mit Geld. Die Sowjetunion verfügte nur über sehr begrenzte Devisenmengen, und Agenten hielt man an der kurzen Leine. – Jedenfalls mich«, fügte Popov hinzu.

»Sie haben also Terroristen ausgeschickt, um Morde zu begehen?« Killgore war sprachlos.

Popov nickte seelenruhig. »Doch. Das war in vielen Fällen mein Auftrag. – Und deshalb«, fügte er nach kurzem Zögern hinzu, »hat mich Dr. Brightling ja auch angeheuert.«

»Dann sind Sie derjenige, der neulich die Vorfälle in Europa angezettelt hat?!«

»Ich habe Verbindung mit meinen Bekannten aufgenommen und ihnen Vorschläge gemacht, die sie ausgeführt haben. Wenn Sie so wollen, bin auch ich vermutlich aus zweiter Hand mit Blut befleckt, aber wo kommen wir denn hin, wenn wir daraus eine Staatsaffäre machen wollten! Es ist eine Branche wie andere auch, und eine Zeitlang war *ich* darin tätig.«

»Für Sie hat es sich ausgezahlt, Dmitrij. Sie wären ja sonst nicht hier!« erklärte MacLean. »Zu seinen Mitarbeitern ist John immer loyal gewesen. Offenbar haben Sie Ihre Sache gut gemacht.«

Popov zuckte die Achseln. »Mag sein. Er hat mir nie gesagt, weshalb er das von mir verlangt, aber ich vermute, seinem Freund Henriksen sollte auf diese Weise zu einem Beratervertrag bei den Olympischen Spielen von Sydney verholfen werden.«

»Das trifft zu«, bestätigte Killgore. »Für uns sind sie von ganz entscheidender Bedeutung!« *Könnte sie mir ruhig mal ansehen*, dachte Killgore, *schließlich sind es die letzten.*

»Aber weshalb?«

Auf direkte Fragen reagierten sie regelmäßig bestürzt. Der Arzt und der Ingenieur blickten einander an. Dann ergriff Killgore das Wort.

»Wie denken Sie eigentlich von der Umwelt, Dmitrij?«

»Welche Umwelt meinen Sie? Die hier draußen? Wunderbar ist es hier. Sie haben mir bei diesen Morgenritten so vieles Schönes gezeigt«, erwiderte der Russe und wählte seine Worte mit Bedacht. »Der weite Himmel, die gute Luft, das Weideland und die Weizenfelder – ich habe gar nicht gewußt, wie schön die Welt eigentlich ist. Wohl, weil ich in Moskau aufgewachsen bin, meine Freunde!« Wie grauenhaft verdreckt es in der Metropole war, konnten die beiden ja nicht wissen.

»Nun ja. Aber es ist nicht überall schön.«

»Wem sagen Sie das, John! In Rußland interessiert sich der Staat längst nicht so sehr für Umweltfragen wie bei euch in Amerika. Im Kaspischen Meer – wo der Kaviar herkommt – sind die Fische nahezu ausgerottet von Chemiegiften. Und östlich vom Ural liegt eine Landschaft, die bei unseren Atomversuchen zur verstrahlten Wüste geworden ist. Besucht habe ich sie nicht, aber davon gehört. Dort empfehlen Autobahnschilder erhöhtes Tempo, um die radioaktiv verstrahlte Zone möglichst rasch zu durchqueren!«

»Tja; wenn wir nicht aufpassen, stirbt uns noch der ganze Planet …« MacLean musterte ihn aufmerksam.

»Das wäre ein Verbrechen, nur mit den Untaten Hitlers vergleichbar!« empörte sich Popov. »Es wäre *nekulturno*, das Werk unzivilisierter Barbaren! Das haben mir die Videos und Zeitschriften in meinem Zimmer drüben erst richtig vor Augen geführt.«

»Wie denken Sie über das Töten, Dmitrij?« warf Killgore ein. »Menschen töten, meine ich.«

»Es kommt darauf an, welche Menschen. Viele hätten es aus dem einen oder anderen Grund nicht anders verdient. Aber in der westlichen Kultur herrscht die merkwürdige Auffassung, anderen das Leben zu nehmen sei grundsätzlich falsch. In manchen Ländern dürfen nicht einmal überführte und verurteilte Schwerverbrecher hingerichtet werden. Mir kam das immer schon sonderbar vor.«

»Und bei Verbrechen gegen die Natur?« hakte Killgore nach und starrte ausdruckslos in die Ferne.

»Ich verstehe nicht recht …«

»Solche, die den Planeten schädigen. Das Ausrotten ganzer Arten, das Verseuchen des Bodens, der Meere … Wie steht es damit?«

»Auch das ist ein barbarisches Verbrechen, Freunde, und sollte streng bestraft werden. Aber wie überführt man die Täter? Sind es die Industriellen, die den Auftrag geben und Profit daraus ziehen? Oder die Arbeiter, die ihr Gehalt dafür bekommen, zu tun, was man ihnen sagt?«

»Wie hat man's denn in Nürnberg gemacht?« Killgore wollte anscheinend das Thema wechseln.

»Die Kriegsverbrecherprozesse meinen Sie? Es wurde festgelegt, daß Befehlsgehorsam nicht als Argument der Verteidigung gilt.« Auf der KGB-Akademie hatten sie es anders gelernt, dort war es die Staatspartei, die immer recht hatte.

»Stimmt«, nickte der Epidemiologe. »Und dennoch ist Harry Truman wegen der Bombardierung Hiroshimas nie zur Verantwortung gezogen worden, wie Sie wissen.«

Weil er den Krieg gewonnen hat, Idiot, entgegnete Popov im stillen. Laut sagte er: »Meinen Sie, weil es ein Verbrechen war? Nein, war es nicht, denn es hat schlimmere Verbrechen verhütet, und die Opfer des Abwurfs waren notwendig, um den Weltfrieden wiederherzustellen.«

»Und wenn es nötig wäre, um den Planeten zu retten ...?«

»Wie meinen Sie das?«

»Wenn nun der Planet im Sterben läge, was hätten wir zu tun – wäre es *richtig*, ihn zu retten?«

Die Diskussion bewegte sich auf das gleiche ideologische Schwarz-Weiß-Denken zu, das Popov von Marxismusschulungen an der Moskauer Staatsuniversität her kannte, und war von ähnlicher Relevanz für das wirkliche Leben. Den Planeten umbringen? Das war gar nicht möglich. Ein Nuklearkrieg unter Einsatz aller Mittel, doch, *der* konnte vielleicht diese Wirkung haben, aber dieses Risiko war weitgehend geschwunden. Die Welt sah heute anders aus, Amerika hatte den Kalten Krieg gewonnen. Erkannten diese beiden Druiden nicht, welche Chance darin lag? Mehr als einmal war die Welt *nah dran* gewesen, Atomkriege zu führen – heute gehörten sie der Vergangenheit an.

»Diese Frage habe ich mir so nie gestellt, Freunde.«

»Wir schon«, versetzte MacLean. »Noch sind Menschen und Mächte am Werk, die gegebenenfalls nahezu alles Leben auf dem Planeten zerstören könnten. Jemand muß sie daran hindern, aber wie?«

»Sie sprechen jetzt nicht von politischer Opposition, oder?« fragte der ehemalige KGB-Spion.

»Nein, dafür ist es längst zu spät, und die Herrschenden würden einem sowieso nicht zuhören.« Killgore hatte sein Pferd eine Rechtskehre machen lassen, und die anderen folgten ihm. »Heute muß man, fürchte ich, viel drastischere Maßnahmen ergreifen.«

»Aber was? Die gesamte Weltbevölkerung ausrotten?« fragte Dmitrij Arkadejewitsch mit leisem Spott. Doch die Antwort auf die rhetorisch gemeinte Frage war ein unverwandter, eiskalter Blick. Popov wich ihm nicht aus, aber seine Gedanken nahmen eine unerwartete Wendung. Diese Leute waren *fascisti.* Schlimmer noch, *fascisti* mit moralischen Prinzipien, die sich für unfehlbar hielten. Aber würden sie auch nach ihren Glaubenssätzen handeln? War das überhaupt durchführbar? Selbst die verstocktesten Stalinisten ... aber nein, die waren ja nicht übergeschnappt, nur politische Eiferer gewesen.

In diesem Augenblick zerriß Flugzeuglärm die Stille der Morgendämmerung. Diese Maschine gehörte zu Horizons G-Flotte und hob von der Landebahn ab, gewann rasch an Höhe, schwenkte nach rechts und entfernte sich ostwärts – nach New York vielleicht, um weitere ›Projektteilnehmer‹ abzuholen? Vielleicht. Der Wohnturm war jetzt vielleicht zu achtzig Prozent belegt. Popov hatte bemerkt, wie die Neuankömmlinge weniger wurden, doch immer noch trafen welche ein, meist im privaten PKW. Zur Mittag- und Abendessenszeit war der riesige Speisesaal nahezu vollbesetzt; in den Laboratorien und anderen Arbeitsstätten der Anlage brannten noch spät die Lichter. Was zum Teufel machten diese Leute?

Horizon Corporation war auf Biotechnologie spezialisiert, wie sich Popov erinnerte, stellte Pharmaka und andere medizinische Behandlungsmittel her. Killgore war Mediziner, und MacLean Ingenieur im Umweltbereich. Beide waren Druiden, beide vergötterten die Natur – ein Heidentum, das zu den neuesten Modetorheiten des Westens zählte. John Brightling gehörte anscheinend auch dazu, wenn er sich an ihre Gespräche in New York erinnerte. Es war das Ethos dieser Leute *und* ihrer Firma. Dmitrij mußte an die Machwerke bei ihm auf dem Zimmer denken. Menschen galten als *Schmarotzer*, die der Erde nur Unbill zufügten, und die beiden hier sprachen gerade von einem Todesurteil gegen Umweltverbrecher – und stellten anschließend klar, daß sie *jeden* als Verbrecher betrachteten. Was wollten sie bloß tun – alle umbringen? Wie unsinnig. Wieder schien sich die Tür zur Lösung einen Spalt zu öffnen. Sein Verstand arbeitete rastloser, als Buttermilk galoppieren konnte, aber noch immer nicht schnell genug.

Schweigend ritten sie eine Zeitlang nebeneinander her. Dann glitt ein Schatten über sie hinweg, und Popov blickte gen Himmel.

»Was war das?«

»Ein Rotschwanz-Falke«, belehrte ihn MacLean. »Er sucht wohl noch sein Frühstück.«

Sie sahen zu, wie sich der Raubvogel auf rund 150 Meter Höhe schraubte und dann, die Fittiche gespreizt und den Kopf gesenkt, im Aufwind verharrte und mit seinen scharfen Augen nach einem unachtsamen Nager Ausschau hielt. Wie auf geheime Verabredung zügelten die drei Männer ihre Pferde und beobachteten den Vorgang. Es dauerte ein paar Minuten, und dann geschah etwas zugleich Schönes und Schreckliches. Der Falke legte die Flügel um und schoß im Sturzflug herab wie eine lebende Bombe, dann breitete er die Flügel aus und stieß mit vorgestreckten gelben Krallen zu.

»Geschafft!« triumphierte MacLean.

Der Falke benutzte Krallen und Schnabel, um die Beute zu attackieren, zu töten. Schließlich hielt er den erschlafften Kadaver unter sich fest, während er wieder in die Lüfte stieg. Sein Nest mußte irgendwo im Norden liegen, dachte Popov. Der erlegte Präriehund hatte nicht den Bruchteil einer Chance gehabt, aber so war's nun mal in der Natur. Auch Soldaten gönnen dem Feind keinen Fußbreit Boden in der Schlacht; das wäre weder ratsam noch klug. Man schlägt mit eiserner Faust und möglichst ohne Vorwarnung zu. Lieber rasch und leicht töten – präzise vor allem –, und wenn der Gegner den Selbstschutz vernachlässigt, um so besser, das ist sein Problem. Der Falke war von weit oben aus der Sonne herabgestürzt, nicht einmal sein Schatten hätte den Präriehund, der arglos vor seiner Höhle saß, warnen können. Offenbar auf Nahrungssuche für sich oder seine Jungen, hatte der Raubvogel seine Jagdbeute mitleidlos zur Strecke gebracht. Jetzt hing der Präriehund zwischen seinen Krallen wie ein leerer brauner Sack; bald würde er von seinem Henker zerfleischt und vertilgt werden.

»Ich finde das immer verdammt schön«, begeisterte sich MacLean.

»Grausam und doch anmutig«, bemerkte Popov.

»Mutter Natur ist nun mal so, mein Lieber. Grausam, aber schön.« Killgore sah dem Falken nach, bis er in der Ferne verschwunden war. »Es war ein großartiger Anblick.«

»Ich werde mir einen fangen und abrichten«, verkündete MacLean. »Er soll von meiner Faust losfliegen und töten!«

»Gehören Präriehunde zu den gefährdeten Tierarten?«

»Ganz und gar nicht«, verneinte Killgore. »Ihre natürlichen Feinde halten ihre Zahl begrenzt, sie können sie aber nie ganz ausrotten. Die Natur selbst hält das Gleichgewicht.«

»Und wie paßt der Mensch dazu?« wollte Popov wissen.

»Gar nicht!« erwiderte Kirk MacLean. »Der Mensch bringt alles nur durcheinander, weil die wenigsten wissen, was von selber geht und was nicht. Und für die Folgeschäden will niemand die Verantwortung übernehmen! Das ist ja das Problem.«

»Und – die Lösung?«

Killgore wandte sich zu Dmitrij um und sah ihn direkt an. »Wir haben sie, wer sonst?«

»Diesen Decknamen muß er schon seit langer Zeit benutzen, Ed«, betonte Clark. »Die IRA-Typen haben ihn seit Jahren nicht mehr gesehen. Aber das ist der Name, unter dem sie ihn kannten.«

»Klingt einleuchtend«, mußte Ed Foley am anderen Ende der Leitung zugeben. »Und du willst ihn dir wirklich vorknöpfen, hm?«

»Das ist doch nur verständlich, Ed. Offenbar hat er die Leute beauftragt, meine Frau, meine Tochter und meinen Enkel zu töten. Kapiert? Und sie *haben* zwei meiner Männer erschossen. Kriege ich nun die Erlaubnis, Kontakt mit ihm aufzunehmen oder nicht?« verlangte Rainbow Six, der in Hereford an seinem Schreibtisch saß, zu wissen.

Im siebzehnten Stockwerk des CIA-Hauptquartiers fühlte sich Direktor Edward Foley merkwürdig unschlüssig. Wenn er Clark die Genehmigung gab, und Clark tatsächlich bekam, was er wollte, mußte eine Gegenleistung erfolgen. Sergej Nikolajitsch würde irgendwann bei der CIA anrufen und ebenso heikle Auskünfte fordern, und Foley würde sie ihm geben müssen, um das gegenseitige Vertrauen aufrechtzuerhalten. Doch was die Russen dann von ihm wissen wollten, konnte Foley nicht voraussehen – und beide Seiten spionierten schließlich noch immer gegeneinander. Die friedlichen Umgangsformen der modernen Gesellschaft waren im Spionagegeschäft noch nicht üblich. Man tat zwar so, als ob, doch traf man hinterrücks ganz andere Entscheidungen. Andererseits wollten solche Kontakte gepflegt sein, und Sergej Golowko hatte sich in zwei internationalen Affären als sehr hilfreich erwiesen. Bislang hatte er noch keine Gegenleistung eingefordert, weil die Einsätze jedesmal auch seinem Land mehr oder weniger zugute kamen. Doch Sergej war nicht der Typ, alte Schulden zu vergessen, und ...

»Ich weiß, was in dir vorgeht, Ed. Aber wir sind durch diesen Kerl entscheidend geschwächt worden. Dafür will ich ihn drankriegen, und Sergej weiß, wo ich ihn finde!«

»Und wenn er selbst dahintersteckt?« Foley versuchte, ihn hinzuhalten.

»Glaubst du das im Ernst?« schnaubte Clark.

»Um ehrlich zu sein, nein. Das haben wir wohl hinter uns.«

»Ganz meine Meinung, Ed. Und wenn er heute unser Freund ist, dürfen wir auch mal eine freundschaftliche Anfrage stellen. Vielleicht kriegen wir ja freundschaftlich Antwort! Wir könnten uns sogar darauf einigen, daß die russischen Eingreiftruppen ein paar Wochen rüberkommen und bei uns trainieren. Diesen Preis kann ich bereitwillig zahlen.«

Mit John hatte es zweifellos keinen Sinn, darüber zu streiten; immerhin war er einst sein Ausbilder gewesen, auch der seiner Frau, Mary Pat Foley, heute stellvertretende Direktorin im Außendienst. »Na schön, John. Einverstanden. Wer nimmt den Kontakt auf?«

»Ich habe seine Nummer«, versicherte Clark dem CIA-Chef.

»Dann ruf ihn an, John. Mit meiner Genehmigung«, schloß der Direktor, auch wenn ihm keineswegs wohl dabei war. »Sonst noch was?«

»Nein, Sir, und danke. Wie geht's denn Mary Pat und den Kindern?«

»Denen geht's prima. Und dein Enkel?«

»Der macht sich gar nicht übel. Patsy wohnt jetzt bei uns, und Sandy kümmert sich rührend um JC.«

»JC?«

»John Conor Chavez«, erläuterte Clark.

Komplizierter Name, dachte Ed Foley, sprach es aber nicht aus. »Also gut. Dann tu, was du nicht lassen kannst, John. Wir sprechen uns wieder!«

»Danke, Ed. Tschüß!« Clark griff auf der Tastatur seines Apparats tiefer und wählte die Hausleitung. »Bill, wir haben die Genehmigung.«

»Großartig«, versetzte Tawney. »Wann rufen wir an?«

»Jetzt auf der Stelle, wie wär's?«

»Aber sehen Sie sich vor!« warnte Tawney.

»Keine Sorge.« Clark legte auf und drückte einen neuen Knopf. Mit ihm schaltete er den Kassettenrecorder ein, bevor er die Moskauer Nummer anwählte.

»Sechs-Sechs-Null«, meldete sich eine russische Frauenstimme.

»Ich möchte mit Sergej Nikolajitsch sprechen. Persönlich. Bitte sagen Sie ihm, Iwan Timofejewitsch sei am Apparat«, erklärte Clark in nahezu akzentfreiem Russisch.

»*Da*«, erwiderte die Sekretärin und fragte sich, wie dieser Mensch in die Direktleitung des Chefs geraten war.

»Clark!« dröhnte es kurz darauf aus dem Hörer. »Geht's euch gut da oben in England?« Und schon hatte das Katz-und-Maus-Spiel begonnen. Der Vorsitzende des wiederaufgebauten russischen Abwehrdienstes wollte ihn wissen lassen, daß er wußte, wo Clark sich aufhielt und was er tat, und auf keinen Fall preisgeben, woher er es wußte.

»Das Wetter ist überraschend gut, Vorsitzender Golowko.«

»Ihre neue Truppe ist ja ganz schön aktiv. Und dann noch der Anschlag auf Ihre Frau Gemahlin und Ihre Tochter – sind sie denn wieder wohlauf?«

»Es war ziemlich unerquicklich, wie Sie sich vorstellen können. Danke der Nachfrage; es geht ihnen den Umständen entsprechend gut.« Das Gespräch führten sie in russischer Sprache, die Clark so geläufig war, als stammte er aus Leningrad – Sankt Petersburg, korrigierte sich John. Wieder so eine alte Gewohnheit, die man nur schwer ablegen konnte. »Und ich bin Großvater geworden.«

»Tatsächlich, Wanja? Meinen Glückwunsch! Das sind ja wundervolle Neuigkeiten. Ich war ganz außer mir, als ich von diesem Anschlag hörte«, fuhr Golowko offenbar aufrichtig fort. Russen konnten oft sentimental werden, dachte John, besonders, wenn es um Kinder ging.

»Und ich erst. Aber wir sind über den Berg, wie es bei uns heißt. Einen von den Kerlen habe ich selbst festgenommen.«

»Das wußte ich ja gar nicht, Wanja!« Der Vorsitzende tat erstaunt. Ob geheuchelt oder nicht, vermochte John nicht zu sagen. »Was kann ich denn für Sie tun?«

»Ich brauche Auskunft über einen Namen.«

»Und wie lautet er?«

»Es ist ein Deckname: Seroff, Joseph Andrejewitsch. Der betreffende Agent – ehemalige Agent, möchte ich meinen – hatte mit progressiven Elementen im Westen zu tun. Wir haben Gründe, anzunehmen, daß er Drahtzieher bei Aktionen war, denen Menschen zum Opfer fielen – auch bei dem Anschlag auf meine Leute hier in Hereford könnte er die Hand im Spiel haben.«

»Also, *wir* hatten wirklich gar nichts damit zu tun, Wanja«, platzte Golowko heraus und war plötzlich todernst.

»Darauf deutet auch nicht das Geringste hin, Sergej. Aber ein Mann mit diesem Namen und russischer Nationalität hat den irischen Terroristen mit Geld und Drogen geholfen. Die Iren kannten ihn seit Jahren, noch aus der Zeit im Bekaa-Tal. Daß er früher mal beim KGB war, halte ich für wahrscheinlich. – Außerdem habe ich eine Personenbeschreibung«, setzte Clark hinzu und gab sie durch.

»Seroff, sagen Sie ... Ein merkwürdiger ...«

»Das finden wir auch.«

»Ist das denn so wichtig für Sie?«

»Sergej, der Mann hat nicht nur zwei meiner Leute auf dem Gewissen, sondern bei der letzten Aktion meine Frau und meine Tochter direkt bedroht. Ja, mein Lieber. Es ist tatsächlich sehr wichtig.«

Golowko in Moskau war verwundert darüber. Er kannte Clark, hatte ihn vor anderthalb Jahren das letzte Mal gesehen. Ein Außendienstler von ungewöhnlichem Talent – und mit einer glücklichen Hand. Seinen Feinden konnte er gefährlich werden, dieser echte Profi, besonders im Zusammenwirken mit seinem jüngeren Kollegen Domingo Estebanowitsch Chavez. Und Golowko wußte, daß Clarks Tochter mit diesem Chavez verheiratet war – das hatte man ihm, um genau zu sein, erst vor kurzem berichtet. Kirilenko in London hatte davon erfahren, obwohl Golowko sich nicht erinnerte, durch wen.

Nun, wenn es ein Russe war, womöglich früherer Tschekist, der sich mit Terroristen einließ, dann konnte das dem Ansehen seines Landes nur schaden. Ob er kooperieren sollte? Der Vorsitzende erwog die Vor- und Nachteile. Wenn er jetzt zustimmte, mußte er auch dabei bleiben, sonst war er bei CIA und anderen westlichen Geheimdiensten abgemeldet. Womit diente er seinem Land am besten? Und was lag im Interesse seiner Behörde?

»Ich will tun, was ich kann, Wanja. Aber versprechen kann ich nichts«, hörte Clark ihn sagen. Na schön. Wenigstens zog er es in Betracht.

»Ich würde es als persönlichen Gefallen betrachten, Sergej Nikolajewitsch.«

»Verstehe. Erst muß ich entsprechende Auskünfte einholen.«
»Ausgezeichnet. Einen guten Tag noch, mein Freund!«
»Doswidanija.«
Clark legte auf, ließ die Kassette herausspringen und deponierte sie in der Schublade. »Okay, mein Freund – warten wir ab, womit du rüberkommst.«

Die Rechnerprogramme des russischen Geheimdienstes waren längst nicht auf dem gleichen Stand wie die ihrer westlichen Kollegen. Doch technische Mängel finden ihren Ausgleich darin, daß die Verstandesleistung der Benutzer selbst den rückständigsten Computern hinterherhinkt. Golowko benutzte sie, weil er von fremder Hilfe nicht abhängig sein wollte, und es dauerte eine Weile, bis er die entsprechenden Daten zum eingetippten Decknamen auf dem Bildschirm hatte.

POPOV, DMITRIJ ARKADEJEWITSCH, hieß es in der Datei, die auch Dienstnummer, Geburtsdatum und Beschäftigungsdauer aufführte. Bei der letzten großen Umgruppierung, die den Umfang des KGB um fast ein Drittel reduziert hatte, war er im Rang eines Obersten in Pension geschickt worden. Seine Vorgesetzten hatten seine Arbeit stets positiv bewertet, wie Golowko feststellte, doch war er auf einem Gebiet spezialisiert, dem die Behörde kein Interesse mehr entgegenbrachte. In jener Abteilung waren fast alle Mitarbeiter kaltgestellt worden, zwangspensioniert in einem Land, dessen Pensionszahlungen kaum ausreichten, sich länger als fünf Tage im Monat durchzubringen. Daran konnte auch er nichts ändern, dachte Golowko, der seine liebe Not hatte, der Duma regelmäßig Gelder abzuringen, die sein ohnehin schon stark reduzierter Stab für seine ohnehin stark reduzierten geheimdienstlichen Aktivitäten dringend benötigte. Dieser Clark hatte zwei Einsätze durchgeführt, von denen auch die GUS-Staaten profitierten – und wenn man bedachte, daß seine frühere Agententätigkeit der alten Sowjetunion schwer geschadet hatte, verdankte Golowko eigentlich indirekt ihm seine jetzige Stellung im Direktorium der Agentur.

Doch, er war bereit, ihm zu helfen. Erstens war es eine schöne Vorleistung, die sich bei entsprechenden Anfragen an den CIA auszahlen würde, zweitens hatte sich Clark ihm gegenüber stets großzügig gezeigt, und drittens ärgerte es ihn nicht wenig, daß ein Ex-KGBler dazu beitrug, Clarks Angehörige zu attackieren – so etwas galt ja nun selbst in der Geheimdienstbranche als Tabu. Mag sein, daß in der Ära des Ost-West-Konflikts zuweilen auch die Frau eines CIA-Agenten ruppig behandelt worden war, aber Gewalt hatte man nie angewandt. Das galt nicht nur als *nekulturno*, sondern hätte zu blutigen Rachefeldzügen geführt und die Abwicklung des seriösen Nachrichtengeschäfts erschwert. Seit den fünfziger Jahren war Spionage ein zunehmend ehrbarer, berechenbarer Beruf geworden. Berechenbarkeit war seit jeher die wichtigste Forderung Rußlands an den Westen, und das galt auch in umgekehrter Richtung. Clark war stets ein verläßlicher Partner gewesen – oder Gegner, je nachdem.

Fest entschlossen ließ sich Golowko den Inhalt der Datei Popov ausdrucken.

»Was gibt's Neues?« erkundigte sich Clark bei Bill Tawney.

»Die Schweizer waren ein bißchen langsam. Es hat sich herausgestellt, daß die Kontonummer, die uns Grady gegeben hat, tatsächlich echt …«

»… war?« ergänzte John zweifelnd, der schon das ›Aber‹ einer schlechten Nachricht mitschwingen hörte.

»Eigentlich ist das Konto noch immer vorhanden. Es wies zunächst sechs Millionen US-Dollar auf, dann wurden mehrere Hunderttausend abgehoben – und schließlich, noch am Nachmittag des Anschlags, alles bis auf Einhunderttausend abgezogen und anderswo deponiert. Auf einem anderem Konto bei einer anderen Bank.«

»Wo denn?«

»Das dürfe man uns nicht sagen, heißt es.«

»Dann schreibt dem verdammten Justizminister, wenn er uns das nächste Mal braucht, lassen wir eben die Scheiß-Terroristen seine Bürger abknallen!« schimpfte Clark.

»Es gibt nun mal das Bankgeheimnis«, betonte Tawney. »Und wenn der Kerl nun für den Transfer einen Anwalt benutzt hat? Auch Anwälte sind sakrosankt, keine Demokratie überschreitet diese Barriere. Dabei *gibt* es in der Schweiz Ausnahmeregelungen, wenn die Gelder auf kriminelle Weise erworben wurden, aber dafür haben wir nicht den geringsten Beweis, oder? Möglich, daß wir in diesem Fall mit ein paar Tricks das Gesetz umgehen könnten, aber das braucht Zeit, mein Lieber.«

»Scheiße!« fluchte Clark. Dann überlegte er einen Moment. »Der Russe?«

Tawney nickte sinnend. »Doch, das wäre nur konsequent, nicht wahr? Er hat ihnen ein Geheimkonto eröffnet, und als sie dingfest gemacht wurden, kannte er als einziger die notwendige Ziffernkombination ...«

»Teufel nochmal, er hat sie auf uns angesetzt und sie dann auch noch hintergangen!«

»Und zwar in ganz großem Stil«, bemerkte Tawney. »Grady sprach im Krankenhaus von sechs Millionen Dollar, und die Schweizer haben diese Angabe erhärtet. Einige Hunderttausend brauchte er zum Ankauf der LKWs und anderer Transportmittel; darüber hat die Polizei entsprechende Belege gefunden. Den Rest ließen sie stehen, und der Russe kam zu dem Schluß, die bräuchten das sowieso nicht mehr. Warum auch nicht?« Der Geheimdienstler grinste. »Schließlich heißt die Bibel des Marxismus nicht umsonst das ›Kapital‹ ...«

»Die Russen geben, und die Russen wissen's auch zu nehmen. Schließlich hat er ihnen detaillierte Erkenntnisse über uns geliefert, nicht wahr?«

»Dem würde ich nicht widersprechen«, nickte Tawney.

»Dann laß uns mal überlegen«, schlug John vor und stellte seinen Ärger vorerst zurück. »Der Russe erscheint, gibt ihnen Infos über uns und bezahlt die Aktion mit Geld aus dem Nirgendwo. Russisches Geld kann's nicht sein, denn erstens haben die kein Motiv für einen solchen Anschlag, zweitens haben sie kein Geld zu verschleudern. Erste Frage: woher kam die Kohle ...?«

»Und der Koks, John. Vergiß die Drogen nicht!«

»Na schön: Geld *und* Drogen – aber woher?«

»Die Spur der Drogen kann vermutlich leichter zurückverfolgt werden. Die Garda behauptet, das Kokain sei von medizinischer Reinheit, das heißt, es *kommt* aus einem Pharmabetrieb. Die Produktion von Kokain wird in jedem Land der Welt streng kontrolliert. Zehn Pfund sind eine beachtliche Menge, die ausreicht, einen größeren Koffer füllen – Kokain hat etwa die Dichte von Zigarettentabak. Das heißt, der Umfang der Lieferung entspricht zehn Pfund Zigaretten! Sagen wir, ein Koffer voll. Das ist irre viel, John, und muß in jedem einigermaßen gutgeführten und bewachten Lagerhaus eine Lücke hinterlassen – in welchem Land auch immer.«

»Meinst du, all das wird von Amerika aus gesteuert?« fragte Clark.

»Als Ausgangspunkt schon. Die größten pharmakologischen Produktionsstätten sind dort – und hier in England – beheimatet. Unsere Agenten könnten bei Distillers, Ltd. und anderen anklopfen und nach vermißtem Kokain fragen. Eure US-Drogenfahnder sollten dasselbe versuchen.«

»Ich rufe mal beim FBI deswegen an«, unterbrach ihn Clark. »Aber was wissen wir jetzt konkret?«

»Nehmen wir an, daß Grady und O'Neil über diesen Seroff die Wahrheit sagen. Dann hätten wir einen ehemaligen – mutmaßlich ehemaligen – KGB-Agenten, der den Anschlag von Hereford ausgeheckt hat. Von ihm haben sich die Terroristen anheuern lassen, gegen Bezahlung in Dollarwährung und Drogen. Als die Aktion schiefging, hat er das Geld wieder konfisziert, und deshalb werde ich den Verdacht nicht los, er hat's für sich selbst beiseite geschafft. Aus privaten Mitteln kann er es sowieso nicht finanziert haben – ich dachte erst, die Russenmafia stecke dahinter, all diese Ex-KGBler, die plötzlich die Segnungen der freien Wirtschaft entdecken, aber die hätten keinen überzeugenden Grund, uns zu bekämpfen. Schließlich sind wir hier bei Rainbow keine ernsthafte Gefahr für sie, oder?«

»Bis jetzt nicht«, räumte Clark ein.

»Drogen in rauhen Mengen, sechs Millionen US-Dollar, überbracht von einem Russen. Im Moment will mir scheinen, als würden die eigentlichen Anstifter in Amerika sitzen – der Drogen und der Devisen wegen.«

»Aber wieso?«

»Ich kann's nicht hundertprozentig begründen, John. Vielleicht sagt's mir meine Spürnase!«

»Wie ist er denn nach Irland gekommen?« überlegte John, der sich im allgemeinen auf Tawneys Nase verlassen konnte.

»Wissen wir nicht. Er muß über Dublin geflogen sein – ja, ich weiß, mit soviel Kokain wäre das nicht gerade ratsam. Vielleicht sollten wir unsere Freunde danach fragen?«

»Sag den Bullen, daß es wichtig ist. Von da aus könnten wir eine Flugnummer und den Startflughafen ermitteln.«

»Denke schon.« Tawney machte sich eine Notiz.

»Was fehlt uns sonst noch?«

»Meine Freunde bei ›Five‹ lassen mal die Namen aller KGB-Offiziere durchchecken, die mit Terrorkommados gearbeitet haben. Eine ungefähre Personenbeschreibung haben wir, die beim Aussortieren nützlich werden kann. Aber die größten Hoffnungen mache ich mir bei den zehn Pfund Koks.«

Clark nickte. »Wegen denen ruf ich mal beim FBI an.«

»Zehn *Pfund*, sagen Sie?«

»Ganz recht, Dan, und zwar so rein wie vom Onkel Doktor. Das ist eine Riesenladung Koks, Menschenskind, da wird doch auf irgendeinem Pharmakologenregal etwas fehlen ...«

»Ich werde die Drogenfahnder bei der DEA bitten, mal ein bißchen nachzuforschen«, versprach der FBI-Direktor. »Hat sich sonst noch was auf eurer Seite ergeben?«

»Wir rütteln an jedem Baum, Dan«, beteuerte John. »Aber im Moment haben wir die Vermutung, daß diese Aktion von den Staaten aus gesteuert wird.« Anschließend erklärte er Murray, was dafür sprach.

»Dieser Russe, der Seroff heißen soll, war also ehemaliger KGB-Mann und ehemaliger Verbindungsoffizier zu den Terroristen. Allzuviele gab es nicht von denen, und zu diesem Spezialthema hat sich einiges angesammelt bei uns.«

»Bill bittet auch die ›Five‹-Leute, mal nachzusehen, und ich habe das ganze mit Ed Foley durchgesprochen. Sogar Sergej Golowko will sich umhören!«

»Glauben Sie wirklich, daß die Russen euch helfen?« fragte Direktor Murray.

»Mehr als Nein sagen können sie nicht, Dan«, betonte Rainbow Six.

»Stimmt auch wieder«, gab Dan zu. »Kann ich von uns aus sonst noch was für Sie tun?«

»Wenn mir noch etwas einfällt, komme ich darauf zurück, mein Freund.«

»Okay, John. Schon mal in die Olympia-Übertragung geschaut?«

»Klar. Ich habe sogar ein Team dorthin abkommandiert!«

»Ach nee?«

»Doch! Ding Chavez und noch ein paar. Die Australier wollten, daß wir ihre Sicherheitsvorkehrungen unter die Lupe nehmen. Er meint, sie machen das ziemlich gut!«

»Freikarten fürs Olympiastadion sind auch nicht zu verachten, was?« kicherte der FBI-Direktor.

»Dienst ist Dienst und Schnaps ist Schnaps, Dan. Und Sie melden sich sofort, wenn sich etwas ergibt, ja?«

»Versprochen, John. Wir hören voneinander!«

»Prima. Dann alles Gute, Dan.«

Clark schaltete die Sicherheitsleitung ab und lehnte sich im Sessel zurück. Er fragte sich, ob er etwas übersehen haben konnte. In Gedanken ging er noch einmal alles durch, jede ungewisse Spur, in der Hoffnung, ein unscheinbares Faktum könnte auftauchen, das zu einer neuen Fährte führte. Er hatte sich nie klargemacht, wie schwierig es für die Fahnder sein mußte, einen Fall zu klären. Die Farbe der verdammten Fluchtwagen konnte ungeheuer wichtig werden, man mußte daran denken, auch danach zu fragen. Aber das war ein Job, für den er nicht ausgebildet war, hier mußte er sich auf die Polizei und ihre Kompetenz verlassen.

Und sie taten, was sie konnten. Bei der Polizei in London saß Timothy O'Neil mal wieder im üblichen Verhörraum. Tee wurde ihm offeriert und auch angenommen.

Für O'Neil war es kein Zuckerlecken. Er wollte gar nichts preisgeben, doch da ihn die Polizei mit Kenntnissen konfrontierte, die sie nur von Sean O'Grady haben konnte, rückte er *tatsächlich* mit ein paar Sachen heraus, und einmal ins Rollen gekommen, ließ sich dieser Prozeß nicht aufhalten.

»Dieser Russe – er wurde von euch Seroff genannt«, begann der Inspektor. »Ist er mit dem Flieger nach Irland gekommen?«

»Zum Schwimmen ist es wohl zu weit«, witzelte O'Neil.

»Stimmt, und das Fahren beschwerlich«, ergänzte der Inspektor. »Wie ist er denn eingeflogen?«

Als Antwort kam nur Schweigen. Das war enttäuschend, kam aber nicht unerwartet.

»Ich könnte Ihnen was erzählen, wovon Sie noch nichts wissen, Tim!« bot der Inspektor an, um das Gespräch wieder in Gang zu bringen.

»Und das wäre?«

»Dieser Seroff hat euch ein Nummernkonto in der Schweiz eingerichtet für das viele Geld, das er euch gebracht hat. Tja – soeben erfahren wir aus der Schweiz, daß er es schon abgeräumt hat!«

»Wie bitte?«

»Noch am Nachmittag nach der Aktion hat jemand bei der Bank angerufen und fast das ganze Geld anderswohin transferiert. Euer russischer Freund hat mit der einen Hand gegeben, was er mit der anderen wieder eingesackt hat. Hier« – der Inspektor zeigte ihm ein Blatt Papier– »ist die geheime Kontonummer, und das ist die Chiffre, mit der man Buchungen vornimmt. Sechs Millionen Dollar, abzüglich dessen, was ihr für Lastwagen und dergleichen ausgegeben habt. Er hat's einfach abgehoben und vermutlich auf sein Privatkonto überwiesen – da möcht ich drauf wetten! Ihr habt euch den falschen Freund ausgesucht, Leute.«

»Der gottverdammte Scheißkerl!« tobte O'Neil.

»Ich weiß, Tim. Ein Kameradenschwein sind *Sie* nie gewesen. Aber dieser Seroff hat euch beklaut, soviel steht fest, mein Junge!«

O'Neil stieß einen Fluch aus, der gar nicht sehr katholisch klang. Er erkannte die Kontonummer wieder, auch Seans Schrift, und war einigermaßen sicher, daß der Bulle in dieser Sache nicht flunkerte.

»Nach Shannon ist er in einem gecharterten Firmenjet gekommen. Reiche Säcke werden ja nie kontrolliert, wie Sie wissen. Wenn man herumprotzt wie Graf Koks ...«

»Waren Sie dort? Kennen Sie den Flugzeugtyp?«

O'Neil schüttelte den Kopf. »Der Jet hatte zwei Motoren, und das Heck war T-förmig, aber wie der Scheißflieger hieß, weiß ich auch nicht.«

»Und wie ist er zum Treffen gekommen?«

»Ein Wagen hat ihn abgeholt.«

»Wer hat ihn gefahren?« fragte der Inspektor als nächstes.

»Ich verrate keine Namen. Das hab ich von vornherein gesagt!«

»Verzeihen Sie, Tim. Aber ich muß danach fragen. Das wissen Sie so gut wie ich.« Er gab sich allerhand Mühe, das Vertrauen des Terroristen zu gewinnen. »Sean hat diesem Seroff vertraut. Das war offenbar ein Fehler. Zwei Stunden nach Beginn eurer Aktion war das Geld spurlos verschwunden. Das bringt uns auf den Verdacht, er könne dabei gewesen sein, zugeschaut haben, und als sich das Scheitern abzeichnete, hat er euch um den verdienten Lohn geprellt. Traue eben nie einem Russen!« schmeichelte sich der Bulle ein. Seine Freude über die neuen Auskünfte konnte er freilich nicht verhehlen. Natürlich wurde das Vernehmungszimmer abgehört, und schon jetzt telefonierte die Polizei der Hauptstadt mit den irischen Kollegen.

Die irische Nationalpolizei, Garda genannt, hatte fast immer mit den Briten kooperiert, und diesmal machte sie keine Ausnahme. Der zuständige Gardai fuhr höchstpersönlich sofort zum Shannon Airport, um das Flugjournal einzusehen; was ihn betraf, wollte er vor allem wissen, wie zehn Pfund Kokain illegal über die Landesgrenze hereingekommen waren. Der taktische Fehler der IRA brachte die regionale Polizei erst recht auf die Palme; einige hegten heimliche Sympathien für die Freiheitsbewegung im Norden. Doch diese Sympathie hörte sofort auf, wenn mit Drogen gehandelt wurde, was sie, wie fast alle Bullen der Welt, für das schmutzigste aller Verbrechen hielten.

Das Fluglotsenamt von Shannon hatte Akten über jeden Flug, der je hier angekommen oder abgegangen war. Mit dem Datum gelang es dem Hilfslotsen, das richtige Blatt in weniger als drei Minuten hervorzuzaubern. Doch, ein Gulfstream-Firmenjet war an diesem Morgen früh eingetroffen, wurde aufgetankt und startete kurz danach wieder. Aus den Papieren gingen die Maschinen-Kennziffer und die Namen der Besatzung hervor. Mehr noch, dieses Flugzeug war in den USA bei einer größeren Charterfirma registriert.

Von dem Flughafenbüro aus begab sich der irische Polizeibeamte zum Zoll- und Einwanderungsschalter, wo sich herausstellte, daß am fraglichen Morgen ein Joseph Seroff unbehellig eingereist war. Daheim im Revier fertigte der Gardai Fotokopien von allen relevanten Dokumenten an, die unmittelbar zum Garda-Hauptquartier Dublin, dann weiter nach London und von dort nach New York gefaxt wurden.

»Verdammt«, fluchte Dan Murray am Schreibtisch, »es ging *wirklich* von hier aus, wie?«

»Sieht so aus«, murmelte Chuck Baker, der zuständige Direktionsassistent, der die Verbrechensbekämpfung leitete.

»Dann gehen Sie der Sache nach, Chuck.«

»Worauf Sie sich verlassen können, Dan! Diesmal geht's wirklich ums Ganze.«

Dreißig Minuten später betraten zwei Agenten das Büro der Charterfirma am Flughafen von Teeterboro, New Jersey. Sie vergewisserten sich bald, daß ein Joseph Seroff die Maschine gechartert hatte, unter Vorlage eines beglaubigten Schecks auf ein Konto der Citibank, das auf seinen Namen lief. Nein, ein Foto des Kunden hätten sie nicht. Die Besatzung der Maschine sei zur Zeit mit einem anderen Flug unterwegs, aber sobald sie wiederkämen, würden sie selbstredend mit dem FBI kooperieren.

Von dort aus begaben sich die Agenten mit einigen fotokopierten Dokumenten im Gepäck zur Bankfiliale, bei der Seroff sein Konto unterhielt. Es ergab sich, daß kein Mitarbeiter den Mann je zu Gesicht bekommen hatte. Die angegebene Adresse stimmte genau mit dem Postfach überein, wo schon die Suche nach den Kreditkartenrechnungen ein unrühmliches Ende nahm.

Inzwischen verfügte auch das FBI über Seroffs Paßbild – doch Paßbilder waren für die Identifizierung oft wertlos, da sie mehr dazu taugten, vermutete Direktor Dan Murray, die Opfer eines Flugzeugabsturzes zu identifizieren, als die Suche nach einem Lebenden zu erleichtern.

Immerhin wuchs die Akte Seroff, und erstmals überkam Murray so etwas wie Zuversicht. Allmählich erweiterten sie ihr Wissen über dieses Subjekt, und früher oder später würden sie herausfinden, wo sein Unterschlupf war – KGB-Offizier oder nicht –, weil jeder mal einen Fehler machte, und wer auf dem kollektiven Radar-Suchschirm des FBI auftauchte, hatte neuntausend gewiefte Ermittler auf den Fersen, die bis zur gegenteiligen Anweisung keine Ruhe mehr gaben. Fotos, Bankkonto, Kreditkarten… Der nächste Schritt war, herauszufinden, wie das Geld auf sein Konto gelangt war. Er mußte einen Auftraggeber oder einen Sponsor haben, und um diese Person oder Institution herauszufinden, brauchten sie zusätzliche Informationen. Es war nur noch eine Frage der Zeit, und Murray fand, sie hatten Zeit genug, um das Karnickel zur Strecke zu bringen. Daß man einen ausgebildeten Spion einlochte, kam zwar nicht allzu oft vor. Sie waren ein scheues Wild, und aus diesem Grund befriedigte es ihn desto mehr, ihre präparierten Schädel über den Kamin zu hängen. Terrorismus und Drogenhandel. Das war ein gefundenes Fressen für den US-Staatsanwalt.

»Hallo«, nickte Popov.

»Tagchen«, grüßte der Mann. »Sie sind auch nicht von hier.«

»Dmitrij Popov«, stellte sich der Russe vor und reichte dem anderen die Hand.

»Foster Hunnicutt«, erwiderte der Amerikaner und schüttelte sie. »Was machen Sie?«

Popov grinste. »Hier mache ich gar nichts; allerdings lerne ich gerade reiten. Sonst arbeite ich direkt für Dr. Brightling.«

»Wen…? Ach so, den großen Zampano hier!«

»Ja, so könnte man sagen. Und Sie?«

»Ich bin Jäger und Fremdenführer aus Montana«, gab der andere zurück.

»Gut so. Und Veganer sind Sie auch nicht?«

Hunnicutt hielt das für urkomisch. »Ganz und gar nicht. Ein frisches, blutiges Steak schmeckt mir so gut wie jedem anderen. Aber Elchfleisch ziehe ich diesem undefinierbaren Labberzeugs vor«, fuhr er fort und beäugte angewidert seinen Teller.

»Elchfleisch?«

»Wapiti ist das verdammt größte Wild, das man vor die Flinte kriegt. Ein gutes Stück kann gut und gerne vier-, fünfhundert Pfund Fleisch um die Rippen haben. Übrigens ist auch Bärenfleisch ein Leckerbissen!«

»Das würde manchen hier zur Weißglut bringen, fürchte ich«, bemerkte Dr. Killgore und gabelte seinen Nudelsalat auf.

»Hören Sie, Mann, der Jäger ist immer auch Heger. Wenn sich der armen Kreatur niemand annimmt, gibt's bald nichts mehr zu jagen. Denken Sie an Teddy Roosevelt und den Yellowstone-Nationalpark. Wer Tiere verstehen will – ich meine, *richtig* verstehen –, muß sich dem edlen Waidwerk verschreiben.«

»Nichts dagegen einzuwenden«, erwiderte der Epidemiologe.

»Mag sein, daß ich keine Karnickel schieße. Mag sein, daß ich richtiges Rehwild schieße, aber in drei Teufels Namen, ich esse, was ich töte. Ich töte nicht bloß, um sie sterben zu sehen – na«, fügte er hinzu, »jedenfalls keine Wildtiere. Aber ein paar von den ignoranten Schmierfinken würde ich ganz gern manchmal abknipsen!«

»Deshalb sind wir ja schließlich hier, oder?« fragte MacLean mit einem feinen Lächeln.

»Können Sie Gift drauf nehmen. Weil zuviel Volk die Umwelt verschandelt hat, mit ihren elektrischen Zahnbürsten und Zweitwagen und potthäßlichen Fertighäusern…«

»Ich habe Foster ins Projekt gebracht«, mischte sich Mark Waterhouse ein. Er kannte MacLean schon seit Jahren.

»Und vollständig informiert?« fragte Killgore.

»Ja, Sir, und mir soll's recht sein. Wissen Sie, ich wollte schon immer mal erfahren, wie's den Pionieren ergangen ist, Jim Bridger oder Jedediah Smith. Vielleicht krieg ich's jetzt raus, in fünf, sechs Jahren ...!«

»Etwa fünf«, korrigierte MacLean, »nach unseren Computer-Modellberechnungen.«

»Bridger? Smith?« wunderte sich Popov.

»Pioniere«, erklärte Hunnicutt dem Russen. »Sie waren die ersten Weißen, die nach Westen kamen; legendäre Entdecker, Jäger und Indianerkämpfer.«

»War das mit den Indianern nicht eine Schande für das Land?«

»Mag sein«, räumte Hunnicutt ein.

»Seit wann sind Sie schon hier?« erkundigte sich MacLean bei Waterhouse.

»Heute hergefahren«, erklärte Mark. »Jetzt wird's hier allmählich voll, wie?« Er hielt sich nicht gern unter so vielen Menschen auf.

»Ist bald soweit«, versicherte Killgore. Ihm gefiel es auch nicht. »Aber draußen ist es noch immer ganz nett. Mögen Sie reiten, Mr. Hunnicutt?«

»Wie soll einer sonst im Westen zur Jagd gehen? Mit dem Jeep mach ich's jedenfalls nicht, Mann!«

»Sie sind also Jagdführer von Beruf?«

»Genau!« Hunnicutt nickte. »Früher war ich Geologe bei einer Ölgesellschaft. Aber denen hab ich vor vielen Jahren die Brocken hingeschmissen. Ich war's leid, noch länger zur Zerstörung des Planeten beizutragen, verstehen Sie?«

Wieder einer dieser baumvergötternden Druiden, dachte Popov. Es überraschte ihn nicht, wenn der hier auch weit redseliger und pathetischer war als die übrigen.

»Aber dann«, fuhr der Jäger fort, »merkte ich, was wirklich zählt im Leben.« In den nächsten Minuten berichtete er von seinem Erlebnis mit dem braunen Schleier. »Und dann hab ich mein Geld zusammengekratzt und meinen Beruf an den Nagel gehängt. Jagen mit allem Drum und Dran hat mir schon immer behagt, und so baute ich mir eine Hütte in den Bergen – kaufte eine alte Ziegenfarm – und widmete mich ganz meiner Passion.«

»Darf man denn das so einfach? Jagen als Hauptberuf?« erkundigte sich Killgore.

»Kommt drauf an. Ein Fisch- und Wildhüter hat mich deshalb ziemlich drangsaliert – aber dann hörte er mit einem Schlag damit auf.«

Popov sah, wie Waterhouse Killgore zublinzelte, als dieser Primitivling davon erzählte, und wußte in diesem Moment, daß der Polizist ermordet worden und der Mann davongekommen war. Was für Narren würde dieses »Projekt« noch anheuern?

»Jedenfalls reiten wir alle frühmorgens zusammen. Wollen Sie mitmachen?«

»Aber gerne! Sowas würd ich doch nicht ablehnen...«

»Mir macht's auch immer mehr Spaß«, warf Popov ein.

»Vermutlich kommt der Kosake bei Ihnen durch, Dmitrij!« lachte Killgore. »Aber Sie müssen kurz vor sieben hier zum Frühstück erscheinen, Foster. Dann fahren wir zusammen runter.«

»Abgemacht«, bestätigte Hunnicutt.

Popov erhob sich. »Sie erlauben doch – die olympischen Pferderennen fangen in zehn Minuten an.«

»Sie denken doch nicht daran, Hindernisrennen zu machen? *So* gut reiten Sie aber noch nicht«, mahnte MacLean.

»Aber zugucken darf ich doch, oder?« versetzte der Russe begütigend und entfernte sich.

»Was macht der denn hier?« wunderte sich Hunnicutt, als Popov weg war.

»Wie schon gesagt, eigentlich nichts. Aber er hat an wichtiger Stelle das Projekt vorangebracht.«

»Ach ja?« Der Jäger runzelte die Stirn. »Und wie?«

»Diese Terroranschläge, wenn Sie sich entsinnen.«

»Klar, und die Anti-Terror-Einheiten haben so gut reagiert, daß sie die Kerle gleich abservierten. Einige von denen haben verdammt genau getroffen! Und da hat Dmitrij mitgemacht?«

»Er hatte die Aktionen angeheizt«, half MacLean aus.

»Ach so, ich verstehe«, rief Mark Waterhouse. »Damit Bill den Vertrag für die Olympiade kriegt!«

»Genau. Und ohne den könnten wir Shiva nie verbreiten!«

»Gut, der Mann«, entschied Waterhouse und nahm einen Schluck von seinem kalifornischen Chardonnay. Er würde ihn vermissen, dachte er, wenn das Projekt einmal in Gang war. Andererseits gab es überall im Land jede Menge Weinkeller. Die konnte er zeitlebens nicht leertrinken, soviel stand fest.

35

MARATHON

Inzwischen machte ihm Reiten solches Vergnügen, daß Popov von selbst früh wach wurde, nur um es länger genießen zu können. Heute war er mit der ersten Helligkeit aufgestanden und hatte die orangefarbene Glut bewundert, die den östlichen Horizont noch vor der eigentlichen Dämmerung entflammte. Bevor er nach Kansas gekommen war, hatte er noch nie auf einem Pferd gesessen und fand nun in dieser Beschäftigung etwas grundsätzlich Beglückendes und Männliches – ein großes, majestätisches Tier zwischen den Beinen zu spüren, das sich mit nichts als einem sanften Griff am Zügel und einem Zungenschnalzen dirigieren ließ. Man hatte einen viel weiteren Blick, als wenn man zu Fuß ging, und es ... befriedigte ihn auf irrationale Weise.

Deshalb kam er schon so früh in die Cafeteria und holte sich sein Frühstück – dazu einen frischen roten Apfel für Buttermilk – just in dem Moment, als das Küchenpersonal es bereitstellte. Der Tag versprach wieder klares, sonniges Wetter. Die Weizenfarmer freuten sich darüber mindestens so wie er, dachte der Geheimdienstler. Es hatte genug geregnet, um die Aussaat zu bewässern, und ausreichend Sonne gegeben, sie zur Reife zu bringen. Die amerikanischen Weizenfarmen waren die produktivsten der Welt, hatte Popov gelesen. Mit ihrem guten Boden und den unglaublichen Agrarmaschinen war das auch kein Wunder. Er nahm sein Tablett auf und begab sich zu seinem gewohnten Eckchen. Das Rührei hatte er schon halb verzehrt, als Killgore und der Neue, Hunnicutt, auf ihn zukamen.

»Na, Dmitrij«, nickte ihm der hochgewachsene Jäger zu.

Popov mußte erst einen Bissen herunterschlucken, bevor er antworten konnte. »Guten Morgen, Foster.«

»Wie waren die Pferderennen gestern abend?«

»Der Engländer, der die Goldmedaille gekriegt hat, war hervorragend, doch sein Pferd stand ihm in nichts nach.«

»Die nehmen sich nur die besten«, bemerkte Hunnicutt und zog los, sein Frühstück zu holen. Wenige Minuten später war er wieder da. »Spitzel sind Sie gewesen, stimmt's?«

»Offizier im Nachrichtendienst. Damals arbeitete ich für die Sowjetunion.«

»Und zwar mit Terroristen zusammen, hat mir John erzählt.«

»Das trifft ebenfalls zu. Ich hatte meine Instruktionen, und die mußte ich natürlich ausführen.«

»Mir bereitet das keine Kopfschmerzen, Dmitrij. Zu den Leuten, mit denen sich diese Kerle anlegen, gehöre ich sowieso nicht, und keiner meiner Bekannten. Verdammt, ich war eine Zeitlang in Libyen für die Royal Dutch Shell. Hab denen ein nettes kleines Ölfeld erschlossen, und die Libyer, mit denen ich arbeitete, waren schwer in Ordnung.« Wie Popov hatte sich Hunnicutt Eier mit Schinken aufgehäuft. Er mußte wohl eine Menge essen, um seine bullige Gestalt beizubehalten, stellte sich Dmitrij vor. »Und wie gefällt's Ihnen in Kansas?«

»In mancherlei Hinsicht ähnelt es Rußland; der weite Horizont, die riesigen Farmen – obwohl eure viel effizienter wirtschaften. Mit so wenig Personal solche Mengen von Weizen zu ernten ...«

»Wir können's auch dringend brauchen, damit wir unser täglich Brot kriegen.« Hunnicutt langte kräftig zu. »Land haben wir genug hier, und alle notwendigen Maschinen. Ich werde mich da selbst ein wenig umtun.«

»Ach ja?«

»Tja, hier kriegt jeder einen Anteil an der Projektarbeit zugewiesen. Ist ja auch sinnvoll, vor allem zu Beginn, wenn wir uns zusammenreißen müssen. Aber ich freue mich schon darauf, eines Tages wieder Büffel zu sehen. Hab mir sogar 'nen eigenen Büffelstutzen mitgebracht!«

»Was soll das denn sein?«

»Shilo Arms, eine Firma in Montana, stellt Repliken der echten Büffelgewehre her. Hab mir vor einem Monat eins gekauft – Sharps 40-90 –, und es schießt wie Pik Sieben!«

»Einigen Leuten hier wird das gar nicht gefallen«, gab Popov zu bedenken. Die Veganer waren wohl die extremste Ausprägung des Druidenwesens.

»Naja, manche von denen meinen, sie kämen ohne Waffe besser mit der Natur aus. Die werden sich noch umgucken! Ein Grizzlybär kümmert sich nicht um Naturfreunde-Geschwafel. Der weiß nur, was er töten kann und was eßbar ist – und was nicht. Manchmal muß man ihn daran erinnern, was er nicht fressen darf. Dasselbe gilt für die Wölfe!«

»Jetzt reicht's aber, Foster«, mischte sich Killgore ein, der sich neben seine neuen Freunde setzte. »In Amerika gab es noch *nie* einen nachgewiesenen Fall, wo ein Mensch den Wölfen zum Opfer gefallen wäre.«

Hunnicutt hielt das für ausgesprochen leichtfertig. »Meinen Sie? Na, wenn man gerade vom Wolf gefressen wurde, wird man hinterher kaum noch Anzeige erstatten können. Tote sind schlechte Zeugen, Mann. Was ist denn mit Rußland, Dmitrij? Gibt's da noch Wölfe?«

»Die Farmer fürchten sie, haben sie seit jeher verabscheut. Aber staatlich angestellte Jäger jagen sie mit Hubschraubern und Gewehren. Das ist wohl nicht gerade sportlich, sollte man meinen, oder?«

»Ganz und gar nicht«, ereiferte sich Hunnicutt. »Wildtiere behandelt man mit Respekt. Es ist *ihr* Land, nicht unseres, und man muß die Spielregeln einhalten. Will sagen, man muß sich auf sie einlassen – und lernen, wie sie leben, was in ihnen vorgeht. Dafür gibt's ja auch Boones und Crocketts Regeln für das wildgerechte Waidwerk. Und deshalb gehe ich zu Pferd auf die Pirsch und bringe die Strecke auf dem Pferd wieder heim. Auch dem Jagdwild gegenüber muß man fair sein. – Das gilt natürlich nicht für Zweibeiner«, fügte er augenzwinkernd hinzu.

»Unsere Veganerfreunde haben leider keine Ahnung vom Waidwerk«, gab Killgore traurig zu bedenken. »Vermutlich glauben sie, es reicht, wenn wir Gras wiederkäuen und nur Fotos von den übrigen Lebensformen schießen.«

»Das ist doch alles Schwachsinn!« polterte Hunnicutt. »Der Tod gehört nun mal zum Lebensprozeß dazu. Größter Räuber und Fleischfresser ist der Mensch, und die Geschöpfe der Wildnis wissen das. Übrigens gibt's nichts Schmackhafteres als am Lagerfeuer geröstetes Elchfleich, Leute. Das ist ein Genuß, den man so schnell nicht vergißt, und ich will verdammt sein, wenn ich ihn mir je abgewöhne. Wenn sich diese Radikalinskis mit Hühnerfutter zufriedengeben, bitteschön! Aber keiner wird *mir* Vorschriften machen, ob ich Fleisch essen darf – naja, einmal hat's ein Wildhüter versucht, der mir große Lehren erteilte, wo ich jagen dürfe und wo nicht.« Hunnicutt grinste tückisch. »Der wird so schnell keinem mehr lästig fallen. Herrgottnochmal, ich weiß am besten, wie es in der Natur zugeht und wie nicht!«

Einen Förster hast du getötet wegen solcher Lappalien? Popov war entsetzt, hielt sich aber zurück. *Nekulturnie* waren diese Barbaren. Ebensogut konnte man sein Fleisch doch im Supermarkt kaufen. Druide mit Jagdgewehr war wohl die gefährlichste Sorte. Er beendete sein Frühstück und ging nach draußen. Wenig später folgten die anderen seinem Beispiel; Hunnicutt fischte einen Stumpen aus seiner Satteltasche und zündete ihn an, bevor sie zu Killgores Brummi hinüberschlenderten.

»Müssen Sie unbedingt im Wagen rauchen?« tadelte der Doktor, als er die Zigarre bemerkte.

»Ich sitz doch schon am offenen Fenster, John!«, fuhr der Jäger ihn an. »Gehören Sie etwa auch zu diesen militanten Nichtrauchern?« Dann beugte er sich dem Gebot des Augenblicks und kurbelte das Fenster herunter. Während der Fahrt zum Pferdestall hielt er den glimmenden Stumpen nach draußen. Sie waren nicht lange unterwegs. Popov sattelte sein gutmütiges Pferdchen, und Buttermilk freute sich über den Apfel, den er ihr vom Frühstücksbuffet mitgebracht hatte. Draußen vor dem Stalltor sattelte er auf und ließ den Blick über die smaragdgrüne und bernsteinfarbene Landschaft rings um die Anlage schweifen. Hunnicutt kam auf einem Pferd an, das Dmitrij noch nie gesehen hatte. Es handelte sich um einen Appalousahengst, der vermutlich dem Jäger selbst gehörte. Bei näherem Hinsehen ...

»Ist das eine Schußwaffe?« fragte Popov.

»M-1873er Single-Action-Armeerevolver der Firma Colt«, gab Foster zurück und zog die Waffe aus dem gleichfalls authentischen Threepersons-Hüftholster. »Man nannte ihn Peacemaker – mit diesem Schießeisen wurde der Wilde Westen befriedet, Dmitrij. Ohne meinen Freund würde ich nie ausreiten«, prahlte er selbstzufrieden.

».45er Kaliber?« erkundigte sich der Russe. In Filmen hatte er schon welche gesehen, aber nie im wirklichen Leben.

»Nein, Kaliber vierundvierzig. Vor hundert Jahren benutzte man dieselbe Munition in Handfeuerwaffe und Winchestergewehr. Weil's billiger war«, setzte er zur Erklärung hinzu. »Und damit konnte man fast alles erlegen, was einem vor die Flinte kam. Nicht gerade einen Büffel«, räumte er ein, »aber Rehwild mit Sicherheit ...«

»Und Menschen?«

»Aber sicher doch. Das sind so ziemlich die tödlichsten Patronen überhaupt, Dmitrij!« Hunnicutt steckte den Revolver wieder ein. »Der Holster ist leider nicht antik. Man nennt ihn Threepersons, ich glaube, nach Billy Threepersons, einem US-Marshal aus der Gründerzeit – natürlich ebenfalls geborener Amerikaner und, wie es heißt, strenger Gesetzeshüter. Im späteren 19. Jahrhundert soll er das Holster erfunden haben. Aus diesem hier kann man schneller ziehen, sehen Sie?« Foster machte es vor. Es beeindruckte Popov nicht wenig, live vorgeführt zu bekommen, was er schon aus vielen Westernfilmen kannte. Der Jäger trug sogar einen breitrandigen Cowboyhut. Popov konnte nicht umhin, ihn trotz seines Gehabes amüsant zu finden.

»Hüa, Jeremiah!« rief Hunnicutt, als die beiden anderen in die Koppel kamen, und ritt voraus.

»Gehört das Pferd Ihnen?« fragte Popov.

»Na klar; hab's einem Nez-Percé-Indianer abgekauft. Acht Jahre alt, genau das Richtige für mich.« Foster strahlte, als sie vor das Tor kamen, und war sichtlich in seinem Element.

Bei ihren Ausritten hatten sie bisher stets die gleiche Strecke genommen, obwohl es hier ein riesiges Gebiet zu erkunden gab. Langweilig wurde es nie. Heute früh hielten sich die Männer nordwärts, fielen in langsamen Trab, wenn sie an Präriehundhöhlen vorüberkamen, und näherten sich dann der Schnellstraße mit ihrem Schwerlastverkehr.

»Wo liegt eigentlich die nächste Stadt?« fragte Popov.

»Acht Kilometer weiter.« Killgore deutete in die Richtung. »Keine Stadt, eher ein Dorf.«

»Aber – gibt es einen Flugplatz dort?«

»Nur ein kleiner, für Sportflugzeuge«, gab der Doktor zurück. »Fünfunddreißig Kilometer östlich liegt eine andere Stadt, mit Regionalflughafen für Pendler nach Kansas City. Und von dort aus kommt man überall hin.«

»Aber wir benutzen unsere eigene Landebahn für die G-Maschinen, oder?«

»Genau!« Killgore war richtig stolz darauf. »Mit den neuen könnte man bis nach Johannisburg jetten!«

»Wirklich?« staunte Hunnicutt. »Heißt das, wir könnten Safaris in Afrika unternehmen, wenn wir wollen?«

»Warum nicht, Foster? Einen erlegten Elefanten aufs Pferd schnallen wäre allerdings ziemlich schwierig!« lachte der Epidemiologe.

»Aber das Elfenbein würde ich mitnehmen«, stimmte der Jäger ebenfalls lachend ein. »Ich dachte mehr an Löwen und Leoparden, John.«

»Löwenhoden gelten in Afrika als Delikatesse. Schließlich ist der Löwe das potenteste aller Tiere!« erklärte Killgore.

»Wieso das?«

»Einmal hat eine Naturfilmer-Crew zwei Löwenmännchen beobachtet, die eine rollige Löwin bedienten – abwechselnd alle zehn Minuten, und das anderthalb Tage lang! Einzelne Männchen können im

Dreitagesrhythmus durchschnittlich dreimal die Stunde. Besser als *ich* in meiner Sturm-und-Drang-Zeit!« Wieder lachten die Männer schallend. »Jedenfalls wird bei manchen Eingeborenen noch immer dasjenige Körperteil eines Beutetiers verzehrt, dessen Eigenschaften man annehmen will. Schon deshalb sind Löwenhoden sehr begehrt.«

»Und – klappt es?« wollte MacLean wissen.

Killgore fand das wahnsinnig komisch. »Wenn's so wäre, gäb's bald keine Löwenmännchen mehr auf der Welt, Kirk.«

»Da wirst du recht haben, John!« Ihr Lachen schallte weit in den Morgen hinaus.

Ohne daß seine Gefährten es merkten, war Popov nicht ganz bei der Sache. Er hielt nach der Schnellstraße Ausschau, wo sich ein Greyhound mit 110 Stundenkilometern näherte, dann plötzlich abbremste und an einem kleinen, viereckigen Gebäude hielt. »Was ist denn das da drüben?« fragte er.

»Bedarfshaltestelle für Überlandbusse«, informierte ihn Mark Waterhouse. »Die stehen hier überall in der Einöde. Man setzt sich hin und wartet, und wenn der Bus kommt, gibt man Winkzeichen.«

»Ach so.« Dmitrij merkte sich das, während er sein Pferd herumriß und den anderen ostwärts folgte. Der Falke, der irgendwo hier zu nisten schien, war wieder unterwegs und kreiste in der Luft, offenbar wieder auf der Jagd nach unvorsichtigen Beutetieren. Sie beobachteten ihn, aber offenbar fand der Falke heute nichts Passendes. Eine Stunde lang setzten sie ihren Weg fort und machten dann kehrt. Popov ritt jetzt neben Hunnicutt.

»Und wie lange versuchen Sie's jetzt schon mit dem Reiten?«

»Noch kaum mehr als eine Woche«, erwiderte Dmitrij Arkadejewitsch.

»Für einen Sonntagsreiter machen Sie sich ganz gut«, lobte ihn Foster freundlich.

»Ich bräuchte mehr Übung – müßte auch mal schneller galoppieren.«

»Ich zeig's Ihnen, wenn Sie wollen. Sagen wir, heute abend? Kurz vor Sonnenuntergang?«

»Das wäre riesig nett von Ihnen! Danke, Foster. Gleich nach dem Abendessen?«

»Aber gern. Kommen Sie gegen halb sieben zu den Stallungen.«

»Recht gern. Vielen Dank!« versprach Popov. Ein Nachtritt, unter den Sternen – doch, das könnte ihm gefallen.

»Mir kommt da eine Idee«, verkündete Chatham, als er sein Büro im Javits-Hochhaus betrat.

»Und das wäre?«

»Dieser Russe, Seroff – wir haben doch sein Foto, nicht wahr?«

»Stimmt«, nickte Sullivan.

»Und wenn wir's wieder mit einem Fahndungsfoto versuchen? Seine Bank ist doch bestimmt von seiner Wohnung aus zu Fuß erreichbar.«

»Man möchte meinen, ja. Hört sich vernünftig an.« Special Agent Tom Sullivan war ganz begeistert von der Idee. »Das kriegen wir im Handumdrehen hin!«

»Hallo, Chuck?« meldete sich die Stimme am Telefon.

»Guten Morgen, John – aber bei euch ist bestimmt schon Nachmittag, wie?«

»Ich komme eben vom Mittagessen.« Clark räusperte sich. »Habt ihr über Seroff schon etwas rausgefunden?«

»Bisher noch nichts«, erwiderte der Direktionsassistent für Verbrechensbekämpfung. »Sowas geht nicht von heute auf morgen, auch wenn man manchmal Glück hat. Wir haben unsere New Yorker FBI-Vertretung auf die Fährte gesetzt. Wenn er noch in der Stadt ist, kriegen wir ihn!« versprach Chuck Baker. »Es kann allerdings eine Weile dauern.«

»Je früher, desto besser«, betonte Rainbow Six.

»Ich weiß. Wie immer. Aber Wunder können Sie auch von uns nicht erwarten.« Baker merkte, daß man ihn drängen wollte, schon damit er diese Zielfahndung keinesfalls als Nebensache behandelt. Was er doch gar nicht vorhatte. Aber dieser Clark kam vom CIA und hatte keine Ahnung, wie's bei den Ordnungshütern zuging. »Wir finden den Kerl schon für Sie, John. Vorausgesetzt, er ist überhaupt hier. Die britische Polizei lassen Sie doch auch fahnden, oder?«

»Aber ja. Bloß daß wir nicht einmal wissen, wieviele falsche Pässe er noch mit sich rumschleppt.«

»Wieviele würden Sie denn an seiner Stelle mitnehmen?«

»Drei oder vier vielleicht. Und am besten ganz ähnliche, damit ich's mir leichter merken kann. Der Kerl ist gelernter Spion. Er wird also einige ›Legenden‹ auswendig draufhaben und kann die Identität so leicht wechseln wie sein Hemd.«

»Weiß ich doch, John. Ich hab mal in der Spionageabwehr gearbeitet. Spione sind ein scheues Wild, aber wir wissen es zur Strecke zu bringen. Haben Sie Ihren Gefangenen noch was aus den Rippen geleiert?«

»Die reden nicht viel«, murrte der Mann am anderen Ende. »Hierzulande verstehen die Bullen nichts von effizienter Befragung.«

Sollen wir sie vielleicht beim Verhör auf kleiner Flamme rösten? fragte sich Baker im stillen. Seine Behörde hielt sich streng an rechtsstaatliche Grundsätze, was nach seinem Eindruck beim CIA nicht immer der Fall war; das war ihm, wie den meisten FBI-Leuten, heftig zuwider. Er war Clark nie persönlich begegnet und kannte ihn nur vom Hörensagen. Direktor Murray hielt große Stücke von ihm, aber Chuck hatte seine Bedenken. Clark hatte, wie Murray selbst andeutete, in mindestens einem Fall Täter gefoltert – und damit eine Grenze überschritten, die man beim FBI äußerst ernst nahm. Dazu hatte die US-Verfassung eindeutig ›nein‹ gesagt, selbst bei Kindesentführung, wo es die Täter auch nach Meinung vieler Special Agents des FBI nicht besser verdient hätten.

»Auf die britische Polizei können Sie sich verlassen. Sie sind verdammt auf Draht, John, und haben mit den Typen der IRA ihre Erfahrungen. Die wissen, wie man mit denen reden muß.«

»Wenn Sie meinen, Chuck!« kam es zweifelnd zurück. »Aber wenn noch was aus dieser Richtung kommt, dann kriegen Sie sofort Bescheid.«

»Gut. Wir telefonieren miteinander, sobald sich hier was Neues ergibt.«

»Alles klar. Bis dann!«

Baker überlegte fast, ob er sich im Klo die Hände waschen sollte nach diesem Gespräch. Man hatte ihn über Operation Rainbow und die letzten Einsätze informiert. Und obwohl er die militärische Vorgehensweise schätzte – wie viele FBI-Agenten war er bei den Marines gewesen und von der Quantico-Basis weg ins ›Büro‹ geholt worden –, unterschied sie sich doch gewaltig von der Arbeit seiner Behörde. Beispielsweise in der Beachtung der gesetzlichen Vorschriften. John Clark war ein knallharter Bursche, ein ehemaliger Geheimagent, der manches illegale Ding gedreht hatte. Dan Murray hatte ihm, mit einer Mischung aus Respekt und Abscheu, davon erzählt. Doch was soll's, letztlich standen sie doch auf einer Seite, wenigstens meistens, und dieser Russe war der mutmaßliche Drahtzieher des Anschlags auf Clarks eigene Familie. Damit kam ein persönliches Element ins Spiel, dachte Baker. Mußte man irgendwie auch verstehen.

Nach einem langen Wettkampftag mit sprintenden und schwitzenden Spitzensportlern kehrte Chavez ins Hotel zurück. Es waren interessante Tage für ihn, und obwohl er Patsy und JC furchtbar vermißte – seinen eigenen Sohn kannte er ja noch kaum! –, ließ sich nicht leugnen, daß er auf seine Kosten kam. Doch allmählich ging ihr hiesiger Aufenthalt zu Ende. Die Sportreporter priesen die Medaillenträger über den grünen Klee – Amerika hatte allerhand abgeräumt, auch die Australier waren überraschend erfolgreich gewesen – und spekulierten schon, welche Nation die Spiele »gewonnen« habe. Noch drei Tage, dann kam der Marathonlauf, die traditionell letzte Disziplin der Olympiade; danach folgte die Abschlußfeier und das Löschen des olympischen Feuers. Schon jetzt gingen oder fuhren die Teilnehmer ihre Strecke ab, machten sich vertraut mit Steigungen und Abbiegungen – schließlich wollten sie sich nicht verlaufen! Obwohl das kaum möglich war, denn jeder Zentimeter der Strecke war gesäumt von kreischenden Fans. Und sie trainierten fleißig, flitzten über das Trainingsgelände im Olympischen Dorf, nicht um sich müde zu laufen, sondern um Muskeln und Lungen auf die mörderische Anstrengung des längsten aller Wettläufe vorzubereiten. Chavez hielt sich selbst für fit, aber mehr als dreißig Kilometer war er noch nie gelaufen. Soldaten mußten zwar rennen können, aber nicht *so* weit, und auf asphaltierten Straßen war das Gift für Knöchel und Füße, trotz der weichen Fußbetten in den modernen Sportschuhen. Doch, diese armen Schweine mußten verdammt gut in Form sein, dachte Ding, als er sich aufs Bett warf.

Seit dem Entfachen des Olympischen Feuers bei der Eröffnungszeremonie waren die Spiele exzellent und störungsfrei verlaufen, als hätte sich ganz Australien mit Leib und Seele nur einem Ziel verschrieben, wie Amerika bei der Mondlandung. Alles war hervorragend organisiert, für Chavez ein weiterer Beweis dafür, daß sie hier nichts, aber auch gar nichts verloren hatten. Keine einzige Sicherheitslücke hatte sich gezeigt. Die australische Polizei war freundlich, kompetent und massenhaft präsent; die SAS-Truppe für den Noteinsatz war – beinahe – so fähig wie sein eigenes Team und wurde außerdem von Global Security unterstützt und beraten, die ihnen denselben Einsatz-Sprechfunk verpaßt hatten, den auch Rainbow benutzte. Die Firma schien sich als Vermittler zu bewähren, und er überlegte schon, ob John nicht einmal mit ihnen ins Gespräch kommen sollte. Meinungen von außen einzuholen war nie falsch.

Das einzig Unangenehme war das Klima. Während der gesamten Olympiade lag eine Bruthitze über Sydney. Die Notärzte in ihren Herzklaps-Anlaufstellen hatten alle Hände voll zu tun. Gestorben war noch niemand, doch mußten rund hundert Zuschauer mit Hitzschlag stationär behandelt werden, und dreißigmal so viele wurden von den Sanitätshelfern der Feuerwehr und des australischen Militärs ambulant versorgt. Nicht eingerechnet jene, die im Zwischengang der Tribünen in den Schatten niedersanken und ohne medizinische Versorgung abkühlten. Ihm selbst machte Hitze nichts aus – Chavez fürchtete sich nie vor Schweißausbrüchen –, aber er mied größere Anstrengungen und war, wie alle anderen im Olympiastadion, heilfroh über die Klimaanlage. Sogar im Fernsehen war darüber berichtet worden, was die US-Firma freute, die das Nebelkühlsystem erfunden und installiert hatte. Man munkelte schon von einer neuen Version für Golfplätze in Texas und anderen ähnlich betroffenen Hitzegebieten. Wenn dadurch die Temperatur von knapp unter vierzig auf dreißig Grad sank, fühlte man sich bereits angenehm erfrischt, wie nach einer Dusche, und nachmittags waren die Korridore oft verstopft von Leuten, die der gnadenlos brennenden Sonne entrinnen wollten.

Mit Sunblocker-Sonnencreme konnte man hierzulande ein Vermögen machen, dachte Chavez beim Einschlafen. Überall standen Schilder, die an das Ozonloch erinnerten, und er wußte, daß Hautkrebs eine scheußliche Krankheit war. Deshalb pflegten Chavez und seine Männer jeden Morgen das Zeug fingerdick aufzutragen, wie alle anderen auch. In ein paar Tagen waren sie wieder daheim; gewiß stach ihr braungebrannter Teint gegen die englischen Bleichgesichter ab, und was die Briten einen »heißen« Tag nannten, war immer noch gut zehn Grad kühler als hier. Wenn das Thermometer in England einmal über dreißig kletterte, fielen die Leute gleich tot um – eigentlich komisch, daß es einen alten Song gab, wonach nur »Mad dogs and Englishmen« mittags in der Sonne spazieren gingen. Damals waren sie wohl härter im Nehmen, war Chavez' letzter Gedanke, bevor er in tiefen, traumlosen Schlaf fiel.

Popov sattelte Buttermilk gegen sechs Uhr abends. Die Abenddämmerung hatte noch nicht eingesetzt, bis dahin war es noch eine knappe Stunde hell. Und sein Pferd, das den ganzen Tag ausgeruht und gefressen hatte, ließ sich seine Zuwendung gern gefallen. Im übrigen hatte er der Stute wieder einen Apfel mitgebracht, und sie schien ihn zu genießen wie ein Mann sein erstes Glas Bier nach einem langen Arbeitstag.

Jeremiah, Hunnicutts Appalousahengst, war kleiner als Buttermilk, wirkte aber viel kräftiger. Ein merkwürdiges Tier, dessen hellgraues Fell von den Hinterläufen bis zum Hals mit vollendet gleichmäßigen kohlschwarzen Flecken übersät war – man nannte sie deswegen Decken-Appalousas. Foster Hunnicutt trat heran, den großen Westernsattel geschultert, den er seinem Pferd über den Rücken warf und unter dem Bauch festschnallte. Seine letzte Vorbereitung bestand darin, den Colt umzugurten, wie Popov bemerkte, dann trat er in den Steigbügel und schwang sich empor. Jeremiah, der Hengst, ließ sich sichtlich gern reiten. Mit seinem Herrn auf dem Rücken wirkte er wie ausgewechselt, warf stolz den Kopf hoch und zuckte mit den Ohren, als lausche er auf ein Kommando. Das kam auch, in Gestalt eines Schnalzens, und dann verließen Pferd und Reiter den Stall, gefolgt von Popov auf Buttermilk.

»Ein edles Tier haben Sie, Foster.«

»Das beste meines Lebens«, versicherte der Jäger. »Apps sind richtige Allroundpferde. Sie kommen von den Nez-Percé-Indianern. Diese urtümlichen Westernpferde – ihre Vorfahren haben die Spanier hergebracht – wurden von ihnen gefangen und gezähmt. Dann lernten die Nez Percé die Araberrasse hervorzuzüchten, von der sie ursprünglich abstammten, und das Egebnis sehen Sie ja!« Hunnicutt langte herab und klopfte seinem Pferd liebevoll den Hals, was dem Tier zu gefallen schien. »Das beste Pferd weit und breit ist der Appalousa, wenn Sie mich fragen. Klug, treu und gesund, nicht so sprunghaft wie die Araber, und dazu auch noch verdammt hübsch. Besonders hervorstechende Talente haben sie nicht, aber dafür sind sie rundum gut. In den Bergen kommen Sie überall mit ihnen durch. Jeremy hier ist ein großartiges Jagd- und Zugpferd. Wir waren schon oft im Gebirge hinter Elchen her. Er hat sogar mein Gold entdeckt.«

»Hör ich recht? Gold?«

Hunnicutt lachte. »Meine Goldader oben in Montana. Ursprünglich war dort eine Viehranch, aber die Berge sind für die Rinder zu steil. Jedenfalls entspringt auf dem Gelände ein Bach im Gebirge. Eines Nachmittags wollte ich Jeremiah zur Tränke führen, und als er sich bückte, sah ich etwas glänzen – kapiert?« Hunnicutt reckte sich. »Gold war's. Ein großer Klumpen Gold und Quarz – das ist die beste geologische Formation für Gold, Dmitrij. Ich möchte vermuten, daß ich ein ganz ansehnliches Vorkommen davon auf meinem Grundstück habe. Wie groß, weiß ich selbst nicht, und jetzt ist es sowieso egal.«

»Egal?« Popov fuhr im Sattel herum und musterte seinen Gefährten. »Seit tausend Jahren und mehr bringen sich die Menschen gegenseitig um für Gold, Foster.«

»Bald nicht mehr, Dmitrij. Das wird aufhören – vielleicht für immer.«

»Aber warum? Und wie?« wollte Popov wissen.

»Wissen Sie denn nichts von unserem Projekt?«

»Doch, schon – ein wenig. Nicht genug, um zu verstehen, was Sie meinen!«

Darf das wahr sein, dachte der Jäger. »Mit der Menschheit, wie wir sie kennen, Dmitrij, ist es dann ein für allemal vorbei.«

»Aber ...«

»Haben sie dir das nicht gesagt, mein Sohn?«

»Nein, Foster. Darüber nichts. Können Sie mich aufklären?«

Warum nicht, dachte Hunnicutt. Die Olympiade war fast vorbei. Was soll's! Dieser Russe hatte ein Herz für Tiere und verstand was vom Reiten, außerdem hatte er für John Brightling verdammt heikle Aufträge erledigt.

»Es nennt sich Shiva«, holte er aus und begann zu erzählen.

Popov merkte, daß er wieder seine professionelle Miene zur Schau tragen mußte. Er lauschte angestrengt, ohne seine Gefühle preiszugeben, und es gelang ihm sogar, dem wachsenden Entsetzen zum Trotz, ein maskenhaftes Lächeln aufzusetzen.

»Aber wie wird es verbreitet?« fragte er, als Hunnicutt geendet hatte.

»Wissen Sie, John hat auch eine Firma, die für ihn arbeitet. Global Security – der Chef heißt Henriksen.«

»Den kenne ich. Früher war er beim FBI ...«

»Ach ja? Ich wußte, daß er Bulle war, aber Bundespolizist? Jedenfalls hat seine Firma den Beratervertrag bei den Australiern wegen der Olympiade gekriegt. Einer von Bills Leuten soll Shiva dort unter die Leute bringen. Es hängt mit der Klimaanlage in der Arena zusammen, hieß es. Die soll es verbreiten am letzten Tag, bei der Abschlußfeier. Anderntags fliegen alle heim, dann nehmen Tausende das Virus mit in ihre Länder.«

»Und wir? Erwischt es uns nicht?«

»Haben Sie keine Spritze gekriegt, als Sie herkamen?«

»Doch. Killgore meinte, es wäre zur Stärkung.«

»Stimmt auch, Dmitrij. Es stärkt Ihr Immunsystem. Mit dieser Impfung sind Sie gegen Shiva geschützt. Mich haben sie auch geimpft, mein Freund. Es nennt sich B-Serum. Man sagt, es gebe noch eine andere Variante, A-Serum. Aber damit läßt man sich besser nicht impfen ...«

»Woher wissen Sie das alles?« fragte Popov.

»Ganz einfach. Im Fall, daß irgendwer Wind davon bekommt, gehöre ich zu denen, die für den Verteidigungsring zuständig sind. Deswegen hat man mir erklärt, wieso das Projekt Verteidigung *braucht*. Diese Sache ist absolut heiß, Mann. Wenn irgendwer rauskriegt, wo wir sind und was wir gemacht haben, könnte glatt sein, daß sie uns 'ne Atombombe draufschmeißen, kapiert?« Foster grinste verschwörerisch. »Die wenigsten haben begriffen, daß der Planet gerettet werden muß. Ich meine, wenn wir's jetzt nicht tun, werden in gut zwanzig Jahren *alle* sterben – *restlos*. Nicht bloß die Leute. Die Tiere auch. Das dürfen wir doch nicht zulassen, oder?«

»Ich verstehe vollkommen. Doch, das ist nur logisch«, erwiderte Dmitrij Arkadejewitsch, ohne mit der Wimper zu zucken.

Hunnicutt nickte zufrieden. »Ich wußte gleich, daß Sie es begreifen, Mann. Und deshalb waren diese Attentate, die Sie angeleiert haben, auch so wichtig für uns. Wenn sich nicht alle Welt verrückt machen würde wegen des Terrorismus, hätte Bill Henriksen nie mit den richtigen Leuten zur Stelle sein können. – Auch Sie verdienen Dank, Dmitrij«, schloß er und fischte eine Zigarre aus der Jackentasche. »Für unser Projekt hier war Ihre Arbeit von entscheidender Bedeutung!«

»Gern geschehen, Foster.« *War das überhaupt möglich?* staunte er. »Wie gewiß sind wir denn, daß es auch klappt?«

»Es *muß* klappen. Diese Frage habe ich mir natürlich auch gestellt. Man hat mir Einblick in die Planung verschafft, weil ich Naturwissenschaften studiert habe – früher war ich ein gefragter Geologe, können Sie mir glauben! Davon versteh ich 'ne ganze Menge. Diese Seuche ist wirklich verheerend. Der Ausgangspunkt war, daß man den originalen Ebola-Virus genetisch verändert hat. Sie wissen doch noch, welche Panik der vor anderthalb Jahren ausgelöst hat, oder?«

Popov nickte. »Aber ja. Damals war ich noch in Rußland. Es war beängstigend.« Noch beängstigender war allerdings die Reaktion des US-Präsidenten gewesen, wie er sich erinnerte.

»Naja, die Unsrigen – die am Projekt beteiligten Virologen – haben daraus gelernt. Der Schlüssel zu allem ist die A-Variante. Der ursprüngliche Seuchenherd in Sydney wird ein paar Millionen Menschen dahinraffen, aber das dient vor allem zur Einschüchterung. Das Mittel, das Horizon auf den Markt werfen wird, ist ein bakterielles, wie das Sabin-Polio-Serum. Aber sie haben es umgedreht. Das Zeug hält Shiva nicht auf, sondern *verstärkt* es noch, Mann. Einen Monat bis sechs Wochen dauert es, bis die ersten Symptome auftauchen. Das wurde im Laborversuch getestet.«

»Wie das?«

»Daran war Kirk beteiligt. Er hat irgendwelche Leute von der Straße kidnappen lassen, an denen Shiva und die Impfungen ausprobiert wurden. Und es klappte vorzüglich, auch mit der Verbreitung in der Anfangsphase. Wir haben dieselbe Nebelkühlanlage aufgestellt wie in Sydney.«

»Ein gewaltiger Plan, das Antlitz der Erde zu verändern«, dachte Popov laut und hielt nach der Schnellstraße im Norden Ausschau.

»Aber es muß sein, Mann. Wenn nicht – Menschenskind, dann könnten wir die Umwelt ein für allemal abschreiben, Dmitrij. Das werde ich nicht zulassen.«

»Ein grausamer Akt, aber die Logik leuchtet mir vollkommen ein. Brightling muß ein Genie sein, wenn er imstande war, die Situation zu erkennen, eine Lösung zu finden und den Mut zum Handeln aufzubringen.« Popov hoffte, daß es nicht zu herablassend klang. Doch dieser Hunnicutt war ein sturer Technokrat, der für Zwischentöne kein Ohr hatte.

»Stimmt«, brummte Hunnicutt mit der Zigarre im Mund, die er mit einem Streichholz ansteckte. Er blies das Streichholz aus und ließ es ganz erkalten, bevor er es zu Boden warf, um kein Präriefeuer zu verursachen. »Brillanter Wissenschaftler, der's *kapiert* hat, wie? Gottseidank verdient er auch noch genug Kohle, um es zu verwirklichen. Allein diese Anlage hier wird gut und gerne eine Dollarmilliarde gekostet haben – und das ist nur die eine, ganz abgesehen von der in Brasilien.«

»Brasilien?«

»Dort gibt's noch eine kleinere, ganz ähnliche Filiale, irgendwo westlich von Manaus, hab ich mir sagen lassen. Ich bin nie dort gewesen. Der Regenwald interessiert mich nicht so. Bin mehr für freie Sicht, wissen Sie!« Hunnicutt deutete rings in die Landschaft. »So wie die Ebenen hier. Die Steppen Afrikas wären eher mein Fall; vielleicht kann ich dort wirklich mal auf Safari gehen!«

»Da wäre ich auch gern mal, mir die Tiere ansehen, wie es da kreucht und fleucht in der Sonne«, schwärmte Popov, der inzwischen einen Entschluß gefaßt hatte.

»Keine Angst, ich nehm Sie mit! Und einen oder zwei Löwen werd ich schon drankriegen mit meiner H&K .375er!« Hunnicutt schnalzte, und Jeremiah lief etwas schneller, ein leichter Trab, den Popov nachzuahmen versuchte. Er hatte schon vorher diesen Schritt ausprobiert, konnte sich aber jetzt nicht mehr so leicht Buttermilks Schaukeln anpassen. Dazu hätte er abschalten, an etwas anderes denken und sich seinen unbewußten Reaktionen überlassen müssen. Schließlich gelang ihm das, und holte er den Jäger ein.

»Wird denn das Umland wieder in den Wilden Westen verwandelt?« Die Schnellstraße lag ungefähr drei Kilometer weit. LKWs flitzten vorüber, mit gelben Lichterkränzen am Anhänger. Überlandbusse würden ebenfalls noch unterwegs sein, hoffte er.

»Das gehört zu unseren ersten Aufgaben.«

»Ihre Pistole nehmen Sie aber schon jetzt immer mit.«

»Revolver, Dmitrij!« korrigierte Foster. »Doch, ja. Ich mag die Männer, von denen ich viel gelesen habe, die hier draußen in Harmonie mit der Natur lebten. Mag sein, daß ich noch eine Frau finde, die ähnlich denkt wie ich; oder daß ich mir eine kleine Hütte in den Bergen baue wie Jeremiah Johnson – aber mich werden die Crow-Indianer nicht belästigen!« fügte er kichernd hinzu.

»Foster?«

»Ja?«

»Ihren Revolver, darf ich mir den mal anschauen?« fragte der Russe und flehte im stillen, daß er die richtige Antwort bekäme.

Und er bekam sie. »Klar!« Hunnicutt zog und reichte ihn herüber, zur Sicherheit mit nach oben gerichtetem Lauf.

Popov wog ihn in der Hand. »Ist er geladen?«

»Nichts wäre sinnloser als 'ne Knarre, die nicht geladen ist! Verdammt, wollen Sie schießen damit? Nichts einfacher als das. Einfach den Hahn zurückziehen – dann ist der Abzug gespannt – und los. Aber die Zügel festhalten, damit Ihnen der Gaul nicht durchgeht. Jeremiah hier ist an den Lärm gewöhnt, Ihrer vielleicht nicht!«

»Verstehe.« Popov umfaßte die Zügel mit der Linken, um Buttermilk ruhig zu halten. Als nächstes streckte er den rechten Arm aus und spannte den Hahn – wobei er das typische Dreifachklicken dieses besonderen Revolvertyps hörte –, zielte auf einen hölzernen Zaunpfahl und zog durch. Der Schuß fällte den Pfahl auf der Stelle.

Buttermilk buckelte ein wenig beim Knall, der so dicht neben ihren sensiblen Ohren ertönte, aber alles in allem reagierte das Pferd gar nicht so schlecht. Und getroffen hatte Popov auch, auf gut zehn Meter, wie er feststellte. Er konnte also noch immer mit einem Schießeisen umgehen.

»Tolles Ding, wie?« strahlte Hunnicutt. »Wenn Sie mich fragen, der Single-Action-Armeerevolver ist die ausgeglichenste Faustfeuerwaffe überhaupt.

»Wirklich«, lobte Popov, »ganz toll.« Dann riskierte er einen Seitenblick. Foster Hunnicutt saß auf seinem Pferd Jeremiah, keine drei Meter weit. Das war leichtes Spiel. Der ehemalige KGB-Offizier spannte den Hahn erneut, drehte sich um, zielte direkt auf die Brust des anderen und drückte ab, bevor der Jäger auch nur Anzeichen von Erstaunen zeigen konnte. Er riß die Augen auf, ob nun ungläubig angesichts dessen, was geschehen war, oder unter der Wucht des Einschlags, spielte keine Rolle. Die Kugel traf ihn direkt ins Herz. Einen Moment lang konnte sich der Jäger noch im Sattel aufrecht halten, starr vor Schreck, dann kippte er rücklings vom Pferd und stürzte ins Gras, wo er reglos liegenblieb.

Dmitrij stieg ab und lief mit drei Sätzen hin, um sicherzustellen, daß Hunnicutt tot war. Dann nahm er Jeremiah, der den Tod seines Eigentümers gleichmütig aufnahm, den Sattel ab, entfernte auch das Zaumzeug und behielt die Satteltaschen. Merkwürdig, daß der Hengst ihn nicht biß, dachte Popov, Pferde reagierten wohl ganz anders als Hunde. Nach getaner Arbeit gab er ihm einen kräftigen Klaps aufs Hinterteil, und der Hengst galoppierte los. Fünfzig Meter weiter blieb er stehen und begann zu grasen.

Popov stieg wieder auf seine Stute und lenkte Buttermilk schnalzend Richtung Norden. Ein Blick zurück zum Wohnturm zeigte ihm, daß dort die Fenster eins nach dem anderen hell wurden. Würde man Hunnicutt vermissen? So rasch nicht, nahm er an, während er sich der Schnellstraße näherte. Im Westen sollte eine kleine Ansiedlung liegen, aber er glaubte, an der Bushaltestelle größere Chancen zu haben; vielleicht nahm ihn ja auch ein Fernfahrer mit. Was er danach machen würde, wußte er noch nicht, aber hier mußte er verschwinden, so rasch und so weit wie irgend möglich. Popov war kein gottesfürchtiger Mensch. Seine Erziehung und Ausbildung hatte ihm die religiöse Sphäre verwehrt, und der Name Gottes kam bei ihm allenfalls in Flüchen vor. Doch heute hatte er etwas dazugelernt. Ob es einen Gott gab, würde er wohl nie wissen, aber der Satan existierte – und er selbst hatte für ihn gearbeitet. Das Entsetzen darüber war mit nichts aus seiner früheren Zeit beim KGB vergleichbar.

36

EILFLÜGE

Die Angst, entdeckt zu werden, übertraf noch das Entsetzen. Angst hatte Popov in seiner Zeit als Agent im Außendienst nie kennengelernt. Natürlich gab es brenzlige Situationen, vor allem zu Beginn seiner Laufbahn, aber er hatte rasch gelernt, seinen Fähigkeiten zu vertrauen. Und seine Intelligenz hatte ihn seit jeher vor emotionalen Überreaktionen geschützt wie ein wärmendes Tuch – bis heute jedenfalls.

Plötzlich fand er sich in feindlichem Gelände wieder. Nicht nur auf ausländischem Boden, sondern weil er ein Stadtmensch war. In den großen Metropolen konnte er im Handumdrehen untertauchen, so komplett und unauffindbar, daß kaum eine Polizeimacht der Welt ihn aufgespürt hätte. Doch hier gab es weit und breit keine Stadt. Kaum hundert Meter von der Haltestelle stieg er vom Pferd und nahm Buttermilk Sattel und Zaumzeug ab; ein gesatteltes, reiterloses Pferd, nahm er an, würde mehr auffallen als eins, das ohne Sattel alleine graste. Hier in der Gegend hatten viele ein Pferd auf der Weide stehen. Anschließend mußte er sich durch den Stacheldraht zwängen und zur Haltestelle laufen. Das Häuschen war leer; kein Fahrplan hing an den nackten, weißgetünchten Wänden. Es war ein schlichter Bau aus gegossenem Beton, mit massivem Dach gegen die schweren Schneemassen im Winter. Wahrscheinlich hielt es auch den Tornados stand, die hier gelegentlich vorkommen sollten. Die Sitzbank war ebenfalls aus Beton, und er ließ sich kurz darauf nieder, um das Gliederzittern in den Griff zu bekommen. Noch nie hatte er solche Panik verspürt.

Wenn diese Leute Millionen und Abermillionen ihrer Zeitgenossen einen elenden Tod zugedacht hatten, würden sie auch mit einem einzelnen kurzen Prozeß machen. Er mußte hier weg.

Zehn Minuten nach seiner Ankunft beim Wartehäuschen blickte er auf die Uhr und fragte sich, ob um diese Zeit überhaupt noch Busse verkehrten. Wenn nicht, gab es immer noch die Möglichkeit, den Daumen hochzurecken und einen LKW anzuhalten. Vielleicht…

Er lief auf den Seitenstreifen und hob die Hand. Die meisten Wagen rasten mit 130 Stundenkilometern vorüber und hatten kaum Gelegenheit, seine Geste in der Dunkelheit zu sehen, geschweige denn rechtzeitig abzubremsen. Erst eine Viertelstunde später näherte sich ein crèmefarbener Ford-Kleinlaster, der rechts heranfuhr und hielt.

»Wo woll'n Sie denn hin, mein Lieber?« wollte der Fahrer wissen. Er war bäurisch gekleidet, vielleicht sechzig Jahre alt, Gesicht und Hals von der Arbeit im Freien sonnenverbrannt.

»Zum Flughafen in der Stadt. Könnten Sie mich vielleicht ein Stück mitnehmen?« fragte Dmitrij und stieg ein. Der Fahrer trug keinen Sicherheitsgurt, was gegen die Vorschriften verstieß, ebenso wie kaltblütiger Mord – und schon deshalb mußte sich Popov aus dem Staub machen.

»Klar, ich muß da sowieso raus. Wie heißen Sie?«

»Joe – Joseph«, stammelte Popov.

»Schön. Ich bin Pete – aber Sie sind nicht von hier, wie?«

»Ursprünglich nicht. – Ich komme aus England«, ergänzte Dmitrij rasch und nahm den entsprechenden Akzent an.

»Ach ja? Und was führt Sie her?«

»Geschäfte.«

»Was denn für welche?« wollte Pete wissen.

»Ich bin Unternehmensberater, wissen Sie! So eine Art Mittelsmann…«

»Und seit wann stecken Sie hier fest, Joe?« fragte der Fahrer.

Was war los mit dem Mann? Womöglich kam er von der Polizei? Seine Fragen erinnerten an die Verhörpraxis eines Kriminalkommissars. »Mein, äh – Kollege hatte einen dringenden Notfall in der Familie und setzte mich hier an der Bushaltestelle ab, und jetzt kommt keiner mehr…«

»Ach so.« Damit gab er sich zufrieden, stellte Popov fest, und war froh über die letzte Ausrede. *Wissen Sie, ich habe gerade jemanden erschossen, der Sie und jeden Ihrer Nachbarn umbringen wollte...* In solchen Zeiten kam die Wahrheit sowieso nicht zu ihrem Recht, weder bei ihm noch bei irgendwem sonst. Sein Gehirn arbeitete fieberhaft, bedeutend schneller jedenfalls als der verdammte Kleinlaster, dessen Fahrer gerade mal ein besseres Schrittempo vorlegte, während andere mit aufheulenden Motoren überholten. Der Farmer war ein alter Mann und hatte viel Geduld. Säße Popov hinterm Steuer, würde sich schon herausstellen, was seine Karre hergab! Doch abgesehen davon tauchte schon nach zehn Minuten das grüne Ausfahrtschild mit dem Flugzeugsymbol neben dem Pfeil auf. Er ballte die Hände zur Faust, riß sich aber zusammen, als der Fahrer die Ausfahrt nahm und rechts in den kleinen Regionalflugplatz einbog. Kurz darauf setzte Pete ihn an der Tür des US-Air Express ab.

»Vielen herzlichen Dank, Sir!« ächzte Popov beim Verlassen des Wagens.

»Gute Reise, Joe!« grüßte der Fahrer und ließ ein breites, freundliches Kansas-Grinsen sehen.

Popov eilte in den winzigen Terminal. Zwanzig Meter weiter trat er vor den Schalter.

»Ich muß sofort nach New York«, erklärte Popov dem Angestellten. »Erster Klasse, wenn möglich.«

»In einer Viertelstunde geht der Shuttle nach Kansas City. Und von dort haben Sie eine US-Airways-Anschlußverbindung nach La Guardia, Mister ...?«

»Demetrius«, stieß Popov hervor, dem der Name auf seiner letzten verbliebenen Kreditkarte eingefallen war. »Joseph Demetrius.« Er zog die Brieftasche hervor und schob die Karte über die Theke. Ein Paß mit diesem Namen lag in einem Bankschließfach in New York, und die Kreditkarte war in Ordnung; seit drei Monaten nicht mehr beansprucht und mit hohem Limit ausgestattet. Der Schalterbeamte glaubte vermutlich, daß es schnell genug ging, aber Popov mußte dringend mal aufs Klo und gab sich alle Mühe, keine Hektik an den Tag zu legen. Im selben Moment fiel ihm auch ein, daß er einen geladenen Revolver in den Satteltaschen mitführte – und *den* mußte er auch noch loswerden.

»Bitte sehr, Mr. Demetrius. Hier ist erstmal das Ticket für hier, am Flugsteig 1. Dann das Ticket für den Anschlußflug Kansas City – New York, der dort am Flugsteig A-34 startet; Ihre Reservierung für 2-C,

Einzelplatz Erster Klasse, Mittelgang. Kann ich sonst noch etwas für Sie tun, Sir?«

»Nein, vielen Dank.« Popov grabschte nach den Tickets und stopfte sie in die Tasche. Dann suchte er den Weg zur Abfertigungshalle und lief dorthin. Bei einem Mülleimer blieb er stehen, warf einen kurzen Blick nach allen Richtungen, holte den Riesenrevolver vorsichtig aus der Ledertasche, wischte ihn vorsichtig ab und ließ ihn in den Eimer poltern. Wieder blickte er sich um, aber niemand im Terminalbereich schien etwas gehört zu haben. Er durchsuchte noch einmal die Satteltaschen, aber es fand sich nichts Kompromittierendes mehr, sie waren leer. Zufrieden setzte er seinen Weg fort und passierte die Personenkontrolle, ohne die gefürchteten Alarmpiepser des Metalldetektors auszulösen. Unbehelligt nahm er die Satteltaschen von der Ablage und sah sich nach einer Herrentoilette um, die er augenblicklich ansteuerte. Fünf Minuten später kam er wieder zum Vorschein und fühlte sich schon viel besser.

Der Regionalflughafen hatte nur zwei Flugsteige, aber immerhin eine Bar, in die er noch rasch schlüpfte. Fünfzig Dollar in bar führte er mit sich, von denen er fünf für einen doppelten Wodka ausgab. Er kippte ihn in einem Zug, bevor er die nächsten hundert Schritte zurücklegte. Dem Kontrolleur reichte er das Ticket; vor dem Ausgang wartete eine Propellermaschine – mit einer solchen war er seit Jahren nicht mehr geflogen. Doch diesen Flug hätte er mit jeder jämmerlichen Kiste unternommen, weshalb er ungerührt an Bord der Saab 340 B-Kurzstreckenmaschine ging. Fünf Minuten später begannen die Propeller zu kreisen, und Popov atmete durch. In einer halben Stunde war er in Kansas City, dort eine Dreiviertelstunde Aufenthalt, dann auf der 737 nach New York in der Ersten Klasse, wo die Drinks umsonst waren. Hoffentlich saß er allein, damit ihn niemand anquatschen konnte. Popov brauchte Ruhe zum Nachdenken. Er mußte sehr, sehr gründlich nachdenken, und rasch, aber doch nicht überstürzt handeln.

Clark schreckte aus einem Traum hoch. Es war drei Uhr früh in Hereford, und der Eindruck des Traums schwand aus seinem Bewußtsein wie ein flüchtiger Nebel, formlos und nicht mit Händen zu greifen. Es war ein unschöner Alptraum gewesen, das wußte er noch, immerhin war er schweißgebadet daraus erwacht, was selbst bei gefährlichen Einsätzen kaum vorgekommen war. Ohne zu wissen weshalb, spürte er, wie ihm die Hände zitterten. Schließlich beruhigte er sich, drehte sich auf die andere Seite und schloß die Augen. Morgen war die Budgetkonferenz, und vor nichts graute ihm mehr als davor. Seine Tätigkeit als Rainbow-Befehlshaber hatte ihn zur Kleinkrämerei verdammt. Das war vermutlich auch der Grund für den Alptraum gewesen, dachte er und vergrub den Kopf tiefer ins Kissen: In endlose Diskussionen mit Buchhaltern verstrickt zu sein, die ihn detailliert ausfragten, woher das Geld kam und wohin es geflossen war …

Die Landung in Kansas City war sanft, und der Saab-Flieger hielt gleich vor dem Terminal, wo dann die Propeller ausliefen. Um ihr Kreisen zu stoppen, während die Passagiere von Bord gingen, kletterte ein Mann vom Bodenpersonal hinauf und warf ein Lasso über eine Propellerspitze. Popov blickte zur Uhr. Sie waren ein paar Minuten zu früh dran. Er trat in die frische Nachtluft hinaus und ging in den Terminal. Wenige Meter hinter dem Ausgang zu A-34, wo sein Flug starten würde – wieder blickte er zur Uhr –, fand er wieder eine Bar. Hier war sogar Rauchen erlaubt, sehr ungewöhnlich für US-Flughäfen. Nikotinqualm schlug ihm entgegen, der ihn an die *Trud*-Zigaretten seiner Jugend erinnerte; fast hätte er einen der Gäste angeschnorrt, doch konnte er sich gerade noch zusammenreißen. Statt dessen trank er seinen nächsten doppelten Wodka an einem entlegenen Ecktisch, starrte die Wand an und gab sich möglichst unauffällig. Niemand sollte sich erinnern, daß er hiergewesen war. Eine halbe Stunde später wurde sein Flug aufgerufen. Er hinterließ einen Zehndollarschein auf dem Tisch und entfernte sich, die leeren Satteltaschen noch immer in der Hand. Warum schleppte er sie eigentlich mit sich? Andererseits war ein Fluggast ohne jedes Gepäck ungewöhnlich, weshalb er sie behielt und im Gepäcknetz über dem Sitz deponierte. Das Angenehmste an diesem Flug war, daß der 2-D-Platz nicht belegt war; Popov setzte sich dorthin und starrte aus dem Fenster, damit die Stewardeß sich möglichst sein Gesicht nicht merken konnte. Den angebotenen Drink lehnte er ab; fürs erste hatte er genug intus, außerdem mußte er jetzt klaren Kopf bewahren. Das bisherige Quantum reichte aus, seine Nerven zu beruhigen, und mehr brauchte er im Augenblick nicht.

Was genau hatte er heute erfahren? Wie paßte es zu all dem anderen, was er in der Wohnanlage draußen in West-Kansas gesehen hatte? Die Antwort auf die zweite Frage war einfacher. Die Erklärungen Hunnicutts entsprachen *allem*, was er bisher von dem Projekt wußte; sie paßten wie ein Schlußstein ins Puzzle, paßten zu den Räumen, der Lage, der Inneneinrichtung, auch den Zeitschriften auf dem Nachttisch, den Videogeräten neben den Fernsehern, den Gesprächsfetzen, denen er im Korridor oder in der Cafeteria unwillkürlich gelauscht hatte. Kein Zweifel – diese Irren wollten die Welt auf dem Altar ihres Druidenglaubens opfern. Aber wie in aller Welt sollte er andere davon überzeugen, daß es stimmte? Und was hatte er eigentlich an Beweisen in der Hand? Und zu *wem* sollte er überhaupt gehen mit seinem Wissen? Es mußte jemand sein, der ihm glaubte und zugleich dagegen vorgehen konnte. Aber wer? Zusätzlich hatte er jetzt noch Foster Hunnicutt auf dem Gewissen. Dabei hatte er keine andere Wahl gehabt, sonst wäre er nie aus dem Projektgelände entkommen, jedenfalls nicht unbemerkt. Aber jetzt würde man ihn mit vollem Recht des Mordes bezichtigen; man würde ihm die Polente auf den Hals hetzen, und wie sollte er der erklären, daß sie stattdessen gut daran täten, den Anschlag zu verhindern? Kein Polizist der Welt würde ihm diese Geschichte abnehmen. Sie war viel zu grotesk, um einem normal funktionierenden Verstand einzuleuchten. Und die Druiden hatten sich garantiert eine sorgfältig ausgeklügelte Tarnung erdacht, mit der sie jede offizielle Rückfrage abschmettern konnten. Sich nach jeder Richtung abzusichern war bestimmt ihre erste und wichtigste Aufgabe, und vermutlich war dieser Henriksen selbst damit betraut.

Carol Brightling stand in ihrem Büro. Sie hatte gerade ein offizielles Schreiben an den Staatssekretär abgefaßt, demzufolge sie vorübergehend ihre Beratertätigkeit niederlegen wollte, was sie mit einem dringlichen wissenschaftlichen Projekt begründete. Schon heute früh hatte sie mit Arnie van Damm darüber gesprochen, der keine ernsthaften Einwände gegen ihr Fernbleiben erhob und ihr stattdessen mit seiner ganzen Haltung zu verstehen gab, daß niemand sie vermissen würde, schon gar nicht der Präsident. Na, wenn schon, dachte sie mit kühlem Blick auf den Computerbildschirm – *sie ihn auch nicht*.

Dr. Brightling steckte den Brief in einen Umschlag, den sie versiegelte und ihrer Sekretärin hinterließ, damit sie ihn anderntags in die Hauspost geben könnte. Diesen Job hatte sie einzig und allein für das Projekt übernommen, zur Rettung des Planeten, und jetzt war es an der Zeit, zu gehen. Es war lange, sehr lange her, seit sie das letzte Mal in

Johns Armen gelegen hatte. Die Scheidung war in den Medien ganz groß herausgebracht worden. Doch es mußte sein. Wäre sie mit einem der reichsten Männer des Landes verheiratet geblieben, hätte sie nie einen Job im Weißen Haus bekommen. Und so mußte sie ihrem Mann abschwören, und er hatte öffentlich der Umweltbewegung abgeschworen – den Überzeugungen, die sie über zehn Jahre geteilt hatten, als die Idee des Projekts erstmals aufgekommen war. Doch in Wahrheit war er keinen Fußbreit von seinen Ideen abgewichen, ebensowenig wie sie. Irgendwann war es dann so weit gewesen und sie hatte für die Regierung gearbeitet, wenn auch nur als Beraterin, aber doch als eine, die mit Sicherheitsfragen betraut war und praktisch unbegrenzten Zugang zu vielen Dingen hatte. Selbst die Geheimdienste hatten ihr Auskünfte geben müssen, die sie je nach Bedarf an John weiterleitete. Das wichtigste war freilich der Zugang zu Rüstungsunterlagen aus dem Bereich der biologischen Kriegführung. Sie wußten, was USAMRIID und andere vorgesehen hatten, um Amerika zu schützen. Und daher wußten sie auch, wie man Shiva am besten verbreiten konnte, *ohne* mit einem Gegenmittel rechnen zu müssen, außer jenem Serum, das Horizon Corporation selbst entdeckt hatte.

Aber das kostete seinen Preis. John mußte sich in der Öffentlichkeit mit allen möglichen Weibern sehen lassen und hatte zweifellos mit vielen angebandelt. Er war seit jeher ein leidenschaftlicher Mann gewesen. Vor ihrer fingierten Scheidung hatte sie sich nicht viele Gedanken darüber gemacht, deshalb war sie stets peinlich überrascht, wenn sie bei gesellschaftlichen Ereignissen zusammentrafen und er zufällig schon wieder so ein junges Ding an der Hand hielt – stets eine andere, denn außer zu ihr war er nie eine feste Beziehung eingegangen. Carol Brightling redete sich ein, es sei gut so, denn sie glaubte daran, daß *sie* als einzige Frau Johns Leben teilte und daß ihre Rivalinnen nur dazu taugten, seinen Hormonstau abzureagieren… Aber das war nicht immer einfach für sie, und nachdenken wollte sie schon gar nicht darüber, wenn sie allein zu Hause war mit Jiggs als einzigem Trost und manchmal vor Einsamkeit weinte.

Doch was galten ihre kleinen persönlichen Belastungen gegenüber dem Projekt! Der Job im Weißen Haus hatte sie in ihren Überzeugungen erst recht bestärkt. Hier hatte sie alles einsehen können, erinnerte sich Carol, von den Eigenschaften der neu entwickelten Nuklearwaffen bis hin zu Berichten über biologische Kriegführung. Es ängstigte und ermutigte sie zugleich, daß der Iran versucht hatte – noch bevor sie ihre Arbeit aufnahm –, Amerika zu verseuchen. Angst hatte sie, weil es eine echte Bedrohung ihres Heimatlands war und beinahe einen massiven Gegenschlag hervorrief. Ermutigt wurde sie, weil sie daraus lernte, wie äußerst schwierig eine effektive Verteidigung gegen solche Bedrohungen war, denn die Impfstoffe mußten erst solchen speziellen Viren angepaßt werden. Alles in allem hatte der iranische Seuchenangriff das öffentliche Bewußtsein für die Gefahren geweckt, was die Produktion und breiteste Verteilung des A-Serums erleichtern konnte ... Die Bürokraten aller Regierungen der Welt würden auf das Angebot unbesehen eingehen. Sie konnte sogar rechtzeitig in ihren Beraterjob zurückkehren, um für Zustimmung zu einer so breit angelegten Gesundheitsmaßnahme zu werben; in dieser Angelegenheit würde man auf ihr Urteil vertrauen.

Dr. Carol Brightling verließ ihr Büro, lief durch den breiten Korridor nach links und die Stufen hinunter zum Parkplatz.

Zwanzig Minuten später stellte sie den Motor ab, schlug die Wagentür hinter sich zu und betrat ihr Apartmentgebäude. Zutraulich lief Jiggs ihr entgegen, sprang ihr in die Arme und rieb das weichbepelzte Köpfchen an ihrer Brust wie immer. Zehn Jahre der Einschränkung und des Elends waren vorbei; das Opfer war ihr nicht leicht gefallen – aber die Belohnung war ein Planet, der sich wieder begrünte, und eine Natur, die ihren ruhmreichen Namen verdiente.

Es tat gut, wieder in New York zu sein. Auch wenn er nicht wagen konnte, sein Apartment aufzusuchen, war es doch wenigstens eine Großstadt; hier konnte er so spurlos verschwinden wie eine Ratte auf der Müllkippe. Den Taxifahrer bat er, ihn zum Essex-House zu bringen, einem noblen Hotel südlich des Central Park. Hier nahm er sich unter dem Namen Joseph Demetrius ein Zimmer. Angenehm war, daß eine Minibar im Zimmer stand. Er mixte sich mit zwei Miniflaschen Wodka amerikanischer Herstellung je einen Drink und war viel zu aufgeregt, um sich an dem minderwertigen Geschmack zu stören.

Als er endlich einen Entschluß gefaßt hatte, rief der Russe bei der Flughafenauskunft an, um sich über den Fahrplan zu informieren. Anschließend informierte er den Empfangsportier, daß er zu nachtschlafender Zeit um 3 Uhr 30 geweckt werden wollte. Ohne sich groß auszukleiden, warf er sich aufs Bett. Morgen früh mußte er ein paar

Einkäufe tätigen, außerdem zu einer Bank gehen, in deren Schließfach sein Demetrius-Paß lag. Schließlich würde er fünfhundert Dollar vom Automaten ziehen, dank seiner Demetrius-Mastercard, damit kam er fürs erste in Sicherheit… Vielleicht nicht ganz, aber er würde doch sicherer als jetzt sein, und wenn es ihm sogar gelang, das Projekt zu stoppen, konnte er ein wenig optimistischer in die Zukunft blicken. Falls alles schiefging, dachte er im Wegdämmern, würde er wenigstens wissen, was er in Zukunft zu tun hatte, um am Leben zu bleiben. Vielleicht.

Clark wachte zur gewohnten Stunde auf. JC schlief inzwischen, nach zwei Wochen auf Erden, viel besser. Heute früh zog er wenigstens mit dem Herrn des Hauses gleich, bemerkte John, als er vom Rasieren aus dem Bad kam und das erste Quietschen aus dem Zimmer hörte, wo der Kleine und Patsy einquartiert waren. Sandy war ebenfalls wach geworden, obwohl sie sonst manchmal den Wecker auf Johns Nachttisch überhörte; offenbar hatten mütterliche (oder großmütterliche) Instinkte ihren ureigenen selektiven Einfluß auf das Gehör. Clark lief in die Küche hinunter und stellte die Kaffeemaschine an, schloß dann die Haustür auf und sammelte seine Exemplare der *Times*, des *Daily Telegraph* und des *Manchester Guardian* ein. Eins mußte man den Briten lassen, dachte er beim ersten Überfliegen, der Stil war weit besser als der in den meisten US-Tageszeitungen, und die Artikel lasen sich knapp und informativ.

Der Kleine fing schon zu wachsen an, sagte sich John, als Patsy mit JC an der linken Brust und Sandy im Schlepptau die Küche betrat. Seine Tochter hatte sich den Kaffee abgewöhnt, weil sie fürchtete, das Koffein könne ihrer Muttermilch schaden. Statt dessen begnügte sie sich ebenfalls mit Milch, während Sandy Teller austeilte. John Conor Chavez hatte genug mit seinem eigenen Frühstück zu tun; rund zehn Minuten später galt dasselbe auch für seinen Großvater. Im Radio liefen inzwischen die BBC-Morgennachrichten, die seinen aus den Printmedien gewonnenen Informationsstand ergänzten. Alle stimmten darin überein, daß die Lage im großen und ganzen derzeit ruhig war. Die Hauptnachricht galt den Olympischen Spielen. Von denen hatte Ding allabendlich live berichtet – für ihn in seiner fernen Zeitzone war es früher Morgen –, und jedesmal endeten seine Anrufe damit, daß man JC den Hörer hinhielt, damit der stolze Vater wenigstens ab und zu, wenn auch nicht immer auf Anhieb, die Gicks- und Krählaute seines Sprößlings vernehmen durfte.

Gegen halb sieben war John angekleidet und aus der Tür. Heute früh fuhr er, anders als sonst, zum Traningsplatz hinaus und machte ein paar Freiübungen. Die Männer von Team-1 waren versammelt, noch immer in reduzierter Besetzung wegen ihrer Verluste bei der Schießerei, aber stolz und fit wie eh und je. Sergeant First Class Fred Franklin führte sie diesmal an, und auch Clark folgte seinen Kommandos. Nicht so präzise wie die Jüngeren, aber doch bestrebt, mitzuhalten, damit die Kerle allen irritierten Seitenblicken zum Trotz den unverbesserlichen alten Knacker wenigstens einigermaßen respektierten. Auch das ebenfalls verkleinerte Team-2 war in der Nähe, und John sah von fern Eddie Price vorauslaufen.

Eine halbe Stunde später duschte er sich wieder – zweimal in anderthalb Stunden eine Dusche zu nehmen, wäre ihm früher sonderbar erschienen, doch die kalte Weckdusche war ein Ritual, an dem er eisern festhielt, und verschwitzt wie er war, konnte er ohne eine zweite nicht ins Büro gehen. Danach zog er den »Chefanzug« an, begab sich ins Hauptquartier und schaute wie immer erst nach dem Faxgerät. Heute fand er eine Mitteilung des FBI vor, daß sich im Fall Seroff nichts Neues ergeben habe. Ein zweites Fax kündigte ihm ein Päckchen an, das heute von Whitehall eintreffen würde, ohne nähere Auskunft darüber, was es war. Na, das würde sich zeigen, dachte John Clark und stellte die Kaffeemaschine an.

Al Stanley betrat das Büro um kurz vor acht. Er war noch immer nicht vollkommen wiederhergestellt, hielt sich aber tapfer für einen Mann seines Alters. Bill Tawney kam nur zwei Minuten später; die Rainbow-Führungsriege konnte die Arbeit aufnehmen.

Das Telefon ließ ihn jäh hochschrecken. Popov tastete im Dunkeln nach dem Hörer, anfangs vergebens, schließlich bekam er ihn doch zu fassen.

»Halb vier Uhr morgens, Mr. Demetrius.«

»Ja. – Danke sehr«, murmelte Dmitrij Arkadejewitsch schläfrig, knipste das Licht an und schwang sich aus dem Bett. Auf einem Zettel neben seinem Telefon stand die Nummer, die er wählen mußte: Null-Eins-Eins-Vier-Vier …

Alice Foorgate kam heute ein wenig früher als sonst. Ihre Handtasche deponierte sie in der Schreibtischschublade und nahm Platz. Als erstes mußte sie die Notizen im Kalender durchgehen, um den heutigen Terminplan zu strukturieren. Ach ja, heute war Budgetkonferenz, wie sie feststellte. Nach der Mittagspause würde Mr. Clark wohl ziemlich übler Laune sein. Plötzlich wurde sie vom Schrillen des Telefons unterbrochen.

»Sagen Sie Mr. Clark, daß ich ihn sprechen möchte«, erklärte eine Stimme.

»Darf ich fragen, wer ...«

»Nein«, unterbrach sie die Stimme. »Dürfen Sie nicht.«

Die Sekretärin blinzelte verwundert. Fast hätte sie gesagt, daß sie unter solchen Umständen keine Anrufe weiterleiten könne, aber sie unterließ es. Es war zu früh am Morgen, um unhöflich zu sein. Statt dessen stellte sie den Anrufer in die Warteschleife und drückte einen anderen Knopf.

»Anruf für Sie auf Leitung eins, Sir!«

»Wer ist es denn?« wollte Clark wissen.

»Will er nicht sagen, Sir.«

»Meinetwegen«, grollte John. Er tippte die Eins. »Hier ist John Clark.«

»Guten Morgen, Mr. Clark«, meldete sich der anonyme Anrufer.

»Wer sind Sie?« fragte John.

»Wir haben einen gemeinsamen Bekannten. Er heißt Sean Grady.«

»Ja?« Clarks Hand umklammerte den Hörer; er stellte den angeschlossenen Kassettenrecorder auf AUFNAHME.

»Meinen Namen werden Sie daher als Joseph Andrejewitsch Seroff kennen. Wir sollten uns treffen, Mr. Clark.«

»Warum nicht«, gab John ungerührt zurück. »Mir soll's recht sein. Wie machen wir's?«

»Am besten heute noch, in New York. Nehmen Sie den Concorde-Flug 1 der British Airways zum JFK-Flughafen. Kommen Sie allein zum Eingang des Zoos im Central Park. Das rote Ziegelhäuschen, das wie eine Burg aussieht. Ich werde dort ab 11 Uhr warten. Sonst noch Fragen?«

»Ich denke nicht. Meinetwegen, elf Uhr vormittags New Yorker Zeit.«

»Danke sehr. Auf Wiederhören.« Er hatte eingehängt, und Clark drückte eine neue Taste.

»Alice? Bitte lassen Sie Bill und Alistair zu mir kommen, ja?«

Keine drei Minuten später traten sie ein. »Hört euch das mal an, Jungs«, schlug John vor und stellte den Kassettenrecorder an.

»Teufel nochmal«, staunte Bill Tawney und kam Al Stanley damit eine Sekunde zuvor. »Den Rainbow-Befehlshaber persönlich will er treffen? Aber warum?«

»Gibt nur eine Methode, es rauszufinden. Ich muß die Concorde nach New York nehmen. Al, könntest du Malloy alarmieren, daß er mich nach Heathrow bringt?«

»Du willst wirklich hin?« Stanley war fassungslos. Die Antwort lag auf der Hand.

»Und warum nicht? Auf diese Weise entgehe ich zumindest der Scheiß-Budgetkonferenz!«

»Mag ja sein, aber es kann gefährlich werden!«

»Ich lasse das FBI ein paar Leute hinter mir herschicken – und meine Freundin ist ja immer dabei!« setzte Clark hinzu, womit er seine .45er Beretta meinte. »Was soll's, wir haben es mit einem Profispion zu tun. Wahrscheinlich gefährdet er sich selbst mehr als ich mich, es sei denn, er hat eine ganz ausgekochte Intrige gegen mich ausgeheckt. Das würden wir rechtzeitig merken, glaube ich. Er will mich treffen. Da er Profi ist, heißt das, er hat mir etwas mitzuteilen – oder will mich was fragen, aber ich tippe auf das erstere.«

»Bin ganz Ihrer Meinung«, pflichtete Tawney bei.

»Irgendwelche Einwände?« Clark blickte sich im Kreis seiner Führungskollegen um. Niemand widersprach. Sie waren nicht weniger neugierig als er. Hoffentlich fand das Treffen unter scharfer Überwachung statt; für den FBI würde das nicht schwer sein.

Clark sah nach der Uhr. »Da drüben ist es jetzt kurz vor vier – und das Treffen soll heute noch sein. Ziemlich rasch also. Wozu die Hektik? Habt ihr eine Idee?«

»Möglicherweise will er uns klarmachen, daß er nichts mit dem Überfall auf das Krankenhaus zu tun hat. Sonst …?« Tawney schüttelte den Kopf.

»Der Terminplan wird trotzdem problematisch. Du mußt um 10 Uhr 30 starten, John«, merkte Stanley an, der den Flugplan durchblätterte, »und an der Ostküste ist es halb vier. Da sitzt noch keiner im Büro …«

»Dann werden wir sie eben wecken müssen.« Clark trat ans Telefon und tippte die Schnellwahltaste des FBI-Hauptquartiers. Er mußte lange klingeln lassen.

»FBI«, meldete sich schließlich eine ebenfalls anonyme Stimme.

»Ich muß sofort mit Chuck Baker von der Verbrechensbekämpfung sprechen.«

»Mr. Baker wird wohl kaum um diese Zeit im Haus sein …«

»Weiß ich. Dann versuchen Sie, ihn privat zu erreichen. Richten Sie ihm aus, daß John Clark ihn sprechen will!« Fast konnte er das *Leck mich* am anderen Ende hören, doch eine fremde Stimme, die sich ernsthafter anhörte, erteilte im Hintergrund einen Befehl, und dem wurde gehorcht.

Es dauerte keine Minute, bis sich eine weitere Stimme schlaftrunken meldete. »Ja bitte?«

»Chuck, hier ist John Clark. Im Seroff-Fall tut sich was.«

»Und das wäre?« *Und wieso zum Teufel kann das nicht bis morgen warten?* fügte der andere offensichtlich im stillen hinzu.

John holte zu einer Erklärung aus, die den Mann an der Ostküste hellwach werden ließ.

»Verstanden«, ergriff Baker anschließend das Wort. »Wir schicken ein paar Jungs aus der New Yorker Vertretung zum Flughafen, John.«

»Danke, Chuck. Tut mir leid, daß ich euch so früh schon Streß mache.«

»Macht nichts, John. Tschüß!«

Der Rest war ganz einfach. Malloy kam nach seinem Morgentraining ins Büro und rief bei seiner Crew an, die den Hubschrauber startklar machte. Sie waren nicht lange unterwegs. Das einzige Problem war das Einfädeln im ein- und ausfliegenden Flugverkehr, doch durfte der Hubschrauber am Reiseterminal landen. Ein Wagen des Bodenpersonals brachte John zur Schnellabfertigung, wo er zwanzig Minuten vor dem Start sein Ticket abholte. Auf diese Weise drückte er sich auch vor der Personenkontrolle und brauchte nicht zu erklären, weshalb er eine Schußwaffe mit sich führte – was in Großbritannien normalerweise die gleiche Wirkung hatte, als hätte er sich als hochgradig ansteckender Leprakranker erwiesen. Der Service war britisch-verschwenderisch, und John mußte ein Glas Champagner ablehnen, bevor er die Halle verließ. Dann wurde sein Flug ausgerufen, und Clark betrat die weltweit schnellste Maschine zum John F. Kennedy Flughafen, New York. Nach den üblichen Durchsagen des Flugkapitäns wurde das übergroße Flugzeug von einem Traktor aus dem Flugsteig gezogen. In weniger als vier Stunden würde John wieder in den Staaten sein. Der Luftverkehr hatte etwas Faszinierendes – und noch mehr freute er sich über das Päckchen auf dem Schoß, das ein Kurier vorhin in letzter Sekunde überbracht hatte. Die Personalakte eines gewissen Popov, Dmitrij Arkadejewitsch. Bestimmt ein dickes Dossier, soviel war klar, desto interessanter würde die Lektüre sein, wenn die Concorde abhob und Richtung Amerika flog. *Danke, Sergej Nikolajewitsch*, dachte John beim Durchblättern der Seiten. Es war die echte KGB-Akte, wie John feststellte. Einige der Fotokopien wiesen in der oberen linken Ecke winzige Löcher auf – sie stammten aus jenen Tagen, als der KGB noch Nadeln benutzte statt Heftklammern, um Seiten zusammenzuhalten, was man sich in den zwanziger Jahren vom britischen MI-6 abgeschaut hatte. Doch das war eine Nebensache, die nur Insider registrieren würden.

Clark hatte schon den halben Atlantikflug hinter sich, als Popov erneut wach wurde, diesmal, ohne geweckt zu werden. Es war Viertel nach sieben. Er bestellte sich Frühstück aufs Zimmer und bereitete sich mit einer gründlichen Dusche auf den Tag vor. Gegen Viertel nach acht verließ er das Hotelfoyer und suchte als erstes nach einem Herrenmodegeschäft, das schon offen hatte. Zunächst hatte er kein Glück, aber dann fand er eines, das pünktlich um neun seine Pforten öffnete. Dreißig Minuten später hatte er einen teuren, nicht gerade wie angegossen sitzenden grauen Anzug sowie Hemden und Krawatten gekauft. Er brachte alles ins Hotel, wo er sich umzog. Dann wurde es Zeit, in den Central Park zu gehen.

Das Gebäude am Eingang zum Central-Park-Zoo bot einen seltsamen Anblick. Es war aus Ziegeln errichtet und trug Zinnen auf dem Dach, als müsse es gegen eindringende Feinde verteidigt werden. Doch Teile der Fassade waren mit Fenstern durchbrochen, und das Zoohaus stand in einer Senke statt auf einem Hügel wie eine richtige Festung. US-Architekten hatten wohl ihre eigenen Vorstellungen vom Mittelalter, dachte Popov. Er schlenderte durch den Park und hielt Ausschau nach FBI-Agenten – oder Spionagekollegen vom CIA? Jedenfalls würde dieses Treffen mit Sicherheit überwacht werden. Ob man ihn verhaften würde? Dagegen war kein Kraut gewachsen. Jetzt würde sich zeigen, ob John Clark tatsächlich das Zeug zum Abwehragenten hatte. In dieser Branche gab es gewisse Regeln, und Clark mußte doch soviel Berufsethos aufbringen, daß er sich daran hielt. Das

Risiko lag zum größten Teil bei ihm selbst. Ob Clark das anerkannte, ließ sich nicht vorhersagen. Aber was in dieser Welt ließ sich schon vorhersagen!

Dr. Killgore kam zur gewohnten Stunde in die Cafeteria und war überrascht, seinen russischen Freund nicht anzutreffen. Auch von Foster Hunnicutt keine Spur. Na, vielleicht hatten die beiden verschlafen! Er trödelte zwanzig Minuten länger mit dem Frühstück als sonst, bevor er sich entschloß, trotzdem aufzubrechen und zum Pferdestall zu fahren. Dort erwartete ihn eine weitere Überraschung. Buttermilk und Jeremiah standen friedlich in der Koppel, beide weder gesattelt noch aufgezäumt. Killgore konnte nicht wissen, daß die beiden Pferde noch in der Nacht von selbst heimgekehrt waren. Neugierig brachte er sie in ihre Boxen, bevor er seinen eigenen Wallach sattelte. Er wartete noch eine Viertelstunde, ob seine Freunde nicht doch noch auftauchen würden, aber als sie nicht kamen, ritten er und Kirk MacLean zu ihrem gewohnten Morgenausflug nach Westen.

Die Tarnung war noch das Vergnüglichste an diesem Job, dachte Sullivan. Er war mit einem Firmenlieferwagen der Consolidated Edison unterwegs und trug blaue Arbeitskluft, die ihn als Handwerker kenntlich machte. Unter den häßlichen, gebauschten Klamotten hätte er ein Dutzend Waffen transportieren können, doch ihr Hauptvorteil lag darin, daß sie ihn praktisch unsichtbar machten. In diesem Aufzug liefen genug Leute durch die Straßen New Yorks, ohne daß sie jemals auffielen. Die verdeckte Überwachung war in großer Eile angeordnet worden, und nicht weniger als acht Agenten hatten sich bereits am Treffpunkt eingefunden. Jeder mit dem vergrößerten Paßbild des Subjekts versehen – wer weiß, wozu es gut war! Über Körpergewicht und Größe waren sie nämlich nicht orientiert, weshalb sie nach einem OWG Ausschau hielten, einem »ordinary white guy«. Von »gewöhnlichen Weißen« gab es in New York City allerdings mindestens drei Millionen.

Im Terminal wartete sein Partner Frank Chatham, noch in Anzug und Krawatte, an der Ausgangsrampe zu Flug 1 der British Airways. Seine Handwerkerkluft lag noch im Edison-Wagen, den Sullivan vor der Halle geparkt hatte. Sie wußten nicht mal, wer dieser Clark war, den sie so eilig abholen sollten, bloß daß Direktionsassistent Baker den Fall für verdammt wichtig hielt.

Das Flugzeug traf pünktlich ein. Clark, der auf Platz C-1 saß, stand auf und durfte als erster die Maschine verlassen. Die FBI-Eskorte an der Gangway erkannte er auf Anhieb.

»Warten Sie vielleicht auf mich?«

»Ihr Name, Sir?«

»John Clark. Chuck Baker hat Ihnen wohl schon ...«

»Hat er. Folgen Sie mir bitte.« Chatham führte ihn über eine Abkürzung nach draußen, mit der sie Zoll und Einwanderungsbehörde umgingen, und wieder einmal blieb John Clarks Paß beim Überschreiten einer Staatsgrenze ungestempelt. Der Edison-Wagen war ebenfalls nicht zu übersehen; ohne weitere Erklärungen abzuwarten, steuerte Clark gleich darauf zu und stieg ein.

»Hallo, ich bin John Clark«, grüßte er den Fahrer.

»Tom Sullivan. Und Frank kennen Sie ja schon.«

»Dann wollen wir mal los, Mr. Sullivan«, bat John.

»Sehr wohl, Sir.« Der Lieferwagen startete. Chatham saß hinten und streifte sich mühsam die blauen Klamotten über.

»Schießen Sie los, Sir. Was genau läuft hier ab?«

»Ich treffe einen Kerl.«

»Seroff?« fragte Sullivan, als er die Auffahrt zur Schnellstraße ansteuerte.

»Ja. Sein richtiger Name ist Popov. Dmitrij Arkadejewitsch Popov. Er war mal Offizier im alten KGB. Seine Personalakte habe ich während des Herflugs gelesen. Er war als Verbindungsmann zu diversen Terrorkommandos tätig. Hat vermutlich mehr Verbindungen als eure Telefonfirma herstellen kann!«

»Und der hat den Anschlag eingefädelt, bei dem ...«

»Genau.« John nickte vom Beifahrersitz herüber. »Der Anschlag, der meiner Frau und meiner Tochter galt. Sie waren die eigentlichen Ziele.«

»Scheiße!« Chatham pfiff durch die Zähne, während er den Reißverschluß seines Overalls schloß. *Das* hatten sie noch nicht gewußt. »Und mit diesem Typen wollen Sie sich treffen?«

»Dienst ist Dienst, Leute«, betonte John und fragte sich, ob er selber daran glaubte oder nicht.

»Und für wen arbeiten Sie?«

»Für den CIA – früher jedenfalls.«

»Woher kennen Sie dann unseren Mr. Baker?«

»Mein jetziger Job ist etwas anders gelagert. Da müssen wir mit dem Büro zusammenarbeiten. Hauptsächlich mit Gus Werner, doch in letzter Zeit habe ich auch häufig mit Baker zu tun.«

»Gehören Sie etwa zu dem Team, das die Ganoven im Krankenhaus drüben in England hopsgenommen hat?«

»Ich bin der Chef«, vertraute Clark ihnen an. »Aber das darf nicht weitergetragen werden, ist das klar?«

»Kein Problem«, gab Sullivan zurück.

»Arbeiten Sie am Fall Seroff?«

»Der liegt auch auf unserem Schreibtisch, ja.«

»Was konnten Sie über ihn ermitteln?«

»Wir haben sein Paßbild – ich nehme an, das hat man Ihnen schon geschickt.«

»Besser noch, ich habe das KGB-Foto. Das ist bestimmt besser als sein Paßbild; eine richtige Porträtaufnahme von vorn und im Profil, allerdings zehn Jahre alt. Was haben Sie sonst noch?«

»Bankkonto, Kreditkartenrechnungen, Postfach, aber noch immer keine Adresse. Daran arbeiten wir noch.«

»Weshalb wird er bei euch gesucht?« fragte John nach einer Weile.

»Verschwörung, hauptsächlich«, erklärte Sullivan. »Vorbereitung terroristischer Anschläge, in Tateinheit mit Beteiligung an illegalen Drogengeschäften. Diese Vorwürfe sind ziemlich breitgefächert, so daß wir sie in Fällen anwenden, in denen wir noch keine Ahnung haben, was dahintersteckt.«

»Können Sie ihn damit verhaften?«

»Aber klar. Auf der Stelle«, versicherte Chatham von hinten. »Wollen Sie, daß wir das tun?«

»Ich bin noch nicht sicher.« Clark rutschte auf dem unbequemen Sitz herum und sah, wie die Skyline von New York näherkam. Noch immer fragte er sich, was der Mann im Schilde führte. Er würde es früh genug herausfinden, tröstete er sich, aber neugierig war er schon auf das Arschloch, das bewaffnete Männer auf seine nächsten Angehörigen hetzte. Die Stadt, der sie sich näherten, begrüßte er mit grimmiger Miene, wovon die beiden anderen aber nichts bemerkten.

Popov glaubte, einige FBI-Männer gesehen zu haben, nicht zu vergessen zwei Streifenpolizisten in Uniform, die vielleicht auch zum Überwachungskommando zählten, das sich hier versammelte. Doch dagegen war nichts zu machen. Er mußte sich mit diesem Clark persönlich treffen. Das war jedoch nur an einem öffentlich zugänglichen Ort möglich, sonst hätte er sich gleich in die Höhle des Löwen wagen können, wozu Popov jedoch nicht bereit war. Hier gab es immerhin Auswege; er brauchte eigentlich nur südwärts zum U-Bahn-Eingang zu gehen und hinunterzurasen, um den nächstbesten Zug zu kriegen. Damit konnte er die meisten abschütteln und Zeit gewinnen, den blöden Anzug wegzuwerfen, sein Äußeres zu verändern und die Mütze aufzusetzen, die er in der Hosentasche trug. Er stellte sich vor, daß er eine reelle Chance hatte, sich einer Verhaftung zu entziehen, wenn er wollte, und daß ihn jemand auf der Flucht erschoß, war unwahrscheinlich, nicht mitten im Herzen der größten US-Metropole. Doch im Grunde lag seine ganze Hoffnung bei Clark. Wenn er so professionell war, wie Popov ihn einschätzte, kannte er sich mit den üblichen Geschäftspraktiken aus. Das mußte sein – für sie beide gab es schließlich keine andere Wahl. Immer wieder schärfte sich Dmitrij Arkadejewitsch das ein.

Der Lieferwagen überquerte den East River und kämpfte sich westwärts durch dichten Verkehr. John sah immer wieder auf die Uhr.

»Seien Sie unbesorgt, Sir. Wir sind zehn Minuten früher da«, versprach Sullivan.

»Gut so«, erwiderte John angespannt. Jetzt war es bald soweit, und er mußte sich möglichst zusammenreißen. Als leidenschaftlicher Mensch hatte sich John Terence Clark mehr als einmal im Einsatz von Gefühlen leiten lassen, was er sich jetzt auf gar keinen Fall erlauben durfte. Wer immer dieser Russe war, die Einladung zum Gespräch war von ihm ausgegangen, und dafür mußte es irgendeinen Grund geben. Welchen, das ließ sich jetzt noch nicht sagen, aber es würde ihm gewiß *sehr* ungewöhnliche Aufschlüsse bringen. Schon deshalb hatte er alle persönliche Verbitterung wegen früherer Anschläge, auch wenn sie seine eigene Familie betrafen, hintanzustellen. Bei dieser Unterredung war es sinnvoller, aalglatt und marmorkalt zu bleiben. Deshalb bemühte er sich schon jetzt auf dem Beifahrersitz des Edison-Lieferwagens, durchzuatmen und sich zu beruhigen. Schließlich ließ er sich doch von der Neugier übermannen. Der Russe konnte sich doch denken, daß Clark von seiner Drahtzieherrolle wußte, und *trotzdem* hatte er um ein Treffen gebeten, und zwar in aller Hast – da war doch etwas im Busch! John blickte wieder zur Uhr, als sie den Stau endlich hinter sich ließen und links in die Fifth Avenue einbogen. Sie waren vierzehn Minuten vor der Zeit da. Der Lieferwagen scherte links aus und hielt an. Clark stieg aus und lief über den belebten Bürgersteig in Richtung Süden, vorbei an Flohmarktständen und Second-Hand-Büchern, die auf Tapeziertischen ausgelegt waren. Hinter ihm rollte der Lieferwagen vorwärts und parkte dicht neben dem Zoohaus. Die FBI-Agenten stiegen aus und schleppten Tapeten mit sich; fast spielten sie ihre Handwerkerrolle ein bißchen *zu* deutlich. Dann wandte er sich nach rechts und ging treppab, bis er vor einem rötlichen Ziegelbau stehenblieb – so mochte man sich vor einhundert Jahren oder mehr eine Burg vorgestellt haben.

»Guten Morgen, John Clark«, murmelte eine Männerstimme direkt hinter ihm.

»Guten Morgen, Dmitrij Arkadejewitsch«, erwiderte John und ging weiter, ohne sich umzudrehen.

»Bravo!« In der Stimme schwang Anerkennung mit. »Meinen Glückwunsch, daß Sie einen meiner Namen aufgedeckt haben.«

»Wir haben gute Verbindungen zu Geheimdiensten«, fuhr John fort, noch immer vor ihm hergehend.

»Hatten Sie einen angenehmen Flug?«

»Es ging vor allem schnell. In der Concorde bin ich noch nie geflogen. Unangenehm war es nicht. Also, Dmitrij – was kann ich für Sie tun?«

»Zuallererst muß ich mich entschuldigen, meiner Kontakte zu Grady und seinen Leuten wegen.«

»Und was war mit den anderen Anschlägen?« Clark warf ihm den Köder hin, mehr spielerisch, aber er war in Spielerlaune.

»Die gingen Sie nicht direkt an, und es kam auch nur eine Person ums Leben.«

»Aber die war ein krankes kleines Mädchen«, stieß John ein wenig zu rasch hervor.

»Nein, mit der Worldpark-Angelegenheit habe ich nichts zu schaffen. Die Bank in Bern, und der Börsenmakler bei Wien, zugegeben – diese Aufträge habe ich vermittelt. Nicht die Sache im Vergnügungspark.«

»Sie bezichtigen sich damit selbst in drei Fällen der Anstiftung zu Terrorakten. Das ist ein Verbrechen.«

»Dessen bin ich mir durchaus bewußt«, gab der Russe trocken zurück.

»Und was kann ich nun für Sie tun?« fragte John erneut.

»Es könnte sein, daß ich etwas für Sie tun kann, Mr. Clark.«

»Und das wäre?« Er wandte sich noch immer nicht um. Aber ein halbes Dutzend FBI-Leute sahen ihnen zu, von denen einer vielleicht ein Richtmikrophon mit sich führte, um den Dialog festzuhalten. In seiner Eile hatte er nicht daran gedacht, in seinem Anzug einen Kassettenrecorder zu verstecken.

»Ich liefere Ihnen das Motiv für die Aktionen, Clark, und den Namen des Mannes, der die Fäden zieht. Es ist ziemlich ungeheuerlich. Ich bin erst gestern dahintergekommen, vor kaum vierundzwanzig Stunden, was er im Schilde führt.«

»Und worauf läuft das alles hinaus?« erkundigte sich John.

»Milliardenfachen Massenmord. Die Ausrottung der menschlichen Rasse.«

Jetzt blieb Clark stehen und drehte sich um. Die Porträtaufnahme in der KGB-Akte war gar nicht schlecht getroffen, wie er bemerkte. »Soll das ein Drehbuch werden für Hollywood?« fragte er kalt.

»Gestern war ich in Kansas, Mr. Clark. Dort erfuhr ich den eigentlichen Zweck dieses ›Projekts‹, wie sie es nennen. Den Mann, der es mir verriet, mußte ich erschießen, um zu entkommen. Der Tote heißt Foster Hunnicutt und war Jäger und Bergführer in Montana. Ich habe ihm mit seiner eigenen Waffe, einem .44er Colt, in die Brust geschossen. An der nächsten Fernstraße hielt ich einen Wagen an, der mich zum Regionalflugplatz brachte. Von dort flog ich nach Kansas City und nahm einen Anschlußflug nach New York. Vor knapp sieben Stunden habe ich Sie vom Hotel aus angerufen. Ich weiß, daß Sie mich jederzeit festnehmen können, Clark. Mit Sicherheit lassen Sie uns im Augenblick überwachen, vermutlich vom FBI«, erklärte er, als sie in die Gegend mit den Tierkäfigen kamen. »Sie brauchen also bloß zu winken, und ich werde verhaftet. Eben erst habe ich Ihnen den Namen des Mannes genannt, den ich erschossen habe, und den Ort, wo es geschah. Außerdem können sie mich wegen Anstiftung zu Terrorakten drankriegen, wahrscheinlich auch für Drogenschmuggel. Ich weiß das alles, und trotzdem habe ich Sie um dieses Treffen gebeten. Glauben Sie immer noch, daß ich mir mit Ihnen einen Scherz erlaube, John Clark?«

»Vielleicht nicht«, erwiderte Rainbow Six und musterte sein Gegenüber.

»Ausgezeichnet. In diesem Fall schlage ich vor, daß Sie uns zur örtlichen FBI-Vertretung bringen oder an einen anderen sicheren Ort, damit ich Ihnen ohne unliebsame Lauscher die nötigen Informationen geben kann. Ich verlange nur eins von Ihnen: Versprechen Sie mir, daß ich nicht festgehalten oder verhaftet werde!«

»Würden Sie mir das denn glauben?«

»Durchaus. Sie sind schließlich vom CIA und kennen die Spielregeln – oder etwa nicht?«

Clark nickte. »Gut, Sie haben mein Ehrenwort – wenn Sie mir die Wahrheit sagen!«

»Ich wünschte, es wäre nicht wahr, John Clark«, seufzte Popov. »Es wäre mir wirklich lieber, *Towarischtsch*.«

John starrte ihm tief in die Augen, und entdeckte Angst… nein, etwas anderes, das noch tiefer reichte als Angst. Dieser Kerl hatte ihn gerade *Genosse* genannt. Das wollte einiges heißen, besonders unter den gegebenen Umständen.

»Kommen Sie«, forderte John ihn auf, wandte sich um und ging mit ihm zur Fifth Avenue.

»Da ist unser Subjekt, Jungs!« erklärte eine weibliche Agentin über Sprechfunk. »Seroff, umzingelt von unseren Beobachtern, eingewickelt wie eine Weihnachtsgans. Augenblick mal! Sie machen kehrt, gehen nach Osten… zur Fifth Avenue!«

»Im Ernst?« fragte Frank Chatham. Dann sah er sie in aller Eile auf den geparkten Lieferwagen zukommen.

»Habt ihr einen sicheren Verhörraum in der Nähe?«

»Tja, äh – ja, haben wir, aber…«

»Bringt uns dorthin, sofort«, ordnete Clark an. »Eure Überwachungsaktion ist beendet. Einsteigen, Dmitrij!« Er schob die Seitentür auf.

Der Verhörraum lag keine zehn Häuserblocks weiter. Sullivan parkte den Lieferwagen, und zu viert betraten sie das Haus.

37

VERLÖSCHEN DER FLAMME

Die FBI-Wohnung lag in einem vierstöckigen Altbau. Vor Jahren hatte ihn ein dankbarer Immobilienhändler, dessen Sohn nach einer Entführung vom FBI wohlbehalten zurückgebracht wurde, dem Bund geschenkt. Gewöhnlich wurde er für Unterredungen mit UN-Diplomaten benutzt, die auf die eine oder andere Weise für die Regierung der Vereinigten Staaten arbeiteten. Hier hatte auch Arkadij Schewtschenko ausgepackt, der noch immer hochrangigste Überläufer der Sowjetunion. Nach außen unscheinbar, verfügte das Haus über ein subtiles Sicherheitssystem sowie drei Räume mit Abhörmöglichkeit und Einwegspiegeln, dazu die üblichen Tische und bequemere Stühle als üblich. Das Haus wurde rund um die Uhr betreut, gewöhnlich von einem Nachwuchsagenten der New Yorker FBI-Division, der als eine Art Hausmeister fungierte.

Chatham brachte ihn in den obersten Stock und bat Clark und Popov, im fensterlosen Verhörraum Platz zu nehmen. Ein Mikrophon stand bereit, das Tonbandgerät setzte sich in Bewegung. Hinter einem der Spiegel war auch eine laufende Kamera installiert, die eine Videokassette bespielte.

»Also los«, begann Clark und nannte Datum, Zeit und Ort des Verhörs. »Bei mir befindet sich Dmitrij Arkadejewitsch Popov, Oberst a. D. des ehemaligen sowjetischen KGB. Der Gegenstand seiner Aussage sind terroristische Aktivitäten auf internationaler Ebene. Mein Name ist John Clark, ich bin Agent der CIA, ferner befinden sich bei uns ...«

»Special Agent Tom Sullivan.«

»Und ...?«

»Special Agent Frank Chatham.«

»... von der New Yorker Vertretung des FBI. Dmitrij, beginnen Sie bitte mit Ihrer Aussage«, forderte John ihren Gast auf.

Popov war das alles unsäglich peinlich, und das merkte man auch in den ersten Minuten seines Berichts. Ungläubige Skepsis malte sich auf den Gesichtern der beiden FBI-Agenten, wenigstens in der ersten halben Stunde, bis er auf seine morgendlichen Ausritte in Kansas zu sprechen kam.

»MacLean? Wie lautet der Vorname?« fragte Sullivan.

»Kirk, wenn ich mich recht entsinne, oder Kurt?« zweifelte Popov. »Aber er fing mit einem ›K‹ an. Hunnicutt hat mir erzählt, er habe hier in New York Leute gekidnappt, die ihnen als Versuchstiere bei der Shiva-Krankheit dienten.«

»Verdammt«, ächzte Chatham, »und wie sah der Kerl aus?«

Popov lieferte eine äußerst korrekte Personenbeschreibung, bis hin zur Haarlänge und Augenfarbe.

»Wir kennen den Mann, Mr. Clark. Zweimal haben wir ihn in einer Vermißtensache besucht – es handelt sich um eine Mary Bannister. Und er kannte auch eine Frau namens Anne Pretloe, die unter ähnlich mysteriösen Umständen verschwunden ist. Scheiß der Hund drauf – und die sind ermordet worden, sagen Sie?«

»Nein, nicht ermordet. Sie starben einen qualvollen Tod als Versuchspersonen, starben an der Shiva-Krankheit, die in Sydney verbreitet werden soll.«

»Horizon Corporation … Da ist dieser MacLean auch angestellt. Jetzt ist er angeblich verreist, behaupten seine Kollegen.«

»Wenn Sie ihn suchen – er hält sich in Kansas auf.«

»Sie wissen nicht zufällig, wie *groß* dieser Konzern ist?« erkundigte sich Sullivan.

»Sehr groß jedenfalls«, unterbach Clark, der auf das Thema zurückkommen wollte. »Aber wie, meinen Sie, soll das Virus unter die Leute gebracht werden, Dmitrij?«

»Foster behauptet, es hängt mit der Klimaanlage im Olympiastadion zusammen. Das ist alles, was ich weiß.«

John dachte über die Olympiade nach. Für heute war der Marathonlauf angesetzt. Das war die letzte Disziplin vor der Abschlußfeier am Abend. Weiter kam er nicht, denn es mußte gehandelt werden, und zwar schnell. Er fand ein Telefon auf dem Nebentisch, hob den Hörer ab und wählte England an. »Geben Sie mir Stanley«, bat er Mrs. Foorgate.

»Alistair Stanley«, meldete sich sein Stellvertreter.

»Al, hier spricht John. Du mußt Ding auftreiben und ihm sagen, daß er mich direkt hier anrufen soll.« John las die Nummer von einem Etikett auf dem Apparat ab. »Und zwar umgehend – auf der Stelle, Al. Damit meine ich absolut sofort, Al.«

»Verstanden, John.«

Clark wartete laut Armbanduhr viereinhalb Minuten, bevor das Telefon klingelte.

»Du hast Glück, daß du mich noch erwischst, John. Ich war gerade schon angezogen zum Weggehen, um den Marathonlauf …«

»Halt den Mund und hör jetzt gut zu, Domingo …«, unterbrach Clark abrupt.

»Okay, John. Dann leg mal los«, erwiderte Chavez, der sich einen Notizblock bereitgelegt hatte. »Soll das dein Ernst sein?« fragte er nach ein paar Sekunden.

»Wir glauben, daß es stimmt, Ding.«

»Das klingt ja wie aus einem Horrorfilm!« Sollten sie gerade allesamt der Sendung *Vorsicht, Kamera* auf den Leim gehen? fragte sich Chavez. Was hatte er davon, wenn er da mitmachte?

»Rat mal, Ding, wer mir das erzählt hat. Er heißt Seroff, Joseph Andrejewitsch. Er sitzt gerade neben mir!«

»Ach nee! Äh – ich verstehe, Mr. C. Wann soll das Ganze denn losgehen?«

»Ungefähr mit Beginn der Schlußzeremonie. Ist außerdem noch was anderes geplant heute, vom Marathon abgesehen?«

»Nein, das ist der letzte größere Wettkampf. Eigentlich ist nicht mehr viel los bis zum Ende der Spiele. Wir erwarten, daß sich die Arena gegen fünf Uhr nachmittags füllt, und dann wird die allgemeine Siegerehrung stattfinden, bevor alle den Heimweg antreten.« *Einschließlich mir*, hatte er gehofft, was er jetzt freilich lieber verschwieg.

»Jetzt weißt du, was sie vorhaben, Ding.«

»Und ich soll sie aufhalten?«

»Genau. Aber mach zu! Meine Nummer hast du. Hier bin ich den ganzen Tag auf der STU-4-Sicherheitsleitung zu erreichen. Von jetzt an müssen alle Gespräche verschlüsselt werden, ist das klar?«

»Verstanden. Ich muß jetzt los, John.«

»Beeil dich!« hörte er am anderen Ende. »Bis dann!«

Chavez legte auf und überlegte, wie er es anfangen sollte. Erst mußte er sein Team versammeln. Sie waren alle im selben Stockwerk untergebracht; er trat in den Flur hinaus, klopfte an ihre Türen und rief seine Leute zur Lagebesprechung in seine Suite.

»Paßt auf, Leute, heute kriegen wir was zu tun. Ich berichte mal, worum es geht …« Fünf Minuten brauchte er, um die unglaubliche Geschichte zu berichten.

»Herrje!« rief Tomlinson stellvertretend für alle. Die Story kam ihnen unglaubwürdig vor, aber sie setzten Vertrauen in den Kommandanten und waren gewohnt, auch unverständlichen Befehlen zu gehorchen.

»Als erstes müssen wir den Kontrollraum für die Nebelsprühanlage finden. Wenn wir dort sind, stellen wir jemanden zur Bewachung ab. In Wechselschichten, würde ich sagen. George und Homer, ihr fangt an, danach lösen euch Mike und ich ab. Zwei Stunden jeweils drinnen und draußen. Und über Sprechfunk sind wir alle jederzeit erreichbar. Ihr seid autorisiert, Gewalt anzuwenden, Leute.«

Auch Noonan vom FBI hatte der Konferenz beigewohnt. »Das Ganze klingt doch vollkommen absurd, Ding.«

»Ich weiß, Tim. Aber wir müssen der Sache trotzdem nachgehen.«

»Wenn's sein muß, Mann!«

»Los jetzt, Leute!« befahl Ding und erhob sich.

»Der Tag ist gekommen«, begrüßte John Brightling seine Ex-Frau. »Nur noch zehn Stunden, und wir sind am Ziel. Das Projekt kann beginnen!«

Sie setzte Jiggs am Boden ab und warf sich in seine Arme. »Ach, John!«

»Ich weiß, mein Schatz«, tröstete er. »Es war eine lange Zeit. Ohne dich hätte ich es nie ausgehalten.«

Auch Henriksen war zugegen und räusperte sich. »Ich hab vor zwanzig Minuten mit Wil Gearing telefoniert, Leute. Er hängt den Shiva-Behälter kurz vor Beginn der Schlußfeier ins Kühlsystem. Das Wetter ist ganz auf unserer Seite. Es wird wieder ein heißer Tag sein in Sydney, die Temperatur soll bis auf 38 Grad steigen. Die Leute werden förmlich danach lechzen, in den Bereich der Sprühanlage zu kommen.«

»Und tief aus- und einatmen«, bestätigte Dr. John Brightling. Auch das war eine Methode, übermäßige Hitze loszuwerden.

Chavez war jetzt im Stadion und spürte bereits den Hitzestau zwischen den Betonmauern. Es würde ihn nicht wundern, wenn heute mehrere Marathonläufer mit Hitzschlag auf der Strecke blieben. Global Security, deren Mitarbeiter er flüchtig kennengelernt hatte, war also am Anschlag beteiligt. Er fragte sich, ob ihm nach den zwei kurzen

Besprechungen, denen sie beigewohnt hatten, ihre Gesichter noch gegenwärtig waren. Doch zuallererst mußte er Oberst Wilkerson sprechen. Fünf Minuten später hatte er ihn in der Zentrale entdeckt.

»Tag, Major Chavez.«

»Hallo, Frank. Ich hätte da eine Frage.«

»Schießen Sie los, Ding!«

»Die Nebelkühlung. Wo kommt sie her?«

»Die Pumpenkammer liegt in Abschnitt fünf. Gleich links neben der Rampe.«

»Wie komm ich da rein?«

»Mit einem Schlüssel und dem Alarmcode von mir. Wieso, mein Lieber?«

»Tja, äh – ich wollte mir das mal ansehen.«

»Stimmt irgendwas nicht, Ding?« wollte Wilkerson wissen.

»Vielleicht. Mir ist da was eingefallen«, erklärte Chavez und suchte fieberhaft nach einer Notlüge. »Was wäre, wenn jemand die Anlage benutzt, um ein chemisches Gift zu versprühen? Ich finde, da sollten wir ...«

»Mal nachprüfen? Da ist euch einer von den Global-Typen längst zuvorgekommen, mein Lieber. Der hat sich die ganze Anlage zeigen lassen. Hatte dieselbe Idee wie Sie, bloß ein bißchen früher!«

»Hm – darf ich noch mal nachchecken?«

»Aber wieso?«

»Nennen Sie's Paranoia«, schlug Chavez vor.

»Wird wohl so sein.« Wilkerson erhob sich von seinem Sessel und nahm den passenden Schlüssel vom Brett an der Wand. »Der Alarmcode ist Eins-Eins-Drei-Drei-Sechs-Sechs.«

Elf dreiunddreißig sechsundsechzig, memorierte Ding. »Gut. Vielen Dank, Oberst!«

»War mir ein Vergnügen, Major«, gab der SAS-Mann zurück.

Chavez verließ die Zentrale und kehrte zu seinen Leuten draußen zurück; in aller Eile begaben sie sich wieder ins Stadion.

»Hast du denen von dem Verdacht erzählt?« fragte Noonan.

Chavez schüttelte den Kopf. »Ich war vom Chef nicht dazu autorisiert. John erwartet, daß wir mit der Sache selbst fertigwerden.«

»Und wenn unsere Freunde bewaffnet sind?«

»Tja, Tim – wir *dürfen* gewaltsam vorgehen, vergiß das nicht!«

»Könnte Ärger geben«, warnte der FBI-Agent, der sich Sorgen

wegen der Landesgesetze und der australischen Rechtsprechung machte.

»Kann schon sein. Wir müssen unser Gehirn anstrengen, okay? Das können wir doch auch, meine ich.«

Kirk MacLeans Aufgabe im Projekt bestand darin, die Versorgungssysteme im Auge zu behalten, hauptsächlich Klimaanlage und Überdrucksystem, von dessen Einrichtung er nicht allzuviel hielt. Schließlich hatten alle, die sich im Innern des Gebäudes aufhielten, ihre B-Impfung erhalten: daher war nichts zu befürchten, selbst wenn Shiva wirklich eindringen sollte. Aber er nahm an, daß John Brightling in seiner Vorsorge eher mehr als genug tun wollte. Ihm sollte es recht sein – MacLeans tägliche Arbeit war auf ein Minimum reduziert. Hauptsächlich mußte er im Zentrum der Anlage Zahlenwerte ablesen und Meßinstrumente prüfen. Anschließend hatte er immer Lust auf einen kleinen Ausritt. Er ging ins Transportbüro und holte sich die Schlüssel für einen der Brummis, mit dem er zu den Stallungen fuhr. Zwanzig Minuten später hatte er sein Quarterpferd gesattelt und war nach Norden aufgebrochen. Im leichten Trab durchquerte er die grasbewachsenen Ebenen, kam über die Schneisen, die von den Traktoren in den Weizenfeldern hinterlassen wurden, nahm sich Zeit, als er eine der Präriehund-Städte überquerte, und näherte sich schließlich der Schnellstraße, die den Nordrand des Projektgeländes bildete. Vierzig Minuten, nachdem er aufgebrochen war, stieß er auf etwas Ungewöhnliches.

Wie in jeder ländlichen Gegend Amerikas war hier der Bussard heimisch. Im Volksmund nannte man ihn Truthahn-Bussard, was nichts mit seiner Artreinheit zu tun hatte, und nahebei schien ein ganzer Schwarm davon zu nisten. Es waren große Vögel, die sich von Aasfleisch ernährten; leicht erkennbar an ihrer Größe und ihrem häßlichen Äußeren: schwarzes Gefieder, rötlich-nackte Schädel und große, kräftige Schnäbel, mit denen sie tote Tiere zerhacken konnten. Sie waren die Müllabfuhr oder, wie manche es ausdrückten, Leichenbitter der Natur und nahmen daher eine in der Ökologie wichtige, wenn auch widerliche Funktion ein. Etwa sechs von ihnen sah MacLean über einer Grasnarbe kreisen, die drüben im Nordosten lag. Sechs waren eine ganze Menge, aber es mußten noch mehr sein; im Gras sah er trotz der Entfernung viele der schwarzen Schatten aufflattern. Dort war gewiß ein größeres Tier krepiert, das sie mit sichtlichem Behagen vertilgten.

Bussards sind scheue, vorsichtige Vögel. Durch ihr beständiges Kreisen und Beäugen vergewisserten sie sich, ob das, was sie von oben entdeckt oder gerochen hatten, auch tatsächlich tot war und nicht etwa aufspringen und sie reißen konnte, wenn sie sich zum Fraß niederließen. Vögel sind die empfindlichsten Kreaturen überhaupt; für den Aufenthalt in luftiger Höhe geschaffen, mußten sie stets in perfekter Flugkondition bleiben, um zu überleben.

Doch was fraßen sie dort? wunderte sich MacLean und lenkte sein Pferd hinüber, in langsamem Trab, um die Vögel nicht mehr aufzuscheuchen als nötig. Ob sie sich vor einem berittenen Menschen fürchteten? Er wußte es nicht, nahm sich aber vor, sich über dieses nebensächliche Detail der Fauna zu informieren.

Was immer es war, es mußte ihnen schmecken, wie er fünf Minuten später feststellte. Es war ein häßlicher Vorgang, wenn auch nicht viel anders als das Verzehren eines Hamburgers, wenigstens was das Schicksal des Rinds anging. Aber so war's nun mal in der Natur bestellt. Bussarde schlangen das Aas hinunter und verarbeiteten das Protein, ihre Exkremente kehrten als Dünger in den Boden zurück, womit die Nahrungskette wieder geschlossen war im endlosen Kreislauf des Lebens und Sterbens und Lebens … Noch aus dreißig Metern Entfernung konnte er kaum erkennen, worum sie sich zankten, so groß war der Schwarm. Bestimmt war es ein Hirsch oder eine Antilope, wie er aus ihrer großen Anzahl und den immer wieder auf und ab nickenden Köpfen schloß. Kirk fragte sich, welchen Todes die Antilope, der die natürlichen Feinde noch fehlten, wohl gestorben sein mochte. Herzattacke? Gehirnschlag? Eine Verletzung? Einer der Mediziner des Projekts konnte sie vielleicht obduzieren – wenn sie den Bussards zuvorkamen, verstand sich, die sonst alle Beweise zu vernichten pflegten. Doch zwanzig Schritte vor dem Ziel hielt er plötzlich inne. Was immer die Vögel da fraßen, hatte offenbar ein Baumwollhemd getragen. Jetzt drängte er sein Pferd weiter, und plötzlich wurde er bemerkt. Häßliche nackte Köpfe mit grausamen Knopfaugen fuhren herum, dann hüpften die Vögel ein paar Meter beiseite, um sich endlich mit klatschendem Flügelschlag in die Lüfte zu schwingen.

»Ach du Scheiße!« stieß MacLean leise hervor, als er näherkam. Der Hals war aufgerissen, Teile der Wirbelsäule lagen offen, an vielen Stellen waren die Kleider von scharfen Schnäbeln zerfetzt. Das Gesicht war vollkommen zerstört, die Augen fehlten ebenso wie große Teile der Haut und des Fleischs, nur die behaarte Stelle des Schädels war noch einigermaßen intakt, und …

»Herr im Himmel … Foster? Was ist mit dir passiert, Mann?« Als er endlich vor ihm stand, sah er den winzigen roten Kreis mitten im dunkelrot getränkten Hemd. MacLean brauchte nicht vom Pferd abzusteigen. Ein Mensch war tot, und mit Sicherheit erschossen worden. Kirk blickte sich um und entdeckte ganz in der Nähe Hufspuren von einem oder zwei Pferden … eher zwei, wie er glaubte. Zögernd wandte er sich ab, dann gab er dem Pferd die Sporen und galoppierte so rasch wie möglich zu den Stallungen zurück. Eine Viertelstunde brauchte er für den Weg; der scharfe Ritt erschöpfte sein Quarterpferd vollkommen. Zitternd saß er ab, sprang in seinen Brummi und fuhr los, um Killgore zu berichten.

An der Kammer selbst konnte Chavez nichts Auffälliges finden. Röhren aus Stahl und Plastik, eine ständig laufende Motorpumpe, die vorhin erst über eine Zeitschaltuhr das Kühlsystem in Gang gesetzt hatte. Chavez erster Gedanke war: *Was mache ich, wenn das Virus bereits drinsteckt – gerade erst bin ich durch den Nebel gelaufen – und wenn ich das verdammte Giftzeug dabei eingeatmet habe?*

Doch hier stand er nun mal, und wenn es der Fall war … Aber nein, John hatte ihm versichert, die Verseuchung solle erst viel später am Abend beginnen, und daß der Russe genau wisse, wie es vonstatten gehen würde. Auf Nachrichtendienstler mußte man vertrauen; ihre Informationen konnten in seinem Beruf über Tod und Leben entscheiden

Noonan bückte sich, um den Chlorbehälter über dem Verteilerstutzen zu inspizieren. »Sieht aus wie ein Industrieprodukt, Ding«, bemerkte der FBI-Agent, was immer das heißen mochte. »Hab schon kapiert, wie sie ihn auswechseln wollen. Erstmal alles abstellen« – er deutete auf den Motor –, »das Ventil schließen und den Behälter mit einer Rohrzange abschrauben, da drüben hängt eine an der Wand! Dann wird der Ersatzbehälter aufgeschraubt, das Ventil geöffnet und die Pumpe wieder angestellt. In dreißig Sekunden ist alles erledigt, eher weniger. Die sind ruck-zuck wieder draußen.«

»Und wenn es schon geschehen ist?« zweifelte Chavez.

»Dann sind wir alle am Arsch«, gab Noonan zurück. »Wollen hoffen, eure Informationen sind hieb- und stichfest, Partner!«

Im Nebel draußen schwang, wie Chavez glaubte, ein leichter Chlorgeruch mit, der an amerikanisches Leitungswasser erinnerte. Chlor wurde doch benutzt, weil es Bakterien abtötete. War es nicht das einzige Element außer Sauerstoff, das Oxydation begünstigte? Chavez hatte das irgendwo mal gelesen.

»Was hältst du davon, Tim?«

»Ich denke, es reimt sich schon irgendwie zusammen, aber einen solchen Plan umzusetzen, wäre doch reiner Irrsinn, und dann ... Sag mal, Ding, wer zum Teufel würde so etwas tun? Und *warum*, um alles in der Welt?«

»Das werden wir früh genug rausfinden, nehme ich an. Fürs erste müssen wir die Anlage überwachen, als wär sie das wertvollste Spielzeug der Welt. – Na denn«, wandte sich Ding an seine Männer, »George und Homer, ihr rührt euch hier nicht von der Stelle! Wenn ihr pinkeln müßt, meinetwegen auf den Boden.« Er zeigte in die Ecke, wo ein Abfluß eingelassen war. »Mike und ich kümmern uns draußen um alles. Tim bleibt in der Nähe. Wir haben unseren Sprechfunk, darüber können wir uns verständigen. Zwei Stunden hält jede Gruppe abwechselnd Wache, aber niemand entfernt sich mehr als zehn Schritte von hier, ist das klar?«

»Eine Frage, Chef«, meldete sich Sergeant Tomlinson zu Wort. »Wenn einer hier eindringen will, was dann ...?«

»Dann werdet ihr ihn daran hindern, egal wie! Und gebt einen Rundspruch an alle durch.«

»Verstanden, Chef«, bestätigte George, und Homer Johnston nickte ebenfalls.

Chavez und die anderen beiden kehrten ins Freie zurück. Die Arena begann, sich zu füllen; niemand wollte den Start des Marathons verpassen ... und was dann? fragte sich Ding. Einfach dasitzen und drei Stunden warten? Nein, höchstens zweieinhalb. Das war doch die übliche Laufzeit der Champions? Rund zweiundvierzig Kilometer; für einen Mann – oder eine Frau – eine verdammt lange Strecke, die er sich selbst nicht zutraute. Er, Pierce und Noonan begaben sich auf eine der Rampen und verfolgten auf den über ihnen hängenden Bildschirmen das Geschehen.

Inzwischen hatte sich eine Menschentraube rund um die Läufer am Startpunkt versammelt. Der Fernsehsprecher nannte die Favoriten, einige wurden mit eingeblendeten Nahaufnahmen und Kurzbiographien vorgestellt. Man diskutierte, wie das Rennen ausgehen mochte, wer die meisten Chancen hatte; Wetten wurden abgeschlossen. Eine Menge Leute setzten auf einen kräftigen Kenianer, obwohl auch der US-Läufer das Zeug zum Sieger zu haben schien. Im vergangenen Jahr hatte er beim Marathon in Boston um eine halbe Minute – eine ansehnliche Spanne für Rennen dieser Art – den dreißigjährigen Holländer geschlagen, der hier als Geheimtip galt. Mit dreißig noch Teilnehmer bei der Olympiade? Vor soviel Courage hatte Chavez Respekt.

»Kommandant an Tomlinson«, meldete sich Chavez über Sprechfunk.

»Ich bin hier, Kommandant. Bisher nichts zu hören, vom Stampfen der verdammten Pumpe abgesehen. Wenn mir irgendwas Ungewöhnliches auffällt, melde ich mich wieder. Ende.«

»Okay. Kommandant Ende.«

»Und was machen wir jetzt?« erkundigte sich Mike Pierce.

»Warten. Dumm in der Gegend herumstehen und warten.«

»Wie du meinst, Chef.« Warten hatten sie gelernt als Soldaten, obwohl es keinem von ihnen besonders zusagte.

»Um Himmels willen«, entfuhr es Killgore. »Sind Sie sicher?«

»Wollen Sie erst mit mir rausfahren und nachsehen?« empörte sich MacLean. Dann fiel ihm plötzlich ein, daß sie das ohnehin tun mußten, um die Leiche würdig zu bestatten. Jetzt begriff MacLean die strengen Begräbnisvorschriften des Wilden Westens. Es war schlimm genug, zu sehen, wie ein Geier das verendete Vieh ausweidete. Derselbe Anblick war bei einem menschlichen Wesen, Naturfreund oder nicht, kaum zu ertragen.

»Erschossen, sagen Sie?«

»Sah ganz danach aus.«

»Unfaßbar.« Killgore nahm den Hörer ab. »Bill, hier ist John Killgore. Kommen Sie bitte sofort ins Foyer am Haupteingang. Wir hätten da ein Problem, Sie verstehen? Bis gleich.« Der Mediziner legte auf und erhob sich. »Kommen Sie mit«, forderte er MacLean auf.

Zwei Minuten nach ihnen traf Henriksen im Foyer ein, und gemeinsam fuhren sie im Brummi nach Norden an die Stelle, wo Hunnicutts Leiche lag. Wieder mußten sie die Bussarde aufscheuchen, dann trat Henriksen als ehemaliger FBI-Ermittler vor, um sich die Sache anzusehen. Der abscheuliche Anblick übertraf alles, was er in seiner Laufbahn als Ordnungshüter je gesehen hatte.

»Erschossen wurde er, soviel steht fest«, erklärte er nach einer Weile. »Großkalibrige Kugel, direkt in die Herzgegend.« Hunnicutt dürfte von dem Schuß überrascht worden sein, dachte er, obwohl man seinen Gesichtsausdruck beim besten Willen nicht mehr erkennen konnte. Ameisen hatten sich auch schon gütlich getan, wie man sah. Verdammt noch mal, dachte Henriksen, der Mann würde ihm fehlen. Bei den Vorkehrungen, die in der Hauptphase des Projekts zur Verteidigung zu treffen waren, hatte er sich ganz auf ihn verlassen. Jemand hatte eines der wichtigsten Führungsmitglieder ermordet. Aber wer?

»Mit wem war Foster befreundet?« fragte Bill.

»Mark Waterhouse ... wir beide ... und der Russe!« zählte MacLean auf. »Sonst sind wir immer zusammen ausgeritten.«

»Moment mal«, fiel Killgore ein, »ihre Pferde waren heute früh draußen. Jeremiah und Buttermilk standen beide in der Koppel. Aber ohne Sättel, und ...«

»Hier liegen Sattel und Zaumzeug!« rief Henriksen, der ein paar Meter weitergegangen war. »Also hat jemand Hunnicutt erschossen und seinen Gaul abgesattelt ... Deshalb ist wohl auch keinem das reiterlose Pferd aufgefallen! Hier ist ein Mord geschehen, Leute. Wir sollten diesen Popov sofort aufsuchen. Ich glaube, den muß ich mir vorknöpfen. Weiß jemand, wo ich ihn finde?«

»Beim Frühstück heute morgen war er nicht«, wunderte sich Killgore. »Sonst war er immer der erste. Seit einer Woche sitzen wir bei Tisch zusammen, deshalb sind wir auch gemeinsam ausgeritten. Ihm gefiel das.«

»Stimmt«, bestätigte MacLean. »Mir hat er das auch gesagt. Glauben Sie etwa, er ...«

»Vorläufig glaube ich noch gar nichts. Dann laßt uns das, was von dem Mann hier noch übrig ist, ins Auto legen. Können Sie ihn obduzieren, John?«

Seinen toten Kollegen? *Das* ließ den Mediziner nun doch nicht kalt. Er stimmte aber zu. »Dürfte nicht allzu schwierig sein, Bill.«

»Also los. Faßt mal an den Beinen an«, forderte Bill die anderen auf und vermied es, die Stellen zu berühren, die von den Bussards zerhackt waren.

Zwanzig Minuten später betraten sie wieder den Wohnturm. Henriksen begab sich sofort in den vierten Stock und verschaffte sich mit seinem Passepartout Einlaß in Popovs Zimmer. Auf den ersten Blick war nichts zu erkenenn. Das Bett war unberührt. Einen Verdächtigen hatte er, bloß kein Motiv. Möglich, daß Popov auf Hunnicutt geschossen hatte. Aber weshalb? Und wo hielt sich der verdammte russische Bastard versteckt?

Eine gute halbe Stunde lang suchten sie alles ab. Der Russe war nirgends zu finden. Kein Wunder, auch sein Pferd hatte Dr. Killgore am Morgen im Freien angetroffen. Popov hatte Hunnicutt getötet und das Weite gesucht, dachte der ehemalige FBI-Mann. Aber wohin konnte er fliehen? Hier war doch weit und breit nichts... Vielleicht war er zur Schnellstraße geritten, hatte ein Auto angehalten oder den nächsten Bus genommen. Zum Regionalflughafen waren es rund vierzig Kilometer. Von da aus konnte er längst nach Australien unterwegs sein, wie Henriksen einsehen mußte. Aber warum sollte er so etwas Unsinniges tun?

»John?« fragte er Killgore. »Was hat Popov gewußt?«

»Was meinen Sie damit?«

»Wieviel wußte er von unserem Projekt?«

»Nicht allzuviel. Brightling hatte ihn nie richtig informiert, oder?«

»Nein. Und was wußte Hunnicutt?«

»Menschenskind, Bill – der wußte alles.«

»Dann nehmen wir mal an, daß Popov und Hunnicutt gestern abend noch zusammen ausgeritten sind. Am anderen Morgen ist Hunnicutt tot und Popov spurlos verschwunden. Ergibt sich die Frage, ob Hunnicutt ihm erzählt hat, worauf das Projekt hinausläuft...«

»Könnte gut sein, ja!« bestätigte Killgore.

»Popov erfährt alles, bringt Fosters Revolver an sich, erschießt ihn und macht sich aus dem Staub.«

»Herrgott noch mal – Sie glauben doch nicht...«

»Doch. Er *könnte* es versuchen. Jeder könnte das!«

»Aber wir haben ihm doch das B-Serum verabreicht. Ich selbst hab' ihn geimpft!«

»Ach, so ist das«, murmelte Bill. *Ach du Scheiße!* durchfuhr es ihn. *Wil Gearing soll ausgerechnet heute in Sydney Phase Eins einleiten!* Wie hatte er das vergessen können! Er mußte umgehend mit Brightling sprechen.

Das Ehepaar Brightling hatte bereits die Penthouse-Suite bezogen, die im obersten Stock des Wohnturms lag. Von hier aus war die Zufahrtsstraße gut zu übersehen, auf der mittlerweile vier Gulfstream-V-Firmenjets bereitstanden. Die Neuigkeit, die Henriksen ihnen brachte, war für alle ein Schock.

»Kann uns das gefährlich werden?« fragte John.

»Wenn wir Pech haben, schon«, gestand Henriksen.

»Wie lange noch, bis ...«

»Knapp vier Stunden«, erwiderte der ehemalige FBI-Mann.

»Weiß er das auch?«

»Möglich ist es, aber ganz sicher bin ich mir nicht.«

»An wen wird er sich wenden?« fragte Carol Brightling.

»Verdammt, woher soll ich das wissen? An den CIA vielleicht, ans FBI – Popov ist gelernter Spion. Wenn ich an seiner Stelle wäre, würde ich zur russischen Botschaft in Washington gehen und den *rezident* informieren. Dort wird man ihm am ehesten Glauben schenken. Aber die Bürokratien mahlen langsam, und die unterschiedlichen Zeitzonen sind günstig für uns. Schnell geht es *nie* bei den Russen, Carol. Sie werden allein mehrere Stunden brauchen, um zu kapieren, was er ihnen mitteilen will.«

»Okay. Wir verfahren also nach Plan?« wollte John Brightling wissen.

Henriksen nickte. »Das wär wohl das beste. Soll ich Wil anrufen und ihn vorwarnen?«

»Können wir *ihm* trauen?« zweifelte John.

»Ich glaube schon – beziehungsweise, verdammt, ja! Er ist jetzt vier Jahre bei uns, Leute. Er *gehört* zum Projekt. Könnten wir uns auf ihn nicht verlassen, dann säßen wir alle längst hinter Schwedischen Gardinen. Er weiß von den Menschenversuchen in Binghamton, und da ist uns auch niemand auf die Schliche gekommen, oder?«

John Brightling lehnte sich im Sessel zurück. »Du meinst also, wir brauchten uns nicht aufzuregen?«

»Doch. Schon«, nickte Henriksen kurzentschlossen. »Hört mal, selbst wenn alle Stricke reißen, sind wir hier sicher, nicht wahr? Wir entwickeln einfach B-Serum statt der A-Variante und gelten fortan als Wohltäter der Menschheit. Die Spur der Vermißten kann niemand bis zu uns verfolgen, es sei denn, jemand dreht durch und verplappert sich. Aber auch damit werden wir fertig. Es gibt keinerlei Beweise dafür, daß wir uns irgendwas haben zuschulden kommen lassen – wenigstens keine, die wir nicht binnen weniger Minuten restlos zunichte machen könnten, oder?«

Diesen Aspekt ihres Vorhabens hatten sie gründlich durchdacht. Sämtliche Shiva-Virusbehälter waren hier und in Binghamton so untergebracht, daß es keine zwei Minuten Fußweg zum Brennofen waren. Die Leichen der Versuchspersonen waren längst Asche im Wind. Es *gab* einige Eingeweihte, die von dem Geschehen wußten, doch zur Polizei zu gehen hätte geheißen, sich selbst der Mittäterschaft an einem Massenmord zu bezichtigen. Und für jeden standen Anwälte bereit, die sie vor möglichen Befragungen abschirmen würden. Trotzdem lagen einige schwierige Wochen vor ihnen, aber das war unvermeidlich.

»Gut.« John Brightling wandte sich zu seiner Frau um. Für diesen Augenblick hatten sie hart arbeiten müssen, zu hart und zu lange, um in letzter Sekunde alles aufzugeben. Sie hatten ihre Trennung erduldet, viel Zeit und riesige Geldsummen investiert, der Natur zuliebe, die sie beide verehrten. Nein, es gab kein Zurück mehr. Und wenn der Russe auspackte – vor wem, konnte man nur spekulieren –, selbst dann konnten auch diejenigen das Projekt nicht mehr rechtzeitig aufhalten, denen er es verriet. Das war ausgeschlossen. Der Wissenschaftler und Ehemann bedachte seine Frau, ebenfalls Wissenschaftlerin, mit liebevollen Blicken. Dann wandten sie sich dem Sicherheitsbeauftragten zu.

»Sag Gearing, es kann losgehen, Bill.«

»Okay, John.« Henriksen erhob sich und kehrte in sein Büro zurück.

»Keine besonderen Vorkommnisse«, bestätigte Oberst Gearing am Telefon.

»Dann ist ja alles klar. Sie können loslegen wie geplant. Und rufen Sie an, wenn das Teufelszeug pünktlich verteilt ist.«

»Alles klar.« Wil Gearing grinste. »Soll ich sonst noch was machen? Ich hab nämlich auch noch was vor, müssen Sie wissen.«

»Und das wäre?« fragte Henriksen argwöhnisch.

»Ich fliege morgen in den Norden und geh ein paar Tage am Great Barrier Reef tauchen.«

»Ach so! Dann passen Sie mal auf, daß Sie nicht von den Haien geschluckt werden.«

»Mach ich!« kam es lachend zurück, und der andere legte auf.

Das wär's, dachte Bill Henriksen. *Damit ist die Sache besiegelt.* Auf Gearing konnte er sich hundertprozentig verlassen, soviel stand fest. Nachdem er ein Leben lang Gift in der Umwelt verstreut hatte, war er zu ihnen gekommen und kannte natürlich auch die anderen Vorhaben des Projekts. Wenn er sie irgendwo verpfiffen hätte, wären sie nie so weit gekommen. Wohler wäre ihm allerdings gewesen, wenn sich der Russe nicht verdünnisiert hätte, aber was sollte man machen? Der Polizei den Mord an Hunnicutt melden und ihnen Popov/Seroff als mutmaßlichen Mörder aufschwatzen? Lohnte das den Aufwand? Wo lagen die möglichen Nachteile? Popov konnte natürlich auspacken, sagen, was er wußte – wie wenig oder wieviel es auch sein mochte. Aber wie würde ihn die Polente einschätzen? Als ehemaliger KGB-Spion, der sich merkwürdig verhielt, bei Horizon Corporation gejobbt hatte – aber, Herrgottnochmal, Terroranschläge in Europa ausgeheckt? Bleiben wir doch bitte bei der Sache! Dieser Knabe ist ein Mörder mit blühender Phantasie, versucht uns eine Story aufzutischen, die ihn von einem heimtückischen Mord entlastet, den er hier, mitten in Kansas, begangen hat ... Ob er damit durchkam? Eher nicht, dachte Henriksen. Sie würden den Bastard erstmal aus dem Verkehr ziehen. Behaupten konnte er viel, aber konnte er ihnen stichhaltige Beweise liefern? Nicht einen einzigen.

Popov goß sich einen Drink ein. Das FBI war so nett gewesen, ihm in der nahegelegenen Destille eine Flasche Wodka zu besorgen. Er hatte vier Gläser intus und sah bereits optimistischer in die Zukunft.

»Da sitzen wir nun und warten ab, John Clark.«

»Ja, warten wir's ab«, nickte Rainbow Six.

»Wollten Sie mich nicht was fragen?«

»Weshalb haben Sie mich angerufen?«

»Wir sind uns schon einmal begegnet.«

»Wo?«

»In Ihrem Hauptquartier in Hereford. Ich war mit Ihrem Klempner dort, unter einem meiner Decknamen.«

»Ich hab mich schon gefragt, woran Sie mich vorhin erkannt haben«, räumte Clark ein und öffnete eine Bierdose. »Allzu viele sind's nicht, die mich im Ostblock kennen.«

»Den Ostblock gibt es nicht mehr. Und – wollen Sie mich jetzt noch töten?«

»Mit dem Gedanken gespielt habe ich schon«, offenbarte Clark und sah Popov direkt in die Augen. »Aber ich nehme an, Sie haben wirklich Skrupel bekommen. Und falls Sie mich angelogen haben, werden Sie rasch wünschen, ich hätte Sie schon erschossen!«

»Ihrer Frau und Ihrer Tochter geht es gut?«

»Ja, und ebenso meinem Enkel.«

»Gut so«, murmelte Popov. »Diese Aktion war abscheulich. Haben Sie nicht auch schon abscheuliche Dinge veranlaßt bei Ihren Einsätzen, John Clark?«

Er nickte. »Doch, ein paarmal.«

»Darf ich auf Ihr Verständnis hoffen?«

Nicht, wie du's meinst, Sportsfreund, dachte Rainbow Six. Dann antwortete er: »Ich glaube schon, Dmitrij Arkadejewitsch.«

»Wie haben Sie meinen Namen ermittelt? Wer hat Sie informiert?« Die Antwort verblüffte ihn.

»Sergej Nikolajewitsch und ich sind alte Bekannte.«

»Aha«, brachte Popov heraus, ohne mit der Wimper zu zucken. Hatte seine eigene Agentur ihn verraten? Durfte das wahr sein? Plötzlich kam es ihm vor, als könne Clark Gedanken lesen.

»Hier!« John reichte ihm einen Stapel Fotokopien. »Ihre Zeugnisse sind ziemlich gut.«

»Nicht gut genug«, erwiderte Popov, der sich vor Beklemmung kaum fassen konnte angesichts einer Akte, die er nie zuvor gesehen hatte.

»Die Welt hat sich gewandelt seither, wie?«

»Nicht so grundlegend, wie ich hoffte.«

»Ich hätte da noch eine Frage, Dmitrij.«

»Ja?«

»Das Geld, das Sie Grady gegeben haben. Wo steckt es?«

»An einem sicheren Ort, John Clark. Die Terroristen, die ich kenne, haben sich alle zum Kapitalismus bekehrt. Doch dank Ihrer Truppe können meine Kontaktmänner das Geld doch nicht mehr brauchen, oder?«

Clark pfiff durch die Zähne. »Sie unersättlicher Bastard«, stöhnte er, halb grinsend.

Das Rennen startete auf die Minute genau. Die Fans jubelten den Marathonläufern zu, als sie die erste Runde im Stadion zurücklegten und im Tunnel verschwanden, um auf den Straßen Sydneys weiterzulaufen. In der Zwischenzeit konnten jene, die auf der Tribüne blieben, ihre Positionen der Anzeigetafel entnehmen oder den zahlreichen Fernsehschirmen, die überall in den Treppenhäusern und Zwischengängen der Arena hingen. LKWs mit aufgestellten Kameras fuhren vor den Sprintern an der Spitze her; der Kenianer Jomo Nyereiry lag in Führung, dicht gefolgt von Edward Fulmer aus den USA und dem Holländer Willem ter Hoorst. Keine zwei Schritt lagen die drei auseinander, als sie den ersten Pfosten erreichten, doch gut zehn Meter vor der nächsten Läufergruppe.

Wie die meisten Menschen verfolgte Wil Gearing das Geschehen auf dem Bildschirm, während er seine Sachen packte. Morgen würde er sich eine Taucherausrüstung mieten, hatte der Ameeoberst beschlossen, und sich in die weltweit schönste Unterwasserlandschaft begeben. Daß die Verschmutzung der Meere inzwischen auch die letzten Reservate angriff, wußte er, aber damit war es nun bald vorbei. Sein gesamtes Reisegepäck hatte er in zwei Rollkoffern verstaut, die er hinter der Tür des Hotelzimmers abstellte. Er würde tauchen gehen, während die ahnungslosen Seuchenopfer in ihre Heimatländer flogen, ohne auch nur die Krankheit zu kennen, die sie befallen hatte und die sich bald überall ausbreiten würde. Er fragte sich, wieviele bereits der Phase Eins des Projekts zum Opfer fallen würden. Im Computermodell war von sechs bis dreißig Millionen die Rede, doch Gearing hielt das für untertrieben. Je mehr, desto besser, versteht sich, denn dann erst würde man in aller Welt das A-Serum sehnlichst erwarten und sich desto schneller ebenfalls anstecken. Besonders tückisch war, daß man die Anwesenheit von Shiva-Antikörpern in medizinischen Blutproben anfangs herunterspielen würde – schließlich war A ein Virus-Impfmittel, das mit lebenden Kulturen arbeitete. Wie lebendig sie waren, merkte man erst, wenn's zu spät war.

In New York war es zehn Stunden später. Clark, Popov, Sullivan und Chatham saßen vor dem Fernseher und verfolgten, wie Millionen anderer Amerikaner auch, die Live-Übertragung der Olympischen Spiele.

»Die Hitze muß ja höllisch sein für die Sprinter«, staunte Sullivan.

»Kein reines Vergnügen«, stimmte Clark zu.

»Sind Sie je Marathon gelaufen?«

»Nein.« John schüttelte den Kopf. »Aber ich mußte oft laufen im Leben – vor allem in Vietnam. Da war's ebenfalls meist ziemlich heiß.«

»Sie waren dort?« fragte Popov überrascht.

»Anderthalb Jahre vielleicht. Drittes SOG-Kommando – Special Operations Group für Sondereinsätze.«

»Und was haben Sie da gemacht?«

»Mich umgeschaut, Berichte verfaßt. Einige echte Einsätze geleitet. Überfälle, Festnahmen und dergleichen. Leute eliminieren, die uns zu schaffen machten.« Dreißig Jahre war das jetzt her, dachte John. Dreißig Jahre. Diesem Krieg hatte er seine Jugend geopfert, anderen Konflikten seine Mannesjahre, und jetzt, wo er in die sogenannte Reifezeit kam, womit befaßte er sich nun? Konnte es wahr sein, was Popov ihm erzählt hatte? Es schien ihm so unwirklich, doch auch die Ebola-Viren waren furchtbare Wirklichkeit gewesen. Er erinnerte sich, wie er ihretwegen in der Weltgeschichte herumgereist war und dann plötzlich die Nachricht kam, die der amerikanischen Nation einen furchtbaren Schock versetzte. Auch die furchtbare Rache, die Amerika nahm, konnte er nicht vergessen. Damals hatte er mit Ding Chavez auf dem Flachdach eines Hauses in Teheran gelegen und zwei computergesteuerte Bomben eingestellt, um den Mann zu ermorden, der verantwortlich war. Hier war die neue Doktrin des US-Präsidenten erstmals zur Anwendung gekommen. Doch wenn dieses »Projekt«, von dem Dmitrij Popov sprach, tatsächlich existierte – wie würde sein Land reagieren? War das ein Fall für den Staatsanwalt – oder für wen? Vor welches Gericht sollte man solche Leute bringen? Und wenn man es nicht tat – was dann? Für Verbrechen dieses Ausmaßes reichten die Gesetze nicht aus, und das Verfahren würde in einen grauenvollen Schauprozeß münden, bei dem Fakten bekannt würden, die das Zusammenleben der Völker in den Grundfesten erschüttern konnten. Daß ein einziger Mann in der Lage war, soviel Macht auf sich zu vereinigen!

Clark mußte sich eingestehen, daß ihm noch keine Zeit geblieben war, den Gedanken ganz durchzuspielen. Er hatte sofort gehandelt, aber die Lage noch nicht erfaßt. Die Vorstellung war zu montrös, als daß …

»Dmitrij – weshalb, sagen Sie, tun sie das?«

»Weil sie Druiden sind, John Clark. Sie verehren die Natur als Gott. Sie sagen, die Tiere gehören hierher, nicht aber die Menschen. Sie wollen die Umwelt retten, und um das zu tun, nehmen sie das Ende der Menschheit in Kauf. Es klingt verrückt, ich weiß – aber genau so haben sie es mir erklärt. In meinem Zimmer in Kansas lagen Zeitschriften aus und Videobänder, mit denen dieses Denken propagiert wurde. Ich hätte nie gedacht, daß es solche Gruppen gibt! Sie behaupten, die Natur hasse uns, der Planet wolle sich rächen wegen all dem, was wir – die Menschheit! – ihm angetan haben. Doch der Planet kann sich nicht wehren und die Natur hat keine Stimme, mit uns zu sprechen. Dafür wollen sie eintreten. Sie glauben wirklich daran. – Es ist entsetzlich«, schloß der Russe, »aber mir kommt es vor, als sei ich auf eine neue religiöse Sekte gestoßen, deren Gott unseren Tod verlangt – die Opferung der Menscheit, wenn Sie so wollen.« Verzweifelt winkte er ab, denn diese Vorstellung ging ihm selbst über den Verstand.

»Wissen wir denn, wie dieser Gearing aussieht?« wollte Noonan wissen.

Chavez schüttelte den Kopf. »Niemand hat ihn mir vorgestellt. Wahrscheinlich kennt Oberst Wilkerson ihn, aber den wollte ich nicht fragen.«

»Sag mal, Ding – ist denn das alles überhaupt *möglich*?« fragte der FBI-Agent nach einer Pause.

»In ein paar Stunden wissen wir mehr darüber, Mann. Aber so etwas Ähnliches ist schon mal vorgekommen, und John und ich haben dazu beigetragen, den Verantwortlichen ein für allemal auszuschalten. Was die technische Seite betrifft, müßten wir Patsy fragen. Ich kenn mich in der Biologie nicht aus. Sie schon.«

»Herr im Himmel«, seufzte Noonan und blickte zum Eingang der Pumpenkammer zurück. Zu dritt schlenderten sie zu einem Imbißstand hinüber und besorgten sich Cola in Halbliter-Bechern. Dann setzten sie sich und behielten die blaulackierte Tür im Auge. Viele Zuschauer liefen vorüber, aber niemand kam ihr zu nahe.

»Tim?«

»Ja, Ding?«

»Können wir den überhaupt verhaften deswegen?«

Der FBI-Agent zog die Stirn kraus. »Ich denke schon. Mitverschwörung zu einem Mord, Urheber des Attentats in Amerika, der Täter ist amerikanischer Staatsbürger – doch, damit sollten wir ihn drankriegen. Aber denken wir einen Schritt weiter. Krallen wir ihn und bringen ihn nach Amerika, dann fragt uns keiner danach, wie er dorthin gebracht wurde. Wenn er mal vor einem US-Distriktsgericht steht, kümmert es den Richter wenig, woher der Mann kommt.«

»Wie zum Teufel sollen wir ihn außer Landes schaffen?« fragte sich Chavez plötzlich. Er schaltete sein Handy ein.

Clark nahm den STU-4-Hörer ab. Fünf Sekunden brauchte Dings Verschlüsselungssystem, bis er durchkam. Eine Computerstimme verkündete sachlich *Leitung gesichert*, und es folgten zwei Piepser. »Ja bitte?«

»John, hier ist Ding. Ich müßte dich mal was fragen.«

»Schieß los.«

»Wenn wir diesen Gearing auf frischer Tat ertappt haben, was dann? Wie zum Teufel kriegen wir ihn zurück nach Amerika?«

»Eine gute Frage. Ich denke mir etwas aus.«

»Einverstanden.« Damit legte Chavez auf.

Für Clark war es nur logisch, als nächstes in Langley anzurufen. Doch der CIA-Direktor war nicht in seinem Büro, wie sich herausstellte. Der Anruf wurde nach Hause weitergeleitet.

»Was zum Teufel ist denn los bei euch?« fragte Ed Foley, der im Bett lag, genervt.

Clark berichtete dem CIA-Chef, was er wußte, wofür er fünf Minuten benötigte. »Ding ist dabei, die Stelle zu überwachen, wo sie's versuchen werden, und ...«

»Himmel nochmal, John! Glaubst du das alles selbst?« Ed Foley stockte der Atem.

»Wenn dieser Gearing aufkreuzt, einen Kanister mit dem Virus in der Hand, weiß ich Bescheid!« erwiderte Clark. »Und falls es so ist – wie sollen Ding und seine Leute den Kerl hierherschaffen?«

»Laß mich überlegen ... Wie ist deine Nummer?« John gab sie durch, und Ed Foley notierte sie auf seinem Block neben dem Apparat. »Wie lange weißt du jetzt davon?«

»Seit weniger als zwei Stunden. Der Russe, von dem ich erzählt habe, sitzt neben mir. Wir sind in einer FBI-Wohnung in New York City.«

»Ist Carol Brightling darin verwickelt?«

»Das kann ich noch nicht überblicken. Ihr Ex-Mann steckt jedenfalls tief drin!«

Foley schloß die Augen und strengte sein Gedächtnis an. »Sie rief wegen euch mal vor längerer Zeit bei mir an, weißt du! Stellte eine

Menge Fragen. Sie war es, die euch die Funkgeräte von E-Systems besorgt hatte. Und sie redete mit mir, als sei sie vollständig über Rainbow orientiert.«

»Auf meiner Liste steht sie nicht, Ed«, betonte John. Er hatte alle, die über Operation Rainbow unterrichtet waren, selbst überprüfen lassen.

»Na, dem werde ich nachgehen. Dann laß mich mal ein bißchen herumtelefonieren. Ich rufe dann zurück!«

»Einverstanden.« Clark legte den Hörer auf. »Bei unserem Sydney-Team ist auch ein FBI-Kollege von euch«, erklärte er den anderen.

»Wer denn?« fragte Sullivan.

»Tim Noonan. Kennt ihr ihn?«

»War der nicht als Techniker im Geiselrettungsteam?«

Clark nickte. »Genau der.«

»Von dem hört man ja allerhand. Soll ein Genie sein auf dem Gebiet der Elektronik.«

»Ist er auch. In Hereford hat er uns einzig und allein damit rausgepaukt. Das hat meiner Frau und meiner Tochter das Leben gerettet.«

»Dann kann er doch auch diesen Gearing verhaften, ganz astrein und legal.«

»Wissen Sie, den Gerichten die Arbeit zu erleichtern, hab ich nie als meine Aufgabe betrachtet. Ich wollte der Polizei helfen, nicht der Justiz.«

»Das wird beim CIA wohl ein bißchen lockerer gehandhabt als bei uns, wie?« fragte Sullivan und grinste. Der James-Bond-Faktor ließ sich nie ganz vermeiden, selbst bei Leuten nicht, die es besser wissen müßten.

»Ein bißchen schon.«

Gearing verließ das Hotel; er trug einen Rucksack wie viele andere auf der Straße auch. Draußen winkte er sich ein Taxi. In einer halben Stunde ging der Marathonlauf zu Ende. Vom Taxi aus bemerkte er, daß in den Straßen allerhand los war; auf den Bürgersteigen drängten sich die Menschen. Die Australier waren ein gastfreundliches Völkchen, und was er bisher von ihrem Land kannte, gefiel ihm gut. Er mußte an die Aborigines denken. Was würde aus den Ureinwohnern werden, wenn das Projekt erst angelaufen war? Und die Buschmänner der Kalahari, und andere Stämme, die fern von aller Zivilisation siedelten? Vermutlich kamen sie mit Shiva gar nicht erst in Berührung. Wenn ihnen das Schicksal hold war, warum nicht? Er hatte nichts dagegen. Diese Leute konnten der Umwelt gar nichts anhaben, selbst wenn sie es gewollt hätten. Sie huldigten den Bäumen oder dem Donner nicht weniger als die Mitglieder des Projekts. Oder war ihre Zahl groß genug, daß sie gefährlich werden konnten? Vermutlich nicht. Die Buschmänner würden sich ausbreiten, aber ihre Ältesten würden ihnen verbieten, mit Stammestraditionen zu brechen, und selbst wenn sie sich vermehrten, dann doch nicht in solchen Massen. Dasselbe traf auf die »Abos« in Australien zu. Auch vor Ankunft der Europäer hatte es nie viele von ihnen gegeben, dabei hatten sie ein Jahrtausend Zeit gehabt, den Kontinent zu bevölkern. Das Projekt würde demnach manche Bevölkerungsgruppen verschonen, nicht wahr? Es tröstete ihn, daß Shiva nur unter jenen wüten würde, deren Lebensstil der Natur feindlich war. Daß dieses Kriterium auf all jene zutraf, die er vom Taxi aus sehen konnte, bereitete ihm keine Kopfschmerzen.

Am regulären Taxistand vor der Arena hielten sie an. Dem Fahrer gab er beim Zahlen ein großzügiges Trinkgeld, stieg aus und steuerte den riesigen Betonring an. Am Eingang brauchte er nur den Passierschein zu zeigen, der ihn als Sicherheitsbeamten auswies, und wurde mitsamt seinem Rucksack durchgewunken. Trotzdem stellte sich allmählich das Lampenfieber ein. Er war gewissermaßen der erste, bei dem die Impfung ihre Wirksamkeit zeigen mußte. Zuerst war seine Aufgabe, die Shiva-Viren dem Kühlsystem zuzusetzen, danach blieb ihm nichts anderes übrig, als durch denselben Sprühnebel zu gehen, dieselben mikroskopischen Kapseln einzuatmen wie die anderen hunderttausend Touristen. Wenn jetzt das B-Serum versagte, hatte er sich selbst zu einem grausamen Tod verurteilt – doch mit dieser Möglichkeit hatte er schon vor langer Zeit und immer wieder gerechnet.

»Sieht aus, als wenn's der Holländer schafft!« meinte Noonan. Willem ter Hoorst lag augenblicklich in Führung und hielt das Tempo durch, schien seinen eigenen Rekord trotz des Klimas brechen zu wollen. Unter den anderen Läufern hatte die Hitze ihren Tribut gefordert; viele waren langsamer geworden, um sich Getränke geben zu lassen. Andere liefen durch vorbereitete Wasserduschen, um sich abzukühlen – allerdings wurde im Fernsehen erklärt, dabei könnten sich die Beinmuskeln verkrampfen, weshalb man beim Marathon besser auf das kühle Naß verzichtete. Doch erleichternd war es schon für sie, und manche rissen den Streckenordnern auch die geeisten Drinks vom Tablett und übergossen sich damit.

»Das ist doch Selbstausbeutung«, schimpfte Chavez und sah auf die Uhr. Dann holte er sein Sprechfunkmikrofon hervor. »Kommandant an Tomlinson.«

»Tomlinson hier, Chef«, erklang es im Kopfhörer.

»Wir kommen jetzt und erlösen euch.«

»Verstanden. Soll mir recht sein, Chef«, erwiderte der Sergeant aus dem Inneren der verschlossenen Pumpenkammer.

»Dann los.« Ding erhob sich und winkte Pierce und Noonan, ihm zu folgen. Es waren keine dreißig Meter bis zur blauen Tür. Ding schloß auf, drehte den Türknauf und trat ein.

Tomlinson und Johnston standen im Schatten einer Mauerecke verborgen, der Tür gegenüber. Als sie ihre Teamkameraden erkannten, traten sie vor.

»Alles klar. Geht nicht allzuweit weg und bleibt auf der Hut«, bat Chavez die beiden.

»Verstanden«, knurrte Homer Johnston beim Hinausgehen. Er hatte einen Mordsdurst und wollte sich erstmal was zu trinken holen. Unterwegs rieb er sich die Ohren und war froh, die stampfende Pumpe nicht mehr hören zu müssen. Tomlinson nahm den Schlüssel an sich.

Der Lärm war tatsächlich nervenzerfetzend, fand Chavez wenige Minuten später heraus. Gar nicht mal überlaut, aber konstant, ein wiederkehrendes Dröhnen wie ein isoliert stehender PKW-Motor im Leerlauf. Es lauerte im Hintergrund des Bewußtseins, hörte und hörte nicht auf, und schon das Nachdenken darüber konnte einen zum Wahnsinn treiben. Augenblicklich war dies wohl das Schlimmste an ihrem Job.

»Wieso lassen wir eigentlich das Licht an?« fragte Noonan.

»Gute Frage.« Chavez lief hinüber und drehte den Schalter. Auf der Stelle herrschte vollkommene Finsternis in der Pumpenkammer; nur durch den Schlitz unter der Stahltür fiel ein schmaler Streifen Sonne herein. Chavez tastete sich zur anderen Seite vor, schaffte es, ohne sich den Schädel zu rammen, und lehnte sich an die Betonwand. Allmählich gewöhnten sich seine Augen an das Dunkel.

Gearing trug Shorts und Turnschuhe mit kurzen Socken. Damit unterschied er sich nicht groß von den saisonüblichen Gewohnheiten der Einwohner, außerdem half es ihm, mit der Hitze fertigzuwerden. Auch mit dem Rucksack und seiner weichen Schirmmütze war er zufrieden. Die Tribünen waren schon voller Fans, die frühzeitig zur Abschlußfeier in die Arena strömten, viele von ihnen blieben absichtlich im Sprühnebel stehen und genossen diese erste Erfrischung nach der brüllenden Hitze des Mittags. Die hiesigen Wetterfrösche in Rundfunk und Fernsehen hatten das Für und Wider des El-Niño-Phänomens, das angeblich schuld war an der globalen Erwärmung und daher auch an der unerbittlichen Hitze im Land, bis zum Abwinken diskutiert, Gearing fand das amüsant. Wollten sie sich bei den angereisten Touristen entschuldigen? Für ein Naturphänomen? Wie lächerlich. Mit diesem Gedanken näherte er sich seinem Ziel. Ohne es zu wissen, kam er dicht an Homer Johnston vorbei, der seelenruhig seine Cola süffelte.

»Kann der sein Teufelszeug vielleicht auch anderswo hinkippen?« sorgte sich Chavez mit einem Mal im Dunkeln.

»Nein«, erwiderte Noonan, der rechts von ihm stand. »Vorhin habe ich mir den Grundriß nochmal angeschaut. Die Leitungen sind einbetoniert, an die kommt man nicht ohne weiteres ran. Das gesamte Nebelkühlsystem wird aus dieser einen Kammer gespeist. Wenn daran herumgepfuscht wird, muß es hier geschehen.«

»*Wenn* herumgepfuscht wird«, wiederholte Chavez in der schwachen Hoffnung, daß sich alles als falscher Alarm herausstellen würde. Wenn niemand hier auftauchen sollte, dann wollte er Oberstleutnant Wilkerson aufsuchen und nach den Zimmernummern dieser Global-Security-Typen fragen. Diesen Gearing mußte er sich auf jeden Fall gründlich vorknöpfen.

Vor der blauen Tür blieb Gearing stehen und blickte sich nach Ordnungshütern um. Die Patrouille der Aussie-SAS erkannte man auf Anhieb, wenn man wußte, welche Zivilkleidung sie trugen. Doch obwohl er sogar zwei uniformierte Beamte der Sydney-Polizei entdeckt hatte, war militärisches Aufsichtspersonal nirgends zu sehen. Gearing wartete noch eine ganze Weile in sicherer Entfernung von der Tür. Das Lampenfieber wollte einfach nicht nachlassen. Er war im Begriff, etwas zu tun, was nie wieder gutzumachen war. Zum tausendsten und abertausendsten Mal prüfte er sein Gewissen, ob er nicht in letzter Sekunde davor zurückscheuen würde. All diese Menschen ringsum waren Geschöpfe wie er, hegten anscheinend die gleichen Hoffnungen und Sehnsüchte und Wünsche – aber nein, was sie im Kopf hatten, war etwas anderes, oder? Sie begriffen nicht, wußten nicht das Wesentliche vom Unwesentlichen zu unterscheiden. Sie erkannten die Natur nicht als das, was sie war – und im Ergebnis zielte ihr Lebensstil darauf ab, sie zu zerstören. Ihre Autos verpesteten die Luft mit Kohlenmonoxyd, die Chemikalien ihrer Putz- und Schönheitspflegemittel wanderten ins Grundwasser, ihre Pestizide töteten Vögel oder hinderten sie an der Vermehrung, ihre Spraydosen für Haarfestiger und anderen Schnickschnack zerstörten die Ozonschicht. Sie waren drauf und dran, die Natur zu *ermorden* mit ihren Gewohnheiten. Und sie nahmen es auf die leichte Schulter! Die Konsequenzen ihres Tuns waren ihnen nie bewußt geworden, und deshalb ... Nein, sie hatten kein Recht, zu leben. Es war seine Pflicht, die Natur zu retten. Er wollte dieses Krebsgeschwür von der Oberfläche des Planeten tilgen, ihn heilen und pflegen, und deshalb mußte er jetzt so handeln. Mit diesem Entschluß setzte Wil Gearing seinen Weg zur Pumpenkammer fort, kramte in der Hosentasche nach dem Schlüssel und steckte ihn ins Schloß.

»Kommandant, hier Johnston – ihr kriegt jetzt Gesellschaft! Weißer in Khaki-Shorts, rotes Polohemd, Rucksack«, flüsterte Homer in ihre Kopfhörer. Hinter ihm hatte sich auch Sergeant Tomlinson aus der Menge gelöst.

»Aufgepaßt«, flüsterte Chavez in seinem Versteck. Ein Schatten war im Lichtspalt unter der Tür erschienen, dann hörte er das Knirschen des Schlüssels im Schloß, ein weiterer Lichtstrahl fiel herein, diesmal vertikal, als sich die Tür langsam öffnete, dahinter wurde eine Silhouette erkennbar, eine menschliche Gestalt – und in diesem Augenblick wurde Chavez plötzlich klar, daß es *kein* falscher Alarm gewesen war. Würde ein Monster aus der Finsternis vor ihnen auftauchen, ein Wesen von einem anderen Planeten, oder ...

... nur ein alter Mann, wie er feststellte, als die Deckenbeleuchtung aufflammte. Etwa fünfzig, mit kurzgetrimmtem Pfeffer-und-Salz-Schnurrbart. Ein Mann, der genau wußte, wo er war. Er langte nach der Rohrzange, die neben anderen Werkzeugen am Wandbrett hing, dann entledigte er sich seines Rucksacks und löste die Schnallen am oberen Verschluß. Es kam Chavez vor, als säße er im Kino, fern jeder Realität, als er zusah, wie der Mann den Motor abstellte – augenblicklich hörte das Stampfen auf, und es wurde still. Dann drehte er das Ventil zu und hob die Rohrzange, um …

»Schön hängen lassen, mein Freund!« empfahl Chavez, der von hinten heranglitt.

»Wer sind Sie denn?« fragte der Mann überrascht. Mit einem Mal war ihm das schlechte Gewissen von der Stirn abzulesen. Er fühlte sich bei etwas ertappt, was verboten war. Er wußte es selbst, und andere wußten es auch, merkwürdigerweise.

»Ich könnte Sie dasselbe fragen, bloß weiß ich es schon. Sie sind Wilson Gearing. Was führt Sie denn her, Mr. Gearing?«

»Ich, äh – bin hier, weil ich den Chlorbehälter an der Klimaanlage austauschen muß«, stammelte Gearing, den es noch zusätzlich schockierte, daß ihn dieser Latino beim Namen genannt hatte. Wie konnte das sein? Gehörte er etwa zum Projekt – und wenn nicht, woher wußte er davon? Es war, als hätte ihm jemand einen Schlag in die Magengrube versetzt, und jetzt krümmte er sich vor Schmerz.

»Ach ja? Wollen doch mal sehen, Mr. Gearing. Tim?« Chavez bedeutete Noonan, im Rucksack nachzuschauen. Sergeant Pierce blieb im Hintergrund, die Pistole unverwandt auf den Eindringling gerichtet.

»Sieht ganz aus wie der normale Behälter«, staunte Noonan, nachdem er den Rucksack geöffnet hatte. Falls das eine Fälschung sein sollte, war sie verdammt gut gelungen. Er war versucht, den Deckel abzuschrauben, ließ es aber vorsorglich bleiben. Neben der Motorpumpe nahm Chavez die Rohrzange zur Hand und schraubte den Originalbehälter ab.

»Sieht aber noch halbvoll aus, mein Lieber! Zum Austauschen besteht gar kein Anlaß, erst recht nicht mit einem Elixier namens Shiva. Tim, sei vorsichtig damit!«

»Worauf du dich verlassen kannst.« Noonan steckte den Behälter in Gearings Rucksack zurück und zurrte den Verschluß fest. »Das werden wir überprüfen lassen. Mr. Gearing, ich nehme Sie hiermit fest«, verkündete der FBI-Mann. »Sie haben das Recht, die Aussage zu verweigern. Sie haben das Recht, während des Verhörs einen Anwalt Ihrer Wahl heranzuziehen. Wenn Sie sich keinen Anwalt leisten können, besorgen wir Ihnen einen. Alles, was Sie von jetzt an aussagen, kann vor Gericht gegen Sie verwendet werden. Haben Sie diese Rechtsbelehrung verstanden, Sir?«

Gearing zitterte jetzt am ganzen Leib, drehte sich zur Tür um und überlegte fieberhaft, ob er …

… nein, es war zu spät. Genau in diesem Moment traten Tomlinson und Johnston ein. »Auf frischer Tat ertappt?« fragte Homer.

»Klar.« Ding zog sein Handy aus der Tasche und wählte die Auslands-Vorwahl der USA und Johns Nummer. Wieder mußte das Verschlüsselungssystem erst synchronisieren.

»Wir haben ihn«, gab Chavez an Rainbow Six durch. »Das Shivazeugs konnten wir sicherstellen. Wie zum Teufel kommen wir jetzt nach Hause?«

»In Alice Springs steht eine C-17 der US-Luftwaffe bereit, wenn ihr's bis dorthin schafft.«

»Einverstanden. Ich versuche, im allgemeinen Tohuwabohu noch einen Flug dorthin zu kriegen. Bis später, John.« Chavez drückte die Stopptaste und wandte sich dem Gefangenen zu. »Sie kommen jetzt mit uns, mein Lieber. Wenn Sie irgendwelche Dummheiten machen, wird Ihnen Sergeant Pierce hier eine Kugel durch den Kopf jagen. Stimmt's, Mike?«

»Auf jeden Fall, Sir!« erwiderte Pierce mit Grabesstimme.

Noonan hatte inzwischen das Ventil wieder aufgedreht und die Motorpumpe eingeschaltet. Erneut ertönte das Wummern, während sie die Tür hinter sich verriegelten und das Stadiongelände verließen. Am Taxistand stellte sich heraus, daß sie zwei Taxis benötigten, mit denen sie sich zum Flughafen bringen ließen. Anderthalb Stunden mußten sie warten, bis eine 737 den entlegenen Wüstenflugplatz ansteuerte, zwei weitere dauerte der Flug.

Alice Springs liegt ziemlich genau in der Mitte des australischen Kontinents, unweit der MacDonnell-Gebirgskette – kein Ort, wo man hochentwickelte Technik vermuten würde. Doch genau dort stehen die riesigen Antennenschüsseln, mit denen die Signale der amerikanischen Aufklärungs- und Kommunikationssatelliten für das US-Militär empfangen, gespeichert und aufbereitet werden. Diese Anlage wird von der Nationalen Sicherheits-Agentur NSA betrieben, deren Hauptsitz in Fort Meade, Maryland, zwischen Baltimore und Washington, liegt.

Die Qantas-Maschine war kaum belegt. Bei der Ankunft brachte sie ein Flughafenbus zum Terminal der US-Luftwaffe, der überraschend komfortabel war. Allerdings war die Hitze in dieser Gegend noch unerträglicher als in der Stadt.

»Sie sind Chavez?« fragte ein Sergeant, der sie im VIP-Bereich erwartete.

»Ganz recht. Wann geht unser Flieger?«

»Wir warten nur noch auf Sie, Sir. Bitte hier entlang.« Damit bestiegen sie einen weiteren Bus, der sie bis zur Luke vorn links brachte. Dort geleitete sie ein Sergeant in Pilotenuniform ins Innere der Maschine.

Chavez nahm ihn beiseite. »Welche Route nehmen wir, Sergeant?«

»Erst nach Hickam in Hawaii, von dort nach Travis, Kalifornien.«

»Gut. Sagen Sie dem Käpt'n, es kann losgehen!«

»Jawohl, Sir!« Lachend schloß der Crewchef die Luke und ging voraus.

Das riesige Transportflugzeug erinnerte an eine mobile Höhle, und andere Passagiere flogen offenbar nicht mit. Gearing trug keine Handschellen, was Ding ein wenig ärgerte, aber bis jetzt verhielt er sich ruhig. Noonan wich nicht von seiner Seite.

»Wie wär's, wenn Sie uns jetzt mal alles von vorn erzählen, Mr. Gearing?« erkundigte sich der FBI-Agent.

»Und was springt für mich dabei heraus?«

Diese Frage mußte er wohl stellen, vermutete Noonan. Trotzdem gab er sich damit eine Blöße, auf die der FBI-Agent sehnlichst gewartet hatte. Die Antwort auf die Frage war ganz simpel.

»Ihr Leben, wenn Sie Glück haben!«

38

LUFTKURORT

Gearing war völlig überfordert. Niemand hatte ihm erklärt, was in einem solchen Fall zu tun sei. Daß ihr Projekt verraten werden könnte, war ihm gar nicht in den Sinn gekommen. Sein Leben war in jedem Fall verwirkt – wie hatte es nur soweit kommen können? –, ob er nun zur Zusammenarbeit bereit war oder nicht. Den Inhalt des Kanisters würde man einer genauen Analyse unterziehen, vermutlich im USAMRIID-Labor in Fort Dietrick, Maryland. Die medizinischen Experten dort brauchten höchstens ein paar Stunden, um festzustellen, was er da für ein Teufelszeug ins Olympiastadion mitgebracht hatte – wie sollte er sich da noch herausreden? Sein Leben, seine großen Utopien, alles war dahin. Im blieb nur eine Wahl: bereitwillig zu kooperieren und auf das Beste zu hoffen.

Noch bevor der C-17A Globemaster-III-Transporter seine normale Flughöhe erreicht hatte, begann er auszupacken. Noonan hielt einen Recorder in der Hand und hoffte, der Motorlärm, dessen Dröhnen durch den Laderaum hallte, werde die Aufnahme nicht völlig übertönen. Doch das größte Problem bestand schließlich darin, die Fassung zu wahren und keine Miene zu verziehen. Von radikalen Umweltschützern, denen das Schlachten von Seehundbabys in Kanada gleichbedeutend mit Treblinka und Auschwitz war, hatte er schon gehört. Er wußte auch, daß der FBI schon in Fällen ermittelt hatte, wo Versuchstiere aus Laboratorien befreit oder Bäume derart mit Nägeln gespickt worden waren, daß kein Sägewerk sie mehr durch die Mühle treiben wollte. Nie aber hatte er gehört, daß eine Gruppe Brutaleres im Schilde führte als solche Lappalien. Durch ein Verbrechen wie dieses bekam die Bedeutung des Wortes »ungeheuerlich« eine ganz neue Dimension. Auch der missionarische Eifer, der sich hier geltend machte, kam ihm ganz fremd und unerhört vor. Viel lieber wäre ihm gewesen, wenn der Kanister wirklich bloß Chlor enthalten hätte, allerdings war er vom Gegenteil überzeugt. Behälter und Rucksack lagen jetzt in einem Plastikcontainer, den Sergeant Pierce auf den Sitz neben sich geschnallt hatte.

»Er hat noch immer nicht angerufen«, murrte John Brightling und sah auf die Uhr. Die Abschlußfeier war noch in vollem Gange. Eben wollte der Vorsitzende des Olympischen Komitees seine Rede halten, um die Jugend der Welt zu den nächsten Spielen einzuladen. Danach sollte das große Orchester aufspielen, und in Kürze würde die olympische Flamme ausgelöscht ... wie bald auch fast die gesamte Menschheit. Beides war auf seine Art irgendwie traurig, und doch auch unvermeidlich. Keine nächste Olympiade mehr, und keine Jugend der Welt mehr, die dem Ruf folgte ...?

»Vielleicht will er sich das noch anschauen, genau wie wir. Gib ihm doch etwas Zeit«, riet Bill Henriksen.

»Wenn du meinst!« Brightling legte seiner Frau den Arm um die Schulter und gab sich Mühe, Ruhe zu bewahren. Auch jetzt noch, wo die Massen das Stadion verließen, wurden sie mit Shiva in winzigen Tröpfchen besprüht. Bill mochte recht behalten – da war sicher nichts schiefgegangen. Er konnte es sich schon ausmalen: leere Straßen und Autobahnen, brachliegende Bauernhöfe, geschlossene Flughäfen... Die Bäume, nicht länger von der Axt bedroht, würden in den Himmel wachsen, Rehe witternd umherstreunen und sich wohl manchmal wundern, wo der Lärm der Zweibeiner abgeblieben war. Ratten und anderen Aasfressern standen wahre Festmähler bevor; Hunde und Katzen entdeckten ihre Urinstinkte, um zu überleben oder auch nicht, je nach den herrschenden Umständen. Wiederkäuer und Raubtiere brauchten keine Nachstellungen mehr zu fürchten. In den Wäldern ausgelegte Giftköder würden sie wohl noch eine Zeitlang gefährden, aber irgendwann war auch der letzte Giftvorrat erschöpft, dann konnten Jäger, Bauern und andere Tierfeinde dem verhaßten Wild nichts mehr anhaben. Mit dem Abschlachten von Seerobbenbabys, ihrer begehrten weißen Fellchen wegen, war es vorbei.

Es war das Jahr, in dem die Erde neu geboren wurde... und wenn diese Wiedergeburt sich auch nicht ohne Gewalt vollzog, so war es diesen Preis doch wert, jedenfalls für diejenigen, die Vernunft und Liebe zur Natur mitbrachten. Brightling und seine Leute verehrten die Natur mit religiöser Inbrunst. Ihr Kult beinhaltete alles, was zur Religion gehört. Sie huldigten einem großen kollektiven Organismus, den sie »Natur« nannten. Ihr zuliebe hatten sie diesen Kampf geführt – im Bewußtsein, ihrerseits von der Natur, die sie beschützte und ernährte, wiedergeliebt zu werden. Alles war so einfach. Die Natur stellte nach ihrer Meinung, wenn schon keine Person, so doch eine gewaltige, allumfassende Ideenmacht dar, die alles Schöne, Gute, Wahre und Liebenswerte hervorbrachte und erhielt. Und war es denn so ungewöhnlich, wenn Menschen ihr Leben einer Idee weihen?

»Wie lang ist es bis Hickam?«

»Noch zehn Stunden, hat mir der Crewchef gesagt«, antwortete Pierce und blickte auf die Uhr. »Hier kommt man sich vor wie damals im Acht-Zweier. Am liebsten hätte ich meinen Fallschirm dabei, Tim!« erklärte er Noonan.

»Wovon redest du?«

»Vom 82. Luftwaffenregiment in Fort Bragg. Dort trug ich meine erste Uniform. Ist schon 'ne ganze Weile her, Süßer«, belehrte Pierce das Zivilistenjüngelchen vom FBI. Die Fallschirmspringerei vermißte er sehr, doch in einer Eingreiftruppe wie Rainbow gehörte das nicht zur Routine. Sich vom Hubschrauber abzuseilen war viel leichter zu organisieren, und auf jeden Fall sicherer. Aber ihm fehlte dabei der Kick, den ein gemeinsamer Sprung mit den Kameraden aus dem Transportflieger brachte. »Wie findest du das, was die da mit uns vorhatten?« fragte Pierce und deutete auf Gearing.

»Vor allem finde ich unfaßbar, daß es wahr ist.«

»Verstehe«, nickte Pierce. »Wär einem lieber, wenn keiner so verrückt ist, daß er sich sowas ausdenkt. Die bloße Vorstellung geht mir über den Verstand.«

»Über meinen auch, kannst du mir glauben«, gab Noonan zurück. Er tastete nach dem Mini-Recorder in seiner Tasche und überlegte, ob sich die Aufnahme vor Gericht verwerten ließ. War er auf legale Weise an das Geständnis gekommen? Über seine Rechte hatte er den Kerl genauestens informiert, und Gearing behauptete, alles verstanden zu haben. Trotzdem konnte jeder halbwegs tüchtige Rechtsanwalt all das über den Haufen werfen. Es reichte der Hinweis, das Geständnis sei an Bord eines Militärfliegers vor schwerbewaffneten Männern abgelegt worden, in einer Situation also, in der man sich mit Fug und Recht »unter Zwang« fühlen durfte. Mag sein, daß ein Richter diesem Einwand stattgeben oder bereits die Verhaftung für illegal erklären würde. Doch für Noonan war das letztendlich nicht so entscheidend wie das Ergebnis. Wenn Gearing die Wahrheit sprach, hatte diese Festnahme Milliarden von Menschen das Leben gerettet ... Er begab sich in den Funkraum des Fliegers, wählte sich in das Sicherheitssystem ein und rief New York an.

Clark schlief tief und fest, als das Telefon schrillte. Er griff nach dem Hörer und knurrte »Ja?«, doch statt einer Antwort meldete sich das Entschlüsselungsprogramm. Sekunden später gab das Signal die Verbindung frei. »Was ist los, Ding?«

»Tim Noonan ist am Apparat, John. Ich wollte Sie etwas fragen.«

»Was denn?«

»Was wird, wenn wir einmal da sind? Gearings Geständnis haben wir auf Band – die ganze Story, alles, was Ding vor ein paar Stunden schon von Ihnen gehört hat! Und zwar wortwörtlich, ob man's glaubt oder nicht, John. Was fangen wir jetzt damit an?«

»Weiß ich noch nicht. Wir sollten Direktor Murray fragen, auch Ed Foley von der CIA. Ich glaube kaum, daß es ein Gesetz gibt gegen Verbrechen von diesem Ausmaß, und ich weiß nicht einmal, ob man über einen solchen Fall in aller Öffentlichkeit verhandeln sollte. Verstehen Sie?«

»Doch, durchaus.« Noonans Stimme kam über die Distanz eines halben Erdumfangs nur schwach an. »Ich wollte bloß, daß wir mal darüber nachdenken.«

»Na klar, wir denken darüber nach. Sonst noch was?«

»Eigentlich nicht.«

»Gut. Dann lassen Sie mich jetzt weiterschlafen.«

Damit legte er auf, und Noonan kehrte in den Laderaum zurück. Chavez und Tomlinson behielten Gearing im Auge; die anderen versuchten, in den unbequemen Sitzen der US-Luftwaffe ein wenig Schlaf zu finden, um sich diesen höchst langweiligen Flug irgendwie abzukürzen. Langweilig? Das galt allerdings nicht für die Alpträume, wie Noonan eine Stunde später feststellte. Die waren überhaupt nicht langweilig.

»Er hat immer noch nicht angerufen«, mahnte Brightling, als auf den großen Schlußakt der Spiele eine Wiederholung der besonderen Höhepunkte folgte.

»Weiß ich«, räumte Henriksen ein. »Na schön, dann probier ich's mal bei ihm.« Er erhob sich aus dem Sessel, zog eine Karte aus seiner Brieftasche und wählte die Nummer auf deren Rückseite. Es war die Nummer des Handys von einem seiner Global-Security-Mitarbeiter in Sydney.

»Tony? Hier spricht Bill Henriksen. Du mußt was für mich erledigen, aber sofort, ja? – Gut. Du suchst Bill Gearing und richtest ihm aus, er soll mich gleich zurückrufen. Seine Nummer lautet ... ja, genau die. Und zwar auf der Stelle, Tony. – Ja, danke.« Henriksen legte auf. »Es kann sich nur um Minuten handeln. Wo soll er jetzt schon sein? Höchstens unterwegs zum Flugplatz, weil er doch an die Nordküste weiterreisen wollte. – Nur die Ruhe, John«, riet der Sicherheitschef, der sich selbst noch immer keine grauen Haare wachsen ließ. Wahrscheinlich war bloß der Akku in Gearings Handy leer, oder er war irgendwo im Gedränge steckengeblieben und hatte kein Taxi zum Hotel mehr erwischt. Vielleicht waren momentan gar keine freien Taxis verfügbar – es gab so viele harmlose Erklärungen für die Verzögerung.

Unten in Sydney überquerte Tony Johnson die Straße und betrat Wil Gearings Hotel. Er kannte sein Zimmer, dort hatten sie ihre Besprechungen abgehalten, daher nahm er sofort den richtigen Aufzug. Das Schloß aufzuknacken war ein Kinderspiel. Er brauchte nur seine Kreditkarte in den Spalt zu stecken, und schon war er drin …

… wo noch immer Gearings Koffer vor den verspiegelten Schiebetüren des Kleiderschranks bereitstanden. Auf seinem Schreibtisch lagen Tickets für den Trip in den Nordosten Australiens, eine Landkarte und Prospekte vom Great-Barrier-Riff. Merkwürdig. Wilsons Flug sollte, wie aus den Reiseunterlagen hervorging, in zwanzig Minuten starten. Er mußte längst eingecheckt und an Bord gegangen sein – und doch stand hier noch sein ganzes Gepäck herum. Äußerst merkwürdig. *Wo steckst du bloß, Wil?* fragte sich Johnson. Dann entsann er sich, weshalb er hergekommen war, und griff nach seinem Handy.

»Hallo, Tony? Na, wo steckt der alte Knabe denn?« fragte Henriksen zuversichtlich. Dann verdüsterte sich seine Miene. »Was soll das heißen? Was weißt du sonst noch? Okay, wenn du irgendwas rauskriegst, melde dich sofort wieder. Tschüß!« Henriksen legte das Mobiltelefon beiseite und wandte sich den anderen beiden zu. »Wil Gearing ist verschwunden. Er ist nicht in seinem Zimmer, nur sein Gepäck und die Flugtickets sind da. Wie vom Erdboden verschluckt!«

»Was soll das heißen?« fragte Carol Brightling.

»Das weiß ich auch nicht genau. Vielleicht hatte er einen Verkehrsunfall …«

»… oder Popov hat doch vor den falschen Leuten geplaudert, und unser Mann wurde festgenommen!« ergänzte John Brightling gereizt.

»Popov? Der weiß doch nicht mal seinen Namen! Von Hunnicutt kann er ihn jedenfalls nicht haben, der kannte Gearing gar nicht.« *Ausgerechnet Foster*, dachte Henriksen. *Ach du Scheiße! Und Foster hatte* gewußt, *wie Shiva unter die Leute gebracht werden sollte.*

»Was ist denn los, Bill?« fragte John, der ihm anmerkte, daß etwas nicht stimmte.

»Es könnte sein, daß wir jetzt doch noch Ärger kriegen, John«, warnte der ehemalige FBI-Agent.

»Und wieso?« erkundigte sich Carol. Henriksen erklärte es ihr, und die Stimmung im Penthouse der Brightlings schlug abrupt um. »Willst du damit sagen, sie wissen …?«

Henriksen nickte. »Schon möglich. Ja.«

»Grundgütiger!« rief die Ex-Beraterin des Präsidenten aus. »Wenn sie das rausgefunden haben, dann – dann …«

»Genau«, nickte Bill grimmig. »Dann sind wir aufgeschmissen!«

»Können wir noch das Schlimmste verhindern?«

»Zuallererst müssen wir sämtliche Beweise vernichten. Die Shiva-Bestände, Impfstoffe, Aufzeichnungen, alles. Das meiste ist elektronisch gespeichert, es reicht, wenn wir's löschen. Akten dürften sie kaum finden, wir haben stets dafür gesorgt, daß nie etwas ausgedruckt wurde und Notizen auf Papier sofort entsorgt wurden. Das können wir alles von hier aus in die Wege leiten. Ich habe Zugang zu allen Firmencomputern von meinem Büro aus. Mit dem Löschen der Protokolle fange ich gleich an …«

»Die sind doch verschlüsselt«, wollte John Brightling abwiegeln.

»Willst du etwa gegen die Entschlüsselungs-Spezialisten von Fort Meade antreten? Ich jedenfalls nicht!« protestierte Henriksen. »Nein, John, unsere Aufzeichnungen müssen wir opfern. Überleg doch, mangels Beweisen kommst du um eine Strafverfolgung herum. Wenn sie keine handfesten Beweise haben, können sie dir auch nichts anhaben.«

»Und Zeugen, was ist mit denen?«

»Augenzeugen werden in aller Regel total überschätzt. Jeder bessere Winkeladvokat dreht ihnen das Wort im Mund herum. – Ach was, als ich noch für das FBI ermittelte, suchten wir immer was Handfestes, das man den Geschworenen zeigen, das sie sehen und anfassen konnten! Augenzeugenberichte sind vor Gericht einigermaßen wertlos, nur im Fernsehkrimi mag das anders aussehen. Also gut, ich geh dann mal in mein Büro und kümmere mich um die Computer.« Henriksen verschwand und überließ die beiden Brightlings sich selbst.

»Um Himmels willen, John«, sagte Carol, die ziemlich kleinlaut geworden war, »wenn uns die Leute auf die Schliche kommen, wird das kein Mensch begreifen …«

»Begreifen? Begreifen, daß wir sie und ihre Familien ausrotten wollten? Wohl kaum«, pflichtete ihr Mann trocken bei. »Dafür werden weder Hans Franz noch Lieschen Müller Verständnis aufbringen, möchte ich meinen.«

»Und was sollen wir tun?«

»Wir müssen schleunigst außer Landes. Wir fliegen nach Brasilien und nehmen jeden mit, der über das Projekt orientiert ist. Unser Geld reicht allemal. Ich habe Dutzende von Geheimkonten, an die wir über Internet herankommen. Wahrscheinlich können sie gar kein Strafverfahren gegen uns einleiten, schon gar nicht, wenn Bill die Computerprotokolle löscht. Kann sein, daß sie Wil Gearing festgenommen haben, aber der ist ja nur eine Einzelperson. Ich bin gar nicht sicher, daß sie uns von Rechts wegen einen Strick daraus drehen könnten, daß eine einzige Person irgendwas ausgesagt hat, noch dazu im Ausland. Es gibt doch nur rund fünfzig Leute, die wirklich Bescheid wissen – voll und ganz, meine ich –, und für die reichen die Plätze im Flieger. Die kriegen wir alle nach Manaus.«

In seinem Büro stellte Henriksen den Computer an und öffnete ein verschlüsseltes Dokument. Darin fanden sich Anwählnummern, e-Mail-Adressen und Paßwörter jedes Computers der Horizon Corporation; ferner die Titel aller Dokumente, die irgendwie mit dem Projekt zu tun hatten. Über Modem hatte er Zugang zu diesen Dokumenten. Erst prüfte er, ob sie vernichtet werden mußten, dann beförderte er sie durch Mausklicks in elektronische Papierkörbe. Dabei begnügte er sich nicht damit, die Zugangscodes unkenntlich zu machen, sondern löschte sie völlig. Er spürte, wie ihm während dieser Tätigkeit der Schweiß ausbrach. Über eine halbe Stunde brauchte er dafür, aber anschließend war er sicher, alles vernichtet zu haben. Er verglich noch einmal die Liste der Codenamen mit seiner Erinnerung, dann durchstöberte er erneut weltweit alle betroffenen Computer. Die Dokumente waren tatsächlich weg. Sehr gut.

Was hatte man noch gegen sie in der Hand? Gearings Shiva-Kanister zum Beispiel. Der ließ sich nicht so leicht wegdiskutieren, aber was könnte man aus dessen Vorhandensein schon ableiten? Wenn er die richtigen Anwälte darauf ansetzte, kamen sie allenfalls zu dem Ergebnis, Gearing habe schlicht eine potentielle biologische Waffe mit sich herumgeschleppt. Einem US-Staatsanwalt konnte Gearing ja weismachen wollen, der Kanister stamme aus der Horizon Corporation, aber niemand, der an ihrem Projekt beteiligt war, würde es je bestätigen. Es gab also keinerlei stichhaltigen Beweis, der Gearings Aussage erhärten könnte.

Dann waren da noch die – seiner Rechnung nach – dreiundfünfzig Angestellten von Horizon und Global Security, die dem Projekt von Anfang an verbunden waren. Die Entwicklung des A- und B-Serums konnte problemlos als medizinische Forschung deklariert werden.

Alle Überbleibsel des Shiva-Virus und die Impfstoffvorräte ließen sich binnen weniger Stunden verbrennen, ohne irgendeine Spur zu hinterlassen.

Das mußte reichen. Oder wenigstens fast. Immerhin hatten sie Gearing, und falls der auspackte – und auspacken würde er, da war sich Henriksen sicher, das FBI kannte Mittel und Wege, die Leute zum Reden zu bringen –, konnte er Brightling und einigen anderen Leuten, ihn selbst eingeschlossen, große Schwierigkeiten machen. U-Haft ließ sich vielleicht vermeiden, aber die Peinlichkeit einer Gerichtsverhandlung, alles, was die Enthüllungen mit sich bringen würden, zufällige Bemerkungen, die ein Projekt-Mitglied einem anderen gegenüber fallenließ, all das zusammengenommen... und dann gab es ja auch noch Popov, der Brightling und ihn als Drahtzieher von Terroranschlägen bezichtigen würde! Wegen des Mordes an Foster Hunnicutt konnten sie Popov allerdings auffliegen lassen, und das stellte seine Aussagen grundsätzlich in ein ungünstiges Licht. Am besten war es, sich von vornherein dem Zugriff des FBI zu entziehen, um das sich abzeichnende Strafverfahren zu vermeiden. Als Lösung blieb nur Brasilien, ihr Alternativ-Projekt mitten im Dschungel westlich von Manaus. Dort konnten sie sich in Sicherheit bringen, beschützt von Brasiliens angenehm restriktiven Auslieferungsgesetzen, und in aller Ruhe den Regenwald erforschen... Das schien im Augenblick die einzig sinnvolle Entscheidung zu sein. Er hatte eine Liste eingeweihter Projektmitglieder, die sie alle an den Galgen bringen konnten, wenn das FBI ihnen auf den Zahn fühlte. Die Liste dieser getreuen Jünger ließ er ausdrucken und steckte sie in die Brusttasche. Nachdem all dies erledigt und das Für und Wider durchdacht war, kehrte Henriksen in Brightlings Penthouse-Büro zurück.

»Die Piloten habe ich angewiesen, ihre Vögel schon mal startklar zu machen«, teilte ihm Brightling mit, als er eintrat.

»Gut«, nickte Henriksen. »Brasilien ist momentan unsere beste Zuflucht. Zumindest bringt es uns einen Aufschub, bis wir den am meisten gefährdeten Mitarbeitern erklärt haben, was wir vorhaben und wie sie sich verhalten sollen, wenn jemand sie ausfragt. Wir können es schaffen, John, wir müssen es nur schlau genug anstellen.«

»Und was wird aus dem Planeten?« fragte Carol Brightling betroffen.

»Erst müssen wir unsere eigene Haut retten, Carol«, widersprach Bill. »Von einer Zelle im Marion-Staatsgefängnis aus wirst du der

Umwelt kaum nützlich sein. Aber wenn wir's pfiffig anstellen, können wir verhindern, daß irgendwer Beweise gegen uns in die Hand bekommt. Und ohne Beweise sind wir aus dem Schneider. Also, Leute« – er zog die Liste aus der Brusttasche –, »hier sind die Namen der Personen, die wir in Sicherheit bringen müssen. Es sind dreiundfünfzig. Da draußen warten vier Gulfstreams auf uns. Wir können alle sofort zum Alternativ-Projekt runterfliegen. Was dagegen?«

John Brightling schüttelte den Kopf. »Nein. Ich bin einverstanden. Bleiben wir damit auf dem Boden der Legalität?«

Henriksen nickte entschlossen. »Ich denke schon. Popov wird Schwierigkeiten machen, aber er hat einen Mord auf dem Kerbholz. Ich zeige ihn bei der Polizei vor Ort an, bevor wir starten. Mit seiner Glaubwürdigkeit als Zeuge ist es dann nicht mehr weit her. Es wird aussehen, als hätte er sich das alles ausgedacht, um dem Galgen zu entgehen – oder wie immer sie hier in Kansas die Mörder hinrichten. MacLean und Killgore werden ihre Aussagen über den Fall auf Videos sprechen, die wir der Polizei übergeben. Vielleicht reicht das nicht aus, ihn zu verurteilen, aber einheizen wird man wird ihm schon. So muß man's anfangen – die Beweiskette des Prozeßgegners durchbrechen und seine Zeugen in schiefes Licht stellen. In einem, vielleicht anderthalb Jahren einigen sich unsere Verteidiger mit dem Bundesanwalt, und wir kehren heim. Bis dahin müssen wir in Brasilien überwintern, und dein Unternehmen kannst du ebensogut von dort aus über Internet führen.«

»Tja, es ist nicht ganz das, was wir geplant hatten, aber ...«

»Mag sein«, erklärte Carol Brightling schulterzuckend. »Aber besser, als den Rest des Lebens im Staatsgefängnis zu verbringen, ist es allemal.«

»Leite das alles in die Wege, Bill«, ordnete John an.

»Und – was fangen wir jetzt an?« fragte Clark, der noch immer nicht ganz wach war.

»Ich würde sagen«, antwortete Tom Sullivan, »wir wenden uns zunächst an den Direktionsassistenten im New Yorker Büro, und dann unterhalten wir uns mal mit dem Staatsanwalt darüber, mit welcher Anklage wir in den Prozeß gehen.«

»Das halte ich für aussichtslos«, widersprach Clark, rieb sich die Augen und griff nach seinem Kaffee.

»Mag sein. Aber sie uns vorknöpfen und verprügeln ist doch auch keine Lösung, wie? Wir sind Polizisten. Unsere Vorschriften dürfen wir nicht außer acht lassen«, meinte Chatham.

»Diese Geschichte darf nie vor Gericht kommen. Außerdem, wer sagt denn, daß wir den Prozeß gewinnen? Wie schwer wird es denen wohl fallen, den Anschlag zu vertuschen?«

»Das kann ich nicht einschätzen. Zwei Mädchen sind verschwunden, die sie vielleicht umgebracht haben, und eventuell gehen weitere Menschenleben auf ihr Konto, wenn unser Freund Popov recht hat. Damit haben sie gegen das Gesetz verstoßen, nach Landes- und Bundesrecht sind sie eines Verbrechens schuldig, und, Himmel nochmal, ihre Verschwörung... dafür gibt es doch schließlich Gesetze, Mr. Clark.«

»Mag ja sein, aber was glauben Sie, wie lange es dauert, bis wir dieses Gelände in Kansas eingekreist haben, von dem wir noch gar nicht wissen, wo es liegt? Und einen Haftbefehl gegen einen der reichsten Männer der USA in der Hand haben?«

»Das wird einige Zeit dauern«, gab Sullivan zu.

»Einige Wochen bräuchte man allein, um sich juristisch abzusichern«, überlegte Special Agent Chatham. »Wir müssen mit Experten reden, der Chlorbehälter muß im Labor untersucht werden – und während dieser Zeit dürften die Verdächtigen versuchen, sämtliche irgendwie verwertbaren Beweise zu vernichten. Ein Kinderspiel wird das nicht – aber was ist schon ganz einfach beim FBI?«

»Nicht allzu viel«, versetzte Clark skeptisch. »Auch in dieser Angelegenheit wird es keine Überraschungen geben. Wahrscheinlich wissen sie schon jetzt, daß wir Gearing haben. Und was der uns erzählt hat, können sie sich ja denken...«

»Stimmt«, nickte Sullivan.

»Wir werden den Fall möglicherweise ganz anders angehen müssen.«

»Und wie stellen Sie sich das vor?«

»Das weiß ich selbst noch nicht«, gab Clark zu.

Die Videos wurden im Medienzentrum des Projekts aufgenommen. Ursprünglich hatten sie dort Naturfilme produzieren wollen, zur Erkundung der regenerierten Umwelt und zum Zeitvertreib der Überlebenden. Daß ihr Projekt, das Ziel aller ihrer Bestrebungen, gescheitert war, traf die Teilnehmer wie ein Schlag. Besonders betroffen hatte Kirk MacLean reagiert. Dennoch gab er sein Bestes, als er vor der Kamera von den Ausritten erzählte, die er, Seroff, Hunnicutt und Killgore miteinander unternommen hatten. Dann bezeugte Dr. John Killgore, wie er die ungesattelten Pferde vorgefunden hatte, und schließlich schilderte MacLean den Leichenfund. Killgore selbst hatte die Obduktion vorgenommen und festgestellt, daß eine .44er-Kugel Foster Hunnicutt vom Leben zum Tode befördert hatte. Nachdem alles im Kasten war, schlossen sich die Männer den übrigen an, die sich in der Lobby des Wohnturms versammelten; ein Kleinbus brachte sie dann zu den wartenden Flugzeugen.

Der Flug nach Manaus würde, wie sie an Bord erfuhren, über eine Strecke von fünftausendsechshundert Kilometern führen und etwa acht Stunden dauern. Doch für den Gulfstream-Jet war das ein Katzensprung. Die erste Maschine war spärlich besetzt; nur das Ehepaar Brightling, Bill Henriksen sowie Steve Berg, der wissenschaftliche Leiter bei der Entwicklung von Shiva, kamen an Bord. Man startete um neun Uhr früh Ortszeit. Ziel ihrer Reise war das Tal des Amazonas, mitten in Brasilien.

Es stellte sich heraus, daß die Anlage dem regionalen FBI in Kansas längst bekannt war. Zwei Agenten der FBI-Vertretung fuhren im Wagen hinüber, doch bekamen sie nur noch die Positionslichter der gerade gestarteten Jets zu sehen. Pflichtschuldig teilten sie es ihrem Regionalbüro mit, das die Meldung nach Washington weitergab. Dann parkten sie am Seitenstreifen des Zubringers, tranken jeder eine Cola, futterten McDonald's-Hamburger und hielten die Augen offen – auch wenn sich absolut gar nichts rührte in diesem häßlichen, mitten ins Weizengebiet gepflanzen Gebäudekomplex.

Die Besatzung der C-17 wurde im Luftwaffenstützpunkt Hickam auf Hawaii abgelöst, und nach dem Auftanken startete die Maschine Richtung Travis in Nord-Kalifornien. Chavez und seine Leute stiegen gar nicht erst aus. Stattdessen sahen sie zu, wie die neue Besatzung mit Frühstückspaketen und Getränken an Bord kam, und richteten sich für die nächsten sechs Flugstunden ein. Wilson Gearing versuchte mittlerweile, sich zu rehabilitieren, predigte von den Bäumen und Vögeln, den Fischen und der Umwelt, was Ding nur am Rande mitbekam. Den Vater eines Neugeborenen und Ehemann einer Ärztin konnten solche Haarspaltereien schwerlich überzeugen. Doch der Mann schwafelte unaufhörlich weiter. Noonan lauschte mit höflichem Interesse und schnitt auch dieses Gespräch auf dem Recorder mit.

Der Transfer nach Süden verlief insgesamt ungestört. Diejenigen, die noch nichts von den Vorfällen in Sydney wußten, ahnten schon, daß etwas nicht stimmte, konnten sich aber ohne Vermittlung der Crew nicht mit dem ersten Flugzeug in Verbindung setzen. Über die Ziele des Projekts waren sie kaum orientiert; viele Angestellte der Horizon Corporation bezogen ihre Gehälter lediglich für Jobs, für die sie ausgebildet worden waren. Nun flogen sie auf südlichem Kurs einem Ziel entgegen, das in unmittelbarer Nähe des Äquators lag. Die Strecke kannten sie noch vom Vorjahr, als das Alternativ-Projekt eingeweiht worden war. Dort gab es eine Rollbahn, die für die Jets im Grunde genommen ausreichte, die aber nur während der hellen Tagesstunden angeflogen werden konnte, da die Navigationshilfen, die in Kansas eingerichtet worden waren, hier fehlten. Falls etwas schiefging, konnten sie problemlos den Stadtflughafen von Manaus erreichen, der 160 Kilometer östlich von ihrem Bestimmungsort lag. Hier stand ihnen kompletter Bodenservice zur Verfügung, einschließlich Reparaturen. Auch im Alternativ-Projekt gab es ein Ersatzteillager, und jedes Flugzeug hatte einen eigens ausgebildeten Mechaniker an Bord.

Nach einer Stunde überflogen sie den Golf von Mexiko, dann wandten sie sich ostwärts und kamen in die internationale Flugschneise über Kuba. Die Wettervorhersage war gut bis hinunter nach Venezuela, wo es eventuell kleinere Gewitter geben würde, aber nichts Ernstes. Die Passagiere in der Chefmaschine wollten so schnell wie irgend möglich außer Landes und sich auf dem Planeten verstecken, den sie so gerne gerettet hätten.

»Was soll denn das heißen?« fragte Sullivan. Dann wandte er sich zu den anderen um. »Vier Jets haben die Anlage in Kansas verlassen und fliegen in Richtung Süden.«

»Können wir irgendwie die Verfolgung aufnehmen?«

Sullivan runzelte achselzuckend die Stirn. »Durch die Luftwaffe vielleicht?«

»Wie zum Teufel kriegen wir das raus?« fragte sich Clark laut. Dann rief er in Langley an.

»Probieren will ich's, John. Aber die Luftwaffe zum Eingreifen zu bewegen, wird nicht ganz leicht sein.«

»Einen Versuch ist es wert, Ed! Vier Flugzeuge vom Typ Gulfstream auf Südkurs von Kansas aus, Zielflughafen unbekannt.«

»Na schön. Ich rufe in der nationalen militärischen Kommandozentrale an.«

Für den CIA-Direktor war es nicht schwer, durchgestellt zu werden. Der diensthabende Offizier in der Kommandozentrale war ein Zwei-Sterne-General der Luftwaffe, der erst vor kurzem auf diesen Schreibtischposten versetzt worden war; zuvor hatte er das Kommando über die in der NATO verbliebenen Kampfflieger der US-Luftwaffe innegehabt.

»Und was, meinen Sie, sollen wir dabei tun, Sir?« fragte der General, nachdem Ed in groben Zügen erklärt hatte, was er brauchte.

»Vier Gulfstream-Privatjets sind vor etwa einer halben Stunde in Kansas gestartet. Wir möchten, daß Sie die Verfolgung aufnehmen!«

»Womit denn? Unsere gesamte Luftverteidigung ist an der kanadischen Grenze konzentriert. Selbst wenn wir sie losschicken, könnten wir diese Maschinen niemals einholen.«

»Und wenn man AWACS einsetzt?« fragte Foley.

»Die gehören zum Luftkampf-Kommando in Langley – unserem, nicht Ihrem – und, naja, vielleicht ist gerade eine Maschine im Rahmen der Drogenbekämpfung unterwegs oder auf einem Übungsflug. Soll ich das mal nachprüfen?«

»Ich bitte darum«, sagte Foley. »Solange bleib ich dran.«

Der Zwei-Sterne-General ging aber noch weiter und rief bei NORAD an, dem US-Luftraum-Verteidigungskommando in Cheyenne Mountain, von wo aus die gesamte USA per Radar überwacht wurde. Tatsächlich gelang es ihnen, die vier Jets zu orten. Es dauerte nicht viel mehr als eine Minute, dann wurde ein e-Mail-Befehl an die Bundes-Luftkontrollbehörde geschickt, um die Flugpläne zu vergleichen, die bei internationalen Flügen eingereicht werden mußten. Ferner teilte NORAD dem General mit, daß derzeit *zwei* E-3B-AWACS-Aufklärer unterwegs waren. Einer war fünfhundert Kilometer südlich von New Orleans an einem Einsatz gegen Rauschgiftschmuggel beteiligt, und der andere flog südlich der Luftwaffenbasis Eglin Manöver mit einigen Kampffliegern, die den Rückzug der Marine aus dem Pensacola-Flugzeugträgerstützpunkt probten. Nachdem er das in Erfahrung gebracht hatte, rief der General den Langley-Luftwaffenstützpunkt in Virginia an, ließ sich mit den Verantwortlichen verbinden und teilte ihnen die Anfrage des CIA-Direktors mit.

»Und wozu soll das alles gut sein, Sir?« erkundigte sich der General bei Foley.

»Das darf ich leider nicht sagen. Aber es hat höchste Dringlichkeitsstufe.«

Der General übermittelte es dem Langley-Kommando, gab dessen patzige Antwort dem CIA-Direktor allerdings nicht mehr durch. Der sollte sich seinerseits an den Viersternegeneral wenden, der das Luftkampfkommando befehligte. Zufälligerweise saß er gerade im Büro statt in der F-16, die ihm von Amts wegen zustand. Grollend rang sich der Viersternemann zu einer Einwilligung durch – er konnte sich vorstellen, daß ihn die Schnüffler vom CIA mit einem solchen Ansinnen nicht grundlos behelligten.

»Wenn's denn sein muß! Meinetwegen sollen Sie die Kiste haben. Wie weit soll sie denn fliegen?«

»Das wissen wir nicht. Wie weit kommt man denn mit so einem Gulfstream?«

»Verdammt, Sir, der neue Typ V schafft es bis nach Japan rüber. Da werd ich wohl noch für's Auftanken sorgen müssen!«

»Bitte tun Sie's, wenn es erforderlich ist. Wen muß ich anrufen, um mich über die Verfolgungsjagd auf dem Laufenden zu halten?«

»Am besten NORAD.« Er gab dem CIA-Chef die Durchwahlnummer.

»Gut. Ich danke Ihnen, General. Sie haben beim CIA etwas gut!«

»Das werde ich mir merken, Direktor Foley«, versprach der Luftwaffen-Generalmajor.

»Ihr habt Glück«, erfuhr Clark vom Direktor. »Die Luftwaffe hat sich eine AWACS abschwatzen lassen. Mit der bleiben wir ihnen die ganze Strecke auf den Fersen und kriegen raus, wo sie hinwollen«, triumphierte Ed Foley. Allerdings war das ein bißchen dick aufgetragen. Er hatte noch nicht kapiert, daß die AWACS unterwegs aufgetankt werden mußte.

Das betreffende Flugzeug, eine bejahrte E-3B-Sentry, erhielt den Befehl eine Viertelstunde später. Der Pilot leitete die Information an den ersten Kontrolloffizier weiter, einen Major, der seinerseits NORAD kontaktierte, um nach weiteren Einzelheiten zu fragen. Er bekam sie auch, allerdings erst zehn Minuten, nachdem die erste Gulfstream den amerikanischen Luftraum verlassen hatte. Der Schlenker von Cheyenne Mountain herunter machte das Verfolgen ungefähr so spaßig wie eine Spritztour zum Supermarkt. Ein in Panama startendes Tankflugzeug sollte sie über der Karibik versorgen, und was zuerst als interessante Übung begonnen hatte, endete schließlich in nervtötender Langeweile. Die E-3B-Sentry, nach dem Vorbild der ehrwürdigen Boeing 707-320B konstruiert, hielt die gleiche Fluggeschwindigkeit wie die in Savannah gefertigten Firmenjets, und zwar bei konstant 66 Kilometern Abstand. Nur das Auftanken in der Luft würde die Monotonie unterbrechen, aber nicht lange. Der Funkrufname des Aufklärers war Eagle 29; er verfügte über Satellitenfunk, mit dem alles, einschließlich der Radarbilder, nach Colorado zu NORAD übermittelt werden konnte. Ein Großteil der Eagle-29-Besatzung fläzte sich in ihren bequemen Sitzen, während sich drei Auto-Kontrollgeräte um die vier zu jagenden Gulfstream-Jets kümmerten. Es stellte sich heraus, daß sie schnurstracks einem bestimmten Ziel entgegenflogen, rund fünf Minuten oder 66 Kilometer voraus, und nicht das geringste Ablenkungsmanöver versuchten, nicht einmal Zickzackmanöver. So etwas schadete ja auch nur der Aerodynamik und vergeudete Sprit. Für das Überwachungsflugzeug war das keine große Affäre. Mit ihrem Radar konnte die Besatzung notfalls eine Mülltüte auf der Meeresoberfläche orten – wie bei der Jagd auf Rauschgiftschmuggler, die ihren Koks gern in solchen Beuteln versteckten; auch dem Tempolimit von 130 Stundenkilometern auf US-Bundesautobahnen konnten sie Geltung verschaffen, da alles, was schneller fuhr, vom Radar aufgezeichnet wurde – es sei denn, der Programmierer übersah diese Anzeige. Was sie jetzt kontrollieren mußten, waren allein die Linienflüge auf ihrer täglichen Routinestrecke, und die vier Jets, die so stinknormal geradeaus flogen, daß – wie einer der Leute am Kontrollgerät bemerkte – selbst einer von der Marine sie ohne Gebrauchsanweisung gefunden hätte.

Um dieselbe Zeit saß Clark im Pendelflieger zum Reagan-Flughafen jenseits des Potomac in Washington. Sie landeten pünktlich, und Clark wurde von einem CIA-Angestellten abgeholt; ein Wagen der »Firma« stand draußen geparkt. Zwanzig Minuten brauchten sie nach Langley, wo sie den siebten Stock im alten Hauptquartier aufsuchten. Dmitrij Popov hätte nie gedacht, daß er dieses Gebäude je betreten würde, und noch dazu mit offiziellem *Besucher / Begleitung erforderlich*-Anstecker.

John übernahm die Vorstellung. »Willkommen bei uns«, grüßte Foley in gepflegtem Russisch. »Ich nehme mal an, hierher sind Sie noch nicht vorgedrungen ...«

»Sie haben uns vermutlich auch noch nicht am Dserschinskij-Platz 2 besucht, oder?«

»Ich schon«, mischte sich Clark ein. »Ich war sogar mal in Sergej Nikolajitschs Büro.«

»Unfaßbar«, erwiderte Popov, während er den angebotenen Platz einnahm.

»Schieß los, Ed. Wo zum Teufel befinden sie sich jetzt?«

»Nördlich von Venezuela, noch immer Richtung Süden fliegend. Wahrscheinlich landen sie mitten in Brasilien. Die Kontrollbehörde teilt uns mit, sie hätten einen ganz normalen Flugplan erstellt, wie gesetzlich vorgeschrieben, und zwar nach Manaus. Das ist da, wo die Gummibäume wachsen, glaube ich. Und einige Flüsse kommen da zusammen.«

»Sie besitzen dort eine weitere Anlage, ungefähr so wie in Kansas, wurde mir erzählt. Allerdings ein bißchen kleiner«, ließ Popov seine Gastgeber wissen.

»Sollen wir einen Satelliten darauf ausrichten?« fragte Clark den Geheimdienstchef.

»Wenn wir wissen, wo es ist, warum nicht! Die AWACS ist ein wenig zurückgefallen, als sie aufgetankt werden mußte, aber der Abstand beträgt nicht mehr als 140 Kilometer, das dürfte kein Problem sein. Der Besatzung zufolge fliegen die vier Firmenjets völlig normal und halten geraden Kurs.«

»Und wenn wir rauskriegen, wohin die Reise geht ... was dann?«

»Weiß ich auch noch nicht so genau.« Foley runzelte bedächtig die Stirn. »So weit habe ich noch nicht vorgeplant.«

»Es wird nicht ganz einfach sein, sie vor Gericht zu bringen, Ed.«

»Meinst du wirklich?«

»Meine ich«, bestätigte Clark mit Kopfnicken. »Wenn die gerissen genug sind, und davon müssen wir wohl ausgehen, dann können sie sämtliche Beweismittel für ihr Verbrechen restlos verschwinden lassen. Dann bleiben uns nur noch die Zeugen – aber rate mal, wer jetzt da an Bord der vier Jets nach Brasilien fliegt?«

»Alle, die überhaupt wußten, was vor sich ging. Und deren Anzahl hat man gewiß schon aus Sicherheitsgründen kleinzuhalten versucht. Was meinst du? Oder ist der Gesangsverein unterwegs, um sein Liedchen einzustudieren?«

»Wie darf ich das verstehen?« fragte Popov.

»Sie müssen sich doch erst auf eine bestimmte Version ihrer Geschichte einigen. Damit alle Bescheid wissen, wenn das FBI gegen sie ermittelt«, erläuterte Foley. »Will sagen, sie müssen ein gemeinsames Libretto schreiben und auswendig lernen, damit es jeder auf die gleiche Weise singt.«

»Was würdest du an ihrer Stelle machen, Ed?« fragte Rainbow Six nüchtern.

Foley nickte. »Ungefähr dasselbe. Okay – und was können wir dagegen tun?«

Clark warf dem Geheimdienstchef einen vielsagenden Blick zu. »Ihnen einen kleinen Besuch abstatten?«

»Und wer soll denn das genehmigen?« erkundigte sich der CIA-Direktor.

»Noch kriege ich mein Gehalt von euch. Ich bin dir rechenschaftspflichtig, Ed, wenn du dich daran bitte erinnern würdest.«

»John, um Himmels willen!«

»Erhalte ich die Erlaubnis, meine Leute an einem geeigneten Stützpunkt zu versammeln?«

»Und wo, wenn ich fragen darf?«

»Sagen wir in Fort Bragg«, schlug Clark vor.

Foley konnte sich der Logik des Arguments nicht verschließen. »Genehmigt.«

Clark erhob sich, lief durch das schmale Büro zu einem Tisch mit einem Sicherheits-Telefon und wählte die Nummer in Hereford.

Alistair Stanley hatte sich einigermaßen von seinen Verletzungen erholt, gut genug jedenfalls, um ganztags im Büro zu arbeiten, ohne vor Erschöpfung umzukippen. Clarks Ausflug in die Staaten hatte ihn zum

Verantwortlichen für die zusammengeschmolzene Rainbow-Truppe gemacht; nun war er mit Problemen konfrontiert, auf die Clark ihn nicht vorbereitet hatte. Beispielsweise mußten zwei gefallene Männer ersetzt werden. Die Stimmung in der Truppe war auf einem Tiefpunkt angelangt. Zwei Kameraden fehlten, mit denen die übrigen eng zusammengearbeitet hatten – mit so etwas fanden sich die Männer nur schwer ab. Dennoch zogen sie jeden Morgen zum Training auf den Sportplatz, und nachmittags führten sie ihre Schießübungen durch, um für einen möglichen Einsatz sofort bereit zu sein. Ein Eilauftrag galt zwar als unwahrscheinlich, doch rückblickend war schließlich jeder Einsatz der Rainbow-Truppe überraschend erfolgt. Das Sicherheitstelefon schrillte, und Stanley griff zum Hörer.

»Alistair Stanley am Apparat.«

»Hallo, Al. John hier. Ich bin jetzt in Langley.«

»Was in aller Welt ist denn los gewesen, John? Chavez und Anhang sind wie vom Erdboden verschluckt, und ...«

»Ding und seine Leute befinden sich zur Zeit auf halbem Wege zwischen Hawaii und Kalifornien, Al. Sie haben in Sydney eine Verschwörung großen Stils aufgedeckt.«

»Um was geht es dabei, wenn ich verdammt nochmal fragen darf?«

»Al, sitzt du gut?«

»Sicher, John. Ich sitze am Schreibtisch, und ...«

»Dann hör jetzt mal zu. Ich erzähle dir die Kurzversion«, verlangte Clark; sein Bericht dauerte denn auch nur zehn Minuten.

»Hol's der Teufel«, stieß Stanley hervor, als sein Chef geendet hatte. »Bist du dir sicher, daß es kein Witz ist?«

»Vollkommen sicher, Al. Im Augenblick jagen wir den Verschwörern nach, die sich in vier Flugzeugen absetzen wollen. Ihr Ziel scheint Mittelbrasilien zu sein. Paß auf, ich will, daß du unsere Leute zusammentrommelst und nach Fort Bragg fliegst – Luftwaffenstützpunkt Pope in Nord-Kalifornien – mit kompletter Ausrüstung. Alles, Al. Könnte sein, daß auch wir einen kleinen Ausflug in den Dschungel machen, um ... naja, um mit diesen Leuten endgültig fertigzuwerden.«

»Verstehe. Ich versuche, hier alles vorzubereiten. Es eilt, nehme ich an?«

»Stimmt. Die British Airways soll uns ein Flugzeug borgen«, fuhr Clark fort.

»Geht in Ordnung. Dann will ich mal los, John!«

In Langley fragte sich Clark, was wohl aus der Sache werden sollte. Wenigstens mußten all seine Trümpfe im richtigen Ärmel stecken. Alistair würde versuchen, bei British Airways eine Reservemaschine loszueisen für den Direktflug nach Pope, und von da aus ... Wenn sie erstmal dort waren, würde ihm schon etwas einfallen. Und schließlich mußte er sich auch auf den Weg dorthin machen – zur Sondereinsatztruppe unter Oberst Little Willie Byron.

»Zielobjekt eins setzt zur Landung an«, meldete ein Kontrolloffizier über Bordfunk. Der befehlshabende Offizier blickte von dem Buch auf, in dem er gerade schmökerte, schaltete sein Mikro ein und bestätigte die Meldung. Im selben Augenblick hatte er internationales Recht verletzt. Der Eagle 29 hatte keinerlei Erlaubnis, Brasilien zu überfliegen, aber die Radarkontrolle der Bodenstation empfing sein Signal als das eines zivilen Transportfliegers, der übliche Trick, und bis jetzt hatte sie niemand behindert. Er bestätigte die Meldung, schaltete Satelliten-Funk ein und gab sie an NORAD weiter – unwissentlich auch an den CIA. Fünf Minuten später folgte das zweite Zielobjekt. Der diensthabende Kontrolloffizier befahl seiner Besatzung, Kurs und Geschwindigkeit beizubehalten, kontrollierte den Benzinstand und stellte fest, daß sie noch acht Flugstunden Reserve hatten, mehr als genug, um zur Tinker Air Force Basis bei Oklahoma City zurückzufliegen.

In England wurde die British-Airways-Karte ausgespielt, und die Fluggesellschaft teilte nach zehnminütiger Rücksprache dem Rainbow-Team eine 737-700er Maschine zu, die in Luton, einem kleinen kommerziellen Flugplatz nördlich von London, bereitgestellt wurde. Das Rollfeld erreichten sie in einem Lastwagen, den die Transportkompanie der britischen Armee zur Verfügung stellte.

Wie ein grünes Meer sieht er aus, dachte John Brightling, dieser Riesenbaldachin über dem Drei-Etagen-Dschungel da unten. Im Licht der untergehenden Sonne glänzten silbrige Flußläufe, doch anderswo sah man nicht auf den Grund. Es war das artenreichste Ökosystem des Planeten, und Brightling selbst hatte es nie aus der Nähe erkundet. Dazu würde er jetzt wohl reichlich Gelegenheit bekommen, mindestens ein ganzes Jahr, vielleicht länger. Das Alternativ-Projekt war eine solide und bequeme Anlage, die sechs Mann Belegschaft für ihren Unterhalt erforderte, mit eigenem Kraftwerk, einer Satelliten-Relaisstation und reichlichen Speisevorräten. Er fragte sich, wer von den Leuten in den vier Flugzeugen wohl gut kochen konnte. Man würde auch hier arbeitsteilig vorgehen müssen, wie bei allem, was mit dem Projekt zusammenhing – und natürlich würde er wieder der Anführer sein.

In Binghamton, New York, warf die diensthabende Schicht einige Container mit der Aufschrift *Achtung! Gefährliches Bio-Material!* in die Feuerung. Ein großer Ofen war das, dachte einer der Männer, in einem Krematorium hätte er sechs Leichen zugleich gefaßt. Angesichts der dicken Isolierung war auch zu vermuten, daß er ganz schöne Hitzegrade entwickeln konnte. Der Mann zog die acht Zentimeter dicke Tür zu, verriegelte sie und drückte den Zündknopf. Er hörte das Gas hereinzischen und vernahm, wie es vom internen Zünder in Brand gesetzt wurde, gefolgt vom üblichen *Wwwuuusch*. Weiter fiel ihm nichts auf an diesem Vorgang. Horizon Corporation hatte immer irgendwelchen biologischen Sondermüll zu entsorgen. Womöglich waren das lebende AIDS-Viren, dachte er. Auf diesem Gebiet stellte das Unternehmen intensive Forschungen an, wie er kürzlich gelesen hatte. Im Augenblick aber betrachtete er die Einträge auf seinem Auftragsblock. Da waren drei Blätter mit Sonderanweisungen, die aus Kansas gefaxt worden waren, und jede einzelne Zeile war abgehakt. Die angegebenen Container waren nur noch Asche. Bei diesen Temperaturen zerschmolzen sogar die Metallabdeckungen. Und so stieg auch noch das letzte mögliche Beweismittel als kleines Rauchwölkchen in den Himmel. Davon wußte der Mann von der Belegschaft allerdings nichts. Für ihn war Container G7-89-98-00A einfach ein Plastikbehälter. Nicht einmal von der Existenz des Namens »Shiva« ahnte er etwas. Weisungsgemäß ging er zu seinem Desktop-Computer – solche standen hier an jedem Arbeitsplatz – und tippte ein, daß die angegebenen Materialien vernichtet worden seien. Diese Information wurde in das betriebsinterne Netzwerk der Horizon Corporation weitergeleitet und tauchte, obwohl dem Mann in der Müllverbrennung auch das nicht bewußt war, auf einem Bildschirm in Kansas auf. Es gab auch dafür besondere Anweisungen, und der Techniker, der sie hier entdeckte, nahm sofort den Hörer ab und gab die Mitteilung telefonisch an einen anderen Beschäftigten durch, der sie seinerseits weitergab an die in der entsprechenden e-Mail angegebene Telefonnummer.

»Gut, danke«, antwortete Bill Henriksen, als er die Nachricht vernahm. Er legte den Hörer auf und ging zu den Brightlings hinüber.

»Hört mal, Leute, das war Binghamton. Das Shiva-Zeugs, die Impfstoffe – alles verbrannt. Jetzt gibt es keinerlei Beweise mehr dafür, daß unser Projekt jemals existiert hat.«

»Sollen wir uns darüber etwa freuen?« fragte Carol ärgerlich und starrte aus ihrem Fenster auf das näherkommende Blätterdach des Dschungels.

»Nicht unbedingt, aber ich vermute, wir sind jetzt glücklicher dran, als wenn uns ein Urteil wegen Verschwörung zum Massenmord erwartet!«

»Er hat recht, Carol«, warf John mit belegter Stimme ein. So nah waren sie dran gewesen … So verdammt nah dran … Immerhin hatten sie noch gewisse Ressourcen, tröstete er sich selbst, unter anderem eine Kerngruppe von fähigen Leuten. Dieser schwere Rückschlag bedeutete nicht unbedingt, daß er sich von allen seinen Idealen verabschieden mußte. Der Konzernchef der Horizon dachte gar nicht daran. Unter ihnen, in diesem grünen Meer, in das sie soeben eintauchten, gab es eine gewaltige Vielfalt von Lebensformen. Vor seinem Aufsichtsrat hatte er den Bau des Alternativ-Projekts damit begründet, daß man vor Ort die chemischen Baustoffe der Bäume und Pflanzen am besten erforschen könne. Wer weiß, was es hier zu entdecken gab – vielleicht ein neues Mittel gegen Krebs? Er hörte, wie das Fahrgestell ausgefahren wurde; wenige Augenblicke später begann der eigentliche Landevorgang. Noch drei Minuten, und sie setzten auf der Rollbahn auf, die gleichzeitig mit den Laboratorien und Wohngebäuden angelegt worden war. Langsam kam das Flugzeug zum Stehen.

»Okay, Zielobjekt eins ist gelandet.« Der Kontrolloffizier las die genaue Position ab und justierte seine Bildschirmdarstellung. Waren da auch Gebäude? Tatsächlich. Sein Computer berechnete deren genaue Lage und Größe und übermittelte alle diese Daten nach Cheyenne Mountain.

»Danke.« Foley notierte die Angaben auf einen Notizblock. »John, ich habe jetzt den genauen Längen- und Breitengrad, auf dem sie sich befinden. Ich werde einen Satelliten beauftragen, das Gebiet für uns zu fotografieren. Die Bilder müßten wir in zwei, drei Stunden haben, je nach Wetterbedingungen.«

»So schnell?« fragte Popov und blickte durch das Fenster im siebten Stock auf den Prominenten-Parkplatz.

»Kostet uns nur einen weiteren Computerbefehl!« erklärte ihm Clark. »Die Satelliten sind doch schließlich immer da oben.« Ihm kamen die drei Stunden im Gegenteil ziemlich lang vor. Die ausgeflogenen Vögel wollten offenbar an einem verhältnismäßig unbequemen Ort nisten.

Operation Rainbow verließ die Rollbahn in Luton kurz nach Mitternacht britischer Ortszeit, drehte eine Rechtsschleife über der Autofabrik direkt neben dem Flughafen und wandte sich dann westwärts Richtung Amerika. Drei Flugbegleiter, von denen die Truppe mit Speise und Trank versorgt wurde, hatte British Airways diesem Flug zugeteilt. Alle Soldaten nahmen ihre Tabletts dankbar entgegen, bevor sie versuchten, während des Flugs noch etwas Schlaf zu bekommen, so gut es ging. Sie hatten keine Ahnung, aus welchem Grund man sie nach Amerika abkommandierte. Stanley hatte noch nichts mitteilen können, aber natürlich hatten sie sich schon gefragt, warum sie die *komplette* Ausrüstung mitnehmen sollten...

Der Himmel war herrlich klar über dem brasilianischen Dschungel. Der erste KH-11D zog um 21 Uhr 30 Ortszeit über das Gebiet; seine Infrarot-Kameras schossen insgesamt 320 Aufnahmen, zur Ergänzung der 92 Aufnahmen innerhalb des sichtbaren Spektrums. Diese Bilder wurden dann unmittelbar einem Kommunikationssatelliten zugefunkt und von dort zum Empfänger in Fort Belvoir in Virginia weitergeleitet, unweit von Washington. Diese Stelle gab sie über Kabelnetz an das Nationale Büro für Aufklärung und Erkennung neben dem Flughafen John F. Dulles durch, bevor sie durch ein weiteres Glasfaserkabel im CIA-Hauptquartier eintrafen.

»Äußerst deutliche Aufnahmen«, sagte der verantwortliche Bilderkennungs-Fachmann in Foleys Büro. »Hier steht ein Gebäude. Da ist eins... und hier noch eins. Vier Flugzeuge am Boden, die wie Gulfstream-Jets aussehen, dieses hier hat allerdings verlängerte Tragflächen. Eine private Rollbahn, voll beleuchtet, aber ohne Navigationshilfen. Die Benzintanks vermute ich... hier! Das da ist ein Kraftwerk. Die Bauart des Schornsteins weist auf Dieselgeneratoren hin. Das hier sieht wie ein Wohngebäude aus, wenn man mal vom Muster der Fenster ausgeht. Hat da jemand einen Luftkurort errichtet, für den wir uns interessieren?« fragte der Bilderkennungsfachmann.

»Sowas Ähnliches«, bestätigte Clark. »Was noch?«

»Sonst gibt's im Umkreis von 150 Kilometern ziemlich wenig. Das hier könnte mal eine Gummibaum-Plantage gewesen sein, stell ich mir vor, aber die Gebäude sind nicht beheizt, also wurde sie wahrscheinlich aufgegeben. Sonst keine Anzeichen von Zivilisation. Hier in der Gegend gibt's einige Feuer, vielleicht von Eingeborenen, Indianer oder sowas. Das ist eine verlassene Gegend, Sir. Muß ganz schön Mühe gekostet haben, die Anlage hier zu bauen – isoliert, wie sie daliegt.«

»Gut, schicken Sie uns bitte auch die Lacrosse-Bilder, und wenn es gute Aufnahmen im sichtbaren Bereich gibt, will ich die auch sehen, klar?« bat Foley.

»Wir haben noch einen, der das Gebiet direkt überfliegt, um Null-Sieben-Zwanzig Lima«, offerierte er, sich auf die Ortszeit beziehend. »Der Wetterbericht ist günstig, und von diesem Durchgang könnten wir noch bessere Aufnahmen bekommen.«

»Wie breit ist diese Rollbahn?« fragte Clark.

»Etwa zweitausend Meter lang, neunzig Meter breit, Standardlänge. Und dann haben sie noch zu beiden Seiten ein paar hundert Meter weiter die Bäume gefällt. Wenn der Beton dick genug ist, kann man da ein stattliches Flugzeug landen lassen. Hier am Fluß gibt's eine Anlegestelle, längs des Rio Negro. Schiffe sind aber keine zu sehen. Ich denke, das ist ein Überbleibsel aus der Zeit der Errichtung dieser Anlage.«

»Ich kann keine Telefonmasten erkennen«, erklärte Clark und studierte die Bilder eingehend.

»Nein, Sir, da sind auch keine. Ich nehme an, sie haben Satelliten- und Funkstationen.«

Er machte eine Pause. »Kann ich sonst noch etwas für Sie tun?«

»Das wär's – und haben Sie vielen Dank«, verabschiedete sich Clark von dem Techniker.

»Gern geschehen, Sir.« Der Bilderkennungsfachmann wandte sich zum Lift und fuhr ins Erdgeschoß zurück, wo sein Büro lag.

»Sind wir jetzt schlauer?« fragte Foley. Er selbst hatte keine Ahnung, wie man sich in einem Dschungelgebiet bewegte, aber Clark kannte sich noch von früher aus.

»Wir wissen jetzt, wo sie sich aufhalten, und wir können uns ausrechnen, wie viele es sind.«

»Und was fängst du jetzt an, John?«

»Das weiß ich selbst noch nicht, Ed«, lautete die ehrliche Antwort. Clark hatte wirklich noch keinen festen Plan, aber er begann, über einen nachzudenken.

Die C-17 rumpelte hart über die Rollbahn der Travis-Luftwaffenbasis in Kalifornien. Chavez und seinen Kameraden war noch richtig schwummerig von der Fliegerei, aber wenigstens tat es gut, sich in der frischen Luft außerhalb des Flugzeugs ein wenig die Beine zu vertreten. Chavez nahm sein Handy heraus und wählte Hereford, nur um zu hören, daß John in Langley war. Die Nummer von Langley mußte er seinem Gedächtnis erst mühsam abringen, doch nach rund zwanzig Sekunden, vielleicht ein paar mehr, hatte er sie wieder parat und wählte.

»CIA-Direktion?«

»Hier spricht Domingo Chavez. Ich möchte John Clark sprechen, bitte.«

»Warten Sie einen Augenblick«, antwortete Foleys Sekretärin.

»Wo bist du denn jetzt, Ding?« fragte John, als das Gespräch durchgestellt wurde.

»Travis-Luftwaffenbasis, nördlich von Frisco. Wo zum Teufel sollen wir denn hin?«

»Eine VC-20-Militärmaschine wartet auf euch am VIP-Flugsteig.«

»Gut, wir werden irgendwie hinkommen. Wir haben aber keinerlei Ausrüstung mit, John. Australien mußten wir ja in aller Eile verlassen.«

»Ich sorge dafür, daß sich jemand darum kümmert. Du mußt jetzt so schnell wie möglich nach Washington kommen, okay?«

»Jawohl, Sir, Mr. C«, bestätigte Ding.

»Euer Gast ... Wie heißt er noch gleich – Gearing?«

»Richtig. Noonan hat fast die ganze Strecke bei ihm gesessen. Der Kerl hat gesungen wie ein Kanarienvögelchen, John. Was die da geplant hatten, ich meine, wenn das wirklich alles stimmen soll ... *Jesu Cristo, jefe*!«

»Ist mir klar, Ding. Übrigens sind sie uns ausgebüchst.«

»Wissen wir, wohin?«

»Nach Brasilien. Inzwischen konnten wir genau feststellen, wo sie sind. Ich hab Al beauftragt, die Mannschaft nach Fort Bragg zu bringen. Du kommst nach Andrews, und dann rüsten wir uns zum Abmarsch!«

»Verstanden, John. Dann laß mich jetzt mal den Flieger suchen. Ende!«

Chavez drückte die Aus-Taste und winkte einem blauen US-Militärlaster, der sie zur VIP-Lounge brachte. Dort wartete schon die nächste Crew auf sie. Wenig später gingen sie an Bord der VC-20, einer Militärvariante der Gulfstream-Firmenjets, und an Bord konnten sie anhand des Essens bestimmen, welche Tageszeit nun eigentlich war: Frühstück. Demnach mußte es früh am Morgen sein, wunderte sich Chavez und fragte den Sergeanten nach der genauen Zeit. Seine Armbanduhr ging nach dem Mond.

39

HARMONIE

Es kam Noonan geradezu grotesk vor, mit einem geständigen Beinahe-Massenmörder in einem Flugzeug zu sitzen, ohne den Mann mittels Handschellen oder einer Zwangsjacke oder sonstwie zu fixieren. Betrachtete man allerdings die praktische Seite der Angelegenheit – was konnte der schon groß anstellen? Und wohin sollte er zu entkommen trachten? Ob er versuchte, die Luke zu öffnen und rauszuspringen? Doch wirkte Gearing auf den FBI-Agenten nicht gerade wie ein Selbstmordkandidat, und Noonan konnte einigermaßen sicher sein, daß er kaum versuchen würde, das Flugzeug nach Kuba zu entführen. Daher warf Tim Noonan nur ein wachsames Auge auf den Gefangenen, während er darüber nachsann, daß er ihn auf einem fremden Kontinent festgenommen hatte, in einer anderen Zeitzone, auf der anderen Erdhalbkugel, jenseits der internationalen Datumsgrenze. Vor zehn oder elf Jahren war er schon bei der Geiselbefreiung von Fuad Yunis im östlichen Mittelmeerraum dabeigewesen, doch die Flugstrecke, die er diesmal zurücklegen mußte, um den Verdächtigen zu verhaften und heimzuschaffen, brach wohl sämtliche FBI-internen Rekorde. Es mußten an die 20000 Flugkilometer sein. Verdammt noch mal! Der Preis dafür war, daß die Odyssee kein Ende nehmen wollte und daß er körperlich total kaputt war und wie gelähmt. Er stellte die Zeiger seiner Armbanduhr nach und überlegte, ob das Datum noch stimmte. Man konnte, fiel ihm dann ein, den Flugbegleiter der Luftwaffe wohl nach der Uhrzeit fragen, aber wenn er sich erkundigte, welcher Tag war, würde man ihn für verrückt erklären. Noonan kam die Idee, das hiesige Datum der aktuellen Ausgabe von *USA Today* zu entnehmen. Er stellte die Rückenlehne schräg und heftete den Blick auf Wil Gearings Hinterkopf. Plötzlich blitzte in ihm ein neuer Gedanke auf: Er würde diesen Gefangenen in den Staaten irgendwo abliefern müssen. Aber wem? Und unter welcher Anklage?

»Einverstanden«, nickte Clark. »In zwei Stunden landen sie in Andrews. Wir nehmen einen dieser Pfützenhüpfer nach Pope und überlegen, was wir als nächstes anstellen.«

»Du hast doch garantiert schon was vor«, bemerkte Foley. Er kannte Clark lange genug, daß er ihm die Gedanken von der Stirn ablesen konnte.

»Ist das mein Fall oder nicht, Ed?« fragte Clark den Geheimdienstchef.

»Innerhalb vernünftiger Grenzen, John. Wir sollten zum Beispiel versuchen, nicht gerade einen atomaren Krieg anzuzetteln, kapiert?«

»Ed, wer soll diese Geschichte je vor Gericht bringen? Was ist, wenn Brightling alle Beweisstücke vernichtet hat? Das dürfte schließlich nicht schwer sein, oder? Worüber reden wir hier, zum Teufel? Über ein paar Eimer dieser Bio-Giftsuppe und einige Computerprotokolle. Es gibt Programme im Handel, die solche Aufzeichnungen so gründlich zerstören können, daß man sie nie mehr rekonstruieren kann, stimmt's?«

»Stimmt schon. Aber irgendwer kann mal was ausgedruckt haben, und eine gründliche Durchsuchung ...«

»Und was kommt dabei heraus? Eine weltweite Massenpanik, weil die Leute begreifen, was ein Gentechnik-Unternehmen anstellen kann, wenn es darauf aus ist. Wozu soll das gut sein?«

»Und dazu noch eine Prädidentenberaterin, die Schindluder mit Geheimsachen treibt. Das wäre auch nicht leicht zu verkraften für den Durchschnittsbürger.« Foley machte eine Pause. »Aber wir können die Typen doch nicht einfach umbringen, John! Es handelt sich um Bürger der Vereinigten Staaten mit gewissen *Grundrechten*. Schon mal davon gehört?«

»Ist mir klar, Ed. Aber sie laufen zu lassen kommt auch nicht in Frage, und gerichtlich verfolgen können wir sie ebenfalls nicht. Was bleibt uns da noch übrig?« Clark machte eine Pause. »Ich versuche mal was Kreatives.«

»Was denn?«

»Wenn sie zu den Waffen greifen würden, macht uns das die Sache leichter.«

»Wie bitte? Eure zwanzig gegen fünfzig und mehr?«

»Meine zwanzig Mann – beziehungsweise fünfzehn, realistisch gesehen – gegen diese Kissenfurzer? Jetzt mach mal einen Punkt, Ed. Mag ja sein, daß es moralisch auf Mord hinausläuft. *Rechtlich* gesehen aber nicht.«

Auf Foleys Stirn erschien eine gewaltige Falte. Er suchte schon jetzt fieberhaft nach einer Ausrede, die er dringend nötig haben würde, falls etwas davon an die Öffentlichkeit kam. Allerdings gab es für diese Befürchtung wenig Grund. Spezialeinheiten und Eingreiftruppen wahrten grundsätzlich Stillschweigen über so manche dunklen Punkte, mit denen sie in den Medien gewiß nicht gut dastünden.

»John«, sagte er schließlich.

»Ja, Ed?«

»Laß dich nicht erwischen.«

»Ist mir bis jetzt noch nicht passiert«, erinnerte ihn Rainbow Six.

»Dann mach's«, erklärte der Geheimdienstchef leise. Aber wie sollte er *das* dem Präsidenten der Vereinigten Staaten erklären?

»Steht mir mein altes Büro zur Verfügung?« Clark hatte noch einige Anrufe zu erledigen.

»Klar.«

»Ist das alles, was Sie benötigen?« fragte General Sam Wilson.

»Jawohl, General. Ich denke, das müßte reichen.«

»Darf ich Sie fragen, wofür?«

»Geheimsache« hörte er Clarks Antwort.

»Näher wollen Sie sich nicht dazu äußern?«

»Tut mir leid, Sam. Versuchen Sie's doch mal bei Ed Foley, wenn's Ihnen wichtig ist.«

»Das werde ich wohl tun«, knurrte der General verstimmt.

»Soll mir recht sein – *Sir*«, betonte Clark in der Hoffnung, mit der respektvollen Anrede die gekränkte Neugier ein wenig zu lindern.

Es reichte mitnichten. Aber Wilson war ein alter Hase und kannte die Spielregeln. »Gut, dann will ich mal auf dem Telefon orgeln ...«

Der erste Anruf ging nach Fort Campbell in Kentucky, in dem das 160. Spezialkommando der Luftwaffe stationiert war. Der befehlshabende Offizier, ein Oberst, erhob die üblichen Einwände, die ebenso erwartungsgemäß entkräftet werden konnten. Der Oberst telefonierte dann selbst noch herum und ordnete an, einen MH-60 K Night-Hawk-Hubschrauber für Sondereinsätze zum Luftstützpunkt Pope zu transportieren, einschließlich Wartungscrew, für einen Spezialeinsatz an unbekanntem Ort. Der zweite Anruf galt einem Luftwaffen-Offizier, der sich Notizen machte und als tadelloser Soldat nicht mehr als »Jawohl, Sir« sagte. Die einzelnen Teile an der richtigen Stelle zusammenzuführen war dann nur noch eine elektronische Fingerübung – das Annehmen von verschlüsselten Gesprächen, die Weitergabe mysteriöser Befehlskürzel an Leute, die glücklicherweise daran gewöhnt waren.

Chavez überlegte gerade, daß er eine Dreiviertel-Erdumkreisung hinter sich hatte, wobei er den größten Teil dieser Strecke in den letzten 24 Stunden geflogen war. Nun landete er auf einem Flugplatz, den er nur einmal zuvor gesehen hatte. Dort stand die Nummer 1 der Luftwaffe, die VC-25-A-Variante der 747er Boeing, deren Design in aller Welt bekannt war. Und mit ihm ging jemand an Bord, der versucht hatte, einen Großteil der Menschheit umzubringen. Er hatte schon vor Jahren aufgegeben, viel über das nachzudenken, was er für sein Vaterland und die 82 450 Dollar im Jahr leistete, die er als CIA-Agent mittleren Ranges verdiente. Zu einer distanzierteren Sichtweise verhalf ihm sein Magister in Internationaler Politik, der »Wissenschaft, wie ein Land ein anderes hereinlegt«, wie er sie spaßeshalber definierte. Jetzt aber hatte er es nicht mit feindlichen Ländern, sondern mit einem *Konzern* zu tun. Glaubten die Multis seit neuestem, auf dieser Ebene mitpokern zu können? War das die sogenannte neue Weltordnung, von der einst Präsident Bush gesprochen hatte? Verhielt es sich so, dann fand der Team-2-Befehlshaber durchaus keinen Gefallen daran. Regierungen waren ja immerhin, wenigstens im großen und ganzen, vom Volk gewählt und ihren Wählern verpflichtet. Großunternehmen mußten – wenn überhaupt – allenfalls ihren Aktionären Rechenschaft ablegen. Das war nicht ganz dasselbe. Die Aufsicht über die Industrien oblag den Regierungen, in deren Hoheitsgebieten sie angesiedelt waren. Doch inzwischen war manches anders geworden. Heutzutage waren es Privatunternehmer, die das Werkzeug schufen und die Mittel, mit denen sich die Menschen auf der Welt zurechtfanden. Der technische Wandel hatte relativ kleinen Unternehmen enorme Macht verliehen. Chavez fragte sich, ob das eigentlich wünschenswert war oder nicht. Andererseits – wäre die Menschheit, was Fortschritt angeht, einzig von Regierungen abhängig, würde man noch immer in der Postkutsche oder auf Dampfschiffen reisen. Freilich waren in der neuen Weltordnung kaum noch Kontrollmechanismen vorgesehen, und darüber sollten gewisse Leute mal lieber richtig nachdenken, schloß Chavez seine Überlegungen ab, als das Flugzeug auf der Andrews-Landebahn zum Stehen kam. Und wieder erschien am Ende der Gangway eins der blauen Militärfahrzeuge der US-Luftwaffe, noch bevor sie sich ans Aussteigen machten.

»Na, Domingo? Sammelst wohl eifrig für den Vielflieger-Bonus?« brüllte John vom Betonboden unten.

»Ich glaube ja. Wachsen mir schon Federn?« fragte Chavez erschöpft zurück.

»Na komm schon – jetzt ist es nur noch ein kleiner Hopser!«

»Wohin?«

»Nach Fort Bragg.«

»Dann bringen wir's hinter uns. Ich will mich gar nicht erst ans Festland gewöhnen, wenn's doch wieder nur vorübergehend ist.«

Eine Dusche und einen Rasierapparat hätte er wirklich brauchen können, aber auch das mußte bis Fort Bragg warten. Bald saßen sie im nächsten US-Kurzstreckenflug Richtung Südwesten. Ein Segen, daß dieser Flug wirklich nur kurz währte. Er endete im Luftwaffenstützpunkt Pope, in unmittelbarer Nachbarschaft der 82. Luftwaffen-Infanteriedivision Fort Bragg in Nord-Carolina, wo die Delta Force und weitere Spezialeinheiten trainierten.

Wenigstens hatte man sich überlegt, was mit Wil Gearing geschehen sollte, wie Noonan zu seiner Erleichterung feststellte. Drei Militärpolizisten gaben ihm das Geleit in eine Arrestzelle. Alle anderen Teilnehmer der Reisegruppe landeten in den Unterkünften für unverheiratete Offiziere – umgangssprachlich »Q« genannt.

Chavez stellte sich die Frage, ob seine Klamotten, deren er sich nun entledigte, je wieder sauber oder überhaupt nochmal getragen würden. Dann hüpfte er unter die Dusche und fand auf dem Waschbecken des Badezimmers sogar einen Naßrasierer, mit dem er sich eine Tagesproduktion schwarzer Stoppeln von seinem – wie er fand – männlichen Gesicht hobeln durfte. Als er wieder zum Vorschein kam, stellte sich heraus, daß frische Kleidung bereitgelegt worden war.

»Ich hab die Leute von der Basis gebeten, uns das hier rüberzubringen.«

»Nett von dir, John.« Chavez schlüpfte in die Boxershorts und das T-Shirt und wählte die tarnfarbene Kampfuniform aus, BDU genannt. Die war vollständig vorhanden, inklusive Socken und Stiefel.

»War's ein langer Tag?«

»Mindestens einen *Monat* muß es her sein, daß wir aus Australien weg sind.« Er nahm auf der Bettkante Platz. Nach kurzer Überlegung legte er sich ganz auf die Tagesdecke. »Und was nun?«

»Brasilien.«

»Wieso?«

»Da sind die Kerle allesamt hin. Wir konnten ihre Spur verfolgen. Man gab uns Satellitenaufnahmen von der Gegend, wo sie ihre Zelte aufgeschlagen haben.«

»Dann sollten wir da wohl mal anklopfen?«

»Erraten.«

»Und was *machen* wir dann mit denen?«

»Wir bringen diese Sache ein für allemal zu Ende, Domingo.«

»Soll mir recht sein – aber ist das denn auch legal?«

»Seit wann machst du dir über sowas Gedanken?«

»Ich bin jetzt verheiratet, John, und Vater eines Kindes, wie du weißt. Da trägt man schließlich Verantwortung, Mann.«

»Wird schon alles legal zugehen, Ding«, versicherte Clark seinem Schwiegersohn.

»Gut, wenn du meinst! Und was passiert als nächstes?«

»Du machst zunächst mal ein Nickerchen. Die anderen vom Team treffen erst in einer guten halben Stunde hier ein.«

»Der Rest von welchem Team?«

»Jeder, der noch zwei Beine hat und schießen kann, mein Lieber.«

»Muy bien, jefe«, sagte Chavez und schloß die Augen.

Die British Airways 737-700 blieb nur so lange am Boden, wie gerade nötig. Ein Luftwaffen-Tanklastzug füllte Benzin nach, dann startete die Maschine zum internationalen Flughafen John F. Dulles bei Washington, einem Flugplatz, auf dem sie jedenfalls nicht groß auffiel. Die Mitglieder des Rainbow-Teams wurden per Bus an einen sicheren Ort gebracht, wo sie ihre Ruhepause noch etwas ausdehnen durften. Einigen bereitete soviel Fürsorge Unbehagen: Wenn man ihnen eine solche Pause gönnte, dann hieß das, sie würden ihre Kräfte sehr bald brauchen.

Clark und Alistair Stanley berieten miteinander in einem unscheinbaren Gebäude, das Ausblick auf einen kleinen Parkplatz bot.

»Na, wo drückt euch der Schuh?« fragte Oberst William Byron. Seine Kollegen in Uniform hatten ihm den unwahrscheinlichsten Spitznamen Amerikas verpaßt und ihn »Little Willie« genannt. Mit seinen 1,93 Metern Körpergröße und 104 kg magerem, durchtrainiertem Fleisch war Byron der stattlichste Kerl im ganzen Delta-Force-Sonderkommando. Der Name stammte noch aus West Point, wo er durch vier Jahre Sport und Vollwertkost noch gewachsen war und sieben Kilo zugenommen hatte. Schließlich war er Abwehrspieler im Militärfootballteam der Armee geworden, die im Herbstcup im Veteranen-Stadion von Philadelphia die Navy 35:10 besiegt hatte. Sein Akzent war noch immer waschechtes Süd-Georgia, obwohl ihm inzwischen ein Magistergrad, erworben an der Harvard Business School, zustand – ein bei Armeeoffizieren zunehmend beliebter Abschluß.

»Wir möchten einen kleinen Ausflug machen«, verriet ihm Clark und schob die Satellitenfotos über den Tisch. »Dafür brauchen wir einen Hubschrauber, sonst eigentlich nicht viel.«

»Wo zum Teufel liegt denn *dieses* Kaff?«

»In Brasilien, westlich von Manaus, am Rio Negro.«

»Dolles Anwesen«, bemerkte Byron und setzte eine Lesebrille auf, die er eigentlich nicht so gern benutzte. »Wer hat das gebaut? Wer lebt da jetzt?«

»Genau die Typen, die gestern noch die ganze Menschheit umbringen wollten«, versetzte Clark und griff nach seinem Handy, das gerade losschrillte. Natürlich mußte er wieder abwarten, bis die Verschlüsselungsprogramme synchronisiert waren, dann konnte er sich melden, »Clark hier?«

»Hier spricht Ed Foley. Die Truppen oben in Fort Dietrick haben die Probe untersucht.«

»Und?«

»Es handelt sich um eine Variante des Ebola-Virus, ergänzt – ›gentechnisch optimiert‹, wie sie sagen – durch Krebsgene. Durch die werden die kleinen Bastarde nämlich widerstandsfähiger. Außerdem wurden die Virusstränge geschützt durch mikroskopisch kleine Minikapseln, in denen das Virus auch im Freien überleben kann. Anders gesagt, John, was dir dein russischer Freund da anvertraut hat... es sieht aus, als sei das voll bestätigt worden.«

»Was habt ihr mit Dmitrij angestellt?« fragte Rainbow Six.

»Ein geschütztes Haus in Winchester«, antwortete der Geheimdienstchef. Normalerweise wurden hier ausländische Staatsbürger untergebracht, die vom CIA abgeschirmt wurden. »Vom FBI höre ich, daß die Polizei von Kansas ihn sucht. Er steht unter Mordverdacht. Soll einen gewissen Foster Hunnicutt aus Montana umgebracht haben, so wird's ihm jedenfalls vorgeworfen.«

»Kann das FBI die Kollegen in Kansas nicht davon überzeugen, daß er niemanden ermordet hat? Er war doch die ganze Zeit mit mir zusammen«, schlug Clark vor. Schließlich standen sie bei ihrem Informanten im Wort, nicht wahr? Daß Popov an der Planung des Anschlags auf seine Frau und seine Tochter beteiligt war, wollte Clark aus taktischen Gründen lieber verdrängen. Dienst ist Dienst, das galt auch in diesem Fall, und es war ja auch nicht das erste Mal, daß sich ein Kontrahent aus dem KGB zu einem wertvollen Verbündeten mauserte.

»Stimmt, das können wir veranlassen.« Natürlich war es eine Lüge, das mußte auch Foley zugeben, aber doch nur eine kleine, lichtvolle Notlüge gegen die finstere Wahrheit. Foley selbst wunderte sich, daß er so ruhig in seinem Büro in Langley, Virginia, sitzen konnte, ohne daß ihm die Hände zitterten. Diese Irren hätten beinahe die ganze Menschheit umgebracht, also auch *ihn*! Letzten Endes eine neue Entwicklung, die man genauestens analysieren mußte – eine neue Form terroristischer Bedrohung, die zu ergründen weder angenehm noch leicht war.

»Ich wäre dir sehr dankbar, Ed.« Clark legte auf und blickte sich um. »Gerade kam der Prüfbericht über den Inhalt dieses Chlor-Kanisters. Wir wissen jetzt, was sie vorhatten – eine selbstgezüchtete Variante des Ebola-Virus sollte weltweit verbreitet werden.«

»Hör ich recht?« fragte Oberst Byron. Clark hielt ihm einen zehnminütigen Vortrag. »Soll das euer Ernst sein?« fragte ihn der andere abschließend.

»Nicht weniger ernst als ein Herzinfarkt«, erwiderte Clark. »Dmitrij Popov hatten sie angeworben, um Kontakte zu Terroristen zu knüpfen, die überall in Europa Anschläge verüben sollten. Dadurch wurde ein allgemeines Klima der Verunsicherung erzeugt, was dazu führte, daß Global Security den Beratervertrag mit Australien bekam, und…«

»Bill Henriksen?« fragte Oberst Byron. »*Den* Typ kenne ich allerdings!«

»Tatsächlich? Nun, seine Leute sollten das Zeug durch die Klimaanlage des Olympiastadions in Sydney verbreiten, Willie. Chavez hielt im Kontroll-Raum Wache, als Wilson Gearing mit dem Container aufkreuzte, und der Inhalt wurde vom USAMRIID-Labor in Fort Dietrick überprüft. Weißt du, fast hätte das FBI daraus eine Strafsache machen können. Das hat aber doch nicht ganz geklappt…«, fügte Clark hinzu.

»Dann fliegt ihr jetzt da runter, um die zu…«

»… um mit ihnen zu reden, Willie«, vollendete Clark den Satz. »Ob das Flugzeug inzwischen startklar ist?

Byron sah auf die Uhr. »Müßte eigentlich so sein.«

»Dann sollten wir uns allmählich in Bewegung setzen.«

»In Odnung. Ich habe Tarnanzüge für euch alle. Bist du sicher, daß du sonst keine Hilfe brauchst?«

»Wirklich nicht, Willie. Ich schätze dein Angebot sehr, aber diese Mission erledigen wir besser im kleinen Kreis, verstehst du?«

»Ist vermutlich das Beste, John.« Byron erhob sich. »Mir nach, Leute. Diese Typen, die ihr da in Brasilien besuchen werdet…«

»Ja?« meinte Clark.

»… grüßt sie mir schön von der Delta Force, ja?«

»Jawohl, Sir«, versprach John, »wird erledigt.«

Das Riesenflugzeug, das an der Rampe des Pope-Luftwaffenstützpunktes bereitstand, war ein C-5B Galaxy Luftwaffen-Transportflugzeug, an dem das örtliche Bodenpersonal nun einige Stunden herumgebastelt hatte. Alle offiziellen Beschriftungen waren übermalt, und das Hoheitszeichen der Luftwaffe war unter dem Schriftzug HORIZON CORP. verschwunden. Die hinteren Ladeklappen hatte man versiegelt. Der Rest der Truppe traf mit dem Bus ein, in voller Montur, und kletterte in die Passagierkabine hinter den Flügeln. Danach brauchte nur noch die eigentliche Crew, in Zivil, die Pilotenkanzel zu bemannen, und der Start begann, als sei dies ein ganz normaler kommerzieller Flug. Ein KC-10-Tankflugzeug würde sie südlich von Jamaica erwarten, um die Tanks nachzufüllen.

»So hat sich das alles offenbar abgespielt«, schloß John Brightling seinen Lagebericht vor den Leuten, die da vor ihm im Auditorium versammelt waren. Die Enttäuschung auf den Gesichtern der zweiundfünfzig Menschen war nicht zu übersehen; einige ließen sich jedoch auch so etwas wie Erleichterung anmerken. Also haben sogar fanatische Anhänger so etwas wie ein Gewissen, dachte er. Schade um sie!

»Was machen wir jetzt hier, John?« fragte Steve Berg. Er war einer der hochkarätigsten Wissenschaftler des Projekts und hatte die Impfstoffe A und B entwickelt, die bei der Entwicklung von Shiva so wichtig gewesen waren. Berg war überhaupt einer der besten Leute, die je für die Horizon Corporation gearbeitet hatten.

»Wir erforschen den Regenwald. Alles, was als Beweismaterial gegen uns dienen könnte, ist vernichtet. Der Shiva-Vorrat ist entsorgt, Impfstoffe ebenfalls. Alle Computerprotokolle über unsere Laborarbeit und so weiter wurden gelöscht. Die einzigen Beweise für das Projekt sind die, die alle Anwesenden hier in den Köpfen gespeichert haben. Anders gesagt, ihr müßt einfach nur den Mund halten, dann wird es einen ›Fall‹ überhaupt nicht geben. Bill?« John Brightling nickte Henriksen zu, der auf das Podium gekommen war.

»Meine Damen und Herren, Sie wissen, daß ich früher beim FBI war. Ich weiß, wie bei denen eine Strafverfolgung abläuft. Gegen uns zu ermitteln wird nicht einfach sein, selbst unter den besten Bedingungen. Das FBI muß sich an bestimmte Regeln halten, und das sind strenge Regeln. Zum Beispiel müssen sie Ihnen Ihre Rechte vorlesen. Eines dieser Rechte ist das Recht auf die Anwesenheit eines Rechtsanwalts während des Verhörs. Alles, was Sie zu sagen haben, ist: ›Ja, ich möchte, daß mein Anwalt hinzugezogen wird.‹ Nachdem Sie *das* gesagt haben, dürfen Sie nicht mal mehr nach der Uhrzeit gefragt werden. Dann rufen die uns an, und wir schicken einen Rechtsanwalt, der Ihnen, direkt vor den Beamten, erklären wird, daß Sie gar nichts auszusagen brauchen. Außerdem wird er den Beamten erklären, daß sie alle möglichen Vorschriften und Verfassungsgerichtsbeschlüsse verletzen, falls man doch versucht, Sie zum Reden zu zwingen. Was natürlich bedeuten würde, daß *die* Probleme bekommen. Und was man unter solchen Umständen aus Ihnen herausholt, darf sowieso nicht gerichtswirksam verwendet werden. Das sind eben Ihre Grundrechte.« Er blickte sich in der Runde um. Die Versammelten schienen begriffen zu haben.

»Als nächstes«, fuhr Bill Henriksen fort, »werden wir unsere Zeit hier damit verbringen, uns das üppige Ökosystem des Umlands anzuschauen. Damit vertuschen wir alles. Das wird uns erst einmal eine Weile in Anspruch nehmen, und ...«

»Moment mal«, meldete sich einer, »wenn wir doch auf deren Fragen gar nicht anworten müssen, warum ...«

»Warum wir trotzdem eine Geschichte erfinden, um alles zu vertuschen? Ganz einfach. Unser Anwalt muß doch wissen, was er den Staatsanwälten daheim erzählen kann. Wenn er denen eine gute Geschichte anbietet, bringt er sie von unserer Spur ab. Sobald die Bullen wissen, daß sie keine Chance haben, treten sie erst gar nicht zum Kampf an. Ein geschicktes Vertuschungsmanöver wird dabei sehr nützlich sein. ›Aber klar!‹ können wir sagen: ›Wir haben uns den Ebola-Erreger angeschaut, ein bösartiges kleines Mistvieh, die Welt braucht doch ein Heilmittel dagegen. Mag sein, daß irgendein übergeschnappter Angesteller von uns versucht hat, die Weltbevölkerung auszurotten – damit haben aber *wir* doch nichts zu tun. Warum wir hier sind?‹ Wir betreiben medizinische Grundlagenforschung an den chemischen Baustoffen der Flora und Fauna im tropischen Regenwald. Das ist doch völlig legitim, oder nicht?« Allgemeine Zustimmung im Saal.

»Na schön, nehmen wir uns die Zeit, ein wasserdichtes Alibi auszuarbeiten. Dann lernen wir alle diese Geschichte auswendig. Sollten uns die Anwälte anweisen, vor dem FBI auszusagen, dann können wir das ohne Risiko tun. Wir geben uns kooperativ und lassen denen alle möglichen Informationen zukommen, außer solchen, die uns Schwierigkeiten machen. Auf diese Weise verhindern wir, daß sie Anklage gegen uns erheben. Wenn wir zusammenstehen und uns an das Drehbuch halten, können wir gar nicht verlieren, Leute. Das dürfen Sie mir glauben! Wenn wir unseren Verstand gebrauchen, *können wir nicht verlieren*, kapiert?«

»Und wir können zugleich am Unsterblichkeitsprojekt weiterarbeiten«, sagte Brightling, der das Rednerpodium wieder einnahm. »Hier sind einige der klügsten Köpfe der Welt versammelt, und an unserer Hingabe an das Endziel hat sich nichts geändert. Ungefähr ein Jahr werden wir hierbleiben. Nehmen Sie das als eine Chance, die Natur zu erforschen und die Dinge zu lernen, die wir lernen müssen. Es wird auch ein Jahr sein, in dem wir neue Wege gehen, um das Projekt zu vollenden, dem wir unser Leben geweiht haben«, fuhr er fort. Allgemeines Kopfnicken. Schon gab es diverse Konzepte, denen man hier nachgehen konnte. Schließlich war er nach wie vor der Präsident des international führenden Biotechnik-Multis. Für ihn arbeiteten die besten und begabtesten Leute der Welt. Er und die Seinen betrachteten es als ihre Aufgabe, den Planeten zu retten. Sie mußten nur einen anderen Weg finden; an der nötigen Zeit und den Ressourcen fehlte es nicht.

»Nun gut«, erklärte Brightling mit strahlendem Lächeln. »Es war ein langer Tag für uns alle. Lassen Sie uns darüber schlafen und ein wenig ausruhen. Morgen früh werde ich in den Dschungel gehen, um mir das Ökosystem anzusehen, von dem wir ganz bestimmt einiges lernen können.«

Der Beifall in der Runde rührte ihn. All diese Leute teilten sein Anliegen, verfolgten es mir der gleichen Hingabe wie er. Wer weiß, vielleicht gab es doch noch einen Weg, das Unsterblichkeitsprojekt zu realisieren?

Bill Henriksen kam auf John und Carol zu, als sich diese auf den Weg zu ihrem Zimmer machten.

»Ein Problem haben wir noch nicht besprochen.«

»Und das wäre?«

»Wenn die nun eine paramilitärische Truppe hierherschicken?«

»So etwas wie die Armee, meinst du?«

»Ja, das meine ich.«

»Dann werden wir gegen sie kämpfen«, gab John zurück. »Wofür haben wir die Gewehre hier?«

Tatsächlich: Das Waffenarsenal des Alternativ-Projekts umfaßte nicht weniger als hundert G-3-Militärgewehre – die echten, »Made in Germany«, vollautomatisch –, und ziemlich viele hier wußten auch, wie man mit den Dingern umging.

»Schön und gut. Aber vergiß nicht, die können uns zwar nicht legal festnehmen, aber wenn sie uns aufgreifen und nach Amerika schaffen, werden die Gerichte nicht groß fragen, ob unsere Festnahme auch legal war. Das ist ein Schwachpunkt der amerikanischen Justiz – steht man einmal vor dem Richter, ist ihm alles andere egal. Wenn Eindringlinge hier auftauchen, müssen wir sie irgendwie abschrecken. Ich meine ...«

»Unsere Leute brauchen wir nicht groß zu bitten, zurückzuschlagen – nachdem diese Schweine unser Projekt zum Scheitern gebracht haben!«

»Gewiß, aber wir müssen trotzdem abwarten, was passiert. Verdammt, ich wünschte, wir hätten hier ein Radargerät installiert!«

»Wieso?« fragte John.

»Wenn sie kommen, dann nur per Hubschrauber. Durch den Dschungel wäre das ein viel zu langer Anmarsch. Boote sind zu langsam, und als Amerikaner würden sie zuerst an Hubschrauber denken. Das sind die eben so gewöhnt.«

»Und wie sollen sie rauskriegen, wo wir sind, Bill? Wir haben uns doch ohne viel Federlesens verkrümelt, und ...«

»Die können immerhin die Crew verhören, die uns hierhergebracht hat. Bis Manaus hatten wir den Flug angemeldet, wie du weißt. Das engt die Möglichkeiten schon ein bißchen ein, oder?«

»Die sagen nichts. Die sind gut bezahlt«, wandte John ein. »Wie lange werden sie brauchen, um uns zu finden?«

»Schlimmstenfalls ein paar Tage, bestenfalls zwei Wochen. Vielleicht sollten wir unsere Leute in Selbstverteidigung trainieren«, schlug Henriksen vor. »Wir könnten gleich morgen damit anfangen.«

»Ja, mach das«, pflichtete John Brightling ihm bei. »Laß mich mal zu Hause anrufen, um zu hören, ob jemand unsere Piloten befragt hat.«

Die Chefsuite hatte ihre eigene Nachrichtenzentrale. Das Alternativ-Projekt war in vielfacher Hinsicht auf dem neuesten Stand der Technik, von den Labors angefangen bis hinunter zu den Kommunikationssystemen. Was diese betraf, hatte der Antennenturm neben dem Kraftwerk ein eigenes Satelliten-Telefon-System, inklusive Internetzugang und Zugang zum riesigen betriebsinternen Netzwerk der Horizon Corporation. Kaum in seiner Suite angekommen, hängte sich Brightling ans Telefon und rief in Kansas an. Er gab den Piloten Anweisungen, die bereits größtenteils auf dem Heimweg waren, und ordnete an, das Alternativ-Projekt sofort zu benachrichtigen, falls sie irgendwer nach dem jüngsten Überseeflug fragte. Als das erledigt war, gab es nicht mehr viel zu tun. Brightling nahm eine Dusche und ging dann ins Schlafzimmer, wo er seine Frau antraf.

»Es ist so schrecklich«, murmelte Carol in die Dunkelheit hinein.

»Es macht einen völlig fertig«, stimmte John zu. »Wir waren verdammt nah dran.«

»Was ist denn bloß schiefgegangen?«

»Ich bin nicht sicher, aber ich glaube, unser Freund Popov hat rausgekriegt, was wir vorhaben, hat anschließend den Kerl umgelegt, der es ihm verriet, und ist übergelaufen. Wahrscheinlich hat er so viel ausgepackt, daß es reichte, um Wil Gearing unten in Sydney zu verhaften. Verdammt«, setzte er wütend hinzu, »es war nur noch eine Frage von Stunden, um Phase Eins einzuleiten!«

»Das nächste Mal passen wir besser auf«, besänftigte ihn Carol und streckte die Hand aus, um seinen Arm zu streicheln. Fehlschlag oder nicht, es tat ihr gut, wieder ein Bett mit ihm zu teilen. »Was wird jetzt aus Wil?«

»Der wird seine Chancen nutzen müssen, so gut es geht. Ich verschaffe ihm die besten Anwälte, die ich kriegen kann«, versprach John. »Und auch ihm werde ich ausrichten lassen, daß er den Mund halten soll.«

Gearing hatte es die Sprache verschlagen. Die Rückkehr nach Amerika hatte irgendwie sein Bewußtsein für Grundrechte und Prozeßrecht geweckt, und nun sagte er gar nichts mehr. Er saß im rückwärtsgewandten Sitz der C-5B und starrte auf die kreisförmige, versiegelte Luke, die in den riesigen, leeren Abgrund führte, während die meisten Soldaten einfach vor sich hindösten. Zwei aber waren hellwach und beobachteten ihn die ganze Zeit, während sie sich beiläufig unterhielten. Sie waren gut bewaffnet, wie Gearing sehen konnte. Alle hier trugen ihre Handfeuerwaffen offen zur Schau, weitere lagerten im Laderaum unten. Wohin waren sie unterwegs? Niemand hatte es ihm mitgeteilt.

Clark, Chavez und Stanley saßen im rückwärtigen Teil des Flugdecks des riesigen Transporters. Die Besatzung bestand aus regulären Luftwaffensoldaten; meist wurden solche Flüge von Reservisten betreut, die im Zivilleben fast alle Piloten bei einer Fluggesellschaft waren. Die Crew jedenfalls hielt sich auf Distanz. Sie waren von ihren Vorgesetzten entsprechend instruiert worden, und diese Anweisungen wurden noch verstärkt durch die übermalten Hoheitszeichen. Waren sie nun Zivilisten? Sie hatten Zivilkleidung an, um die Tarnung aufrechtzuerhalten. Wer würde glauben, daß sich eine Lockheed Galaxy in Privatbesitz befand?

»Der Plan scheint schlicht und ergreifend«, bemerkte Chavez. Es war merkwürdig, plötzlich wieder Infanterist zu sein, sinnierte Ding; den Ninjas anzugehören, den Herrschern der Nacht – bloß, daß sie bei hellem Tageslicht operieren sollten. »Ich frage mich nur, ob sie Widerstand leisten werden?«

»Wenn wir Glück haben, ja«, entgegnete Clark.

»Wie viele sind es?«

»Sie sind in vier Gulfstreams unterwegs gewesen, zu je etwa sechzehn Passagieren, vermute ich. Das macht dann vierundsechzig, Ding.«

»Waffen?«

»Würdest du ohne Waffen mitten im Dschungel leben?« fragte Clark. Die Antwort, die er vorwegnahm, war klar.

»Sind sie denn auch trainiert?« hakte der Team-2-Befehlshaber nach.

»Das scheint mir eher unwahrscheinlich. Es sind Wissenschaftler, einige finden sich vielleicht im Dschungel zurecht, einige mögen Jäger sein. Vor allem müssen wir sehen, ob Noonans neue Spielzeuge wirklich so gut funktionieren, wie er behauptet.«

»Ganz meine Meinung«, pflichtete Chavez bei. Die gute Nachricht war, daß seine eigenen Leute durchtrainiert und schwerbewaffnet waren. Tageslicht oder nicht, es würde ein Ninja-Job sein. »Du wirst vermutlich das Oberkommando übernehmen, stimmt's?«

»Darauf kannst du deinen Arsch verwetten, Domingo«, gab Rainbow Six zurück. Sie verstummten, als das Flugzeug leicht instabil wurde. Sie flogen im Windschatten der KC-10, die sie in der Luft auftanken sollte.

Malloy saß ein paar Sitze weiter hinten und schaute sich mit Leutnant Harrison die Satellitenaufnahmen an.

»Sieht ganz einfach aus«, stellte der Jungoffizier fest.

»Stimmt. Wir haben leichtes Spiel, es sei denn, sie schießen auf uns. Dann kann's wohl doch noch spannend werden«, verhieß er seinem Kopiloten.

»Wir sind drauf und dran, den Hubschrauber zu überladen«, warnte Harrison.

»Klar. Wozu haben wir auch zwei Motoren, mein Junge!« bedeutete ihm der Marineinfanterist.

Draußen war es dunkel. Die Flugmannschaft der C-5B sah auf eine Landschaft mit wenigen Lichtern hinab, nachdem ihre Tanks von der KC-10 aufgefüllt worden waren. Für sie war es nicht viel mehr als ein Linienflug. Der Autopilot bestimmte Position und Flugroute, mit einprogrammierten Wegmarken, und fünfzehnhundert Kilometer voraus wußte man am Flughafen Manaus schon, daß sie im Anflug waren. Ein spezieller Transport aus Amerika, der vielleicht für einen Tag einen gewissen Raum beanspruchen würde und aufgetankt werden mußte – diese Information war schon durchgefaxt worden.

Der Morgen war noch nicht angebrochen, als die Lichter der Landebahn von weitem aufblinkten. Der Pilot, ein junger Major, saß kerzengerade aufgerichtet vorn links und verminderte die Geschwindigkeit des Flugzeugs bei ausgezeichneter Sicht, während ein Leutnant, sein Kopilot, zu seiner Rechten die Instrumente überwachte und die Werte des Höhen- und Geschwindigkeitsmessers ansagte. Jetzt zog der Pilot die Nase des Flugzeugs hoch und setzte die C-5B sanft auf die Rollbahn, wobei nur ein kleines Rucken den Insassen verriet, daß sie sich nicht mehr in der Luft befanden. Ein Lageplan des Flughafens vor ihm wies ihm den Weg zum entgegengesetzten Ende. Dort bremste er das Flugzeug ab und bat den Lademeister, an die Arbeit zu gehen.

Ein paar Minuten verstrichen, bis alles soweit war, aber dann öffneten sich die gewaltigen hinteren Luken. Der MH-60 K Night Hawk wurde ins Dunkel der ersten Dämmerstunde hinausgeschafft. Sergeant Nance überwachte, wie die drei Leute vom 160. SOAR die Rotorblätter aus der Transportposition in Flugstellung brachten, auf den Rumpf kletterten und überprüften, ob sie richtig fixiert waren. Der Night Hawk war vollgetankt. Nance installierte rechts das M-69-Maschinengewehr und teilte Oberst Malloy mit, die Maschine sei startklar. Malloy und Harrison checkten den Hubschrauber, bestätigten es und riefen Clark über Sprechfunk zu sich.

Die letzten Passagiere, die das Transportflugzeug verließen, waren die Rainbow-Kämpfer, jetzt in ihren farbigen Tarnanzügen, selbst die Gesichter waren braungrün bemalt. Gearing kam als allerletzter heraus, einen Sack über den Kopf gestülpt, so daß er nichts wahrnahm.

Es stellte sich heraus, daß sie nicht alle in den Hubschrauber paßten. Vega und vier andere mußten zurückbleiben und blickten dem Helikopter nach, der sich im ersten Morgenlicht hochschraubte. Die blinkenden Stroboskop-Leuchten stiegen immer höher und wandten sich dann nach Nordwesten, während die Soldaten in der warmen, feuchten Luft des Flugplatzes stehen bleiben mußten. Etwa um dieselbe Zeit näherte sich dem Flugzeug ein Auto. Ein Mann stieg aus und übergab einige Formulare, die vom Leiter der Crew ausgefüllt werden mußten. Zur Überraschung aller wurde der Flugzeugtyp überhaupt nicht angegeben. Die Beschriftung sagte aus, daß es sich um ein großes Transportflugzeug in Privatbesitz handle. Die Kontrollturmbesatzung stellte keine Rückfragen, zumal die Formulare korrekt ausgefüllt wurden. Wenn Formulare ordnungsgemäß und korrekt ausgefüllt sind, muß der Vorgang doch auch ordnungsgemäß und korrekt sein...

Ganz wie in Vietnam, dachte Clark, als der Hubschrauber sie über dichtbelaubte, grüne Baumkronen hinwegtrug. Zwar nicht in einer Huey-Maschine, und seit seiner ersten Feindberührung waren auch schon dreißig Jahre vergangen. Er konnte sich nicht daran erinnern, je so etwas wie Angst gehabt zu haben. Angespannt – das schon, aber richtig bange war er nie gewesen – und das fand er doch bemerkenswert, als er jetzt an die Ereignisse zurückdachte. Auf den Knien hielt er ein schallgedämpftes MP-10-Gewehr, und während er in seinem Hubschrauber in den Kampf zog, war ihm, als sei die Jugend zurückgekehrt. Jedenfalls bis er sich umdrehte, seine Gefährten betrachtete und ihm bewußt wurde, wie jung sie alle waren – wobei ihm einfiel, daß auch sie die Dreißig schon überschritten hatten. Der Umstand, daß sie ihm so jung vorkamen, hieß eigentlich nur, daß er selbst eben alt wurde. Er schob diesen unerfreulichen Gedanken beiseite und blickte durch die Luke an Sergeant Nance und seinem Maschinengewehr vorbei. Jetzt hellte sich der Himmel auf – zu viel Licht, um noch die Nachtsichtbrillen aufzubehalten, nicht genug, um ohne sie gut zu sehen. Wie mochte das Wetter im Zielgebiet sein? Sie flogen genau am Äquator entlang, und da unten lag der Dschungel, es würde heiß sein und feucht, und unter den Bäumen dort unten gab es Schlangen, Insekten und andere Kreaturen, für die der unwirtliche Dschungel die angestammte Heimat war. Und ihnen sollte er auch weiterhin gehören, versprach John wortlos zur Luke des Night Hawk hinaus.

»Wie kommen wir voran, Malloy?« fragte John durch den internen Sprechfunk.

»Müßten jeden Augenblick da sein – da drüben, erkennen Sie die Lichter, genau vor uns?«

»Ich sehe sie.« Clark bedeutete den Männern im Heck, sich bereit zu machen. »Weiter wie geplant, Oberst Malloy.«

»Verstanden, Six.« Er hielt Kurs und Tempo und setzte seinen Flug fort, zweitausend Meter über dem Erdboden bei hundertzwanzig Knoten. Die Lichter in der Ferne schienen gar nicht hierher zu passen, und doch waren sie vorhanden, genau an der Stelle, wo sie dem Navigationssystem und den Satellitenphotos nach sein mußten. Bald löste sich der matte Schimmer in verschiedene kleinere Lichtquellen auf.

»Jetzt sind Sie dran, Gearing!« rief Clark nach hinten gewandt. »Wir lassen Sie hier raus, damit Sie mit ihrem Chef sprechen können.«

»Wie, was?« murmelte der Gefangene unter seinem Jutesack, den er noch immer über dem Kopf trug.

»Richtig gehört«, bestätigte John. »Sie überbringen ihm eine Nachricht. Ergibt er sich freiwillig, wird niemandem etwas geschehen. Tut er es nicht, ziehen wir andere Saiten auf. Die einzig vernünftige Alternative ist bedingungslose Kapitulation. Kapiert?«

»Ja.« Der verschnürte Kopf nickte.

Der Night Hawk wurde hochgezogen, als er gerade das westliche Ende der Schneise erreichte, die ein Bautrupp hier in den Dschungel geschlagen hatte. Malloy landete in aller Eile, ohne daß die Kufen den Boden auch nur berührt hätten – schließlich konnte hier alles vermint sein. Gearing wurde aus der Luke gestoßen, und der Hubschrauber erhob sich augenblicklich wieder, wendete und nahm Kurs auf das östliche Ende der Rollbahn.

Gearing zerrte sich den Jutesack vom Kopf und blickte sich um. Von hier konnte er die hellerleuchteten Gebäude des Alternativ-Projekts ausmachen. Von dieser Einrichtung hatte er gehört, sie aber noch nie gesehen. Ohne sich umzuschauen, setzte er sich in Bewegung.

Im Osten stieß der Night Hawk noch einmal herab und schwebte kaum einen halben Meter über der Rollbahn. Jetzt sprang die Rainbow-Truppe heraus. Der Hubschrauber schwang sich sofort wieder empor und nahm Kurs auf Manaus, der aufgehenden Sonne entgegen. Malloy und Harrison setzten ihre Sonnenbrillen auf und gingen auf Kurs, wobei sie sorgfältig die Tankanzeige im Blick behielten. Das 160. Luftwaffenregiment hatte seine Hubschrauber gut in Schuß, dachte der Marineinfanterist und spreizte die behandschuhte Rechte über dem Steuerknüppel – nicht anders als die Luftwaffenheinis in England.

Noonan war der erste, der sich abgesetzt hatte. Die Truppe verschwand sofort ins dichte Unterholz knapp hundert Meter jenseits der breiten Betonpiste und arbeitete sich westwärts voran. Ob Gearing ihre Landung bemerkt hatte? Eine volle halbe Stunde brauchten sie für eine Strecke, die sie normalerweise in kaum zehn Minuten bewältigt hätten. Trotzdem hatte Clark ein gutes Gefühl – auch wenn ihm jetzt das namenlose Grauen wieder in den Sinn kam, das der Aufenthalt im Dschungel bei ihm auslöste. Die Stickluft hier surrte vor herumschwirrenden Insekten, die einem das Blut aussaugen und einen mit allen möglichen Krankheiten heimsuchen wollten – Krankheiten, von denen manche einen langsamen, qualvollen Tod herbeiführten. Wie hatte er das über neunzehn Monate in Vietnam aushalten können? Erst zehn Minuten war er hier, und schon wollte er so schnell wie möglich wieder weg. Ringsum ragten massive Laubbäume bis sechzig Meter auf; ihre Kronen verzweigten sich wie ein Baldachin über der übelriechenden Sumpflandschaft. Mittelgroße Bäume erreichten etwa ein Drittel dieser Höhe, die kleinen, umgarnt von Gestrüpp und Kletterpflanzen, rund fünfzehn Meter. Er spürte, wie sich knackend etwas regte – ob ein großes Tier oder einer der Männer, vermochte er nicht zu sagen. Er wußte nur eins – daß diese Umgebung unterschiedlichste Lebensformen hervorbrachte, die dem Menschen größtenteils feindlich gesinnt waren. Seine Truppe sah er in Richtung Nordwesten ausschwärmen. Manche rissen Zweige von den Sträuchern, die sie unter die Gummibänder ihrer Kevlar-Helme steckten; dadurch veränderten sie ihre Silhouetten bis zur Unkenntlichkeit und waren besser getarnt.

Der Vordereingang des Hauptgebäudes war unverschlossen, wie Gearing zu seinem Erstaunen feststellte. Er betrat ein Gebäude, das wie ein Wohnhaus wirkte, sah den Lift, drückte den obersten Knopf auf der Tafel und erreichte den vierten Stock. Dort angekommen, brauchte er nur eine der Schwingtüren im Flur zu öffnen und das Licht anzuknipsen – schon stand er in einer Wohnung, offenbar der Chef-Suite. Die Schlafzimmertür war offen, und er betrat den Raum.

John Brightling nahm im Halbschlaf das Aufflammen des Lichts im Wohnzimmer wahr. Er schlug die Augen auf und sah …

»Um alles in der Welt, wo kommst du denn plötzlich her, Wil?«

»Sie haben mich hier abgesetzt, John.«

»*Wer* hat dich hier abgesetzt?«

»Na, die Leute, die mich in Sydney erwischt haben!« erklärte Gearing.

»Wie bitte?« Das war ein bißchen viel für ihn, zu so früher Stunde. Brightling erhob sich und streifte den Morgenmantel über, der neben dem Nachttisch hing.

»Was ist denn los, John?« fragte Carol schlaftrunken von ihrer Seite des Ehebetts.

»Nichts, Liebling. Schlaf noch ein bißchen.« John ging mit Gearing ins Wohnzimmer und schloß die Tür hinter sich.

»Was zum Teufel geht da vor, Wil?«

»John, sie sind hier.«

»Und *wer*, wenn ich fragen darf?«

»Das Antiterror-Kommando. Das gleiche, das auch nach Australien gekommen war und mich verhaftet hat. Sie sind *hier*, John«, beschwor Gearing ihn und starrte verwirrt im Zimmer umher, noch immer desorientiert durch die viele Fliegerei und auch sonst völlig verstört.

»Hier? Wo? Im Gebäude?«

»Nein.« Gearing schüttelte den Kopf. »Sie haben mich vom Hubschrauber aus runtergelassen. Ihr Chef heißt Clark. Er hat mir aufgetragen, dich zur Kapitulation zu überreden. Zur bedingungslosen Unterwerfung, John.«

»Und wenn ich nicht mitmache?« erkundigte sich Brightling.

»Dann kommen sie und holen uns raus.«

»Tatsächlich?« So unsanft sollte man nicht aus dem Schlaf gerissen werden. Zweihundert Millionen hatte Brightling aufgewendet, um diese Anlage hier zu errichten – Lohnkosten waren ja billig in Südamerika. Das Alternativ-Projekt hatte er als letzte Zuflucht betrachtet, mehr noch, als eine Festung, die niemand so schnell ausfindig machen konnte. Und jetzt, Bewaffnete hier – die ihn zur Kapitulation aufforderten? Wie reimte sich das zusammen?

Es galt, rasch zu handeln. Er rief in Henriksens Zimmer an und bat ihn zu einer Unterredung. Dann schaltete er den Computer ein. Keine e-Mail, aus der hervorging, daß jemand die Flugbesatzung behelligt hätte. Niemand konnte ihren Aufenthaltsort verraten haben. Wie zum Teufel hatten sie es so schnell herausbekommen? Wer waren ›sie‹, und was zum Teufel wollten sie? Einen früheren Gefolgsmann herzuschicken mit der Forderung, sich zu ergeben – so etwas kam doch höchstens im Kintopp vor!

»Was ist denn los, John?« erkundigte sich Henriksen schlaftrunken. Dann starrte er ungläubig den Mann im Türrahmen an: »Aber Wil – wie kommst du denn hierher?«

Brightling bedeutete ihnen, leiser zu sprechen, und Gearing informierte Henriksen in groben Zügen, was geschehen war. Währenddessen knipste Brightling das Licht aus und spähte aus den Fenstern, um irgendwelche feindlichen Aktivitäten auszumachen, konnte aber nichts erkennen.

»Wie viele sind es denn?«

»Es werden zehn oder fünfzehn Soldaten sein«, erwiderte Gearing. »Und? Werdet ihr tun, was sie sagen – ergebt ihr euch?« fragte der Ex-Oberst.

»Auf gar keinen Fall!« schnaubte John Brightling. »Was die da vorhaben – ist das überhaupt legal, Bill?«

»Wohl kaum. Ich glaub's jedenfalls nicht.«

»Na schön, dann laßt uns mal unsere Leute wecken und Waffen ausgeben.«

»Wenn du meinst«, murmelte der Sicherheitschef skeptisch. Er verschwand und begab sich in die Haupthalle, von deren Theke aus das gesamte Sicherheitssystem der Anlage gesteuert wurde.

»Na, komm schon, laß hören!« beschwor Noonan seine Wunderkiste. Die neueste Version des DKL-Personensuchsystems war installiert und hochgefahren worden. Zwei Sensoren hatte er in rund dreihundert Metern Abstand voneinander aufgestellt. Jeder war mit Sendeantenne versehen, über die alle gewonnenen Daten einem Empfangsgerät mitgeteilt wurden, das mit seinem Laptop verkabelt war.

Das DKL-Programm ortete das elektromagnetische Feld des menschlichen Herzschlags. Dieser strahlte, wie man herausgefunden hatte, ein unverwechselbares Signal aus. Frühe Versionen des Programms hatten nur vage die Richtung ermittelt, aus der die Signale kamen; die Folgeversionen waren deshalb mit Parabolantennen koordiniert worden, die zugleich den Radius auf fünfzehnhundert Meter ausweiteten. Durch Dreiecks-Peilung erhielt man auf diese Weise exakte Positionsangaben – exakt mit einem Fehler von maximal zwei bis vier Metern. Clark blickte auf den Computer-Bildschirm. Einzelpersonen und Kleingruppen, die sich auf Zimmer verteilt im Wohngebäude oder in der Kommandozentrale aufhielten, waren hier als Echosignale – Blips genannt – zu erkennen.

»Mensch, das hätten wir bei unseren Spähtrupps brauchen können, als ich noch ein junger Spund war«, staunte John. Bei den Rainbow-Kämpfern waren Signalsender im Sprechfunkgerät installiert, auf die der Computer ebenfalls ansprach. Dadurch konnten Noonan und

Clark den jeweiligen Standort ihrer Männer ebenso ausmachen wie die Bewegungen der Menschen links in den Häusern.

»Klar. Darum war ich auch so begeistert von diesem Spielzeug«, freute sich der FBI-Agent. »In welchem Stock sie sich jetzt aufhalten, kann ich zwar nicht feststellen. Aber wie man sieht, gerät alles in hektische Bewegung. Vermutlich sind sie eben geweckt worden.«

Es knackte in Clarks Ohrknopf. »Kommandant, hier Bear!«

»Hier Kommandant, Bear. Wo sind Sie?«

»Fünf Minuten von euch weg. Wo soll ich die Leute absetzen?«

»An der gleichen Stelle wie vorhin. Bleiben Sie aus der Schußlinie. Und sagen Sie Vega und den anderen, wir befänden uns auf der Nordseite der Rollbahn. Mein Befehlsstand liegt hundert Meter nördlich der Baumgrenze. Von dort aus dirigieren wir sie über Sprechfunk.«

»Verstanden, Kommandant. Ende Bear.«

»Hier muß ein Lift sein«, murmelte Noonan und deutete auf den Bildschirm. Sechs ›Blips‹ liefen jeweils an einem bestimmten Punkt zusammen, verharrten dort knappe dreißig Sekunden und verteilten sich wieder, vielleicht in einem Konferenzsaal. Dann wanderten sie nordwärts und verschmolzen miteinander.

»Die Dinger gefallen mir«, erklärte Dave Dawson und schnappte sich ein G-3-Gewehr. Die schwarze Dienstwaffe deutscher Produktion war hervorragend ausbalanciert und verfügte über eine erstklassige Zielvorrichtung. In Kansas hatte Dawson das Bewacherteam geleitet. Auch er gehörte zu den gläubigen Jüngern. Grauenhaft der Gedanke, nach Amerika heimzukehren, die nächsten Monate in U-Haft zu verbringen und den Rest seiner Tage im Bundesgefängnis von Leavensworth – einer Gegend von Kansas, die er ganz und gar nicht mochte. »Wie gehen wir vor, Bill?«

»Als erstes teilen wir uns in Zweiergruppen auf. Jeder nimmt sich eins von denen...« Henriksen verteilte handliche CB-Funkgeräte unter die Leute. »Und denkt daran: Nicht schießen, bevor wir Anweisung geben. Strengt euren Grips ein bißchen an!«

»Wird gemacht, Bill. Die Mistkerle werden schon sehen, ob ich als Jäger was tauge«, drohte Killgore. Das Gewehr lag ihm gut in der Hand, fand er. Er würde sich gemeinsam mit Kirk MacLean auf den Weg machen.

»Und zieht euch vorher das hier über!« Henriksen öffnete eine Schranktür und gab Tarnjacken und -hosen aus.

»Wie sollen wir mit denen fertigwerden?« jammerte Steve Berg.

»Am besten, indem wir die Schweine abknallen!« gab Killgore zurück. »Polizisten sind sie schließlich nicht. Oder glauben Sie, die wollen uns festnehmen, Bill?«

»Nein, mit Sicherheit nicht. Sie haben uns ja auch keinen Haftbefehl gezeigt. Juristisch steht das alles auf wackligen Beinen, Jungs.«

»Außerdem sind wir doch im Ausland«, warf Ben Farmer ein. »Diese Kerle brechen gerade ein Gesetz nach dem anderen, wenn sie bis an die Zähne bewaffnet hier aufkreuzen. Falls man uns angreift, dürfen wir uns auch verteidigen, oder?«

»Sie kennen sich ja anscheinend bestens aus!« staunte Berg.

»Ex-Marine, mein Lieber«, gab Farmer zurück. »Leichte Infanterie, fronterfahren. Keine Sorge, ich weiß schon, was da draußen abgeht.« Farmer blickte zuversichtlich drein, ebenso empört wie alle anderen, daß ihr Vorhaben verraten worden war.

»Alle mal herhören, Leute. Von jetzt ab habe *ich* den Oberbefehl, verstanden?« verkündete Henriksen. Dreißig bewaffnete Männer konnte er aufbieten – das mußte reichen. »Erst lassen wir sie anrücken. Wenn ihr merkt, daß einer mit dem Gewehr auf euch anlegt, knallt ihr den Bastard ab. Aber Ruhe bewahren, Leute! Laßt sie ganz nah rankommen. Bloß keine Munition verschwenden. Mit denen nehmen wir es auf. Ohne Nachschub können die sich hier sowieso nicht lange halten, und sie haben nur einen Hubschrauber, um ...«

»Schaut mal!« rief MacLean. Rund einen Kilometer entfernt landete ein schwarzlackierter Hubschrauber am anderen Ende der Rollbahn. Drei oder vier Leute sprangen heraus und liefen auf den Waldrand zu.

»Also los, Leute. Seht euch gut vor und *denkt nach*, bevor ihr handelt!«

»Gehen wir's an«, kommandierte Killgore forsch und winkte MacLean zu sich. Gemeinsam traten sie vor die Tür.

»Sie kommen«, flüsterte Noonan. »Etwa dreißig, schätze ich.« Er warf einen Blick ins Gelände, um sich zu orientieren. »Jetzt verschwinden sie unter den Bäumen – haben wohl vor, uns in einen Hinterhalt zu locken, wie?«

»Das wollen wir doch mal sehen. Team-2, hier Kommandant. Kommen!« meldete sich Clark über Sprechfunk.

»Befehlshaber-2, Kommandant«, antwortete Chavez. »Wir sehen hier Leute aus dem Haus laufen. Offenbar mit Schnellfeuergewehren. Ende.«

»Verstanden. Okay, Ding, wir gehen vor wie abgesprochen.«

»Verstanden, Kommandant. Ich bereite hier alles vor.« Team-2 war komplett, von Julio Vega abgesehen, der mit dem zweiten Hubschraubertransport eingetroffen war. Chavez nahm Funkkontakt auf und ließ seine Leute die gewohnten Zweiergruppen bilden, wobei er seine Angriffslinie nordwärts zum Dschungel hin verlängerte. Er selbst blieb am Schnittpunkt der Linien im Süden. Die Leute von Team-1 bildeten die taktische Reserve und waren John Clark am Befehlsstand direkt unterstellt.

Noonan verfolgte am Bildschirm, wie die Team-2-Schützen Aufstellung nahmen. Jedes ihrer ›Blips‹ war durch einen Buchstaben gekennzeichnet, der sie namentlich identifizierte. »John«, fragte er, »wann gibst du Schießbefehl?«

»Abwarten, Tim«, entgegnete Six.

Noonan kniete auf dem feuchten Urwaldboden; seinen Laptop hatte er vor sich auf einem umgestürzten Baum stehen. Rund fünf Stunden würde der Strom reichen, und er hatte noch zwei Akkus in Reserve.

Pierce und Loiselle übernahmen die Führung und arbeiteten sich etwa einen halben Kilometer in den Dschungel hinein. Es war für keinen von beiden eine Premiere: Mike Pierce hatte zweimal in Peru gearbeitet, Loiselle hatte drei Afrika-Einsätze hinter sich. Doch Vertrautheit mit der Umgebung hieß noch lange nicht, sich hier wohlzufühlen. Vor Giftschlangen mußten die beiden ebenso auf der Hut sein wie vor den Leuten, die ihnen entgegenkamen. Der Urwald schien nur so zu wimmeln von den Viechern, die einen giftig, die anderen scharf darauf, sie gleich am Stück zu vertilgen. Die Temperatur stieg, und beide Soldaten schwitzten unter ihren Tarnanzügen. Zehn Minuten später fanden sie eine gute Stelle, mit einem hoch aufragenden Baum und einem umgestürzten daneben, vor ihnen ein ordentliches Schußfeld.

»Sie haben Sprechfunk«, berichtete Noonan. »Soll ich ihnen den kappen?« Er hatte das Störprogramm schon aufgerufen.

Clark schüttelte den Kopf. »Noch nicht. Hören wir doch erstmal 'ne Weile zu.«

»Stimmt auch wieder.« Der FBI-Agent koppelte die Sprechfunk-Peilung an das Empfangsgerät.

Erst rauschte es bloß, dann konnten sie eine dünne Stimme erkennen. »Ist ja wahnsinnig schön hier«, ließ sich jemand vernehmen. »guckt euch diese Bäume an, Mensch.«

»Ziemlich groß, was?« kam zur Antwort

»Was sind denn das für Bäume?« fragte ein Dritter.

»Genau von der Sorte, hinter der einer stehen und dir eins vor den Latz knallen könnte!« betonte eine etwas ernstere Stimme. »Killgore und MacLean, ihr geht noch einen Kilometer weiter nach Norden – sucht euch eine geeignete Stelle und bleibt dort!«

»Schon gut, geht in Ordnung, Bill«, pflichtete die dritte Stimme bei.

»Hört mal alle zu«, ließ sich jetzt ›Bills‹ Stimme vernehmen, »die Walkie-talkies habt ihr nicht zum Spaß dabei, kapiert? Ihr meldet euch, wenn ich euch anfunke, oder wenn ihr irgendwas von Bedeutung seht. Ansonst haltet ihr sie in Bereitschaft!«

»Okay.«

»Geht in Ordnung«

»Wie du meinst, Bill.«

»Verstanden.«

»Ich erkenn noch nicht mal die Hand vor Augen«, meldete sich ein Fünfter.

»Such dir gefälligst eine Stelle, wo du bessere Sicht hast!« schlug ein anderer hilfsbereit vor.

Noonan grinste. »Sie haben Zweiergruppen gebildet, die meisten bleiben eng beieinander«, kommentierte er das Geschehen, das er auf dem Monitor verfolgte. »Diese beiden laufen Mike und Louis direkt in die Arme.«

Auch Clark starrte auf den Bildschirm. »Kommandant an Pierce und Loiselle! Zwei Zielpersonen nähern sich euch von Süden, Entfernung noch rund 52 Meter.«

»Hier Pierce. Verstanden, Kommandant.«

Sergeant Pierce kauerte sich nieder, hielt nach Süden Ausschau und ließ den Blick in einem Umkreis von neunzig Grad schweifen. Zwei Meter weiter tat es Loiselle ihm gleich. Allmählich legte sich die Beklommenheit angesichts der fremden Umgebung; er straffte sich in Erwartung der Gegner.

In Wäldern kannte sich Dr. John Killgore aus; er verstand etwas von der Jagd. Jetzt bewegte er sich behutsam vorwärts. Bei jedem Schritt senkte er den Blick, um nicht auf einen Ast zu treten und ja kein Geräusch zu verursachen, dann hob er den Kopf wieder und suchte ringsum nach verdächtigen Schatten. MacLean und er brauchten nur gute Anstände zu finden wie bei der Rotwildjagd auch. Da suchte man sich einen schattigen Platz, wo man die Beine hochlegen und warten konnte, bis das Wild sich zeigt. Noch ein paar hundert Meter, dachte er, dann war es soweit.

Dreihundert Meter weiter konnte Clark mit Bildschirmanzeige und Sprechfunk seine Leute in geeignete Positionen manövrieren. Die neuen technischen Möglichkeiten waren erstaunlich. Wie mit Radar war es ihm möglich, Menschen zu orten, lange bevor er und irgendwer sonst sie zu Gesicht bekam oder hörte. Dieses neue elektronische Spielzeug war ein Segen für jeden Soldaten, der damit umzugehen verstand.

»Jetzt sind alle auf Posten«, stellte Noonan fest, seelenruhig wie der Moderator einer Sportübertragung, und tippte auf den Monitor.

»Pierce und Loiselle, hier Kommandant. Zwei weitere Subjekte nähern sich von Südost, noch etwa zweihundert Meter entfernt.«

»Verstanden, Kommandant. Sollen wir losschlagen?« fragte Pierce. Von seinem Hinterhalt aus warf ihm Loiselle einen Blick zu, statt nach vorn zu schauen.

»Genehmigt!« gab Clark durch. Dann: »Rainbow, hier ist Six. Feuer frei! Ich wiederhole: Ab sofort Feuer frei.«

»Verstanden. Wiederhole: Feuer frei«, bestätigte Pierce.

»Warte, bis wir sie beide vor die Flinte kriegen, Louis«, flüsterte Pierce.

»D'accord«, stimmte Sergeant Loiselle zu. Beide Männer spähten nach Süden, scharfäugig und auf den ersten knackenden Zweig lauschend.

Gar nicht mal übel, dachte Killgore. Er war schon in unwegsamerem, weit geräuschvollerem Gelände auf die Pirsch gegangen. Hier gab es wenigstens keine Fichtennadeln. Ihr ärgerliches weiches Knirschen unter den Fußsohnen konnte das Wild über weite Entfernungen hören. Überall Schatten, nur kleinste Teile des Wegs lagen in der Morgensonne. Wären hier bloß nicht soviele Mücken gewesen, hätte er sich richtig wohlfühlen können. Die Mücken brachten ihn fast um den Verstand. Wenn er das nächstemal herkam, würde er Insektenspray mitbringen, dachte der Arzt und bewegte sich langsam weiter. Ein Zweig kam ihm in die Quere. Vorsichtig bog er ihn mit der linken Hand zur Seite, um nur ja keinen Lärm zu machen.

Da – Pierre hatte es genau gesehen. Im Gebüsch drüben hatte sich ein Zweig bewegt, obwohl unter dem Blätterdach nicht der geringste Lufthauch wehte.

»Louis«, wisperte er. Der Franzose fuhr herum. Pierce hielt einen Finger hoch und deutete ins Gebüsch. Loiselle nickte und spähte wieder nach vorn.

»Ich kann ein Ziel ausmachen«, meldete Pierce über Sprechfunk. »Bewegung hundertfünfzig Meter südlich.«

MacLean war nicht gut zu Fuß, weit lieber wäre er geritten. Er tat sein Bestes, um Killgores Fortbewegungsart zu imitieren, aber es gelang ihm nicht, zugleich geräuschlos zu schleichen und Schritt zu halten. Unversehens stolperte er über eine vorspringende Wurzel und stürzte zu Boden, was einen Höllenlärm machte. Leise fluchend rappelte er sich wieder auf.

»*Bonjour*«, murmelte Loiselle vor sich hin. Für ihn hatte das Gepolter die gleiche Wirkung, als hätte jemand das Licht angeknipst. Jedenfalls konnte der Sergeant jetzt mit bloßem Auge erkennen, wie sich eine menschliche Gestalt rund hundertfünfzig Meter entfernt durch den Schatten pirschte. »Mike?« flüsterte er und deutete auf die Stelle, an der sich das Ziel zeigte.

»Alles klar, Louis«, entgegnete Pierce. »Laß sie noch näher rankommen, Mann.«

»Ja.«

Jeder der beiden hob die MP-10 in Schulterhöhe, obwohl die Distanz noch ein wenig zu groß war.

Falls hier etwas lauerte, was über Insektengröße hinausging, konnte Killgore nichts davon hören. Angeblich war der Jaguar in diesem Dschungel heimisch; leopardengroße jagende Katzen, deren Fell einen hübschen Bettvorleger abgab, dachte Killgore. Die 7.62mm-NATO-

Standardpatrone, die er mit diesem Gewehr abfeuern konnte, war dafür genau richtig. Aber vermutlich waren sie Nachtjäger, die man nur schwer zu Gesicht bekam. Oder wie wär's mit dem Capybaras – der weltweit größten Rattenart? Angeblich war ihr Fleisch recht schmackhaft, trotz der Familie, zu der sie zoologisch gehörte. War die nicht auch tagsüber aktiv? So vieles gab es hier zu entdecken – ein visuelles Chaos, seine Augen waren es noch nicht gewohnt. Nun gut, erst mußte er einen Anstand finden, wo er in aller Ruhe lauern konnte, dann würde er sich mit den Licht- und Schattenmustern der Umgebung vertraut machen, bis ihm jede nicht hierher passende Bewegung auffiel … *Hier wäre eine gute Stelle*, dachte er, ein umgefallener Baum neben einem aufrecht emporragenden …

»Na, komm schon, Schätzchen«, flüsterte Pierce lautlos. Ein Abstand von knapp hundert Metern mußte genügen. Er würde etwas höher zielen müssen, etwa auf das Kinn des Gegners; dann mußte die natürliche Abweichung der ballistischen Flugbahn nach unten das Geschoß in den oberen Brustkorb lenken. Kopfschuß wäre natürlich akkurater, aber dafür war die Entfernung etwas zu groß, und er wollte kein unnötiges Risiko eingehen.

Killgore pfiff, winkte MacLean und zeigte nach vorne. Kirk nickte zustimmend. Seine anfängliche Begeisterung war längst erloschen. Der Regenwald war ganz anders, als er es sich erträumt hatte, und hier herumzuirren, während irgendwo ein Angreifer lauerte, machte ihm die Umgebung nicht viel sympathischer. Merkwürdig, aber er sehnte sich plötzlich zurück in die New Yorker Single-Bar, in den schummerigen Saal, wo die Tanzmusik dröhnte … und zu den hübschen Mädchen, denen er dort begegnet war! Die waren schließlich doch auch Menschen – gewesen, mußte er hinzusetzen. Am schlimmsten war, daß ihr Tod jetzt so sinnlos geworden war. Hätte das Projekt wie vorgesehen funktioniert, wäre ihr Opfer immerhin dem Schutz des Planeten zugute gekommen … aber so war es nichts als ein Betriebsunfall, und deswegen kroch er nun hier in diesem Scheißdschungel mit geladener Flinte herum und suchte nach Leuten, die genau das mit ihm tun wollten, was er selbst getan hatte …

»Louis, hast du dein Ziel?«

»Ja.«

»Gut, dann los!« rief Pierce mit halblauter, heiserer Stimme, faßte den Griff seiner MP-10 und zog weich den Abzug durch. Die unmittelbare Folge war das zarte Paff-paff-paff der drei Schüsse und das wesentlich lautere metallische Klacken des Verschlusses der Maschinenpistole. Und dann natürlich das Einschlagen der Geschosse ins Ziel. Dem Mann klappte sichtbar der Mund auf, dann kippte die Gestalt nach hinten. Ähnliche Geräusche waren links von ihm zu vernehmen. Pierce verließ die Stellung und stürzte vorwärts, mit hochgerissener Waffe, dicht gefolgt von Loiselle.

Killgore blieb keine Zeit mehr, herauszufinden, wie ihm geschah; nur noch den Einschlag der Kugeln bekam er mit. Jetzt starrte er zu den Baumwipfeln hinauf, zwischen denen sich kleine Fetzchen Blau und Weiß zeigten, Farben des fernen Himmels. Gern hätte er noch etwas gesagt, bekam aber nicht mehr richtig Luft, und als er den Kopf zentimeterweise bewegte, war niemand zu sehen. Wo war Kirk abgeblieben? fragte er sich, konnte aber schon kein Glied mehr rühren – hatte man auf ihn geschossen? Der Schmerz war echt, aber irgendwie weit weg. Er senkte den Kopf und sah, wie ihm das Blut aus der Brust quoll und …

… wer stand denn da im Tarnanzug vor ihm, das Gesicht grün und braun bemalt?

Und was bist du für einer? fragte sich Sergeant Pierce. Die drei Einschüsse waren über die Brust verteilt, hatten das Herz verfehlt, aber den oberen Teil der Lunge durchschlagen und Hauptschlagadern zerfetzt. Der Blick war noch nicht gebrochen, richtete sich jetzt auf ihn.

»Der Spielplatz hier ist nichts für dich, Partner«, sagte er leise zu dem Sterbenden. Dann erlosch der Blick, und Pierce bückte sich, um das Gewehr aufzuheben. Kein übles Teil, dachte Pierce und hängte es sich über die Schulter. Sich nach links wendend stellte er fest, daß Loiselle eine identische Waffe in der Hand hielt. Er zog die flache Hand über die Gurgel – auch seiner war mausetot.

»He, man kriegt sogar mit, wenn sie sterben!« staunte Noonan. Wenn der Herzschlag aufhörte, erloschen natürlich auch die Blip-Signale auf dem DKL-Personenfinder. Ist ja irre – und zugleich schrecklich, dachte Timothy.

»Pierce und Loiselle, hier Kommandant. Wir bestätigen, daß ihr zwei Ziele erledigt habt.«

»Korrekt«, versetzte Pierce. »Noch wer in unserer Nähe?«

»Zwei weitere, Pierce«, warnte Noonan, »etwa zweihundert Meter südlich von euer augenblicklichen Position. Das Pärchen arbeitet sich inzwischen in östlicher Richtung vorwärts, sie gehen auf McTyler und Patterson zu.«

»Pierce, hier Kommandant. Bleibt, wo ihr seid«, ordnete Clark an.

»Verstanden, Kommandant.« Pierce nahm dem Toten das Walkie-talkie aus der erschlafften Hand und knipste es an. Da es gerade nichts anderes zu tun gab, durchsuchte er die Taschen des Mannes. Eine Minute später wußte er, daß er Dr. John Killgore erschossen hatte, Arzt aus Binghamton im Staate New York. *Und wer warst du wirklich?* hätte er die Leiche gern gefragt, aber dieser Killgore würde nie mehr antworten. Und wer vermochte schon zu entscheiden, ob es eine sinnvolle Antwort auf diese Frage gegeben hätte?

»Achtung, Leute. Meldet euch alle mal«, kam es über CB-Funk auf Noonans Empänger.

Henriksen war gerade an der Baumgrenze angelangt. Hoffentlich hatten die Leute kapiert, daß sie sich ruhig verhalten mußten, sobald sie eine gute Stelle fanden. Die vorhin eingetroffenen Soldaten – wenn es welche waren – bereiteten ihm Kopfzerbrechen. In ihrem Übereifer und ihrer Engstirnigkeit waren die Projektteilnehmer einfach losgelaufen. In seinem Hörer knackte es von überall her, und die Stimmen bestätigten seinen Rundspruch. Nur zwei fehlten.

»Killgore und MacLean, meldet euch.« Keine Antwort. »John, Kirk – wo steckt ihr denn, in drei Teufels Namen?«

»Es sind die beiden, die wir umgelegt haben«, teilte Pierce dem Kommandanten mit. »Soll ich ihm Bescheid sagen?«

»Negativ, Pierce. Kannst du dir doch denken!« versetzte Clark ärgerlich.

»Keinen Humor, unser Chef«, grinste Loiselle seinem Partner verschwörerisch zu und hob französisch-lässig die Schultern.

»Wer ist am nächsten an ihnen dran?« erkundigte sich die Stimme über CB-Funk.

»Ich und Dawson«, meldete sich eine andere Stimme.

»Gut. Berg und Dawson, ihr bewegt euch nach Norden. Laßt euch Zeit und schaut mal nach, was da los ist, okay?«

»Einverstanden, Bill«, bestätigte eine weitere Stimme.

»Bei uns gibt's gleich wieder was zu tun, Louis«, kommentierte Pierce.

»*Oui*«, pflichtete Loiselle ihm bei. Er deutete nach vorn. »Nun schau dir bloß den Baum da mal an, Mike.« Der Stamm der riesigen Konifere hatte mindestens drei Meter Durchmesser, vermutete Pierce. Aus dem Holz hätte man ein ganzes Blockhaus errichten können – ein ziemlich stattliches obendrein.

»Pierce und Loiselle, hier Kommandant. Zwei Zielpersonen nähern sich, fast direkt von Süden her. Sie gehen dicht hintereinander.«

Dave Dawson hatte vor fünfzehn Jahren die Grundausbildung der US-Marines absolviert und genug erlebt, um sich ernsthafte Sorgen zu machen. Er befahl Berg, dicht hinter ihm zu bleiben, und der Wissenschaftler hielt sich daran, während sich Dawson vorantastete.

»Kommandant? Patterson hier. Vor mir bewegt sich etwas, etwa zweihundert Meter entfernt.«

»Gut geschätzt«, sagte Noonan. »Sie halten direkt auf Mike und Louis zu.«

»Patterson, hier Kommandant. Überlaß sie den andern.«

»Verstanden!« bestätigte Hank Patterson.

»Fair ist das nicht gerade«, bemerkte Noonan und blickte von seiner elektronischen Stabskarte auf.

»Jetzt paß mal auf, Timothy. ›Fair‹ heißt nach meiner Definition, meine Leute vollzählig und lebend nach Haus zu bringen. Alles andere ist mir scheißegal«, konterte Clark.

»Sie müssen's wissen, Boß«, gab der FBI-Agent zu. Gemeinsam verfolgten sie auf dem Bildschirm, wie sich die Blips auf die mit L und P gekennzeichneten Leuchtpunkte zubewegten. Fünf Minuten später erloschen die beiden ungekennzeichneten Punkte und tauchten nicht mehr auf.

»Noch zwei Treffer für die Unsrigen, John.«

»Menschenskind, das ist ja reinste Zauberei, dieser Kasten«, stöhnte Clark, während Pierce und Loiselle bestätigten, was der Computer schon angezeigt hatte.

»Chavez an Kommandant.«

»Ich höre, Ding«, antwortete Clark.

»Kann uns der Zauberkasten helfen, sie einzukesseln?«

»Vermutlich ja. Tim, können wir unsere Leute … sagen wir mal, hinter ihnen zusammenziehen?«

»Warum nicht? Ich erkenne ja, wo jeder steht. Die Frage ist nur, ob sie unbemerkt bleiben, während wir sie dirigieren und näher ranbringen.«

»Noonan meint, er kann's hinkriegen, Domingo. Aber er braucht Zeit dazu, und ihr müßt verdammt geschickt vorgehen.«

»Ich werde tun, was ich kann, *jefe!*« rief Chavez zurück.

Rund zwanzig Minuten waren verstrichen, als Henriksen Kontakt mit Dawson und Berg aufnehmen wollte und feststellen mußte, daß keine Antwort kam. Da draußen bahnte sich irgendein Unheil an, und er konnte sich keinen Reim darauf machen. Dawson war doch ein alter Veteran, Killgore ein erfahrener und geschickter Jäger – und die sollten mir nichts, dir nichts verschwunden sein? Was hatte sich da abgespielt? Es waren Soldaten, gegen die sie antreten mußten, aber *so* treffsicher konnten die nun auch wieder nicht sein. Was blieb ihm anderes übrig? Er mußte die Leute ihrem Schicksal überlassen.

Patterson setzte sich als erster in Bewegung. Gemeinsam mit Scotty McTyler wandte er sich dreihundert Meter nach West-Nordwest, um dann nach Süden abzubiegen. Er kam langsam vorwärts und dankte dem Himmel für den erstaunlich kahlen Urwaldboden. Gras gedieh hier nicht, weil es unter dem Blätterdach an Sonnenlicht fehlte. Auch Steve Lincoln und George Tomlinson tasteten sich gemeinsam nordwärts, umgingen nach Noonans Anweisung zwei der Gegner und manövrierten sich unbeobachtet in eine Position hinter ihrem Rücken.

»Wir haben sie im Visier«, rapportierte McTyler in seinem schottischen Akzent. Auf Noonans Bildschirm betrug die Distanz kaum hundert Meter.

»Dann schießt«, befahl Clark.

Beide Männer hatten sich nach Osten gewandt und von der Rainbow-Truppe entfernt. Der eine ihrer Gegner verkroch sich hinter einem Baum, der andere lag flach am Boden.

Der hinter dem Baum stehende war Mark Waterhouse. Patterson zielte sorgfältig und feuerte drei Schüsse ab. Der Einschlag warf den Mann gegen den Baum, und er ließ das Gewehr fallen, das klappernd zu Boden fiel. Der Liegende fuhr bei diesem Geräusch herum und umklammerte seine eigene Waffe… Während er bereits getroffen wurde, zog er noch im Reflex den Abzug durch, und eine Salve von zehn Schuß aus dem Schnellfeuergewehr hallte durch den Dschungel.

»Ach du Scheiße«, fluchte Patterson. »Das war meiner. Dessen Gewehr war auf Rock-'n'-Roll eingestellt, auf Dauerfeuer, Kommandant!«

»Was war da los, was war *das* denn? Wer hat geschossen?« rief Henriksen verzweifelt über den CB-Funk.

Für Tomlinson und Lincoln wurde es dadurch noch einfacher. Ihre beiden Zielpersonen sprangen beim Rattern des Schnellfeuergewehrs auf, wandten sich nach links und kamen voll in Sicht. Sie gingen augenblicklich zu Boden. Einige Minuten später bat die Stimme über den feindlichen Funk alle um Meldung. Jetzt fehlten acht Meldungen.

Inzwischen hatte sich, gelotst durch Noonans Computerhilfe, die Rainbowtruppe eher hinter als vor Henriksens Männern versammelt.

»Kannst du mich in ihre CB-Frequenz bringen?« fragte Clark den FBI-Agenten.

»Nichts leichter als das«, entgegnete Noonan, legte einen Schalter um und stöpselte ein Mikrophon ein.

»Bitte schön.«

»Hallöchen«, ließ sich Clark in den gegnerischen Walkie-talkies vernehmen. »Acht von Ihnen haben wir jetzt erwischt.«

»Wer spricht?«

»Sind Sie Henriksen?« fragte John zurück.

»Wer zum Teufel funkt uns dazwischen?« verlangte die Stimme zu wissen.

»Ich bin derjenige, der gerade Ihre Leute umlegt. Acht können wir schon abhaken. Sieht so aus, als wären noch rund zweiundzwanzig von euch unterwegs. Sollen wir noch ein paar von denen erledigen?«

»Wer sind Sie, verdammt noch mal?«

»Clark ist mein Name, John Clark. Und wer sind Sie?«

»William Henriksen!« brüllte die Stimme zurück.

»Ach ja, der ehemalige FBI-Mann. Mit Wil Gearing haben Sie heut früh schon gesprochen, nehme ich an. Macht aber nichts.« Clark hielt einen Moment inne. »Jetzt gebe ich Ihnen einen Rat, aber nur einen: Sie legen jetzt die Waffen nieder, kommen auf der Stelle raus und ergeben sich, dann hören wir mit dem Schießen auf. Falls nicht, knallen wir jeden von euch einzeln ab, Bill.«

Langes Schweigen. Clark fragte sich, was der Mann am anderen Ende wohl sagen würde. Dann gab er schließlich genau die Antwort, die Clark erwartet hatte.

»Alle herhören! Rückzug antreten und ins Gebäude kommen. Ich wiederhole: Zieht euch sofort ins Gebäude zurück!«

»Rainbow, hier Six. Erwarten Feindbewegung in Richtung Gebäude. – Feuer frei«, ordnete er über verschlüsselten Sprechfunk an.

Die Panik in Henriksens Stimme war unüberhörbar. Augenblicklich erscholl Knacken von überall her, während die Leute durch den Urwald rannten, durchs Gebüsch, mit direktem Kurs auf die Schneise, der sie sich bedenkenlos näherten.

Für Homer Johnston war es leichtes Spiel. Ein grüngekleideter Kerl brach aus dem Unterholz hervor und rannte über die Grasnarbe auf das Rollfeld zu. Die Waffe, die er im Anschlag hielt, machte ihn als Feind kenntlich. Johnson verpaßte ihm eine einzige Kugel, mitten zwischen die Schulterblätter. Der Mann taumelte noch einen Schritt nach vorn und ging zu Boden. »Gewehr Eins-Zwei hier! Einen habe ich nördlich der Landebahn erwischt!« rief der Scharfschütze ins Funkgerät.

Chavez kam in unmittelbare Berührung mit dem Gegner. Er hielt sich hinter einem Laubbaum versteckt, als sich die Geräusche näherten. Es waren die zwei, an die er sich allein herangepirscht hatte. Als er sie noch etwa fünfzig Meter entfernt glaubte, umrundete er den Stamm und stellte fest, daß sie schon den Rückweg angetreten hatten. Chavez trat nach links, entdeckte den einen und brachte seine MP-10 in Anschlag. Im Wegrennen sah ihn der Mann und wollte ebenfalls sein Gewehr hochreißen. Er schaffte es sogar noch, einen Schuß abzufeuern, der aber in den Boden ging. Dann traf ihn Chavez mit einem Feuerstoß ins Gesicht, worauf er zusammenbrach wie ein Sack. Der Mann neben ihm kam schlitternd zum Stehen und drehte sich nach Chavez um.

»Wirf das verdammte Gewehr weg!« brüllte Ding, aber der Mann wollte entweder nicht hören, oder er verstand ihn nicht. Er hob ebenfalls sein Gewehr, konnte aber nicht mehr abdrücken, und es erging ihm wie seinem Kumpel. »Chavez hier. Zwei habe ich gerade erledigt.« Bei aller Aufregung konnte er sich sein schlechtes Gewissen nicht verhehlen, weil sie es ihm so einfach gemacht hatten. Eigentlich war das glatter Mord!

Clark fühlte sich an einen blutigen Gladiatorenkampf erinnert, bei dem er die Verlustliste führte. Die namenlosen Blips erloschen nach und nach auf Noonans Bildschirm. Jedesmal, wenn ein Herz zu schlagen aufhörte, fiel auch das elektronische Signal aus, das es erzeugt hatte. Nach wenigen Minuten zählte er noch vier der dreißig Signale, die sie ursprünglich geortet hatten, und diese vier bewegten sich in Richtung auf das Gebäude.

»Himmel nochmal, Bill, was ist da draußen los?« fragte John Brightling am Haupteingang.

»Sie knallen uns ab wie tolle Hunde, Mann. Ich weiß auch nicht, wie. Ich weiß es beim besten Willen nicht!«

»Hier ist John Clark. Ich rufe William Henriksen«, knackte der Funk.

»Ja ...?«

»Na gut, noch ein letztes Mal: Geben Sie sofort auf, andernfalls holen wir euch raus.«

»Dann kommt schon und holt uns raus!«, schrie Henriksen verzweifelt.

»Vega, du machst uns mal ein paar Fenster auf«, ordnete Clark ungerührt an.

»Wird erledigt, Kommandant«, gab Oso zurück. Er klemmte sich hinter sein gewaltiges M-60-Maschinengewehr und begann im zweiten Stock. Die Waffe spie Geschosse von rechts nach links; Glas splitterte, als die Salven einschlugen.

»Pierce und Loiselle – ihr beide und Conolly geht nordwestlich und übernehmt die übrigen Gebäude. Schießt, wenn euch etwas vor die Flinte kommt!«

»Verstanden, Kommandant«, versetzte Pierce.

Die Überlebenden von Henriksens Truppe erwiderten das Feuer, meist blind in die Luft schießend, aber der Lärm dröhnte durch die Eingangshalle des Haupthauses. Carol Brightling hörte nicht mehr auf zu schreien. Das Fensterglas des oberen Stockwerks ergoß sich vor ihr wie ein Wasserfall.

»So macht doch endlich was! Sie sollen aufhören!« kreischte sie.

»Gib mir das Funkgerät«, befahl Brightling entschlossen. Henriksen warf es ihm hinüber.

»Feuerpause! Hier spricht Dr. John Brightling. Feuerpause für alle. Das betrifft auch Sie, Clark. Ich bitte darum.«

Wenig später flaute die Schießerei tatsächlich ab. Oso hörte sofort auf, als Clark es befahl.

In Brightlings Walkie-talkie knackte es. »Hier Clark, Brightling. Können Sie mich hören?«

»Ja, Clark, ich höre Sie.«

»Schicken Sie Ihre Leute raus, und zwar sofort. Und ohne Waffen«, befahl die fremde Stimme. »Dann wird keiner mehr erschossen. Wenn Sie nicht auf der Stelle rauskommen, wird es richtig ungemütlich für Sie!«

»Tu's bloß nicht«, beschwor ihn Bill. Eigentlich sah er ein, wie zwecklos es war, doch fürchtete er sich mehr vor dem Aufgeben als davor, mit der Waffe in der Hand zu sterben.

»Und wenn die uns alle hier und jetzt umbringen?« fragte Carol. »Haben wir überhaupt noch eine andere Wahl?«

»Ich glaube kaum.« Ihr Mann trat vor die Empfangstheke und rief seine Männer über die Lautsprecheranlage zusammen. Dann nahm er das Walkie-talkie wieder auf. »Meinetwegen. Gut, wir kommen gleich raus. Gebt uns etwas Zeit ...«

»Einen Moment warten wir noch«, willigte Clark ein.

»Es wäre ein Fehler, John«, beschwor Henriksen seinen Arbeitgeber.

»Die ganze Aktion war ein Fehler, Bill!« versetzte John. Er fragte sich, ob er etwas falsch gemacht hatte. Von weitem sah er den schwarzen Hubschrauber wieder einschweben und mitten auf der Rollbahn landen – so nah dran, wie der Pilot mit Rücksicht auf feindlichen Beschuß es wagte.

Paddy Conolly war bis zum Treibstofflager vorgerückt. Es handelte sich um einen gewaltigen Tank, der mit *Diesel 2* gekennzeichnet war und wohl zum Kraftwerk gehörte. Nichts einfacher, als diese Blechbüchse in die Luft zu jagen, und Spaß würde es auch noch machen. Pierce und Loiselle sahen zu, wie der Sprengstoffexperte eine Ladung an der Seite plazierte, die dem Kraftwerk, das der Tank versorgte, gegenüberlag. Über vierhunderttausend Liter, dachte er, damit hätten die Generatoren eine ganze Weile laufen können.

»Kommandant, hier Conolly.«

»Conolly, hier Kommandant!« antwortete Clark.

»Ich werde mehr brauchen. Alles, was ich mitgebracht habe«, meldete er.

»Liegt alles im Hubschrauber, Paddy. Bleiben Sie dran.«

»Verstanden.«

John stand am Waldrand, keine 250 Meter vor dem Hauptgebäude. Bei ihm lag Vega noch immer hinter dem schweren Maschinengewehr, und der Rest seiner Truppe wartete in der Nähe, außer Conolly und den beiden Schützen, die ihn deckten. Der anfängliche Triumph war schon erkaltet. Es war ein schlimmer Tag gewesen. Erfolg oder nicht – jemandem das Leben zu nehmen, ist nie besonders angenehm, und was sie heute getan hatten, grenzte an kaltblütigen Mord.

»Da kommen sie«, murmelte Chavez und ließ das Fernglas sinken. Er zählte rasch durch. »Sechsundzwanzig kann ich erkennen.«

Stimmt ungefähr, dachte Clark. »Gib mal rüber!« Er nahm Domingo den Feldstecher ab, um zu prüfen, ob er einen von ihnen identifizieren konnte. Seltsamerweise gehörte das erste Gesicht, das er mit einem Namen verbinden konnte, einer Frau – der einzigen, die sich blicken ließ: Carol Brightling, wissenschaftliche Beraterin des Präsidenten. Der Mann neben ihr war wohl John Brightling, ihr Ex-Mann, mutmaßte Clark. Sie verließen den Eingang, entfernten sich vom Gebäude und liefen zur Rollbahn, auf der heute früh die Flugzeuge gewendet hatten. »Entfernen Sie sich in gerader Linie von dem Gebäude!« rief er ihnen über Funk zu. Dann sah John, daß sie seinen Anordnungen tatsächlich folgten. Es verblüffte ihn fast ein wenig.

»Das wär's, Ding. Du nimmst ein paar von uns mit und durchsuchst das Gebäude. Mach rasch, mein Junge, aber paß auf dich auf!«

»Kannst dich drauf verlassen, Mr. C.« Der Team-2-Befehlshaber winkte seinen Leuten, ihm in das Gebäude zu folgen.

Als er wieder durch das Fernglas spähte, erkannte Clark niemanden mehr, der Waffen trug. Jetzt konnte er sich, von fünf Team-1-Leuten eskortiert, unbesorgt ins Freie wagen. Fünf Minuten war er unterwegs, bis er John Brightling Auge in Auge gegenüberstand.

»Ich nehme an, die Anlage hier gehört Ihnen, wie?«

»Stimmt auffallend. Jedenfalls gehörte sie mir, bevor Sie alles zerstört haben.«

»Die Jungs in Fort Dietrick haben sich den Behälter angeschaut, den Gearing in Sydney auskippen sollte, Dr. Brightling. Wenn Sie auf Mitgefühl spekulieren, mein Freund, sind Sie bei mir an der falschen Adresse.«

»Und was haben Sie jetzt mit uns vor?«

Kaum hatte er die Frage gestellt, als der Hubschrauber startete und Kurs auf das Kraftwerk nahm – vermutlich, um Conolly den restlichen Sprengstoff zu bringen, dachte Clark.

»Ich überleg's mir gerade.«

»Unsere Leute wurden umgebracht«, fauchte ihn Carol Brightling an, als könnte sie das Ruder noch herumreißen.

»Nur diejenigen, die im Dschungel mit Gewehren herumliefen. Die hätten meine Jungs wohl ebenfalls abgeknallt, wenn wir ihnen auch nur die geringste Chance gelassen hätten. Das haben wir tunlichst vermieden.«

»Es waren gute Leute! Ihre Mitbürger ...«

»Mitbürger, die ihre Mitbürger massenweise umbringen wollten – und wofür?« fragte John.

»Um die Erde zu retten!« keifte Carol Brightling.

»Das sagen *Sie*, Gnädigste. Finden Sie nicht, daß Sie sich eine ziemlich abscheuliche Weise dafür ausgedacht haben?« erkundigte er sich in höflichem Ton. Höflichkeit kostet ja nichts, dachte John. Vielleicht brachte sie das zum Sprechen, und er kam ihnen so auf die Schliche.

»Von Ihnen habe ich auch nicht erwartet, daß Sie es begreifen.«

»Dafür bin ich wohl nicht intelligent genug, stimmt's?«

»Sehr wahr«, nickte sie. »Sind Sie auch nicht!«

»Na schön. Aber eins möchte ich doch gern klarstellen. Sie waren drauf und dran, nahezu jedes menschliche Leben vom Antlitz des Planeten zu tilgen. Dazu wollten Sie biologische Kampfstoffe einsetzen. Und all das, um ein paar Bäume zu retten?«

»Der Planet kann sich selbst nicht helfen«, erwiderte John Brightling stellvertretend für alle anderen.

»Na gut.« Clark zuckte die Schultern. »Vermutlich hat selbst Hitler geglaubt, die Juden zu ermorden, hätte irgendeinen Zweck. Setzen Sie sich jetzt hin und verhalten Sie sich ruhig!«

Er machte kehrt und schaltete das Funkgerät ein. Mit denen konnte man sich nicht verständigen, soviel war klar.

Conolly war flink, aber Wunder konnte auch er nicht bewirken. Um den Generatorenraum kümmerte er sich nicht. Das Kühlhaus im Hauptgebäude stellte das größte Problem dar. Dafür borgte er sich einen Gabelstapler aus – ein paar davon standen herum – und transportierte mit ihm zwei Ölfässer dorthin. Viel Zeit für Formalitäten hatte er nicht, und so durchbrach er mit seiner Fracht einfach die Glasveranda. Unterdessen flog Malloy das halbe Team schon wieder nach Manaus zurück, wo er tankte und sofort wieder aufbrach. Alles in allem dauerte es fast drei Stunden. Während dieser Zeit redeten die Gefangenen so gut wie gar nicht, baten nicht einmal um Wasser, so heiß und unbequem es auch auf dem Rollfeld war, auf dem man inzwischen Spiegeleier hätte braten können. Clark machte sich nichts draus. Besser, wenn er sich gar nicht erst um Verständnis für sie bemühte. Am meisten irritierte ihn, daß es allesamt gebildete Leute waren, denen er unter normalen Umständen durchaus Respekt gezollt hätte – wäre da nicht der kleine Unterschied gewesen. Schließlich traf Conolly bei ihm ein; er hielt ein kleines Kästchen in der Hand. Clark nickte und schaltete den Sprechfunk ein.

»Bear, hier Kommandant.«

»Bear. Kommen«

»Machen wir Schluß, Oberst.«

»Verstanden. Bear ist schon unterwegs.« In einiger Entfernung begannen die Rotorblätter des Night Hawk zu kreiseln. Clark kehrte zu den Gefangenen zurück.

»Umbringen wollen wir Sie nicht. Aber wir fliegen Sie auch nicht in die Staaten zurück«, teilte er ihnen mit. Erstaunen malte sich auf ihren Gesichtern.

»Was dann?«

»Sie wollten doch mit der Natur in Harmonie leben, oder?«

»Wenn uns die Erde lieb ist, sollten wir das tatsächlich tun!« entgegnete John Brightling. Seine Frau warf dem Rainbow-Kommandanten wütende, haßerfüllte Blicke zu und zeigte doch unverkennbare Neugier.

»Verstehe«, nickte Clark. »Dann stehen Sie jetzt auf und ziehen sich aus. Das gilt für alle. Legen Sie ihre Kleidung hier ab.« Er zeigte auf eine Ecke der Rollbahn.

»Ja, aber ...«

»Los jetzt!« brüllte Clark sie an. »Sonst lasse ich Sie hier erschießen – und zwar auf der Stelle.«

Langsam kamen sie seinem Befehl nach. Einige zogen sich schnell aus, einige langsam und widerstrebend, aber nach und nach häufte sich die Kleidung in der Mitte der Rollbahn. Carol Brightling zierte sich merkwürdigerweise noch am wenigsten.

»Und jetzt?« fragte sie.

»Gut. Hier sind die Spielregeln. Wenn Sie unbedingt in Harmonie mit der Natur leben wollen, dann tun Sie's jetzt. Falls es nicht ganz klappt – die nächste Stadt ist Manaus, rund 150 Kilometer in dieser Richtung. Er streckte den Zeigefinger aus. »Paddy, laß knacken!«

Wortlos begann Conolly, die Knöpfe an seinem Kästchen zu betätigen. Das erste, was hochging, war das Tanksilo. Die Doppelladung schlug zwei Löcher in jede Seite und entzündete den Dieselkraftstoff. Die Stichflamme loderte wie der Feuerschweif einer Rakete aus dem Tank heraus; die Silowände wurden fünfzig Meter weiter auf das Kraftwerk geschleudert. Hier traf der Tank auf und zerbarst; brennendes Diesel ergoß sich über das ganze Areal.

Wie das Kühlhaus zerstört wurde, sahen sie nicht, aber auch hier ging der Dieselkraftstoff in Flammen auf, brach eine Wand heraus und schleuderte einen Teil des Gebäudes auf die brennende Ruine. Die übrigen Häuser explodierten eins nach dem anderen, und auch die Satellitenschüssel blieb nicht verschont. Das Wohngebäude der Zentrale ging als letztes hoch; der Kern aus Gießbeton schien zunächst zu widerstehen, kippte dann aber langsam und fiel in sich zusammen, wobei er den Rest des Gebäudes mit sich riß. In einer Zeitspanne von nur einer Minute war alles zerstört, was irgendwie hätte nützlich sein können für ein Überleben im Dschungel.

»Heißt das, Sie schicken uns in den Dschungel, ohne uns auch nur ein Messer mitzugeben?« wollte Henriksen wissen.

»Suchen Sie sich Feuersteine und schnitzen Sie sich Speere«, schlug Clark vor, als gerade der Night-Hawk-Hubschrauber landete. »Das haben wir Menschen doch vor ungefähr einer halben Million Jahre schon gelernt. Sie wollten in Harmonie mit der Natur leben. Dann harmoniert mal schön!« rief er zurück, nachdem er sich bereits abgewandt hatte, um an Bord zu gehen. Sekunden später saß er angeschnallt auf dem Fallschirmspringersitz hinter den Piloten, und Oberst Malloy riß den Hubschrauber steil nach oben, ohne noch eine Runde zu drehen.

Es gab eine Faustregel, an die sich Clark noch aus seiner Zeit in Vietnam erinnerte. Die einen springen aus dem Huey und rennen wie von der Tarantel gestochen in den Dschungel. Und dann gibt's die anderen. Die bleiben gemächlich stehen und blicken dem entschwebenden Hubschrauber nach. Er hatte immer zur ersteren Gruppe gehört – weil er wußte, was er wann zu tun hatte. Den anderen bereitete es Kopfzerbrechen, daß der Hubschrauber sie allein in der Wildnis zurückließ.

Als er ein letztes Mal hinunterschaute, sah er, wie sich noch immer alle Blicke auf ihn hefteten und dem Night Hawk folgten, der ostwärts schwenkte.

»Eine Woche vielleicht? Oder länger, Mr. C?« fragte Ding, der seine Gedanken lesen konnte. Er hatte die Ranger-Ausbildung absolviert und war ziemlich sicher, daß selbst er an diesem Ort so lange nicht überleben würde.

»Wenn sie Glück haben«, antwortete Rainbow Six.

EPILOG

NACHRICHTEN

Als Chavez vom allmorgendlichen Training zurückkehrte, lag die *International Tribune* schon auf seinem Schreibtisch. Bequem lehnte er sich zurück, um sie zu studieren. Das Leben in Hereford war eintönig geworden. Sie hatten trainiert und trainiert, ihre Fertigkeiten immer wieder geübt – und waren zu keinem einzigen Einsatz mehr gerufen worden. Seit sie vor einem halben Jahr aus Südamerika zurück waren, hatten sie die Kaserne nicht verlassen.

Goldmine in den Rocky Mountains entdeckt, lautete die Überschrift einer Titelgeschichte. Im Artikel hieß es, man sei in Montana, auf dem Grundstück eines russischen Staatsbürgers, auf eine reichhaltige Goldmine gestoßen. Der Unternehmensberater Dmitrij A. Popov hatte das Land erworben, das er als Ranch, Kapitalanlage und auch zur Erholung nutzen wollte, als er rein zufällig die Entdeckung machte. Mit der Ausbeutung der Mine sollte im nächsten Monat begonnen werden. Umweltschützer vor Ort hatten zwar protestiert und versucht, juristisch gegen ihn vorzugehen, doch das zuständige Bundesgericht hatte im Eilverfahren entschieden, daß auf diesen Fall die Bergbaugesetze von 1800 anzuwenden seien, und die Klage abgewiesen.

»Hast du das gelesen?« fragte Ding seinen Schwiegervater.

»Dieser unersättliche Bastard!« knurrte John und bemerkte die neuesten Fotos von seinem Enkel auf Chavez' Schreibtisch. »Ja, ich hab's gelesen. Eine halbe Million hat er ausgegeben, um das Land aus dem Nachlaß von Foster Hunnicutt aufzukaufen. Der alte Knabe hat ihm anscheinend noch mehr erzählt als das, was Brightling vorhatte ...«

»Anzunehmen.« Chavez bätterte weiter. Dem Wirtschaftsteil entnahm er, daß die Aktien der Horizon Corporation wieder gestiegen waren, seit man das neue Medikament gegen Herzkrankheiten auf den Markt geworfen hatte. Dies kompensierte den Wertverlust, der den Papieren nach dem Verschwinden von Dr. John Brightling, dem Konzernchef, vor einigen Monaten zugesetzt hatte. Der Kommentator fügte hinzu, dieses Verschwinden sei immer noch ein Mysterium, das darauf warte, gelüftet zu werden. Das neue Medikament *Kardiklear* verringere das Rückfallrisiko bei Herzinfarkt um 56 Prozent, wie Langzeitstudien erwiesen hätten. Außerdem sei Horizon mit lebensverlängernden Medikamenten beschäftigt und engagiere sich in der Krebsforschung.

»John, ist eigentlich jemand von denen nach Brasilien geflogen, um ...«

»Nicht, daß ich wüßte. Den Satellitenbildern zufolge wurde das Gras rings um die Startbahn längere Zeit nicht gemäht.«

»Gehst du davon aus, daß sie im Dschungel umgekommen sind?«

»Weißt du, Domingo – die Natur ist nicht besonders einfühlsam. Sie unterscheidet nicht so genau zwischen Freund und Feind.«

»Wahrscheinlich hast du recht, Mr. C. Das bringen sogar Terroristen fertig, nicht aber der Dschungel.«

Wer also ist der wahre Feind der Menschheit? In erster Linie der Mensch selbst, entschied Ding, legte die Zeitung weg und betrachtete das gerahmte Bild von John Conor Chavez, der gerade gelernt hatte, wie man lächelt und wie man sich aufrecht hinsetzt. Er würde hineinwachsen in diese »schöne neue Welt« – und sein Vater gehörte zu denen, die sich darum kümmerten, daß es auch eine *sichere* Welt blieb. Seinem Sohn und all den anderen Kindern zuliebe, deren Hauptaufgabe es im Augenblick war, sprechen und gehen zu lernen.